— 上卷 —

天地出版社 | TIANDI PRESS

图书在版编目（CIP）数据

长安骊歌 / 郁馥著. —成都: 天地出版社, 2019.9
ISBN 978-7-5455-3810-6

Ⅰ.①长… Ⅱ.①郁… Ⅲ.①长篇小说—中国—当代
Ⅳ.①I247.5

中国版本图书馆CIP数据核字（2018）第064212号

CHANG'AN LIGE
长安骊歌

出品人 杨 政
作　　者 郁 馥
封面插图 随 随
特约策划 优阅文化
责任编辑 王筠竹
装帧设计 叶 茂
版式设计 桑楚森
内文排版 四川最近文化传播有限公司
责任印制 王学锋

出版发行 天地出版社
（成都市槐树街2号　邮政编码：610014）
（北京市方庄芳群园3区3号　邮政编码：100078）
网　　址 http://www.tiandiph.com
电子邮箱 tianditg@163.com
经　　销 新华文轩出版传媒股份有限公司

印　　刷 北京文昌阁彩色印刷有限责任公司
版　　次 2019年9月第1版
印　　次 2019年9月第1次印刷
开　　本 710mm × 1000mm 1/16
印　　张 50.5
字　　数 860千
定　　价 108.00元（全三册）
书　　号 ISBN 978-7-5455-3810-6

咨询电话：（028）87734639（总编室）
购书热线：（010）67693207（营销中心）

他的母亲是李世民一生挚爱的女人。为了他们母子俩，李世民终于下定决心发动了震惊千年的玄武门之变。

他是李世民在众多儿子中最疼爱、最宠溺的一个，李世民曾想传皇位于他。

太子谋反，他事先识破。突厥进犯，他带兵阻拦。他不仅文武双全，更是才貌过人。

武则天屠尽李氏皇族后，唯独留下了他的血脉。

他的身上有太多的谜团、太多的秘闻、太多的逸事，等待着被挖掘、被呈现于世。

他就是被历史遗忘的神秘大唐皇子：李恪。

【目录】

【中卷】

【上卷】

【下卷】

楔子

隋朝末年，群雄逐鹿。李渊父子自晋阳起兵，一路上势如破竹，直至攻入长安。大业十四年三月，江都宇文氏叛军缢杀隋炀帝并铲除了几乎所有杨氏宗亲，隋朝灭亡。李渊遂自立为帝，改国号为唐。同年，秦王李世民将淮阳公主纳为侧妃。

后来，秦王陷入了一场旷日持久的内战之中。太子李建成与齐王李元吉步步紧逼而来，兄弟阋墙，骨肉相争，为的就是高高陛阶之上那把闪着金光的龙椅。

直到有一天，淮阳公主死了，死得那样迅疾与蹊跷。秦王说，公主是得了急症而死，便着急地为她办了个不大不小的葬礼。可樯木棺椁中公主的脖颈处有一道深深的伤痕，那样狰狞可怖，令人不寒而栗。

她死得不明不白。秦王是那样一个盖世英雄，他怎么能允许他的女人死得如此不明不白？宫人不敢将这话问出口，只是给那个在棺椁旁哭得撕心裂肺的小少年端去了一杯清水。

再后来，玄武喋血，一招锁喉。秦王登基，大赦天下。

而今，天下承平。

第一章

血色桃花

唐朝贞观十一年二月，安州。

午后的阳光慵懒地照着地面，融化了夙昔凝结起来的薄薄清霜。李恪将所执的黑子握于手中，许久都没有落下，最后索性将它放回棋盘之上，抬头问道：“那日陛下究竟跟你说了什么？”

杨政道摆了摆手，身边的小丫鬟立刻会意地将棋盘撤了下去。半晌，他才道：“陛下让我留在长安，继续处理突厥人的安置问题。”

“可你却拒绝了？”李恪拂去落于衣襟上的柳絮，浅笑道，“还从未有人敢逆了陛下的意。这么些年，他对我总是淡淡的，对你倒是真好。”

杨政道听他这略带着些醋意的孩子话，不由亦笑：“疏不间亲。殿下在陛下心中的位置，自然是特别的。可他就是想对你好，也得你给他机会啊！说到底，还是你心里放不下那些陈年旧事罢了。”

李恪不以为然地道：“那在你心里，我是什么样的人？”

杨政道起身，躬身一拜道：“这话殿下不该问政道。以下论上，这是不敬，殿下应该明白。”

李恪苦笑着摇了摇头：“你我初识之时，我便将心中最深的隐痛告诉了你。

表兄，这七年来，你我一同习文练武，朝夕相伴，几乎是形影不离。我自早视你为知己，原以为我也能成为你的莫逆，谁料，我竟是不配的。”

“殿下如此说，是成心要让我无地自容吗？你明知道不是这样的。”

“是吗？”李恪漫不经心道，“你果真是这么想的吗？”

自从七年前，李恪见到杨政道的第一面起，就一直喊他为表兄，可杨政道却始终与他保持着恰到好处的距离。开始的时候，或许是存了几分试探与防范之意。后来，却仅仅是因着习惯。就像此刻，他依然只是习惯性恭谨地道：“政道不敢欺瞒殿下。”

“好！你既要这般与我生分，我也绝不勉强于你！”李恪只觉一股无名怒火上涌，起身便道，“从此，我以亲王之尊对你，你最好也以臣子之礼待我！”

“恪弟……”杨政道见他真动了气，便忙追上了两步道，“你这脾气也不知道改改。”

正说话间，就看见护卫季恩小跑着过来道：“殿下，公子，马车准备好了。”

李恪应了一声，快步朝前走去，将杨政道和季恩远远地甩在了身后。季恩看了杨政道一眼，似乎是在问：殿下这又是受了谁的气了？杨政道却只给了他一个无奈的眼神，意思是说：反正不是我。

李恪与杨政道要去的地方是安州城里很有名的医馆慈济堂。据说，老掌柜夏棱原是隋朝宫廷中的一个末等太医，贞观初年携了家人来到安州开了这慈济堂。三年前，夏棱得急病而死。如今的掌柜是夏棱唯一的儿子夏邵严。

李恪初来安州的时候曾染过一次风寒，前来都督府中看诊的正是这位夏大夫。一来二去，倒也彼此熟络了。可事实上，李恪作为安州长官，其实是不大好与这些地方名流过多交往的。此番前往夏府，无非是因为夏邵严数次下帖相邀，盛情难却之下他才勉为其难地应了。

才到了河清街，就看到夏邵严站在府门口迎候。见李恪与杨政道所坐的不过是最普通的四轮马车，又都是一副寻常的士子打扮，夏邵严便很知情识意地只拱手一拜道：“两位请于府中叙话吧。”

进府就见一座假山立于堂外，假山后的两条曲径幽长深邃，路的尽头又分出三条铺满石子的小道。整个夏府曲曲折折，颇费了设计者的一片心思。夏邵严带着两人来到内室书房之后，方才屈膝叩首拜道：“邵严见过都督，见过司马。”

李恪虚扶了他一下，微笑着道：“夏大夫请起。哪有主人给客人行礼的道理。”

夏邵严起身又施一礼，方才从身后的书架上取出了一个匣子，打开看时，只见其中放着一株硕大的灵芝。奇特的是，那灵芝上有着一道道深深龙纹。夏邵严思了半晌，说道：“一个月前，邵严前往安州郊外白兆山间采药，偶得此物。如此祥瑞，邵严不敢擅用，还请都督替邵严呈送给陛下。”

李恪听了这话，不禁伸手抚了抚上头的龙纹道：“这纹路果是天然形成的？倒是珍奇！如今天下承平，想来陛下见了，亦会高兴的。”

杨政道端起手边的茶杯，浅尝了一口。小的时候在突厥，他可是亲眼见过有人在一块大石上雕刻“霸业永昌”四个字，然后当作圣物进献给颉利可汗的，所以他才不相信这世上真有什么祥瑞。李恪虽只比他小了一岁，又经历过那样惨痛的事，可终究生性单纯，有些事情他未必能看得透。

不过，他倒也不想立刻去揭穿，只因他一时也不大明白这夏邵严的心思。倘若他真想借着李恪的手向朝廷索取些名利，大可光明正大地来都督府献宝，何必弄得这般神神秘秘，无端倒叫人增了几分怀疑。

杨政道的脑子飞快地转动着，右手一时没握稳茶杯，里头的茶水不小心溅到了衣摆上。夏邵严见状，忙从兜里掏出一块锦帕递给他道：“司马赶紧擦擦吧，这茶水可烫得紧呢！”

李恪的目光不由自主地投向了这边，突然他走上前两步端详着这块锦帕，脸色一时间变得煞白如纸，目光中满满都是惊诧和恐惧。杨政道见他如此，一边扶着他坐回原位，一边问道：“夏大夫的这块帕子有何来历？”

夏邵严似乎没想到他们竟会同时对这小小帕子感兴趣，愣了片刻才道：“实不相瞒，这……这是家父留给邵严的。不知有何不妥？”

李恪听杨政道替他问了他想问的话，尽力稳了稳心绪，摇摇头说：“无他。不过是觉得那三朵桃花委实特别。”

夏邵严松了一口气道：“原来如此！见过的很多人都这么说。”

有微风从关得并不严实的窗户中吹进来，将原本摆放于桌案之上的一张纸吹到了地上。杨政道眼疾手快地将纸捡了起来，瞥见上头写着好几种药名：熟地三钱、人参二钱、防己四钱、白前一钱、当归五钱、藜芦五钱。看到最后两味药的时候，他的脸上起了一丝不易察觉的变化。旋即，他却若无其事地将这方子压在了案上的镇纸下面。

二人回到都督府的时候，已是酉时时分。晚风柔和地吹过，慢慢拂起李恪身上穿着的那件披风。这一路上，他的心都在杂乱无措地跳动着，直到进了书斋，跪坐于软垫之上时，才稍许缓解下来。

季恩觉察出他面上表情的异样，刚想说话，就见杨政道朝着他摇了摇头道："请康法曹过来一趟，殿下有话要问。"

李恪眉眼微动，目光中带了几分慰藉，缓缓道："表兄，这么些年，我企图了解当年的真相，却无从下手。曾有那么一刻，我甚至想要放弃，直到今天，我才又看到了那个桃花图案。"

说到"当年"两个字的时候，他紧紧地将手握成拳，指甲嵌入手心之中，疼得钻心。那个黑巾蒙面的刺客用剑勒住了母亲的脖子，用带着些嘲讽却笃定的语气对父亲说：倘若想要保全她的命，就用自己的命来换。母亲不忍父亲为难，便用力握住了那锐利的剑锋，自刎而死。李恪永远也忘不了那个刺客凶戾的眼神和他手臂上的桃花刺青：三朵桃花并列，那种浓烈的殷红，似母亲握着他手时沾染上的鲜血。母亲在他的耳畔呢喃："恪儿，好好地照顾父亲。"

他以为，父亲会和他一样伤心。然而，就连在母亲下殓，他那才两岁的亲弟弟李愔抓着他的衣角，用并不流利的奶音问他"母亲怎么一动不动地躺在那里"之时，他也未能从父亲的眼里看到哪怕一丝的悲戚之感。他的心很疼，不亚于失去母亲的伤痛。

杨政道叹了口气，将斟满清茶的杯子递到李恪面前道："我明白。所以，我会帮你。"

季恩很快就带着法曹康健过来了。那康健二十出头的年纪，身量矮小，皮肤白皙，开口便带着很浓重的安州口音，李恪听了足足一个月才慢慢习惯他的说话方式。

"殿下是说夏邵严？"康健踞坐于李恪对面，面部表情十分丰富，仿佛下一刻就要手舞足蹈起来，"这人下官倒是熟悉。您别看他家境殷实，又仪表堂堂，到如今二十八岁可还没有娶妻呢！有人说，他曾有过一个未过门的媳妇，可那丫头没福，十五六岁的时候就香消玉殒了。也有人说，他身患隐疾，不想耽误人家姑娘。不过，下官私以为还有另外的原因……"

康健的语速极快，口齿又不大伶俐，一大篇话下来，李恪顶多只听清楚六七成，于是，他只得无可奈何地道："你慢慢说，莫急。"

康健挠挠头，压低了声音说道："前段时间，下官看到有个长得挺俊俏的小郎君频繁出入慈济堂。所以，下官怀疑……殿下您懂吗？"

李恪刚喝了口清茶，还未及完全咽下，乍听得他的这句问话，呛得连连咳嗽不止。杨政道对这个自称"包打听"且想象力突破了天际的同僚很是没有法子，忍不住开口道："殿下想问的是，夏邵严平日都和哪些人交往？还有，他的父亲夏棱是怎么死的？"

康健看看杨政道，又望望好不容易才缓过气来的李恪，舒出一口气道："殿下您怎的不早说？这个下官也清楚。夏邵严是个医痴，平素除了和安州城里几个有资历的老大夫切磋医术之外，倒也不见得和其他人过从甚密，所以下官对这个白面小郎君才更好奇嘛！至于那夏棱，据说是得了急病突然过世的。如今这夏府中的主人，除了夏邵严之外，就只有他的叔父夏杞了。这夏杞是个远近闻名的酒色之徒，和夏棱以及夏邵严的关系都不大亲近。"

李恪有些失望地微蹙起了眉头，因为他实在无法从康健的话语中寻找到夏家的特别之处。难道那个与当年刺客手臂上刺青一模一样的桃花图案只是一个巧合吗？果真是他太想要去了解那个或许他永远也弄不明白的真相了吗？

于是他起身，点燃了桌上一根燃烧了一半的蜡烛。他的脸色在这样强烈光芒的照射下，却略略显出一丝苍白来。他原生得十分清俊，又文武双全，和年轻时候的皇帝有八分相像。只是他的心思过分沉重，又不大愿意与朝臣交往，加之皇帝对他的态度也总阴晴不定——可以亲自教授他骑马射箭，也可以只用一纸诏书就命他远来安州做都督。所以，他这个吴王在朝臣心中好像并不十分重要，却也不能被小觑。

“借殿下笔墨一用。”杨政道不知何时已经站在了李恪面前，从竹筒之中拿出一支笔，蘸墨在案上的一张纸上写了几个字：熟地、人参、防己、白前、当归、藜芦。

李恪看着杨政道这一手漂亮的蝇头小楷，狐疑道：“这是什么？”

杨政道神色肃然：“这是在夏邵严书桌上发现的一张很奇怪的药方。我虽对药材功效了解得不多，却也知道药方讲究的是相互辅助，所达到的目的应该是相同和一致的。然而你看，熟地是补血的良药；而防己性寒，主治发热；至于当归，则是热性药材；然而，更可怕的是，这人参和藜芦两药本是相克，倘不慎服用，恐有性命之危。”

“夏邵严身为名医，当不会犯下如此低级的错误。这药方倒是很耐人寻味。”李恪反复摩挲着这张方子，心中终于燃起了几分希望。于是，他回头对康健道：“明日晌午，让夏邵严来府中一叙，本王有重要的事情问他。”

李恪的卧房位于安州都督府的正东面。屋外的两棵老槐树生得煞是茂盛。月光从树叶的缝隙中投下来，在地面上留下了几道斑驳的影子。

那根快要燃尽的蜡烛散发着昏黄的光芒，李恪放下手中的笔，揉了揉有些酸涨的眼睛。他腕上那三颗佩戴了十多年的羊脂玉珠越来越显出它们的圆润与透亮来。他抬头，见有一双手正为他将残烛换下，屋子里登时就敞亮了许多。

“王妃先去歇着吧！天已经晚了。”李恪看着面前女子有些疲惫的面容，柔声地说道。

舒窈拿过小丫鬟紫藤手中的斗篷，将它披到了李恪身上，低语道：“妾身愿意陪着殿下。”

早在李恪出生后不久，就由皇帝做主，为他选了隋朝直阁将军邗国公杨士贵的孙女舒窈为妻。可是，直到在洞房之中，李恪才第一次见到了这位比他年长两岁、从小定亲的王妃。

成婚这么些日子以来，李恪对她说不上喜欢，当然也说不上讨厌。就像他叫她王妃，她称呼他殿下一般，两人相敬如宾，却总带了几分太过客气的疏离。可这样不是挺好的吗？母亲用生命全心全意地爱着父亲，最后得到的，又是什么样的结局呢？爱之一字，听听便罢了，从来也当不得真的。

舒窈见李恪总对着面前的这张纸出神，便也不由自主地看了一眼，边看边轻声地念道："熟悉的……地方……熟地……"

舒窈虽出身显贵，举手投足间都是大家闺秀的风范，在文墨处却是不通的。李恪曾经教她认过一些字，见她并没有显出十分的兴趣，便也很快作罢了。如今听她这如孩童般牙牙学语的声音，不禁觉得有些好笑。然而，就在须臾间，他脑中的灵光一闪而过，没来由地觉得心情有了几分愉悦。于是，他起身转了转有些酸麻的脖子，转而又对舒窈道："小厨房中可还有吃食吗？这会儿肚子倒是饿得紧了。"

"殿下想吃自然是有的。"舒窈微微一笑。她的容貌虽生得并不出众，可一笑起来，倒十足添了几分妩媚，"紫藤今儿才去安州最有名的荣庆斋买了些鲜肉馍馍，热一热就能吃了。"

"馍馍？那是什么？"李恪不解道。

舒窈一时不知该如何解释。紫藤却在旁机灵地说道："回殿下，馍馍是安州这儿的叫法，就是馒头。"

李恪望了舒窈一眼，见她脸上迅速地闪过一丝古怪的表情。他想说什么，却终究还是颔首吩咐紫藤道："那便去拿几个过来吧！王妃也好一块儿吃一些。"

第二日巳时，夏邵严便早早地来到了都督府明德堂中等候。李恪见夏邵严今日只穿着一件素净的烟灰色孔雀暗纹大袄，便好奇道："夏大夫往日总喜穿红绿二色衣裳，今日这颜色倒是少见。"

夏邵严将膝下跪坐的软垫微微朝前移了点道："都督不知，今天正是家父过世三周年的忌日。"

"是吗？"李恪又将夏邵严上下打量了一番，见他神情并无甚异常，便又道，"可巧今番邀夏大夫过府，为的也正是令尊之事。"

夏邵严剑眉微动："不知都督指的是什么？"

李恪开门见山道："令尊的真正死因。"

夏邵严似被人洞穿了隐秘的心事，心头不禁微微一颤，可面上却不动声色，转而又显出了些恰到好处的惊讶："家父三年前得肺病而死，安州很多人都知道，都督觉得有何不妥吗？"

正说着话，只听得几声清脆的叩门声响起。李恪应了一声，就见紫藤手捧着一个托盘走了进来。紫藤梳着齐整的双鬟髻，穿着桃形领暗紫色襦裙，越发显得身量娇小。她走到矮桌之前，屈身将托盘中的茶壶和茶杯放了下来。李恪浅尝一口，侧头问道："怎么是清水？"

"王妃说殿下近来脾胃不好，不宜饮茶，故而才叫婢子准备了这壶清水。"紫藤边说边在夏邵严的杯中也斟满了水。

夏邵严点头致谢。

李恪看了夏邵严一眼，又转向紫藤道："你先下去吧。"

见紫藤走得远了，李恪方才从袖中拿出了那张药方："我在你的书桌上见过这张药方。那纸已然泛黄褶皱，看起来是被你经常摩挲在手里看的。作为一个大夫，你不可能开出如此可能会害人性命的药方。显然，那是别人留给你的。若是一般的人，你不可能这么上心。杨司马对古墨研究颇深，据他说，那张方子上的墨迹起码已有三年，而你的父亲正是在三年前过世的……"

还未等李恪说完，夏邵严便急急起身，又屈膝向他行了个大礼。往日他虽也对这位十九岁的安州都督充满了敬重之意，可那不过只是对长官、对皇权的畏惧而已。然而此刻，他真正对这个人有了深深的钦佩。

他的声音低沉，似在找寻被时光湮没的记忆："都督说得没错，这方子的确是家父所写。家父的身子一向十分健康，可那日清早，邵严去父亲书房请安的时候，他却已经一动不动地躺在那里没了气息，手里握着的正是都督昨日看到的那块桃花帕子。邵严细细检验了一下父亲的遗体，竟查不出任何异样。或许有，那便只有四个字——无疾而终。邵严虽然悲恸，却也只能着手办理父亲的后事。可就在父亲入土后的第二日，我却在经常翻阅的医书中找到了父亲所写的这张方子。"

李恪点点头，习惯性地摸了摸手上的那三颗羊脂玉珠，目光沉沉："夏大夫，知道为何你花了三年时间，仍看不出这张方子有何特别之处吗？那是因为你的医术太好，对每一味药的功效和习性也研究得太深，反倒忽略了这些药材名字里最浅显的意思。”

夏邵严微垂着眸子，一脸疑惑地摇了摇头。李恪用手指着药方说道：“熟地，熟悉之地。人参，参星，至亲。防己，防备己身。白前，白日以前。当归，归身，死亡。藜芦，你父亲的书房是叫篱庐吧。他或许是想暗示你，他的生命受到了威胁。后来，他果然不明不白地在黎明前，死于他常待的书房篱庐。”

“这太不可思议了！”夏邵严的嗓音明显大了几分，或许是意识到了这失礼的举动，他赶紧喝了口水，以掩饰自己的尴尬，“父亲平素待人极好，哪里会有什么仇家？况若他真有危险，大可明告于我，何必弄得这么神秘？”

李恪似乎并不在意夏邵严的失态，脸上露出和他的年龄并不相称的沉稳。他起身，将目光遥遥地投向天边的那抹明灿阳光，用手理了理有些褶皱的衣摆：“这个……还需夏大夫自个儿回去好好想想。本王能做的，只是把自己心中的怀疑告诉你。没有证据，亦不便插手。”

夏邵严望着李恪颀长挺拔的背影，犹豫了片刻，终究还是把话说了出来：“邵严知道此话冒犯，但还是想问，都督为何要花这般精力去研究邵严的家事？”

“等到你弄清楚了你的家事，或许，这就不仅仅是你的家事了。”李恪闻着那用上等沉香木雕刻而成的栏槛窗牖发出的淡淡香气，用一种极漫不经心的语气说着这颇耐人寻味的话语。

夏邵严离开的时候已经是晌午。季恩将热了三遍的午膳摆了过来，却见李恪仍旧在案前奋笔疾书，便忍不住出言道：“殿下先吃饭吧。夏大夫说了，你这脾胃不好，多半就是因为没有好好吃饭。”

季恩与李恪同岁，可说出来的话却十足像长辈的口吻。李恪将手里的笔放在盛满清水的琉璃瓶中洗净后，重又放回笔架上。见季恩一脸肃然，李恪不禁笑

道："你近日委实话多得很！"

季恩听他这话，便很机灵地将碗筷放到了他的面前，又夹了些他喜欢吃的鹅掌、鸭信和花菇、牛柳，边夹还边说道："今日老厨子何二告假，掌勺的是他的徒弟王富，不知殿下觉得口感可好？"

李恪尝了两口，颔首道："还算差强人意。"

季恩不再说话，只是默默地陪侍在一旁。他与哥哥季成都是从小跟在李恪身边的。在他看来，李恪这位亲王都督实在太好侍候。不过，这好侍候的意思与其说是李恪脾气好，还不如说是他对万事仿佛都不在乎。就比如说，那时候在长安，连一个六品京官对吃穿用度都讲究得很，可李恪却从来没有就这些事吩咐过他们只言片语。他想知道，这世间能触动李恪心肠的究竟会是什么东西呢？可他不敢真正窥探，甚至不敢去细想。

"好了，撤下去吧。"季恩飘忽的思绪被李恪的这一句话给生生地拉了回来，正要答应，却听得李恪又道，"杨公子还没有回来吗？"

季恩边将碗碟放入托盘之中，边回道："卑职一早就未见到杨公子，许是出去有什么事情办吧。"

李恪点点头，并没有再说话。季恩端着托盘出去的时候，李恪看到日头已然偏了方向，天色也有些许暗沉，不由得小声嘟囔道："这安州的鬼天气，怎的说变就变了呢！"

这种让人厌烦的灰蒙蒙的天色持续了一整个下午。虽然已经来安州好几个月了，可李恪仍旧不大习惯这里诡谲多变的气候。有的时候，他也会想念长安城里轻柔和煦的阳光，如同小时候母亲轻抚着他的面庞时露出的那样好看的笑容。李恪拿过放于剑架上的那柄麒麟雕纹青虹宝剑。那一年，他亲眼看着母亲用这样锐利的剑锋毫不犹豫地划破了她自己的脖颈。揉碎桃花，落红满地。他就这样失去了心中最深的一种温柔，也失去了那样年少无忧的美好时光。

李恪拔出宝剑。他在剑上看到了自己的眼睛，那双眼像极了他的父亲，然而，却也只是像而已。他的右手紧握着剑柄，用尽全身的力气将剑刺了出去，接着，又是狂风骤雨般的一阵挥舞，犹如神龙来回行云布雨。他的每一丝力量都集中在剑上，那剑仿佛是他身体的一部分，和他的每一寸肌肤都紧密相连。

忽地感觉有一道人影从身边闪过，李恪警觉地将剑刺了过去。杨政道侧过身子，灵活地避开了这一剑。几乎是在同时，他亦抽出腰间佩戴的一柄长剑，快速迎了上去。

两人都是用剑的高手，每一剑都出得十分干脆有力，毫不拖泥带水。长剑相互碰击的声音清脆而又刺耳，连鸟雀都无一敢靠近。身边的树枝上一瞬间叶子全无，纷纷落到了二人的衣服上。杨政道用左手轻轻拨开沾在自己发际的树叶，右手则紧握剑柄，身体略略向前倾，使了一式弓步下劈的动作躲过了李恪向他直刺的那剑，又用手轻轻地抓了一下他的衣角。

杨政道忽站直了身子，长长的剑穗从李恪的眼前甩过，李恪不由自主地分了神，朝剑穗的方向望了一眼。就是这一眨眼的分神，杨政道便一个回步，挥剑朝着李恪的胸口刺去，接着长剑在距离他胸口两寸的地方及时地收住了。

李恪长长地舒出一口气，将青虹剑放到了旁边的石台之上，没好气地道："杨公子的剑可以再收得晚一些。"

杨政道俯身捡起地上的剑鞘，不以为然地道："明明是你自个儿分了神。倘若真遇到了歹人，便可在顷刻之间要了你的性命。"

"是吗？"李恪不由挑眉道，"若真是歹人，我不会给他那么多机会，方才我那第一剑便可刺入他的咽喉，你信不信？"

杨政道看着他那一脸认真的表情，不由笑出了声道："信！怎么不信？吴王殿下说什么我都信。"

两人才进了屋，忽地有一声春雷响起。顷刻之间，大雨倾盆而下，青石板地上霎时起了许多细小泡沫儿。春日里的风还有几许寒冬的凉意，直打得外头的树枝歪歪斜斜。

杨政道翻了翻案上李恪刚刚在看的书，道："恪弟还在看安州各县的县志？凭你的记性，不早该记得滚瓜烂熟了吗？"

李恪不禁瞪了他一眼道："我是人，不是神，二十卷书啊！是一天半天可以看得完的吗？你当真看得起我。"

杨政道并不在意他的抢白，兀自说道："那可不，陛下不常说你像他，三岁

识字，四岁熟读《王制》，五岁便能作文，天赋异禀呢！”

陛下吗？那个时候，父亲还不是皇帝，而只是战功赫赫的天策上将。可在年幼的李恪看来，他不过是一个对他那样好的父亲。母亲说，他出生的时候，父亲正在外头打仗。等到父亲回来抱过他柔软的小身子的时候，他却含混不清地叫了一声“父亲”。那是血脉相通的默契，可如今，却只有说着冠冕堂皇的客套话的尴尬。

李恪苦笑，很快藏好了自己的落寞，转了话题说道：“不谈这些了。你这一整天都去哪儿了？”

杨政道将腕上戴着的小叶紫檀木手串拿下来把玩着说道：“我去了慈济堂对面的沈家茶楼喝茶，过了一盏茶的时间，果然看到了夏邵严将康健所说的那个白面小郎君送出门，那小郎君所拿的锦帕上的确也有那三朵桃花。于是，我便悄悄跟在了他的身后，结果倒是令我大为惊讶……”

“我还以为表兄不屑做这种偷窥跟踪的事呢！”还未等杨政道说完，李恪便忍不住说道。

杨政道见他完全弄拧了自己话里的重点，也不去睬他，只是自顾自地说道：“我见这小郎君进了慕安阁，问了守在外面的小厮才知道，这人竟然是个女子，而且还是附近小有名气的慕安阁名妓朝颜姑娘身边的丫鬟。”

听到最后这几句，李恪才收了戏谑的表情，身子微微向前，慢悠悠地说道：“一个青楼丫鬟数次着男装，出入医痴堂中，这倒真有些意思。传闻说夏邵严是因为未婚妻过世才那么多年未成婚，看来也不像空穴来风。况且我一直对夏邵严手里的那块锦帕耿耿于怀，当时他吞吞吐吐地说那是他父亲的东西，可看那针脚，决计是出于女子之手，如今想来，亦觉十分可疑。”

杨政道重新又将那手串套回了自己的腕上，道：“如此，我今日去沈家茶楼喝茶的茶钱，还有给慕安阁小厮的打点钱，是不是应该向安州都督报账啊？”

“安州都督也没钱。”李恪从佩在腰际的檀色绣海棠花荷包中取出几枚铜钱，放到案上说，“要钱可以找刘录事，他管着官中的银子。”

杨政道饮了口杯中的清水，起身朝外走了两步。

“也别急于一时嘛！”李恪见他真要去，便喊住了他道，“刘录事今日告假去喝他二舅家小孙子的满月酒，你明日去也不迟。”

杨政道揉揉自己有些酸涨的太阳穴，见外头的雨已经停了，便转身说道：“我可不怕你赖账！趁着还未宵禁，我想再去慕安阁，直接找那朝颜姑娘探探口风。你要不要一块儿去？”

这要被言官知道他这安州都督上任不到半年就和府中司马一起逛青楼，找头牌姑娘，不一人一本奏疏告到陛下那里去才有鬼呢！想到这里，李恪没来由地笑出了声。杨政道好奇地琢磨着他的表情，实在想不明白他的笑点是从何而来的。于是，杨政道又问了一句：“你究竟要不要去？”

“去啊！咱们现在就去！”

黄昏时分的安州城最是热闹非凡，主城区海晏街街道两旁满是扯着嗓子吆喝的小贩。李恪头戴黑色豹皮帽，身穿一袭绯色熊首麒麟篆文锦缺胯袍，腰间佩有一只栩栩如生的金龟，那样光彩照人的气质，不禁让街上那些未婚姑娘掀起帷帽偷偷地去瞧他。杨政道在李恪的耳边小声说道：“你下次出门的时候，试试问府里花匠借一件麻布长衫，看她们还看不看你。”

李恪回头，冷不防对上一个少女含情脉脉的眼神，便赶紧收回目光，却又刚巧看到杨政道那张带着微笑的棱角分明的侧脸。突然想起了小时候听乳母对他说，隋朝皇室的男子个个温润如玉，女子个个美丽刚毅。

那个时候，枭雄窦建德在攻克江都之时，看到了已经过了三十岁却依旧风华绝代的隋炀帝长女南阳公主，要杀她独子的心也软了几分。杨政道是隋朝皇室唯一的直系后裔，容貌自是遗传了先辈的。于是李恪亦压低了声音说道：“表兄怎么知道这些姑娘不是冲着你来的？当时在长安，喜欢你的姑娘还少吗？”

“两位公子……两位公子请留步。”身后传来了一个沙哑难听的声音。两人同时看去，只见一个穿着破烂、跛着一条腿的老和尚颤巍巍地走上前，不由分说地将他们拉到了旁边一条僻静一些的小路上。

杨政道刚想将身上带着的一两碎银放到他那只磕破了边的碗里，却被老和尚伸手拒绝了。老和尚盯着他的面庞看了很久，才郑重其事道："公子面相实为大贵，然有命无运，故而凡事不宜太过苛求，顺势而为，方可保得一世平安顺遂。"

不待杨政道回答，老和尚又用那只骨瘦如柴的手抓起了李恪的手，面上竟然露出了一丝难掩的悲恸："你的命运悲剧，是你永远也摆脱不了的前世纠葛。唯有放下执念，才有一线生机。公子，切记！切记莫要太过执着。"

说完，他用力甩开李恪的手，迅速消失在人群之中，那条跛腿竟然在刹那间奇迹般地好了。两人想着他说的那种语焉不详的疯话，竟都愣在了当下。半晌，李恪才似梦呓般地吐出几个字："表兄，他说的……到底是什么意思？"

"意思是说，得赶紧去办咱们的事了。"杨政道拉了拉李恪的衣袖，"这等胡说八道的话，你去管它做什么？"

海晏街的尽头就是慕安阁。据说几年前，那里还叫翠红楼。后来，老鸨不知从哪里弄来了一个名叫慕安的姑娘，那姑娘生得十分美丽，又弹得一手好琵琶。老鸨为了用她来吸引更多的客人，便将这翠红楼改为了慕安阁，这样一改，倒是平添了几分诗意，吸引了众多自诩风流的才子来此寻找佳人。于是，这原本平平无奇的翠红楼一跃变成了安州城里数一数二的青楼慕安阁。

老鸨远远就看到了这两位清朗俊美的公子，眼睛里登时笑开了一朵牡丹花，忙忙地迎了上去，甩动着手里那块香气刺鼻的帕子，扭动着腰肢，带着极夸张的谄媚语气道："怪道今儿我的左眼皮老跳呢！原来是遇着贵人了呢！两位公子赶紧里面请，要哪一位姑娘相陪您尽管说，哦，两位三位都可以。要不要孙妈妈我来给你们介绍介绍啊？"

杨政道面露微笑，身子却微微地朝外侧了侧，刚好避开了老鸨身边那个红衣女子向他伸出的双手。他从腰带中取出了一块雕刻着云纹图案的玉佩放到老鸨的手中："要朝颜姑娘相陪。这个，可够？"

那玉通体清透，毫无一丝杂质，拿在手里便觉沉甸甸的，焐久了仿佛有温度一般，霎时就变得温暖许多。老鸨接待的达官贵人多了，好东西自然也看得多，但像这样一眼就能确定的好东西还是第一次见到。于是，她又情不自禁地打量着面前的两人，一时竟然忘了答话，直到那红衣女子推了推她的手臂，她才缓过神来，连连说道："够了够了！足够了！木槿啊，快去把朝颜叫上来迎接贵客。"

上楼的时候，李恪悄声问道："表兄知道这玉佩值多少银子吗？"

杨政道摇摇头："这些都是当年祖母自江都行宫带到突厥的，我只随便挑了几样拿来安州，想不到，倒还真的派上用场了。"

"那是和田玉中最上等的白玉，产量极为稀少。你这一块，怕价值百两不止，足够这老鸨花三辈子的了。"李恪笑了笑，眼里却透着一种不知是感慨还是可惜的神情。

老鸨将他们带到了二楼一间雅室之内。刚刚坐下，便有小厮前来奉茶。老鸨屈身对他们说："二位请稍候，朝颜正在梳妆打扮，一会儿就来。"说完，又向旁边的小厮使了个眼色，小厮立刻会意地离开了。

没过多久，果见一个穿着樱桃红广袖襦裙、头戴朝阳五凤挂珠簪子的少女迤逦而来。她的妆容清丽，并不像刚刚所见那些浓妆艳抹的女子，脸上的笑容恰到好处。李恪和杨政道见了，却都只是微微颔首示意。老鸨心中不禁有些纳罕：平常人一见到朝颜的美色，都恨不能立刻扑上去一亲芳泽，这二位坐怀不乱，倒是颇有意思。不过倘若自己再年轻个十几岁，此等好事怎么还轮得上朝颜这小蹄子？她越想越不服气，可最终还是识趣地掩上门走了。

"两位公子是想听琵琶，还是听古琴？"朝颜的声音婉转动听，倒是与她的花容月貌很是相契。

李恪刚想说他什么都不想听，只想立刻知道她那丫鬟与夏邵严是什么关系，对那块锦帕的事情又知道多少。可还未等他开口，却听得杨政道朗声说道："古琴，《平沙落雁》。"

朝颜的脸上突然升腾起些许红晕。她接过那么多客人，甚少有这般似乎是真正为了听曲而来的。于是她赶紧吩咐身边的小丫鬟蕙兰将她的七弦琴放到了案上。就在调音之时，杨政道转头用嘴型对李恪讲了两句话：价值百两啊！听一首曲子不过分吧！

《平沙落雁》原本气势雄浑，可经由女子，尤其是像朝颜这样娇柔妩媚的女子弹来，无端便有了些清新悠远的独特气韵。云层万里，天际长鸣，最后那一声尾音拖得很长，余音久久地盘桓于室内，正如同纷纷大漠中那经久不竭的鸿雁的哀鸣一般。

杨政道的神情蓦地一恍惚，似乎看到了那个同样善于抚琴，总爱穿着藕荷色衣裙的姑娘明媚的笑容。朝颜看他似乎有些心不在焉，便走上前去，将一只盛着桑落酒的白玉小盏端到了他的手上，娇嗔道："是公子自个儿想听的《平沙落雁》，难道公子不喜欢吗？"

"怎么会不喜欢？只要是你弹的，我都喜欢。"杨政道接过酒杯，将那酒一饮而尽，目光悠悠地望着远方，似在对朝颜，却更似在对心底深处的那个人说。

李恪一闻到酒的味道就不由得连咳数声。他与酒实在是没有缘分，不仅喝一口就醉，就连闻也闻不得。杨政道转而对蕙兰道："去拿一壶清水过来。姑娘不知，我这弟弟平素逢酒必醉。上次酒醉，一直昏睡了一天一夜，幸好有慈济堂夏大夫的药，方才醒转过来。"

李恪向杨政道瞥去了一道不满的眼神，心道：你想提起夏邵严好歹也找个好点的理由，什么酒醉昏睡，真是荒唐！不过话已说出口，他也只好顺势往下讲了："可不是吗？这夏大夫医术高超，乐善好施，又生得一表人才，当真是个难得的好郎君。若非他已经成婚，我还真想将我家小妹嫁给他呢！"

朝颜听到此处，睫毛微微颤动了一下，美目中生出了几分波澜，脱口而出道："夏大夫还未成婚呢！"

"是吗？这倒奇了！"李恪与杨政道对望一眼，交换了一下彼此了然的眼色，"他这年纪也已经不小了，难道没有媒人上门和他说亲吗？"

朝颜愣了片刻，犹疑着要不要将涌到嘴边的话说出口，却看到面前两人都带着无比期待的目光看着她，竟不由自主地说道："夏大夫是为了我的姐姐才不愿娶妻的。"

李恪接过蕙兰刚刚递过来的茶杯，浅浅饮了口那略带着清甜之味的水，漫不经心地摩挲着杯身上的虎头浮雕："你姐姐？莫非也是这慕安阁里的姑娘吗？"

"不！严格说来，她是我的义姐。"朝颜的话语平和，可语气中却有了几分怅然，"四年前，我还是慕安阁里一个端茶递水的丫鬟。那年冬天特别冷，我的风寒一连几日都不见好转，到了第五日的晚上，我烧得已是奄奄一息。后来蕙兰冒着风雪出去为我请大夫，可这冰天雪地，又听说生病的只是一个青楼丫鬟，很多大夫都不愿出诊。最后来的却是一个十五六岁的小姑娘，她帮我施了针，又亲自为我去抓了药。没过几天，我的病果真就痊愈了。”

“还真是个善良的女大夫。”李恪听着窗外呜咽的风声，下意识地抓了抓衣襟，“经此一事，你们就熟识，并且以姊妹相称了？”

朝颜点点头道：“是的。后来我才知道，原来她是慈济堂夏杞大夫的弟子，也就是如今的掌柜夏邵严的小师妹。突然有一天，她约了我出来，哭哭啼啼地告诉我，有一个官宦人家的公子向她的师傅提亲，要娶她做妻子。可她与夏邵严早已情投意合，如今却生生地被棒打鸳鸯。”

不过是个极老套的故事！杨政道在旁听着，满目都是不以为然。这大约就是他与李恪的最大不同，李恪太容易感情用事，这对一个皇室子弟而言，或许是最致命的性格弱点。想到此处，杨政道便忍不住直言道：“那你这些日子频繁让你的丫鬟出入慈济堂到底是为了什么？”

此言一出，不只将朝颜吓了一跳，连李恪也蹙眉望向他，意思是说：不是说好了循序渐进吗，改了策略也不知道提前向我使个眼色。朝颜不复方才的忧戚面色，而是很警觉地转动着双眸，沉下声音说道：“你们究竟是什么人？为何要……”

就在这个“要”字刚刚出口的时候，朝颜的嘴角渗出了一丝血迹，接着又从口内吐出了一大口鲜血，脸色立刻煞白，那双杏眼睁得老大，只倒地抽搐了两三下后便一动不动了。杨政道忙上前试了试她的鼻息，又搭了搭她的脉象，摇了摇头说道：“已经没救了。”

李恪朝四周望望，偌大的花厅中此刻就只有他与杨政道两个人，连刚开始在旁端茶递水的蕙兰都不知跑哪里去了。外面此刻却已然有吵闹声传了过来。

“孙妈妈昨儿个才答应今日让朝颜姑娘陪咱们哥儿俩喝酒助兴的，怎么说话不算话呢？”

“就是啊！赶紧让朝颜出来，先自罚三杯，再同我们一起乐和乐和！”

“王公子，蒋公子……哎呀，孙妈妈我可没有骗你们……朝颜屋内如今真是有贵客。等他们走了，我让她陪你们一整个晚上好不好？”

“你少哄我们，上回你就是这样说的！能有什么贵客？我们偏偏就要硬闯了！”

听着这吵声越来越近，接着又是一阵阵急促的叩门声音传来。杨政道指着花厅的窗户道：“依着你我的功夫，从二楼一跃而下，应该不是什么难事。要不然，就坐着让他们把咱俩当成杀人嫌犯。”

李恪看着刚刚还与他们笑语相谈的女子倏忽间就成了一具尸体，心下也着实有几分感伤。他走至朝颜方才所弹的那架七弦琴旁边，眼神中突然就有了几分亮色：“表兄方才听这曲子，觉察出有什么异常吗？”

杨政道听他答非所问，倒也没有在意，而是实言道：“朝颜的琴技虽然比不得那些真正的大家，但总体而言，已经不错了。然而，最后一个上挑的音节，她明显没有能够弹上去，于是便生了些破音，只不过被她很巧妙地掩盖过去了。”

“果然如此！”李恪用手指拨了拨琴弦，琴弦发出了一声沉闷的响声，“表兄还是留下陪我一起做这杀人嫌犯吧。”

杨政道耸耸肩：“那倒也无妨。”

门被粗暴地撞开了，两个醉汉吵吵闹闹地和老鸨一起走了进来。老鸨一边用手挡在醉汉们面前，一边用尖细的声音说道：“两位公子不好意思。朝颜啊，你先出来招呼一下！”

待到老鸨再走近几步，看到内室中的场景后，不由得“啊”地大叫起来，连忙大跨步地走上前去，摇晃着躺在地上一动不动的朝颜，抹着眼里并不存在的眼泪，干号道：“朝颜，我的亲闺女啊！你这是怎么了啊？是哪个杀千刀的这么狠心把你弄成这个样子了？”

这一号叫，将两个醉汉的酒也解了，他们相互拉扯着叫嚷道：“杀人啦！朝颜姑娘被人给杀死了！”

如此大声，登时把二楼几乎所有的客人都引了过来。蕙兰和木槿三步并作两步地跑过来扑倒在朝颜身边，抽泣着连声唤着“姐姐”，哭着哭着，又转头看看站在那里的李恪与杨政道二人，想说什么，却终究还是没敢说。

老鸨刚想伸手去抓李恪的衣领，却被杨政道拿旁边的玉笛给挡了下来。老鸨一见他眼中的戾色，不由自主地后退了一步，话语中也少了几分底气：“你们在

我慕安阁中杀我家闺女，如今竟还这么横！王九！王九你死哪儿去了？还不赶紧去报官，让这两个无耻匪类给我的朝颜偿命啊！”

从人群里挤出来的王九五短身材，说话的时候，脸上的肉还在微微发颤：“知道了，孙妈妈，我马上就去！”

“别忘了让仵作一起过来！”李恪冲着王九离开的背影，高声提醒了一句。

这些年，安州百姓向来生活得风平浪静。如今青天白日，竟然有人胆敢在此等热闹之地杀人，死的又是一个容貌绝俗、毫无反抗能力的弱女子，在场的很多人都怒目朝向李恪与杨政道，恨不能亲自动手捅他们几刀。

半个时辰过后，便见王九带着法曹康健和仵作匆匆跑了过来。康健一袭青绿色官袍，两撇八字胡微微上翘，一对小眼睛在看到李恪的瞬间突然闪出了无比惊讶的目光。老鸨紧紧拉住了康健的官袍道：“您瞧瞧，您快瞧瞧，就是这两个狂徒杀了我家闺女朝颜啊！”

康健甩了好几次才甩开老鸨的手，往前迈了两大步，刚想俯身向李恪行礼，却感觉自己的脚被他轻轻地踩了一下。康健是个很有机灵劲的聪明人，见此情状，便立即用余光望了李恪一眼，刹那间，他就明白了李恪的意思。为了确定这个想法，他又抬头与杨政道交换了一下眼神，杨政道冲着他微微点点头，又指了指正在一旁验尸的仵作，向他比画了一个“公”字。康健心道：这杨司马的意思是要他秉公处置吗？难不成还真要他亲手把这两位长官抓起来？不对！他好像应该相信他们的人品。

“回法曹，卑职已经细细检验过，死者是服用了大量鸩毒而毙命，中毒时间约为一个时辰之前。”仵作声音略略有些沙哑，但显然中气十足。

康健听到这话，又忍不住看了杨政道一眼，见对方现出一种近乎鼓励的神情，便重重地咳嗽了一声，尽可能将他的小眼睛瞪得圆溜溜的，粗着声音对身后的几个差役说道：“来人，把这两个杀死朝颜姑娘的凶手抓起来！”

虽同在安州都督府，可这几人不过只是专管缉拿盗贼的三等差役，又哪里能认得这是安州都督，听到康健的吩咐后，他们不约而同地上前将两人的手反缚了起来。就在康健犹豫着要不要说出“带走”两个字的时候，却听李恪说道：“难道就因为朝颜姑娘死时，屋中只有我们兄弟二人，法曹就认为，我们是凶手吗？”

康健缓和了一下起伏不定的情绪，终究挺直了腰板，带着十足上官审问凶犯的口吻说道：“难道你们还有什么狡辩之词吗？”

“难道我们就不该有吗？”李恪挣开了两个差役的手，慢慢走到朝颜的尸体旁，用手合上了她睁着的双眼，“既然仵作认定朝颜姑娘是死于中毒，那么请问法曹，毒从何来？”

“肯定是这水有问题！”老鸨抢着回答道。

康健不说话，显然是默认了她的这个说法。李恪拿起案上适才自己所用的茶杯，又从茶壶中添了一些水在里面，一饮而尽。杨政道亦走上前，将朝颜和自己所饮的桑落酒倒在旁边的一只空杯之中，慢慢地将它喝了下去。李恪浅笑着对众人说：“这又如何？”

老鸨见他们如此，一时便也哑然。康健在怔愣了片刻后又说道：“纵然这茶和酒中无毒，也不能证明你们就是清白无辜的。”

“自然！”李恪拔下朝颜头上戴着的簪子，刺入了她左手手指的小伤口中，待拔出时，发簪头上已然变成了灰黑一片，“仵作，你来看看。”

仵作蹲下身子，细细察看了一下这小伤口，又瞧了瞧那根银簪子，十分肯定地对众人说道：“这位姑娘的致命伤确实是在这根手指上。”

“多谢！”李恪朝着那仵作一拱手，目光终于投到了那架七弦琴上，“法曹您来看看，这琴有什么问题吗？”

康健走到了七弦琴旁，很认真地摆弄了一番，又将琴翻转过来打量许久，半晌，他才笃定地说道：“下……本官觉得，没有什么不妥。”

“没什么不妥吗？”李恪指指那上头的第二根弦道，“法曹没有发现，这根弦较之其他的，要稍稍松一些吗？”

康健又用手拨了拨弦，歪了歪脑袋道：“好像是的。但这与朝颜姑娘的死又有什么关系呢？”

“这个便由我来向法曹解释一下吧。”杨政道看了看李恪，心说你能文能武，却唯独不善音律，看来上天当真是公平得紧，“朝颜姑娘的琴技远近闻名，在弹奏之前，她也是调试过琴音的，按理说，她绝不可能感觉不到这根琴弦的异

样。唯一的解释就是在弹奏的过程中，这根琴弦突然变松了，所以，当她弹奏到《平沙落雁》正声十二段的时候，音节才会有了那么些许微小的错乱。”

“本官还是不大明白，”康健坐到七弦琴旁的矮凳之上，拍去身上这件崭新的官袍上不知何时沾染上的灰尘，“就算朝颜姑娘在弹奏的过程中发现琴弦松了，且因此弹错了一个音节，她就会因此而殒命吗？”

周围的人都很认真地听着他们对这个看似简单的杀人案件的分析，连那咋咋呼呼的老鸨此刻也安静了下来。蕙兰和木槿更是握紧了手里的帕子，紧张地望着面前的这几个人。李恪环视了各色人等的表情，朝着康健点点头说：“法曹说对了！朝颜姑娘便是因此而殒命的。您如果再细心一点看，就会发现这琴弦的下面有一根小小的木刺，朝颜姑娘手指上的伤正是为它所刺。因为吃痛，所以她的手指会下意识地向里缩，为了保持住音节不乱，她另一只弹琴的手则会尽可能地保持平衡，而那根弦之所以会松，就是因为她太过用力。”

康健似乎比方才还要懵懂：“所以……其实凶手是在琴弦上下的毒吗？因为碰到木刺，所以朝颜姑娘的手指受伤了，而她还坚持继续弹琴，琴弦上的毒就自然而然会通过伤口进入她的体内。”

已经有人悄悄在身后附和康健的这种说法了。可李恪却依旧摇头道：“在琴弦上下毒，如同在酒中下毒一般，事后都不太容易销毁证据，凶手唯有在自身所带的东西上下毒，等到事成之后，才能将之处理掉。因为是自己的东西，所以不会有人怀疑。是这样的吗，蕙兰姑娘？”

第二章

迷雾杀机

蕙兰听得此话，那原本已经十分苍白的脸上露出了极端惊恐的神色。她怯生生地望了一眼康健，又拉了拉老鸨的衣角，求助般地低语道：“妈妈……我真不知道姐姐是怎么死的啊，我……”

她说话的时候，头上的那支喜鹊衔玉珠银步摇发出了阵阵清脆的响声，一滴泪水顺着脸颊流下来，十足一副受了委屈的柔弱小美人模样。老鸨见状，安慰地拍了拍她的肩膀，转过脸来怒怼李恪道：“你这厮在满口胡言些什么？”

“满口胡言吗？”李恪上前两步，眼疾手快地将蕙兰藏于衣袖中的锦帕夺出来，放入案上的茶壶之中蘸了一蘸，又倒了少许茶水在旁边的小杯中。他那张昳丽明媚的脸上露出极轻极淡的笑容，说话的语调带了五分调笑、五分嘲讽：“如果蕙兰姑娘敢饮一口此水，我便当场为你的姐姐朝颜偿命。”

蕙兰的哭声戛然而止，她抽抽噎噎地将那只茶杯拿在了手中。杯中的水依旧清澈透明，那样清晰地映射出蕙兰梨花带雨的清秀面庞。她将茶杯的杯口抵在唇上，闭上眼睛，似鼓足了勇气般想要将其喝下，可最终只闻得“啪”的一声脆响，茶杯被狠狠地摔了下去。蕙兰蹲在地上，用手紧紧地抱住了自己的膝盖，号啕大哭，眼泪慢慢地弄花了她那化得十分精致的妆容。

众人目瞪口呆，蕙兰用袖子拭去了满脸的泪水。半晌，她才平复了心绪，跪直了身子道："没错！是我杀死了她！谁让她……谁让她毁了我的一生啊！"

老鸨此刻方由惊转怒，像一头疯魔了的狮子一般对着蕙兰拳打脚踢。步摇被打落到地上，蕙兰如瀑布般的头发全都散了下来。老鸨似乎还不解恨，又重重地给了她一个巴掌，几乎打歪了她的整张脸："好你个死丫头！那可是你的亲表姐！你怎么能做出如此道德沦丧的事情！我呸！"

"住手！"李恪俯身扼住了老鸨的手，正色道，"法曹在此！哪容得你动用私刑！"

康健仿佛这才意识到自己应该开口说话了："把她拿下！"

四个差役一听此话，立刻七手八脚地将蕙兰从地上拖了起来。蓬头垢面的蕙兰此刻却圆瞪着双眼，沙哑的嗓音听起来分外骇人："我以前也是好人家的姑娘，是她那个当小吏的爹杀了人以后逃到了我们家，我娘亲念在兄妹一场的分上收留了他。谁知道后来……后来还是被衙门里的人找了过来。娘亲因为窝藏罪犯被流放，病死在了途中。而我，和她一起，被卖到了这青楼为奴。"

"可如今，她成了这儿的头牌姑娘，而你，却还是个端茶递水的小丫鬟。"杨政道在旁冷冷地说道，"你心里对她，更是有八九分嫉妒的吧！我可听说，最近有一个贩丝绸的富商想要为她赎身，讨她为妾，是不是？"

蕙兰似被人点着了痛处一般，身子一软，险些倒下："是！我得不到的自由，她也休想得到。我在这暗无天日的地方苦苦挣扎，而她却要出去享福，你让我怎么甘心！如何甘心！"

"朝颜她原是不愿意走的，"老鸨脸上的怒容未减，语调里却又多了几分悲凉，"后来，是她劝服了那位富商把你也一起赎出去。她说，下个月十五是你的生辰，她想到那时再告诉你，给你一个惊喜！想不到你却……"

听得此话，蕙兰终于双腿一软，完全瘫倒在了地上。她的目光中有悔恨，有歉疚，更有一种莫名而来的恐惧。差役们想要把她拉起来带走，她却不知哪里来的力气，一下子挣脱了他们的手，还未等众人反应过来，便忽地拿起了案上的那只茶壶。李恪心叫不好，可待他冲上前抢过茶壶之时，蕙兰已经将其中的茶水喝了大半。

“不！你现在还不能死！”李恪看着蕙兰的嘴唇正在慢慢地变紫，不复见一直以来的从容镇定，急急用手托着她的下巴问道，“你那锦帕上的桃花图案是谁教你绣的？快说！”

因为过分用力，李恪的指甲已然深深地掐进了蕙兰的肌肤之中。蕙兰的嘴角流出了暗红色的毒血，呼吸慢慢急促起来，瞳孔也在渐渐地放大。李恪再度高声喊道：“到底是谁？”

蕙兰气若游丝，用只有两个人才能听到的声音说道：“景……景……景玥……”

“景玥是谁？”李恪的话音刚落，蕙兰的手已然垂了下来，口内流出的鲜血沾染到了李恪的嵌金丝绯色衣袖上。他放开手，缓缓地站了起来，脸上的表情因为失望而变得分外难看。

杨政道忙走至他的身边，轻拍了下他的肩膀，低声道：“恪弟，没事的，我们还有机会。”

夜幕中的安州都督府分外宁静。沙漏中的七色沙不知疲倦地慢慢往下落。紫檀木屏风两边的紫铜狻猊香炉正在袅袅吐着青烟。李恪看着透明琉璃瓶中那支略有些凋残的桃花，那是他昨日才吩咐下人从盛绽的桃树上采摘下来的。那么美丽的花朵，却活不过三朝。

康健在处理完所有善后事宜之后，方才急匆匆地赶到李恪的书斋之中。看到李恪的那瞬间，他的脸略略有些抽搐。他俯身于地，将头垂得老低：“下官今日冒犯殿下，还请殿下治下官大不敬之罪。”

他如此说来，显然意识到了今日之行已然触犯了皇权。李恪起身，虚扶着他，半开玩笑半当真道：“若非法曹看明白了本王之意，恐怕明天全城百姓都知道安州都督流连青楼，还涉嫌杀死青楼名妓的丑事了。”

康健圆乎乎的脸上露出了憨厚的笑容，挠了挠头说道：“殿下说笑了。只是……有些事情，下官还不大明白。殿下是如何知道蕙兰带着的那块帕子上有毒的？”

“这很简单，”李恪缓缓地说道，“因为打从一开始起，我就注意到了蕙兰的那种紧张又惶恐的神情。朝颜的指头一动，她的目光就会有一次变化。直到朝颜碰到了那根木刺，伤了手指之后，她才用手里的帕子给她止了血。看到朝颜因为疼痛而眉心微蹙，蕙兰才确认，她新鲜的伤口碰到了帕子上的毒，于是，便露出了如释重负的笑容。其后，她又附耳对朝颜说了些什么，便离开了屋子，我猜，她是想去外面将这块帕子处理掉。只是她一出去就碰到了老鸨和那两个闹事的醉汉，一时难以脱身，于是，她只好将帕子藏在了自己的衣袖中，本以为是绝对不会被人察觉到的。"

"可还是没有逃过殿下的眼睛。"杨政道虽然向来都知道他这个表弟的聪慧，但如今听到他竟能这样敏锐地捕捉到如此微妙的表情变化，眼里还是微微有了些异色。

李恪浅笑，看着他道："这又有何惊讶的？表兄不是不知道，我对琴曲完全不感兴趣。你陶醉在《平沙落雁》之中，我无事可做，也就只能看看那些细枝末节了。更何况，蕙兰拿出的，是那样的一块帕子！只是可惜，我当时尚没有往深里想，要不然，也不会如此就送了那朝颜姑娘的性命。"

康健在旁听得一愣一愣的，好半天，他才厘清了脑中繁杂的思绪："可既然殿下能够为自己脱罪，又为何还要听凭那老鸨把您当成嫌犯，受她这般欺辱呢？"

"法曹不明白吗？"杨政道见李恪不说话，便替他答道，"殿下特意等你来了才说出他知道的一切，是为了教你怎样断案呢！你手中不是还有几个尚未结案的案子吗？看看经此一案，你能不能得到一点新的启迪。"

"殿下如此用心良苦，下官定然不会辜负您的。"康健再度屈膝于地，面上多了几分坚定之色。

李恪颔首。他自认是有识人之明的，这位康法曹虽平日里有些不拘小节，但为人正直忠诚，这样的人是可以让他放心任用的。他按了按太阳穴，缓解了一下这一日以来的疲惫："还有一事。法曹知道安州城内有个名叫景玥的人吗？"

"景玥？"康健重复了一下这两个字，想了很久，终于还是摇摇头说道，"下官并未听过这个名字。不知此人是男是女，年老或年少？"

窗外雁的哀鸣之声传来，余音袅袅，划过了安州城上空厚重的云层。李恪长长地叹了口气，虽早已经料定了此事，却还是没能掩盖住那股淡淡的颓丧之色。李恪看了看身前因为帮不上忙而面露愧色的康健道："无事了，你先下去歇着吧。"

康健应了一声，出门的时候，刚巧看到季成正趋步向这里走来。季成与他的弟弟季恩长得十分相像，只是性格比之更要沉稳内敛几分。季成叩门而入，将手中的一封信交给了李恪道："殿下，这是吉阳驿小吏方才送来的。"

李恪接罢，便向他挥了挥手说道："知道了，你先去吧。"

"是长安来的信吗？"杨政道侧身问道。

"没错，是姐夫的回信。"李恪说着便将信递给了他。

李恪的这位姐夫萧锐是隋朝萧皇后幼弟萧瑀的长子。若论起这层关系来，李恪还得喊他一声表舅。只不过两人年纪相仿，李恪年幼时便与他常来常往，从来也没有论起过辈分。几年前，经由皇帝赐婚，萧锐风光迎娶了李恪的长姐襄城公主。从此李恪也就顺理成章地唤他一声姐夫，彼此间比往日更亲近了几分。

"弟与祯卿去国以来，兄甚想念。兄自任大理少卿，辄怫郁不畅，虽亹亹不舍昼夜，亦难断案件之曲折离奇……"

杨政道接过信，看他通篇都是诉苦的话，便不由自主地笑出声来，道："陛下这般器重表叔这位大姑爷，将如此重要的差事给了他，倘若让陛下看到这番抱怨之语，他老人家还指不定气成什么样子呢！"

李恪笑说："若是让他再听到你叫他一声'表叔'，他还不知道要怎么找你拼命呢！"

杨政道也不言语，耐着性子看完了那整整两页的牢骚话，又见信的最后写道："陛下近来身体康健，精神奕奕，弟切莫忧思挂怀。"杨政道将信重新放入信封之中，似是不解，又似是叹息道："你一个月要写三封述职公文给陛下，陛下身体如何，精神怎样，你就不能自己问吗，非得绕萧锐这个弯子？"

李恪收敛了笑，神色冷凝着道："你不明白的。"

"我如何会不明白？"杨政道恨不能拿一桶凉水兜头浇向李恪，"你和陛下之间横亘着的根本就是一根毫无意义的刺。我是说过会帮你，但绝不是认同你这样可笑的执着！"

“可笑？”李恪被这两个字深深地刺痛了心肠，“我母亲牺牲了自己的性命，只是为着不让她最爱的男人有一丝为难。可我那父亲又为她做了些什么？杨政道，你说我可笑，那是因为你从来不曾得到过……”

“你说得没错，我是不懂你们母子、父子间的事。从此，我也再不会劝你半句话。你要查那个桃花图案，要知道当年的刺客是谁，我会帮你。别的，我不会再管。”杨政道强压住内心的疾痛，说话的声音微微打着战。

“对不起，对不起表兄，我不该说这话，我……”其实刚才那话说出口的时候，李恪就后悔了。就算拿刀架在他脖子上，他都能从容应对，唯有触及此事，他的情绪才会完全由不得自己控制。或许，那真的是他心头一根碰不得的刺吧，留着会痛，拔去会更痛。

见杨政道不说话，李恪走至他面前对他长长一拜，正要屈膝之时，却被他扶住了手：“我可受不起吴王殿下如此大礼。罢了罢了，我不和你一般见识就好。”

从五月起，安州城就进入了那绵延不断的雨季。雨水慢慢悠悠，却那样不知疲惫地从早落到了晚。舒窈接过小丫头丹桂手中捧着的一碗绿豆枇杷汤，端到了李恪面前，目光中透着一丝浅浅的欢喜：“殿下快尝尝妾身做的这汤，据说最是清凉解渴的了。”

李恪拿起勺子喝了两口，微笑着道：“王妃做起这安州民间的特色吃食来，倒是不逊色于荣庆斋里的大师傅了。”

舒窈的面上不由升腾起一片红晕来：“这是妾身特意向府中的本地厨娘学的，殿下喜欢就好。”

“自是喜欢的。辛苦王妃了。”李恪说着便向丹桂使了个眼色。丹桂收拾完汤碗和勺子，默默地退了出去。

李恪见舒窈微垂着头不说话。他的这位王妃就是太安静了，以至于每每与她独处的时候，他都会觉得有些尴尬。可他似乎也很难找出能够打破这份尴尬的话题。

就像此刻，他想了半晌，抬头忽一眼瞥见墙上挂着的一幅画，便指着它对舒窈说道："王妃知道这画的是什么吗？"

舒窈仔细端详了许久，见画中人物众多，且服饰各不相同，却都朝着画面最上方的一位头戴白珠九旒冕冠，身着赤黑色镶金丝衮服的君王朝拜。画面高雅古朴，气魄宏大，颇有巍巍中国之韵。

"这画的可是众藩属国向我大唐皇帝陛下朝拜的场景？"舒窈的话说得很轻，有些极不自信的怯懦之感。

"是这个场景，但对象不对。"李恪说道，"此画名为《蕃客入朝图》，是梁元帝萧绎所绘。与《圣僧像》《宣尼像》一起被后人称为'三绝'。其真迹现在本朝第一画师、将作少监阎立本处。阎少监对此颇为珍爱，本王曾向他借了三日，仓促临摹，终未得萧绎精髓。"

"殿下好生厉害！"舒窈面上充盈着敬服之意，"妾身看来，殿下的画真是好看极了呢！"

李恪不以为然道："还差得远呢！你看这一笔顿挫的功力，和萧绎就有着云泥之别。再比如这位使者所穿袍子的红色，与真迹中的红色也不是可比的。我曾想将朱砂烧滚以后做成颜料，可最终却也没有实现。"

"殿下可不能轻易尝试，"舒窈听到这最后的一句话，不禁急急说道，"朱砂遇热便会有毒气生出，对身体不好。"

李恪若有所思地望了她一眼，脸上的笑容慢慢变深："王妃莫急，我知道的，不过只是那么一说而已。"

舒窈的神色这才有了些微的缓和，旋即她慢慢地握住了李恪的手，将头靠在他的肩上："近日天气总不好，殿下要好好照顾自个儿的身子，切莫过于操劳了。"

正午时分，绵绵的细雨终于停歇了片刻，弯弯一道彩虹挂于天空，空气中的潮湿之气也明显少了几分。李恪收拾完案头的十五份公文，起身道："王妃愿意与我一起出府去走走吗？"

舒窈微微一怔。过去在闺阁之时，她就几乎不出门。当了王妃之后，便更是终日待在府内。记得姐姐总说，好人家的姑娘是不可抛头露面的。好人家的姑娘也不该随意谈论情爱之事，就算对未来的夫君，也只能敬，不能爱。不然，倘若哪天夫君变心，她就会一无所有。舒窈是认同姐姐的话的。所以自打她嫁入王府，她尽心尽力去做的都只是一个王妃，而不是一个妻子。她可以为他打点好府里的一切，却从不曾向他软语撒娇过。就像昨日下午，她头疼得厉害，却硬是拦着丫鬟们，不让她们去告诉李恪，而是昏昏沉沉地在床上躺了一下午。

“王妃？”李恪见她久不回应，便又叫了一声。

“妾身自然愿意跟着殿下的，请殿下稍候片刻。”舒窈这才如梦初醒般地说道。

她换的是一身窄袖男装，穿来倒有了几分文弱书生的模样。李恪见她如此打扮，一时不觉晃了神：“舒窈这身打扮，倒是难得。”

记忆中，这仿佛是他第一次叫她的闺名。如果不是合婚庚帖上有彼此的姓名，舒窈甚至觉得，他这一生都不会知道她的名字。而今，他陡然这般唤她，她的心中竟没来由地有了一阵淡淡的欢喜。她不说话，只是露出一丝如微风般轻浅的笑。

他们二人来到河清街周记茶楼的时候已经是未时三刻了。这周记茶楼分上下两层，上层共六间雅室，底层摆放了十余张矮桌供人品茗聊天。年轻的伙计周禄肩膀上搭一块白色布巾，趋步相迎道：“二位里头请。”

李恪挑了个靠窗的位子坐下来道：“来一壶上好的毛尖。再有……舒窈，你想吃些什么吗？”

“那便来一杯蜂蜜水吧！再有，拿四个茶饼！”舒窈边说边微微抬了下胳膊，显然还不十分适应身上这件袍子。

“这位公子真是识货人哩！”周禄咧着嘴，藏也藏不住面上的笑容，“要论起做茶饼来，咱这周记茶楼若说第二，还无人敢称第一呢！”

直到李恪尝到这茶饼的时候，才知道周禄的话并非妄言。那种清香中带着软糯的口味，记忆中也只有宫中御膳能与之相较了。李恪观察着舒窈，她倒是并没有对这茶饼的口味表现出多大的惊喜来。他刚想说话，却被隔壁桌的一个圆脸大汉雄浑的嗓音给压了回来："你说的是那慈济堂的夏邵严夏大夫的叔父夏杞？怎么突然就死了呢？"

对面坐着的那个长挑身材、高颧骨塌鼻梁的中年男子压低了嗓子说道："这不就是他嘛！据说是昨天喝醉酒以后跌倒在城西那条流运河里，捞上来的时候，身子都肿了呢！"

圆脸大汉往自己口里塞了半个茶饼，才嚼了两口，许是被噎住了，赶忙拿起茶壶，灌了好些茶在口内，半晌才又说道："这夏杞终日只知喝酒，找妓馆里的女人快活。有这样的下场，倒也不足为奇。"

"谁说不是呢！只是听说那夏邵严倒是挺伤心的，毕竟老爹和老叔都没了，这夏家也就他一个能传承香火的了。"长挑男子喝了口茶水，很有些感触地说道。

李恪听了这闲话，心中的烦扰又起。夏棱留下的那张夺命方子，仿佛与夏家颇有关联却都已经死了的表姐妹朝颜和蕙兰，蕙兰口中那不知是男是女的景玥，被官宦人家逼娶的神秘小师妹，以及两块绣有与当年刺客手臂上一模一样的桃花图案的锦帕……如今，似乎又多了风流叔父酒醉溺毙的意外。这夏府的好戏码，倒是一出接一出地在上演。

李恪不再去细听这二人的话，转头却见舒窈用手抚着额头，眉心微微地蹙起，便关切问道："怎么了？是哪儿不舒服吗？"

舒窈以手抵额，将声音压得很低："无甚大事，不过是头痛的旧疾又犯了，妾身从小的毛病，殿下莫要忧心。"

李恪方想说"不严重就好"，可看着她已然略略发白的面庞，便起身拉了拉她的手说："都痛成这样了还说无事。反正夏大夫的府邸也不远，我带你去瞧瞧！"

李恪不说去慈济堂，而直接说去夏府，是知道夏邵严如今必然在主持丧仪。如果不是陪舒窈去看病，他也会找其他的理由去夏府一探究竟。虽然，他找不找理由都无妨，给夏邵严一百个胆子，他也不敢把安州都督拒于门外。

前往夏府吊唁的人络绎不绝。然而绝大多数人对夏杞的死都颇不以为然，所冲的不过是夏邵严的面子罢了。夏邵严一身缟素，头发被一根木簪齐整地绾成了髻，眼中隐隐有些红血丝，想来是一夜未睡的缘故。细细诊过脉后，他方才笃定地说道：“李公子放心，您的这位朋友不过是体质虚寒，近来又睡眠不佳，待服些暖胃安眠的药，想来不日症状便可有所缓解。”

说罢，夏邵严便把刚写好的方子交给了身边的一个小厮。

李恪听他说话的声音沙哑，与平日大为不同，想来是不慎染了风寒：“多谢夏大夫。方才我与友人行至此地，才听说了令叔父一事，还请夏大夫节哀顺变。”

夏邵严起身向着李恪长长一拜道：“多谢李公子关心。叔父去得突然，我这心里，真是……”

他的声音有些哽咽，才刚说了两句，便已说不下去了。恰在此时，小丫鬟红菱进来对夏邵严道：“公子，卢雪堂的安大夫和两位安公子已至灵堂祭拜。”

夏邵严缓了缓心神道：“先请他们三位歇息片刻，我马上就来。”说完又向李恪告了声罪，便匆匆跟着红菱走了。

李恪见这内室的墙上挂着一幅字：建功立业，盛德长乐。两边分别是《颜渊问仁》和《子路问政》的古画。李恪心道：这夏邵严难不成还存了些想要入仕之心吗？再见那紫檀木书架上摆着满满的竹简，随手打开几卷，全都是珍稀的古方医书。看来夏棱曾为隋宫太医的传闻应当是不假的。

一直在旁侍立着的阿梅将一个金边碎花小杯递到了李恪手中道：“公子还是坐着先等一会儿吧，赵二哥很快就会把药抓回来的。”

李恪浅饮了一口便道：“这是……”

阿梅愣了片刻才反应过来道：“公子不是安州本地人吧。咱们这儿的规矩，家中有丧事的人家，招待客人用的都是糖水。”

李恪“哦”了一声，又似无意地问道：“你家郎主出门会友，身边难道都不带仆从的吗？怎么会遭此劫难？”

阿梅看着眼前这风采照人的年轻公子，心中不由得生出了几分少女的悸动，说话的声音也多了些许温柔旖旎：“何管家不在，平时就赵二哥一直跟在郎主身边。只是昨儿郎主却说要出去会一个很久不见的老朋友，不需要赵二哥跟着去。结果……等到路人将郎主救起，再回头告诉公子的时候，已经来不及了。”

“如此说来，昨日你家郎主酒醉溺亡之时，夏大夫一直都在药堂之中喽？”李恪转眸避开了阿梅盯着他看的炽热眼神，慢慢摩挲着手指问道。

阿梅朝李恪身边走了几步，往他的杯中又添了些糖水：“是啊！赵二哥说，公子昨天在药房里写方子，然后交给在药房里的赵二哥他们几个抓药。”

“也就是说，平时赵二都是跟在你家郎主身边，只是昨日突然被夏大夫叫去药堂里为他抓药。这不是很奇怪吗？”李恪迅速捕捉到了阿梅话语中潜藏的意思，目光慢慢地逼向她。

阿梅被这凌厉的眼神吓了一跳，一时不知该如何回答，下意识地望向了外面，却远远见赵二正小跑着过来。赵二边跑边拭了拭额上的汗水，手里拿着两包药和一小瓶蜂蜜水，喘着粗气说道：“这是按照公子所写的药方抓的药，调和这蜂蜜水喝就行了。”

“替我谢谢你家公子。”李恪说着便从衣袖里取出一两银子给了赵二，又道，“昨日下午我来府中找过他，方才听这位姑娘说起，才知他一直与你在慈济堂中。”

赵二将银子收了起来，汗水将他散乱了的一撮头发贴在了额头上：“可不是吗，公子昨儿清早就与小人说，要开一些治疗风寒和湿疹的药给几户穷人家的老人吃。”

“夏大夫当真是一名仁医。”李恪见舒窈面露倦意，便对阿梅说道，“日头快落了，请姑娘转告夏大夫，咱们这就先回府了，过几天再来登门致谢！”

赵二见他们走远了，回头正巧看到阿梅痴迷的眼神，便用手在她的面前晃了晃道：“我说妹子，咱们公子几时交了这么一号人物？还有，你……你是不是看上人家啦？你忘了小时候说过要做我的媳妇啦？”

阿梅脸一红，并不去理会他，捂了捂发烫的脸孔，一溜烟地跑出去，差点就撞在了院中的一棵石榴树上。

李恪和舒窈还未走至府门口，就见季恩匆匆跑过来，面露焦急之色说道："殿下您总算是回来了。宫里的王公公来了，这会儿杨公子正与他闲聊呢！"

"王公公？"李恪不禁皱眉道，"他来做什么？你先送王妃回去歇着，叫紫藤把这服药煎了让王妃服下。"

这王忠是皇帝身边随身侍候的大宦官，轻易不会离开京都。平常皇帝若有什么事吩咐他，只会派一个小宦官。此番让王忠前来，难不成是朝里出什么大事了吗？

然而，直到李恪与王忠胡侃了小半个时辰之后，他都不知道这位白发老公公来的真正目的。王忠喝了口那杯早已经没有了茶味的水，再度将李恪从头到脚地打量了一番，随后道："奴婢还是觉得殿下消瘦了许多。殿下的身子真的还好吗？"

李恪一摊双手，笑着说道："这问题您这会儿都已经问了三遍了，我真的很好。"

"那殿下在安州还待得惯吗？奴婢看这天湿潮得厉害，极是容易生病。"王忠拿起茶壶，又往自己的杯中加了些水，这次倒没有急着去喝。

李恪心道：有什么事您老人家就不能讲得明白些吗？这样绕弯子，您不累我还累呢！只是他还是很温和地说道："多谢王公公关心。李恪在安州一切都好。"

王忠似乎仍然不死心，不厌其烦地又问道："那安州都督府的官员们也都还好吗？没有因殿下年纪小而敷衍您吧？"

李恪这下真的有些吃不消了，便情不自禁地向一旁坐着许久不说话的杨政道投去了求助的眼神，哪知杨政道回给他的也是一脸的无可奈何，意思是说：他问的可是你，不关我的事。李恪见状，终于忍不住说道："他们也都好。不知陛下要王公公来安州，究竟有何旨意要下达？"

"这个……其实也无事。"王忠摸了摸自己光溜溜的下巴，缓缓说道，"黄州大涝，陛下要奴婢传旨给黄州刺史曾传，授他便宜行事之权，再顺路过来看看殿下好不好。”

从黄州出来，那要顺多少道才能顺到安州啊！李恪不觉有些好笑：“如此，王公公辛苦了。您这一路风尘而来，不如先去府中客房歇会儿，等晚饭时分我再让丫头去叫您。”

“这倒也好。”王忠听李恪一口一个“您”地称呼他，心中着实生出几分感动。他起身快要走到门槛的时候，突然转过身去又叫了一声：“殿下……”

“王公公还有何事？”

“殿下真不知陛下为何让奴婢前来安州吗？”王忠想了一想，终究还是把心头的话说了出来，“他这是想您了。如果奴婢回去说殿下在安州有任何一丝不适，他怕是立刻会让您回到长安去。”

李恪的神情无波无澜，语气恬淡，不含一丝温度：“那便劳烦王公公告知陛下，李恪在安州万事遂心，请他无须挂怀。”

王忠听罢，还想说什么，最终却也只是无奈地摇了摇头，兀自向前走去。

“你们父子俩的脾气还真是一模一样……”杨政道看着王忠离去的背影，不由得长长地叹息了一声，转眼却又恰和李恪的目光碰触到一起，便立刻止了接下来要说的话，“好好好，我不惹你。”

“表兄这是还记着仇呢！这些日子以来，我可是跟你道歉了三次不止吧。”李恪见杨政道一副对他敬而远之的模样，像一个犯了错的孩子一般扯了扯他的衣袖道，“我有正经事跟你说呢。”

说着也不管杨政道爱不爱听，便将今日去夏府中探得的情况一一与他说了。杨政道听着听着，不由得皱起了眉：“那夏杞大白天独自出去喝酒，一不小心喝醉了，还不慎失足落了水，倒也真是奇事一桩！”

“可不就是奇事！我宁愿相信是夏邵严下手把他叔父给杀了，也不相信所谓失足这样的鬼话！”李恪走上前将虚掩着的窗户门上，嘴角慢慢浮现出一股冷冽的嘲讽。

杨政道想了片刻方道：“你确定那个赵二没有说谎？他确实一整个下午都和夏邵严在一起吗？”

"看他说话的样子不似有假。况且当时在药房里的还有另两个伙计，据说，他们也是亲眼看着夏邵严将写好的方子递给他们去抓药……不，不对！"李恪须臾间仿佛明白了什么，继而便语调平缓地道出了自己心中的怀疑。

"你的意思是……"杨政道的面色越发惶惑起来，"这也太匪夷所思了，怎么可能会存在那样一个人？"

"怎么不可能？康健不是说夏邵严平时交往的都是大夫吗？或许有个别和他关系特别好的也未可知。"

"就算关系再好，能够心甘情愿地帮他做这种事吗？况且时机、动机，这些你都想过吗？"

"我不知道。我只是觉得这整件事都十分蹊跷。康健曾说过，夏杞和夏邵严的关系比较冷淡。然而我今日所见的夏邵严，却是伤心欲绝的模样，这当然极有可能是伪装给外人看的。但是……真有必要伪装吗？伪装太过，反倒是欲盖弥彰。"李恪嘴角的那一抹冷笑慢慢变深。

"可那不过是你的猜测而已。"杨政道摇了摇头道，"我总觉得，你对夏邵严的怀疑是出于你对他的成见。而一切加诸成见之上的怀疑，其实根本就是不成立的，不是吗？"

"我与他素不相识，哪里来的成见？"李恪不以为然地说，"是你先觉察出那张方子有问题，也是你发现出入慈济堂的小郎君是青楼丫鬟蕙兰。现在你倒说我的怀疑完全是出于成见？"

杨政道不置可否地说："我只说出了浮于表面的事实，是你对这些事实赋予了成见……主观臆断吧。比如那方子，难道不可能只是夏棱的信笔胡写？再比如蕙兰，难道像夏邵严这般俊朗的年轻公子就不能在青楼中寻一二红颜知己吗？"

李恪的右手抚过腕上的羊脂白玉珠子，目中的光芒渐渐暗沉了下来："你说的或许是对的，或许每一件关于夏邵严的事都不过是我的臆测而已。"

杨政道听着他的话，忽然想起有一年的上元节，在突厥一片茫茫草原上，那个女人用郑重其事的语气跟自己说：在任何情况下，你都要全心全意地去帮助他，无论你把他当弟弟、当朋友，还是当主君。他问：如果我帮不了他该怎么办？她说：尽你的一切！若还不行，那便是他的命，也是你的命。想到此间，他

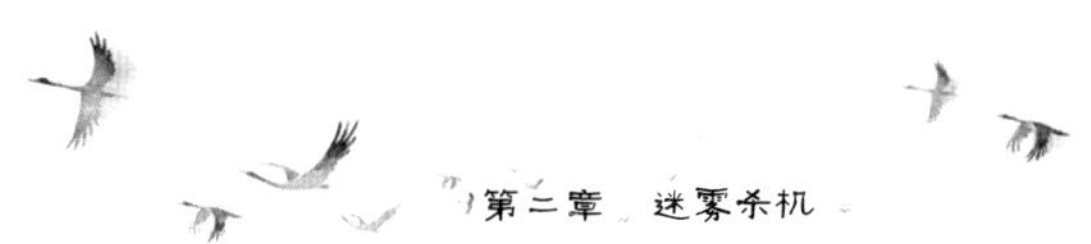

便轻轻地拍拍李恪的手道："没事，那或许是我的臆测呢。明日我们一起到流运河边去看看。这会儿你先歇着吧，待会儿晚饭时那王公公还指不定要如何烦你呢！"

"表兄等等……"李恪见杨政道转身就要走，便将他唤住道，"为什么？"

"什么为什么？"杨政道睫毛微动，不解地问道。

李恪正色道："你为什么要来安州？陛下对你早有器重之意，一个都督府司马之职就能困住你了吗？"

"那一年我与祖母从突厥回来，尽管陛下用了最隆重的礼节，尽管江夏王对我们礼遇有加，但我依旧觉得害怕，那种毫无着落感的害怕。"杨政道语调从容，只是眉宇间难掩淡淡忧伤，"我不敢面对一群陌生人或可怜或嘲讽的目光，所以，我中途退出了那场晚宴。后来我在归云亭中遇见了你，是你的那一声'表兄'让我知道，我或许是可以把这里当成家的。"

李恪的鼻尖因着他的这几句话而发酸。那个时候，朝廷大军自突厥得胜而归，普天同庆，李世民于崇德殿中大宴群臣。没有人愿意煞风景地想起，那天亦是李恪母亲的忌日。李恪早早地离了众人，独自行至归云亭。红梅花开，浅淡的香气丝丝缕缕地盘桓在空中。李恪怅惘许久，直到听得身后的脚步声渐近，才回过头去。爆竹声声，烟花炫目。李恪微微颔首于他，唤了一声："表兄。"

或许因为在杨政道面上看到了一丝与自己同样的与盛宴气氛格格不入的哀伤，李恪几乎想也不想就将那些经久积压着的心事全都告诉了他。他说："表兄，我的母亲是死在一场大阴谋下的，我不甘心让真相永远被埋葬地下。"

杨政道静静地听着，直到听到他说出这一句话，方才凝神望着他，带着异常坚定的口吻道："倘若殿下愿意，我会永远在你的身边帮助你。"

夕阳慢慢地从窗牖中照射到李恪的面庞上。他不再回忆，只是缓缓地将自己的手握成了拳。

第二日辰时时分，李恪与杨政道亲自将王忠送上了马车，直把他感动得差点就要老泪纵横。小宦官仕禄向他们屈身行礼拜别后，便一路驾着车飞驰而去。杨政道松了口气，不由自主地打了个哈欠道："昨晚上陪着这尊菩萨一直聊到寅时，最后他才来了一句，到底还是杨公子年轻，精神头好。他这是没看见，我明明已经眼皮都睁不开了。”

李恪听着他的这番抱怨，不由笑出声来：“杨公子辛苦，待年终我多发一个月俸禄给你好不好？”

“下次他要再来，我把我三个月的俸禄给你，你去陪他聊吧！”杨政道揉揉干涩的双眼，继而对着身边的季成说道：“去备马吧，我与殿下要出去。”

从都督府一路向西北方向奔驰大半个时辰，便是流运河。据说在西晋时期，安州长史游彭建言朝廷在流运河旁修筑堤坝，以防洪涝发生。谁知当时朝中大臣们普遍以为游彭这是杞人忧天，便以朝廷新立、国库空虚为由，驳回了他的这个提议。游彭并不死心，不只倾其家当，还动员了亲朋好友出资修建。在其后的三百多年间，这条堤坝隔绝了至少五次大洪水，至今岿然不倒。

天空灰蒙蒙的，有细密的雨珠从四周飘散过来，还时不时地传来几声雷响。流运河周围少有人烟，即使在白天仍有一股阴寒之气。李恪慢慢地走在这条宽敞的河堤之上，看着河水不急不缓地流淌着，心中越发笃定起来：“似这般宽敞的堤坝，无论如何也不至于失足落水吧。况那夏杞没事一个人跑这里来干什么？”

杨政道坐于岸边石凳之上，用手拭去了飘落至面颊上的雨珠：“那夏邵严……当真有几分意思。”

说话间，见有一条小船正慢慢悠悠地朝这边划来，杨政道忙冲着那船夫挥了挥手。船夫朗然应了一声，便更加用力地划动船桨。等靠近了些，船夫才将头上的斗笠摘下，抖了抖蓑衣上的雨水道：“二位公子是要渡河吗？”

杨政道将一串铜钱放到他的手中：“想和老人家打听一件事。昨日下午有一个三十多岁的中年男子溺毙在这流运河中，老人家可知晓？”

船夫有些犹疑地将铜钱放入旁边的竹篓之中，点点头，又摇摇头：“小老儿没有亲眼见到，不过听我家兄弟说，那人抬上来的时候啊，脸都涨得老大，可吓人了呢！俺几个说起来，怕是这水下的水鬼缠上了他呢！”

“哦？这是怎么个说法？”杨政道好奇地问道。

船夫将船拴在岸上的大柳树上道：“据说啊，那人的脸上有好几道抓痕呢。您二位不知道听说过没有，这地界儿前几年就有闹鬼的事情。”

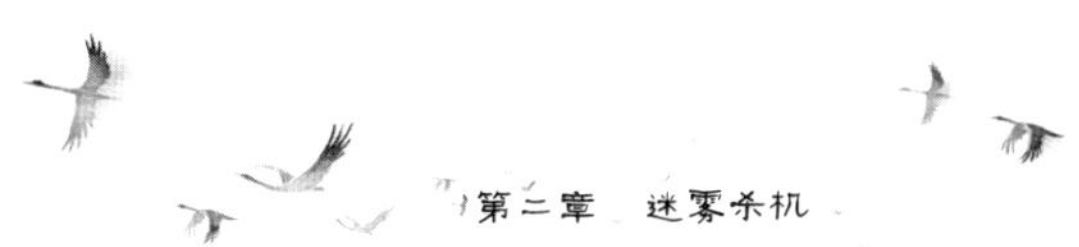

"前几年吗？"李恪不由也来了兴致，"愿闻其详。"

船夫盘腿坐于甲板上，瘦削的面庞上有一道深深的疤痕："大约是三年前的一个晚上，我那个兄弟渡一个女人和她的女儿过河，到了河中心的时候，船突然越来越轻，回头一看，那母女俩居然都不见了，直把我兄弟吓得病了两天。"

李恪见船夫说得绘声绘色，想着他或许可以和康健拜个把子："后来呢？就没人再见过她们了吗？"

"对啊！不然怎么叫闹鬼呢！"船夫坐直了身子，将身旁的斗笠摆放整齐，"我兄弟不放心，还去衙门报了案。衙门派了几个人过来，也没看出什么名堂来。后来还是个游方的老和尚过来说，准是被河里的小鬼勾去了，要不怎么活不见人，死不见尸呢！想来昨天死了的男人也是被勾去的，谁知小鬼还看不上他，这才又把他给退回来了。"

李恪弯腰拾起脚边的几颗小石头扔进水里，水面上立刻泛起了一个个涟漪。水鬼？这样的鬼话还真的只能骗骗鬼。那船夫却并未看出他的心思，兀自在那儿絮絮叨叨地说着那些自己深信不疑的故事。

等到船夫讲到河里水鬼的第五个儿子的婚事的时候，雨已经渐渐下得密集了。杨政道只好又给了他一串铜钱，买了他船舱里两套斗笠和蓑衣，并且让他早点回家，不用再讲故事了。船夫掂量着铜钱的分量，气鼓鼓地说着什么，显然讲得还意犹未尽。

两匹白马并头徐行，李恪拉着马缰绳，抚了抚马柔顺的鬃毛，说道："表兄总算知道给人铜钱，不给金银玉器了呀！"

杨政道将斗笠拉得更低了一些，刚好能遮挡住迎面而来的雨珠："这还是上回找刘录事报账的茶水钱。你这位管家真能精打细算，竟一个铜板也没有多给。"

李恪不觉失笑："你会缺钱花？"

杨政道反问："我怎么就不能缺钱了？"

“雪鹭又不要你那么多聘礼……”李恪不由嘟囔道，可很快又觉得此话说得太不合时宜，便故意提高了音量问道，“今晚有没有兴趣和我一起去夏府走一遭啊？”

杨政道似乎并没有听清他的前一句话，只是侧头望着他道：“你……应该不是想要光明正大地去吧？”

李恪颔首，话语中带着浓浓的理所当然：“我们翻墙进去。”

杨政道哭笑不得地道：“你可是堂堂的……”

“我还真就要当一回贼了，”李恪打断了他的话，一本正经道，“你留在门外帮我把守就行了。”

“你以为贼跑不了，望风的就跑得了？”杨政道轻叹了一口气，很有些舍命陪君子的意味，“一起去吧，这些年我跟你去的奇奇怪怪的地方还少吗？”

“那今晚子时，咱们准时出发。”李恪一拍马背，白马飞驰向前，只留下他的声音在空气中盘旋着。

尽管夏家在安州算不上是一等一的富豪之家，围墙倒是砌得分外高。李恪虽然从小勤习骑射，可这爬墙头的功夫比起杨政道来却还是差了一大截。在失败了三次之后，只得将两人系着的腰带撕扯成细布条，再扎起来绑在围栏上借力上去。这动静其实已经不小了，好在夏府那两个看门家丁经过一日一夜的守灵之后，都累得坐在门槛上直打呼噜。

在不记得路这点上，李恪与杨政道出奇地相似。于是两人在兜兜转转了许久之后，才找到夏杞的灵堂。夏邵严跪坐于棺椁前的蒲团之上，身子略有些歪斜，似在打盹的模样，旁边两个素服小丫鬟正往铜盆里头扔着纸钱，口内不知道念叨着些什么。

杨政道从衣兜里取出两块燧石，点燃了手中的三支香，香气迅速散入灵堂之中，三人缓缓地倒了下去。李恪这才拿下遮于口鼻上的湿帕，舒了口气说道：“好生厉害的香！哪里来的？”

“西域的迷香，我又在其中多加了几味安神的药，看来效果还不错。”杨政道掐灭那三支香，随手扔到旁边的草丛之中。

李恪笑道："表兄还是挺适合做这种偷鸡摸狗的事的嘛！"

杨政道瞪了他一眼，也不说话，只是自顾自地快步朝前走，见三人全部躺在地上昏睡不醒，便放心地敲了敲面前的那口棺椁。那棺椁看来是上等的樯木，质地甚是坚硬。李恪在一旁慨叹道："夏邵严还真是舍得花钱啊……"

外头一阵阵夜猫的嘶叫声传了进来，李恪到底有些做贼心虚，身子微微一颤，生生将接下来要说的话给吞了下去。杨政道伸手推了推棺材盖，压低了嗓音说："还愣着干吗？赶紧过来帮忙啊！"

李恪这才又走上前两步，用力将棺材盖往前推了几下。棺椁中的夏杞穿着正红色的寿衣，面色极为苍白可怖，如那老船夫所说，脸颊处有好几道细长伤痕，四肢肿得非常粗大，有些青苔模样的东西嵌在了他的指甲之中。尸体双手紧紧握拳，因为早已僵硬，李恪用尽力气才将之扳开，见右手中握有一小块丝状的物什。

杨政道用力往尸体的肺部压了一下，立刻有泥浆水从口鼻中流出。他一边用帕子擦净了自己的手，一边道："肺部有大量积水，手上尸斑呈淡红色，肌肤毛囊有明显隆起的样子。就尸体看来，的确是溺毙的。"

李恪点点头，心道：你平时喜欢看医书，总算到了关键的时候能派上些用场。"然而看他面上的抓伤以及手腕上的勒伤，并不似意外落水而死的。"说着李恪又不禁看着躺倒在地上的夏邵严道，"表兄过几天去帮我做一件事好不好？"

杨政道听得有脚步声慢慢逼近，赶紧将棺材盖推上，将李恪拉到后头的白幡之下躲了起来。不多时，果见一个穿着白衣的女子缓步向这边走来，她看到躺在地上打瞌睡的那三个人倒也没有惊讶，而是径直上前，抚着棺椁号啕大哭起来。李恪用口型问道：她是谁？杨政道摇了摇头，微微站直了一些，刚好可以看到那女子的表情。她哭得十分伤心，看年纪二十五六岁的样子，那双眼睛十分灵动，看得出来，应该是一个上等的美人。

等哭够了以后，女子方抽噎着说道："你放心地去吧！我一切都好。"说完，她又冲着那棺椁连连叩了三个响头，方才抽抽噎噎地转过身子离去。就在这时，李恪看到她脖颈处有一小块蝴蝶图案的刺青。原来她是从那里来的，难道她就是……不会吧？

“还不走？我这迷药也撑不了多久啦。”还未等李恪缓过神来，杨政道便扯开白幡，大跨步地向前走去。

两人见那俩守门的家丁早已睡得鼾声四起，便放下大门的木闩子，大摇大摆地走了出去。

此时的安州城街上空寂无人，只有满天星星在闪闪烁烁，散发着微弱的光芒。杨政道随手折了根柳条在自己的影子上晃来晃去：“你方才要我帮你做什么事情？别又是跟踪盯梢、翻墙做贼的事。”

李恪倒是难得见他这般有童心，赶紧说道：“赵二说夏杞死的那天下午，夏邵严一直在小室中写方子。你去帮我把那些方子偷……借出来吧！”

杨政道轻哼了一声，将柳条甩到李恪的手中。什么叫得寸进尺，他今天算是领教得彻底了。李恪仔细观察着他面上的表情，赔笑着说道：“本来我是想自己去的，可是表兄你不是懂医术吗？可以借着和夏邵严攀谈的机会下手嘛！”

“既然是夏邵严让赵二抓的药，药方自然是在赵二那里，”杨政道解开绑在树上的马缰绳，一踩马镫，动作很轻盈地上了马，“我为什么就不能直接去问赵二要？你这满脑子想的都是什么？”

“我在想……刚刚那个女人。”李恪亦翻身骑在了马背上，“算了！这种事情，还是让康健去打听吧！不过，大约需要费些周折。”

几日后的晚间，当杨政道将十数张方子叠整齐交给李恪的时候，李恪满脸佩服地说道：“表兄还真的将它们全都拿回来了呀！”

杨政道瞥了他一眼道：“你让我办事，难道不就是指望我把事情办成功吗？”

李恪顾不得答他的话，迅速地翻看了一下这些药方，又拿出前番夏邵严给舒窈开的方子，见上头字迹几乎是一模一样，只是这其中……这个破绽，怕是夏邵严不曾预料到的吧。

有一缕似有若无的清淡笑容流淌过李恪的嘴角，旋即他的神情却变得有些悲戚。杨政道将他案上的几支笔收了起来，问道：“怎么了？”

李恪起身走了两步，又回头问道：“你对杨士贵和杨誉了解多少？”

杨政道奇道："你家王妃的娘家人，你问我了解多少？"

"你们不都姓杨吗？"李恪的表情颇为理所当然。

杨政道不禁觉得有些好笑，却还是很认真地回答道："杨士贵的父亲确实与文帝同宗，不过关系已经很远了，所以他的爵位和军功也算是他实打实地挣来的。大业十四年，杨士贵死在了宇文氏的叛军手中。至于杨誉，一直在长安周围的小州做刺史，为官无功无过，所以这么些年来也没能得到擢升。不过因着他与你的这层关系，巴结他的人也不少。"

"还有吗？比如关于杨誉家几房夫人的事。再有，陛下为何会让我早早地与杨誉家的女儿定亲？"李恪似乎对杨政道的回答很不满意。

杨政道不明所以地问道："为何会突然问起这个来？你若想知道，直接问她不就行了吗？"

"我会问。但是，我又有些害怕。"李恪说这话的时候，声音在微微地打着战。

"我劝过你。但是你既执意如此，便要承受得起这一切的后果。"月光柔和地照着杨政道挺拔的身姿，他看着投射在窗户之上自己的影子，慢慢地说道。

李恪走至他的身边道："不是的，表兄，与此无关。"

与此无关？杨政道第一次听不明白李恪话中的意思，不过他倒也没有去追问，等时候到了，他自然会知道。很多事情，都不是不知道，而只是时候未到。

在都督府书房和卧房之间，有一片小小的矮竹林。刚来的时候，有很多竹子已经枯黄衰败了。李恪平素不喜摆弄花草，不过对竹子倒是有几分特殊的感情，便请了城里最好的花匠来侍弄它们。如此，才有了如今的这片勃勃生机。穿过竹林的时候，李恪突然望见前头闪过一丛火光，走近看时，却见舒窈正跪坐在地上，在铁盆里烧着黄表纸钱。猛然间抬头看见了李恪，舒窈不禁将手往回缩了一缩，火苗向上一蹿，险些就要烧到她的臂上。

"小心！"千钧一发之际，李恪快步冲上前去将她拉了起来。

"殿下，"舒窈的面上露出了一丝惊魂不定，"对不起，妾身知道在府中烧纸钱实为不吉，可是今日，是妾身母亲亡故的日子，我……"

李恪见火盆旁边还有许多未及烧完的纸钱，便蹲下身子，一张一张地将它们放了进去。火苗一点点地将它们吞噬，直到烧完了最后的一张。舒窈目中含泪，长长的乌发披散至腰间，在月光下竟也有了几分动人之处。李恪宽慰她道："既是岳母忌日，当然应该祭奠。可是你怎么都不告诉我呢？若我早知道，也好叫天佑寺的禅师们来此念一段《往生咒》。"

舒窈见他并不怪罪，不禁露出了一丝感激的神情："多谢殿下。"

"回屋去吧，天这么晚，该有露水了。"李恪轻轻地握了握她的手。尽管已是初夏时节，她的手依旧是那般冰凉。

李恪望着舒窈那张永远带着四平八稳笑容的脸。他其实很不喜欢，甚至很厌倦这样的笑容，因为这样的笑容里有恭谨，有崇敬，却唯独没有感情。或许，他这个人到底不是那么可爱的吧。他放开了她的手，蓦地问道："舒窈，你喜欢我吗？如同一个女人对一个男人的喜欢。"

舒窈眉眼一动，那双眼在极度的惊讶过后才慢慢恢复了平静。喜欢吗？似他这般的容貌、这般的性情、这般的才学，只怕任何一个女人都会喜欢的吧。于是她微微点头，柔声说道："妾身在成婚之日，第一次见到殿下的时候，就很喜欢殿下。"

"那并非我们第一次见面。"李恪将外氅挂到身后的衣架上道，"后来我才想起来，我们小时候是见过面的。那时母亲刚刚生下我的弟弟不久，有很多人都来王府给父亲送礼，其中也有你的父亲，而你，是和他一块儿来的。当时姐夫跟我说，这就是杨刺史，而他身边的小姑娘，想来就是我未来的媳妇。可惜我们看到的只是你的背影。你还记得吗？"

舒窈想了半晌，终究还是摇了摇头："妾身不记得了，许是那时我们都还小吧。"

"大约是吧！"李恪神情有一丝恍惚，旋即便道，"我这胃病最近可能又严重了，明日晌午你与我一起去一趟夏府找夏大夫看看吧。"

第三章

移花接木

舒窈没有想到，李恪竟然会如此高调地去夏府看病：他头戴白珠九旒冕冠，一对美玉系于红缨处，分别垂于耳旁，身着上玄下红的衮服，肩处以华虫为绣，侧处以山川为绣，袖处以宗彝为绣，腰间则束以白罗大带。那惯常是亲王在大礼时才有的装扮，在舒窈的印象中，仿佛只看他穿过这套衣服两次。

李恪见她眼睛一眨不眨地望着自己，不由微笑问道："怎么了？"

舒窈的眼眸中难藏惊艳之色："殿下这身打扮实在太好看了，可是为何要今日穿？"

"夏邵严早就知道我的身份，如此，亦无妨。走吧！他们已经在外面等着了。"

同去的除了杨政道与康健，还有那位刚刚从下县巡视归来的都督府长史权万纪。舒窈狐疑地望了李恪一眼，李恪却只为她掀开了帘子，与她一起坐于马车之内。半个时辰左右，马车已然到了夏府正门口。过路的人一见如此阵仗，纷纷好奇地朝着这边围过来看。季成率先下了马车，对着守门的家丁高声说道："吴王殿下到！请夏大夫立刻出门迎接。"

家丁连连称是，三步并作两步地朝府里奔去。不多时，便见夏邵严匆匆出府迎候。往日李恪虽也来过夏府两三次，却都是轻车简从微服而来。看着今日这般声势，所报的名号又是“吴王”，便不禁让夏邵严起了三分戒备之心。然而他只是从容地屈膝叩首道：“草民夏邵严见过吴王殿下。”

李恪下了马车，也不说话，只是缓步向府中走去。

府中小院之内有四个壮年大汉正抬着棺椁而来，见此情形，便忙将棺椁放了下来，跟着院中其他一众丫鬟仆从跪迎。李恪环顾了四周一眼道：“都起来吧。”

众人这才如释重负地起身站在一旁。夏邵严上来两步道：“不知吴王殿下前来所为何事？”

李恪指着地上的棺椁道：“这才不到半个月，令叔父就要入葬了吗？”

夏邵严答道：“原也是想着要停灵四十九日的。只是如今这天气日渐炎热，草民想着，还是让叔父入土为安为好。”

李恪的嘴角露出了一丝嘲讽的笑容：“入土倒是容易，但是真的能安吗？”

这话如同一道惊雷一般炸响在夏邵严的耳畔。夏邵严用手抓住自己的衣摆，尽可能使自己的脸色不那么难看：“殿下这是何意？”

“夜半时分，当你独自一人跪坐在你叔父灵前的时候，你会不会想起他抓着你的衣角，恳求你救救他时的眼神？会不会听到他临死之前叫唤着你的名字时那凄厉的喊声？”

此言一出，不仅下人们都惊得变了脸色，连站在李恪身后的康健也是一脸懵懂的模样。夏邵严却只是云淡风轻地说了一句：“殿下这玩笑开得似乎有些过头了。”

“我没空跟你绕弯子！”李恪朗声说道，“五月十二日下午，你究竟在哪里？”

夏邵严从来没有在李恪的面上看到过这样肃穆威严的神色，那是一种与生俱来、与年龄无关的威仪。他的心中不由得涌现出一种恍然大悟般的惊惶，尽管已经拼命压制住这种来回窜动着的心绪，说话的声音却带了几分心虚：“那日我在慈济堂中开方子，伙计赵二和刘崇、田季则都在药房按着我的方子抓药。直到日落的时候，有人告诉我说叔父出了事，我这才匆匆赶去了流运河那边处理。这

个，也有很多人看到。”说罢，他将目光投向了这边的几个人。

几人一见，便不约而同地走上前。赵二率先开口道：“公子说得不错，那天我们一直与公子在药堂之中。公子将方子递给小人的时候，上头的墨迹都还没有干呢。”话音刚落，余者也纷纷附和。

李恪却不以为然地浅浅一笑，语气已没有了方才的凌厉，而是像对一个故友般温和地说道：“是吗？你们真的看清了药堂里的人是夏大夫吗？还是……只是一个背影？”

赵二三人听了这话，霎时愣在了当下，似乎都在用力地回忆着当时的场景。田季边敲打着额头边缓缓吐出了两句话：“可那人的身量和药方上的字迹的确是公子的。小人敢肯定，公子那日的确一下午都与小人等在一起。”

李恪从衣袖之中拿出了一摞药方来，交到田季的手中道：“这是你家公子那日所开的药方吧？”见田季很肯定地点了点头，他便又拿出了另外两张药方继续说道，“这个是当时夏大夫为我开的调治脾胃的方子，不论字体，还是字间距，甚至连笔锋，都一模一样。方才赵二说过，夏大夫将方子给你的时候上头墨迹还没干，可见那不是他事先准备好的。”

“够了殿下！”夏邵严转过身来，目光中已经有了几分咄咄逼人之意，“邵严不知是哪里得罪了您，您要在我叔父出殡的日子里前来说这般不知所谓的话。”

“夏大夫不要急，我的话还没有说完。”此刻的天空中又飘落了几滴雨珠，季恩撑起了一直拿在手里的油布大伞想要为李恪挡雨，李恪却挥手示意不必了。他走上前去，正对着夏邵严的眼眸，丝毫没有退却之意：“你父亲名讳是夏棱吧。你与你父亲感情相当不错，你尊重他，敬爱他，所以连写这个‘棱’字的时候都不忘缺笔以做避讳。巧合的是，你给我开的两张方子，以及所谓你在五月十二日开的方子之中，都有一味能够破血行气、消积止痛，名叫‘三棱’的药，又是为何那日你偏偏没有缺笔呢？那个人的字是与你的很像，只是那个人到底不是你！”

夏邵严的面庞不住地抽搐着，脸色惨白如纸。他紧紧地握起了拳头，继而又慢慢地放开。杨政道看着他凶神恶煞般的模样，便下意识地伸手挡在了李恪的面前。李恪向他摇了摇头，给了他一个“无须担忧”的表情。

杨政道这才放下手站在了他的身边，说道：“慈济堂药房南面有三排两人高的药柜，药柜前有一张矮桌，人席地而坐之时，刚好是背对着药柜的，夏大夫通常都是坐在那里开方子。我与殿下第二日见到他的时候，发现他的喉咙沙哑，说话声音大不似往日，所以那个人哪怕当时说话了，赵二他们三人也不会有所怀疑。更何况，你之前几天也都是保持着这样的姿势，以这样的方式边写药方边吩咐他们抓药的，他们也早已经习惯。而五月十二那日，你故意将十几种最容易混淆的药写成方子，他们忙着辨药都来不及，怎么可能会注意到坐在那里的人已经不是他们的公子了呢？”

“下官还是不大能明白，”在旁听得云里雾里的康健终于忍不住开口说道，“司马的意思是说，夏邵严使了一招李代桃僵？那么他自己又去了哪里呢？”

“当然是去做一件他一直都很想做的事情。”李恪不再去看夏邵严那张扭曲的脸庞，而是接过季恩递过来的一小块白色绢布，又伸手扯过夏邵严一直藏于腰带之中的那块帕子，两相对比，果然吻合得丝毫不差，“我们检查过夏杞的尸体，这个东西正被他紧握在僵硬的拳头之中。他面上的划痕显然是你推搡他，要将他溺死时抓的。而你的手臂上，应该也会留有几道抓痕吧。要不要我让人把你的袖子撸起来给大伙儿都看看啊？”

“你们……”夏邵严的脸上突然涌出了几分嘲讽之色，环视了周遭一圈，目光才有了聚焦点，“那天夜里果然是你们。李恪，你这好好的都督不当，怎么倒也学起人家做梁上君子了？”

“你大胆！来人，把他拿下！”康健在旁气得吹胡子瞪眼，身后的五六个差役登时就要一拥而上。

李恪却向着他们摆了摆手，语气不急不缓：“夏邵严，有些事你知道，我也知道。但也有些事是我知道，而你不知道的。”

康健又恢复了他那一脸疑惑的神情，不由问道：“殿下指的是什么？”

李恪点头道：“康法曹不是最爱听故事吗？今日，本王就好好讲一个故事给你听。七年前，慈济堂的二掌柜夏杞恋上了一个青楼女子，花了巨资替她赎身。那女子才貌双全，远近闻名，老鸨甚至用她的名字命名了那家青楼。”

康健的眼睛突然一亮："殿下说的是慕安姑娘？"

"对！夏杞为慕安赎了身以后，将她和她的妹妹一起接进了府中。只不过慕安有着众多的追求者，为了避免麻烦，夏杞严禁老鸨说出慕安的下落，对府中人也只说这是他外出做生意时所纳的侍妾。谁知道，夏杞的同胞哥哥夏棱偏偏也很倾心于这位小弟媳，两次三番骚扰于她。慕安在忍无可忍之后，终于将这事告诉了夏杞。

"虽然夏邵严因着某种不可告人的缘故，令人到处诋毁夏杞是个风流浪荡的公子哥，可谁也不曾亲眼见他有过什么逾矩的行为。相反，他和慕安情投意合，也算是个有情有义的人。在屡次劝说夏棱不要再对慕安起歹念而无果之后，夏杞只好带着慕安和她的妹妹一起远去他们在长安的旧居住了一段时间……我说得没错吧，慕安夫人！"李恪说完，便看了看一直站在棺椁旁边低垂着头默不作声的女子。

慕安听得此言，这才抬起头来，目中满是盈盈泪水："殿下所言，八九不离十。只是，您是如何知道我就是慕安，又如何知道我们去过长安的？"

李恪指着她脖子后头的那个蝶形刺青说道："知道你是慕安没什么难的，因为我去过慕安阁几次，看到那里的姑娘在脖子后都文有不同的图案，我只消去问一下孙妈妈，便知你是谁了。"

杨政道心道：你就不能不那么实诚？当着那么多人的面说出你去过青楼真的好吗？还几次！他身边的权万纪已然微微皱起了眉。除了任着府中长史一职，权万纪还算是他和李恪的授业恩师，两人对这个从来不苟言笑的老头都是又敬又怕。前两个月他巡查了安州下辖的十四个县，可算让他们过了些轻松自在的日子。想到此间，杨政道便轻轻咳嗽了两声权当提醒。康健却完全看不懂他们这几人的表情，只是挠了挠头说道："殿下的意思是说，夏杞为了永绝后患，所以在三年前杀了夏棱。而知道真相以后的夏邵严又杀了夏杞替他父亲报仇，对吗？"

"不！不是这样的！我夫君从来没有害过人。"慕安嗓子有些沙哑，急急地辩驳道。

李恪向她投去了一缕宽慰的眼神，淡淡一笑："我知道。夏大夫，你知道吗？"

夏邵严只是轻轻地哼了一声，也不去理睬他。李恪倒也并不在意，只是继续说道："夏杞刚刚接慕安姐妹进府的时候，就发现慕安的妹妹景玥对药材有着非常高的天赋，便手把手地将自己平生所学尽数教给了她，后来又让她去了慈济堂帮助夏邵严一起抓药。两人日久生情，很快就定下了婚姻之约。景玥与慕安不一样，她读过书，会画画，懂医术，又从来没有进过风月场所，所以夏邵严大可明媒正娶地讨她做妻子。"

"就是朝颜和蕙兰口中的小师妹景玥？"杨政道此时方才有些讶异，"你找到她了？她真的被逼嫁给了权贵之家吗？"

李恪的心蓦地跳得极为迅速。绵绵细雨迎面扑到了他的面上，他只觉十分麻痒："我还没有说完。景玥跟着夏杞和慕安到了长安后不久，就去了一个大户人家给他们家姑娘治病。那位姑娘从小身子就不好，从来没有出过房门，几乎没有见过外人，因而很快就和景玥成了闺中密友，将自己所有的事情都告诉了她。我没有说错吧，景玥。"

李恪望向舒窈的目光十分温柔，仿佛里头带着无限情意一般。舒窈腕上戴着的翡翠珠串一颗一颗掉落在了地上，在一片静谧之中显得十分突兀。她穿着一件玫红色对襟襦裙，那样艳丽的颜色越发显出了她脸孔的苍白与憔悴。紫藤扶住了她摇摇欲坠的身子，想要说什么，却终究什么也不敢说。

杨政道看着李恪眼眸深处的那一丝看似风轻云淡，实则异常冰寒彻骨的神情，心中却不禁涌出了些许慰藉。他原就对李恪今日带着舒窈前来感觉十分奇怪，而今才知竟然有着这一层的缘故，怪道那日他会突然问起杨家的事情来。杨政道并不开口，只是站在那里望着他们，似在等待一出精彩戏码上演。

过了很久很久，舒窈才勉强按压住心头的翻滚，断断续续地说道："殿下……您……您是在说我吗？我……"

李恪蹲下身子，将落于地上的翡翠珠子一颗一颗拾起来，放在了舒窈的手

心，语调依旧十分平缓："尽管你和夏杞大夫已经尽了全力，但杨家姑娘还是不幸病逝了。而就在这个时候，王公公却来杨府传旨，说陛下已经选定了吉日让本王与杨家姑娘成婚。王公公一时不察之下，便误以为你就是杨舒窈，将圣旨交到了你的手中。杨誉一时鬼迷心窍，居然默认了这个误解。待王公公走后，他又百般游说于你，终于劝服了你顶替舒窈做他们杨家的女儿，按照旨意准备半年以后的婚礼……"

众人屏气凝神，似乎都未从撞破此等皇家秘闻的震惊中舒缓过来。李恪环顾四周，并不去理会他们迥然不同的表情，又接着说道："你虽然答应了杨誉的要求，可对夏邵严依旧难以忘情。于是，你只得恳求夏杞和你姐姐将你送回安州，以便向夏邵严做最后的告别。"

"我当时是坚决不同意的……"许久不开口的夏邵严终于忍不住在旁说道，"毕竟我与景玥已经定亲，我甚至已经让裁缝铺子准备她的嫁衣了。可她却说，她出身平平，是姐姐用卖艺的钱供她吃穿，还给她请先生教她读书画画，就是希望日后她能够嫁一个好人家。她说她是真心想要与我过一辈子的，可是亲王正妃的位子实在太过有诱惑力，她没有办法抗拒这样的诱惑，便只能对不起我了。"

李恪嗤笑一声，似在笑他们，却更似在笑自己："我不知道夏棱是如何知道这件事的。我只知道，景玥，他是死在你的手里的。或许不光是为了要永绝他泄露这个秘密的可能，也是为了让你的姐姐从此可以不受打扰，安心同你姐夫在一起。讽刺的是，你姐姐花了大价钱请先生教你的东西，你在我面前却一点也不敢表现出来，因为杨誉告诉你，舒窈没有念过书，也不认识字。我曾经教过你识字，你却学了两天就不愿意学了，原本我以为你是不感兴趣，后来才发现，你是不屑。你还记得那幅《蕃客入朝图》吗？你第一眼就能看懂此间场景，却只是留了一半说了一半。我说要用烧滚的朱砂作画，你又告诉我朱砂加热后有毒。那一刻我才真正确定，你识字，并且很有可能十分清楚药性。"

夏邵严走上前去，慢慢地抓住了景玥的手腕："是你杀了我父亲？难怪那天上午你会表现得那般局促不安，我原本只以为，是他突然死去吓着了你。景玥，你真的太可怕了。"

"所以……那张药方？"杨政道恍然大悟般地在旁说道。他向来自诩聪慧，

未想从一开始，就被眼前这个看似柔弱的女子牵着鼻子走。

“不错，那张药方也是景玥所写。”李恪望了夏邵严一眼，似乎并没有要阻止他动手的意思，“夏棱死后，景玥模仿着他的字迹，将这样带有极强诱导性的方子夹在了你的医书之中。只可惜，一直过了三年，你都没有看出这方子中的曲折。所以，景玥就借了我的口去告诉你。景玥很聪明，真的很聪明。”

大概连李恪自己也没有发觉，他说这话的时候心中倒是带了三分真心的佩服。刚刚从惊愕之中舒缓过来的慕安用难以置信的眸光深深地望向了景玥：“你姐夫将你当成亲妹妹，对你那般好，你究竟为何要如此？”

“因为我害怕！”景玥突然用力挣开了夏邵严的手，那样声嘶力竭，全然不复往日那般的温柔，“我以为我会在长安，和吴王殿下好好地过一辈子，可谁知道过了三年，我竟然会再度回到安州，回到这个我一辈子都不想回来的地方！我不能让吴王殿下知道我的身份，虽然他对我的态度从来也都是淡淡的，可我却动了真心，我不能失去他，我不能失去我现在所拥有的一切！”

“真心？”李恪不由重复着这两个字，心头是不尽的哀凉，“就算真是真心，就可以这般肆意践踏他人的性命吗？五月十二日下午，你假说身体不适，不让任何丫鬟侍候。其实那个在慈济堂药房开方子的人就是你。你的身量本就高挑，从背影看，和夏邵严非常相像。而夏邵严却邀了夏杞在流运河边谈话，意见不合之下便将夏杞推入了河里溺毙。等有人发现遗体，并来慈济堂中报丧之时，夏邵严已趁乱混在人群里，与你做了交换。只要时机得当，完成此事，根本就是易如反掌。另外，不只是夏杞，还有朝颜和蕙兰的死大约也与你有关。是你挑起了蕙兰对她表姐的仇恨吧？所以蕙兰死前才会露出那样惶恐和愧疚的神色。这借刀杀人的法子，你用得可真够纯熟的！”

“那全是她们的错！谁让她们知道了我就是吴王妃，屡屡用这事威胁我给她们银两？”景玥听李恪说到朝颜和蕙兰的名字，朗声笑了起来，说道，“为了掩饰一个错误，只能用更多的错误来弥补。殿下，我也是没有办法。”

那一场雨一直下到了晚上。雨停之后，天空中竟然挂起了一轮圆月。圆月，多好的寓意呵！可惜在李恪的眼中，那不过是一个最刺眼的笑话而已。他真的很

累，累到就连叹气都觉得疲惫。他跪坐于软垫之上，任由一阵阵酸麻之感从他的脚上传来。

景玥将一杯刚刚泡好的白茉莉花茶捧到了李恪的手上，面上浮着的依旧是李恪记忆中那般柔和的笑容，仿佛一切都没有发生过。李恪轻轻地抿了一口，安州盛产白茉莉，那种清香中略带着甘甜的味道让他饮下第一口便觉得喜欢。

李恪将茶杯放到案上，看着景玥的眼睛说道："夏邵严第一次来府中的时候，你让紫藤准备的是清水，其实是为了他吧。安州风俗，凡家有丧事，或至亲的忌日，都要饮糖水。他的杯中原就放着糖，所以，他才对紫藤说了声谢谢。"

"殿下究竟是从何时开始怀疑妾身的？"李恪的眸子那样明透深邃，景玥在他的眼底看到了自己：一个骗子，一个杀人犯，一个笑话。

"你我成婚之日，"李恪理了理自己的发冠，面色平静地说道，"我邀你与我对弈，你却说你不会。起初我以为你是谦虚，后来我才发现，你是真的不会。你知道吗？我曾经很期待我的王妃，很希望能够与她开开心心地过一辈子。所以，我找人打探过杨舒窈其人。我知道她从小身子不好，虽然不喜诗书，但棋艺极佳。为此，我多次向太医署令讨教过她的病，也常常与表兄一起切磋棋艺，只希望能够与她同心相契，白头偕老。可你……"

"就只有这些吗？那您又是如何知道我是景玥，知道我与夏邵严的关系的？"景玥继续问道，很有些刨根究底的样子。

李恪别过了头，月光如水般照在他的面庞之上："有必要问吗？就算你知道了，又当如何？"

景玥苦涩一笑："妾身从未求过您什么，就这一次，我想知道，好吗？"

"好，那我告诉你。因为你会做安州的民间吃食，知道荣庆斋的馒头、周记茶楼的茶饼，知道馍馍是安州方言，还有，你祭奠你母亲……哦，其实应该是祭奠你姐夫的时候，用的是黄表纸钱而不是长安人惯用的黍稷梗。还有，我说我小时候见过你，可是，据我了解，杨舒窈因为身体原因，从来也没有出过府门。况且我弟弟出生的那年，杨誉正在永州任刺史，家眷也并未随行，而你却说，你不记得了。那日你穿的那件袍子，夏邵严也有一件相似的，其实那应该就是他的吧，你穿着很合身，也是那时，我确定了自己的怀疑。后来，我带你去夏府看病，你看他的眼神，他看你的眼神……你们分明是熟识的。他熟知你的体质，所以他用的是见效慢、药性却相对平稳的方子，而且他让赵二带给你的是蜂蜜而不是砂糖，因为他知道，那是你的喜好。再有……”

“殿下不要再说了！”景玥霍地站起身来道，“您既然已经知道了那么多，为何不将我与夏邵严一同下狱？您以为您将我骗至夏府，当众给了我那么大的难堪，我还能继续坐在这吴王妃的位子上吗？”

李恪起身将门打开。夏日的晚风吹拂在身上，竟然也有了几分凉意。没错，他是故意的。这么些年，他的心中始终压抑着一种难以发泄的情绪，如今借着这由头，便尽数将之发泄了出来。可发泄过后，他却真不知下一步该如何办。杀人偿命，自是天经地义。可景玥明面上到底是他的王妃，真要秉公处置，怕也不容易办。杨家欺骗了皇帝，欺骗了他，他若一道奏疏上去，便可坐实了他们的欺君之罪。皇帝就算再仁慈，也不可能完全不做处置。如此，必是要闹得满城风雨。李恪望着地上的树影，愁眉紧锁。

正当他出神之时，忽见树上闪过两个人影。李恪赶紧往前跑了几步，警惕地向四周望望道：“是谁？”

话音刚落，两个身影登时就从树上一跃而下，不约而同地将手中的长剑刺向了李恪。那动作如闪电般迅疾，杀机十足。李恪不及躲避，锋利的剑锋狠狠刺入了他的手臂，鲜血从紫檀色衣袖下慢慢浸了出来。李恪见状，心中怒极，侧身就给了那人一拳，反扼住他的手臂，夺过了他手中的剑。正当剑锋要划过那人脖颈的时候，另一人却用手里的鞭子钩住了李恪手中的剑，李恪不得不回身向他，左手紧握住鞭子，右手举剑用力朝鞭子砍去，哪知那鞭子坚硬如铁，他的手又受伤过重，一时并未砍断。

正当二人缠斗之时，先前的那人却从袖中掏出了一把短匕首想要扎入李恪后背。李恪扯过那鞭子用力勒住了他的脖子，匕首瞬时落到地上，那人终于慢慢倒了下去。举剑之人见同伴已然不中用了，心中恼恨至极，出剑的力道明显更为狠准，双剑相击迸发出的清脆声响响彻了寂静的夜空。二人苦斗许久，依旧难分胜负。突然，又有一道黑色影子从天而降，利剑出鞘，直向李恪的胸膛刺去。

“殿下快躲开……”景玥不知从哪里冲了出来，千钧一发之际，挡在了李恪

的面前。那剑直接穿透了她的身子，殷红的血液溅到了李恪的脸庞上。

“快保护吴王殿下！”闻声而来的护卫们齐齐上前，又不知从哪里来了四五个蒙面青衣人，也加入了这场厮杀之中。

杨政道在砍杀了离李恪最近的两人之后，便蹲下身子，看着他臂上的伤口和满手满脸的鲜血，焦急地问道：“恪弟，你还好吗？”

李恪望了他一眼，示意让他先不要说话。此刻的景玥已然气息奄奄，她用尽最后的一丝力气想要握住李恪的手，可她的眼前只有模糊一片，什么也看不真切。她慢慢地闭上了黯淡的双目，口中颤巍巍地低语着：“夏……王……河北……殿下，他们要害你……”

景玥死了，就死在李恪的臂弯之中。李恪想起她那张带着鲜血的惨白的脸和那最后想要抓住自己，却怎么也抓不住的绝望眼神，身子情不自禁地开始战栗起来。那边一群人的厮杀依旧惨烈，杨政道护着李恪慢慢地往回走，一直退到屋中，心才平安地落了下来。屋中两个小丫鬟早已吓得不知所措，杨政道忙吩咐道：“快去准备清水、剪子、绷带和药膏！”

不多时，二人已经把东西全数准备好拿了过来，杨政道回头对她们道：“没事了，你们先下去。”

二人面面相觑，犹豫半晌后，方才屈身行过一礼后退下了。

杨政道拿起剪子，小心翼翼地将李恪的衣袖剪开，用帕子轻轻将他的伤口清洗干净。那一剑刺得极深，皮肉外翻，隐隐可见白骨。杨政道在察看了很久之后才舒出一口气道：“还好剑上无毒。只不过这一个月内，你都不能再拿剑，也不能随便乱动，知道了吗？”

“表兄……”李恪似是没有听到他的话一般，只自顾自地说，“她死了，她是为了我而死的。”

杨政道看到他的眼眶慢慢地泛红。在他看来，那样一个女子就算死了也没什么可惜的，况且李恪对她原本也没有多么深刻的感情。只是如今看他这样子，分明有了几分真心的难过。他的心应该是很软很软的吧。杨政道在他的伤口上敷上了些止痛消炎的药之后，便一手拿住绷带的一头，另一只手一层层地把绷带绕到伤口上，等全部包裹住了，则将两端系在了他的脖子上。杨政道见他神色依旧恍恍惚惚，便又提醒了一句："你听到我说的话了吗？"

李恪仿佛是突然觉察到手臂上的痛一般，咬了咬嘴唇道："你让她们拿的是什么药？怎么这么痛？还有，你这绷带绑得是不是太紧了一点，会不会不透气？"

"反正不是毒药！"杨政道没好气地说道，"你只要记得好好保护你这手臂就行了，要不然我可没法向陛下交代。"

"陛下交代你什么了？"李恪显然又一次弄拧了杨政道这话的要领。

杨政道这次倒是见怪不怪了："他老人家不放心你一个人在外，让我在你身边好好提点你，照顾你。所以你这伤一定要好好地养着，千万别让陛下知道，要不然，他找的可是我的麻烦，懂吗？"

李恪的嘴角不由得露出了几分凄然。他知道杨政道是故意想让他开心一些，只是如今这光景，他是想笑也笑不出来了。那些人招招都是要取他性命的模样，难道他们和夏邵严有什么关系？还有景玥，她临死前为何会突然提到河北？她是知道要害自己的人是谁吗？再者，他要如何向陛下上奏舒窈的事情呢？他想着想着，便觉后脑勺疼痛得厉害。

杨政道替他拭了拭额上的汗珠，分明是看透了他的心思："我知道你不想把事情闹大，那么，你就只说吴王妃本就身子不好，又不适应安州的气候，因而得了急病便故去了。都督府中的都是自己人，他们不会说，而夏家的人，尤其是慕安……只需恩威并施，他们也不敢说，因为说了对他们也并无一点好处。如此，便大可大事化了。只要你不会觉得不甘，他们毕竟欺瞒了你整整三年。"

"我是不甘心，但又能怎样？难道真要因此用杨誉一家几十口人的性命来出气吗？景玥欠我的，已经用自己的命还了，我还能再说什么？至于杨誉，他过去从未在我这儿捞到什么好处，将来……他好自为之倒还罢了，万一他做出些什么出格的事，就莫怪我连本带利地全都给讨回来！"

“别说这种狠话了。我知道，你心软得很！”杨政道微笑着望向他，“景玥这一死，你自然就把她做的所有事情都一笔勾销了。你说你对她无情，可是三年相处，至少她表面上对你体贴入微，你真的没有一刻动过心吗？”

李恪愣怔了一下，并未回应他的问题。或许确实曾经有过那么一刻的恍惚和动容，但那又怎么样？一个一开始就知道的圈套，一个深谙心机与诡诈之术的女子，他是无论如何也付出不了真感情的吧。他苦笑。他所要的，不过是一份同心相契，而不是得不到回报的真心，也不是用真心掩饰着的阴谋与算计。一如母亲，一如景玥。

他望了杨政道一眼，看他正用手慢慢拨弄着那串永不离身的小叶紫檀木佛珠，不禁涌出了另一重的愁绪：“昨日姐夫来信说，陛下近日或有意将雪鹭妹妹许配于房玄龄的长子……”

“房遗直吗？他也配？”杨政道猛地起身，手边的剪子被带落到了地上。

李恪用手抚着臂上的伤口说道：“他怎么就不配了？开国功臣的儿子，银青光禄大夫，将来要承袭爵位的国公。门当户对，陛下牵的这姻缘也算合适。”

“可雪鹭并不钟情于他！就算是陛下，也不能这般乱点鸳鸯谱吧！”杨政道怒形于色，全然不似惯常所见的从容淡定。

“她钟情于你！可你给过她回应和承诺吗？她是江夏王的女儿，如此门第，又有那般的才情，你以为旁人就不会议论为何她到了十七岁还不嫁人吗？”李恪咄咄逼人地反问道。

当年是江夏王将杨政道带回长安的，江夏王喜欢这个长相俊朗又聪明伶俐的少年，加之李恪原本就与江夏王亲厚，故而常常会与杨政道一起往江夏王府跑。雪鹭十四岁那年，与杨政道共奏一曲《高山流水》。李恪从来也没有听过那般好听的音乐，也没有见过那般琴瑟和鸣的一对璧人。

杨政道的眼里露出了一缕无法言喻的苦痛：“我也配不上她。”

“你混账！”若不是伤口实在疼痛，李恪真想将他狠狠地揍一顿，“论才论貌，你们实在是万里难寻的佳配。论身份……你是我母亲的亲侄子，也是我李家正儿八经的亲戚，谁敢小觑于你？难道你想让她一个女儿家主动提起婚姻之事吗？”

杨政道摇了摇头："恪弟，你不该如此避重就轻，你明知道我还是……"

"你是什么？前隋皇室的嫡系血脉？颉利可汗扶植过的草原隋王？"李恪不以为然地道，"你以为凭着我父亲的心胸会在意这个？你也太过小瞧于他了。表兄，我这一生也就这样了，而你不一样。雪鹭与你两情相悦，惺惺相惜，你不该负她。等过几天了结了这里的事，我就立刻上书，让父亲做主，成全你们的婚事可好？"

还未等杨政道开口，只听外头的喊杀声骤停，接着是一阵如野兽般的嘶号之声传来。李恪不由得站起身，推门朝院中走去。护卫队长云岭屈膝跪倒在地说道："末将等已将这十三名刺客全数擒获，本想留着活口等殿下审讯，哪知他们都预先服下了毒药，就在方才，全部中毒而死了。"

李恪上前几步走到了那十三具尸体之前，见他们一个个面色青灰，舌头外伸，显然是服用了剧毒，不禁轻哼一声道："想不到本王的命如此值钱，竟还值得动用死士！"

云岭再度叩首于地道："末将未能及时赶到行护卫之责，请殿下降罪！"

李恪也不理他，只蹲下身子，用左手细细翻看着这些人的尸体。待看到第四具的时候，见那腰际似乎是挂着什么东西一般，云岭遂弯腰将那块牌子拿出交到了李恪的手中。那是一块青铜打造的牌子，四周各一条蟠龙，中间则刻有一个大大的"夏"字。

"果真是夏邵严的人吗？他也真够胆大的！"云岭在旁咬牙切齿道。

杨政道接过那铜牌，仔细摩挲打量了一番才说道："不！蟠龙是御用之物，哪里是夏邵严一个小小的大夫敢用的？"

云岭的个头很高，四方面孔上那一双眼睛炯炯有神，很有几分威严之态。他想了片刻又说道："杨司马是说，这个'夏'字指的不是夏邵严？那究竟是谁有这么大的胆子敢刺杀吴王殿下？"

李恪松开那只一直捂着伤口的手，忽觉上头温湿一片，这才注意到刚刚才包扎好的伤口竟又裂了开来，正往外渗血。景玥说有人要害自己：夏……王……河北。他突然想起了彼时在夏邵严书房见到的那一幅字：建功立业，盛德长乐。还有那颜渊和子路的画……仿佛有一条长线将这些人、这些事、这些话、这些东西

通通串联了起来。那是一个名字，一个他从未见过，却如雷贯耳的人的名字。他想了半晌，方回头道："表兄马上陪我到州府大牢去一趟吧！有些话，我要当面向夏邵严问清楚！"

杨政道看他几乎连站都站不稳了，便走上前搀扶住他道："也不急于一时，殿下好好休息一晚，明早下官再同您前去可好？"

李恪慢慢甩开他的手道："你不去，我一个人带人去也行。"

"好好好，我同你一起去便是！"杨政道无可奈何地点点头，又吩咐云岭道："让人备马车！"

马车经行了半盏茶的工夫就到了州府大牢，典狱官正和几个狱卒一起喝酒赌博，一见都督大半夜不睡觉竟然亲自过来查看，不由吓得双腿发软，打翻在地的酒水散发着阵阵清冽的香气，李恪一闻到这气味便不由自主地连咳数声。杨政道将手中一直拿着的织锦缎面斗篷披到了他的身上，转而又对典狱官说："前面带路，都督要见夏邵严！再有……你们这两个月的俸禄就免了啊。"

典狱官一听他说只扣两个月俸禄，不禁长长舒了口气，连声答应着，走之前还不忘记将那倒下的酒盅给扶正放好。

因为是杀人重犯，所以夏邵严被安排在了条件最为艰苦的北面牢房。安州百姓淳朴，近几年来生活稳定，刑事案件相当稀少，故而这片区域显得空空落落的。那典狱官许是酒劲还未过，一直带着他们绕了两大圈才到了夏邵严所在的三十二号牢房。杨政道看着他绯红的面颊，冷声说道："半年。"

牢房里阴暗潮湿，连空气都让人觉得不大舒服。夏邵严侧卧在墙角的稻草席上，听到身后的脚步声便转过身，见是他们两个，竟也没觉惊讶，只是坐正了身子，用带了些漫不经心的语调说道："都这么晚了，殿下来此倒是有何见教？"

"夏邵严，你好大的胆子！见了都督竟然都不行礼吗？"杨政道看他一副无所谓的样子，不由得朗然怒斥道。

夏邵严慢慢地站起了身。尽管身处牢房之中，他的衣衫依旧十分干净，头发也梳得一丝不乱，与李恪初见他时的样子相比并未有多大变化。他看了杨政道一眼，漠然道："杨公子对吴王殿下可真是忠心不贰，可你的心真的那么坦荡吗？

其实，你和我都是一样的人，一样的可怜。”

李恪虽不大懂他这话中的含义，但还是本能地拉了拉杨政道的衣袖，让他不要放在心上。夏邵严似乎是看清了他这小动作，继续说道：“吴王殿下，你如此信任你的这位表兄，倘或有一天他背叛了你，出卖了你，你是从此就与他恩断义绝，亲手解决了他的性命，还是打落牙齿和血吞？”

“夏邵严，你到现在还在跟我胡搅蛮缠吗？”李恪实在气不打一处来，走进牢房就用力掐住了他的手腕，“窦建德是你什么人？你们到底在算计些什么？我母亲的死究竟和你们有什么关系？”

夏邵严重重甩开了李恪的手。触碰到伤口的时候，李恪忍不住低低呻吟了一声。夏邵严徐徐说道：“对！夏王窦建德是我的亲祖父。李恪，你很聪明，只可惜，你永远也不会知道你要的真相！”

你永远也不会知道你要的真相……夏邵严的这句话一直萦绕在李恪的脑海之中。什么才是真相？或许这所有的一切都只是一个虚幻的影子，那么他拼了性命想要去抓住的那些东西究竟又是什么？

马车颠簸得厉害，杨政道忙吩咐季恩、季成驶得再慢一些。李恪臂上鲜血顺着手腕一直流下来，黎明的光透过帘子照着他那张惨白的脸孔，他无力地倚靠着扶手，说话的声音也有些含混不清：“表兄……”

杨政道解下自己腰间的汗巾，将李恪手上的鲜血擦净之后绑缚在伤口上，这才勉强止住了血。他长长地叹了一口气：“你是如何知道他们是窦建德的后人的？”

“夏邵严书房墙上的字，‘建功立业，盛德长乐’，分明是嵌了窦建德的名字。而那两幅图，《子路问政》暗指了主人的君主身份；至于《颜渊问仁》……窦建德不是一直自诩为仁义之君吗？”李恪缓缓而言，“景玥死前断断续续地说了‘夏王’二字，还有窦建德曾经的据点河北。”

杨政道点点头说：“当年窦建德在洛阳战败，身死国灭。想不到这么多年过去，他竟还有后人在世。可是我不懂，他们这家出了那么多乱七八糟的事情，难道真的只是为了男女之事的窝里斗吗？还有你那王妃，她既知这家人的身份，那

么她在其中又扮演了一个什么样的角色……"

他还想再说些什么，却见李恪已然合上了眼眸，疲惫地睡去了。他收了收肃穆的神情，露出一缕浅淡的微笑。马车慢慢地停在了都督府门口，季恩掀开帘子，刚想开口，杨政道就向他做了个噤声的动作，悄声说道："不忙，让他先睡一会儿吧。"

之后的几天里，李恪多次前往夏府探查，将夏府上下二十余口人仔细盘问了一遍，除了更加肯定夏邵严的窦氏身份外，其他依旧一无所获。与此同时，李恪上书皇帝，言其王妃杨氏因高热引发肺病，于贞观十一年五月二十六日病逝。皇帝特下旨加以抚慰。李恪遂将杨氏以亲王正妃之礼，安葬于安州槎山脚下。

那一日晌午，杨政道刚为了修建石桥一事从安州下辖的洑水县回来，就见季恩急急地迎了上去，面色凝重地说道："公子总算回来了，夏邵严他……他跑了！"

季恩过去在王府的时候总唤他一声"杨公子"，以致如今杨政道已有了正式官职，他仍是习惯以旧称称呼他，如此，倒也多了几分亲近之意。

"跑了？怎么跑的？"杨政道并不在意他的焦急，只是从护卫手中接过了自己的那柄青铜宝剑，边走边问道。

季恩见他面色从容，说话的语速反倒更加急促起来："今日殿下和康法曹准备再度提审夏邵严，哪知刚出牢门，夏邵严突然就夺过一个狱卒手中的大刀，砍断了自己的手链脚链，想要逃出去，殿下于是拔剑相迎……"

"这小子真不想要他那只手了吗？"杨政道心头一惊，脚步不由自主地停了下来，朝着季恩看了一眼。距离上次受伤尽管已过了不少时日，可一来这伤口实在太深，二来李恪这些时日以来一直都忙于解决有关夏邵严的事，根本没有好好休息，因而伤口总难以愈合。如今这一动剑，怕是更加难以好转了。

季恩急得脸都发红了："殿下与他过了没几招，就落了下风。这时偏偏又不

知从哪里跑来许多紫袍人跟狱卒和护卫们纠缠在一起。夏邵严夺马就跑，殿下带着卑职与几个狱卒一起追赶，结果却误入了几家农户的菜园，农户将我们围了起来，说我们毁了他们的菜，愣是要让我们赔钱。殿下不敢和老百姓动手，只得眼睁睁地看着夏邵严跑了……"

"那后来呢？"杨政道深深蹙眉，缓缓地握紧了双手。

季恩赶紧说道："我们把身上所有值钱的东西都给了他们，他们才放了我们。我们追赶了好几里都没发现夏邵严的踪迹，只好回来，准备让府中画师画几幅他的像，然后全城搜捕。"

"那殿下现在在哪儿？"

"殿下一回来就将自己关在了书房中，说不想让任何人打扰。"

杨政道不再去理会他的话，只径直向前头走去。到了书房，却见李恪正对着一个紫檀木盒子发愣。他的心这才放下了七八分，于是便走上前去，将手中的剑搁在了架子上道："我还以为你会心绪不好，看来是我多虑了。"

李恪这才将目光投向了他，眼中满是苦涩："我应该等你回来再去审问他的。如果有你在，说不定他就跑不了了。以往我尚能与你打个平手，如今，竟被一个小毛贼弄得毫无招架之力。"

"那还不是因为你不好好养伤！"杨政道从铁盆子里拿出几块碎冰握在自己的手心，以缓解这扑面而来的暑气。

李恪似乎总不把他这样的抱怨放在心中，正如此时，他也不去接他的话茬，而是从那盒子中取出了一株硕大的龙纹灵芝。那是他们第一次去夏府，夏邵严郑重其事地将它交给李恪以进献给皇帝。杨政道刚开始只觉这是他借着献祥瑞来求得财帛官职，如今再度看来，却仿佛有着另一番可怕心思。

想到此处，杨政道便拿起这灵芝仔仔细细地观察了几遍。他从来也不相信大自然有什么鬼斧神工能形成这样的祥瑞，于是，他拿起案上竹筒中的一把小刀，用力切下了灵芝的一角，将其放入盛着清水的透明琉璃瓶中，其间便立刻呈现出诡异的暗红色。李恪陡然起身道："这灵芝果然有问题！"

杨政道说道："既是祥瑞，又是经由你呈送，怕无人会去验毒。夏邵严是窦氏后人，自是视陛下为仇敌，陛下若有任何闪失，而且还是为他最喜欢的儿子所

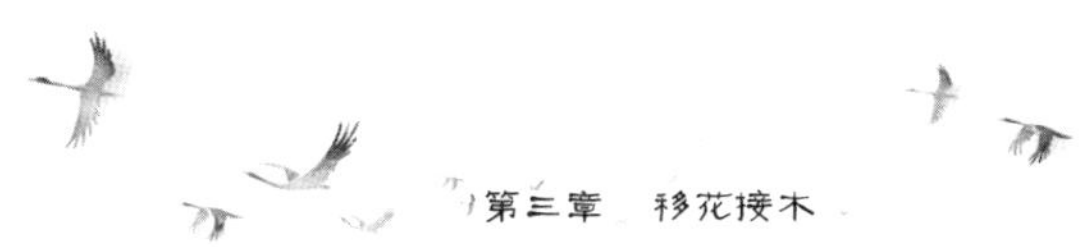

害，夏邵严怕是能乐得合不拢嘴吧。”

“最喜欢的儿子？你将太子与魏王置于何地了？你未免太看得起我了吧！”李恪亦从盆中拿起两块冰在手中把玩着，却只一会儿便融化成水。

当局者迷。杨政道在心中重重地叹了一口气，口中却只道：“就算不是，他想假借你的手去谋害陛下之心是昭然若揭了。到时候，怕你有一百张嘴也说不清。他要害的人不只是陛下，还有你！”

“当时在牢里我就应该一剑杀了他！”李恪狠狠将那琉璃瓶砸到了地上，碎片四散，那暗红色的液体霎时流了满地，就像殷红的鲜血一般，从他心里慢慢地淌了出来。当年，他也曾有过那样刻骨难挨的恨意，那恨意折磨了他整整十二年，终究化成了心头那块永远也除不去的硬茧。而今，竟是又加了另一重剜心的痛悔。那种纷乱杂陈的心绪几乎能将他整个人焚烧成灰。

杨政道看着他，这么些年，他一直都是这般艰难地压抑着心头所有的喜怒哀乐，即使自己拼命想要去帮他解开身上的枷锁，到底也无法真正让他走出那个看不见却坚不可摧的牢笼。杨政道的耳畔又响起那个女人的话：尽你的一切去帮他。可他自己也时时会困惑，该如何去帮李恪。他曾经很想劝李恪放弃追逐所谓的真相，劝他和他的父亲重归于好，劝他去看看外面的海阔天空。然而如今，杨政道的心也在动摇，因为他们已经爬上了悬崖，后退一步就会粉身碎骨，所以只有不断向前，哪怕在山顶等待着他们的是另一场血腥屠戮。

于是杨政道也起身，看着墙上自己的影子慢慢放大：“如果景玥早就知道他们的身份，那么她设计杀死夏棱、夏杞，又让夏邵严成了杀人犯，可能并不只是为了她自己……她知道他们要害你，因而就用了这个既聪明又愚蠢的办法。”

李恪走上前两步，将琉璃碎片狠狠地踩在脚底：“所以夏邵严预先就知道陛下会派我来安州。可是怎么可能？而且他如此聪明，又怎会看不清景玥的利用？关于那个桃花图案，还有我母亲的死，他又知道多少？”

猛然间李恪才意识到，一切又回到了原点，他对自己真正想弄清楚的一切依旧一无所知，除了确定了景玥的真实身份以外。想到此，他就觉得自己被一股无比挫败的感觉压得喘不过气来。铁盆里的冰已然全部融化，外头槐树上的知了在不停地叫唤着，直让人觉得脑仁越发发涨。

“今晚找个坑把它埋了，这邪乎的玩意儿定不能留。”杨政道将那灵芝又放回了锦盒之中，忽一眼瞧见了旁边的一个黑漆木盒，打开看时，见里面放着一条成色上等的琇莹玉手串，便不由道，“这是景玥的东西吗？”

李恪摇了摇头说：“刘录事有个侄女是宇文中书的妾室，这是他托我带给他那侄女的礼物。”

“中书令宇文士及？”杨政道冷哼一声道，“这个人两面三刀，翻脸无情，我父兄的死和他脱不了干系。总有一天，我一定会弄清楚此事！所以，如果没有必要的话，你最好少搭理他，免得让我为难。”

这宇文士及原是隋朝驸马，娶的是隋炀帝长女南阳公主。南阳公主不只容貌美丽，且性格温和，与宇文士及情投意合，感情甚笃。可在江都宫变前，当宇文士及得知他的两个兄长谋划造反弑君之时，他采取的却是听之任之的态度，甚至在暗地里协助。后来，宇文氏杀了几乎所有的隋朝宗亲，自立为帝。宇文士及先做了他们宇文家的亲王，后又投靠窦建德，最终拜在了当时的秦王李世民麾下。李世民虽对他的人品颇不以为然，却极看重他的才华，一直到如今都委之以重任。

李恪将那木盒收在了书架上，面色肃然道：“我知道。只此一次，下不为例，好不好？”

杨政道也不搭理他，只是走至门前，准备让两个丫鬟将这满地的碎片收拾干净。恰在此时，远远便见季成跑了过来，待到走近了，他才喘着粗气施礼道：“公子，何管家求见殿下。”

何管家何仲是夏府老管家，可因为身子不好，一直在老家养病。李恪过去虽听夏邵严提过此人，却从来也没有见过。如今夏府已然分崩离析，那么他此刻前来，为的又是什么呢？杨政道正犹豫着要不要应他，李恪已然站在了他的身边道：“让他在明德堂中候着吧，我马上便去。”

那何仲七十上下的年纪，须发皆白，后背有些佝偻，面上泛着一片不正常的潮红。他刚想屈身下拜，李恪却虚扶了他一把道：“何管家无须多礼。”

何仲连连咳嗽数声，说话的声音沙哑难辨：“小老儿一回来就听说了此事。

两位郎主的死难道真的与公子有关吗？”

李恪点点头，目光中带了几分探询：“何管家与夏王的关系应该十分亲密吧！”

何仲黯淡的眼睛中突然泛出了几重惊恐的光，他的双腿承受不住身子的重量，身子一歪就瘫坐在了地上：“都督明鉴，小老儿虽是夏王身边的护卫，但绝……绝无一丝歪心。两位郎主也是一样的，他们是有些纨绔子弟的坏毛病，但也仅止于此。事实上，夏府中除了小老儿，无一人知道他们的真实身份。”

“无一人知道……”李恪重复着他的话，心头疑惑更深，“那么夏邵严呢？景玥呢？你敢说他们也不知道吗？”

何仲一连饮了两杯清茶，这才觉得喉头没有那么干涩了。“景玥姑娘，小老儿不知，但是公子他……”何仲的话戛然而止，过了许久才继续道，“武德四年，夏王兵败洛阳。护卫们保护着两位少主窦棱和窦杞逃出生天，而他们二人的家眷却全都不知所踪。直到八年之后，公子才拿着一块窦家祖传的玉佩出现在两位郎主面前，说他就是窦家长房嫡孙邵严。当时小老儿和两位郎主都没有什么怀疑，毕竟，冒认窦家子孙对他实在没什么益处。再后来，我们就一起来了安州，开了这慈济堂……”

“所以你的意思是……”

何仲顿了顿，分外认真地说道：“公子可能不是真正的窦家人！”

第四章

暮色苍茫

九月的安州已入深秋，灰蒙蒙的天空中夹杂着几缕清淡的桂花香味。洑水县位于安州以南，因家家户户喜种桂花树而又得名桂县。桂县县令元仁虔三十上下，生得精瘦斯文，说话时总爱眯着眼睛，语调很是轻快：“都督您看，这两岸的道路一修，再建了这两座桥，老百姓出行可就方便多了。”

关于这两条道路，前任胡县令就有要重新修缮的打算，可一来所费钱财甚多；二来路的尽头有三户人家世代居住，倘若要加以拓宽，就必须让他们移迁至别处居住。为此，胡县令数度派了县丞前往探看，可那三户人家坚决不肯搬离，于是便也不了了之了。后来元仁虔上任之后，直接将此情况上禀李恪知晓，李恪在实地查看几番之后，便从州府中拨款为三户人家建造新房，再加以现银补偿，这才顺利了结了此事。

李恪环顾四周，点点头说：“元县令督建此工程甚为辛苦，来日我必面见陛下详陈此功。”

元仁虔长长一拜道：“下官不敢贪功，若非都督全力支持，此事亦不能成。”

说话间就见杨政道带了季恩、季成提着几大筐瓜果蔬菜走了过来，满脸喜色

地说道："盛情难却，下官便只好替都督收下了。"

元仁虔咧嘴微笑，于是他那双眼便真的眯得只剩下一条细缝了："杨司马曾在此间待了大半个月，百姓们可都记着您的好呢！您还记得那采茶女吗？上回您帮她太奶奶接好了骨头，据说，她常常在桥的这边等您，希望能再度跟您当面致谢。"

"方才我见着她了。你瞧……"杨政道说着便从兜中拿出一个小荷包说，"她塞给我以后便一溜烟地跑了。"

李恪听得此言，忍不住抿嘴而笑，在他耳畔悄声说道："你可得好好收着，当心雪鹭妹妹吃味儿。"

日头已然偏了方向，水面上波光粼粼，对岸几个四五岁的孩子光着脚在水中嬉闹，瞬间便惊起一行白鹭。杨政道的心蓦地微颤一下，旋即却又面色如常地转而对元仁虔说道："湫水亦无夏邵严的消息吗？"

当时李恪除了命人将夏邵严的画像张贴在安州城的大街小巷，加强出城巡检之外，还下发了公文及画像给下辖的十四个县，希望设下一张天罗地网，让他逃无可逃。可如今三四个月过去，仍旧没有一点消息。元仁虔蹙眉，摇摇头道："尚未发现此人踪迹。倘若有，下官定然会及时禀告您的。"

李恪甩了甩右臂，经过这么些日子的悉心调治，他的臂上除却留下一道疤痕，且在阴雨时节还微微有些刺痛感外，基本恢复如初。夏邵严和景玥一事对他打击虽大，可他身为安州长官，也不能一味因着私情而过分纠结着此案不放，因而最近这两个月，他倒是将这事放下了不少。而今杨政道再度提起，他也只是淡淡说道："夏邵严是杀人重犯，元县令千万不能放松警惕。"

季恩、季成将东西放进马车之后，便将两匹马牵了过来。李恪拉过马缰绳，踩着马镫一跃而上："天色已晚，我们便先走了。"

元仁虔再度长长一拜道："下官送都督、司马。"

回去的一路上，杨政道看着李恪凝神细思的表情道："这位元县令据说还是元魏宗室之后，可观其言谈举止，倒不似元氏彪悍强硬的作风。恪弟，你好好留意着此人，将来，他必成你的助力。"

“助力？”李恪细细品味着这两个字，颔首道，“的确，依着他的能力，再过个三年五载怕就能成气候了。”

杨政道侧头望了李恪一眼，后者显然并没有真正听懂自己话语中的意思，不过他也没有再跟李恪多做解释，只是应了一声，拍拍马背加快了前进的速度。

还未至府门口，就见一辆高篷马车迎面而来，李恪认得这辆马车，心中不禁有些纳罕：他怎么来了？上回来说了些不知所云的话，这次又不知要来做什么。杨政道下马将缰绳交给了门口的护卫，转身便道：“说好了，这次你去陪他聊天。”

王忠与之前一次来判若两人，双眉间透着难以掩饰的焦虑。这老头向来慈眉善目，如今看他这样子，倒无端叫人觉得有些不安。王忠对着李恪深深一拜：“奴婢见过吴王殿下，请殿下与府中人一起去正堂接旨！”

小宦官仕禄将一卷圣旨交到了王忠手中，王忠深吸一口气，犹豫了片刻，终究还是将它打开，缓缓地念道：“维贞观十一年九月初三日，大唐皇帝曰，天地定位，君臣之礼已彰。卑高既陈，人伦之道斯著。古人有言，皇天无亲，惟德是辅。民心无常，惟惠之怀。吴王李恪，朕之爱子，常亲训以文武，教授以礼义。是以命尔为使持节安州诸事，安州大都督。冀尔以仁厚之心，保地方之安，解百姓之难。然则尔不念君恩之重，父命之切，骄奢淫逸，盘游无度，博戏作乐，狎妓侑觞，昼夜不绝。岂有得如此乎？朕甚痛恶之焉！是故可除名安州大都督，削户五百以示惩戒，寻归国面陈其过。”

李恪微一抬头，恰望见侧前方那只玉狮。那玉狮面露狰狞之色，似乎正向他张着血盆大口。他的身子轻轻地一颤，杨政道慢慢抚了一下他的后背，却也并不开口。

康健忍不住站起身来，他一急，那安州口音便更重了几分：“简直胡说八道！就算是陛下也不能如此不分青红皂白地冤枉人……”

“康健，住口！”李恪跪直了身子疾声喝道。

康健这才惊觉他这脱口而出的话实在太过冒犯，便赶忙屈膝道：“下官知罪。”

李恪见王忠并无怪罪之意，心才放松了些许，叩首道：“臣接旨，多谢陛下！”

正堂之内安静极了，衬得外头风刮树叶的沙沙声音越发清晰扰人。王忠在李恪伸手接旨的时候，敏锐地发现了他手臂上的那条狰狞可怖的疤痕，立刻扶起他道："殿下是什么时候受伤的？"

李恪将手负于背后，神色在最初的惊讶过后变得平静若水："很久之前了。一点小伤，公公不必在意。"

"奴婢知道殿下受了委屈，可陛下也有他的无可奈何。"王忠看着面前这些人迥然不同的表情，慢慢地说道，"那日在大朝会上，柳范柳御史突然排众而出，上奏您在安州时的种种恶行，证据确凿，毫无破绽。陛下为谏臣们所迫，不得不当场做出决断。"

"到底是什么样的证据？"久未开口的都督府长史权万纪说道。权万纪向来以刚直不阿著称，真要据理力争起来，只怕皇帝都要让他三分。

王忠低声说道："应该是一份详尽的日程表，将殿下这大半年所有去青楼酒楼、外出骑马打猎的次数和时间都罗列得很清楚。柳御史说，是有人向他密报殿下在安州胡作非为，只知安逸享乐……"

"那个人是谁？"权万纪几乎是咬牙切齿地问道。他跟在李恪身边这么多年，李恪是什么样的人，他一清二楚。知子莫若父，难道英明如陛下，真的就不明白吗？就算陛下真存了几分疑心，那么只消派一名黜陟使前来安州明察暗访便可，李恪的官声如何、政绩怎样其实是一目了然的，到时候他会明白这是一场拙劣无比的陷害。可陛下却为何不经调查，就以如此严厉的口吻，做了这样重的处罚？就算他这外人听了也会感到心寒。

王忠摇了摇头："既是密报，自然无从知晓。不过还请殿下放心，奴婢定然会提前告知陛下安州发生的事情。您回去之后，再好好地向他解释解释，此事，便也过了。"

李恪一听这话就知道王忠定然已经在安州城内调查过一番了。他为了何事去慕安阁，又为何会误入百姓田园，王忠的心里应当有数。至于其他那些无中生有的事情，王忠清楚不清楚其实也无所谓了。王忠本是从隋宫出来，很早便侍候在李恪母亲淮阳公主的身边的，故而对他们兄弟的事情总会多几分关心，不过，也仅止于此，因为他原就是个十分聪慧，也十分本分的人。

李恪听罢，勉强挤出了一缕笑容道："多谢王公公提点。事实如何其实并不重要，重要的是陛下相不相信。他既有了怀疑，李恪亦不会做过多辩解。"

王忠似乎并没有想到他会如此说。当年那件事发生的始末他其实是一清二楚的，他眼睁睁地看着李恪从一个在父亲怀中撒娇的孩子，变成了一个尽知礼数、循规蹈矩的臣子。这本不是个死结，可他们谁都不愿意伸手解开，于是便也只得这般互相伤害着。思及此处，王忠便硬生生地将接下来要说的许多话给吞进了肚子里。

第三日子时时分，杨政道带着两摞厚厚的纸来到了李恪书房中。李恪此刻正半闭着眼睛斜倚在榻上，地上还有一卷竹简古书。杨政道弯腰将它捡起放回了案上，又拿起衣架上的一件虎皮披风盖在他的身上。

"表兄……"杨政道刚要转身离开，李恪突然起身道，"我是不是真的很讨人厌？"

杨政道知道他话中所指，却并未正面回答他，只是指着那两摞纸道："王公公特给了咱们两天时间来准备这个。这些是都督府中二十一名官员的奏疏，这些是几个县县令的上表，这些是典狱官和狱卒们的证词，足够证明你的清白了。"

李恪揉了揉眼睛道："辛苦你们了。可是比起这个，我更想知道那个想要害我的人是谁。"

杨政道坐在他身边的矮凳之上，看着昏黄色的光慢慢在他的眼里落下了一个影子："能将你的行程了解得如此详细，必然是你身边的亲近之人。如果你真知道了他是谁，你会怎么待他？"

李恪静默地站在那里许久，忧来循环，匪席不可卷。他就是这样执着地想要知道真相，却从来也没有想过知道之后要怎样。他的心终究过于柔软，哪怕是这个人已然威胁到了他的生命。

杨政道见他不语，便继续道："若我知道了，我会帮你杀了他。"

李恪望向他。他今日穿的是一件大红色的宝相花纹袍子，越发衬得他玉树临风、丰神俊朗。李恪微微地摇了摇头："不必了表兄，这样的人不值得你动手，我会亲自料理了他。"

窗外鸟声啁啾，暗夜中游荡着一层薄薄的清雾。杨政道听着他这异常坚定的话语道："你一定要说到做到。"

"你缘何会认为我做不到？"李恪带了些戏谑的口吻说道，"在你心里我就是这般懦弱的人吗？"

"不是懦弱，是重情。"杨政道与他的目光相触在一起，那样真挚而又坦然，"你昨日去景玥坟上是向她告别的吧，她在你心里到底还是有些分量的。"

"对一个陪伴了我三年，为我倾了性命，甚至有可能为我杀人的人，难道要让我完全将她置于脑后吗？"

"你不该原谅一个欺骗过你的人，不管他出于何种目的。"杨政道伸手抚过桌案上的一摞摞竹简，话语深沉地说道。

"或许，你说的是对的。"李恪收回了目光，抬头瞧见一颗流星正迅速地划过天际。

长安城的阴天总带了几分扰人的愁闷之感，就连那总爱轻快歌唱的雀鸟都只懒懒地停在树梢上不动弹。李恪回到长安时，偏偏又是个阴沉沉的晌午。他将手中的那柄握得十分温热的青虹宝剑交到了杨政道的手里，自己则先进宫向皇帝陈情。

李恪穿着一件苋红色捻金丝麒麟袍子，面容皎皎，双目炯炯。绕过归云亭，他拐了个弯就走到了通往崇德殿的长廊。忽看见吏部尚书长孙无忌迎面而来，那是皇帝最倚重的大臣，又是故皇后的亲兄长，所以尽管李恪与他并不熟络，还是很礼貌地向他问了声好。

长孙无忌的脑中一直不断地思索着方才李世民和他聊起的那些关于突厥百姓的安置问题，猛然间抬头看到了这样一身打扮的李恪，心头一怔，万千回忆萦绕于心中。于是，他不由自主便低低唤了一声："秦王……"

李恪狐疑地问了一声："大人您说什么？"

长孙无忌蓦地察觉出自己的失态，不由大怔，半晌才对着他长长一拜道："吴王殿下好！陛下此刻正在殿中等您呢。"

李恪不疑有他，只朝着他微微点了点头之后便兀自朝前走去。长孙无忌回头，深深地看着他的背影，心中慢慢升起一股莫名其妙的恐惧之感。

因为逢着阴雨时节，所以午后的大殿中仍点着四盏大烛灯。李世民放下朱笔，将面前的一本奏疏合了起来，摩擦着右手手指上的一点墨迹，轻叹道："你就真没什么话要说吗？"

李恪只觉双膝酸麻之感越来越强烈，心跳得越发厉害。他低头，只望着脚下那一块方寸之地："孰是孰非，陛下自能判定，臣无话可说。"

李世民狠狠将奏疏砸在了案上，发出一声清脆的声响。他起身，面上的怒容清晰可见："如果有人说你在安州杀人放火，你也一句话不辩吗？"

李恪慢慢地扬起了头，勉强抑制住心头那种酸涩到想要落泪的感觉："陛下不会信的，是吗？"

王忠小心翼翼地看了李世民一眼，见他的神色稍微有了一丝缓和，这才将心收了回来。拿到那些证言之后，王忠就让仕禄连夜快马加鞭，在他们回京前两天送到了李世民的手中。李恪只消再好好说几句话，怕是明日就能复了官位和封户，可他偏偏还赌着那口气，当真得让人急死。

"你先起来，坐下再慢慢说。"李世民拿他这态度向来没什么法子，此刻也只得由自己先放软了姿态。

李恪应了一声，起身的时候双腿一软，险些摔倒在地。王忠快步走上前，眼疾手快地扶着他坐到了软垫之上。

李世民浅饮了一口案上的茶，沉下声音说道："让你去安州是统揽大局的，你怎么就只知道纠缠于那些微末小事？"

李恪反唇相讥道："陛下说的微末小事可能与我母亲的死有关。您可以一点不在乎她，我不可以……"

"殿下不要再说了！"王忠这话冲口而出，几乎是在同时，他双膝跪地，连连叩首，"奴婢失言，陛下恕罪。"

王忠没有等来他意料之中的雷霆之怒，不知过了多久，才听得李世民用一种毫无波澜的语调说道："你先出去！"

转身离开的时候，王忠不由得再度看了李恪一眼，心里暗道：殿下您只看到了当年陛下表面上的平静，却不知他在深夜心痛到吐血的事吧。很多事，很多人，都不是你心里想象的那样。

此刻的大殿中是一种令人胆寒的沉寂，连烛光中都带了几分阴恻之意。李恪握紧了双手，那样用力，已然隐隐听到了骨节发出的声响。明明已经无数次告诉自己，一切都已过去，放下执念，放过自己，可在每一个微风拂过的傍晚，听着枯叶落地的声音，他的心总会一阵落寞一阵寒。于是他到底还是将话说了出来，似卸下了负于身上最沉重的包袱。

李世民久久凝视着他的眼睛，从他的眼底看到了一抹最为深切的苦痛。他站起身，重重拍了一下他的肩膀，叹息道："为了你母亲的事，我们父子生分了那么多年，你到底想让我怎样做你才能满意？"

"我只想知道真相，更想证明父亲您不是一个无情之人。"李恪话语哽咽，在不经意间却已经改了称呼。

李世民颇有些恨铁不成钢地道："恪儿，你知道当年的情况有多么复杂和凶险吗？我们与东宫和齐王府已然闹得剑拔弩张，你也看到了，你的母亲是为我而死的。我不知道当时他们的目标究竟是我，还是你的母亲。杀了我，他们就除去了眼中钉；杀了她，我便会承受那剜心之痛。如果我终日沉浸在你母亲之死的悲恸中，那正让他们奸计得逞。他们不光会在家里幸灾乐祸，只怕还会以秦王贪恋女色为由而弹劾于我。而秦王府中的人，必定会把我颓废的原因完全归结于红颜祸水。你说，如果是你，你会怎么办？会只顾着发泄自己的情绪，而让政敌快意，再让幕僚轻视自己吗？"

李世民几乎是一口气说完这些话的。虽说已经过去了十二年，可当他提到这些的时候，依旧可以清晰地感受到那种钻心刺骨的痛楚。他不惜重新撕开他的旧伤，就是为了这个让自己操碎了心的儿子，他实在无法再忍受李恪的试探与误解。

李恪再度跪倒在地，眼中已然不由自主地落下泪来。很多事说开了，便也就是那么一回事。他终是得到了那个苦寻多年的答案，可这不过是以观赏他人伤口为代价换来的，而这个人还是给了他生命的父亲。杨政道说得没错，他还当真是执着得可笑。他用手背拭去了流到嘴角的泪水，却狠一狠心，又继续问道："那些刺客真的是受了大伯和四叔指使的吗？可为何他们的臂上都会有那个桃花刺青？而我恰恰在安州也发现了两个一模一样的图案。"

"除了他们，我想不出还有谁。"李世民望了眼李恪腕上的羊脂玉珠，又看了看案上的那个金丝楠木锦盒，淡淡道，"不过若你还是那样执着地想去追查，那你便去吧。长安、安州、江都、洛阳……只要你想去，你都可以去。"

外头忽然下起雨来，雨水沉沉地击打在地上，几乎掩盖住了李恪的说话声："有您这几句话便够了。或许有一天，真相会撞进我的眼中也未可知……父亲，对不起。"

李世民的心头终于有了一丝难得的如释重负。他蓦地想起武德七年还是八年的一个夏天的早晨，他将李恪抱于自己的膝上。他说：父亲或许很快就会去做一件大事，去拿回一件原本就属于自己的东西。李恪似懂非懂地点点头说：那父亲得赶紧去，如果父亲抢不过他们，等恪儿长大以后，也一定会帮着父亲拿回来。说这话的时候，李恪眨巴着那双闪亮闪亮的眼睛。正是这眼里的温暖与澄净，给了李世民最后的信心和力量。

当年的那个孩子，不知何时已经长成了这么一个翩翩儿郎。他与自己是这般相像，无论容貌还是性情，甚至是那份让人生厌的固执。李世民伸手扶他起身："朕即日便会颁旨了结你的事情。柳范不加详查便信了所谓密报，实在是糊涂。可是，你也别指望朕会为你出气。他是谏臣，本着宁可信其有的态度，倒也无可厚非。"

"父亲说什么都好。"李恪情不自禁地笑出了声，转而又道，"那表兄他……"

李世民说道："杨政道文韬武略皆不逊色于你，性子又比你更沉稳些，朕总不会委屈他一直只在你身边辅助的。"

李恪挠挠头道："父亲知道我不是这个意思。您到底什么时候给他和雪鹭妹妹赐婚？"

“他都不急，你急什么？”李世民不由瞪了他一眼道，“雪鹭可是江夏王的掌上明珠，是朕看着长大的，你以为随便什么人都能娶得到她吗？”

“可表兄不是随便什么人嘛！”李恪不由有些着急起来，“他们两心相悦，您可不能做棒打鸳鸯的事儿。”

“钦天监方才来报，说明年正月十六是个再好不过的日子。”李世民重新坐了下来，看着杯中的茶水正慢慢地向外冒着热气，“他们的婚事，便依着郡主出嫁的规制办就可以了。至于你……要不要朕再为你物色一个王妃？据说房玄龄家的小女儿才貌双全，应该也能配得起你。”

李恪的兴奋劲刚上来，就被李世民最后那一句话给压制了下去，心道：我搅了雪鹭与房遗直的婚事，您难不成要拿我补偿他们家吗？哪有那么容易的事？于是他便一摊手道：“父亲不是常说六弟心性不稳吗？或许成了亲以后就会好一些呢。那位房姑娘说不定还真是个不错的人选。”

李世民被他这话呛得轻咳数声，摆手道：“你还是先回去吧！待得久了，朕怕会忍不住对你发火。”

李恪起身深深一拜道：“如此也好。孩儿的确也不能保证不惹您生气。父亲先歇着吧！”

走出崇德殿门的时候，大雨已经停了，天边挂着一道七色的彩虹。雨珠落在归云亭外的红色花骨朵上，煞是好看。许是解了多年来淤塞在胸中的愤懑不甘，李恪心情不禁大好。抬头望天，煦色韶光落，明媚了整个深秋的肃杀之气。快走至玄武门的时候，他听到身后有人唤他，转头一看那人，原本平和的心境霎时又变得涟漪四起。

杨誉瘦高个子，颧骨微微突出，留着颇为齐整的长须，身穿鹤衔长绶纹样的朱色官服。听王忠说，这一个月来，李世民频繁召集下放外地的刺史们回京述职，这杨誉应该也在其列。安州那一幕幕重新浮现在了李恪面前，他目光森寒地望着杨誉，冷冷道：“杨刺史怎的今天也在宫中，倒是巧合！”

杨誉虽从不敢指望李恪真的把自己当成老丈人，可如今听着他语气不善，还以为他是因为皇帝把他革职回京的事情在拿自己撒气，于是便只得赔笑着说道：

"晌午陛下召见臣说了些祟州治水的事情，后来臣又去东宫拜谒了太子殿下，这不，才出来没多久，就碰到了殿下您。"

李恪有一搭没一搭地跟他说了许多话，到了最后才问道："杨刺史竟然一句话也不问舒窈的事情吗？"

杨誉一愣，猛然间才意识到自己似乎应该为此感到悲伤，于是只得尽力酝酿着中年丧女的悲恸。无奈除了眉间微蹙之外，他实在做不出其他什么表情，半晌才沙哑着嗓子问道："舒窈她到底是得了什么病死的？她临死前有什么话要对臣说的吗？"

李恪轻哼一声道："舒窈不是死在杨刺史面前的吗？你这话问得好没有道理！"

杨誉的脸上一瞬间退去了血色，双手微微地发颤，连面上的肌肉都在不住地抖动着。三年前的事情如今又争先恐后地钻进了他的脑中，让他欲罢不能。

景玥低着头对他说：刺史请节哀，杨姑娘已经去了。

王忠笑盈盈地将圣旨交给了景玥说：既接了旨，杨姑娘便已经是王妃了。

他屏退了所有的侍婢，半是诱惑，半是威胁地说道：景玥姑娘，你可得好好想一想，做了我们杨家的闺女，你下半生的荣华富贵便唾手可得了。

李恪见他不说话，一甩袖子便道："景玥救了我，也救了你。今后到底要怎样，你自个儿掂量着办吧！"

说完，李恪便头也不回地朝前走去。杨誉看着他离去的背影，忽觉被人兜头浇了一盆冷水，眼神中深彻的恐惧退去之后，便是又一重悠长的恨意。

李恪才出了玄武门口，季恩就跳下马车急急地迎了上去。见李恪神采奕奕，没缺胳膊也没少腿，季恩方才抹着眼泪说道："殿下无事就好，可把卑职担心坏了。"

李恪刚想安慰他两句，却又见一个穿着紫棠色大氅的少年小跑着来到他面

前，一把揽住了他的臂膀说道：“终于见到你了！哥哥，我真想你！”

李恪轻抚着他的背，看到周围侍卫们都朝着这边看来，便有些哭笑不得地放开手，帮他拿去了不知何时沾在发间的枯叶：“个子是长高了，也结实了些，可怎么还像个孩子一样长不大呢？”

李愔松下一口气，笑着说道：“哥哥回来就好。父亲那天可生气了。我说哥哥不会做那样的事，可我的话父亲从来也不会认真听的。”

“那多谢弟弟帮我说话了。”李恪转眸于他，微笑着说，“你怎么会过来的？”

李愔的眼睛明亮亮的，面孔上还没有完全褪去稚气：“我一早就在王府等着了，后来见到祯卿哥哥，就让他带我来这儿等着你了。”

李恪脸上的笑意更甚：“父亲说了，你祯卿哥哥和雪鹭姐姐的好事将近了。接下来可得给你物色王妃了。有没有喜欢的姑娘？哥哥帮你去跟父亲说。”

比起李恪来，李愔和他的母亲生得更像些，尤其是眉眼之间的那份神韵。只可惜，母亲死的时候他还太小，对母亲的感情远没有李恪那么深刻。李恪曾经细细地和他说过关于母亲的每一件事，李愔听着听着就觉得没意思了，李恪常常会无奈地拍拍他的脑袋。不过后来李恪也想明白了，有些事情，他不知道也好，不知道，就能永远这般天真无邪，虽然小错误不断，却任性任情，活得潇洒快乐。

就像此时，他笑得纯真傻气，边把玩着腰间佩着的墨玉玉佩边说道：“哥哥要说话算话，可不准耍赖。”

这一年的冬天是贞观年间难得的暖冬，就算在最寒冷的腊月，屋中也只消烧一盆炭火便可。早在半个月前，李世民就下旨授杨政道为散骑常侍，正三品下的官职，封爵宣平侯，并许婚江夏王李道宗长女安陵县主雪鹭。一时间，很多朝臣都把艳羡的目光投向了这位前隋皇孙，然而有更多的人则深深感佩于皇帝用人不疑、唯才是举的气魄。

上元节那日，李恪着一件绀青色罗锦鹤纹大袄，右手紧握着白子犹豫了片刻，终是不愿意弃了这个犄角儿。杨政道的嘴角扬起了一丝成竹于胸的笑容，从旁取出一颗黑子轻轻地落了下来。李恪抬头一望他，想着他大约是要抓大放小，舍了这个要塞，可是须知若此地一失，就会失掉重要的防御堡垒，白子占领全局便在顷刻之间，于是毫不犹豫地下手围堵，将中间的黑子一一给提了出来。

李愔在旁目不转睛地望着他们，他虽看不甚明白这其中你争我夺的激烈态势，却也觉得在攻守相异、你进我退时二人的表情着实有意思。杨政道盯着他刚才失守的那基地看了半晌，便下子与自己边上的各子一接，搭转再吃，却是以迅雷不及掩耳之势形成了一个大包围，将白子布了许久的局全部冲刷得一干二净，瞬时已是胜负立见。打入堡垒内部，麻痹敌人，再和外面布局相接，这便是黑子的计谋。

“好一招‘倒脱靴势’！下棋靠的果真是天赋。表兄，我是无论如何也赶不上你了。”李恪的面上露着难以掩饰的失落，将棋盘上的棋子逐个放回藤盒之中。

“陛下说你五岁的时候就能与他周旋数十回合，你还敢说你没有天赋？”杨政道不以为然地剥开了手边的栗子放到嘴里，道，“六弟，你有没有发觉你家哥哥下棋的时候老走神啊？”

李愔懵懵懂懂地点点头道：“仿佛是那么回事。”

李恪蹲下身子，用火钳子夹起了炭盆里最后的几颗栗子，抬眼便道：“父亲明日要亲自主持你的婚仪。表兄，他对你的事可比对我们的还上心。是不是，六弟？”

李愔下意识地颔首，旋即又摇头道：“我觉得父亲还是对哥哥更好一些。哥哥去安州那一年多里，父亲每次见着我都会说起你，说你小时候有多好，又说我小时候有多不好……”

“那你就不要让父亲操心了呀！”李恪将剥好的栗子肉放在了李愔的手中，看着窗外黄昏的微光道，“我们也该回去了。表兄，你好生歇着，明儿准得累一天。”

江夏王嫁女，又是皇帝亲自主婚，因而大半朝臣都赶着热闹去蹭份喜气。可李恪却打小就不喜欢这样太过热闹的场面，或许更准确地说，是他不愿去承受那

种盛筵散后的落寞。从未聚，便也不会散。

是夜，李世民身边的宦官陈勤展开绢帛，朗声念道："今晚吉辰，安陵县主与宣平侯结亲，伏愿成纳之后，千秋万代，保守吉昌。夫妻恩爱，儿女双全，子孙满堂。男总为卿相，女即聘贵婿。"

话音刚落，大厅中欢呼之声雷动。雪鹭着一袭艾绿色镂金丝牡丹花纹蜀锦婚服，以扇遮面，面带羞怯，笑容如三月桃李般明丽。杨政道携过她的手，悄声在她耳畔说了几句话，她微微点了点头，发间那根富贵双喜金步摇发出清脆的声响。大礼毕后，喜娘们和雪鹭十一岁的胞妹雪雁陪着她先去了新房等候。

厅内觥筹交错声不绝。李恪待得久了，觉得心口有些气闷，便索性离席去了府中花园游走。十六的月光分外皎洁妩媚，当真是花好月圆人团圆了。李恪刚刚行至梅花林，就见小厮杜旭正将一块湿帕递到杨政道的手中。大约是方才酒喝得多了，杨政道的步履有些飘忽，脸上也起了阵阵酡红。李恪正想走上前去帮忙，只看到杨政道的身后有一人慢慢地走了过来，那人声音浑厚，隐隐透着关切之意："杨公子先喝了这醒酒茶吧，许是能舒坦一些。"

杨政道接过茶盏，一饮而尽，果然有一股清凉之意从喉头一直流到了腹腔之中，瞬间就觉得头脑清醒许多。看着杜旭拿着空杯的身影走得远了，杨政道才坐到一边的石凳上说道："多谢柳御史的这剂猛药。"

柳御史？那个当时不分青红皂白就在朝堂之上说自己玩物丧志、尸位素餐的柳范？李恪一听到此人的名字便情不自禁地停下了脚步，躲在那开得茂密的梅林中探看。柳范作揖道："不过是举手之劳。今儿毕竟是杨公子的大喜之日，多饮几杯亦是人之常情。"

"我不是这个意思。"杨政道抬眼示意他坐下道，"那道弹劾吴王的奏疏……柳御史写得言辞犀利，入木三分。难怪就算陛下如此信赖吴王，在当时的情况下也不得不做出严惩的决定。"

柳范看着月光下自己的影子道："只要是杨公子的吩咐，下官当然会尽力去办。只是不知这结果，究竟有没有如您所愿？"

杨政道抚摸着身上大红色喜服上的蟒纹刺绣，背过身子，不让柳范看到他此时复杂多变的表情。他语气从容地说道："柳御史觉得呢？"

柳范搓了搓手道："虽然下官不知道公子的真正目的，但是您都亲自出手了，想要的自然是万无一失了。"

"不是万无一失……"杨政道的声音明显小了许多，"他那么聪明，早晚有一天会知道的。"

"其实，公子大可不必如此在意吴王的感受，这样反倒会束缚住您的手脚。"柳范想了片刻说道。

杨政道起身，梅花悠长的香气慢慢地钻进了他的心肺。明明是大喜之日，明明就要与他心爱的姑娘共结百年之好，明明一切都那么顺利，可他的心却分明在此刻慢慢地沉了下去，直到坠入了那深不见底的黑渊。他重重一叹，轻声道："我何尝不知道，可我就是没法不在意啊。"

柳范不说话，只是再度向他行了一礼，转身便先行离去，只留得杨政道一人兀自对着那轮圆月发愣。直到天边的浮云渐渐飘了过来，他才回过神来平复了一下恍惚不定的心绪。刚走了两步，就听李恪沉下声音唤他："表兄。"

杨政道回头，见李恪的双目格外闪亮。在月光之下，唯有蓄着泪的眼才能焕发出如此强烈的光芒。四目相对许久许久，杨政道方才有些心虚地垂下了眼眸，手心已然生了些许细密的汗珠："你在那里站了多久？"

李恪嗤笑道："你还记得当初我对你说的话吗？我会亲手杀了那个出卖我的人。"说罢，他便拔出了腰间那把镶红宝石的匕首，伸手就朝着杨政道的胸口刺去。杨政道并不躲闪，锐利的刀锋刹那间就划破了他的锦袍。下一瞬，李恪却狠狠地将那匕首扔到了地上。

"我早说过，你的心太软，只敢说，却不敢做。"杨政道笃定地笑笑，旋即便绕过他继续往前走。

"你站住！你就没有一句话跟我说吗？"李恪的声音中已经带了些凄凉，"我怀疑过季恩、季成，怀疑过康健，怀疑过云岭，怀疑过都督府中任何一个人，我甚至对先生也……可我从来没有怀疑过你。表兄，我这般掏心掏肺地对你，你就是如此待我的吗？"

杨政道环顾四周，确定此刻这梅林中只有他们两人，方才正色道："你小点声！万一被旁人听着了不好。"

“我光明磊落，不怕人言。倒是你！我真恨不得让所有人都来看看他们眼里那个风采照人的杨公子，背地里干的都是些什么勾当！”李恪气得咬牙切齿，却不由自主地放低了声音，朝着梅林更深处走去。

冷风缓缓地吹来，顷刻之间，李恪的脑中便有一道闪电划过：不！不对！他不是这样的人。他会在危险来临之前想也不想地伸手挡在自己的面前，他会为了自己那可有可无的执念尽心尽力地帮助，他说过他会永远站在自己的身边。如果连他都不能相信，那么这世间还有什么是真切存在的呢？

杨政道知道他定然已经在电光石火间想明白了一切，便理理自己的衣袍，弯腰捡起了那柄红宝石匕首：“多谢吴王殿下在骂我的时候还不忘记夸我！这匕首可是高句丽进贡的稀罕货，陛下虽把它给了你，可指不定哪天他老人家就后悔了，到时你拿什么去还他？”

“不要你管！”李恪一把夺过他手中的匕首，插进了腰际的刀鞘之中，“你胆子怎么这么大？我没怀疑过你，不代表陛下不会疑心你，到时候你怎么办？”

杨政道顺手从枝上采下了几朵梅花，放在手心里反复地揉搓着，直沾得他满手都是花汁：“我第一眼见到你，就知道你心里藏着事。明明天赋异禀，却从不崭露头角。陛下有心栽培于你，你却总与他若即若离。你自请前往安州，是为了躲开这个让你又爱又恨的地方。可是恪弟，有的东西，你应该去争一争。因为即使你不争，也有人会以为你要争，你不能白担了这罪名。至于陛下……他最喜欢的儿子心甘情愿地回到了他的身边，又解了他多年的心结，他就算知道是我做的，也……”

“你在胡说八道些什么？”李恪不待他说完，便紧紧扼住了他的手腕道，“这可是欺君之罪！陛下虽然心怀宽广，但你这样既做盾又做矛，将他玩弄于股掌之间，他真的能放过你吗？”

“如果陛下真要治罪，到时你可得帮我好好地求情。”杨政道快步走了许久，才回头朝他长长一拜，“还没正式向你道谢呢，大媒人！”

李恪久久地望着他离去的背影，心中忽而涌出了一股前所未有的茫然无措。表兄让他争的是什么？是父亲的重视和喜欢，抑或是他从来也不愿意染指的权力？可无论是哪一样，他都不会去争，也不能去争。

冷冽的风吹落枝头上的一片红梅。李恪不由苦笑：表兄，我永远也成不了你想让我去做的那种人。你为我做的，你想要得到的，怕终究是一场无望的徒劳。

归云亭边的几株红梅经过一夜小雪之后，开得比先前又要娇艳许多，沾在红梅上的雪珠慢慢融化成水，猝不及防就滴落到了路过的宫人们面颊上。他们轻轻地嘟囔两句，加快了脚步向前走去。

王忠将一碗热腾腾的红枣桂花莲子羹递到李世民的面前道："陛下昨夜为宣平侯和安陵县主主婚，过了丑时方睡，今早又无朝会，怎的也不起得晚一些？"

李世民舀了半勺莲子羹放入口中，听着铁盆中偶尔响起的爆炭声，并不理会王忠的话，却似是漫不经心地问了一句："你是不是也觉得，朕对杨政道太好了一些？"

王忠忽而停下了手中的活，在脑海中小心翼翼地酝酿着措辞："陛下任人以才，怎么做都是应该的。"

李世民不置可否地摇摇头："他是有才，可天底下比他有才的人多的是。不过也只有他，能解得了朕的困局。"

"陛下说的是……吴王？"王忠本不欲开口，可话至嘴边，却还是不由自主地说了出来。

李世民面上的神情无比平静，眼眸中却闪着幽深而冷冽的光。他看着碗中那一片片桂花花瓣，缓缓说道："就在朕让你去安州宣旨的那刻，朕都不曾识破他的局。这小子了解朕的心思，了解李恪的心思，倒是够聪明！幸好他对李恪死心塌地，不会起什么歪心眼，要不然，朕绝容不得他！"

王忠的脊背不知怎的竟生出了几分寒意，便只是诺诺道："陛下圣明！"

李世民吃罢碗中最后一勺莲子羹，嘴角微微上扬："你也很关心李恪，是不是？"

王忠双腿一软，不由自主地跪倒在地，沉声唤道："陛下……"

“关心便关心吧！你紧张什么？”近旁几个小宦官将浣手用的面盆和帕子拿了过来，李世民一边把手伸进了温热的水中，一边道，“还不快起来！若娋儿还在，难道能怪你关心她的孩子吗？”

娋儿——那是淮阳公主的小名。王忠记不得李世民已经有多少年没有叫过这个名字了，以致他竟没有立刻反应出“娋儿”是谁。待他回转过来的时候，小宦官们已然径自退去了。于是他便只道：“多谢陛下！若无公主，奴婢恐活不过十五，所以奴婢才会……”

“朕明白。”李世民习惯性地整整发冠，径直走向外殿，“你待会儿去吴王府让他进宫一趟，朕有话跟他说。”

王忠应了声“是”，便迈着轻松的步伐离去了。

李恪进宫的时候，正是日头正好的晌午时分。李世民此刻正在疾笔批阅奏疏，一个十五六岁的宫嫔正悉心为他磨墨。李恪进了内殿之后，便脱下身上穿着的那件深褐色狐皮披风，放到了仕禄手中，行礼如仪。

李世民点点头，对身边的宫嫔道：“媚娘，给吴王见礼。”

武才人忙上前两步，福身拜道：“妾身见过吴王殿下。”

李恪还礼道：“姨妃客气了。”

武才人不经意间瞥到了李恪的面容，见他脸上神情恬淡温和，整个人看起来潇洒倜傥、英姿勃发，便不由得在心中暗赞道：好个风流俊雅的人物！

李恪瞧着李世民面有疲色，便关切地问道：“父亲身子可还好？”

李世民合上了手中的奏疏，微抿了一口前番新罗进贡的红参茶道：“无事。只是方才被萧瑀和长孙无忌吵得头疼。”

这二人都是自隋末走来的重臣，萧瑀时任御史大夫，长孙无忌为吏部尚书，二人皆有宰相之权。平素虽然常有些龃龉，为着不过是政见之争。李恪感佩萧瑀正直敢言，又因着萧锐的缘故，故而比之长孙无忌，他对这位舅公的好感显然更甚。

李恪好奇地问道：“父亲都当不了和事佬吗？到底是为了什么事情？”

李世民看了他一眼，目光中带着无限慈爱之色：“还不是为了你！长孙无忌说，既然你的事已经了结了，便该早日复你都督之位，让你回安州赴任。”

李恪不假思索道：“他说得没错啊！”

“你就那么巴不得要走吗？”李世民瞪了他一眼，没好气地说，“看来朕是白为你花心思了。”

李恪的心陡然一沉，不知将要坠落到哪一个角落里去。那年他自请去地方就任，是被心头极度想要探寻当年事情真相的渴求压抑得不得不逃离。如今……尽管真相依旧未曾真正明了，尽管只要一日不抓住夏邵严，他的心绪就一日不会平息，然而，此刻的心境到底还是与那个时候不同了。取代那种渴求的是更为强烈的依依不舍，不舍他的父亲，亦不舍他的兄弟挚友。

他默然良久后方道：“那父亲心中是如何打算的呢？”

李世民见武才人正往旁边的朱雀小炉中小心翼翼地添着乌沉香，便对着她摆了摆手道：“你先下去吧。”

武才人忙低首行礼，她的双堕髻上插着一根玉兰花银簪，簪边缀着的两颗珍珠发出了轻微的响声。她只道一声：“妾身告退。”

乌沉香的气味浅淡从容地四散于空中，缓缓地沁入脾内，令人顿然生出几许舒心之感。李世民道：“朕会让你遥领安州都督。你既看重那位法曹康健，朕便提拔他为长史，全权掌安州之事。至于你的恩师权万纪，便调至齐州府为长史吧，也好叫他好好管教你那不争气的五弟李祐。”

以亲王遥领一州都督，倒也不是没有先例，只不过当时这先例也是为了李恪所开的。可当时李恪年纪尚小，朝臣虽有些异议，却都没有太过反对。至于后来也循了此例的魏王李泰，因是李世民嫡子，又向来颇受重用，倒也无可厚非。李恪想着自己今年已到了弱冠之龄，加上终究嫡庶有别，恐怕有所不妥。想来长孙无忌应该也是反对的吧。

思及此间，李恪便起身一拜到底：“父亲请三思……孩儿不想让父亲为难。”

李世民伸手虚扶了他一下，面上带了些宽慰的笑：“你姑父窦诞乞骸骨，大理寺卿一职空缺，萧瑀荐你继任。他说以你的人品才干，想来大可胜任此职。加上大理寺少卿是萧锐，以你的身份做他的上官，刚刚好。”

李恪心道，像大理寺卿这样的要位向来不设虚职，若他任了此职，必不能再去地方赴职。如此一来，倒似乎也是合情合理，只不过他总觉得哪里不对劲。萧锐原在左翊卫府中任武职，武官调任文职，本就有些古怪；而萧锐显然也不大适应大理寺少卿之职，要不然，他那时也不会屡屡来信向自己抱怨。所幸有窦诞在那儿坐镇，倒也没有出过大错。如今想来，难道在那个时候父亲就铺垫着自己要正位大理寺了吗？

李恪的脑子在弯弯绕绕地转了许久之后，终于兜到了正轨上："父亲既已想得如此周全，孩儿定不负您的希望。"

李世民心满意足地点了点头，只是心头复又浮现出另一重忧虑来："你的婚事……"

"孩儿如今还不想娶妻。"李恪不待他说完，便急急地将话头接了过来。

李世民似乎早料到他会这样说，兀自说道："杨誉当年虽只是齐王府的一个小官僚，却是齐王近臣，深谙他的一举一动。后来他主动投诚，朕为了安他的心，这才许下了你和他女儿的婚事。可朕很快就发现，杨誉不论做人还是为官都过分庸碌，而杨舒窈自小体弱多病，也不是有福之人。可君无戏言，朕最后还是让你娶了她。"

原来如此！用一桩婚事来换取一颗忠心的棋子，似乎没什么不对。李恪眼眸低垂，左手不自觉地隔着衣袖碰触到那个早已愈合的伤口。这么些日子以来，他几乎再也没有忆起过景玥。而今再次想来，撞进他脑中的只是一个面容温顺、说话轻柔的女子。她纵然对他不诚，可他又何曾真心待过她？她为他而死，他给了她最后的王妃殊荣，将她葬在了她的家乡。他们之间，算不算两不相欠了呢？

"终究是孩儿与舒窈无缘……"李恪轻轻叹了口气，惋惜的是景玥，也是那个从未谋面的真正的杨舒窈。

李世民却只疑他是伤怀，便轻拍了下他的手以作安慰："以后若遇到心悦的姑娘，告诉朕，朕自会成全你。"

"多谢父亲！"李恪说话的时候，眼前慢慢地氤氲起了一层雾气。李世民于他，竟然可以坦诚到如此地步，而很多事，他却还是无法与李世民推心置腹。比如景玥的事，比如杨政道的事，比如他要继续追查逼杀母亲的凶手的决心。

李恪走出内室的时候，见武才人依然恭敬地侍立在外殿，便出于礼貌地朝她点了点头。

"恭喜殿下！"武才人脸上的笑容十分得体，语调轻缓地说道。

李恪放慢了脚步，不解道："姨妃何出此言？"

"殿下能留在京城，自然是件好事。"

"你……"

"妾身母亲姓杨，是隋朝宗女。也许正是为着这个，萧公才会推荐妾身入宫。不然，妾身一介商贾之女，何以有机会面君得幸？"说罢，便施一礼，转身离去了。

李恪忍不住回头看了一眼这个奇怪的女子，倒也不作他想，只摇了摇头继续朝前走去了。

从萧府静徽堂暖阁的轩窗望出来，刚好能看到庭院中那棵生得最为茂盛的松树。常年青绿色的松叶一簇一簇地围绕在枝干之上，生生不息。那是冬日里难得的一抹勃勃生机。杨政道凝视着停驻其上的一只斑鸠许久，才将目光收了回来，拿起案上那把白底青花的茶壶，往萧瑀的杯中斟了少许茶水："所以，长孙无忌这次还是争不过您。大约他也没有想到，陛下也是极想留住李恪的。"

"这茶中的橘皮和茱萸放得都少了，回味不够醇郁。"萧瑀微饮一口茶水，复又将杯子放在了茶托上，"陛下心中有多爱重李恪，老夫清楚得很。老夫这么做，只不过是顺水推舟而已。长孙无忌到底还嫩了些。"

杨政道不解道："舅公既知陛下心意，当初为何还要极力促成他去安州？"

萧瑀拈须而笑，面上永远是泰山崩于前而色不变的从容："让他出去一趟，静静心神，他才会明白长安的好，明白陛下的好。还有……在外面也比较容易对杨舒窈下手。"

杨政道眉心一紧，蓦地起身问道："那天晚上的刺客是舅公您的人？他们要杀的不是李恪，而是杨舒窈？"

萧瑀点点头："老夫以为，以你的心智，早该猜到了。"

杨政道倒吸了一口凉气，问道："为什么？"

“杨誉不是托得起大事的人，杨舒窈也当不了李恪的贤内助，他需要的是一个真正可以帮助他的王妃。不过老夫倒是没有想到，她竟是个手上沾了人命的冒牌货。如此也好。如此，李恪也不会太过伤心。”

杨政道慢慢地用手摩挲着桌案，神色略有不满：“若李恪与她情深义重呢？那他要如何承受这样的打击？您不觉得这样做太自私了吗？”

萧瑀正色道：“政儿，你逾矩了。”

杨政道屈身施了一礼：“还有一事，政道即使违了您的意也要问。舅公是知道当年刺杀李恪母亲的主谋是谁的吧？”

“是！老夫知道。”萧瑀意味深长地看着杨政道问，“如果老夫告诉了你，你会忍住不告诉他吗？”

“政道若知，绝不瞒他！”

“他不能知道。所以，你也不能！”

“舅公，”杨政道语调沉沉道，“我会听您的安排，帮助他，保护他，可我再不会欺骗他。这一次为了让他回来，实属权宜之计。”

“到底是有血脉之亲的表兄弟……”萧瑀慢慢抚过手腕上的十八子佛珠道，“也罢！你们感情好总不是一件坏事。不过有些事情，大约从现在就要开始做起了。”

杨政道缓缓地舒了一口气：“是关于太子和魏王的事吧？”

萧瑀起身，负手而立：“是！不过，你不需要知道得太多。”

第五章

尔虞我诈

微风轻柔地拂过水面，慢慢地漾起一层又一层涟漪，带着落于其上的一片落花，不知要漂去哪一个角落。就像那些在无知无觉中度过的时光一样，再如何想法子也抓不住。

百无聊赖的玉石匠人张二宝透过窗子看着地上扬起的尘土，想着方才那个纵马离去、穿着华贵的年轻公子，不由好奇心起，问坐在一旁对着一只玉镯不断叹息的掌柜曹方硕："那位是魏王殿下吧？好大的气派！"

"可不就是魏王吗！近来这魏王可是出尽了风头，又是著书又是出使的。"曹方硕放下玉镯，正一正头上戴着的黑色顺风幞头，"从去岁起，京中便常有传闻，说太子失德，魏王即将上位。"

"又是老故事了。不知这一次到底鹿死谁手？"张二宝的八卦心思因着这句话而被挑动了起来，"可不是还有吴王吗？吴王迟迟不离京，倒是搅得这一潭浊水更浑了。不过，他这几年任职大理寺，风评可好得很呢！"

曹方硕笑着拿起手边的羽扇："名不正言不顺，吴王再好又有什么用？"

张二宝于是更来了劲，凑近曹方硕听他娓娓道来。

吴王府中的书房被整片松林环绕，冬暖夏凉，十分适宜人居住。加之李恪从小酷爱收集各朝古书，故而书房中的各种布局都是仿西周式风格，显得古朴大气，别具一格。

这日李恪起得很早，一连两个时辰都在其间作画。各式染料逐个摆放在书案上，李恪用两块镇纸将白纸压得服帖之后，便蘸上几许调和好了的茜草汁，在中央迅速起笔画上几笔。芙蓉色的牡丹花娇美明媚，却又隐约透着几分清扬高洁。李恪的嘴角微露笑意，便又抬手在四旁徐徐地画下五朵大小不一的花瓣，将笔放入清水之中洗净后又提笔画下了牡丹的花心。

花叶不可用太过浓烈的绿色，两色斗艳，喧宾夺主，这样便难衬出牡丹的艳丽，未免显得俗气。李恪想了想，便在湖绿色的染料中加了些许黑墨，颜色虽暗淡了许多，却不那么刺眼，倒觉得舒服了不少。绿叶缠绕在六朵红牡丹旁，安静地衬托出它们的高贵雅致来。李恪将画笔搁到一旁，从笔架上又拿下一支笔，站起身来，思索须臾，旋即在画的右上方用小篆随手题上了一首小诗：

满园芳菲尽，卿始吐香开。
花中倾城色，疑是天上来。
富贵风流极，夺目姿娇态。
韶华本易逝，回眸犹自哀。

写罢，他便从旁边的小锦盒中拿出一方私印，蘸上印泥后重重地盖了上去。

王府管家武梁犹自在旁念着手中的一摞请柬：“六月初八，襄阳长公主五十大寿。六月二十六，韩王妃之弟娶妻。七月二十，高阳公主出降。八月初二，尉迟将军家小孙子满月……”

这么些年，朝臣们大多看出了李世民对李恪的重视，便都有意要结交于他。李恪对此倒是颇不以为然。他边清理着画笔边道：“怎么这么多？还有吗？”

武梁数了一数才道：“还有六份，都是近两个月的。殿下，这些不是皇亲就是勋臣，您不能不去啊！”

“谁说不去了？都去！”李恪用红丝带将干透了的画卷扎紧后放到面前的

青花瓷瓶中，“你去帮我准备礼物吧！把请柬都放这儿，等晚些时候我写完了回帖，你再挨个儿送过去。”

“三弟莫要忘了下月我们家守规的周岁生辰！”武梁正答应着，却听外头传来一阵清朗的笑声，萧锐大跨步地走了过来。他头戴紫玉金冠，面容清瘦，浓密的眉毛下面一对深眸熠熠生光，高挺的鼻梁衬得他整个人分外有精气神。

李恪看到他，赶紧起身相迎道：“姐夫这几日不是应该很忙的吗？还有空亲自跑一趟？”

萧锐双手捧着帖子送到李恪面前道：“给吴王殿下送帖子，再忙也得来不是？”

“那就多谢萧少卿了。”李恪微笑着接过帖子道，“给我外甥的礼物，我定然会好好准备的！”

萧锐揽衣坐了下来，看着李恪那对闪亮的深邃明眸，颇有些感慨地说道：“都已经四年多了，你还不想娶妻吗？陛下昨日还在与我抱怨，你到底想要个什么样的王妃。不过他也说了，他是不会逼你的。他对你可是够纵容的。其实，太子给你介绍的那位苏姑娘生得不错，对你又痴情，你难道真的不考虑？”

李恪笑道：“表兄不在，倒是轮到你在我耳边唠叨了。行了，我如果遇着好姑娘，一定马上告诉你们，到日子请你们喝喜酒！”

“算起来江夏王叔和祯卿护送着文成公主也该到吐蕃了，估计再过一个月半个月的就能回来了。”萧锐拿起手边的蒲扇扇风。

檀香的气味随风慢慢地飘散在空气中，李恪悠长地叹了口气，缓缓道：“雪雁妹妹年纪还这么小，又从小被娇养在王府，一朝远嫁那蛮荒之地，纵然丈夫是一国之主，到底也是可怜。”

萧锐想了想，摇头道：“你是吴王，是陛下重视的儿子，这话，本不该从你的嘴里说出。”

“这是最好的安排，我当然知道！”李恪甩了甩手臂说道，“姐夫就当没听见就好。你要不要跟我出去走走，今儿难得好天气！”

“那可不行！早上出门的时候，我可是答应了你姐姐中午回府和她一起吃饭的。”萧锐将蒲扇扔到李恪的手中，道，“再有，我那小侄女最近住在我府中，

我得好好照顾着，不然父亲会生气的。”

李恪素知萧锐与长姐的感情十分要好，往日只是羡慕，而今却又陡然有了些淡淡的感伤。四年了，他早不再纠结于景玥的事，可他同时也将那扇关于爱与婚姻的心门紧紧地锁住了。他不愿付出，也不敢付出，因为他不确定他的付出是不是能够得到回报。所以，他宁愿选择孤独，哪怕是孤独一生。

骊山峰峦叠起，风景秀丽，因山形似一匹奔跑的骊驹而得名。从先秦至今近千年来，这里一直都是皇家行宫和围场的所在地，故而平素极少有外人进入。李恪在疾奔数十里后，终于勒住了马缰绳，缓步徐行。他并没有带上弓箭，因为这个季节是鲜有虎豹之类的猛兽出没的，至于那些温驯的动物，他绝不会去轻易猎杀。

李恪的这匹白马是与杨政道的马一起养大的，非常聪慧，也非常通人性。每一次，不论跑得多远，它都会按原路返回。可是今天，不知道是什么原因，它已经连续在同一个地方转了三四圈，不知不觉地，竟已经到了密林深处。李恪向来是不记路的，看着它有些气喘吁吁的样子，心里便不觉有些慌乱了。

忽然，从不远处传来一声声猛虎咆哮的声音，并且越来越近，近得已经依稀可见猛虎了。一阵狂风吹过，只见那猛虎足有六七尺长，吊睛白额，一脸的凶相，血盆大口中几颗尖牙在阳光下闪闪发光，每走一步，大地就随着它而震动一下。白马一见如此凶悍的庞然大物，便吓得往后一倾，发出了咴咴的哀叫声。李恪见状，也是心下一惊。他上一次见到猛虎还是在十多年前和李世民一起狩猎的时候，那时他与李世民同乘一骑，并且手中有武器。

可今天只有他一个人，又是徒手。或许是因为饥饿，猛虎听到了白马的叫声，便加速向这边走来。白马因为害怕，居然待在原地一动也不动，李恪一下不知所措起来，下马逃跑是根本行不通的，而骑在马上，更是无异于等死。他便索性心一横，就随他去吧！猛虎越来越近，近得都可以听见它的呼吸声了。李恪将

眼一闭，咬咬嘴唇，拉住了马缰绳。

就在猛虎离他仅仅七八尺远的时候，从后方飞来一支银白色的羽箭，极其精准地射进了它的喉咙。猛虎一瞬间就失去了战斗力，前肢一软便倒了下来，还没来得及爬起来，又唰唰飞来两箭，射中了它的胸膛和一只眼睛，猛虎只挣扎了两下便彻底不动弹了。

李恪看着方才还威风凛凛的猛虎一下子便在他面前倒了下来，又是惊又是喜，更多的则是长长地松了一口气，心想此人的箭法之精准尚且不说，这胆识确实也非常人可及，倒不知是哪一位豪杰人物。这样想着，便忍不住扯动了一下缰绳，白马见猛虎已死，也就听话地掉转了头。

只见他身后站着的却是一位十四五岁的少女，手中拿着弓箭，正骑在一匹头大额宽的棕色大马上好奇地望着李恪。她身穿一袭紫檀色鸾凤衔花纹样的胡服长袍，头戴着帷帽，帽裙上镶有数颗闪亮的紫萤石，刚好遮挡住了她的整张面孔。微风吹过，白纱帷裙紧紧地贴在了她的脸上，她这才伸手将帷帽摘了下来。

李恪见她的双眸明澈，似饱含凝露一般，肤色较一般女子更为白皙，嘴角还有一对小小的酒窝，显得绰约多姿，英气逼人。一时间，李恪不由便看呆了，若不是这整片林子都空荡荡的，他是无论如何都不会相信眼前这个小姑娘竟可以将一只无比凶悍的猛虎射倒。

小姑娘一见他这个样子，只以为他还惊魂未定，便朝着他粲然一笑。这一笑，她的两个酒窝便越发深了："哪有像你这样的，见到老虎过来还只站在那儿等死！真是笨透了！"

李恪听她说得直白，也忍不住淡淡一笑，上前了两步，说道："惊慌失措，亦是人之常情嘛！多谢姑娘救命之恩！不知姑娘府上何处？改日我必登门拜谢！"

这话问得显然有些唐突了。可那姑娘仿佛并不在意，坦然相告道："驸马都尉萧少卿是我的堂叔。"

李恪这才恍然大悟，原来早间萧锐说的那个小侄女便是她。好一个萧姑娘！当真令他惊叹。于是他又笑："前梁国孝靖皇帝是你的祖父，原襄城刺史萧铉是你的父亲，是吗？"

“你如何知晓？”

“孝靖皇帝是我舅公，萧少卿是我表舅。”

姑娘将手中的弓箭收到马背上的櫜鞬之中，想了半晌，方拱手说道：“淇奥见过吴王哥哥。原来，你真如他们说的那样，长得一表人才啊！”

李恪听她那毫无掩饰的夸赞，又看看她脸上隐隐浮现的红晕，心中情不自禁地生出了几分怜爱之意。于是他又道：“妹妹方才说，你叫什么名字？”

“淇奥。”

“淇奥，淇奥……”李恪在心里默念了这个名字好几遍，忽看着她道，“瞻彼淇奥，绿竹猗猗。有匪君子，如切如磋，如琢如磨。瑟兮僩兮，赫兮咺兮，有匪君子，终不可谖兮！妹妹这名字起得真好。”

淇奥听他用这般好听的声音念着这首诗，心不觉微微一动道：“我父亲活着的时候常说，女子和男儿是一样的，所以，他从小就请了最好的先生教我读书和骑射。他说，女子的归宿不只是嫁为人妇、相夫教子，也应该有更广阔的天空。”

李恪点头道：“他说得没错。”

“可惜他三年前就已经故去。”淇奥的眼圈忽地有些泛红，转而低头抚摸着她那匹棕色大马的浓密皮毛，又凑过来看了看李恪的这匹白马，说道，“我的这匹马名叫轻云，你的呢？叫什么啊？”

“我的……”李恪想了半晌，只好说道，“我虽养了它许多年，倒还真没给它取个像样点的名字呢！”

“那……我来帮你起一个！”淇奥从发间拔下一根银钗，在白马眼前晃动着逗它玩，“就叫流风吧！”

天上忽地下起了大雨，那马儿似乎才缓过神来，兴奋地朝天叫了两声，仿佛对自己的名字颇为满意。淇奥一脸认真地看着李恪说：“流风同意了，那你呢？”

“你都叫它流风了，我岂有不答应的理啊？”李恪啼笑皆非地说道，“不过，这名字确实不错！仿佛兮若轻云之蔽月，飘飖兮若流风之回雪。我的流风恰巧和你的轻云是一对！”

淇奥一听这话，便低头莞尔一笑："都怪这洛神，长得那么美，让人忘都忘不了！"

"洛神何其无辜！要怪也得怪陈思王的赋文太迷人！"李恪骑着马又前进了好几步，转头对淇奥说道，"妹妹常常一个人出来骑马吗？萧少卿倒也放心？"

淇奥听了他的话，抬头一望日暮西山的景象，便吓了一跳，忙拉住缰绳快奔了几步，忽又回头对李恪说道："吴王哥哥，我先走了。再不回去，小叔叔该着急了。"

李恪点点头，忽而又朗声说道："过几日我来萧府找妹妹说话。"

几日后的黄昏时分，李恪带着刚刚写完的回帖去了萧锐府上。经过三条曲径小道，李恪才到了内室之中。襄城公主正哄着襁褓中的守规玩笑。李恪上前施了一礼，唤了一声："姐姐。"

小守规伸出那只胖乎乎的小手，直朝着李恪笑个不停。李恪赶忙接过孩子，抚摸着他柔嫩白皙的面庞，心中情不自禁地涌动起许多的温柔来。襄城公主看着他抱孩子时的娴熟模样，不由道："三弟既如此喜欢孩子，还不赶紧娶个王妃回来！"

"明珏，你就别为他操心了。他一辈子不成婚也不妨事。"萧锐看着守规在李恪怀中欢脱的小模样说道，"至少他能有时间陪咱们儿子玩。"

李恪回头，并不理会他，只是朝着他身边的少女颔首道："淇奥妹妹也在，看来我来得正是时候。"

"吴王哥哥，"淇奥微笑着看向桌案上的一幅画说道，"你快来看看这画，小叔叔刚刚把它送给我了呢。"

李恪走向前两步，很认真地观看一番，见那画的上方是一大片被迷雾包裹着的嵯峨高耸的山川，四周为数十棵奇伟挺拔的松柏，延伸至山脚则是一条结了冰的河流，河流周围的雪地上有十几个神情各异的嬉闹的孩子，围绕着他们的是许许多多大小不一的脚印。画的左下方留有一方印章，李恪惊道："展子虔的画，难得！"

淇奥的面上洋溢着止不住的喜色："这是他的《踏雪图》。人人都说这画散佚在隋末战乱之中，哪知如今竟还能重现于世。虽然只有半张，但已经十分珍贵了。”

“展子虔的山水画真算是瑰丽奇葩了。”因为兴奋，李恪的语速不自觉地快了几分，“这《踏雪图》以松柏的青绿色和小儿身上穿着的大袄松花色为主色调，巧妙地掩饰住了寒冬大雪天里的沉寂，稳重中不失灵动，灵动中又透着从容。不愧是隋朝第一画家。”

“他能得到此等美誉，靠的不仅是卓尔不群的画技，更是刚直不阿的人品。”淇奥身上的那件蜀锦细纱广袖流仙裙在夕阳余晖的照射下显得闪闪发亮。

李恪转眸笑问道：“妹妹认为人品比才学更重要吗？”

“也不皆然。仓廪实而知礼节，衣食足而知荣辱。在食不果腹的战乱年代，谁能给之以温饱，百姓自然认谁为主，哪怕此人曾经抛妻弃子，杀人如麻。”淇奥不假思索地侃侃而谈道，“可在如今此等太平年代，陛下又是千载难逢的治世明君，用人自然不能‘唯才是举’。正如那新科进士葛文新，不仅在母丧期间停妻再娶，更兼吞没原属其幼弟的家财。纵然他确有经世之才，陛下不也下令永不任用吗？”

淇奥的话音轻柔婉转，似春日百灵一般令人心悦。李恪的心似被一种从未有过的情感深深撞击着，那种强烈的震撼与渴求似乎一如表兄之于雪鹭，萧锐之于长姐，抑或是母亲之于父亲。

萧锐听他们旁若无人地谈得这般投机，心下一动，立刻与襄城公主交换了一个彼此了然于胸的欣喜眼神。

过了许久，李恪方才替淇奥拨正了她发间的步摇：“妹妹小小年纪便能有如此见识，实属难得。怪道姐夫总把你夸得天上有地上无的。”

萧锐与萧铉虽说是堂兄弟，可彼此年纪相差甚大，又长年不在一地，关系自然没有那么亲热。直到三年前，萧铉病逝，他们前往襄城奔丧之时，萧锐才第一次见到了淇奥——萧铉唯一的血脉。那时不过十来岁的淇奥表现出了令他难忘的坚韧心性。此番淇奥入京，萧瑀千叮咛万嘱咐，一定要他好生照顾。萧锐虽然隐隐猜着了父亲这是要为她择婿之意，却不知李恪究竟是不是他老人家心中的理想人选。

"姐夫……"李恪见萧锐一脸沉思状，便唤了他一声道，"你是从何处得来这《踏雪图》的？"

萧锐一听此话，方才缓过了神，暂时不去考虑那些抓不着的东西："从侯大将军那里花了二十两银子买来的。他说他是个粗人，最是不喜欢这种文人高深莫测的东西。"

"二十两？"李恪直摇头，"妹妹，我给你二百两银子，你舍不舍得割爱？"

淇奥将那卷起的画抱在怀中道："那可不行！我又不缺银子花。"

李恪一摊手道："看吧！侯大将军多可怜。"

正说着话，就有一个小丫鬟趋步叩门进来，说齐长史正心急火燎地要找两位大理寺长官求救，说秘书丞苏亶正因为他家二夫人的死难过呢，今日早晨三夫人却又莫名其妙地死了。苏亶是从五品上的京官，长女又是太子正妃，虽说他并未向衙门施压要求几日之内必要破案，可长史齐长升心里依旧老大不安，就怕有一日这位未来国丈会突然在皇帝面前狠狠参一本，说自己办事不力。

唐朝自开国以来就不设京兆尹，只以雍州牧总揽其职。如今的雍州牧是太子的胞弟魏王李泰。可这些年来，魏王忙着和太子争权争宠，培植自己的势力，这雍州牧也不过只是那么一说而已，真正掌了实职的是雍州府长史齐长升。这位年届不惑的齐长史虽然性子有些大大咧咧，但为官做人倒也正派，平素所断之案大多能让人信服。可如今竟然在休闲时候，直接来了萧锐的私邸，还真是难得。

李恪朝萧锐微微颔首："咱们去一趟。"

"秘书丞苏家……"淇奥的脑子缓缓转动着，说道，"他们家二姑娘与我是旧交。吴王哥哥，我能和你们一块儿去吗？出了这样的事情，她一定难过坏了。"

李恪笑着点头道："那就只能委屈妹妹当我的护卫了。"

苏府位于长安东城德兴坊以南，从外头看上去与一般京官的府邸无异，可里

头的装饰却异常豪华考究。苏亶面容清瘦，眼窝深深地凹陷了下去，看起来气色十分不好，说话的声音也略有些粗哑："吴王殿下与萧少卿亲自前来，臣愧不敢当。"

李恪瞧着府中一番鸡飞狗跳的混乱场面，不由得深深蹙眉，再瞧瞧苏亶那灰头土脸的样子，便忍不住对他生起了三分同情之意。其实李恪与太子李承乾的关系向来都还过得去，尤其这几年他在京为官，兄弟俩也时常走动。太子曾当笑话一样告诉他，自己的这位岳父虽然为官谨慎持重，但处理起家事来简直堪比痴儿，虽宠着几位姬妾，却又极为惧内。

此时，苏大夫人王氏正在院中指挥着一众小丫鬟洒水驱邪，张贴灵符。苏亶见状也不顾及他们几人在场，冲上前就将忙忙碌碌的丫鬟们全都赶了出去。王氏看他那副凶神恶煞般的样子，不禁冷哼一声，重重地将手里的白瓷瓶摔在地上，转身头也不回地走了。李恪与萧锐对望一眼，心道当着他们的面这位恶煞夫人也毫无顾忌，怪道坊间会流传王氏是夜叉鬼转世了。

苏亶见此情状，只得连连屈身作揖，面露尴尬地道："吴王殿下恕罪，臣这位结发夫人实在是太……"

李恪对这种妻妾争宠的事情倒并未有多少介意，因而面色平静地说道："无妨。"

内室中有四扇梅兰竹菊的楠木屏风，屏风后床榻之上的女人面容煞白，额头上绑着厚厚几层绑带，上头还透着鲜红的血迹，早已没有了气息。床边一个浑身缟素的少女哭得跟泪人一般。淇奥赶紧上前两步握住她的手，叫了一声："苏越。"

苏越抬起哭得红肿的双眸，抽噎着说道："萧姐姐！"

苏亶在旁说道："苏越，赶紧来见过吴王殿下。"

苏越这才起身向着众人优雅地施了一礼，可眼眶里的眼泪仍旧止不住地往下流。她看了一眼身侧一袭华服的李恪，又挽过淇奥的手，将头靠在了她的肩上，兀自呜咽个不停。淇奥便只得带她去了另一侧屏风后面，替她倒了一杯清水，安慰了她几句后才说道："你娘到底是怎么回事？方才这一路上，我听齐长史讲得神神道道，也没有完全听明白。"

“我……”苏越刚想将早上发生的事情说一遍，突然又想到了另一件于她而言更重要的事情，便压低了嗓子对淇奥说道，“萧姐姐与吴王殿下是什么关系？方才我见他看你的神情很是特别。”

四年前，三夫人带着苏越去襄城探望住在那里的几位老亲。哪知他们半路遇着一伙匪徒，想要劫财劫色，恰巧被路过此地的刺史府护卫们所救。刺史萧铉见是秘书丞亲眷，便让他们暂时在府上住了一晚。当时十来岁的苏越和淇奥二人相谈甚欢，且交换了心爱之物，说好了来日一定要再见。淇奥见她的心绪稍微平复了一些，这才放下心来，踞坐于她的对面说道：“他是我表兄。”

苏越看淇奥虽然穿着男装，不施粉黛，可那种无意间流淌出的贵族女子才有的气质却令她不由得自惭形秽。她那嫡出的姐姐嫁了太子，而她早对吴王情根深种，原是希望父亲能够通过太子妃的这层关系帮她争得一个王妃，至少也是一等侧妃的位子，可这一两年间，嫡母与娘之间越来越剑拔弩张，太子妃与她的关系也不过是明面上过得去罢了。如今娘莫名其妙地没了，看嫡母那凶神恶煞的模样，指望她是指望不上了。今儿个又见着吴王身边这个突然出现的表妹，她心中便越发觉得没意思起来。

淇奥却显然没有看出这位昔时小姊妹心中的那些浅浅妒恨之意，只是推心置腹地与她说了好些体己话。

李恪在听完苏亶和几个丫鬟的话之后，眉头便皱得更紧了：“你们是说，三夫人今早起来突然精神异常，然后冲出门去撞死在了假山石上？”

适才第一个开口说话的柳叶语声有些颤巍巍地说道：“是的。当时婢子十分害怕，边跑边大声叫人，可是三夫人的力道实在太大了，婢子和几位姐姐都拦不住她，眼睁睁地看着她头也不回地撞了上去。待婢子们赶到的时候，发现她头上都是血，腹部还插着一把匕首。”

“没用的东西！”苏亶在旁强压着愤怒，咬牙切齿地说道。

“不是她们没用，是你那宝贝三夫人坏了事，被我发现以后羞愧难当，这才想要一死了之。”早已离开的大夫人不知为何又重新冒了出来，对着李恪和萧锐等人连连屈身行礼，说道，“本是家丑，未想却劳动了吴王殿下和萧少卿亲自过问，妾身实在过意不去。”

李恪看她此刻神情平和，一派雍容华贵的贵妇人模样，再想起进门时她的那股子泼辣劲儿，不由得有些纳罕，是不是人都有两张截然不同的面孔。于是便问道：“苏夫人说的究竟是什么事？”

大夫人似乎早料到他会有此一问，便不紧不慢地说道：“昨天晚上，妾身发现她偷了咱们库房的十多根金条出去贴补她那不争气的娘家弟弟。妾身本想息事宁人，让她私底下把金子还回去，哪知她非但不知悔改，还趾高气扬地说就算郎主知道了也无事，妾身这才说要将她告到齐长史那里去法办。”

“夫人的意思是说她晚上还是一副满不在乎的样子，结果第二天一早就发疯似的赶不及要去自杀了吗？”李恪这话虽说是依着她所说的往下讲，可却怎么听怎么奇怪。

萧锐仿佛也听出了此话怪异，转而问柳叶道：“早间三夫人都吃了些什么？”

柳叶道：“婢子和往常一样，替三夫人准备了银耳莲子羹，只不过三夫人说她胃口不好，只吃了两口就不吃了。小半个时辰之后，便出事了。”

时值六月，加之此时室内已聚集了不少人，因而众人只觉燥热异常。苏亶边用汗巾擦着他那满脸的汗水，边说道：“吴王殿下，出事之后，臣已经让大夫仔细检查过那碗银耳莲子羹了，并没有什么不妥。”

李恪不去理会他，只环视着内室中的布置，目光突然落到了墙上的那幅画上。虽然没有署名，但那场景，他一眼就能看出是另外半幅《踏雪图》。他走上前，慢慢用手抚过上头雪地上的数十枚脚印，脱口而出道：“淇妹，你快过来看！”

淇奥闻声便从屏风后走了出来，一见这画，脸上立刻露出了难以抑制的喜悦：“原来那半幅画竟然是这样的。你看河边那个戴着蓑笠、独持钓竿的老人，画得多生动。这半张聚焦老者，是为静；那半张注目孩童，是为动。这一老一小、一静一动，竟能如此和谐地共处于同一幅画中。展子虔还真是个了不起的绘画大家！”

苏亶一早就看出吴王与这位扮相清俊的小少年关系不同寻常，此刻见他们对这画如此感兴趣，便很知情识趣地说道："吴王殿下倘若喜欢这画，臣就……"

话说到一半，他故意停了停不再说下去了。李恪自然明白他是什么意思。这么些年来，除却至亲挚友给他送的礼，其他的他大多都给退回去了。可如今对这幅画，他却有了一丝犹疑。正当他不知如何回答之时，淇奥却先开口道："吴王殿下喜欢的话，可得多看几眼，回去也好照样画出来。"

李恪看她笑容俏丽，不禁在心中暗叹道：好个聪明的丫头！

跟在淇奥身后出来的苏越见此情状，更加确认了自己的想法，再看那躺在床榻上早成了一具死尸的亲娘，便微不可察地跺了跺脚。

除了正室夫人王氏外，苏亶共纳了五房妾室，其中最得他宠爱的是前番死去的二夫人。而这位三夫人出身商户之家，因着有些姿色而被苏亶纳入府中。因其性子柔顺，再加上她到底生下了苏越，故而苏亶对她倒也不算太坏。可若说有多深的情分，那倒真没有。不过她既然已死，又死得如此不明不白，苏亶便也绝做不到不理不睬。

苏越想到此间，不免生出了几许顾影自怜之感，便又酝酿出了许多的眼泪，扑通一下跪倒在李恪面前道："殿下，我娘亲实没有做过这样的事。昨日夜间，母亲来找娘亲，逼着娘亲承认偷盗金条的事情，要不然，就要让人告发我舅舅贪墨库银的事，还要将我随便许个人家做小妾。"

她哭得梨花带雨，可显然李恪并没有如她所愿显露出多少怜香惜玉的表情，甚至连看都没有多看她一眼，只是如看戏般地等待着大夫人的回答。事实上，苏越这话说得有五分真五分假。那天大夫人的确来找过三夫人的麻烦，只不过具体说了些什么，只是她的臆测罢了。

果然，大夫人气得柳眉倒竖，跨步上前把她从地上给揪了起来，厉声道："你胆子不小，竟当着这么多人的面诬陷你的母亲！"

苏越再度用泪眸望了李恪一眼，李恪却依旧没有动容，只是认真地观看着墙上那半幅《踏雪图》，想着回去以后怎样才能够画出一幅一模一样的来送给淇奥。萧锐见他没有出手的意思，自己倒也乐得作壁上观。最后还是站在后头的齐长升忍不住伸手将大夫人和苏越阻隔了开来。大夫人涨红了脸，显然怒气

还未消尽。

萧锐见这二人总算是太平了，这才问道：“大夫人是怎么发现三夫人盗取库中金条的？”

大夫人把刚刚从苏越头上扯下的簪子狠狠地扔到地上，又用力踩了几下，冷笑着说道：“柳叶，你来说！”

柳叶排众而出，面色绯红地低下头小声说道：“那天婢子将前番太子妃送来的几匹蜀锦入库，哪知刚巧撞见了三夫人匆匆从库房中出来，又刚巧和她撞了个满怀，那几根金条就这样掉到了地上。”

“这倒是奇了。”李恪取出腰间佩着的那把天蚕丝扇子，边扇边俯视着柳叶说道，“你是三夫人的丫鬟吧！怎么入库这样重要的事情大夫人却交代了你去做呢？你撞破了三夫人盗窃那么重要的秘密，一般而言，她总会通过威逼利诱等法子让你为她保守住这个秘密，可你最终还是将此事告诉了大夫人。所以，大夫人说，昨夜她来是为了大事化小，而苏姑娘又讲是大夫人有意诬陷。三夫人既然知道是你告发了她，她怎么会在今天早上还让你侍候早膳呢？再者，你说三夫人疯魔的时候你拦不住，这才叫来了其他的丫鬟。也就是说，当时在她身边的只有你一个人。她对你，难道真的半分芥蒂和嫌隙都没有吗？你们几个，到底谁在说谎？”

李恪的声音不大，却字字掷地有声，登时就让四周的气氛冷凝成冰。淇奥转头望着他的侧脸，只觉心莫名其妙地便在胸膛之中蹦跳个不停，那是少女的第一次悸动，似看着冬日地平线上升起的一轮朝阳一般欢喜。她记得叔公萧瑀见到她第一面时的那种惊艳的眼神，萧瑀说：我们淇儿这样的样貌人品，当配得起这世间最好的男儿。她的母亲早逝，从小父亲就带着她天南地北地走过。天下那么大，天下的人那么多，什么才是最好的？最好，不过是最适合的一份心神相契罢了。这点，是她遇着李恪之后才蓦地领悟到的。

苏亶小心翼翼地看了李恪一眼，又将目光投向了大夫人和柳叶，最后则落在了一脸惊慌失措的苏越身上，终究还是不发一语。女人的心思，当是这世间最难以揣度的了。李恪见众人不发一语，连萧锐都只是目光直直地望着自己手指上戴着的扳指出神，便只好又说道：“应该是这样的吧。柳叶，是你盗取了那些金条，或者是别的什么，被三夫人发现了。你百般向她求情，她这才答应放你一马。哪知你心中有鬼，却又跑到大夫人那里反诬三夫人，希望可以借着大夫人的手除去三夫人。大夫人将信将疑，便跑去了三夫人那里试探，甚至是威胁，可却没能得到你想要的答案。你见一计不成，便又生一计，就有了之后所谓的三夫人畏罪自杀。”

众人一听此话，都不约而同地点了点头。大夫人向来不大喜欢那个故作柔弱的三夫人，平素对她也多有刁难。所以，三夫人一时间不会将这种威胁和柳叶的盗窃联系在一起。因为手里捏着柳叶的把柄，所以三夫人只会更加地相信柳叶，绝想不到她会背叛。

柳叶一听李恪已然将事情的真相猜了个八九不离十，双腿一软，整个身子都瘫软在了地上。只是很快她又敛好了心绪，装作若无其事地道：“婢子不知殿下为何会这样说。三夫人撞上假山石，可是很多人都看到了的。”说罢，她便求助似的向身后的几个小丫鬟望了几眼。终究有着从小一起长大的情分，那几人见她陷入如此窘境，便都纷纷附和着她的话。

李恪漫不经心地一一扫视过她们那几张带着惊恐神情的脸，旋即蹲下身子抓起柳叶的手道：“柳叶，你能告诉本王，你这根手指上沾的是什么东西吗？”

柳叶看了眼右手中指上的蓝紫色印记，下意识地将手藏到了背后，强作镇定地说道：“这……婢子也不知，许是不当心在染坊里面沾到的吧！”

“不是染料，这是五色梅的花汁。这种花汁一旦沾上了，是几天几夜也去不掉的。”李恪指着不远处花架上一盆开得娇艳的花说道，“淇妹，你们女孩子都爱漂亮，喜欢用各色花汁做胭脂，不过，应该不会选择这五色梅吧。”

“这是五色梅？”未等淇奥回答，苏越便抢先走到李恪身边，朝他手指的方向望去，“我还一直以为这是凤仙花呢！”

李恪睨了她一眼，不禁生出几分厌恶之感。他不是不知道这姑娘的心思，太子也曾经旁敲侧击地问他愿不愿意娶她做王妃。可他对这样矫揉造作的女子实在没有多大的兴趣，如今看她这抓尖抢上的样子，心中便更瞧她不惯。

淇奥倒并不在意，只微微颔首道：“五色梅虽美，可气味难闻，若调和成胭脂，则会产生微毒，长期使用对身子不好。”

“柳叶，你听到了吗？”李恪缓缓说来，“五色梅粗看确实与凤仙花有几分相像。你一向侍候三夫人梳妆，她也习惯了你调制的胭脂水粉，可她却怎么也料不到，你竟然早就包藏了祸心。今早，那积攒已久的五色梅突然毒发，让她精神一度失常，她这才疯了似的跑出去。因为跑得太快，她的头不当心撞在了假山石上。而第一个赶到那里的你刚好将早已准备好的匕首插进了她的腹内。你的右手虎口处至今仍留有一道深深的红痕，可以想见你当时将匕首握得有多紧、多用力。方才本王已验看过三夫人腹上的伤口，那个一刀毙命的竖形伤口十分齐整，绝对不是一个精神恍惚的人能做得到的。当时你的速度极快，加之随后赶来的丫鬟们早被这血腥的场景吓坏了，所以，她们压根不会怀疑到你的头上。”

“真是你下手杀了我娘亲？亏她平时待你那么好，你竟这样恩将仇报！”苏越一边的头发散了下来，又哭得泪眼潸然，有几分狼狈，却又很惹人怜惜。她屈膝跪倒在李恪面前，拉着他的袍角，哀号道：“请殿下一定要为我娘亲做主。”

李恪虚扶了她一把，淡淡道：“苏姑娘不必行如此大礼，本王职责所在，自然会秉公处理。”

苏越的面上这才有了些喜色，可这样的喜色对一个刚刚失去了生母的女儿来说，显然很不合时宜。柳叶眼见大势已去，这才站起身来慢慢低下了头。她的面孔上透着诡异的绯红色，那对杏眼瞪得老大，却不知是恐惧还是不甘。

齐长升高喝一声，外头数名高个差役应声进屋将柳叶反缚双手押了下去。苏亶此时才长长地舒了一口气，两鬓苍白的头发已经全被汗水浸湿，两撇八字胡在说话的时候一颤一颤的：“多谢殿下替臣揪出了这个杀害臣爱妾的凶手。”

李恪看着他，又看看站在他旁边目光闪烁的大夫人，意味深长地笑了笑：“苏公是太子的岳父，算来也是李恪的长辈。李恪当不起这个‘谢’字。”

苏亶觉察出了李恪这话中的奇怪语气，却不敢相问，只是尴尬地赔笑着，眼角那几条皱纹更甚。

李恪刚想转身离去，忽又问了一句：“苏公家二夫人是因为何事过世的，本王突然想不起来了。”

齐长升心道今儿我才跟您说过，您这记性也忒差了吧。他虽如此想，可绝不敢如此说。苏亶虽不知李恪为何会又提到二夫人，却依旧十分恭谨地说道：“回

殿下，臣的二夫人是因为犯了哮喘过世的。”

“哦？是吗？”李恪将那把天蚕丝扇子折起放入袖中，“二夫人的屋中一定放有紫荆花吧。紫荆花很美，很多人家都会把它养在花园中赏玩。”

啪的一声，大夫人拇指上的玉扳指掉落在了地上。丫鬟忙不迭地将它捡了起来，见完好无损，这才松了一口气，用帕子擦拭几遍后重新又替她戴上了。

李恪朝着萧锐轻点了下头，萧锐会意地跟在他身后。正准备离开的时候，他想了想，还是说了一句：“苏公可得赶紧准备三夫人的丧事了，这天只会越来越热。”

外头的知了不知躲在哪一片绿荫之中，扯着嗓子高声地嘶叫着，越听越让人觉得烦闷。苏亶望着他们离去的背影，后背却不由自主地生出了一阵寒意。

晚风从马车的帘子外透进来，带来了滚滚的热浪。萧锐解下头上的发冠，将两个袖子都给撸了上去，拿着扇子拼命地扇风，可身上那件暗紫色缮丝袍子还是被汗水浸湿了大半。李恪看他这样子，便道：“姐夫，这天有那么热吗？”

萧锐重又戴上了发冠，见李恪与淇奥二人都是一副气定神闲的模样，心想，这天是真热，你们也是真不怕热。你们……萧锐惊讶地发现，自己已经十分理所当然地将他们二人相提并论了。萧锐再度看了他们一眼，见他们并排而坐，看起来是那样赏心悦目，还当真是天造地设的一对。

可他与李恪的关系那么好，若父亲有意撮合他们，自可以摆明了对他说，但父亲却只让他好好照顾淇奥，其中含义颇耐人寻味。虽然皇帝早说过，李恪无论看上哪家姑娘，他都会成全。只是这姑娘若许了别人，依着李恪的性子也是绝不会去纠缠的。可父亲选中的那人究竟是谁？太子，魏王，还是晋王？吴王虽好，可到底不是皇帝的嫡子。萧锐的心一瞬间转过了九曲十八弯，最终落于一重深深的叹息。李恪他……终究是可惜了。

淇奥看他久不言语，不由好奇道：“小叔叔在想什么？”

萧锐缓缓定住了神：“柳叶摆明了就是那苏大夫人手里的一把刀，三弟方才为何不直接戳穿她？”

“小叔叔不明白吗？”淇奥嘴角微微上扬道，“吴王哥哥这是在当猎人呢！”

“猎人？”萧锐一愣，想了半晌复又说道，“引蛇出洞……那条真正的蛇难不成不是苏夫人吗？”

李恪摇摇头，眼神中有一丝难以捉摸的复杂情绪：“那培植五色梅的土不同寻常。古书上说，需要用几十种来自不同地方、不同种类的土，依照相应的比例调制而成。据我所知，这长安城中只有一个人有这样的能耐。那个女人，倒是颇有意思。”

淇奥用手托着头，边思考边说道：“吴王哥哥，不管你做什么事情都要小心。那个苏夫人看起来不是那么好对付的。苏越她……仿佛也与几年前大不一样了。”

李恪望着她眼眸之中的关怀之意，心头一暖，却不说什么，只是点了点头，转而又对萧锐道：“这几天姐夫可得让齐长升盯着点苏府，特别是来苏府的各类闲杂人等。”

马车缓缓停在了王府门口。季恩拿着一封书信兴冲冲地迎上前来说道：“殿下，这是方才杜旭快马送过来的。”

李恪拆开信，扫视一遍，面上阴霾尽去：“表兄说，他们已经到洛阳，估计还有十几天就能回来了。许久不见，还真是想他了！”

萧锐亦面露喜色地转头道：“淇儿，这回你总算能见到你那杨表兄了。”

在经过长达十七天的晴天之后，长安终于迎来了夏日里的第一场喜雨。雨水重重地打在石板路上，溅起一个个细小的泡儿。孩子们赤着脚在雨中踩水坑玩，瞬间就被淋得浑身湿透，爹娘扯着他们的耳朵将他们拖回家，他们疼得叫出了声，却依旧恋恋不舍地和小伙伴们相互望着。

东宫含贞殿偏殿中，李承乾正百无聊赖地来回踱步，时不时朝窗外张望着。旁边的衣架上挂着一套突厥战袍，他走过去上上下下地抚摸了一番，眼睛里满是歆羡向往的神情，仿佛已经想见自己正置身于那一片广袤的草原，穿着突厥的铠甲，骑着棕黄色的高头大马，手持长矛，英姿飒爽地向来犯的敌人杀去的场景。他常常想，只要能让他到草原上去，哪怕就是当阿史那氏的一个小兵，那也是好的。

这时，门突然发出响动，他回头望去，只见一个小宦官手中拿着一柄硕大的剑，将他的整张脸都挡住了。小宦官将剑交给太子，一放下剑，便露出了他的面容，那是一张比女孩还要精致的脸庞，白皙的肌肤，丹凤的媚眼，挺拔的鼻梁，樱桃的小嘴—— 一个宦官，长着这样的容貌，不由得会让人感到他的身上有一股媚气。

李承乾接过剑，高兴得嘴都快合不拢了。这剑上印着突厥的图腾，是前番他叫这小宦官四处打听后，在长安一个专门卖马的突厥商贩处买来的。李承乾先爱不释手地玩弄了个遍，接着便迫不及待地将剑拔出来，在屋里舞了起来。舞罢，他的眼神慢慢投向了身边的小宦官，那是一种异乎寻常的狂热与执着。

两人在对视许久之后，李承乾突然走上前两步，一把将那宦官揽在了自己的怀里。小宦官的身子柔若无骨，他异常温驯地用手勾住了李承乾的脖子，双唇有意无意地触碰着他裸露在外的肌肤。李承乾心中热火中烧，一把将他横抱到了后边的矮榻之上，口中含含糊糊地说道："称心，这天下也就只有你能让孤称心如意。将来等孤登基以后，一定封个国公给你……咱们日日夜夜都在一道。"

李恪透过那虚掩着的窗户清清楚楚地看到了屋内这番香艳无比的场景，心不由七上八下地乱窜。他的这个太子兄长从小聪明，也是被父亲捧在手心里长大的。可自打皇后薨逝，他就渐渐开始纵情享乐，对朝政之事越发不感兴趣。与此同时，他的胞弟魏王李泰却竭力在李世民面前抓乖卖俏，又是著书立说，又是结交朝内重臣，风头早盖过了他这个太子。一开始他心里还有几分着急，可渐渐地，他便也破罐子破摔，由着自己的心性胡乱作为。他可是嫡长子，那魏王无论如何上蹿下跳，在齿序上也永远越不过他。

李恪对他们这样的争斗永远都采取作壁上观的态度。比起魏王，他平素是与太子走得近了点，不过这与拉帮结派没关系，只是因为太子秉性中的某种率直挺合他的脾气，而不像魏王那般心术诡诈。今日他来东宫，确实是有重要的事情问太子的，不过如今看来，倒是问不出个所以然了。他轻蹙眉头，转身便走，他可不想窥探太子的秘密。谁知刚拐过一个弯，李恪就听得有人唤他道："吴王殿下刚来就要走了吗？"

李恪回头，见太子妃苏逾正带着两个小宫女缓步朝着这边走来。清风微微地吹起她那条绣着海棠花花纹的襦裙，银盘脸面上一对杏眼正目不转睛地望着他，露出了一丝似有若无的笑。李恪向她微一颔首。太子妃转眸，向那两个宫女摆了摆手道："你们先下去吧。"

李恪与她不过是在年节大宴上遥遥见过几面，如今见她摆明了就是想与他单独谈话的模样，但面上仍旧装作不知，只继续往前走着。苏逾却往前追了几步，身上的脂粉香气慢慢萦绕在空气中，语调中多了几分急切："吴王殿下可有空闲去妾身殿中的小花厅坐坐啊？"

男女有别，又有叔嫂之分，如此之言显然不合规亦不合情。李恪停下了脚步，发冠上的白色岫岩玉十分莹润好看："多谢太子妃盛情，李恪府中尚有俗事待处理，改日再来此叨扰。"

苏逾仿佛料定了他会如此说，却也不泄气："吴王殿下会把方才看到的事情告诉陛下吗？"

"方才的事情……"李恪漫不经心地说道，"有什么事情是不能让陛下知道的吗？再者，我说与不说，都不是太子妃所能管得了的。"

苏逾眼里不禁闪过一丝冷冽，心想：太子如今与魏王势同水火，诸王中齐王李祐向来倚靠太子，但李祐这智商显然于他们的大业并无助益，其他几个小的压根就成不了事；这个吴王倒是个人物，可惜太过自诩清高，朝堂之上就没几个人是他看得上眼的。太子也曾想拉拢吴王，可是他既不接受也不拒绝，让人恼火却又发不出火，就像如今他这揣着明白装糊涂的模样，看着就让人生厌。

"殿下想要的到底是什么？"苏逾面露讥嘲地道，"如果您想帮着魏王谋夺天下的话，妾身劝您早些打消这个念头。太子才是名正言顺的储君，您说是不是？"

李恪倒是没想到她敢对自己说出这样直白的话来。帮助魏王谋夺天下？她以为太子专宠了男色就会丢了储君之位吗？而他自己，又凭什么要干那吃力不讨好的事情？想到此间，他便冷冷淡淡地说道："太子妃用不着挂怀本王意在如何。

本王若想得到一样东西，便一定能得到；若得不到，便只有一个原因，那就是本王不愿意得到。太子妃心里想的是什么，本王清楚得很！”

苏逾见已然撕破了脸皮，倒索性将话给说开了：“你就不怕我把这话告诉太子，不怕他掉转头来对付你吗？”

“若本王说怕，太子妃就会不说吗？”李恪乌黑的瞳仁深得看不见底，“本王记得，前两年陛下四十大寿的时候，太子妃曾将三盆七色牡丹送给他当寿礼，陛下可是十分高兴呢！”

苏逾不知他为何会突然提到这档子事，只是圆睁着眼睛，直视着李恪的双目不言语，似要看清楚他的脑子里究竟在想些什么。

李恪往旁边挪了两步，以躲避树梢上落下的滴滴雨珠：“如果本王没有记错的话，太子曾在两个月前陪着太子妃回到苏府省亲吧！”

“吴王到底想说什么？”虽然在竭力掩饰，但苏逾的面色还是有了几分变化。

“我说什么并不重要，”李恪拨开了面前的柳条说道，“重要的是太子妃记得你做过什么。这个世上，没有什么事是永远不为人知的。”

苏逾看着李恪离去的背影，狠狠地折断了那根一直握于手中的枝条。宫女素馨从不远处走到她的面前，显然将方才的场景一五一十全看在了眼里。她拿着那把绣着仕女图的扇子用力地扇着风，苏逾不耐烦地摆了摆手：“你明早出宫一趟去告诉母亲，吴王什么都知道了，让她叫父亲一切小心。”

素馨不以为然地道：“太子妃多虑了，至少那件最重要的事他还不曾知道，要不然，他肯定坐不住。”

穿过一条九曲石子路，苏逾走进了自己所住的和瑞殿小花厅。花厅中十五个大铁盆里放满了碎冰，一股股凉气回旋在室内。苏逾坐在冰蚕丝软垫上，尝了几口宫女们早就预备好的冰镇西瓜汁，这才将那颗因为燥热而跃动不安的心放回了原位。素馨吩咐完殿中五个侍立着的宫女再去冰窖搬运冰块之后，便又站回了苏逾身边，听候她的吩咐。

苏逾叹了一口气道：“我们的事或许吴王还不知道，但是他知道了太子与称心的私情也是麻烦，万一他真告知了陛下或是魏王，太子的名声怕是真要毁了。”

“那又如何？”素馨轻蔑地道，“吴王的话恐还没有那么大的影响力吧！”

苏逾摇了摇头，眼睛直直地望着方才用来盛冰镇西瓜汁的金边陶瓷小碗，碗上画有几朵蜡梅花：“你不明白。父亲说过，陛下这么些年，最重视的是魏王，最疼惜的是晋王，而最喜欢的却一直是吴王。至于对太子的好，也仅仅因为他是太子。”

素馨若有所思地点了点头，旋即试探性地说道：“咱们那件事若要成，终究还是要太子殿下点头才算数。那么如若陛下知道了称心的事，也未必是坏事。如今咱们这东宫之中，还没有谁能越过称心在他心中的位置……”

苏逾瞬间就明白了她话里的含义，这才如释重负地一笑道：“好素馨，真有你的！难怪当初母亲一定要你陪着我入宫。我这就修书一封给父亲，和他好好合计合计此事。”

第六章

兵不血刃

一阵惊雷过后，天空划过几道闪电，天色阴沉得十分可怖，却不见有一滴雨落下。李恪看着面前已完成了大半的《踏雪图》，手中的画笔却久久没有落下。他闭上眼睛，尽可能地回想上回在苏府中看到的那幅真迹。不错，那雪地上的脚印确实是二十二个，他便一鼓作气地将它们全部给画完了。

可那江边只有一个坐着垂钓的老者，配上那么多的脚印，显然与整幅画的构图太不相配。那天一眼望去倒没有什么不妥，如今自己试着再画，却明显觉察出了问题。依着展子虔的绘画造诣，应当不会看不出这其中的问题，倒也真是奇了。

季恩在旁看着看着，忍不住说话道：“殿下的画工真好，您没看到阎少监上回收到那幅《游春图》时，看得那么仔细的模样，唯恐您把他的真迹给换了呢！”

“阎少监当真有趣，本王是这样的人吗？”李恪将画放到锦盒之中，用红丝扎起一个结，“把这幅画送到姐夫府上给萧姑娘。”

季恩眼中露出些莫名的惊喜之感：“卑职还从没见过殿下对哪个姑娘如此上心呢！那萧姑娘还真有福气！”

“要你多话！”李恪刚想将锦盒交到季恩手中，想了想又说道，“还是我自己去吧！你去帮我把流风给牵出来！”

季恩答应了一声便往外跑，刚巧与迎面匆匆赶来的萧锐撞了个满怀。萧锐也不去管他，只快步朝前奔去。等到进了里屋的时候，汗水早已将他的前襟浸得湿透。他喘着粗气说道：“三弟，淇儿出事了！”

李恪双眉微动：“她不是一直好好在你府上待着的吗？能出什么事啊？”

“今早她去了苏府找苏二姑娘，”萧锐面红耳赤地说道，“可晌午时分，雍州府的人来报，苏大夫人摔死在了楼台之下，苏二姑娘一口咬定是淇儿把她给推下去的。齐长升不敢轻易处置，这才找到了大理寺。”

“简直胡说八道！”李恪愤恨地说道，“那女人有什么事大可冲着我来！何必去找淇妹的麻烦！不过能以自己的母亲为诱饵，也真够狠的！”

“你是说那苏二姑娘？”萧锐不解道，“她知道你喜欢上了淇儿，所以故意设了个局来害她？”

李恪拿起案头的麒麟青虹宝剑就直接往外跑：“不管是谁，我先去苏府把淇妹带回来再说！”

苏府的小花园里早已密密麻麻地挤满了人，等到李恪快马赶过去的时候，齐长升正在安慰那假装哭得十分伤心的苏二姑娘苏越。站在一边的苏亶紧皱着眉头，不住地在那里唉声叹气——两个月的时间里连死了妻子和两名小妾，恐怕任谁都会怀疑是自己流年不利。跟着淇奥一起过来的小丫鬟白檀被四个差役用剑挡在了木亭之外，面色因着急而涨得通红。

苏越走过来的时候，头上那朱雀银簪发出了清脆的声音。她盈盈屈膝下拜，礼数周全，十足就是个大家闺秀的模样，就连说话的声音都是软糯娇怯：“吴王殿下您可算来了，您都不知道，我母亲死得有多惨，从那么高的楼台上摔下来，都血肉模糊了呢！”

李恪并不理睬她，只绕过她走到了喇叭花架下。淇奥今日依旧是一派清朗小公子的打扮，神情从容坦然，只在看到李恪过来的一瞬间眼眶微微有些泛红。李恪慢慢拂去淇奥肩膀上沾着的落花，面上露着春日朝阳般和煦温暖的笑容：“萧姑娘别怕，本王问你，苏夫人是你杀的吗？”

淇奥迎着他柔和的目光，轻轻咬了咬嘴唇，说道：“不！我没有。是苏夫人想要推我下去，结果却踩在了一块松动的石头上，就这么掉下去了。”

“没事，我知道了。”李恪转身说道，“萧姑娘都说了，她是无辜的。齐长史，你还扣着她做什么？”

齐长升猛一听得李恪喊自己的名字，愣怔了片刻，才对着李恪长长一拜说道：“吴王殿下，这府里可是有很多人看到萧……萧姑娘和苏大夫人一起在那假山石上的亭子里说话，苏二姑娘更是目睹了萧姑娘将苏夫人从楼台上推下来，苏大夫人身边还有一块刻着萧姑娘名字的玉佩——人证、物证俱全，下官不得不先将萧姑娘带回雍州府查问。”

“人证、物证有什么用？”李恪的语气中带了几分不容置疑的理所当然，“只要萧姑娘没承认，这事就不算！”

众人一听如此胡搅蛮缠的歪理，都不觉面面相觑。以前可没听说过吴王这么糊涂啊！要不然，陛下也不会放心地把大理寺这么重要的地方交给他。可他这话说得分明就是这样蛮横嚣张！再看看萧淇奥那张倾城绝世的脸，众人瞬间仿佛都恍然大悟了：原来像吴王这样的人也会为了一个女子而不分黑白，当真是色令智昏了！

可这话谁也不敢说出来。最后，还是苏亶走上前两步，先将苏越扶了起来，又对李恪说道：“吴王殿下，很少有罪犯会主动坦承罪行的吧！您这般偏私，就不怕陛下知道吗？”

“苏公这话错了！”李恪抬头看了一眼那筑造于高高假山石上的六角亭，道，“陛下既命本王为大理寺卿，就是相信本王的办事能力。陛下若真知道了，也会赞同本王如此做的。”

这简直就是恃宠而骄！苏亶险些就要把这话给说出口了，可他还是很快平复了一下心绪，却又带了另一种逼迫的口吻说道：“我家夫人身上好歹也有诰命，就这么被她一个小丫头给杀了？殿下您若还这般包庇，臣必会将此事宣扬得尽人皆知。殿下您不怕陛下，也不怕舆情吗？”

正针锋相对间，就见萧锐手中握着马鞭，急急地奔了进来。他看了看淇奥，

又看了看苏亶一副要吃人的模样，便将李恪拉到一旁，小声在他的耳畔说道：“如此铁证，就算装装样子，也得让淇儿先在狱中待几天。狱卒既知她的身份，必不会亏待于她。到时你另找证据也好，求陛下特赦也罢，总归让她平安无事就好。”

苏越耳尖，又离得近，这几句话她听得一清二楚，心中虽然恼怒，却还是装出弱不禁风的模样：“我母亲虽然平素脾气直了些，可她心肠还是好的。萧姐姐你就算对她真有意见，好好说便好，为何偏偏要动手？你年纪轻，又练过武，她哪里会是你的对手？”

“苏越，我们曾经救过你，你就是这般恩将仇报的吗？”淇奥看着她那副委委屈屈的表情，恐怕没几个人不被她打动，而自己纵使受了天大的冤枉，也做不出这样矫情的表情来。

李恪看了一圈四周虎视眈眈的人，再看萧锐那一脸的不知所措，心头一冷，便对着淇奥说道：“萧姑娘别怕，我先送你回家。苏公，你家夫人的死，我答应给你个交代。”

说罢，他便护着淇奥往前走去。苏越此刻再顾不得自己一向在人前温柔谦逊的模样，起身就拦在了他们面前，目光似要喷出烈火来：“吴王殿下今日想要带她走，除非一剑杀了我。”

李恪见她这么容易就露了真容，不由得轻蔑一笑，举起一直握在手里的长剑，正要拔剑而出的时候，就见萧锐上前隔开了两人，对着李恪微微摇了摇头。李恪不说话，只轻握住淇奥微凉的手，径直走出了府门。

季恩正焦急地左顾右盼着，见他们出来，方才松了口气，将两匹马牵了过来。李恪扶着淇奥上了马，对季恩说道：“待会儿你告诉萧少卿，不许他先去陛下那儿陈情，等晚些时候，我会亲自过去解释。”

淇奥跟着李恪一连飞奔了近一个时辰，方才勒住马缰绳，问他道：“我们这是要去哪里？”

李恪回头看着她说道：“去见我的母亲。”

昭陵位于长安北部的九嵕山之上，自贞观十年长孙皇后薨逝葬入其间之后，朝廷便开始了昭陵的修造工程。李恪的母亲于今年迁葬入陵山以北的墓穴之中，虽墓葬规模不及长孙皇后，但被一整片青松环绕，别有一番清新雅致的味道。

守陵的白发老翁用力地眯着眼睛，对着李恪遥遥一拜过后，便退到一旁临时搭建的茅草棚中准备茶水去了。山里的风有些凉意，李恪紧紧地握住淇奥的手，缓步走到墓前。高高的墓碑上雕刻着“大唐故杨穆淑妃之墓”九个大字。李恪母亲在隋朝的封号是“淮阳公主”，当时在秦王府中，众人也都习惯称她为公主。贞观初年，李世民追封王府旧人的时候，便给了她一个四妃次席的淑妃之位。

李恪也是过了很长一段时间才明白李世民的用意：他不能追封她为皇后，因为他有皇后，而且他也不能把李恪放入权力的旋涡之中；他也不能追封她为贵妃，因为贵妃是四妃之首，空缺不得；而淑妃之位，他是可以只留给她一个人的，正如她在他心中的位置，也许不是最重要，但却无人可以取代。

白发老翁拿着两个鹿皮水袋，颤颤巍巍地踱到李恪的面前，并不言语，只是用很慈爱的目光瞧着他。李恪接过水袋，欠身说道：“多谢顾公公。”

顾缘又施过一礼后，就转身默默地离开了。

淇奥望着他蹒跚的背影道：“这位守陵人倒真有些奇怪。”

李恪说道：“他是个宦官，很早就侍候在母亲身边，对母亲、我和弟弟都是很好很好的。几年前，他向王公公请命，到此给母亲守陵。”

淇奥抚摸着那华丽却又冰冷的墓碑，听着李恪平静的话语，面前似乎出现了那个她从来没有见过的耀如春华的女子，她的嘴角不由得生出了一丝哀凉：“吴王哥哥，姑母她一定希望你好好地活着。”

李恪点了点头，携了淇奥的手屈膝跪下道：“母亲，我把淇妹带来见你。我们会永远在一起……好好地活着。”

密林深处，她射下三箭，解了他的困；苏府内宅，他怒怼众人，亦解了她

的围。她在年少懵懂的岁月中遇见了那个叩开她青涩感情心门的男子；他在最懂爱的年纪里邂逅了足以融化他冰冷情爱世界的女子。他们是缘分，是注定，是宿命，是剪不断理还乱的前世纠葛。他们的手指紧紧相扣在一起，每对望一眼，都是一次新的悸动。

淇奥面色微红。他的真心告白，她是从心底感动并接受的。只是早上在苏府发生的种种，让她不由得又绷紧了神经："今日，是苏越说有重要的事情找我，我一着急便只带了白檀一人去了苏府。后来她又借故支开白檀，只让人把我带到楼台之上，可来的却是苏大夫人。苏大夫人开门见山就问我讨要那半幅《踏雪图》。"

"《踏雪图》？"李恪有些惊讶地道，"她要来干什么？"

淇奥摇了摇头："我不知道。当时我就婉拒了她，说这是旁人赠予，不便转赠。可她却说，如果我不给，那嫁给太子做侧妃也可以。我自然不会答应她这般荒唐的提议，她却出手就要将我往假山下面推去。我避过了她，谁知道她用力过猛，反倒自己掉了下去……"

李恪的眉头皱得更紧："她女儿是太子妃，却要你做太子侧妃，那还真是奇怪。苏越确实有理由害你、害苏大夫人，可太子妃……她打的又是什么主意呢？"

"吴王哥哥，或许，我那时应该假意答应她的。"

李恪握紧她的手权作宽慰："你不用委屈做任何事情。我带你出来绝不是冲动行事，我会保护好你，也会保护好我自己。淇妹，你安心便是。"

晚风慢慢吹动了淇奥的衣衫，她的目光清澈透亮："为什么你会选择相信我？既然各执一词，为什么你不认为我才是那个欺骗你的人？"

"因为你值得相信。"李恪话语坚定地说道。

值得——仅仅只是那样简单的两个字。他从来不会轻易相信别人，甚至对他的父亲，他也一直都是将信将疑。而对面前这个相识不久的女子，他却毫不犹豫地说出了"相信"。

淇奥看着他，鼻尖一酸，终于忍不住落下泪来。

待李恪回到王府的时候，天已经完全夜了下来。方才他安全地将淇奥送回了萧府。萧锐心中虽怨怪他一走了之，留下那么个烂摊子给自己处置，但一看到他们回来，却一句责备的话也说不出来了。李恪也没有与他多做解释，只道了声别便回了王府。

季恩打着灯笼来到李恪面前，眼中的笑意藏也藏不住："殿下，您带着萧姑娘哪儿去了？怎么这么晚才回来？您知道是谁来了吗？"

李恪听他这连珠炮似的一串问题，便嗔怪道："快别学那等无聊的卖关子话！有谁会这大半夜的还来找我？"

"吴王殿下是不欢迎我吗？"李恪刚进了正堂的门，就听得一个熟悉的声音如此说道。

李恪不由得笑逐颜开，小跑着上前给了他一个大大的拥抱："表兄，你总算回来了。怎么比你信中说的时间晚了那么久呢？"

历经几个月的跋涉，杨政道显得清瘦了不少，面色也比过去黝黑了一些，只是举手投足间，依旧是令长安城中少女们痴迷的翩翩佳公子。杨政道放开李恪的手，屈膝坐到席上，浅饮了一口面前的酒水道："是岳父在路上小病了一场，故而耽误了些日子。好在送嫁任务顺利完成。那松赞干布赞普一见着雪雁，眼睛都看直了呢！"

"雪雁妹妹的才貌在宗室之中都是数一数二的，更何况是与一群草原女子站在一起呢？"李恪坐到他的对面，淡淡地叹息了一声，"以后的路要怎么走，全靠她自己了。"

杨政道拿起手边的靛紫色琉璃瓶，往李恪面前的白瓷杯里斟满了酒："这是吐蕃特产的葡萄酒，酒香醇厚，却是不会醉人的。你尝尝看。"

李恪一听此话便放心地托起衣袖，将杯中酒一饮而尽。那酒果真清洌可口，和中原产的大不一样。正当他想要饮下第二杯酒时，杨政道却按住他的手，上下打量了他一番方道："出了什么事情？"

"哪有什么事？你回来了，我高兴，多饮几杯酒难道不成吗？"李恪若无其事地说道，却下意识地避开了杨政道投来的探询目光。

杨政道不由得摇了摇头。李恪总是这样，一说谎眼光就会飘移不定，于是他也只是淡淡道："恪弟，我是该为你找到真心喜欢的姑娘而高兴呢，还是该说你

做事冲动，不管不顾呢？”

“你知道了？这个季恩，也真够多话的！”李恪反复摩挲着手上的杯子说道，“我不是冲动，而是要让苏亶知道，我只是一个在美色面前罔顾法纪、禁不起诱惑的人。”

杨政道看了看杯中的酒，摸了摸他的额头：“我这离开才多久，你脑子就给烧坏了呀？”

李恪一把推开他的手，轻哼一声，旋即又忧心忡忡地道：“你不明白的，我总感觉最近发生的所有事都透着古怪，仿佛一切都是在为一件重要的事情做铺垫。苏家、太子、魏王，甚至还有那个远在齐州的齐王……你知道吗？我最近几个月来给先生寄去的信，他一封也没有回过。”

李恪的那位五弟齐王李祐向来做事鲁莽，不服管教，因而李世民才将权万纪调到了他的身边，希望能够凭借着权万纪的刚直让李祐有所收敛。李恪虽理解李世民的良苦用心，但权万纪跟在他身边十几年，又有着师生的情分，他的心里到底还是有几分不舍的，故而他常常写信给权万纪，问候他的身体和其他一些情况。

“太子和魏王之争旷日持久，早已不足为奇。”杨政道说道，“只是如今在京中的成年皇子除了他们俩就只有你一个，且陛下对你又是这般……我真的很担心你也会卷入这场权力之争中去。”

李恪看着他瞬时就变得严肃的表情，不由笑道：“陛下对我不好你担心，陛下对我好了你又担心，你到底要他怎么办？”

杨政道心中默默道：陛下何时对你不好过？还不是因为你老跟他找别扭！李恪是要有锋芒，但不能锋芒毕露，现在还远远没到那个时候。幸好有太子和魏王这两个蠢货在那里上蹿下跳，倒是为他挡了许多的麻烦。可李恪今天在苏宅这么大闹了一场，苏亶定然咽不下这口气，不把这事宣扬得满城皆知才怪。想到此，他忽然恍然大悟一般地望着李恪，言笑晏晏：“看来我的担心真是多余了，你已经学会保护自己了。不过陛下那里，你想好如何解释了吗？”

“父亲那里嘛……”虽然那葡萄美酒不会轻易醉人，可李恪的面庞上还是起了些许红晕，“兵来将挡，水来土掩就行了。”

李世民是在三天后的戌时时分命李恪进宫的。那个时候，李恪正在杨府很认真地听着杨政道和雪鹭合奏一曲《三潭印月》。这几年来，他听多了他们弹奏，大约也能讲出一首曲子好在哪里，而不是只以“好听”两字一概而论了。

雪鹭身穿一件家常的藕荷色襦裙，梳着一个简约的惊鹄髻，斜插着两根玉簪，显得分外干练大方。她看了看李恪，又看了看前来传旨的王忠，便说道：“三哥一个人去行吗？我让父亲陪你一块儿去吧！陛下看在父亲的军功、看在雪雁的面子上，想也不会过分为难三哥的。”

李恪不禁失笑道：“妹妹，你什么时候也和表兄一样把我当成三岁孩子了？陛下又不是老虎，还能把我吃了不成？”

杨政道瞪了他一眼，说道：“陛下如果不把你吃了，言官就会把他吃了。”

等到李恪进了武德殿拜见李世民的时候，他才知道杨政道这话还真不是和他开玩笑。李世民用力一拍桌案，面色铁青地望着他，怒声道：“当着大理寺和雍州府那么多人的面，你也敢为一个杀人嫌犯开脱，找的还是那么幼稚可笑的理由！苏亶为官向来小心谨慎，你就那么一点面子都不给他！你看看这案上的五份奏疏，都是弹劾你的。真是越大越不让人省心！你说，你到底要朕怎么办？”

李恪微低着头，轻声说道：“父亲只管秉公处理便好……”

“朕如果想秉公处理，还用得着这么晚找你过来？”李世民越发气不打一处来，拿起手边的奏疏就朝着李恪的额上打了一下。

李恪听出了他话里的门道，微微一笑，说道：“那父亲就先把这些奏疏给压一压，孩儿保证三天之内一定把这事的来龙去脉理得一清二楚，好不好？”

李世民见他一脸从容镇定的样子，话讲得那么理所当然，也就明白了何以苏亶会义愤填膺地说他恃宠而骄。可知子莫若父，他的个性没有人比自己更清楚。难道还真是因为萧铉家的那个小丫头？想到此，他不禁冷然道：“你自己做了错事还让我替你兜着，你不觉得太荒唐了吗？”

李恪屈膝于地，异常郑重地说道："父亲，孩儿只是不愿意让萧姑娘受委屈，我不能明知道她冤枉而无动于衷。"

李世民从来没有在他的脸上看到过如此热烈而真挚的目光。过去让他娶杨舒窈，他只是那样恭谨地答应，面上却没有任何欢喜或不悦的表情。那种对一个女子的强烈的渴求，李世民也感受过，所以，他理解李恪，哪怕旁人真要说他偏私。

"行了，你起身吧。"李世民无奈地摇了摇头，"三天后，你若能为她洗刷冤屈，朕立刻为你们赐婚；如若不能，你是大理寺卿，这杀人罪，你知道该怎么判决吧？"

"多谢父亲谅解。"李恪喜形于色地说道。

殿中的烛灯晃了一晃，室内忽明忽暗。就见陈勤小步进来，屈身行礼，面露焦色地说道："陛下，出事了！萧少卿府中被歹人袭击，齐长史请吴王殿下赶快过去看看。"

"什么歹人有这么大的胆子？"李世民陡然一惊，赶忙问道，"襄城公主没事吧？"

"陛下放心，公主一切安好。"陈勤偷偷望一眼李恪，又补充了一句，"齐长史派来的人说，他们翻墙而入，好像在寻找什么东西，而且目标很明确，那就是……萧姑娘的房间。"

陈勤并没有等来预料中李恪惊慌失措的样子，而只是听他不紧不慢地问道："那些歹人抓住了没有？"

"奴婢听萧府的人说，好像是没有……"陈勤回答道。

李恪点点头，起身向李世民一拜道："父亲早些歇息。我现在就去瞧瞧情况到底如何，明儿一早我再进宫向您禀告。"

齐长升耷拉着脑袋，不住地用手拭去将要滴落到脖颈中的汗珠。才几日的工夫，他的眼角仿佛就多了几条皱纹。不过最近事也是真多，而且个个都是不可得罪的主，就像今日这歹人也不知道是哪里来的胆子，竟敢在驸马府中挑事。幸好他们攻击的只是萧姑娘，倘若襄城公主被伤了一根汗毛，他莫要说"长升"，怕这雍州府长史的位子也要保不住了。

不过，这样的庆幸在他看到李恪的一瞬间突然土崩瓦解了。如今这长安城中谁人不知，那萧姑娘是吴王殿下心尖上的人。想到这儿，他又情不自禁地打了自己一个耳光，刚巧打死了一只在他面上吸血的蚊子，直弄得他掌心都是鲜血。

李恪欠身对襄城公主道："姐姐还是先回房休息吧！这里交给我和姐夫就可以了。"

襄城公主按了按太阳穴，眼睛有些微红，看起来十分疲惫："如此也好，那就辛苦三弟了。"

李恪这才走到淇奥面前，抚拍着她的肩膀，话语中带着无尽的温柔："幸好妹妹没事。可丢了什么东西没？"

淇奥一袭月白色的常服，面上不施粉黛，却仍旧美得像蕊宫仙子。她抬眼迅速与李恪交换了一个眼神，泪水瞬时就在眼眶里打起了转："他们一进来就在我房里到处乱翻，将小叔叔送给我的那半幅《踏雪图》给拿走了。"

几日前还是杀人嫌犯，如今摇身一变，竟又成了受害者。齐长升实在被弄得脑袋发昏，只好挠着头对李恪说道："殿下，那几人功夫极好。除了这一个人，其余全部逃之夭夭了。"

李恪这才注意到那个跪在地上早已被五花大绑的男人。那人眯着双眼，瘫在地上，吓得瑟瑟发抖。李恪走上前，厉声问道："是谁派你们来的？"

那人的舌头不停地在口里打着转，却最终什么也没有说。李恪一把拔出身边护卫的佩剑，迅速地割去了他的左衣领。那人惊叫了一声，汗水如瀑布般流淌下来。长剑抵在了他的脖颈上，冷冽冰寒的感觉直冲肺腑。李恪再度朗声呵斥道："究竟是谁？快说！"

"殿下饶命……"才说了这一句话，他的口内突然吐出一大口乌血，旋即身体一歪，倒在地上一动不动了。

身后的齐长升立马蹲下身子，用手试探了一下他的鼻息，摇了摇头道："已经死了。估计是事先就服用了致命的毒药。"

又是死士！李恪突然想起四年前在安州都督府中，也是那样一群死士，招招想要他的性命；而今，只为了一幅小小的《踏雪图》，竟然也值得去动用死士！

看来，他们诬陷淇奥并不只是因为她与自己的关系，恐怕更多是为了她手中的这幅《踏雪图》。可是，那样一幅简单的山水画，其中又会藏有什么样的玄机呢？他慢慢地整理着脑中纷繁的思绪。如今，最重要的是先帮淇奥撇开这杀人的嫌疑。想到此，他便紧紧地握住了淇奥的手。

鸡鸣声起，李恪望着冉冉升起的朝阳，心中起伏不定。忙碌了一整个晚上，他却无一丝睡意。几天前，他派了季成去找寻那个人，算算时间也该找到了。

果然，他去大理寺点卯后没多久，季成就带了一个花白头发的驼背老翁前来拜见。老翁人称老驼子，是长安城中最有名的花草匠人，极爱摆弄各式各样的花，尤其擅长利用土壤、温度、湿度等自行培植杂交花卉。

李恪小的时候就听母亲讲过，老驼子曾经通过层层关系，打探到了隋炀帝最喜欢的颜色是青绿色，故而便用了几个月的时间，失败数十次之后研制出了一种渐变青绿色的杜鹃花进献给隋炀帝。果然，隋炀帝大喜过望，当即便下令赏赐给老驼子满满一包金叶子，这成了当时老百姓茶余饭后的话题。可是近几年间，老驼子却一下子消失在了人们的视野之中。很多人说他死了，也有很多人说他只是去了外乡投奔他的亲人。

虽然已经垂垂老矣，可老驼子的眼睛还十分闪亮，声音听起来也是中气十足：“吴王殿下叫草民前来有何事？”

李恪指着案前的草垫子说道：“老人家请坐下说话。前番本王去了秘书丞苏公的府邸，见他们家花园的五色梅开得特别好，心里颇为羡慕，便请教了苏公种植方法。苏公说，这是太子妃送来的。后来，本王又通过太子妃的指点找到了老人家。”

老驼子端起面前的茶杯满饮了一口，脸上情不自禁地露出许多骄傲的神色来：“不是草民自夸，如今莫消说是长安城，就算全天下怕也无人能将五色梅种得那么好。培育这花的时间可比七色牡丹还多哩！”

“这点，本王一直是深信不疑的，”李恪微笑着示意季成往他的杯中再斟满茶水，“所以，太子妃才会在本王面前对老人家赞赏不已。”

老驼子不禁有些惶惑地说道：“是吗？可是太子妃上回还叮嘱草民不要将为

她培植花卉的事情说出来呢！”

李恪收了收笑容，神情严肃地说道：“苏公家的二夫人因为你的紫荆花窒息而死，三夫人因为用了五色梅做的胭脂精神恍惚自尽而死。你说，太子妃能不把你这罪魁祸首给说出来吗？”

老驼子一听这话，吓得赶紧放下杯子，跪倒在地上连连叩首。他的身量本来就有些胖硕，这一来就像一个圆滚滚的球一般，看起来十分好笑。不知叩了多少下，他才用发着颤的声音说道：“殿下……这……这真是不……不关草民的事啊！紫荆花花色艳丽，可哮喘病人一旦接触多了就会发病。而……而五色梅原本也是无……无毒的，只是若和做胭脂时常用的苏方木混合在一起，就会对人的身体不利。这些，草民都是和太子妃说了很多次的呀！殿下，草民与那二位夫人的死实在没什么关系啊！”

李恪微微一笑，他等的就是这番话。当年他一看到那七色牡丹就知道一定是出自这老驼子的手，虽然太子妃只说这是自己和太子两人潜心研究出来的。出了二夫人和三夫人的事以后，他就时时让人留意着苏府的动静。果然见老驼子隔三岔五就会进出苏府，不过他倒也没有打草惊蛇，直到出了淇奥的事情以后……

老驼子久未听他说话，只以为他不相信自己，只能将脸深深地埋在臂弯里。李恪瞧了季成一眼，季成立马伸手将老驼子扶了起来，将预先准备好的笔墨拿到他的面前道：“老人家应该是会写字的吧？”

苏府内宅中，苏越正在对镜理妆，细长的柳叶眉与她那一对丹凤眼配合得相得益彰。这样美的一张脸也曾吸引过长安城中不少的少年儿郎，而她总是那般高傲，除了吴王之外，谁都入不了她的眼。

红枫从外间走了进来，在她的耳边悄声说道：“姑娘，吴王殿下正在小花厅等您呢！”

他来干什么？苏越一惊，手中的眉笔不自觉地掉落到桌案上。这么些年，她想尽一切办法想要引起他的注意，可他对她总是爱理不理。如今他主动寻她，倒真是十分奇怪。不过她很快就想明白了原因：那女人死了，自己是唯一能够证明萧淇奥清白的人。为了自己的心上人，他倒还真的什么都肯做。只可惜，自己是绝对不会松这个口的。想到这儿，她不禁冷笑了一下，起身就往外走。

"苏姑娘这一身打扮极是秀丽，"李恪抬眸将她从头到脚打量了一番，方才说道，"只是你那唇脂涂得未免太红了一些，若淡雅一些，大约与姑娘的气质更符。"

他这是在主动向自己示好吗？苏越心说，倒不知他能示好到什么地步。于是她只下意识地抿了抿嘴巴，露出了一个极其得体的笑容："多谢吴王殿下夸奖。您还记得吗？三年前，在太子殿下的宴会上，妾身第一次见到您，您就是这一身打扮。"

李恪点点头，向她招招手，让她坐到自己的身边来："本王当然记得。太子妃那时还说，你是和她最亲的一个妹妹。可是，她若知道有一天，你这个好妹妹为了自己的私情，竟然设计杀死她的生母，还将她最大的秘密告诉了本王，你说，她会怎么对付你呢？"

苏越脑子猛地一抽搐，好半天才从牙缝里挤出一句话："殿下……您到底在说什么？"

"苏姑娘真的要让本王把故事的来龙去脉都讲一遍吗？"李恪用手抚过腕上的三颗羊脂玉珠，似乎很欣赏苏越那种不知所措的表情，"东宫中美女如云，但是太子却偏偏只爱一个名唤称心的小宦官，不仅整天和他厮混在一起，冷落了你的姐姐和其他姬妾，还扬言要带着他私奔至突厥安家。几个月前，太子陪着你姐姐来苏府省亲。那晚，你姐姐发现有一个人撞破了太子和称心的关系。当时她以为是二夫人，便遣人送了两盆能使哮喘病人病情恶化的紫荆花给她。果然，很快二夫人就死了。可是，不久以后，她又怀疑上了三夫人，便如法炮制，买通柳叶用五色梅让三夫人疯魔，趁乱也将她杀死了……"

苏越的脸色由青变白，再由白转红。她圆睁着双目，手心全是汗水："这些你是怎么知道的？"

李恪一笑，表情很是无辜："不是苏姑娘你告诉我的吗？你还说，你用这个秘密来威胁你姐姐，请求她为你除去淇奥。所以后来，大夫人才提议要让淇奥嫁给太子。淇奥不肯，大夫人就想顺势将她推下假山摔死。可是大夫人不知，那块假山石早被你做了手脚。她死了，而淇奥也被你诬陷成了杀人嫌犯。”

“我怎么可能告诉你这些？你这是胡说八道！”苏越虽然强装着镇定，可眼眶微红，目光里透着惊骇到极点的恐惧。

李恪站起身说道：“那个在假山石上动手脚的小厮，还有为太子妃培植奇花异草的老驼子的口供都在我这里。明日一早，我就会去东宫找太子妃，将你告诉我的一切都转述给她。如果她决断不了，我就直接向陛下禀告此事。苏姑娘，你心里可得有所准备啊！”

说罢，李恪转身便朝着门口走去。正当他的手碰到那扇雕着吉祥云纹图案的花梨木门时，一声杯盏落地的清脆声响起，苏越慌不择路地踉跄着跪伏在李恪的脚下，用手紧紧地抓住他的衣摆，哽咽道：“吴王殿下，求您看在你我相识一场的分上放我一马吧！从此以后，我再也不敢痴心妄想了。我明早……不！我现在就去雍州府告诉齐长史，母亲确实是失足掉下去的。我当时是太伤心了，才会口不择言地指证萧姐姐。那个玉佩……其实是当年萧姐姐赠予我纪念我们金兰之谊的，是我为了陷害她而放在母亲的尸首旁边的。”

“苏姑娘果真是个聪明人，”李恪蹬腿甩开了苏越的纠缠，轻蔑地道，“杀人者死，可诬陷罪到底还有一条活路。你凭什么认为本王会答应你的要求？”

“因为……因为事关太子和太子妃，殿下不会贸然将此事公之于众的，是不是？”苏越跪行了两步，伸手拦在了李恪的面前，大着胆子试探性地说道。

李恪这才侧过脸来看着她。其实，苏家的事情、太子的事情，他都懒得去管。如果不是他们不要命地将主意打到了他喜欢的姑娘身上，他才懒得费这个脑子去揣测和试探他们各自的心思。于是他便微微弯下了身子，虚扶着她起身，说道：“苏姑娘不必多礼。你明白该怎么做就好。”

红枫等李恪走远了，这才忙忙地从外头进来，将浑身发颤的苏越扶到旁边的胡床上坐下，用帕子小心翼翼地拭去她额上的汗珠，道：“姑娘真的会去吗？”

“你在外头都听见了？”苏越看着手腕上方才被自己的指甲掐出的一道深深

血印，苦笑道，“长姐说得对！吴王若真用起心思来，谁也不是他的对手。”

红枫低头搓着自己的手指，半晌才道：“可姑娘真的甘心吗？这么多年，您诚惶诚恐地服侍着大夫人，又想着法子讨太子妃欢喜，不就为着将来能嫁给吴王殿下？如今，竟真的要功亏一篑了吗？”

苏越眼圈一红，不觉泪水盈盈。她记得自己初见吴王时那种压抑着心动的小心翼翼的欢喜，听着旁人说到他时那种心满意足的祈盼与想望，长姐说要撮合他们时那种想要羞涩躲避又恐就此错过的慌乱。她以为她爱的不过是吴王的身份，想要的也只是早日摆脱那个对她百般挑剔的嫡母和任由嫡母欺凌自己的唯唯诺诺的娘亲。

可当一切隐秘的丑陋被揭穿，所有希望都破碎之后，她才发现，那些被时光掩埋了的所有欢喜、祈盼、想望、慌乱，竟都是为着李恪本人，而不仅仅是吴王。但那又如何？即使是真爱，不过也只是笑话一场。苏越站起身，面上的泪痕犹未擦净，突然狂笑不止。

当事人自白自己是蓄意诬陷，再加之齐长升确实在反复勘查现场时发现事有可疑，于是他便很快将写有案件缘由的奏疏呈交至御前。诬告原应反坐，可李世民终究是顾念着苏亶的颜面，故而只勒令他回去好好地管教。

据说当天晚上，苏亶就罚苏越跪在他们苏家祠堂中自省，并且不许下人们给她吃喝。直到第五日，苏越晕倒在祖先牌位前，苏亶才让人将她抬回屋中休息。可就在一个月后，苏府中却突然传来了苏越香消玉殒的消息。苏亶对外只说女儿是因为风寒而不治身亡，如此便换来了京城贵族圈子中原本还打算娶这位太子小姨子的少年们的几声叹息。

苏逾在听到这个消息之后，只是若无其事地接过素馨为她剥好的荔枝，露出了几缕事不关己的笑：“父亲这事倒是做得挺干净利落。那丫头总妄想攀高枝，心气太高，有这样的结局也是她咎由自取。”

素馨将矮几上的荔枝壳收起扔进了近旁的纸篓之中，面上浮现讥嘲之色：“太子妃说得是！二姑娘跟咱们本就不是一条心，何况夫人的死总是和她脱不了干系的。”

苏逾冷然：“倘或她真能利用母亲的死将萧家拉到咱们这边来，我便也服了她。谁知她聪明反被聪明误，竟还是逼得父亲动用死士才将《踏雪图》取回。当真无用！”

素馨深思了片刻方道：“那萧姑娘……太子妃真打算放过她了吗？”

“不是放过，是咱们暂且动不了她！”苏逾说道，“原本萧家已经让咱们够忌讳的了，如今，再加上一个吴王……罢了，不去管她了，还是咱们的大事要紧。”

萧府博艺馆中，小丫鬟锦葵见淇奥放下了笔，便走到那幅字的面前，仔细地观看了一番，叹道：“姑娘的字可真好看！就像……就像一幅画儿一样。”

锦葵是淇奥乳母白妈妈的小女儿，和姐姐白檀都是从小跟在淇奥身边的。她通常形容美好的事物只会说像画儿一样，比如她就曾说姑娘长得像画儿一样，说落叶满街的长安城像画儿一样，说轻云低头吃草的可爱模样也像画儿一样。所以有的时候，淇奥便唤她“画儿”。画儿自此以后再说什么像画儿的时候，便总觉得像在夸她自个儿似的，于是她便不再用这个比喻了。今日忽然又用了，那就只能说明淇奥的这幅字真的很像画儿。

明朝挥剑斩层云，壮志耀长空。淇奥擅长的虽是飞白，这幅字却是用楷书写成的，可她的楷书又与一般工整的楷书不同，在提笔和收笔的时候，她总会有意识地用上她写飞白时的力道，因而甚是灵动大气。

自打苏越的事解决之后，李恪来萧府便越发勤了。此刻他正目不转睛地凝望着淇奥的面庞，目光中的柔情如同水中涟漪一般，缓缓地荡漾开来：“妹妹这般的笔力与心胸，不知会让世间多少须眉汗颜！”

淇奥对着他莞尔一笑：“吴王哥哥再这般夸我，我可是会当真的呀！”

“我何时对你说过假话了？”李恪见她笑得可爱，不由得心动神驰，“倒是有件事我一直没跟你说。那天晚上，我故意让姐夫撤了许多护卫，果然将他们引了过来。只是我可没让你以身作饵，也太危险了！以后，可不准再这样了，知道吗？”

“我这不是想让他们更相信那半幅《踏雪图》是真的嘛！”淇奥不以为然地说道，“可是不知，这其中到底有些什么曲折？”

李恪摇了摇头，眉间的忧色一闪而过：“我暂时还看不出来，就连那个‘他们’，我也不能完全确认是谁，只能先将此事搁下了。万一真有什么事，兵来将挡，水来土掩就行了。”

“那到时候，我同你一起挡、一起掩便好。”淇奥说这话的时候，发髻上的四蝶银步摇微微地晃动了两下。

李恪将手覆于她的手上，目光相触间，彼此心中皆已了然。

正此时，白檀轻叩门扉而入，先福身向李恪行礼，又对淇奥说道：“姑娘，宫里仕禄公公来了，说陛下要见您。”

“陛下？”淇奥不禁一愣，旋即又点点头道，“那待我更衣后即刻便去。”

李恪道：“我陪你去！左右今日也无事。”

“那可不行！仕禄公公说了，陛下只叫姑娘一人前去。”白檀“嘿嘿”一笑，轻声在淇奥耳畔说道，“陛下这是要相儿媳妇呢！”

淇奥不觉面色一红，薄嗔道：“胡说些什么呢！”

“父亲这是多此一举，”李恪撇撇嘴道，“直接下旨赐婚不就得了。难不成他不喜欢你，我便不能娶你了吗？”

淇奥也不理会他，只进了里屋另换了条蝶戏牡丹花纹的篆文锦石榴裙后，便与白檀一同离去了。

马车从祥和坊西大街一路缓行至玄武门。仕禄下车准备好马扎，恭敬地在车帘外拜道：“萧姑娘请。”

已近黄昏，夕阳染红了半边天空，火云层叠，温风阵阵。淇奥握住了腰间佩挂的一个鹤衔宝珠图案的香囊，手心略觉温湿。她跟着仕禄走过花园中的桂花林，一阵阵清幽的香味一点一点地沁入心脾，倒是缓解了不少她的紧张之感。一只斑斓的彩蝶不知何时停留在她的肩上，直到进了武德殿正门，才缓缓地飞走。

仕禄引着淇奥走至偏殿小书房道：“陛下此刻许正在小花园中练剑。请姑娘在此等候片刻，奴婢去去就回。”

淇奥微微颔首："劳烦公公了。"

待仕禄走后，淇奥才略略舒展了一下手臂，深深地舒出一口气。她环顾四周陈设，见紫檀木屏风旁那两只吐着青烟的青铜狻猊表情煞是可爱，便情不自禁地多看了几眼。又见近旁三排书架上井然有序地摆放着经史子集各类书籍。风从虚掩的窗户处透了进来，吹落了桌案上的一张纸，淇奥下意识地弯腰将它捡起，重新用镇纸压好，那上头的字力透纸背，带着些指点江山的恣意潇洒之意。

淇奥忍不住将那上头的诗句念出了口："春晖开紫苑，淑景媚兰场。映庭含浅色，凝露泫浮光。日丽参差影，风传轻重香……"

正凝神细思间，外头传来一声尖厉的"陛下驾到"。淇奥忙疾走几步至门口，屈膝下跪，行礼如仪："臣女萧淇奥见过陛下，陛下万福。"

李世民打量她许久之后才道："萧姑娘，起来吧。"

淇奥起身，却仍微微低着头，见脚下的一块青石砖上似乎有着两条裂纹。李世民从她面前走过，脸上含笑道："李恪对你说过，朕很吓人吗？"

淇奥未料到李世民竟会这般相问，却也还是定神答道："回陛下，吴王殿下只说过，陛下是慈父。"

"慈父？哈哈哈！"李世民朗声而笑，"那他一定告诉过你，就算朕不答应你们的婚事，他也非你不娶，是吗？"

"陛下是如何知晓的？"淇奥这话一出口便觉失言，遂又低声说道，"殿下不过是玩笑话。"

"你何以知道是玩笑话？"李世民带了些无奈却更似宠溺的语气说道，"朕有那么多的儿女，唯他一人敢动不动就跟朕闹别扭，可朕却还总奈何他不得。"

淇奥记得襄城公主曾经对她说过，陛下对他们这些子女的要求都是极严的，平素也轻易不会同他们玩笑。可此刻听李世民如此说，心中却不免有了几分动容。不管是出于补偿还是真的看重，或许李世民对李恪而言，的确只是一个慈父吧。

李世民见她若有所思的样子，便道："方才你在念朕的诗，还有最后两句，你可能续上？"

"陛下的诗句精巧别致，臣女不敢班门弄斧。"淇奥的声音很是沉稳和缓，

听来叫人颇感舒心。

“无妨。诗文面前，无关上下尊卑，你只管认真作便好。”李世民带了些鼓励的语气对她说道，“也好让朕知道，李恪的眼光是没有错的。”

淇奥情知推托不得，便行至桌案前，跪坐于绣着百鸟来朝图案的软垫上，拿起搁于端砚上的狼毫笔，思考须臾后便迅速落笔写道：会须君子折，佩里作芬芳。

兰花本是最清雅高洁的花卉，古往今来就为文人骚客们所喜。淇奥的这两句诗既顺着前句赞了兰花香气的悠远芬芳，又赞了诗作者的君子之风，当真是细腻精巧的心思。

“好！萧家教出的女儿果然不差！”李世民点头，心中不觉十分欢喜。以字度性情，以诗断人品——这位儿媳妇，他满意得很。

其实李恪说的是对的——君无戏言，他当时既然做了赐婚的承诺，哪怕这萧姑娘是个不知礼数的粗蛮女子，这门婚事他也是不得不认的。他之所以要在赐婚之前单独召见淇奥，并不只是为了考验与试探。

想到此间，李世民便又带了些郑重的口吻道：“李恪将他母亲的事情告诉你了吗？”

淇奥心下一沉，实言道：“是。殿下的确对臣女说过一些。”

“他能对你说，便是真的爱重你。”李世民抚过衣袖上用金丝线绣着的两条盘龙，“朕对他的母亲有很多遗憾，朕只希望，他的人生不要再有任何缺失。淇奥，好好地待他，不要让他难过，也劝他，不要太过执着，知道吗？”

“太过执着？”淇奥下意识地重复着这四个字。

李世民似乎陷入了某种遥远而不可触及的回忆之中，待到缓过神来的时候，却只是带着一个治世帝王该有的沉着与威严道：“或许有一日，你会发现，他并不是你眼里芝兰玉树的完美男子，在他光芒万丈的背后，可能有着不为人知的患得患失的恐惧，他会因为他人的一句话、一个眼神而过分苛责自己。很多事郁结在心里，伤的终究还是他自己。所以，你要适时地开解他、引导他，而不是一味地顺从他、包容他，你懂吗？”

哪有父亲会当着外人的面如此评价自己儿子的？淇奥心头不禁涌出了十分的

纳罕来。于是她便大着胆子抬头望了李世民一眼，只见他的目光所及之处却是紫檀木屏风画上那个正在低头绣花的女子。淇奥记得李恪和她说过，小的时候，他是极喜欢看母亲坐于窗前刺绣的。阳光透过薄薄的纱帘照在母亲身上，顺便带了些轻柔和畅的微风，这般静好的时光、温柔的岁月，却在一日之间成了只能在回忆里苦苦追寻的剪影。

淇奥霎时便已了然，李世民说的是李恪，却大约也想起了曾经的自己吧。于是她便起身拜道："陛下的话，臣女定然牢记于心。"

李世民颔首，朗声叫了一声："仕禄——"

仕禄趋步走上前，毕恭毕敬地垂首侍立在一旁。李世民道："无事了，送吴王妃回去吧。"

"吴王妃？"仕禄在愣怔片刻后，立即满脸喜色，机灵地道，"是！陛下！王妃请——"

淇奥满心纷乱杂陈的情绪因着这一声"王妃"而归于平静，于是她再度俯身拜道："多谢陛下！臣女告退。"

外头的天已经起了几分暗沉之色。树梢上传来了连绵不绝的雀鸟叫声，应和着风吹树叶落的"沙沙"响动。走至仪鸾殿东侧的那条小径时，淇奥便听得柳林中有一男一女争执的声音。男子拉着女子的衣袖，似乎在哀哀恳求着什么；女子却毫不动容，只挣脱开他的手，兀自快步朝前；身边的小丫鬟看了男子一眼，又赶忙小跑着跟在了女子的后头。

仕禄不待淇奥发问，便摇着头说道："是高阳公主和驸马，大约是去向贤妃请安的，只不知为何又吵起来了。"

高阳公主。淇奥想了一想，就是那位传说中颇受皇帝宠爱的十七女。一个多月前，才风光下嫁给了大名鼎鼎的宰相房玄龄家的二公子房遗爱。照理说，这般门当户对的婚事，就算不能两情相悦，至少也能够相敬如宾。只是看方才他们这样子，似乎并没有想象中的那般美好。

淇奥好奇道："他们经常这样吗？"

"王妃您不知道，只要他们二人同时出现，就定然会争吵不休，就算在陛下

面前也是如此。光奴婢看到的，就有三四次呢！陛下对此也毫无法子！不像襄城公主和萧少卿，到哪里都是高高兴兴、亲亲热热的。”仕禄见淇奥听得认真，便又补充了一句道，“您与吴王殿下将来，也一定会幸福美满的呢！”

淇奥不由得有些发笑，心道我就那么随口一问，你这话匣子倒是关不住了似的。罢了，这最后的一句话，她倒是挺受用的，于是便从荷包里取出几块碎银子放到仕禄的手中，道：“那就多谢公公吉言了！”

次日，李世民便正式下旨，赐婚吴王李恪与萧家姑娘淇奥，并亲选明年二月初二举行婚仪，责令礼部着手准备所有婚仪事务。一时间，这位准王妃成了长安城中很多人茶余饭后的谈资。有人说，虽然萧家是百年不倒的皇族世家，但萧淇奥不过是一介无父无母的孤女。不过有更多的人则说，这萧姑娘可是萧家嫡系，又是长房唯一的血脉，宰相萧瑀、驸马萧锐都对她呵护备至，况且吴王又对她痴心一片，也不知是几世修来的福气呢！

当白檀将这些话当笑话告诉淇奥听的时候，淇奥正跪坐着剥莲蓬玩：“还有呢？他们还说我什么？”

白檀想了会儿又道：“还有就是……猜测姑娘是怎样一位倾国倾城的美人呀！”

第七章

齐王谋逆

礼部自从接到皇帝旨意，让他们好好筹办吴王的婚事之后，便一刻也不敢有所怠慢，礼部尚书更是三天两头地往王府跑。过去人们总说吴王对那些虚礼不甚讲究，可这次他倒是顶真得很，连王妃礼服上绣几朵牡丹花都要亲自过问，直把那礼部尚书弄得焦头烂额。

当年魏王娶亲的时候也不见像他那么挑剔！礼部尚书看着面前站着的一排耷拉着脑袋的下属，不由得在心中埋怨了一句，只是面上仍旧十分严肃地说道："吴王殿下既然不满意，那还不去重新预备，到本官这里诉苦有什么用？"

一直到十一月十八日，织造坊才终于通过礼部将王妃的嫁衣送到了淇奥手中。萧瑀将那嫁衣细细地查看了几遍，很有些感慨地说道："淇儿，吴王对你当真是用足了心的。只是于你、于我们萧家而言，或许，他并不是最合适的夫婿。"

淇奥抚过嫁衣上一朵用金丝线绣成的祥云，颇有些惊讶地说道："都这个时候了，叔公为何还要说这样的话？您……不喜欢他吗？"

"不，恰恰相反，老夫相当喜欢他。"萧瑀挥手遣退了屋中的一众侍女说，"吴王论武不输太子，论文不逊魏王。可太子舍文，魏王弃武。唯有吴王，文武

双全，更兼性子低调谦逊，为人处世不卑不亢，在宗室与朝臣中的风评都很不错。再者，他的母亲是老夫的亲外甥女，咱们本来就是亲戚。”

淇奥的神情更加惶惑：“既然如此，那叔公为何还要如此说？”

“正是老夫方才所说的最后一点，”萧瑀抚着他长长的胡须说道，“如果他的母亲是先皇后，或是后宫中任何一个妃嫔，哪怕只是一个小小采女，他与你，都是天造地设的一对。淇儿，你那么聪明，叔公这么说，你能够明白吗？”

淇奥的目光一凛，旋即却又释然道：“叔公多虑了，吴王哥哥可是陛下的亲儿子啊！陛下对杨表兄都那么好，更何况是他呢？”

萧瑀摇了摇头：“傻姑娘，你以为陛下真的能千秋万岁吗？木秀于林，风必摧之啊！将来的事……当真不好说。你若反悔，就算在此刻，叔公仍有办法让你退步抽身。”

“叔公，我要嫁他，便是真心实意要和他过一辈子的。”淇奥的眼神异常坚定，“我相信他，不是因为他是吴王，而是他将我当成这世上唯一的我，而我也将他当成这世上唯一的他。他牵过我的手，在他母亲的墓碑前许诺要与我共度一生。叔公，这样的一个男人，我真的无法放手，就算将来要与他共坠深渊，我也认了。”

萧瑀看着她那种令人动容的执着，心中翻腾不息。倘若要成就大事，淇奥与李恪成婚也不是不可以，甚至他一开始也是这么想的，只是这绝不是一个最好的法子。可他算到了一切，偏偏漏算了人心。他们现在已经那么好了，怕谁见了都不忍拆散吧。想到此，他便拍了拍淇奥的肩膀，语气也缓和了几分：“也罢也罢，你既如此说，那老夫也无话可言。但愿，一切都是老夫杞人忧天。”

淇奥望向窗外，见天空中飞过一群鸿雁。她的心蓦地变得很甜很甜，那是憧憬着幸福的小女孩才会有的感觉。她微微一笑，默默地想道：吴王哥哥，我们一起，好好地活着。

二月初二那日，朝阳慵懒地从厚厚的云层中探出半个脑袋，向大地洒下了温暖的光芒。淇奥坐在梳妆台前，似乎对镜中的自己很是好奇。白檀正在细心地为她打理着头发，她浓密的乌发被编成了许多小辫，小辫又被编成了十五根大辫，绾成了一个华贵精巧的凌云髻。她白皙的面上涂了一层薄薄的胭脂，既不过分寡淡，也不过分艳俗。耳朵上戴着一对大红色的宝石耳坠。颈上是一个黄金绣牡丹花项圈，上头挂着貔貅雕文的和田美玉。腰间的玉带上别着一只精致的大红锁麟囊，是为多子多福之意。

这身打扮不仅勾画出了一个风情万种的姑娘的风韵，更将她作为一位王妃的端庄高贵描摹得淋漓尽致。就连从小伺候她的白檀都忍不住细细地打量了许久，然后笑着说道："姑娘这身打扮，活脱脱是天上下来的仙女！跟您穿骑装的样子简直判若两人！怕是连吴王殿下都认不出您了吧！"

白檀话还未说完，先前就在一旁不停地教她规矩的乳母白妈妈便又说道："姑娘成了亲之后，可不能像以前那样，骑着马到处乱转，要懂得相夫教子，做吴王殿下的贤内助。"

白檀听罢，忍不住说道："娘，您又要摆出您那些规矩礼教了。谁说女子嫁了人就一定要困守闺房的，谁说经常骑马射箭就不能成为贤内助的？吴王殿下不正是看到咱们姑娘精湛的骑术才喜欢上她的吗？"

淇奥一听白檀帮她说话，心里正欢喜，忽听得她的后半句话，脸上便又染上了两朵红晕，转头捏捏她的手，轻轻地说道："鬼丫头！谁叫你多话！"

正说着话，就见画儿带着一个十三四岁的小女孩进来了。那小女孩一袭大红色绣芍药花齐胸襦裙，梳着双鬟髻，一双大眼睛乌黑发亮。她蹦蹦跳跳地走到淇奥面前，手腕上戴着的银铃铛发出了清脆的响声："姐姐可真好看。"

淇奥牵过她的手，从首饰盒中挑了一支镶红玛瑙的玉簪插到她的发间："四妹今日这身打扮也很是俏丽！"

因萧家嫡系中并无适龄的女子作为娘家人送嫁，故而萧瑀便只在旁支中选了这位绵蛮姑娘相陪。她的父亲萧铭在中书省任给事中的时候，与萧瑀颇为投机，是为忘年之交；再者到底是有着同宗的情分，故而两家在这几年间也走得十分近。萧铉还在世的时候，曾经带着淇奥在萧铭的府中住过一段时日，那时淇奥和绵蛮几乎天天玩在一块儿，彼此间也是以姐姐妹妹相称，关系很是亲密。

绵蛮抚摸着淇奥腰际的那只锁麟囊，羡慕地说道："不知道我成亲的时候能不能也像姐姐这么美？"

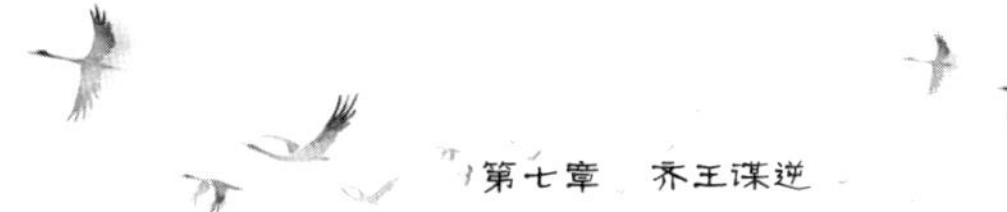

“妹妹这么小就想着要嫁人了呀！”淇奥刮刮绵蛮的鼻子，不无怜惜地说道，“莫急莫急，等再过个两年，你父亲也准得为你张罗亲事了。只是妹妹长得这样漂亮，不知将来是哪位王孙公子有幸能够娶到你啊？”

“我嘛……”绵蛮放开了淇奥的手，用手撑着头，眼睛里都是憧憬和遐想的神色，“我是要嫁给太子的……只有嫁给了太子，将来才能当皇后，要不然，当个贵妃淑妃也好啊！”

“也不害臊……”淇奥见她一脸认真的样子，便推了推她说道，“你又没见过太子，怎么就说要嫁给他呢！况且，你说的什么皇后、贵妃，都是镜花水月，夫妻间要有真感情，才能一辈子幸福快乐啊！”

“真的吗？我不信！光有感情却没有荣华富贵的夫妻怎么可以长久呢？”绵蛮将头枕在手臂上，“将来，万一吴王殿下犯了事，被贬为平民，或者，被流放到不毛之地了，你还会一如既往地陪着他吗？”

“别说是流放了，就算他死了，我也会跟随着他！”淇奥几乎是带着虔诚的语气说道。忽想起了什么，她又拍拍绵蛮的头，佯嗔道：“你这说的是什么话？吴王哥哥岂会犯流放削爵的案子？”

绵蛮见淇奥不悦，知道自己太口无遮拦了，忙赔笑道：“对不起啊姐姐，我不是有意的。姐姐与吴王殿下自然能琴瑟和鸣，一生恩爱的。”

“这还像话！”淇奥说着便拉过绵蛮的手，让她为自己选一样合适的珠翠首饰。

虽说李恪的婚事是李世民发下明旨让礼部大操大办的，可他却没有亲自到场主婚，而只是委派了王忠代他前往道贺。一些朝臣不由得窃窃私语，说任凭陛下如何喜欢他，到底嫡庶有别，怎么越也越不过太子和魏王去。坐于上首的萧瑀和长孙无忌都听到了这样的议论，却皆只是不以为然地撇撇嘴。陛下的心思又岂是他们这班见风使舵的人所能猜得透的呢？

戌时时分，李恪送走了最后一拨道喜的客人，带着满身的疲惫回到了新房。他掩上房门，看着他那打扮得美丽无比的新婚妻子，不由得怦然心动。他紧挨着她，在她的耳边低语道：“对不起，淇儿，让你等久了。方才六弟和柴家那两兄弟在那儿起哄，缠着我问当初是如何与你相识的，要不然，就要让我罚酒三杯。你知道，我可是逢酒必醉的，便只好和他们说了一些。”

“你都说了些什么？”淇奥转过头，扑闪着一双闪亮的大眼睛，好奇地问道。

李恪侧过身子替她卸去了头上那些沉重的发饰，缓缓解开那个烦琐的凌云髻，又拿起手边的楠木梳子，慢慢地梳着她那头油亮柔顺的长发，目光中满是令人无比心动的柔情：“当然是说我的性命都是我的王妃救的呀！”

淇奥脸一红道：“吴王哥哥也救过我的命呀。”

李恪放下梳子，让淇奥的整个身子都靠在自己的怀里：“咱们都是夫妻了，你怎么还这么叫我呀？”

淇奥在这样温暖的怀抱中不禁感觉到了一丝倦意。她闭上双眼，轻声说道：“三郎，能和你在一起，我好高兴。很久很久，我都没有这么高兴过了。”

李恪低头吻了吻她的额头：“我也好高兴，可以在那么危险的情况下遇见你。那日你给流风起名，我就想，这个姑娘就是我命中注定的洛神，若能得到她的心，我一定会一辈子疼她、爱她，不让她受一丁点的委屈。”

两人正软语说着情话，忽听见叩门声响起，画儿焦急地在外喊着：“殿下，王妃，你们歇息了吗？”

李恪起身理了理衣摆，打开了房门。画儿将一个细小的竹筒交到了他的手里道：“殿下，小季护卫说，有一只小白鸽落在了正堂的门槛上，许是给殿下的信。”

小白鸽？李恪摆手让画儿先下去，转身便进了内室，将小竹筒中的纸条打开。只见上头用小楷写了几个字：兹念于心，水中齐行。后面还跟着四个数字：十二、三十六、五十四、六十七。李恪蹙眉说道：“这是先生的笔迹，可是，他要告诉我什么呢？”

淇奥接过纸条细细看了几遍，道：“前八个字应该是两个字谜。兹念于心，是个慈字；水中齐行，应该是个济字。慈济——那是什么意思？”

“安州，慈济堂。难道是夏邵严有消息了吗？”李恪的手紧紧握成了拳，转而又慢慢地松开，“不！不对！若是夏邵严的事，先生大可明说，何必打这个哑谜？还有，后面为何又要跟着几个那么奇怪的数字？”

淇奥想了想方才说道："慈济堂，就是三郎曾说过的那个安州城最有名的药房吗？"

"药房，药方……"李恪恍然大悟地说道，"这是个谜中谜。淇儿，我要马上去找表兄。齐州可能有大事发生，可是你……"

"你怕我独守新房呀！"淇奥笑着揽住了李恪的肩膀，"那我陪你一块儿去吧！"

李恪笑着向她作揖道："那就麻烦夫人了。"

淇奥坐到梳妆台前，卸了妆，熟练地将自己的头发绾成髻，将一个金发冠戴了上去，又换上一件海水蓝的骑装，立刻就变成了个风度翩翩的美公子。李恪拉着她的手从马厩中牵出了轻云和流风，一路飞奔至杨政道府上。

开门的小厮杜旭惊讶地望着李恪说道："殿下怎么这个时候来？公子和县主刚刚才歇下了呢！"

李恪边趋步向前，边说道："快叫你家公子去书房相见，本王有重要的事情跟他说。"

因是深夜，所见又非外人，因而杨政道与雪鹭都只是轻装便服而来。杨政道看着这两人心急火燎的样子，不禁笑道："春宵一刻值千金，你们要在我这里享受洞房花烛夜吗？"

李恪一把抓住他的手臂，神情严肃道："别说笑了表兄，快把当年先生给你的那本医书拿给我瞧瞧。"

杨政道狐疑地看了他一眼："先生当年不也给了你一本吗？"

"我又不喜欢医术，早不知道扔哪里去了。"李恪焦急道，"你跟我进来，可能出大事了。"

淇奥看着他们，拉拉雪鹭的手说道："姐姐，让他们谈大事去，咱们去你房里说话。"

雪鹭微笑着点点头。当时她一见着这个和雪雁一般大的女孩就喜欢，便常常邀了她到自己府上玩，一个抚琴轻歌，一个挥毫写诗，很快就成了闺中密友，如今又多了这么层亲戚关系，便更加亲厚了。

"就是这本吧！你到底要找什么？"杨政道伸手从书架的最高层取下一本厚厚的黄皮书交到了李恪的手中。

李恪接过书，跪坐于大红锦垫上，边翻看边道："你把这书放那么高干吗？拿起来也怪不方便的。"

"这里面的草药名，我早深谙于心，自不必再看。"杨政道说着便又点了一根蜡烛，让这屋子里更加敞亮一些。

"十二，天冬。三十六，将军。五十四，益智。六十七，寒水石……"李恪拿出那张小纸条，对应着医书上的页码慢慢地说道，"表兄，帮我记下这四种药名。"

杨政道也不再去问他，只是顺手拿起笔架上的笔，蘸墨在手边一张纸上写下了那几个字：天冬、将军、益智、寒水石。反复看了好几遍后，他才缓缓地说道："天冬性寒，有润肺清热的功效。将军亦为寒性药材，主要用来解毒祛瘀。益智可治腹痛呕吐。至于寒水石，则能泻火消肿。这四种药材并无相克之处，相反，它们相辅相成，对缓解病情有极大好处。"

李恪双眉紧锁，在烛灯的照射之下，目光分外炯炯。他指着那小纸条上的字，不无忧心地说道："是齐州来的消息。如果我判断无误的话，这四种药材应该就是先生想要告诉我们的话。可……这到底是什么意思呢？"

杨政道看面前的烛光有些晃眼，便拿了两个灯罩套在蜡烛上。他慢慢揉搓着自己的手指，心里倒是有了几番计较："恪弟，你还记得小的时候，先生为了让我们能快速记下草药的名称，给我们编的谜题吗？"

"我记得。你是说这些药材是谜面？那么，答案又是什么？"李恪将笔在手中缓缓转动着说道。

杨政道拿过李恪手中的笔，胸有成竹地道："让你小时候不好好记着！那些不是谜面，是谜底。万物齐眠，是为天冬。王师北定，是为将军。谋定后动，是为益智。逆流而上，是为寒水。万物齐眠，王师北定，谋定后动，逆流而上……果真，出事了。"

"齐……王……谋……逆！"李恪一字一顿地吐出这四个字，倏忽间脸色已然变得煞白，"李祐好大的胆子，我得马上进宫去禀告陛下。"

“你站住！不许去！”杨政道赶紧起身，上前两步伸手拦在了他的面前，“你三更半夜把陛下吵醒，就是为了这似是而非的臆测，你以为陛下他会信你吗？”

李恪停下脚步，转头望着杨政道依旧无波无澜的神情，实在想不明白为何他在此刻仍旧会如此平静：“他会信我的，只要是我说的话，他都会信。”

杨政道一把拉着他坐回了原位，目光如炬道：“就算陛下真信你，但是一旦让别人知道你私交外臣，而且这个外臣还将这么大的秘密告诉你，到时候，怕是连陛下都护你不得。”

“所以你的意思是让我装作一无所知？”李恪斜睨了杨政道一眼。任何时候，他的身上都不减那股风流蕴藉的贵公子气度，这一点，恐怕自己也得甘拜下风，至少在此刻，自己是无论如何也表现不出如他这般的坦然。

杨政道见他的心绪平缓了一些，方才放下那只一直按着他肩膀的手：“你可以装作一无所知。不过，你也可以把这个秘密告诉魏王。我想，他会很感兴趣的。”

“齐王向来依附太子，而魏王早和太子斗得不可开交。有这么个千载难逢的机会，他自然会去充分利用。”李恪的嘴角不由得露出一丝嘲讽。他们兄弟间的争斗，他向来懒得去理会，甚至还抱着几分看好戏的心思，只要不惹着他就行。

杨政道似乎对他的回答颇为满意，伸手就将那张纸条塞进了案上的一个信封中，用糨糊将封口封死，说：“你能这么想就好了。明日，我就把这个交给萧钧，让他跟魏王去说。”

“中书舍人萧钧？”李恪乍听到这个名字倒是有几分惊讶，“他什么时候跟魏王搅和在一起的？还有，你和他很熟吗？”

这萧钧是萧锐五伯父萧珣的次子，素有文才，性子却沉静内敛，极不善与人交往。有一次太子在东宫宴请宾客，整整两个时辰，他愣是一句话都没说，那几个刚到京述职的外地刺史还以为这位年轻的五品官是个哑巴。不过两位宰相房玄龄和魏徵倒是对他颇为赏识，都把他当作了年轻一辈中的佼佼者，因而就算他为人孤僻些，倒也没人会难为他。

杨政道将笔放入那只盛满清水的琉璃瓶中，看着墨水慢慢地晕染开来：“魏王仰慕萧钧之才，曾连续三日冒着暴雨亲自到他府上拜访，请他帮助自己成事。萧钧感念魏王知遇之恩，当下便答应做他魏王府的幕僚。当然，此事不能为外人所知。”

“可他却告诉了你？”李恪的脑中瞬间有一丝莫名的恐惧之念闪过，旋即却又缓过神来道，“有的时候，我真的看不透你。”

杨政道笑：“可你还是相信我，就算我曾经欺骗过你。”

欺骗——李恪的心中慢慢荡开了一阵波澜。如果他说的是当年他借柳范之口陷害自己，逼自己回京的话，自己对他不是没有芥蒂。只是每次一见到他，这种芥蒂就自然消失得无影无踪了，自己还当真是前世欠了他的。

想到此，李恪便没好气地说道：“等我有时间了，我会跟你好好算算我们之间的这笔账。”

杨政道摇了摇头说道：“当年，萧珣亦是跟着祖母来到突厥的。所以我与萧钧从小就相识，对彼此的脾性倒也算了解。后来我与祖母回到了长安，萧珣却仍留在那里，处理善后事宜，直到贞观九年才归京。而我与萧钧相见，也已是六年前的事情了。他曾问我怎么打发魏王离开，我告诉他：那就只有答应魏王。这样，或许对你有帮助。”

李恪不以为然道：“那又如何？就算我再喜欢，我也不会去觊觎别人的东西。你的心思，算是白费了。”

“那也未必，”杨政道看着天边微微露出了些鱼肚白，打了个哈欠道，“你只要置身事外就可以了。别的事情，我来帮你。不早了，你们也该回去了。”

淇奥已然沉沉地在床榻上睡着了，睫毛微微地发颤，双手紧抱着锦被，却不盖在身上。李恪怜爱地抚摸着她白皙的面庞，柔声在她的耳边说道：“淇儿，天亮了，咱们走了。”

“等我睡饱了再走好不好？”淇奥拉着李恪的手，口里含含糊糊地说着话。

李恪替她盖上了被子，宠溺地说道：“行！那我等你。”

朝阳明媚的影儿慢慢倒映在潭水中，浮浮沉沉，晃动不止。接下来发生的一连串事情如同一声声惊雷，此起彼伏地在人毫无所觉的情况下炸响。

次年二月初六，魏王李泰密报齐州之变。二月初十，李世民派两拨密使前往齐州暗访。二月二十五日，第一拨密使归京，呈报李祐确有招兵买马、私制武器的异动。三月初五，第二拨密使回报，李祐与其亲信昝君谟和梁猛彪二人杀齐州长史权万纪并典军韦文振，举兵谋反。翌日，兵部尚书李勣、刑部尚书刘德威奉旨前往齐州平叛。三月三十日，平齐州之乱，将齐王李祐押解进京。

春天的夜晚尚有一丝寒气，李恪点燃了手中的三支香。香烟袅袅地在空中盘桓，檀香的气息最是能平复人内心的纷乱杂陈。屈身三拜过后，李恪将那三支香插进了案台上的香炉中。所谓谋逆，不过是一群乌合之众演出的一场幼稚可笑的闹剧而已。李恪看着面前的灵牌，眼中几乎就要喷出火来。只可惜，像权万纪这样刚直不阿的能臣竟然就死在了他们的手中。

这样的恨，似乎只有当初母亲死后他才体会过。然而彼时的恨是虚无缥缈的，无所针对，就算后来父亲暗示过那些人是受大伯和四叔指使，可他的恨依旧无所着陆，或许，是他们早已作古，更或许，他依旧不曾真正触及事情的真相。而李祐不同，是他害死了一个自己生命中很重要的人，证据确凿，无从抵赖。

李恪侧身看着淇奥正双手合十、闭眼默祷的样子道：“淇儿，可惜你不曾见过先生，不然，你的才学必然能让他大为赏识。”

淇奥将手覆于李恪的手上：“母亲过世的时候，父亲曾说过，好人死后会变成天上的星星，一直守护着世间他在乎的人。所以，不要难过太久，好吗？”

李恪看着她明澈眼眸中自己的影子，紧紧地握住了她的手，颔首道：“好，什么都听你的。”

说话间，便听得武梁在门外朗声道：“殿下，马车已经准备好了。”

李恪应了一声，转而又揽住了淇奥的肩膀说：“早些休息，我这就进宫去了。”

武德殿书房中，李世民正负手看着墙上那幅《六骏奔驰图》出神，听到了背后的脚步声，他这才转身说道："阎立本昨日送来的。这六匹马和我一起打下了这大唐江山。许是因为年纪大了的关系，近来，回忆总是占据了我生活的大半。"

李恪眉毛微动，继而鼻尖有了一丝酸涩之感。他这才猛地意识到一个残忍的事实：自己心目中那位英雄父亲竟然也会倒在时光的面前。过了很久很久，他才说道："父亲您的威仪不会因为年纪而消减的。"

李世民有些惊讶地道："你什么时候也学会说这种话了？"

李恪摇了摇头："父亲以为我这是奉承？"

李世民眼中满满都是舐犊之情："就算真是奉承，我也听着高兴。"说完，他拿起案上的一卷圣旨交到了李恪的手中，倏忽间面色就变得肃然，"这件事，朕要你去办。"

李恪缓缓地将它打开，迅速地扫过每一个字，心中一阵快意，却又是一阵悲凉。于是，他复又将圣旨卷好放进衣袖之中，屈膝拜道："臣遵旨。"

李恪能够觉察到李世民停驻在他身上的审视的目光，却并未抬眸去回应。不知过了多久，才又听得李世民说道："你就不为他求一句情吗？"

"李祐妄图起兵夺权，是为不忠；想要谋害父亲，是为不孝；将齐州百姓置于危险之中，是为不仁；指使手下杀死谏官权万纪，是为不义。如此不忠不孝、不仁不义之徒，也算死有余辜。臣身为大理寺卿，此事亦是臣分内之事。"李恪说到最后，语速忽地变得有些急促起来，夹杂着心中那一股再难以抑制的愤恨。

李世民再度深深地凝望了他一眼，仿佛一下子就看到了他心底的最深处。他那种可怕的冷静与理智，那种宁可被误解也不屑伪装的姿态，竟是与自己一模一样的。可他终究不是自己，也不能让他成为自己。

娉儿。李世民情不自禁地在心中默默地唤了声这个名字。

齐王府位于长安崇仁坊最南，砖红色的外墙外此时已然被禁卫军围了两圈。纵然犯了十恶不赦之罪，然而毕竟是皇族亲贵，在颁下明旨之前，刑部也只是将齐王幽禁于王府之中，也算是保留了他的一份尊严。

兵曹参军崔蕴之面无表情地拿着那把青铜宝剑，来回在齐王府门口踱步，时不时警惕地朝着四周望望。突然有一阵齐整的马蹄声自远而近地传来，晨雾中，他看不清来的到底是谁，只是将手搭在了剑鞘上，随时准备拔剑而出。最前头的二人纵马先行而来，下马对着崔蕴之略施了一礼道："吴王殿下到，请崔参军相迎。"

崔蕴之一听，立刻将手中的剑递给身后的一个小卒，小跑两步至马车跟前，屈身拜道："臣崔蕴之恭迎吴王殿下。"

季恩下马掀开了马车的帘子，李恪就着马扎而下，却并不看崔蕴之，只自顾自地朝前走。到了府门口时，他这才回头，从袖中取出了那卷圣旨，双手捧于胸前，对趋步赶上前来的崔蕴之说道："陛下有旨传于齐王，请崔参军前头带路。"

崔蕴之极少听到有人用这样冰寒彻骨的语气说话，不由自主地打了个寒战。李恪今日只着了一身素色祥云暗纹的蜀锦长衫，若非他开口就是这般言辞，崔蕴之真的只会把他当成一个儒雅斯文的普通士子。这些皇家的人，当真没有一个是省油的灯。

于是他也只是恭谨地称了声"是"，便引着李恪绕过假山石，经由一条青苔小道来到了正厅之中。等了不多久，便见李祐缓步而来。许是因为长途跋涉的缘故，他看上去十分疲惫，眼窝深深地凹陷了下去，面孔微微有些浮肿，神色很是黯淡无光。他像一个提线木偶般地屈膝下拜，身后的齐王妃和几位媵妾也跟着跪了下来。

李恪展开圣旨朗声念道："维贞观十七年四月，大唐皇帝诏曰，齐州都督，齐王李祐素乖诚德，重惑邪言，自延伊祸，以取覆灭。痛哉，何愚之甚也！遂乃为枭为獍，忘孝忘忠，扰乱齐郊，诛夷无罪。去维城之固，就积薪之危；坏盘石之亲，为寻戈之衅。且夫背礼违义，天地所不容。弃父逃君，人神所共怒。往是吾子，今为国仇。万纪存为忠烈，死不妨义。汝生为贼臣，死为逆鬼。是故废尔为庶人，赐自尽。”

李祐枯竭的眼中忽地升起了几缕难以置信的神色。那几个女人惊慌失措地面面相觑，接着便忍不住哀哀哭泣起来。崔蕴之只觉后背一阵阵发寒：陛下的雷霆手腕依旧不减当年，一纸赐死的诏令下得这般明快果决。不过也是，谁又能对一个乱臣贼子起一丝恻隐之心呢？李恪见李祐许久没有伸手，便索性将圣旨放在了几案之上，冷声道：“本王已将陛下旨意带到，你好自为之吧！”

“等等！”李恪刚刚跨出门槛一步，却听得李祐喊道，“你我平素虽不亲近，但好歹兄弟一场。三哥，你就不能听我说几句话吗？”

“有什么话，你说吧！”李恪停住了脚步，却并不回头。

李祐起身，看了看周围众人道：“我只想跟你说。”

“你们都下去。”李恪想了想，转身对着众人一挥手。

天已破晓，阳光慢慢地驱散了浓重的晨雾。李恪踞坐于地，心不在焉地抚弄着玉佩上的红色穗子，心中想着昨日晌午瞭乡楼何掌柜推荐的那道松子鳜鱼，味道倒还真是别致，难怪如今越来越多的人会慕名而去了。

正自回味间，却听得李祐用沙哑的嗓音说道：“三哥，其实我们是一样的，希望你将来不会也有我这么一天。”

“多谢你的提点。”李恪轻笑道，“如果你想说的就是这个的话，我记住了。”

李祐的颧骨微突，显得他的脸庞更加疲惫，那件深褐色衣袍穿在他身上已十分不合适。他看了看案上的圣旨，又望着李恪毫无表情的脸，忽而朗声大笑，直笑得差点岔了气：“三哥，难道你的心里从来没有过不平？难道那种蠢蠢欲动的野心不曾折磨过你？你不必那么清高，我都要死了，和我说说又有什么关系呢？”

李恪厉声反诘道：“你以为我像你一样没有心吗？你以为人与人之间除了利益就没有感情吗？你要反的那个人，不只是你的父亲，也是我的！”

李祐那对大而无神的眼睛空洞地望着天花板，不以为然道：“三哥，只有在你眼里，他是父亲。”

“他也是皇帝！你这样肆意践踏他的皇权，让他情何以堪！”

李祐的面上闪过了一丝嘲讽，指甲在满布灰尘的案上画出深深的一道印记：“瞧瞧三哥你说得多么义正词严！可当年的隋炀帝为了皇位杀兄弑父，而你口中咱们的父亲，亦是踩着至亲手足的尸首登上王座的。你的身上流着他们的血，你说你没有欲望，你自己信吗？”

李恪握紧拳头，又慢慢地放下。他从来没有说过自己无欲无求，他又不是寺庙里供奉着的泥菩萨。可他凭什么要将自己的心里话告诉他？李祐自己飞蛾扑火地找死，他就应该表示同情和怜悯吗？李恪倏地起身，重重一甩袖子，案上的灰尘四散在空气中，呛得人难受。他俯身看向李祐，淡淡说道：“信与不信都是我自己的事情，与你又有什么干系？”

“我能够为了我想要的一切而放手一搏，就算知道被人利用，就算最后失败了，我也不后悔。”李祐拿起手边的一把银壶，将里头的酒全部灌进了自己的口内，“人无伤虎意，虎有害人心。三哥，记住我的话，想要的就去拿。人这一生，总得为自己活一次，不然将来，你必后悔莫及啊……”

李恪一直走到院门口，还能听到李祐撕心裂肺的号叫声。谁说人之将死，其言也善？他就算要死了，仍旧是个彻头彻尾的疯子。崔蕴之迎了上来，低垂着眼眸说道：“吴王殿下放心，臣等是绝不会把齐王……李祐说的那些浑话说出去的。”

“随便你吧。”李恪拍了拍衣袖上的灰尘，毫不在意地说道。

马车路过清和坊西大街的时候，李恪微微拉开帘子说道：“季恩，让他们先停下，我要去前头致宝斋买些酥糕回去。”

季恩答应着骑马向前奔了几步，吩咐开路的护卫们停下，又回头说道：“卑职帮殿下去买吧，殿下在车里等着就行了。”

“你又不知道她最喜欢吃的是什么口味。”李恪说着，已然走下了马车。

季恩笑说：“殿下对王妃可真好。”

致宝斋刘掌柜一见着李恪，便喜气洋洋地走上前说道："李公子可是有好久都没有过来了呢！您瞧瞧今儿个要些什么？"

这刘掌柜四十上下的年纪，身量微丰，很是富态的模样。李恪对他的印象倒一直不坏。他不是不知道李恪的身份，不过李恪不欲表明，他也只是不卑不亢地唤他一声"李公子"。李恪看了看前头写着糕点名字的木牌子说道："枣泥杏仁酥、藕粉桂花糕、蛋黄豆沙酥。每样来两斤，帮我包好带走！"

"好嘞！李公子稍坐片刻，马上就给您送过来。"

致宝斋中的客人此刻渐渐多了起来，伙计们来回奔走，忙得不亦乐乎。刘掌柜五岁的小女儿妙妙爬到了那高高的柜台上，正好奇地朝四周望着。许是被李恪身上佩戴着的麒麟香囊所吸引，妙妙的目光很快就锁定了这边。外头突然传来一阵狗吠声，妙妙显然被吓了一跳，脚一软就从上头摔了下来。

李恪眼疾手快地向前将小女孩一把抱在了怀里。妙妙的小脸吓得煞白，过了很久才忍不住哇哇大哭起来。李恪抚拍着她的后背，柔声安慰说："乖，没事了。"

妙妙眨巴着闪亮的双眼，抽抽搭搭地只是说道："疼，手臂好疼。"

李恪赶紧拉开她的袖子，见不过是一些擦伤，便抱起她坐下来，用随身带着的方巾将她的手臂包好扎紧。见着这幕惊惶而来的刘掌柜看了看妙妙，屈膝跪倒在地上，连连叩首道："多谢李公子救小女一命。"

李恪将妙妙交给刘掌柜身旁一个上了年纪的老妇人，微笑着说道："掌柜何须行如此大礼，不过举手之劳而已。"

刘掌柜看着女儿红扑扑的小脸蛋，再度拜谢道："李公子不知道，草民与夫人大半生所得唯有妙妙这一个女儿，倘或她有一丝好歹，我们还真不知该如何是好了。"

李恪弯腰捡起身边一本打开的画册，见上头有一个个黑点，稚气的线条将这些点连起来变成了各种图形——圆形、三角、四方等样子，一见就是这孩子所绘。于是他便将这画册合上交给了妙妙道："这是你的吧？以后可不准调皮捣蛋爬那么高了，知道吗？"

妙妙似懂非懂地点点头说道："妙妙知道了。"

正当李恪走出致宝斋的刹那，有一个闪念迅速地从他脑中划过，旋即变成了零星点点的记忆碎片。如果连这都是假象的话，那么所谓真相究竟是什么？于是他快步向前走着，对季恩道：“先回王府，再进宫复命。”

淇奥此刻正在王府小花园中练箭，一众小丫鬟坐在台阶上，托着下巴，眼睛一眨不眨地往前看。箭靶离她所在的地方约莫有五十步远，她定了定神，接过画儿递过来的一支长箭，将它搭在弓上，以左手按住，右手四指拉住弦，用力地拉出了一个满弓，瞄准须臾后果断地放手。箭飞出去的时候比风还要快上几分，稳稳地落到箭靶上，正中靶心。小丫鬟们呆愣了片刻，发出了阵阵欢呼之声。

画儿飞也似的跑过去将箭拔下，重又交到淇奥的手中，圆溜溜的眼睛中透出钦佩不已的光芒：“王妃射箭的样子真好看，就像……”

“就像你一样！”淇奥接口道。

“像……像婢子一样？”

淇奥粲然而笑：“像画儿一样啊！”

周围人一听，便都笑得前仰后合地挺不起腰来。淇奥又一次拉开弓，正拉紧了弦准备再度射出的时候，就听得画儿在一边兴奋地说道：“王妃快看，天上有两只大雁，这个季节怎么会有大雁呢？”

淇奥抬头，果见一对雁儿慢慢飞过，正自称奇间，手却不由自主地松开了，箭随着风朝斜上方飞去。恰此时，从石廊上走过一个人，眼见着就要射中那人的手臂了，淇奥惊惶地高喊一声：“三郎小心！”

众人早都吓得闭上了眼睛不敢去看，却见李恪轻盈地向上一跃，跳至石栏之上，身子向后一倾，箭迅疾地越过他落入水中，溅起了小小一朵涟漪。

淇奥赶紧小跑着上前揽住李恪的臂膀，满怀歉疚地说道：“对不起，三郎，是我不好，差点就伤着你了。”

李恪拍拍她的头，神情温和得似要沁出水来：“没事。咱们进屋说话。”

小丫鬟们见此情状，这才松下一口气，纷纷知趣地告退了。

回到内院卧房，李恪急急地将放于壁橱上层的两卷画拿了下来。淇奥将它们打开后分别摊在了桌案上："这半幅是《踏雪图》真迹，半幅是你凭记忆描摹出来的。咱们过去也研究过好几次，不是都没发现什么特别之处吗？"

李恪颔首："对！咱们是看了几个月都没有结果，可是今日，或许会有什么新发现也未可知。"

说着，他便从旁边的抽屉里取出了一大张纸，刚好覆在两个半张的《踏雪图》上。他拿起笔，蘸了少许墨汁："淇儿，帮我把它对着太阳光的方向拿起来。"

淇奥找了个光照最强烈的方向拿着，《踏雪图》上的场景刚巧印在了白纸上。李恪蹲下身子，小心翼翼地将上头的脚印全部拓了下来。淇奥不解道："这脚印有什么不妥之处吗？"

"有，这是一张非常机密的布局图，"李恪咬了咬唇说道，"所以，他们才会不惜动用死士来抢夺这幅画。"

淇奥将那纸反反复复拿在手里看了好几遍，终于还是交回到李恪的手中，摇了摇头说道："我还是看不明白。"

李恪揽着她的肩膀坐了下来，眉头慢慢地紧锁起来："这是皇宫禁卫军布局图。"

"什么？"淇奥显然是被这句话给吓着了，头上朱雀金步摇上的流苏晃动了两下，"这太不可思议了。"

"应该不错，"李恪用手指着最北面的一个点说，"这是玄武门，过去三个点是两仪殿，这中间绕过的是两条长廊，再过去是归云亭，然后就到了武德殿……"

淇奥仍有些不解地说道："展子虔是断然不会画出这样的画的，所以，这所谓的真迹其实也是假的吗？"

李恪点点头："姐夫说，这半幅是他从侯君集那里购得的，而那半幅咱们在苏亶府上看到过。侯君集，苏亶……太子。原来如此！齐王不过是被他们耍玩

在手心里的木偶而已，可悲的是，他竟然还以为自己是牵线人。如今他一死，只怕他们立马就要开始行动了。幸好他们前番夺去的那半幅《踏雪图》是假的。淇儿，帮我去做一件事情，不过，此事很难办，而且，无论成功还是失败，恐怕都会惹上麻烦。”

“我不怕麻烦，”淇奥看着窗外那越发灿烂的阳光，又侧头望向李恪清朗的面庞说道，“我怕的是，你会有危险。”

果然是个冰雪聪明的姑娘。他没有说出口的那些话，她竟然全都明白。李恪将她的手牢牢地锁在自己的手心里：“我会保护好自己的。你放心。我们都会好好的。”

在东宫福泉殿思齐轩外盘桓的小宦官汤德宝一个踉跄，手里拿着的两个小杯子摔碎在地上，发出了一声刺耳的响声。半晌，他才意识到自己过于慌乱的神情实在反常，于是只得强作镇定地连连行礼道：“奴婢见过吴王殿下。”

李恪漫不经心道：“汤公公今儿个怎的不在太子殿下身边随侍？”

汤德宝尴尬地笑笑说：“太子殿下正与几位贵客在里头议事呢，故而便让奴婢在外面侍候。”

“侍候吗？”李恪朝前走了一步，脚底刚好碰到了一块碎瓷片，“本王看……是望风吧！”

汤德宝显然没有料到李恪如此直言不讳，愣了片刻，终究还是大着胆子拦在了李恪面前，说话的声音却有了一丝颤抖：“吴王殿下请留步，太子说……说不许任何人打扰。”

李恪用剑柄挑开了汤德宝的手：“太子所布的人必然不止你一个吧！你以为，本王是怎么走到你面前的？”

听到这话，汤德宝不由自主便将手放下了。他认得李恪手上的这柄麒麟雕纹青虹宝剑，恐怕宫里人人都认得，并且听过它的传说。二十多年前在武牢关，李世民正是用它连斩王世充、窦建德联军三十五人的首级，吓得对方将领连呼天神下凡。汤德宝看李恪如今这杀气腾腾的眼神，才知道当年他们所说的天神到底是什么样子。李恪并不去看他，只径直朝前走了几步，打开了面前那扇高大的朱漆大门。汤德宝脚底一滑，整个人摔倒在地上，碎瓷片划破了他的手臂，鲜血慢慢地从他浅绿色的衣袖中渗了出来。

太子李承乾此时正神情专注地与几个幕僚围坐在一起，对着地上的几张纸指指点点。李恪将那只握剑的手放到了背后，屈身行礼道："原来兄长正忙呢！看来弟来得甚不是时候。"

李承乾一惊，手中的笔落下来，在白纸上染了一团浓重的黑墨。他起身向前走了两步说："你是怎么进来的？"

"我来东宫找兄长谈天说话，难道还有人会拦着不成？"李恪的脸上露着从容亲和的笑容，李承乾却不由得被这样的笑容惊得脊背一寒，一时竟然语塞。李恪的目光从他身边的几人身上一一掠过：汉王李元昌、太子妃苏逾、驸马都尉杜荷、大将军侯君集、秘书丞苏亶，另有两个东宫幕僚赵节和李安俨。默然良久之后，他才又道："既有来客，那弟就先行告退了。改日，弟再来拜访。"

李承乾刚想点头称好，苏逾却蓦地冲上前去急怒道："太子殿下，不能让他走！"

"对！吴王殿下来了，就不要忙着走了！坐下来一起聊聊多好。"侯君集抚摸着他长至胸前的胡须，面色铁青地说道。

"大将军想聊什么呢？"李恪顺手将青虹剑放在身旁的剑架上，揽衣坐到侯君集的对面，往面前一只空杯里斟满了茶水，又朝着苏亶看了一眼说道，"苏公将那半幅《踏雪图》交给你，一来是想在你们的人攻入皇宫之后迅速除去布防的禁军，二来也打着彼此牵制的主意。只可惜，你不解其意，这才让它辗转落入了本王夫人的手中。而太子妃为了夺回这《踏雪图》，不惜屡屡对她下手。这笔账，咱们是不是应该好好算算呢？"

苏逾冷哼一声："只怕你没这个命来算！"

"苏逾！不得对吴王无礼！"李承乾上前就将苏逾拉到了自己身后，转而又对李恪说道，"三弟莫要与妇人一般见识。快尝尝这吐蕃进贡的葡萄，可甜得紧呢！"

李恪将面前杯盏中的茶水一饮而尽，又剥了两个葡萄吃，全然不顾周围一圈人对他虎视眈眈的目光："兄长这是在做什么？你难道不知道，弟今天早上才刚刚去齐王府，将父亲赐下的一杯鸩酒给了五弟吗？"

李承乾紧紧按住腰间佩着的那把短匕首，低头看李恪用帕子擦拭着手上的葡萄汁水。他犹疑半晌，终究还是松开了手，沉下声音说："李祐在齐州起事当然无用，而我不同！侯大将军手中有两万人马，而我东宫两千精锐亲兵此刻正在外头埋伏，只等着陛下依约而来，逼他退位让贤，这难道不是易如反掌的事情吗？"

李恪听他将话挑得如此明白，倒是有几分意外："兄长以为，你做皇帝能做得比父亲贤明吗？"

"太子殿下莫要与他多言！"李承乾刚想开口，却被侯君集打断了话头，"我那两万人今晚戌时会埋伏于玄武门外与殿下东宫亲兵里应外合。只要控制住了皇帝，是非功过，还不是任后人评说？"

李恪并不看他，只继续望着李承乾："兄长也是这么想的吗？"

李承乾挺直了腰杆道："三弟不是不知道父亲是怎么上位的吧？你放心，若我登基，你还是你，我绝不会做得像父亲那么绝。"

"父亲的事情，我不想评价，也没有资格评价！"李恪将杯子反扣在案上，再度细细打量了众人一眼，说道，"眼下我所关心的，是兄长你。你不知道他们在你背后都做了什么吗？你以为，他们都是死心塌地地助你成事吗？"

"李恪，你休要胡言乱语！今日，我定叫你踏不出这思齐轩半步！"李元昌用力地拍了一下桌案，案上的白底青花瓷盘被震落，葡萄撒了一地。

李恪俯身将滚落到自己脚边的一颗葡萄捡起来放回了盘中，抬头时恰对上这位仅仅比他年长了几日的七叔愤恨的眼神。李恪伸手拿起茶壶，给李元昌的杯盏中倒满了茶，他看着茶叶一片片沉落到杯底，这才说道："汉王喜好古玩，曾经为了一盏汉朝的酒盅，指使颍州刺史，也就是你的妻弟诬陷当地乡绅吉大富私藏甲胄，杀死了他们一家十一口人。我三日前已经将此案详情奏报给了陛下，那吉大富的管家吉尚如今正在我府上，随时可以面君！"

李元昌的牙齿咬得嘎嘎作响，却气得一句话也说不出口。李恪又继续说道：

"侯大将军，你自以为军功卓著，又为陛下登基立下过汗马功劳，便贪得无厌，一再邀功求赏。陛下几番容你言行无状，你却恩将仇报，意图撺掇太子弑君谋反，你好大的胆子！还有你杜荷！你与那些纨绔子弟喝酒赌博输了钱，竟然偷了公主的陪嫁还债，被公主发现后还动手打人，你以为你做的这些事真的无人知晓吗？"

侯君集一把甩出环绕于腰上的一柄软剑，直指李恪，锐利的剑锋瞬间在李恪的脖颈处划出一个小口子，李恪的身子忍不住微微颤动了一下。侯君集接过苏逾鼓励的眼神，握剑的力道更加重了几分。

"大将军！不可！"李承乾见他动了真格，赶紧拉开两人，面露焦色地对李恪说道，"三弟快走吧！不关你的事。"

"除非兄长就此罢手！让你的亲兵全部撤回来！"李恪见他犹自犹豫不决，便是真着急了，"你还不明白吗？他们各怀心思，为了不可告人的目的，从很久以前就开始在利用你了。他们摸准了你的脾性，将称心送到你的身边，让他困住了你的心。接着又去向陛下密报，说你沉迷男色，不理朝务，逼得陛下杀了称心，绝了朝野对你的议论。这本是对你的保护，可你却在他们的挑拨下恨上了陛下，恨到要取他之位而代之。就算最后你们成功了，你也只是他们手里的傀儡。兄长，你怎么这么傻啊！"

李承乾的面色霎时一白："不……这不可能！"

"问问侯大将军，问问你的岳父，问问你的太子妃，可不可能！苏家二位夫人之所以死得不明不白，不是因为发现了你与称心的关系，而是因为知道了他们意图谋反的勃勃野心！"李恪手指向几人说道，"他们不只利用了你，利用了五弟，也利用了我。昝君谟和梁猛彪根本就是他们的人，是他们挑起了五弟对权力的欲望，让他竟然蠢到在离长安城千里之外的齐州举兵谋反。他们知道我忧心权万纪安危，便模仿他的字迹给了我那样一个谜题让我去解！齐王谋逆——好精巧的一个谜！我当时就应该想到，缘何信鸽竟能够如此精确地从齐州飞到这儿！还有，权万纪是无论如何也不会让我牵扯进这种权力之争的。"

李承乾脚下一软，只因靠着墙角才没有倒下去："我还是不懂，五弟谋反和我又有什么关系？还有，他们既然可以模仿权万纪的字迹，为何不直接向陛下告密，而要告诉你？不对！最后向陛下陈情的人明明是魏王。”

李恪冷笑着说道：“齐王是庶子，平素又不甚得陛下重视，如果他都能谋反，凭什么你这个嫡长子、大唐储君就不可以呢？他们……是这样跟你说的吧！为何不直接告诉陛下？呵，因为告诉了陛下，魏王就不会被牵连进去了，只有将魏王拉下水，才能让你更重视他对你的威胁！权万纪和魏王素无往来，所以他不可能密告于他，于是便只能告诉我，而我向来独善其身惯了，这个大功，自然落到了魏王的手上。”

“是这样的吗？是吗？”李承乾声嘶力竭地吼道，发了疯似的将案上一摞竹简全都摔在了地上。韦绳断裂，一片片竹简散得满地都是。

苏亶起身走至李承乾面前，替他抚平了衣襟上的褶皱，带着极亲切的语气说道：“贤婿不要生气，咱们不也是为了你好吗？早一日荣登九五，对你而言难道不是一件好事吗？现在已经走了九十九步，最后这一步，你走也得走，不走也得走！”

“兄长！你不能再错下去了。我是一个人来的，你若此刻让你的亲兵们撤走，那就什么事情都没有了。你……”李恪忽然觉得眼前有些昏眩，连说话都也有些含混不清了，他下意识地捂住脖颈上那个伤口，用力咬住嘴唇，这才勉强保持住了一点清醒，“侯君集，你在剑上涂了什么？”

“哈哈哈！吴王殿下真是聪明。”侯君集朗然而笑，“你不必担心，那只是会让你昏昏欲睡的迷药而已。我不会杀你，留着你，还大有用处！”

“三弟！你快走！”李承乾扶住他的手臂就要往外走。

“先不要管我……让你的亲兵从东宫外面撤回来……”李恪只觉脑袋发涨得更加厉害，便抽出李承乾腰际的匕首，狠狠地在自己的手臂上扎了一下。

李承乾看着匕首上滴落的鲜血，脑中一阵慌乱。好半日，他才定了定心神说道：“你让我再想一想，再想想看……”

第八章

局中之局

侯君集一听事有不妙，忙堵住了那朱漆大门说：“太子殿下莫要糊涂！咱们走到这一步已是覆水难收。你面前可是触手可及的锦绣河山啊！你难道想要将它拱手让给魏王吗？”

李承乾的手慢慢垂了下来。魏王在朝里笼络人心，处处抓尖抢上，夺走的是他太子的风头。前番百济使者在朝拜完皇帝之后，竟先去了魏王府，然后才来东宫送礼，此等奇耻大辱，是可忍孰不可忍！当时他就狠下决心，一定要向魏王讨回公道！

想到此事，李承乾不禁又换了副面孔道：“三弟不是一直想独善其身吗？你放心，待会儿陛下来了，你只管在我卧房中饱饱地睡上一觉。等你醒来，一切就都结束了。”

李恪深深蹙起了眉，手臂上疼痛唤起的那一丝清醒很快又被浓重的困意掩盖。他强撑着自己摇摇欲坠的身子，握着青虹剑的手不住地发抖：“兄长不要一意孤行。很多……很多事情，你料不了那么准的……”

这最后一个字刚落下，却听得外头喊杀声四起。汤德宝带着身后两个小宦官一步一个踉跄地冲了进来，顾不得下跪行礼，喘着粗气说道：“太子殿下，不

好了！李大将军把……把咱们的人都擒住了，现在东宫已经被他们给……包围了。”

侯君集一把抓住了汤德宝的衣领，手上的青筋根根突起：“李靖？他怎么会知道？”

“太子殿下，您瞧瞧，这就是您的好弟弟！”李恪只觉视线越来越模糊，耳中嗡嗡乱响，似乎是听得苏亶用嘲讽的语气说道，“他一面离间我们之间的关系，假心假意地劝你收手，一面又在你背后使刀子。跟你那个父亲当年，真是一模一样！”

李承乾的眼里似乎并不见愤恨，只是自言自语般地低声说道：“我们做得这么隐秘，他们不可能知道……不可能知道的。”

李恪踉跄朝旁走了两步，将茶壶里所剩无几的水全都泼到自己的脸上，这才又换得片刻的清醒：“不错，你们的计划无人知晓，而我也只是猜测，猜测你们会在齐王刚死、陛下心神不定的今晚动手。看来，我猜对了。”

“猜测？”李承乾显然对他说出这两个字很是意外，“你就是凭这个向陛下告密的？不！你没有这个时间。”

李恪听外头仿佛又有成堆人倒下的声音，不由轻笑着说道：“对！就凭这个！如果我的猜测不对，那么诬陷储君谋反这个罪名，我就得担着。至于你说的时间，总会有的。”

天边轰地炸开了一声惊雷，滂沱大雨在瞬间倾泻而下，几乎就要掩盖住王忠那一声清脆响亮的“陛下驾到”。

屋中人俱是一怔，一时都不知所措地愣在了当下。李世民身着一袭深紫色盘龙纹袍子，腰间系一根黑色镶金玉带，面色肃穆地走了进来。眼前背叛了他的这一众人，不是他的至亲就是他的至交。

报应，李世民的脑中突然升腾起这两个沉甸甸的字。不！无关报应，是他们的野心，是他们自己作下的孽。人伦惨剧，他的手上注定要再度染血。他缓步走至李承乾面前，李承乾只是低头，呆望着面前这一块方寸之地。

“太子不要怕，”侯君集倏地站起身来，冷冷说道，“我那两万人马此刻正伏击在北门之外。这一仗，还指不定谁输谁赢。”

李恪以剑撑地，手臂上的鲜血正一滴一滴地落在地上，跟在李世民身后的一个护卫赶紧上前扶住了他。他用尽了全力，可说出来的话却依旧那么绵软无力："我方才一时情急忘了告诉大将军，你那两万人早已在午后收到了陛下的恩旨，将他们统统官升一级，此刻，他们恐怕都在各自的军营中庆贺呢！你以为，他们还会跟着你冒这个险吗？你的人马，说到底还不是陛下的人马、大唐的人马吗？"

李世民的眼底闪过一丝异色，旋即又恢复如常："侯君集，你以为你心里的那些小九九，朕会不知道吗？你那些将领都是跟着朕打过天下的，你以为，他们会跟着你做那些混账事吗？"

"当真是天威难测！原来陛下竟然从来没有相信过末将。"侯君集的眼里依旧闪着桀骜不驯的神色，只是说话的声音明显已底气不足。

"你如此践踏朕对你的信任，朕凭什么不能将这信任收回去？"李世民向后一招手，李靖朗声称"是"，身边的禁卫军们一拥而上，立刻将这一众人等绑缚住按压在地。只是在面对李承乾的时候，却终究没有一个人敢下手。

李承乾膝行向前，仰头说道："父亲要像处置五弟那样处置我吗？"

李世民并不看他，只扭头看着地上那柄沾了血的匕首，面上的表情不知道是愤怒还是痛心："你想让朕对一个无父无君、以下犯上的乱臣贼子手下留情吗？"

"父亲既立我为储，这皇位迟早都是我的，您以为我凭什么要如此铤而走险？"李承乾的脸色因为过分激动而涨得绯红，"您可以宠信魏王，但您怎么能让他凌驾于我之上呢？您知道有一个人一直盼望着你犯错，甚至盼望着你死，是怎样的一种感觉吗？"

"所以这就是你给自己弑父找的借口吗？"李世民丝毫也不为所动。面前这个人是他的第一个儿子，是他深为敬爱的皇后所出，是被他从小寄予无限希望的储君。可那又怎么样？如果今日他不曾接到那张字条，如果当他得知太子患了急症，真毫无准备地赶往东宫探望的话，那么此刻他们俩的位置恐怕就要对调了。

成王败寇。这个道理，早在二十年前他就深深明白了。所以他对自己做的事情或许有过遗憾，但他绝不后悔。他说过，他会亲手缔造一个治世，做一个青史

留名的治世明君。他做到了，这不就够了吗？

李靖在旁唤道："陛下。"

李世民缓过心神，突然觉得无比疲累，只咬了咬唇说："全都押往刑部大狱，严加看管！"

"吴王殿下……"李世民话音刚落，就听方才照顾在李恪身边的那名护卫焦急地喊道。

李世民转身一把推开那护卫，蹲下身子，扶住了李恪的肩膀。李恪勉强将双眼睁开一条缝，有气无力地说道："父亲放心……我没事的……是我让淇奥去的……对不起父亲，不这样就来……来不及了……"

"好了，你省点力气，不要再说了！你的事情，等你好了朕再慢慢跟你算账！"李世民转眸看着王忠，冷声道，"还不叫人先送吴王回府？让王寿德也赶紧跟过去！"

雨水打落在虚掩的窗户上啪啪作响。一道闪电迅疾地从空中划过，一时间暗夜宛若白昼。王寿德施针的手微微抖了一下，深深地吸一口气后方才将针给拔了出来。他看了看站在一边的杨政道似要把他生吞活剥了的表情，不由得倒吸了一口凉气道："君侯放心，这次一定没问题了。"

"你今天早上、昨天以及前天都是这么说的吧。"杨政道没好气地说，"陛下把他儿子交给你诊治，你就是这么敷衍的吗？"

王寿德心里着实有些憋屈，可口中却只得诺诺道："臣不敢。只是君侯也知道，吴王殿下所中的不是普通的迷药，无药可解，只能靠银针把它一点一点地逼出来。今日这一针施完，应该是差不多了。"

杨政道望望这位新上任的太医署令可怜兮兮的表情，也无意再去为难他："行了我知道了，你回去向陛下复命吧。"

王寿德如释重负地再拜行礼，提着他那只沉重的医药箱转身走了。

杨政道抚了抚李恪的额头，见他高烧已退，这才安心地坐下来给自己削红梨吃。

“表兄，你就不能轻点说话吗？我可是个病人。”李恪睁开双眼，脑中的沉重感渐消，只是手臂上的伤口却越发疼痛得难受。

杨政道顺手把小刀插在了那削了一半的红梨上，欣喜地坐到他的身边道：“你要不要吃梨？”

“我现在没力气吃。”李恪慢慢用手撑着床榻，坐直了身子环顾四周，眼神不禁有些黯淡。

杨政道在他的背后又加了一个枕头道：“淇妹照顾了你两天两夜，雪鹭劝了好久，这才把她劝回了房。”

李恪这才放下心来，又说道：“还有……”

“陛下忙着太子和魏王的事情，暂时没有时间管你。”

李恪侧了侧身子问道：“陛下到底是怎么处置太子的？还有，魏王又怎么了？”

杨政道放下刀子，见梨皮一点未断，便心满意足地笑了笑说：“托你的福，太子到底还是没有将谋反坐实。所以，陛下最后还是没狠下心，只将太子废为庶人，流放黔州。至于魏王嘛……原本他就算躺在家里睡觉，也能顺利地当上储君，可他偏偏使了两个昏招，生生把自己给作死了。”

“什么昏招？这倒是奇了。”李恪接过杨政道递来的茶水，一饮而尽，顿时觉得喉头舒服了许多。

杨政道咬了两口红梨，方才娓娓道来：“其一嘛，他跑去威胁晋王，说太子的位子是他的，让晋王不要痴心妄想。其二嘛，他又去向陛下表忠心，说将来登基以后，就会杀了自己的嫡长子，让晋王做他的储君。”

李恪轻咳数声，笑着说道：“这样的鬼话陛下也相信？”

“当然不可能相信，”杨政道缓缓拍了拍李恪的后背，微笑着说道，“陛下原本就对太子和魏王的明争暗斗很忌讳。如今新账旧账一起算，于是，陛下就将他降爵为东莱王，贬去了埙乡安置。结果倒是让晋王渔翁得利，捡了个大便宜。”

“咎由自取！”李恪转了转脖子，只觉那小伤口痒得难受，伸手就要去挠。

“忍着！不许抓！”杨政道赶紧按住了他的手，“你怎么这么笨！人家拿剑指着你，你不会躲吗？”

“躲了气场不是弱了嘛！”李恪十分委屈地说道，“我是料定了他们不敢真伤我性命！谁知道那侯君集那么卑鄙，竟然在剑上下药。”

“利欲熏心的人，什么事做不出来？”杨政道放开手，“先不说这个，还有些事我不明白，既然你说那张字谜是苏亶他们模仿先生的笔迹给你写的，那么，他们是如何知道安州慈济堂，又怎么会如此清楚先生给咱们编的那本医书的内容？”

“不知道，或许黄雀背后还有黄雀。”李恪摇摇头，满目忧色，“倘若真是如此，那么太子这件事恐怕不是结束，而仅仅是个开端。他们真正的目的……”

“李恪，”杨政道突然打断了他的话，神情肃穆地说道，“你到底相不相信我？”

“咱们这么多年交情，我相不相信你，你心里难道还不清楚吗？”

“那这么重要的事情，你竟然不告诉我！”杨政道不以为然地说道，“你宁可让淇妹一个女孩子去军中假传圣旨，也不愿让我去做。”

李恪叹了口气道：“那日时间紧迫，我连进宫请旨都来不及，这才出此最下下等之策。淇儿是我的妻子，她做与我做是一样的。而你不行，你知道的……”

杨政道皱了皱眉说：“你说过，以陛下的气度和心胸……”

“对！我是说过，以他的气度和心胸，会用一颗最真挚的心来包容你，重用你。可前提是你得对他绝对忠心。一旦你触碰到他的君权底线，不论是出于什么样的理由，他都会对你起疑。你不能怪他，因为这是一个帝王应有的对权力的保护和戒备能力。所以，我不能害你。”

杨政道仍旧不解地问道：“那你呢？你也是他的儿子，前有齐王，后有太子和魏王，你不怕他疑心于你？”

李恪摇了摇头：“他不会的。我六岁生辰那日，他曾经对我说过一句话：从此以后，无论我做什么，他都会信我；无论他说什么，我都要信他。所以那日，我在宫门口给了柴哲威一张字条让他转交陛下，陛下才会有备而去。”

“那是你们父子俩的默契，就算是未来的太子，怕也掺和不进去。”杨政道将啃干净了的红梨核扔到脚边的竹篓中，忽而又微笑地看着李恪说道，“不过，若是让陛下知道你情急之下险些害了他的两个孙儿，怕对你这顿惩罚也不会轻。”

“两个孙儿？谁啊？”李恪睁着闪亮的双眸，不解地问道。突然，他似明白过来什么，用力抓住杨政道的手道：“是淇儿和我的孩子吗？”

“方才还说没力气吃梨，这会儿怎么力气就那么大了？”杨政道看着虎口处瞬间泛起的红印，不禁嗔怪道，“可能是帮你办事累着了，也可能是连日照顾你伤了精神，今早淇妹就觉身子不适，王寿德一看才知她已经有了一个多月的身孕，而且是双生之象。可便宜你了！”

“你刚跟我东拉西扯了半天无用的东西，这样的正经事反倒到现在才跟我说！不行，我得去看看她。”李恪一把掀开身上盖着的薄毯。许是因为起得太急，忽觉一阵目眩，脚还没站稳便又倒了下去。

杨政道只得又扶着他躺好道：“这么晚了，淇妹应该已经歇着了。你现在去不是又把她吵醒了吗？你就安心地躺着，等明日一早，你再去看她便好。”

李恪这伤一直养了十天才完全康复。这短短十日，朝局却发生了翻天覆地的变化。太子、魏王以及他们的党羽尽数消失在了权力的中心。取而代之的东宫新主人是原本默默无闻，才十六岁的嫡出第三子晋王李治。比之无德少才的李承乾和恃才傲物的李泰，这个李治温文尔雅，待人谦逊有礼，仿佛才是皇帝和朝臣们心中最合适的储君人选。

这一日晌午，李世民正在书房翻看着前番给李治批阅的几份奏疏，越看眉头皱得越紧，看到最后，便烦躁地将它们扔到一边不再去看，无奈地摇了摇头，在心里暗道：这孩子，难道就不能有些自己的想法吗？

王忠从外面走进来，满脸春光地说道：“陛下，三殿下和王妃在外头求见。”

李世民吹了吹案上那杯热茶，点头道：“让他们进来。”

自打上次太子那件事后，李世民还是第一次见到李恪。当时他看着李恪那个样子，也不是不担心，只是一想到他竟然胆子大到敢假传圣旨随便嘉赏那些将领，李世民就气不打一处来。虽然在当时那种情况下，这或许是最好的解决办法。

李世民见他们携手而来，一同屈膝下拜，当真是郎才女貌，天作之合，就像从年画里走出的一对璧人，心中的恼怒竟然不自觉就退去了许多：“淇奥，你先起来吧！”

淇奥看了李恪一眼，知道他恐怕还得多跪些时候，便只得向王忠投去了一个求助的眼神。王忠立刻会意地走上前给李世民的杯中又多斟了些茶水道：“陛下，三殿下大病初愈，不宜……”

李世民将案上的两本奏疏狠狠地掷于地上道：“你也长了胆子了吗？出去！”

王忠见他仿佛是动了真气，便连称“不敢”，趋步后退着离开了。李世民这才走到李恪跟前，伸手便狠狠打了他两巴掌，李恪瞬间就觉得脸颊像被火烧过一般热辣辣地疼。淇奥没想到他出手竟然如此不留情面，便忙又跪下叩首道：“父亲请息怒。那日去军中的人是淇奥，假传圣旨的人也是淇奥，请父亲责罚淇奥一人便好。”

“你坐下，没你的事。”李世民摆了摆手，又转头对李恪说道，“你自己说，朕应不应该教训你？”

李恪跪直了身子，微垂着头说道：“父亲教训得对！孩儿不该欺骗父亲，不该让淇儿去冒这个险，也不该……”

“然后呢？听凭李承乾和侯君集沆瀣一气，谋夺朕的江山？”李世民打断了李恪的话，低头看着他腕上那三颗羊脂玉珠，心终于缓缓地平静了下来，叹了口气说道，“我以前就跟你说过，无论做什么事情，都要先保护好自己。你明知道东宫可能有埋伏，还敢一人单枪匹马而去。那侯君集是上过战场、在尸堆里走过的，你也不怕他真杀了你！你死了不要紧，你让我如何向你死去的母亲交代，你让淇奥和你未出世的孩子怎么办？”

李恪的心里蓦地一暖，接着又有了一丝绞痛。他咬唇忍住险些就要倾泻而下的泪水，伏地拜道："父亲放心，孩儿以后再也不会了。"

李世民虚扶了他一下，也不去理会他，只转头微笑着说道："淇奥，那些将领可都不是省油的灯，你不怕他们吗？"

淇奥愣了片刻，方才将心放回了原位，摇头说道："三郎说，我们都会好好的，所以，淇奥才不怕呢！况且，他们都升官了，还不得好好巴结着我呀！"

李世民朗声而笑："好姑娘！有你在恪儿身边，当真是他的福气。"

李恪只觉脸上的灼热感愈甚，伸手紧握住淇奥的手道："那父亲是不是能看在淇儿的面子上，不追究孩儿之罪了？"

李世民冷哼一声道："也罢！算是功过相抵吧！这事，不许再让旁人知道，不然，连我都护不了你，懂吗？"

李恪这才松了口气，像个孩童一般乖巧地点了点头。片刻，又见李世民捡起地上的奏疏扔到了他的手里："新罗的第二封求救信。你回去好好看看，然后再告诉我，这场仗到底该不该打。"

"父亲要出兵高句丽？这可不是一件小事。"李恪颇为讶异地说道。

李世民理了理案上凌乱的奏疏说道："谁都知道不是件小事，所以才需要你想清楚了再告诉我。"

"其实，该不该并不重要，"李恪摇摇头说道，"重要的是，父亲想不想打。"

李世民饶有兴趣地望着李恪，示意他继续说下去。李恪稍许挪了挪底下的坐垫，想了想又说道："高句丽宰相泉盖苏文弑君夺权，又野心勃勃，妄图吞并新罗和百济。咱们大唐作为宗主国，出兵教训高句丽一顿，其实也说得过去。不过，那新罗、百济也不是好惹的，若真打起来，赢面还指不定在哪里呢！他们窝里反，咱们安坐长安看戏，还是挺有意思的。所以选择也完全是在父亲这里。"

李世民呵呵一笑道："你这话说了跟没说一样。"

李恪耸了耸肩："孩儿只知道船会往哪里开，父亲才是决定着船将在哪里靠岸的舵手。"

"行了，你们走吧！"李世民说道，"回去记得好好把你那番歪理写下来。"

李恪一拜到底："父亲放心。明早点卯前，孩儿一定把这篇策论放在您的书案上。"

雨后初霁，一道彩虹在天边若隐若现。淇奥轻抚着李恪脸颊上那几道红肿的掌痕，不禁心疼道："痛不痛啊？陛下下手可真狠。不过，他倒是真的很喜欢你。"

"怎么能不痛？我都快被他给打蒙了。"李恪握着淇奥抚在自己面上的手，"我长这么大，这是他第二次打我。"

淇奥好奇地问道："第二次？那第一次是为了什么？"

"为了这羊脂玉珠，"李恪抬了抬手臂说道，"那时我只有四五岁吧，我觉得这玉珠甚是好看，便把它放在兜里，谁知却被我弄丢了。母亲知道以后，便冒雨亲自去寻，一直寻了一个多时辰，虽然后来寻到了，但她也因为着凉而病倒了。父亲知道以后，拿起戒尺就在我的掌心抽打了好几下，可把我疼得直哭。"

"羊脂玉珠……"淇奥端详了许久问道，"真的有那么重要吗？"

李恪点了点头："是的，很重要。咱们边走我边说给你听。"

李世民负手站了很久，直到腿都站得酸麻了才又坐下来。这些日子发生了太多的事情，仿佛一下子就将他的心神全部压垮了。旦夕之间，他就失去了三个儿子，其中两个还是他的嫡子。那种无法言喻的伤痛就算在李恪面前，他也说不出，唯有在四下无人之时去慢慢地熬煎。

李恪……李恪他很好，可也就是因为他好，才会总让李世民生出几分难以名状的复杂愁绪。李世民的目光落在了面前那个朱漆木盒上，他缓缓地将它打开，里头是三颗与李恪手腕上戴着的一模一样的珠子。他的鼻尖忽地有些发酸，不知为什么，今天关于这羊脂玉珠的记忆比以往任何时候都要清晰地涌进他的脑海，可能是因为那也是这么一个大雨倾盆过后的早晨吧。

那还是在隋朝大业八年，他与当时被封为唐国公的父亲李渊一起奉旨进宫朝拜隋朝皇帝杨广，杨广下旨的时候说是希望李渊带着公子一块儿来。本来这样的朝拜应该是带着长子去的，可李建成那时偏偏一病数日都不见好，皇帝的诏令又不容耽搁，于是，李渊便带着只有十四岁的李世民和几个仆从一起前往长安面君。

那时的李世民虽说年岁不大，但从小耳濡目染父亲和兄姐的神勇威武，朝见君王的时候便对答如流，毫不怯场。杨广当时就眼前一亮，惊喜不已，便解下了他随身佩戴的一串羊脂玉手串赐给了李世民。按照以往的规矩，第二日李渊父子就得启程回去了，可因为对李世民的喜欢，杨广当即决定将他留在宫里住上几天，而将李渊安排在了馆驿休息。李渊和当时的大臣们都不知道，杨广为了笼络他这位位高权重的表兄，在心里已经暗暗藏了要招李世民为婿的心思。

杨广的子嗣并不多，太子杨昭在大业二年便已离世，次子齐王杨暕早已在外另立府邸，长女南阳公主也已经嫁给了宇文士及为妻，而小儿子杨杲年方六岁。在宫里，唯一与李世民年纪相仿的只有杨广的小女儿淮阳公主了。

那时节，桃花恣意地绽放在树梢上，李世民在大兴皇宫的归云亭中第一次见到了她。悄声问过身旁的大宦官后，他方走上前去，恭敬地欠身拜了一拜道："世民见过淮阳公主。"

淮阳公主细细打量了他一番后问道："你是何人？"

彼时的李世民年少活泼，迎着那一抹绚烂的朝阳，微笑着说道："我是唐国公的次子，公主叫我'二哥'便好。"

"可是我有二哥。"淮阳公主亦笑，想了半晌才下定决心说道，"罢了，二哥便二哥吧。父亲母亲和哥哥姐姐都唤我'婻儿'。"

婻儿年少，她并不知道，女孩儿的乳名除了父母至亲，是不能被外人，尤其是男子所知的。

打这日之后，李世民几乎时时刻刻都和淮阳公主一起玩耍。因为本身就是表兄妹，且杨广又存了那样的心思，所以他倒也并不忌讳。

"'帐饮东都，送客金谷'，婻儿，你知道这用的是什么典吗？"李世民靠在归云亭的一根廊柱上，把玩着手中一根长长的柳条，得意扬扬地问道。

淮阳公主想了一想，眼睛一亮："这是南朝文人江淹江文通《别赋》中的一句话吧。这儿有两个典，一个是'东都'，一个是'金谷'。东都是长安的一座城门，《汉书·疏广传》中说的'公卿大夫故人邑子设祖道供帐东都门'中的东都门，说的就是这个东都。至于'金谷'嘛，说的是晋代豪富石崇为自己建的金谷园。二哥，我说得对吗？"

李世民咬了咬嘴唇，每次他觉得不甘心的时候都会有这么一个习惯性的小动作。这已经是他今天问淮阳公主的第四个问题了，他本想在她面前卖弄卖弄，可是她太厉害了，只要是李世民读过的书，她几乎也都读过。李世民不由得觉得有些泄气，垂头看着池塘里的鲤鱼不作声。

"二哥？二哥……你怎么不理我了呀！"淮阳公主见李世民不言语，便站起身，走过去坐在他的身边，甜甜地喊了他几声。阳光照在淮阳公主的脸上，让她那一对清亮的眼眸闪起了光。

李世民看着她，心里忽然有了主意，胸有成竹地说道："这个啊，你一定不知道！大业元年发生了什么事呀？"

"大业元年？"淮阳公主搓了搓手，想了想说，"还能有什么事？那年父亲登基为帝啊！"

李世民摇了摇头，神秘地说道："不只如此，还有件大事呢！我就知道，你一定不知道！"

淮阳公主摸了摸自己的长辫，轻声嘀咕道："我真的不知道。二哥，你告诉我吧！"

李世民仰着头，得意扬扬地看着她不说话。淮阳公主有些急了，拉着李世民的衣袖，撒娇般地说："好哥哥，你就告诉我吧！"

李世民这才开口说道："我以后一定会告诉你！"

"以后？一定？"

"对！一定！"

"大业元年？"淇奥听李恪说到此处，便停住了脚步望着李恪问道，"究竟是什么事啊？父亲后来说了没有啊？”

李恪凄然一笑，颔首道：“在他们成婚的时候父亲说，大业元年，是他喜欢的人出生的年份。他从小喜欢母亲，只可惜，命运无常，世事难料。”

那是李世民在隋宫的最后一个晚上。那晚，他不知所措地对淮阳公主说，他把陛下给他的羊脂玉珠弄丢在桃林中了。淮阳公主也着急，于是便和李世民一起去了那个桃林。他们撑着伞、提着灯笼在那里找了很久，才只在一块大石头后面找到了六颗散落的珠子。淮阳公主将珠子带回寝宫，用红丝线将珠子穿起，编织成了两根手串。

第二日一早，王忠便拿了其中的一串给李世民，说他和公主一人戴一串，这样将来再见面的时候，一看这玉串就能马上认出彼此了。当天下午，李世民便随着父亲离开了长安。后来杨广对李渊渐渐从一开始的敬畏和倚重变成了深深的忌惮和憎恶，他初见李世民时的那个念头便再没有向任何人提起过。可这两串羊脂玉珠却一直没有离开李世民和淮阳公主的身边。

王忠轻手轻脚地叩开门，将托盘中的几碟开胃点心放到了李世民的面前。李世民把手串从锦盒里拿出来，似乎仍沉浸在对往事的回忆中，声音听来悠远空邈：“朕还记得，这是当年你交到朕的手上的。”

王忠听了这话，心也被那些三十多年前已经尘封的记忆牵动了一下：“陛下，您又想起公主了吗？”

李世民将手串紧紧地握在手中，自言自语地说道：“邂逅相遇，与子偕臧。娉儿的心，朕终究是辜负了。”

王忠不敢再去望李世民怔怔的眼神。他忽然发觉，眼前这个叱咤风云、坐拥天下、能够与苍天叫板的帝王竟也有一种那么强烈的孤独感，他不再那么高高在上，而只是一个悼念旧爱的男子。

李恪是在第二日卯时时分进宫的。李世民自小就有晨起练武的习惯，他虽已过了四十岁，但长身鹤立，身量挺拔，比之同龄人要年轻健硕许多。此时的他正手握长枪，动作迅疾轻快，招式变化多端，看者已是目不暇接。

几招过后，李世民横枪而立，正欲将长枪放下，忽一眼望见李恪在旁，便又拿直了长枪，一枪便向他掷去。李恪赶忙回身躲闪，左手夹住来枪，右手顺势从旁边木架上拿过一枪，亦是一枪朝前刺去。两枪相击之时，火星四溅，直把站在旁边侍候的几个宫女宦官吓得大气也不敢出一口。最后的一招收势过后，二人不约而同地放下了长枪。李恪立刻屈膝行礼道："见过父亲。"

李世民一把将他扶起来："这么些年，你是第一个敢拿长枪对着朕的人。"

李恪低头嘟囔道："您都用枪指着我了，我不反击可还有命在吗？"

"你说什么？"

"孩儿是说，父亲您的风姿不减当年，孩儿甘拜下风。"

李世民颇为自得地拍了拍他的肩膀，见他的左手一直捂着右臂，便问道："你这手臂上的伤还没好利索吗？"

"父亲放心，不过一点小伤，不碍事的。"李恪放下手，将卷在袖中的两张纸递了上去道，"这是父亲要的策论，孩儿已经完成了。"

李世民接过来，见那上头洋洋洒洒写了总有三四千字，便满意地点了点头，示意他坐到自己的手边，指着案上一本摊开的奏疏说道："朕待会儿会看。你先来看看这个，刚刚底下人呈上来的。"

李恪坐直了身子，将那奏疏拿在手中，才翻看了两眼，便又将它重新放回了案上，眉头微蹙，忧心忡忡地说道："六弟他……他不懂事，父亲切莫动气。他……我……"

许是关心则乱，李恪说着竟有些语无伦次起来，不知道往下该说什么了。这奏疏上说，李愔在地方担任都督的时候不知何故，对一名县令拳脚相向，将他打成重伤，一个月也下不了床，自己却若无其事地和一群小吏一起喝酒取闹。

李世民冷哼一声道："你也不知道好好管管你这个弟弟。三天两头地惹麻烦，真不让人省心！"李恪听了这话，却不由自主地笑出了声。李世民瞪了他一眼道："还笑得出来！这有什么好笑的！"

李恪立即用衣袖掩了掩脸，向李世民拜了一拜道："是孩儿失态了。可六弟不光是孩儿的亲弟弟，也是父亲的亲儿子。您都管不了他，孩儿有什么法子？不过，他总是孩子心性，任性调皮，淘气爱玩，又受不了约束，可绝没有坏心眼的！"

李世民不置可否地说道："你倒是清楚得很！也亏得朕一直把你拘在京里，要不然，你怕会有过之而无不及吧！"

李恪忙正色说道："孩儿不敢！那父亲……您打算怎么处置呀？"

李世民甩了甩衣袖，没好气地说："还能怎么样！只好让他回京待些日子，免得再给朕惹出什么大祸来，你好好地看着他！你的话可比朕的好使。"

李恪听了这话，知道李世民口中的"大祸"指的是什么，便柔声说道："父亲放心！六弟他不会的。"

"放心？恪儿，你以为经过了那么多的事之后，朕还能够放心得下吗？"

李恪的心陡然沉了下去。他知道，李世民说这话，绝不会仅仅为了李愔的事。帝王的担子挑的是天下，重如泰山，却是不容别人来分担。即使是亲厚如父子，即使是想要去分担，却也是分担不了。那个地方，是他永远也不可能踏入的禁地。于是他也只是默不作声，听凭着自己的心慢悠悠地跳动着。

一个多月后的一个烟雨蒙蒙的午后，李恪正在府中翻阅晨间萧锐递送给他的两大卷案宗，就见季成笑容满面地叩门而入道："殿下，蜀王殿下来了，这会儿已经到院子里了呢！"

李恪说了声"知道了"，便放下手中的笔起身往外走。虽说摊上这么个成天惹祸的弟弟实在是件糟心事，可怎么办呢？自己就这么一个血脉相连的亲弟弟，难道还真能不管他吗？

才跨出房门，就见李愔远远地跑了过来，身后还跟着两个小厮。他头戴翡翠金冠，穿着一件烟罗紫的长衫，腰间佩了个小巧精致的香囊。他和李恪生得有六七分相像，都是身材挺拔、面如冠玉的美男子，而且都长着一对又黑又亮的大眼睛。

李愔一望见李恪，也顾不得这漫天的细雨，将伞扔给了后面的小厮，小跑着就来到屋檐下，屈身拜了一拜道："哥哥，见到你真好。"

李恪伸手擦了擦沾在他发间的雨珠说：“身子又壮实了些，可你这性子……”

“怕是一辈子也改不了了。”李愔接过他的话，不容分说地把他拉进了屋，脸上依然堆着灿烂的笑，仿佛他的回京不是被贬，而是载誉。

李愔见屋里只剩下他们兄弟二人，便一步步挪到李恪身边，扯扯他的衣摆，有些不安又有些委屈地说：“哥哥别生气，我这不正要跟你说吗！我这事是有前因后果的呀！”

李恪瞥了他一眼，他现在可没什么心思听李愔的前因后果：“见过父亲了没？”

“见过了……”李愔想起方才见到李世民的情景，还是心有余悸。其实李世民什么都没跟他说，整整一个时辰，李世民几乎连正眼都没有瞧他一眼，倒不是为了别的什么，是李世民根本就不知道要跟他说些什么好。他们这两兄弟虽然性格迥异，却都让他放心不下，可他又不知道如何去说出他心中隐藏的忧虑，便索性不言语，让李愔一个人在那里好好地想去。

李恪瞧着他那有些黯淡的眼神说道：“父亲什么都没跟你说吧！”

“哥哥怎么知道的？父亲真的一句话都没说。如果不是后来长孙无忌来找他说事，我指不定还要站多久呢！”李愔挑了挑眉毛，惊讶地看着他。

李恪斟了杯茶，不紧不慢地说：“我猜的呀！”

李愔刚抿了口茶，自以为他有些什么精妙的分析，听了他一本正经地说出这四个字，差点将整口的茶都喷出来：“这么简单呀！那哥哥再猜猜，父亲是不是罢了我的官位就会收手，还是，他还在想些惩治我的办法啊？”

李恪转了转明眸，有些好笑地说：“你真以为你哥哥我是神仙，能掐会算不成？”

李愔听了这话倒也没有泄气，反而“嘻嘻”地笑出声来：“你不知道我知道，会没事的！就因为啊，我是吴王的亲弟弟呀！”

“那又如何？”李恪听他这话竟说得理直气壮，便自嘲地笑笑，“你真把我当神仙了？我可是受宠若惊啊！”

“哥哥不是神仙，可是我却能沾哥哥的光！”

李恪看看他这个弟弟，都已经十九了，却依旧像是个还未经人事的孩子，他的心里不禁喜忧参半。喜的是李愔拥有的这份没有负担的纯真，忧的却偏偏也是他的这份纯真。李愔跟李恪虽是亲兄弟，但性格脾性实在相差甚远。李恪的性格是一种经历了人事变迁后磨砺而出的豁达与坦然，而李愔从小在兄长的庇佑下成长，虽时时会做出些奇奇怪怪的荒唐事，却毫无心机。

“好吧，我现在想听了，”李恪用手撑住头，望着他说，“到底是为什么动手？”

李愔站起身，搓了搓手道：“那县令真的是不像话嘛！听说儿子都二十多了，还纳了个十三四岁的小妾，夜夜笙歌，听说反将原配夫人和亲子给冷落了。这还不算，那小妾前些日子有喜了，这县令倒好，听说还要将绝大部分的家私都留给这小妾母子呢！他在我面前还装成谦恭有节的样子，我就是看他不过嘛，就出手稍微教训了他一顿！”

李恪听他讲得振振有词，又是一脸认真的样子，便又觉气恼，又觉好笑，恨铁不成钢地说：“真是胡闹！你这说的都是些什么乱七八糟的事啊！你是一州的都督，要掌管的是整个地方的政务和军马，不是当这县令家的管家婆！”

“可是，我真的看不过去嘛！”

李恪看他这一脸无辜的表情，无可奈何地摇了摇头：“方才你这短短的几句话里，就说了三个‘听说’。你听谁说的？没有确定的事你就信了？即使是真的，这是人家的家务事，你去插什么手？退一万步讲，你真要教训那县令，只管拿出你亲王都督的威信来，他哪里还会有不服的理来？居然还动手打人！真是丢人！”

李恪越说嗓门越大，那种不怒自威的神情又不经意地从他的眉宇间流露了出来，竟把一向在他面前不拘礼数、无所不言的弟弟给镇住了，李愔便低了头说：“哥哥，是我不对，我知错了还不行吗？你别这样，怪吓人的！”

说完他便用余光瞄了李恪一眼，又见李恪正襟危坐，一袭水蓝色的袍子衬得他分外精神抖擞，那双和自己相似的眼睛透亮明澈。李愔不由嘟囔道：“你可真像父亲……”

“你说什么？”李恪瞪了他一眼说道。

“没，没什么！”李愔慌忙答道，“我说哥哥教训得是，以后，我再也不敢了！”

李恪这才收起了一脸的肃穆，微微一笑，忽觉得听他认错也是件有趣的事，便拉着他的手道：“傻小子，这还像那么回事！”

“哥哥不生气啦？”李愔听他语气缓和多了，便又说道，“其实，我不做都督也不错，待在长安，就可以经常见到哥哥，也算是因祸得福了！”

因祸得福？李恪望了望他嘴角扬起的笑。那种笑，让李恪心生温暖，便点点头道：“算是吧！”

此刻，两仪殿内的铸铁六龙柱二层香炉中正袅袅生烟，散发着沁人心脾的香气。长孙无忌深深吸了一口气，说道：“陛下到底打算如何处置蜀王的事情？”

李世民合上面前这本弹劾的奏疏，看着长孙无忌一脸较真的模样，淡淡说道：“朕已经把这事交给吴王了，随他怎么处置！”

“陛下……”长孙无忌不由自主地走上前两步道，“他们是亲兄弟，关系又那么好，您难道真的不怕吴王有所偏私吗？”

李世民把弄着手中的文玩核桃，漫不经心道：“偏私就偏私吧！又不是什么大不了的事情。”

这还不算大不了的事？难道非要等到弑君谋反才是大事吗？长孙无忌忍不住在心中暗忖。其实这李愔不过是个不学无术的纨绔皇室子弟，他就是再闲也懒得管这档子事，今日不过只是随口一问而已，只是一提及吴王，却让他的心不禁紧绷了一下。李恪明明是在李承乾那件事上立了大功的，可李世民对他却没有任何的赏赐，显然是不想把他卷入这件事中。这么费尽心思地保护，目的到底是什么呢？

长孙无忌的心不禁咯噔了一下，他望着面前的香炉上那条栩栩如生的盘龙道：“陛下不该如此纵容吴王。毕竟，吴王只是吴王。”

李世民站起身，负手来来回回地走动了几步后，方才端起案上的茶杯，打开盖子后迟疑了片刻，又将它放了下来，似是不经意，又似是深思熟虑后才说：“如果，吴王不只是吴王呢？”

长孙无忌手中一直拿着的奏疏啪的一下掉落在了地上，在这寂静的大殿中显得分外突兀。他这才慌乱地跪倒在地，说道："陛下恕罪。"

李世民微微一笑，似是毫不在意他的失礼。他知道长孙无忌听懂了这话中的意思。他们是多年的君臣和至交，他是自己妻子的亲兄长，这点默契还是有的。李世民之所以将这话先讲给他听，也是希望能够得到他的理解和支持。在当时两子相争、双双被贬、朝廷人心惶惶的情况下，册立性格温和、与世无争的嫡三子晋王李治为太子，实在是个合理合法的权宜之计。可如今，不是已非那时了吗？李世民从小将李治带在身边教养，对他的脾气秉性自然十分了解，那是个好孩子，听话、懂事、孝顺，他在将太子的金册金印交到李治手里的时候，也是真心诚意地准备将天下托付于他的。

然而，仅仅过了月余，他就后悔了。可那不是李治的错，而是他的。他不该为了一时的安定而贸然让一个孩子去担起这社稷江山之重，就像他不能让一个书生去带兵打仗一样。更重要的是，他不是没有别的选择。他是考虑过李恪的，很早以前就考虑过。他后来弃了李恪不是因为嫡庶的关系，而是因为他到底还是放不下杨妠的死。那个时候，她已然气息奄奄，却仍强撑着说完了两句话。一句话是：恪儿，好好地照顾父亲。另一句话是：二哥，不要让我们的孩子再陷入任何权力之争。

这么些年，李世民一直都是这么做的。无论是安州都督还是大理寺卿，都不是能直接触及权位的位子。以李恪的才华和人品，足够当一个辅弼君主的周公。然而就在那么一瞬间，他就改变了主意。他要给他权力，最高的权力，哪怕现在绝对不是最好的时机，哪怕这已然违背了妠儿的临终之言，可他必须为自己选择一个最好的储君，尽管最好的却不是最合适的。

所以，他也只是用着试探性的口吻，几乎是小心翼翼地对长孙无忌说道："当日，就是在这里，你劝朕立了晋王为太子，朕是听从了你的话。可是有些事、有些人，都不在你我的掌控之中。这些年李恪一直在京，他是什么样的人，而太子又是什么样的人，你也该清楚。朕舍不得放过这个英武果敢、才华横溢的儿子。他才是朕心中真正的储君之选，你懂吗？"

长孙无忌一听这话，心蓦然凉了半截。陛下，您到底还是将这话清楚明白地说出来了。只是新立了太子还不到两个月啊！也未免太快了一些。长孙无忌的脑海中忽地浮现出多年前他在皇宫里的长廊上与李恪迎面相见的场景。撇开一切私心杂念，他不得不承认，李世民对李恪“英武果敢，才华横溢”八个字的评价实在是恰到好处。可是，他绝不能认同，哪怕是一丝的动摇也不能有。

他沉默了片刻，终于还是稳住了心中的翻江倒海，从容地说道：“陛下怎会有此念头？太子殿下仁厚慈悲，正是守成之君。储君乃国之根本，陛下如此朝秦暮楚，难道不怕朝野再起波澜吗？”

李世民淡淡一笑，摊开手说道：“这不是有你在吗？乱不了的！”

长孙无忌并不为李世民的溢美之词所动，正色道：“立嫡以长不以贤，立子以贵不以长。陛下难道忘了这最基本的继承原则了吗？太子殿下正是陛下如今唯一的嫡子，当仁不让！”

李世民听得此话，笑容霎时就僵在了面上。那些年，自己受了多少这嫡长子继承制的苦。当时你们那么积极地支持朕打破这个桎梏，现在反倒又一本正经地叫朕信奉起这些来了，还真是荒唐！

“就因为李恪不是你的亲外甥吗？你的度量就那么小吗？”

“陛下言重了，”长孙无忌一听李世民这有些赌气、有些责备的话，忙跪倒在地，叩首道，“臣不敢存有私心，臣一心为国！”

李世民站起身，几乎是咄咄逼人地说道：“一心为国就应该与朕同心，为我大唐选一个最好、最优秀的储君！李恪像朕，朕了解他，他不是那种任人唯亲、不辨善恶的人。你的将来，说不定还得倚靠着他。”

长孙无忌见李世民的语气急促，心知他已经动了怒气。如果不是这等关乎国家和自己命运的大事，长孙无忌早已经一切都听凭他的了。可是，这次，绝不行！这话，长孙无忌本是不愿意说的，但也许，只有这话可以扭转乾坤了。于是他抬起头，长长地吐出了一口气道：“陛下难道忘记了吴王身上流着的是谁的血了吗？”

“你放肆！”李世民拍案而起，脸涨得微红，嗓音有些沙哑，却铿锵有力地说，“他身上流的是朕的血！他是朕的儿子！”

长孙无忌冷笑了一下，丝毫没有为李世民这样骇人的气势所动，平静地说道："您知道臣是什么意思。他是陛下的儿子，可他的身上还流着隋朝杨家的血！"

李世民不由自主地瘫倒了下来。不可否认，长孙无忌的这句话对他而言，实在是太有杀伤力了！李世民不是没有想过长孙无忌会据理力争，却没有料到他竟会这样一针见血地击中李恪的软肋。可是，荒唐的是，这根本不是李恪的错；更荒唐的是，自己竟然一时间不知该如何回击，哪怕他自以为已经做了充分的准备。

长孙无忌见李世民被自己逼得哑口无言，心里又觉得十分不忍，于是他再度叩首，言语却是一如既往的有力："陛下恕罪！臣绝不是有意冲撞陛下的。可是，臣所说的顾虑陛下不能不考虑啊！吴王殿下的人品才干固然是无可挑剔，可是，陛下您想想，庶子再加上有隋朝血统，天下不可能不存疑！如今政治清明，社会稳定，求的就是一个'正'字啊！太子性子里或许是有陛下不如意之处，可名分所在，这是吴王永远也比不上他的地方。在治世上，君王的名分可比能力更重要！况太子殿下年纪尚小，陛下焉知日后他不会成为一代明君？"

长孙无忌这番话极为恳挚，字字发自肺腑，李世民不得不承认他的话持之有故，言之有理。他何尝不知道名分的重要性？他这样殚精竭虑地治理他的江山，为的不也是"正名"吗？他有嫡子的身份，有这群忠诚的文臣武将，尚且这样如履薄冰，不敢肯定是否真的已经做到名正言顺。那么李恪呢？他能顶得住来自朝野的压力吗？他会为了坐稳这个皇位而大开杀戒吗？不！他不会的。可是旁人呢？到那个时候，怕多的是自告奋勇替他杀人的人。

李世民脑海中浮现出那天李恪握住淇奥的手时那种心满意足的柔情眼神。李恪是真心喜欢这个姑娘的，他们对视时的那种互相懂得和了然的眼神甚至让他羡慕。他是掌控了万人生死的九五之尊，可却再也不会有任何一个女子能与他有如斯般心领神会的默契了。李世民咬了咬嘴唇，有些疲惫地说道："你起来说话吧！"

长孙无忌深深地向李世民拜了一拜道："臣和朝中的文武百官都一定会誓死效忠太子殿下，绝不会有二心的！"

李世民看着他，想着他与自己几十年来走过的风风雨雨，不禁生出了许多

的感动来："或许，你才是对的。朕要你答应，永远对太子忠心，并且，相信吴王。"

长孙无忌坦诚而真挚地说道："臣铭记陛下的教训！"

李世民站起身，思虑了半晌，终究还是把那句话说出了口："朕答应你，朕永不易储！"

夹带着雨珠的风吹刮在脸上有一种湿漉黏腻的不适感。长孙无忌伸手拭去了额上的水，却不知是雨还是汗。他如释重负般地吐出了一口气，似刚刚打完一场旷日持久的仗。可那不就是一场仗吗？尽管打之前毫无准备，他到底还是打赢了，他终于逼得李世民说出了那四个字：永不易储。然而那却是用另外四个字换来的：相信吴王。

好可怕的四个字！李世民竟然将他的心思看得如此通透，他在请求他，警告他，威胁他，却只是为了护住他最喜欢的那个儿子。他冷笑——可有些事情，陛下，您是掌控不了的。

"长孙尚书，请留步。"长孙无忌正低头趋步而行时，忽听得身旁有人在高声地唤他。他停步侧身，拱手相拜道："萧公此刻还在宫中，倒是难得。"

萧瑀收了那把大油布伞，走到廊檐下，清瘦的面庞上浮现出一丝似有若无的笑容："陛下跟尚书说的事情，让尚书心里很不安吧！"

"你说什么？"长孙无忌心头一凛，目光如炬道。

萧瑀与他目光相对了片刻方才言道："文德皇后的三子中，唯当今太子与您最为亲厚，所以，您才会任由着先太子与魏王斗了那么多年吧！"

长孙无忌剑眉微挑，不以为然地说道："那又如何？太子之位本来就是有能者居之，以逸待劳也未尝不可。"

萧瑀神情冷淡地说道："得之容易守之难，尚书觉得，太子守得住吗？"

"守得住也好，守不住也罢，至少此刻是太子在位上，"长孙无忌加重了语气说道，"而不是吴王。"

走过长廊，萧瑀又重新撑开了伞，雨水轻轻地洒在伞上，溅起了一朵朵小花。他放缓了脚步道："吴王不是太子的对手，尚书又何必总把他当成假想敌呢？"

长孙无忌忍不住嗤笑一声："吴王是什么样的人，你清楚，我也清楚。昝君谟和梁猛彪本就是你的门生，这次如果不是吴王，李承乾和侯君集他们的谋反恐不是未遂那么简单了。陛下没有因他的功劳而给他太子之位，萧公心里是很失望的吧。"

萧瑀的手紧紧地握住了伞柄。鹬蚌相争，得利的却是那个默默无闻的晋王李治，仅仅因为他有着嫡子的身份，多可笑！不过好在，他萧瑀从来也没有把李治放在眼里过。于是他又道："吴王从不在意这些。"

长孙无忌摇了摇头："他自然不在意，可你在意！你想让你们萧家和杨家的皇族血脉在他身上延续下去是不是？萧公，其实咱们都是一样的人，不同的是，李治知道我为他做过些什么，可吴王……一旦他知道当年的事情，以他的性子，你觉得他当如何？"

"当年的事情……"萧瑀说出这五个字的时候，眼睛正看着遥远天边那一片形状诡异的云，"他不会知道。"

长孙无忌道："是，他不会知道，陛下也不会知道。这是咱们老哥俩之间心照不宣的秘密。"

秘密，永远不会有人知道的秘密，萧瑀摇了摇头，不！如果时机到了，会让他知道的。

第九章

曾经沧海

淇奥自打有了身孕之后，便总觉得懒懒的，别说府外，就连院子也不大出。她的身子略略丰满了一些，可比之少女时候又平添了几分雍容绰约。

锦葵看着淇奥越来越重的身子，不由得有些心疼地说道：“原来怀个娃娃要那么辛苦，以后我再不嫌娘亲唠叨了。”

淇奥笑道：“是两个娃娃呢！三郎说，男孩女孩他都喜欢。可我私心却是喜欢男孩多一些的。两个像他的男孩，想想就觉得有意思得紧。”

锦葵将一只靠枕垫在淇奥的脖颈后头，让她躺得更舒服一些，又拿着一把蚕丝扇轻缓地在旁扇着风，边扇边说道：“王妃上回不是说杨府厨子做的八宝鸡丁和红烧鱼骨好吃吗？方才安陵县主特遣人送了这两道菜过来，晚饭的时候热一热就能吃了呢。”

“雪鹭姐姐真好！她自个儿尚在月中，还总惦记着我喜欢的东西。”淇奥拿起手边的一卷《昭明文选》，看了须臾又放下说，“什么时辰了？”

锦葵看了看近旁嵌宝钿红松木屏风旁的一个沙漏道：“才过了申时。王妃觉得困的话，就先睡一会儿吧。”

淇奥点点头，正想卸去插于发间的一支红槿花玉钗，就听得外头传来阵阵轻快的脚步声，随之而来的是白檀压着嗓子的喊声："四姑娘慢些，王妃许正在午憩呢！"

绵蛮穿着一袭芙蓉色百蝶穿花襦裙，梳着一个齐整的百合髻，发间插了两朵粉色小花并一支牡丹花钗，很是娇美可人的模样。她小跑着从屏风后头进来，俏生生地说道："乳娘说了，有身子的人可不能一直躺着。我来陪姐姐聊天，不是很好吗？"

淇奥原也不觉有多少困意，见着她来了，自然十分高兴，便忙招呼着她道："四妹怎么这个时辰来了？"

绵蛮拿过几案上的一把团扇，用力地为自己扇着风，直到觉得凉快了一些，才挥了挥手，让屋中的侍女们都去外间侍候，自己则含羞带笑地坐到了淇奥身边道："自然是有好事要同姐姐说。"

淇奥见她这般样子，虽心中已然猜到了八九分，却只按了按自己的太阳穴，故作沉思状道："好事？是你父亲升官了，还是你兄长又要成婚了？"

绵蛮噘噘嘴，轻蹬了下脚，双目有神，顾盼生姿："都不是，都不是！是妹妹自己的事，妹妹很快就要嫁人了呢！"

淇奥见她那一脸藏也藏不住的欢喜，嘴角也不觉扬起了几缕明媚的笑："是哪位好郎君那么有福气，房相家的三公子，长孙公家的五公子，仿佛纪王殿下也到许婚的年纪了吧？"

"姐姐只管再往好的猜！"绵蛮低头抚弄着手指上的白玉指环，面色露着些她也不曾觉察到的得意，"你难道忘了那时候我说的话了吗？"

"是太子？"淇奥微蹙了一下眉头。虽说去岁她的确曾对自己说过，她非太子不嫁，可淇奥总觉得那只是她的戏言，却不料，她竟然当了真。哪怕时过境迁，当时的太子已然不是如今的太子，她也真的不在乎吗？她所要嫁的，难道只是"太子"吗？淇奥拉了拉她的手道："四妹是真心愿意嫁给太子的吗？如若不愿，我让叔公和陛下讲，亦非没有推托的理由。"

绵蛮看不出淇奥的忧心，依旧是兴高采烈的模样，眼眸在阳光的照耀下熠熠生辉，那是憧憬与期盼的目光："姐姐说笑了，正是萧公向陛下举荐妹妹做太子良娣的呢。父亲高兴，妹妹心里也高兴。再说，妹妹常听人说起，如今的太子和过去的太子不一样，是个极好的郎君呢。”

是叔公举荐的？淇奥的心里不由生出几许异样。她蓦地想起自己出嫁前叔公说的话：“于你，于我们萧家而言，或许，他并不是最合适的夫婿。”而父亲在世的时候也曾不经意地说起过：“你叔公喜欢吴王，只可惜，以吴王的身份，怕是不能如他所愿了。”

过去她并不解其意，如今，竟已猜到了八九分。或许当初叔公最属意她嫁的人是晋王，也就是如今的太子吧。他知道当时的太子和魏王两虎相争，必都会有所伤亡，得益的便只会是晋王。他想让她待在晋王身边做眼线，时时将晋王的动向告诉他，继而，帮助吴王成事。可吴王是不愿意的，她知道。就算有那么多人推着他向前，可不愿意就是不愿意。淇奥想着想着，心头不觉生出了几分凉意。

绵蛮握紧了淇奥略略有些发颤的双手，关切地问道：“这大暑天的，姐姐怎么打起寒战来了？”

淇奥长长舒了口气，平缓着自己的心绪：“你父亲和你说过，嫁给太子以后要做些什么吗？”

“做些什么？”绵蛮眨巴着明眸，思考着说道，“自然说要好好和太子妃一起料理宫中事务，不让太子有后顾之忧。”

淇奥松开了她的手，微微安下心来，看着七宝帐上一对绣得栩栩如生的鸳鸯，许久之后才说道：“四妹可知，太子妃出身太原王氏，身份贵重。不只太子对其颇为敬重，连陛下也称她为‘佳妇’呢！”

绵蛮的神色微一迷离，只是旋即又露出了些轻蔑之色：“妹妹知道。可是我们萧家的门第并不比他们王家差，妹妹的才貌想也不输那太子妃。姐姐只管放心，吴王殿下是怎样待姐姐的，我将来必也能让太子怎样待我！”

淇奥轻抚小腹，只觉孩子在里头轻轻伸展着双足，那种即将成为母亲的幸福轻而易举便掩盖住了方才脑海中闪过的那许多杞人忧天般的忧愁：“吴王他……自然是很好很好的。”

“很好很好是有多好？”绵蛮站起身来，拨弄着凝结在龙檀木雕烛台上的烛泪，复又坐了下来，带了些少女羞赧的口气，悄声道，“姐姐如今的身孕已经五个多月了，难道吴王殿下还能把持住不找别的女人吗？”

“你一个未出阁的姑娘，脑子里想的都是什么？”淇奥不禁有些耳热，拍了下她的手背微嗔道。

“到底有没有？”绵蛮又靠近一些，追切问道。

淇奥的眼里漾着澄澈的目光，轻声道：“是他自己不去找的，我又不曾拦着他。”

“姐姐可真是好福气。”绵蛮惊喜地说道，旋即却又有忧色袭上心头，“可是如果一直这么下去，恐怕姐姐会像房夫人一样，背上悍妻‘吃醋’的名声。”

房玄龄与夫人从小一块儿长大，情深意笃，不仅不纳妾室，连屋里人也没有。李世民念及房玄龄多年辛劳，过年的时候赐予了他三四个美貌宫女。怎料房夫人不买账，当即就逼着房玄龄把那几位美娇娘给退了回去。李世民自觉脸上挂不住，以抗旨之罪让王忠送了一杯毒酒给房夫人。房夫人只道一句，宁死也不准房玄龄纳别的女人，随即就将毒酒一饮而尽，喝完却觉毒酒酸涩，原来那竟是一杯陈年老醋。“吃醋”一词由是在长安城中广为流传。

淇奥情不自禁地笑出了声：“那可不会。世人若知，只会道三郎惧内。不过想来，他也会乐在其中的。”

三郎。绵蛮在心里咀嚼着这两个字，犹似吃了一口令人沉醉的桂花酿一般，只觉舌尖是这样的甜蜜美好。她再度看了淇奥一眼，耳畔又响起几年前父亲的话：“像你淇奥姐姐这样的人，当然得嫁给这世上最好的男子。”她问父亲：“谁才是最好的男子？”父亲想了许久，才拈须叹道：“大约不是当今的皇帝，便是未来的皇帝吧。”

绵蛮的几个兄长都在外地做官，二姐、三姐幼年夭折，长姐与她年纪相差甚大，又非一母同胞，自然没什么情分。所以，当萧铉第一次带着淇奥来家里做客的时候，她就很喜欢这个姐姐，直嚷着让父亲留姐姐多住些日子。和淇奥待在一起的时间越长，她就越羡慕她。淇奥长相出众，能文能武，将来又能嫁给“最好的男子”，就算后来萧铉过世了，仍旧有那么多人疼她关心她。

然而突然有一天，她听说了吴王在苏府中的惊人之举，知道了淇奥将要嫁的人不是皇帝也不是太子，而是吴王。不知为何，她的心却顿感一种前所未有的释然。既然淇奥嫁不了太子，那她便嫁！或许只有这样，她才能过得比她好。大

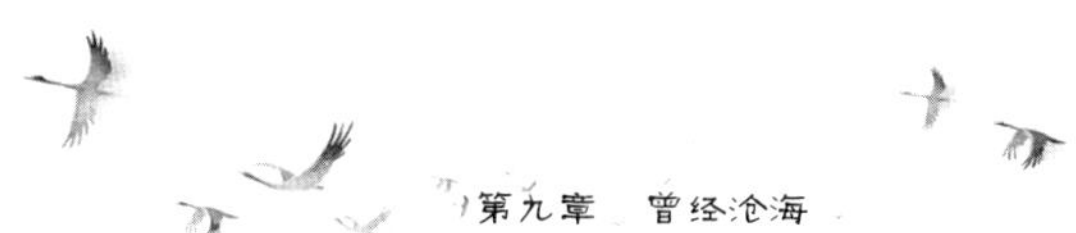

约连她自己都不知道，她今日前来将自己许嫁太子的事情告诉淇奥，其实是隐隐有些炫耀心思的。可就在方才，当她听到淇奥那样自然地讲出自己和吴王之间的感情时，她的心却又蓦然有些空落了。然而，这空落也只存在了须臾，她昂了昂头，颇有些自负地咬了咬唇。

“四妹在想什么呢？”淇奥看着她不断变化着表情的有趣面庞，“婚事既定，家里如今可正在为你准备嫁妆了？”

绵蛮缓过神来，眼里又多了几分雀跃之意：“嫁妆是早些年就准备好了的，只是还缺几样玉器，姐姐陪我去挑，好不好？”

淇奥看着自己已然十分显形的小腹，下意识地摇了摇头：“不好。太医前天来看诊的时候才说过，双生胎难得，可就怕生产时艰难，所以平日里还需静养为上。”

绵蛮摇了摇淇奥的手，撒娇道：“我不依！姐姐过去那么喜欢外出骑射，如今这都静养了好几个月了，难道就不闷吗？去嘛……咱们府上的马车就在外头，姐姐再带上两三个丫鬟随侍，保管无事的。”

淇奥犹疑了片刻才微微颔首：“那把白檀、锦葵叫进来吧。”

自寅时起至黄昏，是长安各坊一天中最热闹的时辰，各家门户大开，走街串巷，逢着熟人就要寒暄几句，有时候聊到兴头上，会突然想起灶头上正烧着粳米饭，便只得道声得罪，急急忙忙就往家里跑。

头戴轻纱帽、身着半臂衫的张二宝手拿抹布，正小心翼翼地擦拭着昨日才打磨完工的一对莲花菩萨玉佩，嘴里却在骂骂咧咧掌柜的抠门，连一两的工钱都还要赖上两天。忽一眼瞧见停驻在小店外的那辆宽敞华丽的四轮马车，不觉眼前一亮，心道贵客上门，运气来了，于是便随手将抹布扔到了身后一尊汉白玉骆驼摆件上，三步并作两步地走出了门。

“几位里头请。”张二宝的脸上堆满了笑容，连连屈身赞道，“夫人一见就是大贵之相，您腹内的小公子将来也定然是公侯之命！”

绵蛮挽着淇奥的手臂，一听这话便不高兴了：“胡说些什么呢！我姐姐的孩子怎么可能是公侯？他生下来可就是……”

“四妹！”淇奥听她随口就要讲出自己的身份，便忙打断了她的话，“既是你的嫁妆，就得好好地挑挑。掌柜这儿有什么好玉只管拿出来给咱们瞧瞧。”

“掌柜出去送货了，我只是个伙计。”张二宝不好意思地挠挠头，从橱柜中拿出几件用金盆托着的各式玉器道，“咱们这儿无论是玉镯、玉佩、玉指环或是其他玉雕的小玩意儿，都是这祥和坊中拔尖的。夫人和姑娘只管细细地挑，价格嘛……好商量！”

绵蛮的目光从这些玉器上一一扫过，眼中偶有惊艳之色，却见淇奥在旁并不露声色，便悄声在她耳畔说道：“我向来不懂这些，姐姐见多识广，还是姐姐替我来选选吧！”

淇奥点点头，继而抬头对张二宝说道：“你倒没有夸大其词，这些玉都是精品。”

张二宝刚刚露出了些许得意之色，却又听得淇奥继续说道：“然而也只是精品，却不是极品！”

“曹某在此经营玉器生意近十载，还从未听人如此说过！”张二宝刚想辩驳，却见身量魁梧挺拔的掌柜曹方硕大步流星地走了进来，有些不悦地问道，“请教夫人，这些玉器如何就不是极品了？”

淇奥见曹方硕着恼的模样，不慌不忙地说道：“《说文解字》上说，玉有五德。润泽以温，仁之方也；䚡理自外，可以知中，义之方也；其声舒扬，专以远闻，智之方也；不挠而折，勇之方也；锐廉而不忮，洁之方也。掌柜的玉温润有光，内外色泽均匀，方才妾身随手敲击了一下其中一玉，听之声音清脆，质地坚硬，诚为精品之玉。只不过，若真要说是极品，还差一样……”

“哦？还差什么？”曹方硕知道这回碰到的是行家，便收敛了脸上倨傲的神情问道。

“是俏！掌柜的玉太纯太正了，看得久了，未免觉得寡淡。”

曹方硕挑动了两下眉毛，咀嚼着这句话中的意思，犹是带了些怀疑的口吻说道："夫人之见还真是奇特，恐怕咱们店铺中是没有夫人想要的东西了。"

"那倒也不然，"淇奥伸手指了指曹方硕身后几案上那只被当成镇纸，看起来灰扑扑的镯子，"若妾身所看不错的话，那便是极品之玉！掌柜不介意给妾身一观吧。"

曹方硕一听此话，不禁圆睁双目，惊得面色转了又转后，才给张二宝使了个眼色。张二宝丈二和尚摸不着头脑，便只是诺诺转过身子将那玉镯经由白檀的手交给了淇奥。淇奥从袖中拿出丝绢，小心翼翼地擦拭着上头的灰尘，就着夕阳的余晖又细细观看了片刻。那镯子通体晶莹，可见是用上等的和田玉打磨而成的。

绵蛮颇不以为然道："姐姐难道没有看到这镯子里头的棉絮吗？有这样明显的瑕疵，至多只可算是中品，说极品未免也太夸大其词了。"

淇奥将玉镯戴在绵蛮的手腕上，大一分显宽，小一分显窄，倒是出奇地合适。她指着那其中所谓的瑕疵说道："四妹看这棉絮像什么？"

绵蛮又凑近了一些看，许久之后才若有所思道："仿佛是桃花？"

"对，是桃花！"淇奥浅浅一笑，"天然原石中几乎都有棉絮，好的玉石匠人会避开这些瑕疵，尽可能打磨出无瑕的精品美玉，就像这铺中绝大部分玉器一样；而顶尖的匠人则会利用这些瑕疵，加以巧妙雕琢，用来增加玉的俏丽之姿。就像这其中的桃花棉絮，就非常好。要打造这么一个玉镯，非有一二十年经验的老匠人花费三年以上时间则断不可得。"

淇奥话音刚落，就见曹方硕满目感佩地跪倒在地，连叩三个响头，再度开口的时候，他的喉头已有了些微哽咽："夫人实乃世间难得懂行之人。不知夫人如何称呼？"

"妾身夫家姓李。掌柜何故行如此大礼？"淇奥侧头望一眼张二宝同样惊诧的眼神，不禁疑惑道，"这玉镯可有何典故？"

曹方硕站起身来，走至门前，观察了一下街边来来往往的人群，又回头说道："曹某既遇伯乐，便不相瞒。二十多年前，曹某受人所托，打磨一个带有桃花纹样的玉器，无论玉佩玉指环还是玉簪都好。那客人出手极为阔绰，一给就是三十两银子的定钱，还让我慢慢做，等三年后他再来取……"

"三年？他难道不怕你拿了这笔钱却不帮他干活？"绵蛮听到此，忍不住插话道。

曹方硕明显有些不悦："姑娘这是什么话？我祖上三代均为玉匠，这祥和坊中何人不识？那位客人显然也是打听过了才找到我的！"

到底还是个小女孩，冷不防听到如此抢白，绵蛮面上不觉有些挂不住，便只低头搓了搓腰上的红流苏。淇奥拍了拍她的手，仰头对曹方硕说道："那后来呢？"

曹方硕拿起案上的陶瓷小酒盅，豪饮一口后继续说道："再精巧的桃花玉雕在我手里至多三个月时间就能完成，可我想着，既然拿了人家那么多银子，自然得弄出一点特别的东西，方对得起我这块百年老招牌。于是，我便从前番采集而来的原石中选取了一块成色上上等，却略有微瑕的作为原料，准备打磨一个镯子，一共花了两年零八个月的时间才完工。那客人见此玉镯，起初并不以为然，只道一句'辛苦了'，便给了余下的三十两工钱。

"可就在五天以后，他却突然春光满面地进了铺子，又给了我足足一百两银子，说他的主人对那镯子赞不绝口，直说是鬼斧神工。我很想问他的主人是谁，终于还是没有问出口。到了武德年间，有一天夜里，一个身染重病的年轻人昏倒在我的铺子门口，是我为他请了大夫，救了他一命。年轻人感念我的救命之恩，就把他随身携带的一个镯子给了我做谢礼。李夫人，你知道当时我有多么惊讶吗？"

淇奥深吸了一口气，缓缓说道："就是这个玉镯。"

"不错！"曹方硕点了点头，"当时我就追问他的身份。他实言自己曾是江都行宫中的一个侍卫，大业十四年，宇文氏逼宫弑君那晚，他和其他几个同伴瓜分了行宫中的许多财宝，趁乱逃了出来。直到这个时候，我才知道，那位客人极有可能是隋宫中人。"

隋宫。淇奥的心霎时似被一根细线勒到了嗓子眼，继而却又沉沉地坠了下去，额上已然沁出了些许细密的汗珠。那是一种似要抓住什么，又像什么也触碰不到的感觉。正自胡思乱想间，就听得绵蛮声音清越地说道："当真是奇遇！你说是不是啊姐姐？"

不过是一个与桃花相关的隋宫之物而已，她还当真是孕中多思多疑了。淇奥

想着便握了握绵蛮的手，对曹方硕道："不知掌柜可否把此物割爱于舍妹？"

曹方硕抚须朗然而笑："这是自然的。既与姑娘有缘，我便将此赠予姑娘便是！"

"掌柜说的可是真的？"绵蛮再度审视着这个镯子，越发感觉出它的好来。

"曹某从不说玩笑话。"曹方硕道，"我曾经也想着将它再度转卖，可是这么些年来，竟无一人能真正觉察出它的好来。后来我也泄了气，便随手将它放到了一边，想着只要有人能识得此千里马，我必双手奉送，绝不收半文钱。今日有幸得遇李夫人，亦是这镯子的福分了。"

"如此，便恭敬不如从命了。"淇奥倒也不作推辞，只略略向着曹方硕福一福身。

绵蛮亦屈身施了一礼道："多谢掌柜。掌柜的生意必然会越做越旺的。姐姐，时候不早了，咱们回去吧！"

张二宝看着黄昏下她们一行人等慢慢前行的身影，不由十分好奇地问道："那个镯子既然花费了师傅那么多心力，您就这样送出去了，难道不心疼吗？"

曹方硕下了门闩，走至里屋，用茶碾子碾着晨起刚刚放进去的茶饼，慢慢将其碾成了茶末，转头瞧一眼张二宝愣头愣脑的傻模样道："我已然靠着这镯子得了一百六十两银子，早就够本了，又有何可心疼的？更何况……"他停一停，看着茶釜中的水已生了些微小气泡，便加了两勺盐在里头，又道，"那位李夫人可不简单。能卖她这么个人情，对咱们总没有坏处。"

张二宝不置可否地撇撇嘴巴，边用竹夹搅动着茶釜，边嘟嘟囔囔着："师傅您只会对别人大方……"

茶釜里的水咕咕作响，恰到好处地掩住了张二宝的话。曹方硕加了一勺水进去用以止沸："黄家相公那里的账没要回来，你那一两银子下个月再来拿吧！"

绵蛮的兴奋劲直到马车出了祥和坊之后犹未退去分毫，她挽着淇奥的手臂，将头靠在她的肩膀上，柔声说道："姐姐究竟是打哪儿学会赏玉的本事的？可别说全是从书中所见的！这可是门大学问，没有人拿着实物教授的话，是万不能够的。"

淇奥喝了一口白檀递来的马奶，只觉口内分外醇厚香浓："是吴王教的。"

"是吴王喜欢，姐姐才去学的；还是吴王见姐姐喜欢，然后再教给姐姐的？"绵蛮歪着脑袋，因怕自己发髻上戴着的牡丹花钗硌着淇奥，故而早早就将它拿下来放在手里把玩。

淇奥不解其意，问道："这有什么区别吗？"

绵蛮很认真地点点头："自然有，这能说明是吴王喜欢姐姐多一些，还是姐姐喜欢吴王多一些。"

淇奥刚想开口，就听得马的嘶鸣声起，马车剧烈晃动了两下，车内几案上放着的小玛瑙盘和四个银杯掉落下来，剩余的半杯马奶冷不防全都倒在了绵蛮崭新的襦裙之上。淇奥下意识地伸手护住自己的小腹，头结结实实地撞在马车车壁上，痛得她忍不住低哼了一声。

绵蛮气极，边吩咐自己的丫鬟金钟为她擦拭裙摆，边起身跨过几案，掀开车帘便骂道："阿楼，你怎么驾车的？那可是波斯国的素软缎！"

白檀、锦葵顾不上摔得红肿的膝盖，一个护在淇奥面前，一个伸手挡在车壁上，异口同声地问道："王妃不要紧吧？"

淇奥惊魂初定，长长舒出一口气道："无事。就怕把孩子们吓坏了。"

阿楼自个儿也吓得不轻，面色煞白地转头连连屈身道："姑娘莫生气。您瞧，有一群人挡在前头，方才又从那大树下蹿出五六个老百姓，阿楼若不及时勒住马缰绳，怕是要撞着他们了。"

"那又如何？原也是他们自己不好，凭什么要让咱们遭罪？"绵蛮面上的怒色未减，"还不赶紧想法子绕过去！"

"等一下，"淇奥坐直身子，顺手将小玛瑙盘放回了几案之上，"阿楼，你下去看看吧！前头到底出了何事？"

阿楼应了一声，慌忙下了马车，挤进人群后半晌，又艰难地挤了出来。他的长衫被汗水浸湿，紧紧地贴在身上，绑着发髻的那根粗麻绳也有些松开了，喘着气说道："王妃，那秋霞亭中有一个人犯了什么病晕倒了，好像快要死了的样子，听人说，仿佛……仿佛是哪一位宰相。"

"宰相？"淇奥想了想，吩咐道，"把马车停到一旁，咱们下去看看。"

绵蛮虽是满满一副不情愿的模样，却还是扶着淇奥的手慢慢下了马车。

因已有雍州府的差役们赶来，围观的人群也散了大半。只见那人侧倒在亭子围栏上，面色乌青，嘴唇发白，不住地喘着粗气，看起来极是可怖的样子。绵蛮只望了一眼就吓得尖叫一声躲到淇奥的身后，连连道：“快要死了的人，晦气！姐姐不要看也罢！”

黄捕头一听叫声便转头不耐烦地冲着她们喊道：“这里是喧哗的地方吗？还不快走！”

绵蛮本打算立马就离开的，可听他这么一说，脾气突然就上来了：“我姐姐是吴王妃，我是未来的太子良娣，你一个小小捕头也敢这般对我们吆五喝六的？”

黄捕头在苏府中见过淇奥，原就觉得她有些面善，听绵蛮这一说马上也就想起来了，便赶紧屈膝拜道：“卑职黄迟见过王妃。事出突然，多有得罪，请二位恕罪！”

黄捕头还要再说些什么，却听得身后那人正嗫嚅着什么。他一时也顾不得失礼，忙起身走了过去道：“中书大人说什么？”

“禅师，禅师……”那人圆睁着双目，气若游丝，口里突然吐出一大口鲜血，却犹在反反复复地念叨着这两个字。突然，他飘忽的目光似找到了焦点一般，盯住了人群里的某个人。绵蛮感到那停驻在自己身上的眼光，情不自禁地后退了一步。然而很快，她就发现，那人注视的不是自己，而是自己手腕上的那个镯子。他用尽了最后的一丝气力，断断续续地道：“对不起……对不起……”

声音越来越轻，直到再也听不见了。黄捕头用指头试了试他的鼻息，摇了摇头：“已经去了。”

“黄捕头，”淇奥看着愣在一旁不知所措的黄迟，手被绵蛮握得略有些痛意，“赶紧让人去中书令府上报丧。再有，让齐长史速报吴王与萧少卿知晓。”

黄捕头连连应诺，心道他才做上捕头两天就碰到这种事情，真不知是劫数还是机会。他清了清嗓子，招呼着身后的四名手下：“还不快去！”

绵蛮放开了淇奥的手，低头见自己的身影被夕阳拉得老长老长。她的心绪渐渐和缓过来，打了个哈欠说道：“姐姐，那我们……”

“回府去。”

金莲花烛台上，一对麒麟香烛正散发着沁人心脾的味道，缓慢摇曳着的烛光照射着淇奥的睡颜。她只着一袭白色中衣，将头伏在臂弯里，手里抱着一卷近来十分沉迷的《文选》，一根嵌红玛瑙梅花簪掉落在她的膝上。

“这傻姑娘怎么总是这样？”李恪抚摸着她一头垂至腰际的青丝，无可奈何地自叹道。说着便俯下身子，小心翼翼地将她抱了起来，蹑手蹑脚走至里屋，让她舒服地躺在床榻上。

方才下过一场倾盆大雨，此刻外头廊檐上的雨珠还在一滴滴地向下落。雨过风清，带去了许多暮夏的闷热。淇奥揉了揉惺忪的睡眼，柔声唤道：“三郎。”

李恪吹灭了一盏烛灯，揽她入怀：“还是把你吵醒了。”

淇奥摇了摇头：“我原想着要等三郎回来说话的，可还是忍不住睡着了。现在什么时辰了？”

“快子时了。”李恪眉心微颦，“父亲留我说了快一个时辰的话。宇文士及死得蹊跷，他又失一良佐，心里总是不好受的。他让我明日再往宇文府去一次，务必尽快查清此事。”

“太医是怎么说的？”

“有中毒迹象。天知道他是吃坏了东西，还是被人算计暗害了。”

淇奥听他这话说得冷然不屑，便忍不住道：“三郎心里很不待见宇文士及吧。”

“他愧对杨家！”李恪负气般地说道，“表兄不喜欢他，我也不喜欢。他的事情，我是真的提不起兴头来管。”

“陛下若听得他的大理寺卿说这样的话，非气坏了不可。”淇奥情不自禁地微笑道。

“父亲也有他的为难和不得已之处，”李恪轻叹了口气，“再说我怎么可能真不去呢？死者为大。何况宇文士及这些年来对朝廷忠心耿耿，夙夜匪懈，官

声虽不及舅公和房相，却也差强人意。我的一己好恶，不过是私底下的牢骚话而已。”

淇奥挪了挪身子，枕着李恪的手臂：“如此，也算是宇文士及的福分了。”

李恪浅笑道：“明日一早，咱们一起去宇文府！”

淇奥不解：“为何是咱们一起去？这合理吗？”

“于公不合，于私可是合得很呢。”李恪唇角微扬，“宇文士及的夫人寿光县主，按辈分咱们还应该喊她一声姑姑。宇文士及这事十分古怪，我原也有几分好奇。淇儿有女儿家的敏锐，有些事情，你应该能看得更准一些。”

“好，咱们总在一起。”淇奥点点头，说话的声音却越来越低，想来已经是困极了。

李恪侧头轻轻吻了吻她的额头，抚拍着她的肩膀：“等咱们孩子出生以后，我便向父亲告假一月，咱们一起去江南游玩。母亲当年就很喜欢江南。扬州、苏杭、越州……都是很美很美的。”

因是以晚辈身份前去，故而李恪和淇奥皆着素色常服。临行的时候，白妈妈不由得忧心忡忡地拉着淇奥的手，又觑了李恪几眼，悄声道：“王妃如今是有身子的人了，灵堂那种地方不干净，可去不得啊！”

“我和淇儿都不信这个！”李恪听得了此话，揽住淇奥的肩膀道，“妈妈您就放心吧！就算真有什么，还有我挡在淇儿面前呢，哪怕恶鬼索命，也会先来索我的命……”

淇奥还未听他说完，就急急捂住他的口道：“再胡说，我三个时辰不理你！”

算来寿光县主还不到四十岁，可看起来却已显出了十分老态。因不施脂粉，脸色略有些泛黄，眼角处的细纹在烛光的照射下愈加明显。她生得很瘦小，比身旁侍候的两个丫鬟矮了大半个头。大约昨日哭了大半宿的缘故，一对丹凤眼红肿得像核桃似的。

她的声音略有些哽咽，让人闻之也不觉有些哀痛：“多谢吴王殿下与王妃亲来吊唁亡夫。”

李恪欠身道："姑姑客气了。宇文公高风亮节，居宰辅要位，如今陡然过世，晚辈自该前来相送。"

说罢，便至灵前点了三炷香，屈身三拜。寿光县主与屋中各位女眷皆再拜还礼。李恪见侧室刘氏夫人将宇文士及与寿光县主的独女宇文修多罗搂在怀中柔声细语地安慰着。这位宇文姑娘幼时便许给了李恪的十三弟赵王李福，只不过看如今这光景，婚事该是要推后了。寿光县主看着她道："修儿别哭了，不可在吴王面前失了礼数。"

宇文修多罗这才松开刘氏的怀抱，勉强止住了哭声，抽噎着福身唤了一声："吴王殿下好。"

李恪虚扶了她一下，话语平静温和："弟妹不必多礼。"

寿光县主也不去管她，只拿出袖中的帕子，拭了拭手上沾着的黍稷梗灰道："请殿下、王妃一起去前厅歇息吧。"

几人刚至小花厅中坐下，就见一个鹅蛋脸面的小丫鬟走至寿光县主跟前道："夫人，郎主的这串手珠也要随葬吗？"

寿光县主的眼里露出了一丝压抑着的痛楚之色："先放这里吧。"

李恪只觉这琇莹玉手珠很是眼熟，半晌才深吸一口气，恍然道："这是当年刘录事托我自安州带给刘夫人的吗？"

刘氏点了点头："叔父当年在信中说，这是他的一位故友所赠。因婶母素来不喜玉石，叔父又无女儿，故而便将其给了妾身。妾身一见便十分喜欢，当时就把它戴在了腕上。"

李恪疑道："既如此，可为何方才丫鬟说的却是'郎主的手珠'？"

"此事倒也奇怪。"刘氏蹙了蹙眉，想了很久才说道，"郎主一见妾身戴着这琇莹玉手串就眼睛放光。殿下，妾身并未夸大其词，当时郎主十分激动地从妾身腕上取了下来，也不问来历，只问妾身将它要了去，从此，便一直随身带着。"

"未想宇文公七尺男儿竟会喜欢这种女子的东西，不过也的确雕琢得细腻精巧。"淇奥好奇地将手珠拿在手中细细看了一番。那手珠是用十五颗圆润饱满的琇莹玉串成，中间连着一只小银马，很是栩栩如生的模样。

说话间，便有奉茶的小丫鬟往各人的杯中添了些茶水。李恪看着氤氲上升的水蒸气，只觉双目有些发酸，忍不住伸手揉了数下，又眨了几下眼睛：“宇文公猝然而终，真是可惜。不知他平日里都爱吃些什么食物？是不是误食了什么不洁的东西才会引起中毒的？”

寿光县主慢慢地拨动着手中的金丝楠木佛珠，双目低垂，旋即却又抬眼迎上了李恪的目光，不疾不徐道：“三年前，郎主曾因为吃多了羊肉而病了好几十日，大夫说，郎主肝阳上亢，其实是不宜吃热性食物的。从此以后，他便一律不吃此类东西，想不到此番竟还是丧命于此间。”

“果真如此吗？”李恪再度认真地打量着眼前这两个看起来伤心得容颜憔悴的女人，试探地问道，“难道姑姑从未想过宇文公是被人所害的吗？”

寿光县主与刘氏面面相觑，似乎真没想到这一层上。过了半晌，寿光县主才说道：“这怎么可能呢？什么人会有那么大的胆子？”

“自然希望不会。”李恪说道，“只是宇文公身为宰辅，恪又向来将他视作长辈，不得不谨慎处之。不知两位是否知道宇文公都在做些什么，喜欢与何人往来？”

刘氏边想边说道：“郎主最近似乎一直在看新罗地志，总说新罗人被高句丽打得可怜之类的。这几年来，他的身子一直不大爽利，除却大朝会以及去中书省点卯之外，便不大愿意外出。有时候中书舍人来济、谏议大夫褚遂良二位同僚会来府上与他叙旧，不过也不常来，大约一月间只有两三回吧！”

淇奥慢慢抚着手珠上的那匹小银马，忽而忍不住轻咳几声，直到将杯中清水饮尽之后，才些微缓过气来。她看了一眼寿光县主道：“那么禅师呢？宇文公临终前一直唤着这两个字。姑姑可知，他可曾与哪一位禅师交往过？”

“玄觉禅师！”寿光县主与刘氏异口同声地答道。

李恪对这个名字还算熟悉。说来玄觉禅师此人也是个传奇，据说在武德末年的一个清晨，大兴善寺的辩明小和尚下山打水的时候，看到江面上有一个人正踏着薄雾缓缓地飘过来，手中还捧着两颗闪闪发光的夜明珠。辩明直呼神仙下凡，当即便扔下了水桶，一步一踉跄地跑回寺中找师兄弟们共同前去相看。

然而，等到他们再度来到江边的时候，却只见一个二十多岁的年轻人，浑身湿透、气息奄奄地倒在地上。和尚们也不去管什么仙人了，只将这年轻人救回了寺中，找大夫救了两日两夜才苏醒。醒来问他的名字籍贯等都一无所知，只是开口背诵了一大段《法华经》。再问他是从何处学来的，也还是说不上来。

当时寺中最德高望重的玄奘禅师认定这个年轻人与佛家有缘，便决意让他留在寺中，却并不给他以弟子们的“辩”字辈起名，而给了他“玄觉”的名字，说愿意与他以师兄弟相称，共同切磋佛理。后来，玄奘西去天竺求经，大兴善寺中众僧便都以玄觉为大师叔，对他十分尊重。

“算来玄觉禅师也是咱们家的恩人。”寿光县主继续说道，“妾身自武德三年由先帝赐婚嫁给郎主，整整十年间都无所出。妾身心里十分着急，除了为郎主纳了刘妹妹为妾室之外，还去了许多寺庙烧香拜佛。后来，在大兴善寺中遇到了玄觉禅师。他告诉妾身，只消每日净手虔心抄录佛经，焚烧给佛祖，不消三个月，定会有子女之福。妾身按了禅师的话去做，后来果然就有了修儿。虽说只是个女儿，郎主却也非常高兴，妾身心里方才有些安了。于是每逢着初一、十五日，妾身便会与郎主一起去寺中向玄觉禅师还愿。”

得道禅师竟还管着送子，这倒是奇事一桩。李恪不觉十分纳罕，转了转眸子，却有了另一番慨叹：“宇文公与姑姑鹣鲽情深，自然希望姑姑能诞育他的孩子。修儿懂事孝顺，宇文公当能感到欣慰了。只可惜他终不能亲眼看着修儿出嫁。”

“鹣鲽情深……”寿光县主反复念叨着这四个字，不由得露出了一丝自嘲般的苦涩笑容，“鹣鲽情深吗？”

“他对姑姑不好？”淇奥不解地问道。

“不是不好，只是郎主和妾身、和刘妹妹都只是相敬如宾。”寿光县主将目光投向刘氏，两人的眼里不约而同地生出了许多落寞来，“相敬如宾自然没什么不好，可这世间女子谁又能只满足于当一个只得到丈夫敬，而企及不到爱的外客呢？我曾经一度以为他只是感情木讷，不善言表，直到我发现了他的秘密。或许并不是秘密。殿下，你知道吗？”

李恪心中虽有所觉，但是有些话以他的身份并不便说出，于是他只是默然不应，将杯盖拿在手中慢慢地把玩着。

寿光县主一遍遍抚着自己眼角的皱纹，可容颜既已老去，便再也回不到自己年少明媚的红颜时光。一如她的心，在破碎过后永远也平复不了。

她道："妾身虽未见过南阳公主，可也听说过她的绝代风华。郎主曾经不止一次地找过她，希望能够破镜重圆。可他们之间隔着国仇家恨，又隔着一个死去的儿子，像她这样刚毅决绝的女子定然容不得如此背叛。郎主心中对她有愧疚，可更多的却是爱意。多少个夜里，我都看到他坐在窗前长吁短叹。只有爱过的人才知道，那是得不到爱的时候才有的神色。观于海者难为水，恐怕，天下再无一个女子能够像她一般真正走入郎主的心了。"

李恪眼里的悲悯与痛惜一闪而过。即便宇文士及当真还对南阳公主存在爱意，那又如何？当他决意抛下夫妻、父子的情分而成全家族野心的那一刻起，他就已然不配谱写破镜重圆的神话了。然而，或许所谓的破镜重圆，也不过只是想博得自己的一份心安，顺道彰显他的重情重义而已。从杨家的驸马到李家的女婿，一样显赫荣耀的地位，一样貌美多情的妻子，他怎么会不心满意足？只是面前两个被他以念旧之名伤害着的女人也终究是可怜了。

又说了小半时辰安慰的客套话之后，李恪便向寿光县主辞别离去了。马车里，淇奥见李恪心事重重的模样，便与他十指紧扣，问道："三郎知道南阳公主是个什么样的人吗？"

细密的小雨落在马车顶上，发出沙沙的响声。长安城的天随着昨夜今晨的这场绵绵不绝的雨而陡然变凉，姗姗来迟的秋天带来了许多无处可归的落叶，也带来了横亘在心头的那些新愁旧伤。李恪缓缓道："她是母亲唯一的同胞姐姐。母亲出生的时候，她就已嫁给了宇文士及。虽平素不常见面，可南阳公主对母亲却是极亲厚的。母亲的那笔簪花小楷多半也是南阳公主所授。一个蕙质兰心的女子，却有着宁为玉碎不为瓦全的决绝。刚极易折，情深不寿，她们姊妹当真有着一样的心肠。"

“那方才寿光县主所说的那个儿子又是怎么回事？”

“母亲从未和我说过这个，我也是小时候从乳母宋妈妈口里得知这位表兄的事的。”李恪伸手挡着车壁，让淇奥可以舒服地靠在他的臂膀上，“江都兵变后，宇文士及的长兄宇文化及自立为帝，可仅仅过了半年，就被夏王窦建德带兵攻灭。宇文士及在夏军兵临城下之前就抛下南阳公主母子独自逃生。窦建德后来杀尽宇文氏族人，其中也包括了这位表兄。当时有传言说，窦建德因敬慕南阳公主才德，曾想放过她的儿子，可南阳公主却只道了一句‘窦公既是隋朝旧臣，自知弑君谋反之罪该如何处置’。”

“天下如何会有这样的母亲？”淇奥将手抚在小腹上，明显感受到了胎动，那是和她血脉相通的孩子，是哪怕舍了自己的命也要保全的骨肉。

“宇文氏让她国破家亡，她便让宇文氏断子绝孙。好惨烈的报复是不是？”李恪凄然，眼里已不由自主地生出了一些雾气，“后来，再无人知道她的消息。有人说她死了，也有人说她出家为尼了。想来她的心里，亦是痛苦到了极处的吧。”

“不值得，为了这么一个叛国叛家的男人，太不值得了！”淇奥倒吸一口凉气，脑中蓦地又回想起李世民那时跟她说的话：淇奥，好好地待他，不要让他难过，也劝他不要太过执着。于是，她更加紧地握住李恪的手，侧头望向他：“三郎，你会吗？”

“什么？”雨声越来越大，李恪并没有将她的话听得真切。

“我是说母亲……”淇奥敛容正色，“假如有一日，你切实知道了武德末年的真相，你会报复吗？”

“我会！”李恪不假思索地回答，可旋即又带了一重温和的语气说，“淇儿，别怕！无论将来发生何事，我和你，和孩子们，都会永远在一起的。”

杜旭在王府廊檐下边搓着手边和武梁攀谈着什么，谈到兴头上时，忍不住笑得前仰后合。见马车平稳地停了下来，他顾不得撑伞便迎了上去，恭敬地施了一礼后便侍立在一旁。李恪小心地牵着淇奥的手，将她扶下车，又对杜旭道：“表兄来了？他今日倒得闲？”

“是！君侯几日不见殿下，可惦记您呢！”杜旭说话的时候两弯眉毛总会不自觉地上下乱颤，话说得快速跳跃，听来倒觉得有些喜庆。李恪一直也不明白，以杨政道这般沉稳内敛的性子，为何会看重像杜旭这样一个说话做事都十分冒失的小厮。

李恪走至庸夫堂外的长廊上，见季成正端着一个白瓷雕牡丹纹样的茶壶从对面而来，便问道：“给杨公子送去的？”

季成点了点头道：“杨公子爱喝用惠山寺泉水加以七分姜蒜、橘皮、薄荷、粗盐烹煮而成的茶水。卑职方才盯着底下人熬制而成，想来公子定然是喜欢的。”

“偏他有那么多讲究！”李恪拿过季成手里的茶壶道，“我拿给他。你去忙别的吧。”

杨政道此时正跪坐在软垫上，边咬一口手中的牛肉馅蒸饼，边翻看着案上的两页纸。那是一篇劝谏皇帝莫要轻易兴兵高句丽的策论，比之前几次的模棱两可，这次他的反战态度似乎异常坚决。不过看这纸被揉得皱巴巴的，想来他也无意将此呈至御前。这世上很多事原不是非黑即白，而是你想要它黑或是白。自打经历了李祐和李承乾谋逆事件之后，李恪似乎已经渐渐地懂得了这个道理。

李恪推门而入，坐于杨政道身侧，十分殷勤地往他的杯中斟满茶水。杨政道看了他一眼道：“你做什么对不起我的事了？”

李恪扬了扬嘴角，尽可能使他的笑容看起来不那么难看：“我是大理寺卿，这本是我分内之事，况且又有陛下的吩咐，我也没法子。不过，此行也并非全无收获。那串手珠或许和当年安州之事有关，过几日我就让季恩去趟安州找刘录事问问清楚。”

杨政道不由得笑出了声：“你到底在说些什么？”

“我……”李恪心虚地按了按太阳穴，心道人还真不能做亏心事。可这怎么也算不上是亏心事吧。杨政道本不知道，这一来倒是越描越黑了。于是他只佯装细品杯中茶水，片刻后才说道：“我刚从宇文士及府上回来。”

杨政道抚了抚袖口绣着的两只振翅的小白鹭，说道：“我虽对他怨恨至深，却又没让你和我一块儿恨。”

李恪心下稍安："我以为你多少还是在意的。"

"我都做不到的事，又何必苛求于你？"杨政道摇了摇头，"这么些年我与他同朝为官，每逢相见也只能客客气气，说一些虚伪的寒暄话。有一次宴饮之时，他喝得酣醉，竟叫了我一声'贤侄'。是有多厚颜无耻才能叫出这两个字……"

"这橘皮略有些苦涩，若再加一二红枣，味道便更醇了。"李恪知他向来喜怒不形于色，也唯有想到杀父弑亲之仇的时候，情绪才会有这样剧烈的波动。当然，这也只是在自己面前。于是他赶紧出言打断了杨政道的话，"惠山寺泉水也不是最好的，赶明儿我让人去弄点扬子江南零水来，那才是煮茶的极品之水。"

"好，哪天你亲自煮给我喝吧！"杨政道知他是故意岔开话题，虽然岔得很没有水准。于是他和缓了一下心绪，用指甲慢慢撩拨着花梨木桌案的桌角，问道："宇文府有什么古怪吗？"

"妻妾间还算和睦，不似有内鬼。那宇文姑娘也是真伤心，想来宇文士及对她必然非常疼爱。"李恪神色凛然道，"只是……宇文士及死前反复念叨着的禅师，寿光县主口内十分灵验的送子神仙——那位玄觉禅师，倒是有些意思。"

杨政道觉得今日王府所做的牛肉馅蒸饼格外好吃，便索性将最后一个也吃了。听李恪絮絮讲完了今日见闻之后，便思考着说："我和你一起去大兴善寺！能被宇文士及临死还不忘记的这位禅师，也不知是何等人物！"

"那早去早回！"李恪说道，"晚间我还得陪淇儿把那幅《百蝶穿花图》画完。"

大兴善寺位于长安城东靖善坊之内，依山傍水，环境优美。其原为隋朝国寺，地位超然，香火至今依然十分旺盛。佛寺外的红瓦墙高高地耸立着，一阵沉重有力的敲钟声传来，余音袅袅，经久不息。今日恰逢八月初一，来此上香祈福的香客们络绎不绝，他们大多提着手编的篮子，里面放着求得的香，依次候在大殿外面，等着前去参拜佛祖，请求神明的庇佑。他们各怀着心事，或求子，或求官，或求一生平安健康。

李恪与杨政道二人走至大兴善寺宏美萧森的正殿。正殿名圆通宝殿，取的是“耳根圆通”的意思。中间是一尊约莫三丈高的观音圣像，宝相庄严，不怒自威。近旁放有用宝盖遮蔽着的辇车一辆，辇车四周镶着由玛瑙、珍珠、琉璃、珊瑚、翡翠以及金银所制的七种宝珠。六七个小和尚正轻敲木鱼，虔诚地念诵着经文。李恪走至正在整理签文的一个小和尚旁，从腰际取下一块玉牌给他：“请小师父带路，我们要见玄觉禅师。”

小和尚神色一变，立刻起身双手合十，屈身一拜：“吴王殿下请。”

玄觉禅师刚送走一个年过半百、屡试不第的老学子，此刻正盘腿赤足坐于案前，全神贯注地抄录一卷《法华经》。小和尚叩门而入，在他耳边说了几句话后便默默地退了出去。玄觉也不说话，兀自提笔缓缓写字。李恪和杨政道坐于他的对面，也不去扰他，只安静地等着。香炉中的香渐渐燃尽，玄觉焚的不是寺庙里通常点的檀香，而是苏合香。如何分辨各种香的味道，是李恪幼时从他母亲那里学来的。

直到抄录完最后一个字，玄觉方施了一礼道：“请吴王殿下恕贫僧不敬之罪。”

李恪还礼道：“佛祖为先，禅师不必多礼。小王有事相问禅师，还请禅师不吝赐教。”

玄觉身着一袭灰白色的僧衣，外披茜色袈裟。抬头看去，见他面容慈善可亲，像殿中供奉的弥勒佛，带着一股令人心生慰藉的笑：“贫僧确见殿下眸中带有忧色，如若有何难解之事，还请殿下明言。”

李恪想了想，思考着该如何将话问得明白又不露痕迹。过了许久，他才问道：“禅师知道中书令宇文士及昨日在街头毒发身亡的事吗？”

玄觉的表情并无多少起伏，只是将双手合于胸前，低声念了几句经文后才道：“宇文施主活着的时候心里总不安稳，如今西去，或许倒是解脱也未可知。”

杨政道听他这话讲得颇为怪异：出家人向来爱惜生命，连蝼蚁之死尚且要缅怀一番，况且还是一个似乎还颇为熟络的人。他轻抚着自己手腕上的那串小叶紫檀木佛珠，不以为意道："禅师觉得，像他这样的人死后该登极乐还是该下地狱？"

玄觉深深地看了杨政道几眼，旋即道："君侯知道吗？贫僧最后一次见宇文施主的时候，他也问过贫僧同样的话。他说，他这一生亏欠的人太多，老来想要弥补却已是不得。如果来生再得为人，必会舍命护得妻儿周全。贫僧告诉他，天上地狱本在人的一念之间，往者不可谏，来者犹可追，佛祖会原谅一个真心悔过的人。君侯心中若也有放不开的事、解不开的结，记住贫僧这句话便好。"

"以德报怨，何以报德？若所有恶人都期待以悔过之名博得同情与谅解的话，那要大理寺和刑部做什么？又要纲常法纪做什么？"杨政道将手紧握成拳，身子微微发颤，面上的神色倒还算从容，"禅师知道困住我的局是死局，缚住我的结是死结吗？很多结局是必然，很多大势是注定，顺势而为是本能，可乘人之危、落井下石又何解？"

玄觉仿佛不知他会有如此非难，右手无处可放般地拨了下佛衣上的盘扣，露出臂上一点青色胎记。李恪见他一时无言以对，便启唇道："禅师这般开解宇文公，他的心便放下了吗？"

"宇文施主每次总是很认真地听，却从不做回应。"玄觉道，"贫僧只记得有一次，他说希望自己这么多年所受的苦可以弥补一些他曾经造下的孽。"

"什么苦？"李恪与杨政道不约而同地问道。

玄觉似乎在脑中搜索着往日的记忆，半晌才说道："宇文施主并未说过，只是贫僧记得，他说这话的时候眼中充盈着哀苦之色。如今想来，怕他早知自己将不久于人世了。"

屋内苏合香的气息越来越浓烈，李恪深深地吸了一口气，漫不经心地说道："哦？禅师是这么认为的吗？"

玄觉将蒲团稍稍往后移了一些，抬眼望了一下李恪，又迅速地垂眸："应当如此。所以一开始的时候贫僧就说，或许死亡对他而言反而是一种解脱。"

"禅师似乎很了解他，"李恪说道，"所以他临终前念念不忘的不是他的妻女，而是你！"

玄觉起身往香炉中又添了一炷香，看着袅袅升起的烟雾，他神情微一恍惚，

似被迷离了眼眸。他的声音是长者惯有的沉缓："宇文施主有难，而贫僧又恰好能解，这大约便是贫僧与宇文施主的缘分了。修佛之人，最看重的便是'缘分'二字。"

杨政道打一开始就很看不上这个故作深沉、实则说话混乱的老和尚，便有心要难为他一下："禅师这话就说得偏了，俗人才讲缘分，方外之人说的不都是众生平等吗？"

玄觉不觉有些讪讪："君侯胸怀阔朗，贫僧受教了。"

李恪侧头看了杨政道一眼。自打李治入主东宫之后，总觉得他脾气渐长，看来自己是得找个机会再认真地和他聊一次。很多事情只有完全说开了，他才会明白。或者也不是不明白，只是不愿意明白。人各有志，也许这是他们之间唯一的分歧。可若这样的分歧处置不当，牵连的便不只是他们二人。

第十章

高岸深谷

天色渐沉，一声惊雷乍响于空中，茂密的槐树叶下几只鸦鹊扑棱着翅膀，迅疾地飞了起来。秋风带起一地尘土，吹得人睁不开眼来。许是因为昨夜没有安睡的缘故，走出玄觉的禅房，李恪只觉头晕眩得很，连走路的脚步也有些虚浮。路过假山后的一条曲径小道，听得有两个打水的小和尚正说着闲话。

瘦高个的小和尚辩森慢慢放开绳子，将水桶沉到井底：“辩休，你听说过玄觉师叔的事吗？”

“是说师叔驾雾渡海来大兴善寺的传说吗？”辩休走上前两步，帮着辩森一起将水桶提了起来，道，“只是据说当时只有辩明师兄一人看到，而辩明师兄很早便已圆寂，倒不知这事是真是假了。”

辩森看了看四周，神秘兮兮地说道：“往日里我也只是将信将疑，直到前天晚上，我才真正信了十分。”

二人一使劲，终于将满满一桶水提了上来。辩休喘着粗气坐在井边上歇息，好奇地问道：“前天晚上怎么了？”

辩森道：“前天晚上我睡不着觉，便披衣起身溜达。路过玄觉师叔禅房的时候，听见他正用我听不懂的话在里头诵读。那大概就是神仙说的话了吧！”

辩休面上露着惊讶又羡慕的神情："神仙说的话呀！真好！那咱们以后就多多往师叔禅房里跑跑，说不定还能沾到一点仙气呢！"

说完，辩休便跳了下来，和辩森一起提着水桶缓步朝前走去，边走还边继续絮絮叨叨着什么。

李恪望着他们渐行渐远的背影，若有所思地问道："表兄，你信吗？"

"不信。"杨政道嗤笑着说道，"不过，看那小和尚认真的模样，似乎也不像是在胡诌，看来这其中还当真有些曲折。这些，可都是你的事了。"

李恪点点头，刚说了句话，声音却被一阵响亮的锣鼓声掩了下去。两个赤衣内监正在驱赶殿外等候进香的香客们，等驱赶得差不多了，便又有一人扯着尖厉的嗓子喊道："高阳公主到！"

老方丈玄济带着十数名弟子恭敬地侍立在殿前，躬身一拜道："恭迎公主殿下！"

丫鬟浮莲掀开帘子，扶着高阳公主踩着马扎下了车。她身穿浅蓝色桃形领襦衫，下着青紫高腰双裙，灵蛇髻上插有一朵红牡丹花，两边辅以金凤钗环，越发显出她作为皇家公主的高贵气度来。她眼眸微转，扫视了一下面前这一众和尚，略有些失望地颦眉，接着便向身后的浮莲摆了摆手。浮莲立刻会意地走上前两步，施了一礼道："师父们不必相伴，公主只随便逛逛就好。"

玄济松了一口气，领着弟子们各自散去了。李恪往日里虽与这个妹妹交往不多，不过既然都面对面碰上了，不去打个招呼似乎也不大像话。于是他便整了整衣襟，走上前道："十七妹好久不见。怎的此时会前来上香？"

"三哥不也是这时候来的吗？不过，倒从不闻三哥也喜求神拜佛。"高阳公主挑眉，露出了一丝得体却也疏离的笑容，又转眸向杨政道颔首："宣平侯好。"

"人力总归渺小，所以有的时候也需要得神佛庇佑，哪怕只为博得一丝心安，尤其在此多事之秋。"李恪望了一眼不远处槐树叶上一颗将落未落的水珠道，"十七妹也是这么想的吧？"

"我偏生就不信神佛！"高阳公主微微昂起头，眼眸中闪着一丝孤傲，"我想要的，自己会去争取！就像我来此间，也并不是为了拜佛，而是为了寻人。寻到他，也算成全了我的终身幸福。”

李恪素知高阳公主与驸马房遗爱不睦，前番还听说她吵着要李世民同意她与房遗爱和离。李世民向来喜爱这个女儿，对她提出的要求多半也都会应允，可和离是何等大事，况她与驸马成婚不过一年，李世民自然一口回绝。高阳公主气极，哭着说自己不过是李世民赏给功臣之子的一件礼物，全不管她的喜恶。李世民被她闹得头疼，最后只得拂袖而去。

如今听她竟然来佛寺寻找所谓“终身幸福”，李恪心中实在有些哭笑不得。于是便只是敷衍道：“但愿十七妹能够如愿。”

浮莲替高阳公主理了理长长的裙摆，高阳公主并不作声，径直向前走了几步后又回头道：“自然，我说到便定能做到。”

走出大兴善寺寺门，杨政道纵马徐行道：“好大的排场！这个高阳公主娇纵任性，目无下尘。小事倒也罢了，大事若也如是，指不定将来有谁会受她连累。”

“不过是个被宠坏了的小女孩，”李恪道，“最多不过仗着父亲的疼爱撒撒娇，能干出什么大事来？”

杨政道撇撇嘴：“我不知，可心高气傲却又没有脑子的女子总不讨喜。”

李恪不禁打趣道：“在你眼里，天下讨喜的女子怕也只有雪鹭一人吧。”

杨政道笑说：“还有淇妹，淇妹也是这世上难得的好姑娘，所以你们才能配得上彼此。”

十日之后，李世民下旨，追赠宇文士及为左卫大将军，以国公之礼厚葬昭陵，定其谥号为“纵”，并给其妻寿光县主加食邑五百户，允其女宇文修多罗享王妃俸禄，待守孝完毕后立刻与赵王李福完婚。

李恪在得知这一谥号的时候，正在大理寺正堂之内回复雍州府发来的公文，握笔的手微微一颤，一滴墨深深渗进了纸张，继而他情不自禁地笑出了声。萧锐审视着他的满脸喜色，不禁奇道：“你们怎么都是这个表情？陛下定的谥号，难道有什么问题吗？”

“你们？”李恪放下笔，望着他不解道，“还有谁？”

萧锐揽衣坐到李恪对面，替他理了理案上的一摞公文。前任大理寺卿是李恪的姑父窦诞，这位老学究做事一板一眼，谨慎细致到了极致。可就算这样，他也不会像李恪一般每份公文都要写下数百字批复，有些甚至比原文还长。大理寺上下人等无不感佩他的体力和精力。萧锐想着父亲之所以一心一意想要扶植李恪上位，为的不光是他的血统，更是因着他的智识与人品吧。

“还不是你那位杨表兄！你们学问高，似乎总能看到别人看不到的东西。”

“哪里就那么高深了呢？”李恪淡淡道，“姐夫读过《谥法解》的话，就会明白了。弱而立志曰纵，说的是此人从小就有大志向。”

萧锐于是更为不解：“那不是很好吗？”

“是很好，”李恪眼中微露狡黠，“可姐夫听说过古往今来哪一位忠臣良将是以纵字为谥号的吗？因为纵字除了弱而立志外，更有另两个含义——败乱百度曰纵，忘德败礼曰纵……忘德败礼，倒也不算冤了他！”

“原来如此！”萧锐恍然，旋即却又有了另一重疑惑，“可陛下既然给了他陪葬昭陵这样的荣耀，连他的妻女都得了他的福荫，为何还要起这么一个硌硬人的谥号呢？”

“他是开国功臣，在陛下登位过程中也立下过汗马功劳，就凭这些，他所得的所有礼遇是应当。”李恪以手抚额，“然而他一叛杨家，再叛宇文家，人品实在恶劣。陛下在乱世用他凭借的是‘唯才是举’四字，在治世用他则是自信自己有驾驭他的能力。况宇文士及为人圆滑，对陛下俯首帖耳，唯命是从，陛下也需要他这样的人来调节自己的心情。魏徵、王珪、刘洎，或是你父亲这样的直臣当然好，可若满朝堂都是这样的人，陛下情何以堪？他是天子，却到底也是个有着喜怒哀乐的凡人。陛下以这样的谥号总结他的一生，也算恰如其分！”

萧锐这才大悟，心悦诚服地起身一拜道：“臣受教了。”

李恪含着笑扶了他一下道：“姐夫这是做什么？”

萧锐重又坐了下来：“三弟懂得帝王之心，更深谙帝王的御人之术，难道还不够我好好学习一番吗？”

“不是帝王之心，而是父亲之心。”李恪云淡风轻道，“他说我像他，或许是真的像吧！”

说话间，却听得外头有人轻叩门扉，进来的是多日前奉了李恪之命去往安州的季恩。季恩一路风尘而来，头发略有些散乱，身上那件灰黑色袍子的袖口沾满了尘土。他伸手拭了拭额上的汗珠，屈膝一拜道："吴王殿下、萧少卿安好。卑职回来了。"

李恪指指案上的空杯道："辛苦你了！先喝口水，坐下慢慢说吧。"

季恩想来是渴极了，一连喝了三大杯后方才长长地舒出一口气道："刘录事说，当年他的一个侍妾生了重病，是夏邵严给治好的。所以那段时间，他与夏邵严走得很近。那琇莹玉手珠也是夏邵严送给他的。刘录事本想推拒，可夏邵严说这是朋友间的馈赠，因而他便也收下了。"

李恪轻哼一声，心道还真是哪里都有他。这五六年间他想了很多，也派人四处查访，却都不见他的踪影，仿佛他一下子就从这世上消失了一般。而那串手珠似乎又给了李恪一丝希望。于是他自言自语道："看来找个时间，必得再去宇文府跑一趟了。"

萧锐也略闻得一些有关夏邵严的事，但并不完全知晓，如今听说他竟与宇文家的事也扯上了关系，不由得很是讶异："去宇文府做什么？要不要我同你一块儿去？"

李恪忍笑看着他道："我去偷那琇莹玉手珠，难道姐夫也要作陪吗？"

萧锐惊得嘴巴都差点合不拢了："你是大理寺卿，那个手珠若真有问题，大可光明正大地问宇文家的人要，何至要去偷？"

"偷也好，要也罢，结果都是一样的，"李恪摩挲着手指，沉思着说道，"我从不拘这个。况且，除了那手珠，我还有别的东西要查。"

萧锐微微沉静，过了许久才又说道："你的心思，还真让人参不透。对了，别忘了明日晌午江夏王叔约咱们吃饭的事。"

"你不说，我倒还真想不起来了。"李恪答应着说道，"除了你与表兄，叔父还请了谁？"

萧锐想了一想，移了移案上琉璃盏的位置，以便他的双手能完全搁在上头："可能还有柴家那两兄弟。为着高句丽的事情，叔父近来也忧烦得很，怕是要听听咱们几人的意思。"

"叔父向来不愿轻易起干戈，前番为着这事，在朝会上就与宇文士及争吵了

起来。陛下虽也有心打这一仗，但终顾念着叔父的面子，到底也没有说出孰是孰非。”

“太子总没个主意。叔父的意思大约是想让你去劝劝陛下弃了东征的念头，咱们几个不过只是陪衬而已。”

“既然太子都不说话，我又何必越俎代庖？”李恪不以为然地说道，“况且，我并不想违拗着父亲的意思做事。”

几日后的一个晌午，李恪正在武德殿书房内述职，见书案上李世民所写的十二个飞白，心头不由得重重颤动了一下：内雪前隋之耻，外解新罗之困。李恪握住腰际佩戴的那块玉佩，握得那么紧，上头刻着的玉兔雕纹硌得手心生生地疼。

李世民看了他一眼，问道：“朕的字写得如何？”

“父亲的字自是很好很好的。”李恪说罢便沉默了，良久之后方又道，“父亲真的决定了？高句丽一仗，势在必行了吗？”

“你懂就好。你也不必相劝，朕决定要去做的事情，还从来没有……”李世民看了李恪一眼，声音忽然戛然而止。

李恪心中那一重隐忧更甚：“那主帅是谁？”

李世民的神情带了些许自负：“朕不放心让任何人当这个主帅，除了朕自己！”

“不！父亲不可！”李恪一急，冲口而出道，“高句丽山高水远，劳师远征已是不易。父亲若要亲犯其险，恐怕……恐怕……”

“恐怕有去无回吗？”李世民不以为然地用帕子擦去方才滴落案上的一滴墨汁，“恪儿，朕不是太平天子，这江山是朕从疆场上拼杀回来的。二十年前朕能做到的事，二十年后，朕也一样可以！你明白吗？”

李恪慢慢松开了握着玉佩的手。他理解，甚至认同一个暮年英雄心中的不甘与恐惧。他知道时光从他身上夺走的究竟是些什么。或许，唯有在刀光剑影的战场，他才能再度回到往昔的峥嵘岁月，也忘却那些他极度渴望忘记，却终在他心底扎下了根的东西。所以，李恪才会撕去那篇用理性情绪分析过的反战策论，才会对江夏王希望自己劝谏的要求不置可否。

然而，李世民到底不是一个普通的英雄，他是承载着万民重托的一国之君。李恪快速厘清了脑海中那些错综复杂的情绪，俯身一拜，下定了决心般地说道："父亲难道从来不曾考虑过让孩儿去当这个主帅吗？您说过，您会永远相信孩儿的。那么您想做的，外祖没做成的，就让孩儿去试试，可好？"

外祖。李世民惊讶地看了他一眼，他还从来没有听李恪说过这两个字。当年的隋炀帝散尽钱财，举全国之兵，三讨高句丽却悻悻而返，那是他一生的遗憾，也是他一生最大的错误。那是不义的杀戮，那么现在，这是否也是一场不仁的战争？李世民回神，再度看着面前的那幅字：内雪前隋之耻，外解新罗之困。倘若真以这两个理由去讨伐高句丽，那么，李恪还真是个无可挑剔的主帅人选。论身份，他是大唐皇子；论血统，他兼及隋唐两朝血脉；论才干，他剑术超群，又自小勤读兵法。李世民不禁有些动摇："你真想清楚了吗？"

"是！"李恪朗声说道，那是年轻的朝气与自信，"父亲不是曾经说过，孩儿像您吗？现在应该还算数吧！"

他是曾经说过，并且在这一刻他依旧这么认为。可这样的"像"，于自己，于他，于太子，是否真是一件好事呢？万千思潮涌来，让李世民不得不在旋涡中找寻答案。万一战败，李恪便要替他受这决策不当之罪，他于心不忍；假使战胜，那么李恪便真的成为当年的自己了，连带着猜忌、争权、杀戮也要一起重来。就算将来李恪能够做到心如止水、安分守己，可是别人呢？到时候，有人会怂恿他，有人会提防他，有人会对付他。前事不忘，后事之师，他不得不有所防范。李世民惊觉自己居然想到了"防范"二字，对李恪，他竟也起了防范之心。不！那不过只是他脑中一时的错乱，李恪永远不会辜负他的信赖，他也永远不会疑心李恪。

李恪并未看出李世民刹那间升腾起的那些百转千回的诡谲心思，只兀自想着自己的心事。若江夏王知道自己非但没有劝阻父亲东征，反倒主动请战，想要成全隋唐两代帝王的雄心，真不知他会如何看自己。那么杨政道呢，他又会怎样想？他会以为自己变了主意，想要以军功作为争夺储君之位的筹码吗？不！不能给他这样的错觉。想到此间，李恪情不自禁地打了个寒噤。

李世民沉重而无奈地叹息了一声，为着刚才陡然升腾起的防范之心，他竟然有了一丝心虚："恪儿，不必了，到时候，会有更重要的事情让你去办。至于现在……你倒不如替朕想想如何才能找一个名正言顺的出兵理由。"

李恪听得此话，心里忽地一松，转而却又不禁疑惑道："父亲不是已经有理由了吗？"

"就这样的理由，你觉得有说服力吗？"李世民深深蹙眉，"内雪前隋之耻——咱们与隋朝虽说是亲戚，可说到底也是隋朝主动招惹的高句丽；外解新罗之困——高句丽不过弹丸小国，就算把新罗灭了，对咱们也不会有半分威胁。"

"父亲原来看得那么通透！"李恪心头的惊讶愈甚，"可既然如此，那您为什么还要……"

"知道不可以做，就可以不去做的人是圣人。"李世民带了些自负的语气说道，"朕做了那么多年的圣人，虽不敢与尧舜比肩，但自认并未辱没我李家列祖列宗！朕已年过不惑，大约也该由着自己的心去做一件事了。"

李恪咬了咬嘴唇，咬得那么用力，喉头甚至感觉到了腥甜之气。他看着沙漏中即将漏尽的细沙，直到看得眼睛都发酸了才缓过心神道："父亲安心。"

走出武德殿书房，李恪见一个宫嫔装束的女子正在门外侍立，对着他欠身一拜道："妾身才人武氏见过吴王殿下。多年未见，殿下可安好？"

李恪依稀记得在四年还是五年前，自己曾在李世民身边见过这位武才人一面，虽对她印象不深，但隐约记得李世民当初应该是很喜欢她的，听说还特地给她赐名"媚娘"。想不到这么多年过去，她竟还只是位五品才人。不过后宫之事，为臣为子都不便多思多想。于是他只微一点头道："多谢姨妃挂念。小王一切都好。"

武才人方额广颐，体态娴静，只是神情中似乎有一般女子鲜有的隐忍刚烈。她抚一抚发髻上戴着的红珊瑚如意钗，压低了嗓音说道："陛下最近在睡梦中经常念叨着一个女子的名字，有一次，甚至喊着这个名字惊醒。不知殿下知不知道，陛下心底的这个女子是谁？”

李恪不意她竟会问出这样的话。她的年纪虽看起来比自己还要小好几岁，可到底也算自己的长辈，如此言语，未免失于礼数。于是他只是敷衍着道：“小王不知，亦不便多做揣测。”

武才人却仿佛没有听见似的，犹在自言自语：“妾身本以为，像陛下这样的英雄，牵挂的是天下苍生，心系的是江山万里，未承想，英雄亦有他的儿女情长。能入他心肠的女子应该是很幸福的吧！”

李恪听她语气略有些感伤，心中不禁一软，说道：“这是自然的。父亲对姨妃不也很好吗？”

武才人紧紧抓住手中的丝绢，鼻尖蓦地有些发酸。很好吗？或许一开始，当真是很好的吧。她知道李世民喜好骑射，就拼命投其所好，勤于练习，甚至用铁鞭和铁锤为他驯服了烈马“狮子骢”。可自此以后，李世民虽不曾完全将她抛诸脑后，却再不似先前那般热络了。于是她苦笑：“如人饮水，冷暖自知。好与不好，只有自己才能知晓。”

李恪并不欲与她就此话题做过多纠缠，又想着自己待会儿还有重要的事情要去办，便想继续朝前走，却在转身的瞬间，听得武才人迅速说了一句话：“殿下若真想要那个位子，就跟陛下说，陛下等着您开口。”

秋风卷起簌簌的细雨声，呼呼地从殿外传了进来。李恪震惊不已，刚想问清楚她的意思，就见她吩咐身后两个宫女捧着茶点一起进了书房。仕禄早已等候在殿外，十分殷勤地为李恪撑开了一把大油布伞。李恪接过伞道：“多谢公公。”

归云亭外的几棵梅树似乎又长高了些许，青绿色的叶中混着许多尚微小的花苞。再过两个月，或许三个月，这儿便会遍布红梅，那是长安城中开得最娇艳的红梅，总带了令人心驰心醉的暗香。李恪记得母亲最爱的是桃花，而淇奥只喜红梅。可桃花也好，梅花也罢，在绚烂过后终将会凋零，倒不如松柏，常年青葱，不以物喜，不以己悲。

李恪来到杨政道府上的时候，雨已经停了，天边渐起一道七彩的虹。杜旭正手舞足蹈地和几个新来的小厮讲《山海经》里的故事，只是讲得和书里记录的简直有天壤之别。小厮们却听得有滋有味，直道杜大哥有学问。

杜旭满脸红光，显然对这样的恭维很受用。直到李恪的马停在府门口，杜旭这才敛了得意扬扬的神情，牵过马缰绳，恭恭敬敬地施礼一拜道："吴王殿下安。"

李恪没好气地看了他一眼道："杜旭，你知道讹兽吗？说的就是你。"

"讹兽？"杜旭引着李恪进了府门，不无好奇地问道，"那是什么？"

李恪顺手摘过头顶一片树叶，带了些捉弄人的笑容："西南荒中出讹兽，其状若菟，人面能言，常欺人，言东而西，言恶而善。其肉美，食之，言不真矣。"

杜旭挠挠脑袋，讪讪道："殿下，小人还是听不明白。"

李恪捏着那叶子玩，不多久，手指上已然沾满了绿色的汁水："《山海经》《神异经》，赶明儿再让你家公子好好教教你。"

两人说着话就已经走到了既明斋外，有乐声从里头缓缓传出来，激昂雄浑，洋洋旷朗。杜旭刚想叩门，李恪便对他摆了摆手，示意他可以下去再温习一遍《山海经》的故事了。

"等等……"正当李恪听得入神的时候，琴音戛然而止，雪鹭清越的嗓音响起，"正声第十段《长虹》乐章的几个音节有问题。'聂政之刺韩傀也，白虹贯日。'都到了这紧要关头，声音怎么还能往下沉？"

杨政道再弹一遍，又细细品味了良久，方才说道："不对！《长虹》过后是《寒风》，曲音应平缓下沉，若之前将调子挑得太高的话，难免失于和谐。再说聂政舍生取义，为知己死，心情本应沉重。"

雪鹭似乎并不买账，又依着自己的意思弹奏了一遍，心满意足地说："不是很好吗？我说这样就这样！不许和我争！"

"都说了这样是不行的，"杨政道着急地说，"你应该考虑到整首曲子的曲风，不能只凭着一时痛快。哪个刺客去刺杀的时候还那么高调，生怕不被人发现？”

“强词夺理！”雪鹭不高兴地用力拨了一下琴弦道，“你以前都知道让着我的……”

“以前那是因为你有理！”

“那我现在就是无理取闹了是吗？”

“我可没这么说！”

“心里这么想也不成！”

李恪情不自禁地笑出了声，心道一物降一物，天下怕也只有自己这个妹妹能把杨政道治得死死的。果然，杨政道只沉默片刻，便柔声说道：“好好好，听你的！都是聂政不好，惹鹭儿生气了。正声还有两段没有补完，要不要一鼓作气？”

“明日吧。现在不想理你。”雪鹭起身走了几步说道，“我要去看看崇礼有没有睡醒。”

雪鹭拉开门闩，见李恪在外，倒也没有太过惊讶，只是福身一拜，唤了一声：“三哥。”

李恪微笑道：“妹妹在和表兄吵架吗？”

雪鹭想着自己如今好歹也做了孩子的母亲，在旁人看来，性子也一向宁和温雅，这样胡搅蛮缠地要小性子，倒也实在难得，于是便有些不好意思地说道：“三哥自个儿去问他吧。我走了。”

李恪歪坐榻上，半闭双眼，听得最后一声琴音落下，方才懒懒地揉了揉双目，漫不经心道：“我实在听不出有何区别。”

“对牛弹琴！”杨政道一甩衣袖，将手边的一个柑橘扔给了李恪。

李恪伸手一接，慢慢将柑橘剥开，放了一瓣在自己口内，发现水分充裕，却不甚甘甜。他随手翻了翻案上的那本乐谱，除了最上头的三个字，其他完全就跟天书似的：“《广陵散》？不是早已经散佚几百年了吗？”

“那总也会有点蛛丝马迹留下吧！”杨政道将一块红绸布盖在面前的古琴上，“小时候我偶尔从祖母那里寻得了半部残存的《广陵散》曲谱，便一直想在

有生之年把它补完整，却总心有余而力不足，直到后来遇见了雪鹭。”

似乎总能在每一个落叶纷飞的日子里，轻易地想起当年与雪鹭初见的场景。那一日，他闻着琴声而来，驻足她的闺房之外。落叶随风散落至他的肩头，他却丝毫未觉，依旧痴妄地站在那里聆听。她打开门，清眸中闪着少女灵动的神采。他恐她感到被冒犯，转身便要离去。她却疾走几步至他的身前，声音似黄鹂婉转：“杨公子？”

他微笑，抖落满身金黄：“县主识得我吗？”

她亦笑，从来也没有哪个女子能将那般明丽的藕荷色襦裙穿得这样超逸灵秀：“公子不也知了我的身份？”

彼时的他满怀重重欲说还休的烦恼，琴音里的那些似有若无的少女闲愁一点一点地撞进他的心中，仿佛亦成了缠绕着他的心事。

后来，他们常常在一起抚琴闲谈，吟诗作画。少时志同道合的知音之情，水到渠成地转为难分难舍的男女之爱。她将从小戴着的那串小叶紫檀木佛珠交到他的手里，微垂眼眸，低声说道：“等我十五岁生辰那日，你来向我父亲提亲可好？”

他在王府外站了整整一日，直到子时钟响，他都没有勇气走进去。他以为她对他失望透顶，她却只托了侍婢向他带了一句话：你何时过来，我便何时嫁你。他知道自己生来的使命，知道他被计划的人生中不该出现这么一个叩开他感情之门的女子。如果他将来注定要负她，倒不如一切从未开始。

若不是后来李恪以房遗直逼出了他的感情，若不是皇帝下旨赐婚成全，他与她怕真的要生生错过。可是就在他接旨过后，却又收到了她的传话：除非他亲来王府向江夏王提亲，否则，她不惜抗旨也不愿嫁他。

那天，他去了王府，将他多年来的苦衷告诉了她。他是遗腹子，母亲在突厥生下他后也死了。等他长大一些，颉利可汗为了笼络跟随他们而来的隋朝残部势力，扶持他为隋王。从小，便有人严苛地督促他学习，并且告诉他，他的命运是牵系在另一个人身上的，只有他强大了，才能帮助那人成为御宇天下的君王，不然，那人会死，他也会。他说他害怕命运的捉弄，怕她受他连累。她却紧紧地抱住了他，告诉他，她从来不信命运。

“表兄！”李恪趁他陷入往事旋涡的时候，将一块橘皮扔到了他的身上，“想什么那么入神呢？听到我跟你说的话了吗？”

杨政道醒转过神来，却觉头脑发涨得越发厉害。他起身打开了窗，任风恣意吹刮进来，等到他感觉有些冷了，这才又重新坐了回去，捡起落于地上的橘皮：“想起过去的一些事情了。没事，反正都过去了。你方才说什么了？”

李恪从袖中取出那串手珠丢给杨政道：“宇文士及生前一直戴着的手珠。帮我检查一下，有没有什么问题？”

“倒是十分眼熟。”杨政道反反复复地看了好几遍后，摇了摇头说道，“除了确定是上等的琇莹玉之外，我实在看不出有何不妥之处。你想让我查出什么来吗？”

“你没看出这其中的门道吗？”李恪坐到杨政道身边，从袖中拿出一根细簪，对着手串中间那只小银马的马尾处轻轻挑拨一下，立刻有一个口子露了出来，小银马全身竟都是空心的。他将细簪放下来道：“我想知道，倘若经由这小口子放入毒药再封上，能否取人性命？”

“原来你一直存有这样的怀疑。”杨政道再度细细查看了一番，想了很久，方才肯定地说道，“不可能，据我所知，没有一种毒药能有这般致人死亡的散发力。况且，如果其中真放过毒的话，这银马早就泛黑了，又怎么会如现在这般光亮？”

“说得也对，”李恪略有些失望地道，“看来的确是我想多了。或许宇文士及真有喜爱女人家东西的癖好也未可知。”

杨政道听他一本正经地说这话，不觉有些好笑，旋即又拍了拍他的手背说道：“想累了就不要再想了。今儿已经晚了，过几日，咱们一起出去走走如何？”

“那也得看去哪里。”

“去我祖母那里好吗？上回我去的时候她还念叨着你和六弟。你倒是好说，六弟嘛，也就只得避重就轻了。”

“六弟也没事，等过些日子父亲气消了，大概就会复他官职，让他回去了，”李恪的脸上渐渐浮现出兄长的慈爱来，“不过我倒是羡慕他，至少他活得比咱们都舒心自在。”

“幸而你不曾像他那样……”杨政道嘟囔一声，又朗然问道，“你究竟要不

要去？”

李恪将手珠放回了袖中：“好，到时候你来寻我就是。”

自从贞观四年从突厥归来之后，李世民就对萧皇后这位前朝国母颇为礼遇，不仅在长安近郊给她置了宅子和田地，逢年过节也总会派人前去探望。萧氏生长于皇室，嫁的也是一国之君，纵然已经年逾七旬，又经历过国破家亡的惨痛，可目如阳春，气质依然恬淡从容。

她从茶釜中舀出两瓢水至茶杯之中，拾去浮于其上的一根长葱，将茶递到李恪手中，关切地说道：“政儿说吴王近日总为琐事所扰，看起来的确是消瘦了不少。身子是自个儿的，总得自个儿爱护着才是。”

“多谢外祖母关心。”李恪双手接过茶杯，微微抿了一口，颔首笑道，“外祖母亲手烹制的茶水总是与众不同，别有风味的。”

茶釜中的水咕嘟作响，在这寂静的室内听起来格外清晰。当年李恪与杨政道一见如故，亲如兄弟，可是对这位血缘上与自己更为亲近的外祖母却并没有生出多少特别的情感来，而萧氏对他仿佛也是如此，慈爱有余而亲昵不足。就像此时，她也只是温和地说了一句：“吴王喜欢的话便常来吧。”

李恪知她不过是客套话，却依旧十分高兴地说道：“外祖母这儿最是清静，您若不嫌弃，我便天天住着也欢喜。”

岁月总是在无声无息间逝去。美丽与哀伤，现实与过去，终究湮没在了滚滚红尘之中。而昔日繁花似锦地，不知何时已然又生出一片新绿。萧氏凝视着李恪的面庞，比起娉儿，他其实生得更像他的父亲，可每次他坐在自己的面前，却总又让她不由自主地想起娉儿。生下娉儿的时候，她已年届四十，或许是因为这缘故，娉儿自小多病多灾。她心疼这个娇弱却懂事的幺女，便将她带在身边亲自抚养。直到今日，她仍后悔当年不曾陪着娉儿一起留在长安，让她死得那样惨。

她的手无意间抓紧了腰间的配饰，只听得啪的一声，饰物落地。李恪忙俯下身子将它捡起放回案上："好精致的琇莹玉貔貅！外祖母也喜欢琇莹玉吗？"

萧氏展眉，将那貔貅放到李恪手里："当年你母亲和你姨母也都喜欢，琇莹玉清透纯粹，倒是很合她们姊妹俩的性子。"

杨政道的目光也情不自禁地被吸引到那貔貅上："两位姑母喜欢？怎么从前从未听祖母提起呢？"

萧氏笑着说道："告诉你做什么？你又不懂女儿家的东西。"

"女儿家的东西？"杨政道与李恪对望一眼，异口同声地说道。

"怎么了？"萧氏见他俩一模一样的惶惑表情，很是讶异地问道，"难道不是女儿家的东西吗？"

"怎么不是？"李恪刚想开口，却被杨政道抢先答道，"孙儿自然不懂这些玩意儿，不过恪弟可是行家呢！"

萧氏虽看出了这兄弟俩的不对劲，倒也不曾追问，只是转了个话题问道："昨儿听阿诺讲，寂光庵中入了个贼人，不知后来怎么样了？"

"这倒尚未听说。待会儿我便让云岭找齐长升去问问。"李恪边说边抚着手上那只小貔貅，见它口内的几颗牙齿雕琢得格外可爱，"寂光庵位于偏僻之地，香火又一向不算旺盛，怎的还会引得贼人惦记？倒也真是奇了。"

"盗亦有道。敢窃取出家人的物什，也不怕折了自己的寿？"杨政道面露嘲讽之色，冷然说。

正说着话，就见阿诺叩门而入，手里端着的白瓷盘子里装着五六个热气腾腾的古楼子。阿诺刚来的时候只有十来岁，如今长到双十年华，出落得越发亭亭玉立，楚楚可人。萧氏早些年就想把她许给杨政道做侍妾，可她却说自己出身寒微，配不上公子，只要能跟在夫人身边侍候就心满意足了。人各有志，萧氏见她坚持，便也就此作罢了。

阿诺跪坐于地，先将一个古楼子递给了萧氏，又仔细分辨了一番，把最下面的一个给了杨政道。她的嗓音天生便有些沙哑，极轻极缓地说道："公子不爱吃羊肉，这是用嫩牛肉做的，些微滴了两滴羊油，您尝尝合不合口味？"

李恪看她眼眸中分明是满满情意，甚至没有刻意去掩饰，便浅浅一笑，说道："我近来总觉得脾内发热，你家公子说我不宜多吃羊肉，你说该怎么办呢？"

阿诺白皙的面庞上微露窘意，低头捏着自己的裙角，半晌才说道："可是……可是婢子只做了给公子吃的。"

"那可坏了，"李恪摊手道，"我这会儿倒还真有些饿了呢！可如何是好呀？"

阿诺求救般地将目光投向了杨政道，可杨政道只顾着吃，并没有往她这边看。于是她便更加面红耳赤，不知所措起来。

李恪见她如此，便收了收调笑的神情，佯装无奈地叹了一口气，说道："那我就勉为其难吃一个吧！到时候如果有何不妥，就只得劳烦你家公子给我开几帖药吃了。"

阿诺抬手抚了抚自己微微发烫的面庞，腕上戴着的银铃铛发出了清脆的响声："多谢殿下。"

李恪端着茶杯，刚想饮上一口，忽一眼瞥见她手背上有一个老虎刺青，便好奇问道："阿诺，你手上这个刺青是哪里来的？"

阿诺说道："在婢子家乡的很多地方，如果小孩子从小身子不好的话，就会有专门的术师在他的手腕上刺一些猛兽图案，希望可以得到庇佑。"

李恪再看一眼那老虎刺青，心想这凶兽与阿诺温柔的长相也太不相合了。于是便随口一问："你家乡在何地，竟有如此奇特的风俗？"

说起家乡，阿诺的眼眶便有些红了："婢子出生在高句丽。贞观初年，高句丽内乱，婢子跟着阿爹随商队来到了长安。一年后，阿爹染了重病过世。婢子便随家乡一个婆婆的关系，到了萧少卿府上为婢。后来，又来了夫人这里。"

"你是高句丽人？"杨政道用帕子拭了拭手上的油渍道，"倒是从没听你讲过。你的中原官话说得不错，全然听不出来自异族。"

阿诺点了点头道："婢子不说，是因为公子从未问过婢子啊！阿爹会中原话，从小便教了婢子一些。后来到了长安，又和那位婆婆学了许多。"

李恪眸光一闪，放下茶杯起身，一拜到底："孙儿忽想起府里有些事要处置，向外祖母告罪，这就先走了，让表兄再陪您一会儿吧。"

"吴王请便。"萧氏也不做挽留，只点点头道，"阿诺，去送送吴王。"

杨政道将吃了一半的古楼子放回盘子中，神情渐渐变得复杂而凝重："他与姑母感情深厚，是很希望祖母您能代替姑母多给他一些关爱的。"

萧氏抚额叹息道："不与他过分亲近是为了他好。其实你也不应该这样毫无禁忌地和他称兄道弟。"

杨政道不以为然道："他本来就是我弟弟。我与他命运相连，同心相契，自然没什么可忌讳的。"

"陛下对杨家与萧家，尤其是你，已经仁至义尽、宠遇太过了。"萧氏眼窝微陷，眸光中的忧光更甚。历经三朝，这位年轻时绝代风华的老太太此刻心中唯一的愿望就只是平安终老，子孙太平。她想了一想，又说道："可是如果让陛下知道你们暗中撺掇着他儿子争权夺位，他会放过你们，会放过他吗？"

"陛下心中是属意李恪的，只是李恪自己不愿意罢了。"杨政道看着那半个古楼子，终于还是忍不住又把它拿起来吃了，"他不愿意做的事情，就是陛下也逼迫不了他。祖母放心好了，孙儿凡事都会以他为先，绝不会做伤害他的事情。"

萧氏面上的忧虑不曾因为他的这句话而减少半分："萧瑀做过和将要做的事，你究竟知道多少？"

"孙儿不知道。舅公也不愿意告诉孙儿的。"杨政道目光清亮，似暗夜里的繁星点点，"不过舅公不告诉也好，这样，孙儿只要一心一意只知帮助他、保护他就好，而不用考虑那些事该不该做。"

萧氏听过，也看多了皇室间的那些残杀倾轧，连亲兄弟尚且你死我活，争抢不休，更何况是表兄弟。有时她也想不明白，他们之间缘何会有那么深的感情。可她能够确定的是，绝不可以让他们中的任何一个受到伤害。她握了握杨政道的手道："你是杨家唯一的嫡系血脉。当初牺牲了多少人，才换来你母亲的性命。你真正要保护的人是你自己，懂吗？"

杨政道心里有了一丝暖融，很郑重地点了点头。其实，他从小与祖母就算不得亲近。他出生以后，一直照顾他的是一个姓赵的乳母。三四岁的时候，便有专门教授他文治武功的先生陪侍在他的身边。虽然跟随他们前去突厥的人，加上颉利可汗给他的部众，加起来不过一两万人，可那些先生真的是把他当作帝王来培养的，他们对他谦恭有礼，但也从来不会关心他的日常起居。

他在突厥十余年，第一个给他温暖的人是奉旨前来接他们回长安的江夏王李道宗。当时突厥败局已定，他与身边的人纷纷下跪乞降。江夏王从战马上下来，走至他的身边，亲手扶了他起来，蹲下身子，将手搭在他的肩膀上，柔声对他说："孩子别怕！我是来带你回家的。"而今想来，他与雪鹭后来之所以能够相知相守，或许也是冥冥之中的缘分使然吧。

长安郊外种有大片大片的银杏树，这时节，树叶总会随着风恣意乱舞，不消一刻工夫，便已然遍地金黄。李恪从萧氏府上出来，就骑着流风一路飞驰，待奔到朱雀大街的时候，从头到脚都沾上了落叶。他踩实了马镫，低头伸手将它们全部拍落于地。就在他抬眼的时候，只见右边一辆马车穿了出来，眼看着就要撞在一块儿了。

流风登时发出了一声尖厉的鸣叫。李恪心下也是一急，本能地夹住马肚子，手紧紧地拉住马缰绳，想要指引着它往左边躲去。流风反应极快，侧过身子，向旁跨出了一大步。李恪在这一瞬间踏着马镫而起，立直身子，一跃而下，在地上翻滚一圈后又站了起来，长长地舒出一口气。

马车夫的神情由起初的惊惶变为了震怒，刚想破口咒骂一番，见着是李恪，便收敛了愠色，硬生生地将想要说的话都吞回了肚里，挤出一个恭谨有礼的笑容，屈身施礼道："吴王殿下恕罪！小人方才……方才没注意到是您。"

"哥哥，怎么是你？"李恪刚想说话，就见李愔从马车上下来，三步并作两步地走至他的面前，焦急地道，"你还好吧？瑞喜，你怎么驾车的？"

"我没事。"李恪淡然一笑道，"六弟，别怪他，是我自己不好。"

李愔狠狠瞪了瑞喜一眼，依旧不放心地上下打量李恪一番后才说道："这些日子怎么总不见哥哥的人影？都在忙些什么呀？"

李恪微微甩了下手臂道："哥哥有哥哥的事情要做啊！改天等哥哥得闲了，陪你一块儿打猎去！"

"改天是哪天呀？"李愔看着李恪风尘仆仆的模样道，"要不咱们现在就去吧！我都许久没去禁苑了呢！"

李恪替他正了正发冠："今日不行。你若真闲得慌的话，就进宫去看看父亲。前番我去的时候，见他有些咳嗽，不知如今可好些了没有？"

李愔一听到“父亲”两个字就连连摇头，摇得发冠又有些歪斜了：“父亲说看到我就头疼，我看到他心里也发怵，倒不如互相不见。不过父亲倒是挺想见哥哥的吧！明明是一个母亲生的，他对你就是偏心！”

“父亲也是疼爱你的呀！”李恪不觉有些好笑，“只要你好好的，不要再惹他生气就好了。”

李愔不语，过了很久，才岔开了话题说道：“方才我在路上碰到了雍州府的黄捕头，他说过几日就要讯问上回在寂光庵中的那个贼人了。”

“那就好，”李恪说，“这种小事，齐长升自然能处理得得心应手。看这天似乎又要下雨了，弟弟早些回去吧。我尚有重要的事情要去处理。”

李愔有些不甘心地点头道：“哥哥骑慢些，别又要摔了。”

夜幕下的大兴善寺寂静一片，从圆通宝殿中传来阵阵齐整的木鱼声和僧人们的念佛声，庭院之内有几个老僧正仔仔细细地将落叶扫到簸箕中。

玄觉禅房中的苏合香气息比之前几次似乎又要清淡许多。玄觉低垂着头，一颗一颗地拨动着项上的香樟木佛珠，面上一阵红一阵白。半晌，他才勉强镇定了神色道：“殿下您究竟是什么意思？”

李恪走至案前，掐灭了香炉中的一支香，凑近闻了闻说道：“高句丽所产的苏合香没有咱们中原的浓郁，但香气更为持久。本王很喜欢闻这味道。”

玄觉停下了手上的动作，依旧佯装不解道：“殿下博闻，贫僧却不懂得这个。”

“不懂得吗？”李恪趁他不注意，迅速走上前两步，一把撩开了他的袖子，却见他手臂上赫然是一个猎豹头像，“你果然是高句丽人。”

玄觉蔑然，旋即却又笑得从容淡定：“就凭这些吗？”

“当然不止。”李恪拿下灯罩，十分小心地将分叉的烛芯全部剪去。这蜡烛本带着香气，比苏合香更要浅淡几分，只有靠得十分近了才能闻得出来。待修剪完毕后，李恪又屈膝跪坐于蒲团上，看着玄觉的足踝说：“传言高句丽贵族子弟出生以后，都要用一种药酒泡脚，且通常不穿袜子，这样孩子才能够健康成长。所以，你的足踝才会这样白皙。再有，本王曾无意中听寺中两位小师父讲，你曾在禅房中用他们听不懂的话诵读。那是高句丽语，对不对？”

玄觉下意识地将裤腿往下拉了一拉，似乎再不惧李恪向他投来的探询的眼神：“不错，贫僧出身高句丽贵族，自幼仰慕大唐文化，故不远千里来长安求佛。难道有什么问题吗？”

李恪端然而坐，眼中嘲讽之光愈甚：“没有问题。可是再仰慕，高句丽依旧是生你养你的家乡。当你得知朝廷想要出兵攻打高句丽的时候，你的心里是万分着急的吧。”

“我自然着急。以你们的军力若要攻打高句丽，如同探囊取物。我虽自少年时便远渡而来，可我的父母兄弟尚在那里，我怕战争一起，会波及他们的生活。”玄觉的脸色因为过分激动而瞬间变得绯红。他不以唐朝禅师的身份自谦“贫僧”，而只如一个忧国忧家的普通人一般自呼“我”。

“可是，你以为毒杀一个中书令就能阻止这场战争吗？你未免也太看得起宇文士及了吧！”李恪的声音如同微风轻拂过水面，只微漾起小小一圈波澜。

玄觉不意他竟会有这样的想法，嘴角不由自主地抽搐了几下：“吴王殿下是如何知晓的？”

“因为这个。”李恪从兜里取出了一根金条，“这是本王从宇文士及书房的暗格中找出的金条，那上头刻着的是高句丽文。这是禅师你送给他的吧？宇文士及这些年颇得我父亲重用，你希望他能谏言我父亲不要贸然出兵。可是，他拿了你的钱财，却并没有替你消灾，反而成了最坚定的主战派。你气极，这才在最后一次和他见面的时候，在他的吃食里下了毒。几日后，宇文士及毒发，他知道自己是为人所害，而这个害他的人只有可能是你，所以，他才会在临死前反复喊着你的名字。是这样的吗？”

“无懈可击！”玄觉拊掌道，“宇文士及曾说殿下是个聪明人，果然，什么都逃不过您的眼睛。”

李恪听他承认得爽快，心绪却反而变得飘浮而散乱起来，幽深莫测得让他狐疑：“这么说，真是你做的吗？你为的究竟是什么？”

大兴善寺的晚钟声响起，慢慢地划过长安城上空厚重的云层。玄觉额上深深的皱纹被明亮的烛灯照得一清二楚。他的手缓缓地抚过桌案，接着似发了狠似的用力一划，有木刺嵌入了他的指甲缝里，疼得他的双目忍不住眨动了一下："殿下说得对！他欺骗了我。我平生最恨的便是欺骗。所以，我让他饮下了那杯有毒的酒，让他尝尝欺骗所要付出的代价！"

尽管李恪知道自己身为大唐亲王，身为大理寺卿，或者只是身为一个有是非观念的人，不该生出如他此时心里所有的那种幸灾乐祸之感，可他依旧觉得痛快，仿佛是应了那句最通俗不过的俚语：善有善报，恶有恶报。他曾经害过人，自己也为人所害。这世道，难道不是公平得很吗？那些丧命于宇文氏阴谋下的杨家人，算是真正可以安息了。

然而，这些感性到近乎荒唐的念头，只是停驻在李恪脑海中片刻，很快，他就带着惯常面对罪犯时冷然而威严的口吻说道："禅师身为外族人，胆敢在我大唐地界，杀我大唐宰相。你说，本王应该拿你怎么办？"

玄觉被这样锐利的眼神镇住了，转而却又带着一抹轻松的笑容说道："恐怕就算将我腰斩也解不了你们的恨意吧！"

李恪看着从他眼睛里流淌出的那种异乎寻常的诡谲神情，脊背不由一凉，继而，寒彻周身。于是他只是起身，不发一言地走至门边，刚想推门而出，却听得玄觉又道："殿下既知一切，还能这么放心地走吗？"

李恪犹豫许久后方才回头，见玄觉正跪坐在一尊佛像之前，双手合十，嘴唇不住地嚅动着，却听不见他在念叨着什么。那样谦卑而又虔诚，似乎他真的只是一个受人尊崇的得道禅师。李恪并没有回答他那一问，只是用极慢极慢的速度开了门，仿佛是怕那生了锈的门轴发出刺耳的声音会扰了玄觉的清修一般。

夜风呼呼地吹刮在耳畔，李恪紧紧握住腰间那柄高句丽进贡的镶红宝石匕首，看着屋檐上两盏散放着柔光的灯笼，茫然无措地慢慢往前走去。

第十一章

将错就错

几日后的一个黄昏，李恪至武德殿，将玄觉禅师与宇文士及一事详细奏明了李世民。

夕阳斜斜地从窗牖中照射进来，在青砖地上留下一排形态不一的影子。王忠微垂着头侍立在一旁，站得久了便觉有些困倦，一时忍不住打了个哈欠。李世民合上奏疏，一直深锁着的眉头终于慢慢舒展开来。他轻轻咳了一声，继而将杯中的茶水一饮而尽。

王忠很有眼力见儿地往杯中又添满了水。李世民举眸望向李恪，问道："都属实吗？"

李恪点点头，只简略地回答道："属实。"

许是因为坐得久了，双腿有些酸麻，李世民起身的时候，身子微微晃动了一下。王忠刚想上前，李恪却先他一步扶住了李世民道："父亲小心。"

"你不要真把我当成一个无用的老翁了。随我出去走走吧。"李世民拍了拍他的手，与他一起走出了殿门。外头最高的一棵银杏树的叶子已然掉得精光，缓缓地随风在空中摇晃着。王忠领着几个小宦官远远地跟在他们身后。

父子俩一路无话，直到走至九曲长廊，李恪才忍不住问了一句："父亲要将此事公之于众吗？”

李世民低头看着清澈的湖水中几条恣意游弋的鲤鱼，反问道：“你的心里就没有决断？”

“不在其位，不谋其政。该父亲决断的事情，孩儿不能越俎代庖。”

李世民停下脚步，将落于身上的一片叶子随手扔进了湖里，眼睛随着阵阵涟漪望向远方，过了很久才将目光收了回来：“你在朕面前何时变得这么小心翼翼了？让你说就说！”

“是！那孩儿便说了。”李恪的语气很是轻快，仿佛正等着他的这句话一般，“宇文士及身为中书令，私下将朝廷机密透露于外人，又凭着这个敛财，最后死于这上头，也没有什么可惜的。若将事实真相公开，就是绝了他的名声。但父亲一向待他不薄，现今又下令将其礼葬，如今却横生这一出，只怕会让世人觉得您所托非人，识人不明。”

李世民朗然而笑：“你是怕累及朕的英名？恪儿，你未免太小瞧朕了，朕会在意这个？况且，帝王亦非神人，哪能世事洞明的？”

“父亲不在意，可孩儿在意。”李恪见前头石子路滑，便伸手搀扶着他道，“再说，也不是没有两全的办法。”

“利用此事作为东征的理由，是吗？”夕阳照得李世民衣袍上的那条簇金绣盘龙分外明亮。

走过石子路，李恪却并没有放手。这样挽着父亲臂膀徜徉闲行的时光，无论过去或是将来，都是难得的。他的心头无比温和舒畅，似饮了一口甘甜的牛乳。他沉默一会儿，才微微颔首：“父亲说得不错。玄觉是高句丽秘密安插于我大唐的细作，想要探听咱们对高句丽与新罗的态度。他以切磋佛法为由，与宇文公结为至交，在宇文公毫无防备的情况下，将其毒杀，并且窃取了他手中大量的军事机密。宇文公临终前指认‘禅师’为凶手，淇儿和萧良娣，以及德兴坊中许多百姓都可以作证。事实就是这样。”

“如此，倒是便宜了宇文士及。”李世民侧头看向李恪，见他眉心微颦，似乎正沉溺在自己的思绪中，便将声音提高了几分，问道，“还有什么好想的？”

李恪咬了咬嘴唇，一直握拳的左手手心起了些微汗水：“可孩儿心中并不希望如此……"

李世民语气柔和道："不能将宇文士及的小人行径诉诸世人，朕心头亦有不甘。"

"不！不是这个……"李恪双眉越发皱得紧了，"若这个理由让父亲亲犯险境，受到一丝伤害的话，孩儿将永生永世无法原谅自己。"

"杞人忧天。"李世民自负一笑，向李恪投去了一束宽慰的目光，"朕十八岁跟随你祖父在晋阳起兵的时候，你还没有出生呢！朝堂中人反对出兵的理由多是说不值得，而无人会说赢不了。朕希望在关键时刻，你能够与朕同心同德，不要怀疑你自己，也不要怀疑朕，知道吗？"

"孩儿知道。这话，父亲在很久以前就说过。"李恪心中有了一丝释然，长长舒出一口气，"母亲也说过。"

李世民的脚步略略缓了下来，神色却只如常："你解了朕的困局，告诉朕，你有什么想要的？"

不知为何，李恪突然想到了不久以前，武才人对他说过的一句话：殿下若真想要那个位子，就跟陛下说，陛下等着您开口。他的神色微微一恍惚，很快，却只微笑地说道："过些时日，我想带着淇儿去江南玩，请父亲准一个月的假。"

"给你两个月。"李世民心道这孩子也太好打发了，于是便笑着说道，"江南最好莫过扬州，只是去了可不要误了归期才好。"

正说着话，只见太子李治正迎面而来。他生得白白净净，面上的稚色还没有完全褪去，只是神情稳重从容，很有一些长者之风。李恪放开手，走上前一步，屈身一拜道："太子安好。"

"三哥。"李治只略一点头，便走至李世民面前，将手中的奏疏递到了他的手里，说话的声音低声细语，不急不缓，很有些读书人的样子。

李世民接过奏疏，随手翻过一页来看。李治所批文字虽然还不甚老练，但偶也有一些真知灼见，若继续手把手地好好调教，假以时日大约也能有所成。于是李世民便满意地说道："写得不错。记住，树木以木绳为准才可正直，为君者需接受劝谏才能圣明。"

李治恭谨立于一旁，连声应道："多谢父亲教诲。"

李世民今日心情大好，看着李治心里也欢喜，于是便絮絮叨叨地跟他说了好些话，从他儿时趣事说到为人为君之道。李治站在离他一臂的地方，始终不发一言，只偶尔颔首算是附和。

李恪觉得自己站在一边实在多余，便趁着李世民说话的空隙，施礼告退了。

走至玄武门口，李恪见今日当值的是故平阳昭公主的长子柴哲威，便向他打了个招呼。柴哲威肌肤黝黑，身量魁梧，一见着李恪便满脸喜色地迎了上去："三哥上回说，要送我那柄古剑，可没有忘记吧？"

李恪说道："答应你的事情，我何时忘过？明儿一早我就让武梁送到你府上去，如何？"

"就知道三哥待我最好。"柴哲威高兴得像个孩子似的，连双手都不知道要放到哪里去才好，片刻后，他又补充了一句，"是那柄赵国的云龙剑，可不是韩国的青阳剑。韩赵原属一家，制剑工艺都是一样的。三哥可不要拿错了。"

"行！若拿错了，我亲自将对的送给你，好不好？"李恪含笑说道。这个柴哲威是个剑痴，从小到大，都不知被他从自己这里骗掉多少柄剑了。李恪的左脚刚踩上马镫，耳畔却突然惊起柴哲威刚刚说的那句话，便忙又回到他面前，急急地拉住他的衣袖："你方才说，韩赵本是一家？"

柴哲威不知他是何意，满脸疑色地说："春秋末年，韩赵魏三家分晋。弟没有说错吧？"

李恪的心陡然飞速地跳动起来，继而又慢慢沉寂下去，不知坠落到了哪一个角落。他并未回答柴哲威的话，只是向他摆了摆手。因为情绪波动过大，上马的时候双脚有些虚浮，差点就要摔落下来。

有细雨点点从天上落到李恪的衣襟上。从来不知道，雨水竟是这般冰凉，似要将他的五脏六腑全部冻结成冰。他错了，他真的错了。一切都是他的一厢情愿，是他用一已好恶任意地推测了事实的真相。

寿光县主说："郎主肝阳上亢，其实是不宜吃热性食物的。"

刘氏说："郎主最近似乎一直在看新罗地志，总说新罗人被高句丽打得可怜之类的。"

阿诺说："在婢子家乡的很多地方，如果小孩子从小身子不好的话，就会有专门的术师在他的手腕上刺一些猛兽图案，希望可以得到庇佑。"

玄觉说："我让他饮下了那杯有毒的酒，让他尝尝欺骗所要付出的代价！"

李恪用力拍了拍马背，流风似闪电一般朝前飞奔，溅起一路的小水花。玄觉是无罪的，他不是高句丽人，而是新罗人。高句丽与新罗同出一源，高句丽有的风俗，新罗也一样会有。玄觉眼见新罗被高句丽欺负得节节败退，心中万般焦急，于是便拿了银子贿赂经常来听他讲学的宇文士及，请他务必要坚定皇帝东征的决心。

宇文士及并没有失信，他在朝堂上与江夏王唇枪舌剑，力陈攻打高句丽的四条好处，逼得江夏王无言以驳。私相授受固然不是大丈夫的光明磊落之举，但玄觉之行不是为了自己的私欲，并没有失去大节。酒酿是热性食物，以寿光县主的说法，宇文士及是绝不会食用的，又如何会因此而死呢？所以那个时候，当李恪说出是玄觉毒杀了宇文士及的推断时，玄觉才会露出那样惶惑的神情。李恪一直以为那是恶行被揭穿后的恐惧，如今才知，那只是玄觉觉得自己臆测的所谓真相不可思议。

然而，玄觉还是承认了，而且承认得干脆利落。就像李恪说的那样，一个高句丽人在大唐地界，杀大唐宰相，是很容易挑起朝野上下对高句丽的仇恨的。如此，他的目的也就达到了。李恪那个时候也不是没有因为玄觉这样干脆利落的承认而产生过怀疑，可他没有深究，因为他太希望宇文士及是真的自尝恶果、死于非命了。

李恪虽还未向外人言明玄觉所犯何案，但在前几日已经下令将他以杀人重犯的身份关押至大理寺监牢。如今这事已然闹得满城风雨，什么样的猜测都有。李世民显然也要将此作为征讨高句丽最后的理由。若他现在告诉他们，一切都是一个因自己过失而生出的天大误会，那么此事又该怎么收场？还有宇文士及，难不成他的死真的只是一场意外或是偶然？想到此间，李恪再度拉紧马缰绳，催促着流风加快速度。

行至崇仁坊东庆街的时候，许多雍州府差役正在挨家挨户地搜查人犯。李恪只恐快马会伤着人，尽管心中万分着急，还是下马牵着流风缓缓向前。

大概是因为雍州府上个月新来了两个厨子，伙食较过去改善很多，齐长升的面庞看起来明显比过去又要圆润不少。他看着耷拉着脑袋不发一语的黄捕头，气不打一处来："看个人犯都能看丢！要你到底有何用？还不如回乡去种地！就算种地你也不如人家正儿八经的田舍翁！"

黄捕头听他骂够了，这才委委屈屈地说道："卑职知错了。可是长史您不也看到了吗？那人犯拳脚功夫那么好，就算有十个卑职加起来也不是他的对手！"

"人犯是在你手里弄丢的，你哪里还有那么多的理由！"齐长升一听这话，越发气得跺脚。

"明明只有一个理由嘛！"黄捕头低垂着头，诺诺说道。

堂堂州府长官竟然站在大街上就和下属争执起来，李恪实在是看不过去，便将流风拴好，从人群里挤出来，走至齐长升的背后，压低声音对他说道："齐长史好大的脾气！"

齐长升一听这个声音，立马神色一凛，转身就要屈膝下拜。李恪看了看围观的百姓，立马用手上的长剑挡在他的膝前："你不嫌丢人，我还嫌丢人！丢了的人犯是什么人？"

齐长升瞥了黄捕头一眼，引着李恪退至一边说："就是上回闯入寂光庵偷盗的贼人。前番已经抓住了，可谁知在提审前被他给跑了。"

李恪见看热闹的百姓逐渐散去，便解开了绑于树上的缰绳，漫不经心道："他叫什么名字？"

"就是那个……"齐长升一拍脑袋，转身却不见了黄捕头，便跺了跺脚说道，"该死！方才黄捕头还跟下官说了他的名字，下官这会儿怎么就想不起来了呢？"

"那等你想起来了再说！"李恪跃上马背，走了几步后又回头道，"黄捕头为人做事都不错，你别老拿他撒气。”

秋日夜长，到了大理寺监狱的时候，天已渐渐暗了下来。狱丞张放已年届五旬，可身板硬朗，又有一身好功夫。因幼时发高热伤了喉咙，故而说话的声音和姑娘一般细声细气，为此没少被同僚笑话，可他倒总是一脸满不在意的模样。李恪疾走向前，对张放说：“把玄觉带至偏殿，本王有话要问。”

张放爽快地答应了一声。未过多久，便见玄觉拖着沉重的锁链缓缓朝他走来。还未等他开口，李恪就对张放说道：“都解开吧。你先下去。”

此时的玄觉一身重刑犯的囚服，面容略有些憔悴，额上起了个小包，大概是被监牢中的小虫子所咬。李恪虽然心急火燎地赶了过来，但一见到他，一时却又不知从哪里问起。倒是玄觉率先开了口：“吴王殿下将事情始末都想明白了吗？”

李恪揖手一拜：“是小王误解了禅师，向禅师赔礼。但是，小王并不预备为禅师洗刷冤情。大约禅师自个儿也是不愿意的吧。”

玄觉的眼皮跳动了两下，似乎并没有料到李恪会如此开门见山地将话挑明。他伸手抚了抚自己的手背，淡淡一笑说道：“殿下想成全的人是谁？”

“我父亲。”李恪不假思索地说道，“他的威仪遍布四夷，被所有部族首领心悦诚服地称为‘天可汗’。只有高句丽，高句丽不肯臣服！若我是他，我也不甘心！”

玄觉跪坐于地，静默许久后方言道：“我出身新罗王族，落败于二十多年前的那场权力争斗。如今新罗的善德女王金德曼是我的堂姐，她的部下曾经数度想要我的性命。我被他们逼得走投无路，这才远来长安避难。”

李恪深深地吸了一口气，倒是没有想到他竟有如此身份。于是他再度打量了玄觉几眼，见他双目明澈，神情恬淡，细看起来，倒真有几分王子的气质。李恪将佩剑放了下来，跪坐于软垫上，试探道：“新罗既愧对禅师，禅师又何必处处为新罗着想？任他们互相残杀，你未必没有东山再起、坐收渔翁之利的机会。”

“易地而处，殿下您会吗？”玄觉肃然反问，“别人可愧对于我，我不能愧对自己的良心。殿下只管法办于我便是，咱们各取所需。”

天已尽黑，寒鸦的鸣声嘈杂而又凄厉。李恪听他这般说，心中无端生起几分凉意："那么你现在总可以告诉我，宇文士及到底是何人所害？"

玄觉摇了摇头："殿下何必执着太过。您所知的真相就是唯一的真相，也是最好的结局。"

"告诉我！"李恪咬牙切齿，一字一顿地说道。

玄觉并未被这样凌厉的言语威慑到，只是温和地望着李恪。有那么一瞬间，李恪似乎在他的脸上见到了同情和悲悯。为什么？为什么他会对自己流露出那么奇异的表情？半晌，玄觉才站起身来，双手合十，行了一个僧人的礼节："宇文施主其实早已告知了殿下。殿下若是有心，自然能够想明白。贫僧只能言尽于此。"

没有人可以威逼一个甘愿赴死之人说实话。李恪的心在急促跳动良久之后，终于慢慢恢复了平静。他让张放将玄觉送回了牢房，自己却兀自坐在那里，看着烛泪一滴一滴地往下落。他觉得困倦极了，可耳畔却似乎总有无数的声音在不断叫嚷，直吵得他脑子一阵复一阵地抽搐着。

不知过了多久，李恪才醒转过来。此时天已然大亮，面前的四根蜡烛皆燃烧殆尽。他打开殿门，一股夹杂着尘沙的秋风扑面而来，他只觉面庞分外麻痒难受。两个值守的小吏急急迎了上来，唤了一声："殿下。"

李恪疲惫得连开口都懒怠，便只向他们摆了摆手，就继续朝前走去。流风仿佛觉察到了主人心情的低落，便也不叫唤，只一路平缓地小跑回家。

武梁正在王府正堂的庭院里指挥着几个小厮搬运菊花："朱六，那几盆清水荷花就先放廊下吧，待会儿王妃那里的几个老妈妈会过来搬去景行斋。"

朱六是个十三四岁的少年郎，一听这话便环视一圈，狐疑地问道："这些不都是菊花吗？哪来的荷花？"

话音刚落，连带着武梁在内的一众人都笑得直不起腰来。最后还是一个满脸麻子、留着络腮胡子的汉子拍了拍他的肩膀，强忍着笑意，指指自己脚边的几盆菊花道："傻兄弟，清水荷花哪里真是荷花？那是一种菊花的名字，非常珍贵稀少呢！殿下从前就吩咐过，最好的东西都要先给王妃，这清水荷花自然也不例外。还不快小心地搁过去！"

朱六赧然，连声答应着去了。

那不是真的荷花，而是一种菊花的名字。李恪在走往景行斋的时候，一直在想着这句话，似乎差一点就要和记忆中的另一句话联系在一起。可他一时却想不起来，便只得暂且将此搁下了。

半个月后，李恪连同刑部尚书并御史中丞，于大朝会上向李世民和文武官员奏明玄觉一案始末及三法司最终的裁判结果。玄觉以杀人罪被处以斩刑，待秋后执行。一时间群情激愤，连向来与宇文士及不大和睦的江夏王都怒容难平，原本坚决反对东征的心也软化了几分。

朝会既散，杨政道步出武德殿正殿之门时，见周围朝臣未尽退去，便只呼了一句："吴王殿下请留步。"

李恪停下脚步，与他并肩而行许久后才说道："你不要再问我了。该你知道的，我方才都已经说过了。不该你知道的，我前番也全部告诉你了。"

"谁想问你这个了？"杨政道伸手替他拨开了面前垂落于地的两根柳条，"方才我看你说话的时候目光一直闪烁不定。其实，你全了宇文士及的名声，了了陛下的一桩心事，已经做得无可挑剔了。再说，那玄觉求仁得仁，又不是你逼着他认罪的，你心里就不要再过意不去了。这个世上，有很多比是非更重要的东西。"

"表兄，你多虑了，我没有。"李恪说这话的时候，只觉有什么东西在撩拨着他的心肠。杨政道不知道，他目光闪躲不是因着犹疑或是愧怍，而只是不想让旁人看出他的心虚。当他明知真相，却还是冷然对玄觉说不欲为他洗刷冤情的那一刻，他的心或许就早不如年少时那般清澄与执拗了。他自嘲一笑，不知从何时起，他竟也变得如自己从前厌恶的人那般世故与圆滑了。

"没有便好。真的很好。"杨政道释然，话语中满溢着轻松与慰藉，转而又笑着说道，"前几日六弟向我抱怨，说你答应和他一起出猎，却总没个准信。"

李恪无可奈何地摇头："这小子也快做父亲了，还整日只知道玩。不过，这也是他的福气。"

"他的福气多半也是因为你。"杨政道侧头望一望他，又说，"上回他犯事回京，陛下让你好好看管他，你却什么也没有做吧？怪不得长孙无忌会在陛下面前说你偏私护短。"

"他要说就由着他吧。"李恪不以为然道，"我就那么一个亲弟弟，我能不护着他吗？再说他的那些毛病并无伤大节，等年纪再大点自然就好了，用不着外人说三道四，胡乱操心。"

"外人？长孙无忌吗？"杨政道听他语气不善，便好奇地问道，"你什么时候和他结上梁子了？"

"他是大唐股肱之臣，是父亲的内兄，是太子的亲舅，我哪敢和他结什么梁子？"李恪不禁冷笑，"只是那天的事情我也听说过一二，若不是长孙无忌从旁煽风点火，父亲也不至于一怒之下罢了舅公的相位，将他贬出京城。"

"还在为这事生气呢！"杨政道温言道，"三十年风水轮流转，官场起落，此消彼长，再正常不过了。恪弟，放心吧！舅公深谙此间之道，必能护得自己周全。况陛下身边也离不了他老人家，保不住今年明年又能重新拜相了呢。"

说话间，两人已到了宫门口。季成快步迎上来说道："殿下，方才宇文府的人来咱们府上说，寿光县主有重要的事找您，请您务必下了朝以后去一趟。"

"既已盖棺定论，还有什么好说的？"李恪嘟囔了一句，却还是在上马车的时候对杨政道说，"你不与我一块儿去？"

"人家请的人是你，我去做什么？"

"你若不去，我待会儿还得去你府上一趟，把事情再说一遍，多麻烦！"李恪拉起帘子道，"行了！赶紧上车一起走吧。"

宇文府门前的四盏白灯笼随风不断地晃动着。寿光县主一身缟素，发髻上只斜插着几根银簪，神色比之前番却要缓和许多，大约斯人已逝，她也已然懂得坦然接受了。侍女见凉风渐起，便很贴心地将手上拿着的大氅披到了她的身上。她望一眼杨政道，又对李恪说道："吴王殿下，这位是……"

李恪将手中的笏板交给季成道："我的表兄，散骑常侍，陛下亲封的宣平侯。”

寿光县主平静的眼眸中刹那闪出了惊诧之色，那只习惯性抓着盘扣的手不由自主地垂了下来，说话的声音微有些发颤，似刚刚咀嚼完一块寒冰：“杨祯卿杨公子？”

“不错。祯卿是祖母替我起的表字。”杨政道明媚的笑容中带了几分意味深长，“县主想要告诉吴王的事应该不是政道所不能听的吧。”

“自然不是。”寿光县主哂然一笑，“二位请进正堂说话。”

正堂的摆设与李恪第一次来时所见的并无二致，只是头顶的挂灯上似乎积了许多尘灰，风一吹过便缓缓地扬在空气中，一不小心就要迷了人的眼。寿光县主屏退屋内侍候的人，从衣袖中取出一张遍布折痕的字条递到了李恪的手中，道：“这是昨夜妾身收拾郎主遗物的时候，偶然从一个锦盒之内得到的。妾身觉得事有蹊跷，故希望吴王能为妾身解答疑虑。”

那上头的字写得很小，但十分工整漂亮：

凯风自南，吹彼棘心。棘心夭夭，母氏劬劳。

再往右看是一行更小的字：

四月初八晚，秋霞亭中会。

落款是两个字：禅师。

李恪看罢便将纸条给了杨政道。杨政道眉头微动，倏地起身，凛然看着寿光县主道：“禅师是谁？”

寿光县主越发不安地说道：“君侯也觉得这字条不是玄觉禅师所写？”

杨政道点头：“先头四句出自《诗经·凯风》一篇，是赞扬母亲辛苦劳作、养育子女的美好品行。玄觉没有理由给宇文……宇文公写这个。”

“还有……”李恪在旁补充道，“四月初八是浴佛节，京城的大小寺庙都会在这天举行法会纪念。玄觉既为有道高僧，不管有多重要的事，都断然不会挑这么个日子约宇文公出去的。”

寿光县主将茶杯拿起又放下，转而又不停地摩挲着衣袖：“所以……或许这个禅师只是寺中的无名小僧，只有趁着法会，各人都十分忙乱的时候才可以溜出佛寺约郎主相会。”

杨政道追问道：“那么县主知道这个人可能是谁吗？”

“不对！表兄，大概我们都错了。”李恪紧握住杨政道的手腕，双目一眨不眨地看着他的眼，“禅师指的不是僧人，而是人名！”

杨政道觉察出李恪手心的温热，知他必是了悟到了某种隐秘之事，于是便松开手，安抚地拍了拍他的肩膀，问道：“何以见得？”

“凯风自南，吹彼棘心。棘心夭夭，母氏劬劳。”李恪并不回答他的问题，只是缓缓吟出这四句诗，心中莫名涌起一股暖意，连说话的语气都平和了许多，“有一句话，李恪想冒昧问一问姑姑，但求姑姑实言相告。”

寿光县主垂眸，抚了抚鬓边一朵白兰，说道：“殿下尽管问。”

阳光昏沉沉地透过古槐树叶照进了一潭池水中，疏影斜横，水光潋滟。李恪负手走至窗前，贪看良久后才转过身子，目光灼灼地问：“宇文公是否有外室？”

“没有。”寿光县主不假思索地说道。

“哦？姑姑那么肯定吗？”李恪将信将疑地又问。

“自然是肯定的。除了上回妾身告诉殿下的原因之外，便是直觉，”寿光县主想了想，又补充了一句，“一个女人敏锐的直觉。”

“好，我知道了。”李恪的神色中出现一丝茫然与停滞，仿佛正在奏着一曲清乐，却落了两个节拍。外头鸟儿低鸣，恰到好处地补上了这一刻的空白。他对着杨政道微一颔首：“咱们走吧！”

“吴王等等……”寿光县主急道，“妾身的疑惑尚未解开。”

“无关紧要，”李恪浅浅一笑，风轻云淡，“或许只是一个普通的邀约，姑姑不必多心。杀人者会伏法，宇文公地下有知，也终将安息。如此，便也罢了。”

寿光县主眼里似有无限不甘："真的只是如此？"

"只是如此！"李恪十分肯定地说道。

回程的一路上，李恪都不发一言。眼见马车即将停下，杨政道终于忍不住问道："你方才为什么会问那一句话？"

"为了确定我心中那个荒谬的想法。"尽管此刻马车内只有他们二人，但李恪仍然将说话的声音压得很低很低，"劳烦表兄今日务必亲自去一趟外祖母那里，帮我问她一句话。"

杨政道听罢，先是一愣，转而却点头道："今晚之前，我必给你答复。"

吴王府景行斋暖阁之中，淇奥正歪在榻上，饶有兴致地看白檀灵巧地绣着一件散财童子纹样的小衣。白妈妈和锦葵在一旁仔细地捻着丝线，几十种色彩斑斓的线，直看得人眼花缭乱。孩儿月份渐大，淇奥越发觉得疲累，就连翻个身都十分不易。不过，好在太医说胎象安稳，只待瓜熟蒂落便好。

"眼酸了，看不清了。锦葵，剩下的你都一起捻了吧。"白妈妈揉了揉眼睛，起身甩了甩手臂，又替淇奥换了个略矮些的枕头，为她盖上一条薄毯，"虽是正午，却还是要仔细着凉。对了，吴王殿下昨夜又没有回府吗？"

淇奥拿过身边的一只虎头小靴子，摸摸上头两颗滚圆的珍珠，点点头："不只昨晚，前天他也没回来。"

"王妃早该料到有那么一天了啊，"白妈妈握着淇奥的手说，"与其到时让他开口把人接进门，不如由您先提，也可显出您的大度。话说回来，殿下之所以会这样，也是王妃您疏忽了。其实，您早该为他选几个品行端庄的侧妃在身边了。外头的女人，终究也不知是好是歹。"

"妈妈您这说的都是哪里的话啊？"淇奥忍了半天，终于忍不住笑出了声，直笑得耳朵根都发热了。

白妈妈看她如此，只疑心她是伤心得失了心神，便又好声好气地劝慰道：

"王妃别太在意。天下哪个女人不是这样过来的？就是檀儿她爹，当年也都在外头养了个弹琵琶的呢！"

白妈妈还想再说下去，却听见了侍候茶水的小丫头小萝脆生生的声音："殿下您怎的不进去？"

李恪自屏风后进了里间，和淇奥对视一眼，两人都从彼此的眼底看到了止不住的笑意。白妈妈想他大半是听到了自己方才的话，便觉有些尴尬，只得福一福身拜道："殿下。"

说完，她便向白檀、锦葵使了个眼色。两人立刻会意地道："婢子们不扰着殿下与王妃说话，便先行告退了。"

淇奥见她们走得远了，这才长长地舒了一口气，坐直了身子挽住李恪的手臂，靠着他的肩膀道："可烦死了，总算走了。"

李恪怜爱地捏捏她娇嫩的脸蛋道："我都被她老人家冤枉成这样了，你怎么一句话也不帮我说？"

"我可不知你是冤枉的，"淇奥佯装沉思，又模仿着白妈妈的语气说道，"天底下哪个男子不是见了漂亮姑娘就挪不开眼睛的？"

李恪脱了鞋袜，与淇奥并头躺着："天下的漂亮姑娘只有淇儿一人，我也只有见着淇儿才会挪不开眼睛。我昨夜是在……"

"你不用告诉我，"淇奥不等他说完便道，"我的夫君是什么样的人，我自己懂得。"

李恪见她满目都是笃定之色，便更加紧紧地拥住了她。彼时的一见倾心，中意的是她超逸绝俗的容貌和明媚爽朗的性格；后来，是志同道合的心灵契合；再后来是因什么而爱，他也不知道了，却总觉得他与她是上苍注定的姻缘，是前世今生分不开、剪不断的牵绊。与她在一起越久，他越明白这世间最美的情话不是天长地久的山盟海誓，而只是两个字：懂得。

李恪侧过身子，将耳朵贴着淇奥的小腹，时不时便能听到孩子在里头的声响。那样静谧美好的岁月，仿佛再没什么可以让他挑剔的了。可就在今日，就在他踏出宇文府的那刻，他就已经觉察到了过去的那些隐事，他可以不将那些隐事宣之于口，但他做不到不去探寻，不去证实。他突觉有些困意涌上来，便只如梦呓般地说："淇儿，我们不会像他们一样。我们会一直在一起的……可是我还是怕，还是怕……"

淇奥伸手抚过他的面庞。纵使闭着眼睛，亦能轻易感知到他的愁容，可他还偏生长得这般俊朗，就算愁容，亦是好看的。淇奥微笑："三郎，我不怕的。你知道，我什么都不怕。"

李恪醒来时已过了寅时。他起身揉一揉自己有些酸胀的脖子，见淇奥正坐于案前习字，便道："你怎么也不叫我起来？哪有大白日睡那么久的？"

淇奥并不抬头看他，只蘸墨写下了最后一个回笔："看你那么累，我心疼嘛！哪里舍得叫醒你？"

"原本今日下午想把父亲交代的东西写好的，现在看来只得等到晚上再写了。"李恪对镜理了理发冠道，"今晚，我不回大理寺了，就好好待在外间书房写，免得那老太太再误会我外头有了别的相好。"

淇奥抿嘴一笑，搁下笔说："三郎那么怕白妈妈？"

"我会怕她？我是怕她烦你！到时候，她若逼着你替我纳七八个侧妃侍妾，可有你受的了。"李恪走至淇奥身边，细细赏看着她方才援笔而就的一幅字。

"那我就实话跟她说，我不愿意。"淇奥不以为然地努努嘴，轻拢云鬓，发髻上一对金步摇微微晃动，远看仿若两只雀鸟正头抵着头说着悄悄话。

"那她准得气坏了不可。"李恪搓了搓手，将纸上二十个字念了出来："晓来见花阴，春逐鸟声开。初风飘柳动，青阳照新苔。"

那二十个字，字字相连，像一幅精心绘制的画，清新雅致，匠心独具。淇奥见他看得认真，便笑问道："怎么样？"

"好。说不出来的好。"李恪十分真诚地点头夸赞道。

"那我可当真了。"淇奥见墨迹已干，就心满意足地将纸卷了起来，用红绸带扎好放进案上的红梅花琉璃瓶中。忽一眼瞧见手边的一个红色锦盒，便献宝似的将里头的两个金镯子拿给李恪看："早晨雪鹭姐姐来看我时送的，说是给咱们两个孩子的。好看吗？"

李恪看了又看后才说道："雪鹭送的东西自然是好的。你喜欢的也是好的。"

“雪鹭姐姐可有心了。你瞧瞧这个……”淇奥将两只金镯子放在一起，指着内里的字道，“功烈光于四海，仁风行于千载。三郎上回不是说，要用《后汉书·章帝纪》中的这句话给咱们的孩儿起名吗？”

李恪再凝神一看，果见一只镯子中刻着“仁”字，另一个则刻着“风”，便点点头道：“镯子里藏着名字，真是精巧心思……”

李恪突然止了自己的话，脑中迅速地闪过很多年前发生的一幕幕，在脊背一阵发凉之后，便觉脑中用力地抽搐着，接着面上又泛起一阵阵红。他跪坐于地，喃喃自语：“难道会是他？”

淇奥不解道：“谁啊？”

“表兄。”

“表兄？是表兄想出的主意吗？”

“不是，不是祯卿。”

淇奥握住了他的手，却并没有再开口说话。

沉默间，就见白檀轻叩门扉而入，将手中的一张字条交给了李恪：“殿下，方才杜旭过来说，您要知道的事，宣平侯已经帮您问清了。”

李恪急不可待地打开来看，那上头只写了两个字：禅师。

“他果然没有死，他真的没有死！真是因果报应！”

白檀不解地望向淇奥，淇奥对李恪同样报以疑惑的目光。李恪端起案上的一杯茶，一口气将它喝尽：“淇儿，我要告诉你一个故事。”

第二日拂晓，李恪便动身前往雍州府。等了小半个时辰，齐长升才踏着虚浮的脚步缓缓而来，后头跟着的是一脸恭顺的黄捕头。齐长升边走口里还在不断嘟囔着：“为了这种夫妻吵架打破头的事情，一个安稳觉又没了。你怎也不问问清楚？”

黄捕头低头诺诺道：“报案的人说要出人命了，卑职实在不敢心存侥幸啊。”

“就你话多。”齐长升“哼”了一声，面上的傲慢之色直到见到李恪才慢慢退去。他深深一拜，谦恭道：“吴王殿下怎的这么早就来了？”

“总不见得是找你闲聊，自然是有大事。”李恪揽衣坐于堂上，随手翻看着面前几张通缉犯的画像，“上回你说的那个贼人还没消息？”

“殿下是说在寂光庵犯案的那个……”齐长升猛地一拍脑袋，回头瞥了一眼黄捕头，“那个人叫什么？”

黄捕头用看傻子的眼神望着齐长升，心道：一共就三个字，都跟您说了多少遍了，您怎么老记不住？

“算了。你不记得没关系，只要本王心里明白就可以了。”李恪不等黄捕头说话，便微笑着从一摞画像中挑出了一幅道，“画得还不够像，他的眉毛应该更浓密一些，鼻子也得再挺一点。”

齐长升凑过去看了一看，惊奇道：“殿下认得这个人？”

“岂止认得！”李恪伸手缓缓地抚过画像，忽而又慢慢地握紧了拳，“本王与他可是旧相识了。”

齐长升“哦”了一声，挠挠头说道：“能与殿下相识可是他几世修来的福分。自然，也是下官的福分。下官会永远记得殿下的教诲，口头心头，一刻不忘！”

李恪展颜：“齐长升，你不必如此奉承本王。你若真想升官，就替本王做一件事。若做得好，本王会在陛下面前保举你做雍州牧。如何？”

“请殿下吩咐！下官定然为您赴汤蹈火，在所不辞！”齐长升听完，立马拉着黄捕头一起跪了下来。

李恪将那画像撕得粉碎，仿若非如此不足解恨一般：“本王让你将城里各坊的通缉画像全部撤回，就说此人被拘捕，已经畏罪自尽，然后马上结案。”

齐长升一脸为难的神情，犹疑半晌后才说道：“殿下，这……这不大好吧。夜入佛门清净地偷盗的罪名不小。下官既为京城父母官，自然要以保得一方百姓安全为己任，不能轻易放过这种贼人啊！”

李恪听他的语气义正词严，不禁在心里暗赞了一句：不错。旋即便说道：“你只管照着做便好。本王要你如此做，自有道理。出了任何事都由本王担着。”

“是！”齐长升这才爽朗地答应了一声，又扯了黄捕头起来道，“听到殿下说的话了？还不赶紧去办！”

棋局在僵持了大半个时辰之后，胜负终于渐渐明朗。黑子刚才故意网开一面，而今以虚击实，打得白子措手不及，白子一时进退两难，只得一步一退守，黑子趁势反攻，再不给白子任何负隅顽抗的机会。最后一子落下，黑子直捣白子阵中，白子全军覆没。

杨政道握着手里的棋子，想着方才那一场酣畅淋漓的战局，不禁笑着说道："恪弟，你一旦认起真来，当真下手果决，一点情面也不留啊！”

“表兄输得不服？”李恪将棋子一一收了起来，挑眉道，“往日都是你赢我，就不准我赢你一回？”

“往日是你不愿意赢，而非你技不如我。”杨政道起身拿了案上盘子里的一块酥饼吃，“这大理寺厨子的手艺还真是绝了。不晓得我多加些工钱给他，他愿不愿意去我府上？”

李恪哭笑不得地道：“你怎如此喜新厌旧？上个月你不是才从我这里请走了刘厨子吗？”

杨政道不以为然：“刘厨子最拿手的是牛蹄，做酥饼却不行，这里厨子做的倒是极合我的口味。”

“行！那我改日就让武梁去和他说。”李恪笑容和煦，看着从镂花窗户里透进的夕阳，“齐长升方才来过了，说事情已了。看来，咱们也该找个时间去寂光庵走一趟，会会咱们的故人了。”

杨政道用帕子拭了拭双手，拿起衣架上的一件外氅说道：“还找什么时间？咱们现在就去！”

“等一下……”李恪站起身，快走两步拦在他的面前，“明天。明天再去吧。”

“不行！”杨政道不由分说地将李恪拉出了门，“你一直在寻找你要的答案，我也是！如今就快找到了，却又退却，像话吗？走！”

寂光庵是北魏初年所建，荒废于北周武帝之时。到了唐朝武德初年，有十数个游方的姑子到此地安身，才渐渐又有了香火。“寂光”二字取的是佛教术语“常寂光土”之意。由于地处城郊偏僻之所，又陈旧狭小，除了住在附近的几户人家之外，平素并无多少人前来上香祈福，所以寂光庵通常只开半日方便之门。

因年久失修的缘故，生锈的门轴发出了几声难听的“咯吱”声。开门的老姑子皱了皱眉，将李恪与杨政道二人从上到下细细打量了一遍，漠然问道：“干什么的？”

“我们……”李恪开口，却一时不知该从何说起。

“我们要找你们少主。”杨政道气定神闲地凝望着老姑子阴恻恻的目光说道。

老姑子警惕地朝四周望望，确定并无更多的人跟随后，才冷冷说道：“你们找错地方了。”说罢，便要关上大门。

杨政道忙以手挡住了门，笑容无比温和：“那天是因为香客发现他从禅房出来，才误以为他是贼人吧？他为了不暴露自己和你家主人的身份，便只能束手就擒，承认自己偷盗，是吗？”杨政道并不理会老姑子变了又变的脸色，继续说道：“不过雍州府昨日已经结案。他没事了。”

老姑子惊道：“你们究竟是什么人？”

李恪从袖中取出那串琇莹玉手珠，指着上头的小银马说道：“你家主人属马，这应该是她的心爱之物吧？我母亲也喜欢琇莹玉，小的时候，我常常见她戴一只琇莹玉扳指。”

“你们……你们是她的……”老姑子说话的声音有些发颤，手里一直捏着的一串佛珠掉落在了地上。

“既然你已知道，就明白我们绝不会害他们。”杨政道不容分说地跨进了门槛，“我们有重要的事，一定要找你们少主问清楚。”

老姑子弯下身子捡起那佛珠，复又套在了自己的腕上，想了又想后才道：“那好，你们在此稍候片刻，贫尼先去禀明少主一声。”

天色渐沉，禅房里的十六盏烛灯只点了两盏，太过空荡与昏沉，一眼望去竟让人生出了一丝寥落的恐怖。眼前的那个人背对着他们负手而立。他穿着一袭深褐色长袍，身量挺拔修长，听到开门的声音也不回头，兀自站在那里一动不动。

李恪走上前几步，深深地吸了一口气，尽可能使自己的样子看起来晏然自若："很多年不见，别来无恙，夏大夫？或许本王更应该叫你……宇文禅师。"

"你们终于还是来了。"那人这才转过身子，恬然微笑，"这么多年过去，吴王殿下与杨公子的感情还是那么好吗？"

记忆中的夏邵严是温润如玉的长相，哪怕彼时李恪说破他的诡计之后，他都是那样沉着从容，仿佛他永远只是一个旁观者，一个躲在幕后操纵着一切的提线人。李恪曾经被他的这种鄙夷一切、无所畏惧的态度激怒，可现在的李恪早不是十九岁的安州都督了。十九岁的安州都督会不惜任何代价地抓住他，逼他说出真相，而如今的李恪再见到他时，心里已然平静得掀不起一丝一毫的波澜。如果有什么情绪，也只是看透一切后的遗憾与悲悯。

李恪点燃了近旁的四盏灯，眼睛因为乍起的亮光而略有些不适。他说道："表兄与我自是一生莫逆。夏大夫有何见教吗？"

"没有，"宇文禅师轻笑，眸中的落寞来得快去得也快，"我一生都沉溺在算计与仇恨之中。以前我一直觉得，这就是我的命。可直到那一年我看到了你们，这才惊觉，我本也可以像你们一样正常地活着。"

李恪心中微有触动："你有你的可怜，而且平心而论，我并不认为你是错的。"

宇文禅师饶有兴致地盯着李恪，似笑非笑地说道："吴王竟然这么认为？难得。"

李恪与他对视许久，这才将目光转向了杨政道，那样清澄如水的目光，一如十二岁那年彼此初见之时："表兄也是这么认为的，是吗？"

"自然！"杨政道咬牙切齿般地从牙缝里挤出了这两个字。

方才那老姑子从门外端进一壶茶水，一一为他们斟上，又悄悄地退了下去。李恪微微抿了一口，缓缓地说道："当年我初来安州后不久就得了寒证，府里的大夫治了很久都没有治好，后来是刘录事推荐了你来给我医治。你与刘录事是旧识，而且关系还不错，是吧？”

“不错！我能接近你的确是因了刘录事的关系。”宇文禅师严颔首，转而又意味深长地看了李恪一眼说道，“还有景玥，你的寒疾之所以久治不愈，还多亏了景玥。”

“我知道，”李恪的语气淡漠得没有一丝温度，“为了报仇，你把景玥利用得很彻底。自始至终，她的心里都只有你。她助你除去窦家人，为你设局让知道你身份的朝颜和蕙兰姊妹自相残杀，帮你把一切罪名揽过去。就算最后景玥为我而死，实际上她也是为了你！如果不是她临死前对我说的那句话，我恐怕也不会那么容易地将你和窦建德联系在一起。六年了，你可曾有一刻念起这个为你倾尽一切的女子？”

“我的心没有你们想的那么狠！”宇文禅师眼眶有些发热，“她是我此生唯一真心喜欢过的女子，我永远不会忘记她，也从来不曾想要利用她。那一年，是她告诉我，她有了接近我仇人的机会，那就是代替杨舒窈嫁给你。我劝过她，可她执意要为我这样去做。”

“仇人？”杨政道情不自禁地嗤笑，“宇文士及？你的父亲！”

“你混账！”宇文禅师一听“父亲”二字便陡然变了脸色。他操起案上的茶壶便狠狠地砸在了地上，碎瓷片瞬间四处乱溅。

杨政道眼疾手快地挡在李恪面前，滚烫的茶水大半都泼到了他的手背上。杨政道忍不住痛呼一声，可瞬间便又泰然自若地嘲讽道：“我说错了吗？就算你恨他入骨，就算你亲手杀了他，他也还是你的父亲。”

“表兄！”李恪忙上前一步，看着杨政道手背上瞬间泛起的红肿，从腰际拔出一柄红宝石匕首，抵在了宇文禅师的脖颈上，“夏大夫，你连实话都听不得吗？”

“实话？”宇文禅师冷然，“吴王不觉得杨公子的实话刺心吗？”

李恪收了匕首，淡淡道：“表兄不过是想让你明白，只有直面真实，才能完全去除你心中的魔障。”

“是吗？”宇文禅师几乎瘫软在地，泄气地说道，“那么我所做的事情，你究竟了解多少？”

李恪舒缓了一下心情，慢慢说道：“我讲给你听，如果有何不对，你告诉我。当年我第一次去安州夏府找你，你将一株龙纹灵芝交给我，说要转呈陛下。后来当我知道你是窦建德后人之后，便查验了这灵芝，发现其中含有剧毒。于是我与表兄便很自然地以为你为了窦建德兵败之仇，要借我的手害陛下、害我。景玥死前也是这么说的。”

宇文禅师面色已然恢复如常：“不错。很合理的推断。”

“可当何仲告诉我，你可能不是真正的窦家人之后，我便开始怀疑。”李恪继续说道，“灵芝是祥瑞，只会作为观赏之物，又怎会服用？况且我既已看破你的身份，必然会对你的东西详加查验，其中曲折便不难发现。所以灵芝不过是让我更加确定你窦氏身份的障眼法而已，你真正要我带到长安的，是这琇莹玉手珠！你知道刘录事没有女儿，向来疼爱刘氏这个侄女。像这么成色上等的手珠，他首先想到的肯定就是刘氏。”

宇文禅师拿起案上的手珠，看了又看：“其实是不是你都不重要，重要的是这串手珠能送到刘氏手里就可以了。”

“不是刘氏，是宇文士及。”李恪抬眸望着悠悠晃动的烛火，双目只一会儿便觉酸涩，“你和你的母亲都在赌，赌他是否还念着旧情。可嘲讽的是，他若有情他就得死，若无情，反倒能好好地活着。他见到了你在这小银马内放的字条，一首赞颂母亲的《凯风》，一个‘禅师’的署名，就足够让他明白你是谁——他与南阳公主的独子，传说早已死于窦建德铡刀下的宇文禅师。”

禅房内倏忽间又暗沉了下来，右侧烛台上的两根蜡烛不知为何竟然熄灭了。室内静谧得可怖，只听得案上碎瓷杯中的水在一滴一滴地往下落。宇文禅师忽然有一种想要用碎瓷片划破自己手臂，任鲜血流淌的诡异冲动。他的手无力地垂着，低声说道：“《凯风》是他教我念的第一首诗，禅师是外祖父给我起的名字。你能猜到这个，当真是心思细腻。”

“不是我的心思细腻，是巧合，或者说有一双命运之手让我发现了这一切。”李恪嘴角泛起一缕苦涩的笑，“刘氏说宇文士及看到这手珠时行状失态，外祖母说我母亲和姨母都极爱琇莹玉。那个时候，我的心中已经隐约猜到了它的主人是谁。后来，我知道了是你将这手珠赠予刘录事的。再后来，我又从寿光县主那里看到了你写的那张字条，我便想到了你利用手珠上的空心小银马传递邀约信息的可能。而表兄问了外祖母之后，告诉了我南阳公主当年的那个孩子名字就叫禅师。事情都明白成这样了，如果我还猜不出你是谁，那我这大理寺卿也白当了。”

“还有，禅师，你还记得六年前你在安州府狱中说过的话吗？”杨政道抚着自己的手背，只觉一阵阵刺痛直入心肠，“你说我们都是一样的可怜人。你问我的心是否坦荡，你问恪弟，若他深深信任的表兄背叛了他，他会怎么做。这些天，你的这几句话一直盘桓在我的脑中不去。或许，我早该想到你这些话中的意思的。”

宇文禅师笑：“那现在我还可以问你吗，你的心是否坦荡？”

第十二章

前尘往事

杨政道脱口而言：“我是大唐的臣子，是吴王殿下的兄长，是安陵县主的丈夫。事无不可对人言，我的心自然坦坦荡荡。”

宇文禅师听他这话说得果决，颇有感触地说道：“你比我有福气，杨公子。”

“不说这个，”杨政道不置可否，“还是讲讲宇文士及吧！告诉我，他到底是怎么死的？”

“五年前的四月初八，我约了他在秋霞亭会面。二十年不见，我发现他真的苍老了很多。在他呼出我名字的那瞬，我的心里有过一丝软弱，甚至莫名闪过放弃复仇的荒唐念头。”宇文禅师说到此间，神色便有了一丝几不可察的变化，“可我若真的放弃，又怎对得起我的母亲，对得起我那些死去的亲人？所以，我在他的茶水里下了毒。这种毒不会当场发作，可发作起来却会肝肠寸断，而且，查不出缘由。五年来的每一次见面，我都会给他下这样的药。我不能让他痛痛快快地死，他不配！”

杨政道疑惑道：“怪不得玄觉会说，他这么些年受了很多苦。可是，我不明白，以他的心智，应该不难猜测自己已经中毒，而且还是因为你。那么他为何还会常常出来与你见面呢？”

“因为你是他的儿子，而且是他和心爱之人生的儿子。”李恪见宇文禅师缄默不言，便替他回答道，“不管他做过什么，他对你母亲、对你，应当还有一份真感情在。所以哪怕他明知你要杀他，他还是控制不住自己去见你……”

“吴王殿下这话错了！”李恪还想再说些什么，却听得身后的木门被缓缓打开，紧接着又响起了一个无比熟悉的女子的声音。

“母亲……”李恪情不自禁地轻轻唤了一声，猛然站起身来，急急地朝前走了两步。有母亲的幼年时光，是落于他心头的一抹暖阳。这么些年，他无数次地在梦中看到彼时从他指缝间慢慢淌过的阳光。他想要去抓住，却怎么也抓不住，醒来便觉汗水凉透后背，于是又觉一阵入骨冰寒。可就在方才，他似乎就要触碰到了。他不会记错，小时候，就是这个声音柔和地在他的耳畔呢喃：恪儿不怕，有母亲在。

然而，就在她进门的瞬间，李恪所有的表情都僵冷在面上。只见那姑子一身素色缁衣，神色冷清，眉宇间却多了几分寻常出家人不会有的凛然不可侵犯的高洁气质。杨政道走到李恪身边，悄声在他耳边问道：“很像吗？”

李恪摇了摇头：“不像。但是声音几乎一模一样。”

那姑子对李恪面上的复杂神色视若无睹，只双手合十施礼道：“忘尘给吴王殿下见礼，给宣平侯见礼。”

二人忙揖手长拜，异口同声地说道：“不敢。”

忘尘缓步走至香案之前，焚香三拜后跪坐于蒲团上，仔细打量了李恪一番后才道：“你生得和你父亲年轻时真像，只是你父亲当年意气风发，踌躇满志，而你不如他。”

李恪眼眸微微一亮，问道：“师父见过我父亲？”

“你父亲十六岁时给云定兴将军献计，退了来犯的突厥人，解了雁门关之围，让大隋军队不战而胜。他入朝受嘉赏的时候，我曾见过他一面，当真是少年英雄。”

李恪脸上不由自主地泛起骄傲之色：“古往今来，能及父亲威仪的人屈指可数。李恪不过是凡尘俗子，自然无法与父亲相比。”

忘尘那只缓缓拨弄佛珠的手蓦地停了下来，眼睛遥遥望着远方，似在拼命找寻记忆里的某一个人。半晌，她才说道：“可你外祖父当年亦是满腔雄心壮志，不输你的父亲。兴东都，修运河，巡突厥，征高句丽……每一样都是功在千秋的大绩。只可惜，他太急于求成，终究天命不佑。不然凭他的智识，怎会落到如此悲惨的结局？吴王，你说是吗？”

外头风声呜咽，混合着猫头鹰诡谲的嘶鸣，听来直让人觉得毛骨悚然。杨政道见李恪不言语，知道以他的身份和立场，不便对此做更加深入的评价，便替他开口问道：“师父方才进门的时候说吴王错了，不知错在何处？”

忘尘望一眼杨政道，想着她二哥齐王杨暕性格任情张扬，想不到儿子却如此沉稳内敛。不过若非这样的性子，恐他也不能活得像现在这么好吧。当年若不是齐王妃身边的亲信宫女们火烧行宫，拼死相护，恐怕连杨家最后的一脉香火也保不住。忘尘沉溺往事太深，以至于并未听清杨政道的话，便问道：“宣平侯说什么？”

杨政道又问了一句：“师父是说宇文士及心甘情愿喝下那些有毒茶水，并不是因为你们吗？还有……我很想知道江都那晚的一切到底是如何发生的？”

算来忘尘如今已年逾五旬，可眼神透亮，气质高华，不难想象这位大隋长公主年轻时候的绝世姿容。她紧握双手，直到握得痛了，才慢慢地松开：“我从不疑心他对我、对禅师的感情。只是当他把权欲置于感情之上以后再来谈感情，你们不觉得荒唐得可笑吗？那串手珠本是我与他的定情信物。‘彼采葛兮，一日不见，如三月兮。彼采萧兮，一日不见，如三秋兮。彼采艾兮，一日不见，如三岁兮。’当年，他曾把这诗放于银马之中赠予我。我感念他的情意，便以《子衿》作为应和，算是接受了他的求婚。我与他成婚二十载，自认为对得起他，对得起他们宇文家的列祖列宗。可他又是怎么回报我，怎么回报我大隋朝廷的？”

说到激动之处，忘尘的声音已然有了几分沙哑。宇文禅师在旁轻轻抚拍着她的背，关切地唤了一声：“母亲……”

“没事的，”忘尘摆摆手，又继续说道，“大业十四年三月十日晚上，禁军哗变，大将军司马德戡在江都行宫西阁先杀我幼弟，又缢死了我的父亲。行宫中的那把大火烧得夜空如同白日。我在睡梦之中被外头的喊声与笑声惊醒。他们说暴君已死，从此江山就是宇文家的了。我满眼所见都是一堆倒在血泊里的尸首。我害怕地抱起禅师穿梭在刀剑之中，想要去找宇文士及问个清楚。我拼命地跑，拼命地跑……连一只鞋子落了都顾不得捡。

“不知道跑了多久，我才终于找到了他。那个时候，他正带着令狐行达和他手里的禁军闯进我二哥所居的承明殿。二哥和他从小一起长大，以前对他那么好……可我却亲眼看到，他将手中的长剑刺入了二哥的腹中！那柄长剑……那柄长剑还是二哥当年千里迢迢从突厥带回来送给他的礼物。二哥还来不及问他一声为什么，就断了气。他却得意扬扬地用手拭去了面上沾染的鲜血，看着令狐行达拔剑要了二哥两个儿子和一个尚在襁褓中的女儿的性命。天上的雷那么响，可老天无眼，为什么不将此等忘恩负义之徒劈得粉身碎骨……”

“姨母不要再说了！”李恪见杨政道面色煞白，双目愤恨得似要喷出火来，身子因为极度痛苦而不住地发颤，便赶紧出言打断了忘尘的话，连称呼都不由自主地变了。他握一握杨政道冰冷得如同死人一般的手，说道：“表兄，没事，都过去了，一切都过去了……”

“畜生！”杨政道用力推开李恪，起身重重地拍了一下桌案。碎瓷片深深扎进了他的手心里，他却已麻木得感觉不到一丝痛感。他早知道江都宫变，父兄亲人的死和宇文士及脱不了关系，可他总以为他只是帮凶，至多不过是见死不救。谁知真相竟然是这样，竟然是这样……

“你们不是说要真相吗？这就是真相！我还以为你们内心有多强大，不也同样面对不了？”宇文禅师嘴角浮起一丝冷笑，“当年我也看到了。那些自以为替天行道的人，不过是戴着正义的面具滥杀无辜的魔鬼！后来宇文士及终于看到了我们。我想不起他的表情，只记得他蹲下身子，将我抱了起来。我的衣袍上沾满了他手上殷红的血。他让我们跟他走，说无论如何他都会保护我们的安全。”

杨政道闭了闭眼，调整了一下气息。脑中的嘈杂之声终于缓缓退去。他朝李恪点了点头，意思是让他莫要担忧，转而又道：“你接着说！”

“接着说什么呢？宇文士及以保护的名义把我与母亲软禁了起来。后来，宇文家的人如愿以偿地称王称帝，可他们高兴了没多久，窦建德的军队便兵临城下。宇文士及出卖了我们，这才换来了他逃生的机会。窦建德的军队以同样的手段诛杀了宇文家的人，杀人最多的是窦建德的两个儿子窦棱和窦杞。他们杀宇文氏兄弟是天经地义，可他们还杀了我那些毫无反抗能力的堂弟堂妹，以及我乳母的几个孩子！那些刽子手都是一样的！都想用鲜血来洗刷自己的野心与贪婪！"

李恪仰头，硬生生将泪水逼回眼眶之中："那你呢？你是怎么逃过的？"

宇文禅师咬了咬唇："世人都传是母亲的一句'悉听尊便'，才让窦建德对我下了杀令。可是他们不知道，那个时候，母亲已经服下了毒药。她说要带着我一起死。我愿意，我真的愿意。与其孤独地活在这样罪孽和丑恶的人间，不如跟着母亲走，碧落黄泉，总在一起。"

李恪怅然："那时你只有十岁吧？竟然会有这样的想法？"

"吴王很难理解？如果你经历过那种亲人一个一个死在你面前的绝望，你就只想不顾一切地陪伴他们一起死。"宇文禅师说着便解开了自己的上衫，左胸处赫然一条又长又深的疤痕，"这一剑是我自己所刺，刺得十分用力，几乎用尽了全身的力气。我当真以为自己是死定了的。可是后来，我又重新醒了过来。那时我才知道，那一剑刺得略偏，并没有要我的命。而母亲中毒不深，竟然也活了过来。母亲说，既然老天不让我们死，我们就好好活着，为那些死去的人讨回公道。"

忘尘望向他的眼神满是怜爱和疼惜："我与禅师，还有几个忠心跟着我们的宫女在洛阳待了四年，看着秦王带着大唐军队扫平窦建德所谓的王师，进城之后，他们安抚百姓，秋毫无犯，甚至对窦家人也网开一面，不曾赶尽杀绝。吴王，你的父亲与那些心怀叵测的逆贼不一样，所以，你们李家最后能得到江山，我无话可说！但是，我不能放过窦家人，更不能放过宇文士及。"

宇文禅师起身走至香案后的一排架子前，从上头的锦盒里取出了一块玉佩说道："想来亦是十分巧合，就在唐军攻下洛阳后不久，我和母亲在山里碰到一个被毒蛇咬伤的年轻人。我们将他带了回去，虽然大夫竭尽所能，仍无法救活他的命。临死之前，他告诉我们，他是窦建德长孙邵严身边的护卫。窦建德兵败后，他独自背着小主人逃了出来，可就在两天之前，小主人却因为高热过世了。我在他随身的包裹里发现了这块刻着窦字的玉佩。从洛阳到长安，我们找了窦家兄弟八年。就在我十八岁生辰那天，我在长安崇仁坊西大街的医馆中看到了他们。那

两个满手鲜血的刽子手，居然成了悬壶济世的大夫，多可笑！”

李恪恍然：“何仲说过，你就是拿着这玉佩说你是邵严的。邵严和他们离散的时候尚是孩童，容貌纵和长大后的你有所不同，也不会引起他们多大的怀疑。”

宇文禅师点头：“不错！因为长安多的是名医，他们的生意并不好。所以后来，我便和他们一起去了安州，开了慈济堂，认识了刘录事，认识了慕安、景玥姊妹，认识了你们。”

“原来如此，原来如此……”李恪连声说道。接着，便又是一声绵长的叹息。可忽而，他的眼里又闪出一丝凛冽而警惕的光芒：“当年你手里那块桃花刺绣的锦帕是怎么回事？”

许是因为说了太多的伤心往事，宇文禅师的面上泛起一阵阵潮红，一直红到了耳根。可说尽了这二十多年来所有的压抑与痛苦之后，他的心却蓦地变得空落了，没有了恨，也再不能爱。他从袖中拿出那块锦帕，说话语调比方才要和缓许多：“吴王说的是这个吧？我不是一开始就说了吗？这是宇文士及留下的。我没有骗你。”

李恪抚摸着锦帕上三朵并列绣着的桃花，心突然剧烈地抽动了两下。那些被淇奥用爱与温情尘封着的可怕记忆此时又开始不遗余力地啃噬起他的心肠来。

刺客说：“秦王，今日不是你死，就是她死。”

父亲说：“这世上还没有人敢这样威胁本王。”

母亲说：“杨蚋只是尘世一介平凡女子，无足轻重。”

刺客说：“公主何必妄自菲薄？”

父亲说：“放了她！本王可以答应你任何要求。”

刺客说：“我只想要你的命，秦王。”

刺客手中的剑那么锋利，锋利到母亲稍一用力，就会划破她的脖颈。那样至情刚烈的女子，用生命解了她所爱的男人的困，也成全了他争夺皇权的雄心壮志。

李恪以手抚额，看着忘尘说道：“姨母知道这三朵桃花有什么意思吗？”

“我可以告诉你你想知道的全部，”忘尘和李恪对视片刻后道，“但是你要答应我，不要再为难禅师，也不要让你的外祖母知道我们的消息。”

李恪不假思索地说道：“好！我答应。”

忘尘深深吸了一口气：“宇文士及当年曾奉旨训练一支精锐军队以防外敌内贼，这支队伍每个成员腕上都刺有这样的桃花刺青。宇文士及说，那是因为我喜欢桃花。江都宫变的时候，这支队伍随着宇文士及一起反叛，最后和他一道归了你父亲麾下。你父亲因为战功卓越而受到他的哥哥李建成和弟弟李元吉的嫉恨和构陷。手下的幕僚们都劝你父亲先下手为强，你父亲虽也有这个心，但因顾念着亲兄弟的情分，始终没能下定决心。

“后来有几个幕僚出了个主意，趁着你们出行的时候策划了一场假刺杀，目的就是让你父亲知道，若他再犹豫不决，他喜欢的女子和他心爱的儿子也会成为他人案板上的鱼肉。可他们没有想到的是，最后弄假成真，我妹妹竟然真的死了。他们在惊惶之后，欣喜地发现这剂猛药效果比他们预期的还要好。你父亲虽表面装得满不在意，可心里却认定这是李建成和李元吉的阴谋，终于决意出手。”

“那个幕僚就是宇文士及？”连李恪自己也没有料到，此时他的心竟然平静得只好似听到了几句再平常不过的问候而已，“这么些年，他竟然还能够这样若无其事地面对我、面对表兄，简直可怕至极！可姨母是如何知晓得这么详细的呢？”

忘尘将手上的佛珠摘下，放到香案上供奉起来，转而说道：“这个你不必问。你只要知道，我不会骗你，也没有必要骗你。”

李恪皱了皱眉头，咬牙问道：“除了宇文士及，还有谁？”

忘尘似是在努力地思考着什么，过了很久才摇了摇头：“我只知宇文士及一人，余者便真是不知。”

杨政道狠一狠心，终于将嵌入手心的最后一片碎瓷片拔了出来。他冷笑：

“我只恨不能亲手杀了他！禅师，你为何不早说？早在我与恪弟来安州夏府找你的那天，你就应该把所有的一切都告诉我们，也不至于生出后来那么多事。”

忘尘道：“当时禅师的确写信来问我，要不要让你们知道，是我不让他说的。若我二哥和妹妹还在，想来也不愿意让你们的手上沾上鲜血。”

杨政道反诘：“但是您就忍心让禅师做这一切吗？我与恪弟就是心里再难受，也有彼此可以扶持和慰藉，可他永远只有一个人。您知道他是如何熬过这二十多年的折磨的吗？您终究是个自私的母亲。”

宇文禅师心头生起一股暖意，可口中却不以为然地说道：“杨公子何时对我那么友好了？”

杨政道拱手深深一拜：“政道过去对你多有成见与误解，请见谅。”

“能听到杨公子说这样的话实在难得，”宇文禅师别有深意地说，“不过，你也不必为我打抱不平。这一切都是我心甘情愿的。杨公子不也心甘情愿地做过很多事吗？”

杨政道知道他是何意，却只岔开了话题问道：“既已报仇，今后你作何打算？”

宇文禅师收拾完落于地上和案上的碎瓷片，默然许久之后才又开口道：“我自有去处，杨公子不必忧心。”

“我可以举荐你入朝为官。”李恪十分真挚地说道，“宇文禅师和窦家长孙在二十多年前就已死去，而夏邵严也因拘捕畏罪自尽。若你愿意，你完全可以忘记过去，以新的身份重新活一次。”

宇文禅师苦笑：“多谢吴王好意！可惜很多路走了是不能回头再来的。其实，你说的是对的，我该面对真实，我犯的是该遭天谴的大逆之罪，我应该……”

“好好地活着！”李恪急急替他说道，“表兄，好好地活着。”

“好好地……活着……”宇文禅师像孩童学语般重复着这五个字，接着又道，“我本是这世上多余的人，有时候连我自己都不知我是谁，或者，我希望自己是谁。”

“你是姨母唯一的儿子，是我与祯卿的表兄，是寂光庵师父们心中的少主。

既然历经了生死，就该明白生命的难能可贵。相信我，我是真心希望你好好地活着。”李恪说这话的时候，习惯性地抚着腕上的三颗羊脂玉珠，怅惘地凝望着面前的烛火。

烛火轻轻晃动，摇曳不定。待到燃烧殆尽的时候，已然是第二日的天明。寂光庵的门缓缓打开，照旧发出了一阵生了锈的难听声音。宇文禅师望着李恪与杨政道渐行渐远的背影，转眸问忘尘：“关于小姨的事情，母亲说的都是真的吗？”

“我不是说了吗？没有必要骗他们。”忘尘看着天边一抹即将升起的朝阳，“只是……我也只能告诉他们这么多。你舅公不让说的事情，我不能说。”

晨间的露水从廊檐慢慢落到宇文禅师的手背上，凉透入心。他负手将目光投向很远很远的地方，口中喃喃低语着什么，过了很久才缓过心神，轻轻将门推上。

此时的朝阳已经冉冉升起，那样高高在上，迢遥万里，却无法暖人心怀，给人安慰，终究不过是一片空虚的幻影而已。李恪想着自己昨夜又是一宿未归，若是让那白妈妈知道了，真不知又要在背地里和淇奥说出些什么浑话。幸亏淇奥是知他懂他的知己，要不然长此以往，说不定还真会被白妈妈给影响了。

从寂光庵前往长安城是要经过骊山的，山路崎岖泥泞，李恪只能骑着流风小心翼翼地缓步前行。这一路上杨政道虽然与他并肩而行，却始终没有和他说话。行至骊山隽湖的时候，杨政道突然一甩马鞭，所骑的赤风马飞也似的冲了出去。赤风通体为枣红色，虽然性格温顺，但耐力和冲击力都是一流，轻云、流风都不是它的对手。

“表兄小心！前头的路不好走！”李恪陡然一惊，便踩稳马镫，拉紧缰绳追了上去。流风胆小，纵然李恪百般驱使，它也只敢小跑着稳步朝前；而赤风却越跑越快，转眼便已然冲进了隽湖西侧的一片林子。李恪情急之下便扯住流风的耳朵，朗声说道：“轻云有危险！还不赶紧去救！”

流风像是听懂了这话一般，昂头“咴咴”叫了两声，便急速追了上去。李恪不由得在心头嘟囔：好个见色忘义的小家伙！

二人飞奔了小半个时辰，直到前头无路可走了才停下来。李恪掉转马头，挡在杨政道面前，见他面色绯红，额上尽是细密的汗珠，便解下腰间的汗巾递了过去道："现在没事了吧？"

杨政道也不去接，只是轻快地下了马，在近旁的石凳上坐下来，拨弄着脚下的野草，淡淡道："本来就没事，有事的是你。"

李恪亦下马将流风和赤风拴在一块儿，揽衣在杨政道旁边坐了下来："你觉得我不该那么平静？要不咱俩打一架？"杨政道按住随身佩着的利剑，突然吃痛地低哼一声。李恪这才注意到他的右手已然红肿得十分厉害，恐怕连剑都拿不稳，便轻叹了口气道："改日吧！我可不想乘人之危。"

杨政道似发了狠一般地拔下一根野草，紧紧地将它握在手心里。沉默半晌后，他突然屈膝于地，恭敬地行了个叩拜大礼，唤了一声："吴王殿下。"

李恪被他这突如其来的举动吓了一跳，忙说道："你这是做什么？赶紧起来！"

杨政道并不理会他的话，只跪直了身子说："我不能再瞒着你了。舅公希望你争位，做大唐未来的皇帝。那日他是故意要激怒陛下的，目的就是让陛下将他罢官。"

李恪狐疑地问道："为什么？"

"萧钧在瀛洲病危，可能熬不过今冬，舅公必须亲自去他那里取一件很重要的东西。他不放心任何人，包括我。"

"就因为这个？"李恪更加不解地道，"萧钧是舅公的亲侄儿，舅公想要去看他是光明正大的事情，只要向父亲告假些时日便可，何须付出如此代价？"

"因为舅公不想让旁人注意到他的行踪，只要有宰相身份，哪怕微服都会惹人注意。而那件东西非同寻常，是舅公和我写给他的信，信中多半是教他要怎样挑拨李泰和李承乾的关系，最后让李泰与皇位擦肩的两个昏招便是我的主意。是我害了你的弟弟，你若怪我，我甘愿领受。"

"弟弟？我没那么矫情。你继续说下去！"

杨政道的心微微放了下来："鹬蚌相争，渔翁得利。舅公自信能以同样的方法为你扳倒李治，可是他没有想到的是，李治虽然年纪小，但城府不浅，再加上有长孙无忌的鼎力支持，恐怕将来会是比李承乾和李泰更难以对付的对手。他这一罢相，敌明我暗，也好让长孙无忌松懈一会儿，他可以继续想一想下一步该如何走。”

“原来是这样。”李恪恍然，“所以，宫里的那位武才人，还有淇儿的那位族妹萧良娣，都是舅公的安排，对吗？”

“对！”杨政道点了点头，“差一点连淇妹也是，只是淇妹是有主见、有个性的聪明女子，她既认定了你，就连舅公也没办法勉强她改主意。”

这么些年，李恪已然隐约猜到了一切，故而倒也没有太多的惊讶：“你为什么会在这个时候告诉我这些？”

“因为我知道了父亲当年是怎样惨死的，因为我明白了所有的感情在权欲面前都不堪一击，”杨政道目不转睛地望向李恪，“我是真的害怕了。或许舅公是对的，只有走到万人之巅，将最高权力紧紧地握在手心才是最安全的。我希望你能成为像陛下这样的千古明君。”

“表兄，”李恪浅笑，看不出任何情绪的波动，“如果现在有人告诉你，杀我一人就可让你坐上那个位子，你会吗？当年他们不也叫你一声隋王吗？”

“我不会！”杨政道想都没想便脱口而出，转而却难以置信地蹙眉问道，“你居然试探我？”

李恪屈身扶了他起来道：“我没有。我只想让你说出那两个字——不会。你不是宇文士及，我也不是，我们周围也没有这样的人。放心吧！一切不幸真的已经过去，我没有必要通过强取不属于我的东西来壮胆。”

“如何没有？以你的才智和名望，以陛下对你的态度，长孙无忌和李治未必不会把你当成眼中钉肉中刺。”

“我从不去招惹他们，他们凭什么来招惹我？”李恪看杨政道仍是一脸忧心和疑虑的样子，便举手向天道，“李恪向天地神衹，向我早逝的母亲起誓，此生必然竭尽一切所能，护得自己与身边所有人周全。”

声音在林中沉沉回响着。杨政道的耳畔再度响起了那个女人的话：倘若你帮不了他，那便是他的命，也是你的命。

那个女人……尽管她已经死去了很多很多年，可一想到她的面庞，杨政道心

头还是会浮现出一股难以宣之于口的胆寒。他转眸看着李恪凛然不可侵犯的决然神情，心中这才升起一股慰藉：“但愿如此。”

漫天的飞雪密密麻麻地从天而降，压弯了树枝上一排含苞待放的蜡梅。过路人一步一步艰难地踩着没于小腿之上的积雪，北风不遗余力地在空中盘桓吹刮着，吹得人面上热辣辣地疼。贞观十八年的新年沉浸于一片冰天雪地之中，彻骨的冰寒。新罗得知大唐即将对高句丽用兵，便特派了使节团前来长安，半是恭贺新禧，半是纳贡谢恩。

自忘尘与宇文禅师替他解了多年的疑惑之后，李恪的心境变得更加沉静清明。他往自己的手心里哈了哈热气，拿笔的手却仍有些发颤。自打年前他就开始画行军布阵图，可如今都快两个月了还没有画完。李世民倒也不催他，只因他自己这里尚有许多事情需要准备，一时半会儿还顾不得这边。

外头远远地传来了一阵爆竹声，李恪放下手头的笔，走至炭盆前取暖。只听得淇奥正自言自语地说道：“都两个多月了，他们怎么还那么小，到底什么时候才能长大呢？”

去年十一月里，淇奥生下了她与李恪的一对龙凤双珠，依着早些的约定，给儿子起名李仁，女儿起名李风。李恪看着摇篮中粉雕玉琢的一双儿女，又看着当了母亲之后越发风姿绰约的淇奥，嘴角情不自禁地微微上扬道：“淇儿，看着他们睡觉你都能看上半个时辰，不累呀？”

淇奥满眼陶醉地说道：“不累不累，看着自己的孩子，怎么会累呢？仁儿的眉毛生得浓密乌黑，将来，必得姑娘喜欢。风儿这样好动，一定会长成一个文武双全的姑娘。呀！瞧，她听到我在夸她呢，笑得多开心！”

李恪揽过淇奥的肩膀，柔声道：“以后，仁儿像我，风儿像你，便好。”

淇奥转头在李恪的面颊上轻轻吻了一下，娇笑着说：“三郎的正事做完了呀？”

“不着急，”李恪起身将案上的十几颗栗子扔进炭盆中，收起了笔砚道，“现在，我最重要的正事就是你和孩子。”

淇奥抚了抚仁儿睡梦中可爱的小模样，心中只觉无比甜蜜。突然，外头传来一阵叩门声，淇奥随口道：“进来吧！”

白妈妈带着白檀和锦葵小跑着进来，一见这二人竟还在那里气定神闲地逗弄孩子，便有些急了：“殿下，王妃，这都快到酉时啦！你们还没有梳妆打理好呀？”

“酉时？”两人一惊，相视一下，异口同声地说，“怎么不早说？”

白檀一见两人如此慌乱的样子，便有些好笑又有些委屈地对李恪说：“是殿下吩咐婢子们不准来打扰的呀！婢子们还以为您与王妃早已梳妆打扮好了呢！这下糟了！还不到一个时辰宫里就要开宴了。宗亲大臣们都在，又有来访的新罗使臣，万一迟到了，陛下准得生气。”

“知道来不及了还杵在这儿！”白妈妈忙侧过身子对白檀说，“还不快准备去！再有，赶紧让奶娘们过来照顾世子和县主。”

两个小丫头刚要为李恪宽衣换装，李恪便摇摇头道：“我自己来，就换件外衣，方便得很。你们都去帮王妃吧！她比较麻烦！”

小丫头们答应着，便七手八脚地帮淇奥解下了腰中系着的黑色嵌金丝蹀躞带，为她换上了大礼时穿的一套正红色朝阳金凤蜀锦细钗礼衣。待全部穿戴齐整后，白檀和锦葵便各自拿一把木梳子，娴熟而又配合默契地将淇奥的头发一股一股地绾成了一个朝云近香髻，然后从身旁端着首饰盒的小丫头那儿挑选了一对珠玉兰花宝钗并一支黄金雀步摇，小心翼翼地将它们插在了淇奥的发髻上。待到上好胭脂水粉，画完眉之后，淇奥才如释重负地起身，长长舒了口气：“总算全好了吧？”

“还有玉镯！”白妈妈叫道，“王妃手上总不能什么都不戴吧！檀儿，还不赶紧去挑一个合适的。”

“不要了！怪不舒服的！”淇奥小步走到李恪面前，摇了摇脑袋，步摇立刻就发出了清脆的声音，“咱们快走吧！”

车夫飞也似的驾着车往前赶。李恪甩了下他身上那件锦色珠片孔雀毛大披风，将淇奥的整个身子都包围在里面。只一刻钟工夫，马车便停在了玄武门外。柴哲威快走两步迎了上来，面色焦急地道："三哥嫂嫂怎么现在才到？王公公都遣人来看了三回了呢！"

"说来话长，"李恪握着淇奥的手趋步向前道，"改日我再约你去打马球！"

此时的大殿已然是一番歌台暖响、春光融融的热闹场景。李世民身着一身黑色宽袖龙袍，神采奕奕地接过王忠递来的葡萄美酒。两位新罗使臣金次男和朴有昌坐在右侧上首的位子，正饶有兴致地看着大殿中央几个正在翩翩起舞的舞姬。

舞姬们身穿不同颜色的珠片长裙，发间均插有五彩孔雀毛。她们轻柔地抬起手臂，相互转了转那灵动的眼眸，接着便不约而同地用力一甩袖子，一根根颜色各异的绸带霎时在殿中飞舞起来。她们身轻如燕，腰肢柔软，几乎脚不着地地飞跃了几圈，宛如一只只振翅飞翔的蝴蝶，点缀着百花的娇艳，撩人心魄。众人皆看得如痴如醉。

突然，舞姬们迅速地踮着脚交叉来回移动，相互交换着手中的绸带。一眨眼的时间，竟用各自手中的绸带编成了一个五彩的大网。红衣、黄衣、绿衣、蓝衣、青衣舞姬分别握着与她们衣裙相对应的绸带，飘飘若仙。众人皆以为这已经是舞蹈的谢幕动作，刚想拍手称好，却有一个身穿紫衣的舞姬忽从乐师队伍中翩然而至。

只见她嘴角微微上扬，修眉联娟，面若桃花，先前那五个舞姬一见她来了，便一齐将手中的绸带稍稍拿低了些。紫衣舞姬连翻了两个筋斗，一跃而起，单腿立在了那五彩大网上。握着绸带的舞姬们轻轻将绸带向上提了一下，紫衣舞姬腾空又是一个筋斗，双脚稳稳地落在了大网上。

音乐在经过这一段跌宕起伏的高潮后，终于渐渐和缓下来。随着音乐的静止，紫衣舞姬跃然而下，其余的五个舞姬将那五彩大网往上一抛，又立刻将和自己衣服同色的绸带拉了下来，干净利落地重新收回了袖中。

短暂的沉寂过后，大殿里立刻爆发出雷鸣般的掌声和欢呼声，连在一旁侍立的宦官和宫女们都忍不住用力鼓掌。

大殿有屏风相隔，女眷们都坐于屏风之后，与男客们遥遥相对。只是既已来迟，淇奥便也只得与李恪一起走至陛阶之前，屈膝向皇帝行礼。金次男和朴有昌哪里见过像淇奥这样惊世绝俗的女子，眼睛不禁一眨不眨地朝着她望去。

王忠见状，不由睨了他们一眼，轻咳两声以作提醒。二人这才惊觉此举过于无礼，便只得低头用勺子搅动着面前的甜羹。

李世民今日心情似乎大好，因而也只是笑嗔着对他们道："这都已然酒过三巡了，你们来得还真早！今儿你们要不给朕一个过得去的理由，要不就当众任朕惩罚！"

李恪不禁在心中暗暗叫苦。能说什么理由呀？若说光顾着逗孩子而忘了时辰，定然会贻笑大方；若说为了画那张行军布阵图，倒是个够冠冕堂皇的理由，可一来在新年宴会上说国事似乎并不太合适，二来也恐太子听着会不高兴。可要编一个理由，他一时半会儿也想不出合适的。

见李恪许久没有答话，长孙无忌终于按捺不住起身，向李世民拜了一拜，笑着说道："陛下，殿下和王妃的闺中秘事您就不要过问了吧！臣早就听闻殿下才思敏捷，陛下若是真要罚殿下的话，就让殿下赋诗一首，让臣等一开眼界吧！"

李世民知道李恪一路风尘而来，要他立时写下一首符合此刻欢愉气氛的诗，并不是件容易的事，本有心要庇护，可忽然又起了些近乎幸灾乐祸的奇怪念头，于是便点了点头看向王忠道："让人准备桌案和笔墨纸砚！"

席间众人虽都多少耳闻吴王之才，目睹过的人却不多，今日见皇帝有心要当众考验他，便一个个坐直了身子，翘首以盼。

李恪心道，宴会之作，无非要倾诉一下欢愉的气氛，抑或歌颂一番天下太平，这对他而言倒也不是什么难事。可这样的诗作，大多千篇一律，难以突破固定的模式，更重要的是，他不喜欢写。思及此，便下意识地望了淇奥一眼，见她似乎无意识地触碰了一下发髻上的那根珠玉兰花宝钗。李恪脑中灵光一现，就以这兰花赋诗，倒也清新别致。

于是，他只略加思考，便挽起衣袖，提笔一气呵成：

廊檐凝曙霜，国香朝晨光。
露浓晞晚笑，风劲浅残香。
倾叶凋轻翠，圆花飞碎黄。
还持今岁色，复结后年芳。

登时一幅苍劲雄浑、力透纸背的飞白跃然纸上。他的飞白少了轻狂不羁，却多了潇洒流畅。他将笔放回笔搁，对旁边的小宦官轻点了下头。小宦官立即小心翼翼地将它捧在手上递给了李世民。

李恪躬身行礼道："启禀陛下，臣今早起身推门，见满院兰花经一夜的风雨后均已凋残。方才见御花园中的兰花亦有颓败之色，心中一时有感，便随兴写了下来。"

李世民几杯酒下肚，兴致高昂。看到这样的诗句，这样的字，心里便更加欢喜。他想自己终究还是小瞧了李恪，以为他定然会写些答客欢饮的颂世之作，想不到竟是这样流畅雅致的诗句。最后两句"还持今岁色，复结后年芳"，分明又有一种卷土重来、东山再起的豪情，这倒还真是他的性子能写出来的诗句。于是便示意近旁两名小宦官，让他们举起诗作，请群臣共赏。

"好字！"褚遂良是长孙无忌至交，又是当世有名的书法大家，可见到这幅酣畅淋漓的字还是情不自禁地啧啧称赞。他身边的几个文臣一听他如此说，均连声附和。

李世民见此情状，心里竟生出了几分得意来，便有些忘形地叹道："我儿的人品也像这兰花一样清雅高洁。赶紧落座吧！"

此言一出，便立刻引起了有心人的注意。别的先不消说，单是"我儿"两字就足见亲昵。当着新罗使臣和那么多王公大臣，又有太子在场，李世民竟这样毫不避讳地称呼。难怪近来朝里总有流言说，陛下对吴王的态度好得不太正常，只恐朝局再次有变也未可知。

金次男所坐的位子刚好与李恪遥遥相对。他边搅动着面前那碗早被他弄得一片混浊的甜羹，边时不时地抬眸望着李恪，终于忍不住对身边侍奉饮食的仕禄说了一句："这位王子的风华气度当真与旁人不同。"

仕禄望着那碗甜羹，越看越觉得反胃，只得重新替他换了一碗。乍听他这话，便笑着说道："还用你说？那可是吴王殿下！"

金次男"哦"了一声，与朴有昌交换了下眼神，又下意识地搅动了一下那碗新的甜羹，用新罗语和他说了两句话。朴有昌看了一眼坐在李恪上手的太子李治，认同地点了点头。仕禄听不懂他们的话，却也不由自主地顺着他们的眼神看向那兄弟俩。

只见太子饮罢杯中美酒，朗声说道："三哥的字炉火纯青。如若不嫌孤愚笨难教，日后还望多多前来东宫指点。这杯酒，孤先干为敬。三哥随意。"

李恪端起酒杯，桂花陈酿的味道直冲入鼻。他原是喝不得这种烈酒的，以往在宴会上，王忠总会吩咐人替他准备容易上口些的葡萄酒，或干脆只以茶代酒。今日不知是他忘了，还是手下的小宦官偷懒，竟未为他安排。

李恪刚想推拒，举眸却望见太子殷切的眼神，周围也时不时地飘来几束探询的目光，便索性狠一狠心，一饮而尽。喉间瞬间如火一般灼烧起来，直蔓延到双耳，他的脸颊顷刻之间变得绯红，后脑勺一阵涨痛。他稍稍镇定一下，尽力挤出一丝若无其事的笑容："臣不胜酒力，太子见笑了。"

李治似乎被李恪的反应吓了一跳，忙拿起手边的茶壶，起身往他的杯中斟满了水，面上满是歉疚的表情："孤实不知三哥不善饮酒，还请三哥见谅。"

李恪亦站起身来，执杯深深饮了一口，揖手一拜道："多谢太子。"

大殿中丝竹管弦之声悠然而起，李治很喜欢听那一曲《扬州三梦》，手指不由自主地随着旋律打起了节拍。李恪因向来不懂音律，故而只是专心致志地吃着面前这一道燕窝鸡丝汤。等奏到尾曲《离春梦》的时候，他刚好喝完了最后一口汤。

李治轻呷一口杯中酒，将头靠近了李恪说道："那个青衣乐师弹得最好，看指法就比其他人要高妙许多。只是不知道与宣平侯相比，孰优孰劣？"

李恪微蹙了下眉头，旋即却又淡然道："杨公子所善的是雅乐，怎能与此等俚俗之曲同日而语？"

李治心道，这《扬州三梦》可是南梁宫廷之乐，是昭明太子萧统和简文帝萧纲共同谱的曲，怎么也不能说俚俗吧。于是便摇了摇头道："三哥说笑了。不过说来三哥与宣平侯的感情还真是好，倒是越过咱们这些正经兄弟了呢。”

李恪不由在心头重复了一下方才他说的那句话，怎能同日而语？口中仍是有礼有节地说道：“太子终将会成为一国之君，身份超然，李恪自然更多敬重。”

李治仿佛对这句话颇为受用，抬眼瞧见金次男和朴有昌正一脸陶醉地听着乐声摇头晃脑，便压低了声音说道：“看他们那得意的样子，怕当真以为父亲是要帮新罗解围才决意出兵呢！就他们那个弹丸小国，也配让父亲放在眼里？不照照铜镜看看自己的模样！当真是异想天开！”

李恪没想到，向来温雅敦厚的太子竟会说出如此刻薄的话来，可嘴里只是附和着说道：“父亲的心思自然高深莫测，怕无人能够猜得透彻。”

李治不置可否地说：“旁人猜测不出，难道三哥还不知道吗？不然，三哥何须费尽心思，让玄觉成为杀死宇文士及的凶手？”

李恪神色凛然，转头正对着太子玩味的目光。他突然发现，这个才十几岁的少年眼里居然有种看透一切的寒彻。幸而自己从来没那个心思，要不然，这倒还真是一个对手。李恪饮了一口茶水，漫不经心地反问道：“难道太子觉得玄觉不是凶手吗？”

李治一愣，面色在瞬间的尴尬之后又恢复如常。他看着奏罢一曲依次退去的乐师们，话语沉沉道：“父亲和满朝文武都这么认为，孤自然也只能这么认为，只是认为与事实到底不一样。三哥，你要知道，正是因为你的那份奏报和大朝会上的那番言语，才使得众位武将，包括江夏王叔全力支持父亲东征的决定。此次出征，若凯旋便也罢了，一旦有失，追究起源头上的责任，三哥认为应该由谁来承担？”

李恪剥着手里的橘子，不以为然道：“倘若父亲真的要我来承担，我心甘情愿，绝不反驳。”

李治微笑着往李恪面前的白瓷盘中夹了块羊肉：“三哥何须如此？孤不过说一句玩笑话罢了。父亲是久经沙场的战将，一切必都在他的掌控之中。”

“这是自然的。”李恪平素最不喜羊肉，故而只将其搁在一旁，另夹了块牛柳吃，“所以，我说的亦是玩笑话。”

“那咱们就不说这个了。”李治将羊肉汤一勺一勺地舀到了自己的碗中，“吴王妃风姿绰约，孤一直以为萧良娣容貌已是女中翘楚，可与吴王妃一比，瞬间高下立判。”

“也不至于如此吧！她们可还是姐妹呢。萧良娣出阁前就常常与王妃往来，彼此性情也是合的。”

“亲姐妹尚且有区别，更何况像她们这种往上数四五代还没有交集的姐妹？”李治拨弄着手上戴着的一只玉扳指，半开玩笑半当真地说，“说来萧公还真是偏心，给三哥你挑选的王妃是他才貌双全的亲侄孙女，而给孤选择的女子到底是次了几等的。”

李恪转了转头，见萧锐正举杯注目于他，便微微颔首示意，继而又懊丧地对李治说道：“那桂花陈酿后劲当真厉害得紧，我的耳朵现在还在嗡嗡作响呢！太子方才说什么了？”

李治的笑容在嘴角停滞了片刻，又恢复如平常神色道：“孤是说……尚未恭喜三哥喜得一双儿女。萧良娣上个月还说要来吴王府看看她的外甥和外甥女呢。”

“太子这话可不对了，”李恪说着话，眼睛却又朝着萧锐的方向看了两眼，“萧良娣既入东宫，自然得随着太子称侄子侄女，是吧？”

“三哥说得是，”李治看着大殿中两个跳着胡旋舞的少女，饮尽杯中美酒，“萧良娣对孤总算是一心一意的。太子妃虽然端庄贤惠，却让人亲近不得；至于旁的，都是些只会诺诺祈求欢爱的庸脂俗粉；整个东宫之内，也只有萧良娣还算合孤心意。”

李恪点了点头，不再应他的话，只一心一意数着那两个胡旋女转了几个旋儿。

屏风之后，女眷们正围坐在一起说着闲话。淇奥刚和襄城公主讨论完李仁和守规小时候谁更壮实，便被柴哲威的夫人赵氏拉着问怎样才能生儿子，接着又让荆王妃邓氏缠着讨教如何留住丈夫的心，中间还抽空跟雪鹭拌了几句嘴。

绵蛮好不容易等到她们都说得口干舌燥了，才坐到淇奥面前，将满满一杯茉莉花茶递给了她。淇奥一口气喝完，用帕子拭了拭唇，长长地舒了一口气：“还是四妹好。”

绵蛮俏丽一笑：“姐姐生得好看，又和吴王恩恩爱爱，更兼最近得了那对龙凤双珠，咱们谁不羡慕你？也难怪她们的眼里只看得到姐姐。”

“四妹有何羡慕的？”淇奥拍了拍她的头，悄声在她耳畔说道，“瞧那些宗亲贵戚，都只携着王妃正妻前来，太子却让你也一同前来，难道不是对你另眼相看吗？”

“妹妹也不是不知足的人。太子既然全心全意待我，我的心里自然也不会再有什么别的想头。”绵蛮的面上情不自禁地泛起一阵骄傲自得来，“如今在太子心中，还没有哪个女人能越过妹妹的位置。就连太子妃见着妹妹，也只能客客气气的。只可惜……”

淇奥疑惑地看了她一眼，问道：“什么？”

绵蛮轻叹道：“可惜入了东宫大半年，妹妹都未能怀上太子的子嗣。”

“妹妹还年轻，又得太子喜欢，倒是不急。再说，太子妃不也还没有吗？”

“也亏得太子妃生不出，”绵蛮不由嗤笑，仿佛下定了决心般说道，“太子虽然已经有了几个儿子，可那都是些不入流的侍妾所出。妹妹一定会努力赶在太子妃之前，替太子生下一个真正让他中意的儿子的。”

这事也能靠努力？淇奥在心中暗暗发笑，想着绵蛮的性子何时变得这般争强好胜了？再侧头看看不远处正襟危坐的太子妃，不禁摇了摇头。无论宫中府中，女人多了总是件麻烦事。幸亏李恪在这方面的心思没有那么活络，让她省去了不少麻烦事。想到这儿，她便忍不住笑出了声。

绵蛮抬头见刚刚去外头如厕回来的荆王妃又满脸堆笑地朝她们这里走来，便忍不住对淇奥报以同情的眼神。荆王李元景将他府里六十八个美妾的名字做成木签，每天在佛台前摇签决定去谁那里过夜的事情，已经在长安城里传得尽人皆知了。恐怕这荆王妃无论让姐姐传授多少经验给她，在荆王面前也使不上吧。

绵蛮望一眼碧纱窗外的天，一轮新月正慵懒地挂于空中。寒冬的夜静谧无声，只偶尔生出些许风卷落叶的簌簌响动。

戌时钟声响起，盛宴告了尾声。众宾客一齐叩首拜别皇帝，便三五成群地散

去了。

李恪与众人刚走出武德殿正殿，就见陈勤小跑着跟了上来道：“吴王殿下留步！陛下请您去书房说话。”

李恪颔首，转而对淇奥说道：“淇儿，你先回去吧，万事小心。早些歇着，不要等我了，再有……”

“才分开那么一小会儿就担心了啊！我和妹妹一起出宫，亲自送妹妹回家，三弟总可以放心了吧。”襄城公主打断了李恪的话，笑着挽过淇奥的手。

萧锐忍不住在旁插话道：“怎么咱们淇儿和你成婚以后，就被你保护得像个柔柔弱弱的普通小女子了啊？”

淇奥不觉有些羞怯，拉着襄城公主就往前走：“姐姐，不要理他。咱们走了。”

李世民因在宴上多饮了几盅酒，面色微微有些泛红，但精神仍旧大好。他放下手中的笔，颇为自得地看着面前墨迹未干的这幅字道：“恪儿，你小的时候，朕亲自教过你写飞白，怎么这么些年过去了，倒不见你有何长进？他们夸你写得好，是他们没见过世面。”

长治久安。

李恪细细品味着面前的这四个大字，宛若群鸿戏海，舞鹤游天，那是真正有着济世安民的心怀、兼济天下的胸襟的帝王才能写得出来的。于是他俯身一拜，心悦诚服地说道：“孩儿只愿此生能有父亲一半的功力便已心满意足了。”

李世民朗然大笑：“你的恭维话倒是说得越来越溜了，跟谁学的？”

“父亲若不喜欢，那孩儿以后就不说了。”李恪转了转眼眸，边思索着边说道，“其实，孩儿的字与父亲的各有千秋，他们也没有夸错。”

“这事留着以后再慢慢讨论。”李世民轻咳一声，起身走至身后的书架前，拿开了面上的几卷兵书，从最里头的暗格中取出一个花梨木匣子，又从随身所佩的黑色锦袋里取出一把钥匙插进锁眼，左右各转动两下之后方打开了那个匣子。

里头是一块用红绸布包裹着的鱼形青铜令牌。李世民将它放到李恪的手中道："好好给我收着！不到危急关头，不准让第三个人知道这东西在你那儿。待东征回来之后再还给我。"

李恪抚摸着令牌中间那个用小篆刻成的"同"字，下意识地点了点头，可很快却又疑惑地问道："这是什么？"

李世民将书重新放回了原处道："调动长安城所有兵马的兵符。所以，你应该知道轻重。"

前朝多将调军兵符做成虎形，称为"虎符"。而唐朝为避讳先祖李虎名讳，故改为了鱼形。各军将领手里有一半，皇帝这儿存放另一半。李恪从未执掌过兵权，不认识倒也不足为奇。他不解地问道："可是……这么重要的东西，父亲不是应该交给太子更好吗？"

李世民似无心，又似试探地问了一句："让你做这个太子，你觉得可以做得比李治好吗？"

李恪的心被这句话猛烈地撞击了一下，可很快又面色如常，坦然道："我可以。但是我不稀罕，也不愿意。"

"你好大的胆子！"李世民可以为他想到一百种谦逊退却的理由，却料不到他竟回答得如此直白与坦然。李世民摇了摇头，终还是无可奈何地说道："这样的话若传出去，我连为你解释的理由都找不到！"

李恪看了看空荡寂静的书房，耸了耸肩说："只要父亲不说，就不会有人知道了。"

李世民随手抓起案上的一卷竹简，敲了下李恪的肩膀道："朕这些年是不是真把你纵得不知天高地厚了？"

李恪这才收敛了不羁的神情，再度施了一礼道："孩儿造次了，请父亲恕罪！"

李世民上前一步将李恪扶起来，深深地凝望了他一眼。在他的眼睛里，李世民看到了自己，那样清晰透亮，一目了然："你的心思朕都明白，所以朕才会相信你。此番大半文臣武将都会跟着朕去辽东。太子年轻，你得多帮着他点，知道吗？朕希望那鱼符派不上用场，但是万一突厥、吐蕃有任何异动，切莫瞻前顾后，该怎么办就怎么办！这点魄力，你应该有的。”

“父亲放心。我一定会的。”李恪郑重点头，语气中带了不容置疑的果断与决绝。

从武德殿回到王府的一路上，李恪一直紧紧地将鱼符握在手心。握得久了，那冰凉的青铜竟也有了些温暖的触感。可它真的能给自己带来温暖吗，还是……那根本就是一件杀人的利器？这不是属于他的东西，然而，他还是受了，并且受得如此理所当然。

这几年间，他从一个个云谲波诡的阴谋中全身而退，可他不是问心无愧的，他的谎言与私心也并非无人知晓。或许，当一切埋藏于静水下的暗潮被揭露的时候，他将面临的是一场前所未有的风暴。

李恪半闭着双目。许是困极了的缘故，他一时竟分辨不出此时盘桓于他脑中的场景是回忆还是梦境。

雾霭沉沉中，跛脚老和尚用一双瘦骨嶙峋的手抓住了他的臂膀，无限怜惜哀悯：“你的命运悲剧，是你永远也摆脱不了的前世纠葛。只有安然面对，方得一丝生机。”

马车剧烈地颠簸了一下。鱼符从他手心里滑落下来，李恪不由得打了个寒噤。暴雨猝不及防地从天而降，重重地落到青石板路上，让人更加看不清午夜长安的归路，如同望不见那些难以预期的未知命运。

— 中卷 —

天地出版社 | TIANDI PRESS

目录

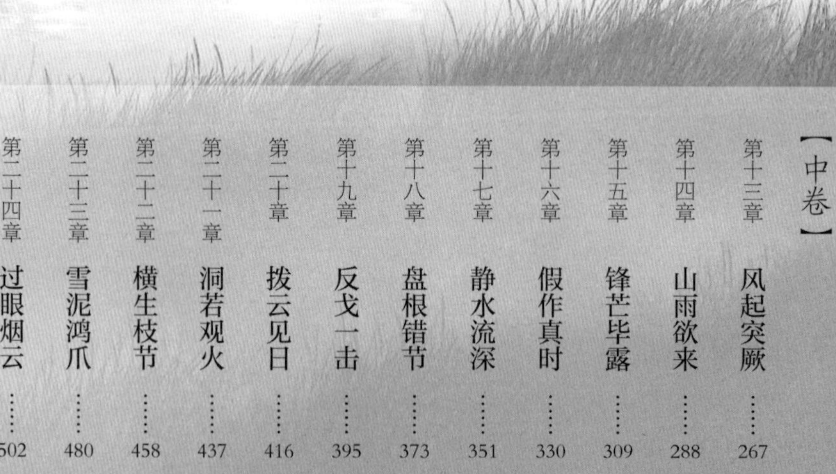

【中卷】

【上卷】

【下卷】

第十三章

风起突厥

十二月的突厥寒彻入骨。暴雪已经连续下了两个时辰，却依旧没有停歇的迹象。北风肆意吹刮着被雪覆盖的树枝，发出了一阵阵嘎嘎的声响。

草原上的小少年只穿着一件薄薄的外氅，双膝跪在厚厚的雪地上，面庞被冻得绯红。他昂着头，冰冷的双手紧紧地握成了拳，任由着扑面而来的雪粒融化在他的脖颈上。

帐内，一个身着华丽紫衣胡服的女人正跽坐于软垫上，因靠炭盆太近，额上已有了些许细密的汗珠。她端起手边的碎花瓷碗，将里头的马奶酒一饮而尽，方才觉得腹内畅快淋漓了不少。一旁的侍婢赵桑边用铁棒挑动着火盆里的银炭，边忧心忡忡地朝外头望了几眼，犹豫许久，才怯怯地说道："可贺敦，都快半个时辰了。殿下他……到底还是个孩子。"

"孩子？"女人挑动了两下眉毛，狠狠地瞪了赵桑一眼，"你不过喂过他几天奶，还真敢把自己当回事了吗？你给我听着！杨政道是咱们大隋唯一的血脉，他的肩上负着的是万钧江山之重。这是他的命！他不认也不成！"

赵桑吓得跪倒在地，连连应诺。女人嫌恶地看了她一眼，拿起案上一卷隋朝地制扫看了片刻，又不耐烦地将它扔到地上，抬头问道："可汗何时回来？"

赵桑缓了缓心绪说道："可汗临行前说了，要去半个月呢。"

女人走至铜镜前，坐了下来。不知何时，连鬓角也有了白发。她怆然自嘲，她可不就是个老婆子了吗？十五岁那年，隋文帝敕封她为义成公主，远来突厥和亲，算来已经有二十六年了。二十六年间，她先后嫁给突厥可汗父子四人，为的就是要保得大隋江山稳固。谁知大隋还是亡了。不是亡于外患，而是亡于内贼。

幸而，还有杨政道。

她亲眼看着杨政道出生，连他的名字也是自己起的。立身于世，克念政道。她要他记住他生来的使命，他是大隋血脉，终有一日，他要将大隋江山夺回来。

杨政道三岁的时候，她便让现在的丈夫颉利可汗将定襄郡交给他，并按照隋制设立文武百官，人人皆呼他一声隋王。同时，她用近乎病态与疯狂的方式督教着杨政道。无论寒冬酷暑，每日卯时必要他起身习文练武。一旦有所懈怠，便不许他吃喝，想尽一切办法来惩罚他。就像现在，她要他在冰天雪地里跪着，只因他在晨间读书的时候贪看了一眼外头的飞鸿踏雪。

女人拿着羊角梳小心翼翼地掩好那缕白发，待漏壶中流完了最后一粒沙，她才漫不经心地说道："他还不曾求饶吗？"

赵桑诚惶诚恐地觑着她的神情，想了半刻才说道："可贺敦知道殿下的脾气……"

"真不知道他这脾气是随了谁的。"女人冷哼一声，甩了甩手臂说道，"让他进帐子里来吧！"

赵桑这才松了一口气，趋步出了帐子，将早已冻得嘴唇青紫的小少年唤了进来。七岁的杨政道已显出些许杨家人特有的疏朗气质，眉眼间颇有几分年画上善财童子的样子。他的双膝因为跪得太久，几乎动弹不得，发上的雪粒已然融化成水，一滴一滴地往下落。赵桑刚想扶住他的臂膀，却被他一把推开，自己一个人缓慢而又艰难地挪步至胡床边坐了下来。

女人走至杨政道的面前，用手里的帕子慢慢地擦拭着他面上的水珠，举止温和得像极了一个慈爱的祖母。她轻轻地抚着他的手，柔声道："政儿，不要怪祖姑。你是大隋的希望。总有一日，你要带着你手下的将士重归中原，那里才是你的家。知道吗？"

杨政道听着火盆里传来的一阵阵难听的爆炭声，紧紧地咬着嘴唇，直到口中满满都是血腥的味道。小小少年的心寒彻得没有一丝温度。打从他记事以来，他不知听了这话多少遍。女人说，这是你的命。命运从不给你选择的机会，也从来容不得你问一句为什么。除了接受，没有第二条路可行。可他还是不甘：他凭什么要去承担那些荒唐的责任？凭什么不能像普通人一样开怀地笑一次？

女人见他默然不言，便放开手，立刻换了副神情，凛然道："你这孩子怎么这么别扭？我说的话你听进去了没有？"

杨政道抬眼望着她，也不知哪里来的勇气，厉声道："我恨'大隋'这两个字。我也恨他们叫我隋王。我不是！我不是！"

女人在极度的诧异过后，几乎用尽全身的力气，狠狠地打了杨政道一巴掌，打得她自己的手心也生生地疼："是谁教你说这种话的？"

赵桑看见杨政道脸上瞬间泛起的几道血痕，心中不禁一疼，本能地想冲过去挡在他面前，可眼睛一触及女人狠戾的目光就觉得胆寒，终究也只得别过了脸去抹泪。杨政道倔强地仰头，字字锋利，眼里竟然透着一丝轻蔑："难道不是吗？祖姑心里也是明白的吧！隋朝已亡，即使我们能回到中原，也筑不起曾经的大隋江山！"

是的。她明白。这么些年，她如此对待杨政道，不过也只是自欺欺人而已。她突然有些泄气，她以为这孩子甘愿承受她所有的折磨是因为对自己的畏惧。直到这刻她才洞悉，那也许是不屑。可他只有七岁。七岁的孩子真的能有这样成熟的心智吗？

她站起身来，来回踱了许久，才让赵桑带着帐内侍候的人都退了出去。她亲手倒了一杯釜中热着的马奶酒给杨政道，突然很想用一种平等的姿态来和他交谈："李家是坐稳了江山，可我们不是没有机会。如果你能帮助他得到天下，那也是一样的。毕竟你们俩的命格相同，甚至连生辰都是同一日。"

杨政道的双膝慢慢恢复了知觉，一阵阵钻心的酸痛感袭上他的心头。他回头，狐疑地问道："他是谁？"

女人久久地凝视着他。因为他的好奇，她感到一些欣慰。于是，她缓缓抚摸着腕上的玛瑙手串道："等你回到中原的那天，自然会知道他是谁。"

杨政道显然对这样的回答并不满意："倘若我一辈子都回不了中原呢？"

"不可能！"女人话语凌厉，目光如炬，"不出十年，突厥必然会败在唐朝人手里。到时候，你一定就能见着他了。可是，你得先让自己拥有足够帮助他的能力，明白吗？"

杨政道的身子微微颤抖了一下，却不知是因为寒冷还是因为惊惧。他满身的伤痕都是拜眼前这个女人所赐。他恨这个女人，连带着恨她给予的"隋王"的名号，更恨自己被人强行灌注的所谓命运。

然而，令他感到惶惑的是，他并不反感女人口中这个与自己命格相同的"他"，甚至隐隐还带着几分期待。因为那个人将要替他承受这份命运，自己身上的重担即将成为他的。他感到释然与狂喜，很快却又升腾起了某种奇异的愧疚。

于是，他微不可察地点了点头："我明白。"

女人心满意足地一笑。记忆中，这仿佛还是杨政道第一次肯定地回答自己的话。她顺手拿起榻上的毯子披到杨政道的身上："如此就好。记住，在任何情况下，你都要全心全意地去帮助他。无论你把他当弟弟，当朋友，还是当主君。"

杨政道问："如果我帮不了他，该怎么办？"

女人瞪着眼睛，坚决地道："尽你的一切去助他成功！若还不行，你们都得死！除非你愿意用生命来保全他，或者他愿意用生命来保全你。"

任凭杨政道再冷静，再早慧，也被这突如其来的死亡诅咒吓得变了脸色。他虽然恨她，可他相信她对于命运的推断能力。所以他怕，越想越怕。他松开了一直紧紧握着衣摆的手，心在胸膛中狂跳不止。

从此之后，女人变本加厉地要求杨政道勤习文治武功。而杨政道似乎对这些亦有了几分真心的兴趣，有时还会主动向几位先生讨教为君为王之道。女人还是会动手打他，有的时候甚至没有任何理由。可打完之后，却又会对他嘘寒问暖，关怀备至。杨政道是真的怕她，却又不得不服从她。

五年以后，唐朝的军队全线攻打突厥。颉利可汗在负隅顽抗了几个月后，终于跪倒在大将军李靖面前。而那个女人却誓死不降。那一天，她穿着一身白色的丧服，笑得阴森诡谲。她说，她是大隋皇帝所封的公主，永远只能跪大隋皇帝一人。

杨政道看着那把尖刀刺穿她的胸膛，鲜血染红了一片草原，如同传说中开在冥界的曼珠沙华。他冲上前去拉住了她的手，用颤抖的声音问道：“那个人是谁？”

女人圆睁着双眼，艰难地用口型说出了两个字，接着便没了气息。那双眼里的愤恨和不甘，就算那些久经沙场的将士们看了，脊背都会生出一阵阵寒凉之气。

“表兄，表兄……”李恪捡起落于地上的一卷书，轻轻唤了两声。书房内燃着的两支檀香正慢悠悠地散发着令人沉醉的味道。

杨政道睁开惺忪的睡眸，只觉头脑涨痛得厉害，一时竟想不起自己身在何处。他只知道，自己方才做了一个很长很长的梦。想起梦里那些可怕的场景，他不由自主便打了个寒噤，直到纱窗外的阳光刺了他的眼，他才稍微缓过神，说话的声音却依旧有些软绵无力：“你去哪里了？我这又是怎么了？”

李恪跪坐于矮桌前，将壶里刚刚烹制好的茶水倒在近旁一个梅花小瓷杯中：“我为你煮茶去了，就一会儿的工夫你怎么都能睡着？”

“煮茶？”杨政道接过李恪递来的茶水，微抿了一口后连连点头，“这就是用扬子江南零水煮成的茶？果然好得无可挑剔！”

“你怎不说是我煮得好？”李恪看他高兴，心头亦是一暖，“全是按照你的喜好放的作料。那么讲究，可真难伺候！”

杨政道放下茶杯，目光清亮如一潭深不见底的泉水，笑着说道：“那就多谢吴王殿下了。改日，我也亲自下厨烧好吃的给你，好不好？”

“别！你的口味我可不敢苟同！”李恪收了案上散乱摆放着的纸笔，看他已然连续喝了三杯，便知他是真的喜欢，“你刚刚是被梦魇着了吗？我叫了你那么多遍你才醒。”

“不是梦魇。”杨政道想起记忆中那个美艳的女人鬓边一撮藏也藏不住的白发，以及她说的那个关于命运的恐怖预言，不由得深深蹙眉，“是想起了小时候的那些事。你知道，我在突厥过得并不好……”

李恪疑惑道：“可是，你为何会唤我的名字？你小时候的记忆里就有我吗？”

杨政道抚着杯上的两朵蜡梅，尽可能平复住自己起伏不定的心绪：“许是因为曾经听旁人提起过你，又许是我的记忆有些混乱了。好了，不说这个。你不是刚从东宫回来吗？前方战事如何？”

李恪开怀一笑：“比想象中的还要顺利。高句丽无论人员配置、武器装备还是物资财力，都难以与咱们匹敌，就算占尽天时地利，也无疑是以卵击石。这才不到三个月，陛下已经率军连破盖平、沙城和白岩，怕是再过一月半月就能直捣平壤。他的心愿终于可以达成了！”

“如此，也就皆大欢喜了。”杨政道起身，在窗前站了许久，方拉下了帘子，“陛下临行前对你是有所交代的吧？如果不是有你在，他不会放心把那么多文臣武将都带走。”

李恪颔首，直言道：“是！他交代了。只是，我现在还不能告诉你是什么事情。”

“我又不想打探你们父子俩的秘密。”杨政道笑着说，“你不用像防贼一样防着我吧！”

李恪上前走至他的身边：“哪有说自己是贼的？再说，我防你做什么？过段时间，你自然就会知道的。”

正说着话，就见白檀叩门而入，施了一礼道：“殿下，江夏王妃要留王妃和县主用晚膳呢！可能要过了辰时才能回府。”

李恪摆了摆手说道：“知道了。你回去好好照顾着吧。”

杨政道含笑道：“岳母是真喜欢淇妹，三天两头就找她陪自己唠嗑。”

“大约是把淇儿当成雪雁疼了吧。”李恪伸伸手臂，拿起榻上一件外氅，“上回让曹匠人打磨的玉簪子估摸着也该好了。左右现在也无事，我自己跑一趟去拿吧。你要不要一起？”

“这是你的府邸，你不在我还留下做什么？走吧！”

二人一路纵马来到清和坊北大街，才走了没多久，便看到前头致宝斋门口聚了好些人。李恪与杨政道好不容易才挤进了围观人群。只见刘掌柜正和几个突厥商客吵得面红耳赤，额上因为着急而沁出了些许细密的汗珠。他指着那几个突厥人，中气十足地怒道：“你们不许走！在咱们大唐的地面，也敢做吃白食的事？”

其中一个身量魁梧，留着卷曲络腮胡子的汉子用突厥语吼了两句话，伸拳就要朝刘掌柜打去。杨政道眼疾手快地上前，反手扼住了那人的手，亦用突厥语对他说：“草原上的规矩是草原上的，这里是长安，是天子脚下！”

络腮胡子试了几次都没能挣脱杨政道的束缚，便转而狠狠地盯着他，眼眸中的火焰越来越烈：“这不是你该管的事情。滚开！”

他身边那个矮个儿红衣汉一听这话，不禁重重咳嗽了两声，用有些生硬的官话说道：“我们付过钱了，是掌柜胡搅蛮缠，欺我们是外乡人。”

“你们如何敢睁着眼睛说瞎话？我何时收过你们的钱了？”刘掌柜这回总算听懂了，不由气不打一处来。

周遭人听罢，一下子静默无言，皆面面相觑。红衣汉冷哼一声，瞧着身边的同伴们说道：“我们兄弟都看见了，二两银子，一点没少你们！”

当真是无赖。李恪不禁腹诽了一句。这世上，对付无赖最有效的办法就是比无赖更无赖。想到此间，他便疾走至红衣汉身侧，以迅雷不及掩耳之势扯出他腰际的一个钱袋放到了刘掌柜的手里：“掌柜数数，够不够？”

刘掌柜下意识地打开钱袋，粗粗看了看，立马红光满面地说：“够！足够了。”

李恪朝着杨政道一点头，杨政道立刻会意地放开了络腮胡子道：“行了，你们走吧！”

几人在片刻的惊愕后，突然齐齐地拔剑而出，红衣汉用力地挑动了两下粗眉，用更加磕磕绊绊的官话嘶吼道：“你们……你们当街抢人钱财。难道大唐就没有律法了吗？”

“你们说什么呢？”李恪用手拨开了挡在他面前的一把长剑，扫过两旁看热闹的老百姓，很是诧异地问道，“方才大伙儿都看到了，是他们主动把这钱袋交到掌柜手中的，是不是？”

杨政道看着他这一脸无辜的表情，差点就要笑出声来——果然是无赖。人群中也不知是谁先喊了一嗓子：“对！都是我们亲眼看到的！是他们自个儿把钱给了刘掌柜！”

话音刚落，便有人附和。接着，应声的人越来越多。致宝斋开业二十余载，向来诚信待客，从来也没有发生过短斤少两的事情。再说这刘掌柜为人憨直，想来人缘亦是极好的。

络腮胡子按住红衣汉紧紧握成了拳头的手，向后一挥手道：“我们走！”

人群见此情状，不禁哄堂大笑着散去了。杨政道正欲解开拴于一边的赤风马，却见本已走远的络腮胡子又重新折回到他的身边，用突厥语迅速地在他耳畔说了一句话。说完，他便朗声笑着扬长而去了。

杨政道的面上因为他的这句话而泛起一阵潮红，双手不由自主地垂了下来。他已然离开突厥整整十四年了，为何还会有人认出自己？不！他们不是普通的商客，他们是故意在这儿挑事，为的就是要引起他与李恪的注意。可是他们是谁？这么做的目的又是什么？杨政道抬眼望着天边那一片诡谲的红云，心跳得越来越快。

李恪抚摸着赤风柔顺的鬃毛，随口问道：“他说了什么？”

“他……”杨政道的神色在迷离须臾之后，才带了一种异常平缓的语气说道，“他说，多年未见，隋王可安好？”

李恪看着此时大街上络绎不绝的人群，不以为然地问道：“表兄很在意这个称呼吗？”

杨政道默然片刻，才不解地问道：“你不关心他们是谁，也不关心他们来此地的目的，你关心我在不在意这个称呼？”

“为什么不呢？”李恪一踩马镫，跃然上了马背，“因为我大约已经猜到了他们是谁，也知道他们来到此地的目的，所以比之这个，我自然更在意你的感受。”

“你怎么会知道？”杨政道讶异地转眸，心因着他的这句话而跳得更加迅猛，几乎连自己都要压制不了了，“来者不善吗？”

“他们来长安……自然想向咱们讨些便宜。”李恪点了点头，眼中的忧色一闪而逝。彼时的那一场场阴谋与算计历历在目，他只要一想起来就会觉得毛骨悚然。而如今因着这两个人的出现，掀起的似乎又将是另一场腥风血雨。突厥人？当真是有几分意思。李恪慢慢地摩挲着手指，露出了一丝轻蔑的笑。

杨政道目中的惶惑之色却更甚：“小时候我不喜欢这个称呼，是因为那个女人逼着我做我不愿做的事情。如今再听到这个，我想的却是你，我只怕会对你不利。或许祖母说的是对的，我不该和你走得太近。”

李恪快行两步挡在了杨政道面前，嗔道：“你有事就说事，不要这样拐弯抹角的，我受不了。”

命运。杨政道并不理会他的话，只在心中默念着这两个字。当他早忘了那些陈年旧事的时候，它们偏偏又出现在他的梦境之中。这或许，亦是命运的安排。他抬头，见有一缕炊烟正袅袅升起，很快却又被晚风吹散了。

杨政道贪看了许久，方醒转过神来说道：“当年咱们在定襄郡的那几万人，有的随着我和祖母到了长安，可还有好多人仍留在突厥，跟在陛下后来所扶持的乙毗射匮可汗身边。此次陛下东征，若真如你方才所说，那些人是乘虚而入前来讨便宜……而他们又这样称呼我……”

“你怕朝廷疑你对突厥仍有控制力？”李恪这才恍然，警惕地朝周围看了看，而后释然一笑，“更怕他们说，是我指使你这么做的，对吗？”

晚来渐起一阵轻雾，杨政道拭了拭发上凝成的水珠，剑眉深锁：“可我的确不认识他们。不过，如果他们真是冲你来的，我自会替你挡下所有的事，绝不会让他们动你分毫。”

从年少相识到如今，似乎他早已经习惯了在危险到来之前以身相护。从前，是信了那个女人的话，后来，是因为萧瑀的嘱托，再后来，则渐渐成了本能。

李恪拉住了缰绳，目光冷彻如千年寒冰："但愿这是我最后一次听到你说这样的话！"

杨政道的身子不禁一颤。李恪这般不容分说的决绝语气，俨然已有了些天子才有的威慑力。不知从何时开始，在他对李恪所有复杂的情绪中，又多了一分畏惧。于是他只是下意识地点了点头："我知道。我自然是相信你的。"

二人说着话便到了祥和坊西南角那家卖玉器的小铺子。掌柜曹方硕正坐在柜台后头专心致志地啃着一个刚出炉的古楼子。羊肉的香气弥漫在小室之内，一闻便引来了腹中馋虫们的叫唤。

曹方硕一见到二人，还来不及拭去唇边残留的油迹，便起身急急迎了上来，施了一礼道："吴王殿下怎么亲自来了？小人正准备给您送到府上去呢！"

说罢，他便请二人进了内室，从身后一个紫檀木锦盒中取出了一对打磨得甚为精致的梅花簪。李恪拿在手里掂量了几下，又细细察看了一下材质和做工，满意地说道："曹掌柜费心了。这两朵梅花每一个花瓣都雕琢得不尽相同，起码得花上十天半个月吧。"

曹方硕富态的面庞上露出一丝十分得体的笑容："殿下是行家，自然一眼就能看出来。"

李恪将它们重新放回锦盒之内，把锦盒交到了杨政道的手里："给你和雪鹭妹妹的礼物。她和淇儿一样，喜欢红梅。"

"可比之红梅，我更喜欢莲花。"杨政道接过锦盒，小声嘀咕着。

"你不重要。"李恪淡淡说了一句，随意环视了铺子一眼，不由好奇道，"今儿怎的不见曹掌柜的那位小徒弟？"

"殿下是说张二宝那小子？"曹方硕皱了皱眉，一股黯然之色慢慢流转于他的眉间眼中，"实不相瞒，小人也有三日没有看到他了。"

李恪揽衣坐了下来，疑道："哦？他去哪里了？"

曹方硕用扇子轻轻扇了扇香炉中点着的几支安息香，清幽的气息终于慢慢地掩过了古楼子的味道："前天未时时分，小人要他去普仁坊周家收账，谁料他这一去竟到如今还未归来。"

杨政道将锦盒收进了袖中，坐到李恪身边，问道："是不是家中出了什么变故？"

曹方硕摇了摇头："君侯不知，张二宝是个孤儿，平素就住在这铺子中。昨儿小人已经去周家还有几个和他玩得好的小兄弟那里打探过，都说没有见过他。"

此时，有几个穿着清一色深褐胡服的汉子从外头走了进来，将这铺子从房梁到板砖都仔仔细细地打量了一番。曹方硕告了声罪，便招呼他们去了。哪知几人似乎对这满屋子的玉器都不感兴趣，只兀自瞧着墙上一幅武圣人的画像看。

李恪悄声问道："又是突厥人？他们说什么了？"

杨政道仔细分辨了半晌才说道："听不清楚。好像是在说，就是这里，他们说的肯定就是这个地方。"

"就是这里……"李恪重复着这句话，正欲起身去看个仔细，却见为首的那人朝后挥了挥手，后头几人立刻高声答了个"是"，便齐齐退了出去。

"真是古怪的一群人。"曹方硕看着他们远去的背影，嘟囔了一句，又重新回到内室，往茶釜中放了些香片，"方才说到哪儿了？对了，昨晚小人又检查了一下张二宝的房间，里头什么都没缺，连小人刚给他的三串铜钱都还挂在墙上呢。"

杨政道还在想着那两拨奇怪的突厥人，听得他此言，便只随口回了一句："如此说来，便是失踪了。报雍州府了吗？"

曹方硕点了点头："小人今儿早晨已经找坊正报案了，坊正说，他即刻就会去雍州府向齐长史陈情，一有消息就会告知小人。"

当时李恪依诺在李世民面前荐了齐长升做雍州牧，可李世民却说前两任雍州牧都由亲王充任，不宜破了这规矩。不过，看在齐长升这些年兢兢业业的分上，便下旨给了他一个文昭伯的爵位，又额外嘉赏了他两个月的俸禄，可把他给乐坏了。一连三天，借着来大理寺请教公事的由头，齐长升把李恪和他所有的亲朋好友，包括王府中豢养的那只狗都给狠狠奉承了一通。

李恪只要一想起他便直摇头，缓了好几口气才说道："既已备案，雍州府自会尽力查找。掌柜也莫须太过忧心。"

曹方硕又恭敬一拜道："多谢吴王殿下。"

待李恪回到王府所在的永嘉坊时，天色已然暗沉。一弯新月羞怯地躲藏在浮云后头，只偶尔随着风慢慢挪动。

此刻的王府门口集聚了十数人，正吵吵嚷嚷地将两辆马车上的东西往里头搬。武梁见李恪回来，忙迎了上去，替他牵住马缰绳，笑盈盈地说道："殿下您瞧瞧，这些都是江夏王妃送给王妃的。可把小的们累坏了呢！"

李恪下马，单看朱六、钱金、王麻那几个小厮手中的包裹，就有冬日所用的十几条毛毯，几十匹颜色鲜艳的蜀锦，还有两套文房四宝，更不用说后头还有许多没有搬下来的东西。他不禁惊道："婶母这是把江夏王府的小半个府库都搬过来了吧。"

说着，李恪正欲进府，一不小心便被脚下的三个麻袋绊了一下："不是吧？怎么还会有那么多瓜果蔬菜？"

在旁帮着清点数目的锦葵笑得眉眼弯弯："回殿下，江夏王府后院有一大片场子是专门用来种这些的。江夏王妃说咱们王妃面色不够红润，要多吃些瓜果补补。这不，立马就让人去后院采了这些。"

李恪深深地吸了一口气，落下一句"你们辛苦了"，就径直往景行斋走去。

景行斋外室中亦摆放着两个大箱子，装的都是孩子们的衣服和玩具。小萝正一件一件地查看整理。淇奥拿着一只装着六个铃铛的布老虎逗着乳母怀里的风儿玩。小女孩生得粉雕玉琢，还不到一岁，两只眼睛就已然清亮明净。见着布老虎也不害怕，只是咯咯地笑个不住。

李恪快走几步，从乳母手里接过了孩子。风儿转过头勾住李恪的脖子，奶声奶气地叫了一声"爹爹"。李恪因着这声唤而柔肠百转，瞬间便觉这世上再无任何可以使他烦恼的事情了。淇奥忙走上前，亲了亲风儿娇嫩的小手："风儿是何时学会叫爹爹的？来，也叫一声娘亲。"

风儿口中不知在呀呀说着什么，半晌，才用含糊不清的声音唤道："娘……娘亲，爹爹，爹爹……"

"风儿好聪明！怎么会那么聪明的呢？"淇奥从小萝手里接过一个拨浪鼓，

看着十分有趣，自己倒忍不住先把玩起来。

李恪见风儿有些倦意了，便轻轻抚拍着她的后背，待到她睡得熟了，又小心翼翼地将她交到乳母手里，转而拉着淇奥的手，柔声道："那是因为风儿像她娘亲啊。"

"真的吗？"淇奥凝眸望向李恪的眼，很认真地问道。

"我何时骗过你？"李恪携过她的手一起进入内室，"今儿是带着风儿一起去江夏王府的吧？婶母怎么又送了那么多东西？"

淇奥解下身上那件大红色斗篷，颇有些无奈地说道："我都和她老人家说过多少回了，咱们家库房已经堆不下那么多东西了，可她就是不信。这次送的东西比以往更多了。下次我可不敢去了。"

李恪朗然而笑："雪鹭就站在一边看着？"

"她可没光看着。"淇奥轻叹了口气，"她帮着婶母一起挑呢！最后，又鼓动着婶母多送了两个青铜狻猊香炉。"

李恪轻轻敲了两下淇奥手里的拨浪鼓："她们恐怕这辈子都见不到雪雁了，总得为自己找个寄托吧。"

淇奥心头情不自禁地涌起一阵唏嘘，继而又不解道："我生得很像文成公主吗？"

李恪摇了摇头："并不像。只是她与你年纪相仿，长得和你一样好看，又和你一样有才情，这便让他们想起她了吧。"

淇奥不由自主地笑出了声："三郎这是变着法子夸我吗？"

"哪有？"李恪揽过淇奥的肩膀说道，"是直截了当地夸呢！"

翌日辰时，李恪便来到大理寺正堂批阅各地上呈的文书。近来，襄城公主的心悸旧疾又犯了，萧锐特请了十天的假亲自照顾，李恪一挥笔便给了他二十天。只是这些日子他所要处理的事务便更多了些。

“殿下，您真的不打算把江一流的案子交由三法司会审吗？”元仁虔跽坐于李恪面前，翻看着前两日崇州府送上的奏疏。

虽同为大理少卿，但元仁虔平素都不敢与萧锐平起平坐，就算在私宴上，他也总知趣地坐在萧锐下首。几年前，他还是安州下辖桂县县令的时候，李恪就对他颇为赏识，总觉得他前途不可限量。如今看来，自己的眼光倒是不差的。

李恪看着他勉力思考的神情，反问道：“元少卿觉得崇州府这案子判得怎么样？”

元仁虔颦眉，下意识地伸手摸了摸自己的长须：“依臣所见，崇州刺史杨誉既不懂法，也不懂情。江一流在得知自己的母亲被庶母所害之后，仍奉养了她整整十年，以报她抚育自己十年之恩。后来，也是江陈氏自己心中有鬼，欲杀江一流灭口，在争执之下，江一流才误杀了江陈氏。事实清楚，亦有多位人证可以证明。臣以为，江一流罪不至死。其一，江陈氏杀人在先，预谋杀人在后，实在死有余辜。其二，江一流并非故意杀人。其三，江一流在杀人之后，主动投案坦诚其罪。而崇州府却将此当成十恶之罪来判江一流绞刑，实在不妥。”

“这不就结了吗？”李恪微笑着说道，“难道元少卿还要让本王将如此浅显的案子交由三法司复核吗？直接退回去让崇州府改判就行了。”

“可是……”元仁虔想了片刻后说道，“殿下若不按此流程走一遭的话，万一将来出什么事情，您可是得担责任的啊！”

李恪理了理面前已批复完成的八本奏疏，又开始翻看下一本，不以为然地说：“把时间浪费在这种不必要的流程上，不值得。”

元仁虔还想再说什么，却见季恩领着满脸愁云惨雾的齐长升走了进来。齐长升一见着李恪就眼睛放光：“殿下，今早坊正来报，说昨晚祥和坊玉器店里死了一个突厥人，凶手正是掌柜曹方硕。”

李恪握着朱笔的手微微一顿。昨晚、突厥人、曹方硕……凶手？这几个词如闪电般在李恪的脑中划过。犹疑须臾过后，李恪只继续在奏疏上奋笔疾书，头也不抬地说：“既知凶手是谁，你不是应该赶紧去抓人，然后再细细审问吗？”

齐长升挠挠头。只一抬手的工夫他就发觉，自己身上的这席官袍又小了。看来他夫人说的是对的，自己真该控制一下食量了：“殿下，事涉突厥人的案子，雍州府无权直接过问。您要不还是抽个空，亲自去看一下吧。”

“不用抽空。现在就走吧。”李恪起身理了理略凌乱的衣摆，“就坐你雍州府的马车！”

李恪来到祥和坊玉器店的时候，雍州府的两名仵作已经验完了尸首，正在和坊正崔老七有一搭没一搭地说着话。曹方硕穿着和昨日一样的衣裳，正耷拉着脑袋一言不发，神色十分惊惶。

崔老七年幼时因为玩火而盲了一眼，因而他只能斜着身子，用一种很怪异的姿势向李恪行了一礼道：“吴王殿下，事情是这样的。今儿天还未亮，小人只觉腹内胀痛，就起身上了趟茅房。上完就没了睡意，便想出门去走走。可是去哪里呢？小人想了想，隔壁王老头一个人在家肯定觉得闷，但是又怕他起得迟，于是就……”

“崔老七！本王对这些都不感兴趣！”李恪忍了又忍，终于粗暴地打断了他，“说正事！”

崔老七打了个激灵，诺诺道：“是！殿下。正事就是……小人刚走到西街，就听到了曹掌柜的一声尖叫。小人赶紧跑上前看，就见这个突厥人抱着武圣人的画像倒在血泊之中。曹掌柜手里握着匕首，吓得没了人色。”

李恪转眼望向怔愣出神的曹方硕，不紧不慢地问：“人是你杀的吗，曹掌柜？”

曹方硕将头埋得很低很低，小声说道：“小人不……不知道。”

“不知道？”齐长升将身边站着的黄捕头挤到了看热闹的人群里，怒道，“是就承认，不是就喊冤，不知道是什么话？”

曹方硕看着旁边那具被白布盖着的尸体，心有余悸地说道：“齐长史不知……小人是真的不大清楚。今儿早上，小人醒来的时候就发现自己躺在铺子里，手里还拿着刀。当时可把小人给吓坏了，忍不住就叫出了声，这才把坊正给叫出来了。”

齐长升观察着李恪的表情，见他无意开口，便又继续问道：“这么说，是你杀了人以后昏过去的吗？”

“不！不是……”曹方硕本能地否认，可旋即又犹豫着说道，“小人只记得昨夜临睡前听到铺子里有动静，出来看时，见有一个人影在武圣人画像前晃动。接下来的事情，小人就想不起来了……”

李恪望了眼曹方硕旁边的两个身量魁梧健硕的突厥人，问道：“你们是和死者一道的？”

二人对望一眼，不知所措地摇了摇头。其中一个用极其生硬的官话说道：“我们……做生意……他……朋友。”

“你们是突厥来的商人，他是你们的朋友，对吗？”李恪试着重复着他的话，“那么他为何会半夜潜入曹掌柜的铺子？你们当时是不是在一起？”

李恪一着急，说话的速度便有些快了。二人再次面面相觑，方才说话的那人憋了好久才说道：“我们……不知道……昨晚睡得早……他……走了。”

“黄捕头！”李恪朗声唤道，“赶紧请杨公子过来。”

杨政道来的时候身着一席紫色祥云暗纹的官袍，光彩夺目，炫人眼眸。二人见了他，立刻以手抚胸，单膝跪地行了一个大礼，态度比方才对李恪还要恭敬几分。齐长升狐疑地看了他们一眼，搓了搓手，也不言语。

杨政道耐着性子听他们讲完之后，说道：“殿下，他们是说，他们都是贩马的突厥商人，前天晌午到了长安之后，便住进了祥和坊泰安客栈。死者名叫同罗新旺，昨日用过午膳后一个人出了客栈，直到他们睡前也不曾回来。他们以为他留宿花柳，倒也不甚在意。直到今早听客栈伙计说出了命案，出去看时，发现死者竟就是同罗新旺。”

李恪蹙了蹙眉，显然对这些毫无价值的话很不满意。于是他又道：“问问他们，同罗新旺有没有特别喜欢的东西？比如字画，比如玉器珠宝。”

杨政道和他们交谈片刻，摇了摇头：“他们说，除了女人，同罗新旺别无其他喜好。”

“多谢表兄。”李恪说着，便上前两步走到曹方硕面前，“既然曹掌柜是唯一的杀人嫌犯，那么在查清事实之前，本王理应将你收监。”

曹方硕面上的惊恐之色慢慢退去，语气平和地说：“小人明白。”

那两个突厥人看了眼死去的同罗新旺，又磕磕巴巴地挤出几个词：“我

们……他……要带走。”

“他既是你们的朋友，他的后事自然由你们来处理。”李恪拨开衣襟上沾着的几朵桂花，将芳香落了满地。他看了看面前的这群人，总觉得好像有什么东西在纠缠着他，在他迫不及待地甩掉之后，却又重新缚住了他的周身。于是，他不由得轻轻叹了口气，满腹心事地说道：“元少卿，这里的事情你来料理一下吧。表兄，咱们走。”

杨政道应了一声，正欲转身离开的时候，却听见身后的人高声喊了一嗓子，仿佛有谁正从天上倾倒了满满一盆冰雪下来，瞬间就将他冷冻得动弹不得。李恪知道这句话非同小可，便拉了拉他的衣袖，小声道：“不要应他，不要回头，咱们上马车。”

李恪将方才带在马车上的水袋给了杨政道说：“对不起，我不该让你来的。其实我只要慢慢地分辨，是可以听明白他们说的话的。”

杨政道一口气将里头的水喝了大半，双手握紧又松开：“不要把所有的事情都往自己身上揽。恪弟，是我的问题。”

“你的问题也是我的问题。”李恪掀开帘子，看着大街上行色匆匆的老百姓，目光一时没有了焦点，“你知道的。很多事情的答案看似已经圆满，但绝不是无懈可击。我不再执着去追逐真相，只是为了我所爱的人，而不是自觉自愿地想要放弃。”

“我明白。”杨政道用水袋上的绳子勒住自己的手指，直到手指泛青，才慢慢地将绳子松开，“刚才那个人说的是……‘隋王难道忘了自己身上肩负着的使命，就这样心甘情愿地为人臣子吗？’”

风将一片枫树叶带了进来。李恪俯身将它拾起，慢慢拭去上头沾着的尘土，心间涌出了一种难以名状的酸涩。他似在对杨政道说，又似在自言自语：“没关系，一切都由我来处理。”

杨政道看了他一眼，仿佛当他知道当年所谓的真相，当他在骊山脚下起誓会护得所有人周全之后，他就已然不是那个与自己初见时满怀忧伤与愤懑心事的少年了。他虽然没有告诉自己，但是杨政道明白，李世民定然在临行前给了他可以比肩，甚至高于太子的权力。他有执掌这权力的能力。他信李恪，在他从那个女人口中得知李恪的名字的时候，他就信。

于是他只是点头，微笑着说道："这是自然。"

马车刚刚行至大理寺正门，就见主簿黄玉修趋步上前，施礼拜道："殿下总算回来了。庆贵公公请您即刻去东宫一趟，太子有要事相商。"

李恪就着马扎下了车，边走边说："等我先换件衣裳再去。庆贵说了是何要事吗？"

黄玉修跟在他的身后，精瘦的面上带着焦色："下官也不知。不过，下官看他的神情，与前几次不大一样，似乎是真着急了。"

自从太子监国以来，曾多次请李恪前去商议要事。可这些"要事"在李恪看来，实在也没有什么需要讨论的地方。依照太子的智识，完全可以处理得明快漂亮。他之所以如此做，大约也是为了留一个礼贤下士，尊重自己这位皇兄的好名声吧。顺水人情，李恪倒也乐得去成全。

侍立在东宫福泉殿书房外的庆贵一见到李恪，想着太子方才看到那两封文书时讶异惊恐的表情，心里那根紧绷着的弦顿时就松了下来。

此时的太子李治正一个人负手而立，一只金边雕海棠花纹的瓷杯倒在案上，洒出了大半茶水。一听到庆贵的通报，他便赶紧转过身，急急说道："三哥不必多礼。正事要紧。"说着，便从袖中拿出两封被他揉捏得有些发皱的奏报递给李恪："陛下临行前吩咐孤，若遇决断不了的大事，务必要与三哥商量。"

李恪一目十行地看去。第一封奏报是伊州守将阿史那·社尔所呈，说近一个月来，突厥军调动频繁，蠢蠢欲动之态尽显。前番他们还逮到了一个企图越境的小卒，此人拒不开口，最后竟然莫名其妙地死在了军帐之内。第二封则是乙毗射匮可汗递交的国书，说已派使节团前来长安献宝，以谢天可汗当年辅立之恩。

"一面调军挑衅，一面献宝示好……这位可汗心里究竟打的是什么主意？"

李恪合上文书，眉头慢慢锁起。

李治听他如此说，心里越发没了底："三哥也觉得此事甚为诡异棘手吗？"

"是诡异。不过，并不棘手。"案上的茶水滴落到李恪的手背上，凉意入心，他却若无其事道，"太子，咱们不怕他们。阿史那·社尔的军队是铜墙铁壁，突厥若真错了主意，有去无回的只会是他们。至于使节团，他们想来就来，在咱们的地盘上，还怕盯不住他们？"

李治凝神细想半晌，长长地舒了一口气："三哥真的是如此想的？没有故意安孤的心吧？"

李恪坐直了身子，肯定道："是！太子放心。咱们只消随机应变就好。"

他们的目标不是长安，也不是你，你自然是不用忧心的。李恪想了想，终究也没有把心里的话说出口。致宝斋门口无事生非的突厥人，玉石铺里言行异常的突厥人，死于曹方硕刀下的突厥人。他们呼杨政道为隋王，对他的礼敬尤甚自己。他们想要离间的是他与杨政道的关系，还是他与李治的关系，更或者，是他与李世民的关系？

李治似乎浑然不觉李恪面上掩饰不住的惶惑，只起身在屋内徘徊几步，最后驻足书架前，伸手抚了抚一卷兵书，仿佛下定了决心般地回头说道："三哥，孤把一切都交由你来处置。"

"一切？"李恪不解地问道，"太子指的是什么？"

李治将那卷兵书拿在手中，长年累月翻阅下来，上头的韦绳竟有了几处断裂："关于突厥所有的一切。三哥无论做出什么样的决定，孤都会照办的。"

李恪点点头，并没有想要推辞的意思："太子放心，臣自当竭尽全力。"

这么小会儿工夫，这已然是他第二次说出"放心"两个字了。李治慢慢敛了眼底一抹锐利的精光，指甲似漫不经心地划过桌案："那就辛苦三哥了。"

暮秋的黄昏已然有了几分萧索落寞之意，风沙恣意飘撒在空中，无孔不入地迷离了人的眼眸。庆贵正在福泉殿与承平殿之间的长廊上喂金丝雀。一见着李恪出来，忙停下了手里的活，十分殷勤地迎上去，恭敬道："奴婢送殿下出宫吧。"

笼中几只金丝雀的叫声此起彼伏，并没有什么旋律与美感，只无端给人添了几分烦躁。李恪也不去理会他，抬眸望了下那笼子，疑道："笼子无门，你们倒也不怕这些鸟飞走？"

庆贵满脸喜色地说："殿下您不知道，这些金丝雀都是萧良娣的爱物。它们只消叫两声好听的，就能换得一天的好吃好喝，外头哪里会有如此好的待遇？说不定还会有性命之忧呢！所以说啊，这笼门有与没有其实都一样。奴婢就是赶它们走，它们也是不会走的。"

李恪原也只是随口一问，听到这话倒不免起了三分好奇，便将手伸进笼中，小心翼翼地把其中一只生得十分肥硕的金丝雀捧在手心，抚摸片刻后蓦地松开了手。金丝雀瞬间一飞冲天，可它只在天空转了两圈后又重新回到了笼中。庆贵笑吟吟地说："殿下可瞧见了，奴婢没有骗您吧！"

"向往自由是雀鸟的本能，可是它们却甘愿不要……"李恪说到此，心遽然沉了下来，语气微微一滞，"还真是怪事。"

庆贵见他感兴趣，便跟在他的身后，又絮絮叨叨地说了好些关于这几只金丝雀的事。说着说着，便说到了太子如何宠爱萧良娣这种无聊的事上。

在外奔波了一日，待回到王府的时候，李恪只觉饥肠辘辘，恨不能立刻坐下来饱食一顿。

白檀正在景行斋的小花厅里细细吩咐着小萝道："记得每日要给王妃喜欢的花草浇水，隔几天要修剪一下多余的枝条。天香榭外小池塘里的锦鲤要一日三次地喂食，量不能多也不能少。还有，王妃不喜欢旁人动她的字画，所以即使积灰了也不能随便去擦。再者，轻云刚生下了小马驹，得挑最鲜嫩的草料来给它吃……"

小萝很认真地听着，时不时还点头重复着白檀的话来加深印象。

李恪在旁听了片刻，笑着打断她："说得如此详细，是淇儿给你找到好婆家了吗？"

白檀福身行礼，却早羞得满脸绯红，一时竟不知如何答话。还是小萝替她答道："殿下您不知道，白檀姐姐不用王妃找好婆家，小季护卫可都向白妈妈提了三回亲了呢！"

李恪微笑着摇了摇头，兀自朝前走去。身后，白檀正追着小萝满屋子跑，直说要让她把自己前番送给她的两个玉镯还回来。

才刚进了里屋，李恪见锦葵和云香正在整理淇奥平素最喜欢穿的几件袄裙，便快走几步拉着她的手道："淇儿，你要出门？"

"三郎舍不得我呀？"淇奥眨巴着眼睛，里头似有星光闪耀，"说得也是。自从咱们成亲之后，还一日都未分开过呢。更何况，如今还有了仁儿和凤儿。"

"那我陪你去。"李恪就是见不得她蹙一蹙眉，不假思索便开口说道。

"东宫顺和殿也是你可以去的地方吗？"淇奥的眼眸中蓄了满满的笑意。

"萧良娣？"李恪心头一紧，问道，"是她让你去的？为什么去？去多久？"

"瞧把你紧张得！绵蛮是我妹妹啊。"淇奥见他的神色瞬间变得警惕起来，便柔声细语道，"今日我去看她，见她的精神不大好，总说想家，又怕侍候的人照顾得不周全。她第一次有孕，心里难免有些紧张。"

"她可是太子的宠妃，谁敢不好好照顾？"李恪不以为然地说道，"就算要人陪，也该让亲姐姐陪，再不济不是还有嫂子吗？"

"她也把我当作亲姐姐呀！"淇奥将双手伸进李恪的袖中取暖，将头靠在他的肩上，"顶多十天半个月。看她没事了我就回来。好不好？"

李恪轻哼一声道："萧良娣和我到底谁重要？"

淇奥一听这话就情不自禁地笑出了声："吴王殿下，你都多大年纪了，还问这种三岁稚童才问的话呀？自然是你重要，这世上就没有比你更重要的人了。"

第十四章

山雨欲来

风音触树起，月色度云来。彼时，温和的月光正透过纱窗照射在地面，留下了几缕变幻莫测的剪影。李恪近来总是睡不安稳，连外头几片槐树叶落地的声音都能轻易把他吵醒。他微微侧过身子，见淇奥正紧紧抱着自己的左臂睡得香甜，便只得小心翼翼地用另一只手替她将锦被盖得更严实些。

没有心事的姑娘还真是好福气。李恪默默说着，蜻蜓点水般地吻了吻她的眼睛，情到深处，无限怜爱。

可是，那个萧良娣……李恪以手撑头，原本舒展的眉头又慢慢地锁起。不知为何，他总觉得这个看起来率直可爱的女子内心深不可测，比之当年的苏越有过之而无不及。苏越恩将仇报，淇儿自然难受，但到底交情不算太深，也没有难受太过。可萧绵蛮不一样，一旦她动了什么不该有的心思，淇儿怕是要真伤心了。

李恪思及此处，却蓦地笑出了声。怪不得萧锐常说自己把淇儿保护得太过。她是心思澄澈单纯，但绝不是没有防备与辨别能力的普通小女子。她有谋略，有胆量，也有当断则断的魄力。她是自己此生唯一挚爱，自然无一不好。他该是安心的。

不过，那一拨又一拨来者不善的突厥人又该如何处置？杨政道遇着突厥和那个女人的事情，明显就失去了大半冷静思考的能力；而萧锐如今满心思都在襄城公主的身上，怕是也帮不上什么忙了。至于太子……他何尝不知道太子不是真的看重他，而只是想要找一个能够替自己出头，甚至代自己承担罪责的人。

然而，他还是应了，并且应得毫不犹疑。只因在那一刹那，他想到了李世民那夜凝神望着他时说的话：你的心思朕都明白，所以朕才会相信你。为了这份信任，他会尽一切所能帮助太子。

想着想着，李恪只觉头脑越发涨得难受。雁鸣声似有若无地从远处飘来，落于他耳里时，只剩下了阵阵嘈杂难听的响音。

十日后的大朝会上，群臣齐聚。崇德殿正殿之中一片寂静，想起十几年前与突厥的那几场硬仗，众人各怀着心思，皆一脸肃穆。

两名突厥使节身着深褐色翻领胡服，后头还跟着一个捧着锦盒的蓝衣侍女。三人行至殿前，皆恭谨地屈膝行礼道："突厥乙毗射匮可汗帐下使臣见过大唐皇太子殿下。愿殿下福寿康宁，万事顺遂！"

李治端坐在上，身上穿着的那件崭新的蟒袍的衣领弄得他的脖颈有些难受。不过为了保持住大国储君的威仪，他还是若无其事地俯视着底下三人，开口道："尊使请起！不知乙毗射匮可汗派尊使前来有何贵干？"

其中一个身量高些，留着卷曲络腮胡子的使节朝着身后的蓝衣侍女看了一眼，那侍女立刻会意地走至他的身边，高高举起了手上的锦盒。络腮胡子指着锦盒，微微屈身道："禀太子殿下，前番定襄郡中有一玉石匠人在云谷山偶然开采得一块玉璧，发现的时候那玉璧正隐隐透着金光。匠人不敢私藏，便奉与了我乙毗射匮可汗。可汗亦觉此物稀罕，故而便委派臣二人将此宝物进献给上国天可汗陛下。"

李治朝着李恪所站的方向看了一眼，见李恪微微点了点头后，方才对着身边的庆贵摆了摆手。庆贵走下陛阶，从那蓝衣侍女手中接过了锦盒。几乎是在同时，就听得旁边传来了一声笏板落地的清脆声响。侍女弯下身子，将落于自己脚下的笏板捡起交到了杨政道的手里。四目相对间，侍女的那种带着挑衅与亢奋的眼神让杨政道的身子忍不住微微颤抖了一下。

大殿寂静，这一声响已然引起了不少人的注意。李恪回头，在他耳畔悄声说了一句："表兄，无论如何，都不要再失态了。"

杨政道这才回过神来，脸上的惊惶之色终于渐渐退去。怎么可能是她？早在十四年前，她就已经死了。即使没死，也不该有一张如此年轻俏丽的脸。那个可怕的女人，已经永远地消失在这个世上了。

李治仿佛并未看到这一幕，只是瞧了一眼锦盒中那块莹润光泽的玉璧说道："孤替皇帝陛下收下这份宝物，多谢你们可汗盛情。"

络腮胡子再次屈身一拜，面上仍旧是一副谦恭有节的模样："殿下喜欢便好。如此，方不负我突厥对上国天可汗陛下的一片尊崇敬仰之心。"

"拔也先生，话说得再漂亮也无用。"李恪侧身向他，目光中透着些讥嘲的笑意，"你们在我朝廷大军东征之际，屡屡在你突厥与我大唐边境生事，所安的是什么心？再有，你们早在十几日之前就已经到了长安，却为何直到今日才进宫拜见太子，所怀的又是什么意？"

"十几日前……"身边冷眼观看许久的吏部尚书马周轻咳数声，执着笏板疑惑地望了李恪一眼，"殿下是如何知晓的？"

李恪的眼里凝起一丝冷意："因为本王曾在清和坊中见过二位。当真印象深刻。"

拔也德隆倒并不意外李恪能一眼洞悉他的身份。或许当初在致宝斋门口，李恪为那位刘掌柜解围的时候，就已然明白了。于是，他只是面无表情地说道："吴王殿下，咱们亦算是旧相识了，您何必如此苦苦相逼？臣与使节团不过是仰慕长安城的富丽繁华，想多多领略一番上国都城的风土人情，故而便提前来了几日。这应该不是什么大罪过吧？"

"拔也先生还真会避重就轻。"李恪森然道，"本王再问一遍，你们私自屯兵挑衅我边境百姓的目的究竟是什么？"

拔也德隆是见过李世民的。当年在渭水之畔，李世民单枪匹马来到被突厥三万精兵包围着的帐内与颉利可汗和谈。那种摄人心魄的气势令他至今想来仍觉脊背凉透。他的嘴角微微勾起一抹意味不明的弧度，这位吴王倒当真继承了几分虎父之威。

想着想着，拔也德隆便又道："不过是以讹传讹罢了。自突厥与大唐互市以来，边境商人一向都是和和气气的。今年草原风暴频发，生意难做。或许是有一二不知好歹的在那里生事，臣回去以后会让边境将领们严加管教的。这么些年，我可汗岁岁向上国皇帝陛下称臣纳贡，如今更是派我二人千里献宝，难道这还不够表明咱们的赤胆忠心吗？"

"以讹传讹？"杨政道轻吁出一口气，"拔也德隆，你在说这话的时候，自己不会觉得荒唐可笑吗？当日你为何会与我说出那两个字，我心知肚明。你们想要的到底是什么？倘若今日能够明言，将来许还能避免一场兵戈之乱。"

马周见这二人如此咄咄逼人，心中不觉有些诧异。人家千里迢迢来献宝，且态度谦和，言语恭谨，说不定目的就是为了对前番的事情来表示歉意的。你们这么一来，怕真要把他们给惹急了。虽然如今突厥与大唐兵力悬殊，实力高下立判。但高句丽战事尚未结束，若再起硝烟，怕陛下也不会愿意的。于是，他不禁抬头望了太子一眼，但太子正神色温和地看着面前的几人，似乎并无要开口的意思。

此刻，拔也德隆身边那位自进殿以来便一直默不作声的黑脸使节将目光在李恪与杨政道身上梭巡许久之后开口说道："中原人不是最讲究'来者是客'吗？吴王殿下与宣平侯就是这般对待客人的吗？"

"金马将军说得不错。可你们……真的是客吗？"李恪露出一丝恬和的笑容，仿佛无比友善地问道。

黑脸使节惊讶道："你是如何猜到我的身份的？"

"还用猜吗？这不是明摆着的事情吗？"李恪缓缓说道，"突厥将军丹巴扬尔，头发微卷，肤色黝黑，美髯齐至胸前，平日里喜佩短刀，如今虽未佩刀，鞘却还在腰间，想必是方才进殿的时候解下交给侍卫了吧！传闻中，将军最喜欢骑的是一匹浑身长着金色皮毛的高头大马，故得美称'金马将军'。将军左袖上尚留着两根金色鬃毛，想来定是你那爱骑的吧！"

马周听到这几句话后，才终于转过身来细细打量这二人。拔也德隆和丹巴扬尔，那可都是突厥可汗帐下最得重用的两名谋士。为了献宝这么小的事，竟然需要劳动这二位亲自前来，的确有几分怪异。也许吴王和宣平侯说得也不错，他们的用意实在耐人寻味。

丹巴扬尔气鼓鼓地别过头去，半晌才又道："吴王殿下究竟有何凭据说咱们不是客？"

李恪笑而不言，只习惯性地抚了抚自己梳得十分齐整的头发。杨政道见那蓝衣侍女宛若一个泥塑木偶般一动不动地站着，便替李恪回道："吴王殿下不是不确定才会问你们一句的吗？你们说是，那便就是吧。"

大殿中此刻再无人说话。这种令人尴尬的气氛持续了许久，李恪才又开口，言语中却已然没有了方才的锋锐："尊使莫要生气，本王说的不过都是玩笑话。你们可汗的心意，无论陛下或是太子，都是心知肚明的。是吗？"

"不错！"李治一听这话，便站起身来道，"尊使一路辛劳，还请在馆驿中暂歇。明日一早，孤会派人送二位出城。"

外头狂风骤起，呜咽着在空中凝结成了阵阵诡异的呼号。众人皆有些诧异于这急转直下的局面，就连方才还满腹愤懑的丹巴扬尔都愣在了当下。最后，还是拔也德隆用手肘轻轻戳了戳他，二人这才连带着身后的蓝衣侍女一起屈身施礼谢恩。

太子与李恪交换了一下彼此了然的眼神之后，负手离去。

在北门外等候了小半个时辰的元仁虔一见着李恪，便三步并作两步地跑了上来，面上两朵愁云还未及散去："殿下，曹方硕的案子恐怕另有隐情。下官须向您细细禀告。"

"好。"李恪将手中的笏板交给季成，动作轻快地踩着马镫一跃而上，转而说道，"着急的话，边走边说吧。"

元仁虔虽是文臣，但身上却仍带了几分昔时北魏王族的骁勇，平时也总是一马单骑而行。他拉紧了缰绳，避开熙熙攘攘的正路，行至一条相对僻静的小路，用恰到好处的音量说道："今儿早上，下官路过祥和坊卖鱼的小贩罗寅家门口，见他们家正在出殡。死者为大，原本下官想让他们先行。可却听到了街坊邻居的

议论，觉得事有可疑，便细细地听了几句。”

李恪好奇道：“可疑？”

“是的。确实可疑。”元仁虔皱起眉，继续说，“下官从邻居们口中得知，罗寅那位因常年卧病而不得见人的弟弟在二十多天前过世了。可就在入殓后的当晚，尸体却突然不见了。罗家人万分着急，当时就让坊正报了官。雍州府遣人四处找寻，却仍没有消息。然而，前天晚上，那尸体又突然间出现在灵堂内，只是胸口却多了个窟窿。邻居们都说这鬼闹得凶，让罗家人赶紧将罗卯入土，顺道再去寺里请几个得道高僧来做法驱邪。”

被强风吹刮而起的枯叶在空中胡乱盘旋着。李恪顺手拂去落在流风背上的五六片枯叶子，转头看着元仁虔一脸凝重的样子：“所以，罗卯在死后去外头游荡了十几日，又负伤回到了本家吗？”

“依照坊间传闻，的确如此。不过，下官却从不信这个。”元仁虔话语决然，似对这样的鬼神之言颇为不屑，“就在这时，下官又听见罗寅的小儿子说，罗卯脸上有一块青紫胎记，或许天生通灵也未可知。青紫胎记，殿下，您知道这意味着什么吗？”

“那个疑似死在曹方硕刀下的突厥人……”李恪想起不久以前才收到的那封关于此案的详细奏报，不由倒吸了一口凉气，“是同一个人吗？”

元仁虔点点头：“下官一听这话也被吓着了，便赶紧让手下人叫来了当时验尸的两名仵作，在表明身份之后，罗家人同意开棺验尸。结果证实确是那个人无疑。至于为何当时这两名仵作都没能查出罗卯的真正死因，他们也不得而知。”

李恪的神情略有些黯然，抬头望了望那乌沉沉的天：“突厥人与唐人的长相其实并没有太大的区别。那日，咱们都以为玉器店的死者是突厥人，一是因为他穿着突厥人的衣服，二是因为他身边两个操着流利突厥语的所谓的同伴。那两个人呢？如今在哪里？”

元仁虔摇了摇头：“下官去泰安客栈问过，掌柜和伙计都十分肯定地说，从来都没有像那两个突厥人模样的人住过店。此事，是下官的疏忽，还请殿下降罪。”

“降不降罪已经不重要了。我只想知道为什么。这么一件看似毫无意义的事情，他们到底为什么要去做？”李恪紧紧地握着马缰绳，手背上的青筋清晰可见，“唯一肯定的是，曹方硕当真是受了冤枉的。你待会儿叫张放带着他来见我。我有话要问。”

元仁虔恭敬地答了声“是”后，便不再言语。

受了半个多月的牢狱之苦，曹方硕面色稍有些憔悴，原本修理得十分齐整的美髯亦显凌乱邋遢。李恪指着堂前一个位子让他坐下，开门见山地说道：“曹掌柜觉得，在大理寺监狱里住着比在外头安全，是吗？”

曹方硕的手很不自然地垂着，在片刻的愕然之后，带了些许哭腔地唤了一声：“殿下……”

李恪摆了摆手，示意他可以先不开口：“本王并不敢自夸有一眼洞穿人心的能力，但接触过的嫌犯多了，大概也可以分辨出人下意识的神态与动作所表达的意思。那日在你的玉器铺子里，本王看你被指证杀人时虽然面露不安，但并无被发现秘密后的惊惶与焦虑。当本王说要带你回大理寺监狱的时候，你竟然有几分如释重负之态。这不是很奇怪吗？

“再者，崔老七说过，他是听到你的叫声之后才发现命案的，而那个时候天尚未亮，大街上通常不会有人走动，所以，你的叫声不会是为了要引起别人的注意，而只是受到惊吓后的本能反应。然而，当我问你，人是不是你杀了的时候，你的回答却模棱两可。原本我以为你在本能反应过后，知道了谁是真正的凶手，而想要替他顶罪，那么我将你关进牢中，也不算完全冤了你；可直到今日我才明白，你或许只是为了寻求庇佑。”

曹方硕屈膝叩首道：“殿下明察秋毫。小人不该自作聪明。若早把一切都告诉您就好了。”

李恪浅笑着说道：“现在亦不晚。”

“是！殿下。事情是这样的。”曹方硕想了一想，说道，“就在出了那事的前几日，有几个突厥人进了小人的铺子，说要将它买下。这是小人的祖宅，小人自然是不会卖的。他们以为小人嫌他们出的银子少，竟然出了两百两的高价。”

“两百两？”李恪惊道，“果然阔绰！”

曹方硕叹了口气：“谁说不是呢？只是小人并非那种一味贪图钱财之人，当下便果断拒绝了他们。他们见利诱无用，便改作了威逼，说如果不卖给他们，那么小人日后就会有无穷无尽的麻烦。小人也是见过世面的，如何会被这样的无稽之谈吓着，当下便让张二宝把他们给轰了出去。可是就在第二日，张二宝出去收账之后，却再也没有回来。小人是个鳏夫，张二宝名为徒弟，实是义子。见他出事，小人心里自然着急，于是便急急地报了坊正知晓。

“就在这天晚上，小人在卧房里发现了一张插着匕首的字笺。上头只写了八个字：前番所言，今日成真。就在这个时候，窗户外射进来一支羽箭。若非小人会一些拳脚功夫，又闪躲得快，小人的命真就没了。第二日，小人打水的时候，绳子突然断了，险些落于井里淹死。还有毒蛇！如今已至秋末，竟然还会有毒蛇钻入灶台。小人这才怕了，是真的怕……”

“当真有如此离奇的事？”李恪咬了咬唇，厉声道，“威胁你的突厥人里头，有没有那天我过来取梅花簪时见到的那几个？”

“没有！”曹方硕十分肯定地说，“当时小人想，与其整日在外头担惊受怕，倒不如进狱中，兴许倒还能保得性命无忧。”

“曹方硕，你虽是商人，但和那些贪财好利的粗人终究不同。你如何会有这样幼稚可笑的想法？”李恪哭笑不得地说道，“杀人罪是那么好担的吗？你是唯一的嫌犯，若无新的凭证，本王就会按律判你绞刑。到时候，你不还是个死吗？”

“可是小人相信殿下可以明辨是非，不会让小人枉死的。”曹方硕的语气颇为理所当然，“小人愿意赌一赌。现在看来，小人是赌赢了。”

“那我是不是还要感谢你的信任？”李恪没好气地说，“如此荒唐的事情，简直闻所未闻！这都半个月了，你就一直找不到机会实话实说吗？”

曹方硕满脸窘态，将想要说的话咀嚼了三遍后才说道：“小人怕这些话说出来无人相信。毕竟……毕竟小人自个儿也有些不信。”

“那你现在就不怕了？你真以为本王是好糊弄的吗？”这些日子以来，李恪原就心烦意乱，如今便越想越烦躁。

就在这时，季恩叩门而入，将手里的一个小包裹交给了李恪：“殿下，方才太医署王太医来过了，说这是您昨日问他要的东西。”

“知道了，赶明儿我会亲自去谢谢他。”李恪起身，掂了掂那小包裹的分量，满意地颔首道，“我要出去一趟，让流风歇着，你去帮我把朝白牵出来吧。至于曹掌柜……你既那么喜欢我这大理寺监牢，就继续去住着吧。等我哪日高兴了再放你出来！”

杜旭在看到李恪的那刻，眼睛笑成了一条缝，蹦出来的话语轻快有力：“殿下您来了就好。公子正在练剑，都已经半个多时辰了，小人们都不敢去劝。”

李恪不以为然地说道：“他向来喜欢练剑。这有何好劝的？”

杜旭叹了口气，八字胡微微颤动了两下：“殿下您去看看就知道了。县主陪着江夏王妃回汝南老家探亲还未回来，这世上能劝得住他的怕也只有您了。”

李恪听得此言便加紧了脚步，将手里的包裹扔给杜旭：“先去把这药煎了。煎透了以后再用文火煨上一个时辰。不准偷懒，得一直看着，知道了吗？”

杜旭答应着便一溜烟跑得没影了。

花园内，杨政道手执一柄常用的玄铁剑，刺出的每一剑都带着决然的气势。看来杜旭这次倒没有夸大其词，若此时靠近，还真怕他会收不住手。李恪折下近旁一根树枝，心道，先不管他，让他如此发泄一下也好。忽然，却见他把剑刺向了身旁的一棵槐树，那力道极大，剑竟然穿进了树干之中。半晌，他才把剑从树上拔了出来，鲜血登时顺着他的虎口流了出来。

“表兄！”李恪见状，这才小跑着上前，将他手里的玄铁剑夺了过来，“我们屋里说话去。”

杨政道将那只还在流血的手藏到身后，点了点头。

二人相对而坐，静静地听着从廊檐上滴落的水滴的声音。直到那声音渐渐模糊，李恪才说道：“今早殿上的那个蓝衣侍女，和那个女人究竟有几分相像？”

杨政道抬眸望向窗外，声音飘忽不定，如同深山里空渺的回声：“也不能说特别像，光年纪就差得很远。只是她的那种神情却真的和那个女人一模一样，像到几乎让我迷了心智。”

李恪扶额，深深叹息了一声：“看来，他们不只认识你，更了解你。可是我不懂，那个女人究竟对你做过什么，你竟如此怕她？而且，从前也不大听你说过。”

“不说是我以为自己忘记了。可是自从那天做了那个梦之后，那些不堪的回忆便又缠上了我。再加上这些日子以来发生了太多与突厥有关的诡异的事情。”杨政道边说边解开衣袍。十几年过去，他背上与手臂上的伤痕依旧狰狞可怖，最多的是鞭痕，还有棍棒的印记，而右臂上的那个深褐色的疤痕分明就是烧伤所致。

李恪霍地站起身来，背过身子，狠狠地用拳头捶了一下墙壁，咬牙切齿地愤恨道：“她怎么可以这样对你？怎么可以！你可是她的孙辈啊！”

杨政道重新穿上袍子，束好玉带，面露凄然：“她对隋朝有着近乎狂热与变态的感情，连祖母都劝不住她。她恨死了宇文氏族人，她也恨你们李家。她让我做隋王，就是为了有朝一日为她夺回江山。后来，她大概明白了大势已去，所以便将希望寄托在了你的身上。”

“我？”李恪并不回头，目光所及是窗外老槐树上的一只斑鸠，“她还真是异想天开！”

“可是，我却是真心地想要帮助你的。”杨政道若有所思地缓缓说道，“那一年，其实我是在看到你出了崇德殿后，才尾随你去的归云亭。我很想看看，那个女人口里所说的，与我命格相同，将要替我承担重责的表弟究竟是个什么样的人。”

李恪转过身，重新坐到软垫上，缓缓说道：“我让你失望了，是吗？”

“是！”杨政道想也不想便说，“可我仍旧相信你，并且支持你所做的每一个决定。只是如今，我连自己的心绪都稳不住。怕再不能如我自己，如舅公，甚至如那个女人的愿去帮助你了。”

“你帮我的已经够多了。真的。”李恪眼睛一眨不眨地望着他，“无论我想要做什么，或有什么荒唐的念头，只要想起你，我心里都是安稳与笃定的。表兄，你与淇儿都是我生命中最重要的人。你们好就是对我最大的帮助。所有的谜，我来化；所有的结，我来解！”

杨政道舒展了眉头：“好。那你今日前来到底是为了什么？”

“我来给你送药。”李恪微笑道，“你心里有事，雪鹭又不在，夜里定然睡不安稳。我让王寿德给你开了几服安神补气的药，让杜旭去煎了。”

“那老头开的药？能吃吗？我也会医术，若真的需要，我自个儿就能开方子。”

“医者不能自医，况且你那点本事还真没法和他相比。你只要按时吃就好了。我会让杜旭盯着你的。”

风吹刮了一日一夜，至黄昏时分终于慢慢地停了下来。李恪从杨府出来，便从崇仁坊宝庆街起，绕道徐行至永嘉坊、祥和坊、昭文坊，最后回到了大理寺。这一路所见，皆是一派热热闹闹的治世繁华景象。元仁虔说，自己让卫士们日夜暗伏于致宝斋与玉器铺子等突厥人经常出没的地方，暂时未发现任何可疑之处。

第二天，拔也德隆与丹巴扬尔连同使节团的其他人，包括那位神秘的蓝衣侍女，一起出了长安城，礼数周全，并无一句多余的话。太医署所有太医们都仔细检查过那块玉璧，显然也没有什么问题。李恪亦将其拿在手中端详过大半个时辰，饶他见惯了宝物，也不得不承认这玉璧确实是千年难得一见的珍品，说它是圣物也不为过。

李治在书房中盘桓许久，方饮尽了案上那杯已然放凉了的白茉莉茶，说道：“三哥也没有发觉有何不妥吗？”

李恪点了点头：“确实没有。或许真是咱们多虑了。有父亲虎威罩着，想来他们也不敢有什么妄想。”

李治表情凝重地说道：“可是，今日一早，孤又收到了一封来自伊州的急报。三哥快看看。”

“突厥人竟然将鹰师派到了伊州边境……”李恪只看了几行字，面上便倏然起了变化，“还真是居心叵测。”

李治听他这般说，心中便更加没有了底气：“那该如何是好？要不然，孤现在便请旨将长安城的一部分兵力调往伊州以防不测？”

“不！不可以让父亲分心。”李恪不假思索地否决道，“高句丽一战已到了最关键的时刻，父亲千秋功业的成败便在此一举。咱们冒不起这险。”

李治刚想开口，眼珠却不由自主地转动了两下，脑海中浮起萧良娣昨夜在床榻上和他说的话：“吴王虽然聪明，但一旦事涉他认为重要的人，就容易感情用事。若他要强出头，殿下您只要顺着他就好了。反正他立的功是您的，犯的过是他自己的。”

想到此间，李治嘴角便有了一道意味莫名的弧度。如果不是她的这番话，自己的心防恐怕还不会那么容易卸下。幸而有这样心机和手腕的女子是向着自己的，要不然，还当真可怕。于是，他便只是用一种平缓的语气说道：“三哥的顾虑有理，咱们就暂且把此事压着。可是，如若不请旨，又如何能调动得了兵马？”

李恪缓缓地将双手握成拳，习惯性地咬了咬嘴唇：“我有办法调兵。只不过，不是调出去，而是调进来！”

“调进来？”李治搓了搓手指，狐疑地问道，“三哥是什么意思？”

“就算是突厥鹰师，阿史那·社尔也可以应付。”李恪继续说道，“比之伊州，我更担心长安城内的安危。有的时候，太过正常却反而显得不正常。防患于未然也是好的，太子觉得如何？”

李治清秀的面庞上露出一丝云淡风轻的笑容：“三哥决定就好。孤一切都听三哥的。”

李恪起身，恭谨地俯身一拜：“好。我会竭尽所能，保管无虞的。”

“有三哥在，自然无虞。”李治虚扶了他一下，还礼说道，“对了，三哥与萧少卿向来交好，不知长姐的身子究竟如何了？”

“是经年的旧疾了。让太医们好好地调理，应当无碍。况且又有姐夫在旁亲自照顾。”

李治松了一口气：“如此，孤便也能放心了。长姐温柔贤惠，通情达理，孤对她向来敬重。虽然不是一母同胞，可每每看到她，孤总会不由自主地想起母亲文德皇后。母亲与父亲是结发夫妻，少年恩爱。父亲能成为御宇的治世明君，离不了她的倾力付出。可惜她早逝，终究没有这福分陪着父亲看尽大唐大好河山。”

李恪的心似被人狠狠揪住一般地疼。他放下的是他的执念，却不知执念早已经扎根在他的心里。那些被时间掩埋的记忆，那些他渴望让全天下人都知道却不得的真相，终于变幻成一把将永生永世折磨他的钝刀。

李恪仰首，凝神看着两块碎了角的砖瓦，带着连他自己都讶异的沉静语气说道："只要她活在心里就好。她没有看到过的景致，没有经历过的人生，自有念着她的人替她去完成。"

马周是在李恪走后不到一盏茶的工夫前来东宫文宣殿正殿的。彼时的李治正随手翻阅着朝臣所上的奏章。听到庆贵的通报后，立刻起身在门口相迎，施了一礼，笑着说道："先生今日可来晚了呢。"

自打宇文士及死了之后，李世民便提拔了这位出身贫寒，凭一己之力入得庙堂为官的马周为中书令，兼吏部尚书并太子右庶子，享宰相之权。李治自十三岁时便跟着他读书，与他关系十分密切。马周身着绯色官袍，躬身一拜道："太子殿下多礼。"

李治忙引着他进了内殿，顺便朝殿中侍候的宫人们说道："你们都下去。"

马周揽衣坐于锦垫上，看了花架子上那一盆盆开得正盛的雏菊许久，才又把目光收了回来，道："殿下，其实臣早就来了，只不过吴王在内，臣实在不敢贸然打搅。"

"哦？原来先生也见着吴王了。"李治亦不由自主地看向花架子。这些都是太子妃让宫人们准备的，他却并不喜欢。他最爱的是牡丹花，而且是最艳丽的红色牡丹："那先生觉得吴王是个什么样的人？"

马周想了想，说道："有帝王之才，亦有帝王之命。可是，并无帝王之运。"

李治身子一僵，脸上的神情变了又变，好半日才叹了一句："先生说得好直白。"

马周这才觉察出自己失言，忙稽首道：“臣斗胆了，请殿下恕臣大不敬之罪。”

“先生不必如此。”李治伸手扶了他一把，面色如常地说道，“陛下曾说先生有伊尹之才，必能辅佐一代明君。我虽为太子，却不如吴王。这点，我心里明白得很，先生自然也不用忌讳。”

“殿下误会臣的意思了。”马周身子微微朝前倾了一倾，“臣是说，殿下一定得谨慎处理与吴王的关系，也一定要看清吴王背后的势力。”

李治冷然道：“前一点，先生您前番已经说过了。吴王是御敌的利刃，但我一定得是能操控这柄利刃的人。先生放心，我心里有数。至于后一点……我知道杨政道与江夏王，还有萧家都是向着他的。当年大哥与四哥的事情少不得他们的搅和。舅父与萧瑀暗斗这么些年，其实也就是为了他。”

马周似乎很满意李治的话：“不错。太子若能掌控住吴王，您就是第二个陛下。若不能，他就是！”

李治皱了皱眉，叹道：“可说得容易，真要做起来，还着实要花费些心思。先生，您可经常要从旁提点才是啊！”

“殿下放心，这是臣的职责。”马周接着又说，“至于他身后的人，您方才其实还漏了一个。”

李治神色一凛，疑道：“是谁？”

马周抿了一口面前这杯已经放凉了的茶，反问道：“殿下您是真不明白，还是不愿意明白？”

“是……是陛下？”虽然万般不情愿，但李治终究还是把话给说了出来。

“是陛下！”马周重复着他的话，似重锤一般敲打了一下李治的心房，“天下没有一个父亲会抗拒一个长相和性情都像极了自己的儿子。陛下把吴王留在长安，让他娶了萧家的长孙女。陛下给杨政道高官爵位，爱重得跟皇子似的。吴王为萧瑀求一句情，陛下就能重新起用萧瑀，给了他东都留守的显官，估摸着东征归来就要重新拜相。殿下啊，幸而吴王只是您的异母兄长……”

“先生不必再说了。我全都明白。”李治有过瞬间的神伤，可转眼却又自负地仰一仰头，“我只是律法所立的储君，而不是陛下心里的储君。”

“殿下不必妄自菲薄。”马周提起茶壶，往李治的杯中斟满了水，“吴王拥有的东西，您同样也会拥有。而您所得的一切，他永远也不可能染指分毫。这一次，便是最好不过的机会。”

李治很快就悟到了他的话中之意：“突厥人？他若真将手伸向军中，便是犯了大忌讳的。”

马周心道，果然孺子可教，不愧是长孙公选中的人：“吴王太自以为是。他以为陛下信任他，他就能随心所欲。他以为只要问心无愧，旁人就抓不住他的把柄。却不知他一旦把自己凌驾于太子您之上，不管他有没有正当的理由，也不管他是不是有意识，陛下都会对他心生芥蒂。帝王父子之间的芥蒂，一朝有了，再难弥合。退一万步讲，就算陛下真不在意，还有舆情与谣言。陛下的理智不会允许他为了私情而让朝局动荡。这一点，从陛下选择了您做储君的那刻起，他就应当明白。”

李治长吁了一口气：“先生的一席话如醍醐灌顶，我心中的大石这下是真的落了地了。”

马周微微一笑，真心诚意地说道：“臣从来不觉得，殿下您不如吴王。”

李治心底渐生笃然：“但愿不会令先生失望。”

烛光随着晚来窗外透进的风而慢悠悠地晃动着，李恪以手撑头，目不转睛地望着烛台上雕刻着的鸳鸯花纹。季恩指着手中的木盒子道：“殿下让曹方硕做的东西，他已经做好了。不知殿下满不满意？”

李恪也不急着打开，只说道：“让张放好好照顾着他一点。”

季恩点点头：“卑职明白。殿下让卑职问的话，卑职都问了。您猜的都对。北周末年，长安城内有一伙无恶不作的贼匪肆虐，于是曹方硕的太爷爷就想到了这个办法，总算让一家子躲过了一劫。”

“好。辛苦你了。”李恪豁然一笑，“你去告诉曹方硕，他的事我不会再去追究。等此事一了，该有的赏赐，我不会少了他的。”

“卑职明白。”季恩很爽利地回了一句。

待季恩走后，李恪转身走至里间书房，从锦匣内取出了那个鱼符，紧紧地将它握在手心，缓步走至窗前。夜空里的层层云朵随着微风慢慢地浮动着，一如他的心一般盘桓不定。

他想起了那一夜，李世民那般郑重其事地对他说：万一突厥、吐蕃有任何异动，切莫瞻前顾后，该怎么办就怎么办。这点魄力，你应该有的。

父亲，您为何要给我出这么个难题？您只知道我有胆量与魄力，却不知我一旦做了，就会万劫不复吗？您是想不到，还是故意不去想？可就算您是故意的，我也断然不会拒绝。母亲让我好好照顾您，我定不会令她失望。可您是君，我是臣。咱们终究不是平民百姓家的父子，咱们之间所隔的是万钧江山……

李恪默默说着，每说一句，便似有一根银针在狠狠地扎着他的心。那样刺骨难挨的疼，在感受过了之后，便也不过如此。于是他只是兀自看着暗夜里那一颗闪耀的星星，露出了一丝风轻云淡的笑。

正恍惚间，忽听得乳母张妈妈叩门，着急地说道："殿下可安寝了吗？"

在外间守夜的小萝压低了声音说："殿下喜欢在晚间读书，妈妈若无重要的事情，婢子不敢前去打搅。"

张妈妈"唉"了一声："是世子！世子有些不好。"

李恪一听这话，便敛了眼底所有的萧瑟与软弱，走出内室，正色问道："怎么回事？"

张妈妈一急，便有些吐字不清："回……回殿下，世子今晚一直哭闹不止，婢子和宋妈妈二人怎么哄都不管事。原以为世子是病了，可看样子，似乎又不像……"

"别说了，我去看看。"李恪不待她说完，便急急地出门，朝着鸿博馆的方向走去。

鸿博馆内，宋妈妈轻哼小曲，怀抱着仁儿来回走动，两个小丫鬟正拿着布偶跟在旁边逗他开心。仁儿却仍旧嘤嘤啜泣着，小身子微微发颤。

李恪小心翼翼地从宋妈妈手里接过孩子，伸手抚过他哭得绯红的脸蛋。仁儿虽生得比风儿早些，可长得却不比风儿壮实，吐字也不比风儿清晰。宋妈妈刚想屈身行礼，却听李恪说道："你们都下去！我今晚住这里，孩子由我照顾。"

说也奇怪，李恪只哄了片刻，仁儿便安静下来，小胖手紧紧抓着他的拇指

不放。李恪轻轻将仁儿放至软榻上，待褪了身上厚重的外氅之后，又重新将他抱在自己怀里。孩子睁开眼睛，在与李恪目光相触的那刻，竟然“咯咯”地笑出了声，嘴角的酒窝像极了淇奥。孩子的笑是极具感染力的，他一笑，李恪也不由自主地跟着笑，似乎所有若隐若现的阴谋与算计都融化在了这笑中。

第二天辰时时分，李恪便叫了云岭并十余名护卫一起去了驻扎在城外的军营。昨日抱了仁儿一夜，他手臂有些酸麻，心道这哄孩子的差事还真不是一般人能胜任得了的，看来又得让武梁给那几个乳母丫鬟涨工钱了。

云岭骑马先行至营门口，对面前一个十五六岁的小将说道：“吴王殿下到！请柴将军出营相见。”

不多时，便见柴哲威一身戎装，迈着稳健的步伐走了过来，将手中的长枪搁在地上，单膝下跪行礼道：“臣右屯营将军柴哲威恭迎吴王殿下！”

李恪伸手扶了他起来，上下打量他几眼，笑着说道：“柴将军，别来无恙？”

“别来无恙！说什么客套话呢？”柴哲威拉了拉李恪的衣袖，朗声说，“三哥，咱们军帐里说话。”

李恪随着柴哲威到军帐内坐下，听着外头齐整的练兵声，不禁赞叹道：“哲威，你是如何调教他们的？当真不错！陛下若看到，定然欢喜万分。”

柴哲威挠挠头，憨厚地笑笑：“那等陛下回来，三哥一定得让他老人家过来瞧瞧。管这右屯营的差事，可比守玄武门累多了。弟可又有十天没回府了，原还想着今年可以让文茵怀上个儿子呢！”

李恪听他说起这个，便没忍住笑：“上回文茵来王府，愣是逼着你嫂嫂写了满满一页如何生儿子的秘籍。你们……试过了没有？难道都没有用？”

柴哲威被这话呛得连连咳嗽不止，直到把杯中的蜂蜜水喝尽了才缓过气来，看了看身边侍立的几个卫士，压低了声音说道：“三哥，这个事咱们以后找个没人的地方悄悄说。这儿那么多人听着呢！可别被他们给学去了。”

李恪将一直握在手里的那柄麒麟青虹宝剑放了下来，卫士们一脸什么都懂却要憋着不说的表情，越看越觉得好笑：“好好好，以后再说吧。我本也不是来找你闲聊的，是有重要的事情！”

柴哲威仿佛并未在意他的这句话，眼睛只一眨不眨地望着那青虹剑，似有无数颗小星星在里头一闪一闪，不由自主地伸手过去摸了一摸：“这就是青虹剑啊！当真是百闻不如一见……”

“这次不可以！”李恪一看到他这眼神，知道他下一句就必然是“如果三哥愿意割爱，弟不惜倾家荡产”，便赶紧又将青虹剑拿了起来。

“陛下给三哥的剑，弟就是再喜欢也不敢啊。”柴哲威一见他这护犊子般的样子，忙开口解释，转而又好奇地问，“三哥前一句话说的是什么？”

李恪直截了当地说道：“我要你手下的两千精兵跟我进城。”

“三哥要调兵？”柴哲威瞬间收起一脸的懒散，肃然道，“是陛下的意思，还是太子的意思？”

“是我的意思！”李恪把袖中的鱼符搁在几案上，回答得十分干脆。

柴哲威犹疑地看着李恪许久，才将随身所带的另一半鱼符拿了出来，两相比对，契合得分毫不差：“陛下竟然把兵权给了你？他这是把太子置于何地？不！他这是把你置于何地？他为的究竟是什么？”

“他为的是大唐江山……”李恪起身，轻轻揉着自己的手臂，“不管是我还是太子，都无法和大唐江山相比。哲威，你明白我的意思吗？”

“不明白。”柴哲威摇了摇头，“不过弟身为武将，自然明白只认兵符不认人，只知遵命不问原因的道理。请三哥稍候，弟立马去外头挑选两千精兵给你。”

只片刻工夫，两千人便集结完毕。李恪缓缓自他们身边走过，绕了两圈后，方满意地点了点头，朗声说道：“从此刻起，你们都归本王麾下。本王只有一个要求，那就是绝对服从！只要你们尽全力去完成本王交代的事，必有厚赏！”

将士们齐刷刷屈膝跪地，异口同声地说道：“谨遵吴王殿下钧命！”

因唐朝施行宵禁，故而午市便成了长安各坊茶楼酒楼最忙碌的时候。致宝斋自前番重新粉刷以后，越发显得华丽大气。酒楼共分上下两层，上层座位略多于下层。两层结构布置基本相同，但上层视野开阔，几乎可将整条大街的热闹富丽尽收眼底，因而很多达官贵人或是初来乍到的外乡富商都喜欢上层的座位。久而久之，上层的座位价格便比下层要高出许多来，于是就很自然地形成了"下层布衣上层贵"的独特格局。

此刻，在二楼一个靠窗的座位上，季成正有滋有味地品着面前的那杯上等女儿红。身后，两个中年汉子在抱怨完了家中媳妇善妒不贤、孩子尿床不听话、长安城的天阴晴不定之后，便朝着楼下热热闹闹的大街望了几眼。

其中一个生了五颗黑麻子的大汉说道："钱胖子，你那老丈人不是在雍州府当差吗？你可知最近出了什么事情，怎么城里突然多了那么多巡防的士兵？"

钱胖子夹起一块红烧童子鸡放进盘子中，用手把鸡皮和鸡骨都去了之后，才将肉放进嘴里，还没嚼尽就说道："什么当差啊？不就是个烧菜的厨子吗，能知道什么？"

黑麻子看着钱胖子越来越圆溜的身量，不以为然地说："能进衙门的，就算是个烧菜的也得有门路不是？有门路的人，消息比咱们这些老百姓可不是要灵通许多吗？"

"老哥这话说得倒也实在！"钱胖子将堆成小山的鸡骨头推到一边，抬头说，"其实兄弟我也不是很清楚，只晓得仿佛是为了防着突厥人。"

"突厥人？"黑麻子道，"突厥人是该防！前些日子，不是还有几个突厥人在这致宝斋门口找碴儿吗？当真不知天高地厚！"

钱胖子举起酒杯道："可不是吗？来！咱们继续喝酒！"

季成听着二人的议论，再看看大街上那些身着戎装，迈着齐整步伐巡视着的士兵，微微一笑，将杯中酒一饮而尽，又高声喊道："伙计，再来一坛酒！"

伙计应了一声，可上来的却是刘掌柜。刘掌柜往季成杯中斟满了酒，刚想转身离开，却听季成说道："掌柜无事的话，便坐下来陪我喝几杯吧。"

刘掌柜也不推却，揽衣坐在了季成的对面，微微扬起嘴角："季护卫可都看到了，如何？"

季成颔首，目光依旧望向大街上形形色色的商贩和过路人，说道："非常好。"

刘掌柜面上的笑容更甚："李公子吩咐的事情，小人就算拼了性命也会做好的。"

"那是自然的。"季成说道，"李公子就是知道掌柜有这个本事，所以才请你来帮忙的。"

刘掌柜摆手道："是李公子谬赞了，小人这又算得上是何本事呢？不过是仗着人头熟，人脉广罢了。"

说话间，便听得楼下传来一阵嘈杂的声音。刘掌柜起身拱手一拜道："大概又有商队前来吃饭了，小人得去招呼招呼，失陪了。"

季成又饮一杯，点了点头："掌柜随意。"

城外松树林中，一个身穿深紫色窄袖胡服的年轻人从黑马上跃了下来，屈膝道："见过将军，属下哥舒雄回来了。"

丹巴扬尔并不回头，将手中的松树叶子一点一点地扯落在地上："打探得如何了？"

哥舒雄清了清嗓子："全在主人的预料之中。吴王果真将右屯营的一部分士兵调入了城内，日夜严防死守。如今连进出城门都要一一检查。幸而主人早有安排，属下才能神不知鬼不觉地顺利出城。"

"竟然真的是吴王！"丹巴扬尔冷笑一声，"吴王更好办。你赶紧去通知城内的弟兄们，按照主人的下一步计划去做。已经到了成败的关键时刻，可不能有任何闪失！"

哥舒雄复又骑上了马，信心满满地说道："请将军放心。属下都明白！"

丹巴扬尔眼见他转身，便又问了一句："那个张二宝还好吗？"

"本以为是个好对付的，想不到竟也是个倔驴子。不过，后来属下给他看了大理寺的榜文，告诉他，如果他不做，他那师傅再过一个月必会被处斩，他便也不情不愿地做了。手艺倒是真不错。看来这会儿，老天爷也助了主人一臂之力。"

"说得好！你去吧！"丹巴扬尔捻须而笑，吓得树上的三只喜鹊赶紧扑棱着翅膀飞走了。

“李世民还真会玩啊！”身后一声尖细的嗓音响起，带着掩饰不住的鄙夷与嘲讽。

丹巴扬尔忙转过身去，恭敬长拜道：“主人如何亲自来了？”

黑袍人的眼睛迸射出如野狼般犀利的目光，饶丹巴扬尔久经沙场，一时间也不由得倒退一步。

“我们忍气吞声那么些年，这一次，一定得连本带利地要回来！”

“主人说得是！只是隋王……”丹巴扬尔犹豫片刻，终于还是把接下来要说的话生生给吞进了肚里。

黑袍人一把扯落了面上覆着的纱巾，恨恨地说道：“杨政道如今是真忘了他姓甚名谁了。你信不信，如果你现在告诉他咱们的计划，他会一刻都等不及地去通知李恪。”

丹巴扬尔低头看着一只落在自己脚下已经死了的喜鹊道：“属下明白。只不过，若有他相助，咱们也用不着这么迂回麻烦的法子了。”

黑袍人沉默片刻，留下一句“不要自掘坟墓”之后，便策马扬鞭而去了。

第十五章

锋芒毕露

东宫顺和殿暖阁之内，绵蛮正舒服地歪在软榻上，脖颈处戴着的那串金累丝镶火齐珠瓔珞在午后阳光的照射下闪闪发光。小宫女嘉卉将剥好的一盆石榴递到了她的手中：“良娣，太子殿下知道您近来胃口不好，特地让全善公公送了这些石榴过来。又好吃，又能讨个好口才，您可一定得尝尝。”

“先搁一边吧！我待会儿会吃！”绵蛮慵懒地伸了伸手，眨巴着眼睛说道，“姐姐，吴王殿下也经常给你画像吗？”

淇奥将墨笔往清水里浸了浸，又蘸上些许用牡丹花和栀子粉调和而成的染料，援笔添上了最后的几笔，笑着说道：“他才不会呢！我就在他身边，他若想我，只消多看看我就行了。何必费这心思？”

绵蛮伸手将一把石榴塞进自己的嘴里，果然又甜又爽口，可她的心里不知怎的却泛起了一阵酸涩。她抚了抚自己日渐隆起的小腹，很快又恢复了一脸的喜色。这孩子来得真好。有了他，也就有了希望和资本。于是，她微微坐直了身子，抬头凝视着淇奥方才所绘的这幅画，不由拊掌而笑：“真好看！比前几日那个女画师画得可像多了。”

“四妹喜欢就好。”淇奥转动着手里的三支笔，忽地轻轻一掷，不偏不倚全落到了笔架上。

正说着话，就见金钟步履匆匆地从外头跑了进来，喘着粗气说道："王妃，小园她……她又犯病晕过去了。"

小园与金钟都是绵蛮从家中带入宫的丫鬟，感情与别人不同。听得此言，绵蛮不由变了脸色，一时连该说什么话都忘了。淇奥赶紧问道："怎么回事？昨日不都能下床自个儿梳洗了吗？"

金钟抹着泪说："小园这病来得奇怪，去得也奇怪。可就在方才……方才她却又突然晕倒在花坛旁边，婢子们怎么叫都叫不醒，怕是不好了！"

"姐姐，我的头好晕。还有孩子……孩子在踢我。"绵蛮用力抓住淇奥的手臂，表情很是痛苦的样子。

淇奥扶着她慢慢躺下来，吩咐身边的二人道："金钟，快请董太医过来！嘉卉，你去告知太子妃一声，就说良娣身子不适，咱们今晚就不过去了。"

"是！王妃！"二人响亮应了一声，便各自出门去了。

不一会儿，就见金钟领着董太医进了内室。淇奥起身拉下床帘，让出了个位子给董太医。那董太医三十出头的年纪，四方面孔，肤色暗沉，手指并虎口处生着厚厚的老茧，许是太过紧张，他把脉的手有些发抖，似乎好半日才找着脉搏，继而便摇摇头，又点点头。

淇奥看不大明白他的表情，于是便问道："良娣和腹中胎儿都还好吗？"

董太医抬眼，用一种意味深长的审视的目光打量着淇奥，边打量边还在思考着什么。半晌，他才说道："王妃放心。良娣只是受了些惊吓，静养几日，想来便无大碍了。"

"是吗？"淇奥仿佛并不在意他这极端无礼的举动，反而饶有兴致地望着他道，"董太医来太医署有几个年头了？"

董太医掰了掰指头，恭敬答道："回王妃，臣是贞观九年入宫的。如今已有九个年头了。"

"倒还真不短了。算来连王寿德王太医都没有你的资历高。太子要你专门负责照料良娣的胎儿，想来你的医术定然是十分高超。"淇奥微笑着道，"你若要开方子，这里有现成的纸笔。"

“王妃谬赞了。那臣便去开了。”董太医说着便转身坐至书案前。

“姐姐，孩子没事吧？”绵蛮有气无力地唤了一声。

淇奥忙将目光从董太医身上转了回来，坐回到榻前，掀开帘子，摸了摸她的额头：“孩子很好。你先睡会儿，等药煎好了，再让金钟服侍你喝下。放心，有姐姐在，什么事都没有。”

待淇奥走至案前的时候，董太医已经写好了药方。只见那上头写着：菟丝子、白蒺藜、槟榔各十钱，辛夷五钱，当归、细辛、香附各四钱，鹿衔草三钱。淇奥看罢便回头道：“金钟，你留下来照顾良娣。董太医，你随我去看看小园。”

金钟愣了一下，这才点了点头，慢慢地走了过来。她刚想拿起茶壶倒水，却听得淇奥拿着一个绣着蝶戏百花图案的荷包道：“看这上头的花纹都裂开了还舍不得扔，应该是你的心爱之物吧！怎如此不小心？”

金钟下意识摸了摸腰际，伸手接过荷包，屈身施了一礼道：“多谢王妃！”

照顾小园的两个小宫女大约未想到吴王妃竟会屈尊前来看望一个宫女，都垂首恭敬地立于一边。淇奥柔声对其中一个鹅蛋脸面的大眼宫女道：“小园如何？一直都未醒过来吗？”

小宫女细声细气地说：“是，王妃。无论婢子们如何叫唤，可小园姐姐就是没能醒过来。婢子……婢子怕……”

董太医把完脉，又翻了翻她的眼睛，蹙着眉头道：“王妃，臣才疏学浅，实在看不出这位姑娘究竟得了什么病。好在她尚有脉息，应该暂无生命之忧。说不定，只是被什么脏东西给魇着了也未可知。”

淇奥徘徊几步，头上戴着的那支凤头步摇发出了清脆悦耳的声音：“那好。你先下去吧。”

“这……”董太医看了那两个小宫女一眼，嗫嚅道，“是！臣告退。”

因着绵蛮受宠，小园又是她身边的一等大宫女，她的屋子布置得十分考究，比之小户千金有过之而无不及。淇奥见梳妆台上摆着一块镶红玛瑙的铜镜。左侧是一个楠木盒子，里头是剩了小半盒的胡粉和铅粉以及还未动过的胭脂和唇脂。右侧则是一个牡丹雕纹的银盆，上面放有一个和金钟一模一样的小荷包。这二人打小在萧家为婢，关系自是非同一般的。

淇奥在屋中转了一圈后，又行至床榻前，掀开了床帘。见小园紧闭着双眼，面色煞白，便握了握她的手，叹息道："可怜的姑娘……你们俩好生照看着。一旦有什么情况，立刻去告知董太医。"

看来这顺和殿中还真有鬼怪。走出小屋，淇奥听着抑扬顿挫的风声，禁不住在心中叹息一句。只可惜，她早前从来不相信。

绵蛮这一觉一直睡到晚膳时分才醒，见淇奥正坐在她身边，不由笑逐颜开："姐姐真的还在呀！真好。方才太子妃是不是来过？"

淇奥将榻上一个软枕放在她的肩头，扶着她坐直了身子："刚走不久。看她的样子，倒是挺关心你的。"

"还不是做给太子看的吗？"绵蛮拉着淇奥的手，嘟囔着道，"咱们才是真姐妹。我只相信姐姐一个。"

淇奥正色道："既是真姐妹，有件事你要实话告诉我。你是不是准备将小园引见给太子？"

绵蛮将青丝绕在指间把玩着说："姐姐以为不妥？小园长得可不比那个生下了太子长子李忠的刘宫人强多了吗？只是她的怪病最近一直反反复复，想来也没这个福分。其实金钟的容貌也算上乘，只不过年纪到底大了些，太子怕是看不上。"

"你想笼住太子的心，倒也无可厚非。"淇奥看着她的眼睛说道。

"姐姐真是如此想的？只是，姐姐是如何知道的？"绵蛮语气中的惊讶显而易见。她总以为淇奥在闺中受尽娇宠，嫁了人之后又得吴王百般爱护，是不会有这种百转千回的争宠心思的。

"其实，是太子自己看中小园的吧？如果不是太子所赠，她一个宫女如何能用得了那样名贵的红玛瑙铜镜？自然，也有可能是太子给了你，你再送与她的。可那铜镜一看就是贡品，随便赏给宫女，若让太子知道，怕不大好吧。"

"姐姐心思敏慧，自然什么都逃不了你的眼。"绵蛮低垂眼眸，"不错！太子并没有旁人想象的那般宠爱我。他是喜欢我，可是，他更需要我。"

"太子妃？"淇奥恍然，"他不希望将来王家掣肘于他，他要平衡各方的力

量，所以……”

“所以，他会重用吴王。”绵蛮很认真地说道，“咱们姐妹的将来其实是息息相关的。”

淇奥紧绷的心弦并没有因她的这句话而松懈：“可是，他既然能防着太子妃，你又拿什么保证他不会防着你？”

绵蛮的眼里漾起一抹难掩的哀伤：“因为我不是正妃，他也不可能让我的孩子成为世子。他能看上小园，我真心高兴。若小园能生下子嗣，我必助他登位。所以，小园一定不能有事。董太医不行，还有太医署的其他太医，总有人能把她的病治好的。”

淇奥将手轻轻覆于她的手背上，关切道：“绵蛮，不要让自己的心太累。”

“可我既入宫廷，很多事已然由不得自己做主了。姐姐能保住一颗纯粹善良的心，全是因为有吴王。我若也这样，就只会是东宫中一个籍籍无名的妃妾。我不愿意，更不甘心！所以，我得有自己的价值，有让太子离不开我的理由。”最后这一句话，绵蛮说得很轻，轻到她确信，只有她一人能听见。

夜深了，淇奥坐在案前随意翻看着那本早已烂熟于胸的书。外头鸦声阵阵，搅得她本已烦乱的心更加焦躁难宁。金钟的手指慢慢地揉着衣角，面色微红。淇奥向白檀使了个眼色，白檀点了点头，将锦垫铺在她的面前，让她坐下说话。

在怔愣了许久过后，金钟终于低声问道：“王妃说的究竟是何意？”

淇奥此时已经卸了妆容，长发垂腰，一派素净：“当初父亲第一次带我来府上的时候，我还以为你与小园是亲姐妹。你处处照顾她，让着她，无微不至。她也依赖你，信任你，有什么烦恼第一个告诉的就是你。是吗？”

金钟颔首：“小园与婢子都是年幼失去双亲的孤儿，同病相怜，自然比旁人要亲近许多。”

淇奥放下手中的书，轻声叹息道：“太子喜欢她，而她不愿做太子的屋里人，于是便来求你拿个主意。可你也想不出应对的良策，便只教了她一个最笨的法子——装病。上一次我几乎也被你们骗过去了，可今天，你们露的破绽实在太多了。”

“王妃，婢子……”

“不用解释！”淇奥抬手，出声打断了她的话，“我说要带着董太医去看小园的时候，你紧张的表情是藏不住的。我看到的小园的确脸色憔悴苍白，可那是将胡粉与铅粉涂抹在脸上起的效果，对吗？虽然我不懂医术，但我握着她手的时候趁机搭过她的脉搏，脉搏跳得极快，想来是过度紧张所致。”

金钟听到此处，立马跪下来连连叩首道：“求王妃帮帮小园妹妹。她与府中的小厮阿楼从小相好，良娣原也答应今年放她出去和阿楼成亲的，可不知为何会改了主意……”

“阿楼？”淇奥眼眸一转，脑中便出现了那个长相清朗的驾车小厮。

“是！是阿楼。”金钟继续道，“阿楼待小园好，小园也时时刻刻念着阿楼。王妃，过不了几天，小园的病怕也装不下去了。婢子知道您心善，也想得出办法。所以……所以婢子只能求您。”

“你先起来吧！”淇奥缓缓说道，“我知你们姐妹情深，她能为心上人舍弃荣华，也着实难得。你放心，我心中自有计较。”

“多谢王妃，多谢王妃……”金钟听得此话，激动得眼泪都落了下来，双手颤抖得不知道怎么放才好。

淇奥摆了摆手道：“行了我知道了。你先下去吧，告诉小园，一切听我安排。”

“婢子明白。”金钟连连点头，耳坠子微微晃动了几下。

白檀见金钟走得远了，便拉下帘子，吹熄了房中的两盏灯：“王妃相信她的话吗？”

“不信。不过，她不是什么恶人，她也只是奉命行事罢了。”淇奥站起身，揉了揉有些酸涨的眼睛说。

白檀不解道：“可王妃既然不信，刚才又为何不揭穿她，反而还应下了小园的事情？”

“不揭穿是因为我想不明白她们的真正目的。让她们折腾去吧！反正伤不了我们便是了。檀儿，明早你收拾下东西，咱们晌午就回府去。”

“太好了，咱们府里真是哪哪儿都比这儿强！”白檀喜不自胜地说道，“只是萧良娣肯让王妃走吗？还有，您究竟要如何帮小园？再有……”

“我想他了。如果不是明早还要去见一个人，我真恨不能立马回去。”淇奥的声音温和，如三月春风般慢慢地拂着人的面庞。她以为自己已然做足了准备，却不知思念是无时无刻都会攀上她心房的藤蔓。时间越久，缠得越紧。淇奥坐在床榻上，双手抱膝，怅惘地叹了口气。十三日加三个时辰，她当真是想他了，想得心都在隐隐地抽搐着。

枫和园里的红枫落得满地，秋风吹过，晃动着落于地上的阳光，渐渐炫了人的眼眸。武才人携了宫女阿晚的手迤逦而来，一身玫红色襦裙穿在身上，越发显得她肌肤白皙，明媚动人。阿晚刚想为她披上斗篷，却被她伸手拦了下来。

淇奥福了福身子，温声开口道：“婕妃安好。”

武才人亦屈身还礼：“王妃为尊，本不必如此客气。”

淇奥揽衣坐于闲云亭中石凳上，执壶往面前的杯中斟满了茶水，只略一闻就可见煮茶人手艺非凡。她想了想，终于还是开门见山地说道：“叔公曾对淇奥说过，在宫中若遇难事，可找婕妃帮忙。所以淇奥才会冒昧约了婕妃出来相见。”

武才人细细品了品茶水，看了看眼前这位被阿晚用极夸张的语气形容成仙子临凡的吴王妃，又想起了前番与宫中姊妹闲谈时说起到底是吴王有福气娶了萧淇奥，还是萧淇奥有福气嫁得吴王的话题，不由露出了一丝和善的笑：“就算没有萧公，只要王妃开口，妾身也定然会尽力去办的。”

淇奥倾了倾身子，低声在她耳畔说了几句话。武才人听罢，疑惑地问道：“就这么简单？”

“婕妃觉得这两件事都不难办？”

武才人站起身来，有两片枫叶被刮落到了她的脚边。那样鲜红的颜色，透着勃勃的生命力，可惜没有树的庇佑，终究逃脱不了零落成泥、碾作香灰的命运。武才人扶了扶鬓边一朵红色牡丹，嫣然笑道：“若妾身说难办，王妃也不会来找

妾身了，对吗？”

淇奥想着这女子果敢爽利又聪慧，便再度微笑道：“那一切便拜托姨妃了。”

闲云亭外的长廊里，两个精瘦的小宦官正捧着几个石榴往东宫的方向走去。武才人将目光紧紧锁在他们身上，转而又回头说道：“萧良娣既能请王妃入宫相陪，想来你们的关系定然是好的吧。”

“自然是好的。”淇奥眉心微动，眼里的落寞与萧瑟之色一闪而过，“咱们本是同宗。我父亲在世的时候常说她天真可爱，将来若能嫁给一个真心疼爱她的高门贵族子弟，定然可以享一辈子的福分。”

“如今看来，这话倒真是应验了。”武才人面上漾起一抹莫名的嫌恶，极淡极淡，大约连她自己也没有发觉。

“是啊！父亲说的话总是不错的。若他还活着，应该也会觉得高兴的吧。”

武才人不以为然地说道：“也未必。王妃的祖父是前梁国孝靖皇帝，您是萧家的掌上明珠，谁若敢欺负您，就是跟整个萧家正支为敌。”

淇奥握着茶杯的手微不可察地颤动了一下，杯中茶水微微晃动了一下，一片茶叶正慢慢地沉入杯底。她将茶杯轻轻放下来，若无其事地说道：“姨妃这话说得好生奇怪，淇奥听不明白。”

“但愿王妃永远都听不明白。”武才人站起身，朝着侍立于闲云亭外的阿晚招了招手，又敛衽一拜道，“妾身这便去办事了。王妃保重，后会有期。”

“后会有期。”淇奥点了点头，目送着她走过长廊，消失在视线里，这才转过身子朝前走去。阳光温暖地照在身上，连落于衣衫的尘埃都照得一清二楚。直到走进顺和殿正殿，淇奥紧紧握成拳头的手才慢慢地松了开来。

绵蛮拖着沉重的身子缓步走过来，拉住淇奥的手，急急地说道：“姐姐这就要回去了吗？真舍不得你。就不能多住些日子吗？”

东宫之内，除了太子所居的乾元殿和太子妃的翠华殿，就数这顺和殿布置得最为气派考究。如今看太子对绵蛮这一胎的重视程度，她的好日子恐怕还在后头。淇奥松开手，替她整了整衣襟：“我会随时进宫来看你的。”

绵蛮听她的语气仿佛不似往昔般亲昵，便有些惶恐地揽住她的手臂，娇怯怯

地说道："是不是妹妹惹姐姐生气了？不然，姐姐是不会说走就走的。"

"又在胡思乱想什么呢？"淇奥刮了刮她生得十分秀气挺拔的鼻梁，携了她的手一起坐下来，"从小到大，你何曾见过我生气？"

绵蛮抚着小腹，能轻而易举地感受到孩子正在里头伸手伸足地玩闹。每当夜深人静，孤襟难眠之时，她总会疑心自己曾经走过的每一步路、做出的每一个决定是否正确。然而，孩子总会在此时强烈地证明着自己的存在。为了这个孩子，一切都是值得的。

绵蛮歪着头笑，和少女时期一般开怀无忧，心上却不知何时已然被蒙上了一层厚厚的尘世沙砾："那是因为从来也没有什么事能让姐姐生气。姐姐，我是真的羡慕你。"

"却不知天下有多少女子也在羡慕着你。绵蛮，你适合在这宫廷里生活，你也终将会得到你想要的一切。"淇奥望着案上一对雕刻细腻的汉白玉狮子，真心实意地说道。

"我们都会的。"绵蛮的声音缥缈，似眼前那抹怎么抓也抓不住的阳光。

淇奥回府的时候，白妈妈正拿着饭碗，在院子里追赶着那只小白狗简简。简简摇着毛茸茸的尾巴，趁着白妈妈喘气的工夫便扑到了淇奥的脚边，昂起头叫了两声，又眨巴着黑珍珠般的眼睛，可怜巴巴地望着她。淇奥蹲下身子，一把把小家伙抱在怀里，扯了扯它的耳朵，又摸了摸它的鼻子："简简，这才几天没见呢，又肥了一大圈了。白妈妈把你养得真好！"

白妈妈把碗给了身边的锦葵，将淇奥从头到脚研究了一遍后才说道："可王妃仿佛是瘦了呢！今晚可得好好补补。若不在一个月里让王妃胖上十斤，老婆子就对不起过世的郎主和夫人，也对不起萧公和萧少卿，还对不起……"

"简简，白妈妈就是这样把你喂胖的吧？"淇奥把简简放了下来。简简干脆利落地"汪"了一声，便一溜烟跑得没影了。

“这个没良心的小畜生！”白妈妈气得直跺脚，转头望着淇奥笑靥如花的脸，又恢复了惯常慈爱的表情，悄声道，“王妃不在的这十几天，殿下除了一次彻夜在大理寺中处理公务以外，每晚都会回府就寝。其中有一个夜里，他在世子屋里哄世子睡觉，其余都在自个儿屋里过夜，也从来没有招过府里的丫鬟们侍寝。”

“妈妈……”淇奥哭笑不得地唤了一声，进屋脱了外氅就直接躺在软榻上，“那您老人家能不能告诉我，殿下这会儿去哪里了？”

白妈妈坐在淇奥身边，拿起刀慢慢悠悠地削着一只香梨：“王妃是担心殿下大白天会去找外头的女人？倒也不是不可能。改日得把季恩叫过来好好盘问一番。”

淇奥无语地接过白妈妈手里的香梨，用力咬了一大口。果然还是家里的东西好吃啊！淇奥三口两口就把一整个香梨给啃完了。于是便微微直了直身子，用手轻轻一掷，梨核便很听话地跃过白妈妈的头顶，稳稳地落在了桌案下的竹篓中。

锦葵笑着递了块帕子给淇奥：“王妃可别听娘胡说。季成说，最近朝里的事情多，殿下常常忙得连饭都顾不上吃。就算殿下闲着无事，他也不会的。”

淇奥擦了擦手，恍然大悟般地说道：“小季护卫和檀儿好，大季护卫就掠去了你的芳心啊！他们兄弟两个可真有眼光！”

锦葵一听这话，便赶紧冲着淇奥直眨眼睛，又悄悄用手指了指白妈妈，那样娇羞着急的模样像极了一只在草原上奔跑的小梅花鹿。画儿，画儿……画中的锦葵，画中的梅花鹿。淇奥想着，便越发觉得自己这比喻生动有趣。

正当她沉浸于这幅小鹿奔逐的图画的时候，忽听得外头的脚步声渐近，赶紧将帕子扔到锦葵手里，起身便往外走。才走至门槛，就撞入了一个温暖的怀抱中。李恪用力将她揽在臂弯之中，温热的气息弥漫在她的脖颈，淇奥亦紧紧地拥住了他。

“淇儿，可把你等回来了。”李恪缓缓地抚拍着她，声音温和得似要迷醉人的肺腑。

淇奥松开手，轻轻地在他唇上一吻。白妈妈与白檀、锦葵懂事地将头转了过去，半晌才上来施礼。淇奥回头，娇笑着说道：“三郎，妈妈方才又在怀疑你趁

我不在的时候，出去找别的姑娘快活去了。”

“是吗？”李恪宠溺地望着淇奥，又看了看白妈妈，“妈妈何时不怀疑了才奇怪呢！行了，你们先去忙吧。淇儿的东西我来收拾就好了。”

几人应了一声便走了出去，轻轻地关上了门。淇奥这才带了几分忧色问道：“朝里近来是不是有什么重要的事发生？”

李恪点点头，顺手往炭盆里扔了一把栗子：“还不是为了突厥的事情。不过这倒还不要紧，我有把握制得住他们。现在我担心的是高句丽那边。已经有半个多月没有捷报传回了，战况究竟如何也不得而知，天知道我有多担心。淇儿，若你还不在我身边，我真怕自己会撑不下去。”

李恪闭上眼睛，将头枕在淇奥的膝上。面前一对青铜狻猊炉中慢慢地升起芳香的袅袅青烟，渐渐地挑动起他最深切的柔肠。这些不过只是眼前尚能看见的困惑和烦恼，还有过去的事，将来的事……明知是不可更改的结局，却仍要义无反顾地往前走；明知隔岸观火是最好的明哲保身，却还要舍了命去救火，只因一句不假思索的承诺和一个问心无愧的执念。

淇奥伸手抚着他的面庞：“旁人一定不会知道，吴王亦会有如此软弱与无助的时候。他们以为的你，从来不是真正的你。”

“他们如何想，我是真的不在意。”李恪轻声说道，“萧良娣一切都还好吗？总不会再动不动就叫你进宫去陪她了吧！下次我可不依了。”

“她很好。所以，我不会再去了。”淇奥的声音里听不出一丝情绪的波动，“三郎，对不起。”

李恪睁眼，见她微蹙着眉头，眼角隐隐有泪光闪动，便赶紧安慰道：“别哭，别哭……我跟你说笑呢！她是你妹妹，你多多去看望她照顾她，也是天经地义的事情啊。”

“不！不是她！是……董太医！”淇奥的泪水终于抑制不住地倾泻而下，“他……他不是……”

李恪这才觉察到事情的严重性，忙坐了起来，将她抱在怀里道：“没事的，慢慢说。一切有我。”

外头阳光正盛，照得凝结在廊檐上的清霜闪闪亮亮。昨晚的一场大雨仿佛在一夕之间就把长安城拉进了绵长的冬季。南飞的大雁在空中振翮回翔，鸣声悠长深远，似在召唤着落了队的伙伴们。

李恪听完淇奥的话，立马松了口气，气定神闲地说道："我还当是什么了不得的大事呢！瞧把你紧张得。不过，我的淇儿当真聪慧过人。你是怎么一眼就看出那董太医有问题的？"

淇奥吸了吸鼻子："这还不是大事吗？我虽然不懂医术，但也看过一些医书，知道把脉是要以左手对左手，右手对右手。而董太医当时是用左手搭了绵蛮的右手手腕。把脉需用中指定关，食指定寸，无名指定尺。可董太医却只用两根手指搭脉，搭的还是手腕外侧，你说他能搭出些什么名堂来？还有，连我都一眼能看出小园是装病，这位在太医署任职九年的太医竟然会看不出来？这只有两种可能。一是小园买通了董太医，然而小园不过一个小小宫女，显然没这个能力。所以只能是第二种，董太医根本就不懂医术。"

李恪起身倒了杯水给淇奥，温声道："可据我所知，太医署的确有位姓董的太医，以前还给……给景玥看过病。那么这位董太医究竟从何而来？萧良娣有孕，他要经常来诊脉。小园得了怪病，他也有理由过来。可既然他不是太医，他就不是来看病，而是来看人的。淇儿，他是冲你来的。"

"不！他是冲着你来的。是为了那件事！是我没有办好那件事，这才落了把柄在他们手里。"

"没有那件事，也还有别的事。李治懂得人尽其才，物尽其用的道理。舅公让萧绵蛮入东宫，他却反过来利用萧绵蛮。果然是长孙无忌一手调教出来的太子，承乾兄长和李泰都不是他的对手。"

淇奥喝尽杯中的茶水，却仍觉得口干舌燥，便又去倒了一杯："但愿那位武才人可以帮得上咱们的忙。"

李恪漫不经心道："帮不上也没什么要紧，他们伤不了我的。只是你……"

"她也伤不了我。她有她的想法和立场，有她需要去保护的人。易地而处，我也会的。"

"那就好，那就好……"李恪连声说道，"明日早上无事，咱们一起去骊山跑跑吧。去了骊山，便什么烦恼都没有了。"

“好。都好。”淇奥闻得炭盆里传来一阵阵香气，便忙走过去想要拿一颗栗子出来，“呀！好烫啊！”

“烫就乖乖坐着，我来剥给你吃。”李恪蹲下身子，小心翼翼地将其中一颗栗子的壳剥开来，却是先塞入了自己的口内。

“说好的给我吃呢！”淇奥缩回了伸出去的手，不高兴地说道。

“这不是先帮你尝尝熟了没有嘛。”李恪转头又把一颗剥好的栗子直接放进淇奥的嘴里，“这是崇仁坊王氏铺子的味道，比祥和坊挑着扁担叫卖的哑巴张二那儿的好吃多了。”

淇奥惊讶道：“这你都能吃得出来？”

李恪就喜欢看她这一脸崇拜的神情：“王氏铺子的软糯，又带了几分香甜味道。张二那里的味道要淡很多。这是表兄说的，他对吃的向来讲究。我也是尝了好几次才吃出区别的。”

“表兄啊，这就难怪了！说来雪鹭姐姐怎么还不回来？她上回弹的那首《双雁归》好听极了！总想着让她来教教我呢！”

“簌簌秋风寒，浩浩旻天灿。回首望长安，忍泪别离间。关山路漫漫，荒漠何远远。不知待何年，双雁入潼关。我记得那首《双雁归》是你写的词。对吧？”

“是啊！这是姐姐为雪雁作的曲子，我随口念了几句，未想倒与曲子出奇地相配。”淇奥慢慢咀嚼着栗子，笑容中隐去了一丝浅浅的哀伤。

翌日清晨，李恪与淇奥皆穿着一席鸾鸟纹样的绛紫色圆领缺骻袍，头戴豹皮帽，挽手出了府门。李恪拉着缰绳骑马徐行，不解道：“我在自个儿家里，和我家夫人光明正大地出去，为何要走后门？”

淇奥无奈道：“走正门要路过天香榭。这个时辰，白妈妈准在那里教导小丫头们规矩呢！若要让她看见我这身打扮，肯定又要被她唠叨到晌午。我可受不了。”

李恪不禁摇了摇头："你不会真的那么怕她吧？"

"怎么能不怕？"淇奥把脚从马镫上放了下来，总觉得这样随意甩着十分舒服自在，"母亲临终前千叮咛万嘱咐，要她好好地照顾我。我若不听她的话，她会每天说一万遍对不起我母亲，我母亲的母亲，以及我萧家的列祖列宗。"

说话间，就见前面有一群人围在一起挡了他们的去路。李恪不由得在心里嘟囔一句：不会真的那么背运，又碰到什么糟心事吧？

人群里忽然传来一阵阵叫好声。淇奥早已下了马，踮起脚挤进人群一看，立刻眉飞色舞地朝李恪招了招手："快过来看！这个胡饼师的功夫果然了得！"

不知从何时起，长安各坊食肆竞相在门口做胡饼，有的人家还特地花了大价钱从外乡请高手过来表演。只因做胡饼的场景极具有观赏性，加之胡饼味道香脆可口，百姓们都乐得看，也喜欢吃。

那胡饼师不过二十岁左右的模样，身穿一件宽大的窄袖长袍，熟练地将羊油浇到旁边的锅子之中。接着将和好的面团向上用力一抛，众人的视线齐齐向上，又齐齐落下。胡饼师从旁取出肉馅，和面团混合在一起，以让人目不暇接的速度在台盘上边转动边揉搓着。

片刻，他反手将面团扔进了油铛之中。"嗞"的一声，火焰登时从油铛中冒了出来。众人都惊得后退几步，胡饼师却从容地拿起油铛柄，再度把面团甩动了几下。看起来还是个有功夫底子的人。待重复了三五遍后，他便用铜笊篱将炸好的胡饼放进手边的盘子里，接着又开始做下一个。

围着他的百姓们不由得啧啧称叹。其中一个好奇地问道："你知道这小伙子是打哪里来的吗？这做饼的手艺，可比崇仁坊祖传了三代的余大厨还好哩！"

听的人说道："他啊，三四个月前才来咱们祥和坊的。据说无父无母，好像带了个妻子。平日里也不大爱和人搭话，一天到晚只知道做饼。"

李恪见淇奥看得入迷，便拉了拉她的衣袖："你若喜欢吃，改日我让府中的厨子们都来此地拜师学艺。若学不会，就请他去咱们府里也可以。"

"这倒是好主意！"淇奥转身牵着那匹名叫青驹的小黑马朝前走，"小叔叔！你怎么也喜欢看这热闹？"

萧锐这才注意到他们，忙应了一声，将手中的马鞭塞进袖中，小跑着过来道：“淇儿，我正要去王府找三弟说事呢！倒是巧。”

李恪走近了些，疑惑道：“今日不该有事啊？”

三人并行至一条宽阔的大路上，萧锐说道：“是你们自己家里的事。前几天那个长了八个胆子来你们府上偷盗的小贼已经被雍州府抓住了。齐长史遣了人来报，那小子说他两次都找错了门，原本是想去永嘉坊另一头刘大财主家的。”

“咱们家遭贼了？可伤了什么人吗？三郎，你怎么都不告诉我呢？”淇奥惊讶地问，青驹很是应景地“咴咴”叫了两声。

“小事而已，不用担心。”李恪淡淡说道，“我就说今日不该有事嘛！雍州府现在抓了人有什么用？”

萧锐的脑子转了又转，还是没有听明白他的话中之意：“难道真是丢了什么重要的东西？不对啊，你刚刚才说没什么要紧的。”

“是丢了重要的东西。不过也的确没什么要紧的。”

这回连淇奥也不明所以了：“到底是什么东西？”

李恪靠近她，小声在她的耳畔说了一句话。淇奥霎时惊得面色一变：“这难道还不要紧吗？”

“不要紧。”李恪胸有成竹地重复着这三个字，又转过头对萧锐说道，“姐夫知道突厥使节团下午就会到达驿馆，明天就要入朝参拜吗？”

“什么？他们不是刚来过吗？还是……突厥可汗派了两批人来？可为什么？”

“为什么只有他们心里明白。”李恪冷然，“太子昨天早上叫了我与马周、高士廉前去就是为了这件事。可这两个人精什么话都不说，倒是一股脑地把锅都砸在了我的身上。所以，我只好提议太子让表兄前往潼关。”

“突厥使节团第二次朝见。你让太子把祯卿派往潼关。这两件事有什么联系吗？三弟，你能不能说些让我可以听懂的话？”

李恪看了萧锐一眼，深嗅了一口沁人心脾的桂花香：“简单说来就是，突厥人要栽了。”

萧锐撇了撇嘴：“这又太简单了吧！”

“哦……”淇奥将尾音拉得长长的，“我明白了。小叔叔，明天朝堂上必然会有一场大戏看。你回去以后，可得好好跟明珏姐姐讲讲。”

“有戏看？我自然乐得！”萧锐扬声说道，“可是不对啊！我跟着你们走了那么远，你们都没告诉我，这是要去哪里？”

李恪微笑：“谁让你跟着了？不过，来都来了，就跟咱们一起赛赛马，如何？”

初冬的骊山已然不复盛时光景。光秃的草木在寒风中瑟缩摇摆着，吹得人耳朵有些热辣辣地疼。积水尚未退尽，上山的路越发崎岖难行。淇奥却浑然不觉，只拉一拉马缰绳，用力一拍马背，青驹前蹄一跃，便飞也似的向前冲去。青驹虽不比轻云耐力好，但冲击力一流，顷刻之间就将李恪和萧锐甩得老远。

萧锐下意识地高喊一句：“淇儿，小心点！别骑太快了。”

李恪看着她远去的背影，笃定道：“放心吧姐夫，她的骑术也可着呢。走！咱们快跟上。”

山上一片阔朗，清新的空气扑面而来。远处的雾霭还未尽散去，与天边层层叠起的白云相印，当真有了几分仙境之感。淇奥仰躺在马背上，用手挡住阳光，深深地呼出了一口气。青驹歪着脑袋，很听话地站着一动不动。

淇奥转头，带着三分得意的表情说道：“三郎，你还是不如我吧。要不是当年父亲只准我学骑马射箭，说姑娘家不宜使剑，说不定我的剑术也能比你强呢！”

萧锐在旁忍不住悄声说道：“你的骑术都是陛下亲自教给你的吧？怎么如今竟然连淇儿都比不过？”

李恪看着淇奥一脸惬意的模样，扬眉浅笑：“我就喜欢输给她。只要她高兴就好。”

淇奥伸展着双臂，见两人正谈得兴起，便坐直身子，向前缓行了几步说道：“大丈夫家说话那么小声做什么？有我不能知道的事呀？”

“可不是嘛！”萧锐用手抵着下巴，做出些勉励思考的样子说道，“你家夫君说，每次都输给你，他觉得很没有面子。日后一定要勤学苦练才是。”

淇奥笑颜溶漾，如三春桃李绽放，心头那一点可爱的虚荣心得到了极大的满足。她可不管这是真话假话，只要自己听着高兴就成。

大风刮过，慢慢地吹散了薄雾层层。忽听得不远处似乎传来了一声声唱诵，有炊烟顺风飘过。萧锐奇道："这骊山顶上何时住了人家？"

李恪与淇奥对望一眼，摇了摇头："咱们瞧瞧去，说不定，还能遇到一位神仙呢！"

"神仙？这么多年在大理寺办差，神仙没见着，江湖骗子倒是见过不少。"萧锐不以为意地嘀咕道。

只行了片刻工夫，几人便见到了那个简陋的茅草屋。屋外用几根木栅栏围着，有几处已出现了断裂的痕迹。屋里人大约感觉到了有人靠近，诵读声戛然而止。几乎是在同时，木门被打开了，开门的是一个身着灰色缁衣的年轻僧人。只见他眉间微颦，双目却炯然有神，对着他们双手合十一拜。

李恪还了一礼道："我等不意在山上迷了路，能否进去暂歇片刻？"

僧人不说话，只向着他们做了一个"请"的手势。三人迟疑片刻之后，方一起进了茅屋。茅屋里陈设十分简单，却并没有想象中的破败。李恪迅速环视一圈，见香案上摆放着香烛与经卷，中间供奉着文殊、观音、普贤及地藏四位菩萨的像。其后有两个打坐的蒲团，最里头靠墙摆放着一张床榻，榻边有一张铁檀木矮桌，上面放有一面大铜镜，底下有几个小锦盒。旁边还有一块不知有何用场的小铜块，铜块上的花纹模糊不清。

萧锐见那僧人长相不俗，似乎与一般的江湖骗子有些区别，便开口问道："师父如何会一个人在此地？倒是不怕？"

僧人并不理会他，兀自跪坐在蒲团上，闭着眼慢慢地拨弄佛珠。李恪翻看着案上的几卷经书，随口道："师父原本在大兴善寺修行，是为了著书立说才搬来此地的吧！"

僧人这才睁眼打量了他们一番，却仍旧不说话。淇奥摸了摸那锦盒，又对着铜镜正了正发冠，见无人说话，只觉无趣得很，于是便朝着李恪使了个眼色。

李恪点了点头，对着那僧人的背影道："如此，我等亦不便久留，多谢师父开了方便之门。"

一直走到半山腰，萧锐还在不停地念叨着："想不到这么个眉清目秀的和尚竟然是个哑巴。真是可惜了！"

淇奥掩唇而笑："咱们不是听到唱诵声才找到那茅屋的吗？小叔叔怎么会觉得他是哑巴？"

"也是！"萧锐觉得自己引以为傲的智慧受到了严重的冲击，"他在这山间隐居，生活简素，想来该是一位得道高僧。怕看不上我等俗人也未可知。"

李恪眼里蕴了几分恨铁不成钢的无奈："姐夫又错了。其一呢，他的生活并不简素。别的不说，只看那张铁檀木矮桌，价值怕就要超过三十两银子，而且铁檀木稀有，并不是有钱就可以买得到的。"

淇奥凝望着李恪的眼眸，继续说道："其二嘛，他也未必是一位得道高僧。小叔叔注意到那面铜镜了没有？一个修行的僧人用得着那样精致的铜镜吗？还有那三个锦盒，至少有一个里头装的是女子敷面的龙消粉，那味道太明显了。那么至少说明，这禅房有女子出入，甚至常住过。如此，正常吗？"

"原来是这样子啊……"萧锐恍然大悟般地说道，"所以说，这是一个贪花好色，生活奢靡的假和尚，对吗？"

李恪扶额，有时真觉得解释是件很麻烦的事情："冒充和尚能有什么好处？我刚才不是已经说了吗？他是在大兴善寺中修行的。案上的经书上还有大兴善寺藏书阁的印章。你知道的，大兴善寺的藏书阁就算是本寺僧人也不能随意进入。而且你看他诵经打坐的样子，估计从小就在那里出家。"

萧锐额上的疑云越来越浓密："那么你们的意思是……那是个饱读经书，修为甚深的真和尚，却与某个女人有着暧昧而密切的联系？为什么？"

"不知道。"李恪与淇奥异口同声地回答道。

萧锐差点没被他们这一句话噎过去，半晌才缓和了表情说道："我早晚得被你们两个气死！"

"没错啊。"李恪的神情在片刻的松懈过后，又忽地变得肃穆起来，"算了，别讨论这些无关紧要的东西了。姐夫，明日在朝堂之上，你也不要光顾着看戏。帮帮我好吗？”

“这还用得着你提醒？只是，你要我如何去帮？”

“相信我，应和我，给我底气。”

萧锐点点头，拍了拍李恪的肩膀：“咱们从小一起长大，你还不了解我吗？为了情义，我甚至可以不顾是非。更何况，在我心里，你永远都是对的。”

守卫在崇德殿外的禁卫军自晚间起就多了一倍不止。太子夜里照例留宿在萧良娣处。说是留宿，却几乎彻夜未眠。绵蛮知他有心事却也不敢点破，只说了些日常琐碎的事情好让他分心。比如，小园的怪病昨日又突然好了，刘宫人今天带了忠儿来请安，忠儿似乎很喜欢绵蛮肚子里的孩子；又比如，太子妃送来的两盆雏菊早间刚起了两个花骨朵。李治听着听着，终于有了一丝睡意，勉强在天明以前睡了半个时辰。

初冬夜长，朝臣们入宫的时候，天尚未大亮。有个上了年纪的老大臣不小心将手里的笏板落到了马车底下，和两个小厮找了好半日才在车轱辘的缝隙里找到，便只得不顾形象地小跑着往崇德殿的方向去了。

“突厥使臣拜见大唐监国太子殿下！”庆贵尖厉的声音惊起一行鸥鹭，纷纷追着正在冉冉升起的朝阳而去。

三名突厥使臣并不在意群臣侧目，只昂头进殿，带着俯视一切的冷然与倨傲。为首的那名女子戴了棕褐色毡帽，毡帽上依着突厥风俗插着代表出生年月的三支彩旗，身穿赤狼图腾纹样镶狐狸毛长袍，一对斜月眉微挑，躬身拜了一拜：“突厥叶护阿史那·元惠携使臣拔也德隆并丹巴扬尔见过唐朝太子殿下。”说完，便又转身对着李恪施了一礼：“吴王殿下，咱们又见面了。”

叶护。李恪一听官位便不由得倒吸一口凉气。在突厥官制中，叶护是百官之首，地位仅次于可汗，比中原的宰相职权尚要大几分，因而一般都由可汗的亲兄弟或特别爱宠的儿子担任。而据李恪所知，自从叶护阿史那·达格里斯，也就是乙毗射匮可汗的同胞弟弟过世以来，这个职位就一直空悬着。眼前这个年轻的女子，前番还只以侍女身份示人的阿史那·元惠，究竟何德何能？

阿史那·元惠似乎很满意李恪这一瞬间的恍惚与愣怔，却只故作不闻地从拔也德隆手里接过那卷国书，递到了已走至她面前的庆贵手里。李治一目十行地看完之后，饶他涵养再好，也不觉怒然起身，冠上的垂旒不停地晃动着："你们可汗不仅要求减免税贡，还要求将龟兹、于阗、疏勒、朱俱波、葱岭、焉耆给你们？这些不是重镇就是要塞，他安的到底是什么心？"

阿史那·元惠面寒如霜，带着洞悉一切的尖锐与锋利："可汗不过想要要回原本就属于我们的东西。太子不会不知道，自北魏北周到隋朝，这些都是我们的吧？"

李治此时已然又端坐在了御座之上，镇定自若地说道："那又如何？五年前你们突厥内乱，如果不是大唐的军队鼎力相助，你们可汗焉能有今日？当时那六个郡也是你们心甘情愿送给咱们的礼物。如今想要讨回，哪有那么容易的事情？"

阿史那·元惠并不看他，只是用带着几分玩味的目光看向李恪："吴王殿下不会也是如此想的吧？"

李恪深幽的眸光在与她对视许久之后，才温言道："是谁给叶护的胆子来要求咱们答应这些？螳臂当车，不自量力！"

丹巴扬尔握紧了拳头，左腿情不自禁地向前迈了一步，阿史那·元惠迅速伸手拦了一拦："吴王觉得我等会自断后路，徒手而来吗？你们有多少兵力，咱们很清楚！可咱们做了多少准备，你们心里可有算计？"

李恪面上的笑容更甚，讥诮道："朝廷是将主力军全部调往了辽东。可杀鸡焉用牛刀？即使无兵可用，咱们也自有法子对付你们这些宵小之徒！"

马周乍听得此语，不由得惊出了一身冷汗。人家还没有开始套话呢，吴王竟然就这样轻易地将兵力情况和盘托出了吗？可是不对啊，陛下临行之前将一切都安排得缜密，怎么可能会无兵可用呢？

他举起笏板，刚想开口，却听得李治轻咳一声，说道："吴王的意思便是孤的意思。不管你们来了多少人，就算咱们只剩下一兵一卒，亦能打得你们铩羽而归！"

朝堂之内静谧无声，却似乎有一种诡异莫测的气流在那些人之间来回飘移着。没有人敢轻易开口，都不约而同地屏气凝神着。李恪暗忖着，话都说到这份上了，他们还当真沉得住气。于是便冷然说道："阿史那·元惠，回去告诉你们可汗，本王就当这卷国书是废纸一张。他若及时上书请罪还自罢了，否则，颉利可汗是什么样的下场，大家他应该还没有忘记吧？"

"吴王真当我们是可以随便揉捏的面粉团子？"尽管面色不改，但阿史那·元惠说话的声音明显有些发颤，"吴王觉得您把长安城围得铜墙铁壁就够了吗？如果您不答应我们可汗陛下的要求，您能承担所有的后果吗？"

李恪饶有兴趣地望着她："本王真是很想知道，后果是什么？"

"潼关！"拔也德隆看了看摆放在大殿左侧的漏壶，阴恻恻地说道，"现在是辰时一刻，如果辰时三刻我们尚未发出信号，那么最多一个时辰，我们的人便会攻占潼关。"

萧锐看着他们大言不惭的模样，不禁朗然而笑。这笑极具感染力，此刻亦有五六朝臣也在跟着笑。萧锐好不容易才缓过了气："这真是今年最有趣的笑话！你们知道潼关守将是谁吗？知道潼关守军都是万里挑一的精兵吗？别说攻打潼关，哪怕你们胆敢动一块潼关城墙上的砖，都必死！"

萧锐本是武官出身，说话时自有一股能够鼓动人心的力量。因而哪怕不苟言笑如高士廉等大臣，此刻也不觉气血上涌，斗志满满。

丹巴扬尔也望了那漏壶一眼："驸马只知其一不知其二。潼关守将薛万备昨夜就接到了密令，将其麾下五千士卒全部调往辽东了。如今他手里可用之兵不过一二百人，而咱们的两千勇士早在半个月前就已经乔装秘密入了潼关。若真打起来，你们觉得胜算究竟在谁那里？"

"这不可能！"李治本能地高喊出口。

"有这个在，太子还觉得不可能吗？"阿史那·元惠从腰上佩戴的那条红宝石玉带中取出了一块鱼符，脸上带着一簇足以魅惑人心的笑意："见兵符如见君面，薛大将军二话没说就下令调兵。今日凌晨，我们的伏军亲眼看着他们出了城门。如此，又当如何？太子是不会因小失大的吧？"

第十六章

假作真时

萧锐一个箭步冲了上来，一把夺过阿史那·元惠手中的鱼符。就算没有象征兵权的荣光，那也是个非常精致的艺术品。萧锐试了好几次，才勉强掩饰住此刻惶然到不知所措的表情。不知过了多久，他才沉下声音问道：“这兵符怎么会在你们这里？”

阿史那·元惠帽上的三根彩旗不住地上下晃动着。她的目光梭巡过萧锐与身后众朝臣的脸，最后又停驻在了李恪的面上：“如何拿到有什么重要的？重要的是，兵符只有在我们手里才能发挥出它最大的作用。吴王，这是您万没有想到的吧？倘若潼关有失，您想到要如何向你们皇帝陛下交代了吗？”

李恪松开一直握着笏板的手，手心里分明出现了一条深深的红印。潼关可是大唐命脉，一旦有个好歹，莫说是他，就连太子也担责不起。突厥人当真心思诡诈。

阿史那·元惠见他不语，脸上的得意之色更甚，又隐隐多了一份威压：“快到辰时二刻了，吴王自己算算，还剩多少时间？”

此刻的朝堂上慢慢有了一些细微的议论之声。李治被这样的声音吵得脑仁疼，便厉声呵斥道：“都不要吵了！尊使何必如此苦苦相逼？你明知陛下不在朝内，这样的大事是孤做得了主的吗？”

“本使只想拿到可汗所要的东西，至于你们之间的事情，本使没有必要过问吧？”阿史那·元惠的嘴角绽开一个灿烂的笑容，衬得她越发明媚动人。然而此刻，显然没有人会去在意她的容貌。

李治心下一紧，手心里慢慢有了些许汗水。目光所及之处的马周正低着头，对着脚上穿着的那双豹皮靴出神；而李恪此时偏生也一句话不说。好不容易停下了议论的朝臣们皆满怀期待地朝李治望去。毕竟是监国太子，如果这个时候再不做表态的话，伤的可是大唐朝廷的颜面，以后又该如何在其他藩属国面前立威？

于是他只得硬着头皮说道：“尊使莫要意气用事，此事尚有商量的余地。”

“辰时二刻到了！”丹巴扬尔走至漏壶前，看着里头慢慢落下的沙，冷冷说道。

崇德殿内又是一阵死一般的寂静，就连外头偶然传来的一声鸦啼都能叫人战栗一下。年逾六旬的老太傅高士廉排众而出，声音暗哑干涩：“太子殿下，事急从权。到时就算陛下知道了，也不会过分苛责于您的。”

虽然说得隐晦，但他的意思已经很明确了，几个平日里与他交好的大臣亦纷纷执笏附和。李治见台阶已经被铺得差不多了，便酝酿了一下情绪，带着十足威严的语气说道：“如此，那就……”

“太子，不可！”李恪本欲再拖些时间，如今看来，若再不开口，这把火恐怕就要烧不起来了。他答应给萧锐看的好戏，可不能演砸了。

阿史那·元惠此时方才露出了心满意足的表情，都快火烧眉毛了，也亏得他能忍那么久：“吴王有何高见吗？”

“本王不相信你们！凭你们三个人，三张口，加上这一块破铜烂铁，就能信口开河，要我们六个郡，简直大言炎炎，可恨之至！”

“不相信？”阿史那·元惠轻哼一声，“太子信了，你的同僚们都信了，你难道还想自欺欺人吗？”

李恪看着漏壶中的沙，它们仿佛在一瞬间流得特别快。他多发一会儿愣，多说一句话，时间就会流逝得更多一些。于是，他缓步走至朝臣中间，低沉的声音在殿中往复盘旋：“都信吗？萧少卿，你相信吗？卢侍郎，你相信吗？还有，柳御史，你相信吗？”

几人面面相觑，一时无言。萧锐直到此刻才明白，李恪彼时向他索要的信任与底气到底是什么。在片刻的考量与犹疑过后，萧锐这才带了十足的笃定说道：“稚童向爹娘骗取钱财的小把戏而已。咱们心里其实都明白，只不过闲来无聊，想要逗你们玩玩而已。”

丹巴扬尔被这话气得够呛：“现在你尚能玩笑，待会儿你怕是连哭都来不及！”

李恪转了一圈，又回到了原位，笑着说道：“那大将军能否演示给本王看看，如何哭才能哭出悔恨与不甘，被人耍了却只能打落牙齿和血吞的感觉？”

此言一出，一扫众人面上的颓唐，大伙儿都忍不住抿着嘴偷笑，气氛一下子就变得轻松起来了。阿史那·元惠鄙夷道：“我还以为吴王殿下有多英明睿智，原来也只会逞些口舌之快！”

阳光层层叠叠地投进大殿，照在人身上变成了一个个缓缓移动的光晕。李恪看着漏壶里最后的一粒沙落下，终于轻轻地舒了一口气。拔也德隆沉下声音说道：“辰时三刻到了，你们没有机会了。”

李恪幽深的眼眸微转，一瞬不瞬地凝望着他：“拔也先生以为你们的计划是天衣无缝的吗？如果不是在等待一个好时机，那些佯装成商旅的突厥人出现在潼关的第一天就会被投入狱中，哪里还轮得到你们在这里胡说八道？”

拔也德隆心下陡怔，却犹是冷然道：“都这时候了，吴王说这种大话还有什么意义？”

“自然有意义！因为这会让你们知道，你们是怎样一步步成了足够让我大唐臣民乐三个月的笑料的。”李恪娓娓道来，“大约在两个月前，长安城里突然多了许多的突厥人。不过，这也没什么值得多留意的。咱们大唐皇帝陛下胸怀宽广，莫消说是你们突厥，或是吐蕃，就算是新罗、安南、扶桑人，只要带了友好虔诚之心而来，就必能得到他们应有的礼遇。太子说对吗？”

李治方才似乎有些走神，脑子在少时的抽搐之后，乍听得这最后一言，忙点头应声：“吴王说得是。”

“好。咱们继续！那日你们故意在致宝斋门口挑事，成功地引起了本王与宣平侯的注意。后来，你们的人就尾随咱们去了曹掌柜的玉器铺子。当时我虽然知道你们不怀好意，但尚未想明白你们这么做的目的。直到看到突厥人在伊州边境屡屡生事以及乙毗射匮可汗莫名其妙地派了你们前来长安献宝的奏报，我心里才稍微有了点主意。然而，直到那个时候，我仍然不知道你们要怎么做，才可以顺利完成你们的任务。”

萧锐不觉被这几句话绕得有些晕乎，下意识地挠了挠头，蹙眉道：“吴王说得慢些，臣不大能听懂。或者，您简单地讲一讲重点就行了。自然，也不能太简单了。”

“萧少卿的要求还真高。不过，本王会尽力的。”李恪将手搭在自己腕上，直到触到了那三颗羊脂玉珠，心才跳得不那么急促，“简单说来，就两个字：气氛。你们想要营造一种看似草木皆兵，危机四伏，实则又无比和谐与融洽的矛盾气氛。你们屡犯我边境，挑衅我边境将士；又在长安城里蛮横无理，数次与长安百姓起冲突。还有……你们用‘隋王’两个字，成功地扰乱了他的心性。”

最后的这句话，李恪用的是前番杨政道教他的突厥语说的。他顿了片刻，紧接着又说道：“总而言之，你们就是想让朝廷知道，突厥近来又不大安分，让咱们提高警惕。待到咱们的防范心越来越重的时候，你们便以使者的身份来向太子献宝。”

阿史那·元惠神情自若，可那只一直垂于腰际的手却不自觉地握成了拳：“是宝物有什么问题，还是献宝物的人有什么问题？我们……已经够恭敬有礼了吧？”

“对！太恭谨，太有礼，太正常了。”李恪见方才还照着漏壶的阳光正慢慢地移到自己的身上，那样温暖的感觉，几乎让他忘了此时已然是寒风凛冽的十一月，“恰在你们走后不到一天，你们的鹰师就到了边境。这样言行不一，前恭后倨，不是太奇怪了吗？为了以防万一，我让柴将军手下的两千军士进城加强防范，此举正中你们下怀！”

李恪转眸之时，刚好触上了马周意味深长的目光。那目光温和得看不出一丝波澜，但偏生就有种能洞穿心肺，让人喘不过气来的压迫感。李恪对着他微微点了点头，只作不觉，“不对，可能是有些出入的。原本你们以为我们会调军至潼关或是伊州的。”

李治急切地站起身，片刻之后，又慢慢坐下，肃然抬头：“那不是差别很大吗？”

“不大。因为这并不是他们所关心的，也与他们的计划无关。”李恪的声音不大，却自有一股摄人心魂的力量，“他们只是想逼着我们调兵。因为只有这样，他们才能够拿到那个鱼符。”

萧锐趁着李恪说话的停当，忍不住插话道：“所以，原本鱼符是在殿下您这儿的吗？是他们……对了，那个两次来吴王府偷盗的贼人偷的其实就是这个鱼符？可是，他们要来干什么？”

“驸马这问题问得好生奇怪！”丹巴扬尔朗然而笑，浓眉用力一挑，深褐色的眼珠迅速地转动了两圈，说道，“兵符当然是用来调兵的！所以，本使一开始不就说了吗？潼关五千士卒已经在今日凌晨出发增援辽东战场了。是你们自个儿不相信，这才又废了本使那么多口舌！”

李恪凝眉，似乎亦是无可奈何到了极点：“就是啊！绕了一大圈，怎么就又给绕回来了呢？萧少卿，你方才的话说对了一半，说错了一半。那个贼人是从我这里偷走了鱼符，可是第二天，他又把它还了回来。那一日一夜，我正与你在大理寺中整理这半年来的案卷，根本没有时间回王府，所以也就不可能发现这鱼符失而复得的曲折了。而就在这十二个时辰里，他们复制了一个一模一样的鱼符。”

萧锐拿着手里的鱼符看了又看，还是摇了摇头道：“这么短的时间，根本不可能完成啊！”

“别人或许没这个能耐，但是曹方硕和他一手带大的徒弟张二宝，就绝对有。”李恪上前两步，从萧锐手里将鱼符拿了过来。与萧锐温暖的掌心相触时，他才惊觉自己的手是那样的冷彻冰寒：“金马将军，这点你们也是知道的，对吗？巧合的是，正在这个时候，你们又发现了一个秘密。曹方硕店里有一个密室，密室里还有一条直通城外的密道。所以，那个玉器店，曹方硕和张二宝，都是你们要拿下的东西和人。”

“原来如此，原来如此……”萧锐此刻方憬悟过来，连声说道，“我仿佛有点懂了。他们先把张二宝掠出城外，想要威逼利诱曹方硕答应他们的要求，可曹方硕竟然自承有罪，入了大理寺监狱，并且得到了殿下您的庇佑。所以，他们只好退而求其次，让张二宝来做这事。张二宝没有令他们失望，在不到一天的时间里，就做成了这个鱼符。”

李恪对萧锐露出了一个“孺子可教”的表情，接着说道：“金马将军，你们难道从来没有怀疑过，这一切顺利得不太正常吗？首先，既是秘密调兵，本王又缘何会带了那么多护卫，如此高调地去右屯营，让你们知道鱼符是在本王这里？其次，如今不过才十一月，要整理案卷也不急于这一时。再者，你们觉得本王王府的护卫们已经散漫到能够让你们随意出入两次了吗？”

丹巴扬尔一时无言以对，半晌才从牙缝里挤出了一句话：“你……你是故意的？我们从你这里偷到的这个鱼符是……”

“假的！”李恪一脸的理所当然，用要弄猕猴般的表情说道，“你们所看到的一切，都是假的！长安城里那些所谓的右屯营士兵，其实都是致宝斋刘掌柜找来的亲朋故交，不过是些最普通的老百姓而已。而那些真正的士兵则穿了老百姓的衣服，早早地去了潼关镇守。就在昨天夜里，长安城里这些伪装成士兵的老百姓则换回了自己平常所穿的衣服，亦先后出城前往潼关。至于为什么，你们应该不会傻到还想不明白吧？”

阿史那·元惠此刻的面庞已经苍白得没有一丝血色，显得那涂得艳红的嘴唇诡异异常。她将手负于背后以掩饰自己不住颤抖的手指：“那些出了潼关的士兵，其实就是穿了士兵衣服的老百姓？不可能！数目不对。”

话音刚落，她便意识到了这话简直愚不可及。果然，李恪禁不住笑出了声，以一种居高临下的姿态，漫不经心地嘲讽道：“叶护以为，在长安城里找五千个能够假扮士兵的老百姓是件很困难的事情吗？”

“吴王殿下，好计谋！”马周屈身一拜，带了几分真心的佩服说道。

日头偏了方向，殿内渐渐变得有些阴冷。丹巴扬尔搓了搓手，温暖了一下身子，也平复了一下心绪，犹不死心地问道："既然是假的，吴王如何能调动得了右屯营的兵？还有，薛万备看到假的鱼符，为何不马上揭穿？"

"本王只说被你们偷走的鱼符是假的，并没有说本王手里没有真的鱼符啊！"李恪说这话的时候，抬头望了一眼正聚精会神地听故事的李治，又继续说道，"至于薛大将军……太子不是已经让宣平侯去潼关传旨犒赏守军了吗？一切缘由，大将军自然能明白！"

阿史那·元惠震惊道："杨政道去了潼关？何时去的？为何我们不知？"

"你们所知道的，都是本王故意让你们知道的事。至于本王不想让你们知道的事，你们又怎么可能会知道？"李恪走近她，几乎是咬牙切齿地低声道，"你们休想害他！"

乍听得此话，阿史那·元惠再不复早前的狂傲，颓然道："我怎么可能会害他？"

马周离得近，一下子便听到了他们的对话，好奇地问道："殿下说的是什么意思？"

"没什么要紧的。马公不要在意这些小事。"李恪轻甩衣袖，走上前去对着李治施了一礼道，"臣能否向太子讨杯水喝？这么一大通话说下来，也着实有些口干舌燥了呢！"

李治忙对随侍的庆贵招了招手："还不快给吴王奉茶！"

庆贵恭敬地应了声"是"，不多久，便拿着一杯冒着热气的茶水走至李恪面前："殿下，这是底下人卯时煮好后一直煨着的白茉莉茶，您尝尝是否合口味？"

"多谢太子。"李恪接过杯子，慢慢地抚摸着杯壁上两朵牡丹花上的水滴，微呷了一口，似乎觉得意犹未尽，便又饮了一大口，赞道，"真是好茶！难怪臣总觉得王府下人们煮的茶缺了些什么。原来，是火候不够。"

李治欣然一笑，问道："那吴王觉得，这茶的火候已经够了吗？"

李恪看着漏壶里的沙推动着齿轮慢慢地走着，轻轻地揉了揉眼睛："恰到好处！改日，臣必得请宫里煮茶的小公公来王府当一回先生。"

李治颔首："只要吴王愿意，随时都可以。"

众人听着这兄弟俩就煮茶的话题讨论了一刻钟，都没法，也不敢随意去插话。阿史那·元惠三人知道计谋已被识破，却仍带了些侥幸的幻想，本欲再作试探，可太子与吴王此刻不仅在研究茶，还说到了茶釜的选用，最后不知为何又谈到了三山五岳，天南地北，晾得他们万分尴尬。

正在这时，就见一直在殿外侍候的小宦官全善小跑着进来，屈膝于地，喘着粗气说："奴婢全善叩见太子殿下。殿下，潼关急报！"

庆贵忙走上前接过奏疏递到李治手里，李治迫不及待地打开，只看了一眼，面上便骤起狂喜之色，心激动得几乎就要跃然而出："薛大将军和宣平侯在潼关全歼阴入大唐境内的突厥人。吴王，你果真把一切都算准了！"

李恪眼里并不见释然与雀跃，反倒凝起一缕从未有过的彷徨和茫然。他能够看见明媚了春日的阳光，可那阳光从来不是照于自己身上的。他觉得寒冷，却不能让旁人看出他的瑟缩。于是，他只对着李治点了点头，尽力拿捏着符合他身份的，恰到好处的语气说道："这才刚到午时。叶护，你们所谓的精兵看来只坚持了半个多时辰啊！"

阿史那·元惠一个踉跄，险些就要瘫倒在地。所有的一切都完了。她熬尽心血，筹谋了三个月的计划，竟然就这样轻易被破。她在可汗面前信誓旦旦夸下要给大唐一个教训的海口，如今俨然成了笑料。好一个李恪，还当真能坏事！在极度的愤怒之下，她额上的青筋已然根根暴起，像一头受了刺激的豹子一般要向李恪冲去。

李恪缓缓后退一步，将手里的杯子狠狠地砸在了地上，喝道："来人！把他们三个拿下！"

早在外头等候着的十余名禁军执剑而入。几乎是在同时，三人迅速褪去外袍，拿出缠绕于腰上的软剑应战。朝臣们被这突如其来的变故吓了一跳，本能地惊呼着往四周散去。剑与剑相触的脆响登时响彻大殿，余音不绝。

"保护太子！"李恪疾步上前，反手扼住离他最近的拔也德隆的手腕，一把夺过他手里的软剑，正欲往拔也德隆的脖子勒去之时，却觉身后有黑影压了过来，丹巴扬尔持剑就要往他的后背刺去。李恪屈身一躲，一个回旋便狠狠地踢中了他的左肋。丹巴扬尔吃痛地大喊一声，李恪用力把他推给身边的禁军，咬牙道："你们竟敢持剑朝拜，好大的胆子！"

阿史那·元惠看着自己这两个不争气的下属，不甘地将软剑掷于地上，弯腰捡起方才在打斗中落到地上的一支彩旗，重新插在了帽子上，镇定道："两国交战尚且不斩来使，况且我突厥向来尊崇天可汗陛下，将大唐视为上国。如今不过是一场误会，你们难道还真想杀了我们不成吗？"

"这会儿知道称大唐，称天可汗了吗？"李恪轻蔑地望了他们两眼，甩手道，"请三位使者回驿馆休息，严加保护。改日，咱们再来算算账！"

正午的日头正盛，阳光温暖地照在人的身上，再不复冬日刺骨的阴寒。李恪走出崇德殿门的时候，几乎每个人看他的眼神里都充满了敬意、景仰，乃至畏惧。他却只是从容地向他们颔首，面不改色地朝前走去。

萧锐小跑几步至他身边，可直到走过归云亭旁的石子路，他仍未跟李恪说话。李恪忍不住问道："姐夫觉得这戏还好看吗？"

"意犹未尽。"萧锐正了正衣襟，平缓着犹自不断跳动的心，"可我从来不知，你竟有这般百转千回的心思。若非与你知交了二十余载，我真觉得你……"

"可怕。是不是？"李恪淡然一笑，像是说着与自己并不相干的话，"就算你跟我知交二十余年，你也还是可以这样认为的。我不生气。"

"可我真不那么认为。因为我知道，你的心机是不会用在咱们身上的。"萧锐十分笃然地说，"对了，你打算如何处置那三个突厥人？"

"还没想好啊！"李恪看了看湖面上荡漾起的粼粼波光，重重地叹了一口气。他突然灵光一闪，说道："监国的是太子，姐夫若真想知道，可以去问他。"

"太子听你的，我何必舍近求远？"萧锐显然很不满意他的回答，"再说，都管到这份上了，你舍得把功劳让给他吗？"

李恪摇了摇头："姐夫觉得这是功劳？"

难道这还不算功劳吗？陛下若真有心易储，这就是最好的理由。萧锐默默说道，方才还有些不安的心绪此刻彻底变为了期待与狂喜："你只管照着自己的心意做事就好了。陛下他定然会护着你的。"

李恪眼前蓦地涌起了一层水雾。他仰头，轻声说道："且走且说吧！潼关的事情既已了结，表兄也该回来了。不知道他还好不好。"

"我就说还有事要问你，方才一晃眼就忘记了。"萧锐猛一拍脑袋说道，"你让祯卿去潼关就是为了告诉薛万备，让他见到假的鱼符时不要声张，假意应诺突厥人调兵去辽东，对吗？"

李恪更正说："不是我让他去，是太子让他去的。"

萧锐不解道："有差别吗？太子不也是听了你的话才让他去的吗？况且，太子应当不知道突厥人的算计，也不知道你已经识破了突厥人的算计吧！不然方才在朝堂之上，他就不会差点妥协了。"

"自然是有差别的。让表兄去潼关劳军的命令必须出自太子的明旨。我可以为人诟病，他不行！"

"谁敢对你不敬？"萧锐疑惑不解道，"不过，你既然有着这重担心，为什么一定要让他去？这事本不难办，让元仁虔或者云岭，甚至季恩、季成也可以。他们对你可都是十二万分忠心的。"

"对！他们都可以，可表兄却不能不跑这一趟。"李恪肃然开口，说话的声音却明显小了几分，"这样，就没有人再有机会害他。他心里的那道坎也可以过了。"

两人说话间已经到了宫门口，萧锐对驾着马车而来的驸马府小厮孙让摆了摆手，孙让会意地将马车停至墙边等候。萧锐继续说道："我听不懂你的话。不过，你们俩有旁人没有的默契，也只有你们可以彼此救赎。父亲当年就是看出了这点，才让他一直在你身边帮助你。"

"所以，我也一定要帮他一次啊！"李恪微笑道，"姐夫，曹方硕的案子你去结了吧。明日我要好好在府里睡满六个时辰，就算天塌下来也莫要来找我。"

萧锐看着他一脸疲惫，站着都能睡着的模样，忙展颜说道："是是是！我会帮吴王殿下挡着塌下来的天。你只管安心睡觉就好。”

李恪这一觉从黄昏一直睡到了第二天正午。若不是肚子饿得实在吃不消，恐怕他还能再睡一个时辰。他揉了揉眼睛，伸了伸懒腰，如梦呓般唤了一声：“淇儿，有没有吃的东西？”

“淇妹在我府上，正跟着雪鹭学琴呢。你若饿了的话，我让小萝把饭菜再热一热。”

李恪也不睁眼，只抓着被角，兀自呢喃着道：“表兄，你总是那么吵。”

“嫌吵就赶紧起来！你喜欢的花菇牛柳可等了你大半个时辰了……”

“花菇牛柳？”李恪挣扎了好久才坐起身，视线依旧有些模糊，突然欣喜地唤道，“表兄！你何时回来的？”

杨政道着一席海水蓝朱雀纹云锦袍子，神采奕奕地说：“今儿早上就回来了。你知道吗？如今街头巷尾，连小孩子们都津津乐道着你的事。”

“那你觉得，这是好事还是坏事？”李恪说话间已经起身穿好了搁在一旁的那件绛紫色长袍。淇奥喜欢看他穿这件衣服，他便索性吩咐人去做了五件一模一样的。

“小萝，进来侍候殿下梳洗。”杨政道向外头朗声叫了一句，可许久却未听到应声，便忍不住埋怨道，“就这么会儿工夫，这丫头又不知道去哪里偷懒了！算了，还是我去吧。”

说罢，他起身就要往外走。李恪忙一把拉住他的衣袖道：“你要折煞我啊！你坐下好不好？咱们说说话。”

杨政道点点头，坐到了他身边的矮凳上：“你来起个头吧！要说什么？”

李恪用梳子慢慢梳着自己的头发，熟练地将其绾成了髻，顺手从旁边的木匣子里拿过一个紫玉金冠戴了上去，回头说道：“你还没回答我，这是好事还是坏事？”

杨政道不假思索地说：“无所谓好事坏事。好事最好，坏事你也不怕。”

李恪起身，将白玉宝珠带束于自己腰上，一派谦谦君子之姿：“表兄就这么相信我啊？”

“不是你说的吗？你有保护自己和身边人的能力。只不过，你能不能告诉我，那个阿史那·元惠到底是什么人？”

李恪面上扬起一抹温柔和煦的笑：“我不知道。可是，若你真那么在意的话，我待会儿就去帮你问问。”

正说着话，只见小萝和霞佩端水叩门而入。小萝将温湿的帕子递到李恪手中。李恪洗脸漱口之后便问道：“今儿的菜是谁烧的？前番那于厨子烧得也太咸了些。我让武梁跟他说了，不知道他听进去没有？”

小萝抿嘴笑着说道：“是杨公子在咱们府里的厨房烧的呢！好不好殿下您自个儿吃了就知道了。”

李恪震惊地笑出了声：“你什么时候学会烧菜的？”

杨政道满脸的不以为然：“如果你会煮茶，我为什么不能会烧菜？”

后来，等李恪真正尝到了那四个菜的味道之后，才了悟一个道理：有些事情还真是靠天赋才能做好。就比如自己再如何努力，也学不会弹琴。

位于长安城昭文坊的驿馆是专为接待外国使节而设的。其内朱楼绮阁，假山林立，蔚为壮观。正堂墙上绘有一幅颇具西域特色的神女飞天的丹青，两边的窗牖正散发着淡淡的沉水香气息。四壁中间镂空，皆装有浅绿色琉璃板，内贮有湖水并十数条锦鲤。

阿史那·元惠此刻正百无聊赖地往里头投着鱼食，头也不回地问了一句：“吴王是来向本使炫耀你的胜利，还是终于想好要如何了结本使的性命了？”

“叶护是想把这些鱼都喂死吗？”李恪伸手夺过她手里的鱼食，交给了刚才引着他们进来的护卫。护卫屈身施了一礼后便退了出去。

阿史那·元惠兀自对着那些锦鲤出神，眼里的讽刺之色愈浓：“你们把它们当成禁脔一般赏玩，焉知它们不会生不如死？”

“这也是它们的命。阿史那·元惠，你必须得相信，老天很早就已经为万物生灵安排好了出路，但老天从来都不是公平的。正如老天给了你能够独当一面的聪明才智，却偏偏让你遇到了我！”李恪逼视着她的眼，带着十足自负的表情说道。

阿史那·元惠并未因他的揶揄而尴尬，只是用力地拍了一下面前的琉璃板，里头的锦鲤全无一丝反应，依旧甩着尾巴来回游弋着。

“还真是没心没肺的畜生！”阿史那·元惠越过李恪，皮笑肉不笑地问道，“隋王亦是这般认为的吗？”

杨政道可没有李恪那样好的心劲来和她东拉西扯，直截了当地问道：“你和可贺敦义成公主究竟有什么关系？只有她会让你们这样叫我！”

阿史那·元惠端视着他的面容，连他眉毛中一颗微小的痣都看得一清二楚。杨家人的容貌是很容易让人一见倾心的，更何况，她对他远非一见倾心那么简单。杨政道被她深情而炽热的眼神逼得别过了头。她却执着地移步，目光再度紧紧地锁在他的脸上。

不知过了多久，才听得她柔声说：“杨政道，你真的认不出我了吗？那个时候，你对谁都是冷冷淡淡的，却肯对我温柔一笑。我以为你是喜欢我的，所以，我也喜欢你。这么多年来，从来也没有变过。”

“你是……”杨政道从那段并不愉快的记忆里苦苦找寻着，终于在早已生了苔藓的小角落里看到了一个模模糊糊的影子，却依旧沉吟不决地问道，“你是她收养的那个小女孩？”

阿史那·元惠听了他的话，眼里刹那间闪出了精锐的光，像极了草原上一只好不容易才找寻到猎物的狼一般。

三岁那年，可贺敦身边的侍女赵桑把她从野狼群里捡了回来。赵桑本想让她做个粗使丫鬟，干些清扫缝补的活。可出乎赵桑意料的是，可贺敦出奇地喜欢她，不仅留她在身边侍候，还请了先生教她读书，衣食住行全如草原上的公主一般，赵桑见了她也要恭敬地行礼。杨政道虽然常常能见到她，却从来没有和她说过话。他害怕那个女人，所以潜意识里也不喜欢她。他记不清自己何时对她笑过。他只知道，小时候的自己从未被人温柔地对待过，又如何能够学会温柔地对待别人呢？

阿史那·元惠面若桃花，激动地握住了杨政道的手。那些压抑了几十年的情感一旦迸发，便如潮水般一发而不可收：“那年突厥战败，主人身死。我带着手下三十余人逃出了定襄，想着有朝一日可以东山再起。不为主人，只为你。我想为你重新夺回王位。你知道我受了多少苦，花了多少心思，才得到乙毗射匮可汗的信任吗？每次我快支撑不下去的时候，便会想起你。于是，所有的一切就都是值得的。”

杨政道用力将手抽了出来，冷然道：“这是你的事。你为突厥效力，为可汗尽忠，都无可厚非。可是你何苦要牵扯到我的身上？你不知道这样会害死吴王的吗？”

阿史那·元惠迅速敛了眼底的万种风情，冰锋的目光扫视过他们二人，才说道：“你们俩还真是有趣。他说我会害你，你如今又说我会害他。可如今结局已定，最后受害的究竟是谁？杨政道，潼关那些突厥兵曾经也是你的属下。你当真下得去手？”

“食君之禄，忠君之事。对于胆敢威胁我大唐百姓安危的人，我自然决不手软。”杨政道正色说道，“阿史那·元惠，我也不会放过你！”

“好一个大唐的忠心臣子！”阿史那·元惠漠然嘲讽了一句，可旋即又换了恳求的语气道，“我等了你那么多年，你就不能跟我好好说说话吗？我和你那位县主比起来，究竟谁更美一些？如果她知道有个女人对你用情这么深，会不会跟你吵闹？”

“自作多情！”杨政道甩袖恨恨地说道。

李恪冷眼旁观许久，终于忍不住开口说道：“这么些年，喜欢表兄的女子可以从这昭文坊一直排到永嘉坊。不过，像叶护这般长情的倒是少见，本王听着还真有几分感动。可惜，表兄这辈子是不会再对第二个女子动心的。你还是想想你自己的前途命运吧！”

“命运？大不了便是一死。”阿史那·元惠一副凛然无惧的模样，“反正吴王也不会让我活着回到突厥的，对吗？”

“不错。为大唐，为表兄，我都不会留着你这么个祸患。”李恪的语气淡淡的，好似说着一句再平常不过的寒暄话，“不过，你说得对。两国交战尚且不斩来使，况且，咱们并未交战。你说，该怎么办呢？”

“吴王是在向我请教如何杀了我自己吗？你还当真问得出口！你若要我自行了断，那却是不可能的事。我胆小，不敢。”

外头忽传来一声鹰的惊鸣，余音长长回旋着，没有停歇。李恪迅速与杨政道交换了一个眼神，杨政道懂得地点了点头，带了几分怜香惜玉的表情埋怨道：“李恪，不要说这种狠话，也不怕吓着了元惠姑娘。咱们好歹是故交。”

阿史那·元惠显然对他突然的示好很是受宠若惊，忙忙地走上前去揽住了他的手臂。杨政道这次并没有推开她，反而安抚地拍了拍她的手，目中柔情万丈。

“你终于懂得我的心，再也无法伪装下去了是不是？我就知道，你不舍得我死的，对吗？”阿史那·元惠满怀希望地问道。那种充满着爱意的渴求若换作一般人见着，定然登时就要温香暖玉抱满怀了。李恪在旁如是想着。

杨政道拿捏着恰到好处的语气说：“自然舍不得。你把如此重要的事情告诉了我，我就是再忘恩负义，也不会抛下你不管的！”

阿史那·元惠几乎将头贴在了杨政道的胸膛上，以一种极其暧昧的姿势问道：“我说了什么，让你忽然就对我好起来了呢？方才，你可还信誓旦旦地说要杀我呢！”

杨政道本能地想要推开她，可旋即却又伸手将她紧揽入怀：“玩笑话而已，元惠何必当真？如果没有你，潼关恐怕早已在突厥人的手里了。陛下回来若追究起来，太子大可把责任推到吴王和我的身上，到时我们也只得打落牙齿和血吞。你放心，有罪的是拔也德隆和丹巴扬尔。你可是我的恩人呢！”

“你说什么？”阿史那·元惠的娇笑全部僵在了面上。她猛地松开手，踉跄后退了两步，惊骇道：“我何时和你们达成这样的默契的？”

杨政道一笑，带着无人可以抵挡的深情目光说道：“那一夜，咱们执酒谈心，聊了整整两个时辰。你说，你毛遂自荐来到长安执行你们的计划，只是为了要见我一面。见着我了，你也就心满意足了。我问你是何计划，你便一五一十地告诉了我。你忘了吗？”

“叶护不该忘啊！若非叶护相助，本王如何能够破局？可笑他们还真以为本

王是能掐会算的神仙了！”李恪转了转眼眸，又悄悄望了杨政道一眼，心道：你入戏还真够快的，我都差点信了。

“你们……”

阿史那·元惠的嘴唇不住地颤抖着，似乎在他们这一搭一唱，诡秘异常的对话中闻到了某种渐渐向她逼仄而来的危险气息。几乎就在她开口的同时，正堂的大门被重重地推开，拔也德隆与丹巴扬尔面色铁青地冲了进来。

丹巴扬尔咬着牙，从牙缝里勉强挤出了一句话：“那日在朝堂上，我就觉得咱们的人中定然是出了内鬼……”

阿史那·元惠在一阵惊惧之后终于想明白了一切，忙抓着丹巴扬尔的手臂，厉声道：“你要中他们的离间计吗？”

“离间计？”拔也德隆鄙夷地“哼”了一声，“你爱慕隋王也不是一日两日了，能做出这样的事情并不奇怪。只是，你自己想死也就罢了，为何还要拉了咱们一起做垫背的？”

“你大胆！”阿史那·元惠高喝一声，又恢复了惯常不苟言笑的威严，“我一日是你的主人，便永远是你的主人。你敢质疑你的主人，难道不怕死无葬身之地吗？”

“主人？阿史那·元惠，这个叶护是怎么得来的，你心里清楚！你在那些王族亲贵的床榻上婉转承欢的时候，老天爷可都看着呢！”拔也德隆嫌恶地看着她道，“像你这样的人还敢对隋……宣平侯存有非分之想，还真是痴心妄想！”

阿史那·元惠气得眼眶都红了，说话的底气明显弱了几分：“你们为了自保，还真懂得顺坡下驴！你们以为这样，他们就会放了你们吗？”

“为什么不放？”李恪搓了搓手，叹了口气，“留着你们，难道还要我大唐百姓来养你们吗？明日，你们就可以走了！”

拔也德隆难以置信地问道：“吴王真的肯放我们？”

“你们三个和使节团的其他人，还有潼关被薛大将军俘虏的那些人，都可以一起回去。对了，你们不是说今年草原风暴频发，收成不好吗？本王便给你们一千石粮食，五百匹绢帛。这样，可还满意？”

丹巴扬尔警惕地看着他，细细咀嚼着他话中的含义：“你们究竟在耍什么阴谋诡计？”

李恪逗着那几条锦鲤，不耐烦地回头说道：“你们也不看看自己现在的处境，对于瓮中鳖，笼中鸟，本王有必要费那脑子想阴谋诡计吗？回去以后告诉你们可汗，好好封赏叶护。如果不是她临时改变了计划，你们或许可以占一时便宜，可你们信不信，不出三年，大唐必灭了你们突厥！”

阿史那·元惠被他们变幻莫测的态度弄得有些不知所措，实在不知此刻该说些什么话才好。可她的眼神依旧不由自主地停驻在杨政道身上。方才被拔也德隆掀了底，就算她在杨政道心里真的留有一些印迹，如今也都没了。她的眼眶里隐隐含泪。求而不得，得而失去……

倘若当时他能给她一个笑脸，那么她真的会心甘情愿地将所有计划和盘托出。什么突厥，什么可汗，什么忠诚，都见鬼去吧！说到底，她不过是个从畜生堆里捡来的孤儿，连究竟是不是突厥人都不知道，她去给谁卖命不都是一样的吗？可惜，杨政道连这样的机会都不给她，而是直接把她逼上了死路。阿史那·元惠突然想起了当初可贺敦对她说的话：心中没有爱的人才能成就大事。杨政道的心够冷够硬，其实是很适合为王的。

可贺敦，你筹谋一生，却看不懂人心。你不知道心肠冷硬的人一旦被人真心相待，是会豁出命去保护的吗？若当时你对他稍微好那么一点点，一切会不会都不同了呢？

“吴王真的做得了主？”丹巴扬尔双手颤动着，分明已经按捺不住心中的激动，可眼里的倨傲之色未减，犹自狐疑地问道。

李恪不满地蹙眉道：“兵符都在我这里。你觉得，还有什么事是我做不得主的吗？”

“你们皇帝还真是有趣。”丹巴扬尔似笑非笑地说道，“把监国的名给了太子，却把监国的权给了你。他倒不嫌麻烦。”

“陛下自有他的考量，不劳将军去费这心思！”李恪轻抚衣袖上的麒麟绣纹，淡漠地道，“将军还是想想，该如何去满足本王所提的条件吧！”

“条件？也是！我就是用脚趾头想，也该想明白，李世民的儿子如何会做以德报怨的事情。”丹巴扬尔眸中的冷意越来越深，“说吧！什么条件？”

李恪看了看阿史那·元惠依旧惘然的神情，郑重道：“本王的条件从来不说第二遍！”

“你到底是什么意思？”丹巴扬尔一急，说话的速度明显就快了几分。

拔也德隆眼里了然之色尽现，走上前一步，深深一拜到底：“吴王殿下放心，臣会让您满意的。毕竟，这也关乎臣自己的身家性命。”

李恪点了点头，微笑道：“明白就好。表兄，咱们也该走了。”

阿史那·元惠在杨政道转身的瞬间，快步走上前，伸手拦在了他的面前，凄然苦笑：“我不奢望你能喜欢我。只求你记得我，好不好？”

杨政道后退一步，保持着与她恰到好处的距离：“若政道记得了不该记得的，还不如不记得。你说是吗？”

阿史那·元惠扶住了门框，身子慢慢地瘫倒在了地上。在看着杨政道跨出门的那刻，她用尽全身力气，嘶声喊道：“县主是第一个对你好的女人，所以你才会那么爱她。若我当年勇敢一些，大概早就是你的妻子了吧？”

杨政道疾行的脚步因为她的这句话而放缓了下来。他转头，却并没有看她，只是望了一眼天边那道七色彩虹，出了会儿神。他似乎想要开口，却终是生生将话咽进了肚里，转而头也不回地朝前走去。

杜旭这会儿正在驿馆门口和看门的一对双生子护卫聊得热火朝天。自从上回把《山海经》里的故事讲得乱七八糟被李恪戏谑过之后，他就下定了决心要识字。于是便拿着两坛上好的女儿红，拜了府里的账房先生为师。账房先生在教了他两个月后，便将两坛女儿红还给了他，又附送了两只烤羊蹄，让他另请高明。

杜旭的心灵在受到严重创伤之后，便去了酒馆借酒消愁。正巧听到有个说书人在讲《搜神记》里干将莫邪的故事，把他感动得直落泪。说书人觉得他是个知己，便邀他一起喝酒，边喝边将后面要收银子才能听的故事也一起讲了。

从此以后，杜旭便用这故事收获了不少崇拜的眼神。就像现在，那对双生子正眨巴着眼睛，不约而同地问道："赤最后有没有杀了楚王为父报仇啊？"

杜旭似乎想不到他们会这么问，只得一摊手说道："不知道啊！书里没说，不过我估摸着大概成功了。因为啊……"

"当心楚王晚上来找你！"李恪想着自己若不开口，还不晓得这么个凄美的故事会被他编排成什么样子呢。

杜旭一听，忙迎了上去，施礼赔笑道："殿下和君侯的事情这么快就办好了呀！那便要上车回府了吗？"

"先去趟祥和坊！"

马车里，李恪见杨政道一直不言语，便拍了拍他的手背道："虽然来之前咱们就定好了计，但我真的不知道她与你还有这层关系。"

杨政道漠然开口："你以为我在为她难过吗？"

"我看得出，她是真心喜欢你的。可我们却一心一意只想要她的命。"

"你居然心软？"杨政道凝眸，"如果这一次你没有及时识破他们的计，让他们以兵符顺利拿了潼关，这通敌叛国的罪名你担待得起吗？"

"我不是这个意思。"李恪皱起眉来，手指不自觉地摩挲着衣角，"明枪暗箭我都不怕。你看到的，我已经尽力了。如果不是阿史那·元惠今天来了这么一出，我会以为我已经把这事处置得近乎完美了。"

"现在就不完美了吗？你心里究竟在纠结些什么？"

"没有纠结，我只是可怜她。不论她做过什么，爱总是没有错的……"

"停车！"杨政道还没听他讲完，便起身拉开帘子，高声吩咐了一句。杜旭边应声边拉紧了缰绳，马昂首惊叫一声后停了下来。杨政道望了李恪一眼，肃然道："你下来，我有话跟你说。"

"咱们不是正说着话吗？"李恪嘟囔了一句，却还是跟着他一起下了车，回头又说了句："杜旭，你先回去。"

过了十一月，温度骤然而下。百姓人家早间泼于墙角的污水此时已然凝结成冰。李恪加快了前行的脚步，抓了抓衣襟，好歹为自己挡去了些许严寒。

好好的马车不坐，偏要来遭这罪！你脑子真是转不过来！

李恪刚想继续腹诽，却听杨政道低声说道："你就别骂我了。我出来的时候也没加衣服，还不是陪你一起冻着。杜旭那小子不知轻重，口无遮拦惯了。万一被他学舌讲了出去，总归不好。"

"雪鹭又不是那种小心眼的人。再说，三个月前赵侍郎的妹妹，以及两个月前王屠户的女儿，可都是当着她的面对你示爱的，她可一点也不在意啊……"李恪说到此间，突然停顿了一下，又继续道，"在今天以前，你当真没有认出阿史那·元惠吗？她不会是自作多情吧？"

"我骗你做什么？我如今算是知道了，她从小在那个女人身边长大，耳濡目染，所以神情气质才会那么像。不管她对我说的那些话是不是真心，道不同不相为谋，我也只能对不起她了。"杨政道从容不迫地说着，目光触及枝头一只雀鸟时，分明有了一丝无法言语的怆然。于是他只得紧咬下唇，缓缓地松开一直握着衣角的手，微微一笑。

李恪侧身望着他，心中没来由地一暖。萧锐说，这世上只有他们两个可以彼此救赎。所以当年，是他打开了自己的心结。如今，亦是自己除了他心里的魔障。

二人走着走着，便走到了祥和坊。时值年关，很多铺子都会提前关门。老板伙计们忙着盘点一年出入的账目，准备来年的开支。曹方硕自打出狱以后，完全像变了个人一般。正如此时，他正把两串铜钱硬塞进张二宝的手里，笑着说："二宝啊，师傅也不知道你喜欢吃点什么，还是给你些钱，你自个儿看着办吧！"

张二宝眨巴着眼睛，一脸受宠若惊的模样，推拒道："师傅你昨日才给了一两银子，二宝正愁没处花呢！"

"怎么会没处花？"曹方硕挑了挑眉说道，"去请你那些朋友吃饭啊！还有，过了年你就十八了吧！该娶媳妇了。隔壁周掌柜家的姑娘不是常和你有来往吗？你若真有意，师傅明日就找媒婆给你提亲去。成亲以后的花销可就大了……"

"师傅说得好像真有那么回事似的。"张二宝嘀咕道，"人家看不看得上我还难说呢！"

“吴王殿下，宣平侯，小人失迎了，里头请。”曹方硕刚想给张二宝传授一下赢得姑娘芳心的方法，看到他们二人进来，便忙站起身来恭敬施礼，转头又吩咐张二宝道，“赶紧去下门闩，咱们也该打烊了。”

内室里此时正生着两盆炭火，炉上煨着一壶桂花茶，一走进来便觉一股清香的气息扑面而来。李恪寻了个位子坐下，道：“还是曹掌柜这儿暖和，外头眼见着是要下雪了。”

曹方硕朝张二宝使了个眼色，两人同时下跪叩首道：“多谢吴王殿下救命之恩。”

李恪也不急于让他们起来，只浅笑道：“你们也帮了我的大忙了。曹掌柜那个假的兵符做得当真与真的无异。若非鱼眼睛是闭着的，我都险些要信以为真了。”

张二宝挠了挠胖乎乎的脸：“师傅当年叫我雕刻的第一样东西就是鲤鱼。为了让小人好入手，鱼眼睛便是闭着的。所以小人一看到那条鱼，就知道是出自师傅的手。既然师傅真在他们手里，小人就是不想做，也不得不做了。可是殿下……您是如何知道小人就在密室中的呢？”

“那幅武圣人的画像。”李恪深深吸了口桂花香气，接着说道，“挂在那里和整个店铺的格局太不相称了。而我第一次看到那几个突厥人进店的时候，就发现他们对这幅画异常感兴趣。后来，那个被伪装成突厥人的死者罗卯也正是死于这幅画像下面。于是我就让人悄悄潜入这里，果然发现了这背后的门道。这密室和密道尘封多年，曹掌柜没有想到你在里头也在情理之中。而我没有及时让人把你救出来的原因，便是将计就计，以其人之道还治其人之身。”

曹方硕满脸崇敬地再度叩首：“小人亦是听了坊间传说才明白了事情的前因后果。殿下果真是天纵奇才！”

李恪抚了抚又有些发涨的后脑勺，漫不经心地道：“明白就好，无须太过张扬。”

第十七章

静水流深

从玉器店出来，一直走了大半个时辰才到永嘉坊。杨政道这个时候才开始后悔自己方才不该拽着李恪下车，毕竟事无不可对雪鹭言，可大冷天走那么长的路却是真的累。

“你回家应该往北走，跟着我做什么？”杨政道回头狐疑地问道。

李恪揉了揉眼睛，仿佛理所当然地说道：“去你府上吃晚饭啊！顺便接淇儿回家。”

此时的淇奥正竖起耳朵，细细聆听着雪鹭的琴音。雪鹭端坐在古琴前，缓缓拨动着琴弦。叮咚的水声潺潺地从她的指缝间滑过，双雁的长啸，嘎嘎地传入人的耳里。仙乐飘飘，沁人心脾。这琴声，不似一般琴师演奏的那样，或只清婉，或只激昂。雪鹭的琴声，柔美中带着坚毅，刚烈中藏着妩媚。

一曲终了，仍觉余音尚在，袅袅地荡漾着。雪鹭带着鼓励的眼神道：“妹妹再来试试吧。”

淇奥颔首。可才弹了五六声，她便抬头很不确定地问道：“姐姐，这回总没有错了吧？”

雪鹭无可奈何地摇了摇头，笑道：“方才是错了两个音，这回是全错了。

妹妹要不要歇会儿？待会儿香堇要送孩子穿的小袄子过来，咱们一块儿瞧瞧好吗？”

淇奥抚着这把雕刻得很是精致的七弦古琴，只觉脸上泛起阵阵灼热，便拉了拉雪鹭的手：“姐姐和表兄都那么会弹琴，偏生我一窍不通，可真够丢人的！”

“三哥不也不会？他还不如你呢！”雪鹭捏捏她十分娇嫩可爱的脸蛋，“这次我回来，怎么总觉得你闷闷不乐的，和三哥吵架了？”

“怎么会呢？”淇奥托着腮，低沉着声音说道，“陛下曾说，此事不能让外人知晓，如今怕是免不了了。姐姐，我知道他可以挡住所有风暴，可是他会很辛苦，我真的不忍心，真的……”

说到最后，淇奥的声音已然有些哽咽。她的男人，她孩子的父亲，坚强得让她心疼。雪鹭虽不知她为何突然就难受起来，却还是揽过她的肩膀，让她靠在自己的怀里，像哄孩子一般柔声安慰道：“不难过不难过……再哭可就不好看了呢！”

“真的吗？”淇奥拿起手边的小铜镜一瞧，见自己双眼微红，有一滴泪正慢慢地顺着鼻梁往下落，面颊上涂着的一层薄薄的胭脂略有些花了，便吸了吸鼻子道，“果真是不好看了呢！”

雪鹭忙拿出袖中的帕子，小心翼翼地替她拭泪：“和你说笑呢！妹妹可是长安城里最美的女子，无论怎样都是好看的。”

香堇此时正抱了十几件各色花纹的小袄子，摇摇晃晃地走进来，圆圆的脸蛋上带着十足喜庆的笑容：“县主，小陆裁缝说了，今番这料子都是从扬州织造坊采购而来的。您知道，江南的料子总是很时新的。”

雪鹭点了点头，拉了淇奥的手细细翻看着道：“这四件正红的，还有那两件小披风都给仁儿风儿穿吧！再有，香堇，把咱们从汝南带回来的一对小银镯子拿来。还有……”

淇奥听得此话，忙按住了她的手道：“真的不用了，姐姐。你今年已经送了几十件衣裳了，我就是再生两个孩子也穿不完呀！”

“那便生三个吧！”雪鹭说着便将那六件衣裳叠整齐放到香堇手中，“下去把它们包起来！对了，祯卿还未回来吗？”

“婢子知道了。公子刚刚才和吴王一起回来，如今正在庆云堂里等着吃饭呢！”

因为有了中饭衬托着，李恪觉得刘厨子烧的这顿晚饭简直就是他今年吃过最好吃的了。他边夹了一块鲑鱼放进淇奥的碗里边说道：“雪鹭，究竟是谁教表兄烧菜的？”

“没人教啊！是祯卿自个儿悟出来的。”雪鹭满眼崇拜地望着杨政道说，“三哥也觉得味道很不错吗？”

“味道……不错？你确定吗？”李恪刚饮了一口鸡皮笋尖汤，猛一听此话，情不自禁地笑出了声，好半日才缓过气来，说道，“罢了，只要妹妹喜欢就好。”

杨政道睨了他一眼：“你这话说得怎么就那么让人不舒服呢？”

“怎么办呢？说都说了，收不回来了。”李恪只觉那汤炖得十分好喝，连喝了三碗后才无可奈何地说道。

“那就重新说！”杨政道挑了挑眉道。

“行！”李恪笑着举起茶杯和他碰了碰杯，“谢谢你，我的好兄长。一切尽在不言中。”

“真会偷懒！你不说我如何猜得到！”杨政道微抿一口玉杯中的桑落酒，不以为然地说道。他平素虽不大喜饮酒，但极爱桑落酒的味道。桑之未落，其叶沃若。或许他更多是喜欢这两句诗，却选择性地忽略了后面的话：桑之落矣，其黄而陨。

“猜不到就不要猜了嘛！咱们说点别的……”刚饮了半杯酒，淇奥的脸上红扑扑的，看起来便分外惹人怜爱，“上次那个在府外大胆向表兄示爱的王姑娘后来怎么样了？”

“王姑娘……”杨政道挪了挪座下的软垫，“雪鹭，那天你让香堇把她送回家以后，她还来过吗？”

雪鹭盈盈一笑，佯装无奈地叹道：“哪有回家？才到了半路她就吵着要回来。香堇怕她想不开，只好带她来找我。”

杨政道的手微微停滞了一下，笋尖从他的筷子上落到了碗里，惊讶道：“你怎么从未跟我说过？”

“现在说不也来得及嘛！”雪鹭娇笑道，“我跟她说，宣平侯除了长相还凑合之外，别的还真没有值得她紧追不放的。咱们府里稍微长得像样点的丫鬟都没逃过他的魔爪。他平时喜欢喝酒，喝完了就打人。一年四季从不洗澡。睡觉爱打呼噜。还有……”

“雪鹭。”杨政道忍了又忍，实在忍不住了才说道，“你这样说是没用的。你应该说，我是个沽名钓誉之人，专门剽窃人家的文章，还总爱拿下人当靶子练箭。”

李恪与淇奥对视一眼，俱不可思议地大笑起来。淇奥捂着肚子倒在李恪怀里，试了几次才止住笑。李恪伸手拍了拍她的后背，免得她笑噎过去。半晌，他才开口道：“除了这法子，你们真没有别的说辞了吗？”

雪鹭点头，很认真地回答道：“有啊！不过都没有这法子效果好。三哥知道吗？王姑娘听了我的话之后，便下跪向我拜了一拜，说还好我告诉她，不然她的终身可就要毁了。最后还好声好气地跟我说，趁着年轻赶紧向陛下提出和离。”

杨政道忍俊不禁：“这王姑娘倒也有趣。”

正说笑间，便见香堇自外间进来，将一封信递到了杨政道的手里。杨政道接过信，对她摆了摆手，香堇立刻躬身退了下去。

雪鹭将头凑过去了些，好奇地问道：“是谁的？”

杨政道拆开信，只看了两行字便倏地站起身，神情凛然道：“辽东。岳父的家信。”

此言一出，座中三人皆敛了方才的调笑之色，几乎异口同声地问道：“信中说什么了？”

杨政道紧握着信笺的双手微微地颤动了一下，看到最后，只觉一股寒气从脊背一直蔓延到脖颈，凉得他一时竟忘了回答他们的问话。过了许久，他方才蹙眉，生硬地吐出了两个字：“安市。”

李恪见他神色有异，忙拿过信笺自己看。江夏王说，唐军在连战连胜之后，受阻于临近高句丽都城平壤的一个名为安市的小城。在写下这封家书的时候，他们已经被困了整整一个月。安市地形险峻，易守难攻。僵持到最后，便只有两条

路走：一是强攻，二是撤退。可这两条却几乎都是死路。

杨政道按住了李恪的手，宽慰道："别急。陛下身边多的是文臣武将，再说，他自己亦是久经沙场的统帅，说不定此时已经想到法子突围了呢！"

李恪摇了摇头，满目忧心地说："表兄，你不懂。陛下不是没有法子，只是他不愿意用而已。"

杨政道想了又想，还是不解地问道："什么意思？"

李恪看着满桌珍馐，却再没有了吃的胃口："如今的安市与当年的武牢关并无二致。"

"围魏救赵？"杨政道恍然，"对！如今高句丽举国之兵几乎都在安市。只要派小股精锐部队越过安市，偷袭平壤，不怕高句丽人不乖乖臣服。可是，为何不用？"

"内雪前隋之耻，外解新罗之困，都只是借口而已。陛下要的是张扬国力，臣服四夷，自然不愿行险使诈，而要堂堂正正地攻下高句丽。在这一仗里，过程与结果一样重要。所以，这事相当麻烦。"

"一定要这样吗？"杨政道狐疑，"况且，你如何能确定陛下心里就是这么想的呢？"

李恪微微叹了口气："我真希望我不那么确定。可他是我的父亲，我不只相信他，更了解他。所以刚开始的时候，我就很担心。我怕我一时的小聪明会酿成无法弥补的罪孽。"

杨政道望一眼外头慵懒照射而下的月光，酝酿了许久，终究还是沉默不语。

在之后很长一段时间里，李恪都不曾提起高句丽之事。自十二月起，辽东不断有军报传至长安，太子并没有主动告知其中内容，而杨政道自那以后亦未再收到江夏王的家信。辽东的战况仿佛成了萦绕在朝臣心里的一朵随风浮动的疑云。

此时的大理寺正堂内，元仁虔正在认真翻阅着今早刚收到的一份奏报，说话的时候带出了一片热气："殿下，崇州府前番重审了江一流的案子，判了流刑。"

李恪放下一直捧在手里的茶杯，接过奏报一看，摇了摇头道："其实流刑还是重了。不过大理寺也不便随意插手地方事务，随他去吧！看下一个。"

元仁虔将朱笔放回笔架，笑着说："殿下，您已经连续看了两个时辰了，歇一会儿吧。"

"也好。"李恪站起身来活动了一下筋骨，坐得久了，双腿仿佛都不是自己的了。长安城连下了三日大雪，阴冷得让人难受。李恪的右手臂曾受过两次伤，近来因为天气的缘故，只觉酸痛难挨，有时连笔都握不住，因而批复俱由元仁虔代劳了。

元仁虔见李恪手臂上绑了厚厚几层绑带，便关切地问道："王太医前番配的草药难道还没有效果吗？"

李恪抬了抬手，立刻便闻到一股黄麻草特有的气味，才举到肩膀处，便吃痛地放了下来："他说，如果敷上一个月还没有好转的话，我就把他的府邸给砸了。现在是第十二天。仁虔，你可以准备起来，考虑下让哪几个人去砸。"

元仁虔明知这是说笑的话，却还是很认真地点头道："臣可以亲自带人去砸，萧少卿估计也有兴趣。"

李恪心中暗道，这位元少卿原本不苟言笑，做事一板一眼，如今被萧锐带得竟也活络起来了。正想着萧锐，便见他大步流星地进了殿中，旁边还跟着两个差役和鼻青脸肿的狱丞张放。李恪惊道："怎么回事？"

萧锐坐到李恪身边，将手靠近火盆取暖："走在路上被人打的。张放，你自个儿跟吴王说说吧！"

张放摸摸眼角的乌青，立刻痛得龇牙咧嘴，如女子般尖细的声音响起："殿下……臣实在是遇着了飞来横祸。臣在泰安客栈门前跟一个路过的妇人说了两句话，突然就被人摁在地上，狠狠打了几拳。"

李恪眉心一拧，京城的治安真的差到如此地步了吗？齐长升究竟是怎么管的？想着便问道："知道打人的是谁吗？"

张放点点头，眼神却是怯怯的："臣……臣知道。此人现在正在外头。"

萧锐在旁补充道："不是他亲自动手，是叫手下人干的。当时这俩差役是想还手的，却又不敢贸然还手。因为他是……"

李恪截住了他的话："哪那么多多余的话，管他是谁，先把他押进来再说！"

不多时，就见那人犹豫不决地进得正堂来。他穿着一席檀色玄武绣样的圆领长袄，发冠上镶着的一块和田玉晶莹透亮。李恪见着他先是一惊，接着便怒气上涌，呵斥道："你跪下！"

那人一听，忙听话地屈膝于地，接着又抬头，带了几分喜色地叫了一声："哥哥。"

"不要叫我哥哥！你能不能不要每次回来都弄得那么惊天动地的？"李恪用力甩袖，右手立刻传来一阵剧痛，连身子都不由摇晃了一下，"当初我是怎么跟你说的？你又是怎么跟我保证的？"

李愔小心翼翼地观察着李恪的眼神，又望了望在旁不发一言的张放，有些心虚地说道："哥哥，咱们待会儿私下再说好吗？事情不是你想的那样的。"

李恪这次再不吃他这一套了，只厉声道："既然不是，那你说，到底怎么回事？"

李愔挠了挠头，满腹委屈地说："今天早晨我看到这老头正在泰安客栈门口调戏一个长得挺漂亮的女人。那女人挣扎不过，便出声求救。于是，我忙让瑞喜前去喝止。谁知他不听，我没法子，只好叫底下人稍微教训了他一下。"

"蜀王殿下可不能信口胡说！"张放咧着受伤的嘴巴，含糊不清地说道，"臣见那名女子捧了十几个热乎乎的古楼子，手又受了伤，这才想去帮帮她。其后赶来的两名差役也都见到了。臣说的可都是真的啊！"

两名差役适时地走上前来，齐齐下拜道："卑职等可以做证，张狱丞并未妄言！"

"你们……"李愔气得面庞发青，伸手指着面前几人，却连一句完整的辩解之词都说不出。

李恪敛了眼底一抹警惕的神色，淡然说道："仁虔，先带他们下去。张狱丞，你好好回去养伤，本王自会给你一个交代。"

张放听这话明显有些和稀泥的意思，面上的不满一闪而过，旋即却只是恭谨地行了一礼道："多谢殿下。"

见正堂中只剩下李恪与萧锐二人，李愔这才起身，揉了揉酸胀的膝盖，看李恪仍是一脸肃容地望着面前的案卷出神，便只得朝萧锐使了个眼色。萧锐一摊手，给了他一个"他是我长官，我不便多说"的无奈表情。

李愔没有办法，只好硬着头皮朝前走了两步，深深一拜道："哥哥还是不相信我？当时我只让瑞喜和韩光上前拉住他，拉扯中可能打了他几下。可是，我真的不知他为何又会伤成那样。"

李恪依旧没有看他，脑中忽有一个念头掠过，旋即却被从手臂处传来的疼痛打断，待回转过神来的时候，却只是如常般关切地问了李愔一句："玮儿还好吗？"

"玮儿？"李愔被他突如其来的一问惊得不知如何回答，半晌，才摇了摇头说道，"还是不大好。上个月去净通寺求了一签，老方丈说，这孩子天生父母缘浅，若要平安长大，便不能养在自己身边。所以，这次回来，我想把玮儿留在哥哥嫂嫂这里养，好不好？"

"弟妹若舍得，自然没问题。"李恪饮了口案上那杯已经放凉了的茶回道。

李愔听了这话，心中的狐疑更甚，便越发不安地说道："这事哥哥到底打算如何处理？如果你觉得为难的话，你说，让我怎么做，我听你的就是。总不能让人觉得你护短。"

"还真是长大了呢！"李恪欣慰地笑笑，"放心吧！你那些芝麻绿豆的小事，还难不倒我。"

萧锐在旁听了许久，直到听他如此说，这才忍不住说道："你也不要太大意了。我看这事就麻烦得很！六弟，你也是！怎么做事还这么冲动？你哥哥如今连正事都忙不过来，你还给他这样添堵。"

"好了，姐夫，不要再说了。此事未必是六弟的错。"

李愔不断变化着表情，最终定格于如释重负："真的吗？我也有做对的时候？"

"没说你做得对。"李恪纠正道，"只不过我能理解在那种情况下你的做法罢了。”

萧锐看了李愔一眼，心道：这一母同胞的两兄弟，资质和性格差得未免太大；若李愔有李恪一半的心计谋略，倒也能成为一个极好的助力。如今，他只求李愔不要拖后腿便是万幸了。于是，他情不自禁地微叹口气：“但这还得是在你说的全是实话的情况下。六弟，你敢对天起誓吗？”

李愔听罢，忙又跪了下来，以手指天，刚想开口，却听李恪说道：“不用了。是非曲直，我心里有数。你是昨天回来的吧？有没有进宫去见过太子？”

“其实若非碰到这档子事，我如今已经在东宫了。”李愔说着，却又觉心里实在憋闷得难受，“哥哥既信我，便是不信那个张放了是吗？他究竟为了什么要如此诬陷我？”

萧锐难得觉得李愔的话有理，便也附和道：“张放在大理寺当了十多年的狱丞，做事向来稳当，且他不喜与人交往，大伙儿对他家里的情况也不甚了解。若说他胆敢公然构害堂堂亲王，我觉得不大可能。”

“是啊！为什么呢？”李恪以手撑头，抬头望着天面上那块青砖上的黑点，自言自语道。

“看你那么笃定，原来你也不知道啊！”萧锐顺着他的视线望去，也觉得那黑点实在碍眼得很，明日定要记得让差役们好好清理一番。

李恪打了个哈欠，缓声说道：“别急，早晚都会弄清的。六弟，你现在马上去见太子述职，不要让人抓到任何把柄。还有，从今天起，你就好好待在王府不要出门。有事情我会过来找你。”

李愔爽利地答了一声“是”，便转身离去了。

李恪这才将头伏在了手臂上，有气无力地说道：“姐夫，帮我一个忙……”

“派人盯着张放？你就是不说，我也会这么做的！若这老小子真存了什么坏心眼，看我不亲手绑了他来受审！”萧锐恨恨地说道。

“不是！”李恪用力咬了下嘴唇，额上已然冒出冷汗，“你赶紧让人把王寿德叫过来！我这手臂再被他这么治下去，怕真要废了！”

王寿德进来的时候，天上正下着鹅毛大雪。李恪见他发上眉上，甚至睫毛上都沾着雪花，便知他是没打伞就急匆匆地赶来的。

季恩将手上的帕子递给他，打趣着道："王太医快擦擦吧！瞧您，都已经白头了呢！"

"多谢小季护卫。"王寿德胡乱擦了两下，便上前为李恪把脉。

季恩见他眉头拧得越来越紧，便焦急地问道："怎么样了？"

王寿德并不急着回他，有未擦干的雪水沿着他的面颊流了下来。半晌，他才放下手，疑惑不解地问道："这才过了几天，不应该这样啊！殿下，您这两天有没有吃寒凉辛辣的东西？"

李恪摇了摇头："我本不爱吃这些，况且，你上回不是才说过吃不得吗？脉象是否有不妥？"

"是很不妥啊殿下！"王寿德的面色一阵青一阵白，想了又想，觉得还是直言的好："以脉象来看，您体内郁结着大量寒气，且寒气恐已经入了骨髓。靠外敷已经不管事了，得慢慢地内调。还有，您平时劳累过度，忧思过重，上回您让臣给宣平侯配了些安神补气的药，其实您比他更需要。您虽然年轻，身体底子好，可也不能这样糟蹋自己啊……"

李恪摆了摆手，有些不耐烦地说道："好了好了，我知道了。王寿德，我今日总算知道陛下为何不把你这个太医署令带去辽东了，你的话实在太多。有病就治，有药就用！你管我想什么做什么。"

"臣不管不行啊！"王寿德脱口而出道，"陛下将臣留下还不是为了您的身子！倘若他回来看到您这样的身体状况，怕把臣革职都是轻的。"

"父亲……"李恪如梦呓般低低唤了一声，很快便又恢复了如常的淡然，只道，"那你就帮我好好调治吧！你要我怎么样，我都听你的就是。"

果然关键时候还是得搬出陛下来才有用。王寿德看着雪水慢慢渗进自己的外袍，一边想着一边说道："好！小季护卫，你现在马上送殿下回府好好休息！"

李恪看着案上的几本奏报，不假思索地说："那不行！这才刚敲过寅时，我这儿还有事没处理完。再等一个时辰我就回去，好不好？"

"殿下！"王寿德底气十足地唤了一声。

"也罢，季恩，帮我备车，我现在就回去。这下行了吧！"

王寿德带着十足胜利者的姿态，心满意足地笑了笑说："殿下回去以后就好好躺着，什么都不要做。臣会把药熬好以后送过来的，您按时服用就好。"

"行！我都知道。你就安安心心地回去吧。"

王寿德站起身，提起地上的药箱，总觉得还要再说些什么才放心，可又怕李恪嫌他烦，便只好施礼一拜后转身离开了。可他还未跨出门槛，就见季成抖了抖身上的白雪，趋步走了进来，声音洪亮地说道："殿下，大兴善寺玄济禅师正在外头求见，您要见他吗？"

李恪面上满满都是喜色："见！马上就见！先带他去偏厅等候着吧！"

王寿德听他不过刹那就把自己的话忘到九霄云外去了，便赶紧又走至李恪面前，气鼓鼓地说道："殿下，刚才还说得好好的……"

李恪这才发现季成的大嗓门还真是能坏事，便赶紧赔笑着说道："最多半个时辰。出家人大老远来一趟也不容易。你就放心吧，身体是我自己的，我比你在乎。"

王寿德哑口无言，颇为无奈地摇了摇头。

巳时时分，当王寿德和太医署两个年轻的小太医到达吴王府的时候，武梁正带着朱六、钱金那几个小厮在庭院里扫雪铺草垫。王寿德方才见府外有几条车辙，却没有留下任何脚印，便皱着眉头对武梁说道："殿下到现在都还没有回来吗？"

武梁把毡帽拿了下来，拍了拍上头的积雪道："大概一个时辰前，殿下回来过。不过，还没来得及下车，就被庆贵公公叫去宫里了。据说辽东又来了战报，估计事情不小。"

王寿德"唉"了一声，重重一跺脚，雪地里立刻多了一个深深的足印："武梁，这京城地面上你也熟，你最好帮我打探着点，哪家医馆里缺大夫。"

武梁边领着他们往草垫上走，边不解地问道："王太医问这个做什么？据小人所知，普仁坊妙春堂的盛大夫似乎想要收两个徒弟，还有崇仁坊福安堂的邵大夫仿佛也需要一个帮手……"

王寿德露出了一个比哭还难看的笑："我家里上有父亲和祖父要奉养，中有一个瘫痪在床的哥哥要照顾，下有四个垂髫小儿要抚养……"

武梁眼睛一眨不眨地打量着王寿德的表情，实在不知道他突然向自己诉苦的原因，心里想着：您这俸禄也不少了，管这些人吃穿用度可不是绰绰有余？正纳闷间，却又听王寿德嘀咕道："还有我那妹夫，今年生意做得不济，亏了不少钱，总也该帮衬着些……"

"你若真被革职，本王送你一间医馆开！"李恪的声音虽然透着掩饰不住的疲惫，但威严尚在，让人不觉凛然。

王寿德见他始终弯曲着右臂，便忙上前扶着他坐下来，转头吩咐那两个小太医道："你们俩跟着武管家去把药再热一热。"

李恪见他那副不安的样子，便安慰他道："你就放心吧！我父亲知道我是不会听你的话的，所以我就算有什么病痛，他也不怪不到你头上。"

"殿下以为臣着急治好您只是为了陛下的旨意？"王寿德脸上露出了与方才截然不同的表情，"臣是真心钦慕陛下，亦是真心钦慕您的。"

"我知道。这是最后一次了。我已经把大理寺的琐事全部托给仁虔和姐夫了。王太医如果不嫌麻烦的话，可以每天过来瞧瞧，看我有没有按时服药休息。"

"是！臣一定会来的。"王寿德爽朗地应了一声，伸手一拜到底。

李恪是在半夜突然发起高热的。待淇奥发觉异常的时候，他的身子已然抽搐得十分厉害了。淇奥接过白檀手里的冰帕，敷在李恪烧得滚烫的额头上。即便已经盖了三床棉被，可他依旧在不住地打着寒噤。

"这样是不行的！白檀，他们都还没有回来吗？"

白檀亦面露焦色地说道："武梁和几个小厮去找坊间的大夫，季恩进宫请太医去了。唉……早知道不让王太医那么早走就好了。如今外头正下着暴雪，路上难走。无论医馆和宫里都远，怕没有那么快到。”

“可他这样子……”淇奥紧紧握着李恪的手，忽然想到了什么，赶紧起身说，“叫表兄过来！他好歹会些医术，府邸离咱们这儿又近。”

等杨政道赶到的时候，李恪的神志已经完全迷糊了。杨政道在看了许久之后才神色凝重地说道：“的确十分危险。我必须施针把他体内的寒气逼出来。可是我毕竟不是大夫，淇妹，我也没有十成的把握。”

淇奥只想了片刻，便十分肯定地点头道：“我相信表兄。”

“好。我会尽一切所能的。”

杨政道这施针的手法小半是当年权万纪传授给他，大半是他自己照着医书琢磨出来的。所以若非真的紧急，他是绝不会用李恪的身体来冒险的。最后一针扎下去的时候，杨政道的手微不可察地颤了一下。白檀在旁很贴心地为他擦去了额上的汗珠。感觉到李恪的脉象渐渐平静下来，杨政道这才镇定下心神，连声说道：“还好，还好……”

淇奥面上的焦灼之色未减：“这样就没事了吗？”

杨政道摇了摇头：“施针不过是不让寒气继续蔓延至他的肺腑。至于高热，恐怕没有三四日不能完全退下去。”

淇奥见李恪的内衫被汗水浸透了大半，便忙吩咐白檀去拿一件新的给他换上。刚想扶着他起来，便听得他喃喃低语：“父亲，都是我不好，都是我不好，父亲……”

“父亲？”杨政道站起身，看着李恪微微泛着潮红的脸，问道，“陛下怎么了？是不是太子跟他说了什么？”

“陛下十几日前在阵前杀了江夏王叔麾下副将傅伏爱，下令放手一搏，强攻安市。可打了三日三夜都攻克不了。而且……”淇奥说到此处，突然也觉得鼻尖泛起一阵酸楚，“而且交战的时候，陛下曾被流矢所伤，所以后来陛下只得下令撤军。好在高句丽还算识时务，没有再作反攻，朝廷大军也总算全身而退了。估摸着再有一月半月也该回来了。”

杨政道听着寂静寒夜里树枝被雪压断的声音，忽有一种无能为力的挫败感涌上心头：“如果能打赢这场仗该有多好！可惜，一切都是命中注定的。淇妹，你相信命运吗？”

淇奥淡淡地一笑：“我相信。要不然，我和他不会在一起。可是比之命运，我更相信他。”

一月二十一日，大军归朝。其实严格来说，高句丽一仗唐军并未打败，可不败与胜利到底是有着本质区别的。不过，没有人会如此扫兴地说出这样的话，也没有人会去深究这样的区别在哪里。而长安各坊百姓们所津津乐道的依旧是突厥人自作聪明，自取其辱的事情。

李世民回京之后下的第一道旨意便是再拜萧瑀为尚书右仆射，位列众宰相之首。其后他就以身体不适为由拒见任何人，亦未让嫔妃在旁侍候。劳师远征却无功而返，这对于像他这样一位曾经无往不利的常胜将军而言是最大的耻辱。更不幸的是，他已经步入暮年，再也没有第二次机会了。

后背有隐隐的痛感袭来，李世民不由自主地握紧了拳头。那一箭不过是皮肉之伤，当时只休息了短短五日便下床了。可这却成了压垮他心理防线的最后一根稻草。这伤告诉他，有些事情，无论如何努力都是无力回天的。

王忠在殿外犹疑很久，终究还是缓缓地走进来，将刚熬好的一碗小米粥端到他的面前说道：“陛下晚上都没有好好吃饭，如今好歹也吃一些吧。还有……三殿下在外头，您如果不想见他的话，奴婢就劝他回去了。”

李世民刚拿起勺子，听得他这一语，立刻又放了下来，长吁了一口气说道：“让他进来吧！”

虽然早间曾在迎候自己的朝臣里看到了他，可一旦他那么近地站在自己面前，李世民还是吓了一跳。才半年多不见，这孩子看起来却足足瘦了一圈。虽然他强打着精神，可眼里的神采比之前要黯淡许多。李世民心中不由一紧，便忍不住嗔道：“你又把王寿德的话当耳旁风了是吗？”

那次高热的确大大伤了他的元气，到现在都没有完全康复。李恪侧过身子轻轻咳嗽了两声，耳中立刻有嗡嗡的响声传来。

“父亲，这次真的没有。只是这天气委实讨厌得很。”

“比起你说的话，我更相信自己的眼睛。”李世民舀了两口小米粥送进口内，虽没什么味道，却软糯清香，倒也合他的口味，“过来吧。”

李恪颔首，走过去坐到他的对面，从袖内取出了那个鱼符：“父亲既已回来，自该完璧归赵了。”

李世民并未伸手去接，随口说了一句：“你喜欢的话，放你这里也无妨。”

李恪的手在半空中微微停滞了片刻，旋即却又直接将它置于案上：“可孩儿怕弄丢了，还是放父亲这里安全。”

李世民朝着王忠摆了摆手，王忠立刻会意地带着殿中的几个小宦官退了下去。目光在鱼符上凝结了许久，李世民才开口说道：“朕把它交给你的时候说过，不到万不得已的时候，不许让旁人知道它在你这里，是吗？”

李恪的心似陡然被人狠狠地揪了起来，在瞬间的疾痛与茫然之后，却只是坦然问道：“父亲在怪我吗？”

“这是朕给你的权力。朕若怪你，岂不是在怪自己？”李世民用手抚过那鱼符，神情漠然地说道，“只是，吴王，你不该滥用权力！你既早洞悉了突厥人的阴谋，早早让薛万备在潼关直接抓了他们不就行了，何必舍近求远，故作神秘，绕了这么大一个圈子？”

因为我不能确定他们究竟还有多少人，更不知他们是否有更大的阴谋，所以只能小心翼翼地引蛇出洞啊！若父亲您真的了解事情的前因后果，就断然不会想不到这点。李恪险些就要将这话说出口了。可话到嘴边，又被他咽进了肚子里。

李世民似乎并未注意到李恪面上近乎绝望的表情，只继续说道：“还有，你做任何事都自作主张，不跟太子商量的吗？朕是让你帮着太子，却没有叫你架空太子！吴王，你把朕多年来对你的爱重和信赖置于何地？将朕与太子的颜面又置于何地？”

李恪只觉喉间似乎有一股腥甜之气将要喷涌而出，他硬生生地将自己一直弯曲着的右臂伸直了些，痛得几乎让他落下泪来。不知过了多久，他才恭敬地说道：“可我已经做了，父亲若有弥补的办法，我定然照做。”

李世民有意无意地躲避着他的眼神，决然道：“你以为所有的事情都可以弥补得了吗？如今长安城的街头巷尾，就连三岁稚童都知道吴王是怎样一位英明果决的贤王。你是出尽了风头，挣足了面子，那么太子呢？你让太子将来如何立威？”

“父亲以为我在意的是风头与面子？您从小就是我心中的英雄。母亲死后，我曾经误解过您，可您知不知道，只要您的一句话，这误解便能立马消失。那是因为我相信您，而我以为您也是相信我的……”

李世民的眼神依旧飘忽不定，半晌也没有找到焦点：“朕自然相信你，可你不能仗着朕的相信恣意妄为。”

李恪屈膝于地，深深一拜：“父亲放心。您的意思我明白了。我不会让您为难就是。”

李世民起身走了两步，看着外头渐渐暗沉下来的天色，压抑着自己以诡异速度跳动着的心，握着拳的双手冰冷无温。不知过了多久，他才又转过身来，伸手扶起了李恪。与他掌心相触的刹那，这才惊觉他的手竟然比自己的还要凉。

李恪见案上的烛火闪动得十分厉害，便忙拿起一边的剪子，正欲剪去那根分叉的烛芯，手臂上痛入骨髓的感觉却突然袭了上来。李世民眼疾手快地接住了那把险些掉到地上的剪子，不由分说地擦起李恪的衣袖看，只见他臂上的骨节红肿凸起得十分厉害，看着就觉得疼痛难当。

李世民扬声道：“你这手当年就没好好地治。现在受苦的还不是你自己？！”

李恪缩回手，若无其事地挤出了一个笑容：“没事的，等天气再暖和点就会好的。父亲，若真有什么能让我难受，绝不会是这个！”

李世民一时竟被他的这句话激得无言以对。直到被忽明忽暗的烛光晃花了眼，他才淡淡地说了一句：“没事就好。”

“自然是没事的。时辰不早了，陛下也该安歇了，李恪告退。”说罢，李恪再施一礼，也不待李世民答应，转身便走出了内殿。

一直在外殿侍候着的王忠一见到他，忙快步迎了上去，唤了一声：“殿下。”

李恪微笑着向他点了点头："许久未见，王公公可安好？"

"多谢殿下关心，奴婢一切都好。"王忠一直送他到归云亭，似乎一路上都在思考着说话的方式，直到此刻才将心底的话说出了口，"请殿下相信，陛下无论对您说了什么，都是口不应心的。"

李恪面上的表情并未因他的这句话而有所触动，转而便随着掌灯的小宦官往宫门口的方向走去。王忠看着他远去的背影，直到他慢慢地消失在黑夜之中，都没有收回目光。

"陛下到底跟他说了什么？"王忠还在出神的时候，身边一个阴沉沉的声音忽然响起。

王忠忙躬身向他，颇为感慨地说道："陛下比奴婢想象的更果决心狠啊。"

"可我见他方才的神情，倒全然看不出异样来。"

"您不是不知道他的性子。自打那事以后，一直都是这样。"

"这性子对他可没有好处。陛下过去是惯着他，可现在……不一样了。王公公心里应该有数。"

王忠只觉身上的汗毛竖起，幸而在夜色之中没有让那人看清自己面上复杂难测的情绪："奴婢会的。您就放心吧。"

那人的嘴角微微上扬，露出了一抹意味不明的笑容："王公公到底如何才能让我放心？"

王忠略略一想，话语深沉地说道："至多还有一个月，陛下必会让吴王去安州就任。"

"安州？可不是吗？他还是安州都督呢！"那人挑了挑眉，似乎很不满意他的回答，"可是，以他的才干只做一州长官，岂不太委屈了？"

王忠略一迟疑，终是不解地说道："奴婢不明白您的意思。"

"公公不用明白。明白了，可就没意思了。"

待王忠回到武德殿内殿书房的时候，李世民犹在案前翻看着奏疏。烛灯照在他银白色的额发上，眼角几道皱纹亦清晰可见。王忠在这一瞬间有了种错觉，似乎就在今晚，李世民突然又老了几岁。其实他平素是绝想不到要将"老"这个字与这位依旧能在战场上叱咤风云的帝王联系在一起的。然而现在，他竟然发现，这位帝王是真的老了。

"刚才是你送他出去的吧？他还好吗？"李世民拿起朱笔，在奏疏上写了几个字，漫不经心地问道。

王忠心下陡怔，刚想开口的时候，却又听得李世民说："算了，不必说了。朕知道他难受。可朕心里也不好过。只是事已至此，朕已然没有第二条路走。他明白最好，不明白，朕也无可奈何。"

九嵕山的风透着几分沁入骨髓的冰寒。李恪到达昭陵的时候已近正午，空中落下几滴小雨，扬起了地上的阵阵尘埃。自他母亲迁葬入此地以来，他每年必要来个两三次，为祭奠，亦为倾诉。

李恪一遍遍抚着碑上的几个字，那些远去的，却永远扎根于他心底的记忆此刻正争先恐后地向他袭来，一时竟让他招架不住。就在方才的那一瞬，有一个荒唐的想法从他的脑海中闪过：如果那一年他跟着母亲一同死去，或许对所有人，甚至对他自己而言，也并不是一件坏事吧。

那个时候，姨母告诉他，是宇文士及策划了那场刺杀案。他虽然半信半疑，却终是绝了要继续追究的念头。其中大部分原因是为了他的父亲。他不能让他们父子间再生出任何不必要的嫌隙来。然而，让他没有想到的是，这嫌隙根本与他的执念无关。他想着想着，只觉喉头堵塞得难受，便忍不住剧烈地咳嗽起来。

顾缘一手拄着拐杖，一手拿着只水袋，一步步艰难地朝他走来。李恪回头见着他，心中才涌起一丝暖意："顾公公，你有酒吗？我要喝酒。"

顾缘一愣，却只点了点头，转身从屋里拿了一大坛酒出来。李恪想都没想便揭了酒坛的盖子，生生灌了两大口在嘴里。这是藏了几十年的烈酒，李恪只觉腹内像被火烧着一样难受，脑中所有的神经都在不停地抽搐着，双腿一软，不由自主便倒在了地上。顾缘这才慌了手脚，赶忙扶住他的身子，低沉地唤了一声："殿下……"

李恪并不理会他，只拿起被自己搁在一边的酒坛，又饮了几口，摇晃地站起身来，走了没几步就忍不住把刚刚饮下的酒全部吐了出来。只见他的脸色从一开始的酡红变为苍白，额上沁出了许多汗水，双手却冰凉得毫无温度。

顾缘刚想伸手去扶他，却被他轻轻推了一下，然后自顾自踉跄地朝前走去。此时的雨水中还夹杂着些许雪花，打在脸上只觉麻痒得难受。在顾缘的记忆中，仿佛只有二十年前李恪母亲猝然而逝的时候，看到过他这般悲恸到万念俱灰的神情。于是，他便只能十分忧心地一路跟在李恪的身后。

“殿下，进去休息一会儿吧。”顾缘蹒跚着上前几步，指着他所住的木屋，眯着双眼哑声说道。

李恪看着他黯淡无光的眼睛，揉了揉自己依旧在隐隐作痛的后脑勺，无力地点了点头。他是真的不会饮酒，可心底那些不足为人道的酸涩与苦闷，也只有靠酒才能得以排解稍许。顾缘颤抖着双手将一杯清茶递给李恪，李恪看着杯上一朵盛绽的桃花，露出了苦涩的笑容：“好美的桃花，母亲当年就最喜欢桃花。”

顾缘听着山上时不时传来的猫头鹰的鸣叫，轻轻哀叹了一声：“殿下不是已经放下过去的事情了吗？怎么今日又会这般难受？”

“难受吗？”李恪半闭着双眼，摇了摇头，“我不难受。我只是恨我自己……是我高估了自己，是我没有能力做到让所有人满意。”

顾缘犹疑片刻，终于还是伸手轻轻地抚拍起李恪的后背：“那就什么都不要做了。倘若公主看到您现在这个样子，该心疼死了啊。”

“可我已经入局，便只有硬着头皮走下去了。”李恪将手枕在自己的左臂上，声音空邈得不大真实，“顾公公，再给我讲讲过去的事吧。我想听……”

顾缘将手边的一条毯子披在了李恪的身上，缓缓道：“那就说说这杯子吧。这原本是萧公为公主准备的众多嫁妆中的一件，后来公主又把它赏给了奴婢。殿下知道吗？当年，不论是高祖陛下还是萧公，都对公主和秦王的婚事乐见其成。李家与杨家本是亲戚，所以他们举的从来不是灭隋，而是继承大业的旗帜。后来宇文氏在江都弑君，秦王更是以为隋朝复仇的名义出兵平叛。他能风光纳了隋朝公主为妃，自然就是最好的证明……”

李恪只听了两句话就觉阵阵困意袭来。顾缘不知是没有觉察到他已然睡去，还是并不在意他是不是在听，只兀自说道："他们不过是在利用公主，可公主却对他一心一意。这世上的很多事情原本就是不公平的。殿下，自私一点，好好地照顾自己就好了。他们是不会领你的情的。"

外头的雨雪都已经停了，可风却越来越大，比之方才又要冷上几分。顾缘站起身来，摸了半日才摸到了那根拐杖，正欲拉下帘子之时，就听得外头轻叩门扉的声音，便只得缓步朝前走了两步去开门。

王忠在外搓了搓手道："老哥喝酒了？倒是少见！"

顾缘下了门闩，并没有应他的话，只是反问道："这么冷的天，他倒还记得让你上山来？"

"今日是公主的忌日，陛下怎么可能会忘记？"王忠看了炉上正冒着热气的茶釜一眼，压低了声音问道，"三殿下在里头？"

顾缘拿起茶釜给王忠斟了杯茶："他喝醉了。"

王忠微抿了一口茶，惊讶地道："他来倒是不奇怪，可他从来喝不得酒的。上回在宴上喝了一口，回去就出红疹子，可把陛下急坏了。"

顾缘不以为然地轻哼一声："若他真的在意公主，当年就不会发生那样的事情。若他真的在意三殿下，就不会让他自伤至此！"

"老哥啊！你根本什么都不懂。"王忠嘴角不由露出一抹苦涩，"陛下不是普通人，他不可能像普通人一样，只想着儿女情长……"

"我是不懂。我只知道，公主可怜，三殿下也可怜。你没看到刚才他那个样子，如果不是心里还有所牵念，恐怕他连死的念头都有了。这世上除了你那位陛下，怕没有谁能把他逼成这个样子吧！"

王忠不由倒吸了一口凉气："陛下不过不痛不痒地说了他几句，真有那么严重吗？"

"有没有那么严重只有陛下自己知道。"顾缘摇头喟叹，"他和公主一样，都是把感情看得很重很重的人。旁人用三分真心对他，他就能还给旁人十分。旁人若伤他三分，他却只会用十分来伤自己。"

王忠见和顾缘说不通，便也不再说话，只略坐了一会儿就走了。

李恪酒醒的时候已是深夜。腹内的灼热之感渐渐地退了，脑中也不再那么难受，只是闻到空气中的那抹酒气时，依旧有些不适。顾缘舀了盆温水，拧干了一块干净的帕子递给他："殿下回去躺一会儿吧！夜路难行，您不如到天明了再回去好了。"

李恪擦了擦脸，顿觉精神舒爽了许多。他有些忘了自己为何要喝那么多酒，也记不大清自己在母亲墓前都说了些什么。他看了看顾缘忧心忡忡的眼神，不由笑道："顾公公别着急，我现在不走。给我点吃的好吗？我饿了。"

顾缘松了口气，连声道："好好好。殿下稍等一会儿。"

待李恪回到王府时才发现，齐长升已经在门口等了他许久。只见齐长升耷拉着脑袋垂眸说道："殿下，下官有急事禀告。昨天夜里，大理寺狱丞张放被人杀死在沈巷街上，当场毙命。"

"张放死了？"李恪伸手扶在门口一只石狮子的背上，讶异道，"这一个月，他不是一直在家里养伤吗？他的府邸在崇仁坊最西面，而沈巷街在普仁坊朝东，就算骑马也得花上一个半时辰才到。他去那里干什么？"

齐长升活动了一下有些发麻的腿，说道："下官问了张放的妻子张赵氏。张赵氏说，她曾经劝张放天色将晚，最好不要出门。可张放却说，有贵人相邀，非去不可。"

"什么样的贵人？"

"张赵氏不过一妇道人家，并不知道内情。不过……"齐长升稍作犹豫后才说道，"当时是有几个人看到凶手的，据他们的描述，那个人的背影很像……很像瑞喜。而蜀王殿下的府邸可就在普仁坊啊。"

"齐长升，你说话经过脑子了吗？"李恪的声音虽有些沙哑，却犀利如常。

齐长升挠挠头："经过了的。可是……可是下官职责所在，不得不做些合理的推断。"

李恪近来倒是越来越喜欢这位自己一手提拔起来的雍州长史了。他是为人处事不拘小节，还时不时爱奉承自己两句，又总奉承不到点子上，可他是真有办事的能力，且于大节处亦有自己的脾性。李恪想着，便只是又淡淡问了一句："找到瑞喜了吗？他怎么说？"

齐长升见李恪并没有怪罪的意思，便实言道："因为事涉蜀王，底下人都不敢贸然前去找人，所以下官只能先来告知殿下您一声。"

李恪只觉头脑发麻，过了许久才慢慢理清了脑中的思绪，从腰际解下一块玉牌递给齐长升："别说一个小小的瑞喜，就是蜀王，你也尽管去传讯。他若阻挠，你就说是我说的！"

齐长升面上欣喜之色尽显："多谢殿下。除了咱们陛下，您是这世上，下官最敬重的人了。有您在京城一日，下官就能有一日沐浴在您的神威之中。前几天下官看武梁抱着简简在府门口晒太阳。简简灵气十足，一看就不同凡响，就像您一样。不不不，下官不是说您像狗……不对不对。殿下，下官不是故意的……"

果然正经不过五句话！李恪又好气又好笑："有在这儿胡说八道的时间，这案子都能破了。"

齐长升连声应"是"，又道："殿下您真不管这事？万一真的牵涉到蜀王……毕竟张放跟蜀王是有过节的。"

李恪摇了摇头，笃定地说道："牵涉不到的，你尽管放心去查吧。"

说罢，他便跨马向前飞奔而去了。

第十八章

盘根错节

夜色凉透，绵蛮此时正十分生疏地怀抱着刚刚满月的女儿。因是早产，小女孩生得比一般孩子要瘦一些，哭声也要弱许多。绵蛮只逗弄了一会儿就觉有些烦了，身边的乳母很有眼色地上前两步接过了孩子，笑着说："时候到了，奴婢该给郡主喂奶了。"

金钟见乳母走出了内室，这才蹲在绵蛮脚下，轻轻地替她捶着腿。绵蛮拿起案上不知哪一位王妃夫人送来的一把金锁在手里把玩着，神色慵懒地问了句："熬了那么久，却只生下一个女儿，不知道太子会不会不高兴？"

"怎会不高兴？"金钟觑着她的表情，手里的动作未停，"义阳郡主可是太子的长女，指不定会宝贝成什么样子呢！将来准得给她找个乘龙快婿。"

有一阵阵浅浅的郁金油味道从绵蛮的发间散发出来，九贞髻上斜插着的两根银钗在光照下闪闪泛光。绵蛮垂目："也罢。我就算生了儿子也无用，倒不如让太子妃再高兴些日子。对了，白天的事情到底是怎么回事？你从头到尾给我说说。"

金钟想了一想方说道："良娣您不是让婢子和小园一起去花园里摘一些蜡梅花吗？恰好武才人也在那里。许是因为小园生得标致，她便把小园叫上前去问了两句，问完就说让小园去她宫里当差。小园不敢违命，便只好跟着去了。”

绵蛮挑一挑眉：“都问了哪些话？”

金钟凝望着绵蛮锦袍上的鸾鸟纹样，似在用力地回忆着什么：“并没有什么特别的呀，就问了小园的名字，岁数，在哪宫当差。小园回答得也十分干脆利落，未有任何值得人留意的话。”

“那还真是奇了。”绵蛮转了转眼珠，狐疑地皱了皱眉，“你确定在这之前武才人从来没有见过小园吗？”

“确定！”金钟想也不想便开口道，“小园生性不大爱与人说话，除了婢子以外，她在宫里也没有其他朋友。今日若非武才人身边的宫女自报家门，婢子等根本连她是谁都认不得。”

绵蛮摆了摆手，示意让她不用再捶了：“算了，这也不是什么要紧的事，只要那董太医尚在咱们手里就好了。太子的前途大业可不能有任何的闪失。”

“良娣……”金钟犹豫着，终究欲言又止。

“在我面前，有什么说不得的？讲吧！”

“是，良娣！婢子是在想，此事一旦成功，您与吴王妃怕再也做不得姐妹了。”

绵蛮脸上并不见任何动容，冷冷淡淡地说：“她是正支正硕，我只是旁门庶出，咱们原本就不是真姐妹。金钟，你还记得当年萧铉第一次带她来咱们府上的排场吗？就连父亲见着她也得恭敬地喊一声‘萧大姑娘’。我知道，父亲让我跟她好，就是为了能搭上萧铉，甚至萧瑀的线，却不知我真是厌极了她那一脸不谙世事的样子。所以，与其面和心不和地再装下去，倒不如把话说开了，也乐得自在。”

金钟被她眼里瞬间迸发出的骇人戾气给震住了。她从来不知道，绵蛮心里竟然藏了那么多在她看来十分不可思议的恨。平心而论，吴王妃对她也算是推心置腹了。可绵蛮是主人，是掌握着自己生死荣辱的人，自己是绝不敢对她置疑半分的。

于是，她只是讨好般地说了一句：“良娣有太子护着，将来在后宫，是一人之下的地位，自然不是吴王妃可以比得上的。”

绵蛮满意地点了点头，起身走至窗前，慢慢地抚过窗栏上的一抹灰尘，暗暗在心里说：萧淇奥，你最爱的男人终究会栽在我最爱的男人手里。你莫要怪我，谁叫他们是天生的敌人呢？

“良娣还没有歇息呢！”绵蛮正自出神，就听得太子在身后温柔地唤了一声。

绵蛮转身，刚想敛衽下拜，却被李治一把揽在怀里，横抱至榻上躺了下来。绵蛮将头埋在他的怀里，满目娇羞地道：“这么晚了，殿下还来做什么？”

“孤想你了，非见你不可。”李治抚着绵蛮柔软细腻的面庞，十分动情地说道。

绵蛮将头枕在他的胸膛上，将方才散落下来的青丝一缕缕绕在自己的手指上，面上洋溢着如春花秋月般的笑容：“可太子妃也想殿下，想得睡都睡不着，您如何不去看看她呢？”

李治倏地沉下了脸：“她只会端着她大家闺秀的架子，说些令人丧气的话。孤与她话不投机半句多。”

“太子妃是大家闺秀，那妾身就是粗鄙无知的女子了是吗？”绵蛮将手指从青丝中抽了出来，仰着头，撒娇般地问道。

“不管是什么样的女子，只要能帮上孤，就是孤的心头好。”李治白净的脸庞上一抹笑意渐浓，“你让孤把吴王和突厥的事情传得宫里人尽皆知，果然有用。”

“有什么样的用呢？殿下和妾身说说好不好？”绵蛮眨巴着天真无邪的眼眸，如是问道。

“若父亲过去对他的信任有十分，如今便只剩下五分了。绵蛮，你不知道，孤的这位三哥向来在父亲面前没大没小，任性使气惯了。这回，他该尝到苦果了。”

绵蛮侧过身子，以手撑着脑袋：“可到底还剩五分，殿下这就满足了吗？”

“怎么可能满足？只是剩下的事情自有舅父和先生去处理，孤若干涉太多，反而不好，不如静静等候为上。”

“殿下说得是！除了长孙公和马相，妾身的父亲如今正任职刑部，想来亦能帮得了殿下一二的。”

“正是！”李治握着绵蛮的手，微笑道，“以后需要岳父的地方可多着呢。”

按理萧铭只是一个良娣的父亲，李治大可不必屈尊喊他“岳父”，之所以这样说，无非是想安绵蛮的心。绵蛮听得自是十分舒心，心头那一丝浅淡的犹豫与愧怍，此刻已然化作了香炉中升起的袅袅香烟。于是她更加紧紧地揽住李治的身子，腻声道：“父亲定当为殿下鞠躬尽瘁，死而后已的。”

李治忙用手捂住她的口：“说什么死呢？岳父若出了什么事，你不得难过坏了？孤可舍不得！”

大理寺狱丞虽只是九品小官，但好歹是食君之禄，这样无故在京城地界上被人所杀，也着实把齐长升给愁坏了。于是这一晚，他又彻夜在雍州府大堂内踱步。待到腿酸得受不了了，才坐回案前给自己倒了一杯水喝。

刚喝了一口，就见黄捕头黑着脸，心事重重地走了进来，连说话的声音都不像平日般利索了：“长史，属下带人……去了蜀王府。可是……”

齐长升神色凛然：“有吴王殿下的印信，蜀王还想包庇嫌犯不成？”

黄捕头屈膝于地，面色比刚才还要难看几分：“蜀王并没有阻拦，而是很配合地把瑞喜交给了属下。可是……”

齐长升急不可耐地问道：“瑞喜拒捕？”

“没……没有。属下等很顺利地就把瑞喜带到了雍州府，而且……属下还未开始问话，瑞喜就承认了失手杀死张狱丞的事。时间、地点，还有所用的凶器都找不到任何破绽。至于动机……祥和坊中有好几个老百姓曾亲眼看到瑞喜前几日动手打了张狱丞。”

齐长升这才端起手边的茶杯，将杯中的水喝尽了：“既如此，那就准备结案吧！你跪着做什么？起来！”

黄捕头说话的声音里已然带了些浓重的哭腔：“瑞喜……瑞喜说，他不过是受人指使的工具，策划了此事的主谋另……另有其人。”

小半口水在齐长升喉间还没咽下，忽然又被他喷了出来。黄捕头一见不妙，忙走上前去，连连抚拍着齐长升的后背。齐长升未及缓过气来，便急急问道：

“你能不能一口气把话说完了？”

黄捕头讪讪地退到一边，诺诺道：“他说的主谋是……是吴王殿下！”

“你说话经过脑子了吗？”齐长升霍地站起身来，用那时李恪揶揄他的话问道。接着他又小声补充了一句：“你确定他说的是吴王，不是蜀王？”

黄捕头清了清嗓子，朗声说道：“属下确定！但是，属下不相信吴王会做这样的事情！”

“废话！傻子才相信！”齐长升用力拍了拍桌案。半晌，他又泄气地坐了下来，揉了揉自己有些红肿的手掌，看了黄捕头一眼：“现在怎么办？”

黄捕头眉头紧皱，想了又想：“张狱丞的确是瑞喜所杀。确凿无疑！”

“你是说……结案？”齐长升犹疑着缓缓说道，“可是，他既然提出了吴王……我若置之不理，一旦上头查下来可不好说啊！”

“您的上头可不就是吴王吗？”黄捕头不以为然地说道，“再说，像吴王这样的正人君子没有理由会做这样的事情啊！到时若证实了瑞喜真是胡乱攀咬，您要如何再去面对吴王？”

齐长升在片刻的出神之后，便决然道：“难得听你讲几句有道理的话。好！就这么定了！”

令齐长升没有想到的是，还未及他把此案的来龙去脉整理清楚，关于吴王指使小厮谋杀狱丞张放的消息就以令人咂舌的速度传遍了长安城的大街小巷。自然，绝大部分人是不相信的，就如此刻跷着二郎腿斜躺在软榻上的张二宝，正不屑地瞧着两个常来店里光顾的客人，冷然道：“这样的无稽之谈你们也相信？”

黄阿毛抚了抚他满头枯黄的头发，大着舌头说道：“不是相不相信的问题！是证据！证据你懂不懂啦？如果不是真有其事，你们以为那个瑞喜有几个胆子敢诬蔑吴王？而且瑞喜可是蜀王的心腹小厮，咱京里谁不知蜀王与吴王的关系最铁？”

周小五看了看黄阿毛，又望了眼张二宝，总觉得这两人说得都有道理，可心里感性的天平却不由自主地偏了：“反正吴王就是好人。任凭你这厮怎么说都没用！”

黄阿毛一听，拍拍自己的大腿，登时就怒了：“吴王有没有罪可不是我说了算的，你朝我凶什么？”

张二宝看着他们剑拔弩张的样子，忙站起身来将手边刚打磨好的几个玉摆件藏了起来，免得受池鱼之殃。他也不再插他们的话，胖乎乎的手撑着自己的腮帮子，心中慢慢地涌起了一层忧虑。

这几日李恪并未去大理寺点卯，也没有跨出王府大门一步。书房之内，因在墨中放了几朵梅花，此时空气中正散发着一股沁人心脾的淡淡香气。淇奥放下笔，望着李恪道：“这样写，可以吗？”

李恪看了一眼，漫不经心道：“就这样吧！”

淇奥揽住他的臂膀，将头靠在了他的肩上：“还是舍不得，对不对？”

“没有。以前留在长安是身不由己，现在离开，是心之所愿。”李恪抚着淇奥的手，笑得从容淡然，“有你和孩子们在，我去哪里都是欢喜的。”

“我知道，我都知道……”淇奥柔声细语道，“可是，我不想你带着委屈离开。”

“意料之中的委屈，便也算不得是委屈。”李恪并未掩饰眼底的那抹怆然，“其实他大可不必这样绕弯子，他若让我走，我绝不会在这里多待一刻。”

淇奥抬眸：“也许陛下并没有那个意思。三郎，高句丽一战真的伤了他，他心情不好。有些话当不得真的，你大可不必如此耿耿于怀。”

李恪摇了摇头：“不论他对我说什么狠话，我都可以不在意。可是那日他叫我‘吴王’。第一次，在私底下，他那样称呼我。你说我矫情也好，小题大做也罢，可我真的受不了……”

淇奥心下明了，却还是若无其事道：“只是一声称呼而已……”

“称呼很重要。”李恪忙接过她的话，声音里带着倔强到执拗的语气，“淇儿，你知道吗？当年秦王府里的所有人都唤母亲一声公主。虽是不伦不类的称

呼，但我知道，至少在那个时候，他心里是有母亲的。”

称呼很重要。淇奥默默在心里重复了一遍，嘴角不由得扬起一个弧度：“这是自然。叔公说过，他们自幼相识，原本亦是有婚约的。”

“那又如何？”李恪不以为然道，“过程有什么要紧的，结局才最重要……”

李恪还想再说些什么，却听得有人被门槛绊着，重重摔在地上的声音。接着又有小萝脆生生的声音传来：“驸马还好吧？这门槛前番刚刚加高，可要小心着点呢。”

萧锐也不理会她，起身直冲内室，大口喘着粗气道：“三弟，出大事了。这会儿你可能真有麻烦了。”

李恪将淇奥方才为他所书的那份辞呈合上，压在了一摞书的下面，面不改色道：“不就是流言吗？清者自清，我不去理会就是了。”

“不是流言，是确凿无疑了！不不不，我知道不是你。可是……”萧锐一急，便有些语无伦次了，“今天上午，张赵氏到了大理寺门口，说那日约张放出去的人就是你。你指使瑞喜杀张放的原因不是因为他和六弟的过节，而是因为你要杀人灭口。你不知道，那女人的话说得真是不堪入耳。”

李恪将拳头握紧又松开：“前几日还说不知道是谁把张放约出去的，这会儿倒那么肯定是我了？随她说吧。我问心无愧，什么都不怕！”

萧锐揉了揉刚刚摔痛的胳膊肘，眉头深锁：“可是，她说完你的罪行之后，立刻撞在门前的石柱子上，破了脑袋，当场就撞死了呢！”

“怎么会这样？”淇奥看着萧锐额上因跑得太急而生出的汗珠，惶惑道，“那后来如何了？”

萧锐伸手抹了抹汗，焦急道：“我不知道。当时围观的百姓太多，情况一片混乱，仁虔去处理了。所以我就赶紧过来告诉你一声。”

李恪往香炉中又点了三支檀香，缓缓上升的烟雾瞬间缭乱了人的双眼。萧锐见他并没有什么表示，便朗声说道：“你到底听到我说的话没有？如果这事闹大了，惊动刑部，立马就会惊动陛下。到时候你恐怕就有口难辩了。”

李恪转眸看他，一脸事不关己的模样：“那你要我怎么办？”

萧锐被他这句话噎得一时语塞，半晌才开口道："你现在就去跟陛下把前因后果说一遍。陛下一旦相信了你，就不会再相信旁人的胡说八道。"

"你怎么知道陛下会相信我？"李恪用帕子拭去了落于案上的尘灰，"再说，我也不会主动去见他。"

"都这个时候了，你就不要再故作清高了！你不说，旁人怎么知道你是如何想的？他们不是你肚子里的蛔虫！"

李恪浅笑："我不在意。实在不行的话，我认罪就行了。他们不就希望如此吗？"

"你疯了？"萧锐重重拍了下几案。墨砚倾倒，溅了大半墨水在他的衣袖上。萧锐气极，转头望着淇奥："你也由着他？"

淇奥将手边的湿帕子递到萧锐的手里，恬和微笑着道："为什么不呢？小叔叔，这事你就不要管了。我们自有分寸。"

"不管就不管！你们莫要以为我真的那么想管！"萧锐这会儿是真动了气，说话的语气也加重了几分，"我走了，你们好自为之。"

说罢，他便拂袖而去。刚刚走进外间的小花厅，便差点与小萝撞了个满怀。萧锐眼疾手快地揽住了她的腰。小萝红了脸后退几步，敛衽一拜："多谢驸马。驸马刚来就要走吗？"

萧锐只觉气闷，脱口而出道："再待下去怕被他们气死。你跑那么急有什么事？"

小萝面上的红晕未散："是陈公公来了，说陛下召见吴王。"

"怎么这么快？"萧锐听得这句话，立刻停了脚步，"你去跟陈勤讲，就说吴王病得没法起身，今日铁定是不能应召了。"

"我好好的，你咒我做什么？"小萝刚想应声，就见李恪走出内室，摆了摆手道，"告诉陈公公，我即刻就去。"

萧锐一听这话登时便怒了："方才我让你去，你不去。现在我不让你去，你偏偏要去。你今日是故意和我过不去是吗？"

"姐夫方才不也说不管我的事，怎么又管了？"李恪微笑着望向萧锐，"我说的是不会主动去找陛下。现在是陛下找我，我能不去吗？"

萧锐的怒火被他这几句话浇灭了大半，旋即却又忧心地说道："陛下这时候找你，估计没什么好事。我父亲还没回来，祯卿又去了蜀地巡查，你……我和你一起去吧。"

"不必了。我心中有最坏的打算，便什么都不怕。今日是姐姐的生辰，你还是先回去吧。我若全身而退，晚上必会来府上向姐姐贺寿。"李恪拿起挂在架子上的那件绛紫色亲王常服，边走边将它穿在了身上。

流言是生了翅膀的鸟，飞到哪里就会传到哪里。通往皇城的一路上，李恪即便在马车内也能听得许多关于自己的细碎的议论声。似乎就在这么短短的几日之内，他就从一个让人顶礼膜拜的英雄，变为了满腹阴谋诡计的小人。

季恩听不得这样的话，又不能冲下去让他们闭嘴，便只能发泄般地用力一甩马鞭，马车飞驰向前，只半个时辰就到了朱雀门口。李恪下车，习惯性地揉了揉依旧有些酸胀的右臂，说道："季恩，下次慢些。我没那么着急。"

正在武德殿外值守的小宦官仕禄对着李恪遥遥一拜后，便进去通传了。过了很久，才见他出来道："请殿下在此稍等一会儿。陛下正和杨刺史说话。太子、马相公还有萧侍郎也在。"

杨刺史？崇州刺史杨誉，杨舒窈的父亲，曾经是自己名义上的岳父大人。李恪想到此人，心中便泛起了一阵冰寒。李世民还在东征归来的途中就发了几道明旨，召集幽州、崇州、扬州、越州等地的刺史前来长安述职。所以杨誉在里头，李恪倒也不觉有何意外。只是，以前李世民是绝不会让他就这么在外面等的。李恪苦笑，可现在，已经不是以前了吗？

过了小半个时辰，王忠才从里头出来，面色肃然道："吴王殿下请——"

李恪走入大殿的时候，便觉里头涌动着一种沉闷到令人窒息的诡谲气氛，似乎连那两只往日看来灵动可爱的青铜狻猊都露出了些许狰狞的表情。李恪走路的步伐一如既往的稳健，带了十足的王者威仪。没有人可以真正猜透他此刻的心境，就连他那位坐于高高御座上，曾经与他经历过生死危局的皇帝父亲也不能。

李恪是大理寺卿，其实是可以穿着绯色官袍前来应召的。可他还是喜欢这套亲王常服。绛紫色，那是他所钟爱的颜色。虽不张扬，却也容不得旁人喧宾夺主。李世民深深凝望着他，脑中不知为何竟清晰无比地浮现出自己年轻时所经历过的劫，承受过的难。那些他以为早已忘怀了的过往，原来一直都藏于他内心深处，一刻也不曾放下。

李世民恍惚许久，以致竟没听清李恪向他行礼问安时所说的话。马周见他神色不对，忙在旁问道："陛下不让吴王起身？"

"不必了。"李世民敛了眼底的一丝落寞，正色开口道，"吴王，崇州府上报大理寺江一流的案子，你为何不经过刑部和御史台审查就擅作主张要求发回重审？"

李恪看了看站在自己身侧面无表情的杨誉一眼，心忽地紧紧揪起："江一流为亲报仇，过失杀人，又有自首情节，罪不至死，崇州府判案有误，理当发回重审。"

"朕不是问你该不该，而是问你为什么碰到那么大的事情都不跟刑部尚书和御史中丞商量？"李世民说完就狠狠将案上的两本奏疏砸到了地上。

李恪伸手打开了其中的一本看，直到看到最后一个字，依旧难以置信地摇着头道："这不可能。杨誉，当初你上报大理寺的奏报上可不是这么说的。"

杨誉抚须，眼眸中的狐疑之色比李恪更甚："殿下这话什么意思？难道同一个案子臣还会准备两份奏报吗？江一流的继母从小将他养育成人，对其恩重如山，而他却为了侵吞异母弟弟的家产，将其继母勒死，手段极其残忍。当时在崇州城里亦是激起民愤的，所以臣才会按律判他绞刑。要不是您后来插手，逼着臣改判，江一流早就下了地府了。"

李恪只觉脑子一片混乱，半晌都理不清乱麻一般的思绪："江一流与我非亲非故，我为什么要逼着你改判？再说，我说改判，你还真改判了？"

杨誉微微抬头看了李世民一眼，见他并没有要说话的意思，便大着胆子道："您是大理寺卿，又是吴王，臣只是一个小小的地方刺史，您明示臣改判，臣能不改判吗？至于为什么，臣不敢问，问了您也不会告诉臣的吧！"

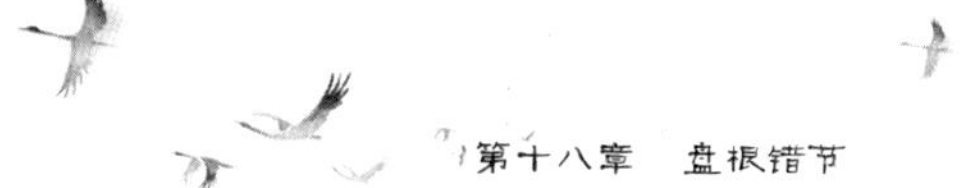

“简直胡说八道！”李恪站起身怒目望向杨誉。杨誉被他利刃一般的眼神惊得不由后退两步，一句话也不敢再说。

“朕让你起来了吗？”李世民的声音并不大，甚至带了几分慵懒，“朕上次已经说过了，比之你说的话，朕更相信自己的眼睛。”

眼睛会欺骗您，可心会吗？李恪复又屈膝于地，心似被一把生了锈的钝刀缓缓地锉磨着，眼前仿佛正渐渐升起一片雾气。他们父子间心照不宣的信任，终究敌不过众口铄金，积毁销骨。可李恪并不怪他，若换了他，他也宁愿相信自己所看到的。

“吴王方才说‘非亲非故’。其实未必吧。”萧铭与马周交换过目光，便开口说道，“江一流的二舅父是大理寺狱丞张放。吴王为了堵住张放的口而指使杨刺史改判，合情合理。”

李恪听了这话，情不自禁地笑出了声：“杨刺史方才说了，我是大理寺卿，又是吴王，你凭什么觉得我会为了一个九品狱丞而施压地方官？”

“就凭张赵氏以死指证是殿下您杀了张放灭口！”萧铭深吸一口气，带着十足的底气说道，“您还记得玄觉禅师吗？他真的是杀死宇文公的元凶吗？”

李世民倏然一怔，仿佛有些什么东西正在牵动着他的心，一时竟然让他招架不住。他看向李恪的眼神带了几分意味深长。

李恪仰头，恰好对上了他的眼睛，可旋即又有些慌张地避开了：“玄觉是经过大理寺、刑部、御史台三司会审，最后经由陛下御笔所判的死刑。萧侍郎有什么意见吗？”

“三法司和陛下都被你骗了！”萧铭从衣袖中取出一张纸，经了王忠的手交到御前，带着赴汤蹈火般的决绝语气说道，“这是从张赵氏身上搜出来的。张放在字笺中说，如果自己出了意外，必是吴王下手所害。因为他曾经亲耳听吴王对玄觉说，若要大兴善寺一众僧人平安，便要自承是高句丽细作，以及下手毒杀宇文公一事。陛下，臣问过大理寺中的几名狱卒，他们都证实，张放曾经带着玄觉单独见过吴王！”

“吴王，是这样的吗？”李世民站起身，一字一顿地问道。

李恪并不回答他的话，只望着萧铭道：“萧侍郎宁愿相信这张莫名其妙的字笺，也不相信大理寺月余的审理，不相信刑部和御史台的复核和判定吗？”

萧铭原是准备了一摞的话，却全因李恪这两问而噎了回去。或许也不是说不出来，而是在李恪面前，不管有理没理，他都生生觉得自己就是一个跳梁小丑。可他的脑海里分明又响起了绵蛮的话：“阿爹心里得有数。萧瑀能给你的，至多不过一个尚书的位子。而太子登基，你可是国丈。”

想到此间，他的心不觉又通畅了几分。酝酿着刚想开口，却听得身边的马周说道：“吴王心思缜密，既然有心要把玄觉推出来顶罪，那么您准备的证据必然是万无一失的。再说刑部和御史台不过是复核，真正主导了刑案审理的是大理寺，也就是殿下您！”

“马相这话说得好生奇怪！”李恪镇定自若地说道，“既然你不相信大理寺所提供的证据，为何却又要相信张赵氏手里的所谓证据？再说，我这么做的目的又是什么？”

“理由！”萧铭轻轻地替马周吐出了这两个字，似乎将要娓娓道来的是一个异常有趣的故事，“本来朝臣对是否出征高句丽持有不同的意见。偏偏在这时，吴王您抛出了这么个理由，让所谓的高句丽细作杀了我大唐宰相。于是群情激愤，陛下甚至为之亲征……”

“萧侍郎，不许胡乱揣测！”自李恪进殿以来都未发一言的太子李治突然出言打断了萧铭的话，“你是在暗示，是吴王改变了舆情，促成了高句丽一仗吗？”

萧铭浅浅一笑：“不是暗示，臣说得已经够明白了。吴王，您是最希望朝廷能够出兵高句丽的人。因为只有这样，您才能够支开陛下和朝廷重臣，在朝野发号施令，一手遮天。”

这话说得太过直白与尖锐，以至于李治听了都不禁倒吸一口凉气。连他也不敢当着李世民的面如此指摘李恪的行事作风。马周不是刚和自己说过，陛下才是吴王最有力的靠山吗？他怎么能够默认他手底下的人当众撕破脸皮，说出这样的话？但他转念一想，不，若无一击制胜的把握，那么之前所有努力都将付之东流。好在，他有的是时间和耐心去慢慢等待。

于是，他只是讶异地说道：“萧侍郎如何会这样想？突厥一事，是我让吴王去处置的。吴王所做的每一个决定，我都是知道的。陛下，吴王是有大功于朝廷的。”

“大功？今日以前，臣也一直以为，吴王设计退败了突厥人是奇功一件。可张放夫妇的死却让臣彻底地惊醒，原来一切都是一场戏。演戏的是木偶，看戏的是傻子，而排戏的人就是吴王殿下您。”萧铭说到此处停了停，看了看烛台上沾染着的斑驳烛泪，继续说道，“突厥人若真想偷袭，会只派区区两千人前来？就算薛万备调走了守军，他们也未必有制胜的把握吧！再有，那日在大殿上，那三个突厥使臣突然举剑发难，是吴王出手制伏了他们，而且，只用了一招。”

李治点了点头：“吴王本就文武双全。如此，亦不足为奇。”

马周走上前一步，深深一拜到底：“陛下您觉得如何？”

李世民重新坐了下来，一遍遍摩挲着腰际的那枚盘龙玉佩，转而开口说道：“丹巴扬尔和拔也德隆的功夫都不弱，又是突然出手，一招锁喉的概率极小……”

萧铭一听这话，立刻露出了一丝笃定的笑：“可不就是陛下您的这句话吗？”

杨誉在旁不失时机地说道：“吴王与突厥人合演了这么一出好戏，换来的是如今如日中天的名望。果然是好手段！”

李恪只觉头痛欲裂，左手下意识地撑了撑地。冰冷的地面与手心相触的那刻，他蓦地发现自己的心已然平静到生不出任何多余的情绪来。

“你起来。”李世民紧锁眉头，突兀地迸出了这三个字来。

“是。”李恪干净利落地应了一声。跪的时间长了，他双腿酸麻得厉害。王忠本想上前扶他一下，却终究没有迈出脚来。

李世民望着面前的几个人，李治、马周、萧铭、杨誉。最后，将目光投在了李恪身上道：“吴王，从今日起，你好好在王府待着，没有朕的允许不准出去。

朕会让萧锐处理大理寺一切事务，暂行正卿权力。再有，安州长史康健行事甚为稳妥，所以你这安州都督的官位有与没有也无所谓了。”

夺权软禁。

没有质疑，没有犹豫，就这样云淡风轻地做了最后的决断。李恪不说话，也许是因为早知道是这样的结局，于是便只能选择接受，坦然到冷漠地接受。千帆过尽，沉淀下的唯有那一丝与生俱来的骄傲。

李治等人听得此语亦怔愣在当下，正面面相觑间，又听得李世民略有些不耐烦地说道：“陈勤，送吴王回去。朕现在不想见到他。”

未时的阳光暖融融地照下来，带来了一点点早春的气息。李恪的脚步停驻在归云亭外的那棵红梅树前，红梅凋残，不知道来年是不是还能开得这般绚烂？

陈勤在旁满目忧心地唤道：“殿下要不要歇一会儿？您的面色也太苍白了。”

李恪按了按太阳穴，揽衣坐下来，从衣袖里掏出了一个锦盒：“这是给襄城公主的寿礼，我不能亲自送到她的手里了。陈公公能帮我这个忙吗？”

陈勤接过锦盒，躬身一拜，正色道：“殿下放心。奴婢一定会办好的。”

“公公倒是不怕？我如今可不只是杀人嫌犯，还背着通敌的罪名。”李恪看着面前被风吹落的花瓣，凄然一笑。

“假的终究是假的。殿下委屈些日子，一切都会好起来的。”

“我知道。可我不知道能不能等到这一天。”李恪双眼黯然地垂了下来，“当年，我奉旨将一杯毒酒给了五弟，亲眼看着他死在了我的面前。也许将来，这亦是我的结局。”

“殿下……”陈勤想说什么，却终不知从何说起。

李恪继续自顾自地说道：“其实也无所谓。或许，这就是我命中的劫数。想与不想，逃与不逃，它都会发生。”

萧府之内，襄城公主紧握手中的长命金锁，只觉心口传来阵阵绞痛。萧锐急忙揽着她的肩膀坐了下来，轻轻地抚拍着她的后背说道：“明珏，别着急。太医不是说过，你一激动就容易犯病吗？陈公公，你方才所说的都是真的？”

陈勤重重一跺脚，挠着脑袋说道："驸马说笑了，奴婢有几个胆子敢胡诌。陛下这次是动了真气，下了狠手要惩治吴王。只怕罢了吴王的官职还只是个开始，当年的太子和魏王可都是……"

襄城公主听到此处，不觉轻咳数声，插在发髻上的珠钗发出声声脆响："他们是咎由自取，可三弟明显是为人构陷，父亲怎么能听信一面之词就如此疑心？"

"公主不要怪陛下。"陈勤急忙说道，"杨刺史和萧侍郎咄咄逼人，说的话都是合情合理，再加上太子和马相从旁推波助澜，如若不是奴婢知道吴王殿下的为人，怕也会相信他们的。"

"可你不是没有相信吗？"襄城公主接过萧锐递来的茶水，一口饮尽，方才觉得喉咙舒服了许多，"陈公公，你先回去吧。免得他们再抓着三弟什么把柄。"

看陈勤走得远了，襄城公主才又站起身来道："这样子是不行的。我要马上进宫去见父亲！"

萧锐只下意识拦了一下便放下了手，心道，就算明珏不去，自己也是要去一次的。而自己去还不如让明珏去，很多话明珏能说，他这个女婿却不能。这样想着，他便只是嘱咐了一句："路上小心。"

襄城公主点了点头。正要往外头走的时候，却听见远远传来了一个淳厚有力的声音："公主现在去不得。"

襄城公主一见他，心头顿时笃定了不少，忙福身一拜道："儿媳见过父亲。"

"公主多礼。"萧瑀还了一礼道。他一路风尘而来，须发似乎比一年前更白了一些，可精神矍铄，颇有几分仙风道骨之姿。说着他便又转头对身后的小厮康辛说道："你先下去吧。"

萧锐亦满心欢喜地迎上前道："父亲不是说要过几日才能到吗？京里发生的事情您都知道了？您为何不让明珏进宫？再有……"

萧瑀听了他这连珠炮般的发问，不觉蹙了蹙眉，想着幸而自己当年慧眼识珠，让杨政道一直保护在李恪身边。萧锐虽说年纪要比他们大几岁，可心机智识实在不能同他们相比。

“淇儿一直和我有书信往来。今日的事情……方才我在外头碰到了陈勤，他都跟我说了。”萧瑀沉吟良久，方才愤恨地说道，“杨誉和萧铭这两头恩将仇报的白眼狼，死一万次都不够！只是现在还不是对付他们的好时机。”

“可万一他们再在陛下面前胡乱挑拨，陛下一怒之下真把吴王怎么样了，咱们就是想做什么也来不及了啊！”

“昏君才会听别人说什么就信什么。你们觉得，咱们的陛下是昏君吗？”萧瑀睨了萧锐一眼，又看了看襄城公主手里的金锁，“这是吴王送给公主的寿礼？”

襄城公主点头，将金锁拿给萧瑀看，眼里带了几分不解：“三弟知我平时不喜金玉之器，往年生辰他总会送我一些古玩字画。所以今年的这个金锁，确实有些奇怪。”

萧瑀细细观察着金锁，直到看第三遍的时候，才在锁头处发现了几个字。可他向来眼神不大好，便忙抬眼说道：“公主快来看看。”

襄城公主低头一看，那四个字镂刻得虽小，却十分清晰——无中生有。

“无中生有？他是想告诉咱们，有人捏造事实，无故中伤于他，让咱们想法子救她？”萧锐将头凑了过来，问道。

“不是。”襄城公主不假思索地摇了摇头，“从雍州府抓了瑞喜那天起，咱们就知道他是为人构陷的，他不会特意再来告诉咱们这个。况且，你今日不是才和他见过面？他要说，当面就会对你说了，何必这么藏着掖着？”

“公主说得不错。”萧瑀十分欣赏地点点头。他这个儿媳妇的聪慧从不显山露水，可毕竟是天子长女，打小在宫廷之中长大，又岂会不通人情世故？他想了片刻，又接着说道：“吴王让陈勤送这金锁来，应当是下下之策，恐怕他也没想到，陛下竟会如此重惩于他。要不然……萧锐，他会直接跟你说他的下一步计划。”

萧锐面上疑云顿生：“那他究竟要我们如何帮他？”

“天下万物生于有，有生于无。这是《道德经》中的话，也就是‘无中生有’四字的出处。”襄城公主娓娓道来，“《易经》中所说的少阴、太阴、太阳，在特定情况之下，可以相互转换。虚实真假，有的时候也没那么重要……”

“所以，简单点说，是什么意思？”萧锐很确定，就算给他三天的时间，他也参悟不出这话里的含义，便索性直言问道。

“一时半会儿也说不清。不过呢，现在有件更重要的事等着你去做。”

萧锐一听便打起了十二万分的精神：“但凭夫人吩咐。”

襄城公主笑着说道：“我的旧疾犯了，病得很重。你赶紧去外头迎迎前来贺寿的客人们。算算时辰，也该有人到了。”

“你……病得很重？”萧锐看着她红润的面庞，疑惑道，“到底什么意思？”

萧瑀抚须一笑，摆了摆手：“公主让你去就去，哪来那么多废话？”

李世民女儿众多，最疼爱的除了已故的长乐公主和晋阳公主以及以美貌闻名宗室的高阳公主外，便是这位因患有心疾而不大在人前露面的襄城公主。因而，尽管襄城公主所过不是整寿，仍有不少宗亲和朝臣前来相贺。

一番热热闹闹的客套过后，众人皆入座饮宴。酒过三巡，中书舍人来济执杯走到萧锐面前，带了几分迷离的眼神说道：“臣敬驸马一杯。驸马和公主成婚那么多年，除了公主带来的两个媵妾之外，再不收其他侍婢，感情好得还真叫人羡慕呢。可惜公主身子不好，不然臣还真想目睹一下公主姿容呢！”

萧锐不悦地给身边的侍女锦纹使了个眼色道：“侍候来舍人落座。他有些醉了。”

来济坐回原位之后，便轻轻推了推锦纹，环顾四周道：“吴王殿下与公主姐弟情深，又和驸马同在大理寺为官，怎今日亦不见他前来？不对，臣差点忘记了，陛下刚刚对吴王下了禁足之令，他已经不是驸马的上官，就是想来也来不了了。”

座中有不少不明就里的人相互望望，皆头碰着头小声议论着，露出了各式各样难以描述的表情。

萧锐气得涨红了脸，朗声吩咐道：“来人！送来舍人回府休息！”

在外间侍立着的护卫们听得萧锐此语，异口同声地答应着，扶起颤颤巍巍的来济往外走。来济的神思因着这声喊而清明了许多，似乎意识到了自己方才的失态，忙屈身向萧锐施了一礼："驸马恕罪！臣……臣真的喝多了。"

"你又没说错什么，恕什么罪呢？"萧锐虽知他多半是在装傻，却还是硬生生地把怒气给收了回去。

正在这时，就见襄城公主的近身侍婢青黛急匆匆跑了过来："驸马，公主她……她又不好了。您快去看看吧！"

萧锐一惊，二话不说便抛下众人跟着青黛去了后庭。

主人都走了，那一众客人也觉得没意思起来。随意吃了一会儿后，便有几人围在来济身边询问关于吴王的事情。来济此时精神头大好，便依着来之前杨誉跟他说的话，又添了许多私货，将此事说得更加绘声绘色。

董太医到达的时候，襄城公主的气息刚刚平稳了一些。青黛正往案上那只貔貅熏炉中添两支助睡的安息香。锦纹拉下了榻上的第二层帘子，将手边的胡床端了过来，悄声说道："公主睡了，应该没事的。不过还是要劳烦太医再给瞧瞧。"

董太医坐了下来，细细把完脉后方说道："公主禀赋不足，气血阴阳亏虚，所以才会有心悸气短、疲乏无力的症状。臣会给公主开些调治心脾的方子。像熟地、当归、肉桂、麻黄等都是良药。驸马放心，只要公主按时服药，不要受寒，应当是不打紧的。"

萧锐松了一口气，从锦匣里拿了两串铜钱递到他的手里："公主近日为了吴王的事情总睡不安稳，有时还会受梦魇所困。不如董太医就暂时在府上住些日子，宫里我会遣人去说。"

"驸马，这……"董太医本想推脱，可一时半会儿实在找不出什么理由，便也只得诺诺道，"臣一定竭尽所能。"

萧锐颔首："那就好。锦纹、青黛，带董太医去腾文阁歇着。"

三人离开的时候并没有将内室的门掩住。花厅里养着的一只鹦鹉正在吊嗓子，实在吵得人难受。萧锐便走上前几步，让人把它带到花园里好好训一顿，顺便把门关严实了。回头的时候，见襄城公主正坐在妆台前梳着自己那头柔顺的青丝，便忙为她披上了外氅：“当心着凉。”

“你不会真以为我病得有多重吧！”襄城公主放下羊角梳子，看着铜镜中自己端庄秀丽的容貌说道。

“就是没病也不能穿那么少啊！这才二月天呢。”萧锐站在她的身后，娴熟地替她绾了一个元宝髻，“你确定这是淇儿的意思吗？那接下来咱们该怎么办？”

“淇妹曾跟我说过董太医的事情。现在她不方便出面，便只有我替她做了。至于接下来的事情……”

“那我们现在就什么也做不了了吗？今日宴上，经由那个来济一闹腾，怕还不知道要传出些什么难听的话来呢。”

襄城公主将一支红槿花簪斜插入髻，眉眼中氤氲着的忧愁未减：“再等等吧。好在，你父亲已经回来了。或许，他能想得出法子。”

夜幕中的长安城各坊俱静谧无声。跛脚老更夫睁着蒙眬的睡眼，用力地敲了两下手中的铜锣，一路上都在重复着同一句话：“天干物燥，小心火烛。”风缓缓地吹起垂落于地的柳枝，从更夫的面前拂过，直把他吓了一大跳，精神瞬间好了许多。

二更了，一轮新月孤零零地挂在天空，发出暗淡萧索的光。

“朝登凉台上，夕宿兰池里。乘月采芙蓉，夜夜得莲子。”淇奥怀抱着玮儿，低声吟唱着小时候母亲所教的江南小曲。

自从玮儿到了王府之后，几乎一直由她亲自照顾着。这孩子长得白净清秀，就是太瘦了，看着就叫人心疼。三曲唱毕，玮儿终于安然入睡。淇奥拿开了玮儿含在嘴里的小手指，轻轻吻了吻他的额头，将他放回榻上躺下。

“秦妈妈，好好照顾着小殿下，别让他又着凉了。”淇奥起身吩咐了旁边站着的年轻妇人一句。

“婢子一定会的。”秦妈妈说着便又替玮儿掖了掖被角，“王妃待小殿下真好，跟世子一样好呢。”

“他们是兄弟，自然是一样的。”淇奥说着便走了出去，转而问白檀道，“他还在小佛堂里吗？”

白檀点头道：“殿下这几晚都在那儿。王妃真的不去劝劝吗？”

淇奥看着停在廊檐上的一只寒鸦，扶了扶白檀的手道：“随他去吧。只要他高兴就好。他已经很久没有像这样独自静坐了。”

李恪原不是那么笃信佛法，只是这些年岁数渐长，又发生了太多出乎他意料的事情，于是，他便常常在佛前为自己，也为旁人赎一些罪孽。他放下手中的笔，将刚刚抄录完的五页佛经供奉到佛前。他的手腕仍有些酸麻，却再不似刚开始时那么痛了。四盏长明灯的昏光柔和地照在他的身上，总算能平复一些他内心的纷乱。

灯光忽地晃动了两下，地上一道黑影迅速闪出，带来了一阵风的嘶叫。那人身着玄衣锦袍，手握长剑，直逼向李恪的脖颈而来。李恪随手操起案上的墨砚向那人掷去。那人身子一侧，墨砚重重打在他身后一面白墙之上，溅了些许墨水在他的手背和覆面的纱巾上。

那人仍不死心，又一次举剑向李恪刺来。李恪此刻却并未再做任何抵抗，只一动不动地端然站在那里。那人似乎被吓了一跳，踉跄后退间险些栽倒在地，迅速收起的剑不意在自己的虎口上划出了一个细小的口子。他恼怒地扯落面巾，瞪着李恪道：“有人要杀你，你不知道躲啊？”

李恪掏出袖中的帕子扔到他的手中，跪坐于蒲团上，淡声道：“以后再要杀我的话，记得把眼睛也蒙上。还有，不要用我送你的剑……”

杨政道把剑搁到了旁边的架子上，用帕子擦了擦手上的墨水，在他的身侧坐下：“我知道你心里憋闷，想让你发泄一下，想不到那么快就被你识破了。好没意思。”

李恪将地上的墨砚放了回去，慢慢拨弄着手上的十八子佛珠：“我本来就是个很没意思的人。你又不是第一天认识我。”

“你别动气，是我不好！”杨政道看着他憔悴的面容，伸手搭在了他的脉上，颦眉道，“怎么比我走的时候还不好？你整天都在瞎琢磨些什么？”

李恪不理会他的话，将话岔开了去：“王府外都有禁军把守着吧。你怎么进来的？”

“翻墙！”杨政道冷然从牙缝里说出了这两个字。

李恪摇了摇头：“你以为皇家禁军是夏家护卫啊？别说你这么大个人，就是有一只鸱鸮越过都能被他们射死。”

杨政道知他真是没心思跟他胡扯，便换回了肃穆的表情道：“我好歹在你这王府住了七年，哪里有边门角门我还是清楚的。我来一趟是想安你的心，希望我没有来得太晚。”

“我一直都是安心的。如果你不来，我会更安心。”李恪自嘲一笑，“如果让外头禁军知道你大晚上的和一个钦命要犯在一起，难保你会不受牵连。”

“陛下从来没有说过你有罪！”杨政道厉声纠正道，“你明明有法子自救，为什么不？”

“陛下这般疑我伤我，我心里难受。总得花几天时间来平复心情之后再做打算吧！”李恪说着便停下了手上的动作，转头向他道，“你去蜀地有什么收获吗？”

“其他地方都是一派治世景象，没什么不妥的。除了，崇州……”杨政道缓声说，“杨誉在崇州确实有些贪赃枉法的行径，而且大多与萧铭脱不了关系。不过我也只是猜测，并没有实打实的证据，所以恐怕很难让陛下信服。”

李恪将那串佛珠戴在了腕上，思索着说道：“你那么死心眼做什么？没有证据你不会捏造一些吗？”

“有理！”杨政道恍然，“可是，我明日一早就要进宫复命。就这么几个时辰，恐怕不能捏造出天衣无缝的证据，很难不被陛下发现。”

“陛下不需要天衣无缝的证据。只要让他有个交代就可以了。”

“我懂了。”杨政道说着这话，目光中的困惑却更甚，“我还是不太明白，你不是已经看清了他们的那些小伎俩吗？为什么不早说出来？而且，你是知道陛下有心要保你的吧？为何心里还这般过不去？”

“我知道他的无奈和不得已，可还是控制不住自己不去难受。就像他知道我

不可能做出那些事情，却依旧忍不住要疑心我一般。表兄，人的内心有时是很矛盾的。情感告诉你应该如何做的时候，理智又会跟你说，那样是错的。”

杨政道想了很久才说：“可无论理智还是情感都告诉我，你说什么都对。你没事就好。我走了。待的时间长了难保不被人看到。”

李恪站起来将剑递给了他：“明日你进宫的时候，替我带几句话给陛下。”

“我知道。”

“你不问是什么话吗？”

“我不是说了吗？我知道。”

第十九章

反戈一击

翠华阁是长安内城最大的一家青楼，里头的姑娘们皆才色双绝。莫说一般的商贾豪富，就连大小官吏们想请得她们出局，除却要郑重下拜帖以外，还要与她们联诗三首方可。不过，若来人肯出大价钱，那么以上两点皆可不论。

此刻，翠华阁众姊妹里排行第五的商枝姑娘正怀抱箜篌，弹奏着一曲《凤求凰》。她的手指纤长白嫩，如东市市场上的水葱似的，含露的双眸深情款款地望着座下两人，曲音异常轻缓动人。

李愔侧过身子在杨政道耳畔说道："哥哥觉得她弹得如何？"

杨政道掩袖低声说："箜篌我不在行，不过听起来不差。据说这位商枝姑娘自三岁起就开始苦练箜篌，师从赫赫有名的箜篌大师胥若谷。商枝姑娘和这翠华阁抚琴的红伊姑娘，以及怀瑾轩弹琵琶的凤灵姑娘，还有添香楼吹箫的紫苏姑娘，并称坊间四艳。"

李愔"哦"了一声，往自己杯中斟满了酒，一口饮下。这酒极烈，饶他酒量再好，此时也不禁觉得冲鼻，过了许久才缓过气来。接着他又摇摇晃晃地走到商枝面前，拉住了她还在拨弦的手，迫使她站起来，一把勾住了她的脖子，带了五分挑衅、五分调笑地说道："本公子花了大价钱来，是想一亲芳泽，共度春宵，

好好让你服侍，不是来听你弹这些叽叽歪歪的东西的！”

青楼与妓院不同，青楼里的姑娘皆精通琴棋书画，受过良好的文化熏陶，性子大多孤高，更何况是像翠华阁这样的一等青楼。果然，商枝一听此等露骨的话，登时又羞又气，想要挣脱却又挣不开，便只得厉声呵斥道：“公子来错地方了！出门右拐到烟柳巷找那里的窑姐儿们，保管把你侍候得舒舒服服，要几次都随你！”

“可我就是想要你！你也不打听打听我是谁！”李愔反手将商枝紧紧地禁锢在怀里，一把将她身上那件桃红色的外衫扯落在地上，冷笑道，“等你侍候完我，再来侍候我家哥哥。咱们可有大把的时间来乐和！”

商枝向来被爱宠惯了，何时受过这样的委屈侮辱，霎时就“哇”地大哭出声，大喊道：“来人！快救我，快救我啊……”

李愔拔下了她发髻上的两支步摇，两撮青丝瞬间散落下来，接着便将她横抱至榻上。商枝怒极，抄起枕边的一卷竹简，就要往李愔的头上砸去。杨政道见状，忙将手里剥了一半的橘子扔向商枝的右臂。商枝吃痛，不自觉地松了手，竹简重重落了下来。

正在这时，突然自虚掩的门外冲进来几名打手。见商枝被压制在榻上动弹不得，不住地叫着“救命”，便不约而同地举起手中的木棍向李愔砸去。

杨政道微抿了一口杯中酒，拿起随身所带的玄铁剑，趋步挡在了那几人面前。几人面面相觑，举着木棍的手停滞在空中片刻后，突然齐齐向他袭来。杨政道也不拔剑，以风驰电掣般的速度游走于他们之间，用剑柄一一挑落了他们手里的木棍。几人没想到他竟是这般高手，不禁后退了好几步。

其中一个看起来年纪很大的光头打手赔笑着说道：“公子别动手！咱们好好说话。”

“也不知道谁先不好好说话的？”杨政道冷哼一声，从衣袖里掏出三串铜钱，抛到其中一人的手里，“还不快滚！别耽误了我兄弟的好事。”

“哪还有什么好事？”李愔正了正发冠，懒洋洋地走了出来，抚了抚被商枝抓得满是褶皱的衣襟，“本公子的兴致都被你们扰了！把这个凶女人带回去。你们这儿不是还有个红伊姑娘吗？让她来侍候！”

光头抓了抓头，头上立刻被抓出了几道红印："这……公子等等，红伊房中如今尚有客人，而且是咱们得罪不起的客人。要不……要不二位还是换一位姑娘吧。"

"那你们以为咱们就是可以随便得罪的吗？"李愔抬脚把滚落在地上的两个橘子踢到了墙边，悄声在光头的耳边说了两句话，又回头道，"哥哥，咱们去瞧瞧。"

杨政道微微一笑，点了点头。

翠华阁中姑娘的闺房都是以她们的名字来命名的。比如商枝居、红伊居、绿旎居等等。红伊与商枝齐名，居所亦是挨着的。打手们眼见他们真就气势汹汹地要往红伊居去，忙一起上前阻拦，却又不敢逼得太近。

门霍地被打开了，一席水青色襦裙的红伊一惊，弹琴的手登时就乱了节拍。弦断，发出了一声异常难听的声音。

被扰了弹琴的雅兴，红伊原是怒极了的，但一见面前站着的竟是两个如此卓越的俊朗男子，说话的声音不觉就腻了几分："公子是要吓死人啊！有什么事……"

"姐姐，这两个登徒子欺负我！"红伊的话还未说完，就见商枝用手拢着散落的头发，疾步跑到两人面前说道。

"登徒子……他们？"红伊一脸难以置信地问道。

杨政道懒得跟他们费力解释，一把推开红伊，小跑着上前掀开了后头的帘子。帘子后的男人正站起身来，解下腰际的短刀，怒气冲冲地说道："来找事的，是不是？"

"董延初，你当真不认识我？"杨政道语中带了些许试探与嘲弄，目光灼灼地看着他说道。

身后传来了几声窸窣的响动。董延初吹了吹八字胡，拔刀出鞘，狠狠地道："你是哪条路上来的货？我凭什么应该认得你？"

"不认得就算了。"杨政道转头说，"六弟，请红伊姑娘去咱们府上玩玩。给此等粗鄙之人抚琴有什么意思？"

说罢，他便顺手揽住了红伊的腰，抚了一下她光洁的脸庞。红伊惊呼一声，

下意识地想要推开他，一下又推不开。

董延初大怒，拿起短刀就朝杨政道身上刺去。杨政道松开手，侧身躲了过去。红伊趁机迅速退到了一边，紧张地拉着商枝的手不放。商枝见有人替她出头教训方才轻薄于她的人，倒是乐得看热闹。于是便拍拍红伊的手，小声地安慰了几句。

“啪”的一下，短刀掉落在地上。董延初气得掀了桌案，案上的酒壶和两个酒杯登时碎成了渣片，他赤手空拳便与杨政道扭打在一块儿。杨政道虽善舞剑弄刀，可拳脚功夫与他相较还是弱了几分，不过十数招就落了下风。董延初眼里阴戾之色尽露，伸手就要扼住他的脖颈。

“哥哥！”李愔眼见情势不妙，忙捡起地上的短刀，趁董延初不备，往他的右臂上划了一下。可这刀力道有限，董延初又穿着厚重的棉服，因而根本没有伤着他。李愔急道：“董延初，你敢伤我哥哥一根汗毛，你试试看！”

“滚！”董延初烦躁地反手一拳打在李愔的腹上，李愔立刻吃痛地扶墙咳嗽了数声。

经此一闹，门外围观的人越来越多。突然，人群中不知是谁大喊一声：“坊正来了！快让开！”

董延初微怔了一下，不自觉地停下了手里的动作。杨政道见状，忙拿起短刀，抓着董延初的手，狠狠朝着自己的胸口刺了下去。鲜血喷涌而出，瞬间染红了他海水蓝的外氅。

坊正崔老七进来的时候，恰好看到了这惊心动魄的一幕，忙朗声吩咐身后人道：“把他们都带下去交给官府！”

李愔顾不得看董延初讶异到极点的表情，忙走过来扶住了杨政道的胳膊，用只有他们两个人才能听见的声音说道：“哥哥，你怎么来真的？要不要紧啊？”

杨政道用手捂着伤口，鲜血咕咕地从他的指缝间流了下来。他看了看周遭的人，又看了看站在一边吓得不知所措的商枝和红伊，微不可察地笑了笑。转而说道：“崔坊正，我兄弟二人好好地在此听曲谈天，此人突然闯进来挑衅，最后还拔刀相向，你不是都看到了吗？你带他们去见官还说得过去，带咱们去做什么？”

崔老七眼睛和记性都不好，虽觉得眼前人十二万分的面善，偏生却怎么也想不起来他是谁，便只得问外头的看客们："你们都看清楚了吗？他们谁先动手的？"

看热闹的人相互望望，都不敢贸然回话，而事实上，他们进来的时候，所看到的只是两个人扭打在一起的场面。谁先动的手，根本就是受害者说了算。董延初撸起袖子吼道："你们怎能如此颠倒黑白？我今日可真是撞上鬼了！坊正，你可要明察秋毫啊！"

李愔此时悄悄走到了红伊和商枝身后，低沉地在她们耳边说道："萧侍郎的夫人可是出了名的泼妇，什么该说，什么不该说，两位姑娘可得心中有数……"

二位听罢这话，面上不约而同地露出了惊惶的神色。须臾间，就见红伊缓过神来，走到崔老七面前，敛衽一拜，娇声说道："妾身能做证，是此人醉酒闹市，若不是这位公子脾性好，早就动手教训他了。您瞧瞧他这伤，能假得了吗？"

崔老七眯着他那只盲眼，歪着脑袋再次审视着屋中众人。半晌，他才指了指董延初，下定了决心般地说道："送雍州府衙门听候发落。你……带他去治伤吧。"

杨政道与李愔一直走到祥和坊最北面的一条小巷，确定身后无人跟着时，才脱去了身上那件沾了血的袍子。李愔涨红了脸，焦急道："哥哥流了那么多血，不去看大夫，还在这里瞎晃悠什么？"

"我没事。只是预先备好的鸡血而已。"杨政道笑着拍拍李愔的肩膀，"我若真受了伤，还怎么帮他？"

李愔细细看了看衣服上的血迹，又见杨政道神情自若，这才拍拍自己的胸口，说道："可吓死我了！不过，我还是没想明白，就这么简单的陷害，不怕被人识破啊？"

熟悉的马鸣声从巷口传来，杜旭紧拉住马缰绳，向他们招了招手。二人坐上马车，杨政道才开口道："这种跳梁小丑，只配我用这么蠢笨的办法对付！"

"你怎么跟我哥哥一样，只让我配合，却从来不把事情始末告诉我，也不让我有个准备！"李愔嘟囔着，"我知道我没用，可我也是真心想帮你们的。"

"六弟，不要妄自菲薄。你是很重要的。就像今天的事，若非你帮忙，我一人还真不能成事。"杨政道穿上早间放在车上的一件深褐色外氅，真心实意地说，"有什么问题你问吧！我一定知无不言。"

"真的吗？好！那我就问了。"李愔满脸欢喜地问道，"咱们陷害这人的目的是什么？"

"让他在雍州府衙待几天，免得坏我的事。"

"那你为什么让我去调戏商枝？"

"为了出气！"杨政道直截了当地说，"她和红伊都是萧铭的人。这只豺狼敢构陷李恪，我就找他的女人闹闹心，反正也只是顺便。"

李愔听他说得这般理直气壮，不觉笑得噎了气："这话倒也没毛病。难怪她们一听我说到泼妇二字就着慌，原来是怕人家正经夫人来找麻烦！"

"不错。还有什么要问的？"

"还有就是……"李愔摸了摸后脑勺，只觉不知从哪里问起，"太多了，一时半会儿倒不知道该问什么了。"

马车缓缓停了下来。夕阳将马的影子拉扯得老长老长，显得十分怪异奇特。杨政道拉开帘子，转头说道："那等你想好了再问吧。让杜旭送你回王府，我找姐夫有事。"

其实当年杨政道刚刚到长安的时候，也是按着辈分和礼数叫萧锐一声"表叔"，可后来他们熟络以后，萧锐便不让他那么叫了。杨政道推却不过，便只随了李恪喊襄城公主姐姐，喊他姐夫。

入了萧府庭院，杨政道问前来迎候的青黛道："公主身子好些了吗？"

青黛将额前的刘海捋到了一边，柔声回道："今日早上已经好了许多，可方才却又晕倒了。幸好董太医一直在咱们府里。想来定然会无碍的。"

"没事就好。"杨政道跟着青黛走过九曲长廊，绕过两座假山石，来到襄城公主的寝居。萧锐急匆匆从外间出来，险些被石阶上的青苔滑倒，杨政道忙上前扶住了他："姐夫小心，咱们走。"

内室里，董太医正在帘外悉心为襄城公主诊脉，紧锁眉头，面上狐疑之色尽显。于是便转头问站在一旁侍候的锦纹说："公主是突然晕倒的吗？是不是晌午吃了什么不干净的东西？"

锦纹摇了摇头："公主今早起来就觉得肠胃不适，所以就吃了半碗小米粥。公主她……到底怎么样了？怎么总会动不动就晕倒？"

"动不动就晕倒？"董太医只觉脊背发寒，抹了抹额上憋出的冷汗道，"可是臣才疏学浅，实在……实在查不出公主脉象有何不妥。"

"查不出来就对了！"杨政道跨过门槛，对着帘子拜了一拜道，"姐姐，这位董太医的医术果然是十分高明的，对吗？"

话音刚落，就见襄城公主掀开帘子，起身走至董太医面前。她身着一席正红色绣鸾凤呈祥花纹的华服，头上梳着一个十分端庄的九贞髻，一派皇帝长女，王朝长公主的高华气度。她浅笑着向杨政道点了点头："祯卿，这几日辛苦了。"

"不辛苦。"杨政道蹲下身子，将不知何时掉落在地上的一卷牛皮纸捡起来放回了案上，瞥了眼一旁面色难看的董太医说道，"倒是你……能在这么短的时间里从翠华阁回到萧府，着实辛苦。"

"君侯此话何意？臣如何会去那种地方？"董太医低着头，双手微微有些发颤，说话的声音明显底气不足。

"董太医，董延初！你还有个双生弟弟叫董延中，是不是？方才在翠华阁红伊居，我和他打了一架，而你就是趁着这个当口偷偷从后门溜走的。"

"双生子？"萧锐不明就里，听得此语不觉惊讶地问道，"董太医常常来咱们府上给明珏治病，我怎么从不知道这事？"

杨政道见案上几颗栗子还冒着热气，便随手剥开后放入了自己的口中。他已经有整整两个时辰没吃过东西了，这会儿还真是饿了。襄城公主见他顾不上说话，便替他答道："你不问，他不说，不知道也不足为奇。"

董太医慢慢地敛了惊惶之色，强作镇定地说道："不错，臣的确有个双生兄弟。这也不是什么奇事吧？吴王殿下不也有一对双生儿女吗？"

最后一个栗子入肚，杨政道这才觉得腹内舒服许多，于是便道："自然。可是，若你们利用彼此长相上的相似而策划阴谋诡计，又当如何？姐夫，你一直没有发现，前几日住在府内的那个董太医不是眼前的董延初，而是董延中吧？如果姐姐是真病，后果会是什么？"

让一个完全不懂医术的人治病……萧锐不觉倒吸一口凉气，几乎连汗毛都竖了起来。襄城公主见状，忙走过去握住了他的手以作宽慰。

杨政道走到董太医面前，缓声继续说道："几日前，姐夫遣去的两个护卫未经通传，便直接去了太医署，指明要董太医去府上替姐姐治病。董延中一时想不出推拒的法子，便只得硬着头皮来了。幸好你曾经告诉过他姐姐的病情以及治病的方子。他原想先糊弄一会儿就想法子把你换回去，想不到萧府中守卫严密，他一下子找不到好机会。一直到今日……其实，你们去自己府上说话会更安全。只是你们还有话要吩咐红伊，而一位青楼花魁姑娘出局一个普通的太医，显然太引人注目。于是，你们索性去了翠华阁找她。"

"可是，为什么？"萧锐似懂非懂地问道。

"董延初，你说为什么？"杨政道的目光冰冷得似能噬人心肠的利刃，"当时在泰安客栈门口杀死张放的人就是你的弟弟董延中吧？他曾经是侯君集部下的小军官，后来侯君集谋反被诛，他的亲兵亦被遣散。董延中就是在这时攀上了刑部侍郎萧铭的高枝。萧铭要对付李恪，他就是最好的帮手。"

萧锐兀自狐疑地问道："杀了张放的人不是瑞喜吗？雍州府的公文如今还在我的书案上放着呢！"

"张放曾在泰安客栈门口被六弟指使人打了一顿，此事曾在祥和坊间掀起过一阵不大不小的涟漪。姐夫，你当时真的没能听出其中的问题吗？"

萧锐细细回忆了一下当时在堂上的场景，终究还是摇了摇头："没有。"

杨政道微微一笑说："李恪曾经向我转述过张放当时所说的话，是那名女子捧了十几个热乎乎的古楼子，手又受了伤，张放这才想去帮帮她。姐夫好好想想，泰安客栈附近一没有卖古楼子的铺子，二没有人家居住。那么她手里所谓热乎乎的古楼子又是从何处而来的呢？唯一的解释就是张放在说谎。也就是说，六弟当时的确看到他正在调戏一个女子——这个女子，不是商枝就是红伊。六弟性

子冒失却疾恶如仇，所以，他才会让瑞喜下车教训了张放一顿。知道了这件事情之后，我便遣人一日十二时辰，一刻不停地监视张放。果然，在那一日，我派出去的人亲眼看到张放与董延中起了冲突，并且，为他所杀。”

襄城公主听到此处，亦忍不住插话道：“所以，你早知道瑞喜不是真凶。那你为何任由三弟受了如此冤枉而不说？不对！瑞喜是自承有罪的，那么……”

杨政道颔首：“对！是我让人散播了瑞喜杀人的传言。也是我……让瑞喜诬陷李恪的。”

站在一边恍如听戏的董延初身子颤动了一下，似是听到了什么惊天秘闻一般：“君侯与吴王不是……”

“不是什么？”杨政道轻蔑地打断了他的话，“或许我说得还不够准确。应该说，是李恪让我要瑞喜这么讲的。张放无故诬蔑六弟，而淇妹亦觉察到了宫里那位董太医的异样。于是咱们便先下手，赶在他们之前陷害自己。相信不论是萧铭还是他背后的人都没有想到这点。可他们不愿放过这难得的机会，为了坐实罪名，他们顺坡下驴，于是，就有了张赵氏在大理寺门口的那番表演。很可笑，是不是？”

董延初的面色白了又白，语无伦次地说道：“你们……我……你们打算如何处置我？”

“你什么都没做，我处置你做什么？”杨政道见案上两卷兵书之间还有一个栗子，便又剥开放入了口内。虽没有热的时候香甜，但他依旧吃得有滋有味。萧锐不禁扶额，着实佩服他这时候还有吃的心思。

“君侯想让我做什么？”董延初试探性地问道。

“杀人。”夕阳的光辉恰好透过窗牖落在了杨政道的面颊上，他眼眸闪亮，仿佛凝结了日月星辰一般。他往前走了两步，那样温润如玉的长相，哪怕说的是如斯般冰冷的两个字，听来亦让人觉得舒心。

董延初怔了须臾，便大着胆子抬头看着杨政道：“君侯敢相信我吗？”

"不敢。"杨政道实言，"但是，你必须帮我去做这件事。要不然，我会把我以及你弟弟所做的一切都栽在你身上。陛下若知道你不仅杀了朝廷九品官，还栽赃陷害他的儿子，你说，他会判你个砍头还是腰斩？"

董延初撑在身边的梨花木屏风上，温湿的手掌立刻在上头留下了五个清晰的印记。他低声道："君侯若想以毒杀人，我自信有本事调制出一服毙命的药，且事后无人可以查得出来。"

"那多没意思。"杨政道把玩着腕上的小叶紫檀木佛珠，温言道，"你现在就去一趟萧铭府中。就说你是董延中，而董延初因为在青楼中与人生事而被关进了雍州府。"

董延初脸上疑云密布："就那么简单？"

杨政道摇了摇头："不简单。但是，我相信你一定可以办到。"

董延初离开的时候，天已经黑了。青黛与锦纹将热了两遍的饭菜端了进来，一一在案上摆好后便退至一边侍候。杨政道看着萧锐一副欲言又止的样子，便夹了一筷子土豆片放到了他的碗里，笑着说道："姐夫觉得我处置得不妥？"

萧锐平素就不大爱吃土豆，可既然夹了，便也只得勉强吃几口，转而又放下了筷子，轻轻叹了口气："你们的脾气真是很像，都喜欢把事情全掌控在自己的手里。我是大理寺少卿，他若真想做些什么，让我去做岂不是更加名正言顺？你们是不相信我能做好，还是根本不相信我这个人？"

襄城公主听出了他话中的埋怨之意，一时半会儿又分辨不出他是开玩笑的还是当了真，便只得在旁打圆场："夫君喝醉了。祯卿，你可别学他，多吃点菜。咱们府上两个厨娘的手艺真是很好的。"

说罢，她便站起身来，将自己面前的一盆海带猪肚丝羹挪到了他的面前。

杨政道舀了几勺汤羹在自己碗里，喝了两口后才缓缓说道："多谢姐姐。姐夫，舅公没有告诉过你吗？我生来就是为他披荆斩棘的。我不能假手于人，不是因为别人不好，而是因为，这个人必须是我。"

"好了好了，我不就随口说了几句玩笑话吗？那么认真做什么？"萧锐神色温和地拍了拍杨政道的肩膀，"可别告诉三弟，免得他胡思乱想。"

襄城公主这才松了一口气，转而却又蹙眉："说说正经事吧！祯卿，我还是不大明白。既然你说翠华阁中的红伊和商枝都是萧铭的人，那么萧铭一定很快就会知道，董延中已被抓进了雍州府。你还想让董延初去冒充他，能行吗？”

“能行。因为他们兄弟长得实在很像。我相信，即便萧铭他们都未必分辨得出。而我自入了红伊居后，就一直喊董延中为董延初，他应该不会蠢到去否定这个名字吧。”

萧锐好奇地问道：“那你是如何分辨他们的？”

“很多年前，董延初曾经给杨舒窈看过几次病。当时我就住在吴王府，他不会不认识我。”

萧锐“哦”了一声，转而又问：“其实我一直想不明白，三弟以前对杨誉的女儿也不算太坏，他为何要这般帮着外人陷害他？”

“深恩几于仇。”杨政道冷然道，“李恪心软，我可不会。这一次，我定让他死无葬身之地！”

雍州府正堂里，齐长升揉了揉疲惫的双目，手里握着一张被他揉得很皱的纸，身边两个小吏互相对望了一眼。其中一个右脸颊生了三颗红痣的小吏冯旺走上前一步，将烛台上燃烧了一夜的残烛撤了下来，扔到脚边的竹篓中。另一个白白净净的小吏周叶则在旁问道：“长史您都没用早膳，真的不饿吗？”

“我心里烦。哪还顾得上饿？”齐长升下意识地摸了摸他圆滚滚的肚子，用手撑着头，拧着眉说道，“这个黄迟在搞些什么？让他把瑞喜叫过来，他居然去了小半个时辰。冯旺，你去狱中瞧瞧！”

冯旺应了声“是”，转身时顺道拿了竹篓准备出去倒掉。没走几步，却见黄捕头带着耷拉着脑袋的瑞喜急匆匆跑了过来。冯旺只顾着和黄捕头打招呼，没注意到脚下的门槛，连人带竹篓一起摔了下来。黄捕头忙俯身扶了他起来，帮他将散落在地的废物捡回了竹篓中。冯旺不好意思地挠挠头道：“多谢黄捕头。”

黄捕头点了点头，朝着身后的瑞喜朗声喊了句：“还不快走！”

齐长升一见着瑞喜就浑身冒火，恨恨道：“本官前番已经结案，依律判了你绞刑。你难道还有什么辩驳之词吗？”

瑞喜今年刚满十六。因生着一张圆脸，所以看起来比实际的年纪还要小两三岁。他屈膝于地，连连叩首不止："长史明鉴，小人若非有说不出的苦衷，绝对不会自承杀人，更不敢诬蔑吴王殿下。"

齐长升一夜未眠，原是十分疲倦的，乍听得他的话，精神登时大好，忍不住站起身，大喜道："吴王殿下是冤枉的？"

瑞喜苦着一张脸，将头埋得很低很低："小人家中尚有祖母双亲，三个哥哥，四个嫂嫂，五个侄儿，如果不是杨刺史身边的刘护卫以他们的性命威胁，小人是绝不敢做这样的事情的。"

齐长升重重地拍了一下桌案，直拍得手心热辣辣地疼："前番你也是这样言之凿凿的。本官如何知道你这一次不是胡乱攀扯？"

瑞喜深深吸了一口气："张狱丞死在一月二十二日夜里，可是小人受蜀王殿下所托，那日晚间去了杨刺史在京城永宁坊的府邸送东西。到了亥时，天上下起了暴雨，杨府的管家齐鑫便让小人去了他的屋中避雨。小人和齐鑫，以及其他三个杨府小厮在那儿喝酒博戏，直到天明时分才离开。长史若传他们四人前来，定能知道小人所言非虚。"

"不对啊！杨刺史既然知道你没有时间行凶，为何又要诬陷于你？他不怕他的底下人拆穿他吗？"黄捕头见齐长升一脸深思的模样，便替他问了一句。

齐长升难得地对黄捕头投去了一抹赞赏的眼神，心道也是时候给他加些俸禄了，免得他老抱怨自己都快二十岁了还讨不到媳妇。

"因为小人去杨府送东西的时候，并未见到杨刺史和刘护卫。而且齐鑫与其他三人也不知道小人的名字，所以，他们才敢这样肆无忌惮地陷害小人。不对！是陷害吴王殿下。"

"吴王和他无冤无仇，他为什么要陷害吴王？"齐长升冲口而出道。

瑞喜摇了摇头："小人不知……"

"你知道倒奇了。"齐长升冷哼一声，"那你今天为何肯说实话？不怕你家人有危险了？"

因为吴王吩咐过，一旦在狱中看到那个姓董的，就立刻反口。瑞喜暗暗在心里道，可抬头时他说的却是："小人没想到，吴王真的被罢了官职。蜀王待小人向来不错，他们兄弟关系又好。小人问心有愧，想着无论如何都一定要将实话说

出来。”

齐长升看了看一脸“我半个字都不信”的黄捕头，又望着满眼同情之色的周叶道：“先把他送回狱中。本官还要再好好思量思量。”

“卑职遵命。”周叶屈身施了一礼，便拉着瑞喜往外走。

黄捕头想着待会儿还得去翠华阁找几个目击证人问问昨天的事情，便想开口告退，却又见齐长升面色肃穆地问道：“黄迟，你觉得吴王殿下怎么样？”

黄捕头很少能见着齐长升这么正经的模样，便也正色回道：“卑职只是个粗人，不敢妄自评价贵人。但您既然问了，卑职便也斗胆回了。吴王殿下不论人品还是才干，都不逊色于太子。”

“岂止是不逊色？只是可惜了……”齐长升小声嘟囔着。

他将手中的那张纸卷了起来，放到自己的衣袖之中，站起身来又说道：“时候差不多了，让底下人备车马，我得进宫去了。”

齐长升虽为京城长官，又有爵位在身，地位在众地方官之上，但平日亦不能随意面圣。所以昨夜当仕禄前来雍州府传旨的时候，他冷不防被吓了一跳。他的性子虽然豪爽外向，可除了吴王，他还真是怕见上官，更何况是一言九鼎的皇帝陛下。

仕禄早早站在宫门口迎候，见了雍州府的马车，便趋步朝前，待齐长升下了车后，恭谨地说道：“陛下于武德殿正殿内召见长史，请长史随奴婢走吧。”

齐长升看着眼前这个长相清秀，说话利索的宦官，心中的忐忑不觉少了几分：“劳烦小公公带路了。”

早春的空气中夹杂着淡淡的青草香气，一年中最好的时节就这样悄无声息地来了。齐长升缓步跟在仕禄身后，走了许久才上了高阶，到达武德殿正门门口。王忠略行一礼说道：“齐长史里头请，陛下正等着您呢！”

“臣雍州府长史齐长升奉旨觐见皇帝陛下。”齐长升双膝跪地，诚惶诚恐地

高声开口说道。

声音回旋于寂静空寥的大殿内，回音一阵阵盘旋着。李世民着一身玄色镶蛟龙金丝纹样的锦袍，头上只戴了日常的紫玉发冠，手里一直把玩着两个核桃，直到看到齐长升进来，才将它们搁到了桌上。许是没有放稳当，其中一个从桌案上掉到地上，一直滚落到齐长升的脚边。齐长升也不敢随意去捡，依旧笔直地跪在地上，目光平视着前方。

等了很久，才听得李世民浑厚有力的声音响起："起来吧！坐着说。"

齐长升起身，在旁边的矮几前坐了下来。

李世民说道："三月初五，朕要带着太子和几位亲王朝臣去大兴善寺中进香祈福，你去安排一下吧。"

这不是礼部的事吗？齐长升在心里默默说。可天意难问，他也只是恭谨地应道："臣谨遵陛下圣旨，一定会安排妥帖的。"

核桃已被人捡起来放回了桌案上，李世民抚着核桃，说道："也无须太过铺张，朕相信你能拿捏得住其中的分寸。"

齐长升被这突如其来的信赖弄得有些不知所措。他想着自己在雍州府的这几年，似乎也没有特别重要的政绩，便不觉有些汗颜道："多谢陛下信赖。"

李世民将手里的核桃放进了案上那个紫檀木盒子中，又说了两句："扬州刺史郑铎、崇州刺史杨誉到时也会一起去。不要把他们忘了。"

两位地方刺史居然能跟着皇帝一起去进香，当真好福气啊！说不定过些日子就能去六部任职了。齐长升在心里嘀咕着，不由自主便起了几分羡慕。可转而又想，去六部也没有什么好的，不如他这独掌京城军政大权的雍州长史自由实惠。

"是！陛下！"齐长升听得李世民轻咳的声音，这才回过神来说道。转而又忍不住小心翼翼地问了一句："那吴王殿下……"

李世民摆了摆手，漫不经心地反问道："你觉得吴王应该去吗？"

齐长升下意识望了眼在旁侍立着的王忠。王忠却正低头往案上的茶杯中添茶水，并未注意到他求助的神情。齐长升便只得硬着头皮说道："陛下放心，臣知道了。"

李世民明知他是在和稀泥，却并不点破，只是喝了口茶水，看着他道："近

来长安各坊有无重大案件发生？”

“近来……”齐长升绞尽脑汁想了想，道，“京城一向治安甚好。老百姓夜不闭户，路不拾遗。一派盛世景象呢！自然，这全是仰仗陛下的天威。陛下您的英明古往今来无人能及，就是尧舜也只能望洋兴叹。”

“齐长升，朕不是吴王，不吃你溜须拍马这一套。”李世民倏忽间变了脸色，重重将手里的杯盖盖在了杯子上，发出一声清脆的响声。

齐长升着实被这声响吓了一跳，忙站起身来，本想说些“臣说的都是实言”的话，可莫名其妙竟然冒出了这么一句：“陛下，吴王殿下他也不吃臣这套。”

王忠听得此话，嘴角不禁抽搐了一下。这位雍州长史真是哪壶不开提哪壶。不过转而一想，这壶仿佛是陛下先提起来的。自从上次在这里当着众人的面下旨将吴王幽禁于王府之后，王忠就再也没有听他提过吴王。其实这样也好，至少陛下对一切的指控都还只是将信将疑。

王忠还在整理着杂乱的头绪，却听得李世民又说道：“话倒说得也算实诚。不过，朕方才听萧铭说，祥和坊中有几户人家家里遭了贼。不偷金银不偷玉，光偷女人的贴身衣物，弄得人心惶惶。女人们就连在内室里也不敢沐浴更衣，就怕被贼人偷窥。”

“有这样的奇事？”齐长升不假思索地问道，转瞬间却又觉得自己的讶异十分不妥当，“臣回去一定会责令属下好好查问的。若属实，臣定会严惩这样变态的贼人。”

“这是你的分内之事，若查得出结果，朕也不会赏赐。但若让朕知道你敷衍行事，朕定严惩不贷！”

齐长升后背一寒，忙又屈膝一跪：“臣遵旨！”

又听李世民训导了半日，齐长升才长长地松了一口气，告退离开。正午的阳光照得他有些睁不开眼，走得久了，只觉后脑有些发涨。春天真是个令人困倦的季节，就该整日躺在榻上睡觉才是。齐长升默默在心里抱怨着。抱怨着抱怨着，便不知不觉地跟着个叫不出名儿的小宦官到了玄武门门口。玄武门的一个护卫齐高远是他的同族侄子，见着他便很有礼貌地躬身一拜。

齐长升耷拉着脑袋，刚想走出门上马车，突然眼前一亮，转身朝前几步，追上了方才那个带路的小宦官道："请教小公公，门下省在哪个方位？"

"从这里一直往前走，到了闲云亭再往南，见着兴安宫后再左拐，其后便到了福康宫，然后……"

齐长升不由得咽了口唾沫，尴尬道："小公公若没事的话，能否再带带路？"

"行！"小宦官答得爽利，"那就请长史跟着奴婢来吧！"

唐朝尚书、中书、门下三省俱位于皇宫之内，以便及时向皇帝汇报工作。走了三刻钟工夫，方才到了门下省。齐长升向小宦官称了声谢，又从衣袖中掏出一封名帖递到门吏手中道："劳烦通禀杨常侍，雍州府齐长升求见。"

门吏双手接过名帖，转身便走了进去。片刻后又出来说道："长史请——"

门下省主要负责察纳雅言，纠准及核查百官上书，并复核中书省下达的诏令。长官为门下侍中，官阶正三品，行宰相之权。杨政道早年便被任命为散骑常侍，为高级谏官，皇帝近臣。齐长升一见着他，便如看到了救星一般上前拜了一拜，也顾不上说那些客套话，直言道："君侯可得帮帮下官，这会儿下官是真遇着难题了。"

杨政道对前来奉茶的两位小吏摆了摆手道："你们下去吧。"

齐长升拿起茶杯，吹了吹，也顾不得烫，几口便将里头的水全喝进肚腹之中，又拿起茶壶给自己倒了满满一杯，涨红着脸大致将方才的事情说了一遍。末了又道："君侯知道陛下究竟是什么意思吗？"

杨政道看着杯里冒出的热气，真不知道他是如何喝得进口的："长史想问的是陛下为何让你安排大兴善寺进香一事，还是为何催你调查坊间盗窃疑案一事？"

"君侯若知道，就都告诉下官吧！这事实在是……棘手啊！"

"有何棘手的？"杨政道笑得温和笃定，"大兴善寺在长安，你是长安地方官，怎么就交不得你了？至于那个盗窃案，虽然不知为何会惊动了陛下，不过，你的确也要放在心上。若再查不出其中曲折，恐怕又要流传出一些污秽的流言了。"

齐长升面上焦灼之色未改："道理下官也懂。可是……可是下官心里总还是不踏实。还有吴王殿下，君侯知道陛下如今对吴王殿下究竟是什么意思吗？他老人家到底要不要吴王殿下一同前去？"

杨政道并不理会他的问话，反问道："那你呢？你会因为吴王失势而另谋出路吗？"

齐长升一听，慌忙赌咒发誓说："下官若做一件对不起吴王殿下的事，明日便被黄捕头家的恶犬咬死！"

杨政道乍听得如此亘古未闻的誓言，不由得被刚喝下去的茶水呛得喉咙疼："黄捕头家何时养狗了？"

"君侯不知道吗？"齐长升说到此处，不觉起了几分兴奋之意，"黄捕头几个月前路过吴王府，看到王府侍人抱着简简在外头晒太阳，顿时就喜欢得不得了，过几日也不知从哪儿也弄了条狗来。谁知道那畜生却凶悍得紧，一顿伙食不好，就冲着过来咬扯他的裤腿。还有上次……"

"好了好了，这条狗的事情留着以后再说。你若真记得吴王的恩，这次去大兴善寺进香就是个机会。若成，吴王可以脱困，你的仕途亦能更进一步。若不成……"

"若不成，下官亦算报了吴王殿下知遇之恩，心里也能过得去了。"齐长升迫不及待地接口，从自己的衣袖中掏出了一张纸，"君侯看看这个吧。"

杨政道接过齐长升手里的素色字笺，只看了一眼就把它揉成团扔到了案上。只见他目光中的肃然神色迅速闪过，转而又成了春风化雨般的平静温和："萧铭许诺你只要处死了董延中，就推举你去刑部任职？齐长史，看来他也以为你短短几年之间就从地方县令跃至长安父母官，靠的只是溜须拍马那一套。"

齐长升说："下官所说的话都是真话。不管旁人如何以为，下官只要自己做到问心无愧就可以了。"

"吴王就喜欢你这样的人。"杨政道起身，看着一旁的长明灯将纸团燃烧成灰烬，"你先回去吧！有事我会来找你。"

三月初五早上，大兴善寺门口人马簇簇，却井然有序，一丝不乱。大兴善寺

是长安城中最大的佛寺，隋唐两代均将其奉为国寺，皇族亲贵们经常来此进香祈福，僧人们对这样的大场面倒也见怪不怪了。

李世民率皇亲重臣们进大兴善寺三门的时候，天上正飘洒着细密的雨珠，经由春风一吹，便直往人的脖颈里钻。幸而这雨并未下大，只过了一会儿天便放晴了。雨后初霁，天边悬着一道七色彩虹。太史局花了五日时间算出的日子果然是好的，众人皆在心里默默地想着。

自大雄宝殿出来便是天王殿。天王殿中供奉的弥勒佛像足有二十余尺高。无论看到世间发生了多少离愁别恨，它总是微笑着的，似乎从来没有什么苦不能化解在这拈花一笑之中。李世民抬头，久久凝望着这尊弥勒佛像。那些久远的记忆正慢慢地回旋在他的脑中，待他缓过神来的时候，弥勒佛依旧在对他笑，笑得温柔慈悲。

突然，外头传来了几声乌鸦凄厉的嘶吼。小僧辩休匆匆跑了进来，双脚被高高的门槛绊了一下，整个人重重摔倒在地。玄济忙转过身走到他的面前，压低了声音说道："这是什么场面？你怎的还这样毛手毛脚，快下去！"

辩休站起来，抹了抹从额头一直滑落到脖子的汗珠，涨红着脸喘着气说道："师伯，辩明师兄不见了！"

"如何会不见的？待会儿可还要让他给陛下念祝祷经文呢！"玄济一惊，声音不觉大了几分，"有没有好好去找找？"

辩休刚想回话，就听到李世民问了一句："出了什么事？"

玄济见瞒不过，便趋步向前至佛前，双手合十一拜道："回陛下，是贫僧的师侄辩明不知躲哪儿偷懒去了。辩休，你说！"

辩休抚了抚胸口，说出来的话还带着几分颤音："陛下，是……是这样的。小僧晨起还和辩明师兄一起上早课。约莫辰时一刻，师兄说要出去走走，一会儿再给弟子讲课。可小僧一直等了二刻钟都不见师兄回来，于是小僧便出去找，又问了诸位师兄弟，可都没有看到辩明师兄的影儿。"

李世民微一蹙眉，转头对侍立在天王殿左侧的禁军们说道："你们也帮忙去找找。"

十余名禁军闻言，立刻走至殿中央，异口同声地说了声："是！"

李世民望了望排在最后面满脸麻子、留着山羊胡的禁卫军几眼，也不说什么，只是让他们下去了。

目送着他们离去后，玄济又上前施了一礼，满脸愧色地说道："惊扰圣驾，贫僧罪该万死！请陛下移步后头禅房歇息。"

李世民点了点头，叫上了太子并五六个近臣和他同往，余者便留在天王殿中暂息。

玄济所说的禅房名为"圆津"，专为皇族休憩所备。其坐落于一片青竹林中，芳草满布于台阶上，虽不甚阔朗，却修葺得精致高雅，连四周点着的蜡烛上雕刻的纹样都出自当代名家之手。正面墙壁上挂着的两幅字，一边刚若铁画，另一边则媚若银钩，结合起来却不觉突兀，反倒别有一番风流袅娜之姿。李世民来过这里多次，每一次都会被这几个字的功力所震撼。

玄济接过小僧托盘中的茶杯，递到了李世民的手里。水气袅袅飘至空中，带来了阵阵沁心的茶香。李世民觉得有些烫，就只将茶杯搁在一边。玄济只以为他不喜，便有些不安地说道："陛下，这茶……"

"茶很好。"李世民看萧铭正品得津津有味，"萧侍郎，你觉得如何？"

萧铭忙放下茶杯，茶水溅出了些许在他的手背上："大兴善寺后院泉水清洌可口，煮出的茶水自是风味独到的。臣虽不善品茶，亦觉脾内生香，妙不可言。"

"哦？"李世民的目光从萧铭身上又瞥到了玄济处，"你们后院的泉水还能入茶吗？"

玄济笑着说道："萧侍郎还说自个儿不懂茶呢！贫僧只遣人放了四分后院泉水，您都能品得出来，当真是品茶大家。"

萧铭的手在空中微微一滞："臣亦是猜测的，谁知瞎猫碰上了死耗子……"

他还想再说些什么，却又觉得在皇帝面前说此等民间俚语有些失礼，便只低了头一语不发。

李世民似乎并不甚在意，依旧心情愉悦地说道："这大兴善寺中除了西去天竺求经的玄奘大禅师，就是玄济禅师你的佛法修为最为高深。朕有问题想请教。"

玄济满脸都是受宠若惊的笑容："陛下谬赞，贫僧不敢当。"

"禅师觉得，如何才能进入佛的境地？"

"居于清净之所，心无旁骛，终有一日可以悟道升天。"

"天下那么大，何为清净之所？就算居于山野田间，亦会被虫雀飞鸟惊扰。"李世民不以为然道，"朕倒觉得，能将自己置于欲海之中而不被贪欲染垢，置于俗世之间而没有烦恼愤恚，置于淤泥之内而不曾落寞绝望，才是真正有道的修行者。或者，虽有贪悭之念，而能及时舍弃；虽被愤懑所缠，却始终心怀仁慈忍让；虽深陷烦躁，但心性依旧平和狷介。如此，便可通达于佛道。禅师觉得朕说得可有理？"

玄济神色蓦地一凛，万没想到身处九天之上的皇帝竟然可以看得如此通达。他这番话仿佛是意有所指，却不知究竟有何深意。于是玄济便也只能诺诺说道："陛下英明。贫僧浅薄了。"

李世民不说话，端起手边的茶杯，感觉到茶水渐温，便一饮而尽。有少许茶叶末子浮在杯壁上，一时也落不下去。

方才帮着找人的禁军回来了两个，一个是方才引得李世民注意的麻子，另一个则是面容白皙的年轻人。二人互相瞧了一眼，最后还是由那个白面禁军上前一步回话道："陛下，寺中七层浮屠塔后的一间禅房被火烧尽了。臣等赶过去的时候，见辩明师父正在那里收拾残局，所以才会那么久没出现。"

李世民深锁眉头，问道："如何失的火？"

白面禁军的指上有些许黑炭的痕迹，显然刚刚也帮着收拾过。他摇了摇头："臣不知。方才雷声打得厉害，许是天火也说不定。"

"天火？"李世民沉吟片刻，"玄济，那间禅房住的是什么人？"

玄济将双手交叉握着，说道："那里位置偏僻，本无人居住。后来玄觉入寺，便搬了进去。前两年玄觉犯了杀人罪被处决以后，那里就一直被锁着，平素也不会有人靠近。若非这场火，贫僧都快把这禅房给忘了。"

"既然平素无人靠近，那辩明为何会去那里？"李世民似不相信他的话，接着又补充了一句，"而且偏偏还挑了朕在的时候。"

萧铭见状，忙朝前走了两步："陛下，臣去瞧瞧虚实。"

李世民摆了摆手："祯卿，你看看去吧。"

明明自己才是刑部侍郎，可陛下却当着众人的面将自己晾在一边。萧铭有些尴尬地用指头搓了搓衣角，想着近来自己仿佛没有做错什么事情，陛下没必要给他这么个难堪啊。于是，他不由得抬头，目光一一扫过坐于上首的太子、长孙无忌、马周以及位序最末的杨誉。却见他们都没有与他的眼神相触，便只得默默地退到了一边。

约莫过了半个时辰，杨政道便又回到了圆津禅房，身后除却方才一同前去的两名禁军，还有辩明和辩森师兄弟两人，以及承接了保卫职责的长史齐长升。杨政道屈身一拜，急促地说："陛下，臣敢肯定，这不是天火，而是有人蓄意纵火。"

李世民淡淡地说道："不急，你慢慢说。"

"是！陛下。"杨政道回答得十分干净利落，"辩明师父是在辰时一刻出来去往玄觉禅房的，到达那里的时间大概是辰时二刻多一些，据他说，那时候火已经烧得十分厉害了。可是臣敢肯定，雨是在辰时三刻才下的，而且只是小雨，并未闻雷声。如何会有天火？而且，臣还在那里发现了松油的痕迹。所以……还真是烧得一干二净，一点东西都不剩。"

"那么，那个胆敢蓄意纵火的人究竟是谁？"

杨政道此时的语速已变得十分平缓："萧侍郎，你说呢？"

第二十章

拨云见日

萧铭的目光中带了几分警惕之色：“去现场勘查的是君侯您，臣又如何能知晓？”

“咱们是卯时三刻就到了大兴善寺。过了不久，你就说要去小解。对不对？”杨政道饶有兴致地望着他的面庞说道。

“人有三急，难道君侯连这个都要管吗？”

“不能不管啊！”杨政道微微一笑，如春光明媚，“您一去就是半个时辰，正常吗？”

萧铭头脑一涨，旋即却只面含愠色地说道：“你到底在暗示什么？”

“我说得还不够清楚吗？”杨政道听着梵钟之声慢慢息了之后才说道，“萧侍郎你没有去小解，而是趁着这个机会到玄觉的禅房放了一把火。”

“祯卿，不要胡说！”还未等萧铭反驳，李世民却率先开口说道。然而，他的话语中并未见任何责备，反倒带了几分鼓励之态。

“陛下，臣与萧侍郎并无冤仇，如何会无缘无故冤了他？”杨政道看了看身边那个雕刻得十分精细的矮橱，继续说道，“去玄觉禅房必经后院泉水池。当时正在那里的辩森小师父说，曾在辰时一刻左右见到萧侍郎，还和他说了几句话：

‘给陛下和各位贵人们煮茶用的自然是最好的水。小僧方才尝过，略涩了些，故而便来此取一些咱们这里特有的清香泉水。’辩森，我可有说错？”

辩森听叫到了他的名字，便向前跨了两步，说道：“君侯说的，一字不差。”

杨政道点了点头：“自然。你刚刚才告诉我的，我如何会记岔？萧侍郎，你方才并没有自谦，你的确不懂茶。这一点，我曾经听吴王妃说起过，而吴王妃则是萧良娣告诉她的。你自家女儿说的话，总不会有假的吧？那么，从未来过大兴善寺的你，如何能迅速分辨出方才的茶水里有后院的泉水？”

一直坐在一边默默看戏的太子李治不自禁地耸了耸肩膀。萧良娣？他居然这么堂而皇之地提到自己的宠妾。这样目中无人，也难怪朝内很多人私下都说，陛下待宣平侯如同己出，有着非一般人的襟怀。

萧铭哑然，一时竟然想不起来要如何去辩解。他不是傻子，就算真要销毁有关玄觉身份的东西，也不会在这个时候，用这么愚蠢的办法亲自动手。方才他是真的想要小解，却被一个小僧指到了一个僻静无人的地方，花了他好长一段时间才绕出来。这是阴谋，是他们埋下的一个陷阱。萧铭耳根通红，说道：“我方才不是说了吗？是我猜的。宣平侯单凭这个就认定我放火，不觉得草率得可笑吗？”

“不可笑。”杨政道深吸一口气，接着说，“陛下，其实……这把火是臣引导着萧侍郎放的。”

廊檐上的雨水一滴滴落到青石板砖上，犹如重锤重重地敲击在人的心间。李世民蹙眉，低沉道：“把话说清楚了。”

“是。陛下。臣会慢慢地讲的。”杨政道的语气丝毫不容人质疑，“很多年前，这位辩明师父曾亲眼看到玄觉在一片雾气缭绕中踏海而来。那时辩明尚小，其实是将他看到的一切神话了。他以为玄觉真是下凡的神仙，便一直跟在他的身边学佛。然而有一日，他无意间发现了玄觉身为高句丽细作，下手杀害中书令宇文士及的秘密。可是，他却不敢说。直到吴王查出这个秘密，并且将之公之于众，他的一颗心才放了下来。

“一个多月前，吴王被人诬陷在玄觉一案中徇私。臣曾在前日找到辩明问明了当时的一些细节情况，辩明说他愿意在陛下面前陈情。而就在今日我们到达大兴善寺之前，臣曾经遣人在萧侍郎府邸将这事散播给他听，并且还说，玄觉房中至今藏着能证明他身份的文书。果然，在宁可信其有，不可信其无的念头的驱使下，萧侍郎动手烧了禅房。”

辩明垂下眼睑，声音低微：“君侯说得不错。玄觉虽是杀人重犯，但他到底是小僧的师父，且一直对小僧呵护有加。所以隔段时间，小僧定然会去他的房间收拾。今日，小僧又去了。谁料，禅房失火。一切都没有了……”

萧铭恨得牙痒痒，终究却只吐出了三个字：“臣冤枉。”

“吴王才是冤枉的！你们设了那么大一个局，不就想要置他于不仁不义吗？齐长史，说说你最近抓到的那个人吧！”

齐长升等了很久，方才等到了他说话的机会，便赶紧清了清嗓子，高声道：“臣已经查明，张放死的那夜，瑞喜一直在杨刺史京城府邸的耳房内和下人们饮酒博戏，并无杀人时间。他之所以自承杀人，实为人所胁迫。而真正的凶手臣已经拿获，就是那个曾在叛将侯君集军中任职的董延中。”

“你抓的那个人是董延中？”杨誉脱口而出道。

“看来杨刺史也认得董延中。”齐长升不急不缓地说，“原本下官还对他说的话将信将疑，如今看来倒是不假。董延中交代，在他杀了张放之后，就将那份伪造的信件交给了张赵氏。当时长安城本就谣言四起，加上董延中自称是张放好友，从中挑拨，让张赵氏深信，是吴王指使瑞喜将张放灭了口。原本他只想让张赵氏去大理寺门前闹一闹。谁知张赵氏与张放感情甚笃，又性格刚烈，竟自称亲眼看到瑞喜动手，继而以死明志。真是个可怜又可悲的女人！”

李世民眼里凝了浓重的一层寒意，却只是认真地听着，一言不发。齐长升向萧锐望了一眼，见他亦在看着自己，便会意地退到了一边。

萧锐犹疑片刻，便躬身将手中的一份奏报呈到了李世民面前：“陛下，这是元仁虔元少卿交给臣的。吴王收到崇州府的这份文书的时候，还和他讨论过江一流的案子。这才是杨刺史您最初交给吴王的文书，上头明确写了江一流误杀其养母的始末。杨刺史把这案子判得如此草率，吴王将其发回重审，也无可厚非。陛下您看批复落款处的这个印章，大理寺的印章因为上回不慎摔在地上而被磕破了一个小角，您可以调看一下这两个月来所有的公文，上头所有的印章都是有些微缺角的。当然，不仔细看是看不出来的。”

李世民边听边看着文书上的一行行字，倏地站起身来，缓步走至萧锐的面前：“朕回去会看。你继续说吧。”

萧锐说了那么多话，顿觉有些口干舌燥，再次开口的时候，喉间又隐隐有了些痛意。他咽了口唾沫，又接着道：“可是，杨刺史此次回京，又带来了另外的一份文书，就是陛下您在不久以前所看到的那份。上头的江一流是个十恶不赦的杀人罪犯，而大理寺却蛮横地要求杨刺史改判。吴王的字可以模仿，但是，你们仿刻的那个印章应该不会那么巧也缺了一个角吧？”

杨誉面色惨白，已然听不清楚萧锐最后说的那几个字。可是，当初他是亲眼看着这份奏报在他面前燃烧成灰的，为什么它还会出现在这里？他无力地跪倒在地，不由自主地打了个寒战。那种表情，已然完全出卖了他内心的慌乱。

“想知道为什么被你毁灭的证据又突然出现了吗？”萧锐说着便也屈膝跪了下来，“请陛下恕罪。这份奏报是臣伪造的，但是，这上头的内容却是千真万确的。”

杨誉听罢此话，原本震惊的表情中又夹杂了几分绝望。他想要分辩，可横亘在喉中的话却怎么也说不出口。他的耳畔只嗡嗡作响，慢慢地回荡着一个声音：完了，我的仕途，我的性命……一切都完了。

杨政道见该说的话都说完了，便低头看看杨誉，又望了眼萧铭同样惊恐的神情：“请陛下为吴王殿下做主。从江一流到张放，再到张赵氏……就是一个针对吴王的大阴谋。吴王当年揭露玄觉一案，诚然不完全，却也的确促成了陛下东征的决心。陛下，大唐征讨高句丽并没有错。大唐迫使高句丽从新罗撤兵，新罗人感恩戴德，决意世代国君皆以我大唐皇帝为父。而高句丽城主亲上层楼送别大唐军队表明敬服姿态，他们不敢赢，也赢不了咱们。还有突厥人……陛下您不是一直想知道那个在乙毗射匮可汗面前出谋划策的人是谁吗？拔也德隆和丹巴扬尔为了推卸责任，定会卖了阿史那·元惠。陛下，不久以后，您定然会听到突厥叶护魂归西天的消息。”

马周的眉头皱得越来越紧，刚想上前一步说话，却发现自己的衣袖被身边的长孙无忌拉了一下。他抬眼，见长孙无忌依旧若无其事地端然望向前方。就在那么一瞬间，他脑海中闪现出四个字：弃车保帅。

下下策。非做不可的下下策！

马周紧握双手，尽可能不被人看出他此刻无奈又不甘的神情。

胡思间，他听见李世民问道："吴王到底哪里得罪你们了？"

于是，他刚刚才平静一些的心又剧烈跳动起来。半晌，他才意识到，李世民说的"你们"是指萧铭与杨誉。

果然，李世民走向了匍匐在地瑟瑟发抖的杨誉，又沉声问了一句："你和吴王有什么深仇大恨？"

杨誉目光涣散，背后的涔涔汗珠已然湿透了他的衣衫。鬼使神差中，他竟然断断续续地说了两句话："因为……因为舒窈。吴王……吴王他知道……"

那个时候，李恪为了息事宁人，也为了死在他怀里的景玥，并未上呈皇帝，追究杨誉的欺君之罪。可有些人的心思就是这般诡异得可怖。他宁可去费力揣度，也不愿意相信人是真能做到宽容与饶恕的。结果到头来，不过是聪明反被聪明误而已。

不打自招！杨政道冷笑，可旋即又转了念头。不能让他说出来。一旦陛下得知真相，必会去追查景玥的身份，那么不但宇文禅师的性命不保，连带着他今日所做的一切都将会变成徒劳。杀敌一百，自损三千的事，他犯不着去做。于是，他仿佛只是自言自语地说："吴王知道杨姑娘喜欢安州，所以就把她葬在了那里……"

"你觉得吴王亏待了你的女儿？你也不看看她有哪一点配得起吴王！"李世民又重新坐了下来，手捧着茶杯，慢慢摩挲着杯外壁上的一株海棠花。当年如果不是有求于杨誉，他是断然不会许婚的。他后来的确也后悔了。可他做不出鸟尽弓藏，兔死狗烹的事情，于是，便也只能应诺了。

杨誉微微挪了挪身子。脊背上阵阵凉意传来，一下便让他清醒了不少。他虽然不明白杨政道为什么要帮他，但是他依旧感觉到了一丝后怕。若他刚刚将舒窈的秘密脱口而出，那么不止他一个人要死，连带着家中老幼怕也躲不过。

“陛下，臣糊涂，臣罪该万死。”杨誉磕头如捣蒜，“臣是因为舒窈而与吴王生过芥蒂，可是，若不是萧侍郎从旁火上浇油，臣还不至于真的付之行动。”

要死，也不能我一个人死。杨誉恨恨地想着。

“那么，你又是因为什么？”李世民将目光转向了萧铭，问道。

萧铭看太子等人都无意为他说话，心早就凉了半截，想说的话都堵塞在喉头。过了许久，他竟然连一个字都说不出来。

“你不会……也是为了你的女儿吧？”杨政道伸手拍了拍袖口的小白鹭刺绣上不知何时沾染上的黑灰，“萧良娣那么得太子宠爱，自然也……”

“祯卿，不许胡乱揣测！”李世民打断了他的话，正色说道，“来人，将萧铭与杨誉暂且押往大理寺监狱，严加看管。萧锐，你回去以后，好好整理一下他们的口供，将他们所犯的事一一列举出来给朕看。这事，朕会亲自处理！”

说罢，他便负手走至禅房窗前。此时已近正午，阳光漫不经意地照射下来，带来了四季中最让人舒心的温暖。他面前的迷雾渐渐散去，而他曾经有过的那些疑虑，终于也消失不见了。过去的阴谋，如今的算计……他所经历过的一切，竟被人如法炮制用来对付自己的儿子。己所不欲，勿施于人。他当初对李恪说的那些话，诚然不全是出自本意，但真的将他伤至肺腑了吧。幸而如今，一切都好。

从大兴善寺回到东宫拱宸殿，李治已然独自坐在屋中两个时辰了。侍立在外的几个宫女宦官一脸的讶异茫然。他们你看着我，我看着你，都想不明白，缘何去了一趟佛寺竟会让向来和善的太子失魂落魄成这般模样。

庆贵领着手底下两个新进的小宦官，端着热腾腾的晚膳走了过来，轻轻地叩动门扉，说道：“殿下，您还是吃些东西吧！长孙公在正殿等着您。”

李治打开门，面上的表情依旧如常般温和。他看了看面前的几道菜，燕窝鸡杂汤、挂炉野鸭、酱汁鲫鱼……全是平素他最爱吃的。然而现在，他是真的一点胃口也没有。他轻轻地叹了口气：“给你们吃吧！记得，要吃得干干净净，不准留下一点点痕迹。知道吗？”

说完，他便抛下众人，扬长而去。他的双足如同灌了铅一般，走进正殿的时候，几乎已经精疲力竭。他像一个受了极大委屈的孩子一般低低唤了一声："舅父……"

长孙无忌行礼拜道："见过太子殿下。"

李治屏退了殿中侍候的两名小宫女，与长孙无忌面对面坐了下来。长孙无忌瘦削的脸庞上一对眼睛炯炯有神，仿佛翱翔于天际的鹰一般锐利得能够洞穿灵魂。

他等了许久也没有等来李治的话，便索性先开了口："太子不甘心吗？"

李治本能地摇了摇头，可转念便想，何必在这个从小看着他长大，亲手把他捧上太子之位的舅父面前强撑呢？于是便又点点头："一日之间连损两名臂膀，我心里自然不甘心。"

"不甘心就对了！"长孙无忌笑着说，"这样，以后您就不会再大意行事了。"

"可是就差一点点……就差那么一点点，吴王就再也没有翻身的机会了。"李治只觉气血上涌，连用稍微委婉的话掩饰一下内心的出离愤怒都忘记了。

长孙无忌拍了拍他的手背，给他带来了一点点心安："何止差那么一点点？那天的事情，马周已经一五一十地告诉了我。在诸多人证物证之下，陛下是被迫采取了一些行动，但是他有说过一句吴王有罪吗？一直到现在，他都没有正式下旨罢免吴王的官位。而今天，杨政道和萧锐就说了那么几句话，他就相信吴王是冤枉的了。他相信吴王，如同相信他自己一样。"

李治黯然垂眸："类似的话，先生也曾经对我说过。可是，我一直都不完全相信。"

"因为马周也同样如此。"长孙无忌声音冷硬地说道，"所以他才会冒险触碰了一下陛下的底线。只可惜，他高估了自己。这一次，他输得一败涂地。幸好陛下不曾将责任往他身上推，要不然，马周这一生的努力怕都要付诸东流。"

"舅父，是我错了。可是您不知道，您不在的这些日子，我眼看着吴王遇事时那种处变不惊的沉稳姿态。他几乎只用一句话，甚至一个眼神，就能让人俯首帖耳。就算我明白他未必有这个心，但我还是害怕。毕竟陛下对他那么好，好得让我嫉妒……"

"陛下是对他好。除了太子之位，陛下几乎什么都能给他。"长孙无忌语气淡漠，却异常肯定地补充了两句，"就算是太子之位，他也不是没想过。可是现在，不可能了。"

李治愁眉不展，沉思了很久之后，还是狐疑地问道："现在又是什么时候？为何就不可能？"

"因为我们没有赢下高句丽。"长孙无忌挑了挑眉，说这话的时候，他也弄不清心中是遗憾多些还是庆幸多些，"你们真不该拿玄觉的事情做文章。陛下当初那么想打高句丽，朝臣们争争吵吵，有支持有反对的，可唯有吴王给了他一个理由。若这次打了胜仗，加上吴王在长安把突厥问题处理得如此明快漂亮，陛下还是有机会把太子的名分给他的。然而现在，虽朝野上下都对这场仗讳莫如深，可到底是怎么回事，大伙儿心里还能没数吗？若陛下在此刻易储，你说，会不激起千层浪吗？"

"可是……"李治托腮凝望着长孙无忌道，"今日杨政道在大兴善寺说的那番话，难道不足以堵上悠悠之口吗？"

长孙无忌听得这话，不由自主地笑出了声："傻外甥，杨政道那些一本正经溜须拍马的话能拿到台面上说吗？新罗原就和咱们八竿子打不着，就算他们不臣服，又能碍到咱们什么事？高句丽城主登楼送别那事更是荒谬，人家明明就是来看我们笑话的。堂堂天朝上邦，劳师远征却铩羽而归，岂不是天大的笑话？"

李治的面上这才浮现出一丝笑容："原来如此！不过，舅父确定此事到此为止，陛下不会再追究到先生，甚至追究到我的头上来吧？"

"当然不会！没有证据，萧铭和杨誉不敢胡乱攀扯。"长孙无忌站起身舒缓了一下筋骨，往前走了几步又回过头道，"再说，当时杨政道都把话说出口了。如果陛下要追究，就不会出声打断了。你说对吗？"

李治用力地点了点头："对！舅父说得对！那么，依您所想，接下来，咱们究竟该怎么办？吴王始终都是横亘在我喉头的一根刺。还有杨政道，那样自命清高又自以为是，实在是……"

"慢慢等。"长孙无忌不假思索地说，"太子切记，在陛下活着的时候，千万不要再去招惹吴王了。一旦山陵崩，一切便任由您做主了。”

“不！舅父不要说这样的话。陛下他……他不会的。他会千秋万岁，永远也不……”

“千秋万岁？太子，别再说这样的傻话了。若帝王真能千秋万岁，如今不还是始皇帝的天下吗？经过高句丽一战，陛下身子已经明显不如往昔了。也许三年，也许五年，总是会有那么一天的。”

春日夜间的风温暖和煦，慢慢地吹刮起地上的尘埃，让人越发看不清这原就雾气缭绕的景致。

屋中两盏烛灯几乎同时熄灭。李恪放下手中看了一半的书，将蜡烛从烛台上拿下，就着旁边唯一还亮着的烛火点着，又将它们插了上去。他觉得有些倦了，却并不十分想睡。这些日子，他过得异常舒心。有时陪着淇奥作画，有时逗弄着孩子们玩，有时就像现在这样，一个人捧着本书闲坐出神。

此时，只听得外头有叩门声响起，李恪随口应了一句：“进来吧！”

季成小跑着来到李恪面前，悄声说道：“殿下，陛下来了。现在正在瑞福堂中等着您。”

李恪的手微微垂了下来，思绪有一刻的停滞。恍惚间，听季成高声呼了一声：“殿下小心。”

几乎在同时，李恪就觉察到从手指传来的钻心的痛。就在方才他失神的瞬间，手指竟然不自觉地触到了燃着的烛火。他忙将手浸在了桌上一只琉璃瓶中，若无其事地说道：“知道了，我去加件衣服，随后便到。”

瑞福堂位于吴王府正中，李恪平素多在此处理公务。堂前朱漆的木柱上雕刻着绮纹，描彩的屋椽塑工精绝明丽，匾额上的“瑞福”二字是十数年前李世民亲手所写。陈勤彼时正站在回廊下，看着灯笼和星星的光芒倒映在湖中，凝聚成一个个好看的光环。

“陈公公，多日不见了。”李恪从廊上走过的时候和他打了声招呼。

陈勤忙躬身施礼一拜：“吴王殿下好。陛下等您许久了。”

李恪只说了一声“知道了”，便兀自朝前走去。左脚刚刚迈入门槛，他却突然停了下来，右脚竟如被人绑缚住一般，怎么跨也跨不进去。不知过了多久，他才紧握双手，深深地吸了口气，鼓足勇气进了门。

李世民此刻正正襟危坐于内室书案之前，低头端看着手中的一本小册子。上头详细记录着李恪这七年多掌管大理寺以来经手过的所有死于非命的人名、生辰八字以及死亡缘由。有被谋杀，有自杀，也有横遭意外而死的。每隔几页，他都会抄录一段《往生咒》在其中。

李恪进来的时候，李世民已经全部翻看完毕，正要将它合起来。他微微抬头，见李恪只是屈膝跪倒在地，却并不发一言。于是他只得站起身来走到李恪面前，俯身将他扶了起来：“父子之间哪有隔夜仇？你的气性有那么大吗？”

李恪摇了摇头，浅笑道：“父亲，我没有。”

“没有就好。”李世民坐回了原位，凝望着他的脸许久才说道，“气色比之前好多了，身子仿佛也壮了些。看来这些日子你倒过得不差。”

李恪揽衣坐到了李世民对面。方才被烛火烫着的手指隐隐传来一股灼热之感：“或许是因为没有俗事所绊吧。其实这样也好，真的很好。”

“恪儿，朕有苦衷。”李世民轻声叹了口气，“你……能明白吗？”

“太子是父亲正儿八经的儿子。有太子在，才能保大唐社稷，巩国祚延绵。可是太子政治手腕稍显稚嫩，所以父亲才会让我帮他。而当一切麻烦都解决了之后，您自然不会愿意看到有人再去威胁到太子的权位。从头到尾，我都只是一件工具。父亲，您明白，我也明白。”

李恪原是不准备那么直截了当揭破这赤裸裸的真相的。何必让他们彼此都难堪呢？可是，当他的眼神与李世民相触的刹那，他所有的委屈便抑制不住地迸发了出来。于是他不由自主便将这话说了出来，说得太急，以致他的脑中直到现在都在嗡嗡地叫个不停。

“把自己说得如此不堪，你这是在伤自己，还是在伤朕的心？”李世民用力地拍了下李恪的手背，仿佛瞬间就被击中了软肋，“朕将鱼符交给你，给你便宜行事之权，是为了保长安安稳。而将你暂时软禁王府，不是为了太子，而是为了你。”

李恪眼中闪过一丝惊讶，旋即却又自嘲一笑：“无论父亲说什么，做什么，都是对的。我不会恨您。所以，您也不必骗我。”

“你小的时候我是如何跟你说的？从此以后，无论你做什么，父亲都会信你。无论父亲说什么，你都要信父亲。”李世民眼神迷离，疲惫里夹杂着些许无奈，“李治从小跟在朕身边长大，朕疼惜他，也了解他。他能做个闲散亲王，却未必做得了天子。但是在你大哥和四弟出事之后，他便是唯一受礼法和朝臣承认的储君。朕不是没有想过你。只要你愿意，朕可以力排众议。以你的才干再加上萧瑀的支持，未必不能成事……”

李恪心中猝然一痛，转而却又淡淡道：“我愿不愿意其实并没有什么要紧的。重要的是，这件事值不值得您去做。”

“不错。自辽东回来的途中，朕就知道，朕已经没有那个精力和能力再去和礼法，和朝臣周旋了。况且，李治并没有做错什么。朕若废他太子之位，他又该如何自处？”

“这些，父亲早就应该想明白了。再说，母亲不是说过，让我远离权力是非，太太平平过一辈子就好了吗？我既答应了她，就一定会做到。不属于我的东西，我永远不会去妄求。”

此时，烛灯明亮的火焰正照在李恪的手腕上，照得那三颗羊脂玉珠通彻透亮。隋宫出来的东西，无一样不是精品。李世民忍不住伸手抚了抚那珠子：“恪儿，朕没有忘记她的话，更没有忘记她。”

李恪点点头：“父亲的心，我明白。”

“也许你还不明白。”李世民缓缓地沉声说道，“朝廷大军还未入潼关，我便听到了老百姓们都在津津乐道你的事情。那场景太熟悉了。二十多年前，每当我打赢一场胜仗，他们也都是如此议论的。所以，你大伯和四叔才会容不得我。我知道被人嫉恨和陷害是一种怎样的感觉。如果不是当初他们的苦苦相逼，就不会有后来的那件憾事。史书上写得清清楚楚，哪怕再过千百年，也有人会记得，会去评述。”

李恪不由得唏嘘道："所以父亲还是不信我。您怕我会成为第二个您。对不对？"

"你不会。我明白得很。"李世民几乎想也没想地说道，"可正是因为你不会，我才会为你担心。朕如今还活着，他们就敢如此堂而皇之地在我面前诋毁你。若我百年之后，他们又将会如何对付你……"

李世民的话还未说完，就忍不住抚着胸口，轻咳了两声。李恪赶忙上前倒了杯水递到他的面前，慢慢地抚拍着他的背："父亲受的伤……真的没事了吗？"

"是李道宗告诉你的？我不是严令不准任何人说出去的吗？他胆子还真大！"李世民只略喝了口水就把杯子放了下来。

李恪这才觉察到自己方才一急，似乎又说错了话。这是父亲的耻辱，他应该不愿意让太多人知道的吧。于是，李恪便也只能低着头说道："父亲不要怪叔父。他也是关心您。"

"他忠勇有余，可若论谋略，还真没法同他女婿相比。"李世民轻咳数声，继续道，"方才的话还没有说完……我顺了他们的意猜疑你，打压你，甚至听凭他们来诬陷你，不过是想把你陷入最孤立无助的境地，看看你有没有自救的能力，看看你周围对你忠心的人到底是谁。现在我看出来了，也放心了。"

李恪乍听得此话，心头不禁五味杂陈，一时竟不知该说什么才好。李世民坐得久了，只觉双腿有些酸麻，便站起来在屋中来回走动了几步。李恪忙也跟着起身，看着窗外弯弯一轮新月正挂在春雾之中，散发着浅浅的一丝光晕。直到看到一团浮云慢慢地将新月包裹在内，他才将目光收了回来："父亲准备怎么处置杨誉和萧铭？"

李世民转过头说道："莫说别的，单说私刻大理寺印章一事，便可视作谋反之罪，朕不株连他全族已经是对他最大的仁慈了。至于萧铭，他指使人杀死朝廷命官、诬陷亲王，纵能免了死罪，这辈子也不要想再入仕了。"

"理应这样的……"

"所以，你也觉得，只是他们两人策划了一切吗？"

李恪想了想，悠然吐出了两个字："马周。"

"马周是太子恩师，也是我为太子准备的良佐。他对太子一片忠心，自会把你视作威胁。我当然知道主谋是他，但是，我不会动他。一旦动了他就等于动了太子。而且……各为其主，他也没有错。若将一切往明里说，当年玄觉的事根本经不起推敲。而杨政道为了帮你脱罪，所使的手段也不是光明磊落的。我不揭穿他是为了你，不揭穿马周不是为了太子，而是为了大局。这些，你都懂吗？”

李恪眼底平静如波澜不惊的深潭。那些深埋于心底，连他自己都感觉不到的欲望，早已在这些年的栉风沐雨中沉淀成了一抹清幽的芳香。烛光微微晃动，照得他半张脸略略有些发热。他微微一笑：“懂。所有的一切，我都懂。”

李世民这才走过去拍了拍他的肩膀，仿佛终于放下了心头的重负一般：“那么，明日就回大理寺去吧！再不回去，萧锐怕是要撑不住了。”

李恪的唇角不禁又扬起了一抹明媚的弧度：“姐夫心里就只有姐姐和守规，恨不能时时刻刻黏在他们身边才好。大理寺的那些琐事，他不是不会做，是不想做。要不，父亲您就给他换个省心点的差事，让他做着玩玩吧。”

“让他跟着你还不够省心吗？”李世民无可奈何地摇了摇头，“在大理寺衙门里，你是他的直属上官，别老把他当什么姐夫表舅，该他做的活就让他做。都一个人揽在身上，能不累吗？”

“父亲原来都知道呀！您就放心吧。我不会再委屈了自己的。”

“还有那个齐长升……”李世民按了按自己的太阳穴，思索了片刻说道，“他是大智若愚的人，我看得出来。等解决了萧铭的事情之后，我就会下旨升任他为刑部侍郎，但愿他不要叫我，也不要叫你失望才好。”

“可如此，谁去填补雍州府的缺呢？”

“在我想到更好的人选之前，就让杨政道先去吧！我看他在门下省清闲得很，不然他也不会老围着你的事情转。”

“我看行！”李恪红光满面地说道，“这会儿该到戌时了吧。父亲要不要在我这里歇着？”

大夜弥天，星星一颗一颗点缀在空中，对照着满地重重树影。偶尔传来一两声草虫嘤嘤，伴随着池塘中流水潺潺，更加显出了春天的夜的宁静。

李世民走至窗前，忍不住打了个哈欠道：“不在你这儿歇，难不成那么晚了还要回宫不成？”

“是。父亲请——”

待李恪把一切安排停当，回到卧房休息的时候，天空渐渐飘起了点点细雨。彼时淇奥正斜躺在榻上，已然闭着眼沉沉睡去，手里还拿着白檀刚刚做好的一只虎头小靴子。

李恪走上前去，轻手轻脚地弯下身子，替她脱下两只鞋，又捡起了落在地上的锦被盖在她的身上。刚想褪去外氅，就觉得背后有一双手紧紧地揽住了他的腰。李恪轻轻地握着她的手，转身在她的耳畔悄声说道：“怎么了？”

淇奥有些委屈地说道：“方才做了个噩梦，醒来发觉你还没有回来。于是便只能又睡了。”

李恪吹熄了屋中的两盏灯，只剩下一对鸳鸯红烛在摇曳着。他安抚地摸摸她的面庞，与她并肩躺下：“父亲来了。刚刚，他跟我说了好些的话。”

淇奥睁大了眼睛，几难置信地转头道：“都这么晚了，陛下还亲自过来？他都想明白了吗？”

李恪摇了摇头：“他一直都是明白的。很多事，大约都是我误解他了。淇儿，我有时候是不是特别矫情别扭？”

“是啊！”淇奥笑着将枕边的丝巾盖在自己的脸上，“不过，我护短。我喜欢。”

“傻姑娘。”李恪听她这话说得如此理所当然，心间不由自主地涌起阵阵暖流，“只是，父亲既处置了萧铭，那么萧绵蛮大抵也应该知道是怎么回事了。”

淇奥苦笑：“三郎，我曾经以为，父辈之间那些讳莫如深的争斗永远只是尘封在史书中的一个个冰冷文字。谁知道，还不到二十年，一切都在默默地重演着。贞观十七年的那场变故诚然让人心惊，可到底没有牵扯到你，所以不论如何，我都是坦然的。可是如今，他们明摆着就是要拉你下水。如果再来一次，我只怕会支撑不住。”

李恪听到此话，忙一把将她抱在怀里。那样用力，似怕再晚一步，她就会从他手中丢失一般："没事。以后都会没事的。他们尝到了苦果，就不会再有下一次了。"

"但愿如此。不过，我必须去找她一次。有些话，我一定要当面问清楚。"

"这是你们姐妹之间的事，我无从过问。只是，莫要让自己吃亏就好。"

淇奥刚想说话，却发现泪水已然从眼角顺着鼻梁慢慢地流进了口内，那样的冰冷与苦涩。

春日骄阳璀璨，东宫顺和殿庭院中所种的一众珍木香草都焕发着盎然的生气。

乳母此时正在簇簇鹅黄色的迎春花边怀抱着两三个月大的小女孩玩。两个小宫女一左一右地护在旁边。左边的绿衣宫女抬头看了看天空，说道："妈妈，咱们带着郡主出来都小半个时辰了，该回去了吧。"

义阳郡主，太子长女，闺名下玉。不论是封号还是名字都是皇帝亲定，可见他对这个孙女的喜欢。

乳母点了点头，刚想转身离开，怀里的郡主不知何故，突然"哇"的一声大哭起来。乳母吓了一跳，忙拍拍她的后背，轻轻摇晃着，小心翼翼地哄着。可越哄，小女孩却哭得越发厉害。

绿衣宫女无奈地上前两步，哀求般地说道："好郡主，咱不哭了好吗？要不然良娣又该生气了，她近日本就心情不好。"

"玉儿，这个喜欢吗？"淇奥走到乳母面前，从袖中取出了一个只有掌心一半大小的琉璃瓶，放在小女孩的眼前晃了一晃。那琉璃瓶里头装着三朵色泽鲜艳的紫玉兰，在阳光下显出隐隐的绛紫色。

下玉立马停了哭声，连忙把那琉璃瓶抓在了自己的手里，嘴里不知在咿咿呀呀地说着什么话。淇奥伸手从乳母手里抱过她，用帕子替她擦拭掉眼角的泪痕，微笑着说道："玉儿的眼睛那么闪亮，将来必是个小美人呢！可不能老是哭。知道吗？"

下玉下意识地用手钩住淇奥的手臂，好似听懂了她的话一般，"咯咯"地笑出了声。

乳母宫女们见状，都不约而同地松了一口气，敛衽一拜道："婢子见过吴王妃。"

"免礼。"淇奥见下玉略有些困意了，便又将她交到了乳母的手里，"郡主要睡觉了，你们带她下去好好照顾着。"

"姐姐对每件事情都是那么有办法。"淇奥回头一看，见绵蛮正微笑着站在她的身后。她身穿一件翠绿色金云鸾纹的对襟襦裙，发髻上斜插着一把马蹄形素面梳篦并一支九鸾金步摇。不过几个月不见，她面上的天真稚嫩便已然不复存在，取而代之的是身为宫妃的深沉与从容。

淇奥收起了内心的纷乱，一如往昔般亲热地唤了她一声："四妹。"

绵蛮走近几步，拉住了淇奥的手。她是用了力的，拇指的指甲几乎已经嵌进淇奥的虎口。淇奥恍若未觉，在一众宫女和宦官面前，高高兴兴地和她一起进了顺和殿正殿的内室。

直到屋中只剩下她们两人，绵蛮才放开了手。她的手微微有些发寒，手心却满布着汗珠。淇奥见她无意说话，便先开了口："郡主很像你。特别是眼睛，水灵灵的，好像会说话似的。"

"像我有什么好的？"绵蛮走至窗边，拉下了帘子，将阳光隔绝在外头。她背对淇奥站着，不愿意让她看到自己此时僵冷的表情："听说姐姐已经在教信安县主念诗了。她还那么小，姐姐就等不及要将她培养成如你一般的才女了吗？"

"是风儿自己喜欢听，喜欢念。"淇奥走过去与她并排站着，却并不去看她。

"是啊！姐姐不也是这样的吗？只要自己喜欢就好，别的自有旁人为你去算计。"绵蛮语气中的嘲讽再不加掩饰，"但是姐姐，你要记住，就算你的女儿将来是闻名天下的才女，她见到下玉，也得恭敬地向下玉行礼！"

"绵蛮。"淇奥侧身按住了她的肩膀，迫使她凝视自己的眼睛，"从小，家中就只有我一个孩子。虽然父慈母爱，但是没有兄弟姊妹一起长大，其实是很孤独的。后来，母亲过世，父亲的官职屡屡变迁，我便跟着他走过许多地方。后来，我们来到长安，去了父亲族弟家中做客，我认识了一个比我小两岁的妹妹。

我把最喜欢的镯子给了她，她也将心爱的簪子送了我。”

淇奥说着便从发髻上拔下了一支银鎏金掐丝芙蓉花簪子，放到绵蛮的手里。绵蛮抚着这簪子，攒眉蹙额：“从我见到你的第一眼起，我就明白了鸿鹄与燕雀的区别。你让我叫你姐姐，我好高兴，甚至有一种受宠若惊的感觉。”

“我是真心拿你当妹妹的……”

“是！我知道。直到现在，我都觉得，你是真心的。”绵蛮用力一折，簪子上的两朵芙蓉掉落到地上。她弯下腰将它们捡了起来，想要重新装上，却无论如何也装不上去了。

淇奥心中一痛，好半晌才稳住了心神，试探着说道：“你与我生分是因为太子吗？是叔公逼你嫁给太子的？”

绵蛮慢慢地展开了笑靥：“是啊！的确是为了太子呢！姐姐记得你成亲的那天早晨，我跟你说的话吗？我想嫁给太子的心是真的。不管是李承乾还是李治，只要他是太子就可以了。所以后来，阿爹告诉我，萧瑀在陛下面前推举我为太子良娣的时候，我好高兴，高兴得整夜都睡不着觉。”

“可是，我还是不明白，为什么你会如此执着于太子呢？”

“为了得到那些你从来不用去操心的东西，为了有朝一日能成为人上人，为了不叫大姐小瞧于我，为了让我阿爹看清楚，谁才是家中最不可或缺的一分子。”绵蛮吐气如兰，却字字铿锵，“所以，我下定了决心，一定要让太子只宠爱我一个人。然而，就在我入宫的前一晚，阿爹却将我叫到了府中的小祠堂，郑重其事地告诉我，萧瑀推举我嫁给太子只是一个阴谋。他让我做一颗探路的棋子，要我到了东宫以后，一切都要听他的话行事。他是为了吴王，也是为了你！姐姐，如果你是我，你能不恨不怨吗？”

原来一切真如自己想象的那样。淇奥的目光清澈专注，静静地站在那里，那样用心地聆听着。她微微蹙眉，双手按住被风轻轻吹起的裙裾：“不！我不恨。

我只会直接拒绝。绵蛮，你以为我和李恪之间真是一帆风顺的吗？我的父母都不在了，婚事自有叔公做主。而当时，他属意我嫁的另有其人。可我告诉他，我的心里只有李恪，我愿意与他荣辱与共。如果叔公逼我，我就马上死在他面前。”

“你敢以死相逼，还不是仗着他宠爱你，重视你？如果是我，你以为他会在乎吗？他只会再去找一个更听话、更有利用价值的棋子。”绵蛮冷嗤道，“这个道理，我几乎在顷刻之间就明白了。所以，在我见到太子第一面的时候，我就跟他坦白了。我愿意下这个赌注，把我的一生都牵系在他的身上。”

“他相信了你，所以从此以后，你就视我为敌，就像太子视李恪为敌一样。”淇奥的眼眸一眨不眨地看着她说道。

“我没有！只不过，他是我夫君，我不能不帮他。就像姐姐不得不帮吴王一样。那天，你匆匆离宫，是因为知道董太医的事了吧？”

淇奥见她分明不敢与自己对视，可依旧望着她，似要透过层层阻隔，一直望至她的心间：“对。看到她给你请脉的样子，我就知道他不是真太医。后来我故意让他在我面前开方子，你却故意引开了我的注意，好让他把事先预备好的方子拿出来。我看到他的手指上有因经年舞刀弄剑留下的茧子，想着金钟来禀报小园病情的时候，首先喊的是我而不是你。于是我就更加确定，你让我进宫陪你，根本就是一个局。”

“吴王娶了你，当真如虎添翼。怪不得连长孙无忌都在太子面前夸过你。”绵蛮低头看着阳光中自己的影子，那支九鸾金步摇慢慢悠悠地晃动着，让她略觉有些炫目，“不错。我是让董延中来认人的。长孙无忌说，当年陛下不可能忽然下旨犒赏侯君集的军队，更不可能不和他们这班近臣通气就让一个小宦官去军中传旨。那道旨很有可能就是假的。可陛下到了最后也没有去追究。那么这个假传圣旨的人是谁，根本已经呼之欲出了。可吴王当时就在东宫，他没有这个时间，而有胆量有魄力，又能让吴王全心全意信赖的人，也只有姐姐你了。”

“这样子有意义吗？就算董延中认出我就是那个人又能怎样？连陛下都承认这道旨意，他还能有本事翻了天不成？”

“我不知道。我只知道听太子的命令行事。可如今，怕太子再有什么想法也无能为力了。”两人正沉默间，却见金钟带着嘉卉和另一个面生的小宫女端了茶点款款而入。嘉卉不明就里，指着刚刚放下的鲤鱼大银盘，说话的声音轻快活泼："这樱桃是昨儿个太子亲自送给良娣吃的呢！王妃您也来尝尝，看看甜不甜。婢子帮您把樱桃梗摘了吧！免得扎手。"

说完，她便蹲在那里，一颗一颗小心翼翼地摘着樱桃梗。淇奥随手拿过一个放入口内，微笑着道："很甜。"

嘉卉脸上洋溢着欢欣的笑，仿佛这樱桃是她种出来的一般。她起身，对着身后那个小宫女道："骊珠，你也来帮忙吧！"

淇奥听着这名字不俗，便问了一句："你叫骊珠？以前倒从未见过你呢。"

骊珠有些胆怯，一时不敢随意回话。嘉卉看了金钟一眼，便替她说道："是呢！小园姐姐走了以后，太子便拨了骊珠过来侍候。骊珠性子安静，总不喜欢说话。婢子和她在一屋睡觉，可闷坏了呢。"

骊珠的双颊微微泛红，却依旧没有说话。绵蛮有些厌烦地摆了摆手："不要摘了，都下去吧！有事会叫你们。"

三人听得此话，便并排站着，齐齐躬身一拜道："婢子告退。"

"小园的事情，也和姐姐有关吧！武才人不会莫名其妙把小园要走的。她一要走小园，就算太子再喜欢，也不可能再去向庶母讨要。"绵蛮坐了下来，微仰着头问道。

淇奥并不想回答这个问题，便顾左右而言他："你把小园引见给太子也好，太子指明要小园侍候也罢，都只是想封住她的口而已。金钟说小园另有相好是真。不过，不是她所说的阿楼，而是真正的董太医董延初。对吗？"

绵蛮以手支颐，目中的寒意慢慢加深："女大不中留。我就知道那丫头跟我不是一条心。不过，你能说得动武才人，倒也不易。哦！又是萧瑀安排的眼线吧？他为了吴王，还真是花了不少的心思。"

"你们花的心思岂不是更多？"淇奥肃然开口，面色沉凝，"绵蛮，我实话告诉你，你也大可把这些话告诉太子听。如果不是你们自作聪明，想要构陷我夫君，我们大概现在已经到了安州，甚至这辈子也不会再回长安。他请求赴任的表文如今还在我们府上的书案上放着！可现在……他不会再离开了。他会好好地活着，做他的吴王，做他的大理寺卿，做长安百姓心目中的英雄！就算太子日后做

了皇帝，也永远比不上他。”

绵蛮微微垂下头，想说的话堵塞在喉头，竟一时说不出话来。她这才恍然，她从小最羡慕，或者最嫉妒淇奥的，不是她的出身，也不是她的聪慧，而是她身上那种与生俱来的自信。可这自信的源头不就是她的出身吗？皇族之后，长房独女，集万千宠爱于一身。想着想着，她的半边面颊便如被火烧过一般通红。

她拿起手边的白色琉璃瓶靠近自己的面庞，这才感觉到一丝舒心。酝酿了许久，她才开口说道：“姐姐，咱们走着瞧。看看到最后，到底是谁的眼光好。也许，是同样的好吧。因为你选择了爱，而我选择了地位。这一次，你们让我阿爹丢了官职，却反而成全了我在太子心中的位置。也许，我真该再生一个儿子了。”

“你真的那么肯定太子妃生不出儿子吗？”

“我曾经私下问过董太医。他说，太子妃有不足之症，很难受孕。即使有了，怕也没福气生下来。所以，我大可安心。如今，我无依无靠，所倚仗的唯有太子。他若心怀愧疚，就一定会对我好，也会对我未来的儿子好的。姐姐，你信不信，我未来的地位不可限量呢！”

“如此便好。”

这是淇奥跟绵蛮说的最后四个字。也许，她永远不会再来见绵蛮了吧。她没有错，绵蛮也没有。可她们之间，却再也回不到彼时略无参商的好年岁了。她抬头，目光穿过茂密的槐树叶，似越过了时光的桎梏，看到了彼此年少时的青涩模样，听到了彼时在闺房中的私语。

她说，姐姐，我昨日读到了两句诗。“思君隔九重，夜夜空伫立。”你说，这世上真有那么深的感情吗？

她道，自然有。只是咱们未必能碰上而已。

她说，姐姐若遇上了，就一定要告诉我。

她笑，你也一样。咱们击掌为誓，做一辈子的知心姐妹。

淇奥缓缓地朝前走着。因为想得太过入神，不意面上竟被垂下的柳条轻轻地刮了一下。待回过身来，只见一席天青色宫装的武才人正款款向她走来，身后的

小园站在离她五六步远的地方。淇奥上前，欠身一拜道："姨妃安好。"

武才人妆容清淡，却自有一股端庄成熟的风韵："王妃这样多礼，倒叫妾身不知如何说话了。"

"小园和董太医的事，全亏得姨妃帮忙调查。淇奥会永远记在心上的。"

"王妃记得就好。"武才人莞尔，"只是，妾身上回跟您说的话，您如今可明白了吗？"

"懂不懂又有什么要紧的呢？"淇奥不看她，只是语气平和地说道，"她是太子良娣，我是吴王王妃。再怎么说，我们总归是亲戚。"

第二十一章

洞若观火

雍州府大堂里，黄捕头的眼睛正直勾勾地望着齐长升。齐长升抬头，冷不防看到他可怜巴巴的神情，半边脸不由得微微抽搐了一下：“黄捕头，我是去刑部高升，不是被流放到岭南做苦力的。”

黄捕头仍旧一脸的苦相：“长史，哦不，侍郎您不知道，卑职打听过了，永嘉坊刘木匠家的小女儿还没许人，卑职原本打算下个月就托媒人去提亲的。”

齐长升圆睁着眼睛，疑惑地说道：“那就去啊！明年都二十了，也该找个媳妇好好过日子了。你这么看着我做什么？”

黄捕头本想挠头，不意却挠到了自己的纱帽上，声音细若蚊蚋：“那……那刘木匠极宠爱这个女儿，媒人说，他希望女儿能嫁个条件好些的男人。”

齐长升面上的不解之色更甚：“你条件不差呀！身高八尺，一表人才，家里的宅子也不差，吃的又是公家这碗饭。”

“自下月起，你每月的俸禄增加一两银子。”杨政道自外头进来，似带来了一抹春日里最温暖的阳光。

黄捕头一听到一两银子，脸上的颓丧之色顿时烟消云散，喜得连手都不知道该往哪里放了。半晌他才躬身一拜道：“多谢君侯！以后君侯说什么，卑职就跟着您做什么。”

齐长升这才明白，方才这黄捕头支支吾吾了半天，原来是为了向他说涨俸禄的事情。也真是的，跟了自己那么多年，有话就不能摆明了说吗？他看了看黄捕头，又望了望杨政道，不知为何，心中竟然涌起了一种难以言喻的酸涩之感。

杨政道揽衣坐于堂上，随手翻看着近一个月来雍州府内的案宗。看了几本，便又把它们放了下来，抬头说道：“你明日就要去刑部上任了，今日早晨还连着处理了好几份公文，当真辛苦了。”

齐长升听到自己被夸奖，心中立刻甜得跟抹了蜜似的：“下官能做这个刑部侍郎，全都仰赖君侯。下官能处理好的事情，绝不会遗留给君侯。只是，那桩失窃案下官还理不清头绪，只怕要让君侯操心了。”

“不是仰赖我，是仰赖陛下和吴王。”杨政道揉了揉眼睛，不疾不徐地纠正道，“关于那桩案子，把你查到的都告诉我。”

“是。”齐长升虽答应得快，说话却十分没有底气，“据报案的百姓叙述，窃贼只对家中女眷的贴身之物，像亵衣、小衣之类的东西感兴趣。往往是在夜半时分犯案，而且来无影去无踪，拳脚功夫应该不弱。下官昨日带人去万寿巷中的两户农夫家中查探过，的确并未留下一点痕迹。”

杨政道蹙眉：“那么，失窃的几户人家有没有什么共同点？”

齐长升摇了摇头说道：“来雍州府报案的共有九户人家。其中有卖鱼的小贩，有手艺匠人，有富户财主……对了，还有坊正崔老七。论身份，似乎并没有什么共同点。这件事情，怕是很不好办呢！”

“不好办也得办啊！”杨政道长吁了一口气，“这案子既然惊动了陛下。如果不查得水落石出，怕在陛下面前难以交代。”

“可不是吗？！不过，依着君侯您的英明睿智，勘破此案当只是时间问题。”这句话，齐长升说得十分真心，“更何况，还有吴王殿下在呢。”

“你就安心做你的刑部侍郎，其他的都交给我。”杨政道站起身，摆了摆手道，“行了，好好准备明天的事情，我先走了。”

从雍州府衙门一出来，杨政道便直奔大理寺。李恪此时正在堂上处置半个月前萧锐留下的活。元仁虔坐在他右侧下手的位子上，时不时会和他说一些近来发生的事。整整两个时辰，他几乎连位置都没有挪一下。

“表兄，那边桌案上有吃的喝的，你自己拿。我现在暂时没空招呼你。”李恪知道是他来了，便只头也不抬地说道。

杨政道在吃完三个柑橘之后，实在忍不住了，便走到他们面前说道：“元少卿，我和吴王要出去。案上的东西你收拾一下。”

“这才看了不到三分之一。我实在走不开，要去哪里你自己去吧！”李恪并不听他的话，兀自提笔疾书。

元仁虔亦侧身说道：“殿下，歇一会儿吧。季恩说您昨晚一直到丑时才睡……”

“你这身子跟十年前已经没法比了，平时也该注意着点。不要总不把自己当一回事。”

李恪被他们吵得脑仁疼，便只得放下了笔，伸了伸懒腰道：“只要杨公子把我当一回事就好了。你要去哪里？我陪你去。”

“随便去哪里都好。只要能找个地方跟你说话就行了。”

于是，两人从大理寺骑马出发，可一直走了半个时辰都没有说一句话。倒是两匹白马时不时头靠着头，像是在私语似的。

一直走到祥和坊中，杨政道才终于忍不住开口问道：“你到底要不要跟我说说话？”

“本来想谢谢你的，可是说了倒显得咱们之间生分。”李恪见前面已无去路，便拉紧马缰绳掉转了马头，“对了，我倒真有一句话要问问你。当时大兴善寺的那把火到底是谁放的？”

赤风小跑着追了上去，杨政道微笑着反问道：“你觉得呢？”

李恪想了想，面上亦露出了一丝笑容，继而又慢慢地变深：“就是大兴善寺里的人吧？”

杨政道重重地叹了一口气，佯装无奈地说道：“恪弟，你那么聪明，又该如何显示我的聪明呢？”

“还真是的呀？”李恪颇有些讶异地望着他，转而又拉紧了缰绳让马停下来。明知四周并没有人，他还是放低了声音问道："难道是他吗？"

"是啊！就是他。你知道的，自打那事之后，他就去了大兴善寺落发出家。寺中人都以为他只是个屡试不第的厌世书生，知他通医术，便让他去了寺中的药房管事，替僧人们看病。这一次，其实是他先找上我的。"

李恪揉了揉被风沙眯了的眼睛："他既然已经选择了出家避世，就该好好珍惜自己的命。还管我的事做什么？万一被人觉察出些端倪，岂不是枉费了我的一番心思？"

"你冒着风险救了他，又给他指了一条明路，如果他在你有难的时候袖手旁观，那还是人吗？"

"我只做我认为对的事，并不是图人回报。表兄，你不也是如此吗？"

"你高估我了。我可从来不会做赔本的买卖。"杨政道用轻若不闻的声音说道，"我说过，我会永远站在你身边帮助你。如果你注定不能君临天下，那就好好地活着。这就是我的条件。"

二人说话间，突见一个穿着红衣的女子不知从哪里冲了出来，李恪慌忙勒住马缰绳，流风前蹄跃起，以狂风般的速度越过那女子的身子，继而又稳稳地站住，缓缓地喘着气。

女子吓得坐在地上，全身都在颤抖。身后急急赶来的一个妇人忙将她扶了起来，替她拍了拍满身的尘土，又向着李恪连连屈身行礼道："咱们家姑娘脑子有些不灵光。刚才我没有注意看着她，不晓得她竟然偷偷跑了出来，还冲撞了公子，请公子见谅。"

未及李恪回答，杨政道打量了她一眼，立刻问道："你就是那个王姑娘？"

女子听到他的声音，忙抬头看向他，恍惚的神情在她的眼中一闪而过之后，就变成了诡异的厌恶："男人就没一个好东西！"

她嗓音虽有些暗哑，却说得极为犀利。李恪一听，不觉诧异地望向杨政道："哪个王姑娘？你不会真在外头惹了什么情债吧？雪鹭知道吗？"

"雪鹭知道。"杨政道跳下了马，旋即又觉得这话有歧义，忙补充道，"就是几个月前在府外向我……后来雪鹭跟她说了一堆我的毛病之后，才打发她走了的那个王姑娘，王徽儿。"

李恪“哦”了一声，便也跟着他下了马，走到这一老一少面前，说道：“无妨。只是姑娘日后出入一定要小心为上。”

妇人听到这话，似在黑暗中看到了一束亮光一般，紧紧地抓住了李恪的衣袖说道：“求求公子，帮帮咱们姑娘吧！崔家把她逼疯，如今又要诬陷她，休弃她。她实在是……太可怜了。”

李恪顿时觉得头皮发麻，心道，在这般繁忙的大街上，跟一个陌生男人说这样的私密之事真的好吗？正愁着不知如何回拒之时，杨政道却在旁问道：“哪个崔家？”

妇人一手拉着那位神色恍惚的王徽儿，一手抹着眼泪说道：“就是这祥和坊坊正崔家。两位公子不知道，咱们姑娘真是个苦命人。一个月前，郎主收了崔家三十两银子的聘礼，就把姑娘嫁给了崔家的儿子。可洞房花烛夜之时，姑娘才发现这崔公子竟然是个瘸子，走起路来一晃一晃，像只鸭子似的。姑娘当时就又哭又闹，说崔家骗婚，可崔家几位夫人连番过来劝讲，就连那个只有八岁的小公子都过来凑热闹，说崔公子除了脚不好之外，人品性格都还不错。再说崔家有钱，嫁到崔家做夫人，也就一辈子衣食无忧了。”

李恪原对老百姓的家务事并不十分感兴趣，可一听提到了崔老七，便来了些兴致。于是就问道：“后来你们姑娘就安心跟崔公子过日子了？”

妇人见真有人肯仔细听她的絮叨，面上情不自禁地露出了几分受宠若惊的表情：“姑娘一开始还是不肯的，可耐不住崔家人轮番前来劝说。于是，姑娘便也渐渐认了这门婚事。”

王徽儿紧紧地抓着妇人的手臂，像听到了什么可怕的事情一般百爪挠心，怯怯地跟在她的身后。杨政道转头看着她，想着当初她向自己表达爱意时身上那种鲜活的生命力，心中不免生起几分唏嘘，便问了一句：“那样不是很好吗？”

妇人拍着王徽儿的后背，柔声在她耳畔哄了几句，又拿着帕子擦了擦眼角的泪水，走路的步伐明显慢了许多："如何能好啊？二位不是看到了吗？这才过了多久，咱们姑娘就已经变成了这样一个疯疯癫癫的痴儿。她是有苦说不出啊！"

李恪与杨政道对望一眼，又一同望向不远处崔府门口的四个大灯笼，说道："她说不出来，你不妨说说。"

妇人愣了一下，刚想开口，就见前头一辆马车慢慢地停了下来。府门口的两个小厮立刻上前拉开帘子，扶着车中的崔老七下来。崔老七眯着他那只盲眼，仰头看天，又瞧了瞧离他近一些的那个小厮，拍了下脑袋问道："今儿什么日子了？崇仁坊的坊正约我喝茶的日子又是哪日？"

小厮说道："今天是三月半，您与吕坊正约的时间是四月初二，还早着哩！"

崔老七"哦"了一下，一只脚还没踏进府门，就听得身后有尖厉的女声传来，不由得吓了一跳，探了探脖子，面上的愠色登时就升了起来："又是那个晦气的女人！今儿是谁看守她？怎么让她跑到府外去了？"

妇人带着王徽儿急匆匆地跑上前去，屈身施了一礼道："是婢子的疏忽，婢子这就带姑娘回房中休息。"

"等一下……"李恪刚被这妇人的话吊起了兴趣，这会儿又不明白原委，心中只觉得痒痒的，便出声叫住了正要往府里走的两人，"你的话还没说完，急着走做什么？"

崔老七嫌恶的表情还没有退去，便问道："怎么还带了两个尾巴？你们又是什么人？"

李恪盯了他那张瘦削难看的面庞几眼，徐徐道："崔老七，本王的名字要不要给你报一下？"

崔老七的眼睛挤得只剩下了一条缝。突然，他的神色一变，慌慌张张地下跪道："小的崔老七拜见吴王殿下。"

"还有宣平侯，陛下新任命的雍州府长官。"

崔老七微微抬头看了看杨政道，总觉得似乎在哪里见到过。忽然，有一道闪电从他的脑中划过。对！突厥人！当时在曹方硕家玉器店门口，吴王请来跟突厥人说话的就是这位宣平侯。于是，他赶紧又对着杨政道一拜："小的见过

宣平侯。”

妇人大约也没想到，自己随便在大街上拉的两个人竟会是此等身份。

“免礼。”李恪见妇人亦要屈膝叩头，便说道，“既然来了，咱们就进去坐坐，顺便好好听听府中的故事。那桩失窃案，坊正家亦是苦主，是吗？”

崔老七连连称是，引着这两个他如何也得罪不起的祖宗进了府。本想把他们迎到正堂坐会儿，可李恪却说要先去身后犹自说着胡话的王徽儿房中瞧瞧。崔老七只好让那个人称林娘的妇人在前头带路。

几人先去王徽儿的卧房转了一圈，便回到了外室客堂坐下。林娘这才静了静神，边想边说道：“姑娘嫁入崔府之后，一连发生了几件怪事，所以姑娘的精神一直不大好。直到十天前的早晨，婢子起身就不见了姑娘，便叫了屋里好几个侍女去找，最后，在府中的菜园里找到了她。那个时候，她正赤着脚在泥地里走。婢子大声地喊她，可怎么也喊不回来，于是便也只得踩着泥追上了她。婢子也是在那个时候，才发现她的精神不对的。”

因王徽儿死抓着林娘的手不放，所以林娘也只得说一会儿，哄她一会儿。而她却仿佛全然听不懂这些关于自己的事情，只知将头深深地埋在自己的臂弯中。

杨政道轻轻叹了一声：“到底是什么怪事？”

林娘眼眶微红，手指不停地绞着帕子。停了好一会儿方继续说道：“姑娘嫁过来半个多月后的一日，从小侍候着她的侍女芝兰因为误食了野蘑菇中毒死了。两天以后，姑娘最喜欢的海棠花在一夜之间全部凋谢。姑娘觉得不祥，晚上时常会梦魇。可是，不久以后，姑娘贴身的两件小衣和三件亵衣又突然不见了……”

杨政道原本还等着她继续说下去，谁料就这么没了下文，于是他有些失望地皱了皱眉，将目光从林娘身上转向了崔老七：“她说的都是真的吗？”

坊正连连颔首：“都是真的。小的也不知道她缘何会为了这么点小事发疯。前日她发起疯来，还狠狠咬了我夫人的手臂一口，都鲜血淋漓呢！”

一直端正侍立在崔老七身后的小厮听到此处便开口提醒道：“郎主，不是前日，是六日前了呢。”

崔老七疑惑道：“原来日子过得那么快！算了，不管是前日，还是六日前，总之，咱们崔家真是倒了八辈子霉才讨了这么个疯婆子回来！”

“可是不对啊！”杨政道忆起林娘之前说的话，便问，“既如此，你为何说是崔家把你们姑娘逼疯的？还有，他们诬陷她什么了？”

林娘大概是想起了自己方才的失言，偷偷用余光瞄了崔老七一眼，见崔老七也在望着她，不由得垂下了头，一言不发。

杨政道问话的语气比之方才更要锐利几分：“崔老七，陛下让我执掌雍州府，前番又是你自己前来府衙报案的。如今你府上的人这般吞吞吐吐，你觉得应该吗？”

崔老七握着茶杯的手不禁颤抖了一下，有两滴茶水溅到了他灰黑色的袍子上。他也顾不得擦，慌忙起身，尴尬地说道：“小的不敢欺瞒君侯。只是这本是家丑，唯恐污了两位的耳朵。王氏的几件贴身之物已经找到，小的本想去雍州府销案的，可小的记性不好，眨眼间又忘记了。”

“在哪里找到的？”

“在……在小的大儿子尚武的房里。尚武说，王氏和他相好之后，曾以贴身之物相赠。”

李恪略有些愕然地问道：“你的小儿媳妇和你的大儿子相好了？你的大儿媳妇不会有意见吗？”

杨政道无可奈何地看着他，心道：你听话听不到重点的毛病过了这么多年怎么还没改掉？还未等他开口，就见林娘脸涨得通红，结结巴巴地说：“没有……没有。咱们姑娘……姑娘她是从小读着《礼记》长大的，不会……是肯定不会做这样的事情的。”

王徽儿兀自抱着林娘的手臂。她生着一张鹅蛋脸面，眉眼弯弯，此刻看起来娇怯得像头受了惊吓而无处躲藏的小鹿。

崔老七恨恨道：“是尚武亲口说的，难道还会有假？他还未娶妻，若果真把此等脏事揽在自己身上，还有哪家姑娘敢嫁给他？”

杨政道话语平和地说：“把他叫过来，我自己问。”

半晌，才见崔大公子崔尚武三步并作两步地进了正堂，与他一起前来的是个身量高挑的妇人，玫红色上裳配了葱绿色襦裙。李恪闻着从她身上散发出来的浓烈香气，不觉蹙眉，问道：“你就是崔尚武？她又是谁？”

崔尚武恭谨地一拜道："小的崔尚武，这位是家母。"

话音刚落，妇人便福身道："妾身崔白氏拜见两位贵人。"

"行了，都坐下吧。"李恪指着两个离自己较远的位子说道，"杨公子，你可以问了。"

杨政道点了点头，问："崔尚武，你方才是从自己房间里出来的吗？"

崔尚武擦了擦额上的汗水说道："是。小的房间在府中西面，当中隔了花园和假山，路上又和母亲说了几句话，故而来得晚了些，请君侯见谅。"

"无妨。"杨政道听他语声温和谦逊，倒是和他粗犷的外貌大相径庭，"我本无意探听你的家事，只是林娘口口声声说你弟妹冤枉，她看起来亦颇为可怜，故而才有此一问。说说你和你弟妹之间的事情。"

崔尚武"哼"了一声，鄙夷地看着王徽儿说道："君侯别被她这柔柔弱弱的样子给骗了，她可是个有心机的女人！上个月二十八日晚上，王氏趁着月光来到小的房间，脱光了衣服后，就一把抱住了小的。说尚文给不了她孩子，让她十分窝心，不如就让小的和她生一个，反正都是咱们崔家的孩子。小的当时真是一口拒绝的，心想若真做了这样有违伦常的事情，怎么对得起小的身残的兄弟？可王氏不听，抱着小的不放手。还把她的双峰直往小的脸上拼命地蹭。君侯，小的也是个正常的男人，难免就把持不住了。"

杨政道听他这话说得如此直白，又如此有画面感，不觉有些发窘，便轻轻咳嗽了几声以作提醒。崔尚武却丝毫不在意，和身边的崔白氏交换了一个眼神后又接着说道："等完事之后，她就把自己贴身穿的小衣和亵衣给了小的作纪念。过了一天，她又送来了一件小衣和两件亵衣，说是以后再来找小的干这事可以替换。不过，后来她就变成了这个样子，也就再也没有来过。"

杨政道见他神色从容，脑中想的却是方才在王徽儿卧房内看到的东西，于是转而又问林娘："你既说你们姑娘冤枉，那么二十八日晚上，你和她一直在一起吗？”

林娘的眼神有些局促不安，想了片刻，还是实言道：“那日傍晚，姑娘独自去了前头杨柳巷口找沈姑问前程。沈姑是咱们这里远近闻名的高人。无论家中有什么难事，只要找了沈姑，大半都能帮你解决。姑娘那日许是与她谈得投机，所以一直到子时时分才偷偷从府中的角门回来。”

“子时？”崔尚武忍不住扬起嘴角，轻蔑地道，“咱们相好了三次。算起来，王氏回房的时候差不多就是子时！”

杨政道不耐烦地向他摆了摆手，让他不要随意插话，又转过头问道：“这个沈姑现在在哪里？”

林娘懊丧地说：“自从姑娘出了事以后，我曾三次去崇仁坊找过沈姑。可她家里的小童说，沈姑云游去了，不知道什么时候才能回来。”

“所以，到目前为止，没有人能证明王徽儿那天去找过沈姑。”杨政道看着崔尚武听到这话时得意扬扬的神情，脸色遽然一沉，“崔尚武，你说的也是一家之言。”

“勾引大伯子这种事情，自然是偷偷摸摸，你知我知的。”从坐下开始就一直缄默不语的崔白氏在边上自言自语地说道。

崔老七歪着脖子，横了她一眼，喝道：“闭嘴！”

“没关系，崔夫人说得也有道理。”杨政道笑容合度，“既然各执一词，那这事咱们就暂且搁一会儿。林娘，再说说芝兰的事情吧。”

“芝兰她……也是个可怜孩子。”林娘试了很久，才勉强压抑住喉头的哽咽，“就在姑娘找过沈姑后的第二天，芝兰在给姑娘端了一碗白菜汤后，就和其他几个侍女去了后院采花。当天夜里，芝兰就死在了自己的房间。大夫看到落在地上的野蘑菇后就说，芝兰一定是因为贪食野蘑菇而毒发的。”

“白菜……”杨政道愣了片刻后说道，“哦，白菜有调节脾胃的功效。的确是好东西啊。”

“芝兰，芝兰……”躲在林娘怀里的王徽儿嘤嘤啜泣，喃喃地唤着那个从小跟在她身边，与她感情十分要好的侍女的名字。林娘替她拭了拭眼泪，喂她喝了几口水，又再次将她揽在了自己的臂弯中。崔白氏觑着她们主仆两人，露出了一

丝清冷的笑意。

杨政道深吸了一口气，问："那么崔夫人，二十八日夜里，你又在哪里？"

崔白氏脸上的阴寒须臾间就转为了谦柔温和："回君侯的话，妾身当时正和郎主在思明轩中商量四月二十六日郎主五十大寿的事情。郎主，你还记得吗？"

崔老七点点头："夫人说得没错。那时候，夫人每想到一个客人的名字，小的就在纸上写一个。总共要邀请亲朋故友共二百一十二人。"

"坊正记性真好。"杨政道站起身，躬身作揖，"吴王殿下，该问的话，臣都已经问过了。接下来，是您的事情了。"

刚过未时，屋内春意暖融。李恪昨夜睡得晚，今日又起得早，便觉有些昏昏欲睡。乍听得杨政道这话，不由在心里埋怨道：你怎么这么懒？都明白是怎么回事了，还让我来帮你说。杨政道迅速看懂了他的意思，便回了他一个眼神，意思是说：我已经说得口干舌燥，你就不能让我休息一下吗？

李恪向杨政道还了一礼，无奈地摇了摇头，又回头问崔老七："府中东院住的是谁？"

崔老七说道："是小的夫妻两人和小儿子尚斌。"

李恪踞坐于锦垫上，目光如炬："你和夫人只生有一个儿子崔尚斌吗？"

"是。尚武和尚文皆是小的原先的夫人陈氏所出。"

"崔尚武说，他住的是西院。看来，比之这个长子，你更疼幺子。"李恪语气淡淡地说，"不过，崔白氏，虽然崔尚武不是你的亲生儿子，可他到底叫你一声'母亲'，你们这样暗通款曲，不觉得心里硌硬吗？"

"殿下这是哪里的话？"崔老七惊得把一只独眼睁得老大。

李恪神色泰然："本王是说，王徽儿是冤枉的。真正和崔尚武私通的人，是你的夫人。"

崔尚武攥紧了拳头，身子一颤，深深地吸了一口气说道："殿下，您可以同情王氏，但是如何能侮辱我的母亲呢？"

崔白氏伸手掐了自己一下，拼命地挤出了一滴眼泪，便立刻呜咽着说："郎主，咱们做了这么多年的夫妻，您知道的，就算给妾身一万个胆子，妾身也不敢做这事啊！"

崔老七看着这个自己四十岁时从添香楼里淘来的娇妻，心中的英雄气概顿起，忙朝着李恪一拜道："殿下，您要不要……"

"不必再考虑了。"李恪打断他的话道，"崔尚武，如果本王没有记错的话，你刚刚说了这么两句话：'尚文给不了她孩子，让她十分窝心，不如就让小的和她生一个。'"

崔尚武颔首道："小的是说过，可这又有什么问题吗？"

林娘听到事有转机，脸上顿时生起几分欣慰。她怀里的王徽儿安静地听着，原先十分混沌的双眼中仿佛瞬间多了些许亮色。

李恪看着她问道："江南人会把聪明说成'灵光'，把'知道'说成'晓得'，把'黄芽菜'说成'白菜'。所以，林娘，你和你们姑娘都是江南人。对不对？"

"是。王家历代居于越州，直到三年前才搬到长安。"

李恪满意地点头："那么，崔尚武，王姑娘是绝对不会跟你说，她不能有孩子这件事让她感到'窝心'。因为，在江南，'窝心'二字的意思是……开心。"

"对！殿下说得对！"林娘激动得眼泪都快掉下来了，"婢子就说……就说姑娘是清白的。"

李恪见崔尚武想要开口反驳，便抢在了他的前头说道："崔尚武，你自己都没有发现吗？你方才的话简直漏洞百出。二十八日，会有月光吗？"

"我……是小的记岔了。"崔尚武辩解道，"王徽儿来的时候，小的已经入睡。大概……大概脑子有些混沌了。"

李恪忽觉喉头有些干涩，就端起茶杯饮了一口茶。杨政道看天色有些阴沉，估摸着待会儿就要下雨，为了节省时间，他便接着李恪的话说了下去："不只你的脑子混沌，崔老七，你的脑子也不好使了。二十八日白天，董延中在翠华阁中冒充他的兄弟董延初，为了里头的一个小花魁，和两个男人争风吃醋，还刺伤了其中一个。后来，是你把他扭送到了雍州府。那天晚上，齐长史夜审此案，你作为目击者，也一直在旁边听着。你难道真的一点印象都没有了吗？"

崔老七的脑子低速而缓慢地运转着。这些天，崔白氏一直在他耳边说二十八日晚上他们在一起商量寿诞的事情，而帖子上的落款日期也确是二十八日。于是，他便很确定地觉得，那天他的确一整晚都和崔白氏在一起。如今听杨政道说起，仿佛一下子就打开了他记忆中的另一扇大门。

突然，他几乎是惊叫着出声："君侯，您就是那个，那个……"

杨政道面不改色地问："哪个？"

他身处高位，是陛下面前的红人，长得又这般出类拔萃，去青楼找些乐子不是很正常吗？崔老七心念一转，便不再说下去了。可旋即，他勃然变色，怒道："白凤，你好大的胆子！"

崔白氏脸色一变，颓然瘫倒下来，却依旧在狡辩："郎主，妾身没有！妾身是忘……忘记了。"

崔尚武真想狠狠地扇自己一巴掌，再狠狠地扇这蠢女人一巴掌，可他的后背此刻已然冒起了涔涔冷汗："爹，我敢对天发誓，我和母亲之间清清白白，是绝对不会有任何逾矩的行为的啊！"

崔老七此刻已然听不进任何话，只气鼓鼓地坐在那里喘着气。

杨政道缓步走至崔尚武面前，居高临下地望着他："有也好，没有也罢，都无所谓。只是，这其中还牵扯到一条人命，我就不得不管了。"

崔老七一听到"人命"两个字，心里不禁打了个寒战，忙问道："君侯说的是谁？"

杨政道并不理会他，转目望向了另一边："王姑娘，你难道想要一辈子装疯卖傻吗？把你知道的一切都说出来，吴王殿下和我都会为你做主的。"

林娘陡然一怔，望着依旧一脸懵懂的王徽儿，难以置信地道："姑娘，你跟林娘说说话啊！你到底有没有事？"

王徽儿慢慢地拨弄着自己的手指，将头埋得很低很低，却始终不发一言。

"王姑娘。"李恪听着窗外淅淅沥沥的雨声，出了一会儿神，旋即便语气温和地说道，“当时你在大街上见到宣平侯时下意识的表情，还有你说的话，完全不是一个精神失常的人可以做得到、说得出的。”

崔老七还未从愤恨的情绪中缓过来，又听得如此惊语，脸上的肉不觉一颤一颤，虽极力平复心情，但说话的音调仍显得十分怪异：“王氏，你……快给我说清楚。”

见王徽儿并没有要开口的意思，李恪只得继续说道：“方才在王姑娘的房间里，我发现她的床榻边有一本打开的书。王姑娘疯了之后，府中下人避之唯恐不及，便只有林娘一人时常进出她的房间。林娘不识字，所以，能看这本书的人就只有王姑娘。而一个疯子，又如何会看书呢？”

王徽儿听着听着，突然“哇”地哭了出来，继而趴在林娘的肩头号啕大哭起来。天上一声惊雷响起，王徽儿的哭声一滞，转而又开始低声抽泣。不知过了多久，她才断断续续地说道：“吴王……吴王殿下，妾身是……是逼不得已的。要不然，妾身恐怕就没命了。”

李恪嘴角带了几分鼓励的微笑：“没关系，你慢慢说。”

王徽儿眉毛一挑，起身走至崔尚武面前，伸出手指向他，恨恨地说道：“那天夜里，我路过假山石洞的时候，看到你和白凤抱在一起做着苟且之事，我吓得叫了一声，便赶紧跑了。第二天，芝兰死了。他们都说，她是贪吃了野蘑菇被毒死了，可我知道，她从来都不吃蘑菇，怎么会一下子吃了那么多呢？”

林娘瞪大了眼睛问道：“她是被人害死的？”

“是！”王徽儿回答得干脆利落，“因为知道了崔尚武和白凤的秘密，我的心里一直十分忐忑，吃什么都觉没有胃口，就连平日最喜欢的白菜汤都不想喝。芝兰尝了一口，说味道特别好，我却只觉心里烦躁，随手就把那汤浇到海棠花的花盆里了。可过了两日，海棠花就全部枯死了。我这才明白，一定是那碗白菜汤的问题。他们想杀我灭口，芝兰是替我死的！我怕极了，便只得装疯。可谁知道，他们还是不肯放过我，竟然反咬一口，说我勾引崔尚武。我恨，真的好恨！”

王徽儿说到激动处，眼眶泛红，双手抖个不住。突然，她拔下了头上的簪子，对准崔尚武的心口就要刺去。崔尚武吓得脸色一变，一时间竟然忘了躲避。

坐在他身边的崔白氏惊叫一声，一把推开了崔尚武。簪子深深地扎进崔百氏的手臂，鲜血直流。

正当王徽儿要再次刺向崔尚武的时候，只听得李恪说道："王姑娘，你要为了这两个人，把你自己的命搭进去吗？"

林娘这才从震惊中恢复过来，忙一把夺过王徽儿手里的簪子，将她扶到了一边坐下，轻声在她耳畔说道："姑娘，听吴王殿下的。他会为你做主的。"

李恪看着崔白氏捂着手臂，疼得龇牙咧嘴的样子，冷笑道："你对崔尚武倒是真不错。"

崔白氏望向崔尚武，见他一脸漠不关心的样子，心不禁凉了半截。她今年刚满三十岁，尽管没有少女青涩娇丽的面庞，可她眼角上挑，自有一种妩媚成熟的风姿。当年，她嫁给崔老七的时候，添香楼里的姊妹们都说她傻，说这么一个独眼丑汉如何配得上她？她却说，这是她心甘情愿的。她知道，崔尚武一直想要攀高枝，是绝对不可能娶她的。于是，她只能退而求其次，只愿可以时常看到他就行了。可他偏偏又来招惹自己。到头来，却依旧竹篮打水一场空。

于是，她万念俱灰，只得屈膝跪倒在地，连连磕头道："妾身认罪。所有的事，都是妾身做的。"

"你和崔尚武，谁都逃不了。"杨政道森然说，"崔老七，这事说到底，也是因你治家不严，又不分是非的缘故。"

崔老七的手心全是汗水，连连点头说："君侯说得是。是小的不察，冤枉了儿媳妇。日后，小的一定让尚文好好地待她。以后这个家，就让她来当了！"

话声刚落，就见王徽儿直直地跪了下来，语气坚决地说道："君侯，妾身想求您做主，让妾身和崔尚文和离！"

"姑娘，你说的是什么胡话呢？"林娘走到她的面前，惊诧道，"你嫁到崔家才一个多月，一旦和离，坊间只会说，是因为你不守妇道而被崔家休弃。到时候，你又该如何做人呢？"

"林娘，你不懂。"王徽儿垂着头，不断地摩挲着自己袖子上的一朵绣工精致的海棠花，目中隐隐含泪，"我在喜房内第一次看到崔尚文，就知道，他不是我的良配。后来你们都劝我，我假意答应，可心中仍十分疑惑。所以后来，我一个人去找了沈姑，想让她算算我的命运。沈姑让我当晚就回娘家去，不然，我很有可能会有大祸。现在想想，若当时我听了她的话，或许芝兰就不会死了……”

林娘心疼得直抹眼泪：“林娘知道姑娘伤心，可这种大事，姑娘还是应该再仔细考虑一下，至少也得让郎主和夫人知道啊。”

“不用了。”王徽儿挺直了腰杆，几乎带着不畏死的凛然道，“我们女人一生所求的不过是丈夫的疼爱和信赖。我被他们冤枉的时候他在哪里？我为了自保，被迫装疯的时候他又在哪里？就是如今，他也还是龟缩在房里不出来。林娘，你觉得我应该和这样的男人过一辈子吗？此番回去，若我爹娘还肯收留我就最好，若不然，我宁可死在外头！”

崔老七一脸的难以置信。他虽有残疾，但家境殷实，因而自年轻起就有不少女子投怀送抱。她们大多妩媚温柔，让她们往东，即使东面是悬崖，她们也会乖乖走过去。他何曾见过像王徽儿这样敢向男人索要信任的女人？于是，他只得呆呆地站在那里，哑口无言。

杨政道慢慢扫了面前的众人一眼，说道：“王姑娘若真心意已决，我自能为你做个见证，并且保管你的娘家人不会为难你。”

王徽儿目光闪亮，刚想磕头谢恩，却听得外头一个粗壮的声音传来：“我不同意！”

众人回头看时，就见崔尚文正拄着拐杖，被一个青衣侍女搀扶着走进来。他的面部轮廓生得与崔老七极像，只是肤色比他要更黝黑几分。他艰难地朝着李恪与杨政道施了一礼：“小人多谢吴王殿下和宣平侯为夫人洗刷冤情。但是，咱们夫妻之间的事情，当由咱们自个儿处理，就不劳二位费心了。”

李恪看着他一脸倨傲的模样，不禁心头火起：“可今日，我们偏偏就做了这个主了。崔尚文，当时你口中的夫人被冤枉私德有亏，你不是也扬言要休了她吗？”

崔尚文脸色微微有变：“小人可以休了她，但她不能主动提出和离！”

王徽儿冷笑：“我是想保命，但是更想证明自己的清白！所以，我不能背着那样污秽的罪名被你赶回家。如今，吴王与宣平侯已经为我证明，是你们崔家对不起我，自然应该是我休了你！”

这样厉害的女子，还真做得出当众对表兄表达爱意的事，李恪不由得在心中慨叹了一句。崔尚文大约也没想到她的心肠当真如此生硬，便也讥诮道："你想走，就马上把你爹收咱们家的三十两银子聘礼吐出来！"

王徽儿的脸色有些微发窘，一时失语。

李恪指了指她的发髻说："王姑娘头上的这支凤头步摇看起来价值不菲。应该是你的嫁妆吧？"

王徽儿一愣，右手下意识地摸了摸头，果真拔下了一支做工精致的步摇。光流苏上的五颗珍珠价值怕就要超过二十两银子，更别说纯金打造的凤头了。王徽儿眼眸一转，旋即将步摇扔到了崔尚文的手里："这个，应该足够了吧？"

崔尚文没想到，看起来家境平平的王家竟拿得出这样名贵的步摇当嫁妆，心里不禁十分泄气。想了半晌，不觉把心一横，扔了拐杖，一瘸一拐地走到王徽儿面前，拉着她的手说："我……我不想让你走。当时我坐在马车里第一眼看到你就喜欢，所以，我才会让我爹去你家提亲。是我错了，我不该疑心你，更不该说要休了你！徽儿，别走了。我会好好待你，一辈子都好好待你。"

这番话说得声泪俱下，听来倒是挺让人动容的。可王徽儿依旧不为所动，话语冰寒："崔尚文，你并不了解我。我是软硬都不吃的人，所以你这招对我而言，没用！林娘，回房收拾细软，我们现在就走。"

小雨只下了小半个时辰就停了。此刻，夕阳高悬，很快便染红了整片天空。时值傍晚，街道上已经十分安静。偶有几人路过，亦是行色匆匆的模样。

李恪发冠上的一颗玉石在夕阳的照射下泛起耀目的光彩。他转过头，伸出手挡了挡直射向他的光芒，问道："干吗非急着要走？你就不想看看结果？"

杨政道不以为然地耸了耸肩："不是抓了两个杀人犯了吗？你还想要什么结果？"

李恪真是服了他这种事不关己时的冷漠态度，连一点本能的好奇心都没有。

他长长地舒出一口气："王徽儿说要收拾东西的时候，崔尚文不是跪在她面前不让她走吗，不知道最后她是去是留？"

"去也好，留也罢，都是她自己的选择。咱们左右也管不着。既然管不着，那还留在那边做什么？雪鹭可还在府中等着我吃饭呢。"

李恪听他说起雪鹭，忽然想到了什么，赶紧问道："你原本是打算把那支凤头金钗送给雪鹭的吧？"

杨政道松开了握着缰绳的手，任由赤风带着他缓步朝前走："可不就是给雪鹭的吗？我都快三个月没送她礼物了。前几日我在东市闲逛，觉得也就那支凤钗能配得起她。没想到倒便宜了崔家。赶明儿我得去找曹方硕问问，看看他是否能做出一个类似的。"

李恪微笑出声："王徽儿说，婚姻是不能退而求其次的。看来，她虽信了雪鹭当时说的那番话，心里却还是放不下你。表兄，你惹了那么多的情债，可要怎么还呢？"

"有何可还的？"杨政道拂去落在衣襟上的一片花瓣，神色淡漠道，"她不过见过我一面，如何就能认定我了？雪鹭与我是什么样的感情，她又知道些什么？"

"她自然不知。不过……她一定知道。"李恪说到此处，眉头微微蹙起，"阿史那·元惠死了，而且死得很惨。突厥可汗所写的奏报上将所有过错都推到了她的身上，还说会派使者前来进献她的首级。表兄，我不后悔当时所做的一切。可是，我看得出来，她对你的感情不假。她为了你，是真的可以豁出命去的。所以我心里其实是很为她难受的。"

杨政道面上有些泛红。他记得，阿史那·元惠对自己低语倾诉衷肠的时候，他也不是全然没有动容过。可惜，她的那些回忆只是她的，他却完全没有印象。所以，那一刻的迷离恍惚，只会令他感到内疚。不是对她，而是对雪鹭。

她说，县主是第一个对你好的女人，所以你才会那么爱她。若我当年勇敢一些，大概早就是你的妻子了吧？他当时没有理会她。然而，他心里却明白，那是永远也不会存在的"大概"。她生在草原，长在那个女人的身边，便是她的原罪。虽然这很不公平，可老天不从来都是不公平的吗？

“怎么突然又说到她的身上去了？咱们不谈这个，好吗？”杨政道缓过了神，几乎是带了些恳求的语气说出这话，仿佛这一刻他不讲这话，下一刻他就要落荒而逃了。

“好。咱们永远都不再说这个。”李恪答应得果断，旋即又扯开了话题，“本来想着崔老七家也在遭窃之列，去他府中探探路，或许还能找出些线索，可如今看来，倒是和那事全不相关的。”

杨政道很快恢复了坦然从容的神情：“或许也不是一无所获。你没觉得，林娘和王徽儿口里的那个沈姑很有意思吗？”

李恪狐疑道：“是很有意思。不过，跟窃案有什么联系吗？”

杨政道摇了摇头：“没有联系，就是觉得有意思罢了。过些时日，咱们也去找她算算。说不定，她真能算出咱们的前途命运。”

李恪听他一本正经地胡说八道，心中只觉得好笑：“你要去，我不拦着你，但是，你休要让我陪你做这蠢事！”

杨政道浅声说：“我只是知会你一声，并不是跟你商量。”

李恪被他噎得一时无话，半晌才说道：“幸好父亲没让你来大理寺帮我。要不然，我准得被你烦死。”

“父亲？”杨政道看了他一眼，笑意中带着几分欣慰，“我就说，你对陛下的那通气撒得一点道理也没有！只要他在一天，就能保护你一天。”

“这个，我一直都知道。从前苏亶骂我恃宠而骄，其实也没有骂错。”李恪缓缓说道，“所以我才会任由自己的情绪肆意发泄。可是以后，再也不可以了。”

“为什么？”

“没有为什么。很多事情，变了就是变了。只有最亲的人才可以觉察出来。他在自圆其说，我也故作不知。因为一旦点破，就是两败俱伤。所以，便也只能这样了。”

杨政道疑惑道：“到底什么意思？”

李恪并不回他的话，只是仰头望着天边那一朵形状奇特的云，喃喃自语道：“可是，我们不也对他不诚吗？”

杨政道若有所思地垂头不语。

炊烟袅袅，长安城万家灯火齐明。夕阳在暖风的吹拂下，渐渐地落到了地平线下。两匹马在青砖黛瓦间并肩而行，马蹄踏在石板路上，发出了规律齐整的“咚咚”声。

路过祥和坊和崇仁坊交界处一座石桥的时候，李恪勒住马缰绳，向四周望了望，问道：“这儿原先有个卖胡饼的小摊，胡饼师手艺不错，我带淇儿来过几次，如今还在吗？”

杨政道“哦”了一声，摇头道：“那个胡饼师叫朱喜之，三年前从幽州来到长安生根。一个多月前，他的妻子在田里除草的时候，被一条毒蛇咬死了。大夫前来查看的时候，发现她已经有了两个月的身孕。一尸两命，朱喜之当时就哭得昏了过去。近来还总是闭门不出，大约正伤心着吧。”

“真是可惜了。”李恪叹了一句，又问道，“不过，你是如何知道得这么清楚的？”

“我曾想着让他来我府上专门做胡饼。谁料我把一个月的工钱提到了二两银子，他也不为所动，说自己习惯了市井生活。人各有志，我便也不再强求了。”

“他在那里卖胡饼，恐怕三个月也赚不到二两银子。看来这人个性倒是特别。”

说话间，二人远远见有一辆马车正朝着他们驶来。沙尘扬起，一时间迷糊了前路。杨政道揉了揉眼睛，依稀看清了驾车的是两个穿着一样青色衣服的小宦官，便转头道：“那是公主车驾的规制，却不知是你哪位妹妹？这么晚了还要往外跑？”

“高阳公主。”李恪只瞧了一眼，便很肯定地说道。

“高阳公主？”杨政道想着这个生得十分美艳，但又异常任性骄蛮的女子，不由自主地皱起了眉头，“听说前几日，她冲到陛下跟前，说要为驸马求官。陛下没答应，结果又大吵了一场。”

“她不是和房遗爱闹得很僵吗？怎么如今倒又好成这样了？”

“谁知道呢！说不定日久生情了呢。”

马车缓缓地停了下来，两个青衣宦官见是他们二人，刚想下车施礼拜见，便听见高阳公主在车内疾声喊道："怎么停了？这么磨磨蹭蹭的，还如何能赶在宵禁之前出城？"

其中一个年纪大些的宦官忙转头说道："公主，咱们挡了吴王殿下和宣平侯的路了。"

马车之内传来了一阵窸窸窣窣的声音。片刻，就见高阳公主掀开了帘子，一股淡淡的龙消粉味道从她身上散发出来。看着二人，她的一对乌黑瞳仁转了又转之后，才露出了一个独属于皇室公主的恰到好处的得体微笑："大半年没见三哥，三哥还是那么光彩照人，风度翩翩。看来纵然有一二小鬼作祟，也全然不曾对三哥有任何影响。"

李恪见她眉眼如画，眉心一点梅花妆衬得她肌肤白里透红，带了五分妩媚，五分娇俏，一时竟然忘记了杨政道原先对她的诸多非议，笑着对她说道："十七妹亦越发风姿楚楚了。这么晚了，还要出城去做什么？"

高阳公主抚了抚鬓边一朵刚采撷下来的海棠花，眉间升起了些许不耐："在府里闷得慌，去城外的别庄住两天。"

"也好。可怎么就带了这么些人？驸马如何也不陪着你一起？"

"要他一起，那和待在府里有何区别？"高阳公主冷哼一声说道，"改日再来王府拜谒三哥。我先走了！"

说罢，也不待李恪回答，只放下了帘子，高声吩咐道："还不快走！"

李恪看着马车远去的方向许久，直到马车终于消失在他的视线中，才开口道："看来，你的猜测错了。日久也不一定能生情。所以，她究竟为什么要为房遗爱去求官？"

"她不是改日要来你府上吗？你亲自问问她不就得了！"杨政道拍一拍马背，懒洋洋的赤风突然提起了精神，小跑着朝前奔去，"管她的事做什么？你还嫌咱们的麻烦不够多吗？"

第二十二章

横生枝节

朝阳初上，天气大好。一大清早，淇奥和雪鹭便带着三个孩子在花园里编花环玩。仁儿居长，便真如长兄一般在石凳上安静地坐着，目不转睛地看着弟妹吵吵闹闹地抢那朵最美的蓝紫色月季。

李恪将头靠在廊柱上，认真地听着杨政道弹琴。花瓣随着一缕清风缓缓地在空中飞舞着，跟着那动人心魂的曲音落在了琴弦上，仿佛亦陶醉于这高山流水的知音之谊。一曲奏罢，李恪犹神色痴惘地看着远方。半晌，才站起身来，问道："今日怎么不带着崇礼一起过来，咱们风儿最近可老念着小哥哥呢！"

"崇礼在江夏王府都住了快一个月了。岳母说，他长得和雪雁小时候一模一样，怎么也舍不得放他回来。"杨政道拾起手边的花瓣，顺手扔进了亭下的溪水之中，花瓣随波缓缓地浮动着。

李恪情不自禁地笑出了声："崇礼一个男孩子，长得像雪雁？"

杨政道亦笑："可不是？前段时间你和淇妹不是出不来吗？她见不到淇妹，便越发觉得这姨甥俩长得像了。"

"松赞干布赞普将雪雁奉为最尊贵的妻子，并且下令为她建造新的宫殿。她……应该过得很好吧。"李恪虽这样说着，却并没有十足的底气。

“爹爹，姑父，快看……姐姐，姐姐给的……小花。”

李恪见玮儿正摇摇摆摆地朝他们走来，便忙站起身将他抱了起来。玮儿的脸蛋红扑扑的，奶声奶气地说着，将花插在了李恪的发髻上。杨政道用帕子擦了擦玮儿额上的汗水，对李恪说道：“你让玮儿叫你‘爹爹’？”

李恪见乳母已经走到他们身边，便将玮儿交给她，又重新坐了下来：“是他自己跟着哥哥姐姐叫的。如此也好，反正六弟把玮儿养在我府上，也是存了这个意的。不过，说来也奇怪，自打玮儿来了之后，身子倒是一天天壮起来了。你瞧，如今都已经和仁儿一般高了。”

“所以说，那些方外‘仙人’的话，不可尽信，却也不必尽不信。”

李恪摘下那朵月季花在手中把玩着：“你还记得那年在安州时那个跛脚乞丐对咱们说的话吗？当时你可是嗤之以鼻的。如今怎么反倒信起这些来了？”

“年纪大了，对于神佛之说，自然更多敬畏。”杨政道朝花园的方向望去，见雪鹭也正在回头看他，便对她浅浅一笑，“时候不早了，咱们也该去杨柳巷中找沈姑了。那天跟你说找她去问前程命运的话，自然是玩笑。这几日我带人去几户苦主家里看过，闲谈之中，发现他们竟然都曾经拜访过这个沈姑。而且沈姑估摸着也熟悉祥和坊中的人。说不定，咱们真能从她口里得到些有用的消息。”

李恪想着，这理由倒还真拒绝不了。于是，便跟淇奥知会了一声，又去了马厩，牵了流风和黔墨出来，和杨政道一起出了府门。

虽说时值盛春，但李恪这两年身子一直不大好，也不敢随意轻减衣服，此刻身上仍旧穿着一件薄袄子。阳光明媚，加之又骑了半个时辰的马，到达祥和坊杨柳巷的时候，背上汗水已然浸湿了他的中衣，让他觉得很不舒服。

问过在街角卖乳酪饼的一个老者，两人找到了位于巷子最深处的沈姑家。来应门的是一个十来岁的小童，还未开口，杨政道就将荷包中的两串铜钱放到了他的手中。小童紧张地朝后头望望，见无人注意，便将铜钱塞进了自己的袖内，眉开眼笑地将两人迎到沈姑屋外的游廊中等候。

屋中人正在弹琵琶，曲音清灵纯澈，不觉让人心驰。突然，“啪”的一声，琵琶弦断，乐声戛然而止。从里头走出来的是一个十六七岁，长相清秀的少女，身上还带了几分清淡的檀香气味。

李恪屈身一拜，说道："我二人慕沈姑之名而来，烦请姑娘通禀一声。"

少女并不看他们，只淡淡道："进来吧。"

内室中空无一人，李恪与杨政道不觉面面相觑："不知沈姑此刻在何处？"

少女已然坐在上首的蒲团上，缓缓拨动着手上的玉珠串："你们说是慕名而来，怎么竟连沈姑的年龄和长相都不知道呢？"

"你就是沈姑？"二人不约而同地惊道。

"沈锦霞。"少女声音清越，"我侄儿喊我姑姑，坊间便都叫我沈姑。二位前来，想要求问何事？"

杨政道迅速与李恪交换了一下眼神，问："此次科举，我们兄弟能否一举夺魁？"

沈姑上下瞧了他们一眼。刚想说话，却听得小炉上烧着的水开始沸腾了，便拿起手边的帕子垫在壶把上，拿起茶壶，迅速地将沸水注入面前调制有茶膏的杯盏中。茶汤上立刻浮起了一条鲤鱼的图案，再注另一盏，却是一朵牡丹花的样子。眨眼间，图案散灭，生出了一个个细小的泡沫。李恪和杨政道都不禁在心中暗暗称赞，这样精绝的点茶技艺，整个长安城怕也没有几个人可以比肩。

沈姑微微抿了一口茶水，清眸一转，说道："公子是欺我年少才来试探我的吗？若真如此，就莫要怪我闭门送客了。"

杨政道放下茶盏："你是从哪里看出来的？"

"公子难道忘了自己穿的是朱紫色内衫了吗？本朝对服饰颜色规定极严。若公子没有官职在身，敢这么穿吗？"

杨政道下意识地看了看自己方才因炎热而撩起的外袖，半截内衫的袖子刚好露在了外面，脸上不觉有些发窘。于是，便只好拿出了雍州府的印信放在案上，说道："祥和坊中的窃案发生已有月余，我不过想尽快查清楚而已。倘若因此而得罪了姑娘，还请姑娘莫要生气。"

沈姑瞥了一眼印信，眼中并无多少波澜，转头问李恪道："你又是什么人？"

"这不重要。"李恪向来不喜此等故弄玄虚之人，说话的声音已多了几分急促，"当时你为什么会让王徽儿回娘家去？你是真的能掐会算吗？"

“王徽儿？”沈姑想了想才说道，“崔坊正家的儿媳妇吧！公子高估我了。我只会站在一个旁观者的立场上替他们分析问题，却无法替他们做决定。那位王姑娘说她和丈夫感情不和，想要和离。我让她回娘家的意思是叫她和娘家人商议一下，有娘家人撑腰，崔家也奈何她不得。”

李恪闻着檀香的气味，只觉得头脑有些发涨，便用力按了按太阳穴：“那么，你为何不明言于她？”

沈姑眼角隐隐有些不耐之意：“如何明言？夫妻之间，床头打架床尾和。倘若他们又和好了，岂不要说我挑拨他们的感情？这样的罪名，我可担待不起！”

“你年纪不大，懂得倒挺多的。那么其他过来找你的人呢？他们问了些什么？你又是如何答复他们的？”

沈姑见香炉中的一支香断了，便从匣中又取出一支点上：“二位虽是公门中人，可既未穿官袍，我自然也只当你们是普通的客人。这里的规矩……你们懂吗？”

“不懂。”李恪挪了挪位子，实在受不了那么浓烈的檀香味道。

“五两银子。”沈姑倒也不客气，直截了当地回道。

李恪听罢朝着杨政道望了一眼，意思是说，给钱。杨政道也回了他一眼，意思是说，没钱。对视了片刻，杨政道无奈，只得从腰间解下了一块紫玉佩：“说吧。”

沈姑接过玉佩，从身后的木架子上拿了一个木盒下来，放到他们面前：“我来这杨柳巷一年零三个月，找我问事的共八十八人。每个人问的事，以及我所告知的化解方法，全在里头了。”

李恪打开木盒，将一大摞纸全都拿了出来，一张张地翻看。有妻妾不和、婆媳矛盾、久婚不育、孩子五岁还尿床等。李恪想着如今果真是太平治世，老百姓们烦恼的竟然都只是这些芝麻绿豆大的事情，便忍不住露出一丝欣慰的笑。

“此人倒是命运多舛。”李恪还未收起嘴角的笑容，却听得杨政道在旁轻声叹息，“父母双亡，忽逢火灾，家中财物皆毁，背井离乡来到长安，妻儿又遭遇意外而死，如今这世上就只有他孤零零一个人。心灰意冷之下，便有了弃世的念头。”

李恪忙将头凑过去看，见最后写了十六字解语：子时月下正婵娟，枯木逢春万物全。留得抱腹陋室藏，否极泰来须臾间。于是便点了点头："你让他重新振作，哪怕在穷困潦倒中也要守着自己的信念，等待着苦尽甘来的一天。不错。"

沈姑面上略显出得意："当时我劝了他好久，又将这四句话放在香袋之中，让他随身带着，希望他可以安下心来，努力地活下去。后来，他就再也没有来过。想来他也已经想通了吧。"

李恪说了一声"希望如此"，便想继续去看下一张。突然，他的目光定在了其中的两个字上。倏地站起身来，低头对沈姑说道："你确定给这个人的是一模一样的这十六个字吗？"

沈姑慢慢摩挲着手中的紫玉佩，头也不抬地说道："这是自然。所有的解法都是一模一样的两份。给客人一份，我这里留一份。"

"留得抱腹陋室藏。"李恪一字一字，缓慢清晰地将这句话念了出来。旋即又对杨政道说："咱们这次还真来对了。你的棘手问题大约是能解决了。"

杨政道瞬间恍然，将那张纸放到了沈姑面前："请教沈姑，这'抱腹'二字是何意？"

沈姑低头看了一眼，心道他看起来经纶满腹的样子，又身为雍州府中人，为何竟连此等浅显的词都不明白。可转眸又看到那块雕工细腻、品质上乘的紫玉佩，她便只得耐着性子解释道："手抱肩负。自是凌云壮志之意。"

"你说的这两字，语出班固《汉书》中的一句'世无周公抱负之辅，恐危社稷'。"杨政道蘸着茶盏中的水，在案上写下两个字：抱负。

沈姑"哦"了一声，满不在意地说道："这个字，我从小就容易写错。你们看得懂就行了，有什么了不起的。"

杨政道面容肃然地说："可是你知道，这'抱腹'又是什么意思吗？"

沈姑想了想，摇摇头。

“是你们女子贴身之衣的雅称。留得抱腹陋室藏。这个人原就把家运不畅归结于老天爷，潜意识里所想的化解方式也是稀奇古怪的。他看到了你的这句话，就十分牵强地将它解释为，只要在他所居的小室里放入抱腹，就可以否极泰来了。然而，他是个男子，又如何能得到那么多女子之物呢？于是，便只有去偷了。”

沈姑把眼睛瞪得老大，握着玉佩的手微微生起了一些汗渍：“你是说，那个在祥和坊中频繁偷盗女子亵衣的贼人？”

“八成就是的。”杨政道将那张纸叠起来，放入自己的衣袖，“沈锦霞，你说，我是该把你当成破了此案的有功之人呢，还是间接导致了此案的祸害呢？”

沈姑这才敛了眼底的不以为然，起身敛衽一拜道：“民女实在不知情，请……”方才杨政道拿出的虽是雍州府的印信，可并未告知她自己究竟是谁。于是，她便也只得用了方才的称呼：“请二位公子明鉴，民女实是无心之失。”

李恪面色沉凝：“是不是无心，我们自会辨别。你只需告诉我们，那个人是谁？”

沈姑低着头轻声细语道：“是……是那个卖胡饼的朱喜之。”

“原来是他。”李恪微一颦眉，“表兄，幸而他不曾来你府上。要不然，怕受惊吓的就是雪鹭了。咱们走吧！接下来都是你的事情了，你慢慢去查吧。”

杨政道点了点头，也不再说什么话，转身便径直出了门。

杨政道再次回到吴王府的时候，李恪正握着仁儿的手练字。握着握着他便松开了手，仁儿抬起头，黝黑的双目一瞬不瞬地望着李恪。李恪抚了抚他的头，柔声说道：“自己试试。方才不是练得很好吗？”

仁儿咬了咬唇，胖乎乎的小手还抓不牢那么长的笔杆，却还是照着旁边一张纸上的字一笔一画地写着。写了许久，才临摹出了那四个字：至乐无乐。

李恪吹了吹墨迹，将他抱在自己的膝上，问道：“仁儿知道这是什么意思吗？”

“仁儿不知道，所以，才要爹爹教。”

“至乐无乐，说的是，人最大的快乐是感觉不到快乐。因为人只有在不快乐的时候，才会想要去探寻什么是快乐。”

仁儿满脸疑惑，显然听不懂这样的解释。他将身子向李恪怀里靠了靠：“那么，感觉不到快乐的时候，他快乐吗？”

“自然是快乐的。”

“可是，他既然不知道什么是快乐，又如何知道自己是快乐的呢？”

李恪一时被他问蒙了，竟然不知道该如何回答。

“三哥，仁儿才这么点大，你给他讲《庄子》，他听得懂吗？”雪鹭在旁听着，终于忍不住开口说道，“淇妹，你也不管管。”

淇奥抿嘴一笑：“孩子的心灵至真至纯，其实和庄子崇尚的自然无为的境界挺契合的。你看，仁儿这不是不但听懂了，还将了他爹爹一军吗？”

雪鹭塞了一颗樱桃在她的嘴里，面上的笑意亦如春风拂面：“在妹妹心里，三哥做什么都是对的。”

“这是自然。”淇奥觉得这樱桃甜极了，从口内一直甜到了心里。

“雪鹭，别和他们讲道理，根本就讲不通。这么小的孩子，就该让他玩个尽兴，教什么庄子孟子。”杨政道将手里的一个包裹放在了案上，“这案子结了。”

李恪将仁儿交给小萝，让她带着下去和弟弟妹妹们一块儿捞蝌蚪。看着杨政道这一脸风尘仆仆的样子，李恪说道：“可真够快的呀！不愧是陛下钦定的雍州牧。”

“真的是那个胡饼师？”雪鹭坐到了杨政道的身边，将那杯已经放凉了的茶递给他，“方才听三哥这么说，我还真觉得不可思议。毕竟他做的胡饼那么好吃。”

杨政道将杯中的凉水一饮而尽，腹内瞬间无比舒畅：“虽然他做的胡饼的确好吃，可也掩盖不了他就是个愚蠢又变态的窃贼的事实。我带着雍州府几个差役去朱喜之家里的时候，他正袒腹躺在床上，手里还抱着几件亵衣。人赃俱获。他还辩称自己这不是偷，而是依着高人指点的方法在化解自己的背运。还真是无药可救！”

“可是，他偷的人家为何都是去找求过沈姑的呢？”

"沈姑在把看着那十六个字的纸放入香袋的时候，手上大约是沾了糨糊，不当心把另一张写了相求过她的客人名字的纸一起带了进去。于是，那个朱喜之就以为要拿这些人家的'抱腹'。"

雪鹭一脸无语的表情："他还真是异想天开。虽然他偷的都是些并不值钱的物什，但影响极坏。祯卿，你可得重重地惩治他。"

"那是必须的。"杨政道指了指那个包袱说，"不过，他偷的东西并非都不值钱。你们看看这个。"

说罢，他便打开了那个包袱。只见里头是一个通体莹透的貔貅玉枕，雕工细致精巧，并不输于曹方硕的手艺。在烛光的照射下，左右看来，那玉枕分别呈现出不一样的颜色。李恪忍不住伸手摸了摸，触手冰凉水润，便情不自禁地叹道："好东西。"

杨政道亦将手搁在上头："朱喜之说他妻子过世之后，他先去了大兴善寺中烧香，顺便在寺里逛了逛，不知道怎么就逛到了一间禅房里，于是便顺手牵羊了。本以为只是个普通的玉枕，可去当铺一问，掌柜开口就是一百两银子，倒把他给吓坏了。想着这许是圣物，怕当掉后会再有灾祸发生，原想着还回去的，可他偏又忘了是在哪间禅房偷的，便只能一直放在自己这里了。"

李恪冷冷道："愚昧又贪婪。"

"这玉枕……看起来倒是十分眼熟。"雪鹭走上前看了一看，又转头看向淇奥，"妹妹记得吗？我们是不是在哪里见过？"

淇奥凝神片刻，忽地与雪鹭对视一眼。二人异口同声地说道："明珏姐姐。"

雪鹭随即又道："对！是明珏姐姐的东西。前天我和淇妹在她房里还见……不对。朱喜之是在大兴善寺禅房中偷的，而且，他应该偷了有些时日了。可能是咱们记错了吧！"

杨政道不解地问："可是才过了两天，你们怎么可能同时记错？"

李恪似想到了什么，赶紧拿起那个玉枕仔细察看。玉枕沉重，他的右手臂尚未痊愈，一时没有拿稳，险些掉在地上，杨政道眼疾手快地托了玉枕一下。李恪也不管他，只往玉枕的背后看去，见那上头果然写了两个字：云安。

“果然。”李恪抚了抚这两个刻得十分漂亮的小篆，“十几年前，安南国曾经将他们的国宝——两个一模一样的貔貅玉枕进贡朝廷。后来陛下将其中一个给长姐做了嫁妆，还让人在背后刻了她的名字。而另一个则是高阳公主的嫁妆。”

杨政道蹙眉：“云安是高阳公主的闺名？她……”

“她丢了东西怎么也不让雍州府帮她找？”淇奥歪着头，不解地问道。

“许是她还没有发现吧。”雪鹭将玉枕重新包好，“祯卿，你明儿就让人把它还给高阳公主吧。你帮她找回了这么重要的东西，她说不定还会亲自过来谢你呢。”

雪鹭见杨政道兀自沉思，又看李恪同样一脸肃穆的神情，狐疑地问道：“怎么了？”

李恪也不回她，只将目光转向了杨政道：“雍州府有多少人知道这个玉枕是从朱喜之家里搜出来的？”

“很多。而且他们也都听到了朱喜之说，这是在大兴善寺禅房偷的。所以，即使你我想要隐瞒，怕也瞒不住。”

淇奥见有某种诡异的气氛在他们之间流淌，心中一时也有些紧张：“究竟怎么了？”

李恪轻轻地握着她的手：“淇儿，你还记得有一次咱们和姐夫一起在骊山山顶看到的茅草屋吗？姐夫问咱们，为什么那个饱读经书，修为甚深的真和尚，会与一个女人保持着暧昧而密切的联系？”

淇奥一听此话，便突觉有什么东西在她的脑中炸了开来，不禁倒吸了一口凉气，将信将疑地说：“你们的意思是说，那个和大兴善寺僧人有私的人就是高阳公主？”

雪鹭被他们几个的话绕得有点头晕：“我虽听闻过一些她和驸马之间不和的传言，可她到底是陛下疼爱的女儿，不至于做出那么不堪的事情吧？”

“妹妹心思纯澈，自然想不到世间还有如此荒唐事。可是以她的性子，倒也不奇怪。玉枕有什么含义，只要随便想想就能明白了。”李恪说着又转头说道，“淇儿，我们在骊山茅屋中曾闻到过龙消香的味道。这种香极其珍贵稀少。而那日我和表兄曾在街上遇到过她，她急着出城，身上的确带着这种浅浅淡淡的龙消香味道。”

雪鹭面上忧色愈浓：“皇帝爱女与佛门僧人……这可是皇室的一桩大丑闻。她自己丢人也就罢了，让陛下和房家的脸面往哪里搁？”

屋中被一片寂静笼罩，四人皆沉默不言。微风轻轻地打在帘子上，发出“扑扑”的响动。不知过了多久，才听得李恪开口说道：“表兄，这事你就不要管了。交给我处理吧！”

杨政道不置可否：“为了皇家颜面，你若要将这事压下来，倒也无可厚非。”

李恪摇摇头：“这种事情，可一可二不可三。况且，她虽是我妹妹，平素却并无深交，我没必要为了她去冒这么大的风险。”

天色已暗，淇奥点燃了案上的另两支蜡烛。月光漫不经心地从窗户中投射进来，在地上留下了一片斑驳的影子。她屈膝跪坐于坐垫上，说道：“可是，你这么做就不是为了自己。就算让陛下知道了，想来也不会过分苛责于你的。”

李恪长吁一口气：“要做也得他做。我不能再替他做任何决定了。”

淇奥睫毛微动：“既如此，让表兄去说不是一样的吗？”

“不一样的。这种丑闻若让……外人发现，父亲会觉得难堪的。所以，只能是我。过几日，我自己去大兴善寺跑一趟。总得把事情的来龙去脉弄清楚了再上报。”

玄济骨节分明的手指快速拨动着佛珠，脸色由青变白，又由白变红。他口内嗫嚅了许久，还是没有将话说出口。

李恪举头看向那高高矗立着的弥勒佛像，话语沉沉：“你不要告诉本王，不知道那个人是谁。”

声音回响在空旷的大殿之中。玄济的肩膀微微发颤，不由自主地跪了下来，嗓音干涩喑哑："是……是贫僧师兄玄奘大禅师的小弟子，法号辩机。辩机自入寺以来，一直独来独往，平素也多一个人住在骊山山顶，很少回寺中。不过，他对佛法的悟性极好，又通晓梵语。所以，前番朝廷广选译经大德，他也在其列。"

"辩机……"李恪缓缓地念出了这两个字，心中倒是有几分惊讶。译经大德是在全国数百佛寺、数万僧人中遴选而出的。因他对此事并不感兴趣，故而当时也没留意看那几位译经大德的名字。若这个辩机真是他要找的人，恐怕是必死无疑了。

玄济颔首道："对。是辩机。殿下方才说到骊山，贫僧就知道一定是他。他到底犯了什么事了？"

"过不了多久，你自然就会知道。"李恪看着两边青铜玄武熏炉中升起的袅袅香烟，"把他叫过来。我有话问他。"

玄济连声称是，起身便朝外头走去。

过了许久，李恪才听得背后那扇门被轻轻地推开，又被轻轻地掩上。他也不回头看，只是语气淡漠地说道："师父是凭着什么成为译经大德的？"

辩机双手合十一拜："小僧除却一颗虔诚向佛的心之外，一无所有。"

李恪的嘴角扬起一抹清冷的笑容："在佛祖面前，你还能称自己虔诚向佛吗？"

"小僧既入佛门，便只有这么一颗心。殿下若心中已对小僧存有成见，那么小僧无论说什么，您都不会信的。何故再让小僧重复一遍呢？"

李恪转头望着他。他看起来不过二十五六岁的年纪，眉目舒朗，气质温和，若非剃了须发，又身着缁衣，倒真像个寒窗苦读的书生。李恪往前走了两步，目光灼灼地盯着他："本王向来对玄奘大禅师心怀敬仰，又如何会对他的高徒心存成见？"

辩机低垂着头，不敢去接触李恪的眼神："小僧知道殿下来此的目的。没有您，也会有旁人。"

"当我听到玄济说，你是译经大德的时候，我真的希望自己这趟是白来的。"李恪面上的惋惜之情溢于言表，"看来，是我错了。"

辩机微微抬起了头，问道："那只玉枕是在殿下您的手中吗？"

李恪没料到，在自己还未想到该如何开口的时候，他却先将话挑明了。于是，他忍不住再度凝视着辩机的眼睛。有那么一刹那，他觉得这双眼中的神情如此熟悉，似乎瞬间就触到了他心中最深的痛。他摇了摇头，深深地吸了一口气："告诉我过程，全部的过程！"

"公主把她的一颗真心给了我，我也把我的一颗真心给了她。我们心意相通，灵魂相依。就是这么回事。"

李恪听他说得这般云淡风轻，不觉气血上涌，伸手便抓住了他的衣襟："可她是宰相儿媳，你是佛门高僧，你们不觉得这样的事情说出去太过荒唐了吗？"

"我也觉得荒唐。"辩机苦笑着说道，"可这就是事实啊。爱发生的时候，我们都没有选择，唯有本能地抓住对方的手，才不至于坠落深渊。殿下，这种感情，您其实也是懂的吧。"

李恪松开手，用力地推了他一下。辩机一个踉跄，险些就要栽倒在地。李恪的声音因为震怒而有些发颤："没有道德的爱，不讲人伦的爱，与禽兽苟合何异！"

辩机面上的表情依旧平和："我只是听从了自己的心。心告诉我，这件事值得我去做，我便做了。世间的一切，原本就是很自然，很简单的。"

李恪嗤笑："心？你还有心吗？"

"如果殿下认为我错了，您现在就可以处置了我。"

"破坏佛门清规，玷污公主清白。你以为，你能够这么容易地死吗？"

辩机不再说话，似乎在听到了关于自己的死亡判决之后，反而觉得解脱了。也许，当那个女子撞进视线的时候，他就已然预见到了自己的死期。所不确定的，唯是时间而已。

扑面而来的阳光照得李恪睁不开眼睛。玄济站在不远处的凉亭中，见着他出来，赶忙迎了上去，双手合十一拜："辩机是殿下您要找的人吗？"

李恪并没有回他的话，见他身边此刻还站着另一个身姿挺拔的僧人，心头不由得一怔："你……"

“殿下没有见过他，他是寺中的药房管事辩华。平素也常常会给僧人们看病。”

李恪点了点头：“我近来常感脾胃不畅，正好请辩华师父给我诊诊脉。”

玄济笑容满面，仿佛一下就忘记了李恪方才跟他说辩机有可能涉入一个大案的话，转头就吩咐辩华道：“好好给吴王殿下看看，可不能大意了。”

玄济走后，此刻的凉亭内只有李恪和辩华二人相对而坐。他们都不说话。过了很久，二人才又同时开口，却异口同声只说了一个“你”字，便不再说下去了。

李恪微笑着看向他：“上一次，多谢了。”

“我千叮咛万嘱咐，不让祯卿告诉你，他转眼就忘得一干二净了。”

“是我自己猜的，不关他的事情。再说，你为何怕我知道？”

辩华的目光在他身上停滞了一会儿，又迅速地移开：“以前的事情，是我对不住你。我本也不想和你的生活再有任何瓜葛。”

李恪轻轻地叹了口气：“可你还是帮了我。”

“我只是在帮自己。”辩华站起身来，背对着他说道，“我会好好地活着。你说过的……”

李恪起身与他并排而立，看着梧桐树上的一片叶子慢慢地飘到了湖面上：“但愿，这就是最终的结局了。”

“你在担忧些什么？又有何繁难的事情发生了吗？”

“是啊！很难办。”李恪揉了揉太阳穴，闭上眼睛，缓缓说道，“不过，这已经不是我所担心的事情了。”

“如此便好。那么，你也要好好地活着。不论为了那些活着的人，还是死去的人。”

“我会的。一定会的。”李恪将手紧紧地握成了拳，似在说着什么坚定的誓言一般。

皇室的香艳丑闻，对于那些整日只知拾掇柴米油盐的老百姓而言，似乎有着致命的吸引力。在街头，在巷尾，在某一家酒楼的雅间内，总能听到一二悄悄议论着此事的声音。这样的场景在两三个月之前也发生过。当时是因为张赵氏在大理寺门口控诉李恪杀人灭口。可那一次，就算是亲眼看到的人也没有全信。有的只是疑惑，以及等待事实真相时的焦躁。所以，当萧铭与杨誉为此付出惨痛代价的时候，他们都松了一口气，对李恪的崇拜与敬重有增无减。

然而如今，人们只将这丑闻当成笑料，犹如彼时对待在李恪手里栽了大跟头的突厥人一般。他们在猜测，那个成功将公主骗上床的淫僧到底长成什么模样。他们在感叹，房家公子的内心还真是无比强大。他们又在揣度，此事是否还有更多不为人知的细节没有披露。

李恪也不知道，为何这桩还未宣判的风化案会闹得满城风雨。他的心中莫明觉得不安，仿佛总有东西时不时在挠着他的心。他不知道这是什么东西，更无法将它掌控在手里。

恪儿，好好地照顾父亲……

母亲，我不让您死。我的画画得还不够好。我的《十七帖》才临摹了一半。还有……还有我已经开始学骑马射箭了。母亲，您还没看到过呢……

“母亲！”马车微微颠簸一下，李恪只觉心口一阵绞痛，忍不住惊呼一声。他揉了揉有些发涨的眼睛，掀开帘子道：“季成，前头左拐，往锦泽巷中走，这样快些。”

“是。”季成赶紧应了一声，便拉紧了马缰绳。

李恪走至武德殿门前的时候，王寿德正从门里往外走，面上表情略有些僵硬。李恪忙快走几步上前，问道：“陛下身子又不好了吗？”

王寿德向他施了一礼，实言道：“并无大碍，只是精神不好，也无太大食欲。”

李恪也不理他，只趋步朝里头走去。仕禄恰好从内室走出来，忧心忡忡地屈身说道："殿下来了就好。早间高阳公主可把陛下气得不轻，连午膳都还没用呢！"

"我知道了。你现在就去膳房，让他们用鸡汤煮一碗小米粥送过来。记得，要煮得烂一些。"

仕禄答应了一声，便急急朝前跑去。

李世民彼时正在内室中小憩。李恪缓步走至榻边的矮凳上坐下来。他轻轻地握了握李世民的手，突然很心疼自己这位年届知天命之龄的皇帝父亲。国事家事天下事，无一不让他操碎了心。他蓦地又有些后悔，也许那一天，他不该贸然将知道的一切都呈至御前，不该将那么大的一个难题抛给父亲。可若不这么做，他又该如何办呢？

殿下，自私一点。好好地照顾自己就好了。他们是不会领你的情的。

顾缘那时跟他说的话，他其实是听到了的。他不知道，顾缘口中的"他们"，是不是也包括了父亲？他与父亲之间，有过猜疑与算计，可这样的猜疑与算计，却都能被对方轻而易举地洞穿。于是，他们还是彼此信任着，共享着那些心照不宣的秘密。

"父亲……"李恪忽觉喉头有些哽咽，忍不住低声唤道。

李世民本就睡得浅，听到他的这声叫唤，便睁开眼看向他，声音有些干涩："你何时来的？"

李恪忙缩回手，起身回道："来了有一会儿了。对不起，打扰父亲休息了。"

"坐下。"李世民用手撑着床榻，坐直身子看着他，"都过了这么多天，辩机的事情也该有一个了结了。不用通过三司会审，也不必经过五复奏，直接腰斩。"

腰斩，所有死刑中最痛苦的一种。刽子手将犯人拦腰砍成两截，因人体所有重要器官都在上半身，故而受刑者一时半会儿还不会断气，一直要等到鲜血流干之后才死去。

"好。"李恪深深吸了一口气，只简单地回了这一个字。片刻，他又问道："那十七妹？"

李世民重重地咳嗽了几声，勉强压住了心里深深的失望与厌烦："永远不准她入宫。朕就当从来没有过这个女儿！"

"事情已经过去了，父亲就莫要再生气了。"李恪走至案前，斟了一杯尚还温热的茶水至李世民的面前。

李世民只喝了一口，便又重新放回李恪的手里："原本朕也不想如此处置一个佛家奇才。可如今被你十七妹这么一闹，朝野上下都知道了此事，老百姓们更是将其传得绘声绘色。若朕不下狠手杀一儆百，今后还怎样明礼教，正纲纪？"

"我明白。"

"你明白有何用？得她明白才是！"

说话间，仕禄已经捧着一碗热腾腾的小米粥走了进来。李恪起身将它端到李世民的面前："父亲放心，我会让她明白的。那么，您现在就起来吃点东西，好不好？"

李世民接过碗，神色这才有了一点点舒缓："你拿哄仁儿的法子对付朕？"

听得此话，李恪这才放下心来，微笑着说："仁儿很听话，从来都不需要我哄呢。"

李世民抬头看看他道："下次记得把他带过来。这孩子的确比你小时候懂事好学多了。"

"小时候？"

李世民吃完了最后一勺小米粥："你不记得小时候的事情了吗？你小时候就知道贪玩。你五岁那年，权万纪向我告状，说你从不好好读书。我把你叫到面前，你却能把《王制》中最长的一段背得一字不差，把权万纪弄得尴尬不已。还有，你的几个兄弟都是四五岁的时候就开始练习骑射的，你却到了七岁才说要学……"

可七岁以后，你就变了。李世民看向他，咽下了后面这一句话。

李恪听着听着，神思已然有些恍惚了。这些都是母亲活着时的记忆，他如何会忘记？只是每一次的回想，都会让他痛彻心扉而已。他刚想说话，却又听李世民轻叹了一句："其实，我倒真希望你把这些都忘了。"

无论过去还是现在，他们都不曾真正地放下。他们以为，遗忘就是背叛。所以，每当心灵稍微有一些缝隙的时候，他们就会去回忆那些过往的人与事。精确到日期时辰，精确到衣衫上那一朵牡丹花纹的颜色。然而此刻，他们却都有了些新的憬悟——让记忆尘封，何尝不是对生命的另一种尊重?

夕阳西沉，落霞满天。微风慢慢地吹起一地落花。

季成见李恪自上车以后就一直默然不语，便转过头问道："殿下，咱们还去大理寺吗？还是直接回王府？"

李恪想了想，说道："去高阳公主府。"

季成愣了一下，旋即一甩马鞭高声应道："是！"

许是因为闹了几天，累了，李恪到达高阳公主所住的凤眠居时，她正立在窗下，看着树上两只喜鹊互相扑棱着翅膀唱歌。房遗爱垂着头，诺诺道："殿下，您……您还是自个儿进去吧。臣……不敢。"

李恪身量已经算高的了，房遗爱却比他还要高小半个头，只是他总佝偻着背，看起来有些萎靡不振。李恪朝他点点头："你去忙自己的事情吧。"

高阳公主二九年华，发髻上并排斜插着两支梅花簪，身穿一件石榴色的云烟襦裙，裙腰高系。白皙的脸上虽只略施粉黛，却还是显出了十分的明艳动人。

"三哥，我刚才看到你府上的马车了。你进宫去了是吗？父亲到底要如何处置辩机？如何处置我？"高阳公主一见到他，就似看到了救星般，一个箭步冲过来，紧紧地抓住了他的衣袖，双眼中期待的光芒熠熠生辉。

李恪的心里闪过一丝不忍，说话的声音都变得温和了："父亲没有处置你。"

高阳公主的眼神瞬间变得急迫而凌厉："那辩机呢？"

李恪看着她，缓缓地吐出了几个字："一个月后，腰斩。"

红晕瞬间在高阳公主的双颊上升腾而起，她的双唇剧烈地颤动着，牙齿互相触碰着发出"咔咔"的声音。她的手无意识地在空中挥动着，触碰到身后花架子的时候，最上头放着的一个花瓶晃动了两下，却终究没有落下地来。

李恪见她几乎要瘫倒在地，便伸手扶着她坐了下来，说道："十七妹若能重新开始新的生活，你依旧还是父亲疼爱的女儿，大唐尊贵的公主。没有人会小瞧你，那些污言秽语，你不要理会就罢。”

“重新开始，重新开始……”高阳公主反复念叨着这四个字，忽然哈哈大笑，直笑得岔了气，“三哥，事不关己，你看你说得多么轻描淡写！大唐尊贵的公主如果不能救自己真心所爱的男人，这才会让天下之人小瞧！”

李恪皱了皱眉，放开了一直扶在她肩膀上的手，沉默不语。高阳公主只觉鼻尖酸涩无比，忍了又忍，终于忍不住落下泪来。她用手背擦了擦眼泪，面上敷着的胭脂被擦得红一块白一块。她是最爱美的，可如今却已然管不得这些了。

僵冷的气氛持续了很久很久，高阳公主突然跪倒在李恪面前，嗓音沙哑："三哥，求求你，求求你救救他！他若死了，我也不能活。我们到底是骨肉至亲，你不会眼睁睁看着我死的，是不是？”

李恪咬了咬唇，狠下心道：“我救不了他。”

“不，你可以的！你是大理寺卿，本就有决断案件的权力。再说，你的话，父亲会听的！三哥，我一直都知道，我和辩机不可能像平凡夫妻一般长相厮守。只求你，让他继续做他的佛门弟子，用他的一生去侍奉佛祖。我一辈子都只会是一个普通的香客，只希望能够在人群里远远地看他一眼就足够了。”

“如果他是个普通的僧人，或许还有转圜的余地，可他是朝廷千挑万选的译经大德。你们这等风月之事一出，不就说明了朝廷识人不清，用人不明吗？为了弥补这个错误，为了挽回朝廷的颜面，他不得不死。”

“错误？颜面？你们朝廷犯下的错误，凭什么要牺牲他的性命？”高阳公主在极度的悲愤之下反倒笑出了声。

她的母亲是后宫一个并不起眼的美人。李世民在与她一夜敷衍的欢好之后就有了这个女儿。一个公主，一个并不得宠的美人所生的公主，原本不大可能得到太大的关注。至多不过在年节的时候，得几句不咸不淡的关心，几份不重不轻的赏赐。最后，再嫁一个门第不高不低的男人。

可她从小性格张扬活泼，又偏偏长得这般美丽。不是小女孩的那种俏皮的娇丽，而是能让人看一眼就记得的艳丽。因为记得，所以每次宫内开宴的时候，李世民总会对近侍说一声：“让十七公主坐到前头来。”

日子久了，她也就成了李世民最疼爱的女儿之一。后来，她嫁了贞观第一宰相房玄龄家的公子，婚仪排场不输她的长姐襄城公主，也不输长孙皇后所生的长乐公主和城阳公主。可她不喜欢这个长相憨厚，性格木讷的驸马。她跟李世民说，驸马欺负她，她要和离。李世民开始还以为这只是女儿家的撒娇，总软语哄着她。日子久了，他也厌烦了，有时不理她，有时严厉地呵斥几句。

后来，她懂了。她只是李世民笼络功臣的一件礼物。礼物，是不该有自己的思想的。她觉得泄气，失望，甚至是愤怒。于是，在某一个风和日丽的晌午，她带着身边的侍女去了骊山散心。就是这一次，她遇见了辩机。那个身处红尘之外，却令她心动神驰的男人。她不知道自己为何会那么痴恋他，仿佛有一万种理由，却偏偏一个也说不出来。

在很长的一段时间里，辩机都躲着她。她却不管。她只知道自己喜欢他，看中他，他也只能臣服于她的脚下。这种自私的征服欲，在很久以后才转化为身灵交合的爱。在骊山的茅屋里——他劈柴，她烧水；他念经，她抄书；他打坐，她沉思。他们只是尘世中两个最普通的男人和女人。

有时候，她会靠着他的肩膀问：“辩机，你喜欢我吗？”

他说：“喜欢。”

她又问：“那你还俗娶我好吗？”

他回：“不好。”

问过几次之后，她也认了。不好就不好吧。如果一生就这样过下去，便也很好很好。后来，她将那个刻着她闺名的玉枕送给了他。她说，结发同枕席，黄泉共为友。

可她没有想到，这个定情信物，却最终送他下了黄泉。

李恪轻轻叹息一声，将目光投去了窗外：“十七妹，做任何事的时候都要想想代价和后果。若没想过，这便是你不得不去承受的教训。若想过，你也就没有资格说出‘牺牲’这两个字。”

高阳公主的面上渐渐恢复了平静，却是一种看起来十分诡异可怖的平静：“当年苏亶的女儿说萧姑娘杀人，你当着那么多人的面为她辩解，带她离开。那个时候，也有人劝过你吧，你又是怎么做的？”

“你竟敢把淇儿和辩机相提并论？”

“你不敢回答我的话。你心虚了，是不是？”高阳公主嘲讽地一笑，“己所不欲，勿施于人。三哥，你觉得公平吗？”

“公不公平，世人自有一杆衡量的秤！如今，连长安城里的三岁孩童都知道，大兴善寺的辩机和尚是个披着袈裟却满肚子花花肠子的淫贼！”

“住口！”高阳公主倏地站起身来，伸手就要往李恪的脸颊上打去。李恪将头别到一边，用力地扼住了她的手腕。高阳公主眼眸中的光似要将他吞噬：“你和李世民都是一样的人！你们杀了一个最虔诚的佛门弟子。终有一天，你们都会遭报应的！”

“就凭你这句话，也足够让辩机死千次百次了。”李恪疾言道，“一个让女儿用这般大不敬的话去诅咒她父亲的人，让我用何种理由去说服自己他不该死？！”

高阳公主将指尖狠狠地抠入自己的手心，嘴角上扬：“我从来都知道将希望寄托在你的身上是一个多么荒唐的笑话。这是我自找的耻辱。让你侮辱了我，又侮辱了辩机！”

李恪冷冷地道：“我的话，你听得进去就最好，听不进去，也碍不得我什么事。你好自为之！”

走出凤眠居的时候，李恪见迎面走来一个梳着双环髻的小丫头，对着他敛衽一拜道：“婢子浮莲见过吴王殿下。”

李恪心里烦乱不已，便也不看她，只径直朝前头走去。浮莲却追了几步至他的面前，怯怯地问道：“公主惹您生气了吗？”

“你好好看着她，别让她做什么傻事。”

浮莲点了点头：“婢子知道了。”

“还有……”李恪用手拨开挡着他的柳条，突然想到了什么，便停下脚步，“每次她去见辩机，都有谁和她一起？”

浮莲说道："除了驾车的秉全公公之外，就只有婢子和婢子的妹妹青莲了。不过，公主和辩机在骊山的时候，并不让咱们陪着，因而咱们都只住在半山腰的帐篷里。过个两三天，再上去接公主。"

"那么，你们三个之中，究竟是谁把这件事情宣扬出去的？"

浮莲听出了他话中犀利的质问之意，便吓得跪倒在地，结结巴巴地说："婢子姊妹从小侍候公主，是……是绝对不……不会背叛公主的。秉全也……也是。所以，婢子真的不知道。请殿下明察。"

"都已经泄露了，还察什么？"李恪摆了摆手说，"没事了。你下去吧。"

浮莲站起身，如释重负地舒了一口气。刚想转身离去，去又听李恪问道："如果我没有记错的话，公主小的时候曾从马上摔下来过，从此便再也没有骑过马了，对吗？"

"是。公主不会骑马。"

"不会骑马？这事很重要吗？"

吴王府景行斋中，淇奥正将午间捡拾的落花放在小臼里，用木杵慢慢地碾着，准备当染料用。李恪见她额上都冒汗了，便微笑着说道："待会儿我来帮你。看把你累得。"

"你的手还没完全好呢，我可舍不得让你干这活。"淇奥放下木杵，拉着李恪的手坐了下来，"你还没回答我呢，为什么你当时会问这话？"

"我只是觉得有点奇怪。她当时为什么会去骊山散心？她不会骑马，自然不是去打猎的。而越往上，山路就越狭窄，马车根本上不去。"

"马车上不去，她不是可以走上去吗？"

"可是，从山腰到山顶，步行起码都要花一个半时辰。她平时连路都懒得走，那次，为何没事要花那么长的时间上去？"

淇奥疑惑地皱了皱眉："你的意思是……当时是有人故意带着她去见辩机的？是浮莲姊妹？还是秉全？"

李恪摇摇头："都有可能。但是，他们平时都只深居简出，如何会认识辩机？再说，他们这么做的目的又是什么？"

“没事。慢慢想，总会想明白的。”淇奥将手覆在李恪的手背上，“只是，我总觉得，她和辩机之间或许真是有感情的。你对王徽儿，对阿史那·元惠，对……景玥，都会留有一些怜悯，为什么对他们，就如此不留情面呢？”

李恪将头深深地埋进自己的臂弯，过了很久，才又抬起头来望着她说道：“王徽儿只是一时情迷，阿史那·元惠被执念所误，而景玥坚守的是一份永远无法兑现的承诺。她们各自有各自的无可奈何。而高阳公主，我那从小受尽荣宠的十七妹，凭什么打着真爱的幌子，做出让朝廷丢脸，令父亲为难的事情？”

“可是，你给过她机会说出心里的话吗？你又焉知她不会有她的无可奈何？”

“淇儿，你在帮她说话？”

“不是。我只是……只是……”

“好了好了，咱们不说这个了。”李恪温声道，“反正我们与她过去没有瓜葛，将来也不会有。她要怨恨我，就让她去怨恨吧。无论如何，都不会影响到我的。”

淇奥点了点头：“说得也是。那便不管她了。来看看我的画，好不好？”

李恪这才注意到案上那幅画了一半的群鸟观花图。十二只雀鸟神态各异，全都停驻在凉亭围栏上，亭边各色牡丹花开遍，傲然于群花的是一朵紫色牡丹，数十片花瓣簇拥着鹅黄色的花心，脱落群类，独当春日，比之红色牡丹的艳丽更多了几分独立高华。

“臻于化境，妙不可言。”李恪由衷地赞叹，小心翼翼地将它卷起来，放入一边的锦盒，“赶明儿我让人给裱起来，挂在正堂里。”

“挂一幅可不好看，咱们再画一幅，好不好？”

“好！只要是你说的，什么都好。”

第二十三章

雪泥鸿爪

裱画匠人人称老康伯，所开的铺子在崇仁坊南边第二棵大杨柳树边。此时，他正熟练地站在桌案前调弄浆水。他的头发有些花白，可面色红润，身子看起来比年轻人还好。

“李公子，您就放心吧。小老儿的裱画手艺在长安城内若论第二，无人敢称第一。”老康伯抬头，颇为自得地说道，“调浆、托背、加条、裱绫、上轴、加签，这每道工序，小老儿都要比别人多花上两倍的时间，不过，成品的质量可要比别人好上百倍不止。”

李恪坐在一旁看着他捣鼓，笑着说道：“这几年，我和我夫人的画都是你来装裱的。你的手艺如何，我自然知道。”

老康伯的声音越发显得欢快：“李公子真有慧眼。得了，再过半个月，您过来拿就好了。”

“行。你慢慢做吧。我不急。”

老康伯看了一眼摊在另一张桌案上的两幅画，又忍不住感叹了一句：“可真好看。不过，您和夫人为何都不在画上署名？”

李恪无意将自己的身份告知于他，因而凡经老康伯之手的画，他都要等到装裱完毕以后才署名盖章。而今听得他这一句，便说道："我们不过是籍籍无名的小画匠而已，又是挂在自己府中，自然不必署名。"

"籍籍无名？"老康伯满脸的不可置信，"小老儿装裱过的画没有上千也有成百，就是一些自称古时名家的画，都不及您二位的一半。"

"老伯谬赞了。"李恪见时辰不早了，便站起身来说道，"你若喜欢，赶明儿我送你一幅画，如何？"

老康伯喜出望外："李公子说真的？"

"骗你做什么？"李恪看着他那对因欣喜而瞪得大大的眼睛，不觉有些好笑，"山水花草俱可。"

"多谢李公子。"老康伯连连作揖，接着说道，"小老儿有个远房堂侄，下月二十二就要成亲了。我正愁着不知该送些什么给他好哩。"

话才出口，老康伯便感觉有些不妥。这位李公子看起来非富即贵，他能主动提出赠画给自己，已经是自己莫大的荣幸了，自己竟然还当着他的面说要把画送人情。于是，老康伯小心翼翼地觑了一眼李恪的神情，见他并不生气，便也舒了一口气。为了不给他反应的时间，老康伯便继续说道："说到小老儿这个堂侄，运气还真是够背的。他那个未过门的媳妇儿，啧啧，真是……"

李恪原本准备出门的，听到这话，便随口问了一句："那姑娘有何不好吗？"

老康伯重重地"唉"了一声："那个浮莲姑娘倒也没什么不好的。听小老儿堂侄讲，人长得漂亮，说话做事也爽利。只可惜，她是高阳公主的近身侍女。近墨者黑，也不知道她还是不是闺女身子？"

"浮莲？"李恪听得这名字，不由得愣了一下，"你堂侄是谁？"

老康伯刚想开口，却看到有个身着蓝袍的汉子远远地朝这边走来，便说道："这个不巧？李公子您瞧，他过来了。"

说话间，就见那个汉子已经跨进门槛，将手里的一个包裹递给了老康伯："老叔，这些衣服有的是新的，有的只穿过一两次。您若不嫌弃的话就拿着。"

"康辛，原来你要娶的人是浮莲。"李恪侧过头，看着他说道。

"吴王殿下？"康辛闻声，立刻屈身，恭谨地一拜，"小的康辛见过吴王殿下。"

“吴王？”老康伯讶异地看了康辛一眼，忙又对李恪说道，“请吴王殿下恕小老儿无状冒犯。”

“没事。”李恪伸手扶了扶正要向他行大礼的老康伯，又对康辛说道，“舅公近来身子如何？自打舅公回京之后，我还一直都没去府上好好跟他老人家聊聊天呢。”

“萧公身子可健朗着呢。昨儿个他还念叨着您与王妃。”

李恪点了点头：“那就好。你跟在舅公身边多年，对他的起居习惯最是熟悉。好好侍候他老人家，成家以后，也莫要懈怠。知道吗？”

“小的明白。”康辛答应得爽利，旋即却又唉声叹气道，“要不是早几个月就给亲朋好友们都发了喜帖，小的还真不想应承下这门亲事。”

“你和浮莲是怎么认识的？怎么就到了谈婚论嫁的地步了呢？”

“去年萧公大寿的时候，高阳公主遣了浮莲到府上送礼。她长得好看，小的第一眼见到她，便有些喜欢。后来，小的去公主府还礼的时候，又碰到了她。一来二去，咱们就熟悉了。到了年底的时候，浮莲告诉小的，公主已经为她消除了奴籍，她马上就能和小的成亲了。”

“公主是公主，她是她。你们既有婚约，哪里有反悔的道理？”

康辛连声称是：“多谢殿下教诲。小的知道了。”

说话间，王府的马车已经绕过后头的大杨柳树，停在了店门口。李恪上了马车，喝了一口早晨出来时就凉着的水。今年的春天分外短，仿佛上个月还穿着薄袄，如今却已然穿着单衣了。他将帘子掀开一角，任由着风慢慢地吹了进来。

元仁虔正在大理寺后堂认真地整理着案卷。天干口燥，他随口吩咐了一句：“阿金，给我倒杯水喝。”

见他常用的那只红底白纹的杯子被送到了面前，他立马伸手将它端了起来，一连喝了三大口才解了渴。他合上手里的案卷，揉了揉眼睛：“花了三天的工夫，总算是把这些都理清楚了。以后吴王殿下要查什么案子，也能方便许多。”

“辛苦了。”李恪跽坐于竹垫上，往他的杯中又斟了些茶水。

“殿下，下官……”元仁虔忙站起身来，面上微露窘色，不由自主地摩挲着手指。

“快坐下。你这样我跟你说话怪累的。”李恪随手抓了一本卷宗在手里把玩起来，“萧少卿什么时候去的？到现在还没有回来吗？”

“总该有两个多时辰了吧。”元仁虔看了看窗外的日头说，“前几年出了玄觉的事，如今又是辩机。大兴善寺如今在老百姓心里的形象可是大不如前了。”

李恪拿起手边一把折扇，扇了几下：“玄奘禅师不也曾在大兴善寺中修行吗？有他在，大兴善寺就永远是大兴善寺。”

“也是。玄奘禅师西去求经，佛心感天动地，足以拂去大兴善寺中的一切污秽之事。下官原也打算过些时日，带了犬子去玄奘禅师如今修行的慈恩寺中拜访。”

“这是好事。”李恪颔首，又问道，“若我没有记错的话，仁虔家中有两位公子吧？”

“殿下记得不错。下官大儿思意今年八岁，小儿思忠刚满三岁，都已经开蒙了。不过，先生说，大儿碌碌，倒是小儿颇有天赋。”

李恪见他面上满是自豪神色，便也笑着说道：“那本王可就等着元思忠长大了。”

两人又说了半炷香时间的话，才见萧锐满头大汗地从外头跑了进来。李恪忙给他递了一条帕子道：“又没人催你，跑那么急做什么？”

萧锐接过帕子，胡乱擦了擦：“早上我出来的时候，你姐姐有些发热。等跟你说完了正事，我得赶紧回去陪她。”

“姐夫对长姐真是好得没话说。”李恪拿起那把刚被自己放下的扇子，给他扇着风。

“那是自然。”萧锐舒缓着气息说道，“我是个粗人，不像你和祯卿那么有学问，会想着法儿哄自己喜欢的人高兴。从小我只知道，要一辈子对她好。”

李恪听他这么说着，又想想高阳公主和房遗爱，不禁在心里感慨，人与人之间的差距还真不是一般的大。边想着，他又说：“那就说你的正事吧。”

“我和大理寺中几个衙差去大兴善寺辩机的禅房看过了，在他的壁橱中发现了几件女子的中衣和襦裙，还有一盒胭脂膏。看来，他和高阳公主不只在骊山，在大兴善寺中也行过苟且之事。我已让人将这些东西封存起来了，赶明儿再写份结案书，这事就算是彻底了了。想不到，一个小小窃贼竟能牵扯出这么一个石破天惊的风化案。”萧锐见李恪神色淡漠，便又从袖中掏出一块已经生了锈的铜牌道，“这是在壁橱最里头一个带锁的红木小盒里找到的。幸好同行的胡春是个开锁高手，三两下就打开了。我们原本都以为是什么了不得的东西，谁料竟是这么个破玩意儿，大伙儿心里都还挺失望的。”

李恪拿过那铜牌，上头明显有切割过的痕迹。严格来说，那仅仅是大半块铜牌而已。那上头凹凸不平，仿佛原有某种图案和文字，可惜都被一层厚厚的铜锈盖住，看不大真切了。于是他便问道：“仁虔，有什么办法能去铜锈吗？”

元仁虔想了想说：“白醋原本可以，可是看上头的铜锈似乎有些年头了，不知还有没有效果。”

李恪忙对一直陪侍在旁边的季恩说道：“快去找王厨子要一坛白醋过来。”

萧锐细细地看着那铜牌许久，问道：“这个……很重要吗？”

李恪微咬下唇，低声说道：“但愿没有那么重要吧。”

不多久，就见季恩一手捧着一坛白醋，一手拿着一块麻布，小跑着进来了。他将坛子放到案上，一把拔出木塞子，倒了一些在麻布上。陈年老醋的醋味瞬间弥漫在屋中。李恪接过季恩手中的麻布，慢慢擦着铜牌上的铜锈。不多久，麻布上已经有了些黑绿色的污迹，可铜牌却没有多大的变化。

“殿下，下官来吧。”元仁虔说着便站起身来，将铜牌浸在醋坛之中。等了一刻工夫又拿出来，用力地拭着。过了许久，才隐隐看出上面刻着的一个字。

“月？”李恪目光闪动了一下，“在另一面也试试。”

“是。”元仁虔将铜牌翻了过来，继续擦拭着，“殿下，好像是两朵花的样子。”

李恪忙拿过来看，缓缓地抚摸着上面的浮刻图案。有什么东西在他的脑中一闪而过。是什么？是什么呢？他一遍遍问着自己。突然，他的眼神怔怔地望着前头墙上一道龟裂的纹路，面色一点点泛白。

“怎么了？”萧锐用胳膊肘碰了碰他的手，问道。

李恪扶额，轻轻叹息了一声：“姐夫，你回去陪着姐姐吧。有事我会让人去叫你的。”

萧锐虽觉他的情绪很不对劲，可心中挂念妻子，便赶紧说道：“没事就好。那我就先走了。”

“殿下……”元仁虔看着萧锐匆匆离去的背影，不觉忧心忡忡地唤了一声。

李恪摆了摆手，将铜牌放进了自己的衣袖，对季恩说道：“备马。我要去雍州府。”

“你让我跟你一起上山？这可眼见着快要下雨了。”杨政道今日穿了一件正红色窄袖常服。他向来不大爱穿如此明丽的颜色，偶尔穿来，却显得分外俊逸卓绝。

黄捕头此时正挽着衣袖，很仔细地在磨墨。自从杨政道把他每月的俸禄从二两银子增加到三两银子之后，他每天都乐呵呵的，上个月还托了媒人，定下了和刘姑娘的婚事。因而他最近做事也就格外卖力起来，除了捕头之外，还主动兼了雍州府中花匠，以及杨政道书童的活。

要不是赶时间，李恪还真想好好夸他几句。然而现在，他只着急地又问了一句：“你到底要不要去？”

“黄捕头。”

“知道了，君侯。卑职马上去准备马匹和水。”

二人快马跑了没多久，天就下起了细密的小雨。李恪解下挂在马脖子上的一个斗笠丢给杨政道：“快戴上。可别淋湿了！”

“不用了，戴着碍事。想在天黑之前上山就不要废话。赶紧走！驾！”

山路泥泞，二人只得勒住马缰绳缓步往前。雨越下越大，几乎已经看不清前头的路。杨政道用衣袖擦了擦面上的雨水，转头问道：“你到底要去哪里？”

李恪轻轻喘着气说：“去骊山山顶，辩机住过的茅屋。”

“前头就是一座汉宫遗址，去里头避避吧。一直这样淋雨，你身子会吃不消的。”

历经几百年的风雨侵袭，眼前这座汉代行宫已然完全废弃了。两扇生锈的门虚掩着。二人花了很大的力气才将它推开，走进去便是一条深邃的长廊，廊檐上粘满了密密麻麻的蛛网和灰尘。二人走了许久才走上生着厚厚青苔的石阶，石阶尽处是一间原本应该十分华丽的大殿。

杨政道将方才一路上捡拾的枯树枝和铁片、石块放到了地上。先将枯树枝一一搭好，又用铁片猛烈地敲击石块。不多时，便有火星迸射而出，杨政道忙将其扔到树枝堆上。火焰燃起，周身登时就暖和起来了。二人将湿透了的外氅脱下，靠近了火堆慢慢地烘干。

李恪抬头问道：“你怎么什么都会？”

“在突厥的时候学的。突厥人经常在草原上升起篝火，将猎杀到的猎物放到火上烤。等烤熟之后，他们就徒手撕着吃。”

“味道如何？”

“尚可。不过，我估摸着你是吃不惯的。”

远处响起了几声惊雷，一道闪电划过。天空在瞬间的亮堂之后，又回归了暗淡。此刻大约还未到酉时，可外头乌沉沉一片，倒像到了半夜似的。杨政道见外氅干得差不多了，便又脱了鞋袜继续在火堆旁烘烤。

见李恪久不说话，杨政道终于忍不住问：“辩机的事情难道真的还有隐情吗？”

李恪席地而坐，看着耀目的火焰，说道：“不管有什么隐情，他和高阳公主通奸是真，亵渎佛门清规戒律是真，过些日子要把他绑缚刑场正法亦是真。”

“既然已是板上钉钉，那么你究竟还想要得到什么呢？”

“表兄，我说过，我不会再去执着地找寻真相。可是，当真相撞到我面前的时候，我却不能不去继续探查。或许我让你们都失望了，但这是我的命，也是我必须要去走的路。你明白吗？”

“这个问题，你不该问。若我不明白，就不会跟着你过来了。”

廊檐上的雨正一滴一滴地往下落，像是在奏着什么动听的曲子一般。雨止，躲在云层中的夕阳慢慢地露出了半个脸，经由破败的木窗投进来一束微光。

李恪起身绕着大殿走了一圈，抚了抚那被尘土掩盖住的雕栏，又重新坐了下来："看规制和布局，这行宫的原主人大概不是皇帝就是近支亲王。当初修建的时候估计也花了大把的人力和钱财的。然而，几百年光阴过去，留下的不过是一片残迹而已。"

"好歹还有残迹留下。江都行宫可是被烧成了一片废墟。"

"废墟比残迹好。什么都没有了，也就什么都不会去想了。免得睹物思人，徒惹伤感。"

杨政道听他这话说得意味深长，便提醒说："别胡说八道了。咱们走吧。"

又骑马疾行了半个多时辰，才终于到达山顶，一眼就能看见不远处那个茅屋。二人牵着马，徒步徐行。

茅屋中的摆设与李恪上次来时所见并无二致。李恪摸了摸那张价值不菲的铁檀木矮桌，上头原先还摆放着的几本经书已经不见了。杨政道打开桌上一只锦盒，闻了闻味道："果然是女子所用的龙消香。"

李恪也不理他，只翻箱倒柜地找东西。全部翻了一遍后，又将目光转到了床榻上。李恪一把将床上叠得整整齐齐的被褥丢到了地上。"啪"的一声，似有什么硬物被带落到了地上。杨政道弯腰将一块铜块捡起放到李恪手里："你在找这个吗？"

李恪点点头，将它放到矮桌上，又从袖中取出了早间萧锐给他的那块铜牌。两相拼接，果真契合得分毫不差。李恪颓然坐了下来，用手撑着头，默然不语。昏暗的室内不大瞧得真切他的表情，只能看到他的肩膀在微微地颤抖着，似刚从冰湖里爬出来一般。

杨政道将合在一起的铜牌拿在手里，走到窗边仔细察看。只见铜牌正面雕刻着三朵并列的桃花，雕工精致，一看就知是出自宫廷大家之手。他震惊之余，又将它翻到背面看，上头只有一个字：隋。

"早上我碰到了康辛。他说，再过不久，他就要和浮莲成亲了。"

"辩机就是当年的那个人？"杨政道的话刚说出口，便又摇了摇头，"不可能。年龄对不上。"

"高阳公主第一次去骊山就是听了浮莲的话。其后每一次他们相会，身边也多是有浮莲陪着的。”

“难道辩机是那个人的后人？儿子？或是孙子？”

“康辛自小在他的府中长大……”

“够了！”杨政道听他的每句话都和自己不在一个节奏上，便忙出声打断他，“你知道你在怀疑谁吗？”

李恪走到他的面前，双眼一眨不眨地凝视着他。在他幽深的瞳仁中，杨政道依稀看到了自己微红的双眸。等了很久很久，他才缓缓地说道：“我知道。你也知道。当初在寂光庵，姨母分明没有把话说完。她在袒护一个人，一个和她，和你我关系都十分密切的人！”

“不！这不可能。他没有必要这么做……”

“这个，我会自己去问他。我会让他说得清清楚楚，明明白白！”

李恪说完便要朝门外走去。杨政道忙伸手挡在门前：“你先冷静一下。我们从长计议。”

“你在害怕。害怕那个令我恐惧的真相，也会令你感到困惑！”李恪自嘲地笑笑，“还是咱们的禅师表兄说得对，我们都不敢面对真实。”

杨政道目光一滞，手不由自主地放了下来。就在李恪跨出门槛的时候，他却又一把抓住了李恪的衣袖：“等明天问过辩机和浮莲之后，我陪你一块儿去。”

李恪转身：“浮莲不必问，辩机不用问。你去不去无所谓。”

“你不能带着那么深的怨气去找他。”杨政道仰头看了看天空，深深吸了一口气说，“他好歹是咱们的舅公，是你母亲的亲舅舅。”

李恪脱口而出道：“隐太子还是我父亲的亲兄长呢！”

杨政道不由分说地把他推进了里屋，关上门，下了门闩：“你要么拿刀杀了我，要么就在这里坐一晚上再下山去。”

李恪知道方才是自己失言了。听得他的话，心终于慢慢地平静下来，微笑着说道：“我就是想杀你，你也得把刀给我啊！”

萧瑀自重新拜相之后，行事作风比往昔要温和许多。王珪和魏徵前几年也已离世，房玄龄重病缠身，想来也时日无多。而今朝堂上，除了他，最受倚重的是长孙无忌与马周，其后便是褚遂良、韩瑗、柳范等人了。

今日天气晴好，花园中百花齐放。府中老老少少皆出来赏花，吵吵嚷嚷，热闹不已。萧瑀此刻却负手在自己的房内来回踱步。康辛低头看着地上来回晃动的影子，习惯性地搓了搓手道："郎主，小的真的已经尽力了。可是老夫人讲，您的心意她领了，不过她还是少与您来往为好。就是对吴王和杨公子，她也是这么说的。"

萧瑀的眉头越皱越紧，显得他瘦削面庞上的皱纹越发深了。他停下脚步，坐到案前的花梨木凳子上，将双掌交叉在一起："她太谨慎小心了。陛下如今对政儿就跟亲儿子似的，又怎么会在乎老夫与自家亲姐姐多往来呢？"

康辛沉默半晌，才犹豫不决地说道："老夫人她还说……"

萧瑀睨了他一眼："想说就直接说，不想说就闭嘴。这么吞吞吐吐像个什么话？"

"是。老夫人说……让您莫要再异想天开了。这样只会害了杨公子和吴王。"

萧瑀端起茶杯喝了一口，又重重地放了下来。杯中的茶水溅出来，洒到了他的手背上。他烦躁地按了按太阳穴："就算我再有这个心，政儿也不会听我的了，吴王……吴王更不会。"

康辛胡乱应着话，又往萧瑀的杯中添了些热水。忽地又想到了什么，忙从袖中取出一份帖子递给萧瑀："今儿一大早，长孙府的管家就将这拜帖送了过来。"

"七十大寿？"萧瑀打开一看，说道，"老夫若过七十大寿，自然会请他过来。哪有自己赶上来说要过来赴宴的？"

"郎主说来，倒还真有些奇了。可能他也只是想找由头过来跟您说说话吧。"

“咱们同朝为官，隔几日就能见面，有什么话不能大大方方地讲吗？”萧瑀冷哼一声，“不过，我和他之间是有账还没算。马周胆敢动到吴王头上，少不了他的默许！”

康辛刚想回个“是”，就听见门房小厮叩着门说道：“郎主，吴王殿下和宣平侯来了，正在正堂候着您呢。”

萧瑀微怔，朝着康辛使了个眼色。康辛立刻会意地开了门，问道：“他们有没有说是什么事情？”

门房小厮挠挠头说道：“殿下只说好久不见郎主，想过来看看。”

“知道了。你让他们稍坐片刻，郎主马上就来。”

康辛进屋的时候，见萧瑀正拿了架上一件墨蓝色薄衫穿在身上，便忙走过去替他束好玉带，戴上发冠。

刚刚跨出门槛，萧瑀便转头对康辛说道：“你就不要跟着过去了，他们两个一起过来，定是有什么重要的事情。”

康辛停了脚步，屈身一拜道：“是。”

萧瑀虽做了多年高官，但为官清正，生活简朴，因而正堂之内并无多少名贵的摆设。唯一值钱的也就是墙上挂着的那幅顾恺之的《夏禹治水图》。萧瑀进来的时候，门前挂着的两盏灯笼被风吹得摇晃了几下，上头积着的灰尘掉落下来，险些眯着了他的眼睛。

李恪与杨政道见他来了，皆站了起来。萧瑀上前两步，刚想屈身下拜，李恪便立即扶住了他道：“李恪不敢受舅公的礼。舅公请坐。”

萧瑀点点头，又朝杨政道望了一眼，却见他目光始终都只落于地上，没法看清他眼里到底有些什么东西。

三人都没有开口，正堂之内一片寂静，只远远听得花园中的女孩子们欢快的笑闹声。萧瑀见那么僵持着也不是法子，便先开口说道：“陛下亲自判决了辩机，不致让您为难，他对您果真是爱重有加的。”

李恪浅笑道：“舅公多心了。并非陛下爱重，是我解决不了这事，才将它上奏陛下的。陛下当时还责我办事不力。”

萧瑀面上微露尴尬，旋即又说道：“殿下说得是。”

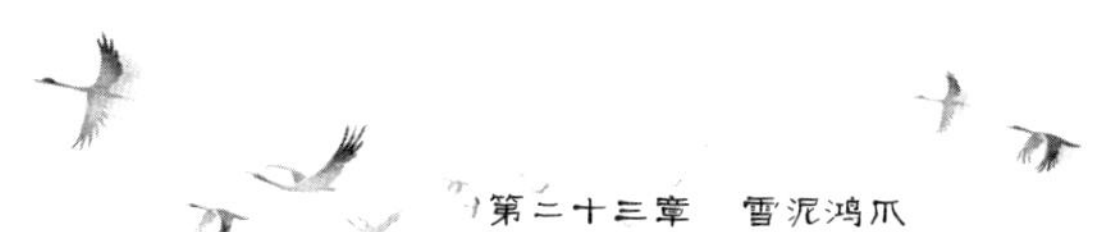

李恪继续说道："今天早上，我去大理寺牢中找过辩机。他告诉了我一些事情，一些我已经猜到，只是想去证实一下的事情。"

萧瑀恍若不觉他语气中的冰寒，问："殿下说的是什么事？"

"一些旧事而已。辩机俗名姓陈，父亲名叫陈同和，原本是宇文士及的手下，而且，是最得意的手下。当年，隋炀帝为了抵御外敌，曾秘密命宇文士及建立一支奇兵。这支队伍中，所有士兵的手腕上都刺有三朵桃花刺青，身上佩戴一块青铜令牌，令牌正面同样是三朵桃花，背面则刻着隋朝国号。就像这个一样。"

李恪说着便拿出了那块已经被他黏合在一起的铜牌，放在了桌案上。萧瑀面上微微变色："你知道些什么？"

"我所知道的，不是一直都只有舅公所希望我知道的吗？"

昨夜杨政道和他一起坐在山顶的茅屋中，从天黑到天亮，几乎一动不动，也不说话。直到雄鸡打鸣，杨政道才起身伸了个懒腰说道："下山去吧。我饿了。"

若没有这一夜的静思，李恪也不知自己在冲动之下会做出什么样的事情来。然而现在，他却可以用一种平静到事不关己的语气来诉说这一切："陈同和在二十一年前就已经死了。死前，他把那块令牌留给了当时只有五六岁的辩机，还将自己为何要死的原因告诉了他。辩机本想把这块令牌毁了，可这是父亲留给他唯一的东西，他舍不得。于是，他就将其分割成两块，故意弄得锈迹斑斑。一半锁在大兴善寺禅房内，一半带在自己身上。可是，他却不知道，自己会死在这上面……"

杨政道听他说话的声音正渐渐变轻，便替他将后面的话说了出来："就在方才，我去找过浮莲。几番威逼之下，她才告诉我，她是受人指使，故意引高阳公主上山去见了辩机。其后，她又多次假借神佛之口，让公主相信，辩机是她命中注定的如意郎君。朱喜之的事也许是个意外，不过，如果没有他，辩机和公主的私情也会以别的方式曝光。只有这样，辩机才能死得罪有应得，合情合理！"

萧瑀目色凝重地说道："吴王不懂事，你不在旁好好劝劝，如何也跟着他一起瞎闹腾？"

杨政道到底是有些怕他的，听他这么一说，心中不免发怵，后面的话瞬间被咽进了腹中。李恪慢慢地将手握成了拳："那个人，就是舅公您最信任的小厮康辛，也就是与浮莲定亲的人。换言之，是舅公您想要陈同和的儿子，也就是辩机的命！"

萧瑀倏然站了起来，朗声说道："吴王，你难道要受人利用吗？"

"我不是吴王！"李恪的嗓音因过分激动而有些沙哑，"您还记得我的母亲吗？我小的时候，她曾经告诉我，您是最疼爱她的舅舅。您只要进宫，就必然会去看她。她会在您的怀里撒娇，会任由您的胡须扎着她的脖颈。她是您的亲外甥女。而您，却处心积虑地要了她的命！"

"舅公。"杨政道听他终于说出了这话，便也接着说道，"八年前，我问您，知不知道那个主谋是谁，您说，您知道，但是不能告诉我。当时的确有一个奇怪的闪念在我脑海里出现，但是我不敢确定，甚至不敢继续去想。所以很快我就忘了。直到昨天，我才又想了起来。"

萧瑀见他们二人这种胸有成竹，来势汹汹的态势，不禁扬起嘴角，露出一丝意味不明的笑："你们是在大理寺和雍州府太闲了吗？不然，你们哪来的闲心如此穿凿附会！"

李恪见到了这份上，他还不肯承认，那些被拼命压制着的怒火登时就蹿了上来："当年那个用剑勒住我母亲脖子的贼人，就是陈同和。辩机有着和他一模一样的眼睛。我忘不了那个眼神，就像忘不了我从小许下要将那人千刀万剐的誓言一般！您知道辩机的身份，想要斩草除根。但是，他是朝廷选出的译经大德，若无故而死，必然会惹人怀疑。所以，就有了那个计策！当时姨母说那个主使是宇文士及，我对他自然是恨之入骨的。但我明白，这只是替我的两位表兄而恨。至于我自己的恨，根本还无处安放！"

萧瑀怅然地看着他，说道："李恪，你太聪明，又看得太透。这会成为一把刀，一把随时可以杀死你自己的刀。"

"好。您终于还是承认了。我等这一日，一直等了二十年。您是我舅公，我不能对您怎么样。您只要摸着良心，诚实地跟我说一句话就可以了。从此，咱们之间所有的恩怨……一笔勾销！"

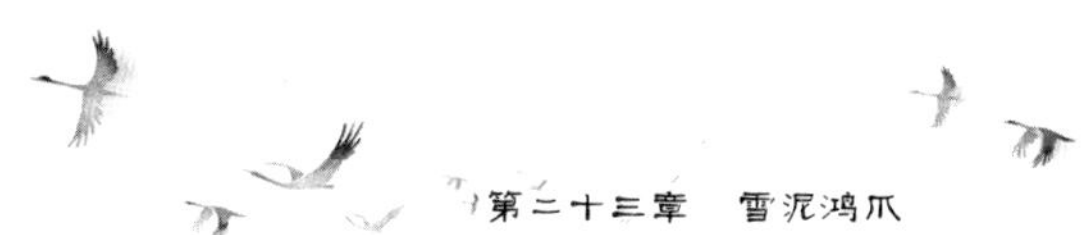

“有什么事是比真相更加重要的吗？”

李恪深深吸了一口气，带着五分忐忑、五分期待地问道：“我父亲知情吗？”

萧瑀的双手微不可察地颤抖了一下，却十分肯定地回答：“他不知道。”

“那就好。表兄，咱们走。”

“站住！”萧瑀快走两步到他们面前，“你都走了九十九步了，这最后的一步，真的不愿意再走了吗？也许事实和你想象的并不一样。”

李恪侧了侧头，说道：“我已经知道了结果。够了！我再不想见到你。在这里多待一刻都让我觉得气闷！”

“我从来没有想过要辩机的命，这对我而言，毫无意义。”萧瑀说罢又将目光投向杨政道，“浮莲清清楚楚地跟你说了，指使她的人是康辛吗？”

杨政道愣了片刻，旋即说道：“那个人是坐着萧府的马车而来，对她说，康哥让她这么做，自有康哥的理由。如此，不是已经够明白了吗？”

萧瑀的笑容渐渐变冷：“辩机既然说另外半块铜牌是他随身所带，那么又为何会出现在骊山茅屋之内，又这样轻而易举地被你们发现？”

杨政道恍然：“舅公是说……有人故意让咱们发现了这块铜牌，发现了当年的秘密？”

萧瑀瞪了他一眼道：“你说呢？你跟着他一起胡闹的时候，考虑过后果吗？”

李恪示意杨政道不用开口：“当年表兄从突厥回来，父亲本想为他另立府邸，是你说他年纪尚小，又不熟悉中原环境，不如让他跟在我身边做伴读。你想让他帮我坐上那个位子，可我不愿意，表兄又因为我的不愿意而不愿意。这是你没有料想到的吧！我们都不可能成为你手里的傀儡。”

“傀儡？”萧瑀几乎是从牙缝里挤出了这两个字。他面上的表情一阵愤怒，一阵失望，又是一阵悲凉，最后，却只化作了一句冷冷淡淡的话："李恪，如果你真对当年的事印象如此深刻的话，那么你应该能记得，你们遇刺的前一晚，她对你说过的话吧？"

"母亲，您就带我去嘛！我在王府可憋闷坏了。"

"明日不是要跟着先生学习《春秋》了吗？不准去。"

"我不管。我就是要跟着您和父亲一起出去玩。您要不应，我就去找父亲。"

"恪儿，以后能不再这么淘气吗？你知道吗，母亲不可能永远陪在你的身边。你得快快懂事起来，才能保护自己，保护弟弟。"

"母亲说什么都好。所以这一次，您就答应了吧。"

"也罢。不过，你可得听话。要好好地跟在父亲身边，可不准乱跑，知道吗？"

李恪背靠着门框，只觉得自己的双腿慢慢变得酸软无力。脑中的画面和声音流转得太快，让他一瞬间看不清眼前的人和物。不知过了多久，他才觉察到额上的汗水在一滴一滴地往下落。过去他不是没有记起过这些话，可是并未十分在意。如今想来，这恐怕是母亲对于自己即将走向死亡的一种可怕的预感。

杨政道忙斟了一杯茶水递到他的手里："喝口水，去里头坐一会儿吧。什么事情都经历过了，也就再没什么可以扰乱你的心性了。"

"我明白。"李恪朝他点了点头，又将目光转向了萧瑀，"你说吧。我所知道和我不知道的那些事情，你都可以说出来。"

"原本我就打算找个合适的时间告诉你的。其实，你姨母告诉你的都是真的。当年，在两虎相争的局面下，宇文士及确实来找过我。他说，秦王若还下不了决心，恐怕前程性命都将不保，如今最好的办法就是利用公主下一剂猛药。可妠儿是我的亲外甥女，就算知道这只是一场戏，我也不愿意让她冒险。所以，我几乎用了最严厉的话来拒绝了他们这种荒唐的提议。几天以后，妠儿让宫女传话，说要见我一面。"

彼时的杨妠不过二十出头的年纪，和她的姐姐一样，都有着让人看一眼就忘不了的美丽容颜。她命宫女撤去纱帘，与萧瑀相对而坐。她说："舅父能否告诉妠儿，如今的朝局？”

萧瑀有些惊讶，却还是如实地回道：“木秀于林，风必摧之。秦王功劳太大，又太过张扬，想要不被太子嫉恨也难。陛下守着礼教，虽在小事上护着秦王，可一旦触及储位，他必然站在太子一边。”

杨妠蹙眉，明眸微转：“那么，秦王会有危险吗？”

萧瑀一愣，想了半晌，还是实言：“明枪易躲，暗箭难防。”

“如何躲？如何防？”

“猝不及防，躲无可躲。除非反客为主……不过，你不用担心这些。秦王会懂得怎样应对。况且，他身边多的是能够帮助他的人。”

杨妠看着腕上用红丝线缠绕着的三颗羊脂玉珠，轻咬下唇，又问道：“若秦王赢了，又将如何？”

萧瑀不假思索道：“登基为帝，成为千古难遇的明君。”

杨妠微微一笑，旋即却又追问了一句：“那么恪儿与愔儿又将如何？”

“三殿下天赋异禀，假以时日，怕又是一个秦王。六殿下才两岁，正是最惹人疼的年纪。秦王若登基，他们就是皇子，身份贵重。”

“皇子……”杨妠反复咀嚼着这两个字，又问道，“他们会活得很好吗？会不被其他兄弟看轻吗？”

萧瑀终于忍不住问道：“妠儿，你今日是怎么了？”

“昨天晚上，我梦见了父亲、兄长和弟弟。他们都死了。还有母亲和姐姐，也回不来了。舅父，我想他们，很想很想。”杨妠哽咽着，“如果不是为了那两个孩子，我根本活不到现在。”

萧瑀轻轻叹气：“他们希望你好，所以你也一定要好好活着，懂吗？”

杨妠仿佛没有听到他的话，只兀自说道：“恪儿是聪明，却太过任性骄蛮。若为王子尚可，若为皇子，前途堪忧。”

“妠儿，你想得太多了。秦王那么喜欢你，自然也会对三殿下另眼相看，又如何会让他陷入险地？”

杨妠垂下头，面上带着掩饰不住的悲伤：“舅父以为秦王真的喜欢我？”

“难道不是吗？”

“小的时候，他是真的喜欢我，我也是真的喜欢他。后来他带兵进长安，接我入王府。他说，他会照顾我一辈子，永远不让我再受一丝委屈。那时，我也相信他的真心。就算现在，我依旧觉得，他对我是有感情的。”

萧瑀更加不解：“既如此，你还在担心什么？”

“娉儿是个平凡的女子，要的不过是一个能够全心全意对我的男人。可李世民不可能这样待我。他要我，与其说是为了爱，不如说是为了利益，为了让那些长安旧部更加死心塌地地效忠唐朝，效忠他。而今，他有了掌控天下的能力，再也不会惧怕任何人。所以，他对我的感情正在慢慢变淡，总有一日，会变得一点不剩。那么我于他而言，便只是后宫中的一个小小摆设。连带着我的孩子们也会变成一件可有可无的战利品。”

“我一直以为，你还是那个天真烂漫，不谙世事的小女孩。哪知你已经看得这么深，这么远。当真苦了你了。”

杨娉苦笑说：“从我知道父兄亲人故去的那刻起，我就不得不成长，被迫着去揣度人心。可揣度得愈深，我就愈感觉到心痛。舅父，有的时候，我真的宁愿自己是个懵懂无知的乡野村妇。这样，我就不会再去想、再去怨。这样，就能够安安稳稳地过一辈子了。”

萧瑀想要说几句安慰她的话，却无论如何也说不出来，因为他知道，她所担心的一切都是真的。秦王是世间难得的英雄豪杰，他的心中永远不可能只装着女人，更不可能只装着她一个女人。而杨娉的感情纯粹得几乎霸道。可她有着皇家公主与生俱来的骄傲，她不会索取，更不会争抢。于是这霸道，便只能对着她自己了。

李恪听萧瑀用这般平静的话语诉说着往事，心变得越发冷凝：“舅公和我说这些做什么？”

萧瑀带着恨铁不成钢的语气说道：“我要告诉你，你母亲爱陛下，可她更爱你们兄弟俩。她怕失去陛下的爱，可她更怕你们失去陛下的庇护！”

“那又如何？”李恪面寒如冰，嗓音沙哑，“难道这就是你日后指使陈同和逼杀我母亲的理由吗？”

“恪弟，别这样……”杨政道在旁轻轻拉了拉他的衣袖，摇了摇头。

萧瑀沉默半晌后才说道：“当时陈同和所在的那支奇兵虽然归了唐朝，可他们首先效忠的还是宇文士及。他们将那个计划告诉我，其实并不是要征得我的同意，而只是想把我拉下水。这样将来万一陛下知道了，也能拉个垫背的。”

“可你也没有反对！”李恪厉声道，“如果你真的还有良知，就应该把他们的阴谋告诉我父亲，我不相信父亲会无动于衷！你没有说，是因为在内心深处，你是赞同这种做法的。所以后来，是你主动找了陈同和商议此事，对不对？！”

萧瑀抚摸着自己的胡须，横一横心，说道：“是！你的父亲，当年的秦王，几乎以一己之力打下了大唐江山，他凭什么不能坐上帝位？就因为他生得比太子晚了几年吗？多么可笑的理由！所以那时，秦王的幕僚们都劝他下手除掉太子和齐王。可秦王既狠不下心，又不甘愿只做一个臣子。他自己痛苦，旁人看着也痛苦。如果真能借着你母亲的事推他一把，岂不是好事吗？”

“岂不是好事？”李恪掩饰不住满眼的嘲讽之色，“舅公既然那么明白母亲对父亲的感情，就应该知道，一旦父亲的性命受到威胁，她就会毫不犹豫地去死，是吗？是啊！她能死就更好了。他们就是这么想的，你也是这么想的。”

萧瑀毕竟是个快七十岁的老人了，坐了那么久，说了那么多的话，他觉得有些累，身子不由自主地往前蜷缩了一些，可说话声依旧显得中气十足：“现在不是很好吗？秦王登上了帝位，国泰民安，四海承平。因为对你母亲的愧疚，他对你毫无保留地信任，对李愔一贯袒护纵容，甚至对政儿亦异于一般臣子般爱重。如果你母亲泉下有知，也该宽心了。”

“是啊！好划算的买卖！每个人都得到了自己想要的。我若还一味纠缠不休，岂不是太不知好歹了？舅公是不是要说这个？”

萧瑀双腮微微涨红：“你若非要这么想，那就是了！我相信，在娉儿下决心自尽的那一刻，想的不只是救你父亲脱困，更想以死让你父亲一生一世都忘不了她。她是个聪明的女子，求仁得仁，总比成为一个深宫怨妇强得多。”

李恪满心怨愤，然而此刻，他竟然想不出什么话去反驳。甚至在那么一瞬间，他觉得，似乎再也没有比这更好的结局了。如此荒唐，荒唐得他想仰天大笑，却无论如何也笑不出来。

杨政道轻轻地拍了拍他的肩膀，抬眼说道："舅公曾经想让李恪成为第二个秦王，如今，您依旧是这么想的吗？"

"我以为，娉儿是这么想的。所以这么些年，我暗中谋划布局，让李承乾丢了太子之位，让李泰永远回不了长安，让陛下几乎下了狠心要立李恪为储。可惜我没有料到，李恪，你对你母亲的感情会那么深，也没想到，你对淇儿的感情会那么深。"

李恪轻轻扬起嘴角，冷冷淡淡地说道："是啊！母亲说，不要让我和弟弟陷入任何权力之争。所以哪怕权力于我唾手可得，我也不愿意染指。而淇儿……"李恪说到这个名字，语气忽然变得无比温和，"淇儿是我一辈子要守护的人。我没有父亲那么大的雄心，我的心里装不了江山，也装不了其他的女人。如果你再逼我，别怪我不念那一点所剩无几的亲情，把你所做的一切都告诉父亲。我知道，就算说了，父亲也并不会拿你如何。但是，你真的不怕吗？"

萧瑀一愣，旋即无可奈何地摇了摇头："你要恨的人不是我。无论如何，咱们总归血脉相连，我不会害你。至于旁人，就不一定了。"

天色已不知不觉地暗了下来。三人此时都不说话，屋子里没有点灯，无时无刻不在渲染着一种压抑而恐怖的气氛。杨政道突然想到了什么，问道："既然那个人不是康辛，那么究竟会是谁？"

李恪尚未从迷惘中转过神来，只如梦呓般问了一句："什么？"

"是谁让浮莲引高阳公主去见辩机的？那个人太了解你了！他知道，以你的聪慧一定可以找到当年的真相。他在挑拨你与舅公的关系。"

萧瑀冷着脸道："我刚才不是已经说过了吗？你到现在才明白？"

李恪慢慢地缓过了神："何须挑拨？舅公，我现在还这么叫您，完全是因为我母亲。等我走出这间屋子，我们就再也没有任何关系了。"

"你如何对我，我都不会怪你。只是你如果不用十二万分的精力去提防那人的话，将来恐怕就会栽在他的手里！他为了自己，为了李治，不会轻易地放过你。你们应该不会不知道他是谁吧？”

“长孙无忌。”李恪与杨政道几乎同时开口。

“总算你们还有些脑子。”萧瑀说道，“你们以为如果没有长孙无忌在背后鼓动，宇文士及当年敢跟我说那样的话吗？他忌惮你也不是一日两日了。他知道，除了陛下，萧家就是你最坚实的后盾。一旦你和萧家闹崩，他们就容易下手得多。李恪，你不能让你的母亲白死！”

李恪心里忽地升腾起几许莫名的烦躁：“那你到底要我怎么办？不想着阴谋与算计，我就不能好好地过日子了吗？”

萧瑀站起身来，一拜到底：“吴王殿下，不是臣让您怎么办，是您自己应该上心。总有一天，陛下与臣都会离开。到时候，一切都要靠您自己。明白吗？”

离开。

李恪慢慢地咀嚼着这两个字，像咬了一口尚未成熟的青枣，酸涩得他整个身子都在颤抖。很久很久，他才勉强挤出了一句话：“我心里有数。”

等到李恪与杨政道走出正堂的时候，天已然完全黑了下来。暮春的风阵阵吹来，轻轻吹动着庭院里的柳条。康辛小跑着迎上来道：“殿下，公子，这就要走了吗？小的立刻让人把马给牵出来。”

杨政道点点头。

康辛应了一声，转身走了两步又回头道：“对了，阿诺姑娘怎么来了那么一会儿就走了？”

“阿诺？她来过？”

康辛狐疑地说道：“难道公子没有见到她？怎么可能？她说老夫人让她过来看看郎主。当时小的还很奇怪，小的一早才从老夫人那里过来，当时她还说她和郎主还是少来往为好。如何又会紧接着让阿诺过来呢？”

杨政道顿觉事有蹊跷，急急问道：“她是什么时辰过来的？”

康辛想了想说：“大约酉时末，戌时初吧。具体小的也不大记得住了。本来小的说要带她去正堂的，可是她好像很急的样子，只说自己认得路，然后便匆匆地跑进来了。”

“那么她离开的时候是什么表情？”

“她跑得很快，而且又是低着头的，所以小的并未看清楚。只感觉她好像是受了极大的惊吓一般。”

“好的。我知道了，你先去吧。”

李恪仿佛也觉察出了不妥，边走边问道：“阿诺是近身侍候外祖母的侍女，轻易不会离开。她方才是不是在门外听到了什么不该听到的话？”

杨政道眼里笼了厚厚的一重阴霾：“句句都是她不该听到的。”

一波未平，一波又起，李恪只觉脑中每一根神经都抽搐得厉害。半晌，他才问道：“表兄，你了解阿诺吗？她是否可靠？”

“她是萧锐的人，应当不会有异心吧。况且祖母如今几乎一步也离不开她，即便她想与外人勾连，怕也没这个机会吧。”

李恪长吁了一口气：“但愿如此吧。”

“不过是个小丫头，也值得长孙公这般拉拢吗？”马周小心翼翼地用小木勺子从茶釜里舀出一小杯茶水，端到了长孙无忌面前，好奇地问道。

“萧家对阿诺有恩，她是不会背叛他们的。到时候拉拢不成，反而落了旁人的口实。我何必做这赔本的买卖呢？”

马周尝了口茶，觉得味道淡了些，便又加了几片生姜和蒜叶进茶釜，让它继续烧着。

“既如此，为何吴王一进萧府，阿诺又跟着去了呢？这难道不是您的特意安排吗？”

“不用刻意。”长孙无忌放下茶杯，微笑着说道，“只需安排一辆和萧府同样规制的马车，让人去跟萧瑀那位皇后姐姐说一声，就说……萧瑀之所以想请她去府上，是因为自己命不久矣，想要尽最后的一片心意。”

马周讶异道：“就这么简单？她也信？”

长孙无忌胸有成竹地说：“如果往前二三十年，她自然不会信。能帮着杨广夺嫡的女人，怎么会是个简单的女人？可现在，已经不是当年了。她不过是个风烛残年的老婆子，她所在意的人，除了她的孙子和外孙之外，就只有萧瑀这个弟弟了。”

“可是，您的目的又是什么呢？”

长孙无忌的手指慢慢地挠着面前的红木桌案，似笑非笑地说：“在没有确定成功之前，不谈目的。”

马周紧绷着的神情不敢有一丝放松：“那么，接下来要做些什么？您让太子按兵不动，难道咱们也只能空等着吗？还是，您觉得吴王不再是威胁了？”

“被驯服的老虎也始终是老虎。你若真把它当成家猫，哪天它不高兴了咬你一口，你怎么死的都不知道。”长孙无忌见他一副若有所思的样子，便敛了眼底的狠意，温和地道，“自然，你不会给它这样的机会，是吗？”

马周下意识地点了点头：“下官明白。”

“那咱们便拭目以待吧。”长孙无忌听着釜中茶水沸腾的声音，心满意足地站起身，刚走了两步，又回头道，“还有一个人，如果你能好好利用，将来必是压垮骆驼的最后一根稻草。”

马周赶紧问道：“是谁？”

长孙无忌伸手弹去了不知何时沾在衣袖上的一片茶叶，说了一句似乎与马周的问题完全不相干的话：“杨暕和宇文士及从小一起长大，亲如兄弟。”

第二十四章

过眼烟云

弹指流年，恍然已是光阴三载。前尘往事，如再抓不住的流水落花。偶然忆起，便只当做了一场光怪陆离的华胥梦。醒来，一切又都是那般美好耀目。无关得失，不问春秋。

这三年里，朝野上下出奇的平静。平静到哪位大臣昨日夜里被悍妻打肿了眼睛，哪个百姓家的大胖孙子八个月就会说话，哪条巷子里的杏花一夜开满枝头，都能成为一桩令人议论纷纷的大事。

李世民的身子这几年来一直不大好。自然，也没有那么坏。只不过，他再也没有骑过马，也弃了每日早起练剑的习惯。闲时，便在书房中看书练字，高兴的时候就召几个年轻的嫔妃来说话解闷。

李治常常伴在御前，有时候，也会带着幼子素节一起过来。萧良娣自从有了这个儿子之后，在东宫的地位便再无人可动摇。好事的宫人们常常在背后议论，这个备受太子宠爱的小王子将来定是世子的不二人选。这样的传言，偶尔也会飘到李治的耳中。李治却只一笑置之。如此默认的态度，仿佛更加坐实了坊间的猜测。

去岁，淇奥生下李恪第三子，起名李琨。这个以美玉为名的孩子生下来就出奇的漂亮。连接生的老妈妈都忍不住慨叹，怎么会有孩子刚出生就有一双那么清明透亮的眼睛！李恪待他如宝如玉，几乎一刻也不想让他离了自己的眼。淇奥常常笑他，又不是头一回当父亲，怎会激动成这个样子？李恪任由着她笑，只说自己就是喜欢孩子，无论多少个都不嫌多。

午后，阳光温和。孩子们正在瑾瑜阁中习字。李仁今年刚满五岁，资质虽比李恪幼时稍逊，却异常勤奋用心，有时在梦中仍念叨着白天所学的诗文。身边坐着的李玮此时已与哥哥差不多高了。三年前，李恪就已经向宗正府报备，将李玮寄于自己名下，名为吴王次子。

“姐姐。”李玮用胳膊碰了碰身边的李凤，“你怎么还不动笔呢？先生可说了，今日要将《甘棠》抄录三遍后背出来呢！不然，可得告诉爹爹去。”

李凤梳着双平髻，眼睛扑闪扑闪地望着他：“蔽芾甘棠，勿翦勿伐，召伯所茇。蔽芾甘棠，勿翦勿败，召伯所憩。蔽芾甘棠，勿翦勿拜，召伯所说。”

她的声音清脆悦耳，将这诗念得抑扬顿挫，好听极了。最后一字刚落，不仅李玮目露吃惊之色，连李仁和陪着他们一起读书的元思忠都不约而同地朝她看去。这首《甘棠》，教习先生只在方才念了一遍，他便出去如厕了。

李凤见他们都不说话，便又眨了眨眼：“难道有哪里不对吗？”

元思忠低头看了看自己刚刚抄录完的《甘棠》，连声说：“一字不差！县主好生厉害！”

“那是！这可不难。”李凤抚了抚头上的一朵粉色小花，颇为自得，接着又歪着头说，“元思忠，我不想写字，你来替我写！得学得像些，可不能叫先生发现了。”

元思忠面上带着与他年纪并不相称的沉稳的笑：“县主说的话，思忠都听就是。”

淇奥本想过来看看这几个小家伙有没有认真念书，可一到门口就听到这样的对话，便情不自禁地微微一笑。她的这个女儿和自己还真像，连耍横的样子都一模一样。想着，她便无可奈何地摇了摇头，转身朝前头走去。

刚刚走出庭院，就见小萝从远处急匆匆跑了过来。自打白檀、锦葵嫁人之后，便是她和另一个婢女霞佩近身侍候着淇奥。小萝今年刚满十六岁，出落得清秀水灵，乍一看倒是有几分襄城公主的样子。小萝很快来到淇奥跟前，对着她福身一拜："王妃，殿下找您呢！"

淇奥点了点头，和她一起往南面的回廊走去。还未等她们走到景行斋，就见李恪快步迎了上来，着急地拉着她往里头走："淇儿，赶紧去换件衣服。咱们走。"

"出了什么事吗？"

"方才王太医来过了。他说，外祖母怕是熬不过今晚了。"

那一年，阿诺在门外听到了李恪与萧瑀的对话。阿诺在萧氏身边十数年，深知她平生最心疼小女儿。因而，当她知道那样石破天惊的真相之后，她被吓着了。于是，她慌不择路地逃了出来。跑得太急，额头不小心撞在了府门外的一只石狮子上，破了好大的一个口子，她却顾不得，只飞也似的朝前跑去。

回府之后，她忍不住把听到的一切都告诉了萧氏。萧氏在极度的震惊之下，当场就晕了过去。她本已是个古稀老人，哪能受如此刺激？太医说她义脉不流，是得了偏枯之疾。这三年，她的病越来越严重。一开始只是右臂和右腿动不了，后来，左臂和左腿也慢慢动弹不得。再后来，她的口齿渐渐不清，也不主动与人讲话。给她饭就吃，给她水就喝。最后，连饭都吃不进去，只能喝一点熬得很烂的稀粥。阿诺自责得天天哭，却也天天无微不至地照顾着她，所有脏活累活，从不假手于人。王太医和另几个太医每隔十天半月都会来看一次，可每次也总说同样的话："没法子。拖一日，算一日吧。"

李恪和淇奥赶到的时候，杨政道与雪鹭二人已经在萧氏榻前侍立着了。李恪忙问道："现在如何了？"

杨政道摇头："六脉俱弱，大约也就在这一两个时辰了。"

李恪接过阿诺手里的湿帕，擦了擦萧氏苍白干涸的嘴唇，轻轻唤了一声："外祖母。"突然，她的嘴唇微微动了一动，李恪忙俯下身子，将耳朵贴在了她的唇边。

杨政道亦蹲了下来，握着她的手，低声道："祖母，我们都在。"

在这样的声声呼唤中，萧氏竟然真的将眼睛睁开了一条缝。想要说话，可声音堵在喉头，却怎么也发不出来。试了许多次，她才勉强挤出了两个字，但他们都没有听清她的话。李恪再度俯在她耳畔问："您说什么？"

萧氏艰难地将眼睛睁得更大一些，将目光投向他们几人。她的呼吸有些急促，几乎用了全部的力气，再度唤出了那两个字。

这一次，他们都听清了。她叫的是——娴儿。

等了一会儿，她的声音越来越清晰，眼睛也张得越来越大。却始终只能重复那两个字：娴儿。

杨政道见她混浊的目光死死地盯着某处，似有无限遗恨与不甘，便忙转头叫道："淇妹！"

淇奥会意，赶紧走上前来，温和轻唤："我是娴儿，您的女儿娴儿……"

萧氏终于慢慢平静下来，艰难地将头别过来，研究般地看着淇奥的脸庞，嘴角渐渐露出了一丝安然的微笑。终于，她断断续续地说出了两句完整的话："你……你不要怕。母亲会……会一直……一直把你带在身边的。"

李恪又在旁说道："外祖母放心，母亲会永远在您身边。我和淇儿，表兄和雪鹭也会的。"

外头秋风吹过，竹叶瑟瑟。绵绵细雨从天而降，顷刻间却已变为倾盆大雨。萧氏慢慢地闭上眼睛，想要给李恪一些回应，却怎么也说不出话来。一个时辰后，她咽下了最后一口气。

这位年轻时倾国倾城的梁国公主，在机缘巧合之下，嫁给了当时的隋朝晋王杨广为妻。洞房里，美丽的公主与年轻的晋王一见倾心。不久之后，他们有了长子杨昭，再一年，又有了次子杨暕。他们俩的感情那么好，好得叫人羡慕。

后来，杨广告诉她，他要去争夺太子之位。她说，好，我帮你。于是，他在前朝的权力旋涡中搏杀，她为他讨好婆母，打点好后宫上下。他们配合得默契非常。所以，他们赢了。一朝他登基为帝，她为皇后。

他将年号定为"大业"，立志要成就一番超过尧舜的大业。然而，隋朝的万顷江山终究在他超越时代和百姓承受能力的奇思妙想中瘦去。江都早春的风清冷而又凄寒。天命不佑，身死异乡。他的尸骨被草草掩埋。萧氏本想随着他一起死的，可是，从大火中被人救出的齐王妃却哭着告诉她，她已经有了两个月的身孕。这个未出世的孩子，她的孙子，杨家最后的一脉香烟，救了她一命。她决定

活下去，哪怕再苦再难，也要活下去。

义成公主将他们接到了突厥，却不让她与杨政道见面。她说，隋王自有我亲自教导，请嫂嫂莫要费心。直到很多年之后，她才在义成公主的尸首旁见到了已经十三岁的杨政道。她跑过去，将他紧紧揽在怀里。他却伸手将她推开，躲在江夏王的身后问道，你是谁？

可是，终究血脉相连。回到长安之后，杨政道常常会来看她。开始是一个人，后来是带着李恪一起来。而她却总对他们淡淡的，有时候甚至对他们避而不见。她明知当今天子胸怀宽广，又有与杨妠的情分在，必然不会介意他们常来常往，可她还是不愿意见到他们，直到生命的最后一刻，仍旧不愿意。

“阿诺！”雪鹭转身拭泪，却看见阿诺正拿起案上的小刀，狠狠地往自己的脉搏上划了一刀，顷刻间就没有了气息。

李世民对萧氏这位前朝国母向来颇为敬重礼遇，况她既是自己的表婶母，又是岳母。因而对于她的死，李世民是真有几分难过的，在萧氏病逝后的第二日，他便下旨辍朝以尽哀思。待停灵百日后，将棺椁运至扬州，与她的丈夫合葬。

是日，李恪缓步走至灵堂，伸手拂去面前的白幡，俯身将手里的一件银狐斗篷披到了杨政道的身上。杨政道抓紧了斗篷，抬头望着他，说道：“不是让你不要来了吗？”

李恪见他眼底通红，就知他已是几日几夜没有合眼了，便微笑着道：“来都来了，你还能让我回去吗？”

杨政道又撒了一些黍稷梗到火盆中，声音里带着明显的疲惫：“那就和我一起说说话。”

“去里头躺一会儿吧。这里由我来守着。”

“你不在我尚没有睡意。你来了，我便更不想了。”

李恪走至灵前，点了三支香，屈膝三拜后将其插入了香炉。就在这时，三支香几乎同时断裂。有一支带着火星的断香恰好落到了他的手背上。他的心剧烈地跳动了一下，似乎有什么无法言喻的不祥预感蓦地升腾了上来。

杨政道见他不说话，忍不住问："怎么了？"

"没事。"李恪坐到他的身边，若无其事道，"今日大朝会上，来济说，你既要守孝，雍州府便不可无主事之人，希望陛下尽可能早些选好继任人选。"

杨政道看着火焰慢慢将黍稷梗烧成灰烬："他说得不错。祖母过世，我自要守孝二十七月。"

"可是陛下并未同意。"李恪说道，"他说，你是他最满意的雍州牧。只消过三个月，等外祖母安葬扬州之后，就重新起用你，并允许你素服治事，不参加宫中任何喜宴。"

夺情起复。

这可是莫大的恩典和荣耀。杨政道赶紧问道："你没有随声附和陛下吧？"

"没有。我是第一个反对的。于忠于孝，于公于……私。"

杨政道微微松了口气："然后呢？"

"然后，柳范也出言反对，说通常仅在战时，对武将才会破例。结果陛下也只说会再思量一下，却并未收回成命。"李恪说到此处，不由换了种语气，似在自言自语，"他怎么会对你那么好的？"

"还不是为了你……"杨政道轻声叹了一句，又问，"萧锐这几日在做什么？亲姑姑过世，他竟然一步也不曾踏足。"

"舅公的病又重了许多，他大约也是脱不开身。"李恪不假思索地替他辩解道，"你就不要怪他了。"

"当年，你斩钉截铁地说再也不认舅公的。可是他病着的这些日子，你还是没少去看他。你的心肠根本就冷硬不起来。真不知这是好事还是坏事。"

李恪的嘴角不禁扬起了一丝苦涩的笑："我向来和他走得近。如果他病成这样我还漠不关心的话，陛下会如何想？我不能将当年的事情告诉他。"

杨政道摇了摇头："你以为以陛下的英明，这么些年，他真的会一无所觉吗？你不过是为自己的心软找一个理由罢了。"

"没有心软，只是悲悯……"

"悲悯？"杨政道目中含了一抹似有似无的失落。他想了许久，终于还是将袖中藏着的几封书信拿出来，交到了李恪的手里："我知道你的悲悯。所以，这些书信在我这里压了许久。若需要，它们就是你最后的希望。若不需要，你也可以将它们尽数毁去。"

李恪不知他是何意，便随手拆开其中一封。未曾想，熟悉的字迹写下的却是一句句让他无比震惊的话语：

望瑶华，月如钩。怅惘西窗下，盘桓乾元殿。我既悦君颜，盼君怜我情。可遇不可求，相思何处寄？

忆初见，月明风清，晚霜凝铢衣。群芳丛中，桃花染欢颜。忆笑时，皎如白月光，曜似牡丹开。盈盈启唇间，心随君远去。忆愁时，浅黛秀眉蹙，香荑抚青丝。独立玉阶前，看尽红绡落。

夜夜太息难安眠，梦魂深处与君同。泪如丝，不忍拭。手握紫玉试吹音，盼得箫声清越入君侧。明朝相见莫相拒，此生爱君愿君好。

十五月夜治寄思于媚娘

李恪用力按了按自己的太阳穴，方才勉强使自己的心绪平复了一些。他抬眼望着杨政道，明知故问："这是什么？"

杨政道亦凝神望着他，将身上的银狐斗篷抓得更紧了一些："你弟弟做的好事！如果将这些都呈到陛下的面前，让他知道自己宠爱和信赖，舍弃了你所选的储君，竟然在暗地里与庶母存了这乱伦之情！你说，会比高阳公主和辩机和尚的私情更能震惊朝野吧？"

"他们……"李恪忽地站起身来，起得太急，眼前景致不觉出现片刻的模糊，半晌，才从口中迸出了几个字，"好大的胆子！"

杨政道的面上浮现出一种清淡得几不可见的笑意："算来他们是在三四个月前，陛下卧病时认识的。父亲病了，儿子却存了这般龌龊的心思，当真不是一般人能有的胆子！"

李恪索性将其他几封信都拆开。只见里头多是一些爱慕与相思的话语，有些已然十分露骨。李恪双手紧握，问："你是如何拿到这些的？"

"原来，你首先在意的竟然是这个……"杨政道沉下声音说，"武才人让她身边的大宫女阿晚交给我的。她说，太子的确几番示爱，言辞大胆，全然不似平日里谨慎小心的样子。"

李恪冷冷道："我倒真想看看，若长孙无忌知道他一直护着的宝贝外甥竟然会被女色迷成这个样子，会是什么样的表情。"

"那么，你到底想怎么样？一旦李治被废，你就是毫无争议的太子。没有任何人会，也没有任何人敢反对。"

李恪跪坐于地，将手里捏了许久的黍稷梗放到了火盆里。忽然，一种莫名的酸涩之感慢慢地在他胸膛中流淌起来："没有'一旦'……如果陛下知道了，他会毫不犹豫地处死武才人。太子，永远都是太子。"

"可他说过，你才是他心里的太子。"

"是啊，他说过。可他和我都错过了最好的机会。现在，只要李治犯的不是谋反之罪，陛下都不会动他。表兄，他的心累了，我也是。"

杨政道似乎早料到他会如此说。他垂眸望着烛光投在地上的斑驳影子，声音略有些沙哑："虽不是最好的机会，但不是没有机会。我知道，你是为了陛下，更是为了朝野安宁。储位根基一动，人心便会不稳。况且，前头已经有过一次了。"

"表兄，我的心思，你向来都是懂得的。"李恪说着，便将手中的信撕得粉碎，看着燃起的火苗慢慢地将它们烧成了灰烬，"让阿晚告诉武才人，好好照顾陛下，离太子远一些。"

杨政道离火盆很近，右边面颊微微有些灼热。他看着蹿起的火焰慢慢地隐了光芒，耳畔突然又响起了那个冰天雪地的冬天里，那个女人用半是命令，半是诅咒的语气对他说："尽你的一切去助他成功。若还不行，你们都得死。除非你愿意用生命来保全他，或者他愿意用生命来保全你。"

"你愿意吗？"杨政道鬼使神差般地问道。

"什么？"

杨政道浅笑："下辈子，咱们做亲兄弟。"

李恪虽不明白他为何会说这种虚无缥缈的话，还是很认真地点了点头，似许下了一个永远也不会改变的诺言："好。只是，再莫生于帝王之家了。咱们只做最平凡的田舍翁。朝出与亲辞，暮还在亲侧。弄儿床前戏，看妇机中织。"

"朝出与亲辞，暮还在亲侧。弄儿床前戏，看妇机中织。"杨政道重复着这四句诗，惘然若失。分明是那么温暖的句子，却仿佛一根利针在狠狠地刺着他的心。很久很久，他才怔怔说道："鲍照的十八首《拟行路难》，我最喜欢的亦是这四句。只可惜，他的结局太过悲惨……"

李恪忙打断了他的话："乱世枯骨，悲惨的又何止鲍照一人？好在，我们不会。"

他还想继续往下说，就见杜旭快步走了进来。杜旭的莽撞与冒失终于被时光的流水逐渐磨平，只见他屈身一拜："殿下，公子，陛下驾到。"

杨政道站起身，解下身上的狐皮披风和生麻布孝服，拿起一边矮桌上的一件素色氅衣穿上。走了两步又回头道："你不一起去？"

李恪这才缓过神来，说道："走吧。"

二人到达正堂的时候，李世民已然端坐其间。他望了李恪一眼道："你怎么也在？"李恪刚想开口说话，却又听得李世民说道，"你先回去。"

"父亲，我才刚来，还有话没和表兄说完呢……"

"哪有那么多话要说？"李世民朝陈勤使了个眼色，陈勤立刻会意地走近一步等候吩咐，"送吴王回府去。"

李恪还想再说些什么，见杨政道向他微微颔首，便只得俯身一拜告退。

此刻，正堂之内只有李世民与杨政道二人。李世民一直望着他，却始终没有说话。半晌，杨政道才抬头，叫了一声："陛下。"

李世民深深地叹了一口气，说道："政儿，我是你的姑父。接下来我要说的话，你给我好好地听着。"

杨政道一怔。这么些年，李世民对他虽然一直爱重有加，可从来没有用这样的语气、这样的称呼叫过他。于是，他忍不住抬头，恰好与李世民温和的目光触碰在了一起。他赶紧垂眸，恭谨道："陛下的话，臣定然铭记于心。"

李世民点了点头，放下了一直被他握在手里的杯子。想了一想，还是直截了当地说道："我要你将来全心全意地辅佐太子。"

"不……"杨政道不由自主地脱口而出，旋即他便意识到，这样想也不想地拒绝太不给皇帝面子。于是他慌忙屈膝跪了下来，说话的声音微微有些发颤："臣承蒙陛下错爱。只是臣才疏学浅，恐帮不了太子。"

李世民许是早知他会这样说，倒也没有生气，仍旧温言道："又不是让你一个人帮。长孙无忌和褚遂良是我留给太子的忠臣，如果马周有福活到太子登基，他也算一个。"

杨政道只觉头皮一阵阵发麻，实在不懂为何他要支走李恪单独跟自己说这些。他为了李恪已经把这群人，包括太子在内，全给得罪透了。如今别说他不愿意，就算他愿意，他们恐怕也是容不下他的吧。

"陛下已经为太子做了最笃定的安排。况且，您春秋正盛，不必如此急于想着……"杨政道语声一滞，又继续说，"身后事的。"

"朕不能不想。"李世民肃然，"朕让你如何就如何，你没有说'不'的权利！"

"可是您一开始就说了，您是臣的姑父。"杨政道横一横心，说道，"您心里应该明白，臣不可能去帮着太子做事的。您又何必为难臣呢？"

李世民用力一拍案几，怒声道："杨政道，朕是在保你，也是在保他！你怎么如此不知好歹？"

杨政道只觉有什么东西在脑袋里炸了开来，身子一软，几乎瘫软在地上。半晌，他才勉强支撑住身子，低声说："太子他……不会相信我的。"

"那就让他相信！"李世民厉声说，"哪怕你抓着李恪的错处出卖给他，也得叫他信你。朕不信你连这点本事都没有。"

"不。我不能。"杨政道只觉手腕处一阵阵发疼。在这么一瞬间，他几乎想要捂上耳朵，转身逃离这里。只是转而，他却又镇住了心神，道："臣不能对不起吴王，也不能对不起自己的心。陛下，臣知道您的意思。您不能立吴王为储君，也不能护吴王一世。所以，您唯有剪除吴王的羽翼。不，光剪除还不够，还得将这羽翼为旁人所用。只是，臣……臣真的做不来这样的事。”

李世民的眉头越皱越紧。他今日来这一遭，只是为了要杨政道一个肯定的回答。如果他不是心甘情愿地做太子的幕僚，那么就算自己将来下了旨，结果也只会适得其反。可如今看他这样子，怕是再怎么也说不通了。一个固执到不怕死的人，才是最可怕的。

李世民想到此间，便无奈地摇了摇头，叹道：“起来吧。若你真的不愿意就算了。今日之事，莫要在李恪面前提起。”

“是。臣会止口不言。”杨政道缓缓地起身，仿佛一下子就从地狱回到了人间。他松了口气，那颗剧烈跳动着的心终于慢慢地恢复了平静。

“政儿，你拒绝的不是朕的旨意，而是你唯一一条可能的生路。”李世民再度哀叹一声，“在绝对强大的权力面前，你所有的智谋都毫无用武之地。你不要把希望寄托在李恪身上。真到了那个时候，他没有力量来保全你。朕也无法未雨绸缪，因为就算太子要动你，也无可非议。你曾经做过的那些事，要人不起杀心也难！”

杨政道轻扬嘴角，笑得风轻云淡：“我都明白。多谢……姑父。”

“那年，当姌儿知道这世上还有一个你的时候，她是多么高兴。连恪儿出生的时候，她都没那么高兴过。她说，老天有眼，二哥终于可以瞑目了。我答应她，总有一天，大唐会让突厥俯首称臣，让你们重回长安。”

外头风声渐紧，吹得枫叶簌簌作响，几乎将杨政道的话声掩了过去：“祖母从来不曾跟我提过父亲。陛下，您见过我父亲吗？他究竟是个什么样的人？”

李世民见他眼眸中闪动着某种明亮的光芒，说道：“见过。你和他长得很像。尤其是眼神，几乎一模一样。”

“其他……还有什么？”

“他出口成章，下笔如神，相当有才华。”

杨政道轻轻咬了咬嘴唇，又追问道：“还有呢？”

“还有……”李世民轻轻敲了敲自己有些酸麻的双腿，想了一想，道，“你

知道为什么在杨昭病逝之后的整整十二年里，你父亲都没有被立为储君吗？”

杨政道似乎很难将这话启齿，可最终还是说了出来：“我曾听坊间的说书人讲起，父亲品行有亏，故而并不十分得祖父欢喜。”

“说书人道听途说，想当然了。”李世民摇了摇头，“杨暕喜怒皆形于色，为人处事的确十分高傲张扬。他会当面给他看不惯的人难堪，一点后路都不给自己留。这样的性子，是不适合当君王的，可他却是真的有悟性，有才华。所以，尽管你祖父并未立他为储，却也不曾考虑过别人。”

李世民见杨政道仍是一脸不解的样子，便继续说道：“杨广那么些年一直冷着他，不过是为了磨炼他的心性。等到他的棱角全部被磨干净以后，他就是毫无争议的储君。可他却从未理解过这份苦心，只一味我行我素。所以，到了最后，父子俩相互猜忌，到死也不曾将误会解开。”

杨政道不禁从心头涌起一阵唏嘘，转而又道：“可陛下何以能将祖父的心思看得如此明透？”

“因为朕曾经，和他有过一样的想法。”

杨政道恍然：“可陛下终究比他有福得多。”

李世民不置可否。有福没福，不过如人饮水，冷暖自知而已。他站起身，却顿觉一阵昏眩。杨政道忙走过去，扶着他重新坐了下来。见他嘴唇微微有些泛青，便赶紧将手搭在了他的脉搏上。许久，才颤声道：“陛下，您的身子已经……已经……”

李世民看着他不知所措的表情，若无其事道：“朕还有多少日子，除了王寿德，也只有你知道了。”

杨政道复又跪倒在地，几乎有些语无伦次：“不，也许……也许真的没有那么坏。臣会想办法的……王太医他……他一定有法子的。”

“生死有命。”李世民伸手拍了拍他的肩膀，“朕不会像秦皇汉武那么愚蠢，以为这世上真有长生不老的仙丹。朕早年杀戮太过，能得以善终已是老天莫大的恩德了。其他，朕再无所求。”

“陈公公，陛下究竟有什么事要和杨公子说？”这一路上，李恪已经将一模一样的问题问了陈勤三遍了。

陈勤每次也只是恭敬而耐心地回答他一句："殿下，奴婢是真的不知道。"

李恪用力将帘子放了下来，拿起马车内矮桌上的一个茶壶，对着壶口就将里头的茶水一饮而尽。他低头，看到自己手指上沾着的一点黑灰，心头涌起一阵乱麻般的杂念。马车行驶得缓慢而又平稳。街头巷尾热闹喧嚣。他的思绪被这样的嘈杂渐渐吹散，待到缓过神来的时候，他竟已忘记，方才自己究竟在想些什么。

"殿下，王府到了。"陈勤勒紧了马缰绳，回头说道。

李恪说了一声"知道了"，便下了马车。此时，天色已然渐渐沉了下来，眼见着又有一场倾盆大雨即将落下。他紧一紧衣襟，跟陈勤道了声别，便往前走去。

两个粗使的小丫头拿着和她们一般高的大扫把在清扫满地枫叶。二人见到李恪，便将扫把搁在了墙角，福身一拜道："殿下。"

李恪漫不经心地摆了摆手："别扫了，下去吧。"

其中一个生着柳叶眉、丹凤眼的小丫头上前一步，怯怯道："可是，小萝姐姐临走前吩咐过婢子们一定要把这儿扫干净。要不然，婢子们定要受罚的……"

"她若问起，你们就说是我讲的。遍地枫叶飒沓，挺好看的。"李恪走了两步，又回头问，"小萝去哪里了？"

方才说话的小丫头回道："小萝姐姐和霞佩姐姐陪着王妃去萧公府邸了。萧府的人说，萧公可能快不行了。"

萧府景安苑外堂，已有几个女人在嘤嘤哭泣。萧瑀的原配夫人早亡，府中只有几个妾室，且大多也已年过半百。于女色，萧瑀自年轻时便看得很淡。

此时的萧瑀已经瘦得脱了相，双目虽然睁着，却毫无生气。浑身上下散发着的，唯有一种来自死亡的恐怖气息。他张了张嘴，很吃力地说道："淇儿，吴王在哪里？"

淇奥看了萧锐一眼，见萧锐几乎用哀求的神情望着她，便只是蹲下身子，柔声在萧瑀的耳畔说道："叔公别急，他马上就来……"

昨晚从宫里回来之后，萧瑀的病情就急剧恶化。今早太医来的时候，便已是弥留。晌午忽然来了些精神，开口却只说要见吴王。萧锐虽说心思粗犷，可也能感觉到这几年李恪和萧瑀，甚至和他之间的隔膜。他曾旁敲侧击地问过萧瑀这是怎么回事，萧瑀却只说，吴王身份尊贵，本就应当如此。可既如此，为何到了此刻，他还要那么执着地非要见吴王一面？

萧锐听得身后孩子的抽泣声，便忙转身招呼着守规过来。八岁的守规懂事得跟个小大人似的。他拉着萧瑀骨瘦如柴的手，一遍遍唤着："爷爷，爷爷……"

萧瑀勉强挤出了一丝微笑，想要握一握守规的手，却怎么也握不住。守规却兀自喊着："爷爷，您不要守规了吗？您起来教守规念书好不好？"

襄城公主见孩子哭得差点噎了气，便忙弯腰将他搂在怀里，安慰道："守规不哭。爷爷只是太累了，想要好好地睡一觉。"

萧锐见状，便将淇奥拉到了一边，悄声问："吴王究竟何时回来？父亲这明显就是回光返照，晚了恐怕就来不及了。"

"他和表兄一起在守灵。我已经让人去叫了，只是这一去一回，怕是得两三个时辰了。再说……再说……"

"你们到底是怎么回事？"萧锐见她欲言又止，便沉下声音说道，"他说话躲躲闪闪，你也一样。有什么话不能大大方方地说出来吗？"

要怎么说呢？淇奥在心底叹了口气。这里面有多少曲折无奈，又如何能在短短一两句话里说清楚？他们这些被卷入其中的人已然逃脱不得，而萧锐与襄城公主却还有机会，能远远地躲开便躲开吧。淇奥刚想说，是你多心了，我们从来都没有变过，却听得外堂中的那些侍妾和侍婢们齐声喊道："吴王殿下。"

萧锐面上紧张疑惑的神情终于退去，转而便快步往回走。李恪刚刚踏进门槛，萧锐便拉着他的衣袖往里走："幸好你来了。快点，父亲有话跟你说。"

李恪见他心急火燎的样子，眼神在一刻的呆滞过后，便还是跟着他快步走了进去。至萧瑀榻前，李恪轻轻叫了一声："舅公。"

萧瑀眯着眼睛，仔细地打量着他，似要从他的脸庞一直看到他的心里。不知过了多久，萧瑀才开口说道："对不起。"

萧锐与襄城公主面面相觑，都不解地摇了摇头。李恪的心似被狠狠地挠了一下，口中却只淡淡说道：“您好好养病。切莫想得太多了。”

淇奥怕他转身就要走，便走过去握住了他的手。李恪会意地将她的手覆在了自己的掌心。

萧瑀大约没有听到他的话，只兀自说道：“姐姐是知道了那件事才病的，我心里清楚。她们母女的死终究都是因为我……还有你和政儿，我不知道会不会也害了……害了你们。我不该把自己的想法强加在你们身上。吴王，我真的错了，错得离谱。你能接受我最后的忏悔吗？”

连萧瑀自己也没有想到，他竟然能一口气说那么多话。其实，在很早以前，他就已经从心里承认了自己的错。只不过，他不愿意，更不敢去承认。然而此刻，他却不得不承认，就在他要去碧落黄泉与那些死去的人见面之前。

忏悔，忏悔……李恪暗暗将这两个字念了数遍。当一切的丑恶被揭露之后，他所得到的，却也只有这两个冰凉的字：忏悔。

萧锐虽不知他们之间发生过什么，可此刻父亲眼里闪动着的分明是一丝痛苦的期待神情。见李恪一直不说话，他便急急喊了一声：“三弟！”

淇奥感觉到李恪的手在微微颤抖着。他说：“舅公，现在不是说这个的时候。再说，也没有必要了。”

萧瑀慢慢地皱起了眉，在看了他许久之后，转了转眼珠，声音几不可闻：“罢了，我早该明白。你终究不肯原谅我，不肯原谅我……”

萧瑀是在当天夜里子时时分过世的。因家里已经提前备好了棺木及一切丧葬用品，又有一众超度的僧人在府中，故而一切后事都进行得十分井然。第二日一早，萧锐便进宫向皇帝报丧。李世民心中十分悲恸，亲自提笔下旨追赠萧瑀为司空，定谥号为“贞”，并准其长子萧锐袭爵宋国公。

“我父亲与你究竟有什么恩怨？”萧锐目光灼灼地望着李恪，“他到死都没有得到你一句肯定的回答，死不瞑目。你的心是有多狠！”

虽是在内室书房，但萧锐这话说得极大声，恐很难不引起外头来来往往的人的注意。李恪咬了咬唇，侧过脸，看着桌案上的一对白烛出神。过了很久，他才

说道："姐夫，狠心的不是我……"

萧锐顿觉怒气上涌，冲上来就紧紧扼住了李恪的手腕，语声中满是冷然逼迫的意味："这么些年，我竟不知你是这般忘恩负义的人！他此生最大的希望就是让你做上太子。虽没有如愿，但他也尽了全力了。他从小看着你长大，对你爱护有加。当年你母亲过世的时候，陛下都顾不得你，是他一直在你身边陪着你，安慰你……"

"不要提我母亲！"李恪猛地抽出手来，顺势推了他一把。萧锐没有站稳，身子重重地撞在了身后的书架上，最上头的两只琉璃花瓶掉落在地上，撒满一地碎片。

"你吃错什么药了？"萧锐反手就朝着李恪的面上打去。李恪没想到他出手如此之狠，来不及躲闪，结结实实地受了他这一拳，嘴角瞬间留下了殷红的血迹。他心里原也有气，一时控制不住脾气，忍不住还了手。

萧锐虽是武将出身，但这些年养尊处优惯了，拳脚功夫大不如前，几个招式过后，眼见就落了下风。情急之下，他抓起案上一把裁纸的长刀向李恪而来。李恪觉察到这步步逼仄而来的杀气，便只能步步后退。直退到墙角，萧锐仍不罢休，举刀就要朝着李恪的胸膛刺去。

"姐夫，我奉陛下旨意而来。你若伤我，你想过后果吗？"李恪正要抽出腰际佩着的那把匕首，可终究还是如此清清冷冷地说。

"啪"的一声，萧锐手里的长刀掉落在地上。此刻，门外传来了一阵细碎的脚步声，有一个粗哑的声音说道："驸马，出了什么事了？"

"谁要你们来的？都滚！"

那个声音连说了几声"是"后，便带着身后人急急地退下了。

萧锐看着满地狼藉，又看着李恪红肿的嘴角，脊背不由得深深发寒。他只比李恪大四岁，自幼玩在一块儿，情谊深厚。然而方才，在他拿起长刀刺向李恪的时候，他的心里竟莫名生起了几分诡异的杀心。

"对不起。"萧锐蹲下身，小心翼翼地将地上的琉璃碎片一片片捡进竹篓之中。待捡到最后一片的时候，他突然抬头，问道："我父亲做的错事……很严重吗？"

李恪一边将地上的书一卷卷放回到架上，一边说道："你若想知道，我从头至尾告诉你。是是非非，想来你也有判断的能力。”

“罢了。”萧锐站起身，拍了拍衣服上的尘土，“人都没了，还说这些做什么？就算我真有什么怨恨，方才也已经发泄过了。明珏与你感情最好，若她知道是我把你打成这样，怕得好几天不和我说话了。”

“那就不要让她知道了。”李恪伸手向他，“我们讲和了，好不好？可不要让外人看了笑话。”

萧锐迟疑片刻，还是与他击了下掌：“好。以后，都不会了。”

李恪略松了口气，旋即又问道：“你院子里的那些人……可靠吗？”

“放心吧！他们都不是爱嚼舌根的人。”萧锐的心终于渐渐地恢复了平静。这才想起李恪方才说的是“奉陛下旨意而来”，便忙问道：“陛下身体如何？”

“不好。他和你父亲是什么样的关系？但凡能坚持，他也不会要我过来替他祭奠了。”

萧锐不说话，只静静听着天边那几声时远时近的雷声。突然想起了前几日听坊间百姓说的一句俚语：秋天打雷，阎王落泪。

到底有什么事能让铁面阎王落泪呢？萧锐未及细思，又见一道闪电迅速划过。真的是要变天了呢！

这场秋雨一直下到晚间才勉强停了下来。淇奥拉下帘子，坐到李恪身边，忧心道：“真的不用上药吗？”

李恪摇头，轻轻拍了拍她的手背：“皮外伤而已，过几日就好了。”

淇奥轻哼一声，眼含薄怒：“叔公尸骨未寒，他怎么能对你下这样的狠手？还有你！我不信你躲不开他这一拳！”

李恪看她气得连耳朵都红了，知她是心疼自己，便微笑道：“他打了我，出了气，也就好了。其实，我也是悔了的。舅公当时这般求我，我却还是……可是淇儿，你知道的，我看到他就会想到外祖母，想到母亲，我实在说不出原谅的话。”

淇奥将头埋进他的怀里，紧紧地揽住了他的腰："都会过去，一切都会过去的。"

"一切都会过去的……"李恪喃喃重复着她的话，心里想的却是另外一句：不知道，一切是不是真的到此为止了。

"是啊！我们都会好好地活着的。"淇奥半闭着眼睛，声音柔和而又温暖，"三郎，你有多久没和人这么打过了？"

李恪抚着她垂下的长发，说道："很早以前，我心里不痛快了，会经常找表兄打架。只是，他会让着我，我也会让着他。可今日萧锐招招带着杀气，倒是真把我给吓着了。"

"答应他的是你，可不是我。改日，我是一定要找明珏姐姐去评评理的。"淇奥说着，突然又想起了什么，便又坐起来道，"有件事情，我一直都没问你。那天，我让白妈妈要武梁去找你的时候是申时二刻，而你到萧府的时候，应该才酉时吧。怎么会那么快的？"

"父亲找表兄有事，所以我提前回府了。听这里两个打扫庭院的小丫头说舅公快不行了，所以我才过来的。"李恪说到此处，突然觉得什么地方有些不对劲，"季恩今早告诉我，他最后一次见到武梁正是在舅公病逝的前一日。此后，他却像凭空消失了一般。而他的房间被收拾得干干净净，平日里穿的衣服也都不见了。"

"所以……"淇奥面色一变，说道，"他没有到外祖母那里去找你，而是直接跑了。可是为什么？他已然是王府管家，你平素对他又一直不错。"

"如果那日我不曾那么早回来，我必然见不到舅公最后一面的，萧锐怕是要多心。如此看来，武梁怕是早已被他们收买了。"

"他们的目的就是离间你与萧家的关系？对！他们这是故技重施。之前，他们就已经引导着你查出当年旧事了。"

"或许更早。"李恪冷冷说道，"以流风的反应力和记忆力，它不可能在经常出入的骊山迷路。淇儿，当年若非你救我，我就算不命丧虎口，摔断一条腿怕是也避免不了。我记得，那日把流风牵出来给我的人，正是武梁。"

淇奥不由得倒吸了一口凉气："三郎，赶紧发文追捕武梁，就算上天入地，也要把他给找出来！”

“傻姑娘，追捕是要理由的。若无真凭实据就出公文，一旦被言官知晓了，可是要受弹劾的。当年为了宇文禅师我才冒险让齐长升造假，如今，怕是不能的了。”

“那咱们该怎么办？难道只能放任自流了吗？”

“我会让季恩、季成暗中去找的。总不能白让自己吃这个亏。”

“其实，武梁不过是颗不起眼的小棋子。”淇奥蹙眉道，“可怕的是指使武梁的那些人。不是咱们不招惹他们，他们就会放过咱们了。我父亲从前说过，最好的防守是反击。”

李恪点点头：“我知道。王寿德今日告诉我，马周大约活不过今冬了。他是李治的心腹，又曾那么算计过表兄和我，我不可能不报这个仇。至于旁人，只要他们不再动什么歪心思，也就罢了。”

淇奥不再说话，只将目光久久地停驻在床帘上的一对牡丹鹦鹉上。直到看得眼睛有些酸了，她才将头靠在李恪的肩膀上。不多时，便觉困意上来，闭眼睡去了。

深秋过后，长安城便又进入了阴冷而绵长的冬日。十二月里，一连下了三场鹅毛大雪，积雪已然没过膝盖，行人举步维艰，只得互相携着手，迈着细碎的步伐，慢慢地朝前走。

贞观二十三年的新年在一片银装素裹和老百姓对这诡异天气的种种不祥的揣测中来临。萧瑀、马周、房玄龄三位宰相均过世不久，加之李世民的身子又不大爽快，因而这新年过得异常沉闷无趣，似乎连放一串爆竹热闹一下的心思都没有。于是，时间也就这么平平淡淡地过去了。

新年后的第一次大朝会，李世民听罢群臣奏闻，身子便有些支撑不住地朝后靠了一靠。王忠忙将手里的靠垫放到了他的身后，悄声在他耳边问道：“陛下，要退朝吗？”

李世民摆了摆手，坐直了一些：“朕已准了宣平侯的请求。后日，让其将萧愍皇后遗体运往扬州与隋炀帝合葬。太子，你也一起去，替朕祭拜一下。葬礼一切礼仪都依照皇后规制，不可有所怠慢。”

李治微微一惊。这几个月来，李世民一直缠绵病榻，政事多是由他代为处理。如今，李世民病情未愈，却要他离开长安去扬州。这一整套礼节下来，再加之路上往返的时间，怕没有三四个月根本回不来。他走不要紧，可怕的是，李恪一直待在长安，还时不时进宫与李世民说些悄悄话。这不能不让他心生不安。

然而，李世民既然当着群臣的面这样跟他说了，他是无论如何也不能抗旨不遵的。于是，他只得上前一步，刚想俯身称是的时候，却听得长孙无忌率先开口道：“请陛下三思！太子如今担着监国重任，实不宜离京。”

这话说得有些急了。若在平日，他不可能将话说得如此直白。然而，现在可不是平日，山雨欲来风满楼，他已然顾不得婉转了。

李世民将手紧紧地握成了拳，语气中夹杂着明显的不满与不耐：“长孙无忌，你真以为朕已病到离了太子就处理不了朝事了吗？除了太子，还有谁有资格替天子祭拜？”

没有谁有资格，那不要祭拜不就是了？陛下啊陛下，您可莫真把自己当成杨家的女婿了。长孙无忌腹诽道。自然，他是绝不敢将这样的话说出口的。电光石火间，他突然有了主意，于是便赶紧说道：“吴王。吴王比太子更有资格。”

李世民显然未料到长孙无忌会这般说，还未等他反应过来，便又听得他道：“陛下，吴王身份贵重，仅逊太子。况吴王是萧愍皇后的亲外孙。论情论理，他都是最好的人选。”

话音刚落，身后就传来几声附和。来济亦排众而出，执着笏板说道：“长孙公所言甚是。臣附议。”

李世民面上的不悦显而易见。他起身，缓缓顺着阶梯走到了朝臣阵列之前，只简单地说了五个字：“吴王不能走。”

长孙无忌又道：“太子担着监国之任，陛下您尚且能叫他离京，吴王又怎么不能呢？”

“你……”李世民指着他，却一时不知该说什么反驳的话。

“陛下，长孙公说得对！臣是最好的人选。臣愿意去。”李恪趋步上前，扶住了李世民的手，又轻唤了一声，“父亲。”

朝臣们都有点惊诧于这父子俩异乎寻常的亲密。李恪亦觉察到了不妥，正想放开手的时候，却发现李世民正紧紧握着他的手。那么紧，紧得他已然隐隐觉察到了一丝痛意。

半晌，李世民才开口道："朕授你便宜行事之权。"

"多谢陛下！"李恪屈膝于地，郑重地说道。

如此，又说了些无关紧要的话之后，便散了朝。李恪怀揣着重重心事走出武德殿门，以至身后之人连叫了他三声，他才回头，朝着他一拜："叔父。"

江夏王李道宗急步上前，与他并肩而行。走了好久，江夏王才说道："一路小心，早去早回。"

李恪愣了一下，这才浅浅一笑："叔父对我和表兄还不放心吗？"

"我如何会不放心你们，是不放心他们啊！"江夏王抚了一抚美髯，叹道，"陛下这几月病势日渐严重，他是想把你留在身边的。可惜，连这么个简单的心愿都没法达成。他这一生都被'明君'的名声所累，是注定不能随意而行了。所以牺牲的就只能是你了。"

"不是牺牲。"李恪停了脚步，抬眼望着他，郑重其事地说，"我该怎么说才能让您明白，一切真的是我心甘情愿的呢？"

"孩子，你太低估叔父了。我怎么可能会不明白？"江夏王虽长年领兵，但全无武人的粗蛮，举手投足间，皆是一派儒雅文士风姿，即使心里再着急，说出的话仍旧轻缓笃然，"你被感情所累，故而所有的杀伐决断全是基于感情。你执着、护短、感性……这都是身为帝王最忌讳的个性，也是陛下身上拥有，却要拼命去压制下来的东西。所以尽管他屡次想立你为储位，却都没有坚持到底。礼法固然是他犹豫的原因，可更重要的是，他不希望你成为第二个他。因为自始至终，你都是他最喜欢的儿子。"

李恪凄然，深深吸了口气，想要再说些什么，最终却只是沉默。

走出宫门，他缓步骑行于长安城朱雀大街上。车水马龙，热闹喧嚣。然而，他却感觉到了一种强烈到难以控制的关于离别的哀伤。此刻，不知怎的，他的脑海中竟然浮现出某一个夜里，他辗转难眠时读到的两句诗：秋风别苏武，寒水送荆轲。

苏武、荆轲、庾信……他不会像他们一样悲惨的。不过三四个月，他就会回来。到时，一切如旧。长安城令人着恼的天气如旧，他所在意的人们如旧。是不是？李恪俯下身子，轻轻在流风的耳畔低语。流风昂起头，蹭了蹭他的脸，似乎正给予着他无限的鼓舞与慰藉。也许，一切并没有想象的那么坏。

— 下卷 —

天地出版社 | TIANDI PRESS

【目录

【上卷】

【下卷】

第二十五章

扬州鬼事

扬州的三月正逢雨季，江面上一片雾霭沉沉。雨水时不时打在船栏上，发出了“啪啪”的响声。老船夫披蓑戴笠站在船头，边用力地划着桨，边回头说道：“公子，您往里头坐一些，别让雨给淋着了。”

李恪稍稍挪了挪位置，笑着说道：“老丈的扬州话说得可真好听，比咱们长安官话还入耳呢！”

老船夫用手擦了擦额上的汗水，爽朗地说：“公子说笑了。前头就是分岔口，您想好要往哪条道走了吗？”

李恪把玩着手中的折扇，漫不经心道：“无所谓。老丈喜欢往哪儿便往哪儿吧！”

老船夫有些无奈地摇了摇头。他在扬州地界上划了几十年的船，还从来没见过这么随便的客人。眼看着这雨下得越来越大，家里的媳妇可还等着他回去煮老母鸡汤补身子呢。想到这儿，他便加快了划船的速度，朝距离岸边最近的方向行去。

两岸清风拂过，胡乱将扑面而来的雨水吹到了人的脖颈里。李恪站起身，撑开随身带着的大油布伞，从袖内掏出一串铜钱放到老船夫的手中，和他道了别后便上了岸。

萧皇后的丧事早在半个多月前就已办妥，可扬州刺史郑铎每天都带着当地名流前来拜谒，一时半会儿还走不了。他是真不喜应付这样的场面，便总找了借口一个人出来闲逛。不过，李世民既在临行前授他淮南道黜陟使一职，也是存了要他代天巡牧、探查民情、考察官员政绩之意。如此，亦不算不务正业了。

下船的地方已是扬州近郊，只稀稀拉拉住着几户人家。李恪随意逛了一会儿，见前头有一座虽略显陈旧，却修建得十分精巧干净的庙宇。匾额上的三个字是用石子砌成——童子庙。

还未等他叩门，却见里头有一只黑色的狸猫跳了出来，冲他厉声嘶叫着。李恪冷不防被吓了一跳，忙扶住了身边的门框。

“小畜生！三天不关你，又出来招惹贵人了是不是？”满脸胡楂的男人拿着一把大扫帚飞奔而出，边驱赶着，边还朗声骂道。

狸猫一见到他，立刻窜到了旁边的草丛中。男人只得狠狠地将扫帚扔到一旁，转而又赔着笑脸，躬身一拜：“在下蒋土根，是这里的庙祝。公子受惊了，赶紧进去坐一会儿吧。”

李恪拍了拍衣袖上的灰尘，点头道：“也好。”

主殿左右两边的架子上齐整地摆放着二十四盏烛灯，前头神龛上点着十二支檀香，底下的三个银盘中摆放着时鲜瓜果，而正前方则是一个身着红衣华服的少年塑像。李恪见那少年眉目如画，风采卓越，比他以往所见的善财童子像都要漂亮几分，于是便好奇地问道：“此间供奉的是谁？”

蒋土根用刷子扫了扫神龛上落着的香灰，神色肃穆地说道：“是赵王。”

李恪眉心一动：“赵王是谁？”

蒋土根“唉”了一声，打量了李恪几眼：“就是三十多年前在扬州被叛军所杀的赵王杨杲。公子应该知道的吧？”

李恪接过蒋土根手中的三支香，俯身三拜后将其插进了香炉中。接着又从袖中掏出了一两银子置于案上当作香火钱：“赵王的事情，我的确略有耳闻。只未想，此处竟有人特特为他立庙。”

蒋土根将银子放进了手边的铁皮箱子中，捋了捋自己的八字胡：“公子看这塑像已经够俊了吧！可是听咱们村里上一辈见过赵王的老人们讲，这根本还没雕出他十分之一的神韵呵！那个时候，隋炀帝身边的几个大宦官强行征老人们入伍，是赵王下跪向炀帝求情，这才免了他们的徭役。几日后，赵王又让他手下的小宦官送了些金银财物给老人们。武德初年的时候，扬州阴雨不绝，田里颗粒无收。走方的道士说，赵王死得冤枉，老天爷都在为他伤心难过。只有为赵王立庙，世受香火，才能保一方太平……”

李恪听到此间，心中不由得升起了几分萧索的凄凉之意。杨杲是母亲唯一的弟弟，死的时候只有十二岁。十二岁的少年有着超逸绝俗的容貌，干净清透的心灵，却被这世间最肮脏无耻的一群人要了性命。李恪突然想起方才进来时所见到的三个字：童子庙。像这样的少年，或许还真是童子命呢！

“公子？”蒋土根见李恪略有所思的样子，语声一滞，想了片刻，方继续说道，“于是，老人们就请人建了这童子庙，还把当年赵王所给的金银财物装在了这锦盒之内，埋在地下。说来也奇怪，自此以后，这里几乎没有发生过灾难。老人们都说，赵王心善，在天上还在继续保佑着底下的老百姓呢！”

李恪听外头雨声渐止，便站起身来，再度朝着那个雕像拜了一拜，又转头对蒋土根说道：“你们对神灵心存虔诚和敬畏之心，神灵自也会护着你们。”

蒋土根有些诧异地说道：“未想公子一派仕子模样，竟也相信神鬼之说。”

“庙祝讲得这般有声有色，原来不是希望我相信的呀！”李恪拿起了搁在一边的那把大油布伞，浅笑道：“多谢你了。”

“公子因何而谢？”李恪跨出门槛的时候，只听得蒋土根在身后朗声问道。他也并不理会，只兀自朝前走去。

雨后的空气最是清新，轻吸一口，便觉腹内舒坦万分。李恪走在童子庙外的一条羊肠小道上，连日沉重的心情似乎随着今日这一行而豁然了不少。扬州可真是个好地方，难怪隋炀帝当年会这般喜欢扬州，甚至在最后一次下江南的时候，将扬州当作了后半生偏安之地。可后来，这里却也成了他的葬身之所，真不知该哀还是该叹。

李恪早几年就想带着淇奥来扬州看看，只是当时朝廷上下都在准备着征讨高句丽一战，他一时也脱不开身。再后来的那些日子，他总心绪不宁，加之李世民身子有恙，便也再没了游山玩水的情绪。而此次来此治丧，心情大抵也是压抑多过欣喜的。

回到扬州驿馆的时候，天色已沉了下来。云岭丢开和他交谈甚欢的两个侍卫，忙迎了上来道："殿下可回来了。郑刺史和安宜县胡县令，还有几个致仕的官员刚刚才回去呢。"

"亏得有他在。"李恪拭了拭发上不意沾上的雨珠，边走边道，"你去跟底下人说一声，明日晌午，咱们起程回长安。"

云岭应了一声，转身小跑着出了二门。

杜旭此刻正端着个托盘，缓步从长廊尽头走过来，躬身道："见过殿下。公子说，等您回来了，他就过来找您。他还说以后再也不会帮您应付这些人了。"

李恪无奈地摇摇头，心道：也罢，幸好明日就要走了。转而又掀开托盘上的茶盅盖子，不由蹙眉道："他怎么要喝那么浓的茶？太伤胃了。让厨房准备些温和一些的蜂蜜水去。"

杜旭为难地皱了皱眉说："可是公子会生气的。您知道，他最近总不大高兴。"

"你以前好像没那么怕他的吧！"李恪看着杜旭道，"就照我说的去做！他若怪你，赶明儿你就来吴王府当差。"

杨政道所居的屋子外种植着大片的梧桐树。虽冬暖夏凉，可时不时会有些虫蚁从窗户外头钻进来。于是他只得在正堂的四个熏炉中放了大量的降真香以作驱赶。此时他半闭着眼睛，用手按了按太阳穴，声音中带了三分疲累："最近我总觉得脑中昏昏沉沉，只得喝点浓茶来提神。这你都要管吗？"

"你又不告诉我，我如何能知晓？"李恪揽衣坐到他的身边，"也不只如此。从长安到扬州这一路，你都不大愿意和我说话。是我的问题，还是你的问题？"

杨政道知道他能问出此话必然已是忍了很久。可他一时半会儿也解释不了，于是便只得淡淡地说："你不该来扬州的。长安更需要你。"

"不管该不该，我都已经来了。你要真因为这个而苛责于我，我也没有法子。"

“你和我赌气做什么？若到现在你还不明白我的心思，那咱们这些年的兄弟也白做了！”

李恪刚想开口说话，便听得外头响起了叩门的声音。于是他起身开门，接过了杜旭手里的瓷盅，摆手让他走了。

“不开心的时候要吃点甜食。口里甜了，心便不会苦了。”李恪端起盛着满满蜂蜜水的瓷杯走至杨政道的面前，“你就算再生我的气，也不能不爱惜自己的身体。我们明日就出发，若一切顺利的话，寒食节之前就可以回家了。”

杨政道将杯中的蜂蜜水一饮而尽，又从瓷盅里倒了一杯喝下。过了许久才说道：“太甜了。杜旭那小子下手也实在没有轻重。不过这蜜倒是不错，回味悠长，还带了些花的香气。”

李恪见他的话语终于软了几分，心说若早些给他喝就好了，口中却只道：“只要你喜欢就好。你若实在睡不着的话，我就陪你下棋。咱们也很长时间没有好好地切磋棋艺了吧。”

一夜酣畅淋漓的棋局战罢，拂晓时分，二人终于有了些睡意，却都只随意伏在案上小憩。直到门外传来一阵凌乱的脚步声，二人才不约而同地惊醒过来。季恩轻轻敲了敲门，停了片刻，又敲了两下道：“殿下，卑职有事相告。”

李恪揉了揉惺忪的眼睛，一直握在手里的一颗黑子落到了地上。他轻声道：“表兄，快去开门。”

杨政道起身的时候双腿一软，便忙扶住了面前的书架，上头的一个翡翠花瓶摇晃了几下，刚要落地的时候，却被李恪眼疾手快地接住了。杨政道精神一凛，跨过地上的两只竹垫子，走至门前，拉下了门闩：“这一大早的，什么事情这么急？”

季恩用手拭了拭额上的汗珠，面露焦色：“打搅君侯休息了。方才郑刺史来报，说西郊外的童子庙昨儿晚上着火了，正殿被烧成了一片废墟。庙祝来不及逃

走，被活活闷死在了里头。”

“扬州的天气颇为潮湿，且如今这个季节，如何会失火？”杨政道十分讶异地问，“再说这样的事情本该由刺史处理便好，为何又要这般心急火燎地告诉咱们？”

“总有他的原因吧。”李恪从里间走了出来，顺手将地上的竹垫扔到榻上，对季恩道，“让郑刺史准备一下，我要去那里看看。”说完，又转身对杨政道说道，“看来，咱们今日是走不了了。”

扬州郊外春风拂面，艳阳高照，石板路上的积水闪闪亮亮。空气中泛着一股浓重的焦味，呛得人咳嗽不止。郑铎满脸歉疚地说：“惊动殿下亲自过来查看，下官心中着实有愧。”

杨政道轻扬嘴角，不以为然道：“不是郑刺史亲自来惊动的吗？如今再说这话，不觉得很好笑吗？”

郑铎双手紧握在一起，面上不由自主地浮现出几分尴尬。李恪侧头望了杨政道一眼，意思是：看破不说破，不能一点面子也不给人家留。在长安的时候，他就对这位郑刺史的行事作风有所了解，此人虽办事能力稍欠火候，可为人忠厚谦逊，对百姓疾苦也甚是关心，可以算得上是个好官。

正想着事情，就见郑铎带着一个青袍中年男子走上前来说道：“殿下，此人名叫金鸿。就是他来刺史府中报案的。”

李恪的目光越过他们二人，看向了不远处的一片狼藉。还不到一日的工夫，原本修建得颇为精致的童子庙正殿竟成了这副模样，他心中也着实有几分伤怀。于是便走上前几步，驻足半晌后才又回头道：“到底是怎么回事？”

金鸿低垂着头，用左手抚了抚右手手心处的几道伤痕，说道：“禀殿下，此地只住着十几户人家，且都离童子庙较远，因此大伙儿都不知道这火究竟是如何烧起来的。待到小的听到消息赶来的时候，就已经烧成这个样子了。那尸体就躺在赵王塑像的残片旁，虽被烧得变了形，但还是依稀可以辨出那就是常年一个人住在童子庙中的庙祝蒋土根。随后仵作证实，蒋土根的口内附着大量烟灰，可见，确实是被活活烧死的。”

李恪若有所思地问道："可有家人前来认尸？"

金鸿摇了摇头："据小的所知，蒋土根是个鳏夫，又无儿无女。"

"如此，便算是无主尸首了。"李恪蹲下身子，拿起手边的一根横木，用手搓了搓上头的污迹，抬头望了杨政道一眼。杨政道会意地拿起一旁的半块瓷片，放在鼻下一嗅，便朝着李恪点了点头。李恪站起身，掏出袖中的帕子擦拭了一下双手，又对着郑铎说道："刺史一般是如何处理这样的尸首的？"

郑铎恭谨地道："通常府衙都会出银子为此类无主尸首准备薄棺，安葬在离扬州刺史府五里地的万象寺后山。寺内的明惠禅师每月初一都会为他们超度。"

"刺史怀有一颗仁心，也难怪扬州百姓的生活如此富足喜乐。可是……"李恪说到此处，突然换了森然的语气，"如此刻意的纵火杀人之案，刺史可得打起十二分的精神好好地查清楚了。"

天空中有乌云慢慢地飘了过来，渐渐挡住了方才还极为炫目的阳光。郑铎的神情出现瞬间的呆滞，旋即又面色如常地说道："殿下何故如此说？"

李恪的眸光微闪："刺史应该早就知道此事隐情颇多，恐自己无力勘破，这才需要我出面了结。不过，你又怕我撂手不管，所以才想让我亲眼看到这些疑点，让我主动提出帮你调查此事。对不对？"

郑铎额上的水珠慢慢地流下来，一直落到了衣襟里，却不知究竟是雨水还是汗水。他慌忙屈膝跪了下来，声音因心虚而略略发颤："殿下，下官……下官知错了。下官不该存这样的心思。只是……殿下您知道，这童子庙中的赵王曾经保佑过扬州风调雨顺，如今莫名其妙地没了，下官心里真是……真是怕啊。"

雨下得越来越大，护卫们纷纷打起伞为几人遮雨。李恪神情淡漠地说道："本王身为大理寺卿，又是陛下钦定的淮南道黜陟使，此事并非不是分内事。不过，本王也得知道，你有没有资格让我帮你。站起来说说你查到的事情吧！"

郑铎这才敢伸手拭去满脸的水珠，低声说道："下官黎明时分已经带着人来过一次了。那时下官就发现了废墟中有大量引火的松油和烧酒的痕迹，所以才会将庙里的一切烧得如此干净。可普通的寺庙中尚且不会有松油和烧酒，更何况是供奉赵王的庙？再有，蒋土根的住所在后院，为什么他会大半夜来到正殿之中呢？而且，蒋土根正值壮年，正殿有窗有门，即使是突然失火，他又如何会逃不出去？”

“或许，只有一个可能。”李恪缓缓地说道，“当时有人夤夜来找蒋土根说事。或许，是他熟悉的人，说的是他熟悉的事。然而，在交谈的过程中，那个人却设计将他迷倒，继而放火将他烧死，将正殿焚毁。郑刺史方才只说他的口内有烟灰，不知仵作可检查过，腹腔内有没有？”

郑铎深深吸了一口气道：“下官明白了。可是，蒋土根既无亲人存世，不知下官该从何查起？”

“没有亲人，朋友总有吧。”李恪瞪了他一眼，却见他看似恭谨的眼神里似乎透着某种深不可测的精光，心中不觉诧异。这个人，倒是颇有几分意思。

杨政道亦打量了金鸿几眼，问：“你是从何人处得知此地失火的？那个人为何会在天还未亮的时候来这荒芜之地呢？”

金鸿眉头微蹙，眼角上显出几条深深的皱纹：“小的是听同村的赵阿九说的。他是个生意人，常年行走四方，今日原本打算起程去幽州贩货的。谁料遇到了这档子事，他心中惶恐，只怕这是上天的预警，因而便急匆匆地跑过来，将童子庙失火的消息告诉给了小的听。”

“如此，倒还真是奇事一桩。”杨政道不以为然地说，“金鸿，我问你，若你半夜路过这失火的童子庙，你会怎么做？”

“小的会逃得远远的。”金鸿不假思索地说，转而似乎又觉得这样讲极不妥当，于是便赶紧改口道，“小的会去救火。”

杨政道眼里的嘲讽一闪而过：“逃命是本能，救火亦是本能。然而，他既不逃命，也不救火，而是跑那么远来告诉你。这不是相当奇怪吗？”

金鸿的神情有些恍惚，一时无言以对。

郑铎不解地问道：“君侯怀疑是赵阿九放了这把火吗？可是，他又有什么企图？要不，下官现在就去把他锁拿过来好好地问问？”

杨政道挑了挑眉，淡淡地说道：“我从未怀疑过什么。刺史想做什么尽管去做便好。蒋土根如此被害，实属无辜。郑刺史身为扬州父母官，自是知道轻重的。”

郑铎连声称是，与李恪和杨政道告了声罪后，便带着手下的捕快们往赵阿九所住的蘼芜村走去。

回程的一路上，李恪的目光一直望向马车外的街景，直到觉得脖子有些酸痛了，他才放下帘子，轻轻地咬了咬下唇："表兄，你曾经说过，年纪渐长，对于鬼神之事，更多的是敬畏。现在你还是这么想的吗？"

"自然。"杨政道将手边的一个水袋递到了他的手中，"方才你还说得头头是道，现在你却要将此事归结于鬼神了吗？"

李恪打开水袋，将里头的水喝了大半，这才觉得干涩的喉咙滋润了不少："我没有。只是，刚刚我一看到废墟中赵王雕像的残片时，心里还是有些难受。你也懂的。是不是？"

"是。我懂。所以……郑铎查郑铎的，咱们查咱们的。不管是人是鬼，也不管是什么样的阴谋诡计，咱们都不怕。"

马车渐行至扬州南门最繁华的集市。外头此起彼伏的叫卖声响起，里头还夹杂着买卖不成心生怨怼的吵闹声。扬州话软糯好听，抑扬顿挫，即使已争得面红耳赤，听来却只像友人间轻声腻语的劝慰。

"季恩，往前停一停。我要下去买些东西。"

李恪将空水袋搁在一旁，解下腰间的荷包，从里头掏出两串铜钱便下了车。走到离他最近的一个小摊前，摊主十余岁的儿子正在那里玩着一把伸缩刀。李恪和他交谈了片刻，便捧着一个大包袱回来了。杨政道无可奈何地摇了摇头，揶揄道："摊主碰到你这样的阔财主，当真是三世修来的福气。"

李恪将剩下的几枚铜钱又重新放了回去，不以为然道："你莫以为我忘了你当年一出手就是价值百两的玉佩。后来外祖母问起，你怎么说的？'宝玉酬知己，我将它赠予一位莫逆之交了。'她老人家倒还真信你，连连问你那个莫逆是男是女。"

杨政道听他用这般风轻云淡的语气说起十数年前的糗事，心头仿佛瞬间笼上了一层厚厚的阴霾。很多他不愿想起的人和事，终究在时光的沉淀下化作了一缕缕飘然远去的青烟。杨政道浅笑，似乎再不愿意和脑中那些纷乱的情绪纠缠。他伸手打开了身边的包袱，一看便不由自主地笑出了声："你买的都是些什么东西？"

"自然是好东西。你不会没有见过吧？"李恪随手拿过一件物什道，"这是空竹，咱们风儿肯定喜欢。这是孔明锁，给琨儿玩的，这孩子聪明，又有一股子倔劲，想来定解得开。还有九连环、泥车、瓦狗……"

杨政道扶额，露出一脸无语的表情："你好不容易来一次扬州，就给他们带这些市井玩意儿回去？"

李恪抚摸着手上那两只琉璃球，说道："物以稀为贵，这些东西在长安城里都不常见。不只他们，淇儿见着了，也必然会高兴的。"

"是啊，只要你们高兴就好。别的都不重要了。"

"所以，你也不要胡思乱想了。这么些年，多少次险阻都是咱们一起面对的。高兴一点，好不好？"

杨政道并不应他的话，目光透过拉得并不严实的帘子，望向了走在青石板路上的匆匆过客，几不可闻地叹了一口气。

回到驿馆，已敲过了寅时。驿馆中的几个执事已然等候在府门口，殷勤地迎上前来说些不着边际的奉承话。李恪和杨政道二人只作不闻，将他们远远地甩在后头，朝长廊后的小院走去。走到长廊尽头的时候，只听一个穿着黑色翻领胡服的执事胡青悄声问离他最近的执事严甲道："后来那个陶先生怎么样了？"

严甲凑近了一些道："听说陶先生醒来以后就不停地说胡话，什么红衣鬼魂、赵王重回人间复仇之类的。"

胡青嗤之以鼻："赵王可是能保得扬州风调雨顺的恩人，如何会害扬州百姓？陶老头向来迂腐自大，这样的话想来也不可信。"

"不可尽信，也不可尽不信。今天……"严甲的话戛然而止，他咽了好几口唾沫，才又一字一顿道，"今天可是三月初十啊！"

此时的驿馆之内静悄悄的，连雀鸟都很少鸣叫。因而尽管他们已将说话声压得很低很低，那些话还是清晰地传到了李恪和杨政道的耳中。二人相视片刻，不约而同地转过了身。李恪问道："怎么回事？"

几个执事忙停下了脚步，神色慌张地垂头不语。李恪知其中必有曲折，便指着正不断摩挲着衣角的胡青厉声道："就你了！一五一十地说清楚。"

"是……是。殿下。"胡青松开手，一时却不知该如何摆放才好，"卑职几人也是晨间听到街头巷尾的议论后才知道的。陶先生是住在青安巷中的一个教书先生。今天子时时分，他喝酒回来经过巷口，看到了一个身穿红衣的少年从天而降站在他的面前，心口还插着一把匕首。陶先生吓得双腿发软，一动也不敢动。红衣少年拔下那把刀，想要刺向陶先生的肩膀。恰在这个时候，有个更夫提着灯笼路过，红衣少年这才又飘走了。陶先生当场就昏死了过去，两个大夫足足救了一个时辰才把他救回来。"

"说得倒挺像那么回事。"李恪揽衣坐在廊座上，饶有兴致地问道，"那么和赵王又有什么关系？"

胡青正低眉思索间，却见严甲上前一步，躬身一拜道："殿下，这个卑职知道。赵王被害时穿的正是一件红衣，而他的年纪和陶先生所形容的那个少年相仿。而且，青安巷本是当年江都行宫的旧址。再有，今天是赵王的忌日……"

杨政道紧咬下唇，目光灼灼地盯着眼前几人，朗声道："一派胡言！"

严甲正说得兴起，猛然间被打断，有些不服气地撇了撇嘴巴，却又不敢将这些情绪表露在面上，便只得诺诺道："卑职不敢妄言。如若不是这样，那为何童子庙一被焚毁，就立刻出现了这个红衣少年？而且，更夫说，他一见到灯笼就飘走了。君侯您想想，鬼魂不都是怕见光的吗？"

"似乎还真有些道理。"杨政道望了一眼严甲头顶上的一小撮白发，清清冷冷地说道，"你姑且一说，我也姑且一听。这么认真做什么？殿下，咱们走吧。昨儿你赢我的钱，我总得再赢回来。"

严甲似乎还想再说些什么，不意被胡青轻轻地踩了一脚，于是他只得硬生生地将满肚子的话给咽了下去。李恪看在眼里，却只吩咐了一句："告诉府中管事的，他烧的牛柳甜得让人牙酸。今天一定要给我换一个菜。"

几个执事连声答应着，又向他们施了一礼后便离开了。

李恪看着他们离去的背影，忙问道："你是怎么想的？"

杨政道警惕地看了看四周，朝他做了个噤声的动作："咱们进屋去说。"

杜旭知道他们必是这时候回来，便早早地替他们备好了凉汤。三月的扬州有些闷热，一杯凉汤喝下，腹内已是清凉不已。李恪只觉意犹未尽，便又倒了一杯，饮了一大口后道："似乎还有些药味。"

"不错，我从长安一个民间大夫那里学来的。将香梨、荔枝、桑葚捣烂，再放入金莲花和土茯苓，用文火熬制半个时辰，待冷却以后就能喝了。不但口感好，还有清热解毒的功效。在夏日里还可放些冰块，口感便更好了。"

"你不用说那么详细的，左右我也记不住。"李恪用帕子擦了擦落在案上的两滴汤水，"这个事情很奇怪。童子庙昨夜刚刚失火，今日就流传出赵王鬼魂害人的谣言，还传得那么有模有样。若不及时查明真相，不只会败了赵王名声，还会引起百姓恐慌。"

杨政道皱了皱眉："我知道。鬼神之事虽各时各地都有，不过，既然让咱们撞见，又事涉赵王，则必然是要弄得清楚明白的。"

李恪用手撑着头，慢慢地揉着自己疲累的双眼，恍如梦呓般说道："那年的此时此地，定然是一场人间炼狱。所有该死的人，不该死的人，都死了。表兄，倘若不是阴差阳错，咱们也不会存活于世。你知道江都行宫旧址都是如今的哪里吗？"

"除了青安巷，还有永安巷、蓬莱巷、平宁巷，戚家桥两侧的两片地应该也是。"杨政道说着说着，突然转头问道，"你想怎么样？"

"再等等吧。我向来不惧鬼神，更不惧装神弄鬼的人！"

杨政道微笑地看着他，点了点头，默然不语。

用过晚膳，二人换了寻常仕子的衣服准备出门。刚走至驿馆东侧的一片矮竹林，就见郑铎带着手下几名捕快急匆匆地朝前走来。一见到他们，忙小跑着过来，屈身一拜道："殿下、君侯，下官刚从蘼芜村赵阿九家中回来，果然有了一些重要的发现。"

李恪随手摘下一片竹叶拿在手中把玩着："边走边说吧。"

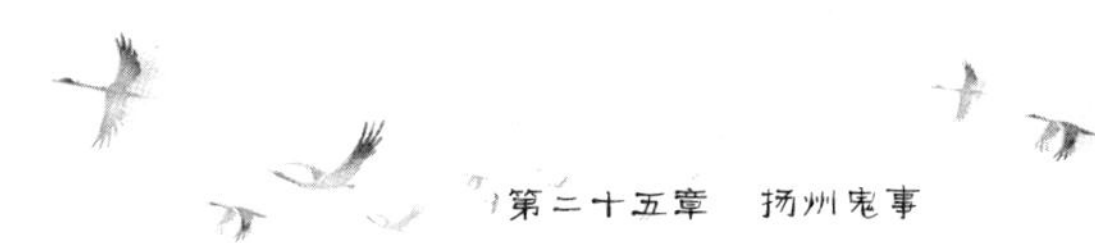

郑铎有些发福，许是跑得急了，面颊微微泛红："下官并未见到赵阿九，便让人去搜查了一下他的房间，在床榻下的一个暗格之中，发现了两坛烧酒和只剩一半的松油。所以下官觉得，他有纵火的条件。"

李恪只觉手指被竹叶汁水弄得黏糊糊的，很不舒服，便从袖中取出一块帕子擦了擦。擦了许久，他才想到应该回郑铎一句："有条件未必有心。"

郑铎站在李恪下手的方向，再次开口的时候，气息已然顺了很多："下官也是如此想的。所以下官还问了几个熟识赵阿九的村民，大伙儿都说，他平日经常在外面做生意，不常回来。不过，下官也打探到，他与蒋土根的确是熟识的。"

"不错。短短半日工夫，倒是查到了不少东西。那你接下来准备怎么办？"

郑铎想了想道："下官打算放出榜文，全城通缉赵阿九。殿下，您觉得行吗？"

李恪站起身来，漫不经心道："随便你吧。"

"你这随口一说'随便'，还不知道这位郑刺史要如何揣摩呢？"杨政道眉目舒展，淡淡一笑，随即又问道，"咱们现在去哪里？"

李恪抬眼望着有些昏暗的天空，紧了紧衣襟："先去青安巷瞧瞧吧。方才真该让季成备马的，才走了这么会儿工夫，就已经累了呢。"

杨政道听他这么一说，不由得露出关切之色："你近来身子还好吗？手上的旧疾真的没有再犯了吗？待会儿回去我再给你好好看看。"

"小题大做！"李恪说着便疾走几步向前。

杨政道看了看巷口客栈前挂着的两盏昏黄的琉璃灯，赶紧追了上去。青安巷中住着百余户人家，多半是商贩和手艺人。此刻天色已晚，家家户户都升起了袅袅炊烟，顺带着飘来阵阵诱人的香味。杨政道轻叹了一声："不知哪户人家在烧粟米饭，想来味道定然不错。"

"那明日让管事的吩咐厨房去烧。"两人走到巷子尽头的时候，李恪忽觉踩到了什么东西，硌得他难受。于是便挪了挪脚，弯下身子将那东西捡了起来，问道："这是做什么用的？"

杨政道忙凑过去瞧了一眼："这牛皮筋仿佛是做弹弓用的。至于螺旋铁丝……你还真难倒我了。"

李恪将这两样东西收进自己的玉带，又理了理衣袍的下摆，说道："不知道也无所谓。这里应该就是那两个执事口中陶先生出事的地方吧。表兄，你究竟有没有看出什么门道来？"

"没有。"杨政道回答得十分干脆利落，"不过这里已是这条巷子中最偏僻的地方了，说不定鬼怪们还真会喜欢。"

李恪明知道他说的是玩笑话，却还是很认真地回道："有些道理。"

正说着话，就见两只黄鹂鸟从身后飞过，停留在他们肩膀上片刻后，又一飞而去，落到了围墙上。李恪与杨政道的目光不由自主地随着它们向上望去。黄鹂鸟叫声清越，长得又十分娇小可爱，故而江南一带的人都很喜欢将它们养在家中。看这两只鸟的脚上还拴着细链子，想来是从哪户人家家中逃出来的。

"你快过来看看。"杨政道的目光迅速从黄鹂鸟的身上转到了一边的几块青砖上，"奇怪。这样高的围墙上，如何会有几条那么深的钩痕？"

"而且还很新，估计也就是这几日才有的。"李恪揉了揉有些酸胀的脖子，若有所思地说道，"墙外就是几年前致仕的陈员外府邸。难道有窃贼翻墙偷盗不成？"

杨政道颔首："也许吧。待会儿让人去刺史府问问就知道了。"

微风轻拂而过，带了些清新的青草香味，也带了些隐隐约约的抽泣之声过来。二人循声而去，看到不远处的一棵大柳树旁，一个十二三岁的小少年正在嘤嘤哭泣，时不时还探出脑袋，朝着前面一座小院看去。

"我好像在哪里见过你。你是哪家的孩子？是迷了路吗？"李恪走到他的面前，蹲下身子问道。

少年低下了头，食指指甲慢慢地剥着树皮。李恪这才注意到，他的眼下有一道浅浅的伤疤，在原本白皙清秀的脸上显得十分突兀。

见他不说话，李恪忍不住又问了一句："你想去这户人家？我来替你敲门，好不好？”

少年听到这句话，面色突然变了，连连摇头道：“陶先生他……他不喜欢我。”

“你是陶先生的学生吧？你叫什么名字？”李恪见他剥着树皮的手微微发颤，像只受了伤的小兽般怯怯的，便换了更加温和的语气说道，“我是他的朋友。我陪你一块儿去看望他，可以吗？”

“我……我叫姚光祖。我不……不去了。”少年对上李恪期待的眼神，终于犹豫着开了口。说完，他便站起身来，头也不回地朝前跑去。

“这扬州城还真是有意思得紧，连小孩子的心都叫人捉摸不透。”杨政道盯着那孩子远去的背影，眉心微蹙，手指习惯性地摩挲了几下，“罢了，先不去管他。时辰不早了，咱们回去吧！方才让人做的樱桃毕罗也该做好了。”

翌日日落时分，在刺史府中忙活了大半日的郑铎又匆忙来到了扬州驿馆。他的脸色很难看，眼窝深陷，嘴唇有些泛白，连走路的样子都有些踉跄。他身后的长史冯万齐扶了郑铎好几次，可他自己的面色分明也透着掩饰不住的恐惧。

李恪看了他们一眼，便让季恩从后院的地下酒窖里拿了两小坛女儿红放在他们面前：“百姓都说喝酒壮胆，你们也来尝些试试吧！本王可不想再见到你们这种畏畏缩缩的样子。有什么话，等心神安定了再说。”

郑铎和冯万齐面面相觑，犹疑了半晌，终于还是一起端起酒坛，连饮数口后才放了下来。空气中登时弥漫着一股浓烈的酒气，李恪向来闻不惯这样的味道，忍不住咳嗽了几下。季恩忙将内室所有的窗户全都打开，将他们喝剩下的酒重新拿了出去。

“殿下，又出事了！您先看看这个。”郑铎的双颊酡红，深深地吸了一口气，把一直拿在手里的一个包袱打开，将一把短刀和一串白玉手珠递到了李恪的手中。

李恪见刀鞘上镶着一颗颜色黯淡的蓝宝石，刀背处有些生锈，刀锋看来却还算锐利。至于那白玉手串……李恪蹙了蹙眉，低头看着自己腕上的那三颗羊脂玉珠，问道：“这些都是什么？”

郑铎用尽可能平静的语气说道："里正来报，永安巷的船夫林大木昨夜被人杀死在家门口。这把短刀，还有手珠，就是在他的身边找到的。"

李恪将这两样东西重新放回了包袱中，抬起头，直截了当地问道："劫财还是仇杀？"

郑铎摇了摇头："下官问了船夫的家人和邻居，大伙儿都说，林大木为人忠厚，从未与人结怨。而家人在他身上找到了放碎银的布包，可见，亦非劫财。"

"都不是……难道还是被厉鬼索命不成？"

"殿下英明。"郑铎和冯万齐不约而同地站起身来。片刻后，郑铎又接着说道："林大木被人刺中了胸口，却没有当场殒命。家人说，他连呼了三声'红衣鬼'后才断了气。"

"红衣鬼，红衣鬼……"李恪连连重复了数声，"听说，前天夜间也曾有人看到过这个红衣少年，是不是？"

"是。"冯万齐不住地点头，"当时里正将此事告知了下官，下官还亲自带人去见了那位陶先生。那情景……当真让人难忘呵！不过也难怪，谁让赵王死得那样惨！"

李恪森然道："你们已然确定那位红衣少年就是赵王的魂魄了？"

冯万齐的双肩不由自主地颤动了两下，指着那个包袱说道："下官的伯父原是江都行宫的一名护卫，他说这短刀和手珠本是赵王的爱物。殿下您再仔细瞧瞧那刀柄上刻的字。"

"我知道。"李恪抬眼观察着他面上细微的表情，语气从容淡然，"季子。对吗？那是赵王的小字。小时候，母亲偶然向我提起过。除了至亲，应该很少有人会知道这个名字。所以，你那位伯父并未说谎。"

冯万齐松开了一直紧握在胸前的双手，神色终于舒缓了几分，连带着说话的声音都利索了很多："殿下说得是。赵王死后栖居的童子庙无端被毁，想来他已将扬州百姓当成忘恩负义之人，因而才会对住在江都行宫原址上的陶先生和林大木下手。他们……也实在倒霉！"

李恪的眼底隐了一丝不易察觉的微笑："虽然匪夷所思，但也不能说毫无道理。那么，你们今日前来的目的又是什么？"

冯万齐看了郑铎一眼，便站起身来，深深屈膝一拜：“下官等一定全力追捕纵火嫌犯赵阿九。但是在此之前，还请吴王殿下和宣平侯劝劝赵王，莫要滥伤无辜了……”

外头阵阵春雷响起，将冯万齐后面的话给掩了去。此时，漫天都是乌云，仿佛正在酝酿着一场惊天的狂风暴雨。李恪昨夜睡得并不安稳，只觉眼睛酸涩难忍。他揉了揉眼，漫不经心地道：“人鬼殊途，如何得见？再说，你们怎知赵王会听咱们的话？”

郑铎亦起身，目光闪亮得好似看见了稀世珍宝一般：“殿下与君侯都是赵王最亲的人，只要你们一出现，他必然会主动来找你们的。只要你们晓以大义，再以亲情感化，赵王本性善良宽和，必然会听你们的。”

“是吗？”李恪脑中迅速回转着这短短几日内发生的诸多“鬼事”，心中似乎隐隐有所觉，可一时半刻却触摸不到那深藏于层层雾霭后的真相。于是，他只得烦躁地摆了摆手让他们都退下。郑铎与冯万齐相视一眼，还想要说些什么，终究也只是异口同声地说了个“是”。

江南的雨十分温柔，总是试探性地落几滴下来，慢慢地拂过人的面颊，钻入人的脖颈，给沉闷的天气带来一丝透心的凉意。杨政道进来的时候，从头发到前襟都沾满了雨水。然而，像他这般玉树临风的翩翩公子，就算再狼狈，亦有一种让人移不开眼眸的风姿。

李恪忍不住埋怨道：“你怎么出门总不喜欢带伞？这一大早又去哪里了？”

“不喜欢就是不喜欢，哪来那么多理由？”杨政道接过他递来的帕子，拭了拭额上的雨水，不以为然地道，“我在见贤书院打听到了一些事情，果如你我所料。还有，我又去童子庙的后院看了看，发现了一些有趣的事情。不过，比起这个来，更有趣的是，他们没有把这有趣的事情告诉我们。”

李恪倒了一杯热茶递到杨政道的手里，疑惑道：“有那么有趣吗？”

“确实。因为我看到后院那棵杨柳树下的土有些松动，显然是不久前才被人挖过的。”杨政道慢慢地抚着杯身上的那朵白莲花，“本来也没那么有趣的。但是我回来的时候又听到坊间关于林大木的流言在疯传。于是……你仔细想想，这到底是怎么回事？”

李恪缓缓地将手握成了拳：“很简单，那人在童子庙后院挖出了赵王生前所用的短刀和匕首，杀了那个老船夫林大木，让所有的人都认为是赵王的魂灵前来复仇。倘若能够找到这个人，此事便也能了了。对了，你确定他们是故意瞒着这重要的线索不让咱们知道，不是他们眼拙没有发现吗？”

“不确定。但是，比起对那么明显的线索视而不见，我宁愿相信他们是有意隐瞒。可他们又的确没有这样做的理由。所以，我还得出去一趟。”

“我跟你一块儿去。”李恪站起身，往前走了两步，又回头对一直侍立在一旁的杜旭说道，“你去告诉郑刺史一声，我和你们公子今晚去永安巷和蓬莱巷抓鬼，让他派人在暗处保护我们。”

杜旭一愣，一脸“你们何须旁人保护”的惊讶表情。杨政道轻咳一声，提醒道：“让他多叫些人，最好把整个府衙的人都叫来。我也就罢了，吴王若出什么事，信不信陛下把他全家流放到岭南去种地？”

“是是是，小的马上就去。”杜旭说完，便一溜烟跑得没影了。

李恪看着满地扬起的尘埃，哭笑不得地摇了摇头：“陛下哪里是这么不讲道理的人？”

“不信你可以试试啊。”杨政道将方才的那块帕子又重新扔到李恪手中，看着他一袭威严十足的亲王装束，“赶紧把你这身招摇的衣服给换了。这雨好不容易才小了。”

二人所骑的马都是扬州府驿馆所豢养的，虽耐力和冲击力都比不过流风和赤风，但好在还算通人性，让它们不要叫唤，一路上便真的静悄悄的，连马蹄踏在青石板上的声音都是闷闷的。

缓步走了半个时辰，才见到位于青安巷的一座新建不久的院落。杨政道轻盈地下了马，将马拴在了巷口一棵老榆树上：“我去敲门。”

开门的是一位四旬上下、绾着个松松垮垮发髻的妇人。她向他们投来了一束并不友好的目光："要住店的话，一直往北走有一家惠来老店，咱们家从不留宿外人。"

杨政道见她就要闭门谢客，忙用手挡着门，从腰间拿出了一块令牌："咱们是刺史府的人，奉命前来探望陶先生。"

妇人将信将疑地接过令牌看了一眼，忙变了变脸色，敛衽一拜，赔着笑脸说道："小妇人陶林氏见过两位公子。两位请——"

陶家并不十分大，进了门便见一口石井孤零零地立在院子中。左右是对称的两间小屋，当中一条长廊上有不少混着泥土的黑脚印。陶林氏走在前头，时不时回头，微露难堪之色："两位小心，别弄脏了鞋。小妇人刚刚从后院菜园里除草回来，还没来得及打扫呢。"

"多谢夫人提醒。"杨政道略提了提裤脚，"陶先生今日身子如何了？"

陶林氏道："已经好多了。公子去见了他就知道了。"

陶甫森此刻正站在内室书房里。他面色蜡黄，说话的时候双手一直在微微地颤抖，虽尽力压制着自己慌乱的情绪，但一抹劫后余生的庆幸与惶恐依旧不由自主地从他的眼里流淌出来。李恪坐在书案之前，随意翻开了一本汉魏六朝诗集。

"山中何所有，岭上多白云。只可自怡悦，不堪持赠君。"李恪声音清朗地念出了这四句诗，旋即将诗集合上，微笑着说，"陶弘景虽隐于山间，但并未彻底忘怀世情，梁武帝遇到难事亦常会亲自拜访他，所以后世人才会称他为'山中宰相'。不过，论起诗才来，在人才济济的南北乱世中他实在并不出众。可你却将他的这首诗编排在第一的位置，看来，你该是他的后人吧？"

陶甫森的目光只是盯着地面，听到这几句话，才略抬起了头道："公子说得不错。学生向来钦佩先人人品心性，所以就算曾经有过入仕机会，学生也宁愿只居于此陋室，以教书为业，但愿将来能为国培育出一位将相之才。"

"先生志向倒是颇高。"李恪站起身，将书重新放到了架子上，缓步走到陶甫森的面前，"只是，先生知不知道，作为一位合格的教书先生，有比培育将相之才更重要的事情？"

陶甫森怔了一下，情不自禁地望了李恪一眼，脱口而出道："是什么？"

"是一视同仁！"李恪淡然浅笑，"人的天资不同，接受新事物的能力自然也不同。若只偏爱有天赋、有能力之人，而对那些资质平庸，生性又敏感多思的学生轻则嘲讽，重则打骂，那么就算将来真有桃李封侯拜相，亦难称好先生。”

陶甫森的眼神陡然闪动了一下，身子微微一颤，结结巴巴地说道：“公子……公子说得……说得是。学生受教了。”

“受教没有用，得知错了才行。”李恪转头说道，“表兄，今日去见贤书院应该收获颇丰吧？”

杨政道听他绕了这么大一个弯子，这才说到了正事上，心中着实有些不耐烦，语速便不由自主地快了几分：“陶先生还记得姚光祖吗？这孩子反应是比旁人迟钝了一些，但他向来好学，性子又十分温和谦逊。可你却总在众人面前嘲讽他不是读书的料，就算再学三辈子也考不上秀才。几个月前，你的一锭银子丢了，在众多的学生中，你毫不犹豫地怀疑了姚光祖，不只拿着戒尺往他脸上打，还把他赶出了书院。我有没有说错一个字？”

在旁站了半晌的陶林氏听得此话，不由得插嘴道：“太过分了。”

陶甫森心头一紧，说道：“学生后来也知道冤枉了姚光祖。可是……可是……”

“可是你拉不下这个脸再去找姚光祖回来继续念书！”杨政道的面上难掩嘲讽之色，“姚光祖的祖父因为这事被气病了，只过了一个月便过世了。你的身上，可是间接挂着一条人命！”

陶甫森吓得腿脚发软，忙靠在墙角让自己冷静下来。屋外的草虫鸣叫声不绝，吵得人有些昏眩。陶林氏按了按自己的太阳穴，屈膝跪倒在地道：“两位公子既是受刺史之命而来，则必是刺史信赖之人。请两位替郎主求求请，郎主实无害人之心，只不过，不过……”

“若有害人之心，你如何还能安居家中？”杨政道见他们着实被吓得不轻，心中只觉畅快淋漓了不少，还想再说什么，回头却与李恪“适可而止就行”的眼神撞在了一起。于是他只得甩了甩袖子，心不甘情不愿地说：“陶甫森，明日你亲自去姚家向姚光祖赔罪，请他回来读书，此事或许还有商量的余地。”

陶甫森将双手搭在面前一只貔貅香炉上，扯了扯嘴角，为难地说道：“学生毕竟是姚光祖的先生，亲自登门赔罪，这……这……”

“不可以吗？”李恪目光凛冽地盯着他，瞬间就觉得方才不该心软，就应该让杨政道再把他吓个半死。

陶甫森向来自诩名门之后，心高气傲得很，可今日却被面前这两人逼得露了怯，一时还真想挖个地洞钻进去。陶林氏见气氛僵冷在那里，便忙拉着陶甫森一起跪倒在地，连声说：“可以，可以……自然是可以的。”

“可以便好。”李恪满意地笑了笑，“至于如何赔罪，应该不必我来教你了吧？”

“公子放心，学生知道该如何做了。”陶甫森深吸了一口气，扶着陶林氏的手缓缓地站起来，似乎想了很久，他才终于将话问了出来，“那……那天夜里攻击学生的那个人，不，那个鬼……真的是赵王的魂灵吗？”

“你不知道？”李恪的心骤然一沉，“不是你在昏迷之中反复念叨着‘赵王重回人间复仇’这样的话吗？”

“大概学生自己说过，却忘记了吧。”陶甫森恍然大悟般地说道，“赵王想要杀死学生，是……是为了姚光祖吗？”

李恪愣了片刻，旋即又道：“自然。赵王心善，最是看不得别人受委屈了。”

第二十六章

项庄舞剑

从陶家出来已是夜半时分。圆月高悬，晚风阵阵。李恪自打来了扬州，好像还是第一次见到那么柔和明媚的月光，可浸没于其间的时候，却又分明感觉到了一股来得迅疾的酸涩。长安的月，是否亦如此般美好耀目？长安的人，是否也是这样举眸望天，笑靥如花？

杨政道慢慢地松开手中的缰绳，俯下身子，将双手环绕在马脖子上。李恪轻轻拍了拍马脖子，靠近了他一些问道："怎么了？"

"想念长安的，不止你一个人。"杨政道并不看他，只是用这样轻缓柔和的声音说道，"我和雪鹭成亲那么多年，这是第一次我没有和她一起过生辰。我不知道还能陪她多久，可只要还剩下一时一刻，我都会好好地珍惜的。"

"你到底在胡说些什么？你和雪鹭怎么可能会不天长地久？"李恪伸手狠命拉住了他的马缰绳，迫使他看向自己。马在受惊之下嘶叫着跃起前蹄，杨政道只得松开双手，挺直了身子，用力踩实马镫，才不致从马上摔落下来。李恪这才惊觉刚刚太过情急，耳根不由因为紧张而陡然泛红。他怎么忘了，这到底不是他们从小照顾的马。

杨政道安抚地摸了摸马的鬃毛，似乎对方才的惊险全不在意："明知我在胡说，你还那么激动做什么？我和雪鹭的天长地久可都系在你的身上。你说过，你会保护我们所有人周全的。”

“莫名其妙！”李恪没好气地丢下这四个字，一扬马鞭，飞奔向前。

二人刚到青安巷尽头，就见一个人影一步一踉跄地朝他们走来，没走几步，便一头栽倒在地上，口里只反复念叨着三个字：“救救我，救救我……”

李恪见状，赶忙跃下马去。这才看清楚这人的身下有一摊殷红的血迹，嘴唇在月光的照射下显得苍白无比。

“你是严甲？”李恪扶着他的肩膀，急急问道，“是谁做的？”

严甲用尽全力将眼睛睁开了一条缝，细若蚊鸣地吐字出口：“红衣……红衣鬼。是赵王……赵王杀我……”

严甲在说完最后一个字后，无力地闭上了眼睛。

又是赵王。

李恪咬了咬牙，手紧紧地握成拳，把严甲平放在了地上。他骑马往回而去，见杨政道正慢悠悠地朝前走着，便忙拉着他的衣袖道：“快……快救人。”

严甲此时正一动不动地躺着，胸口的那个伤口还在汩汩往外冒血。杨政道搭了搭他的手脉和颈脉，略松了口气：“还能救。”

“这样子还能救？怎么救？”

“幸好我一直随身带着。”杨政道从挂在马上的锦袋中拿出了一排细针，“帮我把他的衣服解开，然后到我身后来，不要挡着月光。”

李恪边应着话，边小心翼翼地将严甲的外衣和内衫全都褪下，杨政道迅速在他胸口和脖颈处连扎三针。严甲的身子动了动，轻轻咳了数声。李恪喜道：“表兄，可真有你的。现在该怎么办？”

“暂时不能随意移动。我在这里守着，你赶紧去驿馆叫辆马车，再叫几个大夫过来。我只能稳住他的伤势，却不会治伤。”

“好。你等着，我马上就去。”

那把刀刺得很深，却并没有刺中要害。严甲在第二日晌午便恢复了神志，将所发生的事情大致讲了出来。昨晚他本是去青安巷赴一个旧友的邀约，可一直等到戌时，都没见那个朋友的影子，于是就打算回家去。可就在他转身的时候，一个身穿红衣的少年不由分说地就将手里的刀往他的心口刺去。在他倒地之前，少年却以极快的速度闪身不见了。

“看来，一日不抓到赵阿九，赵王一日便不会收手。”郑铎心有余悸地拍了拍自己的胸口，“昨晚，下官和冯长史亲自带人埋伏在永安巷和蓬莱巷口。未曾想，赵王去的竟又是青安巷。幸好严甲命大，遇上了殿下您和宣平侯。”

“是啊！的确命大呢。”李恪说道，“昨夜咱们临时改了主意，去青安巷找最初受害的那位陶先生问了几句话。我们用的是你刺史府的身份，你不会介意吧？”

郑铎的嘴角微微抽搐了两下，勉强挤出一丝笑容：“自然不会。殿下您问出什么了没有？”

“陶先生的遭遇和传言并无二致。”

“那就好。”郑铎不由自主地脱口而出，可旋即又觉得这样说歧义太重，便忙又补充了一句，“下官的意思是，不是人祸就好。”

“自然不是。”李恪走至窗前，负手看着庭院中那几只飞舞在樱花树上的彩蝶出了会儿神，转身见郑铎和冯万齐等人依旧恭恭敬敬地站在那里，便对他们说道，“你们都走吧。赵王的事情你们不用管了，我心里有数。严甲就留在驿馆养伤。”

郑铎连声称是，一脸甩掉了一个烫手山芋的释然表情。

几人刚走不久，云岭和季成便一前一后走了进来。云岭刚想说话，李恪却对他摇了摇头，吩咐内室中的几个侍女仆从道：“好好照顾严执事，不得懈怠。你们两个跟我走。”

出门的时候，李恪警惕地朝四周看了看，确定附近并无外人之后，才开口道：“说吧。”

云岭不解道：“殿下，您是怀疑这驿馆之中有什么古怪吗？”

“不是怀疑，是确定。所以，你们以后行事也得小心点。”

云岭拿起剑，做了个拔剑的动作，铁青着脸说道：“谁敢对殿下无理，卑职必亲手砍了他的脑袋当球踢！”

季成倒吸了一口凉气，诧异道：“护卫长的脾气从前可没那么大呀！”

“还不是被扬州城这神神鬼鬼的给弄得闹心嘛！人也就罢了，大不了和他拼死一搏，可和鬼打架，我实在没经验……”云岭不觉气血上涌。可说到一半，却又恍然般地住了口，站直身子，躬身一拜：“卑职无理，殿下恕罪！”

“罢了。开门见山地说吧！今日有些什么收获？”

“是。”云岭收了收他的大嗓门，轻声说道，“卑职和季成一起去了蘼芜村，可村中人说这几日都没见到金鸿的影子。至于赵阿九……因上回官府前来搜查过，所以他们知道赵阿九的住处，可却无人认识这个人。不过，咱们在搜查他家的时候，发现他所用的器物与旁人不同。他应该是个……残疾人。”

季成走上前一步，用几不可闻的声音在李恪耳畔说了几句话。正说话间，却见一个黑影迅速从他们的头顶闪过，季成吓得立刻住了口，下意识地拔出了腰间的佩刀。直到假山石上传来几声白鹭的叫声，他这才长长舒了一口气。

李恪见状，禁不住微微一笑：“我只叫你们小心，可没让你们这般草木皆兵。记住，我可是陛下钦点的可以便宜行事的黜陟使，就算罢了他扬州刺史的官，也不用上奏朝廷。你们怕什么？”

“是！殿下说得是！”云岭挺了挺身子说，“那么接下来，卑职等该做些什么？”

“接下来嘛……”李恪捡起落于草丛中的一根柳条，拿在手中把玩了片刻后，用力将它折成了两截，“你们马上去青安巷巷口那户有两棵出墙柳树的姚家，找一个名叫姚光祖的少年过来见我。驿馆后院最南面的墙角有一个被灌木丛盖着的小洞，你们带着他往那里走。切记，不能让任何人发现！”

“殿下放心，卑职一定会做好的。”云岭答应得十分爽快，“还有吗？”

李恪想了想说道：“让厨房多做一些甜食，但也不能太甜了。”

云岭和季成走后，李恪独自一人走过通往书斋的一条蜿蜒的石子路。石子路的尽头有一道用青竹筑成的小路，通往湖心的石亭。石亭终年清凉，在夏日里犹能感觉到它的妙处。当年，筑成此亭的工匠恳请彼时的扬州刺史皇甫跃题名，皇甫跃为图省事，直接将它命名为“清亭”。

李恪坐在清亭中的石凳上，将身子靠着廊柱，双手抱膝，看着清澄湖水里一条条摇着尾巴的小鱼发了会儿呆。

为何蘼芜村中唯一认识赵阿九的金鸿会突然不知去向？金鸿到底有没有告诉官府赵阿九残疾的事实？如果官府知道，为何没有在通缉的榜文中写出这么明显的特征？如果官府不知道，那么金鸿很有可能就是赵阿九的同谋。

一贯独来独往，常年居住在童子庙的庙祝蒋土根；与人无冤无仇，老实巴交的船夫林大木；多年在扬州驿馆当差，性情豪爽的执事严甲。他们身份不同，年龄不同，家境不同，又互不相识，为何会以同样的方式被害？

最重要的是，凶手为何要假借赵王的名义杀人？

赵王，杨杲，杨家……

李恪的脑中如闪电般交错着一个又一个荒谬的念头。最终，它们编织成了一个密不透风的大网，勒得他的脑仁生疼。

李恪就这样在清亭中静静呆坐了一个时辰，直到云岭跑过来说，已经将姚光祖带到了后院偏房，他才站起身，拍了拍落在身上的几片树叶，说道："告诉杨公子了吗？叫他一起过来吧！"

云岭有些为难地说道："卑职方才正巧碰到杜旭。他说杨公子今日从早起就不大舒服，现在还在屋中休息。那还要不要……"

"怎么不早说？我得去看看他。"李恪疾行几步，很快却又停了下来，"算了，眼下还是姚光祖的事情要紧。你别跟着我了，去替我瞧瞧他，再问问杜旭，有没有请大夫看过？这些年他老仗着自己身体底子好，又会些医术，总不把我的话放在心里。"

"是，卑职马上就去。"云岭笑着说道，"不过，杨公子可是出了名的不爱看大夫。这世上能劝得了他的，除了安陵县主，也就只有您了。"

这人可真是麻烦。李恪腹诽了一句，便小跑着朝偏房而去。

此刻的偏房中除了姚光祖，还有季恩、季成兄弟二人。姚光祖将头埋得很低很低，眼神略有些飘忽不定，双腿因为紧张而哆嗦着。

“你们两个在外头看着，不许任何人靠近。”李恪推门而入，坐到了左侧上首的位子，说道，“姚光祖，咱们见过面的，你不要怕。”

姚光祖听他这声音十分温和可亲，便大着胆子往前走了几步，却始终不敢坐下。过了好久，他才用手碰了碰锦垫上的牡丹花绣纹，稍微抬了抬头说道：“您就是吴王殿下？”

李恪俯下身子，拉了拉他的手，让他坐到了自己的身边：“是。你知道我是什么样的人吗？”

“知道。去岁先生讲课的时候，曾经提起过您，说您文武双全，又心怀仁爱，是个真正的贤王呢！”

“言过其实了。”李恪将手边的一个柑橘递到了他的手里，继续温声说道，“陶先生应该已经去你家中向你赔礼道歉，并且请你继续去见贤书院学习了吧？”

姚光祖面露诧异之色，目光闪烁：“殿下是如何知道的？”

李恪细细打量着这少年，见他的头发有些枯黄，半用麻布绳扎着，半垂于肩上，一对丹凤眼虽不甚明亮，却生得十分秀气，只是那件青灰色的袍子穿在他身上明显大了许多。看了他片刻，李恪才从袖中取出上回从青安巷捡来的一根牛皮筋和一根螺旋形的铁丝，放到了手边的矮几上，肃然道：“自然知道！我还知道，你就是那晚将陶甫森吓得晕死过去的红衣鬼，对不对？”

姚光祖原本就不敢坐稳，一听这话，双腿一软，不由自主地瘫倒在了地上。他因为惊惧而落下泪来，却不敢伸手去擦，只得抽抽搭搭地说道：“殿下……我……学生没有……”

“如果方才我只有八分把握的话，现在，该是有十分了。几天之前，我曾去集市中买了些给小孩子玩的东西，还和你说过话。当时，我见你正在把玩着一把伸缩刀，我看着有趣，便也买了一把。你还记得吗？”

姚光祖的嘴唇微微颤动着：“是。加上这一次，学生见过殿下三次了。”

“记得就好。”李恪见他额上已然沁出了许多细密的汗水，知他已是害怕到了极点，便说道，“这种伸缩刀没有开刃，因而伤不了人。而且，它的内部装有一根牛皮筋和几根螺旋形的铁丝，当刀碰到东西的时候，它就会缩起来，过一会儿，则又会弹出来。你用这种伤不了人的东西去攻击陶甫森，显然不是想要他的性命，而只想吓唬吓唬他……"

姚光祖直直地跪倒在地，听到此处，不由张了张口，想要说些什么。可李恪却没有给他机会，只兀自说道："理由自然是陶甫森曾经打骂侮辱过你，还因你'偷盗'了他的财物而将你赶出了书院。为了你自己，为了你忧愤而死的祖父，你就想出了这么个法子。可是，你良心未泯，在知道陶甫森因为你而险些丧命的时候，你担心极了，很想去看看他。这就是我那日会在青安巷中见到你的原因！"

话已说得如此明了了，可姚光祖还是本能地反驳道："学生是……是想去看望陶先生，想要……求他让学生重回书院。可又如何会做出那样的事情来呢？"

"那你就好好听着！"李恪言辞中明显带了几分不耐，"从当时你自青安巷跑出去的姿势上来看，你是有功夫底子的。陶甫森和更夫之所以会产生有人在空中飘动的错觉，是因为你用铁爪钩住了围墙上的青砖，然后就能顺着绑在铁爪上的线随意移动了。而那根线在夜色之中，几乎看不清楚。姚光祖，你看看你的手掌，上面是不是仍旧留有绳子的勒痕？"

姚光祖下意识地伸出手掌，上头果然有两道青痕，触碰之下，还隐隐能感到些痛意。于是，他只得紧紧地握住双手，狠狠地咬着自己的下唇。

"其实，你承不承认根本不重要。重要的是，本王认定是你就可以了。"李恪说得有些渴了，便倒了一杯汤饮喝下，"更夫说，你一见到灯光就飘走了。你确实怕光，却不是因为你是鬼，而是怕他们看清你的长相，知道你是谁。所以情急之下，你便收了铁爪，越过围墙，暂时在隔壁员外府中躲了一会儿。不察之下，你的伸缩刀掉了下来。因为距离太高，它掉下来的时候就被砸碎了。而那日晚上我在此地拾得的，便是这伸缩刀中的牛皮筋和螺旋铁丝。我怀疑你，或是你撞到我面前让我怀疑，实属机缘巧合。可老天自有安排，巧合中也带着必然。"

姚光祖泪水未干，眼中却有着另一分疑惑："殿下不处置学生吗？先生来学生家里是您……"

"不错。是我让他去的。不过，我虽有怜悯之心，但从来不会去滥用。我可以放过你，但是，你得替我做事。你可愿意？"

姚光祖的神情终于有了一丝松懈，不假思索道："愿意。学生愿意为殿下做任何事。"

李恪将身子微微坐直了些，伸手虚扶了他一把，语气淡淡道："是你擅长的事。不过，我现在没这闲工夫跟你说。你先待在这儿，一会儿季护卫会过来告诉你。"

未等姚光祖回答，李恪就快步走出了偏房的门。穿过假山石后的一片松树林，便到了绮云楼，云岭恰好和昨晚替严甲治伤的刘大夫一起走出内室。李恪忙迎了上去，问道："他到底得了什么病？"

刘大夫捋了捋长须，思考着说道："殿下放心，君侯应该没事的。"

"应该？"李恪挑了挑眉毛，不满地说道，"你这是敷衍的话吗？"

"小民不敢。"刘大夫忙不迭为自己辩解，"君侯面色不大好，嘴唇也没有血色，又有些吐血的症状，但他的脉象实无不妥，神志也很清醒。或许……或许只是厉害一些的风寒。"

"都这样了你还敢说没事？"李恪怒声道，"回去自己把你悬壶堂的招牌给摘了！"

刘大夫一脸苦相，还想再说几句，便被云岭拉了出去。待走得远了，云岭才出声安慰道："大夫不要苦恼了。我会让手下几个弟兄跟你回去摘招牌的，保管帮你摘得完好无缺，还能转卖给木匠师傅换个好价钱。"

刘大夫拼命咽着唾沫，这才忍住了想要仰天大哭的冲动。他觉得自己很冤，有口难辩的那种冤。

"你真的冤枉他了，我没事。"杨政道背对着李恪坐在书案前，看着桌上一只画有白雪红梅的小瓷瓶，用手撑着头，若无其事地说道，"许是因为最近经常梦魇的缘故，心血有些不稳。多休息会儿就可以了。"

"我不信。如果不是病得撑不住了，你是不会主动去叫大夫的。你实话告诉我，究竟是怎么回事？"

杨政道听着他话语中的焦灼之意，心中一暖，口中却只说："你是多希望我有什么不治之症啊！放心吧，我的身子如何我自己清楚。云岭说你把姚光祖叫来了？你真的肯定他只对陶甫森一人下过手？"

李恪听他岔开了话题，便也只得顺着往下说道："对。因为陶甫森只是被吓晕了，而林大木是丢了性命，严甲也险些命丧黄泉。所以，最大的可能就是——那个真正的凶手在编造了陶甫森遭赵王鬼魂攻击的谣言之后，继续以赵王的名义来杀人。"

杨政道轻咳几声，问道："那么，你心里有数吗？那个人是谁？"

"有数。可是，我到现在都想不明白他这么做的目的。"李恪坐到了他的身边，看着他越来越苍白的面色，深深蹙眉道，"表兄，好好照顾自己。千万不要有事，好吗？"

"我知道。你先回去，让我再躺一会儿。等你需要的时候，我一定会精神抖擞地来帮助你的。"

入夜时分，李恪将执事胡青叫到了面前。胡青比严甲小几岁，看起来也要机灵一些。他深深一拜到底，满面恭谨地问道："殿下有何吩咐？"

李恪将目光瞥向一边，并不看他："也无甚重要的事。只是想问问，你与严甲的关系如何？"

"回殿下的话，卑职与严甲是一同来扬州驿馆当差的，又是同乡，所以向来以兄弟相称，感情十分要好。"

李恪点了点头："严甲虽然暂时没有生命危险，但身子仍十分虚弱。本王想让你这几日在他屋前值守，你觉得如何？"

"殿下吩咐，卑职自然遵从，一刻也不会懈怠的。"

"好。那你现在就去吧。"

胡青再施一礼后，便缓缓退了出去。大门积年受风吹雨打，门轴处已有些生锈，关门的时候，发出了一声刺耳的"嘎吱"声。李恪听着身后的脚步声渐渐远去，才转过头去，松开了一直紧握着的双手。脑中的迷雾越来越浓，可片刻工夫，却有一阵暴风袭来，让他的神志有了一阵清明。

也许，就快等到拨云见日的那天了吧。

这一晚，李恪睡得并不安稳。不知怎的，他的耳边总不断盘桓着当日在武德殿外，江夏王对他说的那几句话：你被感情所累，故而所有的杀伐决断全是基于感情。你执着、护短、感性……这都是身为帝王最忌讳的个性，也是陛下身上拥有，却要拼命去压制下来的东西。

为什么会想起这些？自己是不是真的曾经因情误事？还是……自己受感情蒙蔽而忽略了某种显而易见的东西？

各种纵横交错的思绪争相在李恪的脑海中转动着，直到被一阵阵急促的敲门声打断，他才彻底清醒过来。他深深地吸了一口气，又慢慢地吐出。额上的汗水顺着面颊一直流到了脖颈，他顾不得去擦拭便下了榻，随意从架上拿了件外氅便出了内室。

门外的胡青浑身被雨淋得湿透，右脸上有一道细长的划痕。他喘着气说道：“殿下，方才……方才卑职见到那个红衣……赵王的鬼魂了。他那张沾满血污的脸……当真狰狞可怖！卑职差点就死在他的手里了。”

“你先进来，慢慢说。”李恪在瞬间的惊讶过后，立马恢复了平静，“你脸上的伤是怎么回事？”

胡青颤抖着声音说道：“半个时辰前，卑职小解回来，看见严甲的屋里一片漆黑，便摸黑进去点蜡烛，才点了一支，却被人从后面勒住了脖子。那样冰凉的感觉，是只有死人的手才会有的。当时他就飘在空中，卑职想要伸手去抓，却反被他在脸上划了一刀。”

“后来怎么样了？”

胡青用手捂住了伤口，接着说道：“卑职边跑边大声呼救，直到跑到清亭附近，才见到了两位季护卫。而赵王鬼魂那时正在附近，卑职亲眼看到了他的影子……影子？不！不对！鬼魂怎么会有影子呢？是人！殿下，有人要杀我啊！”

李恪看着他那种恍然大悟后却更加惶恐的表情，不禁露出了一丝微不可见的笑容：“你可得罪过什么人没有？”

晚风从关得并不严实的窗户中吹了进来，胡青湿漉漉的衣服全都贴在了身上，弄得他十分不舒服。他想了许久，还是摇摇头说：“卑职向来与人为善，实在不曾有过什么仇人。”

“或许，那个人想杀的不是你，而是严甲。那晚他便已经下手了，可你却被我与宣平侯所救，如今他是再次出手。我倒是真有几分好奇，严甲与那个人之间究竟有什么深仇大恨？”

胡青面容呆滞，依旧茫然地摇了摇头。

两相沉默间，季成已小跑着进了屋来，说道：“殿下，卑职等抓住那个装神弄鬼的人了。现在他被关在后院一间小屋之中，您要亲自讯问吗？还是要知会郑刺史一声？”

“等天明了，你去刺史府跑一趟，要当面将事情的来龙去脉和郑刺史说清楚了。”

季成爽利地答应了一声，转身便疾步离去了。

胡青呆愣着说道：“殿下，那卑职该怎么办？”

李恪只觉一阵阵困意袭来，忍住了打哈欠的冲动，揉了揉眼睛说：“回去把这身衣服换了，再睡一觉，然后，安心去当差吧。”

天边刚刚泛起一抹鱼肚白的时候，郑铎已经和冯万齐站在刺史府后堂内议事了。郑铎的面上露着掩饰不住的焦色，徘徊良久之后，他才坐定，压着嗓子问道：“现在该怎么办？难不成真的是他吗？”

冯万齐知道多说无益，便也只得在旁安慰道：“您就放心吧！他肯定还在地窖之中，跑不了的。再说，没有您的吩咐，他怎么敢呢？”

“那去找的人怎么到现在还不回来？”郑铎仿佛对这话充耳不闻，兀自说着，“恩师让咱们多拖些日子，如今看来，怕是拖不长了。”

“您想出的计划已然十分缜密。就算尚书知道了，也必然只会称赞您办事得力的。”冯万齐带着五分真心、五分拍马屁的语气说道。

然而，显然这样的话对于郑铎来说并不受用。他的手里紧紧捏着一个瓷杯，似要把它捏碎了一般：“事情紧急，怎么可能缜密？再说，你没听恩师派来的人说吗？当年的马相都曾经栽在吴王和宣平侯手中，像你我这样的人，又怎么会是他们的对手？”

“那又如何呢？”冯万齐不以为意道，“尚书让您做的只是争取时间。如今您做到了，这不就成了吗？他们俩能在扬州多待一天，您就完成了任务；多待两天，就是您的本事。”

“是吗？可是一旦他们看破了这个计划，不止我这扬州刺史的位子，恐怕连命都会没有了。不过，当我答应恩师去做这件事的时候，其实就已经知道最终的结局了。”

“那倒也不一定。”冯万齐这回回答得无比肯定，“一朝天子一朝臣。您的锦绣前程，恐怕还在后头呢！”

锦绣前程。

郑铎在心里一字一顿地念出了这四个字。锦绣前程哪有身家性命要紧？他所在意的，只是知遇之恩而已。幸而自己孤身一人，从未有妻小拖累，所以生死于他而言，也不是什么特别要紧的事。

正在郑铎低头想得入神之时，一个打扮成小厮模样的人走了进来。冯万齐急不可耐地问道：“怎么样？人还好吧？”

小厮点点头：“长史放心，一切安好。”

“那就好。你下去吧，去酒窖中继续看紧了他！”

冯万齐略松了一口气，转眼却看到了郑铎依旧紧绷的神情。他刚想说些什么，却听得郑铎自言自语道：“一切安好？那不是更奇怪了吗？吴王抓的那个人究竟是谁呢？”

“这个现在已经不重要了。”冯万齐清了清嗓子道，“胡青既说吴王会让您过去共审，您是无论如何都推脱不了的。到时候，您可不能露出任何破绽啊！”

郑铎沉默不语，过了很久很久，才听到他深深叹气的声音。

他们就这样相对而坐，各怀心事。直到正午时分，才意料之中地等到了季成。季成只略略将事情说了一遍，郑铎在表现出恰到好处的惊讶和恍然之后，便跟着季成一起离开了。

冯万齐看着照在堂中地面上的一束阳光，眉头越皱越紧。许久之后，他才站起身往门外走去。走得太急，险些被那高高的铁门槛绊着。

刚刚踏出院门，当值的几个差役便齐齐朝这边走来。其中一个生着四方脸

孔，身量高挑的差役俯身一拜道：“长史，宣平侯来了。”

冯万齐面色微怔，脱口而出道：“他来干什么？”旋即，他又觉得自己语气太过生硬，立马改口道，“请宣平侯在正堂稍坐片刻，我马上过去相迎。”

那几个差役面面相觑，都不说话。最后，还是刚刚开口的那个四方脸说道：“宣平侯他……他去了花园后面的那个地窖，还杀……杀了那个……”

冯万齐只觉脑袋“轰”的一声炸裂了。郑铎前脚刚去了驿馆，杨政道后脚便来刺史府杀了人。老天！真是担心什么就来什么！冯万齐在心中高声呐喊着，从牙缝里挤出了一句话：“你们怎么可以放他过去？”

四方脸讶异道：“长史，您这说的是什么话？他可是宣平侯啊！再说，他拿的是吴王殿下的印信，借卑职们一百个胆子也不敢和他说一个‘不’字啊。”

“混账！”冯万齐恨恨地将身边的一根柳枝折了下来，又用力地踩了几脚。

差役们看着风尘而去的冯万齐的背影，再次对望了几眼，不知道他这一声“混账”骂的究竟是谁。不可能是他自己，更不会是宣平侯，那么，也就只能是他们了。可他们也没有做错什么啊！这还真是奇了。然而，更奇的是，宣平侯怎会在府里找到了那个被满城通缉的要犯？他们不敢再想下去。有些事情，不知道远比知道了要好得多，尤其是像他们这样的小人物。

冯万齐匆匆赶到地窖的时候，看到一个人正横躺在地上，脖颈处那个致命的伤口还在不停地往外涌着鲜血。他那一双眼睛睁得老大，表情依旧是死前那瞬间凝结而成的狰狞惊惧。而墙角处的另一个人正蜷缩着身子，不停地哆嗦着。

杨政道收起握在手里的短刀，看着冯万齐逡巡不前的样子，微笑道：“我来过你们这刺史府几次，倒不知这里竟藏了那么多好酒。真是好酒啊！长史，你闻闻，那么浓的血腥味都能被盖住呢。”

冯万齐双膝一软，不由自主地跪倒在地：“下官不知道……”

“不知道什么？不知道这里为何藏了人？还是不知道我为什么放着凶手不

杀，却要杀了他？”

声音在空旷的酒窖之中回响着。冯万齐不敢抬头，双手撑着地面，只觉有一股湿热的感觉从手心传来。他知道那是什么，于是，更深的一重恐惧袭来，压得他几乎窒息。不知过了多久，才听到墙角那人带着哀求的哭腔说道：“长史，救救我，救救我……我真的不想死啊。”

杨政道走上前几步，冷冷道：“赵阿九，你到现在还在指望着他能救你吗？”

“我……你……”赵阿九虽不知道面前这人的身份，可直觉告诉他，能抱住这个人的大腿，或许还有一线生机。于是，他赶紧膝行几步，向杨政道连磕了五六个响头，一时却不知该如何称呼他才好，只得含糊着说：“请贵人饶命！小的只是贪财，并不想害命啊！”

若不是长着一张满是胡楂的脸，杨政道真以为面前这人不过是一个十来岁的孩童。他刚想开口说话，忽觉胸口一阵剧痛袭来，身子不自觉地微微往后一仰。季成见状，眼疾手快地扶住了他，轻声在他耳畔说道：“君侯，您身子还好吗？”

“不太好。”杨政道紧抓住季成的手，借了他的力才勉强站直了一些，冷声道，“冯万齐，你们能觅到这么一个天生身子矮小，又会功夫，还胆大贪财的人，也着实不容易。你们究竟有何不可告人的目的？”

“下官也只是奉了刺史之命行事。目的……目的是……”保命要紧！此刻冯万齐的头脑无比清晰，他指了指地上那个早没了气息的人说道：“吴王与您刚来扬州没多久，长孙尚书便派了此人前来给刺史传信，说一定要想尽办法把你们留在扬州。因为……”

“别说了！”杨政道惊急之下，喉头那一股腥甜之味愈浓。他早该明白的！不只是他，李恪也不会完全想不到，可他们却还是乖乖地落入了这彀中。项庄舞剑，意在沛公。原来，他们才是这世上最愚蠢的人！他要马上去告诉他！他肯定，就算在此刻，李恪依旧不曾完全想通透了。

就在他转身那刻，冯万齐忽地站起身冲到杨政道面前，又屈膝跪倒在地，出于求生的本能，他直接将话问出了口：“君侯可否保得下官的性命？”

“有国法在，我说什么都是无用的！”

冯万齐犹不死心：“那君侯为何要杀他？”

“为了替吴王清理门户。此等忘恩负义，卖主求荣的小人，不配死在吴王手里！”

武梁。

杨政道咬牙切齿地在心里叫了一声这个名字。

此时，扬州驿馆中的郑铎在面对突如其来的质问时，及时稳住了心神，镇定自若地反问道：“殿下不觉得这个罪名太大了吗？”

“是啊！好大的罪名。”李恪的话语掷地有声，“若非有十成把握，我真不敢相信，堂堂大州刺史，朝廷命官，竟然会做出雇凶杀人这样的荒唐之事！”

郑铎的目光直直地望着某处，心里只有一个念头：不能认，绝不能认。于是，他便用更加平静的声音说：“下官不知。”

“好。今日阳光正好，很适合讲故事。二月二十五日，我和宣平侯办好萧皇后丧仪的当晚，便想起程回京。而你却说有重要的事情想向咱们请教，刚巧那晚大雨，所以，咱们就留了一夜。可接下来的几天，你所召集的各下辖地的县令却先后前来扬州驿馆拜访，说的都是关于百姓疾苦的事情，我不得不听。然而，这些也总有说完的一天，于是，你只能再另外想法子了。”

郑铎的嘴角微微抽搐了一下，分明已是心虚到了极点，却依旧在负隅顽抗着：“殿下的故事并不精彩。”

“莫急，一切才刚刚开始。”李恪瞥了他一眼，不急不缓地说道，“三月初九晨间，你和安宜县令刚刚谈完公事，便要请咱们喝酒吃饭。我本不善饮酒，就寻了个由头先离开了。在府门口，我碰到了严甲。他说扬州东乡的风景最好，于是，我便一路骑马徐行来到了东乡。在那里，有一条通往西郊的河。船夫热情地招呼我上船，他带我去的地方是离童子庙最近的岸边，而这个船夫，名叫林大木。郑铎，所有的事情都是你的安排，是不是？”

阳光落在郑铎面前的桌案上，将上头每一颗微尘都照得清清楚楚。就在听到最后一句话的时候，他才真正明白，所谓的心机，所谓的手段，或许在李恪眼里，只是谈笑间就能被轻易识破的笑话。郑铎失落地将头垂了下去。但就在刹那间，他又立马转了念头。不！没有那么容易。如果李恪真的早就看穿了，为何要到今日才点破？他根本什么证据都没有。

想到此，郑铎的眉心终于慢慢地舒展开来，说话的底气也明显足了许多："下官不懂您的意思。"

李恪并不想纠结于他是否会干脆承认，他只是很想将心中所知的事情原原本本地说出来："我没有在套你的话。没这个必要！你确实做得很好，好到我根本没有注意到那些显而易见的疑点。那个庙祝蒋土根知道我的身份，要不然，他当时不会如此理所当然地认为我应该知道赵王是谁。他将赵王的传说讲得这般有声有色，不能不引起我的兴致。所以，第二日，你将童子庙失火的消息告诉我的时候，我本能地想要跟你去跑一趟。你还记得那个时候你说过的话吗？你那么肯定我一定知道赵王可以保得扬州城风调雨顺，便是肯定了我曾经去过童子庙。连宣平侯都不知道的事情，你又为何会那么肯定地觉得我应该知道？"

郑铎用手反复摩挲着桌案，静默不言，好像真的只是在听一个离奇而有趣的故事。李恪停了一会儿，又接着说道："陶甫森的事是横生出来的枝节，可你却聪明地利用了这个枝节，将其变成了主干。你命人到处传播陶甫森被赵王魂灵伏击的谣言，为了印证这个谣言，你让身材矮小如同孩童的杂耍艺人赵阿九在江都行宫的旧址上杀了林大木，又险些杀了严甲。这是你故意制造的案子，自然想要将这些当事人都灭口。你也是饱读诗文，堂堂进士出身之人，缘何会这般心狠手辣？"

李恪还想继续说下去，却听云岭轻叩门扉的声音传来："殿下，长安有人来找您了。"

"你让他在堂上先休息着，过一会儿我自会过去。"李恪也不问来的是谁，只是随口答了两句。此刻，他最想做的，只是把心里的话说完："郑铎，你以为我真的没有证据吗？那把你们想要用来坐实凶手是赵王魂灵的短刀，将你们的心机暴露了出来。你们并不知道季子是赵王不为人知的小字，而只知道这是从童子庙后院挖出来的。我第一次去童子庙的时候，看到金鸿手心里有血印。所以，那个将东西挖出，以及将蒋土根约到正殿后放火烧庙的人，就是金鸿。金鸿现在何处？不会已经做了刀下亡魂了吧？”

郑铎听到此处，终于泄气地低声说道：“他还在刺史府中。那天晚上，您告诉我，您要和宣平侯一起去蓬莱巷和永安巷中抓鬼，应该是试探咱们的吧？”

“不错，因为那个时候我已经怀疑你们了。而严甲果然在你们严密的‘保护’之中受了重伤。你们等不及了，等不及证明，也等不及灭口。后来，我让人冒充凶手在胡青当值的时候出手攻击他。知道这件事的，除了胡青，就只有云岭和季成、季恩兄弟。我故意当着胡青的面，吩咐季成到刺史府找你。而胡青却在他之前先来向你报了信。虽然你早控制住了赵阿九，也知道他没有你的命令是不会随便出手杀人的，但为了万无一失，你应该还是会派人去确定一下赵阿九是否还在府中。而随后赶到的宣平侯和季成，就会顺着你的人找到赵阿九。现在，他们应该已经成功了。”

郑铎的后背全是汗水，贴身的里衣全都贴在了身上，弄得他十分难受。他憋了很久，才勉强憋出了一句话来：“愿者上钩，下官无话可说！”

“无话可说，便是全盘承认了。”李恪眼里的冷凝尚未退去，却又被另外一重深深的恨意笼罩住，“你们究竟为什么非把我留在扬州不可？”

“不是留在扬州，是不让你回京。”杨政道几乎是飞奔着进来的。他并不看郑铎一眼，只径直跑到李恪面前，紧紧握住他的手腕，轻喘着气道：“快走！再不走就来不及了。”

李恪见他的面色异常苍白难看，便忙扶着他坐下，倒了杯水递到他的手中：“别急。先歇一歇，你的身子要紧。”

杨政道只喝了一口，稍微缓过了气，又赶紧站起身来，看向李恪的目光中带着无法宣之于口的凄然与无奈：“我不重要，你赶紧走。”

郑铎看着他们，嘴角不由得露出了一丝若隐若现的诡异笑容。

二人刚刚踏出二门门槛，就见云岭带着一位二十来岁的年轻人急匆匆走了过来。年轻人一见他们，立刻屈膝行礼道："傅山见过吴王殿下，见过宣平侯。"

"傅山？你是傅将军的儿子？"李恪示意他起来，边走边问道。

"是。"傅山黝黑的脸庞上有一道浅浅的伤疤，说话的声音带着习武者惯有的铿锵有力，"父亲死后，江夏王就将卑职兄弟调到了他的身边。江夏王对卑职恩重如山，卑职无以为报。"

高句丽一战中，朝廷大军强攻安市城，被安市守军打得措手不及。李世民在下令撤军之前，以违抗君命的罪名斩杀了江夏王身边最得力的副将傅伏爱。虽没有牵连傅将军当时也在军中的两个儿子，但他们到底是所谓罪将之后，江夏王却敢将他们带在近前当职，说一句"恩重如山"，也的确不为过。

"叔父让你过来所为何事？"

傅山环顾四周，用只有他们几人才可以听到的声音说道："陛下在终南山翠微宫病危。"

原来，自己所忧心害怕的一切，都是真的。

杨政道紧紧地抓着自己的衣角，耳畔不禁浮现几个月前李世民对他说的话：朕还有多少日子，除了王寿德，也只有你知道了。

他没有将此事告诉过任何人，就算对李恪也没有吐露过分毫。一是不愿让李恪对此忧思太过，二是他自己也不想去面对。可天命之事，不是谁不想面对就逃避得了的，就算是天子，也得不到任何的怜悯。他忧心地转头望向李恪，却见他的目光涣散，不知道望向了哪个无所知的角落。于是，他只得走到李恪的身边，轻轻地拉一拉他的衣袖。李恪这才缓过神来，声音略有些沙哑地说道："进来说。云岭，你守着门，不准任何人靠近。"

门被关上的同时，傅山再次跪倒在地："前天清晨，江夏王让卑职以最快的速度前来扬州告诉您，让您抛开这里所有的一切，立刻回京。陛下要见您。"

杨政道不解地问："可是，为什么是你过来？既是陛下旨意，派个小宦官来不就行了吗？"

"君侯说得是。"傅山擦了擦额上的汗水道，"江夏王告诉卑职，一个月前，他亲耳听到陛下让王公公遣人前来。"

李恪摇了摇头，脑中顿觉一片混乱。半晌，他才深深地吸了一口气："我们并没有见到人。”

傅山颔首：“是。江夏王说，若殿下知道了，一定会马不停蹄地赶回来，断然不会拖了整整一个月。所以，必是有人不想让殿下那么快回京。这其中的曲折，他会慢慢查清楚。而比之更重要的，是您。”

李恪的语声微有哽咽：“陛下他……真的病得很重吗？”

傅山愣了片刻，才横一横心，直言道：“江夏王对卑职说的话是，‘能不能见到陛下最后一面，全看陛下与吴王的父子缘分有多深了’。”

杨政道从架上取下那柄青虹剑递给李恪：“这里有我，你就放心去吧。”

“好，我现在就走。陛下给我的旨意在我房中书架后的檀木盒子中。表兄，好好照顾自己。把事情料理完之后，马上就回来，我在长安等你。”李恪接过剑，撂下这几句话后，便匆匆开门远去了。

“傅山，你起来吧。”杨政道坐到离自己最近的一个位子上，用手撑着头，心口依旧痛得难受。过了好久，他才自言自语道：“怎么会是王忠？他对李恪、李愔的事情不是最上心的吗？”

傅山轻叹了一声：“君侯，您太低估人心的阴暗了。陛下病重，新君眼见着就要继位，王忠没有理由不向太子和长孙无忌示好。”

“是我不好，是我不曾未雨绸缪。我以为陛下至少还能有一年的寿命，未想……未想……”杨政道将头枕在手臂上，说话的声音越来越轻，“长孙无忌为了太子的地位，真可说是煞费苦心。”

“长孙无忌。”傅山再次说出这四个字的时候，眼里似乎就要喷出火来，“卑职与他之间的仇恨，不共戴天。”

杨政道听他将这话说得咬牙切齿，不禁有些好奇地问：“傅将军的死究竟有什么隐情？”

傅山眼眶微红：“君侯您知道，朝廷曾在安市受困了近一个月。当时，江夏王曾建议陛下以围魏救赵之法，派小股军队绕过安市攻打平壤。陛下对此正在犹豫不决的时候，长孙无忌却说此番是天子亲征，一定要万无一失。江夏王一旦失手，就必会打草惊蛇，到时候，不仅会玷污陛下盛名，更会弄得高句丽群情激昂，孤注一掷，后果不堪设想。陛下在三思之后，便驳回了江夏王的谏言。”

“果真被李恪料到了。那后来又怎么样了？”

“如此良计未被采纳，江夏王心中十分不甘，当晚就想再次向陛下进言。父亲当下便阻止了他，说陛下能驳一回，就能再驳第二回。不如由他去找长孙无忌聊聊，让长孙无忌去劝说陛下，或许胜算还大一些。”

杨政道点了点头：“你父亲说得有道理。”

傅山仰头，看着墙角处的一个蜘蛛网，稍微平复了一下心绪，缓缓说道：“江夏王虽与长孙无忌向来不算和睦，可为了大局，他也只得听从了父亲的话。不到半个时辰，父亲就从长孙无忌那里回来了。据说，长孙无忌只告诉了他一句话：将在外，君命有所不受。”

“将在外，君命有所不受。”杨政道重复着这句话，忽有一种极其不祥的感觉涌上心头，“他是在暗示岳父可以先斩后奏。这可是下下之策，岳父不会真的听从了吧？”这话刚刚说出口，他便苦笑着摇了摇头，“若他没有听，你父亲可能就不会死了。”

“君侯这回猜错了。”傅山强压着悲伤，兀自说道，“江夏王当即便义正词严地说，绝不能存这样的心思。陛下既已亲征，就是要全军完全听命于他。若擅自而为，就算胜了，也是打陛下的脸。可父亲是个粗人，深受江夏王知遇之恩，一心只想替他排忧解难，对这样的告诫并没有十分放在心上。当夜子时，父亲就带着手下几百精兵悄悄地出了营帐，可还没走出多远，就被长孙无忌的人抓了个正着，并且很快就惊动了陛下。”

杨政道喟然长叹道：“傅将军太糊涂，太冲动了。”

“是！父亲是糊涂，是冲动。可陛下心存仁厚，当时只说将父亲罢官免职，让他回去静思己过。可长孙无忌却说，战时手握兵器，擅自出兵，行同谋反。还说父亲只是军中副将，恐怕不可能有这么大的胆子，希望陛下能够明察秋毫，免得众将士心存疑窦，无心应战。”

“混账！”杨政道忍不住大骂出声，“谋反之罪，若只以革职处分，绝难服众。而且谁都知道，傅将军是岳父的心腹爱将。如此暗示，再明了不过。”

“是。父亲当时就明白了，这就是一个套，一个简单到只要稍微想一想，就能明白的套。他没有识破这个套，就只能付出鲜血和生命的代价了。”傅山狠狠

地用手抓着桌案，他低垂着头，声音沙哑又沉重，“父亲最后只好承认，一切都是他一个人的罪责，与任何人无关。当时有那么多将士在场，陛下的杀令下得实属无可奈何。君侯，父亲是被长孙无忌害死的。不！其实，长孙无忌真正想要的是江夏王的命，是您与吴王殿下的命啊。”

杨政道看着傅山义愤填膺的样子，却连一句宽慰的话都说不出。如果真是这样，那么李恪的处境比他想象的还要危险。他不能让李恪一个人去面对，他也必须马上赶回长安。杨政道慢慢地站起身来，用力地按了按自己的太阳穴。他的身子真的是要尽快好起来才行了。

杨政道不再多说什么，只快步朝李恪的卧房走去，找到了那张可便宜行事的圣旨，顺便拿了淮南道黜陟使的印信，让杜旭备了车，再次去了刺史府中，以杀人之罪罢免郑铎与冯万齐的官职，先将他们关押在刺史府中看管，来日再押解回京，详加审问。同时，任命扬州府司马韦孝慈为长史，暂代刺史之责。韦孝慈被这从天而降的馅饼砸晕了，呆愣了许久，连话要怎么说都忘记了。

第二十七章

虎踞龙盘

李恪自出了扬州城，便一路快马疾行。三日之内，经过二十一个驿站，换了八匹马，几乎没有合眼休息过一刻。

三月十七日傍晚，李恪行至长水县境内。

因刚刚下了场大雨，空气变得清新舒畅了许多，到处都弥散着青草的香味，似乎略略冲散了一些充斥在李恪胸膛中的焦躁与恐惧。他下了马，穿行于一条条狭窄的青砖路上。当时季成哀求着说要保护在他的身边，可他归心似箭，多一个人跟着便是多一份拖累，因而只让季成以最快的速度给他准备了一张详细的地形图。

“公子，您是赶路的吧。不如先到咱们店里歇一会儿，就是不吃东西也成。”路边一家食肆的小伙计热情地迎上来，替李恪牵住了马缰绳。

李恪本不欲在长水多作停留，可经这小伙计一说，倒是真觉有些疲累了。于是便点了点头，掏出一两银子放在他的手中道：“替我给这马喂些草料。还有，帮我准备一壶茶，三四个清淡点的小菜。”

伙计红扑扑的脸上满是笑意：“小的知道了。公子请上座。”

李恪并无心细品面前的佳肴，只囫囵吞枣般将它们吞咽进腹。随即便从袖中取出那张地形图看了又看，微微蹙眉，轻叹了一口气道：“起码还有一整天才能到长安，不知道……”

他没有再说下去，将图又收了起来，浑身无力地闭了闭双眼。恍恍惚惚间，似乎听到身边传来了一个声音：“公子想去长安吗？俺倒是知道一条捷径。”

李恪睁眼，只觉后脑勺疼痛得厉害，身边一位身量魁梧，满脸络腮胡子的大汉正向他投来善意的眼神。李恪起身，朝着他拱手一拜：“在下前往长安确有十万火急之事。万望兄台指教一二，在下感激不尽。”

“公子说的话可真好听，赶明儿俺也得学学。”大汉憨厚一笑，向李恪还了一礼，“您出了城门一直往东，就能见到一座土山。翻过这座山，再往右拐，便是一片密林。穿过密林以后，应该就到了终南山。公子要是想去长安城的话，那只要……”

“不必了！我要去的正是终南山！”李恪喜不自禁地打断了他的话，“多谢兄台！”

顺着大汉所说的方向走了半个多时辰，果真见到了那座土山。土山高耸陡峭，抬眼竟然看不到山顶。此刻，天色已经黑了下来。李恪蹲下身子，在溪边洗了洗手后，便抚一抚马背：“辛苦你了。今晚，我们一定要翻过这座山，知道吗？”

那马将头往李恪的脖子处蹭了蹭。这一路上，它是与李恪相处最久的一匹马，脾气与耐力也都是最好的。李恪抱了抱它的头，在它耳畔说道：“我叫你骥远，好不好？你带我去见父亲，我以后都会给你吃最好的草料。”

骥远昂着头，长长地嘶叫了一声。

土山比李恪想象的还要泥泞难行。只轻轻地一踩，脚便深深陷入泥中，需要用极大的力才能抬脚向前。李恪一手握着长剑，抵住上山的路，另一手则拉住缰绳，骥远十分温驯听话地跟在他的身后，配合着他的脚步慢慢地向上攀爬。

不知过了多久，才终于到达山顶。山顶很是空旷，只有两棵生得十分茂盛的柳树，每一根柳条都很长很长，一直拖到了地上。李恪迎风坐在一块大岩石上歇息，抬头看到一轮圆月正高高悬于头顶。记忆中，他仿佛还从来没有如此近地看过月亮。可月光是冰寒的，再怎样靠近，都不可能感受到一丝来自它的温暖。

李恪随手摘下一根柳条，一点一点地将它缠绕在自己的手上。这几日，他只知赶路，根本不曾留给自己一点时间去静心细思。他记得那个时候，当他将尘封于历史中的真相揭露出来的时候，萧瑀所说的话："你要恨的人不是我。不论如何，咱们总归血脉相连，我不会害你。至于旁人，就不一定了。"

旁人？李恪深深地吸了一口气。如果不是他与杨政道合力破了扬州的谜团，如果江夏王不曾让傅山前来，那么他真不知道还要耽搁多少日子。那些人的确聪明，聪明到只利用一个故去多年的人，就能轻易将他们的心神打乱。李恪看着放在一边的那柄青虹剑，那颗疼痛到几乎麻木了的心终于开始猛烈地跳动起来。

母亲，求您在九天之上，保佑父亲，保佑孩儿。

一声春雷破云而响，骥远似乎受到了极大的惊吓，弯下前蹄，将头靠在了李恪的肩膀上。李恪摸了摸它柔顺的鬃毛："不要怕，咱们现在就下山去。你要紧紧地跟着我，知道吗？"

虽说上山容易下山难，可是这座土山的另一边处于阳面，地势又要平缓许多，并且一路上都有突出的大石头可以搁脚，倒是比上山要省力了不少。

只走了小半个时辰便已到达山脚。李恪将骥远拴在树干上，见脚底下的一片青草生得十分葱郁，便拔剑割了几把，放到了骥远跟前。骥远一闻得草香，便风卷残云般地吃了起来。

忽然，远处似乎传来了什么声音，骥远忙昂了昂头，高声叫了起来。一阵风过，吹得整片林子沙沙作响。李恪闻声便觉不妙，警惕地朝两边看去，右手紧紧地握住了腰际的佩剑。片刻的平静过后，只听身后几个方向同时传来了一阵阵"嗷嗷"的叫声。李恪从未听到过这般恐怖诡谲的声音，似乎下一瞬间，自己就要坠落那无边无际的地狱一般。

可是，就算真是地狱，他也不得不硬着头皮闯过去。然而，就算做足了准备，待他回头看时，还是被吓得浑身一颤。黑暗之中，几十双绿色的眼睛正闪着令人胆寒的光芒。看来，他的确是误入野狼的领地了。狼嚎声此起彼伏，叫声比方才还要恣意放纵。狼群刚开始还是小心翼翼地探看，待看清了此地真的只有他一个人的时候，便不约而同地加快了脚步，从四面八方向他袭来。包围圈越来越小了，几乎抬眼便能看到野狼根根竖起的毛发和那一口口锋利的牙齿。

李恪方才已经在身后悄悄地拔出了他的长剑。须臾之间，就见一只身长八尺的野狼张着血盆大口向他扑来。李恪微一定神，向后一仰。野狼想不到竟然会扑了个空，于是便更加愤怒地奔过来，正欲再次发起攻击。可李恪却并未给它这样的机会，迅速出剑刺进它的胸膛。狼血从剑锋上淌下，将他的右手染得鲜红。

群狼一拥而上，用力地磨着牙，血盆大口中流出的唾液沾湿了胸前的皮毛。李恪紧握长剑，朝着离他最近的一只褐毛狼又刺了一剑。哪知这狼的生命力异常顽强，这一剑并未立刻了结它的性命，却彻底地将它激怒了。只见它一跃而起，朝着李恪的手臂撕咬过来。李恪虽是眼疾手快地躲了过去，可身上穿着的那件黑色大氅还是被咬出了一个大口子。

褐毛狼尚未被打退，又见另一只体形瘦长的棕狼正趴在地上，用牙齿贪婪地啃咬着李恪的裤脚。李恪下意识地用力向它踢去，可方才已然经过一番酣战，用的又是左脚，根本使不出多大的力，这一脚非但没有将它踢远，反而更激起了它的斗志，转眼它便和方才那褐毛狼一同向李恪攻来。李恪已觉腿上生疼，吃力地倚靠着身后的一棵大槐树，甩手就向两只狼一同刺去。

两只狼倒地的同时，却有越来越多的野狼向他扑来。李恪再度环顾四周，不由得倒吸了一口凉气。他已然筋疲力尽，握着剑的手不住地颤抖着。

不行！他不能死在这里。就算为了那些希望他好好活着的人，他也不能死。

想到此间，李恪便伸出手来，借着最矮的一根树枝着力，一蹬脚，便迅速地上了树。群狼不停地扒拉着树干，不甘地露出一口口獠牙。李恪见不远处还有四五只狼，它们却并没有动静，只是安静地低头舔舐着地上的鲜血。

它们果然嗜血。李恪心下一喜，果断地用剑狠狠地在自己的手臂上划出了几道又长又深的口子，鲜血霎时涌了出来。李恪咬了咬有些发白的嘴唇，用力地一甩手臂，地上一时间全是血迹。群狼兴奋地嚎叫着，纷纷趴在地上争先恐后地嗅着鲜血。

几乎是在同时，骥远终于挣脱了缰绳的束缚，朝着李恪奔来。李恪大悦，一跃而下，捡起落在地上的剑鞘，迅速上了马。

"骥远，不要回头。快跑！赶紧跑！"李恪试了好几次才踩住马镫，一遍遍催促着它前进。骥远很是争气，这一路上都没有放慢速度。天边出现第一束阳光的时候，他们终于顺利地走出了密林。

李恪又掏出地图看了看，见自己已然在终南山境内，至多不过一个时辰就可以到达翠微宫了，他心中那根一直紧绷着的弦终于慢慢地松了下来。本想一鼓作气继续赶路的，可低头却见自己浑身都是血，尤其是左臂的衣袖，几乎已被鲜血染透。再看骥远，亦累得直喘气，他便索性下了马，由着它低头啃地上的青草吃。

今日阳光正好，照得水面一片粼粼波光。李恪蹲在岸边洗了洗脸，重新理了理头发，将外氅脱下扔到一边。手臂上的伤口还在往外渗血，他咬了咬牙，将随身带着的帕子沾了水，慢慢将伤口清洗干净。汗水从他额上缓缓地流了下来，湖水清晰地倒映出他那张毫无血色的面孔。李恪拔剑割下衣袍的下摆，胡乱将伤口包扎了一下，便又重新上了马。

辰时三刻，李恪终于行至终南山主峰脚下。

终南山山谷绵延，幽峭深邃，险峻处并不输于嵩山。其地常年被雾气缭绕，四季如春，极适宜避暑养病。翠微宫于贞观二十一年建成，是长安郊外最大的一处行宫。李恪从未来过此地，加之他向来方向感极弱，这地图显然已是帮不了他了。他在山道上盘桓许久，才看到一个瘦骨嶙峋的老者正抱着一篮子松茸，拄着拐杖小心翼翼地往这边走来。

李恪心头一动，忙骑马快跑几步来到老者面前。还未开口，却见那老者屈膝跪倒在地，浑身颤抖着连声说道："大王饶命！大王饶命！小老儿穷困潦倒，没有银子的……您，您就放过我吧。"

李恪见他下跪，原以为已被看出了身份，可听他如此说，便知他看见自己衣袍上的血迹和座下看似凶神恶煞的骥远，而把自己当作草寇山贼之流了。治世乾坤，如何会有匪类明目张胆地行凶？李恪情不自禁地扬了扬嘴角，哭笑不得地说道："老人家请起，在下只是迷了路。请教老人家前往翠微宫的路该如何走？"

老者听他话语谦和，神情终于略略放松了一些，手里却仍牢牢地抓着那只竹篮子，诺诺道："陛下的行宫？"

李恪颔首道："是。"

老者伸出了那只满是褶皱的手，指了指右边的一条羊肠小道："倒也不远了。您一直往前走，走到尽头处再拐个弯就到了。"

"多谢老人家！"李恪在马上拱手一拜，走了几步，又回过头去，摘下了他左手上的翡翠扳指，扔进了那老者的篮中。

还未到金华门门口，李恪便看到了一个熟悉的背影，顿时长长地舒出一口气，将连日来所有的辛劳与惊险全都抛到脑后。可他刚想要开口，却发现喉咙干涩疼痛，于是只能用沙哑的嗓音尽可能响亮地喊了一声："叔父。"

江夏王听得此声音，身子不由自主地颤了一下，接着便狂喜地转过身来，小跑着来到李恪面前，替他拉住缰绳："贤侄，你总算回来了。"

李恪忙下马，躬身长拜道："不敢劳烦叔父……"

才刚刚说了几个字，他就觉眼前一片漆黑，耳畔"嗡嗡"地响个不停。江夏王忙伸手扶住了他的肩膀，又招呼着不远处的几个护卫过来帮忙："怎么会弄成这个样子的？先进去把这身衣服换了，再让太医好好给你看看。"

李恪却全然听不进这些，只是紧紧握着江夏王的手道："我没事。父亲身体怎么样了？"

"这几日很好。"江夏王说着，又望向离他最近的一个护卫，"赶紧去禀告陛下，吴王到了。"

翠微宫虽规模远比不上长安皇宫，可设计之初讲究的就是精致细巧，各殿宇疏密有致，曲折倚连，很有些江南建筑的风格。花园之内青松绿柳，连枝交映，也有如意树、枸树、葵草、茨草这样的名木香草，颇为壮观。李恪一路行来，却并无一丝驻足的心思。方才他只稍稍梳洗了一下，换了一套正红色麒麟暗纹的常服便直接出来了。那样明丽的颜色总算勉强压住了他此刻的倦容。

江夏王一直陪在他的身边，大致知道了扬州所发生的那些事。听到最后，忍不住破口大骂道："我和长孙无忌积怨也不是一日两日了！这一次，所有的账一起算！你若不想出面，我来跟陛下陈情。"

李恪摇了摇头："当年的马周我们都轻易动不了他，更何况是长孙无忌呢？

叔父，别急。只有在万无一失的情况下，我们才能想着去报仇。”

江夏王抚须长叹道：“孩子，只要你心里有计较就好。我虽痴长你和政儿许多岁，但权谋之事却不如你们。放心吧！我忍得住。没有什么是比你们的性命更重要的事了。”

“多谢叔父。”李恪心中霎时间便涌起了一股暖意。江夏王虽不是他的亲叔叔，又常年领兵在外，可从小到大一直待他十分亲厚。后来他对杨政道也是如此，虽是女婿，如同亲子。

“真是吃了熊心豹子胆了，敢在行宫里行凶。咱们可都是亲眼看见的！没话说了吧！还什么方外大师呢！真不要脸面！”

两人正说着话，忽看见前头长廊尽处有两个侍卫正押着一个被五花大绑的人往这边走来。其中一个侍卫还时不时踹那人几脚，嘴里骂骂咧咧个不住。直到离李恪与江夏王很近了，二人才收敛住眼里的凶光，毕恭毕敬地向他们行了个礼。

李恪好奇地问道：“怎么回事？”

方才骂人的那个侍卫赔着笑脸说道：“殿下您不知道，这可真是个胆大的。卯时前后，他在思明殿偏殿里杀了武才人身边的一个大宫女。卑职几人都是亲眼所见，那姑娘被他勒了脖子，当真可怜。”

“在思明殿里杀宫女？”李恪不可思议地蹙了蹙眉，盯着跪在地上、穿着道袍的那人看了片刻，才又抬头对那侍卫道，“行宫中怎么会有道士？”

那人还未开口，江夏王便拉了拉李恪的衣袖，悄声在他耳畔说：“这事我待会儿再慢慢跟你说。”

李恪狐疑地看了他一眼，又继续问那个侍卫：“你们要带他去哪里？”

“此事重大，卑职等只能交由太子处置。”

“太子是监国，理所当然。”李恪刚想移步向前，又忍不住打量着面前这个一动不动的道士，见他生得眉清目秀，文质彬彬，便不由多问了一句，“你叫什么名字？为何要杀人？”

那道士微微抬起了头，眼睛却只敢望着地面，声音绵软无力，显然也是被吓着了：“小道道号惠弘。小道不是故意的，不知道她是……以为……以为她是……”

李恪迅速听出了他这断断续续的话中的重点："所以说，你承认是自己杀死了那个宫女，是吗？"

惠弘的肩膀不由自主地晃动了一下，似乎挣扎了半日，才下定决心般地开口，却只说了一个字："是……"

那侍卫一把把他拽起来，交给了身边的同伴，又转头恭谨地对李恪说道："殿下您瞧，这厮是不是够丧心病狂的？"

李恪这才注意到，惠弘右手的拇指上戴着一只印刻有祥云纹样的扳指，不知怎的，他总觉得这扳指分外眼熟。本想将心头的疑问问个清楚，但他现在实在没有这闲工夫，便只得摆了摆手道："行了。你们带他下去吧！"

侍卫们干脆利落地称了声"是"，便继续押着那人走了。

直到听不到后头的脚步声了，李恪才转头问道："您现在可以说了吧！"

江夏王迟疑了一会儿，知道也瞒他不住，便也只得硬着头皮说道："你和政儿离京不到两个月，陛下的身体状况就开始急剧恶化。王寿德甚至说了最坏的可能，所以，陛下清醒的时候，才会急着想见你，不料……"

"叔父，不要再说这个了。后来呢？"

"既然求医不成，便只能求神了。惠弘是毛遂自荐而来的。据说他所炼制的丹药不仅包治百病，还能延年益寿。也不知道他在陛下面前是如何说的，陛下竟然对他十分信任，也就很放心地服用了他所炼的丹药。后来，陛下的病情果然一日日好转起来……"

"真是荒唐！"李恪还未等他把话说完，便急急说道，"若王寿德医术不精，还能找其他太医，或者广选民间名医也可以。怎么能寄希望于江湖骗子的所谓丹药呢？父亲医病心切，叔父您如何也不劝劝？谁知道这些丹药是不是饮鸩止渴的毒药呢？"

李恪只觉心血上涌，说话的语气也不觉尖锐了几分。

前头不到百步路就是李世民所居的含风殿了。见殿外侍立的侍卫宦官们众多，江夏王忙小声说道："不是你想的那样。王寿德曾经检查过惠弘所炼的丹药，成分不过是最寻常的补气药材，虽不能治病，可对人也绝无伤害。陛下之所以能慢慢好起来，或许是出于某种心理暗示。不过，王寿德也说了，陛下的病根是几年前就落下的，再加上打高句丽时中的那箭……痊愈几乎是不可能的事情。贤侄，你的心里得有所准备才是。”

“我知道了。您先回去吧。”含风殿外玉阶上的两个小宦官已然朝他们这边迎了过来。李恪侧身对江夏王道：“对了，还有一件事要请叔父帮忙。淇儿和孩子们还在府中，我想马上把他们接到身边来。”

李恪走进含风殿正殿的时候，王忠正在翡翠屏风背后低声训导着几个新来的小宦官。看到小宦官们一同将目光投向自己身后，他这才转过头去。过了很久，他才镇定下心神，勉强挤出了一丝笑容：“殿下回来了就好。”

李恪微一颔首：“本王不在的这些日子，王公公的气色倒是越发好了。”

王忠面上的笑有些僵硬：“殿下说笑了。陛下刚刚用过早膳，知道您来了，不知道有多高兴呢。”

“有人高兴，便会有人不高兴。”李恪看向王忠的目光带着三分痛惜，三分疑惑，“为什么？”

他到底还是知道了。也是，若他不知道，如何会那么快回来？一旦他向陛下告知自己暗地里所做的事，怕自己连一个时辰都活不了。王忠只觉脊背有些发寒，汗水慢慢地从脖颈一直流到了腰际。那么此刻，他应该怎么办？是痛哭流涕地向他认错，还是干脆向他摊牌？这些，都是最不可取的下下之策！心念急转之间，李恪却已从他的身边走过，径直去了内殿。

今日在内殿侍候的是武才人。见他进来，她朝着他欠身一拜，便带了一众宫女出了殿门。李世民此时正斜坐于案前，将手里的一卷帛书放进了案上的锦匣，头也不抬地问：“事情都办妥帖了？”

李恪听他的声音低沉，带了些大病未愈的疲累感，想到方才江夏王说的那些话，心中不禁有些酸涩，以至竟未立刻回答。待他反应过来的时候，却只听李世民又说道：“我曾经一度以为，会见不到你最后一面。”

李恪慌忙跪倒在地，心似被重锤反反复复地锤打，说出来的话也带着几分颤音："父亲，不会的。您会长命百岁的。"

"你学贯古今，通读史书，难道不知道，这世上每个人的最终归路都是'死'吗？"李世民摆了摆手，让他坐到自己身边来。

"可您不是普通人，您是古往今来最为圣明的天子。上天不会那么残忍的！"李恪这话说得决绝肯定，似乎带着某种与苍天斗法的蛮横。

李世民重重地咳嗽了几声，咳得脑仁都有些抽痛。他轻轻地叹了一口气，面上的表情从惊讶变为期待，又从期待变为落寞；最终，便只是归于平静与坦然。他重重拍拍李恪的手，用充满慈爱的目光看着他。只是看着，却不说一句话。

李恪被这样的目光看得心里发慌，不知过了多久，他才又说道："父亲知道那个惠弘道士在思明殿里行凶的事吗？他留下的丹药，您往后也不要再吃了吧！王太医、刘太医和何太医他们医术高明，是能够为您好好地调养身体的……"

"把扬州发生的事一五一十地告诉我。"李世民仿佛并没有听到他的话，只是盯着他的手臂问道。

李恪犹豫了片刻，终于还是一股脑地把来龙去脉都说了出来，隐去的是郑铎和冯万齐教唆杀人的原因，以及傅山远来扬州催促他回京之事。如果李世民能够明白原因，那么不用自己去说；如果李世民不明白，那么瞒着他也未必不是一件坏事。

说到最后，李恪又补充了一句："扬州的事情，表兄还在处理。您就放心吧。"

李世民起身走至窗前，看着满地凋残的桃花，在遥远的回忆里找寻了一会儿，才又转过身来，将眼神定格于案上的那几个锦匣："论身份，论才能，论名望，长孙无忌都是最好的辅政人选。太子和他甚至比和朕还要亲昵。还有他一手提拔起来的门生褚遂良、韩瑗、来济等人，都是既有谋略又忠心不贰的贤才。"

如此，已是再明白不过的暗示了。

李恪强忍住胸口瞬间泛起的苦涩，微微一笑道："父亲忘了说太子了。太子仁义宽和，从善如流。有朝一日，亦会成为一代明君的……"

"那么你呢？你想过你的位置会在哪里吗？"李世民打断他的话，重新坐到了案前的锦垫上。

“位置在哪儿真的不重要。”李恪诚心实意地说道，“孩儿想要自己，要身边所有的人平安。父亲您可以给我吗？”

平安。

李世民在心里重复着这两个字。原来到头来，他所要的只是那么简单。可自己所能许诺他的，真的也仅有这个而已。

李世民将锦匣里的两卷帛书放到了李恪的手中，指着其中的一卷说道：“这是给太子的，你可以先看看。”

李恪解开扎着帛书的红绸带，打开一看，面色微变：“父亲，这……这不可以。”

李世民沉声道：“没有什么不可以的，该你的，就是你的。或许只有这样，将来，你才可以得到自己想要的。懂了吗？”

李恪紧紧地握着那帛书，心被胸膛中瞬间涌出的痛楚之气压得几乎连跳动的力气都没有。或许，一个有着孝悌之心的君王和一个有能力却没有野心的臣子，是可以一辈子相安无事的。

晨间点着的檀香已经燃到了尽头，空气中的味道变得越来越清淡。李恪很想再说些什么话，可最终也只是点了点头。就在他将这帛书重新卷起放下的时候，却听得李世民又说道：“这是给杨政道的。如果他看了以后还不知道该怎么做，那也是他的命。”

“好。等表兄回来，我会亲手交给他的。”

“他是个好孩子。可是很多事情由不得他做主，也由不得我做主。”

李恪知道这话是什么意思，沉吟片刻之后，才轻声说道：“孩儿明白，表兄也懂的。”

李世民再度咳嗽了几声，背上的旧伤又开始隐隐作痛。他挪了挪身子，强作不觉：“以后，你每日过来陪我说说话。无事的时候，就看看书，练练剑，或者带几个人去山上打猎。我想在这里过几日舒心的日子，你也让自己暂时歇息一会儿。”

李恪嘴角微扬起一丝笑容，继而，他很郑重地点了点头。二十几年间，他的心没有一刻真正落下。很多被理智硬生生压下去的痛，每每总会在寂静的午夜钻进他的梦里，成为层层绑缚住他的绳索，醒来，便总觉得是一场让他后怕不已的梦魇。然而，那些曾经的过去已然无法追及，那些遥远的将来尚且预知不了。那么，便先什么也不去想了罢。

父子二人又说了好些话。直到敲过午时，李恪才退出了含风殿内殿。武才人和两名小宫女犹自站在外头等候吩咐。

“方才未曾向殿下好好行礼，殿下莫怪。”武才人上前几步，敛衽一拜。虽是低位妃嫔的装束，可随着时光的洗礼，她的周身竟然沉淀出了几分雍容华贵来。

李恪记得那个时候杨政道对于她的评价，心中对她早就起了提防戒备之心，因而只是敷衍般地颔首，兀自朝前走去。可刚刚走至门槛，他又突然想到了什么，于是转过身子朝她走了两步，说道：“小王刚刚得知姨妃身边的宫女无辜被害，心下十分震惊。不过，请姨妃放心，太子一定会给您一个公道的。”

武才人眼神中的悲伤迅速闪过。听到李恪说到“太子”二字的时候，话音似乎突然加重，她的心仿佛也跟着沉重地跳动了一下。他是知道自己与太子的关系的。虽然正如她所料，他没有将此事宣扬出去，可不知为何，在面对他的时候，她的心里竟然无端生出了许多愧疚与惧意来。

“昨夜阿晚本想跟着妾身一起过来侍疾的，可妾身想着她白天做女红累着了，便让她在房里休息。未想这一别，竟就是永别了。”

“世事难料。阿晚姑娘若知姨妃如此牵念她，想来她也死而无憾了。”

“殿下说得是。”武才人用帕子拭了拭眼角的泪水，再度福身一拜，“昨天晚上，妾身又听到陛下在睡梦中唤了那个女子的名字。或许，妾身知道她是谁了。所以，妾身永远不可能再去指望得到陛下一丝丝的喜欢和怜爱了。”

李恪冷冷一笑：“难道在昨夜之前，姨妃还存有这样的指望吗？在我面前说这样的话，你究竟想要得到什么样的回答？”

武才人一怔，回头看了看离她尚有十几步远的两名宫女，见她们神色无异，料想她们是听不到他们的对话的。于是她便也只是神色从容地说道：“妾身并不想要殿下的回答。不知道殿下记不记得，妾身曾对您说过，妾身母亲姓杨，是隋朝宗女。所以妾身和萧公，和杨公子一样，希望您好。”

李恪并未听到她说的话，因为在她开口之前，他就已经走出了正殿。于礼于情，他都不想再跟她多说一句话，而且，他是真的困得睁不开眼睛了，恨不能在含风殿玉阶上就饱饱地睡上一觉。

王忠站在高高的玉阶之上，俯视着底下忙忙碌碌的宫人。李恪走至他身边的时候明显放慢了脚步。王忠反复摩挲着自己的手指，面上的表情在长久的僵硬之后，终于缓缓地舒展开来。

“奴婢送殿下去承宣殿歇息吧。”

“不必劳烦公公了。从扬州到这里，就算千难万难，我也走过来了。更何况就那么一点路？”

王忠可以感觉到李恪投于他身上的锐利目光，脑中突然回想起自己很久没有忆起的那些往事。

十五岁那年，他发着寒热晕倒在宫里的小花坛边，总管大宦官带着几个小宦官拿了条草席就要把他扔到宫外去。迷迷糊糊间，他听到一个小女孩稚嫩的声音叫了起来：“他只是病了，让太医去救救他不就行了？”

就算到了现在，他都没有忘记过这个声音，那是十几年来他所感受到的唯一的温暖。后来，他被指派到宣德宫当差，见到了那个如天仙般美丽的小女孩。那时候他就想，此生，就是为了她死也愿意。

“殿下……”王忠迅速地从回忆里挣脱出来，快走几步追了上去，“奴婢还能为您做些什么？”

李恪瞥了他一眼，淡淡说道：“好好照顾我父亲，让他多过一些高兴的日子。”

王忠许是没想到他会说这样的话，眼睛不由自主地眨了两下，最终还是躬身一拜道：“殿下放心，奴婢一定会的。”

翠微宫承宣殿位于含风殿正南面，只走过两条长廊和一座小桥便到了。正殿大门前矗立着两只半人高的石狮子，门上雕刻有云气浮纹并装有列钱金锁，彰显着皇家行宫的赫奕华丽。

宫人们已在寝殿中点了淡淡的苏合香。李恪顾不得脱去外氅，便躺到了榻上歇息。这一觉睡得特别沉，连做梦的力气也没有。

醒来业已敲过了戌时。外间侍候的两个小宫女端了几个清淡的小菜进来。李恪向来不喜欢吃饭的时候有人站在旁边，便摆手打发了她们下去。才吃了几口，其中一个宫女又走了进来，脆生生地说道："殿下，安陵县主来了。"

"赶紧请她进来"的话才要说出口，李恪却突然想到如今天色已晚，虽是兄妹，亦是要避嫌的。于是便道："让她在正殿等候片刻。"

说罢，他拿起筷子又夹了几根嫩牛柳，便起身出了门。

雪鹭今日身穿一席藏青色翻领胡服，梳着简单利落的单螺髻，淡扫蛾眉，俊美非常。

"三哥，你回来真好。如果不是崇润闹得我脱不开身，我早过来找你了。"雪鹭快走几步上前，笑盈盈地道，"祯卿还好吗？崇润都会叫父亲了，他怎么还不回来？他到底什么时候能回来？你们在扬州的时候，他有没有念叨过我？"

李恪笑着拉了她的手坐下来："我就知道，妹妹来看我是假，来打听表兄的消息才是真啊！"

"你到底说不说？"

"依着他的办事效率，我估摸着还有半个多月，他也该到了。"李恪转头看着雪鹭一脸失望的表情，佯装无奈地摇了摇头，"三个月都等过来了，还差这半个月啊？"

"三哥，你不知道……"雪鹭收了笑容，眼底的忧色清晰可见，"自从祖母过世之后，他明显就有些不对劲。但哪里不对劲，我又说不上来。而且，他以前的身体多好，现在却时不时会有些头痛心悸之症。"

"原来他的身体是从外祖母过世以后就开始不好的。"李恪心头一怔，急急问道，"大夫是怎么说的？"

“让宫里的几位太医都瞧过，可他们也说不出原因。只说他是太过疲累，又悲伤过度的缘故。”

李恪想起在扬州时那位刘大夫也说过类似的话，便略略松了口气：“妹妹应该相信表兄，也应该相信太医们所说的话。”

“我知道，当然知道。”雪鹭紧紧地握住李恪的臂膀，仿佛只有那样才能给自己一些力量，“我会在这里等着他回来的。”

李恪拍了拍她的手以作安慰：“行宫里没有那么多俗事。等他回来，我们带你，带淇儿一起去山上赛马打猎，好不好？”

“爹爹就不想带着咱们一起去吗？”

雪鹭还未说话，就听外头传来一个如空谷黄鹂般清脆的声音。小女孩穿着一条玫红色广袖襦裙，衬得她的面容越发白皙透亮。她蹦蹦跳跳地进来，到了李恪和雪鹭面前时，却极为恭谨地施礼一拜道：“风儿给父亲、给姑母见礼。”

“好风儿，才多久没见，又变漂亮了呢！”雪鹭见着这个粉嫩嫩的小女孩心里就欢喜，便早将方才的忧虑抛到九霄云外去，忙将她抱在怀里，亲吻个不住。

李恪宠溺地看着风儿红扑扑的脸蛋上扬起的天真明媚的笑容，转而又回头，望见淇奥正站在他的身后，向他投去一抹温暖与懂得的眼神。有她一路相陪，任何风霜雪雨都只是点缀旅途的风景而已。李恪握着她的手，轻轻地抚着她的面庞：“这么急着过来做什么？也不怕把自己累着了。”

“因为我太想见到你了啊！一刻也等不了。”淇奥将双手搭在李恪的肩膀上，“还是咱们风儿精神最好。那三个小子在车上就忍不住睡过去了呢！”

风儿笑嘻嘻地从雪鹭怀里探出脑袋：“还有小弟弟……爹爹都不知道，娘亲又有小弟弟了呢！”

李恪惊喜地再度上下打量了淇奥一番。淇奥抚了抚自己的小腹：“你走的时候才一个多月。太医说可能又是个男孩，男孩就能像你，真的是很好很好的呢！”

“像你才好呢！你看看咱们风儿那性子，当真跟你一模一样。”

两人拉着手又说了好一会儿话，回头却见风儿已经趴在雪鹭的肩膀上沉沉地睡着了。雪鹭将她横抱起来，用手托着她的脖颈，让她以最舒服的姿势躺在自己

的怀里。淇奥走过去低声说道："姐姐，我抱她回房去吧。"

雪鹭摆了摆手，用口型说道："没事的。让她再睡熟一些吧！"

第二日晨起时分，李恪和淇奥就带了李仁、李风去含风殿给李世民请安。李世民向来极喜李仁。当年李仁刚出生一个月，李世民便下旨亲封他为吴王世子。这次更将他留在含风殿，要他陪自己住上几日。

"爹爹，我走累了。你抱我好不好？"路过花园的时候，风儿突然拉着李恪的手，撒娇般地说道。

淇奥忙在旁说道："风儿听话，不准胡闹。爹爹手上可还有伤呢。"

"那有什么关系？爹爹一只手就能把风儿抱得高高的。"李恪向来偏疼女儿，舍不得委屈她一分，于是便蹲下身子，伸手把她抱在怀里。风儿揽着李恪的脖子，嘴角露出两个深深的酒窝。

"你就宠着她吧。等她长大嫁人了，看你怎么办？！"淇奥捏捏风儿娇嫩的脸蛋，小声嘟囔着。

翠微宫花园虽不比长安皇宫大，但种植的花木都是各国进贡来的奇珍，别具一番情调。路过假山石的时候，见山顶处有个碧青色的身影在慢慢蠕动，走近了才看清是个四五岁的小女孩正努力往上攀爬，准备采摘上头一朵粉色的小花。山下站立着的五六个宫女都抬着头，面色紧张得有些僵硬。

就在那双肉鼓鼓的小手已经碰到小花的时候，忽然她脚底一滑，宫女们无不惊呼着捂上了嘴巴。李恪见状，忙放下风儿，疾步冲上前，踩住地上的一块大石，纵身往上一跃，将那小女孩抱在怀中，又稳稳地落回地上。

宫女们惊魂未定，好半日才缓过神来，齐齐跪倒在地。

"玉儿，摔疼了没有？"就在这当口，萧良娣提着长裙急匆匆朝这边赶来。小女孩见了她，这才扑到她的怀里大哭起来。萧良娣安慰了她良久才放开她，欠身行礼道："妾身多谢吴王殿下救了郡主。"

风儿见下玉兀自抽抽搭搭个不住，便忙走上前两步，将腰上的帕子解下放在她的手里："妹妹别怕，已经没事了呢！我带你去承宣殿钓鱼好不好？"

下玉警惕地后退几步，那帕子刚好落到了她脚下。过了很久她才说道："我不是‘妹妹’！你得叫我郡主，向我行礼！”

风儿有些不知所措地抬头望望李恪。李恪再度将她抱了起来，眉头渐渐收紧。

萧良娣赶紧捂了捂下玉的嘴巴：“信安县主是你三伯父的女儿，你理应唤她一声‘姐姐’的。”

下玉的眼睛转了转，疑惑地看着萧良娣，依旧没有要开口的意思。萧良娣满脸尴尬地说道：“下玉向来怕生，不像县主那般落落大方。”说罢，便又转头对下玉说道：“县主邀你一起去钓鱼呢！”

李恪朝着身后侍候着的小萝和霞佩使了个眼色道：“先送风儿回承宣殿。玮儿和琨儿这个时辰也该醒了，一定在到处找姐姐呢！”

从假山石走出后很久，李恪都没有说一句话。淇奥看着他神情肃穆的样子，忍不住伸手挠了挠他的手心，笑着说道：“吴王殿下，你不会在跟一个小孩子置气吧？”

李恪轻哼一声：“下玉才多大，能懂什么？还不是那位萧良娣教的！她以前欺负你，现在又来欺负我女儿！也不知道是谁给她的底气？”

“还真生气了啊！”淇奥眼里闪过一丝落寞，旋即却又柔声说道，“三郎，别再为咱们打抱不平了。过去的事情，我早已经忘了。至于风儿，你看看她那性子，是断然不会让自己受委屈的。”

“也是。风儿可不是又聪明又懂事的姑娘？”李恪这才缓和了心绪，“咱们去延庆殿看看崇润吧！那孩子看到人就笑，当真有趣得紧。”

淇奥笑着说道：“雪鹭姐姐怀胎九月的时候，太医们都还一口咬定是男孩，表兄这才按着排行给他起名‘崇润’。谁料生下来竟是个粉嫩嫩的女孩，可把他们给高兴坏了，还说等她长大要许给咱们琨儿呢。”

“所以，琨儿学语时说的第一个词不是“爹爹”“娘亲”，而是“妹妹”。”李恪听她絮絮叨叨说了这许多，心里渐渐也觉得舒畅起来，可当他停步环顾四周后，又不禁扶额道，“淇儿，你确定是往这里走的吗？”

淇奥这才发觉他们这一路行来竟然没见到一个宫女宦官，此刻所在除了一片种菜的泥地和几棵高大的柳树，并无其他，不由一摊手道：“非常不确定。这翠微宫也真奇怪！怎么会有如此偏僻的地方？”

“听说设计这宫殿的匠人已经过世了，不过应该还有后人在，赶明儿我遣人去问问。”李恪一本正经地说道，“我估摸着是因为施肥的时候有异味，所以得离住人的地方远一些。”

淇奥哭笑不得地问道：“那么，现在咱们到底应该往哪里走？”

李恪想了想，下定决心般地说道：“往东走吧。金华门不就是往东开的吗？你累不累？我背你好不好？”

淇奥拂去落于身上的两片叶子，不以为然道：“哪有那么娇弱！当年怀仁儿风儿的时候，我还骑马飞奔过好几里呢。”

“还说呢！一想起这事，现在我还害怕得很。”李恪紧紧握着淇奥的手道，“孩子重要，但是你更重要。”

二人只往东走了一会儿，便看到了一座宫殿。虽不知这里头住的是谁，但有宫殿的地方就会有人，有人就能问问延庆殿究竟该往哪里走。可他们到了近前才发现，宫殿外竟无一个侍候的人。二人疑惑地对望一眼，一起上前叩了叩门。殿门并没有上锁，却见里头是一片令人恐惧的黑暗。

“有人在吗？”李恪朗声问了一句，却并无人应答。于是他只得又问：“是否有人在此居住？”

“三郎，这里很奇怪。”李恪还想再问，淇奥却挽住了他的手臂，疑惑地说道，“所有的窗户都被厚布糊住，所以就算外头阳光正盛，里头却没有一丝光芒摄入。普通富贵人家尚且不会将正门朝北开，更何况是皇家行宫。”

“的确令人费解。”李恪往前走了几步，摸了摸长几，上头并无一丝灰尘，可见是经常有人来打扫的。他刚想护着淇奥退出去，却见身后有一道人影急奔出殿。

“是谁？”李恪赶紧跟着追了出去。那个身影跑得并不快，李恪只追了数十步便抓住了她的肩膀，迫使她回过头来看自己。

那女子一身宫女装扮，生着一张圆乎乎的脸蛋，像一只受了伤的小兽般向他投去无辜的眼神。半晌，她才跪倒在地，连连叩首道："婢子……婢子见过吴王殿下，见过王妃。"

李恪见她态度恭顺，亦无要逃的想法，反倒一时不知该问什么好。淇奥走至她跟前，手中拿着一根烧了一半的香，话语平和地说道："这是祭奠逝者的东西，是你带来的吧？那个人是谁？"

宫女将头埋得很低，额头几乎碰到了冰凉的地面。见她不说话，淇奥又补充了一句，语气却明显比方才要严厉几分："虽是在行宫之内，私自焚香祭奠亦是有违规矩的。你若不如实交代，轻则受笞刑，重则被终生罚做苦力！"

"是……是阿晚姐姐。她死得冤……婢子害怕她会来……会回来找婢子。"

"阿晚？"李恪震惊地重复了一遍这两个字。抬头一看，果然殿门上方的牌匾上刻了三个字：思明殿。

淇奥见她神色慌乱，便又换回了那种温和轻柔的声音："如果我没有记错的话，阿晚是武才人身边的大宫女。那么，你也是？"

"是。婢子名叫红樱，和阿晚姐姐是同一日进宫，又是同一日来才人处当差的。昨日卯时前后，婢子本想去阿晚姐姐的房里叫她一起去园中收露珠的，可阿晚姐姐并不在。于是婢子就在房里等着，可等了很久都没能等到阿晚姐姐。后来，听殿里的其他姐妹说，阿晚姐姐被一个道人扼死在了这思明殿中。"

淇奥又看了她两眼，将信将疑地问道："你和阿晚的关系非常要好吗？"

红樱的声音哽咽起来："是的。因为婢子和阿晚姐姐身量相差不多，所以咱们连衣裙都是互相交换穿的呢。"

"你起来吧。"淇奥微笑着朝李恪点了点头。意思是，接下来就不是我的事情了。

红樱缓缓地站起身来，衣摆处沾着厚厚的一层黑灰，头依旧低着，身子微微向前躬。

李恪的目光在红樱的身上转了又转，旋即却只是轻声叹了口气，连声说了三遍"可惜"，便让她走了。红樱似乎没想到他们竟然会那么容易就放了自己，脚下像生了根一样，一动都不能动。直到听到不知从哪里传来的一声莺啼，她才回转过神来，慢慢地朝前走去。

“等一下。”才走了没几步，李恪便在她的身后叫道。

红樱一怔，刚刚才平复下来的心立马又开始疾速地跳动起来。可她没有办法，只好又转过身来，像个泥像木偶般静静地站立在那里。不知过了多久，才听见李恪问道：“延庆殿往哪个方向走？”

红樱松了口气，苍白的面色似乎瞬间就变得红润起来，连说话的语调都欢快了几分：“殿下，您只要一直往东走，见到一排桃树后，再往西走就可以了。陛下向来疼爱安陵县主，所以县主所居宫殿的规制和公主们也差不了多少呢！”

李恪扬起嘴角，笑得意味深长：“你知道的还真多呢。行了，你走吧。”

淇奥在旁看着李恪直直望向红樱背影的眼神，知道他心里正在纠结着什么，于是便说道：“那个惠弘的确扼杀了阿晚，必死无疑。可是其中的曲折以及将要牵连到的人都还未可知。他虽为太子，掌监国之权，可你是大理寺卿，刑狱之事亦在你的分内，你可以直接找他过问。至于武才人那里，我会寻个合适的时机去旁敲侧击一番的。”

“我和太子之间有算不清的账。为了父亲，为了大局，我才没有在明面上和他闹翻。可是总那样虚与委蛇，我是真累。不过，我也不能总避着他，一来于礼数上有亏，二来倒显得我心虚。借着如今这事去找他，倒也不至于使彼此尴尬。”

“总要面对的。”淇奥伸手，与他十指紧扣，“我知道有些事情你不愿意去做，可你方才也看到了，陛下分明是在强打着精神跟咱们说话。你……知道该怎么办的，对吗？”

“我知道。我会在父亲健在的日子里，和太子处好关系的。我不能让父亲担心，也不能让你们担心。”

第二十八章

风木之悲

两人说话间便到了延庆殿正门。门前的宫人笑意盈盈地向他们行礼问安了一番。江夏王此刻正在殿中和崇礼下棋。崇礼今年刚满七岁，生得比同龄的孩子要高出许多，长着杨家人所共有的清俊面容。

“舅父、舅母，你们快过来评评理！”崇礼一见到两人进来，立刻三步并作两步地迎了上去，一手牵过一个，将他们带到了棋盘前，“外祖父总赖皮！这儿方才明明有一颗黑子的，才一会儿工夫就没了。”

李恪见江夏王有些尴尬地紧了紧衣袖，哭笑不得地摇了摇头：“崇礼不到三岁就跟着表兄学下棋，叔父您输给他也不丢人。可您偷偷藏棋子就不对了嘛！”

崇礼重重地点了点头道：“舅父说得是！”

淇奥情不自禁地笑出了声，抚着崇礼的脑袋说：“咱们不理外祖父了！带舅母去找母亲和妹妹，好不好？”

“好啊好啊！妹妹正在睡觉，母亲陪着呢。舅母这边请。”

待他们走远后，李恪才揽衣坐到了江夏王的对面，想了想，还是开门见山地问道：“侄儿刚刚路过思明殿。叔父知道那殿为何要造得那么古怪吗？”

江夏王边将棋子收入棋盒之中，边说道：“这我倒恰巧知道。翠微宫原址本

是南北乱世时魏国所建的一座行宫。据说建造的时候死了不少人，那些人后来都被埋在了行宫底下。后来，行宫里很多人都莫名其妙地死了。当时就有传言，说是地底下的鬼魂在作祟。"

"又是这种无稽之谈？"李恪嗤之以鼻道，"那后来呢？"

"没过多久，魏国就亡了。周国军队的一场大火把这里烧成了灰烬。翠微宫建造初时，就有人向陛下进言，说这里不祥。但是陛下向来不信这个，也就没有另外选址。可督建的匠人还是不放心，便有了这思明殿。殿门朝北，且殿中密不透光。若真有冤魂，此地便是他们的安居之所。"

"原来是这样。那么，思明殿经常有人清扫吗？"

"应该是的。不过，那里并没有人守卫。据说是不想惊动地下的魂灵。"

李恪拿了两颗黑子在手中把玩着，心中的疑惑慢慢变深："那么这事就相当奇怪了。武才人身边的宫女和一个炼丹的道士同时来到这所谓的'鬼殿'，最后一个被杀，一个成了凶手，还恰巧被人抓了个正着。"

江夏王习惯性地抚了抚他的长须道："原来你心里惦念的是这件事情。其实一开始的时候我就隐隐觉察出这不是一桩普通的凶杀案。可我没有立场，也没有能力去查。而你不一样。你可以放手去过问，但前提是你不会因此而遭受任何损失。"

"我知道。吃力不讨好的事情，我不会再去做了。"

江夏王的目光从李恪的腕上慢慢移到了他的面上，轻轻叹了一句："昨天倒还没注意到，不过几个月不见，你好像又清瘦了很多。好好休息，别给自己太大的压力。"

李恪将手中的棋子放了回去，微笑着说道："侄儿知道叔父关心我，但是您要不要每次看到我都说我瘦了啊？我近日无病无灾，身体可好得不得了呢！"

江夏王仿佛并没有听到他说的话，只兀自说道："压力太大，精神是会垮的。就像当年你的……"

"悲剧只能发生一次。"这话虽没有说完，李恪却听懂了他语中的意思，因而便很顺口地接了下去，"当年我只是懵懂无知的稚童，而今，我不会再惧怕任何人。"

江夏王很欣赏地朝李恪点了点头。那些被他隐藏了很多很多年，连夜半无人之时也不敢诉诸于口的情愫，此刻正慢慢地流淌在他的心间。那个时候，他坐在马上，痴惘地看着那双如同刚出生的小鹿般清澈的眼睛，那里面有惊惶、哀伤、无助……他很想回应她的眼神，给她一丝微不足道的慰藉。然而，她的目光所及却不是他，永远也不可能是他。

江夏王揉了揉自己的双眼，不至于使它们过于酸涩。他再度望向李恪，心中默默地惊叹着，他还当真有着敏锐灵透的心思。

“叔父，过了这么久，崇润也该睡醒了。我瞧瞧她去。”李恪说着便站起身来，抚了抚左臂上仍旧有些疼痛的伤口。

江夏王亦跟着起身，释然地将目光投向了纱窗外那棵渐渐凋零的桃树。

第二日正午时分，天色微微有些阴暗，一时半会儿却又下不出雨来。霞佩左手拿着一把油布伞，右手小心翼翼地扶着淇奥走下那高高的玉阶。

“瞧把你紧张的！没事的。”淇奥看着霞佩一脸如临大敌的样子，轻轻地拍了拍她的手背，“说起来小萝也去了一个多时辰了。她倒真待得住！”

霞佩抿嘴笑了笑，凑近了淇奥的耳畔道：“王妃真的不知道小萝姐姐在想些什么吗？”

淇奥疑惑地摇摇头：“怎么说？”

“王妃您早间只说了一句，改日要请襄城公主过来坐坐，小萝姐姐立马就说由她去一趟承徽殿告诉公主。婢子私心想着，她怕是对驸马动了心思了呢！”

“这心思可不好。你确定吗？”淇奥不禁蹙眉。小萝早几年还只是个在庭院里侍弄花草的小丫头，后来，白檀见她为人十分机敏，王府豢养的那只小白狗简简又特别喜欢和她玩，便把她调到了房中当差。淇奥往日里只觉得她做事利索，能言善道，其他倒也真不算了解。

霞佩想了一想，十分肯定地说：“是的。驸马来王府的时候，婢子有好几次都看到小萝姐姐对着驸马的背影出神呢。后来，他有很长一段时间没来，小萝姐姐就常常一个人念叨，说不知道驸马是不是病了。还有……”

“霞佩。”淇奥打断了她的话，停下脚步，十分严肃地看着她道，“你和她住一屋，平日里也隐晦地劝劝她。驸马和公主感情甚笃，虽有几个侍妾在房中侍候，但那些都是公主的陪嫁。一旦她做出什么出格的事来，丢人的不只是她，还有吴王。”

“王妃放心，婢子一定会的。”

“好好跟她说，也莫要让她过分尴尬了。”

二人说话间，便来到了武才人所居的福安殿。出门迎接她们的正是那日在思明殿所见的红樱。红樱今日穿得清清爽爽，和彼时所见大不相同。

“才人去了贤妃处请安，估摸着还要过小半个时辰才能回来。王妃您先在正殿歇息一会儿吧。”

淇奥看着她神采奕奕的样子，说道：“不必了。带我去阿晚的屋里瞧瞧吧。”

红樱一愣，眼睛不由自主地往外瞟了瞟，旋即又定睛凝视着地面：“是。王妃这边请——”

福安殿西殿各房俱为宫女们所住，像阿晚和红樱这样的大宫女各自都有独立的房间，其余小宫女与粗使宫女们则住在更后面的那几间大屋子中。阿晚的房间收拾得颇为整洁，妆台上放着各式胭脂水粉并一个桃木雕成的小羊羔。淇奥见它颇为精致，便拿起来仔细看了看。小羊羔的一只脚上还刻着一行小字。再看几个衣橱里，也都是些最寻常的宫女衣服。余者摆设也并无特别之处。

红樱站在一旁，时不时抹几下眼泪：“阿晚姐姐真的……真的死得冤枉。”

淇奥再次将目光投向了那只小羊羔，又环顾了一下四周的摆设，问道：“你和阿晚都是几岁进宫的？”

“婢子和阿晚都是贞观十七年，八岁的时候入宫的。”

淇奥在屋中随意找了个位子坐了下来，手指无意识地敲了敲桌台。脑中回忆着李恪告诉过她的，那次见到惠弘时的情景。突然她又将目光转向了红樱，厉声问道：“你和阿晚究竟为什么要去思明殿？”

红樱被她凌厉的气势吓了一跳，一时只觉头皮发麻，双手不知道该放在哪里才好。半晌她才结结巴巴地说道：“婢子……婢子不知道您在说些什么。”

“你对思明殿以及行宫各殿都太熟悉了。而且如你所说，你和阿晚的关系那么好，她的行踪你不可能一无所知。再有，你记得你昨天在情急之下说的话吗？

你说，你害怕她来找你。”淇奥故意加重了“害怕”两个字的语气，目光中的意味深长逐渐加重。

红樱的眼睛瞪得老大，正在迅速地思索着该如何回应：“阿晚姐姐的娘亲和弟弟都病了，需要很多很多的钱来救治。她和婢子的月钱加起来都还远远不够。她没有法子，是真的没有法子了……”

淇奥用手撑着头，嘴角隐隐带了几分笑意。这样的鬼话，怕是连仁儿都不相信。可她偏生不想去点破，说开了可就没有意思了。于是，她只是带了几分鼓励的语气道：“继续说吧。”

红樱咽了咽唾沫，轻轻地舒了一口气：“阿晚姐姐不知从哪里听来，说思明殿中无人看守，如果能冒险去里头偷一两样东西出来，她的娘亲和弟弟便都有救了。其实……其实阿晚姐姐出事的当晚，是约了婢子一起去的。为了不被人发现，她还说，咱们要分头前去。可婢子害怕，就……就没有去。”

“她去思明殿偷东西被惠弘发现，继而被杀。那么，惠弘又为何会在那里呢？”

红樱的目光闪烁了一下，嘴唇动了动，最终却只是摇了摇头。

淇奥站起身来朝前走了几步，又回过头问道：“你们两个都识字吗？”

“刚进宫那会儿，宫里的姑姑教过婢子们一些。”

淇奥点了点头，心中大致已知道了整件事情的来龙去脉，所差的不过是一些佐证和动机而已。而这些，相信此时也已在李恪的掌握之中了。于是，她朝身边的霞佩使了个眼色，霞佩会意，便连忙跟了上来。

刚刚踏进正殿的时候，武才人正巧带了两个眼生的宫女迎面而来，躬身施礼过后便道：“妾身尚未恭喜王妃又有添丁之喜。您与吴王殿下都是有福之人。不似妾身，千方百计所求的，不过也只是让自己活下去而已。”

淇奥想起李恪告诉过她的，武才人和太子之间有某种暧昧不清的关系，心中原是对她厌极了的。可就在方才，她却蓦地懂得了“活下去”三个字的意义，以致她竟然对武才人这种违背人伦与道德的行为有了几分理解。可旋即她又因为自己这种诡异的理解而生起了羞赧，只能微笑着掩饰自己心中的纷乱：“姨妃不只能活下去，还能活得很好。”

淇奥与她有一搭没一搭地说了会儿话之后，便出了福安殿门。武才人目送着她离去，问红樱道："王妃问了你些什么话？"

红樱面色涨得通红，连耳根都在一阵阵发热。武才人只略略扫了她一眼，就大致看透了她的表情。于是便清清冷冷地说道："罢了，就算你全说了也无所谓。"

红樱赶忙跪倒在地，连连叩首道："婢子不敢。"

武才人弯腰将她扶了起来，神色温和地说："别怕。是真的没有关系。无论你说不说，他们都会知道。"

红樱发髻上的一根银簪末处垂落的几颗珍珠微微晃动了两下，发出了几声格格不入的清脆响动。她连忙按住了银簪，把头低得更低了一些。她听不出武才人话中的深意，就像她永远也读不懂面前这个容貌端丽的女人的内心。

于是，她只得轻声细语地开口，谦卑得如同一个犯了大错的孩童："婢子听才人的。"

这话其实说得毫无意义，然而此时此刻，她所能说的，仿佛真的也只有这一句话而已。

就在这主仆二人各怀着心事的时候，李恪正与太子李治说着一些无关痛痒的客套话。比如，终南山的天气果真比长安城中要舒服得多；比如，面前这只瓷杯一看就是汉末的珍品；再比如，屋中的香熏得略浓了一些。李治今日穿着一席寻常锦袍，头发亦只用一根木簪绾着，带着几分慵懒与随性，仿佛他们两个真的只是一对不拘小节的兄弟。

"三哥今番回来，孤总觉得你与过往不同了。"李治说着，往两只瓷杯中斟了八分满的茶水，面上带着温和而真挚的笑容。

李恪端起瓷杯，嘴唇碰了碰杯口，却没有要饮下的意思。他看了看从窗口射进的阳光，实在不想再浪费时间了，便直了直身子，用一如方才般随意的语气说

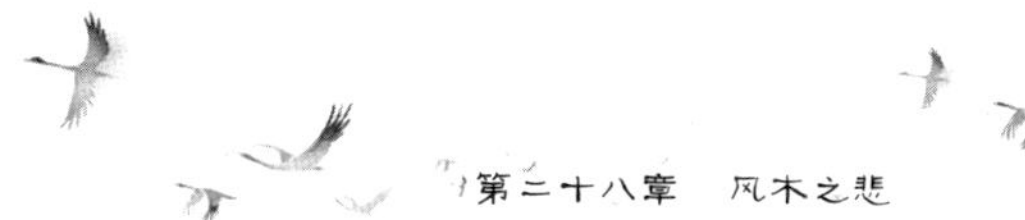

道："你们把惠弘安排在父亲身边，究竟有何用意呢？"

李治的眼里并没有任何波澜，似乎他耐着性子和李恪东拉西扯了那么久，为的就是等他问出这句话来。他缓缓地用手拭了拭案上的一滴茶水，云淡风轻地反问道："三哥觉得，以父亲的英明才智，谁又能影响到他呢？"

"太子与父亲父子情深，自然知道。可是，旁人立功心切，或许不会考虑那么多。惠弘所听命的人是谁呢？来济？还是韩瑗？他们想帮你，却错了主意！"

这话已经说得相当直白露骨了。李治脸上依旧毫无异色，反而听得津津有味，像一个最忠实的听众般期待着说书人下一幕的精彩："三哥既然已经肯定到如此地步，为何不干脆到父亲面前去告一状？他老人家最相信的不就是你吗？"

李恪放下瓷杯，目光淡然地望着李治同样和煦如春阳的眼神："太子说的倒也不无道理。明儿我就去见见惠弘，不管用什么办法，总归会把他肚子里的东西一股脑都掏出来的。到时候，太子想想，会牵扯到哪些人？"

"三哥说话何必如此拐弯抹角？你我兄弟之间，开门见山就好。你的条件是什么？"

"条件不重要。重要的是，太子能给予的回报是什么？"

"孤实在不知，你还想要什么样的回报？除了这储君之位，父亲能给你的都给你了。人也不能那么贪心。"

李恪以袖掩唇，忍不住笑出了声："不过玩笑话而已，太子何必当真？我曾经去坊间淘到了三个汉代的瓷杯，无论做工还是配色，都是很好的。唯一遗憾的是，还缺了一个。直到今天，我在太子这里见到了它。"

李恪说着，便再度伸手摸了摸眼前这瓷杯上的两朵白梅，一副爱不释手的样子。李治不由自主地挑动了两下眉毛，就如同他的心在平稳跳动着的时候，突然乱了两个节拍。他愣了片刻，终于又若无其事地道："三哥喜欢的话，孤待会儿让人清洗一下就送去承宣殿。承宣……"李治停顿一下，又继续说，"真是好名字啊。父亲连这个都要偏心于你。三哥，不管你相不相信，孤心里是羡慕你的……"

李治还想再说些什么，就见小宦官庆贵叩门而入，屈身说道："太子殿下，看守的人来说，惠弘畏罪自尽了。"

“便宜他了。把尸首扔到山顶喂狼去吧。”李治站起身，朝着庆贵摆了摆手。

李恪亦跟着起身，朝前走了两步，看着窗牖上自己的影子，淡淡说道：“在行宫里就动手，你们还真敢冒险。”

李治背过身子，让人看不清他此刻如释重负的表情。待整理好所有的思绪，他才回头道：“说到冒险，三哥冒过的险难道还少吗？小巫见大巫而已。”

李恪将双手紧紧握在一起，十指感觉到了深深的痛意：“如此，太子也算青出于蓝了。”

“三哥说笑了，往后，还需要三哥多多指点。”

“太子何必妄自菲薄？难道您从长孙尚书身上学到的东西还不够多吗？”

李治走到了他的身边，与他一同浸在面前的一片阳光之中。哪怕已是这样的针锋相对，他们身上却依旧看不到半分剑拔弩张的样子，连说话的速度都始终保持着某种特定的不疾不徐的状态。李治只站了一会儿，觉得这午后的阳光实在刺眼，便微微闭了眼睛，将手挡在面前。

“是很多。不过这些东西三哥根本就是无师自通，所以相较而言，自然是三哥更厉害。”

“既如此，那么咱们以后还真的要经常走动才行。但愿太子不要嫌弃才好。”

李治拱手一拜，做足了对兄长应尽的礼节，虽然他身为储君，大可不必如此做。方才他说的“羡慕”是真的，那些萦绕在心底深处的恨意亦是真的。他说不清这种感受，就像他道不明为什么会不由自主地被那个危险的女人吸引一般。她比自己年长，又并非绝色，更重要的是，她是庶母。每每想到她的时候，他的脑中便真的只有她一个。这种从未有过的对于异性的狂热与痴迷，令他感到恐惧。然而，他还是不由自主地陷了进去。以至于他甚至觉得，除了这个，所有的麻烦对他而言，都已不算烦恼。

于是，当他面向李恪再度开口的时候，竟也觉得轻松自在起来：“孤自然希望三哥常来。咱们到底是兄弟，没有什么心结是解不开的。你说对吗？”

还解得开吗？李恪默默地在心里问了自己一句，继而又扬起了嘴角，反问道：“我和太子之间，何曾有过心结？”

“是啊！何曾有过呢……”李治慢慢悠悠地说着，笑得别有深意。

惠弘的死几乎没有在行宫内掀起波澜。只有福安殿中那几个平日与阿晚交好的小宫女在私底下窃窃私语，说一些恶有恶报之类的话。然而，几天之后，红樱却失足落进井底，被人救上来的时候，已经全身浮肿，早早就没了气息。短时间内连失两位心腹宫女，武才人不免有些郁郁，当晚便吩咐了另一名大宫女兰舟就福安殿的人手重新安排了一下，同时，派人给阿晚和红樱的家人送去了一笔数目可观的银子。此事，便算是彻底地了了。

“那个惠弘是个坏人。”

那一日，当李恪和淇奥照例去含风殿请安的时候，仁儿对他们说的第一句话就是这个。

王忠正巧从寝殿出来，躬身施礼道：“陛下还未醒，请殿下和王妃稍坐一会儿。”

李恪并没有理会他，只是将仁儿抱在自己膝上，摸了摸他的头说道：“你也知道惠弘吗？”

仁儿很用力地点点头，满脸都是气鼓鼓的表情：“孩儿昨天听房里的一个小公公讲，那个惠弘曾在爷爷面前胡说八道，说爹爹命数与大唐社稷相克，将来恐怕是祸患……”

“世子！”王忠越听越着急，听到“祸患”两个字的时候，终于忍不住出声阻止，旋即又赔笑着对李恪说道，“世子还小，难免把话给听岔了，殿下您不要往心里去。”

“宋妈妈，带世子下去玩吧！”李恪朝仁儿身边的乳母使了个眼色，又回头对王忠说道，“那么王公公能不能告诉我，不岔的话应该是什么样的呢？”

此刻的大殿之中一片寂静，依稀可以听见廊檐下的露水在一滴一滴往下落。王忠的耳根有些发热，嗓音沙哑：“陛下的确曾让奴婢去暗中调查惠弘的身家背景以及他身后的人。”

“然而，你却把这事告诉给了太子听，好让太子有所准备。可父亲既已怀疑，便不能直接向惠弘动手。于是，就有了那个借刀杀人，一箭双雕的计划。自然，他们没有必要告诉你。”

王忠直直地站在那里，像一个木雕般一动不动地矗立着。这么些年，他的头发已经全白了，每一条皱纹里似乎都夹杂着一段苍老的岁月。

“奴婢就知道，以您的才智，一定会知道的。只是没想到，竟然会这么快。”

“我本可以保住红樱，未想，却还是慢了一步。”李恪颇有些唏嘘地与淇奥交换了一个眼神，“虽然如今说出真相已经毫无意义，但是我想，你也许希望知道。”

淇奥稍稍挪了挪身子。尽管如今已怀了第三胎，可她的肌肤白皙，目光清澈，一眼望去仍像一位二八少女般明丽。她思索了片刻，问道：“王公公知道为什么惠弘会心甘情愿地听命于人吗？”

王忠不假思索地说道：“钱财。”

“对！钱财。可是，钱财仅仅能够使人动心，若要人死心塌地，还需要一样更重要的东西。”淇奥的面色渐渐变得庄肃，“其实我们所知道的一切，都只是推断。但是我们都相信，那应该是最合情合理的真相。”

王忠试探性地吐出了两个字：“女人？”

“公公果真是聪明人。”李恪一手端起茶杯，一手轻轻地覆住了淇奥的手，“刚开始的时候，惠弘或许只是受命向父亲进献一些所谓能救命的丹药。后来，他遇到了一个女人，一个让他动了凡心的女人——阿晚。”

“阿晚？被他亲手杀死的阿晚？”王忠惊得张大了嘴巴。空旷的大殿中不住地回响着他的声音。他下意识地环视四周，确定绝不会有第四个人在场，才微微地松了口气。

“这行宫之内，应该不会有第二个阿晚吧！”淇奥饮了口茶，缓缓说道，“我在阿晚房里看到了一只用桃木雕成的小羊羔。小羊羔的一条腿上刻着几个小字：妻阿晚惠藏。我问过红樱，她与阿晚都是八岁就入宫的。那么，称她为

'妻'的那个人便一定是宫里的人。而她能够接触到的人……可能是侍卫，也可能是太医，甚至，也可能是像王公公这样的宦官。可是……"

淇奥说到这里的时候，故意停顿了一会儿，因为她需要观察一下王忠此时的表情。见王忠已有所了悟，她才继续说道："那只小羊羔是用桃木雕刻而成的。宫中甚少有桃木，而身为道士的惠弘，却不会没有。阿晚属羊，他便雕了一只羊给她，还刻有那样的话。可见，也是用了点心思的。"

王忠恍然："太子的人发现惠弘对阿晚的感情之后，就许诺只要他在陛下面前说那样的话，就能帮他得到阿晚？"

"理论上是这样，但是，成功率太低。"李恪与淇奥对视一眼，说道，"所以，是阿晚主动接近惠弘的。或者，说得粗俗一些，是勾引。"

"若惠弘是太子的人所安排，而阿晚又承接了勾引惠弘的任务，那么武才人她……"王忠说到此处，似乎也窥见了某种要人命的秘密，不由得倒吸了一口凉气。

"公公心知肚明就好。在父亲面前，千万不要露出你方才那样的表情！"李恪瞪了王忠一眼，带着一股极尽压迫的警告与威胁。直到看见王忠迅速收敛了眼底的惊惧，他才又说道："一切都在阿晚的意料之中。虽只有短短几日，但惠弘显然对她动了真心。待确定他已然在父亲面前说过那番乱七八糟的话之后，他的生命也就走到了尽头。"

"不！不对。"王忠此时只有一个念头——他的脑子快转不过弯来了，"既然惠弘为了阿晚能做到如此地步，为何最后却成了杀了她的凶手呢？"

李恪皱了皱眉，目中尽是深深的怜悯："一切都是一场阴差阳错的闹剧。我第一次见到惠弘的时候，他语焉不详地说了两句话。他不是故意的。不知道她是某人，以为她是另一人。如此，王公公明白是何意吗？"

"惠弘杀错了人！"王忠脱口而出，"那么，他真正要杀的人是谁？"

淇奥感觉到李恪的手此刻正在微微发颤，便用另一只手紧紧地握住了他。殿中冷凝的气氛持续了许久，淇奥才又开口说道："红樱说过，她和阿晚感情很好。好到因为身量相似，所以连衣服都是同穿的。所以当时，惠弘躲在思明殿中，要杀的人应该就是红樱！王公公，你的告密使得他们有了危机感，也有了必须要除掉惠弘的决心。而最不让人怀疑的办法就是……让他犯下一个证据确凿的死罪！”

“而最简单明了的死罪就是杀人！”李恪接着她的话说道，“思明殿设计独特，且无人守卫，应该是惠弘与阿晚幽会的最好的地方。为了诱使惠弘杀人，阿晚也许会说，红樱欺负她，让他为自己报仇，也许会说，红樱发现了他们之间的关系，让他为自己灭口。总之，惠弘为了自己心爱的‘妻子’，决意铤而走险。”

王忠再次听得云里雾里，双眼似乎被蒙上了一层荫翳，越来越看不清面前的景致，身子不觉有些摇晃起来。

“公公坐吧。这故事有点长，站久了怕会累着。”李恪指了指下首的一个位子，说道，“我相信，阿晚是受了武才人的意去做事。在武才人面前，她自然会将计划全盘托出。可是，她没想到的是，武才人，或者太子，想除去的人不仅是惠弘，还有她阿晚！”

“为什么？”王忠不敢坐实，身子尽可能地往前倾。

淇奥轻轻咳嗽了几声，说道：“原因并不重要。重要的是，他们最后做成了这件事。接下来我所说的，只是其中的一种假设，他们设计得可能比咱们所想的要巧妙得多。也许，红樱当时并没有骗我。阿晚的确邀了她一起去思明殿偷窃。不过，时间应该早于卯时，姑且就算是寅时吧。那么同时，阿晚让惠弘埋伏在思明殿等待下手的时间也应该是寅时。然而，寅时时分，红樱或是真因为害怕，或是被武才人叫去做了其他什么差事，故而，并没有前往思明殿。阿晚在红樱房里等了许久，见她一直没有回来，便料定惠弘已经下手。可是，她还是不放心。于是，便独自前往思明殿去看个究竟。”

王忠只觉头皮发麻，这样的推断也太不可思议了。可当他重新又理了一遍方才两人前后所说的话，仿佛也并没有什么不合理的地方。而此刻，他竟然也能够顺着他们的话将随后所发生的事情讲下去了：“思明殿中常年昏暗，红樱与阿晚身量又如此相似，且惠弘当时心情应该十分紧张，没有仔细辨别就杀错人也是很有可能的。而按照规矩，每月初八、十八和二十八会有人专门在清晨去思明殿中清扫。那么，就连目击者都有了。”

李恪很满意地点了点头，向他投去了某种孺子可教的表情："红樱逃过了一劫，却没有逃过另一劫。他们不会放过任何一个知情的人。就像在扬州的时候，那几个无辜而死的人一样。而策划了整件事情的郑铎和冯万齐最后也活不了。至于王公公你……这两桩阴谋你都间接参与其中。并且，我已然让太子知道，是你告诉了我这一切。你以为，他们还会放过你吗？"

王忠的唇际很不自然地扭曲了一下。他不想，他从来都不想的。他看着李恪从一个襁褓中嘤嘤哭泣的婴孩，长成了如今这样温润如玉、风度翩翩的男人，这其中经历了多少苦痛，恐怕连陛下都没有他清楚。然而，为了自己的前程，他到底还是背叛了。很多年前，就已经背叛了。可是，他过去从不曾想到那是背叛。因为他并未在李恪面前说过会忠于他，会帮助他。然而，直到他看到李恪遍身狼狈地从扬州赶回来，他才明白，他背叛的不是李恪，也不是李世民或是杨妠，而是他自己的心。

他站起身，步履蹒跚地向前走了几步，刚想屈膝下跪，却被李恪用手扶了一下。他不解地抬起头望向李恪，轻轻唤了一声："三殿下。"

"这么多年，他们都叫我'吴王'，你却一直喊我'三殿下'。当年在王府的时候，你就是这般称呼我的。你记得旧称，就像你还记得我母亲一样。王公公，我没有任何立场来怪你，你自也不必放在心上。我说过，你只要好好照顾我父亲就好了。我不会让他们来害你的。"

王忠的心剧烈地颤动了几下，几乎就要蹦到嗓子眼了。他望着李恪那几乎与李世民一模一样的侧颜，想了半晌，却终究只说了一句："多谢殿下。"

"这白茉莉花茶口感甚好。"李恪看着已经见底的杯子，微笑着说道，"再帮我去煮一壶来好吗？"

王忠一脸受宠若惊的表情，连声说："好好好。殿下稍等，奴婢这就去准备。"

还未走出外殿，却见仕禄从里头走了出来，施了一礼道："陛下醒了，请吴王殿下和王妃进去说话。"

"好。那茶……王公公怕是要多煮一会儿才好喝。"

淇奥后来问过李恪，为什么不愿意去追究？李恪只是漫不经心地说了两个字：博戏。他没有说出来的话是——当他无力去改变大局的时候，所能做的唯有多给自己留一条后路。若过去王忠不曾真正为他所用的话，那么现在，他也当对自己忠心不贰了。倘或自己这一把赌输了，那么这也是他命中的劫数，怪不得任何人。

来了行宫那么久，李恪只见过长孙无忌寥寥数面。那些流淌在他们心中的新仇旧恨，却终究只能化作嘴角一丝意味深长的笑容。他们彼此间仿佛都酝酿着某种剑拔弩张的情绪，也许下一刻就会爆发，也许这辈子都只能这样暗潮汹涌着。

长孙无忌每每看到李恪的背影，都会不由自主地出一会儿神。他记得在很多很多年前的一个早晨，他当着李恪的面，脱口喊了他一声“秦王”。尽管他和萧瑀的梁子早在杨妠死去的那一年就已经结下了，可他与李恪之间恩怨的开始，却是因为这一声“秦王”。尽管有的时候，他扪心自问，李恪从来也不曾做错过什么。相反，如果李恪是文德皇后的亲子，哪怕舍了命，他也会助李恪君临天下。可李恪不是。因为经历过，所以他才不能允许历史重演。这个世上，再也不可以出现第二个“秦王”。

然而，李恪决不会花那么大气力去揣度长孙无忌那种九曲十八回的诡异心思。他宁愿陪着父亲多说会儿话，或和孩子们下棋投壶，或静心习作一篇飞白。

“爹爹，咱们再去山下钓鱼好不好？”

李恪太过专注于面前的一篇策论，全然不曾注意到风儿已悄悄走至他面前，眨巴着一对纯澈如水的瞳眸，声音清脆地说道。

李恪俯身一把将她抱到了膝上，替她正了正发间一朵红色的小花。这孩子不知何时迷上了钓鱼，见到她喜欢的人就会热情地让人家和自己一起去钓鱼。不过，鱼和她倒是真有缘分。上回带着她和仁儿、玮儿一起去终南山下那片湖里钓鱼，她一个人就钓了他们三个人的量。

风儿见李恪不说话，便摇了摇他的手道：“娘亲和姑姑陪着崇润妹妹学数数，大哥和二弟忙着背先生交代的诗，崇礼哥哥正在教三弟认字。爹爹，你忍心看着我一个人无所事事吗？”

李恪看着她那副可怜巴巴的神情，禁不住亲了亲她的头发，问道：“先生让你大哥和二弟背的是哪首诗啊？”

“是《咏史》！孩儿听先生念了两遍就记住了。”风儿歪着脑袋，吐字清晰，“郁郁涧底松，离离山上苗。以彼径寸茎，荫此百尺条。世胄蹑高位，英俊沉下僚。地势使之然，由来非一朝。金张籍旧业，七叶珥汉貂。冯公岂不伟？白首不见招。”

如此拗口的一首诗，她竟然只听了两遍就能背得一字不差。李恪惊喜地笑出了声：“风儿真是了不得！不过，你们先生如何会教一首如此牢骚满腹的诗？左思写得最好的分明就是《娇女诗》：吾家有娇女，皎皎颇白皙。小字为纨素，口齿自清历。鬓发覆广额，双耳似连璧。明朝弄梳台，黛眉类扫迹。浓朱衍丹唇，黄吻烂漫赤。娇语若连琐，忿速乃明集。握笔利彤管，篆刻未期益。执书爱绨素，诵习矜所获。咱们风儿可比左思的小女儿还聪慧呢。”

风儿虽不知这诗是何意，不过一听就是夸她的话，便不由得咧嘴呵呵笑个不住。可片刻后，她却又想到了什么，连忙说道：“爹爹到底带不带我去钓鱼嘛？”

“老是钓鱼有什么好玩的？”李恪说道，“爹爹让人给你挑一匹小马驹，带你去骑马好不好？”

风儿的眼神扑闪扑闪的，连忙说道：“也行吧。那孩儿就陪爹爹一起去吧！”

怎么才这么会儿工夫就变成她陪自己了？李恪哭笑不得地摇了摇头。她这个女儿的机灵劲，恐怕连淇儿也得甘拜下风。难怪元仁虔家的那个小子常常被她整得晕头转向，有苦难言。

虽说才学会骑马不久，可风儿胆子大，从半山腰行至山下竟然都没有喊一声累。李恪始终保护在她的身边，一会儿提醒她要坐直身子，一会儿关照她要拉紧缰绳，一会儿又说要踩实马镫，不能分神。风儿一开始还照做，可一路上听到的就只有这几句话，不觉也有些腻了，便反问道：“爹爹当年学骑马的时候，祖父是不是也总这么唠叨啊？”

当年。

他七岁才开始学骑马。那时天下初定，朝内明争暗斗不绝。可李世民却愿意花时间亲自教他骑射。哪怕在玄武门那件憾事发生的前几天，他都还带着自己上骊山去狩猎。虽然那个时候，他们之间已然有了心结。

李恪抬头望一眼碧天白云，跃然而下，接着又把风儿抱下马，将两匹马一起拴在了树上。风儿见他没有回答自己，便不甘心地又问了一句："到底有没有嘛？"

"没有。一次都没有。"

"真的吗？"风儿一脸一个字也不信的表情，"可是祖父现在每次见到你，都要说好久的话。而且讲的东西都差不多。"

"你还小。很多事情你都不懂。"李恪带着风儿坐到湖边一块凸起的石头上，顺手拾起地上的一块小石子扔进了湖里，水面上渐渐荡开了一层又一层的涟漪。

风儿将头枕在李恪的膝上，仰头环顾着终南山下这一片青山绿水，轻轻地哼唱着淇奥教给她的那首江南小曲：春风动春心，流目瞩山林。山林多奇采，阳鸟吐清音。唱了两遍之后，她突发奇想，很认真地说道："爹爹，咱们不回王府了好吗？在这里，孩儿觉得高兴！"

李恪缓缓地抚摸着风儿红彤彤的面庞。似乎小的时候，他也说过同样的话。曾经，他亦有着和风儿一样幸福的幼年时光。他会将这些欢笑全部给予他的孩子们。至于旁的，只要他一个人去承受便够了。于是，他十分肯定地说道："只要风儿喜欢，咱们就经常过来。"

说话间，就听得身边传来一阵阵齐整的马蹄声。待声音越来越近了，他才和风儿一起站起身来往后看去。

云岭一见到他们，立刻一甩马鞭，飞也似的跑了过来。还未等马停下脚步，云岭便跳下马背，深深一拜，激动得眼眶都有些泛红了："殿下，真的是您！"

"云叔叔好。爹爹昨儿还提起过你呢！"

云岭忙又施一礼道："见过县主。"

李恪只略略点点头，便忍不住抱怨道："怎么这么晚才回来？就这么点小事他竟然能办那么久？本以为半个月也该好了，这都快一个半月了！"

云岭刚想解释，却见杨政道已经下车往这边走来，便退至了一边。

风儿见了他，赶紧小跑着迎上去，拉着他的手，甜甜地唤了一声："姑父。"

杨政道蹲下身子，伸手拂去落于她肩上的一片花瓣，轻轻地刮了刮她的鼻子。此时阳光正盛，风儿的额上慢慢沁出了汗水，杨政道忙解下腰间的汗巾，边替她拭汗，边微笑着说道：“风儿乖。”

说完，杨政道又站了起来，目光炯炯地望向李恪。那样的眼神，就如同十九年前他们初见时那般。半晌，他才开口道：“如果不是在新安驿中耽搁了些日子，的确只要半个月。你放心。韦孝慈知道该如何处置赵阿九与金鸿二人。还有，昨日我刚用你黜陟使的印信，经由雍州府将郑铎和冯万齐交给了刑部暂行监管，并附有他们亲笔画押认罪的卷宗。等到三法司会审之后，才可决定他们的生死。再者……”

“你身体都好了吗？”李恪出声打断了他的话，仿佛全然没有将他方才说的这一大篇话听在耳中，“雪鹭说，你这病生了有些时日了。怎么从来没有听你讲过呢？”

“不知道太子究竟知道几成。不过，陛下既然让太子监国，咱们于理也应该将此事告知于他。言谈举止间，想来也能看出些端倪。要对付长孙无忌，也许只有从太子身上下手。来日方长，咱们只能这样慢慢地与他们磨。”

李恪听他顾左右而言他，心中只觉烦闷，伸手便折下了面前榆树上的一根树枝，迅速地朝着他胸前刺去。杨政道未想他会突然发难，忙后退数步，拿出袖中一把折扇挡在了面前。李恪并未收力，树枝登时刺破了扇面，折扇险些掉落在地。杨政道眼疾手快地抓住了扇柄，往李恪的左面攻来。李恪将身子往回一撤，迈开弓步，试图从下方挑落他的折扇。杨政道似乎早看出了他的心思，在他抬手的瞬间便扔下了折扇，用力扼住他的手腕，他手中的树枝便掉了下来。

“如此，我才算放心。”李恪看着他脸不红气不喘的样子，终于长长地舒了一口气，“风儿累了，让她坐你的马车。你就和我一起骑马上山吧！我有话给你说。”

“你们在新安驿到底发生了什么？”李恪与杨政道并肩骑行了许久，才想到

要问他什么样的话才合适。

“也不是大不了的事。”杨政道伸手抚了抚自己的肩胛，淡淡地说，“我没想到，郑铎竟然还会功夫。”

李恪立马拉紧了缰绳，震惊地凝视着他道：“郑铎伤了你？怎么可能？你身边有那么多的护卫保护着……”

“他说有事要单独见我，是我大意了。你方才不是试过了吗？现在已经没事了。”

李恪并没有被他糊弄住，一脸难以置信地问道：“你不可能大意的。究竟为了什么？”

杨政道看着他一派打破砂锅问到底的架势，便长长地叹了一口气，过了很久，才下定决心般地说：“他让守卫传的话是，‘吴王可能回不了长安’。我当时确实没有想那么多。只知道，我不能不去。”

“表兄。”李恪心头酸涩，握紧了双拳，轻轻唤了一声。转而他又不解地道：“他果真厉害到连你都对付不了吗？”

杨政道摇了摇头：“不是。只是他出手太快，而且那阵子我的身子的确不好。不过幸好这一刀刺偏了，若再往下两寸，我怕真见不到你，见不到雪鹭了。”

李恪咬牙切齿道：“就算刑部和御史台不批准，我也非要了他的命不可！”

杨政道笑道：“吴王殿下方才不还说我办事不力吗？如今可消气了没有？”

李恪这才想起自己和云岭说的那几句玩笑话，忙解释道：“你明知道，我只是……替雪鹭惦念你。”

“你说了我就一定要相信吗？”杨政道不以为然地瞟了他一眼，用力一甩马鞭，身下的赤风立刻飞也似的朝前奔去。

李恪亦拍马追了上去。二人只跑了小半个时辰，便行至翠微宫门口。几名禁卫军一见到他们便忙迎了上来，替他们牵住了马。才下马走了几步，就见仕禄急匆匆地奔了过来，上气不接下气地说道：“殿下……君侯您也回来了，太好了。快……快去含风殿！陛下他快……快不行了。”

此时含风殿中已聚集了不少皇亲重臣。众人面色沉凝，似乎都在屏气等待着一场天崩地裂般的灾难。王忠焦急的神情在看到他们的一瞬间忽然缓和了下来。他趋步上前，顾不得上下之分，一把抓住李恪的衣袖，哑声道："殿下快进来。"

李恪只觉耳中莫名回响着阵阵呜咽之声，跨过门槛的双腿仿佛有千石之重，一时竟然再迈不开半步。王忠疑惑地再唤了一声："殿下。"

杨政道朝着王忠摇了摇头，对李恪说道："你比我有福气。"

李恪霎时就明白了他的意思，立马三步并作两步地进了内室。事情发生得太过突然，突然到就算心里已经早有了准备，依旧感觉痛悔难当。如果不是晨起前来请安时见李世民还是神采奕奕，李恪是绝不会离开他身边半步的。

王寿德搭脉的手不停地颤抖着，前襟已经被汗水浸透，面颊处不停地流下豆大的汗珠。半晌，他才站起身，先向李治深深一拜，又转头对李恪说："殿下心里要有准备，也就在这一时半刻了。"

李治双眼红肿，显然方才已经哭过了一场。他语声哽咽地说道："父亲午膳只喝了半碗小米粥。一个多时辰之前，突然就昏迷了。太医施了针，又饮了几口参茶，方才醒了一小会儿，可如今又……"

李恪听他再说不下去，心突然变得柔软起来，转头安慰他道："九弟，别难过。你这样，父亲不会安心的。"

"我明白的，多谢三哥。"李治仰头，将眼中的泪水生生地憋了回去。蚀骨的孤寂与悲凉涌来，他心乱如麻。

李恪双膝跪地，轻轻地握着李世民的手。掌心与掌心触碰间，李恪感觉到他的手指似乎动了一下。

"父亲，早晨您还说，要去看看我写的飞白。您看了就会知道，我写得并不比您差。"李恪的声音无比温和，嘴角的笑容慢慢漾了开去，"小的时候，您曾经一笔一画地教过我。那天，我练了整整一个晚上。母亲说，从来没有看我如此沉迷过一件事。父亲，再给我一些时间，再给我一些时间……好不好？"

这样低低呼唤了许久，李世民的双唇才终于微微张了一张，从喉间艰难地发出一丝声响："恪儿。"

李恪欣喜地抬起头道："父亲，我在这里。"

李世民微眯着眼睛，想要看清他的面容，眼前却只能寻找到一片雾霭。他吃力地说着话，仿佛每个字都在消耗着他的生命："好好地活着。好好地……活着。"

"我会的。我一定会的。"

李世民闭了闭眼，双手触碰到李恪腕上那三颗羊脂玉珠的时候，说话的声音突然变得清晰了几分："她……只希望你们能好好活着。"

杨政道跪在李恪身后不远不近的距离，胸口被一股突如其来的悲恸压得险些喘不过气来。从小到大，他看到过太多人在他面前死去，却唯有这一次，他真正感觉到了恐惧。继而，便觉浑身的血液都凝结成冰。

李恪点了点头，并没有再开口说话，只是更加紧握住李世民的手。许久之后，才听见李世民又开口说道："太子，过来。"

李治慌忙跪行几步向前，用颤抖的声音说道："孩儿聆听父亲训诫。"

"朕的丧礼莫要铺张浪费。咱们大唐还……还不算太富有。记住，凡事必要多征求臣下的意见。尤其是你的舅父和……和兄长。朕相信你……相信你会做得很好的。"李世民一口气说出了这几句话，说罢已觉精疲力竭，禁不住重重地咳嗽了几声。

李治连连称是，泪水又一次浸湿了他的面庞。李世民只觉身子变得很轻很轻，似乎就要飘向遥不可及的云端。恍惚间，他感觉自己再度开了口，却不确定自己是不是发出了声音："虽然要征求臣下的意见，但……但也不要太没……没有主见了。记住，你将来是一国之君，要有做君王的魄力。知……知道吗？"

"是！孩儿会的。都会的！"李治说得斩钉截铁，信誓旦旦。这样坚定的话语终于让李世民露出了一丝欣慰的笑容。这个让他一贯疼惜与怜爱的孩子，在此刻，或许真的该让他放心了。

这一生，他辜负了太多的人，也欠下了太多的债。还有，那些他身为帝王想要去做，却终究无能为力的事情……

遗憾。最后盘桓于他脑海中的，只有这两个字。

暴雨倾泻而下，惊得飞驰而过的鹰发出了阵阵难听的鸣叫声。回旋在山间的时候，它们恍如来自地狱的罗刹正徐徐地啃咬着人的皮骨。内殿之中，烛灯不停地晃动着，在一声惊天动地的惊雷过后，终于再坚持不住地熄灭了。

李恪那样近地靠着他，感到他的气息正在一丝丝地变弱。那只一直被他握着的手缓缓地垂落下来，李恪的心停滞了片刻，慌乱地抬眼看向李世民。李世民的嘴巴些微嚅动了一下，却再也听不到任何声音。李恪死死地咬着下唇，舌尖登时舔舐到了一股浓烈的血腥之气。眼眶中积聚许久的泪水再也忍不住，落了下来。他知道，李世民那句没有说出口的话是——邂逅相遇，与子偕臧。

王寿德和身边几个太医依次上前把脉。互视一眼后，不约而同地跪倒在地，沙哑着嗓音说道："陛下驾崩。"

殿中人皆面色剧变，纷纷匍匐向前，号啕之声此起彼伏。李治伏在榻上泪水横流，哭得肝肠寸断。跪在众臣之首的长孙无忌见状，立刻朗声说道："国不可一日无君。请太子殿下节哀，于灵前登基。"

话音刚落，已有好几位朝臣附议："请太子殿下以国事为重，早日登基为帝。"

李治拭了拭眼泪，尽可能平复着自己的情绪，缓缓站了起来，转身对诸人一拜道："孤遵众卿所请，当继承父志，兢兢业业，守大唐江山，保国运昌荣。"

众臣伏地还礼，异口同声地说道："太子仁孝，大唐万世不绝。"

外头的雨越来越大，天色昏暗得宛如深夜。小宦官们只得在殿中加了十几盏烛灯。李治又对众臣说了几句话，便打发他们都下去了。

李恪在走出内殿的瞬间，眼前突然一片漆黑，身子不由自主地晃动了一下，喉头只觉阻塞得难受，低头却见自己的前襟上已经沾满了鲜血。

杨政道见此情状，立马上前扶住了他，满眼忧色地说道："不要忘了方才你答应陛下的话。照顾好自己，才有力量去照顾旁人。"

"父亲说的是'你们'。"李恪无力地点了点头，从里衣中拿出了那卷一直被他贴身带着的帛书，"这是父亲让我交给你的。"

杨政道接过来打开一看，立刻又将它卷起放到了自己的袖中，正色道："你没有看过吧？"

"给你的东西，我不便看。如果你愿意，你可以告诉我上面写了什么。"

杨政道沉默许久，才低声说了三个字："不愿意。"

第二十九章

蓄势待发

贞观二十三年五月二十七日，太子李治昭告天下，皇帝驾崩。由禁军护送皇帝梓宫回城，暂时安放于寿宁宫中，待停灵期满后安葬昭陵。

四天后，李治遵循遗诏，在百官的拥戴之下，于武德殿中即位。

他的面庞有些浮肿，神情显得有些呆滞，显然还未从丧父的悲恸中醒转过来。他直直地站在那里。微风吹来，白幡缓缓地拂过了他的面庞。他惊得身子一颤，只觉浑身疲惫不堪。过了许久，他才转过身，俯瞰着底下一群恭敬站立着的朝臣，脑中回旋着方才殿中震耳欲聋的声音：陛下圣明，盛世永昌。

陛下。

李治在心中将这两个字的音调拉得长长的。不过短短几天，他就已经是手执生杀之权，御宇天下的君王了。再没人敢和他争抢，他也再不会做被巨蟒不停追赶撕咬的噩梦了……想到此间，他的面前突然就变得清明起来。原来就在不知不觉中，他所要的一切都已经被自己牢牢地握在了掌心之中。

然而，当他将目光转向侍立在一旁的王忠时，却又觉背上传来了一阵刺痛。不！不是一切！他能随心所欲，却不能随心所不欲。他咬了咬牙，朝着王忠点了点头。王忠会意地走上前一步道："请吴王殿下接旨。"

李恪右行几步至殿中，跪地俯身一拜道："臣在。"

王忠展开了那卷握在手里许久的印有仙鹤祥云纹样的玉轴，朗声读道："惟贞观二十三年六月初一日，大唐皇帝诏曰：夙罹偏罚，先君崩逝，举国同哀。朕初登宝图，心惶甚焉。国赖明哲，辅成大业。吴王李恪，才兼文武，器宇冲邈，谦裕宏博，地亲望高，堪为王佐。先君在时，多有佳赏。宜以翼赞，授司空，并金吾卫大将军。勋封如故。"

长孙无忌震惊地望了李治一眼，实在不明白他是哪根筋搭错了。这么石破天惊的封赏，自己之前竟然毫不知情。司空位列三公，虽是崇官，但自隋朝以来，除了先帝，并没有其他亲王受过此职。而金吾卫大将军向来掌管的是宫中离皇帝最近的禁军，非皇帝绝对信赖的人不可得。他将李恪置于那么崇高的位置，又给他实权，怕日后再难以对付了。

李治将长孙无忌探问的目光看得分明，却并未作回应，只是有些心虚地看向了别处。长孙无忌因为得不到回应而略显焦虑，余光不意落在了李恪的面庞上。只见他依旧那般从容坦然，连说话的语气都是平缓的，一丝波澜也没有。

礼毕出殿的时候，长孙无忌一直走在离李恪两三步之遥的地方。正当他上前一步，准备和李恪搭话的时候，却听得身后有脚步声传来。庆贵向他行了个礼道："尚书留步。陛下有话要对您说。"

李治此时已然端坐于武德殿后殿的小书房中，双手慢慢地抚弄着案上那只用青玉精雕而成的蟾蜍，渐渐缓解了一些炎夏带来的心慌与焦躁。他沉沉地叹了口气，眉头深锁："舅父，我不是心甘情愿的。"

只这一句话，长孙无忌便明白了七八分。他跪坐于李治的对面，试探性地问道："是先帝的旨意吗？"

"是。"李治从案上的紫檀木长盒中取出一卷帛书放到了长孙无忌的手中，"您瞧，父亲写得那么明明白白。我能违拗他吗？能不去照做吗？"

长孙无忌扫了那帛书一眼，嘴角立刻露出了一丝苦笑："我早该料到，先帝不会什么都不为他做的……"

"那日的情形舅父您也看到了。他们父子俩拳拳情深，咱们根本就是外人！那个郑铎既留不了人，也杀不了人。还真是无用！"

“怪不得郑铎。这也是他们的命。”长孙无忌盖上盒子，紫铜烛台上的光微微晃了晃他的眼，“陛下，如今您应该相信的事情是——吴王的命是握在您手中的。只要您有心，不难抓住他的死穴。到时候，您千万莫错过了一击而中的机会才好。”

“舅父放心。我会的。”李治犹豫了片刻，又说道，“您可能没有发现，王忠还是向着吴王的……”

“是吗？”长孙无忌半信半疑地问道，“在他为咱们做了那么多事之后，他还敢再次示好于吴王？”

“前天，王忠当着江夏王和宋国公的面，将父亲的这份遗旨交到了我的手里。这分明是逼着我非要执行不可！而昨晚，吴王特地进宫替他请了一道旨，说他侍奉了父亲几十年，劳苦功高，希望我能让他出宫在外宅中安度晚年。这又是让我不得不答应的要求。”

“吴王……”长孙无忌轻轻地用手指敲着桌案，“他的胆量倒真不小。不过，他的性子一贯如此，倒也不足为奇。”

“还有……还有一事。”李治犹豫着吞吞吐吐地说道，“后宫里的那些太妃们真的都要去感业寺中出家吗？”

“自然。祖宗规矩不可破。”

李治垂下眼睑，仿佛很不经意地说道：“旁人也就罢了。那个武才人是有恩于咱们的，舅父能否对她网开一面？她还年轻，若真要一辈子相伴青灯古佛，岂不太可怜了吗？”

长孙无忌停下了手里的动作，抬起头说道：“如果臣没有记错的话，武士彟的女儿是萧瑀当年推举入宫的。她能有什么恩义于你？”长孙无忌说到此处，突然产生某种顿悟：“这么荒唐的事你也做得出来？幸好……”

“不！不是舅父想的那样。”李治不假思索地否认道。话语一出，他惊觉自己的话说错了，这分明就是不打自招。于是，他只得尴尬地卷起衣袖，嘴角很不自然地撇了撇：“是她助咱们除去了惠弘。如果当时父亲顺藤摸瓜查到舅父，或者查到我身上，可能会有大麻烦。”

长孙无忌疑惑道：“陛下这是何意？臣并不认识惠弘。”

李治似乎也觉察出了事有不对，忙问道：“那么褚遂良知道吗？还有韩瑗和来济？或者舅父的其他门生故吏……”

长孙无忌反问道：“惠弘究竟做了什么事？”

“他说吴王将来是朝廷之患，希望父亲早做准备。”

“说得倒没错。”长孙无忌嘀咕了一句。忽而他又皱了皱眉头，正色道：“臣的人绝不会如此莽撞。不过，臣的确一直有疑问，像先帝这样的人如何会去相信一个游方的道士？”

“父亲是明君贤主，但也是个普通人。这些年，他的病反反复复，他心里也是着急的。当药石都不管用的时候，自然只能将希望寄托在神灵上。尤其是今年年初的时候，他自知时日无多……”李治的目光直直地望向长孙无忌，接着说道，“无论用什么样的法子，他也要撑到吴王回京。舅父，您现在都明白了吗？”

长孙无忌站起身，看着窗外阴沉沉的天空，长长地吁了一口气。就算如此，那又怎样？他有的是时间去等待。从隋末乱世到如今，他设了无数场赌局，对面的人换了一个又一个。不论中间胜负怎样，只要现在站在这里追忆他们的人是自己，那么，他就已经成功了。而且，他坚信，他会是最后的胜者。

外头的雨渐渐小了，风声呜咽，吹得长廊外的几棵老榆树东倒西歪。从武德殿出来就一直为李恪打着伞的小宦官寿喜这会儿上前几步，殷勤地说道：“奴婢送殿下出宫吧。”

李恪摆了摆手：“不必了。你还是早些回去侍候陛下吧。”

“哥哥，没想到，他对你倒真不错。”李愔看着寿喜走得远了，才开口说道。

“不过是个有些机灵劲的小宦官而已……”

李愔摇了摇头：“哥哥明知道我说的不是这个。当年我们和他闹成那样，他怎么如今还会这般重用于你？在没有看清他的真实意图之前，哥哥一定要小心。”

“咱们也有大半年没见了。等我有闲了再好好和你聊聊。”

“父亲走了，我也难过。”李愔见他无意接自己的话，便也不再往下说了，只是转过身，伸手握住了李恪的胳膊，“以前都是我不懂事，没能成为父亲的好儿子。如今，再想弥补也无济于事了。”

李恪见他的眼眶瞬间红了，便拍了拍他的肩膀：“你想对父亲说的话、做的事，我都替你说、替你做了。咱们同气连枝，是一样的。”

李愔放开了手，突然后退一步，跪倒在地，用异常郑重的口吻说道：“多谢哥哥。”

李恪面上扬起了一抹欣慰之色。他抬起头，看着天边迅速飞过的一行白鹭，目光停滞了许久，才慢慢地转了回来。这些天，他几乎一直没有合眼，却总是清醒一阵，糊涂一阵。清醒的时候，他是能帮助新皇处置一切丧仪琐事的吴王；糊涂的时候，他的眼睛却总没有焦点般地望着远方，仿佛这二十多年来所经历的，全是旁人的人生。

他深深地叹了口气，弯腰将李愔扶了起来：“再跟我去寿宁宫一趟吧。父亲见到你现在的样子，一定会很高兴的。”

李愔拭了拭从发际掉落下来的雨珠，转头再度看了李恪一眼：“这次回来再见到你，我总觉得你把一切都放下了。若过去的你尚有几分斗志的话，如今，竟是一点也没有了。”

李恪对他能说出这样的话来，倒是有几分惊异：“是。也许再过些日子就会好了，但不是现在。”

“你能劝得住所有人，唯独劝不住你自己。你们总说我让父亲操心。其实，你更是啊。”

“傻小子。”李恪听他这一本正经的话，终于忍不住弯了弯嘴角，“看来真是懂事了。现在倒开始担心起我来了呢！”

“你这样子，任谁看了不都得担心？”李愔低声嘟囔了一句。

说话间，两人便已到了寿宁宫门口。每一次前来，那般刺目的白色都会勒痛李恪的心。他深深吸气，又朝前走了几步。原来，世间一切的绚丽到头来亦不过是要化为质朴的本真的。刚刚走上长阶，就听得里头传来了一阵阵哭声。那是一种听不出任何情感的哭声。仿佛只是为哭而哭，却哭得很响很响。

陈勤从殿中迎了出来，行礼如仪："两位殿下请。"

李恪听着哭声不绝，便停了脚步问道："是谁在里头？若是哪位太妃，咱们就不便现在进去。"

"是公主。"陈勤"唉"了一声之后，又补充道，"高阳公主。"

李恪微微蹙眉。自从辩机被腰斩之后，他一直没有见到过她。只听说她成日将自己关在府里，有时还会请一些和尚道士前来作法。

哭声在兄弟俩进来的瞬间戛然而止。李恪见她的背影十分瘦削，隔着衣服都能看见那突出的肩胛骨，过去对她的那些厌恶此时也少了许多。再如何说，那也是她的父亲。骨肉相连，心里到底还是在乎的吧。

李恪缓步走至她的身边，弯下身子，轻轻地拍了拍她的肩膀："十七妹，别难受了。咱们一起聊聊天，好吗？"

谁知，高阳公主用力推开了李恪搭在她肩上的那只手，转过头来的时候，眼睛里全是狠戾的光芒。李恪看着她，不由得倒吸了一口凉气。

李愔亦被她这样的眼神给震慑住了，好半天才问道："十七妹，你这是怎么了？哥哥很关心你的……"

高阳公主站起身，面色寒彻如冰，说话的声音亦冷得不含一丝温度："你们以为我在为谁伤心？"她伸出两根手指，指着身后高高的棺椁，"为他吗？他也配？"

李恪心头一凉，却并没有理会她。只是走上前去，在灵前烧了三炷香，又俯身叩首，长跪不起。李愔在他的身边，和他做着同样的动作。

高阳公主冷眼看着，突然极不合时宜地朗声大笑起来。那笑声比哭声还要凄厉恐怖百倍。她走过去，咬牙切齿地盯着李恪道："从前我说过，你们会有报应的。如今，不就应验了吗？老天都看着。你也逃不了！"

李愔听到此处，再忍不住心中的怒火，厉声道："你想发疯就回府去！也不看看这是什么地方？"

短短几年间，高阳公主原本灿若桃花的面容上就已有了不属于她这个年龄的沧桑。她冷哼一声道：“六哥知道是谁把我逼疯的吗？是你身后那个永远也起不来的人！是你身边这个自私冷漠到极点的人！他们联起手来，杀了我孩子的父亲，杀了我生命中唯一的阳光！如果是你，你能不疯吗？”

李愔被她这声声质问逼得哑口无言。不是说不出反驳的话，而是被她这种来势汹汹的气势压得无力反抗。他看了李恪一眼，却见他兀自跪倒在锦垫上，好像全然不曾听到他们的争吵一般。

高阳公主却仍不罢休，弯腰在李恪的耳畔悄声说道：“惠弘是我的人。”

不过短短六个字，却似惊雷般炸响在李恪的心中。他几难置信地回头望着高阳公主笑得容颜扭曲的脸：“你说什么？”

高阳公主再次大声地笑起来：“原来堂堂大理寺卿也有失算的时候！如果你见过惠弘的话，就会发现他手上有一只刻有祥云的玉扳指。那是我当年的陪嫁。”

云安。李恪默默在心里叫了一声她的闺名。旋即却似想到了什么，霍地站起身，直视着她一眨不眨的眼睛：“是你让他在父亲面前说下那些话的？”

“那么三哥以为是谁呢？是因为你得罪的人太多，太多人想让你死，对不对？”

李恪恨恨地说道：“简直丧心病狂！”

“这就丧心病狂了吗？”高阳公主的声音蓦地变得柔和起来，甚至还带了几分少女才有的娇怯，“我把我自己许给了惠弘，这才让他死心塌地地帮我办这事。他办得真的很漂亮。李世民几乎离不开他所炼的丹药。对！除了会使人上瘾之外，这丹药可是很好很好的东西，连太医署令都查不出其中的门道呢！不然，他等不了你回来。三哥，你要感谢我才是。”

“你到底做了些什么？”李恪极怒之下，伸手用力地掐住了高阳公主的脖子。高阳公主并没有反抗，只是任由他这样掐着，嘴角似乎还带着某种志得意满的微笑。

李愔眼见高阳公主双眼充血，面色渐渐泛青，便赶紧上前拉住了李恪的手：“哥哥别冲动！这可是在父亲的灵堂上，你想让他老人家就这么看着吗？”

李恪一惊，连忙松开了手。

高阳公主重重咳嗽了几声，冷笑道："还要听吗？"

"说！把你做的一切都说出来！"

"在惠弘完全取得他的信任之后，我就让惠弘对他说，你是大唐社稷之患，让他早做准备。"高阳公主嗤笑，"我以为，就算他不完全相信天命之说，让他与你之间生出些嫌隙来也是好的。可谁知道，那个不争气的东西竟然杀了个女人。要不然……"

李恪听她不再往下说了，便追问道："要不然如何？"

"要不然，我会叫惠弘想办法，让李世民死在你的手里。你说，一旦成功了，会不会很有趣？"

李恪紧紧地抓着自己的衣袍，手背上的青筋清晰可见。他忍了又忍，终于还是放开了手，勉强压抑住想要再度扼住她脖颈的冲动："为了一个男人，你居然想要弑父？"

"那又如何？同样是一条命，谁又比谁高贵？只可惜，我没能杀了他，更没能杀了你！"

李愔上前一步，高声喝道："是你自己做了通奸的丑事，父亲和哥哥为了你的颜面才杀了那个奸夫。你怎么不怪你自己？"

高阳公主抚着自己隐隐作痛的脖颈，神色在瞬间的落寞之后，忽然又变得凶狠起来："六哥，你问问他，到底是为了我的颜面，还是为了他们朝廷的颜面？辩机死后，我找了那么多的和尚道士进府，请他们招魂，和他们交欢。可我还是想他，没有一刻不想他！就因为这世上，没有谁可以替代得了他。"

李恪并不理会她，只是再度屈膝叩头，轻轻地说道："父亲，对不起。是我扰了您的安眠。明日，我带着仁儿一起来看您。"

"好一个父子情深的样子！"高阳公主轻蔑地看着他道，"李恪，你等着！总有一天，我一定会要了你的命。那时候，我必不会再失手。"

说罢，她摘下发髻上的一朵白花，狠狠地将它掷于地上。

李愔看着她扬长而去的背影，不由低声咒骂道："还真是个不自量力的泼妇。"见李恪并未起身，他便跪在了李恪身边，"哥哥别把她的话放在心里。"

“我不会。我只是替父亲不值。”李恪捧起一把黍稷梗放到了旁边的火盆中，任由着汗水迅速从发间一直流到脖颈，继而沾湿了他的后背。他只是这样专注地望着熊熊燃起的火焰，直看得眼睛越来越酸涩。过了好久，他才又说道：“六弟，这几年来，我一直在犹豫，要不要把我所知道的一些事情告诉你。你也是母亲的儿子。”

“不。我并不想知道。知道了又能如何？你既然已经瞒了，便一直瞒下去吧。”李愔十分肯定地说道，“我不像你，不像祯卿哥哥那样聪明。很多东西，我看不透，也想不明白。不过，也幸好如此。哥哥，我并不想像你那么辛苦。母亲有你这个让她骄傲的儿子就够了……”

李恪释然地舒了一口气：“是啊！你说得对。如果我当年就想通这点，也不会作茧自缚那么多年。咱们走吧。”

“今日又有事要忙吗？”

“有事。不过也不急。先随我一起去看看长姐吧，那天她一听到父亲离世的消息便又犯了心疾。淇儿和雪鹭这几日一直陪在那里，也不知情况究竟如何了。”

李愔点了点头：“好。咱们一起去。”

襄城公主此时正斜躺在榻上闭目养神，青黛在旁悉心地为她打着扇。何太医晨间又细细地替她诊治了一番，不过说来说去还是那几句话：公主切莫大悲大喜。只要保持住平和的心绪，饮食清淡，一般是不会再犯病的。萧锐心里着急，便和何太医一起去了太医署抓药，又亲自盯着两个小宦官把药煎好，看着襄城公主把药喝下后，才安心地去了宫中。

淇奥与雪鹭二人面对面坐着抄写佛经，一个多时辰，几乎都没有挪过身子。屋子里安静极了，连窗外风吹动树叶的声音都显得吵闹。突然，只听得襄城公主轻轻咳嗽了几声。二人忙放下手中的笔，不约而同地起身问道：“姐姐不舒服吗？”

襄城公主摇了摇头："没事的，只是喉头有些痒了。淇妹，倒是你，你这身子也有六个月了吧！该回去好好休息。不用老陪着我了。"

淇奥抚了抚自己已十分显形的小腹，说道："姐姐累了，咱们就在一旁静静坐着。姐姐闷了，咱们就一起说说话。不是挺好的吗？"

"淇妹说得是。咱们陪着姐姐，只希望姐姐心里能不那么难受就好。"

襄城公主微微坐直了身子，青黛立刻将一个圆枕放到了她的背后。虽是暑天，但屋里放了满满的几盆冰块，便也不觉这天气有多难挨了。襄城公主见她们的双目都充盈着掩饰不住的忧心，嘴角勉强挤出一丝笑容："有你们在，真的很好。鹭儿，六岁的时候，我母亲过世。那时候，也是你整夜整夜地陪着我。你还记得吗？"

雪鹭点了点头："自然不会忘记。我和姐姐一起长大，有很多秘密我父亲母亲不知道，姐姐却知道。还有，姐夫从小就喜欢姐姐，就算远远地看你一眼，他也欢喜。有一次，他偷偷地塞给我一块玉佩，只说上面刻着主人的名字。我一看，'明珏'二字刻得歪歪扭扭，真的好丑。可是，那却是姐夫亲手雕成的。姐姐当时只说了一句话，当我把这句话讲给姐夫听的时候，他高兴得像个孩子似的手舞足蹈。"

淇奥过去从未听过这个故事，便好奇地问道："是什么话？"

襄城公主的眼里终于有了一抹亮色："如果合婚庚帖上的字也那么难看，我就不嫁给你了。"

雪鹭只觉脚背上有些冰凉，低头一看，原来铁盆里的冰已然融化成水，慢慢地从盆里溢了出来。青黛一见，连忙蹲下身子将盆移到了一边，用粗布擦拭着地面。雪鹭跽坐垫上，慨然道："后来姐夫就每天在家练字，虽然比不上三哥，但在亲贵之中，已经算很不错的了。"

"姐夫本是武官。如此做，全是为了姐姐啊。"淇奥也记不得从什么时候起，她对萧锐的称呼已经从"小叔叔"变成了"姐夫"。其实，本来就该是这样的。可自打萧瑀过世之后，她总觉得萧锐对自己的态度冷淡了不少。或许，不是对她，而是对李恪。想到此处，她的心中便不由自主地生出了几分怅然。然而，在襄城公主面前，她只得小心翼翼地掩饰好这份怅然。边想着，她便坐到了公主身边，将掌心覆在了她的手背上。

襄城公主知道她们之所以在此时追忆往事，全是为了能让她忘却眼下的悲伤。于是，她紧握着淇奥的手，又用另一只手抚了抚雪鹭的头发："女子一生所求，就是得一位真心疼爱自己的郎君。好在，上天待咱们不薄，咱们各得自己的幸福。"

话音刚落，就见乳母张妈妈从外室走进来，向三人行了个礼后便退至了一边。襄城公主见她面色难看，一副欲言又止的模样，便关切地问道："妈妈怎么了？身子不好吗？"

张妈妈虽是乳母，但善于打理，看起来不过四十来岁的样子。她低着头，拇指和食指不停地摩挲，看起来十分心慌。

淇奥忍不住也开口问道："出了什么事了？"

张妈妈想了片刻，才说道："公主最喜欢的那只西域猫蓁蓁犯了病。看样子快撑不住了。"

襄城公主皱了皱眉头说道："昨儿看它还是活蹦乱跳的，怎么今日突然就不行了呢？"

"奴婢也不知是怎么回事。午间见它在树下躺着，还以为是贪睡。可叫了许久都不应，细细一看，它的眼睛倒是睁着，但一点神都没有。过了会儿竟然拉出了几条虫卵来，还时不时轻轻地低哼一声，看起来十分难受……"

襄城公主赶紧道："蓁蓁是五年前父亲送给我的礼物，最是乖巧不过的了。不行！得救它。妈妈，你赶紧让人去各坊中找找专门给牲畜看病的大夫，一定得把它治好了不可。"

张妈妈许是怕襄阳公主太过着急而伤了身子，因而特意将说话的速度放慢了许多："公主别急！方才崇仁坊的安大夫和普宁坊的游大夫已经过来看过了。可他们都说，蓁蓁的胃里长了虫，已经救不了的。而且如果不赶紧把它处理掉的话，怕会把病传染给人。"

淇奥见襄城公主的眼圈瞬间就红了，知她向来极宝贝蓁蓁，又刚刚经历了丧父之痛，便忙说道："再去找别的大夫看看。实在不行，请太医过来瞧瞧。"

张妈妈刚想回话，就见一直照管着蓁蓁的小宦官常宁走了进来，屈身一拜

道：“公主，蓁蓁有救了。多亏了王妃身边的小萝姑娘。”

“小萝？”淇奥吃惊地问道，“她怎么会来的？”

常宁擦了擦额上的汗水，清了清嗓子道：“小萝姑娘说，她过来找霞佩姑娘，让她别忘了提醒王妃您喝安胎药。见奴婢抱着蓁蓁，就说她小时候跟着爹娘学过一点给牲畜治病的本事，可以让她看看。才看了一会儿，小萝姑娘就说她能治。现在正在忙活着呢。”

“那太好了。”襄城公主松了口气，面上的焦虑之色渐渐隐去，“小萝要什么，你们就帮她去准备。”

张妈妈和常宁异口同声地答应了一声，就退了出去。

“妹妹在想什么呢？”雪鹭见淇奥的眼神定定地望向某个角落，便推了推她的胳膊问道。

淇奥将目光收了回来，看着雪鹭衣袖上绣着的两朵白茉莉花，怔怔地说道：“我的药每天吃两次。今早出门的时候，她看着我喝完了一碗，另一碗要到睡前才喝。为何她现在要跑过来找霞佩说这事？”

雪鹭拉着她的手坐下，抚了抚她的小腹说道：“妹妹还真是孕中多思了。小萝那丫头一定以为你今晚会住在明珏姐姐这里，所以才特特跑来提醒一句。这也没什么可奇怪的。”

淇奥并没有回她的话，转头对襄城公主道：“姐姐也是这么觉得的吗？”

襄城公主同样报以疑惑的神情：“鹭儿说得不错。难道妹妹认为有什么不妥的？”

“没有。小萝的确会一些治疗牲畜的法子。上回简简拉肚子，也是她抓了草药给治好的。姐姐放心吧！蓁蓁一定会没事的。”

“如此便好。那么就让小萝在府里住一些时日吧！妹妹觉得可行吗？”

“好。只要能让姐姐高兴就好。”

外头此时又下起了淅淅沥沥的小雨，雨点密密地打在窗户上，沙沙作响。一道闪电从天边划过，伴随着一阵惊雷响起。大地仿佛也震颤了几下，几只乌鸦齐齐向上飞去。长安城的雨季，和阻塞在人们胸膛中的悲伤一样绵长。

李恪、李愔到达萧府的时候，雨已经下得十分大了。几人一起吃了晚膳，又说了好一会儿话后，才各自回了各自的府邸。

回府的马车上，淇奥只觉腹中孩儿一直动个不住，心中越发觉得燥热，便伸手拉开了帘子。李恪忙坐到了她的左边："别被雨淋着了。"

淇奥将头靠在他的肩上，双手揽住了他的手臂。过了许久，才在他的掌心写下了一个字，柔声说道："璄儿。好不好？若真是个男孩，就叫璄儿。"

李恪缓缓闭上了眼睛，后脑勺轻轻抽动了两下，耳中充盈着风声簌簌："'琨'字是父亲所起，是为美玉。而璄字乃玉之华彩之意。真的很好呢！"

"父亲会在天上保佑着璄儿平安出生。"淇奥顿了顿，又说道，"姐夫在宫中待了那么久，不知太……陛下找他有何事？"

"姐夫是新任太常寺卿，掌管礼乐。陛下近来自然有用得着他的地方。"

"你过去也经常有用得着他的地方，可从来没有见他那么积极过。"淇奥满脸不悦地道，"幸好有姐姐在，总不至于让他真的和你生分。不过我也真不懂，他这究竟是为了什么？"

"哪有的事？"李恪安慰地拍了拍她的手，"新官上任，他真的只是忙。等忙过了这阵子，咱们还会像以前一样的。"

像以前一样吗？淇奥垂下眼睑，半晌，才点了点头："我知道，一切都会好起来的。"

萧锐回来的时候，天色已暗，夏日的热浪经由风一吹，便弥漫在了空气之中。树上的知了们正在此起彼伏地谱着曲子，吵得人越发燥热。

走过荷花池的时候，萧锐突然见一个影子迅速地从他面前闪过，伴随着一声凄厉的猫叫。还未反应过来，黑影已然扑到了他的身上。打灯的小厮春福吓得松开了手，手中的红灯笼掉落到了地上。春福一惊，慌忙脱了外衣，用力扑打已经燃起来的灯笼。

萧锐刚想抽出腰间的短剑，却感觉小腿处传来一阵温热。俯身一看，就见蓁蓁正趴在他的脚背上，伸出舌头舔舐着他的皮肤。

“驸马受惊了。蓁蓁病了，脾气比平日要毛躁一些。婢子刚才正在替它医治，想不到一转眼就让它跑了出来。”小萝一边跑着，还一边理着自己有些松垮的发髻。待跑到萧锐跟前，有一撮头发已然散落在她的面颊上。她弯腰将蓁蓁抱了起来，后退一步，恭敬地侍立在那里。

萧锐见蓁蓁把头埋在小萝的臂弯之中，乖巧得像个小婴儿似的，心中倒有几分惊讶。除了襄城公主，这只小猫平素都不愿与任何人亲近，想不到眼前这小丫头倒能让它这般服服帖帖。于是他不由得抬头打量了小萝几眼，问道：“你是吴王妃身边的人？”

“是。婢子是随王妃一起来府里探望公主的。因蓁蓁病重，婢子又会一些治病的法子，所以王妃才把婢子留了下来。两服药下去，蓁蓁已经恢复了不少。不过，还需要持续照顾治疗才好。”

萧锐伸手摸了摸蓁蓁雪白的皮毛，又看看小萝：“既如此，往后你就留在这里专门养着蓁蓁吧。吴王妃那里，我会让人去说的。”

“是。婢子一定会好好照顾的。这样，公主也能高兴些。”小萝的眼睛闪了闪。黑暗中，她面上的神情并未让人看得真切。

“倒是个机灵的丫头。”萧锐丢下这句话后，便头也不回地往后院的小书房去了。直到过了子时，他才忙完了皇帝交代的事情。

襄城公主因白天多睡了会儿，此时倒觉得精神大好，便随手拿了本书细细翻阅。才看了几页，书便被一双手拿开了。萧锐吹灭了一根烛火，坐到床沿上道：“看书伤脑子。若实在睡不着，叫锦纹、青黛陪你聊聊天也好啊。”

襄城公主看着他脸上的疲惫之色，道：“三弟说你比他还忙。起先我还不信。”

萧锐正拉着帘子的手停了停，所有的表情都僵在了嘴角。过了好久，他才放下帘子，说话的语气仍不十分自然：“他什么时候走的？”

“他和六弟一起来的。原本也想等你回府的，可淇儿月份大了，总不能熬得太晚，我便让他们都一起走了。”襄城公主说到此，突然皱了皱眉头，“夫君知道他会来？你不会是有意躲着他的吧？”

萧锐被看出了心思，神色明显十分尴尬：“没有。你知道的，这个太常寺卿可不好当。礼乐之事关乎皇帝威仪、皇家体面，所以一点疏忽也不能有。陛下不是没有更合适的人，可他却把这差事交给了我。如此重托，我总不能辜负了。”

襄城公主将身子往里头挪了挪，不以为然道：“这么冠冕堂皇的话，你在朝堂之上讲讲也就罢了。在我面前，难道就不能说些真话吗？”

萧锐面上的尴尬之色愈浓。他怎么忘了，襄城公主可不是能被轻易哄骗住的小女孩。他脱下手腕上的一串紫檀木佛珠置于床头，将双手垫在头下，平躺下来说道：“我不是故意的。”

襄城公主侧过身子看他：“夫君是说，不是故意要敷衍我，还是不是故意要避着三弟？”

“我也不知道。”萧锐闭了闭眼睛，轻声说道，“我只知道，父亲在他身上花了那么多心思，就是为了让他有朝一日君临天下，是他自己磨磨叽叽，瞻前顾后，这才错过了最好的时机。他不反省自己，反而把责任往父亲身上推。明珏，你说我能不生气吗？”

襄城公主狐疑道：“你以为父亲之所以临终前会对他说出忏悔的话，是因为没能帮他当上太子？不！不可能。我们三个，还有鹭儿，自记事起就玩在一起，彼此是怎么样的人，我们应该是最清楚的。”

“可这几个月来，我一直在回想当时的情景。除了这个原因，我实在想不出父亲到底有什么地方是对不住他的。还有他那个表兄……”萧锐说到此处，不由得又有些着恼，“先皇对他好得令人费解，父亲什么话都跟他说，鹭儿当年也非嫁他不可，至于李恪，更是对他言听计从。可我却一直看不明白，他的心里究竟在想些什么。”

“那是因为你已经对他们有了成见。”襄城公主一针见血地说道，“我记得你从前说过，祯卿性格沉稳，处事老练，是为相之才。怎么如今却说看不透他了呢？”

萧锐沉默了半晌，才道：“明珏，你好像一直在为他们说话。我受了宋国公的爵位不久，又是新任太常寺卿。你明知道，陛下和长孙太尉都不喜欢他们。而我们……和他们走得太近了。"

"萧锐。"襄城公主坐直了身子，难以置信地盯着他看了很久，"你知道你自己说了些什么吗？"

萧锐似乎也被这突如其来的想法吓了一跳，与襄城公主对视片刻后，他挥拳狠狠地打了自己的脑袋一下："是我胡说八道了。这么多年，我和他们之间，不止有情义，还有恩义。怎么可能说断就断？"

"这是你的良知告诉你的。而你方才所说，才是你本能的想法。"尽管他的眼神已经避开，但襄城公主依旧没有收回目光，"人之所以能支配其他生灵，一个重要的原因就是——人能用良知抑制本能。"

"不是本能。"萧锐慌忙解释道，"真只是一时糊涂。明珏，对不起。"

襄城公主摇了摇头："你没有什么对不起我的地方。从咱们成亲到现在，你一直都是一位好丈夫、好父亲。朝堂之事，你们之间的恩怨，我都不懂。可李恪和祯卿都是我的弟弟，无论谁要算计他们，我都会拼死相护的。"

"我也会的。"萧锐伸手将她揽在怀里。许是怕她不信，他加重了语气又说了一遍："真的会的。"

这一夜，两人睡得都不安稳。萧锐一开始还闭着眼睛努力想要入睡，可辗转反侧无果之后，便放弃了，只是数着窗外的草虫叫了多少声。

第二日天才蒙蒙亮，萧锐便穿戴齐整地出了院门。湖中石亭里，小萝正用梳子很仔细地打理着蓁蓁的毛发。蓁蓁听话地趴在那里，时不时还舒服地低哼几声。

大约是因为太过专注，萧锐靠近的时候，小萝显然被吓了一跳，手上的力道不自觉地重了几分。蓁蓁因为吃痛而大叫了一声，小萝忙抱起它哄着，见它平静下来了，才把它放下，对着萧锐躬身一拜："婢子见过驸马。"

小萝发髻上的双梅银簪在阳光下闪闪发光。萧锐注意到了这样的光芒，也注意到了小萝的长相。以前看到她的时候，她总低着头。昨夜与其说是他认出了小萝，不如说是他认出了那支双梅簪。

"你长得有几分像明珏。"

小萝又低下了头，脸红红地说道："婢子不敢。"

萧锐原也不过这么一说，可见她这般娇羞可爱的样子，不由得想起了那些珍藏于心的少年时光。明珏的性子从小就是这样安安静静的。她喜欢看书，常常在闺阁窗边的几案之前，一坐就是一整天。剪影投在纱窗上，当真是一幅美到极致的仕女图。当他还不知道什么是爱的时候，就已经深深地迷上了她，正如曾经在黑暗之中追逐过的月光一般，决意一生一世追随守护她。

想着想着，他禁不住再次看了小萝一眼。小萝的好年华，也是明珏曾经的好时光："不过是夸了句你的长相而已。你的胆子向来都是那么小的吗？"

小萝依旧不说话，只是低着头温柔地抚拍着蓁蓁的身子。蓁蓁许是困了，片刻后便闭上了眼睛，一动不动地在小萝的怀里睡着了。

萧锐揽衣坐了下来，头靠着廊柱，脑中不停地回想着昨夜明珏的每一句话，每一个动作，每一个眼神。不知怎的，竟有一种莫名的寒意从他的心头涌了上来。

于是，他越发觉得眼前的小萝有一种触动他心扉的纯净、美好。他指了指对面的位子，待她犹犹豫豫地坐下来之后，他才轻轻地叹了一口气："不知道她是不是还在生我的气？"

小萝略略抬了抬头，偷偷看了眼萧锐素白色的衣襟，怯怯地问道："驸马跟公主……吵架了吗？"

"若她能和普通女子一般任性地和我吵一架也就罢了。"萧锐的话中带着明显的失落，"可她只是不高兴。小萝，你说，能有什么法子让她高兴一些呢？"

小萝望着泛着涟漪的湖水，很认真地想了一会儿，才说道："先帝刚刚驾崩，婢子觉得，公主如今是无论如何都高兴不起来的。驸马若真的心疼公主，就应该和她一块儿难过，陪着她走出伤痛。待孝期过了，公主的身子也调理好了，您就再与她生个孩子……"

说到最后一句，小萝的脸又红了，连带着脖子都觉得十分燥热。萧锐的身子微微向前一倾，摇头道："咱们成婚这么多年，一直都只有守规一个孩子。不是不想要，只是担心她的身体。在孩子和她之间做选择，我宁愿选择她。”

小萝出了会儿神，目光在落于栏杆上的喜鹊身上停留了片刻，才道：“驸马就应该把这些话告给公主听。公主虽然身份贵重，但到底也是个女子。但凡女子，都是爱听甜言蜜语的。哪怕您只爱她一分，一旦说成了十分，她便高兴。可您若爱她十分，却因为羞于表达，那么她能体会到的，便是连一分都没有了。”

萧锐微笑道：“想不到你小小年纪，懂的东西倒不少。”

小萝的声音依旧是娇娇怯怯：“婢子不懂。只是，婢子以一个女子之心揣度，或许应该……应该是这样的吧。”

“是啊！你是个女孩子呢。”萧锐仿佛恍然大悟般地说道，“而且还是个心思灵巧的女孩子。看来往后，我得多多向你讨教了。”

小萝立马抱着蓁蓁欠身行礼：“驸马有吩咐，婢子不敢不从。”

萧锐伸出手来扶了她一下，小萝本能地想要挣脱，无奈萧锐此刻已然紧紧地握住了她的手，并且离她越来越近。于是，她只得任由他这样握着，心跳得越来越快。正在这时，小萝怀中的蓁蓁突然大叫了一声。萧锐慌乱地放开手，背过身子，将头抵在了廊柱上，低沉着声音说道：“你回去吧。”

直到再听不到身后的脚步声，萧锐才转过身子，狠狠地打了自己一个耳光。方才，他当真是被鬼迷了心窍。如果不是蓁蓁及时发出了声音，他当真不知道自己会做出什么样的事情来。她长得像明珏，特别是眉眼。虽然她没有明珏雍容典雅的仪态，落落大方的气质，可那个低眉垂头的动作，真的很像很像。是的！他是因为明珏才会意乱情迷的。明珏是他的妻子，是他心里唯一的女人。

“君侯，您怎么这么早就来了？不知道公主和驸马都有没有起床呢！”

萧锐正一遍遍和自己的心魔作战，突然听到身后传来侍女清清脆脆的声音。他忙深深地吸了一口气，以最快的速度调整好自己的情绪，才转过头，朝着不远处挥了挥手。那个侍女朝着他敛衽一拜后便退了下去。

杨政道小跑着经过九曲长廊，来到了湖中石亭。见萧锐满脸都是汗水，他不由奇道：“姐夫一大早做了什么事，怎么热成这样？”

萧锐经他一说，才感觉到几乎浑身的汗水都在往下流，于是便掏出帕子来胡乱擦了擦道：“你也知道，我向来畏热。出来的时候偏又忘了带扇子。”

杨政道明知他有心事，可他不愿意说，也就没必要去拆穿：“的确是热了。这几年来，就数今年夏天最热。长姐的病如今应该无事了吧？不然你也不会有这闲心在湖心赏景。”

“那日只是一时急火攻心，等顺过了气，自然就好了。她昨日睡得迟，应该会晚一些才起身。你若去探病，恐怕还得在此等一些时候。”

只是。

杨政道听到他说这两个字，眉心不由自主地一动。素日长姐哪怕咳嗽一声，他都会着急地叫太医前来相看；这次长姐犯的可是心疾旧症，一连来了三个太医会诊。他一开始不是也急得如同热锅上的蚂蚁吗？怎么如今突然就淡定了呢？

萧锐许是意识到了自己言语有失，却又不知失在哪里，更不知要如何去弥补，便只得将话题岔开道：“你一大早来府中，应该不只为了明珏吧？”

“是。我有话要对你说。”杨政道开门见山地说道，“新皇登基，恩威并施，朝野上下一片叫好之声。长孙无忌和他的门生故吏们自不必说，连素来不与他们亲近的大将军李勣也因为一道召回封赏的旨意而对他感恩戴德。还有姐夫你，他授你显官，委你要职，安知不是在收服你的心？”

“我父亲早说过，他的手腕是李承乾和李泰比不了的。甚至……”萧锐停顿了一会儿，说道，“甚至不在李恪之下。这点，你应该也是清楚的吧。”

“非常清楚。所以，他会是个好皇帝的。如果不是这样，你以为依着先帝的英明，会那么放心地传位于他吗？难道仅仅是因为他的身份？”

湖边微风拂过，夹带着几分难挨的暑气，反倒让人觉得更加酷热难当。萧锐微微挪了挪位置，狐疑地看着他：“那么，你到底是什么意思？”

杨政道站起身，从腰间抽出了一本奏疏放到萧锐的手中：“挑一个方便的时候，把这个交给陛下。”

萧锐打开，只粗粗一看就变了脸色，慌忙合了起来，震惊地抬头看着杨政道：“为什么？”

“如果你想问事情是否属实的话，我能很肯定地告诉你，属实。”杨政道将他的神情全部收入眼底，回以他的却是极其温和的目光，“所以，你大可以放心地将它面呈陛下。”

萧锐眼底的惊讶慢慢地转为警惕，脑中瞬间浮现出两个字：试探。对！他就是在试探自己。

“祯卿，你在怀疑我，还是在诱惑我做那忘恩负义之事？”

“姐夫多心了。我不过说出了一些实情而已。”杨政道看着落在湖中的一片叶子缓缓地飘向远方，“先帝虽授了吴王便宜行事之权，但涉及州府官员任免这样的大事，依律应该在事后向吏部说明代刺史人选。等吏部核准之后，再交由陛下最后定夺。而吴王既没有报吏部知道，也没有将此事专门呈于御前。不管他有什么样的理由，这个，的确是疏忽。”

“既然只是疏忽，你去提醒他一下，让他补一份不就行了？何必直接向陛下告发？如今正是非常时期，万一陛下真动了处罚他的心思，那怎么办？”

“有处罚才好。就怕陛下将此事轻轻揭过。所以，你得趁人多的时候说，并且尽量把后果讲得严重一些。最好能迫使陛下将他的封户削掉几百，要不然，罚俸也可以。”

萧锐一听他这不正常的话，心绪反而松了下来。他伸手摸了摸杨政道的额头：“鹭儿前几日说你有些寒热，怎么到现在还没好？过会儿刘太医会过来诊脉，你也去让他瞧瞧。”

“我没有说胡话！”杨政道正色，“你去和陛下说！一定要说！”

萧锐看他一脸心急火燎的样子，简直像一个被抢了心爱玩物而急着要向爹娘告状的孩童，便不禁拍了拍他的肩膀道：“他到底怎么惹着你了？你这样子倒像公报私仇似的！我可不会帮着你害他。”

杨政道知道不和他说清楚，他是无论如何也想不明白的，便只得实言道：“司空和大将军的职位都是陛下按着先帝的旨意封赏于李恪，并不是他自觉自愿给的。如果这个时候能给他个理由对李恪薄惩一番，让他出了这口憋在心里的气，对李恪而言，便只有好处。姐夫，我这样说，你懂了吗？”

萧锐放下了手，眼中的疑惑之色更甚：“这个我懂了。可是，这次扬州之行是你与他同去的，你去跟陛下说不是更顺理成章吗？”

“第一，我跟他有仇；第二，我和李恪关系密切。所以，他不会相信我，没准还以为我又在耍什么阴谋诡计。”

“倒也不是没有道理。”萧锐恍然大悟般地点点头，“那么，为什么是我去说？我跟李恪不也关系密切？”

杨政道打开随身带着的水袋，喝了几口水后，喉头的干涩才缓解了：“你虽和李恪走得近些，但你和他至少在明面上没有结过怨。况你也是他的姐夫，他对你的戒心没有对我的那么重。再说，他最近不是一直对你有示好之意吗？这个时候你给了他这么个小小的出气机会，他只会觉得你这是投桃报李，并不会起疑。所以，只能是你。”

“你想得还真是周到。”萧锐缓缓地用食指摩挲着拇指，在答应与不答应之间犹豫再三，才试探性地开口，“其实……陛下想要示好的人不只是我。”

“那又如何呢……”杨政道想到李世民留给他的那道遗诏，嘴角不由得露出一丝淡淡的苦笑。他知道，自从萧锐明白李恪再不可能继承大统之后，他就开始为自己谋求第二条出路了。他与自己的立场和经历到底是不同的。如果自己没有让他去做这件事，他早晚也会找其他机会的。那么，他宁愿这个机会是自己给的。也许这样，他才能为李恪，为自己，寻求一个平安。

第三十章

雷霆乍惊

“平安”于天下所有人而言，都是一个极其温暖的字眼。当渡尽劫波，看透繁华，所求的似乎也真的只有这个而已。

萧锐把杨政道所托之事办得很好，好到超出了他的想象。李治那道惩治的旨意虽然下得十分温和，但句句说到了点子上，轻描淡写间就把该做的事情给做了。朝野上下不由得再次对这位年轻的帝王心存畏惧。

然而，在之后的三年里，萧锐的心里却始终存着几分压抑与焦虑。他几乎每天都在等李恪主动来找他质问此事。可李恪待他一如从前，并没有任何异样。萧锐在惶惑不解中，似乎渐渐想明白了原因：这么些年来，自己从来没有和他交过心，哪怕他们从小一起长大，哪怕自己曾经真心实意地想要助他登位，可他们之间，始终有着一层隔膜。他不知道这层隔膜是什么，也不晓得该如何去冲破这层隔膜。于是，他索性不去想，就这样任由着日子平平淡淡地过下去。

襄城公主的身子在这几年间依旧时好时坏。去年，小萝被调至了公主身边侍候。萧锐和她见面的机会多了，心中那种被苦苦压抑着的诡异情愫又不由自主地溢了出来。小萝似有所觉，因而每每总是故意避着他，并无半分逾矩。

寒风簌簌，卷起地上一片枯叶。酝酿了数日之后，天边终于飘落了大朵大朵的雪花。

那是永徽三年的第一抹银装素裹。

淇奥坐在王府暖阁的书案之前，正专心致志地调弄各种植物做成的染料。她对绘图染料的要求极高，因而从采撷植物开始的每一步，都是自己亲力亲为。

霞佩正半蹲着往火盆里添银炭，小声和一旁的云香说了几句话后，又抬头对淇奥道："王妃您说，白檀姐姐成亲之后是不是比以往更漂亮了？"

淇奥用帕子拭了拭手指上的凤仙花汁，微笑着说："小丫头是不是也想找个婆家了？"

霞佩低着头，悄声说道："婢子是有那么点想……"她说完，便觉脸上火辣辣的。好在，外面的叩门之声恰到好处地掩住了她的这句话。进来的是掌管后院大小事务的郭妈妈，身后还跟着一个面生的小宦官。小宦官一进来便恭敬一拜，声音尖细："奴婢兴安宫宦官孙重六见过吴王妃。淑妃说，有重要的事情要告诉您，请您一定要进宫一趟。"

绵蛮在李治登基后的第二个月就被封淑妃，受尽宠爱。若非长孙无忌等人坚决反对，其子素节几乎就要被立为太子了。只是近一年来，李治对她却明显不似以往般热络了。这是前番淇奥去柴家赴宴时，柴夫人赵文茵当一个有趣的故事一般告诉她听的。当年她和绵蛮也算彻底把彼此心里的话说开了的，因而无论绵蛮过得是好是坏，都提不起她半分兴趣。只不过这几日，绵蛮似乎又存了几分想要亲近之意，已经连续几日派了不同的宦官请淇奥进宫说话。淇奥每每也总以各种理由婉拒。正如此刻，她也只是微微抬了抬头道："多谢淑妃美意，等这场雪停了，我自会找机会去拜望她的。"

孙重六仿佛料定了她会如此说，也不气馁，兀自躬身说道："淑妃说，此事和吴王殿下有关。若您今日不去这一趟，殿下可能会有危险。"

淇奥握着凤仙花的手慢慢握成了拳。萧绵蛮明知道，关于李恪的事，无论真假，自己都不会不管。看来，她是铁了心非要和自己见上一面了。

正思索间，又听得孙重六补充道："淑妃还说，若她说一句假话，就立马报应到四殿下和两位公主身上……"

淇奥向来听不得这种拿孩子赌咒发誓的话，便忙打断了他道："别说了。你在外头等着，我马上跟你进宫。"

雪天路滑，马车一路缓行了一个多时辰才来到玄武门门口。齐长升的那位远房侄子齐高远一见到淇奥便十分热情地迎了上去，哈出的热气袅袅飘到了空中："王妃怎么这天气还入宫？"

淇奥下了马车，下意识地用手挡了挡扑面而来的雪粒："是淑妃约请。大雪天当值，齐护卫辛苦了。"

齐高远一脸受宠若惊的表情，简直和齐长升一个模子里刻出来的。他连连躬身道："多谢王妃。卑职皮糙肉厚，不辛苦的。况且前两年下雪的时候，吴王殿下还给了咱们双份俸禄呢！咱们可都乐意着呢。"

淇奥也不再去理会他，只跟着孙重六朝着兴安宫的方向走去。

雪下得越来越大。纵然打着伞，到了兴安宫门口的时候，淇奥身上那件银狐毛斗篷上还是沾满了一颗颗欲落未落的雪粒。

绵蛮在正殿等候已久，一见淇奥便赶紧走上去，不由分说就拉着她的手进了内殿。她边走边吩咐身边的几个宫女："金钟，把我的小铁炉拿给姐姐。骊珠，往火盆里再加些炭。嘉卉，把两位公主带下去玩。"

义阳公主和宣城公主穿着同色的锦袄，一见到淇奥进来，便站起身，很有礼貌地叫了一声："伯母好。"

淇奥还未说话，就听绵蛮说道："吴王妃是母亲的姐姐。以后，你们都要叫'姨母'，知道吗？"

姐妹俩点了点头，异口同声地又道："姨母。"

淇奥虽知绵蛮是在利用这两个孩子来和自己套近乎，可稚子无辜，她也只是蹲下身子，伸手抚了抚她们粉嫩可爱的面庞："没关系，叫什么都好。"

绵蛮朝着周围人摆了摆手。待到殿中只剩下她们二人的时候，她突然跪了下来，将手抚在淇奥的膝上，头上那支牡丹花钗上的流苏不停地晃动着。淇奥虽有些惊讶，倒也没有立刻说话，只将怀里热得发烫的小铁炉放了下来。

见她不作声，绵蛮又将身子靠近了她一些，声音软糯温和："姐姐相信我，我真的知错了。我们姐妹还像以前一样，好不好？"

明知覆水难收，又何苦要自取其辱？淇奥轻轻叹气，一句回绝的话已经到了嘴边，低头却看到她腕上那个桃花手镯，心蓦地就软了几分。于是便伸手扶了她一下，淡淡地说道："淑妃如今身份贵重，不该如此失仪。"

绵蛮脸上难掩失落，眼神在面前一只青铜貔貅香炉上停滞了半晌，浅浅地吸了一口气，那样馥郁的香气，终是冲淡了一些她心头的狂躁："阿爹死了，陛下又待我这样，如今，我可以倚靠的人就只有姐姐了。"

"陛下待你，怎会不好？"

因为这一问，绵蛮的脸上终于露出了一丝释然，转而却又无比愤恨地说道："还不是那个女人！她可是先帝的女人啊！竟然不顾礼义廉耻，在先帝丧期之内，传递淫诗，勾引陛下，珠胎暗结。一个剃了头发的姑子，竟然成了陛下心尖上的人。姐姐，你说，这是不是世上最可耻的笑话！"

去年，李治不顾朝臣劝谏非要迎武才人回宫的事情，淇奥确也有所耳闻。不过，她对自己不感兴趣的事情向来都很少关心。可如今看着绵蛮气得眼里着火的模样，心里也本能地起了三分好奇："陛下对武才人真的那么好？"

"好！怎么能不好？"绵蛮霍地站起身，全不见方才温柔谦和的模样，"她很快就不是才人了。陛下早说了，再过两三个月就封她做昭仪。这才不到一年，她就已经位列九嫔了。再接下去是什么？贤妃？贵妃？还是干脆把皇后废了，让她坐上去！"

庭院中时不时传来几声树枝断裂的声音，外头的雪似乎又下得大了些。淇奥重新将那小铁炉拿了过来，将袖中的帕子垫在下面，才觉得不那么烫手。

"你和陛下多年情分。况且，你曾经……帮了他那么多。就算将来武才人真的成了贵妃，也不会动摇你在他心里的位置。如果你让我进宫，只是需要听一些安慰的话，那么现在我说了，你可曾舒服一些？"

绵蛮转过身，再次蹲在了淇奥面前，眼泪汪汪地说道："皇后和我都不是她的对手！她真的很可怕。我从来没有见过那么有野心的女人！她给她的儿子起名'李弘'。姐姐知道这意味着什么吗？"

"李弘。"淇奥眉心一蹙，看着绵蛮充满期待的眼神，不以为然地说道，"是个好名字。"

绵蛮着急得耳根通红：“姐姐那么博学多才，难道也以为这只是一个好名字吗？”

相传，大唐王朝的始祖太上老君下凡时，化名“李弘”。淇奥默默地在心中说道。可就算武才人真的有这个心思，那又如何？这些年，绵蛮不也想尽一切法子，想要让她自己的儿子当太子吗？既然都是一样，谁又能指摘谁呢？

然而这些话，她实在懒得说出口：“淑妃若无其他事，我便告辞了。境儿风寒刚好，我得多陪陪他。”

“我没有骗你。吴王真的有危险。”绵蛮许是怕她抬腿就要走，便赶紧挡在她面前，紧紧抓着她的胳膊，“这次梁州地动，陛下派了吴王去监察官员，安抚百姓。可长孙无忌等人是不会让吴王活着回来的，他们会想尽一切办法对吴王下手。到时候，他们只会推说是地动。好在，梁州并不算远。姐姐，你赶紧让人去一趟，告诉吴王，千万千万要小心。”

淇奥走出兴安宫宫门的时候，险些被结了冰的门槛绊倒。云香眼疾手快地扶住了她道：“王妃小心。还是扶着婢子的手走吧。”

“姐姐，我和我的孩子们都是依附着陛下的爱而活的。现在这爱没有了，我真不知还能安逸地活多久？所以，我不会害你们。你们是我最后的倚靠，害你们就等于害我自己。”

直到出了玄武门，淇奥的脑中仍旧不断回旋着绵蛮这最后的几句话。她紧了紧自己的衣襟，又想起了那个长相端庄，言谈得体的女子。

武才人。

她轻轻地将这三个字念出了口。突然拉开了帘子，对赶车的宦官四顺说道：“改道。去宣平侯府。”

杨政道在李世民崩逝那一年，就向李治请辞了雍州牧一职。李治在再三挽留之后，还是欣然同意了。至于其他的官职，他做得心安理得，自然没有故作姿态

的必要。李治虽对他厌恨已久，但到底顾着他在朝中盘根错节的势力，以及江夏王手中的兵权，不敢贸然动他分毫。

“淇妹，你真的相信她说的话？”杨政道抚着指上的玉扳指，眉宇间尽是那股被岁月沉淀下来的超逸气质。

淇奥点了点头：“我信。”

“好。只要你信，我便能安排好一切。明日，我会向陛下请旨，去一趟梁州。”

“陛下会同意吗？还有，表兄真的觉得有必要亲自前往？”

“有必要！”杨政道看着淇奥，话语坚定地说，“我知道李恪有能力避祸。可我这心里总还是有些不放心的。”

淇奥觉得屋中银炭烧得有些热了，便褪了身上的银狐毛斗篷交给霞佩，又稍微坐直了一下身子：“也好。”

杨政道出了会儿神后才说道：“淇妹，你没有发觉这些年，他只知一味退避忍让吗？”

“他是没有法子。表兄，你应该了解他的。”淇奥的神情微微黯淡了一下，又勉强露出了一丝微笑，“还有，你知道先帝在他心中的分量。怕没有五年十年，他是走不出来的。”

杨政道往面前的茶杯里斟满热水，香气瞬时氤氲在了空气之中。他轻轻咳了数声，缓缓说道：“他没有法子，我帮他。无论谁想要害他，我都非把那人抓出来不可！”

淇奥见他的右手一直捂着心口，不由关切地问道：“表兄得的到底是什么病？前些日子不是好多了吗？”

杨政道刚想说话，却只觉喉头堵塞得难受。于是便只得转过身子，用力咳嗽了几声，直咳得脑中一阵阵抽痛。淇奥忙站起身，拿起了手边的茶杯，却看到鲜血正从他的嘴角慢慢地流下来。

“霞佩，赶紧让四顺去请太医。”淇奥边将袖中的一方锦帕递到杨政道的手里，边回头说道。

“淇妹，别……别那么小题大做，会让你姐姐担心的。”杨政道拭了拭血

迹，用尽可能若无其事的语气说，“这世上没有任何一个人比我更了解我自己的身体状况。”

淇奥的目光依旧没有从他的面上移开：“表兄，雪鹭姐姐爱你，很爱很爱。所以，你一定要好好爱惜自己的身体。要不然，我们是不会领你的情的。”

杨政道缓步走至窗前，看着散落在厚厚积雪中的一朵朵红梅花。那么艳丽的颜色，如同子规啼唱时落下的滴滴鲜血。那年那地，亦有无数让人看了就移不开眼眸的红梅。这么多年，它们一直点缀在他的心尖，成了他永生永世都无法忘怀的记忆。

他不回头，只是低声说道：“我知道。你先回去吧！放宽心，一切有我。”

淇奥满目忧心地又看了他一眼，想要再说些什么，终究也只是与他道了一声别。

出了府门，淇奥登上王府的马车，一路向前。她和云香、霞佩都没有注意到，就在不远处的大柏树后，一辆马车已经停留了许久。白雪将车顶盖得严严实实，驾车的小厮不停地搓着自己冻裂了的双手，却不敢埋怨半句。

来济放下了马车帘子，将手炉搁在一边，露出了一丝志得意满的笑容。转而对着对面的人躬身道：“太尉何必亲自前来？如此微末小事，下官随便叫个可靠的小厮盯着不就行了？”

“走吧！”长孙无忌抚须，声音沉稳得没有一丝起伏，“左右也闲着无事。”

来济不解地问道：“下官还是不懂，您为何要盯着吴王妃？”

“因为她聪明。”长孙无忌不假思索地说道，“萧瑀这个侄孙女，相当聪明。”

来济重新将帘子拉开了一点，看着前头那辆渐渐消失在茫茫大雪中的马车，摇了摇头：“下官不懂，如果她真的够聪明，就不会轻易相信萧淑妃的话了。”

长孙无忌朗声一笑，眼里透着多年游历权谋场中积蓄下来的精明与锐利：“萧淑妃说的都是实话。如果她不信，老夫才算真放心。可如今她信了，倒也不是一件坏事。”

来济越发摸不着头脑，想了半晌，还是狐疑地问：“那么陛下为何会让萧淑妃把咱们的计划告诉她？一旦他们有所防备，事情还能成吗？”

“陛下怎会如此糊涂？是萧淑妃自作主张而已。”长孙无忌似笑非笑地说道，“老夫阻了李素节的太子之路，她自然恨我入骨。再说，陛下如今冷着她，她不想法子贴着她的娘家人，还能怎么办？”

“可萧淑妃是如何知道的？”

“如何知晓已然不重要了。重要的是，咱们应该想想如何去弥补。”

来济想了想，还是忍不住问道：“那么，您究竟想要如何去做呢？”

“来济，”长孙无忌突然神色肃穆地说道，“你也是为官多年的人，怎么还不懂得什么该问，什么不该问？”

来济吓得双手微微抽搐了一下，连声说道：“下官知错，下官知错……”

梁州位于长安城以南，是为富庶大州。然而此次大地动还是让梁州城经历了前所未有的重创。数百人被埋在瞬间坍塌的房屋之下，几千人无家可归。梁州长史卢新生急向朝廷求救，李治旋即拨了一百石粮食、两千禁军前往支援，并且委派吴王李恪亲去督察。

这一晚，正是十五月夜。李恪在梁州九龙山下的帐篷外负手而立。融雪的时候总是格外寒冷，似乎连每一寸骨髓都凝结成了冰霜。李恪看着在月光下闪闪烁烁的雪粒，深深蹙眉。方才大地又震颤了几下，不知震区情况究竟如何了。

“殿下，都忙了几日几夜了，您怎么也不进去歇会儿？”卢新生躬身一拜，声音中带了几分疲累。

他原以为这位养尊处优的亲王不过是来这里露个面，说几句不咸不淡的场面话就要回去的。哪知他放着梁州城中的驿馆不住，却和禁军们一起去了最危险的地方救人，搭建临时棚屋，亲自将熬好的米粥送到受灾百姓的手中，百姓们无不对朝廷感恩戴德。卢新生看在眼里，不由得对李恪敬佩到了心坎里。

李恪紧了紧身上的披风，摇摇头道：“我实在睡不安宁。至今还有不少百姓被埋在废墟之中。救不了他们，我这心里实在是……”

“殿下知道吗？如果不是您来了，怕……”卢新生看了看四周，将声音压低了几分，“怕梁州百姓要生乱。”

李恪动了动站得有些酸麻的双腿，转头问道：“你说什么？”

卢新生拉开了帐篷的帘子说道：“大地动发生的第二日，城中就有流言传出，说这是天谴，定是……定是天子德行有亏。当时有很多人信了，都跟着四处传播。下官本想抓几个人以儆效尤，可一来一时半会儿找不到传谣者，二来灾情严重，下官也着实不想将精力花在这个上面。好在您这一来，所有的谣言都不攻自破了。”

“幸而你没有贸然抓人。”李恪席地而坐，将手靠着火盆取暖，“天灾之下，百姓心情不稳也是人之常情，重要的是引导劝慰。我父亲从前说过：‘舟所以比人君，水所以比黎庶。水能载舟，亦能覆舟。’”

“水能载舟，亦能覆舟。”卢新生念着这八个字，颇为感慨地说道，“先帝的胸怀非常人可及。”

李恪心中怅然，声音缥缈不定：“是啊！他本来就非常人。”

正说着话，就听外面传来了一阵急促的脚步声。季成进了帐，顾不得行礼，只气喘吁吁地说道：“殿下，荷花……荷花荡村又地动了。地……地都裂了。”

李恪倏地起身：“赶紧备马！我要带人去看看。”

“殿下不可……”季成忙伸手拦在了李恪面前，“荷花荡村周围都是土山，一不小心就会把人埋了。而且今晚怕还有地动。”

李恪一把推开了他，不满地说道：“季成，从什么时候开始，你连我的话都不听了？”

季成屈膝跪地，想要再劝，终于还是咬了咬牙，狠下心道：“是！卑职这就去。”

此时的荷花荡村中惨叫声一片。原本就所剩无几的房屋经了方才又一次的地动，已然全部坍塌。数以百计的百姓们光着脚，用力地搬开地上的瓦砾横木，徒手挖着泥土，不停地唤着亲人的名字。禁军们用担架将受伤的人抬到不远处的空地上，由太医和大夫们医治。然而更多的人在被救出来的时候就已没有了气息。

雪天难行，李恪与卢新生等人到达荷花荡村的时候，已东方既白。梁州司马卓耀急急迎了上去，不无震惊地说道："殿下您怎么来了？这里太危险了。"

李恪看着他前襟上遍布的血迹，皱了皱眉头说："情况如何了？"

卓耀擦了擦面上的尘土，叹了口气道："不太好。下官方才挨个儿问了下村民，至少还有二十人被埋在地下。埋得太深，用手根本就挖不出来。可若用铲子，只恐会伤人性命。还有，如今虽是冬天，但还是要防着疫病传播。"

"带我去前头瞧瞧吧。"李恪边走边对身后十多名护卫说道，"你们也去帮着一块儿救人！"

李恪之前已经来过此地几次，因而村中百姓大多认得他，一个个屈膝跪地相迎。李恪俯身扶起了离他最近的一个老妇人，替她拨去落于发髻上的几片松叶，温声问道："大娘家中可好？"

老妇人一听这话，不由得涕泪纵横，呜咽着说道："吴王殿下，老妇的儿子、媳妇和孙女都没了……只剩下了这一个小孙儿。"

李恪听她哭得声嘶力竭，心中亦觉酸涩，忙让季恩带着她和身旁的少年一起去了前头的帐篷中歇息。

"卢长史。"李恪摆手让面前跪着的村民们起身，转头又吩咐道，"你马上去安排几辆马车，把重伤的，以及老弱妇孺都送去城中驿馆安养，按时供应他们吃食。等这里的房屋全都修造完成后，再让他们回来。至于那些青壮年男子，就让他们帮着禁军一起做事，应得的工钱，一点也不能少。"

卢新生愣了片刻，才点点头，对着李恪深深一拜到底。转而又对着面前的村民们说道："吴王殿下的话你们可听到了没有？"

村民们面面相觑，过了好一会儿才不约而同地再次俯身跪地，连声说道："多谢吴王殿下，多谢吴王殿下……"

"都起来吧！还是救人要紧。"李恪说着便朝着四周挥了挥手，众人立刻七手八脚地忙活开了。

卓耀看了看周遭一片乱象，说道："殿下千金之躯，实不宜在此危险之地待得太久。您还是赶紧回去吧。"

卢新生亦附和道："司马说得不错。殿下放心，他们一定会尽全力救人的……"

话还未说完，又一阵强烈的摇晃袭来，众人惊叫着四散而去。云岭和季恩二人紧紧地护住李恪，以免他被飞沙走石所伤。狂风肆意吹刮而来，李恪下意识地挡了下自己的眼睛。就在此时，他从自己的指缝间看到有一块巨石正从不远处的土山之上以极快的速度往下落。巨石的下面，是三个才两三岁，已经吓得一动不动的稚童。

"小心！"李恪本能地飞身上前，用力将三个孩子推到了后面。几乎就在同时，巨石掉落下来，大地因而再度震颤了两下。

李恪被风沙眯了眼睛，只觉面前模糊一片。待到再次看清周遭景象的时候，他不禁倒吸了一口凉气。仅仅三寸！如若方才他再上前一点点，恐怕登时就会丧命于这巨石之下。

淇儿。

他在心里深深唤着这两个字。虽是寒冬里，他的额头却已经沁满了汗珠。他抚着腕上那三颗羊脂玉珠，长长地舒了一口气。还好，还好没事。

云岭第一个冲了上来，早已面无人色，一时竟然说不出话来。随后上来的卢新生和卓耀亦惊得脸色煞白。卢新生颤抖着声音说道："他们……他们毕竟只是老百姓家的孩子。可您若……若有个好歹，下官……下官等万死难辞。"

李恪只觉手掌略有些疼痛，低头看时，才发现刚才掌心擦过地面，被磨去了一层皮。他摇摇头，浅笑着说道："无事。卓司马，这里就交给你了，我回去还有事。"

"吴王殿下请留步。"李恪刚想转身离开，就看见一个灰头土脸的男人快步走了上来，跪倒在李恪面前，磕头如捣蒜，"小的家里人都没了，他们都是小的兄长的孩子。若不是殿下您相救，他们活不了，小的也活不了。小的愿在殿下身边当牛做马，来生结草衔环以报。"

"你若当牛做马，难道要本王帮你照顾这三个孩子吗？回去吧。"李恪跃然上马，回头说道，"云岭，让你手下的护卫都留下来帮忙，等安定下来以后再回来。"

云岭犹豫着说道："可是……可是殿下身边总不能一个保护的人都没有吧！"

李恪也不理他，只一夹马肚，缓步朝前骑行而去。卢新生亦赶紧上马追上他，骑行许久之后才开口说道："殿下要不要去城内刺史府中歇息一会儿？自打您来了这里，可还没有好好休息过呢。"

"那个人有问题。"李恪拉紧马缰绳，停了下来，目光炯炯地看着卢新生。

卢新生不知他是何意，只疑惑地问道："殿下说的是谁？"

"方才跟我说话的那个男子。"李恪拍了拍马脖子，继续前行，"那三个孩子不是他的侄子。"

"下官不明白您的意思。"

"很简单。如若你是他们的叔父，在孩子遇险得救之后，第一件要做的事情是什么？"李恪见他一脸沉思的样子，便又说道，"不要想那么多。说你的第一反应。"

"是。"卢新生答应得干脆，"下官会急着去安慰那三个孩子。"

"那就是了。"李恪按了按太阳穴，嘴角露出了一丝讥诮的笑容，"当时，他压根儿没有朝孩子们看一眼，而是跑到我面前，说些什么为我当牛做马的鬼话。"

"原来如此！"卢新生恍然大悟般地说道，"可是，他这么做的目的是什么呢？"

李恪的眼神在瞬间的落寞之后，又变得无比坦然与坚定："长史有没有注意到，那块掉落的大石诚然离那三个孩子很近，但是，离我也很近。"

卢新生脑中又浮现出方才那惊心动魄的一幕，双手不自觉地颤抖个不住："下官马上回去，一定要让人找到他。"

"那个男子脸上全是泥土灰尘，连长相都看不清，如何能保证一定找得到呢？"李恪说到此处，目中又不觉罩了一层深深的阴霾，"他的面上如此肮脏，可衣服却干干净净。是我大意了。"

"那么，他究竟为何要现身？若躲在暗处，殿下不是就不会怀疑这不是一场意外了吗？"

“为何呢？总有不可告人的原因吧。”

卢新生越发不知所措地问道：“那下官……下官到底应该如何做？”

李恪看着他满脸不知所措的窘态，不禁轻声叹了口气：“如今最重要的是怎样把受灾的老百姓们安置好。等我回九龙山把应对策略拟定完了，你们照着做就可以了。别的，尽力而为吧！”

卢新生恭敬称了声“是”后，又不无忧虑地说道：“殿下还是去刺史府吧。如今既知有人要对您不利，九龙山恐怕不安全。”

“不安全不是更好吗？如此，我就可以知道，那个人是谁了。”

卢新生不再说话。这些日子以来，他算是看清了这位表面温文尔雅的吴王内心的坚韧以及说一不二的处事作风，便也不再说话，只紧紧地跟在他的身后。

经了一整日的阳光照射，地面上凝结的冰雪已然融化了大半。李恪刚跪坐于帐内的锦垫上，就听外面下起了倾盆大雨。想不到这梁州城的天气亦是如此诡谲多变。他饮了口身边桌上的浓茶，抽出了压在镇纸下的两张纸。只看了两眼，他就站起身来，惊问在身边侍立的小厮道：“他什么时候来的？”

“昨日夜里。”小厮刚想说话，就被从帐外走进来的人打断了，“怎么样，我的思路还算和你的相合吧？我可是一刻不停地写了两个时辰呢。”

“表兄。”李恪看到他的时候，倒不见有任何意外之色，只是对那小厮说道，“你先下去吧。有事我会叫你。”

杨政道见他安然无恙，心中那块石头才算真正放下了：“可有遇到危险？”

“有。不过已经过去了。”李恪一边细细看着手中那两张纸上的内容，一边说道，“多谢了。看来我今晚可以多睡几个时辰了。”

杨政道用手按着纸，抬头说道：“他只让你来梁州督察，没叫你这样拼着命，连自己身体都不顾。”

“我不是为了他。”李恪和杨政道对视了一眼，转而又移开了目光，“长安城中近来可好吗？”

“无甚大事。只不过前几日路过崇仁坊，听路人说，有几户人家家中丢失了少女，已经通过坊正报了雍州府衙门，想来不日就会有结果。”

“那么，你来这儿又是做什么的？”

“我不想你遇到危险的时候，身边连一个可以商量的人都没有。你到底还准备在这里待多久？”

“总得再过个十天八天吧。不急。”

杨政道拿起案上的铁棍，俯身搅了搅火盆中的炭。热气缓缓升腾上来，他这才觉得周身舒服了许多，搓了搓双手，神色略有些不宁地说道：“等不到十天八天了，赶紧回去。”

李恪将手边一盘牛乳糕推到了他的面前，微笑道：“你怕我再遇到危险？我答应你，会事事小心的。”

杨政道放了一块牛乳糕在口中，还未完全咽下，又拿了另一块在手里，沉声说：“不回去也好。我就帮你把那些吃了熊心豹子胆想要害你的人给一一揪出来！”

李恪想着方才进来的时候，并未感觉到四周有人，可他既然这么说了，就绝不可能是单枪匹马而来。于是便有些好奇地问：“你带的都是些什么人？还有，他们如今都在哪里？”

“是岳父手下的精兵。等到需要的时候，他们自然会出现。”

“你疯了！”李恪倏地站起身，袖子不意带翻了整盘的牛乳糕，瓷盘瞬间被摔得粉碎，“私自调兵出城，这可是形同谋反的大罪。”

“谁跟你说是私自调兵了？”杨政道小心翼翼地将碎瓷片捡了起来，又见牛乳糕大多都只掉在了锦垫上，并未受污，便用帕子将它们包好放在案上，又饮了口茶水，才缓缓说道，“朝廷知道梁州受灾比想象中的严重，所以，我请旨带兵过来支援，也是顺理成章的事情。”

李恪的心弦只松了瞬间，便又摇了摇头：“不对！他为什么会同意你过来？”

“朝廷需要人，而我是朝廷命官。他为什么会不让我过来？”

“你之所以会带兵来梁州，不是为了支援，只是因为有人要谋算于我，对不对？”

杨政道似乎在顷刻之间便想到了些什么，可究竟是什么，他一时也看不通透。于是便也只是回了一句：“对。”

“那么，你怀疑是谁主使的？”

“长孙无忌。”杨政道脱口直言，“或许，还有皇帝。”

“这就对了。”李恪重新坐了下来，把玩着手里的狼毫笔道，“你觉得，他们知道你知道他们想要谋害于我的事情吗？”

杨政道被他这话绕得有些晕了，好半日才说：“不知道。”

“这是你的答案，还是，你不晓得该如何回答这个问题？”李恪见他不说话，又继续说道，“如果他们知道你知道，就不会那么轻易答应你过来。如果他们不知道你知道，为了以防万一，他们也不会。”

杨政道这才有些懂了，是他过于急躁，竟然没有仔仔细细地将事情想一遍。他们是有意放他出来的，就连他提出要领江夏王的亲信士卒，他们也毫无异议。太奇怪了。

“难道他们并没有想要加害于你的意思？”

“不！我今天遇到的不是天灾，而是人祸。所以，你得到的消息应该无误。”

“恪弟，我……”杨政道刚一开口，就觉喉头奇痒难耐，忍不住又轻轻咳嗽了一声。旋即他咬了咬牙说道：“我不管他们真正的目的是什么，哪怕已经入了他们的彀中，我也非要反噬他们一口！”

李恪看着他一副要吃人的模样，便将茶杯捧到了他的面前，故作轻松地说道：“或许是我多心了。这几年，我们和他们井水不犯河水，他们没必要一定要找咱们的麻烦。既然来了，就多待几日，看看梁州府的长史和司马办事是不是真如传闻中那么得力。”

杨政道明知他是在故意宽慰自己，却也不愿意点破，只是接过茶杯，将里头的水一饮而尽：“好。咱们静观其变。”

几日后的清晨，二人骑马至周边巡视。九龙山附近多是平地，一眼望去，天地相连，有一种最原始的美态。朝阳东升，染得天空火一般鲜红，连带着呼呼大作的北风也温暖了许多。

李恪见杨政道这一路上都不说话，便靠近了他一些道："来梁州的前一日，齐长升来王府找我，说他已向皇帝辞官。"

"为什么？"

"他家夫人得了重病，他想带着夫人回徐州老家，过些安安静静的日子。"李恪仰头望着漫天彤云，"可陛下没有同意，所以他希望我去为他求求情，全了他的那份心愿。"

"你答应了？"

"自然没有不答应的道理。陛下说了，会好好考虑考虑。"

"还考虑什么？"杨政道轻哼了一声道，"齐长升是你一手提拔上来的。他巴不得朝堂上少一个你的人。如此，不过故作他仁君的姿态而已。当年我辞去雍州牧的时候也是这样。"

李恪见前面是一条小河，便拉着缰绳让马放缓了脚步，颇有些可惜地说道："其实当年我就想对你说，雍州牧是父亲给你的官职。他信任你，喜欢你。你去辞了它做什么？"

"先帝于我恩深义重，我自是记在心头，一刻也不敢忘记。"杨政道下了马，在河畔席地而坐，"可一朝天子一朝臣，我若还霸占着这个皇帝亲信才能坐的位子不放，不是自找难堪吗？"

"听起来倒也有一定的道理。"李恪亦跟着下马，将两匹马赶到不远处，任它们随意啃食地上的干草。

杨政道将手往河水里浸了浸，只觉冰冷难忍，便赶紧缩了回来，随意捡了几块小石子往水里扔去。一圈又一圈涟漪在朝阳的照射下略有些晃眼。他抱着双膝，仿佛正沉浸于自己的心事中，许久许久都没有说话。

突然，两人同时觉察到大地微微有些晃动，水面上顿起波纹，河边几棵万年青的叶子飘落到地上。

李恪扶了扶树干："恐怕又是地动。咱们就在原地不动，应该无事的。"

杨政道正欲开口，就见水面上似乎有人影晃动，便立马站起身来，抽出了绕于腰际的软剑，警惕地朝着四周望了望："既然敢来，又何必这般躲躲藏藏的？"

两匹马恰在这时此起彼伏地发出了"咴咴"的叫声，地上已然出现了黑压压的一片人影。李恪忽觉眼前一道寒光闪过，低头只见剑尖已然朝着自己心口的方向刺来。许是在树上躲得太久，树枝承受不住重量，几乎是在人影下来的同时，那人就跟着掉落了下来。李恪就在这瞬间，用手攀着树干，飞身夺过对方手中的长剑，利落地刺穿了他的喉咙。

惨叫声还未落，便又有几十个身着玄色锦衣之人从四面八方带着杀气而来。李恪虽说功夫不弱，可同时与那么多人纠缠，一时却也挣脱不开。杨政道在砍杀了离他最近的两个人之后，伸手采下一片万年青叶，将它卷起放于唇边，用力吹了一下。尖锐的声音瞬时冲破云霄。

几乎是在同时，一队训练有素的士兵从暗处急奔此地而来，很快就与玄衣刺客们激战在了一起。刀剑碰撞的声音在山谷中显得分外刺耳。杨政道在混乱之中给李恪使了个眼色。两人很有默契地一起摆脱了那些人的束缚，退到了身边那棵最粗壮的万年青后，作壁上观。

"岳父调教出来的人，对付这些毛贼还是绰绰有余的。"杨政道拿帕子擦了擦软剑上的血渍说道。

"他们果然想要我的命。"李恪愣愣地望着面前正在厮杀的两队人，"可是，为什么会选如此直接的法子？"

"杀人难道还要怎样精密的计划吗？"

"不是。如此暴露于光天化日之下的刺杀，太不符合他们一贯的行事作风了。"

"或许，他们真的只想杀你，想不到那么多呢？"

正凝神细思间，忽地有一支羽箭从正前方射了过来。二人皆俯身一躲，箭插在树干上片刻，又掉落了下来。杨政道眼疾手快地捡起箭，朝着躲在大石后的人影用力扔了过去，人影立刻应声而倒。

"是何人指使你们的？"杨政道上前扼住了他的手腕问。

那人目光闪烁，虽已吓得面容扭曲，但还是紧闭着嘴巴，缄口不言。杨政道见他如此，早没了耐心，一把拔去了他手臂上的箭，正要插进他咽喉的时候，就听他连声道："君侯饶命，小的说，小的说……"

李恪听他声音熟悉，便也上前一步，问道："你就是那日在荷花荡村与我说话的那个人。你在那个时候就预备着要我的性命，对吗？"

那人身子抖如筛糠，看着伤口处汩汩涌出的鲜血，颤抖着声音说道："小的……小的罪该万死。那天……那天的确是小的趁乱将……将那块石头推下来的。"

"你好大的胆子！"杨政道极怒之下，又用箭狠狠地往他另一条胳膊上扎了一下。

那人捂着胳膊，却仍伏在地上一动也不敢动。过了许久，他才断断续续地说道："小的奉……奉来舍人之命行事。来舍人握着……握着小的和小的家人们的性命，所以……所以小的也是没有法子。"

"只是来济而已？"李恪微微蹙眉，转而对那人说道，"那日，你本可以不现身的。"

"小的本想借着报恩的由头到您的身边来，这样也好方便……方便……"

"就凭他一个小小的中书舍人，也敢对吴王殿下下手？"杨政道将羽箭折成三段扔到了那人的身上，厉声再问道，"到底是谁？"

"小的不敢欺骗君侯。"那人语气中的惧意渐退，而是换了种坚定的口吻说道，"小的愿意与来舍人当面对质。"

鲜血渐渐将河水染红，倒下的人一个接着一个。待一众刺客被收拾得差不多了，士卒们才放下手里的长剑，齐齐屈膝跪地道："卑职等见过吴王殿下，见过宣平侯。"

杨政道将伤得走不动的那人扔到了离他最近的一个将领面前，和李恪交换了一个眼神，见他朝着自己点了点头，方才说道："傅山，你去挑一挑，只要没死透的，全给我带回去交给岳父。他老人家知道该如何处置。我还要跟着吴王在这里多待几日。"

傅山朗声应道："卑职遵命！"

杨政道这才放下心来，看着李恪说道："咱们回去吧。"

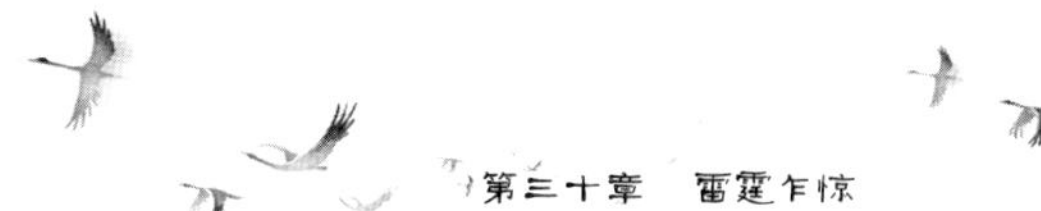

“等一下。”李恪看着正被傅山五花大绑的那人问道，“你们在梁州可还埋伏着其他人？”

那人不假思索地回道：“据小的所知，没有了。”

“好。”李恪对着傅山摆了摆手道，“好好将他们看管起来，切莫让他们出事。”

直到骑行了三四里远，才再闻不见空气中那股浓浓的血腥之气。李恪脑中反反复复地想着这几日所发生的事情，总觉得似乎有什么地方透着说不出来的古怪。这种如在黑夜之中逆水行舟的感觉令他十分不畅快。三年来，他过着循规蹈矩，小心翼翼的生活。没有发生过什么大事，也没有人故意去找他的麻烦。可是此刻，他却又一次感受到了曾经经历过的，那种危险正在步步逼仄而来的恐惧。

“不是来济。”杨政道生硬冰寒的话语猛地打断了他的思绪。

“我也不相信。”李恪只觉一股郁结于胸口的气压得他几乎窒息，“可是，就在方才，我突然想明白了。比起来济，我更不相信长孙无忌会做这样无脑的事。他虽算不得君子，但也不屑做这样阴险的事情。”

“来济是长孙无忌的门生，却不如褚遂良和韩瑗那般得力。他知道皇帝和长孙无忌都对你十分忌惮，于是就自作主张，准备借着地动，除你后快，以博得重用。”杨政道似乎也想明白了这个道理，“所以，皇帝才会放心地让我带兵前来梁州。因为他原本就不希望我在他眼前多晃悠。而来济，不敢让他知道这计划。”

李恪听着这合情合理的分析和解释，心里却仍无法平静下来。来济当年也没少在自己身后做小动作，如今他自掘坟墓，自己也乐得为他添一抔土。只是，事情真的只是那么简单吗？

一路上安静极了，只听得风在耳畔呼呼作响。突然，两人同时听到身后由远及近地传来阵阵马蹄声。回头一看，就见一位穿着紫衣的女子正骑着一匹白色大马向这边飞驰而来。李恪原本已将马鞭缠绕在了自己的腕上以防危险，然而，就在看清来人的面容之后，却惊得连马鞭掉落到了地上也顾不得捡，连忙掉转马头疾奔上前。

"姐姐，怎么是你？"李恪看着襄城公主苍白难看的面容，心中顿时生出了一丝极为不祥的预感。

襄城公主看到他们衣袍上沾着血迹，不觉抓着李恪的手，无力地说："方才我见河边都是……都是尸体，还以为你们真的出事了。你们……你们都还好吗？"

说完，她的双臂无力地垂了下来，接着便再也支撑不住地向后倒去。李恪慌忙扶住了她，抱她下马坐到了路旁的大石上休息。

"我们都没事。姐姐身子一向不好，为何要长途跋涉到此地？"李恪一边说着，一边轻轻拍了拍她的后背为她顺气。

杨政道从马背上解下了水袋，半跪在襄城公主的面前道："姐姐快喝口水，先不要说话。"

襄城公主才喝了一口，就忍不住全吐了出来，艰难地喘着气，面色由白渐渐转为了青色。杨政道赶紧伸手搭在了她的脉搏上。可时间越久，他的眉头皱得越紧。待他放下手的时候，只觉心仿佛被一块巨石绑缚着，就那么沉沉地坠了下去，一时间竟然无法动弹。

李恪见他那样子便知情况定是坏到了极点，却还是怀着一丝侥幸问道："怎么样了？"

"我快要不行了，是不是？"襄城公主不待他回答，就轻轻地说道。她此时已是气若游丝，声音显得邈远而不真实，"幸好……幸好还能见到你们平安。"

李恪让她靠在自己的怀中，紧紧地握着她的手，像要牢牢抓住她即将逝去的生命一般。他不停地在她的耳边说话："姐姐，你再撑一会儿，前面就是咱们的营帐，赵太医在那里。想想姐夫，想想守规，不要有事，不要有事，好不好？"

"三弟，小的时候，有一次……有一次我发了高热。你也在……在我的耳边，不停地跟我说，'不要有事'。后来……后来我就好了。可是这一次，再也不可能了。"襄城公主动了动手指，闭着眼睛吃力地说道。

“姐姐不要说话了。我这就把赵太医带来给你看病。”杨政道刚想站起身，却只觉双腿一软，险些栽倒在地。

他踉跄着走到马前，正欲跨马而上的时候，却听得襄城公主用细若蚊蚋的声音唤道：“祯卿……”

杨政道立马回身快走几步，蹲了下来，哑声应道：“是。姐姐，我在这里。”

“不要……不要麻烦了。这个病……是从胎里就带出来的。我知道……知道已经没救了。”

“姐姐，你为什么要过来？为什么要过来！”李恪只觉得周身已然凝结成冰，冷得牙齿都在“咯咯”打战。

襄城公主勉强露出了一丝微笑。她是如莲花般恬静温柔的女子，有着从不轻易显露于人前的聪慧。这些年，她虽然鲜少出府，却将那些隐匿于一派君臣和谐、兄友弟恭后的你死我活看得清清楚楚。于是当危险来临的时候，她本能地选择了阻止，甚至忘却了这有可能会拼上自己的性命。太医说过，这种病最忌心情波动，最忌长途奔波。

杨政道再次将手搭于她的脉上，然而她六脉弦迟，气息微弱，是真的再无力回天了。突然，他原本已经异常悲恸的表情中又多了另一种难以置信的哀痛。他吸了口气，生生将想说的话给憋了回去，起声将身上穿着的外氅脱下披到了襄城公主的身上，轻声说：“会没事的。只要休息一会儿，就会没事的。像姐姐那么好的人，会长命百岁的。”

襄城公主闭着眼睛，那一抹温和的笑始终挂在嘴角。她说：“我只是……不想看着你们……兄弟相残。”

“不！不可以……”李恪感觉到她的手正慢慢地垂下来，这些天所有不宁的情绪终于爆发了出来，“姐姐，你怎么这么傻？怎么能因为那些人而赔上你那么珍贵的性命！姐姐，对不起，对不起。是我害了你，都是我，都是我！”

绝望的呼喊久久回旋在九龙山山谷之中，夹杂着几声不知从哪里飞来的鹰的啼叫。她的身体分明还是那么温暖，她还是那样一个活生生的人，她是他的亲姐姐啊。

“恪弟，先带姐姐回去吧。这里太冷了，她穿得那么单薄，会冻坏的。”杨政道话音平和，可眼泪却在说话的瞬间，夺眶而出。祖母说过，他那个仅仅活了八个月就被宇文士及的手下一剑刺死的亲姐姐天生爱笑，就算在生人面前也不哭不闹。如果她还活着，应该就是像襄城公主这样子的一个人吧。

“好。”李恪轻声应了一个字，继而又问道，“方才，你还有话没有说出口，对吗？”

杨政道咬了咬下唇，犹豫了片刻，还是说道：“如果我没有断错的话，姐姐她……她……”说到此处，他突然就说不下去了。在停顿了许久许久之后，他才似找回了勇气一般：“她有了一个多月的身孕。或许，连她自己都未曾发觉。恪弟，我罪孽深重。”

“我们都罪孽深重。”李恪将襄城公主抱上了马，小心翼翼地理了理她的鬓发，声音很快就被风吞噬而尽。

杨政道牵马徐行：“姐姐必然是得了什么重要的消息，才会忍不住亲自前来告诉你。”

“他们要来梁州行刺的事情，萧淑妃知道，淇儿知道，你知道，姐姐极有可能也知道。这究竟是他们的疏忽，还是另有不可告人的目的？”

“你的意思是……”杨政道突然嗅到了某种比死亡更加可怕的气息，“他们还有后招？”

“我不知道。”李恪只觉脑中一片凌乱。恍惚间，他蓦地想起自己曾经在骊山脚下许下的誓言。他没有做到这誓言。他让从小就照拂他、爱护他的长姐为他而死。他朝着身旁的梧桐树狠狠打了一拳，却没有心思去体会，什么是痛。

第三十一章

不虞之隙

消息传来的时候，萧锐正在府中的书房内奋笔疾书。小萝站在他的身边，专心致志地替他研墨。乍听得康辛的话，墨锭不由自主地从她的手里掉落下来，墨水登时溅满了她石青色的袍子。她低着头，悄悄拿眼看了一下萧锐。萧锐却只放下笔，吹了吹纸上尚未干透的墨迹，久久不言。

康辛被他这若无其事的表情给吓着了，便只得硬着头皮又问了一句："驸马，您听到小的说的话了没有？"

萧锐的面上出现可怖的扭曲，之后突然像发了疯似的将手边的砚台砸了下去。康辛来不及躲避，额上结结实实地挨了这一下，顿时起了一个红肿青紫的大包。可萧锐似乎还不解气，走到康辛面前，重重地踹了他一脚，目中尽是噬人的凶光："今日若非看在你侍候过我父亲的分上，我非杀了你不可！"

康辛匍匐在地，捂着小腹，忍不住低低哼了一声。明知在此刻说话定然会刺激到萧锐，却还是狠了狠心，继续道："请驸马节哀！季护卫说得很清楚。公主旧疾复发，已经去了。"

小萝一边扶着萧锐坐下，一边轻声埋怨道："康哥就不能缓着点说吗？驸马会受不了的。"

康辛愣了片刻，跪直了身子，一脸快要哭出来的表情："季护卫还说，吴王殿下已在梁州为公主盛殓。再过几日就会返京，请旨将公主安葬昭陵。"

萧锐坐在榻上，大口大口地喘着粗气，来来回回却只问着同一句话："她为什么会去梁州？为什么会去梁州？"

康辛见他这种几近癫狂的模样，心里不觉更加害怕，只得求救般地看了小萝一眼。小萝白皙的脸上亦是满满不知所措的神情。不知过了多久，才听到萧锐从牙缝中挤出了一个字："滚！"

康辛如释重负般地磕了个头，跌跌撞撞地出了门。小萝见状，忙也施了一礼，轻声细语道："婢子告退，就不扰着您休息了。"

就在她转身的刹那，萧锐猛地抓住了她的手腕。他抓得很用力，几乎已经将指甲掐进了她的肉里。小萝疼得眼泪在眼眶里打转，却还是忍着一动不动，就这么任由他将自己抓得血肉模糊。直到烛灯燃尽，屋子里暗下来，萧锐才松开了手，怔怔地望着小萝那和襄城公主有着五分相像的面庞。接着，轻轻地抚过她的头发、眼睛、鼻子、嘴巴……

小萝觉察到了他的不对劲，忙挣脱他的手，拿下灯罩，重新点燃了一支蜡烛。萧锐此时仍旧保持着方才摸着她面庞时的姿势，用无比平静的语调说道："明珏告诉我，她那几天觉得心绪不宁，想要去郊外的慈恩寺中住几日静静心。我说要派些人手保护她，她却说，佛门清静之地，不宜张扬，只要青黛和锦纹相陪就可以了。可她，为什么会去梁州？"

"难道公主原本就想去梁州找吴王殿下？"小萝试探性地回了一句，旋即却又摇了摇头，"可若真是这样，她没有理由要瞒着您啊！如果能找到青黛姐姐和锦纹姐姐，就一定可以知道了。"

"我不想知道！"萧锐烦躁地将案上所有的东西都甩到了地上，将头深深地埋进自己的臂弯之中。在沉默了许久之后，他终于忍不住号啕大哭起来。

小萝迟疑了一会儿，终于还是大着胆子将手放在了萧锐的背上，像安慰一个孩童般地说道："别难过，别难过了。等明天太阳一升起来，一切都会好起来的。"

萧锐听着她的软语慰藉，心中却更加悲恸。突然，他一把环抱住小萝的腰，失魂落魄地低语着，却听不出他说了些什么。小萝本想用力推开他，可心中被她苦苦隐匿的欲望却情不自禁地在此刻迸发出来。于是，她大着胆子伸手回抱住他，陪着他一起，撕心裂肺地哭号起来。

萧锐自这一日开始就一病不起。直到襄城公主的棺椁被运回府上的那天，他才在小萝的搀扶下来到灵堂祭拜。他的眼皮浮肿，眼窝深陷，全然没有了往日风采焕发的样子。

小萝将点燃的三支香递到萧锐的手中，酝酿了半晌才说道："驸马，公主回家了。"

萧锐神色呆滞地接过香，几乎是被小萝拽着拜了三拜，然后颤颤巍巍走到棺椁之前，失声痛哭。

就在这时，康辛急匆匆地从外头跑了进来，也顾不得礼数，抓着萧锐的袖子便说道："驸马，青黛和锦纹来了。"

萧锐一听这话，眼睛突然亮了起来，连说话的声音也大了几分："快让她们进来！"

青黛和锦纹穿着一色的缟色袍子走了过来。萧锐不等她们上前，便冲过去扼住了离他较近的青黛的手腕，话语森寒："你们这些天到底去了哪里？"

青黛红肿着眼睛，目光呆滞地望着灵堂上的一切。突然，她像受到了极大的刺激一般挣开萧锐的手，颤抖着声音说道："婢子不知道……不！这里好黑，我不要在这里，我要回家。公主，公主救我！"

萧锐没料到她竟然有那么大的力气，一时没有站稳，撞到了棺椁之上。青黛兀自在那里手舞足蹈，嘴里不停地念叨着："公主不要去！有危险……婢子找人去救你。吴王不会有事的。公主，快回来！快回来！"

"快把她抓起来带下去。"萧锐用手指着她，朝着周围的人厉声叫道。

小厮和几个力气大些的仆妇们听罢，犹豫了片刻，才一齐上前，七手八脚地将青黛反手绑缚起来，拖出了灵堂。

此时的锦纹早已吓得用双手抱住膝盖，一个人蜷缩在墙角，一动也不敢动。

小萝用眼神求得了萧锐的同意，方走到锦纹的面前，拍了拍她的脊背，扶着她坐到了一旁的矮凳上，温声道："姐姐别怕，已经没事了。无论发生了什么，驸马都会为你做主的。”

锦纹抱着小萝的胳膊，将头靠在了她的肩膀上，嘤嘤哭泣着说道：“他们把我和青黛关在一间狭小的屋子里。白天只有墙上的一个窗户能看得到外面，晚上就只剩下漆黑一片。他们每天只给我们两个馒头吃，一杯凉水喝。而且……我们隔壁一直有磨刀的声音，还有女人的喊声。我们好害怕，从来都没有这么怕过。”

“他们是谁？你们为什么没有保护在公主身边？”萧锐听出事有隐情，迫不及待地追问道。

锦纹又往小萝怀中缩了缩，看到她鼓励的目光之后，才咽了咽唾沫，缓缓地说道：“那天，公主带着我和青黛一起去慈恩寺上香。到了秋霞亭的时候，公主觉着有些累了，便坐下歇了一会儿。就在这个时候，咱们听到了后边草丛里有人说话的声音。他们说，吴王此次在梁州，就是最好的下手机会。这一次若做得好，主人也必然会有一个好前程。驸马，婢子记不清了，总之就是这个意思。”

萧锐紧皱双眉，突然预感到了什么，连忙说道：“所以，公主就跟着他们，一直跟到了梁州，对不对？”

“是的。公主说事情紧急，她只有亲自去探看虚实了。她还让咱们去府里告知驸马您知晓。可是，婢子和青黛刚刚才走了没几步，就被人掳进了一辆马车里，不知往哪里，走了很久才停下来。他们蒙上了婢子与青黛的眼睛，把咱们关进了一间黑屋子。”

说到“黑屋子”的时候，锦纹的呼吸声明显重了几分，显然是恐惧到了极点。萧锐也顾不得去看她的表情，又继续问道：“那么，你们又是如何逃出来的？”

锦纹的头摇得跟拨浪鼓似的：“婢子也不知道。今儿一早，婢子和青黛发现自己就躺在当初被人掳走的地方。后来，是傅中郎将路过发现了我们，把我们送回了府中。”

“傅中郎将？”萧锐想了很久才恍然道，“哦！是江夏王身边的傅山吧！究竟是谁做的这事？又是出于何种不可告人的秘密呢？”

锦纹松开小萝的手，跪倒在萧锐的面前，抓着他的袍角说道：“求驸马为婢子们做主！青黛如今神志不清，不知还会不会好起来。”

萧锐烦躁地用手扯出袍角，望着摆放在漆黑棺木前的灵位，胸中那股强烈的悲伤再度袭上心头。他颓然坐下，揉了揉眼睛，低声说道：“明珏，你怎么这么傻啊？”

小萝拿出袖中的白丝帕，替锦纹擦了擦眼泪，将她的手牢牢地贴在了自己的掌心上，试探性地问道：“姐姐真的不记得那个打晕你们的人长什么样了吗？”

锦纹闭上眼睛，想了好久，还是泄气般地说道：“实在想不起来了。只知道，那应该是个男人。”

小萝继续追问：“还有衣着！他穿的是什么样的衣服？可还有印象？”

“衣服？”锦纹突然灵光一闪，紧绷着的脸上终于有了一丝释然的微笑，“我想起来了。那个人袖子上似乎绣着一只白色的小鸟！”

“白色的鸟？”萧锐重复了一下她的话。惶惑间，突然狠命地抓住了自己的袖角。

这日正午时分，武德殿偏殿暖阁中突然传来了杯碗落地的清脆响声。庆贵端着一盆茶饼走上前来，冷不防就被吓了一跳，一时进退两难。仕禄见状，赶紧对着他摇了摇头，拉着他的袖子退回外殿。

庆贵将托盘放了下来，吐了吐舌头道：“老哥，这到底是怎么回事？”

仕禄压着嗓子说：“吴王殿下在里头。”

庆贵吸了口气，习惯性地摸了摸自己光溜溜的下巴，将眼睛瞪得老大，讶异地道：“陛下和吴王殿下在吵架？”

仕禄轻轻咳嗽了一声，似是为了要掩饰这极不合时宜的话。转而他又伸手往庆贵的脖子上一抹，露出了警告的眼神。庆贵吓得耸了耸肩膀，后退两步，仿佛下一刻，自己的脑袋真会被人当成蹴鞠了似的。

暖阁内，李治正拿帕子拭着自己的手指，眉目紧紧地拧在一起：“吴王到底要朕怎么做，才能满意？”

李恪将碎瓷片捡了起来，声音虽然温和，却自有一种叫人透不过气来的压迫感：“臣不敢教陛下如何做。臣能做的只是将事情的来龙去脉，以及朝臣们的意见告知陛下。”

李治随手翻看着面前的几本奏疏，待看到第三本的时候就极不耐烦地将它重重一甩。他正视李恪良久，才似笑非笑地说：“这些人不是你的属下，就是你的亲信。他们的意见，也能算‘朝臣’的意见吗？”

“来济买凶刺杀亲王，应立判斩刑。念其为官多年还算清正，故而免其三族死罪，处以流刑。臣等不及三司会审，请陛下亲自下旨了结此事！”李恪突然不想再和他说些没有意义的废话，便直言道。

李治憋着满腹的怒火，语气不觉生硬了几分：“吴王是先帝钦定的大理寺卿，可如今就凭那三五个毛贼的话，就认定来舍人是背后主谋，是不是也太草率了一些？”

“臣自知愚钝，还请陛下告诉臣，如何才能不草率？”李恪站起身来，胸口传来一阵刺骨的痛，他及时稳住了情绪，再开口的时候，依旧是那样清清冷冷，“是亲眼看到臣的尸首？还是亲耳听到来济认罪？”

李治的眼睛死死盯着案上的瓷片，几乎是从牙缝里挤出了一句话：“你这是什么态度？”

“让陛下秉公处置，不徇私情的态度！”李恪将话接得十分顺溜，“如若陛下真因为来济是长孙太尉的门生而有所偏袒，不只朝臣会有所非议，连天下百姓都会议论，朝廷的法度究竟是为谁而设？”

“吴王，你竟然敢威胁朕！”李治忍了又忍，终于将怨怒之气发泄了出来。他实在不明白，李恪谨慎低调了三年，缘何今日会说出如此大逆之语？难道真是因为事关己身而失了理智吗？不。他还不至于如此。

还未等李治想明白缘由，就听得李恪又说道：“此事，臣还必须得威胁陛下不可！”

李治被激得竟然无言以对。可他很清楚，他是绝对不能接受这样的威胁的。他是九天之上的大唐皇帝，若任由一个臣子予取予求，岂非将上下尊卑肆意踩在了脚底？还有，长孙无忌是他的亲舅父，他是无论如何都不会折了他的羽翼的。

长久的静谧使得空气中充满了冰寒之气。那是无声的剑拔弩张。这诡异的僵持还在继续着，突然从外面传来了仕禄的喊声："陛下，长孙太尉求见。"

李治将身子往背后靠了靠，整个人仿佛都放松了下来，面上的喜悦之情并不加任何掩饰。他拿起掉落在手边的狼毫笔，随意地转动了两下之后才道："快请。"说完，又补充了一句，"进来将碎瓷片收拾了。"

长孙无忌缓步上前，尽了臣子该有的礼数之后，才开门见山地说道："来济罪不容诛，陛下应早下旨定夺，也好给吴王殿下和天下人一个交代！"

李治刚刚安放下来的心又一次被用力掐了一下。他挺直了身子，藏好自己的不知所措，这才装作若无其事地问道："舅父也觉得是来济策划了一切？"

明知故问，却不得不问。

就在李恪前去梁州的前三天，长孙无忌也是在同一时间，同一位置，乃至以同样的语调对他说："臣会想法子，让吴王永无回京的机会。"

他当时是犹疑的，连语声中都带着几许颤音："舅父不要胡来。"

长孙无忌却只回了他一句："陛下只消静候佳音便好。"

他害怕这计划会落空，更害怕真的听到所谓的"佳音"。他与吴王之间是有着千丝万缕的仇怨，可他从来没有想过要吴王的命。虽然，他也没有阻止过。

"臣不清楚前因后果，但是，臣相信吴王殿下的评判力。"长孙无忌躬身朝着李治一拜，转而又恭敬地向李恪点了点头。

李治的思绪经过方才的断裂，乍听得此话，还疑心是自己听岔了，忙不迭地问道："舅父当真这么觉得？"

"臣自然不敢欺骗陛下。"长孙无忌说着便再度将头转向了李恪，"不过，吴王还是太过仁慈了一些，竟然还要留着他家人的性命。"

长孙无忌的每一个字说得都是那样用力，似乎带着某种壮士断腕的决绝。李恪不禁抬头望了他一眼，只见他的眼里除了极端的愤怒之外，还有一种恨铁不成钢的惋惜。是惋惜来济没能杀了自己，还是惋惜这个他倚如心腹的门生即将赴死？

然而此刻，他却不想再做些无用的揣测。他只是迫切地想要来济死。傅山来向他禀告的时候，曾劝他留住来济的性命，以图挖出他身后真正的主谋。可他不愿意。让恶人多活一刻都是对亡者的不敬，对生者的折磨。

长姐，我不会让你白白地死的。

李恪的嘴角微微扬起一个生冷的弧度，缓缓地在心里说了一句话。

“罪不及家人。再说，比起无辜的人，我更想要那些躲在阴暗角落之中的坐看好戏之人得到惩处。太尉，若哪天你撞见了那些人，一定记得要将他们带到我的跟前来。”李恪朝前走了一步，别有深意地说道。

长孙无忌并未因他的嘲讽而露出不悦之色。他只是那样站着，像慈爱的长者一样回应了李恪一个笑容。过了很久，他突然屈膝跪倒在地，说道：“来济能够入朝为官，全因有臣的推荐。臣有不察之过，还请陛下降罪。”

李治被他的举动吓了一跳，连忙站起身来，亲自扶了他起来：“人非圣贤，舅父何须自责太过？”

“陛下宽和，但是臣心中难平。您若不便下旨的话，臣便自请罚俸，以全陛下名声。”

长孙无忌说着，便轻轻地按了按他的手指。李治在电光石火间觉察到长孙无忌想要传递的某种暗示，尽管他一时间并不明白长孙无忌的意思。可出于二十多年来对他习惯性的信任，李治还是松开手，点了点头道：“那就委屈舅父了。”

好一对贤君忠臣。

李恪见自己目的已达到，便也不想在他们面前碍眼，施了一礼后便退出了暖阁。

长孙无忌看着那朱漆大门慢慢合上，说道：“吴王方才说了冒犯陛下的话了吧？”

李治盘腿坐了下来，将一边的暖垫抱在自己怀里：“是。舅父没看到他那个样子，那是没有半分把朕放在眼里！他以为朕是先帝，能任由着他胡作非为吗？”

长孙无忌轻笑：“他果然还是这个性子。襄城公主和他从小亲厚，他是无论如何都咽不下这口气的。陛下信吗？如果他在您这里得不到回应，会自己去来济府上把他给杀了。”

“确实是他能做得出来的事！”李治漫不经心地说了一句。忽而似想到了什么，倏地站起来，圆睁着双目问道：“长姐和这事有什么关系？”

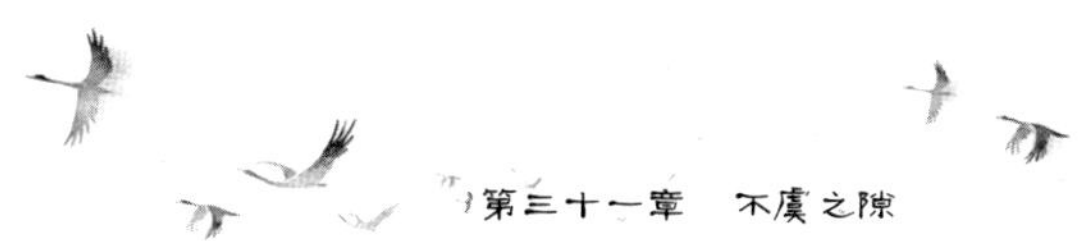

“襄城公主犯了心疾故去，吴王心情不好，所以才会来找这个碴。”

“不！不对。”李治将双手撑在案上，眉头皱得越来越紧，“请舅父如实相告。”

长孙无忌有些心虚地别过了头去：“臣私下里问过太医，襄城公主的心疾这些年看似好了，但一旦发作，就会致命。就算这次躲过去了，难保还有下次，下下次。”

李治听他顾左右而言他，心里更加烦乱：“舅父真的不该牵连到长姐，她是无辜的。”

“谁又不是无辜的呢？”长孙无忌狠下心肠说道，“陛下与其想着这些已经无法挽回的事情，不如再想想吴王。他能在您面前这么肆无忌惮，是因为他有底气。如今梁州百姓将他奉若神明，朝堂内外亦多有对他马首是瞻之人。若他能本分分还自罢了，一旦生出些什么不该有的心思，恐怕谁也挡不住他。”

“那么，舅父希望朕如何去做呢？”

“陛下什么都不用做。”长孙无忌颇为自负地笑了笑道，“臣会为您将一切安排得妥妥帖帖的。”

李恪坐在归云亭中，望着湖中不断争抢着食物的小鱼出神。一阵风过，将几朵快要凋残的蜡梅花瓣吹在了他的袍子上。他站起身，将它们抖落到湖中，看它们在涟漪上不住地漂动着。

淇奥拿过霞佩手里的云锦外氅披到李恪的身上，坐到了他的旁边，同他一起看着那清可见底的湖水。过了许久她才说道：“我找她问清楚了。可是，我真的不知她说的话是真是假。”

李恪伸手抚了抚她的头发，温和地说道：“没关系。你只消告诉我就好了。”

淇奥点了点头：“淑妃告诉我，陛下整整一个月几乎都在武昭仪那里过夜，她有心想要将陛下的心拉回来。于是，她让自己宫中的西域厨子做了几道点心，亲自送去了武德殿。就在外殿等候的时候，她听到长孙无忌说，他会想法子，让你永远回不了京。”

“所以说，她是无意间得知这个消息的？”

“按她的说法，是这样的。那日素节跟她说，他想父亲了。她心里一软，才会想到要去讨好陛下。因是临时起意，所以无人可以事先安排。”

李恪站起身，握着淇奥的手，与她并肩朝前走着：“或许，是我将长孙无忌想得过于光明磊落了。他是真的指使了来济对我下手，被淑妃撞破之后，才会选择另一个计划。”

淇奥朝四周看了看，用只有他们两人才能听到的声音说道：“是什么计划？”

李恪正要开口，见柴令武正带着几个新进的禁军朝这里走来。柴哲威的这个弟弟无论长相还是性子都要比他老成得多。依礼见过二人之后，柴令武也不多说什么，只继续和身后几人说了些在宫闱之中当差的禁忌。

李恪也不管他们，待到走出宫门，上了马车之后才说道：“往日无论碰到什么事情，我都不曾有过像现在这样置身迷雾之中的恐惧。我知道他们不怀好意，可我不知道应该怎样去防范。”

淇奥将头靠上他的肩膀，听着沿街小贩欢快的叫卖声，深吸了口气说道：“既然无法防范，那就稳住自己，事事小心。我相信你。”

“可我已然不再相信自己……”李恪想了想，终究还是将这话压进了心里。

马车越行越慢，直到缓缓地停了下来。淇奥揉了揉眼睛，问道：“四顺，怎么回事？”

四顺拉着缰绳，转身道：“王妃，咱们又在荆王府门口堵住了。怕要再等些时候。”

“无事。将车靠边停一会儿，别伤着人。”

过了一刻工夫，马车才又重新前行。李恪听着身后吵吵嚷嚷的寒暄声，不觉有些好奇地问：“六叔近来经常宴客吗？他府里那六十八个美妾终于安生了？”

“不是六叔，”淇奥心下一紧，“是高阳公主。三郎，你不在的那些日子，她频繁宴请皇室中人，我和雪鹭姐姐，还有文茵都曾收到她的帖子。奇怪的是，她选择的地方不是她自己的府邸，而是荆王府。”

“真不知道她又在打什么歪主意。”李恪虽觉好奇，但他这时实在没有闲心再去管旁人的事情，于是也只得摇了摇头道，“不过，料她也翻不出大浪来。”

萧府门口值守的几个小厮一见是吴王府的马车到了，便忙迎上前来，替他们拉开帘子，放好步梯。李恪和淇奥从府门口走到灵堂，一路听到的都是哀泣悲号之声。

两人在灵前上完香，又抚慰了守规一番，才在正堂中坐了下来。李恪看着端茶上来的锦纹问道：“驸马去哪里了？”

锦纹用勺子从茶釜中舀了两杯红参茶，奉到了两人的手中。她的神色仍有些惊惶，可说话比刚回来的时候要利索了许多：“殿下，驸马晨起就说出去有事，还没有回来呢。”

淇奥忙又问：“那么小萝呢？”

锦纹回道：“小萝跟着驸马一起出去了。”

“他能有什么事情？”李恪不满地嘀咕了一句，旋即又凝神望着她道，“锦纹，本王有事要问你。事涉长姐，你务必如实回答。”

锦纹站直身子，肃然道：“婢子一定知无不言。”

“太医一向让长姐静养，那日她为何会突然出府？连随行的护卫都没有带。”

锦纹想了想，过了好久，终于理清了前因后果：“在公主出府的前几日，蓁蓁整天躲在角落里不理人，还时不时痛苦地叫几声。可小萝说，实在找不出它的病症在哪里。恰好这时候，小公子又发起了高热。而放在博艺馆中的两个大瓷瓶也莫名其妙地摔碎了，还有许多奇怪的事……”

“这些和公主有什么关系？”李恪听她说了半日都讲不到重点，便十分烦心地追问道。

锦纹脸一红，赶紧加快了语速说道：“公主疑心府中有什么不干净的东西与神佛犯冲，便想着要去佛寺中祈福。原本，婢子是想让护卫们随行保护的，公主一开始也是同意了的。可后来不知为何又改了主意，说这样太过张扬，唯恐会对神佛不敬，便只让婢子和青黛一起前往。”

李恪端起手边的茶杯，他素不喜红参苦味，因而只喝了一口便放下了。他来回摩挲着手指，细思片刻后又问道：“长姐很信任小萝吗？”

淇奥听得这话，瞬间明白了他的疑心。他的疑心，也曾是自己的疑心。只可惜她当年并未完全放在心上。于是，她又补充了一句：“姐夫很喜欢小萝吗？”

锦纹沉吟许久，很认真地思考着这个看似非常简单的问题。淇奥见她犹豫不决，便站起身走到她的面前，伸手拍了拍她的肩膀：“实话实说便可。”

锦纹的身子微微哆嗦了一下：“公主很信任小萝。驸马他……婢子曾经看见，驸马握着小萝的手说话。只不过小萝很快就躲开了。那天，也是公主吩咐小萝将自己出府上香的事告诉驸马的。”

淇奥重新坐了下来，和李恪交换了一下目光。二人都看清了彼此眼里的凝重。淇奥抚着自己衣袖上的梅花刺绣，说道：“长姐不自己告诉姐夫，却要借着小萝的口说。他们之间……到底出了什么问题？”

锦纹虽不知道这话是不是问自己的，却还是试着回道：“驸马对公主很好。”或许是怕他们不信，便很肯定地又说了一句，“真的很好。”

“罢了，我知道了。你下去吧。”李恪并不想去评判她的回答，只是朝着她摆了摆手。锦纹原以为他还要再问些更要紧的事，一听得此话，怔了片刻，才福身行礼告退了。

“等一下。”锦纹还没走几步，李恪又叫住了她问道，“过会儿我会让人来接你和青黛入王府。你们去我那里好好养病吧。”

未时阳光正盛，道边的杨柳已然渐渐吐出了新绿。彻骨冰寒的严冬之后，春天竟就这样悄无声息地来了。一朵无名的野花从拉开一半的帘子外飘落进来。淇奥俯下身将它捡了起来。鲜红的颜色，蕴着勃勃的生命力。

“为何不等姐夫回来？每次去祭奠，你总是挑他不在的时候。你在害怕，对吗？”

“是。我很害怕。”李恪轻轻地用食指抚了抚那朵红花，闭了闭眼，说道，

“我逼着皇帝重处来济，顺道牵连了长孙无忌。我拼命想要弄清长姐来梁州那日的情形。我怀疑锦纹，怀疑小萝，甚至怀疑萧锐。我不只想要替长姐报仇，更想为自己寻求一丝心安。因为我至今无法接受这个事实——她是为我而死的。我对不起长姐和她来不及出世的孩子。我才是这世上最自私的人。”

“长姐懂得的。她只想要你好好地活着。”

好好地活着。

他曾经不止一次听到这五个字。可每一次听，却又是新一次的伤怀。他再不说话，任由着淇奥的手一遍遍地抚着他的脊背，絮叨着那些从前的事情。

马车行至永嘉坊西街的时候，四顺见黄捕头正迎面往这里走来，便朝他挥了挥手，停车对李恪道：“殿下，黄捕头有事要见您。”

李恪直起身子，拉开车帘道：“何事？”

黄捕头迈着小碎步上前，躬身一拜到底，待要说话的时候，却挠了挠头，半晌才开口：“殿下，您就帮卑职跟齐侍郎说说，让卑职跟着他一起去徐州吧！”

李恪看着他一脸快哭出来的样子，不知道的还以为是什么生死大事，便很不解地问道：“齐长升陪夫人回乡养病，你又去做什么？”

黄捕头忙说道：“如今的雍州府长官抠门得紧，卑职早不想干了。齐侍郎在徐州有宅子有田产，卑职想着，去那里做个管家或者护卫也好。”

李恪哭笑不得地问道：“你夫人和岳父也都乐意？”

黄捕头连连点头：“卑职和他们说，卖了长安老宅，可以去徐州置换一套大庄园。岳父年纪大了，总不能一直干这木匠的活，早就该颐养天年了。他们听卑职这么一说，倒是挺乐和的。可齐侍郎说什么也不同意。殿下，如今只有您能叫他改主意了。除了他家夫人，他最听您的话。”

李恪看着他眼里期盼的目光扑闪扑闪，便也不忍拂了他的意：“行了行了。改日他来辞行的时候，我来和他说说。”

“多谢殿下，多谢殿下……”黄捕头拜了又拜。许是怕李恪反悔，赶紧转身一溜烟跑得没影了。

小萝目送着李格的马车越行越远，放下帘子，低着头羞怯地问了一句："驸马真的不去和吴王殿下打声招呼吗？"

萧锐也不说话，只是慢慢地拨弄着手里的金丝楠木佛珠。小萝不觉有些尴尬，不住地绞着那块白鹤冲天的帕子。过了许久，才听得萧锐吩咐驾车人道："经过致宝斋的时候，下去买些守规爱吃的烙饼。"

"是了。"驾车人刚应了一声，又回头说道，"驸马，咱们和前头那辆马车对上了。"

"往旁边避一避，让他们先走。"

一阵清风吹过，同时吹起了交错而过的两辆马车的帘子。萧锐看清了车中人，便拱手打了声招呼："长孙公这会儿从哪里来啊？"

长孙无忌微不可见地一笑，半开玩笑半当真地说道："去宫里劝架刚回来呢！要不然，陛下可招架不住吴王这不依不饶的性子。"

萧锐扬了扬唇角，不动声色地问道："他又想做什么？"

长孙无忌苦笑："如果不是老夫自请认罪罚俸，吴王恨不能让陛下给他赔礼。驸马知道吴王的脾气，一旦他认定是老夫，甚至是陛下指使了来济，咱们如何解释都是无用的。"

萧锐正了正衣襟，不置可否。长孙无忌仿佛并不在意他是不是在听，只兀自说道："好在陛下最后的处置结果还算让他满意。其实，吴王真不该如此误解陛下。陛下在吴王去后几日就收到了密报，说有人想要在梁州秘密行刺。这才又派了宣平侯前往，名为支援，实为保护。"

萧锐神色一凛，眉头骤然收紧："长孙公的意思是……杨政道早在去梁州之前就知道有人要行刺？"

"哦？驸马不知道吗？"长孙无忌并不掩饰他眼里的惊讶，连说话的声音都不由自主地大了几分，"老夫本以为，宣平侯与驸马是至亲，像这么重要的事情，无论如何也该知会你一声的。"

萧锐只觉腹中翻江倒海般难受，眼底微微泛红。过了很久很久，他才勉强从喉间艰难地挤出了几个字："他没有说。"

长孙无忌对他的失态视若无睹："那必是宣平侯怕驸马和公主担心。驸马慢行，老夫便先走一步了。"

"驸马，您怎么了？"马车继续前行，小萝担忧地望着萧锐，小心翼翼地用手指碰了碰萧锐的手背，将头埋得很低很低，"前头就是致宝斋了，婢子下去买烙饼，好不好？"

萧锐并不看她，面色在长久的潮红之后，渐渐变得铁青，随后，声音沙哑地对驾车人说道："去永嘉坊，宣平侯府。"

忙完了一天的公务，杨政道此刻正在府中的书房里抚琴。崇润坐在他的身边，用手撑着下巴，竖着耳朵细细地听着。直到这一曲《穆清》奏罢，她这才歪着脑袋，眨着水灵灵的大眼睛说道："爹爹方才弹错了一个音，是不是？"

"你是如何知晓的？"杨政道将崇润抱到自己的膝上坐下，十分惊喜地问道。

"我也不知道。"崇润将自己的发辫缠绕在手指上，嘟囔着道，"就是凭感觉……感觉好像有地方不对。"

杨政道看着崇润细长白皙的手指，微笑着说道："等你再长大一些，爹爹就教你弹琴。不过，对于音乐的感觉的确是从现在就要开始练起了。你再来听听这首曲子。"

"驸马，您先等一等。让小的去通传一声，您知道的，公子最不喜旁人在他弹琴的时候打搅。"

杨政道才弹了一个音，就听见外头一阵凌乱的脚步声渐近，还伴随着杜旭急促中带着恳求的喊声。他只得停下手上的动作，站起身走出了内室。

萧锐此时已经踏进了外堂的门槛，杨政道看着他气急败坏的样子，刚想开口说话，面颊就结结实实地挨了一拳。他出手极快极狠，杨政道在毫无防备的情况下被他打得眼冒金星，震惊之下竟然没觉得有多么疼痛。

"爹爹。"崇润闻声从屋里出来，看着萧锐凶神恶煞的样子，不由害怕地拉着杨政道的袖子，躲到了他的身后。

“润儿，没事的。杜旭，带润儿回房歇息。”杨政道蹲下身子抱了抱她后，便抬头说道。杜旭被萧锐周身的杀气吓得一时不敢上前，半晌，才点点头，不安地带着崇润下去了。

杨政道见空旷的房里只剩下他们二人了，这才走到他面前问：“你听到什么闲话了？”

萧锐看见他这般无动于衷的态度，心里更加着恼，伸手抓着他的衣领，愤恨地说道：“你为什么不还手？”

杨政道语气淡漠地反问：“你那么希望我还手吗？”

萧锐放开了手，冷笑道：“你心中有愧，所以不敢还手，对吗？”

杨政道屈膝坐了下来，用手揉了揉眼下红肿发烫的伤口。若方才萧锐打得再偏那么一点点，他这眼睛恐怕就要不保了。他瞧着萧锐涨得绯红的双颊，话语沉缓地说：“是。是我对不起姐姐。”

“你有什么资格叫她‘姐姐’？”萧锐目眦尽裂，顺手将案上的一个花瓶砸到地上，拾起碎片就抵在了杨政道的脖颈上，“你明知道明珏身体不好，像这样不管不顾地追出去，是一定会出事的！而你，就眼睁睁地看着她出事！她把你当亲弟弟，处处为你着想。你就是这般回报她的吗？”

杨政道只觉脖子上一阵凉意，接着又有些微的痛意传来。他突然伸手紧抓住萧锐的手腕。碎瓷片在他的手背上划出一条长长的血痕，掉落到了地上。

“你到底在说些什么？我并不知道姐姐会去梁州。”

“你方才都已经承认了。如今却又故作不知，不觉得十分矫情可笑吗？”萧锐冷哼一声，面无表情地道。

“我承认什么了？你有话就不能直接明了地说吗？”

“好！我就给你个明白！告诉我，在你去梁州之前，你就已经知道有人要在梁州行刺，是不是？”

杨政道并没有做任何迟疑，实言道：“是。我知道。”

“你知道为何不说？从过去到现在，你们一直都是这样，自以为是地把人玩弄于股掌之中！”

杨政道原本不想说些伤人的话，可一听他语中毫不掩饰的嘲讽，便立刻改了主意："萧锐，你扪心自问，自从舅公过身之后，你可还曾对我们有真心？你既然不诚，我又怎敢将那么重要的事情贸然相告于你？如果让长孙无忌知晓我是有所准备而去的，他可还会放我出京？我不能拿李恪的性命冒险……"

"不对！"萧锐敏锐地觉察到了他这话中的问题，便忙打断他的话，"长孙无忌说，是陛下收到刺杀密报之后才派你去梁州的。你们两个，到底谁在说谎？"

"贼喊捉贼！"杨政道咬牙切齿地说，接着又讥诮道，"当你问出这话的时候，你心中相信长孙无忌就已然胜过相信我了。那么，我做再多的解释又有什么用呢？你说，我还能与你推心置腹吗？"

萧锐怔愣了片刻，又仰起头，正视着他道："那么锦纹和青黛呢？如果不是你阻止她们回府报信，明珏也不至于一个人长途奔波那么久。因为一旦我知晓了这事，会立刻带人前去追击，那些刺客说不定半路就会被咱们拦截下来。从头到尾，你都没有想过要去阻止这场刺杀，而是任由着它坐实。这样，你就可以以受害者的身份，除去你想要除去的人。好一招将计就计，杨公子的手段果然不减当年！"

杨政道虽一时被他那样不可思议的指控惊住了，可再度开口的时候，语气却是出奇的平静："我是心中有愧。姐姐那么关心李恪，我不应该瞒着她。至于旁的，我不管你听信了何人的闲话，我只想告诉你，我没有做过。"

"没有做过吗？"萧锐不由分说地将他外氅的袖子撩了起来，瞬间露出了中衣衣袖上那只栩栩如生的小白鹭，"明珏曾经告诉我，雪鹭在你每一件衣服的袖子上都绣有一只白鹭。锦纹说，袭击她的人衣袖上就有这么一只白色的鸟。若你还要抵赖的话，我这就让人将她唤来，和你当面对质！杨政道，我知道你聪明，要不然父亲当年也不会那样看重你，事事都只与你商量。可你千不该万不该为了你的目的，牺牲明珏的性命。"

杨政道知道在萧锐先入为主，自己又没有任何实质性证据的情况下，说什么都无济于事。他最后所能赌上的，只有感情："表叔，我姓杨。我不会为了任何人，任何目的，做对不起萧家的事。你对明珏姐姐爱逾性命，我知道。所以，请你暂时放下对我的恨。我会想法子，证明自己的清白。"

萧锐已经不记得，他有多少年没有这样称呼过自己。他承认他的心有过一丝软化，可是只要想到从此以后，他再也见不到明珏，那股锥心刺骨的恨意就忍不住涌上心头。他等不了所谓的“证明”，他要的只是一个可以让他去发泄恨意的人，一个能够叫他背叛友谊和亲情的理由。

杜旭回来的时候，杨政道正独自一人坐在案前，将一张刚刚写好的信纸折好，放进了信封。两盏烛灯发出耀眼的光芒，照得他微微感到有些刺目。杜旭走近一些，不觉被他面上红肿的伤口吓了一大跳，赶忙丢下手里的蜀锦大氅，焦急地问道：“公子，您……您不会和驸马打架了吧？”

杨政道吹熄了一盏灯，拿起放在一边的大氅穿在自己身上，若无其事地说：“没有。只是他打我。”

杜旭瞠目结舌，嘴巴张得能塞进一个核桃。愣了好久，才小声道：“您会任人欺负？”说完，他便捂了捂自己的口，赶紧又说，“小的马上去请大夫。”

“站住！谁让你自作主张了？我自己就是大夫。”杨政道见杜旭转身就走，便立刻出声叫住了他。杜旭没法，只好又折了回来，站到他的身边听候吩咐。

杨政道拿起墨砚旁那只白雪红梅的小瓷瓶，从里头倒出了两颗药丸，过水咽了下去。随后又将刚写好的那封信交到了杜旭的手上：“去一趟江夏王府，帮我把它交给岳父。”

“是。小的马上就去。”杜旭将信收进袖中，刚想离开，又不无忧虑地说道，“公子真的自己能治？”

杨政道懒得理他，便只挥了挥手打发他下去了。房门刚刚被掩上，杨政道就觉一阵如针锥般的疼痛从心口传来。他紧紧地咬住帕子，身子冷得不由自主地颤抖着，可额上却有汗珠顺着脖颈一滴一滴地流下来。

不知过了多久，这种撕心裂肺的痛楚才慢慢地消退。杨政道褪下被汗水浸透的中衣和里衣，换了一套新的，便出了院门，对正在侍弄花草的小厮说道：“帮我把赤风牵出来。”

彼时的天色已然渐渐地暗了下来。大兴善寺佛钟的余音缓缓地飘扬在空中。人心在那么一瞬间完全没有了杂念，似乎尘世间就只剩下了山水与一个最为本真的自我。

圆通大殿内空空荡荡，只有面前那尊高高在上的佛正在微笑地俯瞰着自己。杨政道缓缓拨弄着手中的佛珠，默默地念着一段《华严经》。墙边的铜壶滴漏很有节奏地发出声来，如实记录着光阴的逝去，不舍昼夜。

“师父知道我要来吗？”杨政道俯身三拜佛祖，双手合十，对身边人说。

“不知道。”辩华声音沉沉地说着，“不过，如果你愿意，可以告诉我，你心中所忧的是何事？”

杨政道凝神良久后道：“或许，是时候了。”

辩华惊愕地看着他：“非要这样不可吗？三年了，不是一直都相安无事的吗？”

“只是相安，并非无事。”杨政道微笑着说，“三年前我来找你的时候，你就应该知道，这一天迟早会来临。我所放不下的，只是雪鹭和孩子。”

辩华的眼里闪过一丝不忍与哀伤，旋即转过头来，看着正前方的一盏长明灯，叹了口气道：“真的没有办法解决了吗？以你的才智……”

杨政道摇了摇头：“我并不想解决。解决了这一次，还有下一次。倒不如顺了他们的心，一劳永逸。更何况，直到现在，我对他们的计划还是一无所知。”

“真的能一劳永逸吗？如果让他知道你有这样荒唐的想法，他会舍下一切，拼了命来阻止你的。”

“可是，我不能让他这么做。这是我的命，与他无关。”杨政道撩开了衣袖，“我来只想让你再看看我的脉象。旁的，你不必多说多问。”

辩华迟疑了片刻，还是将三指搭在了杨政道的脉搏上。细细诊了许久之后，他才很肯定地说道：“没有任何不妥。”

“那就好。”杨政道收回手，站起身，再度对着佛像深深一拜，在转身的瞬间说道，“保重，兄长。”

辩华神情微一恍惚，想要说什么，却终究只是从喉头憋出了两个字：“保重。”

杨政道出了大兴善寺，便骑马狂奔向前。春寒料峭，他一路逆风而行，只觉眼下那个伤口被吹得火辣辣地疼。

路过昭文坊的时候，见一辆马车正远远地从对面驶来。杨政道便放缓了速度，避到一边。驾车人仿佛怕被人看到似的，低着头用力甩着马鞭，飞也似的从他的身边经过。杨政道看到马车车壁上刻着一个“房”字。房家人素来小心谨慎，是不会在宵禁后再到处乱跑的。看驾车人的样子，似乎是从前有过一面之缘的宦官秉全。

杨政道见前头不远处就是荆王府，不禁蹙了蹙眉头。难不成那个高阳公主又在借着李元景的地方开宴？她是穷极无聊，还是在酝酿着什么不可告人的阴谋？杨政道看着马车远去的方向片刻，才转过头踩实了马镫，继续朝前而去。

刚到府门口，杜旭便疾步上来牵住了缰绳，盯着杨政道的脸庞看了半晌才说道：“公子可回来了。县主都遣香堇过来瞧了好几次了呢！”

杨政道下了马，将手中的马鞭扔到杜旭的手里，小跑着进了府。才刚踏进留水苑二门，雪鹭便急急迎了上来，挽着杨政道的胳膊说道：“你若再不回来，我就要叫人报雍州府，让雍州府捕快去找你了。”

杨政道见她穿得单薄，便赶紧褪下大氅披到了她的身上，笑着说道：“我只是和大兴善寺的禅师们聊得忘了时间了。”

雪鹭一连打了两个喷嚏，只觉鼻子痒得十分难受，进屋坐定之后才说道：“崇润都告诉我了。她可被吓得不轻，方才还一直在说胡话，哄了好久才总算睡着了。姐夫就算再伤心，也不该这样不分青红皂白地打人！实在太过分了。”

杨政道握住了雪鹭就要抚上自己面颊的手，低头轻轻地吻了她一下：“是真的很过分呢！改日，我一定找他打回来。鹭儿，咱们不生气了，好不好？”

“不是生气，是心疼。”雪鹭将头埋在他的胸膛上，“这些年，你的身子总时好时坏，连王太医都说不清原因。姐夫怎么还忍心对你下手？”

“既然王太医都说不清，那就没事。你一直这么担心，可让我如何能放心？”

“就不想让你放心！谁叫你总不好好照顾自己！”

“我答应你，一定尽快调理好身子。”

“你都答应过多少回了？”雪鹭显然并不买他的账，“这次你若再骗我，我就不回来了。”

“我保证，不会再有下一次了。好不好？”杨政道俯身将雪鹭抱至榻上，半跪在她的身边，声音温和得如同在哄着一个孩子。

雪鹭侧头望着他，嘴角缓缓地扬起了一个清浅的弧度。她伸手抚过他脉脉望着自己的深邃的眼。

十一岁那年，当他在她房外的树荫下凝听琴音时，她就知道，他将是那个照亮她整个生命的男人。可那时的他却并不愿与她多说话，甚至总刻意避着她投向他的目光。她却也不难过，只是常常约他一起弹琴。她从他的琴音中试探出了他对自己苦苦压抑着的感情。那样聪颖灵秀的女子，亦只有与这样逸群超绝的男子相配，才不负此生。

弹指光阴，回首芳菲。转眼已是二十年岁月逝去。

“祯卿，为何这般看我，倒像刚刚才认识我似的？”

“因为我想把你刻在心里，生生世世。”

“可我一直都在你的身边。睡前的最后一眼所见的是我，醒来的第一眼看到的依旧是我。”

杨政道黯然垂眸，再次抬眼的时候，眼底便只有如彼时少年般清澈的神情。忽然，他似想到了什么，赶紧问道：“方才你说什么？不回来？你要去哪里啊？”

雪鹭将手边的圆枕抱在自己怀里，以一个最舒服的姿势对他说道：“黄昏的时候，母亲身边的凌姑姑来府上说，外祖母那里来人，让我带着崇礼、崇润去汝南住些日子。外祖母自前年大病一场后，精神和记忆都大不如前，有时候连与她同住的舅父都认不得。”

“她老人家就你和雪雁两个外孙女。雪雁远嫁，如今她能见到的，便也只有你了。好好去陪陪她吧！你放心，我会常常到江夏王府，和父亲母亲多说说话的。”

雪鹭颔首："我知道。等我回来的时候，你的身体可要完全康复了才好。不然，我不会安心地走的。"

"好。我会等你回来的。我不在你身边，你一定要照顾好自己。记得每日的早膳要吃饱。夏天的时候莫要贪食寒凉之物，冬天的时候不要总忘记带暖炉。还有，睡觉要把被子掖好，一旦寒气入了脚底，就容易发寒热。你每次发寒热，都要等好些时间才能痊愈。我……"

杨政道看着雪鹭的睡颜，微微一笑，便不再往下说了。他拔去了雪鹭头上的两根簪子，扶她平躺下来，替她盖好锦被，吹灭了离她最近的两盏烛灯。然后他独自坐于窗前，掀开遮于桐木琴上的纱布，缓缓地拨动着琴弦。琴音自他的指间从容不迫地流淌而出，婉转连绵，灵动九天，渐渐勾起了他心头最深的一重温柔。

那是他与雪鹭共同补写的名曲《广陵散》。

第三十二章

祸起萧墙

长安城在连续下了许多日的雨之后，终于在五月初二的黄昏迎来了一抹久违的夕阳。霞光包裹着微风向大地投去大片金灿灿的光芒，庭院中各色花朵散放着一阵又一阵的清浅香气。

李恪将一颗黑子握于手中，微笑着道："都快两个时辰了，还要继续吗？"

杨政道拿起吹落在手边的一朵不知名的小花，看了许久才说："自然。"

"如此，得罪了。"李恪随手把黑子落在一个不起眼的犄角之中。这般单枪匹马深入虎穴，足见其胆量，然而终究是孤军奋战，恐难力挽狂澜。

杨政道只看了那角落一眼，便落子于中心，将被困在其间的两颗黑子提了出来。李恪犹自把目光投于方才落子之处，将手里握了许久的棋子放在了它的旁边。虽只添了那么一子，可情势登时大转。原本在中间已成气势的白子因为后方被截，不得不回过头来援救。可一旦救了，主力必将受挫，若不救，后方在顷刻之间就会土崩瓦解。到时候黑子再来对付中间白子，便如同探囊取物。

"我输了。"杨政道释然地舒出一口气，正欲将盘中的棋子全收于棋盒中，却被李恪一把抓住了手。

李恪站起身，从对面拿了一颗白子，思索须臾，便落在了左下方的一片势均

力敌的阵地之中。白子瞬间封住了黑子唯一的出路，五颗黑子轻易就落入了白子瓮中。而此时，白子已然与中间主力相应相连，黑子回天乏术。

“表兄，这么容易就破的棋局，你不该轻言放弃的。”李恪饮了一口蜂蜜水，不解地问道，“这些天你称病不上朝，却总待在我府中。究竟为了什么？”

“我并非称病，是真的身子不好。住你府上也是为着要保护你。”

李恪险些就要被他这话给噎着了：“我何时需要你保护了？我知道，陛下听任着我肆意处置他的人，总是有问题的。可是，若真有人要害我，你一日十二个时辰和我在一起，他们难道就找不到机会了？”

“两个人总比一个人更能想到法子应对吧？就比如方才那棋局，有两子在守阵，是很容易破敌的。”

“你说什么都好。如果你愿意，一直住到雪鹭回来也行。就跟咱们小时候一样。”李恪凝望漫天霞光，又看着他说道，“走吧！该是用晚膳的时候了。我今天特地吩咐厨房做了许多牛肉馅的古楼子，你最喜欢的。”

“的确是喜欢。不过，我待会儿要出去。明天我会过来吃。”说罢，也不待李恪开口，他便起身头也不回地往前走去。

李恪望着他越走越快的背影，心中虽觉他这几日的言行有些怪异，可倒也不做他想，招手叫远处侍立的几个婢女过来将棋子收拾了，就转身朝着景行斋的方向走去。

杨政道本想先往柳范府中去一趟，可经过崇仁坊西街的时候，忽然见一个熟悉的身影正从一个被槐树叶遮盖着的角门中出来，朝两边看了看后，便急匆匆地向前而去。

天色渐暗，杨政道在跟了她近一炷香的时间之后，才现身走至她的跟前，笑容和煦：“小萝姑娘，都这个时候了，宋国公还遣你出去办事吗？”

小萝冷不防被他吓了一跳，手心在顷刻之间已然生出了些许汗珠。她定了定神，福身一拜，用惯常的娇怯声音说道：“婢子见过宣平侯。婢子与长孙府的一个婢女交好，刚刚是去看望她了。宋……宋国公他不知道。未承想，竟然在这里遇到了您。”

她竟然没有说谎。

杨政道这些天已然从李恪和淇奥处探知了关于小萝的诸多事情，越来越肯定，这个看似单纯娇弱的女子定然包藏祸心。方才见她偷偷摸摸的样子，还疑她在暗中与长孙府的人有所勾结，可她却对自己如实相告。是她发现了自己一路尾随，还是，自己想多了？

杨政道想了想，倒也不再纠结于这个问题，又问道："宋国公这几日心情是否有所好转？"

"宋……国公已经好多了。"小萝显然很不习惯用这三个字来称呼萧锐，"只是，在夜半无人的时候，还是会很难受。毕竟他与公主鹣鲽情深，一时半会儿还放不下。"

"是啊！像姐姐这么好的女子，如何能让人放得下？"杨政道说着，忽然用一种极为锐利的目光看向她，"这些日子，都是你陪在宋国公身边的吧？包括……夜半无人之时。"

小萝在听了这话之后，身子不由自主地剧烈晃动了几下。她忙用手扶住了一旁的杨柳树，大滴大滴的眼泪瞬间从她的眼眶中落了下来。过了很久，她才诺诺道："婢子不敢。"

"不敢什么？"杨政道眼睛一眨不眨地盯着她，"往日我还未曾察觉，今天细细看来，你的确很像姐姐，就连在说话前习惯性弯一弯嘴角的小动作也很像。这也难怪宋国公会对你另眼相看，一刻也离不得你了。"

小萝兀自抽抽噎噎个不住，指甲不停地抠着树皮，想要辩解什么，却又不敢说话，只能把头垂得更低了一些。

"其实，纵然他真的对你有情也不是什么大不了的事情，他身边原有几个侍妾，也不差一个你。可是……"杨政道将手抵在树干上，这传给了小萝更深的一重压迫感，"如果你蓄意引诱，甚至做出一些伤害姐姐的事情，那又当如何？"

小萝的心跳得越来越快，呼吸也渐渐地急促起来，可嘴里却只是反反复复地说着两句话："婢子没有，婢子不敢……"

"当年，因为你治好了蓁蓁的病，姐姐才把你留在府里。可后来，你利用蓁蓁，一点点地接近姐姐，接近萧锐。你欲擒故纵，惹得萧锐对你欲罢不能。然而，姐姐一直病着，你要近身侍候。萧锐即使有心，也不会在这个时候将你收房。所以，你在想法子，希望能把姐姐支走。这样，你就可以随意勾引，让自己真正成为他的人了。是不是这样？”

小萝的目光在他这般强势的言语和眼神的威压之下避无可避。她的后背此时正紧紧地靠在树干上，树上各种横生出来的毛刺扎得她十分不舒服。

她抿了抿唇，突然站直了身子，仿佛带着豁出一切的勇气说道：“君侯说得都对！婢子的确爱慕了驸马很多年，亦曾绞尽脑汁想要去他的身边侍奉。我故意在霞佩面前流露出对驸马的感情，就是想要借着她的口告诉吴王妃听。我以为，王妃会顺水推舟，将我送给驸马。这种事情在皇族之中，不是再正常不过的吗？可王妃非但不帮我，还叫我断了这心思。婢子虽然身份低微，可也是人，如何能将感情说抛掉就抛掉呢？”

杨政道再度靠近了一步，将她整个身子都禁锢得动弹不得，疾言厉色道：“你继续说下去！”

小萝别过脸，声音依旧很轻很缓：“先帝驾崩后的几日，王妃几乎天天去看望公主。于是，婢子就跟随着她一同前去。后来，婢子发现公主极宠爱蓁蓁，恰好婢子也会些给牲畜治病的本事，就趁人不注意给蓁蓁下了药，又当着府中诸人的面把它治好，这才得以留下。”

“淇妹猜得没错。果然是这样！”杨政道冷笑，“就在姐姐出事前几日，蓁蓁又病了，而府中又接连有怪异的事情发生……都是拜你所赐吧！”

小萝眼见事情已被他看穿，便索性把话都说开了：“是！一切都是婢子所为。就连小公子的风寒迟迟未愈，也是因为婢子趁他睡着的时候，开窗放了冷风进来。后来，婢子告诉公主，定然是府中人不意冲撞了神灵，不如亲自去慈恩寺拜一拜，且为表诚心，请公主以一个普通香客的身份前去。公主信了，她竟真的依着婢子的话去做了。一切都比婢子想象的更为顺利。”

“好一个小萝！以淇妹的智识，竟然也未发现她身边竟有你这么个心思诡诈人！”杨政道极怒之下，一把扯住了小萝的衣领，甩手便打了她一巴掌。

小萝一动不动地站在那里，连下意识的躲闪都没有，就这样结结实实地挨了一下，娇嫩白皙的脸孔上瞬间就泛起了几道深深的血印。小萝的泪水止不住地往下落，伸手便抓住了杨政道的衣袖，声音比方才明显要响了几分：“君侯怎么打婢子都没事，只是请您放过驸马。这一切真的是婢子心甘情愿，不关驸马的事情。”

“你在说什么？”杨政道敏锐地觉察出事有不妥，便想要立刻挣脱开小萝的手。可小萝不知哪里来的力气，硬是紧紧地抓着他不放。杨政道情急之下，另一只手挥拳便朝着小萝的小腹打去。小萝吃痛地摔倒在地上，口中不住地呻吟着，断断续续地说道：“君侯……公主死时怀有身孕的事情，您……您先不要告诉驸马……他会……会受不住的。”

“小萝！”萧锐不知从哪里冒了出来，发出一声凄厉的叫喊。接着便飞也似的冲到小萝面前，揽着她的腰将她扶了起来，轻柔地替她拭去了面上的血印。

小萝想要推开他，无奈却被他搂得越来越紧。于是，她只是将头贴在了萧锐的胸前，轻轻地抓着他的衣服。萧锐细语安慰了她几句，便将她扶到了旁边一个树桩上休息。

杨政道看着他们浓情蜜意的样子，又想起明珏的音容笑貌来，不觉心寒入骨，便冷哼一声，转身就走。

“你站住！”萧锐趋步上前，一手抓住了杨政道的肩膀迫使他转过身来，另一只手正要朝他脑门处挥去，却被他扼住了手腕，用尽全力往旁边一推。

杨政道嗤笑：“我欠你的，上一次已经还了。如今，你休想再伤我分毫。”

萧锐的面庞因愤怒而变得扭曲，看起来竟然像在笑一般。他踉跄着起身，拿出袖中的鞭子，发泄似的往空中甩了一下，接着又迅速地抽向杨政道。杨政道早有防备，在他拿鞭的瞬间就折下了旁边的一根树枝，在他抽过来的瞬间便缠绕住鞭子，反手将它夺了过来。萧锐眼见拿他没有法子，只得狠狠地瞪着他道：“你已经害死了一个，还想害死另一个吗？”

小萝见他们如此剑拔弩张的样子，便站起身，小跑着过来，挡在了两人中间，拉着萧锐的手说道：“驸马别这样。都是婢子的错，是婢子惹君侯生气了。”

萧锐的神情在听到这句话后突然变得无比温柔。他用手拭去小萝面颊上的泪水，说道：“我都明白了。小萝，你放心。以后再也不会有人欺负你了。”

说完，他便将小萝抱上了马背，牵着缰绳缓步朝前。

“姐夫。”杨政道追上两步，在他们的身后说道，“是我的错，我不会不认。不是我的错，我也不会去认。你的家事我管不着，但事实如何，你应该去认真地想一想。”

萧锐转过头。这一次，他的神情竟出奇的平静，仿佛还带着彼此略无参商时的从容坦然：“什么都不必说了。祯卿，你是什么样的人，我现在知道了。你好自为之吧。”

杨政道捡起地上的马鞭，紧紧将它绕在自己的腕上。没多久，他的手背上就已然变得一片青紫。他深深地吸了一口凉气，似乎在须臾之间就看明白了原本在迷雾中模糊一片的真相。当他们在梁州暗杀李恪的计划无意中被萧淑妃知晓以后，就顺水推舟，让自己也知晓了此事，而自己为了李恪的安危，是绝不会将这事随意透露给他人的。于是，他们就想方设法地利用小萝来刺激明珏犯病，让明珏母子俱亡。他们真正的目的就是让他和萧锐反目成仇。

萧锐。

他再度在心里叫了一遍这个名字。他的确与萧锐关系密切。可他与李恪所共知的那些过往，却是萧锐所不知道的。李治和长孙无忌即便真拉拢了萧锐，能让李恪失去的也只是一个并不十分有用的助力而已。萧锐身上，究竟还有什么他未曾想到的秘密呢?

黑夜之中，鸦声渐起，顿时搅乱了杨政道脑中的思绪。他只觉一阵前所未有的晕眩袭来，唯有紧紧地倚靠着身后粗壮的树干，才能支撑住他即将倒下的身子。他笑了笑。随便什么秘密都不要紧了，反正自己已然做好了十足准备。没有任何人，任何事，可以伤到那些他想要拼死护着的人。

回到府上，萧锐牵着小萝的手，径直就把她带到了自己的房中。待遣去屋里一众侍候的人，萧锐才关紧了门窗，看着小萝依旧带着血印的脸庞，问道：“杨政道和你说了些什么？”

小萝捂着脸，支支吾吾地说道："没……没有什么。驸马不要再问了……真的什么都没有。"

萧锐伸手托住小萝小巧精致的下颌，看着她一脸楚楚可怜的模样，忍不住将她拥在了怀中，放纵地吻着她的脸和脖子。小萝原本还不住地往后躲，被动地接受着他已然不受控制的情欲，然而，当萧锐撩拨到她身体和心灵最为柔软的一道防线，她终于一股脑地将她多年隐匿心底的爱意释放了出来。似乎之前所有蚀骨的痛苦相思，为的不过就是这么一刻的燕婉之欢。

半根红烛摇曳，散发出黯淡昏黄的光芒。萧锐用帕子小心翼翼地拭了拭小萝额上的汗水，温柔地问道："你别怕，告诉我，他到底和你说了什么？他真的难为你了吗？"

小萝双手环着萧锐的腰，将整个身子都缩进了他的怀里，轻声细语道："君侯怀疑，公主是知道了驸马与婢子之间的事，这才一气之下，离府去寺中上香。他还说，几日之前，他就诊出公主已经怀有身孕。他一定要让婢子给公主和孩子偿命。婢子心里害怕，就为自己辩解了几句。可是君侯根本就听不进去。幸好……幸好驸马您及时赶到。"

"偿命？好！非常好！"萧锐倏地放开了小萝的手，起身在房里来回踱步，过了许久，才下定决心般地说，"他既然能做得那么绝，就莫要怪我不念这二十年来的情分了！"

小萝被他这样凶戾阴狠的话语吓到了，忙抓起自己的袍子披在身上道："驸马不要这样……公主向来最重亲情。对吴王是这样，对宣平侯也是这样。不然，她就不会不顾自己病体，追着刺客前去梁州了。"

"她重视，未必旁人也重视。"萧锐盯着窗外的漫天星辰看了半晌，蓦地握拳重重捶向案几，"小萝，你知道吗？我虽从小习武，又是武将出身，可我却从来没有亲手杀过人。不知道那是一种什么样的感觉？是恐惧多一些，还是兴奋多一些呢？"

暗夜之中，萧锐并没有发现小萝嘴角扬起的那一抹意味深长的笑容，他所能听到的只有她婉转动听的声音："驸马不要胡思乱想了。您只要按照您的心意去做事，不要让自己留下任何遗憾就好了。"

"是啊！也许，我是真的该为自己好好打算一些了。"

这一晚，萧锐就这样一直站着，直到天明。小萝也没有睡意，便也只是一动不动地坐在榻上，看着萧锐的背影出神。

今日不用上朝，长孙无忌一早便去了后庭，逗弄他刚出生两个月的小儿子玩。年轻的乳母王氏正站在一边，充满爱意地看着眼前这个粉嫩可爱的小婴孩。外头一阵春雷传来，襁褓中的孩子突然哇哇大哭起来。长孙无忌将他从摇篮中抱了起来，哄了半日，孩子却哭得越发厉害。

王氏见状，忙走近了一些，福身说道："郎主，小公子可能饿了，让妾身试试吧。"

长孙无忌看了她一眼，将孩子放到了王氏的手里。王氏抱着孩子走到屏风后头，解开衣衫给他喂饱了奶。待再次出来的时候，孩子已经在她怀中甜甜地睡着了。

"你是何时来府上的？"

"妾身在小公子出生前就到了府中。女儿虽已满三岁，但妾身奶水充足，管事的谢妈妈就让妾身来照顾小公子了。"

长孙无忌"哦"了一声，又随口问道："那你的丈夫也在府中当差吗？"

王氏摇了摇头，接着又垂下了脑袋说道："妾身早年就与丈夫和离，女儿由妾身一位长辈林娘照顾着。"

长孙无忌对一旁侍立着的管事胡安泰说："让谢妈给她涨些工钱。走吧！跟我去正堂候着。"

胡安泰答应了一声，又不觉好奇地问道："郎主今日有客来访吗？"

长孙无忌意味深长地一笑，鹰一般锐利的目光朝着地上的斑驳光影看了又看："花了那么多心思，牺牲了那么多人，如若还等不来他，那也是陛下和我的命数。从此，咱们再也不会去强求任何事了。"

二人刚刚走至府中桃林，就见庆贵身着一袭崭新的宦官袍子，远远朝这边行了一礼，匆匆跑至长孙无忌面前之后，又俯身一拜道："奴婢庆贵给长孙太尉见礼。陛下又碰到了一桩烦心事，想要向您求教呢！"

“如此才刚敲过了辰时，陛下这么早就开始处理朝务了吗？”

庆贵“唉”了一声，无可奈何地说道：“陛下昨日子时才安寝，本想今日晚些起身的。可是高阳公主天还没亮就等在殿外，说如果见不着陛下，便立刻撞死在石狮子上……”

长孙无忌心里盘算着他的大事，一听到事关高阳公主，早就皱紧了眉头，不耐烦地说：“老夫都跟陛下说过多少次了，让他当这个姐姐疯了死了都好，还理她做什么？”

“太尉您说得是！可陛下仁善，到底还是念着亲情的，于是便叫了高阳公主进来说话。她哭得那叫一个惊天动地，说银青光禄大夫轻薄于她，让陛下一定要为她做主。倘若陛下不管，她就每天过来哭闹，哭到朝堂上也不在乎。”

“荒唐！”长孙无忌怒声道，“房遗直轻薄她？她不上赶着去勾引房遗直已经不错了。庆贵，你回去跟陛下说，高阳公主再来，就让禁军把她轰出去。身为帝王，连此等魄力都没有怎么行？”

庆贵不住地点头，连声说道：“是是是！奴婢一定会把您的原话告诉陛下的。”

胡安泰拨开面前几根垂落于地的柳叶，狐疑地问道：“难道郎主等的就是庆贵公公吗？”

长孙无忌轻笑反问：“你觉得呢？”

胡安泰沉思着道：“小的愚钝，也不敢随意揣测郎主的心思。小的只知道，一切只要按照郎主的吩咐做就可以了。”

长孙无忌很满意地摸了摸自己的长须，迈着稳健的步伐朝前走去。还未走至正堂，就见一个颀长的身影正端然立在那里。就算只是一个背影，也足以让长孙无忌紧绷着的心弦松懈下来。他侧过头朝胡安泰看了一眼。胡安泰很有眼力见地点了点头，转身悄然离去。

长孙无忌在跨过门槛的瞬间，轻轻地咳嗽了一声。萧锐这才放下了手中的锦盒，转过身拱手一拜："大清早便不请自来，可是搅扰太尉休息了？"

长孙无忌亦拱手还礼："宋国公肯屈尊降临，老夫求之不得。请坐。"

萧锐也不推辞，上前一步坐到了正座上，慢慢酝酿着自己的情绪。他的心依旧没有节拍地胡乱跳动着，想要说话，却总觉得无论说什么都十分不妥。长孙无忌见这么僵持着总是尴尬，便率先开口道："若老夫没有记错的话，宋国公和襄城公主就是在当年的今日完婚的。那可真是个好日子呵！春光明媚，碧空如洗。从朱雀门到萧府，爆竹声声，十里红装。大半年后，长安城的百姓们可还在津津乐道呢。"

萧锐的脸色十分难看，紧握着的双拳慢慢地张开，用听起来从容淡定的语气说道："太尉的记性真好。先父虽与您有政见之争，可他也不得不承认，您有许多过人之处，是他万万不能及的。"

长孙无忌朗声而笑："宋国公所指的是什么？老夫的两个外甥当年是何等风光，如今也都只能凄凄惨惨地死在异乡。每每想到他们，老夫心里总是难受。"

"可如今在九天之上的君王不是您的另一个外甥吗？只要最后的赢家是您，过程如何，又有何要紧的？"

长孙无忌的眸光闪了闪："可不就是那么回事吗？其实，只要老夫稍微去提点李承乾和李泰一两句，他们也不会落到如此地步。就因为老夫自始至终，钟意的就只有当今天子。所以他们于老夫而言，本就是可有可无的。"

萧锐面露讶色："太尉的意思是……您放任李承乾和李泰相斗，只是为了给陛下铺路？恐怕我父亲也未必知道您的想法吧？"

"他如何会不知？"长孙无忌眼里噙了满满的笑意，"可是，他低估了陛下和老夫，更高估了吴王。不过，无论谁坐上这个位子，都不会影响宋国公的前程。陛下登基三年，是如何对你的，你心里应该清楚。他既如此示好，你难道不该给他一点点回应吗？"

萧锐刚想说话，却转以不解的语气："陛下每给一次封赏，我必上书谢恩，无一次不是言辞恳切。太尉觉得这还不够吗？"

"倘若你是一般的臣子，自然够了。可你是陛下的姐夫。他不以寻常之礼待你，难道你就只用寻常之礼对他吗？”长孙无忌说着，突然往萧锐这里凑了一些，在他的耳畔悄声问道，“陛下想要杨政道的命，你可以给他吗？”

萧锐既然来了，便是下定了决心，会答应他提出的任何要求。可他没有想到，长孙无忌竟然会把话说得这般直白。朝野上下人人都知道，他与杨政道知交多年，同为吴王亲信。而长孙无忌竟然还敢如此说话，便是认准了他不会拒绝。这个人能将自己的心思看得这般通透，的确危险得很，可谁让他们有着相同的目标呢？

想到此间，他便站起了身道：“太尉当真想要如此吗？我以为，您会恨吴王多一些。”

长孙无忌眉头紧锁，指甲缓缓地划过几案：“来日方长，总得一个一个来吧！宋国公不会比老夫更急吧？”

萧锐重新坐了下来，双目一眨不眨地盯着前方：“一切只凭太尉筹谋。我能给您的，就只有这些。”

说着，萧锐便打开了一边的锦盒，里头装着满满数十封信。长孙无忌随意拆开了其中的一封，虽已过去十年，但墨迹清晰，里头的内容亦十分明了：

叔父崇鉴：

数月不见，侄甚想念。叔前番授魏王以谋，魏王于御前用之。君上大悦，盛赞其聪令好学，纯孝仁义，为诸子中特所钟爱，遂赐居武德殿，宠遇优渥。至太子忧惧于怀，常口出秽言。君上深所痛恶。然太子地惟长嫡。轻而易之，则有违灵命。故望叔再进雅言，使魏王累怀壮志，谋承鸿图。鲸鲵之争，必两败俱伤，不复多言。我等即可辅吴王正位东宫，他日祗膺大宝，成就景业。其间诸事，悉以相委。

侄政道书

长孙无忌看罢，又将信纸折好，装进了信封之中。接着从锦盒中拿出了另一封来看，上头的内容似乎更为触目惊心：

叔父垂鉴：

诸事原委，前言已表。太子之行，伤败于礼法，惊骇于世人。倘任之所为，则宗祧不保，社稷不存。故君上降旨，废其为庶人，流放于乾州。君上属意嗣君者，乃魏王也。然则君上亦心有不宁，恐魏王性怀不仁，贪慕浮华，不尽威怀之道，不保兄弟之睦。

侄有解忧二法，叔可尽授诸魏王。其一者，魏王宜严戒于晋王，命之循乎天道，明其大势之趋，断其争储之念。其二者，魏王可涕告于君上，言其峻远之志，陈其宏博之心。若登于宝图，必承严君垂范，勤恤体下，忧心黎庶。并杀长子以传胞弟，钦明友悌之情。

魏王纳之，则我等大事必成。吴王可早正名分，宁我宗社，保我大唐万世昌荣。

侄政道书

萧锐看了一眼长孙无忌的神情，仿佛有一丝若隐若现的惊讶浮在其间，然而，当他想去证实的时候，却发现那里面只有平静，就像他看到的只是一封封再寻常不过的家书。可他分明知道，这些，是不同寻常的。

"太尉若仔细将这些信都看完的话，就会发现它们的有用之处。"

"颉利可汗的那位可贺敦果然是把杨政道从小当成帝王一般培养的。此等高远的心机与手段，不输你父亲分毫。也难怪你父亲会放心地把这么重要的事情交给他。"

萧锐的心中莫名地涌起了几分愤懑与嫉恨，那样的深，深到让他困惑，不知这情绪究竟在自己的心里压抑了多久。半晌，他的嘴角才勉强露出一丝不能称之为笑的表情："他做得很好。可惜，并没有什么用。"

"萧钧？"长孙无忌用手徐徐抚摸着信封上的这两个字，竭力思考着这个人的相貌，"当年的中书舍人，李泰曾多次纡尊降贵登门拜访于他。杨政道给他什么好处了？倒是够死心塌地。"

"太尉真不知道其中的曲折？"萧锐虽心有怀疑，却还是继续说道，"萧钧从小随五伯父在突厥长大，自然也中了那个女人的蛊，一辈子听命于杨政道，更听命于李恪。”

长孙无忌坐得久了，只觉脖子酸疼得厉害，便低头用双手拇指按了按颈后的风池穴，半闭着眼睛道：“若我没有记错的话，萧钧在九年前病故于瀛洲，那么你又是如何拿到这些的呢？应当不会是他交给你的吧？”

“自然不是。”萧锐见长孙无忌无意再去看那些信，便将它们叠整齐，又重新放回了锦盒之中，“太尉记得吗？贞观十七年的秋天，父亲因触怒先帝被罢相。父亲趁着赋闲的那段时间，亲自去了瀛洲一趟。他将这些信交给我的时候对我说，若李恪将来真有帝王之命，这就是我的护身符，能护我萧家在朝中屹立不倒，代代荣华。”

“老夫还以为萧瑀对李恪有多么忠心不贰。原来，他还留了这么一手！”长孙无忌兀自闭着眼睛，手上的动作却停了下来，显然是在用心地思考着什么，“宋国公，你放心，萧瑀希望得到的一切，老夫都会尽数许给你。这是老夫代天子做出的承诺。”

萧锐起身，恭谨一拜，长长地吐出了积郁在心头很久的一口气：“太尉若将这些交给陛下，定杨政道一个谋逆之罪也不算冤了他。至于李恪……就全看您是不是需要了。毕竟他们的关系无人不知。”

长孙无忌朝前走了几步，又蓦地走了回去，将那个锦盒拿起来，摇了摇头：“有江夏王在，这就不是最好的法子。老夫一定要让这些好东西物尽其用。”

阳光透过窗牖暖融融地照射进来，地上尽是屋中摆设的剪影。萧锐看着与自己一起移动着的影子久了，眼睛不觉有些干涩。他揉了揉眼，这种干涩却立马变成了刺心的疼，疼得他不由自主地直掉眼泪。于是他只得背过身去，淡淡说了一句：“我既然把这些东西交给了您，就是任您处置了。”

萧锐看着长孙无忌心满意足离去的背影，突然感觉有什么东西横亘在自己的喉头，咽不下，又吐不了，不知怎的，他的脑海中竟然浮现出四岁时所发生

的事情。

那年深秋，他跟着父亲一起去王府恭贺秦王添丁之喜。他看见乳母怀里被襁褓一层层包裹着的小婴孩，觉得既好奇又欢喜。于是便忍不住用手指碰了碰他柔嫩的面庞。孩子动了动。他立刻吓得收回了手。孩子却向他伸出了手，虽然还没有睁眼，嘴角已然露出了一丝微笑。

萧锐的双腿不由自主地一软，手紧紧扶住了桌案，想要向前，却怎么也迈不开腿。有些事情已经做了，即使错了，也无法回头。他别过头，狠一狠心，不再游荡于那些似真似幻的回忆中。

长孙无忌出了正堂，便让胡安泰备车进宫。这一去便是大半天，待到未时时分，胡安泰才回到了府中。

此刻，王氏正抱着小公子在花园里晒太阳。小公子在她的怀中不哭不闹，一只小手还抓着她的衣襟，时不时伸出舌头来舔舔嘴唇。王氏的目光有些呆滞，似乎正在焦灼着等待着什么。忽然她的眼神一亮，急忙快步朝前走了几步，解下了自己腰间一个绣工精巧的艾叶香囊道："胡哥怎的现在才回来？端阳节快到了，这是妾身亲手做的，若你不嫌弃，便挂在自己房中，就算驱驱蚊也是好的。"

胡安泰一脸的受宠若惊："只要是你做的，我都会视若珍宝的。"

王氏知他素来就对自己有些好感，于是便再靠近了他一些，露出一丝温和的笑容："郎主当真为国事鞠躬尽瘁，难得有一日休息，如何又进宫奏事了呢？"

胡安泰看了看四周，只远远见有几个花匠在修剪花枝，便故作神秘地开口说道："郎主是有大事面圣。今晚恐怕还回不了府，得住在宫里了呢。"

王氏眉心微不可见地一动，抱着孩子的手不觉紧了几分："哦？胡哥知道是什么大事吗？难不成是突厥吐蕃又不安定了？"

"不是……"胡安泰才说了两个字就住了口，挠了挠头，十分为难地说道，"这是郎主最大的秘密，可不能被任何人知晓。"

王氏佯装不悦地别过了头，也不说什么话，径直就朝前走去。胡安泰看了看手中的香囊，一股清幽的香气正从里头缓缓散发出来。他望着王氏越走越远的身影，忙小跑着追了上去，碰了碰她的胳膊道："妹子生气了？"见她依旧不说话，便跺了跺脚，"唉"了一声后道，"也罢也罢。妹子，我可真把你当自己人才告诉你的，一旦被郎主知道……”

王氏虽然非常着急，可面上却依旧是一副无所谓的表情，不悦地说道：“不说就不说，左右我也不过只是随口一问而已。”

胡安泰这下可真急了，忙悄声说道：“今早宋国公来了府上，给了郎主一些东西。郎主方才就是去密告陛下，说宣平侯有不臣之心。所以，陛下今晚宴请宣平侯，很有可能在席间就会……”

王氏见胡安泰将手往自己脖子上一横，脸色霎时变得煞白，五脏六腑似被人狠狠地拧在了一起。她深深地吸了一口气，又慢慢地吐了出来。不知过了多久，才平复下心情，从喉咙中挤出了几个字：“为什么？”

胡安泰不住地抚摸着香囊上一对绣得栩栩如生的比翼鸟，显然并未注意到王氏失态的表情，因而便只是不以为然地说了一句：“这就不得而知了。想来是因为宣平侯不识时务吧！郎主可是顾命大臣，陛下的亲舅父，敢得罪郎主的人，不都只有这一个下场吗？”

“他……真的会死吗？”王氏停下了脚步，眼神痴惘地望着远处某一个地方。怀里的小公子许是觉察到了什么异常，扯开嗓子大哭不止。王氏赶忙轻轻晃动着双手，哼唱了几句越州的民谣。待小公子闭了眼，重新恢复平静之后，王氏才说道：“妾身要给公子喂奶，这就先行一步了。”

胡安泰略有些失望地说道：“那我送你回去吧！”

“不必了，倘若给人看到，总是不好。”

王氏一回到后院的屋中，便将孩子放进摇篮，对正在一旁裁剪新衣的另一位乳母焦娘说道：“方才林娘遣人过来说，我女儿正在发高热。还请姐姐帮忙看顾着小公子，我想赶回去看看。”

焦娘放下手中的剪子，看着王氏这张急得毫无血色的脸，忙走过去拍了拍她的肩膀说道：“这里有我呢！妹子放心去吧！一路小心。”

王氏谢了又谢，便三步并作两步跑了出去。

武德殿偏殿之内一片寂静，在一旁布菜的庆贵连大气都不敢喘。

长孙无忌见杨政道始终不动筷箸，便抬头说道：“庆贵，还不赶紧侍候宣平侯用菜。”

庆贵立刻称是，舀了小半碗火腿笋尖汤端到了杨政道面前说道：“君侯先尝尝这个吧！最是能吊胃口的呢。”

杨政道也不推拒，拿起勺子喝了两口，又夹了块炖得极入味的火腿，点了点头：“果真是佳品。”

李治今日穿着一件赭色斑文锦常服，头上并未戴冠，只横插着一根白玉簪子。见杨政道一派从容自在的样子，李治满饮杯中的葡萄酒，颇为慨叹地说道：“朕钦慕宣平侯风华多年，可是这样平心静气地与你坐下来相谈，还是第一次。”

杨政道淡然一笑，风姿卓绝，礼度雍容：“多谢陛下抬爱，然臣与陛下终究尊卑亲疏有别，实不敢有所僭越。如今这般和您同桌饮宴，已是逾矩了。”

李治听他这话说得谦卑恭顺，进退得当，却偏偏总让他有些不舒服。然而，他也只是不动声色地说道：“其实算起来，朕也该唤你一声姐夫。无论过去怎样，如今可算时过境迁了，朕与你都不该计较从前的事。舅父，你说对吗？”

“可不正如陛下说的这般吗？”长孙无忌说道，“宣平侯天纵之才，可不该轻易辜负了啊。”

杨政道用勺子慢慢地搅动着汤羹。这场鸿门宴他既然已经赴了，就没有什么可惧的。于是他便也只是温声道：“臣身为大唐臣子，理当恪尽职守，效忠大唐。太尉此言，难不成是指摘臣尸位素餐吗？”

长孙无忌一时哑然，旋即却又哈哈大笑起来：“宣平侯的确忠心大唐，可从未忠心过陛下。一个不能为君上排忧解难的臣子，便算不得是一个忠心的臣子。”

杨政道微笑以对：“政道愚钝，还要请教太尉，应当如何去做？”

长孙无忌和李治对视了一眼，明白和他这样的人绕弯子，最后未必能得便宜，便索性将话说开了：“江夏王一生征战，战功赫赫。可惜子嗣缘浅，文成公主远嫁吐蕃，如今膝下唯有安陵县主一女。而陛下一旦将你的所作所为公告天下，则必然累及他的掌上明珠。到时候，他该如何伤心。宣平侯，你忍心吗？”

杨政道敛容，目光灼灼地望着他，似乎下一刻，心中酝酿已久的烈火就将喷涌而出："太尉想说什么，大可明言以告。"

长孙无忌霍地站起身，将那些信甩到了他的面前，声音虽有些暗哑，却中气十足，也底气十足："自你从突厥回来，就与吴王狼狈为奸，操纵萧钧挑拨陛下两位兄长自相残杀，饮恨而终。你们利用宇文士及的死煽动先帝征战高句丽，还与突厥人合演双簧，让吴王在长安邀买人心，作威作福，凌驾于陛下之上！到头来，还有萧铭与杨誉替你们背锅。可怜马周一代帝师，满腹经纶，却受了你们的闲气，幽恨而终！就算到了今日，陛下已然登基三年，吴王依旧野心不改，仗着手握兵权，没有一刻不心存妄念，想着取陛下而代之。杨政道，你就甘心一辈子做他的鹰犬，为他送了性命吗？"

长孙无忌瞋目扼腕，口沸目赤，说得义愤填膺。庆贵哪里见过他这个样子，双手禁不住一抖，酒壶中的酒从他的怀里一滴滴往下落。直到有酒滴到他脚上，他才勉强镇定住心神，后退几步，将酒壶放到了一边的小案上，轻声喘着气。

那些信多半都落到了地上，杨政道弯腰拾起离他最近的一封，只看了一眼，就将它紧紧地揉成了团。他的眼前陡然一黑，耳中嗡嗡乱响。过了好久，才辨别出了那些他不细细想，有可能一辈子也不会想起来的事情。

长安懿德门前，他朝着萧瑀深深一拜："舅公非得亲自去瀛洲吗？您不放心旁人，还不放心姐夫和我吗？"

萧瑀拍了拍他的手背，眼中满是慈爱："政儿，你疑心太过了。倘若老夫不信你，这么些年，如何会放心将大事交托于你？至于你姐夫，到底太过浮躁了一些，还需多多磨炼。"

他狐疑："那又是为何？您年岁已高，从长安至瀛洲路远迢迢，怕支撑不住。"

"无妨。"萧瑀目中的精光转瞬而逝，很快就被一脸的和蔼可亲取代，"老夫只有亲眼看着萧钧将那些东西毁去才安心。我不能给你和吴王留下任何后患。你明白吗？"

"多谢舅公。那便只有辛苦舅公去一趟了。"

长孙无忌看着他眼圈微红，却依旧装作无动于衷的表情，不免也动了几分恻隐之心。刚想要说些讥嘲的话，一时竟然也说不出来了。可这样的人终究太过可怕，可怕到一日不除，他就会寝食难安的地步。他是这样，李恪也是这样。

“萧锐。”杨政道用手按着眼睛，一字一顿地说。

原来，这就是萧锐的报复手段。一次次的误会造成了一个个再也平复不了的心结。到底是萧锐蠢，还是他们蠢？他们疑心过他，也做好了此生不复往来的准备。他们以为，他也是如此。纵然做不了雪中送炭，也绝不会落井下石。可他们都不知道，不是所有的事都可以推己及人的。他们将感情看作这世上最为神圣的东西，却不知有些人根本就将它弃若敝屣。

他的手不由自主地一松，那封被他揉成团的信掉落到了足边。他记得那一年，李恪在骊山下对他说的话：“你不是宇文士及，我也不是，我们周围也没有这样的人。”

当年，在熊熊烈火之中，宇文士及用一柄印刻着他与杨暕金兰之谊的长剑要了杨暕的性命。而今周而复始，错的是他们，还是命运？

杨政道凄然苦笑。他早料到了这一天，甚至在等待着这一天的到来。然而，他还是难受。为自己，更为李恪不值。

长孙无忌微抿一口酒：“伤心够了吗？是时候该好好谈谈了吧？”

杨政道试着收拾起那些多余的情绪，漫不经心地拨弄着镶在玉杯上的一颗红宝石：“谈什么？”

“谁生谁死。”长孙无忌顺口而出，语气平淡得好似在问着一个再寻常不过的问题。

李治许久没有开口。几杯酒下肚，他已然有了几分醉意，几分睡意。从头至尾，他都把自己当成一个看客，一个手中牵着木偶绳索的看客。

杨政道弯腰将信一一捡了起来，叠整齐后放到了案上。就在这短短的时间内，他就已经恢复了泰然的神色，仿佛对长孙无忌所谈的话题极有兴趣似的：

“愿闻其详。”

长孙无忌亦带了几分闲话家常般的口吻道：“让吴王替你扛下所有的事，好不好？左右你做这些也全是为了他。他不能给你的，陛下都能加倍给你。”

“是吗？太尉不妨说来听听，也好叫我掂量掂量，这么做到底值不值得。”

“封国公，拜九卿。如何？”

杨政道长长地“哦”了一声，旋即却又欠身对着李治一拜，像是在等待他的确认一般：“陛下可允准？”

李治摇了摇头，笑容可掬：“不是九卿，是三公。你的一双儿女将来亦可与朕的下玉和弘儿相配。若你还不满意，咱们也可再商量商量。”

杨政道夹了碗里的一根笋尖放入口中，笋尖略有些老，因而他也只是胡乱将它咽了下去。接着又将碗中的汤羹饮尽，方才开口说道：“不必了，臣相当满意。只是，吴王是朝野公认的贤王，您以为，天下人会相信如此荒谬的指控吗？”

李治放下酒杯，端然而坐，脸上挂着二十多年来从未变过的温雅谦和：“所以，得由你来出手。”

杨政道粲然而笑，目中却不由自主地生了几分泪意：“你们就是这样诱惑萧锐的吗？或许，我不该怪他。这样的条件任何人都抵御不了。只是可惜，我不是这‘任何人’中的一个……”

长孙无忌立刻收敛了眉梢眼角所有的笑意，肃然道：“那么你今日，就休想走出这武德殿！”

外头的天忽地阴沉下来，几声惊雷从远处响起，划破了碧蓝澄净的天空。这古怪的天气，似乎又要下雨了呢！

杨政道握着玉杯的手不自觉地紧了几分。方才喝多了吊胃的鲜汤，如今只觉得口渴得紧，无奈酒杯早已见了底。

长孙无忌疑心自己的话被雷声所隐，于是又提高了音量说道：“他不死，便只有你死了。”

杨政道并不答他的话，只对李治说道：“陛下想以什么样的理由？”

李治看着面前那一沓书信，“谋逆”二字就要说出口了，却听得长孙无忌先他一步开口说道："宣平侯不善酒力，在宴中多饮了几杯酒，不幸猝亡。你死后，陛下会追赠你为国公，你的儿子亦可袭爵。"

李治狐疑地抬起头，却并未触及长孙无忌的目光。他不明白，舅父一贯杀伐果决，却为何在如此关键的时候心软了。然而，他也并非一定要探究出个所以然。只要杨政道死，就算全了他的死后名声又能如何？再说，君王的恩典既能赏出去，便也能收回来。

想着想着，李治便向庆贵看了一眼。庆贵点了点头，拿起案上的一只酒壶，缓缓地走到杨政道面前，往玉杯中斟满了酒。桂花的香气徐徐散发出来，有一种令人心旷神怡的畅然。杨政道伸手，再次触到了杯上的那颗红宝石，却并没有要喝下的意思。

"这是三年陈的桂花蜜酒。宣平侯一旦尝了，哪怕到了黄泉底下，也一定会牢牢记住的。"长孙无忌凝神，"庆贵，给宣平侯倒酒。"

庆贵屈身称是，端起玉杯送至杨政道面前。杨政道这才伸手接过，下唇已然触到了冰凉的杯口，也触碰到了近在咫尺的无常的铁链，仿佛从生到死，真的只在转瞬之间。

然而，就在他们都以为他要将酒一饮而下的时候，他却狠狠地将玉杯掷下："这酒，臣向来喝不惯。便只有负了陛下的美意了。"

玉杯登时碎成了数片，红宝石从地上弹到庆贵的小腿上，满室瞬时充盈着清洌的酒香。庆贵吓得赶忙跪倒在地，一动也不敢动。

"杨政道，你放肆！"李治惊怒而起，朗声朝外头喊道，"来人！"

方才的动静已经引得殿外禁军的注意，如今听到吩咐，他们便毫不犹豫地冲了进来，站在最前头的两个甚至已拔剑出鞘。李治怒声道："给朕把他拿下！"

前头的两人听得此话，不约而同地将长剑指向了杨政道，正欲伸手按住他的肩膀，却见长孙无忌走了过来，笑着说道："这玉杯虽然珍贵，可宣平侯也不是故意的。陛下何必生那么大的气呢？"说着又对禁军们说道："还不赶紧下去！"

禁军们觑着李治的神色，迟疑着不敢有所动作。长孙无忌见状，便又扶了李治坐下。李治感觉到他握着自己手臂的手劲微微重了一些，便心领神会地摆了摆手："没听到太尉的话吗？还杵在这里做甚？"

禁军们这才异口同声地应了一声，齐齐退了下去。

庆贵亦站起了身，顺手将碎片捡了起来。杨政道把玩着其中一块说："民间自有玉雕大家，陛下若允准，就让臣将这些带回去，只消几天，必然叫您看不出一丝裂缝来。"

李治冷笑："宣平侯以为，这桂花陈酿只有一杯吗？庆贵，再倒！"

"天下无不散的宴席。"长孙无忌说道，"陛下若真想与宣平侯同桌而饮，以后有的是机会。"

杨政道见李治默然不语，便长揖而拜，头也不回地退出了大殿。

李治见他走得远了，酒不觉也醒了几分，不觉埋怨道："舅父到底是什么心思？咱们都和他挑明到这个地步了，您如今放虎归山，岂不是功亏一篑？难不成您真的有了惜才之心？那也得看是怎样的才！"

长孙无忌还从未见他这般疾言厉色的样子，知道他是动了真气，便只得用了彼时哄外甥的语气说道："陛下莫急。您也说了，咱们把所有的利害关系都跟他说明白了，他也已经做出了选择。那么，又何必在意一时长短？只消耐心等待便好。"

"又是等！都这么多年了，您觉得朕还不够耐心吗？难不成咱们不杀他，他还会自杀？"

"是！陛下说对了。他会。为了李恪，他什么都愿意做。"

李治疑惑道："可既然都是一死，他又何必多此一举？"

"因为……他不想自己死在咱们的手中。"长孙无忌眉头蹙起，好像突然有一块石头重重地砸到了他的心中，震得他五脏六腑颤动不已。他深深地吐出一口气，叹道："士为知己者死。老夫就算成全了他吧。"

李治不明所以，只问道："那这些信？"

"烧了吧。"

"您说什么？"

"如今，已是无用之物了。闹了这么久，陛下也累了。臣告退。"长孙无忌得了李治的首肯，转身朝前走去，走至殿中那只青铜狻猊大鼎旁的时候，他又回过头去说道，“还有一件事。关于储位人选，陛下也该定下了。”

李治原还在想着杨政道刚刚的言行，乍一听这话，握着酒杯的手不禁一滞，连带着疏冷的表情也僵在了脸上：“虽然您与中书令，还有褚尚书等人都力主以陈王为储，可陈王憨傻庸碌，况其生母不过一卑下宫人，故而朕私下里总是更喜欢素节多一些。”

长孙无忌面露不悦之色，说出来的话也生硬了不少：“储君关乎国本，不宜以陛下一已好恶为念，且皇后既已收陈王为养子，又有何人敢小觑？陛下封萧淑妃的儿子为雍王，已经算逾矩了，万万不可再存储君之想。”

李治听着他这不容分说的语气，更觉心烦，继而又涌出了几许不满来：“既是国本，难道不该立贤吗？中书令是皇后的亲舅舅，自然向着陈王，难道舅父也跟着糊涂了吗？”

“都是不到十岁的孩子，陛下就能看出谁贤谁愚了？”长孙无忌不以为意，“如今海内升平，君主能守成便好。况且有陛下和一众贤臣教导着，何愁陈王不长进？您还是再仔细思量着点吧！”

说完，长孙无忌便躬身一拜，径直离开了。

李治握成拳的手轻轻地在案上敲打了几下，自言自语道：“舅父，当年，您就是这样劝动了父亲的吗？”

第三十三章

高山流水

这场雨最终还是没有落下。暮春时节，昼长夜短。虽已至酉时二刻，天色依旧十分敞亮。

杨政道自武德殿而出，脑中始终昏昏沉沉，连带着脚步也有些虚浮。他只觉得那段路很长很长，长到他也不确定，到底何时才能走到底。

他扶着红墙歇了一会儿。那些生了苔藓的砖石湿滑粗糙，有一种叫人格外不舒服的触感。不知站了多久，才听得身后有人叫他："杨公子。"

杨政道回头一看，见柳范正小跑着朝自己而来。他的目光有些涣散，视线里连人影都好似交叠在了一起。直到柳范到了他的跟前，他才定了定神说道："柳御史好。"

柳范扶着他缓缓朝前走，无不关切地问道："公子没事吧？您是从哪儿过来的？"

"陛下赐宴，我多饮了几杯酒。无事的，让风吹一吹就好了。"杨政道将手搭在柳范的手上，微笑着说道，"这么多年……多谢你了。"

柳范略略一惊，似乎从他这般郑重的表情和语气中听出了某种不祥的感觉。他记得萧瑀第一次带着他来见自己的时候，他还是个寡言少语，满腹心事的少年。可后来，他变得越来越沉稳持重，有着万事都能掌控在自己手中的自信与从容。所以渐渐的，柳范也对杨政道生出了几分敬服，而不全是看在萧瑀的面子上才为他做事。

走到朱雀门的时候，柳范见他的脸色果真好了很多，于是便放开了手道：“只要公子没事就好。下官送您回府吧！”

杨政道看了他一眼，点了点头，只简单地说了一个字：“好。”

王氏自出了长孙府之后，便一路飞奔。可她的双腿一直在不住地发颤，每跑一段路都会踉跄着摔倒在地。她的心跳动得十分厉害，喉口灼热得如被烧着了一样疼。到了永嘉坊的时候，她的面色已经变得煞白。她扶住府门前一只汉白玉石狮子，用力地喘着粗气，汗水如瀑布一般从她发间流淌下来。她抬头，嘴角露出了一丝笑意，忙跌跌撞撞地向前，用尽了全身力气叩门。

开门的是今日值守的小厮朱六。他上下打量着面前这个显得十分狼狈的女子，问道：“这是吴王殿下府邸，请问娘子要找何人？”

王氏一急，连话都说得有些结巴了：“求……求小哥为妾身通……通报。妾身求见……求见吴王殿下。”

朱六本想说一句“吴王殿下岂是你说见就能见的”，可看到她这般窘迫无措的样子，又不禁起了三分怜悯之情，便解下了腰间的汗巾递给她道：“吴王殿下尚在大理寺中处理政务，还不知何时能回来呢。”

王氏并未去接，面上的焦灼更甚，忙又问道：“那么王妃呢？王妃在吗？”

“柴夫人刚刚生下一对双生子，王妃带着世子和二公子去道贺了。”朱六撇了撇嘴，只觉得这女子实在古怪，便也带了些警觉道，“娘子有什么事告诉我，等晚上殿下和王妃回来了，我自会如实相告。”

王氏一急，也顾不得礼数，死死抓着朱六的手说：“等不到晚上了！求求小哥，带妾身去找殿下吧。宣平侯有生命之危。”见朱六犹自犹豫不决，王氏忙跪下磕了个头道，“妾身在长孙府上当差，听得十分真切。而且，吴王殿下认得妾身，若妾身所言有虚，必遭天谴！”

朱六这才意识到事有不妥，便忙将王氏扶了起来说道：“娘子在这儿稍等片刻，我这就备车，带你去找殿下。”

李恪此时正和云岭二人被一众看热闹的人堵在了祥和坊玉器店门口。曹方硕在几年前因病搬去了京郊的府邸休养，张二宝便继承了衣钵，做了这玉器店的掌柜。他做事踏实，为人憨直，虽然年纪不大，倒也把这家百年商号打理得有声有色。

云岭听了会儿围观百姓的闲话，转头说道：“殿下，仿佛是掌柜和夫人在吵架呢！左右咱们一时半会儿也绕不过去，不如就下马去瞧瞧吧。”

李恪原是最不爱往人堆里挤的，可一想到当年曹方硕和张二宝师徒二人毕竟帮过自己大忙，便点了点头，跃马而下。只见张二宝涨红了脸面，气鼓鼓地别过了头。他身边站着的是同样一脸赭色，快要哭出来的夫人周氏。一旁的小伙计看看这个，又瞧瞧那个，实在不知如何去劝，很快便憋出了满腹内伤。

周氏看着周遭的人，跺着脚说道：“都回去！都回去！没见过夫妻吵架的吗？陈婆，就是您把街坊都带过来的吧？您都那么大年岁了，怎么还有这么个怪癖好？是不是我家伙计催账催得紧了，您怀恨在心，想让所有人都来看咱们的笑话？”

那陈婆看起来还算精明，可还是被周氏这通连气都不带喘的抢白镇得无言以对，只得轻哼了一声，挥手带着她那一众旧街坊老姊妹们走了。剩下的人一看这位张夫人如此彪悍的模样，唯恐自己也被她指着鼻子骂，反闹个没趣，便也都悻悻地离开了。

周氏见人都散得差不多了，这才拿着手里雕琢精致的玉手串说道：“方才你嫌丢人，现在可以说了吧！这些天你整夜不着家，把你自己关在这里捣鼓着这玩意儿，还不让我知道。你说，到底准备送给哪个女人的？你和她究竟好到哪种地步了？”

张二宝扶额，颇为无奈地说道：“文娘，我都和你说了八十遍了。我自打和你成了亲，就连隔壁何婶家五岁的小女儿都不敢看一眼，哪里还会有什么旁的女人？”

周文娘不依不饶。这会儿，却换了另一种温柔的语气：“我知道自己脾气不好，可我想和你好好过日子的心是真的。你年纪轻轻，若真看上哪家女子，只要出身清白，我就一定和她像亲姊妹一样相处。你就说嘛！说了，好不好？”

“那是送给他师傅曹老掌柜的生辰贺礼！”李恪见张二宝垂头丧气的模样，实在忍不住，便开口道。

张二宝一见他，忙拉着周文娘的手屈膝跪下。周文娘被他拽得生疼，刚想发作，却又听他说道：“小的张二宝见过吴王殿下。”说着，又不好意思地挠了挠头，“让殿下看笑话了。”

“免礼。”李恪等不及周文娘收敛起讶异惊惶的神色，指着她手里的玉手串道，“这手串的大小连一般的男子戴都嫌大。再有，这样式看起来如此老旧，会有哪个年轻姑娘喜欢呢？”

周文娘一怔。她光顾着吵架，倒还真没注意到这些。待将手串戴到自己腕上时，果真发现大了好几寸，便低垂着头不说话。过了一会儿，她却犹自不信地悄声道：“那您又如何知道这是送给义父的？万一张二宝真找了个男子……”

云岭在一旁被她奇异的想法给逗乐了，实在禁不住笑出了声，可又被口里的唾沫呛住，便不住地咳嗽起来。

李恪拿过手串，指着中间一颗道：“这上头雕刻着一条闭着眼睛的小鱼，是张二宝第一次从曹老掌柜那儿学的技艺，自是让他老人家知晓，自己不忘本心。”

张二宝感激地连连点头，转而却又有些不解地问道：“可您又是如何知道，这是小的给义父的生辰贺礼呢？”

李恪将手串重新交到了张二宝的手里，从袖中掏出一把折扇扇了扇道：“曹方硕入过大理寺，他的生年我自然记得。”

“多谢殿下。”张二宝喜滋滋地对着李恪又施一礼。

周文娘知是真错怪了张二宝，可要她认错，却万万不可能。于是她神色未改，仍带着质问的口吻道：“那你为何不早说？浪费了我那么多口舌，不知道有多累！”

张二宝委委屈屈地嘟囔道：“可是你从来也没有给过我解释的机会嘛！”

“没有机会，你不会找着机会解释啊！你根本就不在意我！”

“我如何不在意你了？天知道这世上我最在意的人就是你了。”

“你又不说，我怎知道你的心意？以后，你得每日和我说十遍。不然，我就不理你了。”

“好好好！你说什么都好。行了吗？”

李恪听着这小夫妻俩的对话，只觉啼笑皆非，便也不去管他们，只上马小跑着向前而去。行了没多久，就见王府的马车迎面而来，还未等朱六将车停稳，王氏便迫不及待从车里跳了下来，一下子就摔在了地上。她忍着痛爬起来，一瘸一拐地向前，仰起头说道：“民女王氏见过吴王殿下。”

李恪勒住缰绳，定睛望着她问道：“你是祥和坊崔家的媳妇王徽儿？”

“是。可民女早和那崔尚文和离了。本想求娘家收留，可爹娘嫌民女丢人，就把民女赶了出来。谁料民女又有了身孕，便只好忍痛将孩子生了下来。幸而有乳母林娘一直在旁相陪……”王氏忽觉自己说得太多了，便道，“民女亲耳听长孙府的管事胡安泰说，长孙太尉听信了宋国公的话，可能会在席上杀了宣平侯。殿下，您一定要救救他，只有您可以救他了。”

李恪心头一痛，忙问道：“可当真吗？”

“民女不敢以宣平侯的性命欺瞒殿下。”

李恪再不和她多言，只用力地甩动了一下马鞭。骥远腾空跃然而起，如离弦的箭一般直冲向前，仿佛它也知道，倘若不拼了性命奔跑，失去的会是一生铭刻入骨髓的情谊。那种情谊，是可怕到理所当然的习惯。就像每日晨起习惯饮一杯清水，午间习惯小憩二刻钟，晚上习惯看着星空出一会儿神。

他只是这样飞驰向前，心绪却没有任何波动。那样平静，平静到连表达一丝悲伤与担忧的力气也没有。到了府门口，他只觉精疲力竭，累得心仿佛也停止了跳动。门是虚掩着的，他推门而入，却在跨过门槛的那刻停下了脚步。那股突然从四方急冲而来的恐惧，让他几乎失了魂灵。

“殿下您来了，怎么也不进去？”值守的小厮古子奇迎面走了过来，恭敬地行礼一拜。

李恪这才缓过了神，慌忙抓住古子奇的肩膀问道：“他回来了没有？”

古子奇似乎被他这般恐怖的神色给吓着了，说出来的话也带着几分颤音：“君侯半个时辰前就回来了。小的还以为您知道了才过来的。”

瞬间仿佛有无数颗石子落到了他的心上，除了一阵接着一阵的痛之外，仍旧觉察不到半分的安宁。他放开手，一路小跑至后院穆清斋，见杨政道一个人闲坐棋盘之前，手执黑子，正犹疑着该落在何处。

“表兄。”李恪缓步走至他的身后，低声唤道。

杨政道回头，示意让他先噤声。过了好一会儿，他才将黑子落了下来，心满意足地微笑道：“上回你还说无力回天，看如今这番布局，也并非没有一点生机，是不是？”

李恪此时哪里还有观棋的心思，忙跪坐在他的身边，上下将他打量了一番。虽见他神情与往常并无二致，却还是忧心地问道：“没事了吗？”

“你都亲眼看到了，如何还多此一问？”

“我不信自己，你来告诉我，好吗？”

杨政道双目只盯着棋盘，不愿与李恪的眼神有任何交会。他轻轻地咳嗽数声，耳根微红，过了好久才说道：“没事。”

李恪想着王徽儿刚刚的样子不似作假，便依旧愁眉不展：“他们让你进宫，当真没有为难你吗？”

“你知道了？”杨政道语气平和地说，“萧锐对我误会颇深，自然没少在他们面前数落我的不是。所以，他们的确为难了我。不过，我也为难了他们。总之，没有让自己吃亏。”

李恪听到此间，方松下一口气，只觉得世间万物都好似恢复了生气，连偶尔从外头槐树上传来的蝉鸣都成了催人入眠的仙乐。他浅笑，拭了拭额上生起的汗水：“多谢你没事。”

杨政道亦笑：“你谢得好生古怪。”

二人就这样闲话了一个多时辰。直到李恪从他面上看到了明显的疲色，才和

他告了声别，转身离去了。

杜旭打着灯笼，走在李恪前头，边走边说："殿下您慢些走，小心台阶。上回公子去大兴善寺上香，就因为走得太急，摔了好大一跤呢。"

"他常常去大兴善寺吗？"

"以前并不常去。可是这些年，公子每隔一段时间都会去一次。上完香，还会找得道高僧切磋一番。"

李恪只"哦"了一声，却忽有一个奇诡的闪念从他的脑中转瞬即逝。他想定下心细想，却怎么也想不出来，便只得说："你回去吧。他这风寒还没有好利索，好好照顾着。"

接下来的那些天，李恪总纠缠于各种政事之中，并没有多余的时间再去思考彼时那种只令人十分胆战心惊，却怎么也抓不住的念头。反而是在梦中，那些被他封存的记忆和潜意识中的恐惧才会慢慢交错串联在一起。

太医们面面相觑，不约而同地摇了摇头。王寿德站了出来，面有难色："宇文公似乎有中毒迹象，可臣实在查不出是什么样的毒。"

宇文禅师愤恨地说："是我在他的茶水里下了毒。这种毒不会当场发作，可发作起来却会肝肠寸断。而且，查不出缘由。五年来的每一次见面，我都会给他下这样的药。"

在扬州的时候，他第一次看到杨政道犯病，给他诊脉的刘大夫说："君侯有些吐血的症状，但他的脉象实无不妥，神志也很清醒。或许只是厉害一些的风寒。"

王徽儿又急又怕，双目通红地道："他们今日要在席间杀宣平侯。您一定要救救他，只有您可以救他了。"

黑夜无边，月色凄寒。喊杀声冲破云霄，乌压压的人群从四面八方向他逼仄而来。他手无寸铁，浑身又绵软无力，只有拼了命地艰难往前跑着。跑到山坳处，他忽地被一块突起的石头绊倒，便只得咬着牙爬了起来，手臂被横生出来的荆棘划得鲜血淋漓。他吃痛地再次摔倒在地，抬眼却看到有一把锐利的长剑正迅速地朝着他的胸膛刺去。就在此刻，倏地有一个人影从天而降，挡在了自己面前。

"快走！"李恪惊叫着坐了起来，只觉后脑勺涨痛得厉害，梦中虚虚实实的场景扰得他浑身疲累不堪。

淇奥知他必是做了个极可怕的梦，便忙下床点了两盏烛灯，替他擦了擦仍在不停往下掉落的汗水。李恪握着她的手，神色渐渐由恍惚变成了清明："淇儿，你还记得当年宇文士及在秋霞亭中毒发的情况吗？"

"怎么突然问起这个了呢？"淇奥虽这么说，却还是在努力地回忆当年的场景，"我看到的时候，宇文士及已经面色乌青，嘴唇泛白，看起来十分痛苦的样子。临死之前，他吐了一大口鲜血，口内一直说着'禅师'二字。"

"面色乌青，嘴唇泛白，吐血……"李恪一遍遍不停地念着这几个字。突然感觉沁入肝脾，痛彻心扉。他紧闭双眼，狠狠地往自己的脑门上打了一拳。过了好一会儿才又问道："那个青黛怎么样了？还是疯疯癫癫的吗？"

"今儿下午大夫才来看过，说是好些了，但还是认不得人。"淇奥见他的眼神越来越恍惚迷离，便忙死死地抱着他的手臂，急道，"究竟出了什么事了？我们一起想办法解决，好不好？"

李恪将头埋进了她的怀里，像一个受伤的孩子般不住地抽泣着。片刻后，他却又放开了手，起身下床，随手从架上拿了件玄色锦衣穿在身上，转身说道："我要找他去问个清楚！放心吧。一定会没事的。"

他在安慰着淇奥，却更似在安慰着自己。他以为，这一次会像过去很多次一般化险为夷。所以，他以最快的速度调整好了心神，说这话的时候，嘴角甚至还带了一丝笑容。

淇奥被他这不住变化的表情惊到了，忙起身拉住了他的手道："到底怎么回事？"

李恪伸手抱了抱她，用更加肯定的语气说道："真的没事。"

说完，他便出了房门，去马厩牵出骥远，一路向南而去。

丑时敲过，大街小巷静谧无声。马蹄踏在青石板路上的声音显得异常刺耳难听。大兴善寺早关了寺门。僧人们都已经安寝，只有几个在佛前守夜的小沙弥还在虔诚地念着祝祷世人平安的佛经。

十来岁的辩空听到外头一阵砸门声，不禁打了个寒噤，加快了手中拨动佛珠的速度。可那声音并未减弱分毫，他便有些害怕地用手肘碰了碰身边的师兄辩森。辩森横了他一眼，没好气地说："还不快去开门。"

辩空这才意识到，这是有人来了，而不是什么奇怪的东西夤夜到访。于是，他只得起身，小跑着去开了门。李恪也不看他，只径直朝里头闯去。辩空有些急了，知道追不上他，便只好扯着嗓子喊道："施主不能不讲道理！惊扰了佛祖，你我都是要受惩处的。"

辩森这时已经从殿中走出来，到了李恪面前，双手合十道："吴王殿下安好。您这个时辰前来……"

"找人！"李恪只丢下了这么一句话，便兀自向前，一直走到后院假山石最南面的一间禅房之前，用力地推开了门。

辩华此刻还在案前挑灯夜读，还未等他反应过来，就觉一把冰冷的匕首抵上了他的脖颈。他回头，正巧与李恪悲愤的眼神相触："出了什么事了？"

"你明知故问！"李恪见他这般事不关己的态度就窝火，"你到底对我表兄做了什么？"

辩华低垂着头，笔尖上的墨汁滴到了他的衣襟上，语气虽然依旧从容，却明显带了几分心虚："他希望我做什么，我便做了什么。"

辩华以为李恪在盛怒之下，极有可能会杀了他出气。然而，当他抬头睁眼看时，却见李恪已丢下了那把红宝石匕首，颓然倒在地上，喃喃自问道："为什么？"

"为了你！杨政道做任何事情都是为了你。外祖母去世后不久，他便来找我，问我要了当初杀宇文士及所用的毒药。他说，不能让大夫查出他有任何中毒的迹象。所以，我只好改进了配方，可以确保他的脉象无异。但是，所受的痛苦也要多上好几倍。他知道，一旦你父亲西去，那些人定会先要了他的命，而你必然要为他报仇。他们等的就是你自投罗网，犯下谋逆大罪！"

"所以，他就赶在他们之前先杀了自己。而且，他不能以任何不寻常的方式死去，只能是得了沉疴而死。这样，我就不会怀疑任何人。"李恪只觉浑身的血液都凝固在了一起，手脚麻木，动弹不得。

"是！他知道这一天迟早会来。可他有妻儿，他舍不得他们。所以不到万不

得已，他也不会要我加大药量，加速自己的死亡。”

李恪轻喘着气，吃力地说道：“告诉我救他的办法。”

辩华心中实觉不忍。然而，覆水难收，哪怕各路神佛齐聚，也只能说出与他同样的四个字：“无药可救。”

“无药可救，无药可救……”李恪痴痴地念叨着这四个字，手死死地抓着自己的衣角，“说！把你知道的一切都告诉我！”

寂静的清晨，朝阳东升。阳光带着新的一天蓬勃的朝气，暖暖地照着世间万物。五月是芍药花开得最盛的季节。满目所见都是一丛又一丛艳美的玫红。李恪伫立廊下，看着如锦繁花，面前闪过的是曾经的那些如锦岁月。那些美好的过去，此时却成了一口一口啃噬着他心肺的伤怀记忆。

他静静地站在那里，听着屋内传出的阵阵琴声。那种幽寒的冷凝，切肤的凄疼缓缓地潺流于每一根琴弦之间，欲诉还休，欲罢不得。琴音萧瑟处，再控制不住地扰了心绪，乱了节拍。他的心中越发沉痛，仰头凝望着浮云流转，不意却被廊檐上掉下的尘埃眯了双眼。

最后一个音符落下，弦断。

李恪慌忙推门而入。长长的琴弦脱落，垂到了地上。他看着杨政道被勒得通红的十指，缓缓地说道：“《黍离》，对吗？”

“我不大愿意弹这曲子，你竟能辨别得出来？当真不容易。”杨政道眉目疏朗，微微一笑道，“彼黍离离，彼稷之苗。行迈靡靡，中心摇摇。知我者，谓我心忧；不知我者，谓我何求。悠悠苍天，此何人哉？”

“表兄，如今，我可有资格当你的知己了？”

“何至要到如今？从你向我吐露秘密的那刻，我便认定了你是我的知己。”

“那你就是这样对你的知己的吗？”李恪狠狠地将手砸在了桐木琴上。锋利的琴弦瞬间将他的手指划出了几道深深的口子。

杨政道将手覆在琴弦上，眼中带了几许失落，轻声道："我以为，旁人是离间不了咱们的关系的。"

阳光从开着的窗户照了进来。李恪这才注意到，他的面色苍白，眼圈乌黑，额上的青筋依稀可见，显然已是痛到了极处。李恪大怔，忙握住了他的手臂道："你找宇文禅师要毒药，是真的不要命了吗？雪鹭见你这般，该多么难过！"

"所以……我不能让她看到。"杨政道的声音轻而缓，气息并不十分通顺，"我愧对于她。来世即便结草衔环也补偿不了她。我不该让她心里有我……也不该不受控制地去爱她。"

李恪只觉喉头阻塞得难受，哽咽着说道："你们本可以安心度日，做一对人人称羡的神仙眷侣。"

"可那个女人说过，如果帮不了你，我们都得死。除非我愿意为你……牺牲性命。她是这世上最可怕的人，她的诅咒是可以应验的。"杨政道凄然一笑，"小的时候，有个部落的小可汗来朝拜，有意无意地摸了她的手。她说，不出三天，必有恶犬替她惩治这人。还有，颉利可汗有个宠姬有了身孕。她说，此女是妖邪，所生的孩儿必也是草原祸害。后来，那个小可汗被狗咬掉了整个手掌，而那个宠姬生产的当日，粮库着火，烧掉了半年的储粮。颉利可汗盛怒之下，下令杀了自己的宠姬，将刚出生的女儿扔到了野狼群中，任她自生自灭。"

杨政道打小是听着《六韬》和《孙子兵法》，看着草原各部落间的权力倾轧，受着那个女人几乎变态的督教长大的。他坚韧、沉稳、聪慧。可是，他永远也不会知道，咬人的恶犬本就是那个女人的手下豢养，而那场大火亦是守卫受了那个女人的暗示所放。他不是想不到，而是被恐惧禁锢住了思想。

"你枉以我为知己，却到了此刻才愿将心底的话说出来吗？"李恪一时乱了心神，脑中闪现的是过去他每一次劝自己争位时的那种无法言喻的复杂神情。那种对彼此生死命运的担心，他竟到了这个时候才看出来。

"我说了，你就会拼尽全力去争吗？"杨政道别过头，用帕子擦了擦嘴角的血迹，只觉心头一阵酸涩，"我不是怪你，是羡慕你。就算你和先帝曾经闹成那样，可他一直关心着你，你也一直关心着他。这样深的父子之情，我此生无缘体会。可是，我懂你。你不愿意的事情，我永远不会去强求……"

“你……”李恪见他浑身都在不住地发颤，便脱下外氅披在了他的身上，起身道，“我马上进宫找王寿德过来。”

“不要去。”杨政道一把抓住他的手腕，有一方锦帛从他的袖中掉了出来。他的眼角眉梢依然藏着温和恬淡的微笑，“只有一个时辰了。我还有话要跟你说。”

“你说什么？”

“我还有一个时辰的时间可以……可以和你说话。你这一走，怕只能下辈子再见到我了。”

李恪霍然回头，满腹的悲恸却不知为何竟变成了恨意。他咬着下唇，声嘶力竭道：“若我今日不来呢？你打算就这么一个人默默地死去，让我一辈子都活在糊里糊涂中吗？”

杨政道一时无话。遽然看到地上的锦帛，就想伸手去捡。李恪此时亦注意到了这锦帛，便先他一步将它拿到了手中：“是父亲给你的那道旨意？”

杨政道颔首，又摇了摇头：“事已至此，是又如何？”

李恪并不理会他，只打开去看，见那上头写着：

> 前番诸言，尔宜切记于怀。吴王幼禀庭训，才称栋干。然其地惟庶物，名分早定，不适所争。尔当相告之守礼法，尊嗣君，且阴窥其言行，使其莫不量其力，妄存宝祚之念。他年太子君临区夏，尔宜与太子勉固一心，咸事因循，勿有所隐，早立厥功，方不负朕殷殷所望。

李恪看罢，便紧紧将这帛书握在手心，几乎是从牙缝里挤出了几个字：“你为什么不给他们看？为什么不照着去做？”

“我怕你难过啊！”杨政道用手撑着头，半闭着眼，眼神略有些迷离，“先帝的意思是让我承认，这些年我在你身边，是受了他的旨意观察你、监视你。他让我与当今天子同心，做他忠诚的臣子。但我也有自己可笑的执念。所以，我不可能那么去做。”

“你的命都快没了，还在意我是不是难过？”李恪松开手，眼前已然氤氲着满满的雾气，“父亲是在保你，也是在保我！你以为我会蠢到去误会他，还是去误会你？你堵住了你唯一的生路，怎对得起他的一片苦心？”

“是。我对不起他。所以，我得去地下向他老人家解释。只要你还活着，他会懂的。”杨政道起身，可身子却不受控制地晃动起来，根本就站不稳当。

李恪忙伸手扶住了他道：“不要乱动。赶紧坐下。”

“我要去院中坐一会儿。你和我一起去吧。”

院中种着几棵桃树。桃花落尽，树上只余下了密密的树叶。杨政道看着随风不断摇曳着的叶子，想着当年李恪刚带着他进王府的时候，看到每一个院落之中都种着一棵棵含苞待放的桃树。

他问：“殿下那么喜欢桃花吗？”

他道：“我母亲喜欢。久而久之，我也习惯了去喜欢。”

他又问：“习惯有那么重要吗？”

他点头：“是的。非常重要。”

那个时候，他是李恪的伴读，几乎日夜都和他在一起读书练武。王府中人虽对他恭敬有加，可与对李恪的态度终究是不同的。直到有一天，他听到李恪对王府的几个管事说道：“以后我有什么，杨公子也得有什么！倘若让我看到你们对他有一丝轻慢，就莫怪我不留情面！”

李恪那时年纪不大，平日里也都是温和待人。那是第一次，他看到李恪这般正言厉色、凛不可犯的样子。也就在那时，他觉察到了李恪身上潜藏着的能够君临天下的威仪。

杨政道目视着一片叶子从树上落到他的面前，胸口在一阵绞痛之后，却突然觉得不那么难受了。他侧过头，兀自浅笑：“替我照顾好雪鹭和孩子。不要告诉他们真相，他们会受不了的……还有你，无论在任何情况下，都一定要好好地活着。”

李恪紧抓着他的手，声音暗哑：“告诉我，如何才能救你？哪怕让我死，哪怕让我去做逆天违命之事，我都愿意！”

“可我不愿意……”杨政道闭着双眼，眉心微蹙，“生与死，都是我的命。我愿做的事，谁也阻挡不了。我不愿做的事，谁也勉强不得。”

微风轻拂而来，太阳的光影在他们身上慢慢地移转。李恪扶着他，眺望着远方，像对着二十多年前的他说道："表兄，但愿我从来也没有认识过你。"

他没有得到杨政道的回应，只有风声犹自在耳畔不住地呜咽着。手中握着的那串小叶紫檀木佛珠一颗一颗地掉落在了地上。

那一年的归云亭中，李恪看着漫天烟火消散，拾起衣服上的一朵红梅放到了他的手上："我的事情可都跟你说了。你呢？我只知道，你是我的表兄。别的，我还一无所知呢！"

他低头把玩着手中的红梅，过了许久才说道："我不想告诉你。"

李恪倒也不失望："那等你想说的时候再告诉我。咱们回去吧！再不回去，都该散席了。"

"散了不是很好？左右我也不想见到那些人。"

"也是。我也不想见。那我就在这里陪你吧。"

他点头。两人相视一笑，莫逆于心。

李恪忽而回过了神，仿佛被人用力地在心头扎上了一根刺，却没有任何疼痛的感觉，只有无穷无尽的怅惘与寥落。

风突然大了许多，将屋内桌案上的一张纸吹到了他的脚下。他俯身将它捡了起来。上头只写着四句诗：

朝出与亲辞，暮还在亲侧。弄儿床前戏，看妇机中织。

萧锐得到消息的时候，刚从蒲州巡察归来。他死死地盯着小萝的眼睛，几难置信地问道："病逝？怎么会？是什么病？"

小萝有些害怕他这般骇人的眼神，双手不由自主地一颤，一时竟不知如何摆放为好。她深深地吸了一口气："婢子听人说，太医署令王太医还有其他几位太医都证实，宣平侯是染了沉疴而故去。至于究竟是什么病，他们也讲不清楚。

而府中的几位管事也都说，宣平侯那几日的确病得很重。只是没想到会那么快而已。”

萧锐瘫倒在榻上。经了几日的跋涉，他觉得疲累不堪。然而小萝的这几句话却让他有了一种如释重负的感觉，仿佛那颗被细线勒了许久的心终于归了位。他又问：“陛下是如何说的？”

“骤然失去一位良臣，陛下心中也挺难过的。”小萝的语气淡淡的，仅仅是在陈述着一个既定的事实，“昨儿陛下刚下旨，追封宣平侯为鄅国公，并加赠司徒。礼部也已定了谥号为‘昭’。”

“昭德有劳曰昭，容仪恭美曰昭，圣闻周达曰昭。”萧锐在几年前就通读了《谥法解》，如今自然能够脱口而出。他正思忖着这当真是个极好的谥号，突然又想到了什么，忙问道：“那吴王呢？吴王怎么样？”

“吴王这几日挺忙的。”小萝想了想，说道，“陛下让吴王代为祭奠，吴王也去了那里吊唁。不过……”

萧锐侧头看她：“怎么不往下说了？”

小萝将身子靠近了他一些：“婢子也只是听闲人们胡乱说的。说吴王与鄅国公一向交好，可此番却不见他有任何悲恸的表情，好像死去的只是一个泛泛之交而已。”

萧锐伸出手，任由着小萝替他慢慢地揉捏。他有些惶惑，亦有些不安：“怎么可能？他们俩可是有过命的交情啊！”

小萝皱了皱眉，摇摇头，声音轻缓：“婢子也不知。兴许，因为鄅国公能为吴王争夺天下，所以他们关系才好。如今他这一死，吴王没了指望，自也不必为他太过伤心。”

“不。你不了解吴王，他不是这样的人。”萧锐忽觉烦躁得厉害，一时竟觉喘不过气来。他坐直身子，深深地吸进一口气：“他与人交好，从来不是为着利益……”

这话一出，连萧锐自己都被吓了一跳。原来在他的潜意识中，还是那样相信着李恪的为人。那么这些年来，他到底在纠结怨恨着什么呢？他看着小萝，忽然觉得浑身凝结起了层层冰霜。五月里，他的牙齿却在不住地打战。

小萝慌忙递了杯茶给他："驸马您……要去祭奠吗？据说大多数朝臣可都去了啊。"

"去！如何可以不去呢？"

"那婢子立刻去准备。"

"别……今日天色已经晚了。等明天再去吧。"

吴王府景行斋中，淇奥拿着笔蘸了蘸面前绿色的染料，抬起头问道："锦纹，你再仔细想一想，从囚禁你们的窗户中看出去，那棵树到底是柳树还是榆树？"

锦纹用力按着脑门，想了很久，才肯定地说道："是三棵柳树。婢子敢肯定。"

"很好。"淇奥边说边快速地在纸上添了几笔，又试探性地问，"你说，每日都会有人给你们送馒头和冷水，那么你是否记得那个人的样子？不一定是面相，别的特征也可以。"

锦纹闭着眼睛，汗水渐渐地浸湿了她的外衫。尽管事情已经过去许久，可那些可怕的记忆却一直缠绕在她的脑中。想要再将它们一点点挖出，也当真是难为了她。淇奥放下笔，朝着云香看了一眼。云香立刻走上前，拍了拍她的脊背，在她的耳边柔声慰藉了几句。锦纹的神情这才放松不少，忙站起身来，满眼歉疚地说道："婢子无用。这么久了，都没有想起些有用的东西。"

淇奥虽然心中已是万分焦急，可口中却只道："无妨。无论什么时候，你若想起什么，一定要立刻告诉我。"

锦纹刚应了一句，就听得霞佩叩门而入，气喘吁吁，却面带喜色地说道："王妃，青黛……青黛她不疯了。听到您在查她们被掳的事情，便紧赶着要来见您呢。"

淇奥连说了几个"好"，忙道："快把她带进来！"

青黛容貌清秀，只是遭此劫难，又大病了一场，面色显得十分蜡黄憔悴。她步履虚浮地走了进来，刚想下拜行礼，就见淇奥走至她面前，虚扶了她一下道："赶紧坐下说！把你记得的一切全都告诉我。"

“是。”青黛的嗓音脆脆的，说话的语速也比锦纹快了很多，“可是，婢子记得的东西也不多。不知道会不会令王妃失望……”

淇奥示意让她说下去。青黛便将当日她在马车上一路听到的声音，被扯落蒙眼巾的瞬间看到的歹人的长相，以及窗外除了柳树外的其他景物都说了出来。淇奥每听到一个关键的地方，就让青黛停一停，往纸上添上几笔。

“秋霞亭位于普宁坊。依照你的描述，那个黑屋子应该在崇仁坊或者德兴坊中……”淇奥将笔放在了笔搁上，“你把那个人的样子再说得仔细一些！”

“那应该是个三十岁左右的男人，留着八字胡，有很深的眼袋，左边的下巴处好像……有一个红点。不知道是伤口还是红痣。旁的，婢子真的不记得了。不对！还有，袖口上好像绣着一只……一只……”

“这个婢子也曾经对驸马提起过，是一只白色小鸟。”锦纹听她讲到此处，立马接了口说道。

“对！是一只小鸟。”

淇奥面露赞许之色，又提起笔，顿了片刻后，在旁边那张纸上将青黛口里描述的那个男人的样子画了下来。画完后，便叫云香展开给她们看。两人一见，面色同时一变，异口同声地说道：“就是他！”

“很好。此番你们受苦了。若你们愿意，今后可留在王府做事。”淇奥将画卷了起来，抬头说道。

青黛眼圈微红，泪眼婆娑地说道：“婢子的命都是吴王和王妃救的。日后定会好好当差，绝不敢有一丝懈怠！”

“青黛说得对！婢子也愿意留下。我二人都是打小跟着公主的。公主没了，咱们也不想再回去了。”

淇奥摆了摆手，让霞佩带了她们下去。她右手不断摩挲着画着黑屋子外场景的那张图，似乎总觉得去过这个地方。而那个掳走锦纹、青黛的男人，好像也有那么点眼熟。可是究竟在哪里见过呢？她紧皱眉头，笔上的朱砂染料滴在了她的手上，如同一滴滴殷红的血渍。

“三嫂，歇一会儿再想吧！云香说你这几日不眠不休，去了很多地方，查了不少的人。这事本来就不好办。急也急不得的。”文茵从云香手里拿过扇子，轻轻地替淇奥扇着风。自从她生下了与柴哲威的两个双生儿子之后，便对淇奥感激不尽，总觉得是当年她和自己说的那些法子起了效用。因而出了月之后，便三天两头地往王府里跑。这几日淇奥心情不好，她来得也就更勤了些。

“怎么能够不急？我们就因为一直不急，一直太相信人心，太相信亲情，才会弄到如此地步！”淇奥只觉心头压抑着的焦火控制不住地燃烧起来，便一把将案上的物什都扔到了地上。

文茵从没见过她这般失态的模样，逡巡着不敢上前，只得看着沙漏中的沙一颗颗往下落，似乎永无停歇。许久，淇奥才回过了神，看着文茵惊慌失措的样子，不禁握拳敲了自己的额头一下，走到她的身边，不无歉疚地说道：“对不起，文茵，我不是故意的。表兄这一去，我是真的乱了方寸。”

文茵忙握了她的手说道：“没事没事，三嫂是不把我当外人才会如此的。我知道，你和三哥心里都难受。不过，生老病死也是无可奈何的事情，你们也要慢慢想开了才是。”

生老病死。

淇奥苦笑。倘若真是生老病死，她会不会就不这样伤心和愧疚了？如果那个时候她不曾理会绵蛮，如果她不曾把绵蛮探听来的消息告诉杨政道，那么或许就不会有如今这般错综纷乱的局面出现了。她想弥补，想赎罪。可再怎样弥补和赎罪，他们所失去的一切都已经永远地失去了。

“文茵，谢谢你。我懂得的。一切都会慢慢地好起来的。”

文茵听她说话的声音和缓了，以为她的心情也和缓了，便松了一口气，低头看着那幅画，不禁由衷地敬佩道：“三嫂可真厉害。那丫头就这么一说，你却能画得这么好。”

正说着话，便又听外室有脚步声传来。云香走出去一瞧，便带了人进来道：“王妃，是王娘子到了。”

文茵见有外客来访，便觉不便在此留着，福身和淇奥告了声别后就离开了。

淇奥见王徽儿穿着一身素色窄袖对襟长裙，发髻上别着一朵白色绢花，便知了她的心思，心头不觉一阵唏嘘。当年，自己只将她的情意当成了饭间的笑料，却不知她竟是这般认真着的。

“早先托王娘子查的事情是不是有眉目了？”

王徽儿敛衽一拜：“是。民女从胡安泰的口里套出，小萝屡次来长孙府找的正是和民女同住的另一位乳母焦娘。她的夫家就住在祥和坊五柳村村口。王妃放心，民女一定会时刻盯着她的。若您需要，民女一定想法子将她骗出来。”

“好！太好了。”淇奥没想到这短短半日间竟有如此收获，不禁拊掌说道，“对了！还有一事，你生长在民间，来看看，是不是认识这个地方？”

王徽儿看了又看，还是摇了摇头，满目愧色：“民女着实不知。”

淇奥心中虽有些失望，却并没有露于形色，只是又吩咐了王徽儿几句，让她万事小心，便叫人送她出去了。

初夏时节的傍晚，阵阵蝉鸣之声不绝。风慢慢地吹起地上的热气，搅得人心头越发焦躁。淇奥看着铜盆中的冰块一点一点融化，按了按虎口，尽可能使得自己可以静下心来细细地思考问题。然而她越想，就越觉得头痛不堪。于是便将两张画卷在一起，用丝线扎好，匆匆走出了门。

刚刚走至瑞福堂外的一条长廊上，就见季恩从里头走了出来，深深对淇奥施了一礼道：“卑职见过王妃。殿下今儿一下午都没有出去。”

淇奥点点头：“你去吩咐厨房，做一些面食和几个清淡的小菜，半个时辰以后送过来。”

季恩答应着道：“王妃放心。卑职知道了。”

内室中所有的烛灯都已点上，敞亮得略有些刺眼。李恪端坐案前，提笔极缓极缓地在纸上落下一笔一画。每写一个字都仿佛在他的心上镌刻下深深的印痕，千余字写尽，他只觉心已被穿出了一个深不见底的黑洞。里头空落落的，却装不下任何心绪，只有百无聊赖下的无边孤独与恐惧。

室中两个落地熊首博山炉中点着清淡的檀香，香烟一阵阵飘散而出，慢慢地盖过了青梅酒的浓烈气味。李恪拔去坛口的小木塞，一口将里头剩余的酒饮尽，突然觉得周身畅快淋漓了不少。怪不得陶渊明说，此中有真意，欲辩已忘言。原来，用心去饮一壶酒，真的可以忘却尘世间所有情感的呢。

“什么时候开始的？”淇奥跪坐在他的身边，伸手抚摸着他发烫的面颊，“过去，你一口酒都喝不了。不是起红疹子，就是呕吐不止。如今喝了那么多，竟还可以这般清醒着。”

“习惯了，便也好了。”李恪微微一笑，说得云淡风轻。

“好。既然你喜欢，我就陪着你一块儿！”淇奥说着便打开了另一坛酒，倒了满满两杯，自己先饮一杯，又将另一杯递到了李恪手中。

李恪想也不想便将它一饮而尽。见淇奥还要往杯中再倒，便忙按住了她的手：“这酒伤胃，不许再喝了。”

淇奥听他语声平静，若无其事到她几乎也要信了。可他握着自己的手分明在不住地发颤。于是她只得更加用力地反握住他的手道：“在我面前，你还要忍得这么辛苦吗？”

李恪神色微微一怔，看着手腕上那三颗被耀目的烛火照得分外莹透的羊脂玉珠，轻轻说道：“淇儿，你知道吗？直到现在，我才真正地理解了父亲当年的心境……”

淇奥面色一变，旋即切切问道：“那么，你是否会做出和父亲当年一样的决定？”

“如果我真做了，你会如何想我？”

“当年，咱们成亲的时候，绵蛮问我：‘万一将来吴王殿下犯了事，被贬为平民，或者被流放到不毛之地了，你还会一如既往地陪着他吗？’那时的回答，也是我现在的回答，别说流放，就是死，咱们也总在一块儿……”

“不要再说了！”李恪倏然起身，想要大声说话，却觉喉咙疼痛得厉害，只得压着嗓子道，“你们一个个都这样，是想让我这辈子不安生，下辈子也不安生吗？”

“好好好。我不说死。我们好好活着，好好活着，好不好？”淇奥紧紧地环着他的腰，不让他因为过分激动而伤到自己。

“是我不好！都是我的错！我只会嘴上说着要保全身边的人，却眼睁睁地看着他们死在我的面前。我太自以为是，以为所有的一切都在自己的掌控之中，却不知这只是我给自己的庸碌无能、苟且偷安所找的借口！早在扬州时我就发现了他的不对劲，如果当时我再多问几句，他就不会死。他为了我这样的人而死，太不值得了！实在太不值得。”

他将头靠在淇奥的肩上，似乎用尽浑身的力气才说完了这几句话。淇奥觉得有温热的泪水从她的衣衫上渗了进去，于是她也忍不住落下泪来。他自责了那么久，压抑了那么久，如今，终于可以放声地哭出来了。她想告诉他，这也不关他的事。他是人，不是高高在上，能够洞悉一切的神灵。他有他无法宣之于口的无可奈何。可她什么也没说，这个时候为他辩解，除了让他更加痛苦以外，毫无用处。于是，她只能给他安慰，任他发泄。

天边忽有一声雁鸣传来，叫得声嘶力竭。淇奥蓦地想起先人所写的两句诗：早知半路应相失，不如从来本独飞。

很久很久，李恪才放开了手。低头看着纸上的文字，如在梦呓：“小的时候，表兄和我玩笑，说哪天他死了，就叫我帮他写墓志铭。谁知一语成谶……我不放心礼部，所以他的墓志，一定要我来写。”

淇奥这才顺着他的眼神去看。只见他用的是十分端庄的蝇头小楷，笔笔分明，每一字都好似经了深思熟虑后才写成：

> 永徽三年五月辛卯，予过府相叙。惊闻兄被病，猝然而逝。遂稽颡而拜，沥胆披肝，悲痛扼腕，愊忆难诉。予德薄才疏，甚为自愧，不堪铭汝。
>
> 公姓杨氏，讳政道，字祯卿。弘农华阴人。官至散骑常侍，封爵郧公，哀谥为昭。公美容仪，禀谦和，礼度宏正，志怀邈远。父讳暕，字世朏，工属文，善骑射。母韦氏，生公而自戕，时多有贤名。妻安陵县主李氏，江夏王道宗长女，婉顺为心，柔明为质。有一子一女，子曰崇礼，女曰崇润。
>
> 前隋既覆，公与祖母避祸突厥。可汗因立公为隋王，奉隋后。隋人没者隶之，行其正朔，置百官，居定襄，众万人。公幼而敏，尝见左右郁塞不畅，垂首默泣，问之。则曰：“离乡经年，思归故里，幽忧为病。愿勤奉双亲，朝夕安乐。”公睇眄于天，尼之曰：“突厥寿尽，汝辈寻可归长安。”左右遽然而

惊，问："王何以知之？"公笑而答："可汗不仁，凌忽弱小，轻慢强盛。大唐初兴，选贤用能，磨刀霍霍，盍能灭之？"不久，果如其言。

公地惟懿戚。予与之相识少年，仰其才智，熏其品性。常抵掌而谈，彻夜不眠，相为莫逆，终生不负。今凭栏而立，临风远眺，中庭所共植草木者，已耸然骈骈。旧时光阴，若白驹过隙，弹指飘零。咄嗟之间，世事皆非。

予尝之官安州，每遇繁难琐事，辄怫郁不悦，为之黯然。公常助予分诸事以为轻重缓急。间有难者，必切谏相辅，谆谆以告，亹亹不倦。予心甚服焉。后先君授之以散骑常侍，累拜雍州牧。尚廉政，勤公事，介然自律，遵于轨物。未尝矜能自贤，骄恣凛人。敬上官，友同僚，善下属。人多欲与之相交。

公晓医理，通音律。一日，予至府上而拜。缓步至于楼亭，适公抚弦其间。引商刻羽，袅袅曼妙，洋洋旷朗，若有若无，如神游物外，心悦大恺，不可言也。少顷，见群莺相携而至，栖于廊下，静默无声。一曲毕，琴声止，犹流连不去，冀复听焉。予拊掌惊赞曰："兄所奏乃嵇叔夜之《广陵散》乎？"公对曰："叔夜之才，吾辈唯望尘尔尔。况《广陵》失散久矣，不易复之。此曲曰《穆清》。"穆清，乃公书斋之名也。予尝从公而习之，奈何予天资鲁钝，不得教化，遂弃之。

公治家甚严，合府中人莫不畏而敬之。一日，有仆童曰古子奇者，坐盗。公躬亲审之，得致曰，子奇本敦慎，然其父方卒，破家未得葬，母忧而病。公闻之，寻谓左右曰："子奇违我家规，杖责四十以谢后人。顾念其纯孝至情，可赏银二十，料后事，治母病。"子奇拜而泣，再无复犯。

呜呼！浮生若梦，悲欢离合，俯仰之间，已归尘埃。援笔草书，言不尽意。

予忍泪铭之，曰：

生乎乱世，险得以存；少小而孤，未享天伦。

流于塞外，境可以怜；遵于本心，年复一年。

初归长安，与我相伴；授业先师，共舞长剑。

入则为臣，出则为兄；笃于友谊，情鉴苍穹。

鼓琴弄弦，志在高山；丹青妙笔，淡泊致远。
德以修身，廉以为官；超尘拔俗，仰不愧天。
雄姿映丽，佳配家妹；齐眉举案，鸳鸯赞佩。
儿女双全，天伦和谐；惜哉是日，伏地流血。
识量明达，允武允文；求实惟馨，不忝先人。
雅量高致，器宇沉毅；怀瑾握瑜，蕙心纨质。
倘天怜见，相约来世；复为兄弟，再无别离。

淇奥伸手抚过上头所写的字，轻叹一声道：“这不像你平素的水准。或许，你可以写得更好的。”

“是啊！可是，我真的不愿意再写第二遍了。但愿，他不会怪我。”

第三十四章

鹤唳华亭

淇奥沉吟许久，见李恪心绪已然和缓不少，便打开了方才进门就搁在案上的两幅画："青黛终于清醒过来了。她说记得一些被掳当日的事情，我大致画了一下。你瞧瞧，这个地方和这个人，是否有印象？"

李恪看了几眼，边想边说道："这个人倒真有些面熟。哦，对了。萧铭！是跟在萧铭身边的一个小吏。当年萧铭被流放，他手下的人都不同程度地受到了惩处。只不过我也不清楚，他们如今都在哪里。"

"对！对！你这么一说，我也想起来了。这个人叫方鹤，的确是萧铭深所信赖的一个小厮。"淇奥脑中忽地灵光闪现，眼睛来回在这两张图上徘徊，"以前我父亲带我去萧铭家中做客，方鹤便一直站在他的身后，对我们十分殷勤。那么这个院子……是了！这是萧家在崇仁坊的一个宅子。小时候绵蛮领着我去住过两日。只不过后来这宅子就不住人了，只用来放一些粮食和杂物。"

李恪的嘴角慢慢地晕开了一丝笑容，却苦涩得犹如生嚼着一根黄连一般："萧锐今日该回来了吧！也该让他知道这些了。如果他还有一点良知的话，就会明白应该如何去做。只是我……"

"你尽管去忙。剩下的都交给我。我会把事情办妥帖的。"

说话间，就见霞佩轻叩门扉道："殿下，王妃，晚膳已经准备好了。"

淇奥说了声"知道了"，想了想，又叫住了霞佩道："你待会儿去一趟林娘那里，让她告诉王徽儿一声，明日巳时一刻，想法子带着焦娘去崇仁坊梨花巷尽头一个三进三出的旧宅子处等我。"

霞佩爽利地答应了一声，便退下了。

淇奥拉了拉李恪的衣袖："前几日你一直都在大理寺中待着，我自管不了你。今天你在我眼皮底下，就一定要好好地吃一些。"

李恪点了点头，给了她一个宽慰的眼神："好。都听你的。"

第二日晨起时分，淇奥着了一身素缟色长袍，用一根细麻绳将头发绾成髻，带着锦纹和青黛二人，早早就等在了萧府门口。萧家的几个护卫都是认得她的，忙迎上前请她进府。淇奥勒紧了缰绳，马在原地转了一圈后便停了下来。她也不下马，只说道："我就在这儿等着他。你们都不许去通报！"

她是王妃，又是萧家人，那几个护卫哪里敢不听从，都只得诺诺称是，退到了一边不言语。

等了小半个时辰，门终于被打开了。小萝走在离萧锐身后一个手臂的距离。尽管被宽大的袖子挡住了，但淇奥还是清晰地看到萧锐在跨过门槛的时候，悄悄地握了握她的手。

见他们走近了，淇奥便下了马，屈身一拜道："宋国公有礼。"

萧锐被她这样的打扮和称呼吓了一跳，忙问道："你怎么穿成这样？"

"我兄长英年而逝，难道我不该寄托一下哀思吗？"淇奥说这话的时候，目光一眨不眨地盯着小萝。小萝不由自主地后退了几步，手紧紧地扶住门槛。

萧锐看出了她眼神中的冷漠。这个他满心疼爱，一直被他视作萧家骄傲的女子，如今竟然陌生得让他不敢相认。他长长地吐出一口气，肃然道："淇奥，你姓萧。咱们才是一家人。你要为了一个外人和我生分吗？"

淇奥仰头和他对视一眼，仿佛很不解地问道："太医们都说，表兄的病已有经年。虽然去得有些突然，却也不是什么过分奇怪的事。难道宋国公知道一些我所不知的内情吗？"

萧锐被她这话噎得不轻，过了好久才缓过气来："你到底有什么话要跟我说？"

"很重要的话。咱们另找地方说。"淇奥语声一滞，又补充了一句，"不需要'外人'跟着。"

萧锐想了片刻，回头看着小萝，很温柔地对她说："你先回去吧！顶多一个时辰我就回来。"

小萝的目光有些飘忽，带着前途未卜的茫然与恐惧。可她最终也只能勉强定住心神，说道："是。婢子明白了。"

淇奥再不理睬他们，只踩着马镫跃然而上，头也不回地小跑着朝前走去。萧锐本想再问个明白的，无奈她显然不会给自己这个机会，便只得和她并辔而行，一路无话。锦纹和青黛亦骑着马跟在他们身后。

一直走了三刻钟工夫，淇奥才放缓了速度，下了马。萧锐只得也跟着她下来，看四周皆是一派荒芜衰败的景象，便好奇地问道："有什么话非要到这种偏僻的地方来说？"

淇奥仿佛没听见他的话似的，一把推开了虚掩的门，边往里面走，边转过头对锦纹和青黛道："你们看清楚一些，是这里吗？"

二人点点头，却都只是默默瞧着，不说是，也不说不是。待走到后庭的时候，青黛突然"啊"地嘶声叫了出来，继而又指着那三棵柳树说道："就是这里！锦纹你看，是不是这里？"

锦纹也不住地点头，连连道："对对对！王妃，就是这里。"

"吵什么吵？是又有新货到了吗？"就在这个时候，从耳房走出一个喝得醉醺醺的男人，"这位小哥长得可真俊啊！就是个姑娘吧。你放心，我一定会帮你找个好人家，让你下半辈子衣食无忧的。"

说着，他伸手就要去抓淇奥的肩膀，萧锐见状，忙一脚踹在了他的小腹上，恨恨道："瞎了你的眼了！她也是你可以随便碰的人吗？"

那人被踢翻在地，酒醒了大半，呻吟个不住，咧着嘴道："你们究竟是什么人？"

淇奥拨开萧锐挡在自己面前的手，看着青黛满脸恐惧的样子，又观察了一下地上这人的样子："方鹤，你还认识我吗？"

方鹤陡然间听到有人喊出了他的名字，身子不禁抖个不住，却还是出于本能的好奇，微微昂起了头，可在看到萧锐喷火的眼神时，又吓得不敢再看。

淇奥上前几步，拿出袖中的马鞭，用力在方鹤的身上抽了几下。待抽得他血肉模糊了，她才对萧锐说道："你看明白了吗？这个方鹤从前是萧铭的人，就是他掳来了锦纹和青黛，不让她们回府给你报信。"

萧锐紧蹙着眉，看着被打得嗷嗷乱叫的方鹤，心中虽已有几分明了，却还是硬着头皮道："你怎知道他不是受了杨政道的指使？"

淇奥见他到了如今还不愿去承认，便狠狠将马鞭甩到了地上，怒声道："宋国公也不想想，是表兄当年揭发了萧铭的罪行，他就算真的要做，会找萧铭的人来做吗？"

萧锐蹲下身子，将马鞭环在了方鹤的脖颈上："究竟是谁让你掳了襄城公主的两个侍女？"

"不……不知道。"方鹤含糊不清地说着。

萧锐猛地将马鞭收紧了一些，咬牙道："不说你就去死。我向来不愿和人多费口舌！"

方鹤的脸涨得青红，双手不停地挥动着，口中喃喃道："小的……小的真的不知。那个人只是叫小的把她们……抓来。"

萧锐放开了手："你说清楚！"

"小的并未看清那人的长相。他只叫小的等那两个侍女和公主分道之后，就把她们带走，等到十天八天之后再带回来。"

淇奥不待萧锐说话，又问道："那你为何要穿那样的衣服？"

"衣服？"方鹤的眼睛转了转，旋即道，"那人的确让小的穿上他所准备的衣服行事。但小的也实在没看出那件衣服有什么特别之处……"

萧锐踉跄后退两步，道："为什么？为什么会这样？"

"为什么不会这样？"淇奥红着眼眶，漠然道，"如果表兄真是个阴险狡诈，自私自利的人，就合了你心中所想了，是不是？"

"淇儿……"萧锐轻轻叫了她一声，却不敢看她的眼睛，只得又对着方鹤

道："你做了这样丧尽天良的事情，怎么还敢待在这里？"

这时，屋后似乎传来微弱的女子的求救声。淇奥忙对锦纹说："快去看看！"

萧锐见方鹤的神情呆呆的，便瞪了他一眼，催促道："还不快说！"

方鹤的身子抖如筛糠，摸了摸脖子上的红印，忽有一种从地狱爬回来的感觉，便急忙开口道："萧侍郎走了之后，小的就四处游荡，过着饥一顿饱一顿的日子。直到前段时间，小的偶然撞见几个人和烟柳巷的老鸨谈买卖姑娘的事情。小的怕被他们灭口，便只好和他们一起干了，让他们把那些姑娘藏在这里，再根据姿色来确定卖主。有不愿意的，就打到她们愿意为止。"

青黛一直站在离他们较远的地方，直到听到这几句话后，才大着胆子慢慢走近了说："怪不得我被关在这里的时候，常常听到有磨刀声和女人的惨叫声。"

说话间，锦纹已带着五六个面容姣好的女子从内室走了出来："婢子方才问过，她们都是崇仁坊中的良家女子，是被骗到此地的。"

萧锐瞧了那几个女子几眼道："青黛，你先带她们下去歇一会儿。锦纹，你拿着我的印信去雍州府，让长史带人过来。"

淇奥看着日头渐渐升高，想着该已过了巳时，便道："宋国公若有时间，便在此等一等。或许，还有些事情是你所不知道的。"

萧锐心中不知怎的，竟然生起了一丝惶恐，以致他并未立刻回答，只是扯起地上的方鹤，将他的双手反缚起来，拖着朝前走去，显然并不欲停留太久。

淇奥似乎看出了他的心思，伸手拦在他的面前道："明珏姐姐在天之灵，是不会原谅你的。你只要用心去想一想，就会明白这离间计使得有多么拙劣。而你居然深信不疑！你以为你会坚守着对姐姐的爱终身不移，结果你还是变了。变了就变了，也不是什么十恶不赦的大罪过。可你始终不敢相信，所以你才会不断地为自己找借口……"

“够了！不要再说了。”萧锐只觉得她每说一句话，就好像扒掉了他的一件衣衫。她竟将他看得如此通透，通透得让他胆战心惊。

“不够！远远不够！旁人都不会对你说这些话，可我会！”淇奥停下脚步，继续说道，“我不知道你用了什么法子逼得表兄非要出此下策，但我知道，若他不这么做，如今在你面前的我就定然是一具尸体。你就那么想要我们的命吗？”

萧锐被她说得气结，不由自主地扬起了手，却久久没有落下。淇奥并不以为然，依旧岿然不动地质问道：“你口口声声说表兄是外人。可他这个外人做了什么？你又做了什么？你这只手打过他，也打过我夫君吧！他们没有还手，不是因为怕你，而是因为他们善良。哪怕他们多年挣扎于权谋之中，哪怕他们看多了黑暗的人心和阴险的诡计，可他们却始终把感情放在心口最重要的位置。那你呢？你算什么……”

淇奥还想再说些什么，右面颊上已经重重挨了一掌。萧锐似乎仍未解气，停了片刻，又用力推了她一下。淇奥疼得忍不住落下泪来，却只迅速拭了拭眼睛，目中不见任何软弱。萧锐冷冷道：“就算我真做错了什么，也容不得你来指摘！”

两人四目相对，在长久的无言之后，同时听到了庭院中传来的脚步声和女人的说话声。

“妹子带我来这么个破落的府邸做什么啊？”

“林娘想把这里租下，先让我来瞧瞧是否合适。位置确实偏僻，又老旧，可房间宽敞，庭院也大。林娘家里人多，住着倒也舒服。阿姐，你说是不是啊？”

“妹子觉得合适便好。说来，这林娘待你可真好，跟自个儿亲生女儿似的。”

“可不是吗？若没有林娘，我那女儿也根本生不下来。”

淇奥心中一喜，快走几步向前。果然在庭外长廊上看到了王徽儿和焦娘二人。焦娘见此地还有人，不免有些惊讶，忙转头朝王徽儿投去了一抹探寻的眼神。王徽儿并未看她，只对着淇奥敛衽一拜，旋即退到了一边。

“原来你就是焦娘。”淇奥抚了抚自己火辣辣的脸颊，上前几步道，“真是人不可貌相。”

焦娘至多二十上下，身量丰腴，生得倒还算端丽，只是一对眼珠一直不停地转着，给人一种不安分的感觉。她试探着问道："您是哪位？"

淇奥兀自打量着她，想了想，还是开门见山地道："小萝曾在我身边当差。"

"吴王妃？"焦娘冲口而出，旋即却惊觉自己的失言，下意识地捂住了嘴巴。

"你能认识我，非常好。"淇奥揽衣坐到了廊下石凳上，"告诉我你所做过的一切。"

焦娘微微晃动一下脑袋，银簪上的流苏摇了又摇。她并未回答淇奥的话，只是再度将目光投向王徽儿，语气中已经有了几分怨恨："我待你可一向不薄。"

王徽儿将头别了过去，并不看她。淇奥目中的急切在开口的瞬间已化作温和恬淡："昨天夜里，我让人去了祥和坊五柳村。倘若日落之前，他们没有收到我的消息，就会把村口那户人家一家老小全部带走，带到旁人永远也找不到的地方去。"

焦娘面色一变，本能地想要冲上前去，却被王徽儿死死地挡了下来。她反复摩挲着衣角，过了好久才咬牙道："若你真是吴王妃，如何能做这种阴险无耻的事情？"

淇奥不以为意："若我不是吴王妃，还做不成这样阴险无耻的事情呢！说！小萝是你什么人？她屡次三番去长孙府找你，究竟是为着什么？"

"她是……"焦娘只说了两个字，便突然想到了什么，缄口不言。

"你还是不相信，是不是？"淇奥一眼就洞穿了她的心思，从衣袖中掏出一只小瓦狗搁在一旁，"你儿子小名秋哥，这是他最喜欢的玩物。哪怕耳朵上已经磕破了一片，他还宝贝得很，夜里睡觉时还总爱抱着它。"

焦娘又气又急，犹疑许久，最后却也只得屈膝跪倒在地："求王妃放过妾身的家人。妾身一定把知道的一切都告诉您。"

淇奥悄悄地松了口气，摆手示意让她继续往下说。

"小萝原是妾身的一个远亲，这些年来一直有往来。六七年前，她告诉妾身，她喜欢上了襄城公主的驸马，希望能在他身边做个侍妾。当时妾身还笑她，让她不要不自量力。妾身原也以为，她不过是一时脑热。可妾身没想到，她是真的认了真。尤其当她得知自己和襄城公主竟有几分相像的时候，便下定决心要成为驸马的女人。不是侍妾，而是贵妾。”

淇奥冷然道：“如此心性，让她在王府当了那么多年的小丫头，当真委屈她了。后来你就给她出谋划策了，是吗？”

“不！不是这样的。”焦娘将脑袋摇得跟拨浪鼓似的，“后来有一次，长孙府管事胡安泰看到了妾身和小萝在一起说话，他就问妾身，如何会和吴王府的人有往来？妾身便实话和他说了。当时胡安泰也没有说什么。可几天以后，他就把妾身叫了过去，给了好多银子，让我将关于小萝的一切都告诉他听。那个时候，妾身丈夫受人诬告下了狱，大女儿又得了重病，急需银子。于是，妾身想也没想，就和他说了许多。”

“果真是长孙府的人……”淇奥站起身，来来回回地踱了几步，将拳头握得很紧，直到指甲将手心扎得生疼，她才松开了道，“继续吧。”

焦娘禁不住又瞧了王徽儿一眼，见她始终直挺挺地站在那里，一脸漠不关心的样子，便只得将目光收了回来：“大约在先帝驾崩后的几天，胡安泰又找到了妾身，说让我给小萝出主意，如何才能一步步接近驸马，让驸马真心实意地对她。妾身虽觉得奇怪，但一来他在妾身最困难的时候伸过援手，二来妾身也着实有些同情小萝，便将这些法子转述给了小萝。后来，小萝便兴奋地跑来告诉我，说襄城公主留了她在府中当差，她还单独和驸马说上了话。而且她肯定，驸马对她是有些好感的。”

淇奥听到身后传来了窸窸窣窣的响动，便知萧锐定然在那里听着，嘴角不由得露出了一丝嘲讽之色。

焦娘并未注意到任何不妥，犹自小心翼翼地往下说：“小萝对妾身感激不尽，直说要想法子报答。于是……于是……”说到此间，她突然觉得自己的心跳得很快，“妾身把胡安泰真正想让她做的事情告诉了她，让她想法子，一步一步离间驸马和鄅国公，还有和吴王殿下的关系，无须着急，但一定要不着痕迹。小萝刚开始也是犹豫的，可妾身告诉她，妾身的丈夫就是受他们俩的诬陷才惨死狱中的，求她一定要帮这个忙……”

“我要杀了你！”王徽儿久久站在那里一言不发，听到此处却勃然大怒，上

前一把扯住焦娘的头发，不知哪来的力气，狠命将她的头朝着廊柱上撞去。焦娘想要挣扎却挣扎不过，只得任由着她这如疯妇般的行径。不多时，她的额上已是乌青一片，并且开始不断地往外冒血珠。

淇奥在旁看着，心中不觉大呼痛快。这样的人，当真死不足惜。

“住手！”萧锐终于按捺不住，从后头冲了上来，伸手将扭打在一起的两人分开，看着满脸血污的焦娘问：“你说的可都是实话？”

焦娘捂着脸，点头如捣蒜：“是真的，都是真的！妾身不敢胡言。”

萧锐颓然瘫倒在石凳上，眼前忽而闪过过去小萝曾经对他说的那些话：

“公主和吴王关系好也就罢了，怎么和宣平侯的感情也能那么深呢？”

“驸马该知道公主的性子，她可是最重视亲情的了。您既然爱她，也必须得爱她所爱的人。”

“难道公主原本就想去梁州找吴王殿下？可若真是这样，她没有理由要瞒着您啊！”

“君侯怀疑，公主是知道了驸马与婢子之间的事，这才一气之下，离府去寺中上香。几日之前，他就诊出公主已经怀有身孕。他一定要让婢子给公主和孩子偿命。”

“王娘子，咱们走吧！”淇奥向着王徽儿点了点头，旋即头也不回地朝前走去。

王徽儿狠狠地瞪了焦娘一眼，虽不甘心，但还是跟在淇奥的身后一起走了。

萧锐看着她们越走越远，终于从恍惚间醒转，快走几步至淇奥面前，憋了许久，才低着头，紧咬牙关说道：“对不起。”

“对不起？”淇奥声音冰寒，仿佛一块块坚冰砸到萧锐的脚上，“我今日带你来这里，只是想让你知道真相，如果你有心，一辈子都将不得安生。至于这声‘对不起’，该听的人已经永远听不到了，你又何必多费唇舌？”

淇奥说完便径直出了大门，牵着马徐徐朝前走去。王徽儿跟在她的身后，目中的愤恨尚未退去。走了许久，淇奥才转过头，很郑重地对她说道：“多谢你了。”

“不！是多谢王妃给妾身这个机会。”王徽儿咬了咬唇，蓦地跪倒在地，切切恳求，“妾身想求王妃了一个心愿。”

淇奥俯身虚扶了她一下，颔首道：“好。”

王徽儿稍一迟疑，问道：“您都不问一句是什么吗？”

“你想去拜祭表兄，对吗？”

“是。妾身知道自己不该痴心妄想，可这是最后一次了。从此，妾身便会忘了他。这些年，妾身也攒了不少银子，可以带着女儿和林娘一家子回越州安家了。”

淇奥听着林间黄鹂的声声低鸣，似在谱着一曲曲哀婉的骊歌。她慢慢地收拾起脑中的千头万绪，深吸了口气：“若还缺银子，尽管开口。还有，你爹娘那里，我会让人去说和，保管他们不会再为难于你。”

王徽儿连连摇头，语气坚决：“不必了。他们为了钱财骗我嫁入崔家，又在我最困难的时候将我赶出家门，我实在不想再和他们有任何瓜葛。”

“如此，一切便随你吧。”

此时已过了未时，云岭急匆匆地走进王府瑞福堂中，见李恪正在里间专心致志地审阅昨日刑部发来的几份奏报，便犹豫着不敢上前。

李恪放下手中的笔，抬眼看着他道：“进来吧。”

云岭应了一声，走至案前，俯身施礼道：“殿下要卑职去查的事情，卑职已经查了个大概了。高阳公主一月之内总有两三次会邀皇亲贵戚，像丹阳公主、巴陵公主、薛驸马、柴驸马等人，去荆王府中聚会。听荆王身边一个端茶递水的小宦官说，高阳公主似乎对陛下十分不满，常常会在私底下说些牢骚话。至于旁的，卑职也没有打探出来。”

“辛苦你了。”李恪重又拿起笔搁上的笔，在文书上写下几个字。旋即他又停了下来，思索了片刻才道：“替我请江夏王和柴将军明晚来府上说话。还有，蜀王今日回京，让季成去城门口迎迎，叫他立刻过来见我。”

“是。卑职明白了。”云岭躬身一拜，刚想转身离开，想了想，实在忍不住又说道，“您真的不再去杨公子府上看看了吗？自打他过身之后，您只去过一次，还是受了陛下的旨意，替陛下去祭奠。如今朝野上下，难免有些流言。”

李恪看着墨汁从笔尖滴落纸上，慢慢地晕染开去，如同那些无法言喻的悲伤，经了这几句话，缓缓蔓延至他的周身。可他的面上却依旧若无其事：“他们都说些什么？”

云岭有些为难地抓抓头发，最终还是没有把那些连自己都觉得不堪入耳的话说出口：“殿下不要问了。卑职知道，您心里是很难受很难受的……”

“行了，别说了。赶紧下去办你的事吧。”李恪站起身，几乎是慌乱地阻止了他继续往下说。他的心狂跳不止，直到看着云岭的身影消失在他的面前，才精疲力竭地倒在了位子上。

李愔过来的时候，他已然梳理好了心绪，往几个月前所画的春宴图上题了几个字。李愔这几年一直在黄州任刺史，因手下得力，所以就算他任性散漫的性子不改，也能让百姓们过上太平安乐的生活。

他小心翼翼地观察着李恪的神情许久，才敢开口问道：“哥哥一切都好吗？”

“很好。”李恪轻轻地吹了吹纸上的墨迹，待干透之后，才将画卷起来放到李愔手中，“上回你不是说，想要一幅我的画挂在书房吗？这幅就给你吧。”

李愔接过画放到了一边，面上警惕之色不减：“多谢哥哥。你……真的没事？”

“我没事，但是找你有事。”李恪注视着他，沉声问道，“这次回来可以留多久？”

“估计两三个月吧。”李愔觉得室中颇为闷热，便褪下外氅，从铜盆里捏了两块冰块在手中把玩着，“好歹也得等到祯卿哥哥的丧仪结束了以后再走。陛下不会连这个情面也不给吧？”

李恪似乎对他后两句话充耳不闻：“那就好。你过去和六叔经常有往来，所以，这件事情只能交给你。近来高阳公主总借他的地方来宴客，你想法子去套他的话，问问高阳公主究竟在筹谋些什么，他是否也参与其中？记住，不要露了痕迹。”

李愔听他的语中竟是急促与焦灼，便知此事对他而言定然十分重要，而他竟能将如此重要的事情交托于自己，心中便涌出了十分的感动来。可旋即李愔又有些踟蹰，道："哥哥真的觉得我可以办好？"

"我相信你。不过，若不成的话也无事，我会另想法子的。"

李愔将身子微微向前倾了一些，用力地点了点头："哥哥放心。我一定会尽全力做好的。只是……你打探这个做什么？别说他们没有这个胆子，就算真有所动作，也闹不出天去！"

"他们闹不出天去，我就帮他们闹！"

李愔听他这话说得狠戾，下意识地将一直放在案上的手缩了回去，沉声道："哥哥千万不要冲动行事。现在可不是最好的时机。"

李恪的嘴角缓缓漾开了一丝笑容："你以为我要做什么呢？难道你也和他们一样，认为我有这个心吗？"

"不！不是的。"李愔迫不及待地解释道，"我知道，你无论在什么情况下都不会的。可是，我也不知道……我只是有些害怕，怕你……怕……"

李恪听他说得语无伦次，知他必是关心则乱，便轻轻地拍了拍他的肩膀。不知从何时起，这个被他从小护到大的弟弟，亦开始懂得关心他，担心他了。这样子多好！只可惜，那个从他十二岁时就说过要永远站在他身边帮助他的人，已经不在了。

"永远"两个字，不过如同一抔捧在手心里的香灰，被风一吹就散了。

"六弟，别怕。我不会的，永远不会。"李恪说完，却惊觉自己亦用了"永远"二字，便不由自嘲般地扬起了嘴角。过了许久，他才又说道："去见见玮儿吧。他如今的个头可是几个孩子中最高的。"

李愔的面上这才露出了几分轻松的表情来："好啊！我还真想他想得紧呢。他能平安长大，多亏有哥哥和嫂嫂悉心照顾。"

"不说这个了。咱们走吧。"

第二日卯时时分，江夏王和柴哲威二人如约来到王府。短短几日，江夏王似乎老迈了许多，鬓边几丛白发在夕阳的照射下显得分外刺眼，原本硬朗笔直的身

板如今竟然有些佝偻。从府门口走至瑞福堂，他只觉得周身无比疲累，直到坐下许久，还在不停地喘着气。

李恪忙让侍女从冰窖里拿了两盘冰块放在地上降温，又吩咐人去厨房端了晨间就准备好的汤饮过来。他用勺子盛了两碗至二人面前："这里头有香梨、荔枝、桑葚、金莲花和土茯苓，都是能祛暑解渴的好东西，还是当年表兄告诉我听的。"

江夏王听他说这话，眉心不觉微微锁起，蕴着几分掩饰不住的伤怀："政儿这一去，于我，亦是白发人送黑发人。"

李恪牛饮了一整碗汤饮。他的腹中原十分燥热，乍喝下那么多冰饮，便只觉内里传来一阵阵抽痛。他拭了拭唇际，问道："雪鹭妹妹何时回来？"

江夏王哀叹一声道："大约也就在这几天了。到汝南报信的人回来说，雪鹭心绪十分不稳，是真叫人悬心。也怪我不好，当日就不该答应政儿让雪鹭离京。如若不然，他们夫妻还能见上最后一面。"

"叔父安心。以后，雪鹭和崇礼、崇润的事就都是我的事，我必会替表兄照顾他们的。这也是他的心愿。"

柴哲威听到此处，亦开口说道："还有我。谁要敢欺负雪鹭姐姐，我必打得他连爹娘是谁都不知道！"

江夏王的唇角勉强挤出了一丝慰藉："但愿雪鹭可以早日想明白，至少能为了孩子，好好地活着。"

李恪垂着头，默然良久，才说道："叔父，我不能再忍下去了……"

柴哲威不想他会突然说这样的话，便狐疑地问道："是谁惹着三哥了？"

江夏王握着手里的汗巾，眼角的皱纹在这一瞬间似乎又深了许多。那些新仇旧恨在此刻化作了一抹凝望着李恪的坚定眼神："贤侄想要如何便如何！我定然会全心全意地帮助你。"

"多谢叔父，有您这句话就够了。"

柴哲威实在跟不上他俩说话的节奏，疑惑地挠了挠头，见李恪的目光一直飘忽在窗外，便转而问江夏王道："舅舅知道三哥的意思？"

江夏王轻轻咳嗽两声，面色依旧十分沉肃："哲威，你先告诉我，若你三哥

真的受了委屈，你能为他做到何种地步？”

柴哲威不假思索地说道：“我会竭尽所能，为三哥出气！”

江夏王继续追问道：“那么，事关生死呢？”

“我……”柴哲威面色有些难看，犹豫片刻后才说道，“三哥对我的好，我是懂的。我是武人，本来就已将生死置之度外了。可如今文茵生了孩子，我的心里便多了许多的牵绊。”说到此，柴哲威却又长吸了口气，“三哥到底要做什么？”

李恪用手指缓缓地抚着桌案，浅声一字一顿道：“谋权篡位。”

柴哲威倏然觉得脊背一寒，手中握着的冰块化作了冰水，一滴一滴地往他的袖口里钻。他下意识地抬眼看向江夏王，却见他神情自若，并未露出一丝惊讶之色，心中着实有些钦佩他的定力。

李恪仿佛对他的表情视若无睹：“如此，你还愿意帮我吗？”

柴哲威沉默了许久，才勉强能控制住自己的心神，可说话的声音仍旧在不住地发抖：“我……我不知道。三哥，你好好的日子不过，怎么会有这么荒唐的念头？”

室中经了须臾的安静之后，李恪才站起身，负手看着他道：“哲威，你如今是掌管了禁军的骁骑大将军，倘若我真的动手，你会如何做？”

柴哲威再度陷入了深深的沉思之中。他打小性子就开朗爽直，因而和一众身为皇子的表兄弟们玩得都很好。若说关系最好的一个，应该是从前的太子李承乾。李承乾当年一心一意想拉拢李恪，耳濡目染，他也曾刻意地亲近过这位三哥。日子久了，他也渐渐地发现了李恪的不同。加之文茵一直将淇奥当作天上的仙女般顶礼膜拜，所以比之当今天子，他与李恪的感情明显要更好一些。

然而，他从小受的教育便是食君之禄，忠君之事。为了私情而破了自己经年来守着的信仰，他做不到。于是，他只得用带着歉疚的语气委婉道：“若真如

此，我便只能与三哥一决高下了。”

“哲威！”江夏王唯恐李恪失望，便急迫地按住了柴哲威的手道，“你不知道李治和长孙无忌是如何对你三哥的！人为刀俎，我为鱼肉。若不反击，唯有一死！”

“是真的吗？”柴哲威半信半疑地问道，“我知道陛下与三哥之间有所龃龉，但是，当真已经到这种地步了？”

“你三哥当年当着陛下的面，在殿上怒怼突厥使节，是何等气势。再加上这些年来他在朝野内外积攒下的威望。易地而处，你会不除之而后快吗？”

柴哲威的肩膀微微颤动着，似有所触动：“三哥，我不想让你死。可是我也……”他的双手握着瓷碗，目光在面前两人的脸上停留良久之后，才下定决心道，“我至多能做到视而不见。至于旁的，请三哥原谅，我做不了。”

李恪听罢他的话，忽而朗声而笑，又往柴哲威的碗中添了许多冰饮，重新揽衣坐到了他的对面，笑容恬淡：“玩笑而已，贤弟不必当真。”

江夏王诧异地看着李恪，见李恪正朝他点头，便会意地不再说话。

柴哲威只觉浑身凝固着的血液又开始欢快地流动起来了。他长长地吐气，又喝了几勺冰饮压惊，这才拍着自己的心口道：“三哥，这玩笑真的不好笑。”

“可是你也信了，并且愿意站在我这边。多谢了！”李恪颇为认真地说道，“日后若真有事，还请贤弟不吝相助。放心，我不让你违了自己的心便是。”

柴哲威听他这般说，才算真的将自己吊悬的心放回了原位。转而他又不觉充满豪情壮志般地说了一句：“这是自然。只要三哥需要，我必唯命是从。”

江夏王的心弦并未因他的这几句话而有所松懈：“贤侄方才说的虽是玩笑话，可你如今处境尴尬却是实情。今日在朝堂之上，那韩瑗又旧事重提，要陛下派你去地方任职。这是要不动声色地收回你在京中的实职和兵权。陛下显然也是求之不得的。若不是我与柳范等人竭力相驳，恐怕他当场就要下旨了。不过，奇怪的是，你素与荆王、薛万彻等不大往来，今日他们倒愿意站在你这边。”

“谁知道呢？”李恪伸了伸手臂，带着十二分的慵懒道，“他们想帮我就帮吧！只不过就算帮了，我也许不了他们任何好处便是。”

江夏王蹙眉叹息道：“你也不要过分清高了。能帮得上你的人，你就该多去结交结交。身在权力中心，多的是互相利用的关系。”

“可是我不喜欢的人，连话都懒得和他们说。罢了，以后我自会注意的。”

江夏王无可奈何地摇了摇头：“你父亲年少时也是这个脾气。一直到他成了平定江山的天策上将之后才慢慢变了。而你在经了这么多事之后，竟然还是这样。”

柴哲威朗声说道：“可我就喜欢三哥这个脾气！能被三哥看上眼的人，一定不是常人，是不是？”说完，他便觉得是在夸自己，不觉先笑出了声。

“是啊！你是特别的。”李恪说着便用手撑着下颌，微仰着头，看着窗外天空中迅速飞过的一只大雁发了会儿呆。转而又说道：“走吧！底下人应该把晚膳备好了。我特地吩咐厨子做了几个牛肉馅的古楼子，很好吃的。”

三人边吃饭边又说了些不要紧的话。柴哲威惦记家中娇妻稚儿，因而吃完饭便回去了。江夏王站在府门口，看着他骑马离开的背影，将手搭在石狮子上，略有些不甘地说道：“贤侄若想成事，拉拢柴哲威是对的。不过，虽说他与你一向交好，可如此大事你让他一下子就答应下来确实也不容易。别泄气，慢慢来。”

“我明白。若无十足把握，我不会贸然行事的。”灯笼的影子打在暗夜之中，耀目得让人睁不开眼。李恪强压着心中那团经久燃烧着的火焰：“叔父，谢谢你。”

“你我之间，还说那两个字做什么呢？我一个女婿已经折在了他们手里，难道要我眼睁睁地看着你也……”

李恪惊讶转头，脱口而出道：“您是如何知道的？”

“你们真的以为我糊涂至此了吗？”江夏王苦笑，“政儿在出事之前支走雪鹭和孩子，而你在之后又是那样。再者，如果不是他们把你逼到了绝处，你是下不了这个决心的。就像那时……你的母亲。”

“是啊！多像。可是，终究是不一样的。”李恪这句话说得很慢，每一个字都在他的心里酝酿了许久许久。命运的前路藏在看不见的远方，他只能小心翼翼地摸索着向前。他没有归途。一旦走错了路，就定然粉身碎骨。因为有牵绊，所以他不能不怕。

李恪再度回到瑞福堂的时候，天上正下着淅淅沥沥的小雨。他本能地伸手挡了挡。在抬头的瞬间，看到了那块由李世民亲手所书的匾额。李世民总说李恪的飞白不如自己，李恪原本对此一直都不大服气。后来他才明白，哪怕他一笔一画临摹着李世民的字，都模仿不出其中的神韵。至于究竟缺了什么，他直到现在还不知道。

他走进内室。突然觉得头重脚轻，站立不稳。他赶忙扶住了桌案，却不小心带落了案上的一个锦盒。里头的一摞信件掉落在地上。他闭眼站了很久，才勉强止住了这突如其来的一阵昏眩。于是他俯下身子，将地上的信件捡了起来。这些都是他任安州都督的时候李世民写给他的。他将那些信一一打开去看。

吾以君临兆庶，表正万邦。汝地居茂亲，寄惟藩屏，勉思桥梓之道，善侔间平之德。

如此，则克固盘石，永保维城，外为君臣之忠，内有父子之孝。宜自励志，以勖日新。汝方违膝下，凄恋何已。

父之爱子，人之常情，非待教训而知也。子能忠孝则善矣。若不遵诲诱，忘弃礼法，必自致刑戮。父虽爱之，将如之何？

父子之亲，吾与汝岂不欲常见之？但令早有定分，使外作藩屏，吾百岁后，汝可无危亡忧。

每一封信，每一个字，都好像一支锋利的羽箭，从四面八方向他射过来。他紧紧地将这些信握在手中，继而狠狠地打了自己一个巴掌。他到底在想些什么？做些什么？过几日可就是父亲的忌日。当年，父亲是怎么和他说的，他又是怎么答应父亲的？他是想让父亲不得安生，还是想让大唐不得安生？

李恪将头深深地埋进臂弯之中，心中惨然。他的脑中变得一片空白，好像连心都不知道该如何跳动了。不知过了多久，他才觉得有一双手正在慢慢地抚着自己的脊背。他直起了身子，温柔地拥她入怀，开口的时候，语声中却带了几分哽

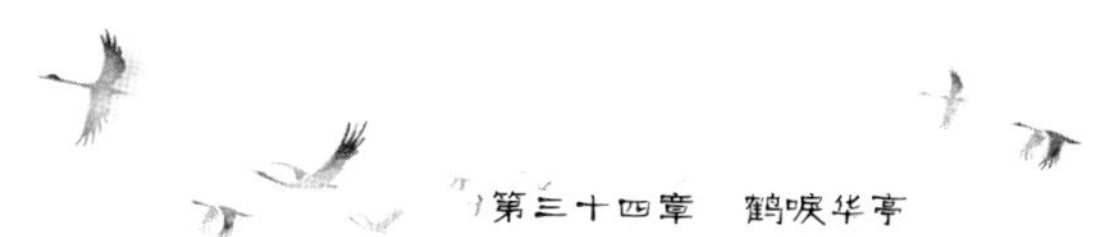

咽："淇儿，我都快疯了……"

"没事。有我。"淇奥的声音柔和，却又有着不容辩驳的决绝，"无论你想要做什么，你的身边都有我。我们总在一起。"

"我一直都知道的。"李恪点了点头，"所有的事情都办妥了吗？"

"是。今天早上，我看着王徽儿和林娘一家出了城门，怕这辈子都不会再回来了。"淇奥停了一停，又接着说道，"下午，萧锐去拜祭了表兄。我没和他说话，他见着我也像不认识似的。三郎，我们和他之间的关系已经彻底断了。我逼着他认清真相，只是想让他不要妨碍你，而没有指望他会因为愧疚而转过身来帮你。"

"就算他帮我，就算他为我死，我也永远不会原谅他。更何况，我根本不需要。"李恪说到这里，又恢复了一贯的冷静自持，"我宁愿和那个最危险的人，做一场交易。"

日上三竿，阳光肆意照在内室的墙上和地面上，铺陈出一个个很有规律的光点。高阳公主被暑气逼醒，烦躁地坐在床榻上，胡乱伸手抹去了额上的汗珠。刚想下床，低头却发现身边男人的手正搭在自己的小腹上。男人半裸上身，露着黝黑健壮的肌肤，正睡得酣甜。分明昨夜才在激情与欲望的冲击之下，和他做着最亲密的事情，可一觉醒来，她又觉得分外恶心，恶心得忍不住往钵里不住地吐着酸水。

她唤了侍女们进来，服侍她穿上衣服，梳好头发，挑了几样精巧的首饰戴上。突然，她只觉头发被轻轻扯动了一下，便扭过头，怒声道："你想要痛死我吗？"

那梳头的侍女吓得跪倒在地，连连说着不敢。高阳公主嫌恶地看着她。看着看着，竟然忍不住落下泪来："如果浮莲还在，该有多好。"

当年的事情败露之后，李世民不只下令腰斩辩机，还处置了包括浮莲在内的几个近身侍候她的婢女。所以这些年，她心中的愤恨有增无减，不可遏制。

“让人备车，我要去荆王府！”高阳公主甩下这句话后，便急匆匆地走了出去。

荆王李元景昨夜和李愔喝了一夜的酒，醒来只觉昏昏沉沉，又懊恨李愔来得不是时候，害他不能与新得宠的六十六共度春宵。

“六叔，你这里的酒可真好喝啊！明儿我再过来，你可得帮我提前预备着。”李愔上马的时候腿脚还有些发软，走了好几步后又折回来跟他说道。

“好好好，随你喝！不过以后，记得要白天来。”李元景大手一挥，很是慷慨的样子，“一路小心，别摔着了！”

目送着李愔慢慢走远，李元景转过身子准备进府。就在这时，他看到高阳公主的马车正迅速朝着这里驶来，便在门口停了停。待到她下车，他才走上前几步，见她面有倦容，便关切地问道：“怎么这时候想着来了？昨夜没睡好吗？”

高阳公主也不看他，只熟门熟路地径直进了府中正堂，随意找了个位子坐下，拿起手边的莲子剥着玩。剥了许多个后，才将它们全都放进了嘴里，有滋有味地嚼起来。

“六叔，李愔最近一直来找你吗？”李元景才踏进门槛，便听得高阳公主用生冷的声音问道。

李元景坐到了她的对面，摆手让身边侍立的人都退下，又喝了几口浓茶醒了醒神，答道：“比之从前，的确多了不少。”

高阳公主突然紧张地抓住了李元景的衣袖：“他来找你干什么？”

“他能干什么？”李元景不以为意道，“只不过来喝喝酒，问问翠华阁和怀瑾轩最近都来了哪些漂亮的姑娘。”

高阳公主脸上的表情依旧紧紧绷着，如临大敌般地又问了一句：“你好好想想，除了那些风花雪月之事，他有没有和你提过别的？再小的事情也要告诉我。”

李元景用手指敲打着几案，思考着说道：“对了！昨夜他说，曾和房遗直一起玩过蹴鞠。后来不知怎么，就提到了你。再后来，我大概喝多了，就睡着了。你这是怎么了？李愔在宗室中的名声一直都不算好。因为玩物丧志，不思进取，不知道被先帝斥责过多少次。他于我们的大事难道会有什么影响吗？”

“六叔，你糊涂了啊！”高阳公主急得跺脚，“他的酒量是出了名的好。你怎么可以任由着他把你灌醉呢？酒后吐真言，他这是在给你下套呢！”

“他能有这个能耐？”李元景脸上仍旧是满满的轻蔑不屑，“再说，他想套出些什么？难道他也知道你经常来我府里开宴的事？”

“知道了又能如何？亲戚间还不能经常走动吗？”

“可不正是这句话？那你还那么紧张做什么？”李元景跷起二郎腿，剔着牙缝说道。

高阳公主那对漂亮的眼眸转了又转，神情在短时间内变了又变：“咱们要成事，就要断绝一切坏事的可能。任何一个小关节的差错，就可能要了咱们的命。我自不会把李愔放在眼里，可李恪……很麻烦。”

“你的意思是……”李元景霍地停下了手里的动作，“是李恪在怀疑我们的动机？可是，就算他证实了又能怎样？向皇帝告密邀功？”

高阳公主摇了摇头：“我不知道。他这个人的心思太难琢磨。不过，让他盯上，无论如何也不能算一件好事。看来，我还得再好好地思量思量才是。”

李元景面上不自觉露了怯：“云安，要不算了吧！我其实并没有那么大的野心。这辈子就当个亲王，和你那些小婶婶们一起快活快活，也挺好的。何必去冒那么大的险呢？”

高阳公主冷哼道：“现在后悔了？六叔，当你答应我的那刻，你就应该想到，这事，没有后退的可能。你放心。我会帮你扫除一切障碍，让你成为天下第一人！”

李元景似乎被她的豪言激励到了，眼里突然放出闪光，可很快又疑惑地盯着她道：“你真的觉得，我们可以成功吗？”

“自然。我想做的事，就一定能够做到。我后半生的荣辱可就在此一搏了，您可不能中途求退啊！”

“好！”李元景拍案而起，心情疏朗，“一旦成事，我就让你做辅国公主，一辈子享受万人之上的荣光。”

高阳公主不作声，缓缓地抚摸着腕上一串并不合手的佛珠，嘴角露出了一丝

凄苦的笑容。她要这荣光做什么？即使这耀眼的荣光灼烧尽自己的身躯，也换不回那个人温柔地再和她说一句：喜欢。

回程的一路上，高阳公主始终不发一言。两个侍女大气都不敢喘一声，只是小心翼翼地替她扇着风。每扇一下，投射在马车壁上的阳光就跟着晃动一下。高阳公主被晃得头晕，便伸手粗暴地打落了其中一人手里的扇子。另一人也识趣地停下了手里的动作，讨好般地将一杯水递到了她的手中。

高阳公主一口饮尽，旋即说道："跟秉全说，去大理寺走一趟。"

大理寺的那些官员们大多经手过当年的那桩风化案，因而心里对她的为所欲为很看不上眼，可表面上却仍是无比恭敬有礼的样子。大理寺少卿元仁虔赔笑着说道："公主亲自前来，所为何事？"

"我丢了东西。"高阳公主端坐正座之上，上下打量着元仁虔毕恭毕敬的模样，冷着脸道。

"不知是什么东西？还请公主说得详细一些，臣定然竭尽所能去寻找。"

"是啊！元少卿可是个找东西的能手呢！当年，我丢失的那个玉枕正是你从大兴善寺中找回来的。"高阳公主面上尽是嘲讽，"不过，这次我丢的东西非同一般，不便和你们说。吴王在吗？"

元仁虔颇有些为难地说："殿下在后堂处理政事，说没有十万火急的事不准去打扰他。"

"在就好！哪来那么多废话！"高阳公主说着就站起身来，抬脚就往后堂走去。

元仁虔本能地朝前走了一步想要阻止，却被身后的主簿黄玉修拉住了衣袖："这可是个难缠的主儿，少卿何必去惹她？"

元仁虔着急道："她准又是找殿下麻烦来的。殿下近来本就心情不好，若她再去闹，可怎么是好？"

黄玉修忍不住笑："少卿多虑了。若连这么个愚昧无知的女人都甩不掉，那还是咱们的殿下吗？"

高阳公主一到后堂小院，便立刻遣走了那里的一众侍卫。跨进正门，又趾高气扬地对室中两个执事说道："不认识我吗？都给我下去！"

执事们面面相觑，见李恪没有发话，便都只行过礼，依旧一动不动地站在那里。李恪亦不抬头，只聚精会神地翻看着面前这份案卷。高阳公主见状，不由得气血上涌："你想知道什么直接问我便罢了，绕个什么弯子！"

李恪握着朱笔的手停了一停，很快又在案卷某个地方画了个圈。随后便理了理案头的一摞案卷，递给了离他较近的一个执事："把它们都交给元少卿。"那人应了一声之后，李恪又对另一人说："你帮我把崇仁坊坊正叫过来，我有事找他。"

高阳公主见他们二人都走了，这才坐下来，随手从笔架上拿了支笔在手中转动着："你求我，我就把你想要知道的一切都跟你说。"

李恪看着她略带着挑衅意味的神色，也不着恼，反倒极为平和地说道："好。我求你。"

高阳公主一怔。过了很久，才笑得如春花灿烂："今儿的太阳可真是往南边出来了。看来，这事的确对你很重要。"

李恪的话语依旧平静得没有任何波澜："对！我很想证实一下，我和你们之间，有没有牵系着共同利益？"

"共同利益？哈哈哈……"高阳公主笑得更加欢快，如同一个蛰伏良久才捕捉到兽物的猎人一般，"我就知道，以三哥的才智谋略，如何肯长久居于人下？好！我实话告诉你，我的确以宴客为名，邀了几位皇亲共同商议大事。我们打算，选一个合适的时机，扶植六叔登基。"

第三十五章

孤注一掷

李恪正了正衣襟，颇有些惊讶地说道：“你竟然那么轻易就把这逆天的诡计说给我听，胆子倒不小。”

高阳公主今日涂的是朱红色的唇脂，看起来格外美艳娇丽。她直直地盯着李恪的眼睛道：“是你先说出口的。你有这个心，我才有这个胆。算了吧三哥。你与其纠结这个，不如想想，咱们应该为着共同的利益，如何合作？”

“你不是和六叔合作得很好吗？”李恪并不躲避她的直视。四目相对间，二人发现彼此深不见底的眼眸中都透着一种难以捉摸的心机与城府。他漫不经心道：“我于你而言，只会是拦路虎，而不是垫脚石。”

“如果我早知道你有君临天下的雄心，又何必去找李元景那个孬种？李世民那么喜欢你，倘若不是有人横加阻拦，那个位子原本就是你的。帮你可比帮李元景容易多了。你说，我该不该迷途知返，重新选择？”

“那么，你究竟能帮我些什么？你一无兵权，二无人脉，凭什么能夸下如此海口？”

“我没有兵权，但是柴令武和薛万彻有。”高阳公主将身子稍稍往前倾了一些，压低了声音说道，“还有更重要的……你知道李晃吗？”

“就是那个道士？”

“他可不是普通的道士。”高阳公主面上带了几分虔诚，甚为神秘地说道，“李晃通医术，又会招魂。长安城中许多人家家里死了人，都会让他去关亡，无一不灵，无一不准。所以很多谣传都说，他其实是太上老君的入室弟子。”

李恪向来最厌烦这种神鬼之事，可此时他也只是装出一副十分有兴趣的样子，好奇地问道：“那又如何？难不成他能帮上咱们什么忙吗？”

高阳公主听他说了“咱们”二字，便知她今日没有白来一遭，于是便笃定地说道：“既然百姓认定他是个能够连通天地鬼神的仙人，那么，他就可以制造一些对你有利的舆情。三哥，你可不要小看了舆情。有的时候，舆情可比兵权和人脉重要多了。”

李恪恍然：“不错。可是，李晃会心甘情愿地听话吗？”

高阳公主微笑：“自然。李晃虽是道士，可到底也是个男人啊！”

李恪只觉腹内翻滚着一股难忍的恶心，终究却也只得耐下性子继续与她周旋：“这么说来，他也算是你的入幕之宾了？”

“说得这么隐晦做什么？昨天晚上我们还睡在同一张床榻上。他有很多我从来没有享受过的新玩意，确实很会伺候人。”高阳公主玩够了手中的笔，便将它扔在了案上。她没有放稳，笔不意便从案上掉落了下来。

李恪弯下腰，将笔捡了起来，十分爱惜地将它放回了笔架上。他看着高阳公主一脸得意扬扬的神色，亦不觉含了几分笑意：“十七妹想要得到的是什么？你若不说，我不会安心。”

“这就是你和李元景的不同。”高阳公主满意地说道，“他只会把他以为的最好的东西给我，而从来不会问一句我需要什么。若有朝一日你得以御极，我要你为辩机平反，并且把夫妻之名给我们，将来让我们合葬在一起。”

李恪挑了挑眉毛。这一次，他是真的有些惊讶了：“你费了这么多心思，难道只是为了这个？”

“是啊！我可以把我的身子给很多男人，可我的心却只能给他一个。我见到他的时候，他正独自一人站在骊山山顶，一身缁衣，飘然出尘。我卸尽了头上所有的簪饰才敢慢慢地靠近他，因为我怕那些尘世中的俗物会污染了他的眼睛。他真的很好，好到就算我读遍典籍，也找不到一个合适的词来配他……”

“行了，你不必说得那么详细。我不想听。”李恪厌烦地摆了摆手，继而又问道，“你不是总说是我害死了他吗？如今却想着让我给他平反，还当真有趣得紧。”

“对！就算在这一刻，我也还是这么认为。可我没有其他法子，谁让你是这世上最有可能做成这件事的人呢？我恨你入骨，却也不得不舍了我的一切来帮你。连我自己都觉得可笑！”高阳公主说着，脸上不觉又升腾起了几分恨意。这样的表情合着她浓妆艳抹下的脸庞，显得异常诡异。

“并不可笑。不过各取所需而已。”李恪将目光从她的脸上移了回来，“不过，我需要时间。如果你愿意等待的话……”

“你都不急，我急什么？什么时候准备好了，告诉我一声便是。和你做交易，我很有信心。”高阳公主不待他说完，就忙接口道。

“我知道。你走吧！这里是大理寺，你在这儿待久了，太过扎眼。”

“好。都听吴王殿下的。我绝不让你为难。”她故意将尾音拖得很长，走到门口的时候，又回头看了李恪一眼，眼里满是自以为看透了一切的了然。

李恪和她说话的时候，一直紧紧将那三颗羊脂玉珠握在手心。待确信她已经走远了，才松开了手。这才发现，那上头已然沾满了他的汗水。他赶紧拿出袖中的帕子，细细地将它们擦拭了一番，又重新戴了起来。

他将右手覆在左手手腕上，默默说道：母亲，您从小就教我要保持一颗忠直善良的心。可惜，将来在史册之中，我或许注定会是一个大逆叛君之人。但是，我却不得不这么做。请您原谅我。

在经过许多天难忍的失眠之后，李恪在某一日黎明时分登上了九嵕山，前往昭陵。

顾缘仿佛知道他要来似的，早早就在他必经的六骏雕像那里等着他。这些年过去，他变得越发苍老，面上生了许多黑斑，皱纹横七竖八地布满了他的脸孔。他的左眼盲了，右眼也只能模糊地看到一些人影子。然而，或许是习惯了在黑暗里生活，他走路倒比过去要稳当许多。

看到李恪的时候，他将手里的拐杖放到了一边，艰难地俯身向他行礼。李恪忙搀扶着他坐下，关切地问道："顾公公近来还好吗？"

顾缘看着他的样子，是惯常的温和慈爱："多谢殿下惦念。奴婢很好。昨儿夜里，奴婢梦见了殿下，没想到殿下您真的来了。当真心想事成了。"

"我早就该来了。只是一直不知道该如何将这事告诉母亲。"

顾缘一听这话便紧张道："出了什么事了？"

李恪垂着头，像极了小时候犯了错遭母亲惩罚的样子："我表兄走了……"

顾缘神色一愣，颤抖着声音问："杨公子？怎么会？"

"是我的错。"李恪将拐杖放回到他的手里，嗓音沙哑得几乎难以听清他在说什么，"陛下下了恩旨，许他陪葬昭陵。可我知道，他更想回到扬州，回到他的父母亲人身边。我会去求陛下成全的。这是我可以为他做的最后一件事了……"

顾缘听着听着，已是老泪纵横。他抹了抹眼睛，却有更多的眼泪止不住地往下流。他想起当年杨妠得知兄长有后时的那种欢喜得掉泪的样子，便禁不住剧烈地咳嗽，直咳出了血。不知过了多久，他才艰难地睁开了眼睛，却看不清李恪此刻是怎样的表情。

他本想说些安慰李恪，也安慰自己的话，可话出口，却只是："殿下千万要保重身子。"

"我会的。您也是。"李恪望着天边那抹冉冉升起的朝阳，真心实意地说道。

又说了几句话，他便站起身，去前头的墓前祭拜。待他离开的时候，山间刮起一阵狂风，吹得周围的松柏沙沙作响。这里的风即使在如此炎夏，亦有些寒凉。他抓了抓衣衫，骑上马一路缓步下山。

山下不远处住着几户人家。李恪路过其中一户，听得里头传来朗朗的读书声，于是便下了马，驻足聆听。诵读的是两个孩子，读得十分齐整："高树多悲风，海水扬其波。利剑不在掌，结友何须多？不见篱间雀，见鹞自投罗。罗家得雀喜，少年见雀悲。拔剑捎罗网，黄雀得飞飞。飞飞摩苍天，来下谢少年。"

其中一个孩子声音清脆地说道："这只黄雀能碰到救他的少年，可真幸运。"

另一个也附和道："是呀！说不定以后，它还会回来看望少年呢。先生，您说是吗？"

那先生说话的声音很是低沉："陈王曹植写这首诗的时候，他最好的朋友杨修已经死去多年，而他另两位挚交丁仪和丁廙也因为文帝对他的嫉恨而被杀。所以那个时候，陈王才会幻想有那么个有侠义心肠的'少年'可以来救黄雀，也就是他的朋友。"

先头说话的孩子又问道："可是，他的朋友们后来还是都死了。对吗？"

"是啊！就连陈王，也差点没保住性命。他空有一腔抱负却难以实现，最后郁郁而终。所以一开始的时候，他就写了'利剑不在掌，结友何须多'。他心中很后悔，既然没有能力保护他的朋友们，当初又何必付出真心与他们相交呢？结果白白地让他们为了自己而搭上性命。"

那先生说完，歇了一会儿，又开始教授另外一首诗了。李恪不再往下听，只踩着马镫跨马而上。一路的风吹刮在他的脸上，潮热难耐。

过了大暑之后，天气一日比一日闷热。烈日总是不知疲惫地普照着大地，只要稍稍动一动，汗水就能浸透人的衣衫。正午时分，武德殿外的知了正在不停地鸣叫着。小宦官们拿着竹子，踮起脚拼命地驱赶，却总也赶不完似的，这边停了叫声，那边又开始沸腾起来。

庆贵和寿喜一人一边，不紧不慢地打着扇子。可李治额上还是不停地冒着汗珠。武昭仪拿出锦帕，轻轻替他拭了拭。她丰腴饱满的面庞上带着恰到好处的得体微笑，那是沉浸在爱宠之中的女子才有的淡然与笃定。

她接过兰舟手中的玉壶，将里头煮了两个多时辰的凉茶倒进了手边一个玛瑙兽首杯中，小心翼翼地端到李治面前："陛下歇一会儿，润润喉咙吧。"

李治浅饮一口，握着她的手让她坐到了自己身边，颇为欣慰地说道："皇后木讷，淑妃聒噪。媚娘，还是你最好。该安静的时候就默默地陪在朕身边；而朕

需要什么，你又总能提前都替朕想好了。”

武昭仪挽着他的臂膀，见他愁眉不展，便也忧心道：“陛下近来似乎总是闷闷不乐。如果您愿意的话，可以讲给妾身听听。若为家事，妾身可与您一块儿想法子；若为国事，妾身听过，便会立刻忘记。”

“是国事，亦是家事。”李恪指着案上一个长条形的锦匣，长长叹了口气说，“这里头是朕亲拟的一道旨意。下个月这个时候，朕会册封李忠为皇太子。”

武昭仪神色未改，颔首道：“陈王是陛下长子，如今又养在皇后膝下。陛下如此做，相信朝野上下无人会有异议的。”

“可朕有异议！”李治突然用力将面前一道奏疏狠狠地甩在了地上，一下便将案上摆放着的一只玉蟾带落到了地上。庆贵冷不防被吓了一跳，却也不敢弯腰去捡，只得和寿喜交换了一个眼神，低头默不作声。李治瞟了庆贵一眼，拿过他手中的扇子，烦躁地扇着风，“忠儿天资平平，实在不是帝王之才。不过，有朕时时在旁提点，就算将来不能开疆拓土，当个守成之君应也不是什么难事。”

武昭仪眼里似涌动着一股懂得之色，却仍是不解地问道：“既然如此，陛下又何必这般心忧？陈王有您的耳提面命，有朝中大臣的支持爱戴，自然会是个合格的储君。”

“你们都下去！”李治挥了挥手，将庆贵和寿喜赶了出去，这才将他忍了很久的怨恨和不满形于脸上，“朕此生最恨的事就是遭人胁迫！可这几个月来，舅父隔三岔五就逼着朕下旨立储。朕一说缓着，他就召集宗亲重臣一起来说和。这是朕的江山，朕的储君，难道全凭他一个外人做主了吗？”

武昭仪看着他因为过分激动而暴起的青筋，站起身子，又往杯中添了些茶水，将地上的奏疏和玉蟾捡了起来，从容淡定之色不改：“太尉本是先皇钦定的顾命大臣，有提点陛下之责。如此，亦不算逾矩。再者，他到底是您的亲舅父。因为亲厚，才不拘于君臣之礼，这也在情理之中。”

李治叹了口气，反复摩挲着她柔嫩的双手，面带歉疚地说道：“不只是忠儿的事，还有你。朕喜欢你，爱重你。一个区区昭仪之位，的确是委屈了你。朕也想给你贤妃，甚至是四妃之上的宸妃的位分。可一说出口，舅父就是一副要和朕拼命的架势。他确实有恩于朕，朕能顺利当上这个皇帝，少不得他的功劳，但是他不能一次两次将朕揣于彀中做他的傀儡啊。”

武昭仪本想安慰他几句，可转念又一想，安慰能顶什么用？于是她坚定了神色和语气说道：“陛下不缺才干，不缺谋略，缺的只是一个能够让您独当一面，不被权臣掣肘的契机。您一旦把握住了，将来在史官笔下的评价，绝不输太宗皇帝。”

李治眼里溢满了惊喜，那双握着她的手情不自禁地紧了几分：“媚娘，你是这个世上唯一懂朕心意的人。朕在做皇子的时候就想一展宏图，却总有人挡在前面。朕很想证明给父亲看，他没有选错人。但是朕没有法子，因为朕在朝堂上说的每一句话，做的每一个决定，都是舅父的意思。可是，朕不能违拗于他，因为朕还没有足够强大的力量与底气。”

武昭仪想了又想，在说与不说之间反复忖度良久，才道：“或许，陛下需要一个帮手……”

“帮手？”李治慢慢地咀嚼着这两个字，眉头渐渐收紧，“朕在朝堂之上的确有几个心腹。可他们都还不成气候，不足以和那些自以为是的老臣相抗衡。”

武昭仪刚想说话，却见寿喜趋步走了进来：“陛下，吴王殿下求见。”

李治松开了手，端详着案上那个锦匣说道：“请他进来。”说罢，又回头对武昭仪说：“你先去屏风后头避一避吧。”

李恪穿着一件素色祥云暗纹袴褶，行礼如仪。李治示意让他坐在下首那个位子，继而又端详了他几眼，略有些不满地问：“吴王知道今天是什么日子吗？”

李恪点了点头：“今日是六月十三，陛下的寿辰。”

“知道你还穿成这样？”

“陛下素来怀有友悌之心，臣也是一样的。”

李治听他如此一说，倒也不便再指责他什么。旋即便抽出了案上的一份奏疏说道：“上回你的所求，朕允了。朕原本想给鄅国公一份死后哀荣，可既然你与江夏王都上书拒绝了朕的好意，朕也没有坚持驳回的道理。”

“多谢陛下。”李恪屈膝稽首一拜道，“臣请陛下允准，许臣陪着安陵县主一起前往扬州置办丧仪。”

李治见他竟然行了如此大礼，便俯身虚扶了他一下道：“也不是什么了不起

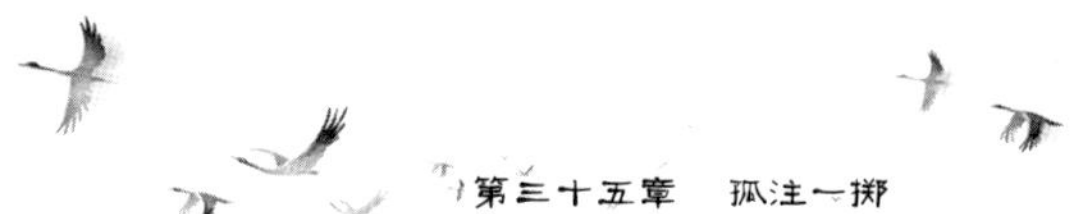

的大事，吴王何必这样？朕答应你便是。”

“陛下仁厚。”李恪重新跪坐在蒲草软垫上，“那么，若臣真有大事与陛下相商，陛下愿意一听吗？”

李治就知道他来找自己肯定不是为着那些芝麻绿豆大的事，本想随意敷衍他几句打发他回去，可一想到长孙无忌逼着自己立李忠为太子时的样子，再看自己这位兄长时竟也莫名顺眼了几分。于是，他便好声好气地道：“若你的话能提起朕的兴趣，朕自然愿意听。”

李恪屏气敛息半晌，才直言：“臣会帮助陛下，除去您希望除去的所有人。”

李治的目光在某处不经意地停滞了须臾，很快又微笑着说道：“吴王将朕想成什么人了？朕是天子，有容天下难容之量。只要臣子忠心于朕，朕必不会辜负他们。”

“是这样的吗？那长姐是怎么死的？”李恪黯然垂眸，纵然他再努力，也难以掩饰眼中的萧索，“还有，我表兄又是怎么死的？你们杀的不是我的属下，不是我的谋士，而是与我命运相连的亲人。”

李治嘴角微扬：“看来他是白费那么多工夫了。你到底还是知道了。不过，你能忍到现在才来质问朕，也是不易。”

“不是质问。臣只是想知道原因。陛下若肯告知，臣感激不尽。”

李治很少见到他这般谦卑恭顺的样子，可心头的恼恨却愈深：“是他该死！他当年挑唆大哥和四哥内讧，妄图让你取而代之，用心实在险恶。他写给萧钧的那些信，简直触目惊心。不过，朕不是没有给过他机会。”李治话声一滞，语气中的冷冽更甚，“可他不愿让你受罪，朕也没有法子。朕看在江夏王的面子上，才成全了他死后的名声。你难道还不满足吗？”

李恪捏紧了衣角：“你以为没有他，李承乾和李泰就不会相争了吗？萧钧是李泰三顾茅庐，亲自请来的谋臣。他们是自作孽，又关旁人何事？长孙太尉也是这样替陛下筹谋的吧。陛下不是挺受用的吗？你已经是最后得利的渔翁了，又何必得了便宜还卖乖？”

“放肆！”李治拍了拍桌案，竭力不被他的话激怒，“你以为舅父一时心软，把那些信毁了，朕就奈何你不得了吗？”

“你在害怕，对吗？”李恪讥诮一笑，“你以为我会像父亲一样，让史官再记载一遍玄武门前的憾事吗？你是父亲嫡子，是他明告了天地祖宗，郑重其事所定下的继承人，你的身边有一众对你忠心耿耿的文臣武将，你的地位谁也撼动不了。为什么你偏偏就容不得一个小小的臣子呢？”

“当年的隐太子何尝不是高祖名正言顺立下的储君？他的背后难道不是也站着大唐最忠诚的谋士？可他们最后不是都毕恭毕敬地匍匐于父亲的足下了吗？”李治不以为然地说着，“父亲常常说你像他。他不知道，我每每想到他所说的话，心中有多么胆战心惊！如果没有我，他会欢欢喜喜地将江山交到你的手里。易地而处，你能不未雨绸缪吗？至于你那个表兄……他是隋朝宗亲，朝内尊崇他的人不在少数，加之他和突厥吐蕃那些盘根错节的关系，若他真有这个心帮你，不比舅父当年帮助父亲更容易？”

李恪听他一口气说了那么多话，显然是压抑了许久：“陛下既然如此忌惮我，可想好法子奈何我了吗？”

李治狐疑地盯着他，很想知道他又在盘算着怎样的阴谋诡计。可看了许久，却只在他面上看到了一种无法遏制的哀伤。李治忽然有些不知所措，却仍警觉地说道：“你想做什么？”

“若陛下还没有想好，臣愿意为您出谋划策。”李恪并不理会他的态度，只是自顾自地说道，“一开始的时候，臣就对您说过，会帮您把那些对您心存不满的宗亲，手握兵权的将军，以及在朝内一手遮天的臣子，一一除去。”

“吴王若累了的话，便回府歇息去吧。晚上朕大宴群臣的时候，记得要穿件鲜亮点的衣裳来，别让旁人看了笑话。”

“那么，陛下是对臣的提议全无一点兴趣了吗？”

李治刚想起身，听得他的这句话，便又坐了下来，往案上的貔貅熏炉中又插了两支苏合香。香的气息十分浅淡，只有用力呼吸时才能感受到那股沁人心脾的芬芳。他的眉头微微一动，似触碰到了心间一根敏感的弦。他含笑："吴王知道，朕最想要除去的人是谁吗？"

"那些人中，包括臣自己。"李恪漫不经心地说着，平静得连眼睛都没有眨一下。

李治不由自主地站起了身，胸膛中瞬间涌动出一股带着恐惧的惊讶："你知道自己在说些什么吗？"

"陛下面前，臣怎敢妄言？"李恪的话说得斩钉截铁，落地有声，"您要亲政，要摆脱束缚，任着自己的想法齐家治国，就看您有没有这个胆量和臣赌一把了。"

李治放开了死死撑着几案的手，来来回回地在殿中踱步，直到心跳的速度缓了下来，才又回到原位坐下。半晌，他才不解地问道："你要用你的命来成全朕？你以为朕会相信你？"

李恪摇摇头："不。既是赌局，自然要双方都得利才好。陛下的所得臣已然告诉了您，而臣所要的是陛下的一个承诺：保臣与臣的家人一辈子平安。"

李治用力甩了下衣袖，只觉得自己仿佛被他玩弄于股掌之中，不禁心头火起，斥道："你是不是觉得朕太闲了？"

"陛下再忙也应该好好听听臣的提议。"李恪往面前的空杯之中斟满了茶水，喝了两口之后，才娓娓道来。

武昭仪站在屏风后面久了，双腿从一开始的酸痛已变成此刻的麻木。可她不敢动一下，唯恐一动就会发出不合时宜的声音来。不知因为酷暑难耐，还是因为听到了这惊天动地的秘密，她身上的那件蜀锦襦裙已然被汗水浸透。

她偷偷地从两架屏风的缝隙中望去，从这个角度刚好可以看到李恪的侧颜。那究竟是个什么样的男人？怎么可以如此云淡风轻地说着这些关乎自己性命与名声的事呢？他端然坐在那里，一举一动都像极了先帝。她对先帝有敬重，但更多的是畏惧。她对李治有依恋，但更多的是感动。而对李恪，是一种从四肢百骸中涌出的仰慕，却不涉私情，无关风月。

李恪说完之后，便将杯中的茶水一饮而尽，顺手拿起案上的扇子，轻轻地摇

了摇。在长久的沉默之后，他才问道："陛下意下如何？"

"简直匪夷所思！"李治脱口而出，"这种事情，非彼此间有绝对的信任则不可为。你以为，朕和你之间，可能吗？"

"是啊！怎么可能？别说你不可能相信我，我也不可能相信你。"李恪加快了摇扇的速度，无可奈何地叹了口气，"可是，我别无选择。我答应过他，要活着照顾他的妻儿，我不能食言。况且，这个仇，我不能不报。"

"你要借朕的手，替你报仇？"

"是。"

李治的眉头越皱越紧："你走吧。今日朕就当你没有来过。"

李恪起身，长揖而拜："过几日，臣会陪着雪鹭去扬州，总得去几个月。还请陛下好好想想臣所说的话。但愿等臣回来的时候，能够听到陛下的好消息。臣告退。"

"等一下！"李治快走几步至他的面前，仰头望着他的眼睛，"你想报仇的人中，应该也有朕吧？"

"自然。"李恪微笑，实言以告，"但是，我不能。你是父亲寄予无限重托，最适合承袭帝祚的儿子。你是天下百姓的希望，是大唐江山真正需要的人。我不能对不起父亲，更不能对不起社稷黎庶。很多事情，可一不可二。况且，我生来便是一个错误。从小，我便见了太多亲人死在我面前。若陛下能成全的话，或许有一日，我也能见证自己的死亡，以弥补这命运的错误。"

"三哥……"李治不知道为何，自己的声音中竟会带着此种黏稠难听的哽咽，"朕答应你，会好好想一想的。"

"多谢陛下。"李恪再度施了一礼，旋即径直出了内殿。

武昭仪听得殿中一阵静默无声，在犹豫片刻之后，终于慢慢地走了出来。她的脚酸麻得厉害，刚刚走了两步，就一个踉跄，差点摔倒在地。李治慌忙上前，揽住她的腰，扶着她坐了下来，面露歉意之色："朕也不知吴王会和朕胡扯那么多，不然朕就让你先回去了。"

武昭仪听罢，立刻松开了他的手，跪倒在他的脚下道："妾身恭喜陛下。"

李治俯身握住她的手，扶了她起来，蹲下身子，缓缓地为她揉捏着双腿：

“方才你也听到了是吗？你觉得，朕是不是应该将他的话当回事？你只管大胆地说，朕要听的是实话。”

“妾身不是已经恭喜过陛下了吗？”武昭仪面上溢满了欢欣的神情，“方才您不是说，朝堂里的那些人都还不成气候？如今有吴王在，您可以安心了。吴王与太尉不睦已久，他们二人自相残杀，得利的是您。”

“朕又何尝不知？但是朕真的不敢相信他。媚娘，你不知道朕和他之间的仇怨。虽然他说得正义凛然，可他是差点夺了朕帝位的人。如果他有这个心，现在也不是不可以。朕不是多疑，是他有让朕不得不防的能力。”

武昭仪用手抚着他皱起的眉头，沉缓着声音说道：“如果他真有这个心，还来知会陛下做什么？陛下说和他有仇怨，那么您仔细想一想，他是否有过要置您于死地的举动？而您，又是否出于本心地想要他的命？”

李治的心被她的这句话深深震动了。这十年来，对李恪的防范和厌恨已经成了他的习惯，但他似乎真的没有想过，这种习惯是从何时开始有的。于是他只能在漫长的回忆里找寻着。

他八岁那年，母亲薨逝。父亲怜惜他这个母亲留下的幺儿，便将他留在身边亲自教养。彼时，他常常能见到李恪来向父亲请安。李恪和自己的关系不算亲密，却也并不疏离。那么，究竟是从什么时候开始变的呢？突然，他的目光闪动了一下。是了！是舅父对他的耳提面命。所有的源头，都在于舅父。

李治倏地站起来，三步并作两步地走至窗前。继而，久久望着远方，喃喃道：“或许，朕真的该认真地考虑一下。”

武昭仪走至他的身边，与他十指交握：“妾身等着能和您并肩而立的那天。”

李恪出了武德殿，本想直接往青雀门的方向而去的，然而，他走着走着，却不由自主地走到了归云亭中。他驻足于红梅树下，伸手触碰了一下那几根生满了青叶的枝条。风一吹，便有几片叶子落在了他的衣襟上。他将它们拿下来，一一收进了衣袖之中。

转身的瞬间，他看到萧锐正朝着这边走来。萧锐似乎想要避开，可见他已然望见了自己，便只得对着他躬身一拜道：“给吴王殿下见礼。”

李恪一步步向前，那些纠缠着他的深深恨意，此刻只化作了嘴角一抹意味不明的笑容。他颔首于他：“今晚的宴会是宋国公督办的吧？陛下对你当真信任有加。”

“是。所以，臣是不会辜负了陛下的。想来吴王应该也是一样的吧。”

“不必宋国公提点。本王是大唐臣子，理应忠于陛下。”李恪懒得和他多说一句话，正要继续向前走，却被萧锐用手拦了下来。他一直保持着这样的姿势，却半天也没有说一句话。李恪神情沉肃：“这是在宫里，多少人看着。我不想和你动手。”

萧锐将手放了下来，后退两步，深深吸了口气道：“如果时光倒转，我一定不会的……”

李恪嗤笑出声：“宋国公方才不是还信誓旦旦地说不会辜负陛下的信任吗？那么你为他清除眼中钉，不是顺理成章的事？”

“你这样，淇奥也这样。你们到底要我怎么做？只要你们说出来，我必全力以赴！”萧锐苦苦哀求道，“我知道你们恨小萝，我本也想把她交给你们处置。可她刚有了我的孩子，等她生下了孩子以后我就……”

“不必了。你只要安心当陛下忠心的臣子就可以了。”李恪咬了咬下唇，鼻尖迅速泛起了一阵难以抑制的酸涩，“还有，好好照顾长姐唯一的孩子。再者，不许让雪鹭听到一星半点的闲话。”

萧锐看着他头也不回离去的背影，狠狠地一拳打在了面前的树干上。

暴雨下个不住，在青石板路上弹起了一个又一个细小的水泡。李恪站在廊檐下，看着院中一排被打得东倒西歪的桂花树。落花在积水中缓缓地漂浮着，时不时被卷进水涡之中，再难以出来。

三个多月前，他陪着雪鹭到扬州办理丧仪。期间阴雨不绝，似乎给扬州城笼上了一层极合时宜的悲伤。他紧了紧衣衫，仰起头，收起了此刻仍旧盘桓在心头的一抹怆然。

“殿下，县主醒了。”香堇走至他的身后，轻声说道。

“好。我这就去看她。”李恪点了点头，旋即又转过身道，“请悬壶堂的刘大夫再过来瞧瞧，她这伤寒来得凶险，可不能大意了。”

雪鹭此刻正端坐于那把桐木琴前，手指慢慢拨动琴弦，可并没有要弹奏一曲的意思。她不施粉黛，却愈显端丽娴静，气质如兰。李恪接过侍女手中的汤药，坐到了她的身边：“她们说你一直不好好喝药。总这样子，病如何能见好呢？”

雪鹭端起汤碗，只喝了两口便又放下了，喉咙肿胀得连说话的声音也很是沙哑：“对不起三哥，让你担心了。”

“是！我很担心。所以，你一定要赶紧好起来。”李恪一勺一勺将汤药喂到雪鹭口中，强迫着她喝尽了。

“这药可真苦啊！不过，口中苦了，心就没那么苦了。”雪鹭再次抚弄琴弦，琴音清脆悠扬。可她只弹了片刻，却再弹不下去：“这是新曲。原本想等我从汝南回来之后弹给他听的。”

“他能听得见。他会一直在你身边护着你的。”李恪拍了拍她的肩膀，安抚着她道，“明日，我就起程回京。你一定要照顾好自己。”

雪鹭刚想点头，忽然又讶异道：“我们不一起走吗？”

“不了。这宅子和田地都是我让人置办的，你和崇礼、崇润就安心地住在这里。”李恪坐正了身子，将汤碗和勺子递给身边的侍女，又说道，“或许有一天，我会带着淇儿和孩子们一起来找你们。”

“三哥，你到底在说些什么？”雪鹭握住了他的手腕，话说得太过急切，她差点没喘过气来。李恪忙起身拍了拍她的后背，将一边架上的一件氅衣披到了她的身上。雪鹭面上的焦急之色越发浓重：“我很害怕。你不要再说这些让我听不懂的话了好吗？”

“妹妹不要胡思乱想。”李恪神色泰然地说道，“朝中有事，陛下催我回去呢。可是刘大夫说，你这伤寒需要好好静养几个月，现在绝不可长途远行。等事情都了结了，我就去求陛下，让他允我带着淇儿还有孩子们来扬州玩几日，然后咱们再一起回京，好不好？”

雪鹭的眉心渐渐舒展开，却仍是将信将疑地问："只是这样而已吗？"

"是啊！不然你以为还能怎样呢？"李恪很认真地说道，"放心吧。也不是什么大事，等到新年的时候，你就能再见到我了。可是，你一定要好好听大夫的话，按时吃药，准时休息，不可多思多想。"

雪鹭这才稍稍安稳下心绪，点点头道："我听三哥的。能在扬州多陪陪他，我很高兴，真的很高兴。"

这时，又有侍女捧着一碗炖得稀烂的小米粥走了进来，说道："殿下，县主，刘大夫昨儿吩咐的，县主如今不宜大补，只能吃些易消化的东西。"

"我知道了。你放着吧。"李恪听外头似乎没有了雨声，便问道，"雨停了吗？"

"是啊！刚刚停呢。天边还有彩虹挂着，婢子在长安还从来没见过那么好看的彩虹呢。"

李恪将勺子递到了雪鹭面前："等你吃完，我陪你一起去看彩虹。我曾听慈恩寺的大禅师说，看多了彩虹，心就能平静。或许，我们都需要一份心灵的安宁。"

回京的那天，长安城刚好也落了一场罕见的大雨。来不及躲雨的百姓们慌不择路，直往屋檐底下钻着。长安的雨真是和扬州的不一样。扬州的雨无论下得多急多久，都不会让人厌烦；而长安的雨却总是这般来势汹汹，带着不容分说的强势。

李恪一路风尘至玄武门门口，齐高远远地朝他俯身请安，十分殷勤地替他撑起一把大油布伞，直到将他送到了武德殿门口，才转身离去了。李恪等了许久，方看到仕禄从里头出来，却只说陛下正忙，此时不想见任何人。

李恪心有不甘："请公公对陛下说，我真有要事和他讲。无论他忙到什么时候，我都愿意站在这里等他。"

仕禄看着李恪一脸疲色，且衣袖已被雨水浸透，心下也觉不忍，便转身去了殿中。又过了不少时间，仕禄才走到李恪面前，有些不好意思地说道："殿下，您还是请回吧。陛下今日真没时间见您。不过，他让奴婢给您带了几句话，您上回所说的事，他已经准了。等他得闲了，会再和您好好商议的。"

这么多日子以来，那颗被细线狠狠勒着的心终于归了原位。这样的狂喜让他险些站不住脚。于是他索性屈膝跪倒在地，顿首三拜，诚心诚意地说道：“臣谢陛下厚恩。”

仕禄没想到他会行这样郑重的大礼，忙伸手扶了他起来，朝他深深一拜道：“殿下路途辛劳，还是赶紧回府歇息去吧。”

李恪拭了拭额上的雨水，朝他点了点头：“好。我先回去了。烦请公公再次向陛下问好。”

身边两个宦官见他转身了，便很有眼力见地上前两步替他打伞。李治站在外殿的窗前，看着他愈行愈远的背影，眼中透着深不可测的锐利光芒。武昭仪缓步走至他的身边，觑着他的神情道：“陛下在想些什么？”

李治并没有看她，只兀自望着倾盆大雨中的人影出神。直到听得武昭仪再次唤了他两声过后，才如梦初醒般地说道：“朕真的不知道，这样的决定是对还是错。”

武昭仪明知道他问的不是自己，却还是尝试着回答道：“只要陛下相信是对的，就一定是对的。”

“朕想给彼此一个机会。但是，朕还是不相信他，甚至，不相信自己。”李治看着越发暗下来的天，想着自己的心境亦是这般阴郁得没有一丝光亮的，“也许，朕还有另外一条路可以走。”

武昭仪心有所觉，便握住了拳头，很是不安地问：“是什么？”

李治的嘴角凝了一抹意味深长的笑容，一字一顿地说道：“将计就计。”

“陛下……”武昭仪情不自禁地揽住了他的臂膀，喉头似堵着许多不吐不快的骨鲠。可她很快就调节好了气息，由衷地说道：“陛下圣明！”

李恪出了玄武门，刚想登上王府的马车，却见一个披蓑戴笠的小宦官急匆匆地走至他的面前道：“奴婢见过吴王殿下。高阳公主有请——”

李恪这才注意到，不远处的墙角处停着一辆并不十分起眼的马车。他想了片刻，还是跟着那小宦官走了过去。小宦官见他坐稳了，这才甩了甩鞭子，缓缓地驾着马车前进。

马车行了许久，车中的两人都没有开口说一句话。幸而有外面越来越嘈杂的语声做伴，才显得这样的静默不那么尴尬。直到马车转过第四个弯的时候，高阳公主终于忍不住开口道："三哥这一去可真久，等得我都不耐烦了呢！"

"你既有那样的志向，如何连多等一两日都没耐心？"李恪朝里坐了些，尽可能离她远一点，"不过，你是如何知晓我今日回京的？"

"我在城门口自有眼线。我怕你去了趟扬州，把心气都磨掉了，所以，我必须在第一时间过来提点提点你。"

李恪见她神情虽然平静，但话语中却透着明显的急躁。他轻轻叹了口气，说道："看来，你是下定了决心，一定要如此做了？"

高阳公主怒道："都到这个时候了，你竟还在怀疑我？"

李恪看了他一眼，试探着问道："如果我此刻放弃，你当如何？"

高阳公主艳丽的面庞上露着几乎要噬人的表情："你以为我会容得下你如此做吗？原本我的计划里就没有你。可是，既然你主动招惹上了我，我就容不得你后退一步。不然，无论事情成败，我都有能力让你死无葬身之地！"

李恪听得这话说得狠戾，却暗自松了一口气。如此，他心中的那一丝浅淡的愧疚方烟消云散了。于是，他便立马换了种温和的语气，微笑着说道："不过一句玩笑话而已，你若当真，那往后我就不说了。那个李晃如今在何处？咱们该坐下来，好好地聊聊了。"

"那还像话。"高阳公主坐到了李恪身边，像个单纯的小女孩一般将手覆在了他的膝上，娇声道，"我就知道你不会的。李晃每隔几日就会来我府上，他可忘不了我。等哪天他来了，我就马上派人来找你。放心吧，我知道轻重，一定会做得隐秘的。"

"如此甚好。"李恪见马车停的地方是吴王府，便拉开了车帘，在下车的瞬间又回头说道，"静候佳音。"

这一日，清和坊致宝斋门口热闹非常，刘掌柜的独女刘妙妙今日回门。她所嫁的人是太史令家最小的一个儿子，梁州司马卓耀。街坊邻居和过路的行人看着

回门的礼物从致宝斋一直排到了北大街的尽头，都不由得驻足观看，啧啧称叹。

从马车上下来的刘妙妙一席石榴红云锦长袄，梳着一个精巧的惊鸿髻，上簪着鸾凤和鸣金步摇，有浅浅淡淡的郁金油香气从发间散发出来。几个年轻的姑娘上前拉着她的手，不约而同地露出了羡慕的眼神。刘掌柜亦是一脸欣慰的样子，大手一挥道："今日我女儿回来，我高兴！还请各位进店捧场。一律不收银子！"

大伙儿面面相觑，继而欢呼着进了店。刘妙妙一手挽着一个姑娘，一手牵着另一个姑娘，高高兴兴地去了二楼雅间坐下闲谈。几人从小一起在坊间长大，感情很是不错，话匣子一打开就关不住了似的。

刘妙妙起身往小姊妹们的茶碗中添水，腕上的琥珀钏触碰到茶壶，发出了清脆的响声，如同她说话的声音一般悦耳："近来城中都有什么大事发生？你们都讲给我听听呀？"

离她最近的童月初从小玛瑙盘中拿出一颗波斯枣吃了，打趣着道："最大的事不就是妙妙阿姐从梁州回来，生得比从前更漂亮了吗？！看来，姐夫待你可真是好啊!"

刘妙妙脸一红，别过头去，嗔道："再胡说，以后再也不理你了。"

"我说的可都是实话。有什么不好意思的？"童月初看着刘妙妙的神情，呵呵一笑道，"好嘛！不和你玩笑了。要说最近最有意思的事，应该算是太上老君下凡了吧？"

"太上老君？"刘妙妙狐疑地望着她，又看看另一个小姊妹，见她们都很认同地颔首，便更加好奇地问道，"真有这么神乎其神的事情？"

童月初端起茶碗，浅尝一口，拿起一边的筷子，轻轻敲了敲桌案，摆足了说书人的架势："话说太上老君虽是个法术高明的神仙，但是玩心颇重，喜欢下凡捉弄恶人，顺便收几个有悟性的弟子。咱们长安城中有名的李晃道长就是老君临凡的时候所选的徒弟。说起他们相遇的过程，那可真是奇之又奇……"

"这个故事我早听过了。"刘妙妙努努嘴巴，满心失望地说道，"秋芬，你们说的就是这个？可真没意思！"

秋芬连连摆手："不是不是……是童姐姐没说清楚。上个月底，李晃道长修行的道观突然闪过一道金光，听说好多人都看到一个拿着拂尘的仙人从天而降，还落了许多金纸在观中。那上头只写着一句话：吴王乃天帝之子。”

“真有这样的事？”刘妙妙停下了正在剥柑橘的动作，难以置信地抬起头小声问道。

“真的！”秋芬坚定地点点头，肃然道，“那个常来这里吃饭的老康伯亲眼看到的，说上头的字都是闪着金光的，一看就不是人间的物什。还有，李晃道长莫名消失在了观中。大伙儿都说，他是被太上老君请上天去了呢。”

“如此说来，吴王殿下才是真命天子吗？”话一出口，刘妙妙便紧张地用双手捂住了口。

童月初手托着腮，边思考着边说道：“也许是吧！阿爹阿娘也说，吴王殿下在咱们老百姓中的名望一直都很高，和当今天子比起来，有过之而无不及。阿姐在梁州的时候，应该也听说过年初地动时，殿下去那里督察的事吧！那可真是事必躬亲，爱民如子啊。”

刘妙妙“嗯”了一声：“梁州城里都传遍了，听说殿下为了救几个孩子，自己都险些没命了呢。还记得吗？我曾经告诉过你们，殿下也是我的救命恩人呢！”

“自然记得。”童月初忙说道，“阿姐五岁的时候贪玩，爬到了柜台上，不小心摔了下来，幸好有殿下出手将你抱住。不然后果不堪设想呢。”

刘妙妙脑中的记忆开始复苏，嘴角情不自禁地露出了一丝笑容：“殿下当时还安慰了我好久呢。他可真是个很好很好的人……”

秋芬若有所思地说道：“阿姐受天帝之子垂青，所以才能有这样的好归宿。”

“又在胡说什么？”刘妙妙只觉半边脸又变得滚烫滚烫的了，可眼中洋溢着的幸福之色却收也收不住。众姊妹们一看她这个模样，都禁不住展颜而笑。

“陛下就任由着这样荒唐的传言闹得长安城中人尽皆知吗？”长孙无忌疾步走至御前，也顾不得行礼，便一脸焦色地对李治说道。

李治听着这近乎质问的口气，心中的不满油然而生，说话的声音也不及往日

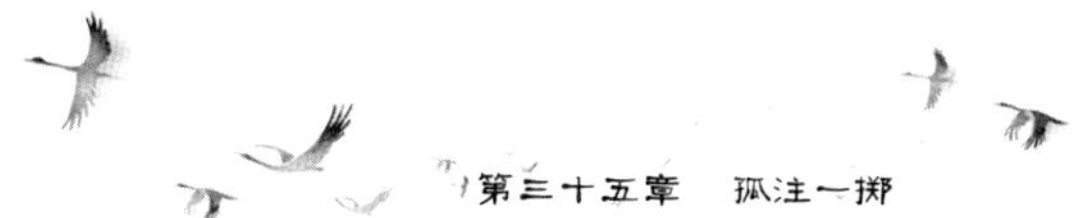

温和，冷然道：“舅父以为凭朕一个人就能够阻止得了吗？”

长孙无忌愣了片刻才又说道：“陛下是承继宗业的大唐天子，如何会阻止不了？您就应该马上下旨，抓捕那个蛊惑人心的妖道李晃。至于那些随意传播流言的老百姓，也要加以重处！”

李治听他这不容辩驳的语气，心中越发觉得不舒服：“若真如此做，岂不显得朕心虚？舅父，您怎么变得这么糊涂了呢？”

长孙无忌似乎也有些生气，反问道：“那陛下准备怎样？难道就这么听之任之吗？”

“谣言止于智者。时间长了，自然就好了。”李治望着长孙无忌急得通红的脸，仿佛只在须臾之间就激起了他的某种逆反情绪，于是他故意不动声色地说着，“舅父不是也说了，朕是承继宗业的大唐天子，断然不会惧怕这种荒谬的流言。”

空旷的大殿中只有他们二人，每说一句话，都带着些低沉的回音。回音缓缓地缭绕在人的心间，好像连心也变得空落了。长孙无忌敏锐地觉察到了李治对于自己的不耐烦，在瞬间的惊异与失望过后，又恢复了如常般成竹于胸的态度：“陛下能这么想，自然最好。”

李治亦微笑着说道：“在舅父面前，朕没有掩饰的必要。”

说完，大殿之中便陷入了长久的沉默。直到萧锐走进来，才打破了殿中的寂静，也化解了他们之间无话可说的尴尬。

萧锐的精神状态看起来十分不好，周身都透着一股掩饰不住的萎靡与寥落。李治见他正要屈膝叩首，便忙道：“姐夫免礼。这个时辰前来，有何要事吗？”

萧锐从袖中取出了一本奏疏，经由庆贵交到了李治的手里。李治打开看了两眼，便倏然起身道：“姐夫这是何意？”

“臣受陛下厚恩，忝居宗正卿之位。但臣时感心有余而力不足，还请陛下准臣辞官，在府中休养一段时日。”

李治听他的声音略有些发颤，看了看奏疏上的文字：“这些年，姐夫帮了朕许多。咱们之间不只是君臣，还有亲情。”

他不说同意，也不说不同意。萧锐便只得再次下拜道：“请陛下恩准。”

李治叹了口气，将奏疏合了起来，刚想开口，却听长孙无忌在旁说道：“宋国公彼时是何等踌躇满志，意气风发，怎么如今碰到一点挫折就颓丧成这样了呢？”

萧锐紧紧握着双拳，锐利的目光在长孙无忌的面上停留了许久。他忍了又忍，终于还是忍住了即将迸发而出的勃勃怒意，面无表情地说道：“我的确不比太尉心宽。”

长孙无忌微笑着抚须：“老夫自然心宽。老夫可从来没有逼迫旁人做过任何事。”

萧锐的手心被指甲掐得一阵阵疼。是啊！一切都是他们心甘情愿去做的。明珏如是，他如是，杨政道亦如是。他们如同被抓住了软肋的雀鸟，在他的掌中，自觉自愿地成了为他冲锋陷阵的俘虏。

李治在听了长孙无忌的话之后，心亦沉沉坠入了无边的黑暗深潭。他缓步走至萧锐面前，对他说道：“如此大事，姐夫还是容朕再想一想，好吗？”

“多谢陛下。”萧锐看了长孙无忌一眼，旋即又将目光收了回来，“那臣就先回去等候陛下传诏了。”

长孙无忌在目送萧锐离开之后，才说道：“他要辞官便辞官，左右咱们想让他做的事，他也已经做了。”

“他心里到底还是向着三哥的……”

“那又如何？”长孙无忌不以为然地说道，“以吴王的性子，哪怕萧锐为他剖心析胆，也永远得不到原谅了。”

“舅父对每个人的心都能有那么深刻的了解吗？那么，您懂得朕吗？”

长孙无忌虽不知他为何会如此发问，但还是带着长辈般和蔼慈祥的语气说道：“臣不敢说懂得。臣是看着您长大的，您是先帝诸皇子中最仁厚善良的一位。可身为一国之君，太过仁厚善良是不成的，所以，很多事情，臣必须得一点点教会您。”

“仁厚善良。”李治缓缓将这四个字说出了口。或许曾经，他的确是这样温文尔雅，与世无争的人，却不知从什么时候开始，他的初心便如同哈出的气息一般，消失在了严冬的冰天雪地之中。

第三十六章

天下长安

永徽四年正月十三日。天朗气清，碧空如洗。

荆王府大门紧闭，几个穿着一色服饰的护卫正面无表情地站在府内花园之中。盛绽的蜡梅花经过北风的吹刮，尽数落到了他们的身上，只稍微抖一抖，就铺了遍地鹅黄。

高阳公主坐在最上首的位子。因敷了两层上好的茉莉粉，她的面孔显得十分娇嫩白皙，加之眉心所绘的一抹牡丹花钿，一眼望去倒像一个不知人事的小女孩。然而，她只要开口说一句话，就全然浇灭了这种不可思议的错觉。

“咱们已经等了够久了。后日，李治会带着朝臣宗亲一起去慈恩寺进香祈福。这是一击而中的最好机会。叔父，你觉得可行吗？”

李元景的神色略一迟疑，但很快就抬头，看到了从半开的窗户中透进来的朝阳。那是未来，是希望，是他曾经想也不敢想的帝祚的耀目光辉。于是，他挺直了身子，带着坚若磐石的语气说道：“云安说得对！若错过了明天，还不知要过几时才能等到这样的好机会。咱们只能进，决不可退！”

“好！”座下诸人一同站了起来，个个脸上都带着跃跃欲试的激动与狂喜，异口同声地说道。

左监门将军柴令武用力甩了甩衣袖，粗哑着嗓音说道："可惜我带的人不是近身随驾的禁军。要不然，事情更要容易几分。"

高阳公主笑道："姐夫不要唉声叹气。这冲锋陷阵的事情，自有人去做。"

李元景呷了口酒水，将酒杯拿在手里端详了半晌，才重新放到了案上，不解地问："难道你还有咱们所不知的帮手吗？究竟是何方神圣，能有那么大的本事？"

"你们猜猜。"高阳公主慢条斯理地说着，目光从自己用凤仙花汁染得通红的指甲，移转到了底下诸人与李元景同样疑惑的表情上。

薛万彻的眼珠转了又转，最后定格在了柴令武的脸上："难不成是你那大哥？说来，李治这几年对柴哲威的确十分信任，他应当有这个机会。不过，柴哲威是个心里藏不得事的直肠子，当真能将如此大事托付于他？而且他向来与你不怎么和睦。或者，是我兄弟薛万备？不过，他这几年一直戍守潼关，想来派不上多大的用场。"

高阳公主发髻上的一朵绒花鲜艳逸丽，与她今日的妆容十分相称。她浅笑着看着薛万彻勉力思考的认真模样："姑父说的这两个人可没那么大的胆量和能力。放心，他不会让你们失望的。"

几人虽不明所以，但都被心中那股莫名涌动着的激情所感，齐齐点头。高阳公主很满意地取出一直收在衣袖之中的一张图纸，示意他们都到近前来看，将前番已经设想过的人员布置、起事地点、下手时间等和他们详细地讲了一遍："慈恩寺的普善和普光和尚是我们的人。按照以往的惯例，李治会单独和玄奘大禅师交谈一会儿。而他们会想方设法地将玄奘支开一段时间。记住，这个间隙非常重要。"

"这个不消十七妹多言。我会吩咐手下人和守着禅房的护卫们攀谈，尽可能让他们分心。"柴令武拍着胸膛，自信满满地说着，"这个时候，就需要姨父手下的千牛卫来此地会合，与我共同行事。"

薛万彻用手指在图纸上的一个点上画了个圈，接着又指了指另一个地方说道："不成。我的千牛卫都在慈恩寺前殿，只怕到时候赶不及到后院来。一旦打草惊蛇，只恐前功尽弃。"

高阳公主凑近了一些，缓缓地用手指敲打着桌案，摇着头道：“姑父不必去后院。朝臣宗亲们那时都会在前殿祈福，你要控制住他们，尤其是长孙无忌那个老滑头。”

薛万彻为难地捏了捏自己的下巴：“朝臣和宗亲人数众多，恐怕不容易。况且，左右金吾卫可都是吴王的人，想要过他这一关，实在不易。”

高阳公主笑得眼睛眯成了一条缝：“姑父，你只要下定了决心去做，就没有不成功的道理。”

薛万彻细细想了一会儿，狠狠将拳头砸了下去，大有豁出去一死的架势：“管他娘的！既然想要干，就没什么可畏首畏尾的！大不了咱们黄泉见！”

“不！是武德殿正殿御座之前见！”高阳公主说着便从腰际解下了她随身带的一把小刀，在左手食指上轻轻划了一下，将鲜血滴到了自己的青花酒杯之中。鲜血徐徐晕染开去，像一朵开得极灿的彼岸花：“咱们歃血为盟。将来，同富贵，共荣华，绝不背叛彼此！”

她举起酒杯，一一看向了众人。众人会意，亦割破指头，满饮美酒，又重重将杯子摔在地上，发出了阵阵此起彼伏的声响。

就在这充满豪情壮志的声音刚刚落下的时候，他们都同时听到了自院中传来，渐渐清晰的脚步声。荆王府的管家项荣撞开了门，跌跌撞撞地滚了进来。李元景一看自己府上的下人如此莽撞无理，面上便有些挂不住，刚想开口斥骂，项荣却爬了起来，膝行几步，瞪着眼睛，惊恐得连话都说不利索：“是禁军！好多人闯进来了……马……马厩。”

“哪里来的禁军？”高阳公主疾步走至项荣面前，一把扯住了他的衣襟，厉声道，“你们怎么能放他们进来？”

项荣正嗫嚅着，就见门外一人迈着沉稳的步伐走了进来，身后的四名禁军执剑屹立，神情庄肃。他一步步向前，毫不畏惧地扫视着堂中这一众皇族亲贵：“公主这话问得好生奇怪！禁军的职责是保护陛下安全。如今，有人图谋不轨，想要谋逆弑君，末将自然要来好好地查一查。”

“武卫中郎将好大的官威！”薛万彻冷眼看着他，话语中满是鄙夷不屑，“你擅闯亲王府邸，对着公主颐指气使，是江夏王教你的规矩吗？”

傅山刚想拔剑，旋即又平稳住了心绪，目光炯炯："薛将军说得不错。末将打小在江夏王身边长大，受他老人家耳提面命，自然懂得，什么叫忠孝仁义，什么叫饮水思源！而你们这些人，食君之禄，受百姓养，却不自量力，妄图谋害君上，将百姓置于危难之中。其行可杀，其心可诛！"

站在高阳公主身后的巴陵公主一听得他这正义凛然，字字戳心的话语，不由自主地打了个寒战。高阳公主似乎觉察到了她的惶恐，便握了握她的手，轻声在她耳畔说道："姐姐，不要怕，他们奈何不了咱们。"

傅山耳尖，一下就听清了此话，便转身一挥手，森然道："把他们拿下！"

四人干脆利落地应了一声，迅疾持剑朝着那些人的方向而去。薛万彻和柴令武对视一眼，亦拿起案上的匕首，做足了大战一场的准备。

高阳公主扯动了一下嘴角，浑身上下，连呼出的气息中都透着冷凝与不屑。她向前一步，伸手挡在了两人面前，瞪了傅山一眼道："中郎将青天白日带人私闯王府，还口口声声诬蔑咱们有不轨之行，究竟是谁给了你这样大的胆子？姑父，姐夫，你们都不要动，看他们是要将咱们绑缚起来，还是干脆杀了咱们？"

那四个禁军一看她这般，一时倒不知如何是好，只得停下脚步，齐刷刷将剑锋对准了他们。傅山心里暗忖，这位传说中蛮横泼辣的高阳公主倒真有几分胆量，若任由着她胡闹，说不定真能闹出什么逆天的大事来。忽然，他看到脚下落着一张羊皮纸，弯腰将它拾起，端详着说道："倘若你们真那么清白，为何连谋反的路线都已经绘制得如此清晰明了了呢？"

高阳公主的脸上依旧挂着从容而得体的微笑："这只是一张慈恩寺的地图。我们想趁着明日上香祈福的时候去游玩一番。中郎将难道连这个都要过问吗？"

傅山将羊皮纸收到了衣袖之中，朝着她长揖而拜："是否过问，得让陛下决断。"

正说着，又有一名禁军从外头跑了进来，轻喘着气说道："回禀中郎将，卑职等在王府马厩中找到了千余副铠甲和数百把长矛，还有不少弓弩和羽箭。"

"我知道了。你去告诉他们，务必清点仔细，不能有一星半点的遗漏。"傅山在听到如此惊天之语后，反而显出了十分的气定神闲，"公主，你们不会要穿着铠甲，拿着武器去慈恩寺游玩吧？也不怕把那些师父们吓到？"

高阳公主的脸色在听到这些话后霎时变得惨白。然而，她的脑子依旧在飞速地运转着，想要以最快的速度想清楚前因后果。可还未等她想出个所以然，就见李元景已然像一潭泥水一样瘫倒在地上。这样的慌乱简直就是不打自招，高阳公主气极，忙俯下身子，狠狠地揪住他的衣襟，扯着嗓子问："你府上怎么会有这些东西？"

李元景一听这话，便知道她是想把自己摘干净。不！她才是筹谋了一切的罪魁祸首，如今却想推着他出来顶罪，哪有那么容易的事情？

"你问我，我还想问你呢！你把咱们夺权的每一步计划都筹谋得那么精密，我怎么知道你是什么时候把这些要命的东西放到我这里的？"

高阳公主瞋目切齿，鼻尖冒出些许汗珠，骂道："你这个蠢货！"

李元景狠命拉开了她的手，一把把她推到了地上，用手指着她道："我一开始就跟你说过，这事肯定不成，是你偏要我干！你安的什么心，你自己心里清楚。"他看着高阳公主气得面容扭曲的样子，便越发觉得她是故意装出这样义愤填膺的模样来撇清自己。于是，他只得又转过头哀求道："傅山，我和你父亲可是旧相识。你小的时候，咱们还见过面呢。你得去跟陛下说，我真是被逼的啊！"

高阳公主的头撞到了青铜貔貅熏炉上，只觉眼冒金星，头上的一支兰花步摇歪在了一边。巴陵公主见状，忙伸手扶了她起来，将手中的帕子按在了她流着血的额头上。她却全然顾不得疼痛，嘶声冲着李元景道："没做过的事情，你胡说八道些什么？"

傅山朗声而笑。年轻而硬朗的面庞上露着志得意满的笑容："公主是个聪明人。可惜，你选的人实在太上不得台面了。"说着他又转过身看着那四个禁军："你们可都听明白了吗？"

四人齐齐回道："是！"

这样齐整响亮的声音在空寂的内室之中显得异常骇人。薛万彻仿佛意识到了什么可怕的事情，忙侧过头望了柴令武一眼，却在他的脸上看到了同样恍然与恐惧的模样。

李元景看他们都没有要说话的意思，便更加认定了他们是想牺牲自己而自保，不由气得牙齿打战，慌忙说道："方才咱们还以血盟誓，无论成败，都绝不背弃彼此。就这么一转眼的工夫，你们竟然要抛下我不管了吗……"

这话一说，连一直跪在地上瑟瑟发抖的项荣都听不下去了，在与他使了几次眼色无果之后，便大着胆子，压着声音提醒道："您就不要再说了！"

从投射在地上的剪影都能看出李元景此刻的面容已变得无比扭曲。他不以为然地瞪了项荣一眼，许是还不解恨，他又狠狠踢了他一脚。项荣吃痛地捂着小腹，忍不住整个人都蜷缩了起来。

傅山看够了他狼狈失措的模样，便走近他一步，带了些玩笑的口吻说道："荆王，连你的管事都看得明白的事，你竟到现在还懵然无知吗？"

李元景只觉眼前一黑，旋即却强打着精神，难以置信地端视着傅山："你什么意思？"

"根本没有什么铠甲武器，末将只是想和您开个玩笑而已，未想您居然当真了，还真是没意思。"傅山朝着其中一名禁军使了个眼色，那人立刻向他点点头，悄悄退了出去。傅山即使不去看李元景，也能想象得出，他的表情有多么丰富多彩："多谢您给了末将这么一个立大功的机会。"

话音刚落，早已埋伏在门外的禁军们直冲进来，根本没有给他们任何机会，死死将他们按倒在了地上。李元景被迫伏在地上，艰难地抬起头，断断续续地道："云……云安，我……错了。我是着了这小子的道了啊！"

高阳公主额上的鲜血此时正汩汩涌出，很快就将她水蓝色的前襟染红了一片。她狰狞的脸孔上带着彻骨的愤恨，双目中透出的杀意似恨不能将人生吞活剥。绑缚着她的禁军一看她的样子，手上的力道不由自主地松了下来。她用指甲狠狠地在地上磨出了几道印痕。她没有看李元景一眼，只是微扬着下颌说道："的确是着了他的道了……"

李元景更加懊丧，于是便只得再次拉着傅山的衣角："你们根本没有证据，就算闹到皇帝面前，也定不了我的罪。我可是他的亲叔叔啊。”

“可你这个亲叔叔方才已经亲口承认了你的罪行。那么多的耳朵可都听得真切呢。”傅山抬腿挣开了他的手，“再说，只要陛下认为你们有这个心思，根本用不着什么证据！”

傅山丢下这句话就出了门，任由自己的属下们将这群空有野心，却蠢得令人发笑的皇族亲贵们押进了府外的马车之中。紧跟在他身后的亲随情不自禁地叹道：“中郎将只用这么简单的方法就把荆王的话给诈了出来，还真是厉害啊！”

傅山笑笑：“你跟在我身边那么久，难道不知道我就是个莽夫？我会如此做，自是受了深谙他们这些人性子的高人指点。”

“高人？谁啊？”

“你自个儿慢慢琢磨去吧！”

尽管只是一场闹剧般的未遂谋反案，但事涉一位亲王、三位公主、三位驸马，还有不少禁军中的中高级军官，还是在朝堂及百姓中激起了一场轩然大波。李治在几度的震惊之下，再没有了祈福进香的心思，当日就急召几位心腹朝臣至武德殿中商议，一直到子时才散。最后决定，于两天之后，由皇帝、太尉、大理寺卿、刑部尚书以及御史中丞一起秘审此案。

冬日的黎明来得格外晚。已经到了卯时二刻，可天上那一轮圆月依旧藏于浮云之后，不肯退去。小小的星星嵌在黑夜之中，绽放着微弱却无法让人忽视的光芒。

李恪望一眼室中那只漏壶，里头的沙正缓慢而有规律地往下落。

“殿下，您稍稍抬一抬胳膊。”侍候他穿衣的侍女声音清朗地说道。

李恪点点头，任由着她与另一位侍女为他穿上那件绛紫色绣日月星辰纹样的官袍，将一块麒麟刻纹的白玉佩系在了腰带之上。侍女们的动作十分娴熟，却始终微垂着眼睛，不敢抬头看他。李恪揽衣坐到了妆台之前，看着铜镜之中带着明显疲态的自己，轻轻地叹了一口气。刚想吩咐侍女们给自己倒些水喝，却听得她们同时开口道：“给王妃见礼。”

淇奥此刻只穿着一件月白色寝衣，外披大氅，捧着一杯清水来到了李恪面前。李恪忙起身握了握她的手，感觉到她手心的温热之后，这才放下心来，可还是忍不住嗔怪道："天寒地冻，怎么不多睡一会儿？当心得风寒。"

淇奥并不接他的话，听着窗外传来的草虫的鸣叫声，如梦呓般地说道："终于到了这个时候了，是不是？"

"你们下去吧。"李恪对着那两个侍女摆了摆手，将杯中冒着热气的水一饮而尽，又坐了下来，"是。或许，事情很快就会有一个结局了。"

淇奥的面颊微微泛红："那么，会是你意料之中的结局吗？我们的心愿，表兄的心愿，都能实现吗？"

李恪握着木梳的手一松，木梳"啪"的一下落了下来。他勉强挤出了一丝笑容："会的。我不会让意外发生的。"

淇奥拿起木梳，轻轻地梳着他的头发，将头发绾成髻，用巾帻包裹了起来，又从一旁的匣子中拿出獬豸冠戴在了他的头上。獬豸，是最能明辨曲直的神兽。尽管历经沧海桑田，尽管亦有过蹉跎犹疑，但此时，李恪却依旧愿意相信神明，也相信那些他所深爱，亦深爱着他的亲人会在天上护佑着他。

他这样想着，唇际的笑容便真挚自然了许多："淇儿，过会儿你去一趟江夏王府，告诉叔父，无论发生什么，一定要他沉住气，最好称病不出。还有哲威，我不知道上回叮嘱他要说的话，要找的人，他是不是真的记住了。还有金吾卫的那些将士，只希望他们不会冲动行事。还有六弟，他那个性子，我也放心不下……"

"那我呢？你从来都不会担心我吗？"淇奥语声中带了几分埋怨，更多的却是欲说还休的心疼。她突然想起成婚的前一日，萧瑀用那样严肃的神色和她说的话。虽然到了如今，她已然分辨不出那些话中究竟带了几分真心，但是她唯一确定的是，这十年间，她从不曾起过片刻后悔之意。

她感觉脖颈之中有些微的冰凉，伸手触摸的时候才惊觉，自己已然泪流满面。李恪慌忙站起身，紧紧地将她护在怀中。他知道她是懂得自己的，很多事情就算他不说清楚，她也会明白。他与她是夫妻，本就是一体的。可他怎么忘了，她也有着与一般女子一样的柔肠，会悬心，会害怕，会因为抓不住未来而茫然无措。

"对不起。是我不好。这几年，是我一直让你活在恐惧之中。"他喃喃说着，眼中亦噙了许多将落未落的泪水。

“那么，就尽力让咱们的余生过得舒心一些吧。”淇奥敛容，替他正了正衣襟，在他的唇上落下了轻轻一吻，“去吧。我等着你回来。”

李恪握了握拳头，从架上拿下来那把青虹剑，径直出了门。

天边飘下几粒雪粒，还没有落地就无声无息地化作了落于他衣袍上的一滴滴水珠。待走至瑞福堂的时候，只见云岭迎面走了过来，行礼一拜道：“殿下，马车已经准备好了。”

“好。”李恪颔首，仰头看着匾额上的三个字出了会儿神，这才头也不回地朝前走去，边走边说，“让季恩去一趟九嵕山，找顾公公替我做一件事。”

零星的雪粒在一个时辰之后，毫无征兆地化作了，漫天飘散的鹅毛大雪。大理寺正堂之内寂静得连每个人轻微的呼吸声都能听得一清二楚。

刑部尚书和御史中丞肩对肩坐着，均屏息凝神，紧张地望着前方。忽然，两人默契地朝着对方看了一眼，都从彼此的眼里看到了一丝尴尬与无措。皇族之间的权力倾轧，如何就想到让他们两个外人一同审理了呢？

堂下几人皆跪伏在地。许是因为天气过于寒冷，个个面上都笼了一层异常的潮红。李治坐在正中的位子，想了很久也不知道该从哪里问起，于是便只得将目光投向了李恪。李恪站起身，对着他躬身一拜，旋即又缓步走至那几人面前，肃然问道：“陛下待你们不薄，究竟是为了什么？”

李元景虽然低着头，但还是能感觉到他的眼睛是看着自己的，便稍稍仰起了头，战栗道：“贤侄……吴王应该知道我有几斤几两。我只要每天能有酒喝，能够和府中姬妾们厮混就足够了。若不是云安一再挑唆诱惑，我如何会放着好日子不过，自找麻烦？”

李恪不理会他的话，往前走了两步，问道：“薛万彻，柴令武，你们两个可是享受了尚公主的荣耀，又是掌管禁军的大将军，又为何要叛君谋逆？十年前的齐王李祐、汉王李元昌，还有驸马都尉杜荷是怎么死的，你们可还记得？当年我可以看着他们死在我面前，如今，我亦不会心慈手软。”

两人一直保持着相同的姿势，不抬头，也不答话。李恪似乎早知道他们会如此，便俯下身子靠近了他们一些，温声道：“我姑姑和七妹是无辜的，你们要为了自己的野心，拖她们一起下水吗？告诉我细节，或许，陛下会放她们一条生路。”

薛万彻听了这话，原本毫无表情的脸上方才有了一丝惊恐。身边的妻子丹阳公主早已经花容失色，扯着他的袍角，想哭又不敢哭出声。他想要说什么，却还是硬生生地将话给咽了下去。

“荆王说得没错。的确是高阳公主筹谋了一切。”柴令武缓缓开口，喉口似横亘着一根咽不下也吐不出的鱼骨，“我不知道她为何要如此做。但是，从慈恩寺的地形图到如何利用禁军劫持陛下和朝臣，都是她在预备。”

“很好。”李恪很满意他干脆利落的回话，便也如是简单地应了他一句。

长孙无忌看起来有些无精打采，用宽大的袖子挡了挡，打了个哈欠。这简直就是一群蠢货的欢宴，酒过三巡，菜过五味之后，等待他们的无疑就是地狱。可是，他还是得耐着性子去听，直到听到他想听到的话为止。

然而，就当他觉得这场无趣的闹剧即将归于终结的时候，高阳公主却倏地站起身来，冷笑两声之后，忽而不可遏止地狂笑起来。李治和长孙无忌都是知道她这样疯癫的性子的，倒是刑部尚书和御史中丞二人的嘴角不住地抽搐着，却又不敢表现出自己的失态，着实憋得有些难受。

不知过了多久，高阳公主才止了笑，拔下头上的簪子，想要疾步冲上前去，却被李恪眼疾手快地挡了下来，正色道：“你想要在大理寺中公然弑君吗？”

“弑君？”她冷哼一下，也不知哪来的力道，竟然一下就挣脱了李恪的手，跪倒在地，郑重地说道，“陛下也以为，就凭咱们几个想要夺位争权很不自量力吧？但是，既然咱们已经下定决心要做这事，怎么可能不做好万无一失的打算？”

长孙无忌听她话中有话，不禁起了三分好奇，忙问道：“公主这话是什么意思？”

高阳公主昂起头，肯定地说道：“我们有内应。”

李治亦有些讶异地问："是谁？"

"就是陛下您的好哥哥，长安百姓人人景仰的吴王殿下，如今站在正堂之上道貌岸然的大理寺卿！"

黄玉修端坐一边，奋笔书写着堂上人的一言一行，乍听得如此石破天惊的话，吓得双手一颤，笔落到了地上。他赶紧弯腰将它捡了起来，犹豫了片刻，终于还是如实将这话记录了下来。

李治的嘴角隐了一丝细不可察的微笑。还未等他开口，就听长孙无忌用无法掩饰的迫切语气问道："是真的吗？"许是觉得自己这话说得太过着急，便吸了口气，又缓缓道，"你好好说清楚！"

高阳公主冷眼看着堂上各色人等的神情："前些日子长安城中闹得沸沸扬扬的流言你们总还记得吧？那个所谓太上老君的高徒李晃，如今正在我的府中，你们大可以去问问，是不是吴王让他说出这些话来的？"

李治用力拍了下面前的几案，厉声道："简直荒唐！"

高阳公主不卑不亢地说："别说陛下觉得荒唐，我也觉得不可思议。可这就是事实！永徽三年五月二十三、六月初二、六月初九，蜀王受了他的指使，曾三次来到荆王府试探荆王有无谋反之意。六月初十，我去了大理寺质问他是何意，他第一次向我坦诚了自己的野心，希望择机而动。十月十六，他从扬州归来，在马车之上，对我说了初步的起事计划。十一月初一，他再次来我府上与我商议此事。十一月初九，他在我的引见下和李晃见了面。十一月十九，他告诉我陛下去慈恩寺上香的时间。十二月初八，我让他将慈恩寺地形图拿了过来。十二月二十二，他和我在城中致宝斋雅间商议了具体的行事方案，并让我详述给柴令武和薛万彻听。永徽四年正月初三、正月十一，他又先后与我见面，说的事情大同小异。"

黄玉修的笔飞快地在纸上书写着，写到最后一个字的时候，他蓦地发现自己所写的字迹已然渐渐地晕染开。他抹了抹额头，原来冷汗已然如瀑布般流淌了下来。于是，他只得将头低得更低一些，恨不能堵上耳朵不再去听。

李治的眼珠转了一转，不动声色地问道："吴王怎么看？"

李恪转身坐回了原位，从容不迫地说："一派胡言。"

"好一句'一派胡言'！你倒推得干净！"高阳公主的下唇被牙齿咬得红肿，齿缝间微微可见血迹，"陛下，您大可去打听，看看这些日子我是不是和吴王在一起。对了！六月初十那天，黄主簿也看到我来了大理寺。我还告诉你，我丢了件要紧的东西。"

黄玉修蓦然间听她说到了自己，脊背便传来了一阵透骨的寒意。他抬头，见堂上人的目光都不约而同地投向了他，便只好站起身来道："事情已经过了大半年，臣实在是记不清了。"

"黄主簿忘了，我可没忘。"李恪浅笑道，"这天，十七妹的确来找过我。不只这天，她方才说的每个时间，我的确都和她见过面。我们是兄妹，来往频繁一点总也不是什么稀罕事吧？"

李治的目光里带了些许安抚之意："吴王不要多心，朕不过随口一问而已。"

高阳公主看他分明有了疑心，却还要装作满不在意的样子，也着实觉得有些好笑："当年是他将辩机送到了铡刀口，我恨他入心肺。如果不是为了共同的利益，陛下您觉得我会有这个闲心和他坐下来唠嗑吗？"

"我知道你恨我，所以我才会和你见面，想方设法地消除你心里的魔障，让你活得高兴一些。"

"这样荒唐的解释怕你自己也不信吧？陛下，若您不相信我的话，可以找李晃过来问问，也可以仔细看看那张地形图上的字迹！"

李治的手指缓缓地摩挲着桌面，一时哑然。

长孙无忌已全没了倦容，眼神凌厉得像苍鹰捕捉到了垂涎已久的猎物一般。他坐直了身子，清了清嗓子说道："你们在筹谋造反的时候，可曾听高阳公主提过吴王的名字？"

薛万彻浑身打了个激灵，冲口而出道："原来那个人是吴王！难怪公主会那么有把握。"

"哪个人？"

薛万彻犹豫着道："公主的确说过……起事的那日，会有人帮助咱们挟持住陛下和朝臣。"

许是受了他的鼓舞，高阳公主那个躲在最后面，身子抖如筛糠的丈夫房遗爱突然仰头，以豁出一切的架势，大声说道：“陛下，公主曾经与罪臣说过，先帝原本属意传位的人是吴王。所以吴王对您向来不满不屑，他要夺您的皇位根本就是早晚的事情。罪臣等都是听吴王之命行事的，若非吴王威逼利诱，罪臣等何意会糊涂至此？请陛下明鉴！”

高阳公主震惊地回头瞧了他一眼。他是那般一无是处，连床第之事都无能为力的男人，此刻，竟然能镇定自若地说出这几句话，还真是帮了她的大忙了。不！他帮的不是她，是他自己。他以为拉下李恪就能保住自己的命。多么无知可笑的男人！谋反一事，成则一步登临九天，败则一脚步入地狱。没有任何人可以逃得过。

于是，她只是用充满仇恨的眼睛再度盯着李恪：“我在下决心去做的时候，就做好了事败而死的准备。我可以死，但是你，也休想逃！”

长孙无忌的眼眸中闪过一丝近乎欣赏的光芒，转而又说道：“陛下既然亲审此案，那么该如何决断，还是要您来拿主意才是。”

“将他们关押至刑部大狱中。至于吴王……”李治有些歉疚地望着他，“请三哥暂居府中避嫌。朕会让人再好好盘查相关人等，以最快的速度还你清白。”

长孙无忌很满意他这样的处置方式，只觉得悬挂在帝祚之上的那柄利剑在此刻，才经了旁人的手被拿了下来。

走出大理寺的时候，他回头看着矗立在门口的两只覆满了落雪的獬豸。或许，许多绝对的公平原本就是非正义的。而他所要的正义，只是他以为的舍与得。

几日后的黄昏，长孙无忌受诏入宫。

李治极不耐烦地合上了面前的奏疏，将怀里的暖炉放在案上，暖着他略略有些冰寒的双手。庆贵见状，便很有眼力见地吩咐站在一边的小宦官再去添一个炭盆。

“舅父查得如何了？”

长孙无忌听他问得直接，便也直截了当地说：“臣没有查。”

李治的面上显出了几分意料之外的好奇：“为什么？”

“宁可错杀，不可放过。”长孙无忌语中带了精于世故的沉稳干练，“当年先帝是如何做的，您也应当如是。”

“可他们都是朕的亲人啊！”李治蹙了蹙眉说道。太过入戏，有时候连他自己都有些迷惘。那些他以为的谎言中，是否亦藏了几分真心呢？

长孙无忌跪坐于他的对面，看着他一脸无措的模样，便放缓了声音道：“陛下仁义，可他们不过都是些心狠手辣的奸宄之徒，又何曾将您当作亲人了？他们不死，陛下将永无宁日。”

李治心头一紧，从长孙无忌不容置喙的话中听出了某种咄咄逼人的架势。他用手指抚着那本奏疏：“当真要他们全部人的性命吗？”

“是。”长孙无忌坚决道，“十恶之罪，怎能恩赦？”

“旁人也就算了，可吴王……”

“吴王是罪首。自然没有不死的道理！”长孙无忌狐疑地看着他，“陛下近来是怎么了？这不是您一直以来的心愿吗？怎么真到了实现的时候，反倒犹豫起来了呢？”

“不是犹豫，是害怕。”李治指着面前的一摞奏疏说，“这才短短几日，就有那么多人上奏，说吴王不可能涉及此案，让朕一定要明察秋毫。朕唯恐贸然杀了吴王，会引得朝局动荡。”

长孙无忌随手翻阅了几本，不以为然地说道：“陛下是受了先帝遗诏，奉天承运的君王。内有臣与褚遂良、柳奭等文臣，外有李勣、薛仁贵等武将相佐，您不过是按照律法处置那些应该处置的人，有什么可害怕的？”

李治不置可否：“舅父，您告诉我实话，是不是您让房遗爱在大理寺堂上诬蔑吴王的？”

“陛下何以有此一问？”

“因为房遗爱每说一句话，都要朝您望一眼。还有，在审案之前，朕曾经让寿喜去看过他们，刚巧，您的心腹小厮胡安泰也在那里。”

长孙无忌放下手中的奏疏，实言道："不错。不过，令臣没有想到的是，他们夫妻二人竟然配合得如此默契，一番话说得滴水不漏。有他们亲笔认罪画押的口供，有大理寺主簿执笔所写的实录，又有刑部尚书和御史中丞做见证，足以堵上天下人的悠悠之口了。"

"所以，舅父您也知道，吴王不可能会有谋逆之心。"

"是。就算他有这个心，也不会跟着高阳公主他们一起胡闹，他没那么蠢。"长孙无忌几乎想都没想，便十分肯定地说道，"杨政道用了他自己的办法了断之后，臣是真的不想再与吴王为敌了。先帝既然想要他好好活着，臣遂了他的心愿便是。"

"那么现在，您为何又非要他的命不可了呢？"

长孙无忌坐直身子，微微闭了闭双眼，似是在脑海中回想着什么。过了许久，他才睁开眼睛，沉声说道："因为这个机会千载难逢，若不利用，臣替陛下可惜。"

"您怕除了杨政道，还有人会撺掇他谋逆，怕他终有一日会受不了帝位的诱惑。所以，您宁可违背父亲的遗愿也要朕杀了他？"

"陛下圣明！"长孙无忌说着便站起身来，盯着案上那只锦盒一会儿，才从袖中拿出了那道早已拟定好的圣旨，"臣是先帝所定的顾命大臣，又是您的亲舅父。臣所做的一切都是为了您，为了大唐社稷。"

李治打开了那卷圣旨，又迅速将它合了起来："看来，就只差一枚玺印了。"

长孙无忌恭敬地一拜到底："请陛下用玺。"

李治伸手，从那锦盒中拿出了他用了三年多的那个沉甸甸的玉玺。只有牢牢地握着它的时候，他才能够真切地感受到属于帝王的荣光。他蘸了蘸那红色的印泥，站起身来，高高地举起了玉玺，停留了须臾，终是用力地盖了上去。上面那一个个端庄的字，似一根根银针一般扎着他的心。他不知道为何会在一切尘埃落定，原本应该如释重负的时候生出这样诡异的痛楚。

他深深吸了口气，尽可能不让长孙无忌看出他的心思。等到印迹干透之后，他重新将圣旨卷了起来，说道："舅父放心，朕知道该如何去做。"

两相沉默间，却见寿喜趋步从外室走了进来道："陛下，宣华宫的宫女兰舟过来说，武昭仪在园里赏雪的时候忽然晕了过去，太医署的两位太医这会儿已经赶过去瞧了。陛下您要不要也去看看……"

"胡闹！"长孙无忌一听到"武昭仪"这三个字就起了无名之火，忙拉下脸冷声道，"没看到陛下正在忙着吗？就凭她一个后宫妇人也敢来分陛下的心？"

寿喜低垂着头，连连称是。刚想转身退下的时候，却听李治说道："去告诉兰舟一声，朕马上就过去。"李治就算不回头，也能想象出长孙无忌此时是何等不满又无奈的表情。"天色已晚，舅父还是先回去吧。"

李治到达宣华宫的时候，两位太医已诊完脉出了内殿。宫女春荷正拉开帘子，将一只软枕放在了武昭仪的背后，然后接过另一名宫女春桃手里的汤药，正要喂武昭仪喝下，便听得李治说道："朕来吧！你们都退下。"

武昭仪见了他，忙要起身，却被他按住了双手，嗔怪道："都快有两个月的身子了，怎么都不告诉我呢？"

武昭仪一口一口饮着药汁，看着他焦急得已近扭曲的面庞，心中的暖意缓缓地流淌至周身，连呼出的气息里都带了几分甜蜜："陛下这几日忙着处理朝堂大事，妾身怎敢贸然打扰？"

李治放下汤碗，替她掖了掖被角，突然发现自己的手指上还沾着红色的印泥："朝堂大事重要，你也重要。况且，现在已经都解决了。"

武昭仪情不自禁地抓住了他的衣袖，却又不动声色地放开了，微笑着说道："解决了就好。今晚，陛下便能睡个好觉了。"

李治抚摸着她的一头青丝，动作缓慢而又温柔："如果不是吴王将他们的谋逆计划提前告诉了我，说不定他们还真有几分成功的机会。而舅父所拟的那道处死的圣旨上，第一个就是吴王的名字。媚娘，我是不是真的变成了一个忘恩负义的小人？"

"可这一切都在吴王的预料之中。甚至，他料到了您会将计就计。不然，他不会说出不相信您的话。"

"是啊。所以，他先向朕表示了他的诚意。可是，朕却还是想让他死。只有他死了，朕才能真正安心。放虎归山，终究后患无穷。”

武昭仪握着他的手，像是要以自己掌心的温热来消融他心头的那块坚冰：“既然陛下已经决定了，就不要再多想了。”

“你不明白。”李治松开他的手，蓦地有些烦躁地说道，“舅父实在太霸道了。他们再怎么说也是皇亲国戚，他却肆意决定了他们的生死。朕在他眼里的作用，只是一枚玉玺。这些天，是有许多人向朕上书，让朕查明吴王之冤。他以为朕不知道，那些都是他的门生故吏，为的就是让朕以为吴王有多么得人心，好让朕嫉恨，让朕下决定定了吴王的罪。可那些一贯和吴王亲近的朝臣，这会儿都不约而同地噤声不言。蜀王是他的亲弟弟，又一向胆大，这会儿也不敢多说一句话。还有江夏王，他平素一心护着吴王，这几天也都闭门不出。他们都畏惧舅父，如此可见，舅父如今在朝堂之上一手遮天到了何种地步！”

“也难怪他们会畏惧。太尉能一手谋划立储之事，何况是杀一位亲王？”武昭仪颇有些感触地抚摸着自己尚没有显形的小腹，“妾身真希望这一胎是位公主。公主就不会陷入权谋之争了。可惜弘儿，将来还不知道会怎样呢？”

李治用力按了按太阳穴，只觉脑中更加迷乱。他不由得又想起了李恪那时对他说的话：“臣会带着家人远离朝堂，从此再不出现在陛下面前。太尉以为臣死了，便会更加肆无忌惮地行事。到时您只要留意，总会抓住他的错处治罪。太尉一倒，他背后的关陇贵族势力也会随之而瓦解。您便可以依照您的心意去治国了。”

他问：“若过了十年八年也找不到错呢？朕没有耐心等那么久。”

“因为臣无谋反之行，亦无谋反之心。陛下若愿意，可以将冤杀臣的责任推给太尉，顺便为臣平反。若陛下不愿意，您也可以借着臣的死，让朝臣看清他妄图把持朝政的野心，进而一步步削去他在朝中的羽翼。哪怕……通过废后废太子。国事他已经全揽在手里了，难道家事您还不能自己做主？您不喜皇后，也不满他所逼您立的太子，不是吗？”

“媚娘，朕要你做朕的皇后。”李治用力摇了摇头，甩去了脑中的纷乱，很认真地说道。

“陛下，您糊涂了吗？”武昭仪眼睛一眨不眨地望着他，“皇后出生太原王氏，身上流着高贵的血液，又有一干老臣的支持，妾身怎敢痴心妄想？”

“不。只要朕敢，你就可以！”李治从来没有用那么坚定的口吻向一个女人许诺过，“三哥说得对。要挖去长孙无忌在朝中的势力，这是最简单有效的法子。朕不是傀儡，朕不信朕颁下的旨意礼部敢将它视作废纸。你等着，不消三年，朕必给你皇后的位子，给弘儿太子的宝座。”

武昭仪的狂喜从心中一直冲到了喉咙口。正当这狂喜就要化作嘴角一丝灿烂微笑的时候，却及时地被她忍了下来。她只是点了点头，淡淡道：“妾身相信陛下。妾身已然无事，您还是先回去吧。”

“不！朕留下来陪你。只有在你这里，朕才能静下心来。朕要再想一想，好好地想一想……”

李治这一夜都睡得不踏实。第二日天还未亮，便起身出了宣华宫。才走了没几步路，就见仕禄匆忙迎了上来，面露焦色地说道：“陛下，方才守陵的小宦官善规来报，说昨天卯时时分，昭陵西侧的一处空地莫名着了火。”

“混账！”李治在惊讶片刻之后忍不住骂道，“他们是怎么守陵的？若惊扰了先帝，都有几条命来偿？火势如何？”

仕禄忙跪倒在地，磕着头道：“陛下放心，火势不大，一会儿就扑灭了。只是善规说，那火起得甚是诡异，一开始的时候还只是火红的，烧着烧着就变成了蓝色，把他们几个吓得不轻。”

“天火？卯时……”李治停下了脚步，将手撑在老槐树粗壮的树干上，双腿不由自主地一软。庆贵忙上前两步扶了他一下，李治却一把将他推开，仰头望了望天上尚还闪亮着的星星，用只有自己可以听见的声音自言自语道，“父亲，您是在怪我吗？”

仕禄见他面色惨白如纸，忙膝行向前几步，小心翼翼地唤了一声：“陛下。”

李治一把拖了他起来，急不可耐地说道：“让太史令马上过来见朕。”

白发苍苍的太史令被人从床榻上拖起来赶到武德殿偏殿书房的时候，长安城刚刚迎来了今年的第一抹朝阳。因为一路颠簸而来，他原来就有些佝偻的背更是累得挺不起来。李治忙让他坐下，让人在他的位子上多加了两个软垫，开门见山地问道："你实话告诉朕，近日天象是否有些不妥？"

太史令喘了喘气，犹豫了许久，才从喉咙里憋出了一句话："陛下英明。"

"说仔细了！"

"回陛下，半个月前，天区中的太微垣出现一客星，在端门处进出不定。臣才疏学浅，目前尚不能预测它的走向。再有，昨日夜里，彗星似乎也急急从太微垣中离去，直奔紫微星而去。不过，因其滑行的速度太快，所以臣也不敢确定……"

"朕听不懂，你只消告诉朕，于江山社稷是否有影响？"李治说得太急，吐出的气息慢慢地吹散了熏笼中袅袅而上的香烟，许是怕太史令有所为难，便又补充了一句，"实言无妨。"

太史令不疾不徐地说道："客星徘徊端门，预示将有与大唐运数相连的良佐非正常死亡。而彗星急出，说的可能是朝中将有关乎安定的大事发生。所奔向的又是紫微星，紫微星名帝星。那就意味着肇始者兴许是……天子近臣。"

"良佐，近臣。良佐，近臣……"李治反反复复地念叨着这两个词，背心慢慢地发寒，再多的炭火也温暖不了。不知过了多长时间，才听得他无力的声音响起："可有什么法子？"

太史令摇了摇头："臣只会看天象，却无法改变天象。能够做到的，在这世上，也唯有一人而已。"

"谁？"

"大唐天子，也就是陛下您。"

李治幽深的眼眸中满是惶惑，手无意识地触碰到了那只放着圣旨的锦盒。也许，他错了。幸好，他还有机会。

太史令一直到正午时分才出了宫门。走至崇仁坊的时候，有一辆迎面而来的马车在不远处停了下来。马车上的人掀开帘子，对着他拱手道："太史令刚刚从宫中出来吧？陛下如何了？"

“见过柴将军。”太史令还礼道，“陛下还真问了下官天象之事。下官看得出来，陛下心绪十分不宁。”

柴哲威握紧了李恪当年送给他的云龙剑，眉目渐渐疏朗：“多谢太史令。您所说的话，非常重要。”

“这个‘谢’字，将军从何说来？”太史令雪白的胡须被西风吹起，“欺君的事情，下官绝不敢为。下官所述的都是实话，只是按照您所吩咐的时间去说了而已。”

“如此，哲威已然感激不尽了。您老先行吧。”说着，便让车夫将车往路边赶了赶。

太史令也不做推辞，赶紧紧了紧衣领，让侍从拉下车帘，准备回府去补眠。

柴哲威看着从帘外飘进的雪花渐渐融化在他的手背上，转头说道：“舅舅，您亲耳听到了，也该放心了吧？”

江夏王叹了口气，愁眉不展。柴哲威见他没有说话的意思，便又说道：“三哥想做的事，就一定能做到。三哥是看准了陛下心中尚有不忍。再说长孙太尉虽一心为他为社稷，但行事过分独断专行，显然已经严重阻碍了陛下想要大展宏图的雄心。他对陛下的威胁，远远超过了三哥。再加上昭陵这一出，天象这一出，陛下不会不重新考量。”

“还是太冒险了。”江夏王听到此处，终于开口说道，“你也说了，他想要做的事，就一定能做到。那为何还要将自己的性命交到他人的手里呢？”

柴哲威习惯性地挠了挠头，实在不知该如何去回答这个问题。难道是因为自己拒绝了他吗？不。自己仿佛还没有那么重要。如今再想想他当初的话，似乎并不是问自己是否愿意跟着他起事，而更像在试探自己对友谊是否一如既往地忠实。

“他终究还是被感情所误。”江夏王凝眉，缓声说着，“他能下定决心背叛陛下，却无法做到背叛先帝。”

柴哲威若有所思：“或许，咱们都错了。他并不适合当皇帝。”

“是啊！我看得出，他的确起过这个心思，却不是为了自己，而是为了政儿。当他想到能用另一种办法来报仇的时候，便也就作罢了。因为在他心中，再

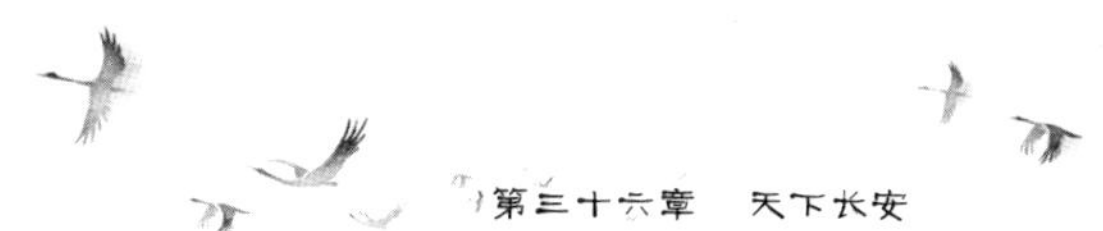

铭心刻骨的仇恨，到底也只是私仇而已。”

李治在太史令走后便来到了正殿，端坐在御座之上，想象着臣属们在朝见他时是怎样的心情，是否如同当年他望着父亲时那样，充满着羡慕、景仰、畏惧？或许，他该有和父亲同样的自信。他想起了李恪当时对他说的话：“你是父亲给予无限重托，最适合承袭帝祚的儿子。你是天下百姓的希望，是大唐江山真正需要的人。”

或许，他应该试着去相信他的话。

“庆贵。”直到坐得腰酸背疼，李治才出声唤了一声，“叫宋国公过来，朕要他去传旨。”

二月的桃花渐渐绽开，残雪在花瓣上渐渐消融，化作了一滴滴清澈的水珠。

几乎就在一夜之间，长安城的老百姓们都知道了这场皇室中的惊变。可他们却只敢在私下里，对着自己最亲密的人，用最低沉的声音讨论几句。

他们说：高阳公主为了给情人报仇，才集结了皇室中人企图谋反。

他们说：如此不忠不义之人，死不足惜。

他们又说：长孙太尉当真有着雷霆手段，处置起这些皇亲贵戚来连眼都不眨一下。

他们是带着揶揄嘲讽的口吻说出这些话的。然而，一谈到李恪，却都不约而同地选择了沉默和叹息。他是他们心中的信仰与希望，是断然不会做出这样悖逆叛君的事的。他们相信他，如同相信天理一般。

可天理终究抵不过权臣所张起的一张天罗地网。卧榻之上，岂容得他人酣睡？死是他无法逃脱的命运。而他的命运，却从来不曾掌握在自己的手中。他们这样想着，便越发觉得天家无情。哪怕尊贵如亲王，也能轻易被一纸诏令而丢了性命。

这些日子，长安城中有很多传言。其中流传最广的是这么一个——

那一天，皇帝派了亲信去了吴王府中宣旨。说吴王谋逆，按律当诛，陛下仁义，特赐毒酒允其自尽。吴王从容不迫地屈膝叩谢君恩。继而，拿起他最爱的那把青虹剑，与王妃共舞。听说，庭院中的片片桃花随风飘散于空中。过了许久，才缓缓落到了二人的身上。

舞到兴头上的时候，吴王挑落挂于廊檐上的灯笼。火焰一触到杯中酒，便立刻熊熊燃烧了起来。他们却浑然不觉，只继续舞动长剑。多年相伴的默契，使他们出剑的动作相协得宛如一人。舞罢，二人不约而同地举剑，在烈火中一同赴死。死前，吴王对构陷他至死的长孙太尉下了“身死族灭”的诅咒。

那是二月初二，苍龙登天之日。

“是你让人将这些话散布出去的？”李治登上那高高的长安城墙，俯瞰大唐万里江山。早春的风徐徐吹动着他的衣袍，带来了阵阵沁人心脾的寒意。

萧锐站在他身后不远的地方眺望远方。看了很久，他才将目光收了回来：“是。不仅如此，吴王府的那把火也是臣亲手所放。”

“你做得很好。”李治再度望了远处的山峦一眼，才依依不舍地转身，一步步走下了城楼。待走到最后一阶的时候，他又问道：“他走的时候说了些什么？”

萧锐神色淡然地说道：“他说，请陛下记住答应过他的话。守一人权位，保天下长安。”

“守一人权位，保天下长安。”李治一字一顿地重复着这十个字，笑容波澜不惊，“朕会让他看见的。”

显庆四年，秋，扬州。

清雾缭绕在天地之间，给这座宁和恬静的江南之城又多添了几分诗情画意。

琴音轻缓地从指缝间流淌而出，婉转连绵，不绝如缕。云雀停驻在廊檐之上，应和着琴音低声浅唱，仿佛整个秋日都有了温暖与生机。

七年了，那把桐木琴已然换了新弦，然而乐声似乎还是原来的乐声。雪鹭站在他的身后静静聆听着，直到一曲终了，才浅浅一笑道：“天下穆清，明君莅国。三哥这一曲《穆清》，弹得几乎与他一模一样了。”

李恪爱惜地抚摸着琴弦，每一次触碰都能轻而易举地勾起他对于往昔的回忆。经过这几年习琴的时光，他已然可以云淡风轻地说出那些回忆中的悲欢离合了。他起身推开窗子。院中的桂花开得瑰丽夺目，随风飘扬起阵阵香味。他端然向外望着，深深地吸了口气：“想念一个人，便是做他喜欢的事情。”

雪鹭的眼底有些湿润：“若他还在，该有多好。”

两人正自无言间，便见淇奥推开虚掩的房门，疾步走了进来，将袖中的一封书信递到了李恪的手里：“长安的消息。”

李恪拆开信封，一目十行地看过。看到最后，双手禁不住慢慢地颤动起来。淇奥见状，忙接过信笺来看，连声道：“好！太好了。这才叫作以其人之道，还治其人之身。”

数月之前，太子洗马韦季方与监察御史李巢因妄议朝政被捕入狱。中书令许敬宗经过连日审查，奏报长孙无忌与褚遂良、韩瑗、柳奭、于志宁等密谋造反。李治在震惊之余，不得不痛心疾首地做出了处置，将长孙无忌流放黔州，褚遂良、于志宁贬官外乡，韩瑗、柳奭处斩。有数十名官吏受到了不同程度的处置，牵连人数之众，远超永徽四年的那场谋逆之案。而就在长孙无忌到达黔州后不久，许敬宗受了帝后的暗示，亲自带人将其缢杀。

“斩草除根。他的手腕果然够硬。父亲当年没有选错人。”李恪将信笺放于烛火之上，看着它被烧成了灰烬，“如今朝堂之上的高官全都是天子门生。皇后是他钟情的女人，太子是他最爱的儿子。”他停了一停，慨叹道，“这样，真的很好。”

雪鹭微微蹙眉：“那他会再对三哥下手吗？”

“他不会的。”淇奥将手按在了雪鹭手背上，微笑着说道，“当初他尚且可以放我们离开，还费心制造了叔父和六弟他们受此案牵连被流放边地的假象。如今，便更没有了赶尽杀绝的必要。”

“是。他不会。”李恪笃定地说道，“这是他的笔迹。这些年，他一直知道咱们的行踪。他就是想让我看着，他是怎样一步步将权力握在自己手中，怎样成为一位受百姓拥戴的帝王的。”

“可既然如此，他为何还不为你彻底平反？这谋逆之臣的名声留在史书中可不好听。”

“因为他恨我。很多年以前，他所耿耿于怀的是父亲对我的态度。后来，又

是我给他出的主意，让他除了那些与他政见相左，却对他忠心不贰的人。尤其是他的舅父。”

雪鹭这才恍然大悟：“三哥，你还是像当年一样，那样轻易就能看透人的心思。”

李恪缓缓地握紧了拳头，眼神陡然一闪，怅然轻叹：“不。我看不透。若看透了，那时候就不会任由着他……”

“都过去了。”淇奥唯恐他会在雪鹭面前将当年的真相脱口而出，便忙打断了他的话，“今日可是你的生辰，咱们不提那些不高兴的事了。”

李恪这才意识到了方才的失言，忙微笑着说道：“是啊。今日是我的生辰。今日也是他的生辰。淇儿，你陪着雪鹭说话，我要出去一趟。”

晨雾在阳光出来的那刻忽地散去了。漫山遍野的枫叶随风飘散于空中，带着一丝秋日里特有的凄艳的美丽。

李恪将马拴于山腰，徒步缓行而上。这些年，他常常登临这座小山，熟悉得连哪棵树上栖息着什么鸟都一清二楚。那些鸟似乎也很喜欢他。在他上山的时候就纷纷飞至他的身边。有一两只胆子大的甚至会停在他的肩头。他将离他最近的一只遍体鹅黄色羽毛的鸟捧在手里。小黄鸟垂着头，只停留了片刻，便扑棱着翅膀飞走了。

李恪目送着它远去，心头渐起温暖。这就是他企盼了半生的平静。他在永徽四年死去，亦在永徽四年重生。然而，他从未想过要割断过去，忘却前尘。他忽然忆起，南阳公主出家之后的法号是忘尘。可她何曾忘记过前尘与仇恨？既然无法忘记，又何必自欺欺人？

走至石亭的时候，李恪蓦地看见对面有一个跛脚的老和尚正拄着拐杖慢慢朝这边走来。在擦身的瞬间，老和尚忽然抓住了李恪的手，颤抖着声音说道：“你……你到底还是没有将我的话听进去。可你……你竟然还活着。好生古怪！好生古怪的命格。”

李恪听他说得神诡，便好奇地问道：“师父认识我？”

老和尚目光呆滞，却并没有看向他，只是朝天望了望。过了很久才焕发了神采，恍然大悟般地松开了手，兀自朝前走着：“原来，你们有一样的命格。他

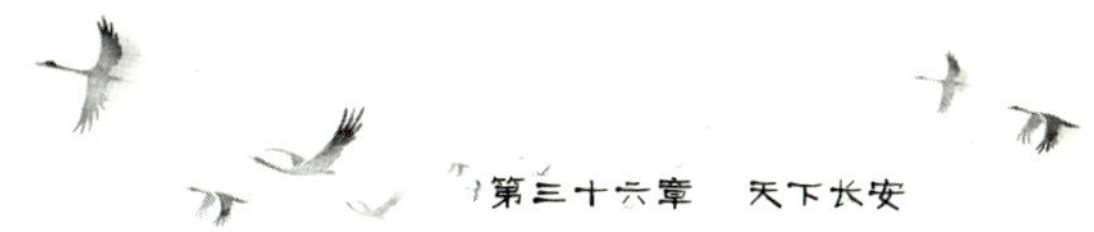

死，亦是你死。所以，你能活着……”

李恪看着他的背影，记忆中的一根弦好像被触动了一下，似乎曾经在哪个地方，也见过这样一个近乎疯癫的人。

他想着想着，便停下了脚步，将袖中的一串佛珠放在墓前，俯身一拜，轻轻地说：“今天，可是个好日子呢。”

番外

武周。

马车缓缓地停在了一家茶馆门口。车中人拉开帘子吩咐道："你先去刺史府告诉长史，我过会儿就到。"接着又对身边一个十三四岁，长相清朗的少年说："祎儿，咱们下去看看。"

茶馆中的说书人年纪不大，说话的语调抑扬顿挫，面部表情十分丰富。几句话一出口，便立刻引得满堂人连声叫好。李祎跟在父亲身后，坐在了角落中的位子上，对不远处的茶博士招了招手，问道："今儿说的是谁的故事？"

茶博士将帕子往肩膀上一搭，笑得眉眼都拧在了一块儿："是吴王殿下。"

李祎看着父亲一眨不眨望着前方的眼神，转头对茶博士道："给咱们煮一壶好茶，再来四个茶饼。"

茶博士愉快地应了一声。李祎这才定下心神，专心致志地听书。

说书人一拍醒木："话说有一年，吴王殿下奉旨巡查咱们幽州。路过平安村的时候，看见一户人家门口围满了人。问了人之后才知，这家死了一男一女两个老人。尸体上并无明显外伤，但面容扭曲，像是受到了极大的惊吓一般。那个时候，有很多村民都以为他们是被阴间鬼怪所害。可吴王从来不信这个，便亲自

仔细查看了一下尸首，很快就发现，两名死者的脖颈上都有几个细小却致命的伤口。而在屋中的角落，还有一张捕鱼用的网。你们道是怎么回事？”

堂下人面面相觑，都摇了摇头。李祎掩着口低声问：“孩儿怎么从来没听过这事？爹爹知道吗？”

中年人微抿了一口茶水道：“知道。”

李祎也不去追问，兀自听着说书人眉飞色舞地说道：“死者的儿子唐衍说，那网是用来捕鱼的。可吴王却说：‘捕鱼的网长年浸在水里，怎么上头会有那么黏手的东西呢？’唐衍摇头只说不知。吴王又道：‘那上头曾爬过一种体积巨大，毒性极强的蜘蛛，名为鸟蛛。鸟蛛嗜血，喜甜食。那些黏糊的东西就是吸引它的蜂蜜。’”

“就是那鸟蛛害了两位死者，而唐衍就是杀死双亲的凶手！”堂下有人一拍桌案，恍然大悟般地说道。话音刚落，便有人随声附和。

说书人朗然而笑，不置可否。片刻后，又接着道：“当时，刺史府的法曹许胜便指着唐衍说，定是他趁着双亲睡着的时候，将网套在他们的身上，然后让鸟蛛爬上网，将他们咬死。为了证明这个推断，许胜还问了几个围观的人。有几个人说，亲耳听到前几日唐衍曾与父母发生过激烈的争吵。这样一来，尽管唐衍矢口否认，但许胜依旧让人将唐衍带到了刺史府大牢关了起来。可是啊，当天夜里，就出了大事……”

说到此处，说书人突然卖起了关子：“欲知后事如何，明日我再细细与你们说来。”

茶馆内一阵躁动，众人都向他投去了不满的目光，却又只得无奈地站起身来准备离开。中年人对着李祎使了个眼色。李祎立刻会意地从袖中掏出了一锭金子，精准地扔到了说书人的面前，道：“请先生继续往下说！”

说书人眼前一亮，忙坐回了原位，对着李祎拱手作揖：“许胜带着毒酒去了牢里，就在不知情的唐衍准备饮下之时，吴王殿下却及时赶了过来。其实早在平安村的时候，吴王就看出了许胜的异样。他引着吴王看到了那张网，在吴王说出鸟蛛习性的时候，便直接将怀疑的目标投向了唐衍，后来又迫不及待地把他带走，如今，更是要杀人灭口。

"吴王当时就扯过两人腰间的玉佩，两相比对，合而为一。他说：'从唐家回来之前，我便让人在村里打探。果然，在案发那夜，有村民看到类似许胜模样的人在村中出现。你为了自己不可告人的目的，不只杀了双亲，还嫁祸给了你的弟弟。如今，更是妄图制造唐衍畏罪自尽的假象。如此奸佞之徒怎配为人？更遑论为朝廷命官！'那许胜吓得脸都白了，当场就下跪认了罪。

"原来啊，许胜因为生下来就长得丑，又有些残疾，父母很是嫌弃，便把他送给了旁人抚养，三十多年来从不过问半句。可就在他中了进士，并且做了这幽州府法曹之后，他父母却屡屡上门问他要钱。许胜送了他们不少钱，他们却全都给了好赌成性的小儿子唐衍。许胜在忍无可忍之后，便痛下杀手。你们说，这是悲剧不是？"

堂下人被他用抑扬顿挫的语气所讲的故事感染，忙七嘴八舌地议论开来。待他们说够了，说书人拿起醒木，再次用力地拍打了一下："吴王殿下文武双全，英明果敢，实乃宗室贤王！可惜一朝被冤，饮恨长安。幸而如今的武皇陛下亲自为吴王平反立庙。吴王的儿子们亦被委以重任。咱们幽州城新任的刺史李郎君就是吴王的三公子！"

"好！"众人异口同声地拊掌道。

"祎儿，咱们走吧。"中年人吃完最后一口茶饼说道。

二人走出茶馆许久，李祎仍沉浸在方才的故事之中，红扑扑的脸上满是敬仰之情："爷爷当年可真是厉害。"

"那是自然！"中年人微笑着拍了拍他的肩膀，"不过比起他离开长安前所布的局，这些小事根本就不值得一提。只可惜，他再有远见，也料不到如今的局面。"

李祎低头沉默了很久，才观察着他的眼神道："咱们起程之前，大伯来找过孩儿，希望您可以……"

中年人的面色倏然一变，生冷着声音道："不是和你说过，不许再与他见面了吗？"

李祎犹豫片刻，还是将话讲了出来："大伯说，他记得爷爷临终前和他说的话。也记得自己是……"他停顿了一下，见四下无人，才敢说道，"大唐臣子。"

“可他就是这么做大唐臣子的吗？”中年人压低了声音，愤恨道，“这几年，他四处搜罗奇珍异宝进献武皇，在她面前极尽阿谀奉承之能事。因为武皇赞他一句‘吾家千里驹’，他就将名字改成了李千里。他是全忘记了‘功烈光于四海，仁风行于千载’是什么意思了吗？他如今和张易之、张昌宗这样献媚邀宠的佞臣有什么两样？”

李祎听他这几句话骂得狠绝，着实被吓了一跳。可他一想到大伯与他说话时的神情，便又大着胆子继续说道：“可是大伯如果不这么做，根本就保护不了我们。武皇为了登临帝位，连自己亲生儿子都敢杀。死在她手里的李氏子孙更是不计其数。可她却始终都不曾动过您和大伯二伯，还有四叔这几脉中的任何一人。所靠的难道不是大伯的委曲求全吗？他心里其实是很苦很苦的。您要是还不理解他，他活得就更难了。”

“这样奴颜婢膝求活，我还不如死了。”他的心分明已经软了，可说出的话却依旧那样尖锐刺耳，“我早和他说过，他当他的将军，我做我的刺史。咱们互不相犯。以后你若还敢为他说一句话，就不要再认我这个父亲！”

李祎见自己的劝说又失败了，便只得追上前几步，赔笑着说道：“爹爹不要生气了，孩儿听您的便是。来日方长，看来以后还得再换个策略才是。”

最后一句话，他是默默在心里说的。